汉译世界文学名著丛书

亚瑟王之死

上 册

〔英〕托马斯·马洛礼 著

黄素封 译

商务印书馆
The Commercial Press

Thomas Malory
LE MORTE DARTHUR

汉译世界文学名著丛书
出版说明

1902年，我馆筹组编译所之初，即广邀名家，如梁启超、林纾等，翻译出版外国文学名著，风靡一时；其后策划多种文学翻译系列丛书，如"说部丛书""林译小说丛书""世界文学名著""英汉对照名家小说选"等，接踵刊行，影响甚巨。从此，文学翻译成为我馆不可或缺的出版方向，百余年来，未尝间断。2021年，正值"汉译世界学术名著丛书"出版40周年之际，我馆规划出版"汉译世界文学名著丛书"，赓续传统，立足当下，面向未来，为读者系统提供世界文学佳作。

本丛书的出版主旨，大凡有三：一是不论作品所出的民族、区域、国家、语言，不论体裁所属之诗歌、小说、戏剧、散文、传记，只要是历史上确有定评的经典，皆在本丛书收录之列，力求名作无遗，诸体皆备；二是不论译者的背景、资历、出身、年龄，只要其翻译质量合乎我馆要求，皆在本丛书收录之列，力求译笔精当，抉发文心；三是不论需要何种付出，我馆必以一贯之定力与努力，长期经营，积以时日，力求成就一套完整呈现世界文学经典全貌的汉译精品丛书。我们衷心期待各界朋友推荐佳作，携稿来归，批评指教，共襄盛举。

商务印书馆编辑部
2021年8月

前　言

一

　　欧洲的中世纪，从公元四八六年西罗马帝国灭亡起始，到十七世纪中叶英国资产阶级革命发生时结束，约有一千多年的历史。它可以分为早期（5—11世纪）、中期（12—14世纪末、15世纪初）和晚期（15世纪—17世纪中叶）三个阶段。从文学史的角度说，中世纪文学通常指公元五世纪后半叶到十五世纪初期文艺复兴运动开始这一时期的文学，这正是西欧封建社会从形成到全盛的时期；而相对于基督教意识形态占统治地位的中世纪初期和中期，文艺复兴的到来，已经标志着西欧社会向近代资本主义文化进程转型的开始。在这一漫长的历史进程中，教会文学、英雄史诗、骑士文学和市民文学是中世纪文学史上主要的四种文学类型。教会文学主要以各种形式宣传基督教教义，直接表达热诚的宗教信仰；英雄史诗则或是反映日耳曼蛮族氏族部落时代的生活和英雄观念，或是表现蛮族入主原罗马帝国境内后在封建国家形成过程中，符合封建关系的价值标准、体现君国观念的理想化英雄；市民文学是在中世纪中期前后，伴随欧洲以手工业和商业活动为中心的城市的纷纷出现、城镇世俗文化的形成和发展而产生的，表达的是市民阶层的生活理想。

　　骑士文学在中世纪文学中具有特殊的地位和品格。十一世纪后期，西欧封建制度在政治、经济和文化上均进入繁盛阶段，代表封建主集团价值观念和审美趣味的骑士文学应运而生，它是封建主阶级思想意识与基督教文化观念相结合的产物，同时还掺杂了民间文化的因素。因此，它既反映着忠君、护教的社会主流文化意识，又表现出对现世生活乐趣的肯定；既渲染了对精神理想的追求，又执著于世俗的功名和男女情爱；既体现所谓高贵、典雅的贵族化礼仪规范，又在行侠好义的冒险征战中张扬着野蛮的尚武精神，具有丰富的文化内涵。

　　骑士实际上就是西欧封建时代的武士，这个阶层的形成，与封建军事采邑制度有着直接的关系；它的兴盛与衰亡过程，则与当时西欧社会的时代特点紧密联系在一起。中世纪初期，王权软弱，社会秩序混乱，地方豪强势力蜂起，致使战乱不已，盗匪猖獗。即便国王和大贵族，为维护自身地位，也不得不蓄养武士兵丁以求自卫或攻击别人。这些武装扈从被赐予一块土地，以所产的收入作为服军役的费用，这种以服军役为条件而终身拥有的封地被称作"采邑"。九、十世纪，信仰基督教的西欧受到来自东部的马扎尔人（即匈牙利人）、南部的阿拉伯穆斯林和北部的诺曼人三面的侵袭，抵御外族入侵的需要，不但使如何进行有效的军事动员问题愈加突出，也使这个问题成为促使西欧社会结构中封君与封臣关系进一步发展和强化的重要因素。到十一世纪，西欧封建主之间封君与封臣的关系已经十分普遍，骑士阶层也已形成。封臣对封君的义务主要可以归结为三项:"效忠",即不可做任何有损于封君的事情;"帮助",为封君服军役并为封君提供协助金和物质上的支援,这是封臣最重要的义务;"进告",即为封君提供有益的建议。封君对封臣的义务则主要体现为"保护"和"维持"两个方面:在封臣受到攻击时提供武力保护;主要以分给"封土"的方式维持封臣服军役的物质保障,并尊重封臣的荣誉、生命和财产。一〇九六至一二九一年间,罗马教皇会同西欧封建国王和城市富商打着驱除伊斯兰异教徒、解放圣地的旗号,发动了对地中海东部地区的九次远征,称为"十字军东征",十字军东征使西欧的宗教狂热愈加强化并进一步刺激了"骑士精神"的张扬。两百年间战事的连绵不绝,使骑士阶层发展壮大,并逐渐形成了他们所奉行的一整套道德标准和行为、礼仪规范。忠诚、勇敢、谦卑、诚实、公正、尊重女性成为骑士所应具有的理想化品格,也成为所谓"骑士精神"或"骑士道"的主要内涵。无论在现实社会中它们是否能够得到完美的体现,但这一切无疑是封建关系下骑士阶层所看重的核心精神价值。昔日粗鄙少文的武士,也逐渐被要求文雅知礼。中小封建主的子弟最初是构成骑士阶层的主要成分,他们大多从小就接受军事和礼仪方面的训练,及至成年并达到标准后,则举行庄严的封礼仪式,成为骑士;后来甚至许多王公和大贵族也以拥有"骑士"封号为荣。

中世纪为数众多的骑士文学作品就是在这样的背景下产生的。西欧的采邑制度始于法兰克王国墨洛温王朝后期的宫相查理·马特时期,到加洛林王朝查理曼(768—814年在位)时代得到进一步发展。公元八四三年查理曼的三个孙子将国家一分为三后,"秃头查理"得到了大致相当于今天法国地理范围的国土。法兰克王国是骑士制度的中心,因此法国也是骑士文学最发达兴盛之地。骑士文学主要分为骑士抒情诗和骑士叙事诗两种体裁,前者的中心地是法国南部的普罗旺斯,以表现骑士与贵妇之间"典雅的爱情"为主要内容。在法国的北方,骑士文学的重要成就则是骑士叙事诗,内容主要涉及骑士的冒险经历、与异教徒的战争,以及骑士与贵妇人的爱情等,其影响波及整个欧洲。

十二至十四世纪是西欧骑士叙事诗的黄金时代,产生了大量的骑士叙事诗。这种诗体传奇情节离奇,涉及的历史掺杂了大量诗人的虚构成分,因叙事的需要,篇幅大多较长,动辄数千行甚至上万行。从题材上看,这些骑士传奇可以分为三大系统:古代系统——模仿和取材于古代希腊罗马文学;拜占庭系统——以拜占庭历史和传说为素材;不列颠系统——描写亚瑟王及其圆桌骑士的事迹。

不列颠系统是三大系统中故事最为丰富、精彩的系统,从最初的历史传说到《亚瑟王之死》这部散文体故事作品的出现,经历了三百多年的演变;由历史记载到民间口头传唱和文人诗歌的创作,直至最后形成散文体的作品。亚瑟在历史上确有其人,他是公元六世纪时不列颠凯尔特人的领袖,领导了抗击盎格鲁-撒克逊人的斗争,后来成为民间传说中的英雄。早在八世纪,威尔士人南纽斯在《不列颠人史》中,已经提到了亚瑟的事迹。九世纪,亚瑟王的传说已经传到了法国西北部的凯尔特人之中。十二世纪前期,威尔士的高级教士"蒙茅斯的杰弗里"以十年之功撰写了《不列颠诸王纪》，其中包括对亚瑟王的描绘，为亚瑟的一生勾勒出了一个较为清晰的轮廓，但已掺杂了非历史的传奇因素，所用资料多有凯尔特民间传说的内容，并加上了自己的想象性创造。这可以看作亚瑟王的历史传说阶段。十二世纪后半叶，欧洲大陆开始出现一系列韵文传奇，如诺曼诗人瓦斯的《布鲁特传奇》（1155）、法国诗人克雷蒂安·德·特洛阿（约1135—1191）《兰斯洛特，或大车骑士》（约1168）、《乌文英，或狮子传奇》（约1170）以及未完成的《薄希华，或圣杯故事》（约1182—1190），与特洛阿同时代的法国女诗人"法兰西的玛丽"的短篇叙事诗《金银花》，德国诗人哈特曼·冯·奥埃（约1160—1215）的《埃雷克》（1180）、《乌文英》，沃尔夫拉姆·冯·埃申巴赫（1170—1220）的《薄希华》，戈特弗里德·冯·斯特拉斯堡（约1170—1220）的《特里斯坦和伊索尔德》等。其中所歌咏的主人公，都属于亚瑟圆桌骑士团的成员。十四世纪，由诗人创作的亚瑟王传奇在欧洲继续发展，如一三六〇年出现的"双声体"《亚瑟王之死》有四千三百行，另一部同名作品三千八百行，还有一部被誉为中世纪英国文学重要作品的《高文骑士与绿衣骑士》，有二千五百行。这些传奇基本上以四个故事为核心：亚瑟王的王后桂乃芬与兰斯洛特骑士的爱情故事、圆桌骑士寻找"圣杯"的故事、特里斯坦骑士与爱尔兰公主伊索尔德的爱情故事，以及亚瑟王因其外甥莫俊德骑士叛乱而战死的故事。传说与历史此时已经分开，行吟诗人或文人诗人的诗歌中附会到亚瑟王传奇系统上的内容也愈益丰富。到十五世纪，马洛礼在前人基础上，汇集了种种亚瑟王的传奇故事，写成了散文体的《亚瑟王之死》。

二

托马斯·马洛礼（？—1471），出生于英国威尔士的贵族家庭，一四三六年随查理·比彻姆伯爵攻打法国加莱，一四四五年被授予本郡爵士头衔。据说马洛礼曾因被指控犯有多项罪名而多次入狱，他在狱中完成了名垂青史的《亚瑟王之死》，时在一四六九年。一四八五年，出版商卡克斯顿在整编润饰后将此书出版，但马洛礼却已在一四七一年三月十四日去世，葬于纽盖特监狱附近的圣方济各会教堂墓地。

《亚瑟王之死》凡二十一卷，卷下再分若干回，从内容构成上则又可分为四大部分：一至五卷，写亚瑟王的出生和经历，叙述其建立亚瑟王朝，组织圆桌骑士集团，平定各地诸侯叛乱，统一英格兰、苏格兰、威尔士以及远征罗马的功绩。六至十二卷，主要叙述兰斯洛特骑士的冒险经历和特里斯坦与伊索尔德的爱情。十三至十七卷，为圆桌骑士寻找圣杯的故事。十八至二十一卷，主要写兰斯洛特骑士与桂乃芬的爱情悲剧和亚瑟王之死。本书最完整和全面地讲述了亚瑟王系列的各种传奇故事，也集中地体现了骑士传奇所应具备的一切构成因素，因而成为中世纪欧洲骑士文学的经典之作。

骑士传奇的内容，都离不开骑士们的冒险经历及其与贵妇人缠绵悱恻的爱情描写；而追寻圣杯主题的引入，则将基督教信仰和骑士们的精神追求与整个骑士世界的生活紧密联系在一起，渗入到骑士们建功立业和浪漫爱情的实现过程中。因而，游侠历险、信仰伸张和爱情追寻就成为骑士传奇的三大主题。游侠之于一个骑士不仅是展示其过人武功的过程，更是获得或确认其骑士身份不可或缺的途径，其中包含着诸多神奇的成分。在《亚瑟王之死》中，亚瑟本人及其麾下的众多著名骑士，都是通过带有传奇色彩的经历而彰显出自己与众不同的身份的。例如，亚瑟称王的经历就是一个不同寻常的奇迹：他本为英格兰王尤瑟·潘左干和茵格英王后之子，出生后由魔灵抱走，交给爱克托骑士夫妇抚养成人。尤瑟·潘左干王死后，英格兰群雄纷争，国家危机四伏，坎特伯雷大主教出面召集全国的王公贵族和著名骑士在圣诞节集会比武，推选国王。圣诞节清晨，广场中央出现一块插着宝剑的巨石，宝剑四周镌刻金字："凡能从石台砧上拔出此剑者，乃生而即为英格兰全境之真命国王。"所有来者去试，宝剑都纹丝不动，只有年轻的亚瑟上前轻轻一提，宝剑就被拔出，他遂被拥立为王，并成为"圆桌骑士集团"的缔造者。《亚瑟王之死》中，以寻找"圣杯"为核心的故事，则体现了对基督教信仰的热诚。《新约·马太福音》第二十六章第二十六至第二十九节记载：耶稣基督在最后的晚餐时曾拿起饼来祝福，将饼擘开，对门徒说："你们拿着吃，这是我的身体。"又拿起杯来，祝谢了，递给他们，说："你们都喝这个，因为这是我立约的血，为多人流出来，使罪得赦。但我告诉你们，从今以后，我不再喝这葡萄汁，直到我在我父的国里同你们喝新的那日子。"相传圣杯就是耶稣基督在最后的晚餐时所用的杯子，亚利马太的约瑟接受和保护了这只杯子，并用其承接了耶稣基督受难时在十字架上所流出的宝血。因此，圣杯是基督的象征，也是基督教话语所说的生命的象征。追寻圣杯，即意味着追寻不朽的生命，追寻与基督神圣的结合，从而得到拯救。作为护卫基督教的骑士们，无不以能够完成这一神圣的使命为最高的荣誉。然而，圣杯注定与满身罪孽的人无缘，高文骑士历经危险和磨难而不得，因为他不但放浪形骸而且拒绝忏悔；兰斯洛特骑士与佩莱斯王的女儿伊兰公主所生的儿子加拉哈，心地纯洁，童贞而无罪，终于得到圣杯，他去世后灵魂则被众天使接到了天上。特里斯坦和伊索尔德的爱情故事，在欧洲中世纪曾广为流传，在《亚瑟王之死》中也是最动人的篇章。特里斯坦是康沃尔之王马尔克的妹妹伊丽莎白的儿子，由于母亲在生下他后即受风寒而亡，他幼时受尽继母的虐待。稍长，特里斯坦被送往法国接受教育，学成归来，已成为一个英姿勃发、武艺高强的年轻骑士。适逢爱尔兰王派遣著名的马汉思骑士来催讨贡赋，康沃尔举国上下无人敢于应战。特里斯坦挺身而出，一举击败马汉思骑士并将他杀死。特里斯坦因身中毒矛，在爱尔兰王宫中养伤，与美丽的公主伊索尔德深深相爱，但马尔克王却命特里斯坦将伊索尔德迎娶过来做自己的王后。特里斯坦和伊索尔德在归途中同饮了爱杯里的魔药，爱情之火在一对恋人之间熊熊燃烧。卑鄙的马尔克王趁特里斯坦在伊索尔德面前弹琴时从背后用剑将特里斯坦杀死，悲恸的伊索尔德伏在爱人的尸体上气绝而亡。这对为爱而死、忠贞不渝的情侣，数百年来不知赢得了多少人同情的泪水。

三

正如我们已经谈到的那样，西欧封建社会的封君封臣关系是骑士制度的基础，也是骑士精神或骑士道形成的前提，因此，包括《亚瑟王之死》在内的骑士文学无论内容如何丰富，故事多么庞杂，从叙事的角度看，都隐含着一个建筑在中世纪社会主流话语基础上的契约型深层结构框架。这个结构以立约为前提，在人物一系列的行为叙述中以立约—履约—奖赏／违约—惩罚的形式表现出来，折射出那一时代的伦理价值取向。

就任何一个具体的骑士故事的叙述来说，立约的一方也即骑士，都具有该故事主人公的性质。而另一方表面上可以由不同的对象来担任，如国王或大封建主、教士或修士、公主或贵妇人、其他骑士等，但这不同的对象事实上具有符号化的功能，与骑士真正立约的另一方是在上述对象与骑士所建立的关系中呈现出的骑士精神，也即以忠诚和信仰为核心的价值观念。在《亚瑟王之死》中，成为圆桌骑士的一员、立志去追寻圣杯以及与贵妇人的爱情誓言都可以被理解为"立约"的表现，而一旦立约，则意味着必须承担相应的义务和责任。义务和责任在履约的行为过程中展开，这是骑士叙事文学的主体部分：从不时出现的或简单或盛大的比武场面，到刀光剑影的战斗厮杀；从追赶怪兽猛禽，到与巨人恶魔搏斗；从一见钟情、山盟海誓的英雄美人绝恋，到路见不平、拔刀相助的侠肝义胆；从神力魔法的相助，到预言奇梦的实现，总之，一系列带有传奇色彩的"发现"与"奇遇"，构成了骑士们的"冒险"经历。从一定意义上说，不同骑士的游侠过程在叙事要素上具有某些雷同性，但正是这种相似的叙述要素，使得骑士精神在反复言说中得以凸现而出，也使面对相似情节元素的骑士们呈现出并不雷同的形象。履约是试炼与考验，也是骑士自身完善和成长、寻找合适的位置和身份的过程。正像亚瑟王那张巨大的圆桌旁有一个"危险座"所象征的那样，一切不具资格而存非分之想的骑士坐上去得到的都只能是灾祸。如果一个骑士在履约过程中证明自己真正符合骑士的标准，就必然会获得荣誉和荣耀的结果，例如英雄的美名、得见圣杯和美好的爱情。履约的反面就是违约，一个骑士倘若在自己的冒险经历中行为偏离了骑士的标准，我们就会发现其最终的结局必然是逆反的或悲剧性的。对违约行为的判定在此牵涉到一个价值层级的问题，有时一种行为在一个层面上可能并不是违约的，但在一个更高的价值层级上则被判定为违约。例如，兰斯洛特骑士对桂乃芬王后的爱情确实是真挚、热烈的，为了忠实于爱情，他拒绝了不止一位爱慕他的异性，但是这种爱情却违背了对国王忠诚的原则。当一对恋人彼此间的忠诚与骑士"忠君"的义务相矛盾时，这就玷污了一个真正骑士的名誉，因此，这种行为在更高的"忠君"价值层面上被判定为"违约"，受到一致的谴责，结局也是悲剧性的——两人不得不分离，并遁入修道院忏悔，孤凄而终。在基督教已然稳固地成为占统治地位的意识形态的中世纪中期，对宗教信仰的忠诚无疑体现着最高的精神价值层面。这甚至反映在本书为亚瑟王朝和圆桌骑士团毁灭所作的解释上。英明一世、功绩卓著的亚瑟王阴差阳错犯下了一桩重罪：他与前来宫廷晋见的路特王的王后玛高丝一见钟情，不想玛高丝却是他同母异父的胞姐。两人一夜枕席之欢的结果是诞下了一个男婴，魔灵向亚瑟王指明，这种乱伦的行为因触怒了上帝，必然导致亚瑟和圆桌骑士团的灭亡。果然，当亚瑟王率兵远征法兰西时，被托付国事的莫俊德骑士起兵反叛，自立为英格兰国王，他正是当年亚瑟王与玛高丝王后乱伦所产下的那个男婴。闻讯回兵的亚瑟王与莫俊德在海边决战，莫俊德被杀，亚瑟王也伤重而亡，骑士们则在自相残杀中几乎伤亡殆尽。显然，在基督教信仰的价值层面上，作为圆桌骑士团领袖的亚瑟王的不伦之举也是"违约"的一种表现，而违约就必须承担责任和后果。

包括《亚瑟王之死》在内的骑士文学中所隐含的"契约型结构"，是中世纪社会由初期的混乱无序向其后的和谐稳定发展过程中，西欧封建文化形成、确立后在文学上的一种反映。骑士文学的作者们自觉或不自觉地在这种结构的约束下讲述着骑士们回肠荡气的故事，也表明了对稳定的社会秩序的肯定。据史料记载，恰恰是在《亚瑟王之死》出版的一四八五年，英国的"玫瑰战争"（1455—1485）结束，史称"亨利七世"的亨利·都铎建立了都铎王朝。面对混乱、分裂的国势，他无限缅怀历史上传说的亚瑟王朝的统一与强盛。他自称是亚瑟王的后裔，不但给自己的长子取名亚瑟，还在温彻斯特城堡大厅的墙壁上悬挂起了一面巨大的圆桌，上有亚瑟王的肖像和都铎王徽的图案——由小朵白玫瑰环绕的一朵大的红玫瑰，四周并刻有亚瑟王传奇中出现的二十四位骑士的名字。这是历史的巧合，也是历史发展的必然。时代在发展，野蛮也毕竟要走向文明。中世纪最初的三百年中，用"黑暗"来形容并不过分，与无休无尽的征战相伴随的血腥杀戮和对古典文化的摧残，是中世纪社会初期的显著特征，以至罗马主教格里高里一世都悲叹"世界末日几近来临"。从诸侯混战到王权的强大和国家的稳定、从文化破坏到文化建设，概言之，从混乱到秩序，所反映的是西欧社会从落后走向进步的时代发展趋势。作为在三百年故事流传基础上形成的《亚瑟王之死》，尽情书写着骑士们的豪情，也在契约型结构中浓缩了骑士精神由野蛮到文明过程后的成熟形态。理想的骑士形象在这里清晰地彰显而出：比武场和战场上敢于冒险、力挫群雄的勇士，爱情生活中温柔体贴、风流倜傥的情人，社交场合彬彬有礼、修养良好的绅士，宗教上虔敬谦卑、道德自律的信仰实践者和护教者。叱咤风云的骑士们不再完全是个人至上的豪杰，只有在以"忠诚"为纽带的封建契约关系中，担负起责任与义务的勇敢骑士，才与那一时代人们心目中的英雄观念相吻合。从这个意义上说，骑士文学所建构的不只是一个传奇色彩浓郁的艺术世界，也代表着一种追求精神价值的理想化的乌托邦。在此，骑士们建功立业的个人价值的实现和大胆、热烈的爱情欲望的实现，与封建和宗教义务之间既构成了持续的张力，也达到了内在的平衡，因而，骑士文学中一方面蕴含着突破禁欲主义、肯定个人价值和力量的激情，也呼唤着理性与秩序。

四

曾经在西欧中世纪历史上繁盛了数百年之久的骑士制度，到了英法百年战争（1337—1453）后逐渐衰落下去。在这场战争中，英国民兵组成的弓箭手的威力远胜于恪守单骑决斗战术的法国骑士。特别是在十五世纪，火炮和火绳枪的出现，更使仗剑持矛行走天涯的骑士们的英雄气概灰飞烟灭。然而，在文学与文化史上，骑士文学所昭彰的精神和理想却并没有立刻消亡。虽然，在十六世纪末十七世纪初，文艺复兴时期西班牙伟大的小说家塞万提斯以《唐吉诃德》"终结"了骑士小说的流行，英国伟大的剧作家莎士比亚用充满喜剧色彩的福斯塔夫的形象尽情嘲弄了骑士精神的没落，但在骑士文学的乌托邦世界中所倡导的忠诚、宽容、诚实、勇敢等品质却跨越了漫长的历史河流而得到了人们的肯定，那些著名的骑士形象也成为后世读者心向往之的审美对象。

在西方文学，特别是英美文学史上，马洛礼的《亚瑟王之死》毫无疑问应该占有一席之地。它的主要贡献在于对欧洲叙事文学的发展起到了重要的促进作用，同时较为完整地保留了亚瑟王及其圆桌骑士的传说，为后世欧洲文学提供了一个丰富的素材宝库；它还发展了英语词汇以及句型的变化，是英国散文史上一个承前启后的重要成就。亚瑟王的故事从韵文传奇到散文体的作品，已初具了后世小说的形态。尽管整部作品中众多的故事之间联系并不十分紧密，且人物出场的时序和人物关系有时混乱，个别人物姓名在文本中前后也稍有差异，但却最大限度地保存了一个个故事的原有面貌。在几个明确的主题之下串联故事，全书也做到了首尾一贯，以亚瑟的出生始，以亚瑟王朝的毁灭终。在故事叙述中，作者既有穿插，也有对话，描摹细致，手法细腻，引人入胜。且看本书第十八卷第十九回对少女爱莲之死的描绘和情节叙述：

阿城女郎留在家里,日夜哭泣,辗转反侧,寝食俱废,即使汤水亦不下咽,口口声声地怀念着兰斯洛特骑士。她缠绵床第,已经过了十天,瘦弱萧条,奄奄一息,即将脱离人间,最后她对神父忏悔,也接受了死前的宗教仪式。一说到伤心的话,她总是提到兰斯洛特骑士。神父劝她抛开这些念头,爱莲回答说:"怎能抛开红尘呢?我不是尘世里一个弱女子吗?我一刻不死,就一刻怨恨自己;我虽是爱上了人世间的一个男人,可是我认为这不曾侵犯过任何人呀;而且我恳求上帝为我见证!除开兰斯洛特之外,我从不曾爱过任何人,将来也不会再爱什么人,愿意对兰斯洛特和世界保持一生的洁白;若是因为我爱上一位高尚的骑士,上帝就要处我死刑,我恳求在天的父,垂怜我的灵魂,垂怜我那饱受苦痛的肉体,早日把我召去,减少我一部分的罪孽。"她继续祈祷着:"最亲爱的耶稣基督啊,求您为我作见证,我是从来不敢违犯您那神圣的律法的;至于我全心全意地去爱兰斯洛特骑士,我的主啊,我自己也不能再忍受这种单相思了,因此我只好死去。"

爱莲随后恳求父亲和太尔哥哥,完全按照她的意思替她写成一封信。她的父亲满口答应了。这信里的一字一句,都根据了她的意思,及至写成之后,她又恳求父亲守在她的身边,看她死去。她还说道:"父亲,在我的身上还有余热的时候,请您把信放在我的右手里,要我拿紧,一直等到我全身冰冷;还请您把我放在一张华丽的床上,将我所有华丽的服装,都放在我的身旁,然后连床带衣,搬到车上,再运到泰晤士河的附近;在那里,请您再搬我上船,移进舱里,交给您所信托的一个人,把我带走;但是船上要用黑色绸缎遮掩,愈密愈好。父亲,求您替我办啊。"父亲答应以后,事无巨细,完全按照女儿的心愿一一办妥了。爱莲死后,父兄的悲恸,自不待言。她的遗体连同床铺,都运往泰晤士河近岸,另请一人驶至威斯敏斯特,在还没有行人注意到它之前,这船夫已经前前后后地划行了。

一个痴情少女的形象跃然纸上!

《亚瑟王之死》问世后,取材于亚瑟王传说的作品从古至今不绝如缕。意大利诗人但丁在其不朽名著《神曲》的《地狱篇》第三歌中,就写到了特里斯坦骑士、兰斯洛特骑士和寻找圣杯的骑士加拉哈以及桂乃芬王后。十六世纪英国著名诗人斯宾塞,十九世纪英国后期浪漫派诗人丁尼生、莫里斯、史文朋都在自己的诗作中采用了亚瑟王传说的素材,其中尤以斯宾塞的长诗《仙后》和丁尼生的组诗《国王歌集》在英国诗歌史上享有盛誉。十九世纪后半叶的德国作曲家和诗人瓦格纳曾创作了脍炙人口的歌剧《特里斯坦》和《薄希华》。到了二十世纪,美国诗人罗宾逊又运用亚瑟王传说的素材入诗,他的同胞、小说家马克·吐温的小说《亚瑟王朝廷的美国佬》更是我们所熟知的作品。英国象征主义大诗人T. S. 艾略特则在他的名诗《荒原》中,以寻找圣杯作为结构诗歌的一个重要原型。这一切都表明,《亚瑟王之死》以及整个亚瑟王与圆桌骑士的故事对西方文学的深远影响。

王立新

二〇〇五年一月

关于《亚瑟王之死》

一

英国十五世纪是一个富于矛盾的世纪,一方面是工业和商业很发达,伦敦和若干位于港口的市镇呈现出繁荣的景象;另一方面却是一片混乱与不断的内讧,处于无政府状态,贵族间自相火并,对法战争第二期以失败告终,继之而起的是争夺王位的玫瑰战争。这是英国四分五裂、贵族对社会的功用逐渐消失、骑士制度已经崩溃的时期,是封建关系和封建生产方式正在衰落、资产阶级关系和资产阶级生产方式正在迅速发展的时期,是封建社会过渡到资产阶级社会的时期。

正在这个时候,出现了由马洛礼编写的、卡克斯顿校印的一部传奇《亚瑟王之死》。它是早已传遍欧洲各国的关于英国亚瑟王及其圆桌骑士寻求"圣杯"故事的一部文库,是英国文学中第一部小说,还有人认为是英国的一部散文史诗。

骑士文学是封建社会的产物,亚瑟王的传说是骑士文学中重要的一环。在马洛礼以前,欧洲各国出了不少关于亚瑟王故事的书,马洛礼把关于亚瑟王的各种各样的传说整理连贯起来,写成了这部著名的传奇。本书完成于一四六九年，出版于一四八五年。他在书中，歌颂了亚瑟王平定反叛他的贵族、统一苏格兰和威尔士以及远征罗马的武功，赞扬了亚瑟王的圆桌骑士们英勇比武、扶弱抑强的事迹，叙述了兰斯洛特和桂乃芬王后以及特里斯坦和伊索尔德的悲欢离合的恋爱故事。但本书的结局却是悲剧：亚瑟王受伤死了，桂乃芬王后也死了，许多著名的圆桌骑士也都先后死去，书名叫做《亚瑟王之死》盖由于此。

本书同用韵文写的骑士文学一样，是英雄美人的赞歌。作者对于骑士的忠君爱国、好义任侠、英勇善战、对妇女的爱护和对爱情的忠贞等封建社会的道德赞赏备至。其实，骑士在现实生活中，未必具有这些优良的品质。这部作品是在封建社会衰落时期写成的，是一篇哀悼骑士制度的崩溃、美化过去贵族制度的哀歌。作者对于亚瑟王领导英雄豪杰东征西讨、形成一个强大的统一的英国的局面，作了详尽而生动的刻画，亦正表示作者希望在玫瑰战争中能够产生一个强有力的贤明君主的理想。

作者集中了关于亚瑟王的一切传说，以引人入胜的叙事技巧，把这些故事讲出来，其中有穿插，有对话，有错综复杂而又首尾连贯的情节，有各种人物的思想活动。马洛礼的《亚瑟王之死》已经粗具后世小说的规模，这是这部作品在艺术上的一个重大成就。

二

作者马洛礼究竟是怎样的一个人？包尔一四五八年印行的

《大不列颠图鉴》说他是一个威尔士人，名字大概是Sir Thomas Malory。这名字与英国古地名Maylows，Maelour或Maelor不无关系。他出身于窝立克郡伯爵的家庭，生于十五世纪三十年代，大概在一四三三年他承继了祖上的财产和爵位；一四三六年出征过法国的加莱。自一四五〇年起，就接连坐牢，少则数日，长则三年，罪行种类包括聚众抢掠、勒索、欺诈、侮辱教长、捣毁教堂、越狱潜逃、谋杀公爵，等等，罗列马洛礼的罪名及犯罪日期地点的材料就占了四页之多。一四六九年，他在狱中的时候，完成了《亚瑟王之死》。一四七一年三月十四日逝世，葬在伦敦郊区新寨门附近灰油锅地方的圣法朗士教堂墓园。①

《亚瑟王之死》能同世人相见，应归功于卡克斯顿，是他把这本书加以整理、修改、润饰、标点、划分章回，并写了序言，而后排印和发行的。

卡克斯顿是英国第一个印刷商，对于英国文化有很大贡献。他生在英格兰东南部肯特郡的林野地区，出身贫寒的农家，十六岁移居城市，做了富商赖吉的学徒。赖吉经营绸布进口贸易，有时附带输入欧洲大陆的图书手稿，卡克斯顿耳濡目染，很早便熟悉了当日的珍贵书稿。赖吉死后，他到荷兰和弗兰德斯等处经商，寄居国外达三十年之久。他得到爱德华四世的器重，一四六二年受命为英商监督，这个职位，他一直担任了八年。那时西欧正开始应用活字版印书（其实，是由我国传入的），他对于此项新兴的印

---

① 编者注："新寨门"即前文中的"纽盖特"，"圣法朗士"即前文中的"圣方济各"。

刷事业颇感兴趣。此外，他还经常购进一些印本图书，运回祖国。

一四六四年以后，他与英王的妹妹玛珈丽德公主相识，生活更为安定，便放弃商业，进而练习写作和印刷。他所翻译的费弗尔的《特洛亚战争》，一四七四年在布鲁格出版，这是世界上第一部印刷的英文著作。

一四七六年，他把一批印刷器材运到伦敦，在威斯敏斯特教堂济贫院设置工厂，招募学徒，从事出版事业。卡克斯顿从五十九岁起开始他的编辑和印刷的事业，继续经营了十七年，共刊行了九十九种图书，才离开人世。《亚瑟王之死》就是他的印刷厂开办后第九年所出版的一部大书。如果我们把他的印本和温彻斯特的抄本对照一下，我们认为卡克斯顿删改整理的功夫实不应淹没。最突出的地方，就是卡克斯顿把马洛礼所作的猥亵描写，特别是本书第十九卷，几乎完全改写了。他为本书写了一篇序，在序里说："这部书里所流露的博爱仁慈、和蔼大方以及豪爽磊落，读者可以发现许多赏心悦目和崇高著名的轶事。因为在历史里，可以看出高贵的豪侠、礼仪、博爱、诚恳、坚忍、爱、友谊、胆怯、凶杀、毒恨、德行和罪孽。行善远恶，可以得到好名声。"由此可见，卡克斯顿之所以整理出版这部巨著，目的在于要维护当时摇摇欲坠的封建社会的道德准则。

三

前面说过，马洛礼的《亚瑟王之死》是根据各种关于亚瑟王及其圆桌骑士的故事而编写的,现在我想把历史上的传说作一个简单的介绍。

亚瑟王是第五或第六世纪的不列颠的统治者,原是一个历史人物,第八、九世纪的尼尼亚斯曾作过神话式的记载。大约在一一五五年,住在英格兰的一个名叫韦诗的诺曼人,写过一部《英国人武功录》,他最早提到亚瑟王的著名圆桌(社);又用法文写成了《伯绿特》,这是颂扬各古代不列颠英雄们的长诗,遂使圆桌故事传遍了整个欧洲。赫佛理本是相信亚瑟王将来还要返回英国重行统治的,韦诗比他说得更为细腻。他说:"不列颠人都守候着亚瑟王,因为他们都在传说,而且相信,他终有一天从原路返回,再住在这里。"他又说:"有的人在怀疑——我也受了迷惑,究竟他是生是死呢?"韦诗对当日的传说批判道:"既非全是谎话,也非全是实情;既非完全愚蠢,也难全有意义;讲故事的人既然说了这么多,又产生了这么多的传闻……"这就使历史和神话交织在一起了。

到了一一七五至一二〇五年之间,英国有一位叫雷雅梦的教士,竟代表亚瑟王扬言:"我就要到阿维利昂去见最美丽的宫娥,也要到阿根第去会王后,还有个最好的侏儒,她能医愈我的创伤;由于那里的良药,我可以完全复元。然后我要重返故国,快快乐乐地同不列颠人住下去。"雷雅梦在这里重行宣布了以前魔灵所发表的预言。

一一九一年格拉斯登堡的一群僧侣,大概不同意亚瑟王的复生,曾公布他们寻得两具尸体,证明确实是亚瑟王和桂乃芬王后的遗体,隆重地把他们安葬了。然而,相信亚瑟王重返阿维利昂的传说,依然流传民间。

及至十二世纪后半叶，法兰西的诗人在欧洲大陆和诺曼人所占据的岛国上，编写了大批讴歌亚瑟王的作品，供给行吟艺人去演奏，同时在朝廷上也出现了运用古代罗马语言的罗曼斯，于是就成了真正的骑士文学的滥觞。此后，南起意大利，北达冰岛，整个欧洲，在各种不同的方言里，都在传述着这个英雄美人的故事。

在英语里，叙述亚瑟王冒险的最细致的作品，要首推马洛礼的《亚瑟王之死》。这书问世的时候，正值里士满战败理查三世而号称亨利七世登极的一年。亨利即位之后，想把当日杀人放火、贪污腐化、分崩离析的社会，改造成为一个和平统一的国家。又由于他缅怀祖宗的英武，推崇开国元勋亚瑟王，并且自认为是亚瑟的后裔，所以在登极翌年生养长子的时候，特地为他取名亚瑟，一方面承认魔灵的预言从此实现，另一方面又相信这位远古的英雄重行回到人间。亨利七世这时就在温彻斯特寨里，放置一张直径十八英尺的槲木圆桌，悬在寨内大厅墙上，可能是为了纪念这个皇太子的诞生。

圆桌的正中画着一朵大红玫瑰，上面盖着小朵白玫瑰。白玫瑰是约克皇室的标志，红玫瑰是朗卡斯特皇室的代表，合之而成屠杜①的皇徽。在玫瑰花的外围上面，立着庄严的亚瑟王，四周写着二十四个骑士的名字。这些人大多数均在马洛礼的《亚瑟王之死》里出现过。

在这以前，约当公元一四〇〇年光景，奥地利提罗尔的玻耳散诺地方，有一处名叫孔克耳斯坦的要塞里，壁上绘了许多关于

————————

① 编者注：即前文提到的"都铎"。

亚瑟王的轶事。其中也画了一张圆桌，桌面上没有花纹或文字，四周所站的人，除亚瑟王外，还有十六个骑士。

在巴黎的国家图书馆里，收藏着一张原稿插图，是北意大利留下的一本圣杯故事，时代大概是一三八〇至一四〇〇年，用法文写的。图上所绘的一张桌面，中空，侍者环立。首席上面，遮着绸缎，标明"危险座位"。两旁所坐的人物，可从桌面中空的地方窥见他们的下肢。桌面没有花纹，仅放了杯盘菜果。四周宾主，共十七人。根据画面注释的文字，乃亚瑟王欢迎加拉哈骑士返回圆桌社的宴会。

就以上所举的三张圆桌看来，时代前后相隔一百年，地区横跨了整个欧洲，虽然桌形和大小各不相同，但确有若干近似之点。卡克斯顿所说的圆桌，系指放在温彻斯特的那一张而言。

圆桌骑士形成欧洲中世纪骑士文学的主题，自十二世纪至十六世纪绵延了三百多年，不论在韵文或散文的叙述中，每一群中心人物又各有独立的故事，有时相互贯穿，有时截头去尾。所以文学史上把那一大堆的故事，总称之曰"环"，意义就是一个故事的始末。中世纪的骑士文学一共三环，除圆桌这一环外，还有查理曼和他的贵族环，西班牙半岛环。

四

《亚瑟王之死》这部书在英国文学史上有相当的影响，很多作家以亚瑟王及其圆桌骑士的故事为题材，写成韵文或散文。例如一五九〇年，斯宾塞写的《仙后》，主角就是亚瑟王。琼生所写的假面剧，独具风格，曾以亚瑟的幻想做题材，编过《在亨利太子的寨里谈话录》。莎士比亚虽未曾专题写过亚瑟王和他的骑士，可是他不时采用了那些角色。屈莱顿在一六九一年出版了政治性戏剧《英国名勋亚瑟王》，由英国著名的乐师拍塞尔为他配歌。十八世纪初叶，菲尔丁的剧本《大拇指》，也是采取亚瑟王朝廷作背景的一部作品。十八世纪末叶，曾翻译我国《好逑传》的拍息，在一七六五年编了一部《古代英诗拾遗》，收录了六篇关于亚瑟的诗歌，其中最为人所称道的，有《高文的婚礼》。丁尼生自一八三三年开始作亚瑟王的笔记，前后耗费了二十五年的时间，一八六二年印行《英王的牧歌》第二版，卷首加上一首《对亚尔伯特亲王的献诗》；一八六九年，他写成了《亚瑟王的来临》《圣杯》《伯莱亚斯和艾达娜》及《亚瑟王逝世》；一八七一年他又写成《最后的比武竞赛》，一八七二年再把《加雷思和林娜德》完成，次年又作一篇《吉岚德的婚礼》，这才把这部牧歌全部脱稿。莫里斯在一八五八年刊行的诗集《为桂乃芬王后答辩及其他》之中，收集了好几首讽咏亚瑟王的短诗。斯文朋[①]在一八八二年出版一本名叫《良纳斯城的特里斯坦》，又取材马洛礼的著作，在一八九六年印行了《巴兰故事》另一本诗集。哈代于一九二三年写了一本《康沃尔王后》的著名悲剧。

译者
一九六〇年二月

[①] 编者注：即前文提到的"史文朋"。

序

在我印行了几种历史名著，又计划刊印记载名将和君王们丰功伟绩的史籍，还有记载前人嘉言懿行、可作读者取法的著作以后，就有很多英国的贵族们经常来问我为什么不刊印一部关于"圣杯"①故事的历史，也就是关于三个最高贵的基督徒之一亚瑟王②的历史，在一切基督教国王之中，这个君王的事迹，英国人必须深切了解。全世界的人都知道，历史上总共有九个贡献最大，而且最优秀的人。其中三个是异教徒，三个是犹太人，三个是基督徒。这三个异教徒，都在耶稣没有降生之前，他们是耶稣的化身；他们的名字，第一个是特洛亚城的赫克托③，他的生平可以从

---

① 圣杯（Saint Greal），在《新约》中只译作"杯"。相传系耶稣被钉于十字架之前，曾同门徒最后聚餐时所用绿柱玉琢制的酒杯；随后演成种种神话，表现了许多奇迹。

② 亚瑟王（King Arthur），关于这人的考证，史学界及文学界均有专门著作，其中以里斯·约翰氏（John Rhys）于1893年为本书所作的《导言》，最为简明扼要。郑振铎编《文学大纲》（第二卷，第70页，商务印书馆）所称"亚述王"，与鲁迅编《艺苑朝华》所称"阿赛王"等，指的都是这个人。

③ 特洛亚的赫克托（Hector of Troy），希腊最古诗人荷马所作《伊利亚特》中的最勇敢的人之一。荷马大概生在公元前1184到前684年之间，《伊利亚特》是一部描写特洛亚战争的叙事诗。

歌谣和散文里了解到;第二个就是亚力山大帝;第三个是恺撒,罗马的皇帝,他的历史,尽人皆知,我们已经有了印本。至于三个犹太人呢,也是从前耶稣的化身,第一个是约书亚公①,他曾带领以色列人的儿女们到迦南②;第二个名叫大卫,是耶路撒冷的王;第三个是犹大·玛喀比③;关于这三个人的生平,《圣经》里均有记载。以上所说三个崇高的基督徒的化身,如今全世界都已承认,并已列入九个最伟大而且最崇高的人物之中,其中第一位就是高贵的亚瑟,他的崇高勋绩,随后我就在这本书里叙述出来。第二位即是查理曼,或称查理大帝④,他的历史在法文和英文的著作里随处可以看到;第三个,就是最后的一个,名叫戈德弗雷·德·布永⑤,他一生的言行,我曾写成一本书,用以纪念仁爱的君王爱德华四世⑥。这些士绅贤达,迫切地要我刊印这本记载崇高国王和卫

---

① 约书亚公(Duke of Joshua),以色列的将军,曾在摩西死后,亲率以色列民族渡约旦河侵略并征服迦南。详见《旧约》的《约书亚记》及《士师记》。

② 原文作the land of behest,改成现代英语,即the land of promises,意指亚伯拉罕与神相约之国,即迦南,故径译迦南。

③ 犹大·玛喀比(Judas Maccabacus),为Mattathias之子,乃犹太人反抗叙利亚王艾比凡斯·安泰奥卡斯(Antiochus Epiphanes公元前200—前164)压迫的第一个人英雄。其事迹见《次经全书》。

④ 查理大帝(Charlemain,亦称Charles the Great 762—814),为法兰西及神圣罗马帝国的皇帝;这一时期他们的学术很昌盛,西欧文化呈复活的景象。

⑤ 戈德弗雷·德·布永(Godefroy de Bouillon 1058—1100)乃法国十字军第一次远征时的重要领袖之一。

⑥ 爱德华四世(Edward the Fourth 1442—1483),于1461—1483年在位,本序作者从事印刷工作,是在1474—1491年间,大部分是在他所统治的时代,故校印这一部书去纪念他。

国英雄亚瑟的历史，书中还附带叙述他的骑士们，以及"圣杯"的故事；此外又记载亚瑟王之死和他一生的终结；大家都在主张我应当刊印亚瑟王的英明事迹，因为他比起戈德弗雷·德·布永或其他八个人都重要；更考虑到亚瑟王生在我国，又做过我国的国王，而且他和骑士们的伟绩，在法文里已有了许多部书。我曾回答他们说，据许多人的意见，在历史上并没有这样一位亚瑟，所有记载他的文字都是伪造的，或是神话；试看历代史籍里，有的人从没有提过他，也没曾提过他的骑士。于是又有许多人回答说，特别有一个人说道：凡是认为历史上从来没有亚瑟王这人的，可断定他是一个愚笨的瞎子；因为他说，曾有人提供好多相反的证据，证明了这个人是有的；第一点你可以在格拉斯登堡①看见他的坟墓。再有一部《世界博物志》②，在第五册第六章和第七册第三十二章里都曾提到埋葬他的遗体的地方，后来他的遗体被人发现了，又重行葬在这座修道院里。再者，你还可以在薄伽丘氏③的

---

① 格拉斯登堡（Glostonbury），在英国西南部威尔士之南六英里，隶属萨默塞特郡（Somersetshire）。

② 《世界博物志》（Policronicon）乃英国彻斯特（Chester）地方圣伍卜耳堡修道院（St. Wurburgh's Monastery）的黑衣教士希格登（Ralph Higden）所著。这人生年不详，死于1364年。所著《世界博物志》，由世界远古写到爱德华三世，除编年史外，更包括宇宙一切知识。该书经John Trevisa译成英文，1482年也由卡克斯顿刊于伦敦。

③ 薄伽丘（Bochas，亦拼作Boccaccio，名Giovanni），1313年生，其出生地有谓巴黎，亦有人考据为佛罗伦萨，1375年殁，为意大利诗人及人文主义者。所著 Decameron，我国有译本，名曰《十日谈》。

历史中，有一本名叫《欧洲列王本纪》①的，也记述了他的一部分崇高事迹，以及他是怎样死的。还有一个名叫加尔弗里德斯②的，他的英文著作里也曾提到亚瑟的一生；此外在英国各处地方，你可以看见亚瑟及其骑士们所留下的永久纪念品。第一，在伦敦威斯敏斯特教堂③所设的爱德华的像座里，还保存有亚瑟王用红蜡所打的火漆印，盛在绿宝石框中，外面写着"亚瑟王乃不列颠的、法兰西的、日耳曼的，及达西亚④的统治者"几个字。第二，在多尔城⑤里，你可以看见高文的头颅骨和克雷杜克氏的披肩；第三，在温彻斯特你可以看见一张圆桌，别的地方还有兰斯洛特的宝剑，以及其他等等物件。根据以上的事实，对于英国有这么一位名叫亚瑟的君王，那是没有人可以提出反驳的理由的。不论我们在什么地方，基督教国也好，异教国也好，他终是九个著名的人物当中的一个，又是三个基督徒中第一人。他的名望，在海外比国内

---

① 薄伽丘的 *De Casu Principum*，美国有译本名 *Concerning the Fall of Great Men*，译者及出版者不详。

② 加尔弗里德斯（Galfridus，约1100—1154）在英国文学史上称曰杰弗里（Geoffrey of Monmouth），为英国编年史家，St. Asaph 的大主教，他所著 *Historia Regum Britanniae*（《英王本纪》），1136年刊行，其在正史上无大价值，但对文学的影响很大，为拉丁文中英国史名著。

③ 威斯敏斯特教堂（Westminster Abbey），建筑在伦敦中部泰晤士河大桥之西。卡克斯顿当时所开设的印刷所，即在今日教堂的范围之内。

④ 达西亚，为古代地区名称，位于多瑙河之北，包括今日保加利亚、比萨拉比亚及匈牙利以东的一部分地方。

⑤ 多尔城（Dorer）在伦敦东西七十六英里肯特（Kent）的地方，有古城堡。又 Camelot，加美乐，在英国是个家喻户晓的地名，都知道是亚瑟王会聚圆桌骑士的地方，但究竟在什么地方，却有许多臆测。

更高；他的崇高事迹，在外国记载的，例如在荷兰、意大利、西班牙、希腊和法国等处，都比在英国为多。再者，根据遗留下的记录，可以证明他住在威尔士的一座名叫加美乐的城里，那里有许多巨石和铁的伟大工程，埋在地下；还有拱顶建筑物，当代就有许多人曾亲眼见过。至于，为什么他在本国并不闻名，真是怪事；只好依照上帝所说的"本土的人不肯接受他是先知"[①]这句话来解释了。据上面所说，我无法否认我们是有这样一位崇高的亚瑟王，他是九个著名人物之一，也是三个基督徒中最早而又最重要的一位；关于他本人和他的骑士们的事迹，已用法文写成好多部名贵的著作，当我留居在海外的时候，我曾读过，可惜在我们祖国的语文中竟没有；在威尔士语文和法文中也有很多，英文里只有一小部分，并不完全。最近我简略地搜集一些材料，写成英文，当然是上帝赐我的薄弱的智慧，我又从社会贤达的士女们那里获得了赞许和指正，我曾根据马洛礼骑士从法文的著作中撷取一些材料，著成的一部英文历史，刊印了这部记述亚瑟王和他的骑士们的高贵事迹。我依照这部抄本的材料排印，目的在使社会贤达们能认识和观摩骑士的崇高风度，以及当代骑士们的嘉言懿行，使得他们随处受人敬仰；反之那班为非作歹的人，又如何受到惩罚、侮辱及责难；我谦卑地恳求所有高贵的女士们以及其他各种身份的人，不论他们的地位高下，有否爵位，凡是能读到我所印行的这部书的人，我请求他们学习本书里善良与诚实的作风，

[①] 见《新约·路加福音》第四章二十四节，原文这样说："（耶稣）又说，我实在告诉你们，没有先知在自己家乡被人悦纳的。"

加以仿效。这本书里所流露的博爱仁慈，和蔼大方，以及豪爽磊落，读者可以发现许多赏心悦目和崇高著名的轶事。因为在历史里，可以看出高贵的豪侠、礼仪、博爱、诚恳、坚忍、爱、友谊、胆怯、凶杀、毒恨、德行和罪孽。行善远恶，可以得到好名声。为了读书消遣，这本书可以使你愉快；至于你对本书的内容，是否相信完全都是真情，那是你的自由；但是我们完全是为了训诲世人而写的，同时还警戒我们不要作恶，不可作孽，应当依照道德的标准做人；若是我们能照此行事，就能得到世上的光荣和名誉；在人世间你过了一个短促的岁月，还要在天上享受永远的幸福，这就是管理天上三位一体的上帝所赐给我们的，阿门。

亚瑟王是一位伟大的征战将军，又是一位最仁爱的君王，他有一个时期，做过我国的君王，那时我国称做不列颠；他的珍贵而又风趣的轶事，高贵的君王、宫女、士绅、贵妇们，有的人想读，也有人想听，为了满足他们的要求，我特编印这部书，献给他们。不才姓卡克斯顿，名威廉，一介平民，今贡献这本书给读者，乃是出于有计划地印刷，其中我所记述的高贵品德，英明武功，以及勇敢、坚毅、仁慈、爱、礼仪、和蔼，以及其他美妙的历史和冒险；要明白本书简括的内容，我曾把它分为二十一卷，每卷的章回，都依照上帝给我的恩惠而写的。第一卷记述尤瑟·潘左干王怎样生出高贵的亚瑟王，计分二十七回。第二卷记述一个高贵的骑士巴令，计分十九回。第三卷记述亚瑟王与桂乃芬王后的结婚，以及其他琐事，计分十五回。第四卷记述魔灵怎样为爱发痴，以及当时列王对亚瑟王的战争，计分二十八回。第五卷记述对罗马卢夏诗皇帝的征服，计分十二回。第六卷记述兰斯洛特骑士及梁纳耳骑士的冒险奇迹，计分十八回。第七卷记述高贵的加雷思骑士被凯骑士命名叫美掌公的经过，计分三十五回。第八卷记述高贵骑士特里斯坦的出生，以及他的生平事迹，计分四十一回。第九卷记述凯骑士替一个青年骑士起浑号，叫他拉·克特·梅尔·太耳（意思是"衣着旷荡汉"）的经过，以及特里斯坦骑士战斗的情况，计分四十四回。第十卷记述特里斯坦骑士以及其他骑士的冒险奇迹，计分八十八回。第十一卷记述兰斯洛特骑士及加拉哈骑士，计分十四回。第十二卷记述兰斯洛特骑士及其狂妄行止，计分十四回。第十三卷记述加拉哈骑士初次觐见亚瑟王，又如何开始追求圣杯，计分二十回。第十四卷记述追求圣杯的经过，计分十回。第十五卷记述兰斯洛特骑士，计分六回。第十六卷记述高文与鲍斯骑士及其同胞梁纳耳骑士的事迹，计分十七回。第十七卷记述圣杯，计分二十三回。第十八卷记述兰斯洛特与王后，计分二十五回。第十九卷记述桂乃芬王后与兰斯洛特骑士，计分十三回，第二十卷记述亚瑟王悲惨之死，计分二十二回。第二十一卷记述亚瑟王的身后事迹，以及兰斯洛特骑士如何为他复仇，计分十三回。全部总共二十一卷，总计五百〇七回；请读正文，则骑士们英勇的故事，了如指掌。

1485年英国卡克斯顿著

目　　次[*]

第一卷

第 一 回　尤瑟·潘左干王怎样召见康沃尔公爵和他的夫人茵格英，这一对夫妻又怎样急忙走开的。……… 3

第 二 回　尤瑟·潘左干怎样同康沃尔公爵开战，又怎样采用魔灵的计策去同公爵夫人亲近，使她受孕而生下亚瑟。………………………… 5

第 三 回　亚瑟的降生和抚养。……………………… 7

第 四 回　尤瑟·潘左干之死。…………………… 9

第 五 回　亚瑟怎样被推选为王；他又怎样表演了从石台里拔出宝剑的惊人奇迹。………… 12

第 六 回　亚瑟怎样拔剑，又连拔出许多次。………… 15

第 七 回　亚瑟王怎样加冕，又怎样指派高级官员。………… 17

---

[*] 本目次所列的"回"，在原本中是用rubrysshe一字，据英国书籍目录学会（The Bibliographical Society）名誉秘书包拉特氏（A. W. Pollard）的研究，认为这种目录乃由印刷人卡克斯顿氏（William Caxton）嗣后加入的。因为本书付印时，原著人马洛礼氏（Sir Thomas Malory）已死，所以每回的划分及定名，都出于卡氏之手。包氏批评他任意割裂，并无技巧可言。考卡氏校印工作，系完成于1485年7月底。关于rubrysshe一字，今拼作rubric，即红色标题的意思。原来那时手写本的著作，多有红色绘画的题头，所以采用此字，今已废。

第 八 回　亚瑟王怎样在圣灵降临节来威尔士举行宴
　　　　　会，有哪些王和爵主们赶来参加。……………19

第 九 回　亚瑟王第一次交战，他怎样在战场上获得胜利。…21

第 十 回　魔灵怎样献计亚瑟王派员去谒见班王及卜尔
　　　　　王；以及他们怎样赞成参战的。………………23

第 十一 回　亚瑟王同班王、卜尔王三人举行的盛大比武
　　　　　会，以及这两位国王怎样渡海返回的。…………27

第 十二 回　十一个国王怎样联合军队共同抵抗亚瑟王。………30

第 十三 回　百骑士王所做的一个梦。………………………32

第 十四 回　十一个王怎样带着人马抗拒亚瑟王的大军，
　　　　　他们前后交战多次。………………………33

第 十五 回　战争仍在继续。……………………………36

第 十六 回　战争仍在进行中。…………………………39

第 十七 回　战争仍在进行中，后来又怎样被魔灵的计策
　　　　　所结束。…………………………………42

第 十八 回　亚瑟王、班王和卜尔王怎样营救寥德宽王，
　　　　　以及其他种种意外事件。…………………46

第 十九 回　亚瑟王怎样骑马来到卡尔良，并且得一个奇
　　　　　梦，又怎样望见狂吠的怪兽。………………48

第 二十 回　伯林诺王怎样骑着亚瑟王的马去追赶怪兽，
　　　　　魔灵又是怎样遇见亚瑟王的。………………51

第二十一回　由飞阿斯怎样弹劾亚瑟的母亲茵格英王后是
　　　　　奸细；又怎样来了一个骑士愿拿性命去替主
　　　　　子报仇。…………………………………53

第二十二回　葛利夫莱怎样加封做骑士，以及他同另一骑
　　　　　　士比武的经过。……………………………………55

第二十三回　罗马怎样派来十二个骑士要亚瑟纳捐进贡，
　　　　　　亚瑟又怎样打击了他们。………………………57

第二十四回　魔灵怎样拯救亚瑟的性命，又怎样施一种法
　　　　　　术，使得伯林诺王入睡。………………………60

第二十五回　亚瑟怎样靠着魔灵的计策，得到湖上仙女的神剑。……62

第二十六回　瑞安士王击败十二个王的消息怎样传到亚瑟
　　　　　　那里；又瑞安士王怎样来索取亚瑟的胡须去
　　　　　　做外套的镶边。…………………………………66

第二十七回　亚瑟王怎样命令全国，凡出生在五月一日的
　　　　　　孩子，一律送交政府处理。那时莫俊德怎样
　　　　　　逃脱在外而未被送去。…………………………68

第二卷

第　一　回　一个佩剑的少女寻觅一位德行崇高的人，要
　　　　　　他由鞘内将剑拔出。……………………………73

第　二　回　怎样有一位衣衫褴褛名叫巴令的穷骑士将剑
　　　　　　拔出，后来他就死在这把剑上。………………75

第　三　回　湖上仙女怎样强索这位获得宝剑的骑士的头
　　　　　　颅，或是一位少女的头颅。……………………78

第　四　回　魔灵怎样讲述这个少女的冒险故事。………81

第　五　回　巴令怎样被爱尔兰的郎希奥骑士所追逐，又
　　　　　　他怎样同郎希奥比武，而后把他杀死。………82

第 六 回　一个爱郎希奥的少女怎样为爱情而自杀；又
　　　　　　巴令怎样与他的弟弟巴兰相遇。……………… 84
第 七 回　一个侏儒为郎希奥的被杀怎样责备巴令；又
　　　　　　康沃尔王马尔克怎样寻到这两个死者并为他
　　　　　　们立碑。………………………………………… 86
第 八 回　魔灵怎样预言世界上将有两位最优秀的骑士
　　　　　　在此地互斗，这两人就是兰斯洛特骑士和特
　　　　　　里斯坦骑士。…………………………………… 88
第 九 回　巴令和他的弟弟怎样得到魔灵的指点，擒住
　　　　　　了瑞安士王，并带他去见亚瑟王。…………… 90
第 十 回　亚瑟王怎样同尼鲁及奥克尼的路特王作战；
　　　　　　又路特王怎样受了魔灵的欺骗，以及十二个
　　　　　　王怎样被杀。…………………………………… 92
第十一回　关于埋葬十二个王的经过，以及魔灵的预言；
　　　　　　又巴令怎样发出了那悲惨的一击。…………… 95
第十二回　一个忧愁的骑士怎样来到亚瑟王的面前，以
　　　　　　及巴令怎样款待这个人；又这人怎样被一个
　　　　　　隐身的骑士所杀死。…………………………… 97
第十三回　巴令和一个少女怎样遇见了一个骑士，以后
　　　　　　这骑士就被杀了；这少女又怎样为了遵奉堡
　　　　　　中的陋规，以致自己流血。…………………… 99
第十四回　巴令在宴会上怎样遇见一个名叫卡郎的骑
　　　　　　士；以及他怎样杀死卡郎，并用卡郎的血去
　　　　　　医治他主人的病。…………………………… 101

第 十 五 回　巴令怎样同伯兰王作战，巴令的剑又是怎样
　　　　　　折断的；以及后来巴令怎样得到一把长矛，
　　　　　　使他发出了悲惨的一击。……………… 104

第 十 六 回　巴令怎样被魔灵由石下拉出，又巴令怎样救
　　　　　　了一个因失恋而要自杀的骑士。………… 106

第 十 七 回　一个骑士怎样发现他的爱人同另外一个骑士
　　　　　　有不贞行为，先把他们两人杀死，随即举剑
　　　　　　自戕，巴令又怎样骑马来到一座堡寨，就在
　　　　　　那里失掉了性命。……………………… 109

第 十 八 回　巴令怎样遇到他的弟弟巴兰，他们两人怎样
　　　　　　因为互不相识而斗争，最后都受了致命的重伤。… 112

第 十 九 回　魔灵怎样把他们合葬在一座坟里，再后述说
　　　　　　巴令的宝剑。……………………………… 115

第三卷

第 一 回　亚瑟王怎样娶桂乃芬为妻；她是卡美拉地方
　　　　　寥德宽王的女儿，在他那里有一张圆桌。………… 119

第 二 回　各骑士在圆桌上的座位是怎样受神安排的；
　　　　　又坎特伯雷主教怎样为他们的席位祝福。……… 121

第 三 回　一个穷汉怎样骑着瘦马求见亚瑟王，恳求赐
　　　　　封他的儿子做骑士。……………………… 123

第 四 回　大家怎样认出陶尔骑士是伯林诺王的儿子，
　　　　　又高文怎样被封为骑士。………………… 126

第 五 回　在亚瑟王同桂乃芬结婚的喜宴上，有一只白

第 六 回　牡鹿怎样和三十对猎狗走进大厅，又有一只
　　　　　猎狗怎样去啮牡鹿，后来这只猎狗被人带走了。… 128

第 六 回　高文骑士怎样骑马捉回白鹿，又有两弟兄怎
　　　　　样为抢夺这只白鹿而斗争。………………… 130

第 七 回　怎样把牡鹿追进城堡以后，把它杀死；又高
　　　　　文骑士怎样杀死一个妇女。………………… 132

第 八 回　四个骑士怎样抵抗高文及葛汉利，后来这四
　　　　　个骑士怎样把他们制服；又怎样由于四个妇
　　　　　女的请求，才保全了他们的性命。………… 134

第 九 回　陶尔骑士怎样骑马追赶一个携带猎狗的骑
　　　　　士，以及他在途中所遇的冒险。…………… 137

第 十 回　陶尔骑士怎样寻得一个妇女带着一只猎狗，
　　　　　又一个骑士怎样为了这猎狗而攻击陶尔。… 139

第十一回　陶尔骑士怎样制服这个骑士，后来由于一个
　　　　　妇女的要求，就把这个骑士的头砍下了。… 141

第十二回　伯林诺王怎样骑马追赶一个抢走妇女的骑
　　　　　士；又这妇女怎样要求他的帮助；又他怎样
　　　　　为了这妇女而同两个骑士相斗，其中一个骑
　　　　　士被他一剑杀死。…………………………… 144

第十三回　伯林诺王怎样得到这个妇女，带她到加美乐
　　　　　城——亚瑟王朝廷的所在地。……………… 147

第十四回　深夜，在半途中，伯林诺王睡在山谷里，怎
　　　　　样听到两个骑士述说他们的冒险。………… 149

第十五回　伯林诺王回到加美乐城之后，怎样向《四福

音书》立誓，陈述他寻求这个少女和骑士的

确实经过。⋯⋯⋯⋯⋯⋯⋯⋯⋯⋯⋯⋯⋯⋯⋯⋯⋯ 151

第四卷

第 一 回　魔灵怎样痴爱湖上仙女中的一个；又魔灵怎

样被压在一块磐石底下，他后来就死在那里。⋯⋯ 155

第 二 回　怎样有五个王来侵犯亚瑟王的国土；又亚瑟

王怎样得到别人的指点，予侵略者以打击。⋯⋯⋯ 158

第 三 回　亚瑟王怎样抵抗并制服了他们；他杀死五个

王以后，又驱逐他们的残余部队。⋯⋯⋯⋯⋯⋯ 160

第 四 回　战争怎样在伯林诺王未来之前已告结束；又

亚瑟王怎样在战争的地点建造一所修道院。⋯⋯⋯ 163

第 五 回　陶尔骑士怎样被封做圆桌骑士；又巴吉马伽

斯怎样对这件事表示不满。⋯⋯⋯⋯⋯⋯⋯⋯⋯⋯ 165

第 六 回　亚瑟王、由岚斯王及高卢的阿古郎骑士三人

怎样追逐一只牡鹿；他们遇到了惊骇的事迹。⋯⋯ 167

第 七 回　亚瑟王怎样答应承担斗争的责任，方才使他

逃脱幽狱；又怎样拯救在监牢里的其他二十

名骑士。⋯⋯⋯⋯⋯⋯⋯⋯⋯⋯⋯⋯⋯⋯⋯⋯⋯⋯ 169

第 八 回　阿古郎怎样发觉自己在一口井旁，又怎样同

亚瑟尽力交战。⋯⋯⋯⋯⋯⋯⋯⋯⋯⋯⋯⋯⋯⋯⋯ 171

第 九 回　关于亚瑟王和阿古郎两人的交战。⋯⋯⋯⋯⋯ 174

第 十 回　亚瑟王的剑怎样在战斗中砍断了；又他怎样

从阿古郎手中夺回自己的截钢剑，后来怎样

	制服了他的敌人。…………………………………… 176
第十一回	阿古郎怎样供认亚瑟王的姐姐美更·拉·费的叛逆罪,又她怎样预谋杀害亚瑟王。……… 178
第十二回	亚瑟怎样调解大马斯两兄弟的矛盾,拯救了二十个骑士;又阿古郎骑士怎样死去。………… 180
第十三回	美更怎样谋害本夫由岚斯骑士,又她的儿子乌文英怎样救了由岚斯的性命。…………… 183
第十四回	美更·拉·费王后对阿古郎之死怎样表示悲怆;又她怎样偷去亚瑟的剑鞘。………… 185
第十五回	美更·拉·费怎样救出一个将要溺死的骑士,又亚瑟王怎样回到家里。…………………… 188
第十六回	那湖上仙女怎样不令亚瑟王披起斗篷,使他免于烧死。……………………………… 191
第十七回	高文骑士和乌文英骑士怎样遇到十二个美丽少女;又她们怎样对马汉思骑士口发怨言。……… 193
第十八回	马汉思骑士怎样同高文和乌文英两个骑士比武;他又怎样打败了他们两人。………………… 195
第十九回	马汉思、高文和乌文英三个骑士怎样遇见三个妇女;又他们每人怎样各选得了一位。………… 199
第二十回	一个骑士和一个侏儒怎样去抢夺一个妇女。……… 201
第二十一回	伯莱亚斯王怎样为了见他的意中人一面而自愿被俘;又高文怎样应允帮助他得到那女人的爱。……………………………… 204
第二十二回	高文骑士怎样来到艾达娜小姐那里;又伯莱

	亚斯骑士怎样发现他们同睡在一张床上。………… 207
第二十三回	伯莱亚斯骑士怎样得湖上仙女之助抛弃了艾达娜；以后他永远爱上了这个仙女。………… 211
第二十四回	马汉思怎样同一女子骑行；他又怎样来到南方边境的公爵那里。………… 212
第二十五回	马汉思骑士怎样去斗公爵和他的四个儿子，并且使他们屈服。………… 214
第二十六回	乌文英骑士怎样同一个六十岁的老姑娘骑马同行；又他怎样在比武会中得奖。………… 217
第二十七回	乌文英骑士怎样同两个骑士战斗，并把他们打败。… 219
第二十八回	在期满那天，怎样有三个骑士和三个女子同在泉旁相遇。………… 221

第五卷

第 一 回	罗马怎样派遣了十二个高年的大使，来向亚瑟王索取不列颠的贡仪。………… 225
第 二 回	各王公诸侯怎样应允亚瑟王同心合力，以对抗罗马人的侵略企图。………… 227
第 三 回	亚瑟王怎样在约克举行国会；又他怎样布置在他出征期间对国务的处理。………… 232
第 四 回	亚瑟王乘船出征，他睡在船舱里，怎样做了一个奇梦，以及关于这梦的解释。………… 234
第 五 回	一个农夫怎样把一个巨怪的阴谋告诉亚瑟，又亚瑟怎样同巨怪战斗，终于把他击败。………… 236

xliii

第 六 回　亚瑟王怎样派高文骑士和其他的人去见卢夏
　　　　　诗骑士，又他们怎样受到攻击，并且光荣地
　　　　　脱险。………………………………………… 240

第 七 回　卢夏诗怎样埋伏了侦探人员，来夺回被掳的
　　　　　骑士们，又他们怎样被阻。…………………… 243

第 八 回　一个议员怎样把他们的败绩告诉卢夏诗骑
　　　　　士，又关于亚瑟王和卢夏诗之间的大战。…… 245

第 九 回　亚瑟大胜罗马人之后，他怎样进入了阿尔
　　　　　曼，随后他又怎样进入了意大利。…………… 249

第 十 回　关于高文骑士抵抗一个撒拉逊人的一场斗
　　　　　争，以及使他投降，并成为一个基督徒的经过。… 251

第十一回　好多撒拉逊人怎样从树林里走来救护他们的
　　　　　兽类，以及一场大战的情形。………………… 255

第十二回　高文骑士怎样带着俘虏回到亚瑟王那里，又
　　　　　亚瑟王怎样夺取了一座城，以及他怎样登极
　　　　　做皇帝。………………………………………… 257

第六卷

第 一 回　兰斯洛特和梁纳耳两个骑士怎样离开朝廷，
　　　　　又梁纳耳骑士怎样从酣睡着的兰斯洛特骑士
　　　　　那里走开，后来他自己怎样被虏。…………… 263

第 二 回　爱克托骑士怎样追寻兰斯洛特骑士，又他怎
　　　　　样被陶昆骑士俘虏。…………………………… 266

第 三 回　四个王后怎样发现兰斯洛特在酣睡，又怎样

	施行魔法将他掳到一座堡寨里去。………	268
第 四 回	一个少女怎样救出兰斯洛特骑士。………	272
第 五 回	一个骑士怎样发现兰斯洛特骑士睡在他爱人的床上,又兰斯洛特骑士怎样同他战斗。………	274
第 六 回	巴吉马伽斯王的女儿怎样接见兰斯洛特骑士,又兰斯洛特怎样对她的父亲诉苦。………	276
第 七 回	兰斯洛特骑士怎样在比武场中表现奇能,又他怎样遇到陶昆骑士带着葛汉利骑士。………	278
第 八 回	兰斯洛特骑士怎样同陶昆骑士相斗。………	282
第 九 回	陶昆骑士怎样被杀,又兰斯洛特骑士怎样吩咐葛汉利骑士去营救所有的俘房。………	284
第 十 回	兰斯洛特骑士怎样随一个少女骑马同行,他杀死一个强攫妇女的骑士,又打死一个霸占渡桥的恶徒。………	287
第十一回	兰斯洛特骑士怎样杀死两个巨人,又怎样解放一个城堡。………	290
第十二回	兰斯洛特骑士怎样换穿了凯骑士的全副甲胄,乔装成他,骑马走去;又兰斯洛特骑士怎样打倒一个骑士。………	294
第十三回	兰斯洛特骑士怎样同四个圆桌骑士比武,又怎样打败他们。………	297
第十四回	兰斯洛特骑士怎样追着一条猎狗进入一座城堡,在那里他发现一个骑士的尸体,又后来一个少女怎样要求他去医治她的哥哥。………	299

xlv

第 十 五 回　兰斯洛特骑士怎样进入一座危险的小礼拜堂，由里面取得包着尸体的一块布和一把剑。……301

第 十 六 回　一个妇女怎样恳求兰斯洛特骑士把她的鹰捉回，结果兰斯洛特骑士受了她的欺骗。……305

第 十 七 回　兰斯洛特怎样追逐一个谋杀发妻的骑士，兰斯洛特骑士又怎样去警告他。……308

第 十 八 回　兰斯洛特骑士怎样回到亚瑟王的朝廷，又大家怎样详细陈述兰斯洛特的勇敢和伟大事迹。……311

第七卷

第 一 回　美掌公怎样来到亚瑟王的朝廷，并向国王提出三个要求。……315

第 二 回　兰斯洛特和高文两骑士怎样为了凯骑士戏弄美掌公而表示愤怒；又一个少女来请求一个骑士替一个贵妇去战斗。……318

第 三 回　美掌公表示愿意战斗；亚瑟王怎样把这个特权赐给他的；又美掌公怎样请求兰斯洛特骑士去封他做骑士。……321

第 四 回　美掌公怎样离开，又他怎样从凯骑士手中夺到一支长矛和一面盾牌，又美掌公怎样同兰斯洛特骑士比武。……323

第 五 回　美掌公怎样把他的姓名告诉了兰斯洛特骑士；又兰斯洛特骑士怎样授给他骑士尊号；后来他又怎样去追赶那个少女。……325

第 六 回	美掌公怎样在森林的出口处作战,杀死了两个骑士。……………………………… 328
第 七 回	美掌公怎样同乌黑荒原骑士战斗,直至那人跌倒而死。…………………………… 330
第 八 回	那个被杀骑士的弟弟怎样遇着美掌公;这人又同美掌公战斗,直斗到被美掌公制服。……… 333
第 九 回	那个少女怎样斥责美掌公,不让他与自己同桌吃饭,还唤他做小厨役。…………… 336
第 十 回	第三个弟兄,名叫红色骑士,怎样同美掌公比武;又美掌公怎样把他打败。………… 338
第十一回	美掌公怎样受到少女的严斥,又他怎样尽力忍受的。……………………………… 341
第十二回	美掌公怎样同英底的波尔桑骑士战斗,并且使他屈服。…………………………… 345
第十三回	关于波尔桑骑士和美掌公互通友好的消息,又美掌公怎样告诉他自己的名字是加雷思骑士。… 348
第十四回	被包围的贵妇怎样获得她妹妹的消息;她的妹妹又怎样带来一个骑士为她作战,又这个骑士过去曾经打过多少次胜仗。………… 350
第十五回	这少女和美掌公怎样到达被包围的城堡,在一棵大枫树底下,美掌公吹起号角,使绯红荒原骑士出来应战。……………………… 353
第十六回	两个骑士怎样相逢,怎样谈话,又怎样开始战斗。………………………………… 355

xlvii

第十七回	双方斗争了很久，美掌公怎样打败了那个骑士，并且几乎把他打死，但因为贵族们的请求，保全了他的生命，并叫他向贵妇投降。……… 357
第十八回	这个骑士怎样向美掌公屈服；又美掌公怎样吩咐他到亚瑟王的朝廷，去恳求兰斯洛特骑士予以宽大处理。…………………………… 360
第十九回	美掌公怎样来到贵妇跟前；又当他走到堡寨的门口时，堡内的人怎样闭门对抗；又这个贵妇向他讲了什么话。………………… 362
第二十回	美掌公骑士怎样骑马营救他的侏儒，又进到堡寨找到他。………………………………… 365
第二十一回	加雷思骑士又名美掌公，他怎样来到贵妇的面前，又他们两人怎样由相识而相爱。…… 368
第二十二回	在一个夜晚，有个武装骑士怎样来同加雷思骑士相斗；又加雷思的股上受了伤，随后他斩下那个骑士的头。…………………… 370
第二十三回	第二天夜里，这个骑士怎样又来到此地，以致被斩；又在圣灵降临节那天的宴会上，凡被加雷思骑士所打败的骑士们怎样都来到亚瑟王面前，表示臣服。……………………… 373
第二十四回	亚瑟王怎样赦免他们，又询问他们加雷思骑士的下落。………………………………………… 376
第二十五回	奥克尼王后怎样赴圣灵降临节的宴会；又高文骑士兄弟二人来请她代为祈祷。………… 378

第二十六回	亚瑟王怎样邀请贵妇梁纳斯；又怎样宣告在她的寨里举行比武会，召请骑士们参加比武。…… 381
第二十七回	亚瑟王怎样偕骑士们同赴比武会，又那位贵妇怎样恭敬地迎接亚瑟；又骑士们怎样比武。…… 385
第二十八回	骑士们怎样在比武场上表演武艺。………………… 388
第二十九回	续讲比武会的情况。……………………………… 391
第 三 十 回	传令官们怎样窥见了加雷思骑士；又加雷思骑士怎样由比武场逃走。…………………………… 393
第三十一回	加雷思骑士怎样进到一座寨里安适地借住一宿，又他同一个骑士比武，怎样把他刺死。…… 395
第三十二回	有一个骑士拘留了三十个妇女，把她们关在寨里，加雷思骑士怎样同他战斗，又怎样杀死他。……………………………………………… 398
第三十三回	加雷思骑士怎样同高文交战，又林娜德小姐怎样介绍他们彼此相识。……………………… 401
第三十四回	加雷思骑士同梁纳斯小姐两人怎样向亚瑟王表白他们之间的爱情，又关于他们的婚期的决定。…………………………………………… 404
第三十五回	关于加雷思骑士的王族，又在结婚宴会上对部下的加官晋爵，以及宴会时的比武情况。…… 406

第八卷

第 一 回	良纳斯的特里斯坦骑士是怎样出生的，又因为他的母亲在他落地时就死了，因此才为他

　　　　　　取名叫特里斯坦。……………………………………411

第 二 回　特里斯坦的后母怎样决定将特里斯坦毒死。………414

第 三 回　特里斯坦骑士怎样被派到法兰西，由高凡耐
　　　　　　负责监督，他又怎样学习弹竖琴、放鹰和狩猎。…417

第 四 回　马汉思骑士怎样从爱尔兰到康沃尔索贡税，
　　　　　　如拒绝缴纳，就要宣战。…………………………419

第 五 回　特里斯坦怎样为了康沃尔的贡税而准备决
　　　　　　斗，又他怎样被封做骑士。………………………421

第 六 回　特里斯坦骑士怎样抵达一个岛上，准备同马
　　　　　　汉思骑士决斗。……………………………………424

第 七 回　特里斯坦骑士怎样同马汉思骑士决斗得胜，
　　　　　　又马汉思骑士怎样逃回船上。……………………426

第 八 回　马汉思骑士怎样受了特里斯坦骑士的致命打
　　　　　　击，回到爱尔兰之后就死了，又特里斯坦怎
　　　　　　样也受了重伤。……………………………………429

第 九 回　特里斯坦骑士怎样被交托伊索尔德，要她先
　　　　　　医好他的伤口。……………………………………431

第 十 回　特里斯坦骑士怎样在爱尔兰的比武场里得
　　　　　　奖，他又如何强迫巴乐米底骑士一年不许穿
　　　　　　盔甲。………………………………………………435

第 十 一 回　王后怎样发觉特里斯坦骑士曾亲手用剑杀死
　　　　　　了她的兄弟马汉思，又特里斯坦骑士如何处
　　　　　　在危险的境地。……………………………………438

第 十 二 回　特里斯坦骑士为了要由爱尔兰到康沃尔去，

怎样告别了国王和伊索尔德。………… 440

第 十 三 回　特里斯坦骑士和马尔克王怎样为了争夺一个
　　　　　　骑士夫人的爱，而互相伤害。………… 443

第 十 四 回　特里斯坦骑士怎样和那个贵妇同床；又她的
　　　　　　丈夫怎样去与特里斯坦骑士决斗。………… 445

第 十 五 回　布留拜里骑士怎样向马尔克王的朝廷索要一
　　　　　　个最美丽的妇女，又怎样带她走的，以及什
　　　　　　么人对他作战。………… 447

第 十 六 回　特里斯坦骑士怎样同两个圆桌社骑士决斗。……… 449

第 十 七 回　特里斯坦骑士怎样为了争夺一个贵妇而同布
　　　　　　留拜里骑士战斗，又这位贵妇怎样拣选自己
　　　　　　所愿跟随的人。………… 451

第 十 八 回　那个贵妇怎样放弃特里斯坦骑士，而愿跟从
　　　　　　布留拜里骑士；又她怎样希望回到她丈夫那
　　　　　　里去。………… 454

第 十 九 回　马尔克王怎样派特里斯坦骑士到爱尔兰去接
　　　　　　伊索尔德；又他怎样偶然地到达英格兰。………… 456

第 二 十 回　爱尔兰的安国心王怎样因为叛变罪行，而被
　　　　　　召到亚瑟王的朝廷。………… 458

第二十一回　特里斯坦骑士怎样从一个骑士手中救出一个
　　　　　　孩儿；又高凡耐怎样把安国心王的事情讲给
　　　　　　他听。………… 460

第二十二回　特里斯坦骑士怎样为安国心王作战，打败了
　　　　　　他的敌人；又他的敌人怎样永远不愿屈服于他。…… 463

第二十三回　卜拉茂骑士怎样要求特里斯坦杀掉他,又特里斯坦骑士怎样赦免他,以及他们怎样订立盟约的。····· 465

第二十四回　特里斯坦骑士怎样要求安国心王把他的女儿许配给马尔克王为后;又特里斯坦骑士同伊索尔德同饮"爱杯"。····· 468

第二十五回　特里斯坦骑士和伊索尔德怎样进入监狱;又特里斯坦怎样为她的美貌而斗争;又怎样砍下了另外一个贵妇的脑袋。····· 471

第二十六回　特里斯坦骑士怎样同布诺斯骑士战斗;又布诺斯骑士最后被特里斯坦骑士所斩。····· 474

第二十七回　加拉哈骑士怎样同特里斯坦骑士战斗;又特里斯坦骑士怎样屈服于他,并应允他加入兰斯洛特骑士的团体。····· 476

第二十八回　兰斯洛特骑士怎样遇见带领高文骑士在逃的卡瑞都骑士;又兰斯洛特骑士怎样把高文骑士营救出来。····· 479

第二十九回　关于马尔克王与伊索尔德的结婚;又关于陪嫁娘浦雷坤和巴乐米底骑士的故事。····· 481

第 三 十 回　巴乐米底怎样强索伊索尔德王后;又蓝白各斯怎样追去营救;又关于伊索尔德的脱逃。····· 483

第三十一回　特里斯坦骑士怎样奔驰追赶巴乐米底,追到之后,又怎样同他相斗;以及伊索尔德怎样停止这场决斗。····· 486

第三十二回	特里斯坦骑士怎样偕同伊索尔德王后回家；又关于马尔克王和特里斯坦骑士的争辩。………… 489
第三十三回	拉麦若克骑士怎样同三十个骑士进行比武；又特里斯坦骑士怎样为了马尔克王的要求，打倒他的马。…………………………… 491
第三十四回	拉麦若克骑士怎样送一只角杯给马尔克王，以侮辱特里斯坦骑士；又特里斯坦骑士怎样被骗入一座小教堂里面。………………… 494
第三十五回	特里斯坦骑士怎样得到部下的帮助；又伊索尔德王后怎样被禁闭在麻风病患者的家里；以及特里斯坦怎样受伤。……………… 497
第三十六回	特里斯坦骑士怎样为布列塔尼的豪厄耳王而战，并且在战场上杀死了他的敌人。………… 499
第三十七回	沙平拿贝尔斯骑士告诉特里斯坦骑士说，他怎样受亚瑟王朝廷上的诽谤；又关于拉麦若克骑士的事件。…………………………… 501
第三十八回	特里斯坦骑士和他的妻子怎样到达威尔士；以及在那里遇见了拉麦若克骑士。………… 503
第三十九回	特里斯坦骑士怎样同拿邦骑士战斗，将拿邦打败，又加封赛瓦瑞底斯骑士担任岛上的主管。…… 506
第四十回	拉麦若克骑士怎样离开特里斯坦骑士，又怎样遇见福禄儿骑士，后来又怎样遇见兰斯洛特骑士。……………………………… 509
第四十一回	拉麦若克骑士怎样杀死福禄儿骑士；又拉麦

若克骑士怎样与他的同胞比雷安士骑士进行友谊比武。……512

第九卷

第 一 回 一个青年怎样走进亚瑟王的朝廷；又凯骑士怎样轻蔑这人，呼他做"衣着旷荡汉"。……517

第 二 回 一个少女怎样来到朝廷，请求一个骑士去担任一桩冒险工作，衣着旷荡汉听到之后，应允出马。……520

第 三 回 衣着旷荡汉怎样打倒了国王的弄臣达冈纳骑士，又他怎样受到这少女的严斥。……522

第 四 回 衣着旷荡汉怎样抵抗一百个骑士，又怎样由于一个贵妇的计策而得脱逃。……524

第 五 回 兰斯洛特骑士怎样来到朝廷，听到关于衣着旷荡汉的消息；以及他怎样追逐衣着旷荡汉，又这人怎样被人俘虏的。……527

第 六 回 兰斯洛特骑士怎样同六个骑士相斗，随后又怎样同布瑞安骑士决斗；以及他怎样救出所有的俘虏。……530

第 七 回 兰斯洛特骑士怎样遇到一个名叫马耳底莎的少女，又替她取名叫美思姑娘。……532

第 八 回 衣着旷荡汉怎样被人俘虏，随后怎样由兰斯洛特骑士营救出来；又兰斯洛特骑士怎样打败了四个弟兄。……535

第 九 回　兰斯洛特骑士怎样封衣着旷荡汉做潘左干堡的堡主，又封他做圆桌骑士。……538

第 十 回　伊索尔德怎样派她的女仆浦雷坤送信给特里斯坦骑士；又关于特里斯坦骑士所遇到的种种奇迹。……539

第 十 一 回　特里斯坦骑士怎样遇到了拉麦若克·德·加里士骑士；又他们怎样战斗，随后两人同意永远不再战斗。……542

第 十 二 回　巴乐米底骑士怎样追赶一只怪兽，又用一根长矛同时打倒了特里斯坦和拉麦若克两个骑士。……544

第 十 三 回　拉麦若克骑士怎样遇见了麦丽阿干斯骑士；又这两人怎样为着桂乃芬王后的美貌而引起了冲突。……546

第 十 四 回　麦丽阿干斯骑士怎样说明斗争的原因；又拉麦若克骑士怎样同亚瑟王交手比武。……548

第 十 五 回　凯骑士怎样遇到特里斯坦骑士；又几个骑士怎样诽谤康沃尔的骑士们，以及他们怎样比武。……550

第 十 六 回　亚瑟王怎样被一个女人带到"危险森林"里；又特里斯坦骑士怎样去营救他。……553

第 十 七 回　特里斯坦骑士怎样来到伊索尔德那里；又凯西阿斯怎样开始爱上伊索尔德；以及关于特里斯坦所发现的一封信。……556

第 十 八 回　特里斯坦骑士怎样离开丁答吉耳堡；又他在森林里为什么悲痛很久，以至神经失常。………… 559

第 十 九 回　特里斯坦骑士怎样把达冈纳浸入井水里，又巴乐米底怎样派一个少女去寻觅特里斯坦，以及巴乐米底怎样遇到马尔克王。…………… 562

第 二 十 回　怎样谣传特里斯坦骑士已死，又伊索尔德怎样想自戕。………………………………………… 565

第二十一回　马尔克王怎样找到赤裸裸的特里斯坦骑士；又怎样叫人带他回到丁答吉耳堡，以及一只猎狗怎样认识他的。………………………… 567

第二十二回　马尔克王接受枢密院的建议，怎样把特里斯坦骑士逐出康沃尔，期限定为十年。………… 571

第二十三回　一个少女怎样寻求外面的骑士，协助兰斯洛特抵抗那埋伏的三十个骑士；又特里斯坦骑士对他们作战的经过。…………………… 573

第二十四回　特里斯坦骑士和丁纳丹骑士怎样抵达一处寓所，在那里他们必须同两个骑士比武。……… 576

第二十五回　特里斯坦骑士怎样同凯骑士和莎各瑞茂·拉·第色瓦斯二人比武，又高文骑士怎样营救特里斯坦骑士脱离了美更·拉·费的奸计。…… 579

第二十六回　特里斯坦和高文两个骑士乘马向前，要同那三十名骑士战斗，但他们不敢应战。………… 582

第二十七回　浦雷坤小姐怎样发现特里斯坦正睡在井旁，又她怎样把伊索尔德的信交给他。…………… 584

第二十八回	特里斯坦骑士怎样被巴乐米底所击倒，又兰斯洛特骑士怎样把两个骑士打败。	586
第二十九回	兰斯洛特骑士怎样同巴乐米底比武，并且把巴乐米底击败；又随后有十二个骑士来攻击兰斯洛特。	589
第 三 十 回	大比武会举行的第一天，特里斯坦骑士的表现怎样；又特里斯坦骑士如何得奖。	591
第三十一回	因为特里斯坦骑士发现巴乐米底骑士加入了亚瑟王的集团，所以特里斯坦转而对抗亚瑟王的集团。	593
第三十二回	特里斯坦骑士发现巴乐米底骑士停在井旁，便邀他同到一处寓所住下。	596
第三十三回	特里斯坦骑士怎样打倒巴乐米底骑士；又怎样同亚瑟王比武，以及其他种种事迹。	599
第三十四回	兰斯洛特骑士怎样击伤特里斯坦骑士；又特里斯坦骑士怎样打倒了巴乐米底骑士。	601
第三十五回	大比武会第三天的奖品怎样颁给兰斯洛特骑士的；又兰斯洛特骑士怎样把奖品转送给特里斯坦骑士。	604
第三十六回	巴乐米底骑士怎样来到特里斯坦骑士所住的堡寨里；又兰斯洛特和其他十个骑士寻觅特里斯坦骑士的经过。	607
第三十七回	特里斯坦、巴乐米底和丁纳丹三个骑士，怎样被达赖士老骑士关闭在监狱里。	610

第三十八回　马尔克王听到特里斯坦骑士的荣耀，怎样后悔起来；以及亚瑟王的骑士同康沃尔的骑士双方比武的经过。 ………………………… 613

第三十九回　关于马尔克王的诡诈行为；以及马尔克王和他的亲戚安德烈骑士，皆被葛汉利骑士击败的经过。 ……………………………………………… 616

第四十回　特里斯坦、巴乐米底和丁纳丹三个骑士，怎样被达赖士老骑士长期监禁之后，而又一同释放出狱的。 ……………………………………… 619

第四十一回　丁纳丹骑士怎样由布诺斯·骚士·庞太手中救出一个贵妇，又特里斯坦骑士怎样从美更·拉·费的手里获得一面盾牌。 ………………… 622

第四十二回　特里斯坦骑士怎样携带着一面怪盾牌，又他怎样杀死了美更·拉·费的情人。 …………………… 626

第四十三回　美更·拉·费怎样埋葬她的情人；又特里斯坦骑士怎样称赞兰斯洛特骑士和他的亲戚。 ……… 628

第四十四回　特里斯坦骑士怎样在一个比武会上携带着美更·拉·费所送给他的一面盾牌。 ……………… 630

第十卷

第 一 回　特里斯坦骑士怎样同亚瑟王比武，并且打倒了亚瑟王，因为他不肯向亚瑟王说明他为什么带着那面绘有怪画的盾牌。 ………………… 635

第 二 回　特里斯坦骑士怎样救了巴乐米底骑士的性

命；以及他们两个人怎样约定在两星期内进行一场决斗。.. 638

第 三 回 特里斯坦骑士怎样去寻觅曾经打倒他的那个坚强的骑士；以及特里斯坦又怎样遇见了很多圆桌社的骑士。.. 641

第 四 回 特里斯坦骑士怎样打倒了"野心家"莎各瑞茂骑士和荒原上的杜丁纳斯骑士。............ 644

第 五 回 特里斯坦和兰斯洛特两个骑士怎样在墓碑旁边相遇，又他们怎样因为不相识而互斗起来。..... 647

第 六 回 兰斯洛特骑士怎样带领特里斯坦骑士来到朝廷上，以及国王和骑士们怎样为了迎迓特里斯坦骑士而狂欢。.. 650

第 七 回 为着怨恨特里斯坦骑士，马尔克王怎样率领两个骑士去到英格兰，他又怎样杀死了其中的一人。.. 653

第 八 回 马尔克王怎样来到一溪泉水的近旁，发觉拉麦若克骑士正在那里为了爱路特王的夫人而苦闷不堪。.. 656

第 九 回 马尔克王和拉麦若克及丁纳丹怎样进入一座堡寨；在那里马尔克王是怎样被认出的。..... 659

第 十 回 拜尔劳斯骑士怎样遇见了马尔克王，又丁纳丹骑士怎样站在马尔克王一边。............ 661

第十一回 马尔克王怎样嘲笑丁纳丹骑士，以及他们怎样遇见六个圆桌骑士。............ 663

第十二回　六个骑士怎样派遣达冈纳骑士去同马尔克王
　　　　　比武，又马尔克王怎样拒绝他。……………… 665
第十三回　巴乐米底骑士怎样适巧遇见正在逃跑的马尔
　　　　　克王，又他怎样打败了达冈纳和别的骑士们。…… 668
第十四回　马尔克王和丁纳丹骑士怎样听到了巴乐米底
　　　　　骑士为着伊索尔德而忧闷伤感。……………… 671
第十五回　马尔克王怎样在亚瑟王的面前非法地杀死阿
　　　　　曼特骑士；以及兰斯洛特骑士将马尔克王捉
　　　　　回了亚瑟王的朝廷。…………………………… 675
第十六回　丁纳丹骑士怎样把兰斯洛特和特里斯坦两个
　　　　　骑士之间的决斗告诉了巴乐米底骑士。……… 678
第十七回　拉麦若克骑士怎样在美更·拉·费所住的堡
　　　　　寨前同许多骑士比武。………………………… 681
第十八回　巴乐米底骑士怎样想替拉麦若克骑士去同寨
　　　　　里其他骑士们比武。…………………………… 684
第十九回　拉麦若克骑士怎样同巴乐米底骑士比武，并
　　　　　使巴乐米底受了重伤。………………………… 687
第二十回　怎样有人告诉兰斯洛特骑士说达冈纳追逐马
　　　　　尔克王，又有一个骑士怎样打倒了达冈纳和
　　　　　其他的六个骑士。……………………………… 690
第二十一回　亚瑟王怎样派叫报宣布举行比武会，又拉麦
　　　　　若克骑士怎样来参加，并且在会上打败了高
　　　　　文和其他很多骑士。…………………………… 694
第二十二回　亚瑟王怎样使马尔克王和特里斯坦骑士和

	解，又他们两人怎样回到康沃尔。………………	697
第二十三回	亚瑟王怎样封薄希华为骑士，又有一个哑女怎样开口说话的，并且把他带到圆桌社的席上。………………………………………………	700
第二十四回	拉麦若克骑士怎样拜访路特王的妻子，又葛汉利骑士怎样杀死自己的母亲。………………	702
第二十五回	阿规凡和莫俊德两个骑士怎样遇见一个在逃的骑士，他们两人是怎样被人击败，以及关于丁纳丹骑士的情况。……………………	705
第二十六回	亚瑟王、王后和兰斯洛特怎样收到由康沃尔的来信，以及关于回信的内容。………………	708
第二十七回	兰斯洛特骑士怎样对马尔克王的来信发怒，以及关于丁纳丹为马尔克王所作的歌曲。……	710
第二十八回	特里斯坦骑士怎样受伤，又关于马尔克王的战争，以及特里斯坦骑士怎样答应去营救他。…	712
第二十九回	特里斯坦骑士怎样在这场大战中得胜，又伊莱亚斯怎样要求走出一个人来同他一对一地决斗。……………………………………………	715
第 三 十 回	伊莱亚斯和特里斯坦两个骑士怎样为了进贡而互斗，又特里斯坦骑士怎样在战场上杀死伊莱亚斯。…………………………………………	718
第三十一回	在大宴会上，马尔克王怎样请一位竖琴师来歌唱丁纳丹所作的一支曲子。………………	722
第三十二回	马尔克王怎样用奸计杀死胞弟包德文，这个	

	弟弟曾为他忠心服务过。…………………	724
第三十三回	包德文的妻子安葛丽底怎样带领她的幼子亚力山大·奥尔法林逃走,又他们来到了亚伦代耳堡寨。…………………	726
第三十四回	安葛丽底怎样在她的儿子亚力山大被封为骑士的那天,交给他一件血衣,并且嘱咐他要为父亲报仇。…………………	728
第三十五回	怎样有人告诉了马尔克王亚力山大的事情,又马尔克怎样因为沙多克曾救了亚力山大的生命而想杀死沙多克骑士。…………………	730
第三十六回	亚力山大骑士怎样在比武会中得奖;又关于美更·拉·费的情况,以及亚力山大怎样同马耳格林骑士战斗,把他杀死。…………………	733
第三十七回	美更·拉·费怎样迎接亚力山大到她的堡寨内,又她怎样为他医伤。…………………	736
第三十八回	一个少女怎样设法将亚力山大由美更·拉·费王后手中救出。…………………	738
第三十九回	亚力山大怎样遇见美丽香客姑娘艾丽丝,他怎样同两个骑士比武;又关于他和莫俊德骑士的关系。…………………	741
第 四 十 回	姜拉豪骑士怎样在苏尔露斯地方发出叫报,召开比武大会,又桂乃芬王后的骑士愿同各地来参与比赛的骑士比武。…………………	744
第四十一回	兰斯洛特骑士怎样在比武大会中战斗,以及	

	巴乐米底骑士怎样为了一个少女而决斗。…………	746
第四十二回	姜拉豪和巴乐米底两个骑士怎样互斗，又关于丁纳丹和姜拉豪两骑士的关系。…………	749
第四十三回	亚尔奇特骑士怎样控告巴乐米底骑士的叛逆罪行，以及巴乐米底骑士怎样把他杀死。…………	751
第四十四回	在第三天的比武会上，巴乐米底骑士怎样同拉麦若克骑士比武，以及其他种种。…………	752
第四十五回	在第四天比武大会上所表现的许多奇迹。…………	755
第四十六回	在第五天，拉麦若克骑士怎样表演他的武艺。……	757
第四十七回	巴乐米底骑士怎样同高沙布伦争夺一个贵妇人，又巴乐米底怎样杀死了高沙布伦。…………	759
第四十八回	关于第六天所发生的事迹。…………	762
第四十九回	关于第七天比武的经过，又兰斯洛特骑士怎样扮做一个闺女，打倒了丁纳丹骑士。…………	765
第 五 十 回	马尔克王怎样运用诡计来谋杀特里斯坦骑士，带领着特里斯坦骑士参加比武会；又特里斯坦怎样被送进监狱。…………	768
第五十一回	马尔克王怎样伪造教皇的信件，又薄希华骑士怎样营救特里斯坦骑士出狱。…………	771
第五十二回	特里斯坦骑士和伊索尔德怎样来到英格兰，又兰斯洛特骑士怎样带他们到快乐园。…………	775
第五十三回	特里斯坦骑士接受了伊索尔德的劝告，怎样武装骑行出外；以及他怎样遇着巴乐米底骑士。…………	780

第五十四回	关于巴乐米底骑士的一切,又他怎样遇见布留拜里、爱克托和薄希华三个骑士。	785
第五十五回	特里斯坦骑士怎样遇见了丁纳丹骑士;又关于他们的策略,以及他对于高文骑士的弟兄们所说的话。	787
第五十六回	特里斯坦骑士怎样打倒了阿规凡和葛汉利两个骑士;又伊索尔德怎样派人去邀请丁纳丹骑士。	791
第五十七回	丁纳丹骑士怎样遇见特里斯坦骑士,以及由于特里斯坦同巴乐米底骑士决斗,才使得丁纳丹认识他。	794
第五十八回	特里斯坦骑士等人怎样因寻人走进伦拿柴卜寨,又关于拉麦若克骑士致死的悲剧。	798
第五十九回	他们怎样到了汉波岸,又怎样发觉在船舱里面放着赫尔曼思王的尸体。	801
第 六 十 回	特里斯坦骑士和他的伙伴怎样被一个寨主邀进寨里,后来这寨主同特里斯坦骑士决斗;以及其他种种事件。	804
第六十一回	为了报复赫尔曼思王之死,巴乐米底怎样去同两兄弟作战。	808
第六十二回	关于赫尔曼思王请人复仇信件的内容,以及巴乐米底骑士怎样争取作战的机会。	811
第六十三回	巴乐米底骑士将与两兄弟作战,这时双方准备作战的情况。	814

第六十四回　关于巴乐米底骑士和两兄弟的战斗情况，以
　　　　　　及这两兄弟怎样被杀死的。……………… 817
第六十五回　特里斯坦和巴乐米底两个骑士怎样遇见了布
　　　　　　诺斯；又特里斯坦骑士和伊索尔德怎样来到
　　　　　　了伦拿柴卜。……………………………… 820
第六十六回　巴乐米底骑士怎样先同卡力胡丁骑士比武，
　　　　　　再和高文骑士比武，把他们两人打倒。…… 824
第六十七回　特里斯坦骑士和他的伙伴们怎样参加伦拿柴
　　　　　　卜的比武大会，以及各种比武和事情。…… 827
第六十八回　特里斯坦骑士和他的伙伴们怎样比武，又关
　　　　　　于他们在比武大会中所表演的武功。……… 830
第六十九回　兰斯洛特骑士怎样把特里斯坦骑士由马上打
　　　　　　下，又特里斯坦骑士将亚瑟王击倒。……… 833
第七十回　　特里斯坦骑士怎样改变装束，穿着红色的武
　　　　　　装以及他怎样发挥力量；又巴乐米底骑士怎
　　　　　　样刺死了兰斯洛特的马。………………… 836
第七十一回　兰斯洛特骑士怎样同巴乐米底骑士交谈，又
　　　　　　当日的奖品怎样颁给了巴乐米底。………… 839
第七十二回　丁纳丹骑士怎样刺激特里斯坦骑士，使他努
　　　　　　力冲进武场作战。…………………………… 842
第七十三回　亚瑟王和兰斯洛特骑士怎样去访问伊索尔
　　　　　　德，又巴乐米底怎样打倒了亚瑟王。……… 844
第七十四回　第二天巴乐米底怎样脱离特里斯坦骑士，而
　　　　　　到对方的集团去反抗特里斯坦。…………… 848

第七十五回	特里斯坦骑士怎样离开了比武场,又唤醒丁纳丹骑士,并且把自己乔装成黑色。……851
第七十六回	巴乐米底骑士怎样改换他的盾牌和盔甲去伤害特里斯坦骑士;又兰斯洛特骑士怎样对付特里斯坦骑士。……854
第七十七回	特里斯坦骑士和伊索尔德两人怎样分开的;又巴乐米底怎样跟随他们并借口原谅自己。……859
第七十八回	亚瑟王和兰斯洛特骑士怎样同到特里斯坦的帐篷,共进晚餐,又关于巴乐米底骑士的种种。……862
第七十九回	第二天特里斯坦和巴乐米底两骑士怎样表现他们的武艺,又亚瑟王怎样被从马上打下来。……865
第 八 十 回	特里斯坦骑士怎样加入亚瑟王的集团,又巴乐米底怎样不肯参加。……868
第八十一回	布留拜里和爱克托两个骑士怎样将伊索尔德的美貌告诉了桂乃芬王后。……871
第八十二回	爱皮诺革利斯怎样在泉旁诉苦,又巴乐米底骑士怎样寻见他;以及这两个人的哀情。……873
第八十三回	巴乐米底骑士怎样将爱皮诺革利斯骑士的情侣带给他;又巴乐米底骑士和沙飞尔骑士怎样决斗。……876
第八十四回	巴乐米底和沙飞尔两个骑士怎样护送爱皮诺革利斯骑士到他的堡寨,又关于其他冒险事迹。……880
第八十五回	特里斯坦骑士怎样营救巴乐米底骑士,但在他未到之前,兰斯洛特骑士已经将他营救出来。……883

第八十六回	特里斯坦和兰斯洛特两个骑士偕巴乐米底同到快乐园；以及巴乐米底和特里斯坦骑士的关系。	886
第八十七回	特里斯坦同巴乐米底两骑士怎样决定了决斗的日期；又特里斯坦骑士是怎样受伤的。	890
第八十八回	巴乐米底骑士怎样守约赴战，但特里斯坦骑士没能出场；以及其他种种事项。	892

第十一卷

第 一 回	兰斯洛特骑士怎样骑行寻觅奇迹，怎样帮助一位凄惨的妇人解除痛苦；以及他怎样同一条喷火的恶龙搏斗。	897
第 二 回	兰斯洛特骑士怎样来到佩莱斯王这里，关于见到圣杯的经过，以及佩莱斯王的伊兰公主的故事。	901
第 三 回	兰斯洛特骑士发觉自己和伊兰公主同房有喜，心中很不乐意，以及她后来怎样生下了加拉哈。	904
第 四 回	鲍斯骑士怎样来到伊兰公主这里和加拉哈相遇，以及他怎样用圣杯进圣餐。	907
第 五 回	鲍斯骑士怎样迫使巴底维尔骑士向他屈服；鲍斯骑士又怎样获得了奥妙的奇迹，以及获得的经过。	911
第 六 回	鲍斯骑士怎样离开此地，以及桂乃芬王后怎	

第 七 回	样嗔责兰斯洛特骑士用情不专,当时兰斯洛特骑士怎样向她求恕。……………………913
第 七 回	加拉哈的母亲伊兰公主怎样带着大队人马走进了加美乐城,以及兰斯洛特骑士在这时怎样去应付这种环境。…………………………915
第 八 回	卜瑞仙怎样使用了巫术将兰斯洛特骑士送到伊兰公主的床上,以及事后桂乃芬王后怎样讽刺他。……………………………………918
第 九 回	这位伊兰公主怎样被桂乃芬王后赶出了朝廷,以及兰斯洛特骑士怎样因气愤而变痴。……921
第 十 回	桂乃芬王后怎样为了兰斯洛特骑士而愁闷忧郁;又兰斯洛特骑士的亲属们怎样在各处遍寻他的下落。……………………………925
第十一回	阿各娄发骑士的仆人怎样被杀,以及他同薄希华骑士兄弟两人怎样为他报复。…………928
第十二回	薄希华骑士怎样偷偷地离开他哥哥,不别而去;他又怎样解救了一个被锁链绑住的骑士,以及其他种种事迹。……………………931
第十三回	薄希华骑士怎样遇见爱克托骑士,又他们两人怎样鏖战多时,以致几乎都牺牲了性命。………934
第十四回	依靠着圣杯的奇迹,爱克托和薄希华两个骑士的伤痕各各霍然痊愈。…………………937

第十二卷

第 一 回　兰斯洛特骑士在神经失常的时候，怎样握着一口剑同一个骑士相斗；又怎样跳到一张床上。……941

第 二 回　他们怎样用马轿迎接兰斯洛特骑士；又兰斯洛特骑士怎样搭救寨主卜利安骑士。…………944

第 三 回　兰斯洛特骑士怎样打击一只野猪，把它杀死；他本人怎样受伤，以致被人护送到一所精舍里。……………………………………947

第 四 回　兰斯洛特骑士怎样被伊兰公主认出，引他进入一间卧室，运用了圣杯来治愈他的疾病。………950

第 五 回　兰斯洛特骑士的疾病痊愈之后，他的理智也恢复正常了，他这时怎样反而感到惭愧；伊兰公主又怎样甘愿送给他一座堡寨。…………954

第 六 回　兰斯洛特骑士怎样来到快乐屿，在此取名拉·西伐耳·马耳·法特——意即厄运武士。……956

第 七 回　在快乐屿上举行的大比武会，薄希华和爱克托两个骑士怎样到达该岛，又薄希华和兰斯洛特的比赛。……………………………958

第 八 回　他们两人怎样相识，又彼此怎样都相待以礼；又兰斯洛特骑士的弟弟爱克托怎样来到哥哥的面前，以及他们之间的快乐情趣。………961

第 九 回　鲍斯和梁纳耳两个骑士怎样来到布兰底果尔王那里，又鲍斯骑士怎样带他的儿子赫

　　　　　　灵·拉·卜拉克来到朝廷；以及兰斯洛特骑
　　　　　　士的情况。……………………………………963

第 十 回　兰斯洛特、薄希华和爱克托三个骑士怎样来
　　　　　　到朝廷里，又全朝的人怎样兴奋地欢迎兰斯
　　　　　　洛特骑士。……………………………………966

第十一回　伊索尔德怎样劝告特里斯坦骑士先赶到朝
　　　　　　廷，再参加圣灵降临节的大宴会。…………968

第十二回　特里斯坦骑士怎样不带武装赶赴朝廷，在途
　　　　　　中遇见了巴乐米底；他们两人怎样互斗起
　　　　　　来；巴乐米底骑士怎样容忍了他。…………970

第十三回　特里斯坦骑士怎样从一个受伤骑士的手里，
　　　　　　获得了武装和全套的马具；以及他怎样打败
　　　　　　了巴乐米底骑士。……………………………972

第十四回　特里斯坦和巴乐米底两个骑士怎样长久地互
　　　　　　相搏斗，以后这两个人又"言归于好"；以
　　　　　　及特里斯坦骑士怎样感化巴乐米底受洗而为
　　　　　　基督徒。………………………………………974

第十三卷

第 一 回　在圣灵降临节盛宴举行的前夕，有一位少女
　　　　　　怎样进入大厅，走到亚瑟王的面前，要求兰
　　　　　　斯洛特骑士去赐封一位骑士，又兰斯洛特怎
　　　　　　样陪她同去的。………………………………979

第 二 回　在危险座上怎样找到镌刻的字句；又石上宝

	剑的奇妙冒险是怎样一回事。………………………… 982
第 三 回	高文骑士怎样试将宝剑抽出；又有一老人怎样把加拉哈引来。…………………………………… 984
第 四 回	这位老者怎样带加拉哈坐上危险座，又全体骑士们怎样表示惊奇。……………………………… 986
第 五 回	亚瑟王怎样把显示在水面上的石头，指给加拉哈看，又加拉哈怎样从石头上拔下这把宝剑。……………………………………………………… 988
第 六 回	亚瑟王在各骑士星散之前，怎样在加美乐宫旁草场上聚合他们全体，举行了比武大会。……… 990
第 七 回	王后怎样想见加拉哈；各骑士怎样由圣杯中得到满足之后，都为了找它而发下心愿。………… 992
第 八 回	国王、王后和宫内贵妇怎样为了各骑士的别离而感到悲伤，以及他们怎样离去。…………… 995
第 九 回	加拉哈怎样取得一面盾牌。……………………… 999
第 十 回	加拉哈怎样拿了盾牌走出的，又艾佛莱克王怎样收到了亚利马太约瑟的盾牌。………………1002
第 十 一 回	约瑟怎样用他自己的血在白色盾牌上绘成一个十字架；又加拉哈怎样被一个修道士送进墓里。……………………………………………………1004
第 十 二 回	加拉哈骑士从坟墓里所听到和所看见的怪事；又他怎样封麦烈斯为骑士。………………………1006
第 十 三 回	麦烈斯参与的冒险，加拉哈怎样为他复仇，以及麦烈斯怎样被带入教堂。……………………1009

lxxi

第 十 四 回　加拉哈骑士怎样离开的,以及他怎样奉命到
　　　　　　了美丹堡去消灭那里的恶俗。……………1011

第 十 五 回　加拉哈骑士怎样与堡内的骑士决斗,又怎样
　　　　　　毁掉堡内的恶风俗。…………………………1013

第 十 六 回　高文骑士怎样为追赶加拉哈而来到一所修道
　　　　　　院之内,以及他怎样使一个修士忏悔。………1017

第 十 七 回　加拉哈骑士怎样遇到兰斯洛特骑士和薄希华
　　　　　　骑士,等到把他们打倒之后,又怎样离开了
　　　　　　他们。……………………………………………1020

第 十 八 回　兰斯洛特骑士怎样在半睡半醒之中看见了一
　　　　　　个病人睡在担架上,竟被圣杯治愈了。………1022

第 十 九 回　有一个声音怎样对兰斯洛特解说,以及他发
　　　　　　现自己的头盔与马匹都已失掉,到后来他步
　　　　　　行去了。…………………………………………1024

第 二 十 回　兰斯洛特骑士怎样忏悔与忧伤,又有什么样
　　　　　　的鉴戒显给他看。………………………………1027

第十四卷

第 一 回　薄希华骑士怎样请求一位女修士来指导他;
　　　　　这位女修士怎样告诉薄希华说,她本人就是
　　　　　薄希华的姨母。……………………………………1033

第 二 回　魔灵怎样将圆桌比作世界,又追寻圣杯的骑
　　　　　士们怎样都应当成名。……………………………1035

第 三 回　薄希华骑士怎样走进一座修道院,找到一位

　　　　　　　年老的艾佛莱克王。……………………………1037

第 四 回　薄希华骑士怎样看到一批武装的人抬了一个
　　　　　骑士的尸体，以及他怎样同那批人交战。………1039

第 五 回　这个平民怎样希望能够再得到一匹骏马，薄
　　　　　希华骑士的瘦马怎样被人杀了。……………………1042

第 六 回　薄希华骑士放马跑到极危险的地带，碰见一
　　　　　条毒蛇正同狮子搏斗。…………………………………1044

第 七 回　薄希华骑士所看见的异象；以及这异象同狮
　　　　　子所含的意义。………………………………………1047

第 八 回　薄希华骑士怎样看见一艘船向他开来，船上
　　　　　的一位美女怎样向他诉说自己失去继承权的
　　　　　情形。………………………………………………1050

第 九 回　薄希华骑士怎样应允去帮助一位妇女；后来
　　　　　他怎样向这位妇女求爱，又薄希华怎样从魔
　　　　　鬼手里被营救出来。…………………………………1053

第 十 回　薄希华骑士因为烦恼，在自己的腿上刺了一
　　　　　刀，随后又怎样发觉那美女原来是个恶魔。………1055

第十五卷

第 一 回　兰斯洛特骑士来到一座小教堂里，发现一位
　　　　　穿白衬衫、年龄一百岁的教士已死。………………1059

第 二 回　为什么有许多人要捣碎死者的尸体，但不曾
　　　　　达到目的；又兰斯洛特骑士怎样取得死者的
　　　　　头发。………………………………………………1061

lxxiii

第 三 回　兰斯洛特骑士看到了异象,他把这事告诉了
　　　　　一位修士,请求他指教。………………………1064

第 四 回　这位修士把兰斯洛特骑士所见的异象作了解
　　　　　释,并且又告诉他说,加拉哈骑士原是兰斯
　　　　　洛特的儿子。……………………………………1066

第 五 回　兰斯洛特骑士怎样同多数骑士交战,又终于
　　　　　怎样被俘。………………………………………1068

第 六 回　兰斯洛特怎样把自己所见的异象告诉了这位
　　　　　修女,这位修女又怎样解释给他听。…………1070

第十六卷

第 一 回　高文骑士怎样对于追寻圣杯感觉厌倦,以及
　　　　　他的一个奇梦。…………………………………1075

第 二 回　关于爱克托骑士的异梦,以及高文怎样同结
　　　　　盟弟兄乌文英骑士比武。………………………1077

第 三 回　高文与爱克托两个骑士怎样走到精舍里去忏
　　　　　悔,以及他们怎样把所得的异象告诉了修士。…1080

第 四 回　修士怎样解释他们梦中的异象。………………1082

第 五 回　关于修士所给他们的有益劝导。………………1084

第 六 回　鲍斯骑士遇到修士之后,怎样向他忏悔,以
　　　　　及这修士叮嘱他悔过的情形。…………………1086

第 七 回　鲍斯骑士怎样投宿在一位贵妇家里,以及他
　　　　　为了保护贵妇的田产怎样自愿同一个斗士比武。…1088

第 八 回　关于鲍斯骑士在那天晚上所得的异梦,以及

|第 九 回|那贵妇怎样因鲍斯骑士的作战而收复了她的土地；以及鲍斯怎样走开的；又他怎样遇见被捆和被打的梁纳耳骑士；此外一个少女怎样避免了不幸的事件。……………………1093|

第 九 回 那贵妇怎样因鲍斯骑士的作战而收复了她的土地；以及鲍斯怎样走开的；又他怎样遇见被捆和被打的梁纳耳骑士；此外一个少女怎样避免了不幸的事件。……………………1093

第 十 回 鲍斯骑士怎样不去营救他的哥哥，而去搭救那个少女的，以及别人怎样告诉他说梁纳耳已经死了。………………………………1095

第十一回 鲍斯骑士把他的梦幻告诉了一个祭司，以及这祭司怎样对他解释。………………………1097

第十二回 一个乔装女人的魔鬼怎样去引诱鲍斯骑士，以及他怎样靠了上帝的恩典而得逃避的。………1099

第十三回 修道院长怎样给鲍斯骑士圣餐吃，以及怎样去开导他。……………………………………1103

第十四回 鲍斯骑士怎样遇到他哥哥梁纳耳，以及梁纳耳怎样要杀死鲍斯骑士。……………………1105

第十五回 高圭凡骑士怎样为着营救鲍斯骑士而同梁纳耳骑士决斗，以及一个修士为什么被杀。………1108

第十六回 梁纳耳骑士怎样杀掉高圭凡，以及后来又怎样打算杀死鲍斯骑士。……………………1110

第十七回 有一个声音怎样吩咐鲍斯不要打击他的哥哥，同时有一朵云隔在他们两人的中间。………1112

第十七卷

第 一 回　加拉哈骑士怎样在一个大比武会中比武；他又怎样被高文骑士和爱克托骑士认出。………… 1117

第 二 回　加拉哈怎样与一个少女同骑外出，走到薄希华和鲍斯两个骑士所乘的一只船里。………… 1120

第 三 回　加拉哈怎样走进那船里，看见里面有一张精美的床铺，以及许多奇异的东西，还有一把宝剑。………… 1123

第 四 回　关于剑和剑鞘的奇事。………… 1125

第 五 回　佩莱斯王为了拔剑，怎样使得两条大腿都受了伤，以及其他惊奇的历史。………… 1128

第 六 回　所罗门怎样受了妻子的劝告，拿走他父亲大卫的剑，以及其他种种奥妙事迹。………… 1131

第 七 回　关于所罗门王和他妻子的奥妙故事。………… 1133

第 八 回　加拉哈和他的伙伴们怎样到达一座堡寨，以及他们怎样在此地战斗，又怎样杀死他们的敌人，及其他种种。………… 1136

第 九 回　三个骑士同薄希华的妹妹怎样走进一片荒林之中；此外关于一只牡鹿、四只狮子，以及其他种种的故事。………… 1139

第 十 回　他们怎样被迫遵行一种奇怪的习惯，由于他们不肯接受，以致发生战斗，并杀死了许多骑士。………… 1141

第 十 一 回	薄希华的妹妹怎样为了治疗一个贵妇的病，她自己流了一满盆的血，因而致死，以及怎样把她的遗体送到船里。……………… 1143
第 十 二 回	加拉哈与薄希华怎样在寨上发现许多坟墓，墓内葬的童贞少女们都是为那个贵妇流血而死的。……………………………………………… 1146
第 十 三 回	兰斯洛特骑士怎样走进一艘船里，那里陈放着薄希华的妹妹的尸体，以及他怎样遇到了自己的儿子加拉哈骑士。………………… 1147
第 十 四 回	一个骑士怎样带给加拉哈一匹马，并吩咐他离开他的父亲兰斯洛特。……………………… 1150
第 十 五 回	兰斯洛特怎样在那间收藏圣杯的房子门前。…… 1152
第 十 六 回	兰斯洛特骑士怎样好像死人一样睡了二十四个昼夜，以及其他种种的事变。……………… 1154
第 十 七 回	兰斯洛特怎样回到罗格里斯，以及他在途中所遇见的一切奇迹。……………………………… 1157
第 十 八 回	加拉哈怎样到了莫尔答英斯王的地方，以及其他的冒险故事。…………………………………… 1159
第 十 九 回	薄希华骑士与鲍斯骑士怎样遇到加拉哈骑士，又他们怎样走到卡邦耐克堡寨，以及其他事迹。…………………………………………… 1161
第 二 十 回	加拉哈和伙伴们怎样领受圣杯的饮食，我们的主又怎样显现的；以及其他的种种事迹。…… 1163
第 二十一回	加拉哈怎样将矛上的血来抹膏残废的王，以

lxxvii

| 第二十二回 | 他们在监狱里怎样领受圣杯,以及加拉哈怎样被选为王。……………………………………1170 |
| 第二十三回 | 加拉哈之死怎样使薄希华与鲍斯忧愁,以及关于薄希华之死,还有其他种种事变。…………1172 |

第十八卷

第 一 回	亚瑟王同王后两人对于寻得圣杯的快愉,以及兰斯洛特骑士怎样旧情复萌。……………1177
第 二 回	王后怎样驱逐兰斯洛特骑士离开朝廷,以及他的悲痛心境。……………………………1179
第 三 回	桂乃芬王后设筵招待骑士,怎样有一个骑士当场中毒身死;马杜尔骑士怎样将放毒的责任归在王后的身上。………………………1181
第 四 回	马杜尔骑士怎样告发王后犯了暗杀罪,又当时没有一个骑士肯为她雪耻而去战斗的。………1183
第 五 回	王后怎样要求鲍斯骑士为她应战,他怎样在应允时提出了条件,以及他怎样通知兰斯洛特骑士。……………………………………………1186
第 六 回	鲍斯骑士怎样在约定的日期准备为王后作战,又当赴战时,怎样又有一个骑士赶来代他战斗。…………………………………………1189
第 七 回	兰斯洛特骑士怎样为了王后同马杜尔骑士作战,又当赴战时,他怎样打败了马杜尔骑士

第 八 回	而解脱了王后的罪行。⋯⋯⋯⋯⋯⋯⋯⋯⋯⋯⋯⋯1192
第 八 回	湖上仙女怎样明白了个中真相,以及其他各种事情。⋯⋯⋯⋯⋯⋯⋯⋯⋯⋯⋯⋯⋯⋯⋯⋯⋯1195
第 九 回	兰斯洛特骑士怎样骑马走到阿斯托拉脱城,他又应一个少女的请求,接受了她的一条袖巾,放在自己的头盔上面。⋯⋯⋯⋯⋯⋯⋯⋯1198
第 十 回	温彻斯特的比武大会怎样开始,参加比武的有哪几个骑士,以及其他事项的记载。⋯⋯⋯⋯1201
第 十 一 回	兰斯洛特和拉文两个骑士怎样进入了比武场,去对抗亚瑟王的集团;又兰斯洛特骑士在战场上受伤的经过。⋯⋯⋯⋯⋯⋯⋯⋯⋯⋯1203
第 十 二 回	兰斯洛特和拉文两个骑士怎样离开了比武场;又兰斯洛特的生命受到了什么危险。⋯⋯⋯1206
第 十 三 回	怎样把兰斯洛特送到一位修士的家里,请求修士为他医伤;以及其他种种事情。⋯⋯⋯⋯1209
第 十 四 回	高文骑士怎样在阿斯托拉脱的寨主家里借宿,并且他在此处听说那个戴红袖巾的骑士就是兰斯洛特。⋯⋯⋯⋯⋯⋯⋯⋯⋯⋯⋯⋯⋯1212
第 十 五 回	鲍斯听到兰斯洛特受伤的消息,怎样地忧愁烦闷;又王后听到兰斯洛特戴红袖巾的消息之后,怎样地暴躁发怒。⋯⋯⋯⋯⋯⋯⋯⋯⋯1215
第 十 六 回	鲍斯骑士怎样寻找兰斯洛特骑士,随后在一个修士所住的地方见到他;又这两个人抱头痛哭的情形。⋯⋯⋯⋯⋯⋯⋯⋯⋯⋯⋯⋯⋯⋯1218

第十七回　兰斯洛特骑士怎样去试穿武装,来验证他自己的身体是否已经恢复了健康;以及他的伤口怎样又破裂的。……………………1221

第十八回　鲍斯骑士转回以后,怎样报告了兰斯洛特骑士的消息、比武会的情况,以及得奖者的姓名。…1224

第十九回　当兰斯洛特骑士准备离开阿斯托拉脱城的时候,那里有个美丽娟秀的少女极度悲伤;她怎样为爱上了兰斯洛特而忧郁致死。…………1227

第二十回　阿斯托拉脱的这个女尸怎样运到亚瑟王的面前,又关于埋葬的情况,以及兰斯洛特骑士怎样在望弥撒的时候为死者捐献。……………1231

第二十一回　圣诞节大比武会的情况,又关于亚瑟王颁布命令布置大比武会;以及当时兰斯洛特的情况。…1234

第二十二回　兰斯洛特骑士受伤以后,怎样来到一位修士的住所,以及其他事项。………………………1237

第二十三回　在比武会上兰斯洛特骑士怎样表演他的武艺;其他各人都怎样表演了他们的技能。………1239

第二十四回　亚瑟王对比武的成绩怎样表示惊讶,又怎样骑马寻得兰斯洛特骑士。……………………1243

第二十五回　夏日象征着真正的爱情。………………1246

第十九卷

第　一　回　桂乃芬王后怎样带领若干圆桌骑士,骑马作五朔节的郊游,当时全班人马都穿着绿色服装。…1251

第 二 回　麦丽阿干斯骑士怎样捉到桂乃芬王后和她的
　　　　　骑士，他们在搏斗中怎样都受了重伤。…………1255

第 三 回　桂乃芬王后被掳以后，兰斯洛特骑士怎样得
　　　　　到了这个消息；又麦丽阿干斯骑士怎样布置
　　　　　埋伏准备捉拿兰斯洛特。………………………1257

第 四 回　兰斯洛特骑士的马怎样被人射死，又兰斯洛
　　　　　特骑士怎样乘了战车去营救桂乃芬王后。………1260

第 五 回　麦丽阿干斯骑士怎样恳求桂乃芬王后饶赦
　　　　　他，以及桂乃芬王后怎样平息了兰斯洛特骑
　　　　　士的嗔怒；以及其他等等事项。………………1263

第 六 回　一个晚上，兰斯洛特骑士怎样走进桂乃芬王
　　　　　后的卧室，又麦丽阿干斯骑士怎样告发王后
　　　　　犯了淫乱叛逆罪。………………………………1266

第 七 回　兰斯洛特骑士怎样为了桂乃芬王后而接受了
　　　　　挑战，对麦丽阿干斯骑士决斗，兰斯洛特骑
　　　　　士又怎样堕在陷阱之中。………………………1269

第 八 回　一个贵妇怎样搭救了兰斯洛特骑士出狱，又
　　　　　兰斯洛特骑士怎样选定了一匹白马，遵着预
　　　　　定作战的日期，赶到了目的地。………………1272

第 九 回　兰斯洛特骑士怎样准时到达了麦丽阿干斯骑
　　　　　士所等候的决斗场地。…………………………1274

第 十 回　尤瑞骑士怎样为了求人医伤，来到亚瑟王的
　　　　　朝廷，又亚瑟王怎样开始用手抚摸他。………1277

第十一回　亚瑟王抚摸尤瑞骑士的创伤，随后圆桌社各

第 十 二 回　亚瑟王怎样吩咐兰斯洛特骑士伸手抚摸尤瑞的伤口，不多时尤瑞完全痊愈了，又他们怎样去感谢上帝。……………………………………1285

第 十 三 回　由一百名骑士所组织的队伍怎样去对抗另一百名骑士的一队；以及其他种种事情。………1288

第二十卷

第 一 回　阿规凡和莫俊德两骑士怎样忙着督促高文骑士，暴露兰斯洛特骑士和桂乃芬王后两人间的恋爱。…………………………………………1293

第 二 回　阿规凡骑士怎样对亚瑟王暴露兰斯洛特和桂乃芬间的秘密通奸；又亚瑟王怎样给他们下逮捕令，命令他们捉拿兰斯洛特骑士。…………1296

第 三 回　有人怎样发现兰斯洛特骑士在桂乃芬王后的卧室，又阿规凡和莫俊德两个骑士怎样带领十二个骑士暗杀兰斯洛特。………………1299

第 四 回　兰斯洛特骑士怎样杀死了高圭凡骑士，披挂着高圭凡的武装，此后又杀了阿规凡和他所带领的十二名骑士。……………………………1302

第 五 回　兰斯洛特骑士怎样来到鲍斯骑士的地方，把自己的成功告诉了鲍斯，以及他经历过什么冒险，又怎样逃跑的。………………………1304

第 六 回　兰斯洛特骑士及其朋友们用来营救桂乃芬王

第 七 回　莫俊德骑士怎样急忙驰到亚瑟王的面前，报告战斗情况，以及阿规凡和其他骑士死亡的经过。……………………………………1310

第 八 回　兰斯洛特骑士和他的亲戚们怎样营救桂乃芬王后脱离火刑，又他怎样杀死很多骑士。………1313

第 九 回　亚瑟王为了外甥们和其他高尚骑士们的死亡而悲哀；又为了他的妻子桂乃芬王后而引起的愁闷。………………………………………1316

第 十 回　亚瑟王怎样听从高文骑士的要求，结果对兰斯洛特骑士发动了战争；又亚瑟王围困他的一座名叫快乐园的堡寨。………………………1319

第 十一 回　亚瑟王和兰斯洛特骑士彼此互通消息，又亚瑟王怎样责备他。……………………………1322

第 十二 回　兰斯洛特骑士的表弟兄们和亲戚们怎样激励他作战，又他们怎样准备战斗。………………1325

第 十三 回　高文骑士怎样同梁纳耳骑士比武，将梁纳耳打倒，又兰斯洛特骑士怎样送给亚瑟王一匹马。…1327

第 十四 回　教皇怎样颁下训谕，吩咐他们双方媾和，又兰斯洛特骑士怎样带着桂乃芬王后来到亚瑟王的面前。………………………………………1330

第 十五 回　关于兰斯洛特骑士将桂乃芬王后送交亚瑟王；又高文骑士对兰斯洛特骑士所讲的话。……1333

第 十六 回　关于高文和兰斯洛特两个骑士的通牒，还有

	其他很多对话。…………………………………………1336
第 十七 回	兰斯洛特骑士怎样离开国王和快乐园走向海边,以及陪他同行的骑士们。………………………1339
第 十八 回	兰斯洛特骑士怎样渡海,又怎样加封各随从的骑士以爵位。…………………………………1342
第 十九 回	亚瑟王和高文骑士怎样准备大队人马渡海,以便对兰斯洛特骑士进行战斗。……………………1344
第 二十 回	高文骑士给兰斯洛特骑士通牒的内容,又亚瑟王围困班伟克城以及其他等等事项。…………1347
第二十一回	高文和兰斯洛特两个骑士怎样互斗,又高文骑士怎样被打受伤。……………………………1350
第二十二回	关于亚瑟王对战事所发出的哀叹,以及在另一场战斗中,高文骑士受挫的情况。……………1352

第二十一卷

第 一 回	莫俊德骑士怎样胆敢自立为英格兰的君王,而且妄想同生父的夫人——桂乃芬王后结婚。……1357
第 二 回	亚瑟王得到这个消息之后,怎样回到了多佛,莫俊德骑士遇到他,怎样阻止他登陆,又关于高文骑士的死亡。……………………1360
第 三 回	随后高文的幽灵怎样显现给亚瑟王,并警告他在约定的那天不可作战。………………………1364
第 四 回	由于一条毒蛇惹的祸,怎样使战事复起,莫俊德死在那里,亚瑟王受到了致命的创伤。……1367

第 五 回　亚瑟王怎样吩咐别人把他的截钢剑丢在水里，他又是怎样被交给船上的贵妇们的。………1370

第 六 回　第二天，拜底反尔骑士怎样发现亚瑟王已经死在一所精舍里；他又怎样和修士一同住下。…1374

第 七 回　多数人对于亚瑟王死亡的意见，又桂乃芬王后怎样到奥姆斯伯里修道院做修女。………1376

第 八 回　兰斯洛特骑士听到亚瑟王和高文骑士的噩耗，怎样回到了英格兰。………………1379

第 九 回　兰斯洛特骑士怎样到各处去寻桂乃芬王后，又他怎样在奥姆斯伯里修道院里找到她。………1382

第 十 回　兰斯洛特骑士怎样来到修士的住处，就是坎特伯雷主教所在地，以及他穿戴修士的服装。…1384

第十一回　兰斯洛特骑士和他的七个同伴怎样来到奥姆斯伯里修道院；又发现桂乃芬王后已死，他们就把她运送到格拉斯登堡。………1387

第十二回　兰斯洛特骑士怎样开始患病，随后死了，他们把他的尸体运到快乐园，并埋葬在那里。……1389

第十三回　爱克托骑士怎样发现他的哥哥兰斯洛特骑士已经死亡，又康斯坦丁继承亚瑟的王位，去统治这处地方；本书结束。………………1392

第 一 卷

第一回

尤瑟·潘左干王怎样召见康沃尔公爵和他的夫人茵格英，这一对夫妻又怎样急忙走开的。

尤瑟·潘左干在世的时候，做了英格兰全境的王，执掌政权。当时在他治下的康沃尔地方，有个势力强大的丁答吉耳公爵，常同他对抗，引起战争。尤瑟曾经千方百计地去召见他，还叫他偕同妻子同来；他的妻子名叫茵格英，一向被人称做美女，并且很有智慧。

待到公爵同他夫人来到宫里，由于各大臣的努力斡旋，国王和公爵之间的隔膜全都冰释了。当时国王对于公爵夫人却是一见倾心，十分爱慕，招待异常殷勤，渴望和她同床共卧。但是这位夫人却极守贞节，拒绝了国王的要求。她告诉自己的丈夫说："我想国王召见我们，是存心要破坏我的贞操。丈夫呀！我想同你商量一下，我们还是火速离开这里，尽一夜的工夫，骑马赶回自己的城堡中去。"于是就依照这女人的主意，他俩都跑脱了。当时不论国王本人或是亲侍警卫们，没有一人注意到他们的行踪。等到国王尤瑟忽然发觉他们已经逃走，震怒万分。他立即召集枢密院的官员们，宣布这个公爵和他的妻子都已在逃。

枢密院的众大臣们便向国王献计说："大王可降旨仍命公爵和他的夫人亲自来朝，若敢抗令，那时大王再派大军前去征讨，全可听凭大王自行定夺。"国王采纳了这个建议,即派信使送去,信使也很快就带来回话,说是公爵同他的妻子都拒绝再来觐见。

国王这时盛怒异常。他立时又派人送信给公爵,措辞直截了当,只叫他及早储备粮械,不管他的城堡有多大,一定要在四十天之内,把他活捉出来。

丁答吉耳公爵接到挑战警告以后,立刻开始布置自己两座坚固的大堡——一座叫做丁答吉耳,另一座称为台辣贝耳,都是粮械充足。他把妻子茵格英夫人安置在丁答吉耳堡,他自己驻扎在台辣贝耳堡——这里有许多出口和地道。尤瑟率领了大队人马,像狂风暴雨似的奔向台辣贝耳进行围攻,到处搭起许多营帐,双方便激起大战,死伤了不少人。国王尤瑟一方面对这件事怒火填膺,一方面又对茵格英眷念难忘,就此病倒。这时有个贵族骑士,名叫由飞阿斯,来向国王探问为何得病。国王回答他说:"我告诉你吧,由于我对那位美丽的茵格英感到又气又爱,才生起病来,看来怕是没有复原的希望了。"由飞阿斯骑士说道:"大王,让我去找魔灵来,他能医好您的病,而且还会使您称心如意。"由飞阿斯走到外面,恰巧和魔灵邂逅,但魔灵却穿着乞丐的衣服,并且还反问由飞阿斯在找寻什么人。由飞阿斯因为瞧不起他,只是敷衍了一番就走过去了。可是魔灵说道:"好吧,我知道你在找谁,你不是在找魔灵吗?不用再找了,我就是。若是尤瑟王肯重赏我,对我的要求,也都愿意立誓满足,那么他所能得到的荣耀和利益会比我所得到的更多,我便使他的一切愿望都能如愿以偿。"由飞阿斯回答道:"这一切我都可以照办,就是完全满足你的要求,也并非是什么不合情理的。"魔灵也说道:"那么很好,国王是会达到他的志趣和愿望的。"又说,"请你骑马先走,我随后就到。"

第二回

尤瑟·潘左干怎样同康沃尔公爵开战,又怎样采用魔灵的计策去同公爵夫人亲近,使她受孕而生下亚瑟。

于是由飞阿斯高兴地骑着马,放步奔到尤瑟·潘左干王那里告诉他说,已经见到了魔灵。国王问道:"他在哪里?"

由飞阿斯答道:"王上!他一会儿就到。"由飞阿斯蓦地发现魔灵已经站在帐篷门口了。魔灵正要来觐见国王,尤瑟王一见了他,就表示欢迎。魔灵说:"大王!您心中的底细我全都明白,因为您是一位真正的国王,所以要请您先向我立誓,您如能实现我的要求,那么我也就能够满足您的愿望。"于是国王便对着《四福音圣书》立了誓,愿意照办。魔灵便说:"大王!我的希望是这样,您第一夜睡在茵格英的身旁,就能使她受孕,以后等婴儿出生了,您要把他交给我,依照我的主意去抚养,这是为了您的光荣和这个孩子的好处,因为他是值得这样做的。"国王答道:"一切都可照你的意思去办。"魔灵又说:"您就去准备吧,今夜您就可以在丁答吉耳堡里和茵格英同床了;那时您可乔装成她那位公爵丈夫,让由飞阿斯扮作公爵的骑士布瑞协斯,我就扮作公爵的另一个骑士郁丹纳斯。但要请您当心,您在那时不可同茵格英或她左右的人多说话,只说您正在生病,赶快上床休息,第二天早晨,您要等我赶到那里以后才可起床。"这里离丁答吉耳堡只有十英里路程,他们就照这个计划去进行了。当时丁答吉耳公爵看到国王忽然从被围的台辣贝耳堡骑马离开,他就在当夜从地道中跑到堡外,结果被国王的军队杀死了,不过那时国王自己还未曾到达丁答吉耳堡。

公爵死后三个多小时,尤瑟王才睡在茵格英的身旁,共圆好梦,当夜成孕,有了亚瑟。次晨,未待破晓,魔灵便进来催促国王准备,国王吻过茵格英,就匆匆离她而去。及至茵格英听到大家谈起她的丈夫丁答吉耳公爵,获悉他恰是在尤瑟王未来她那里之前就已经死去了;她惊讶这究竟是谁乔装她的丈夫来睡在她的身旁呢?她一面暗自伤心,一面也就缄口不言。这时所有大臣都来恳求国王应该同茵格英夫人和好,国王同意他们去做说客,而在国王自身,当然也是愿意同她和谐的。于是国王就完全托付由飞阿斯,由他去进行双方的协商,靠了他的调解,国王终于同茵格英晤面了。这时由飞阿斯当众宣称:"我们要是能这样做,那该多好。我们的国王是一位坚强的骑士,尚未结婚,而茵格英夫人又是绝顶美丽,假使国王乐意娶她为后,这对我们大家是桩无上的喜事。"大臣们也都表示赞同,便向国王建议。国王也真像英雄好汉似的马上乐意地接受了,于是在一天早上,他们就很快乐地匆匆结婚了。

同时,辖治洛锡安和奥克尼两地的路特王也和玛高丝结了婚,玛高丝后来就是高文的母亲;卡劳特地方的南特王也同伊兰结了婚。这两件事都是遵照尤瑟王的意旨办理的。她们第三个妹妹名叫美更·拉·费,进了女修道院,学到很多东西而成为巫术大家,后来她同果尔地方的由岚斯王结婚,此人便是白手骑士乌文英的生父。

第三回

亚瑟的降生和抚养。

王后茵格英的肚子一天大似一天，在她结婚半年后的某一个夜晚，尤瑟王卧在她的身旁，向她说道，为了她对国王的忠心，要她立誓实说那怀在她身上的孕儿是什么人的；她一时羞羞惭惭无话回答。国王说："你不用怕，只要把实情告诉我，我会更加爱你的。"王后就说道："王上！我把实情告诉您。就在我丈夫死去的当夜——至于他死的时辰是据骑士们的报告，曾有一人来到丁答吉耳堡，这人的言语和面貌都同我的丈夫一模一样，还有两个骑士的面貌，也是一个像布瑞协斯骑士，一个像郁丹纳斯骑士，当夜我就同这个和我丈夫一模一样的人同床了，也就在这天夜里，我有了这个孩子；如今就是面对着上帝，我也只能这样说。"国王道："你所说的，全是真话，那时乔装而来的正是我，你何必惶恐焦急呢？我就是这个孩子的爸爸。"接着尤瑟王又告诉她一切经过，以及魔灵当初是怎样计划的。王后明白了她这个孩子的父亲是什么人，她的快乐自可不必待言了。

不久，魔灵来见国王说："王上！您要准备抚养您的孩子啦。"国王答道："好呀。"魔灵又说："在您的国土中，我知道有一个贵族，他很诚恳而又忠心，他可以抚养您的孩子，此人名叫爱克托爵士，他在英格兰和威尔士许多地方，拥有丰厚的产业。您可以通知爱克托爵士，叫他亲来同您谈谈，既然他是敬爱您的，您便可吩咐他，叫他把自己的孩子找别的妇人喂奶，而叫他的夫人来抚养您的孩子。孩子一旦降生，先不要受洗定名，可由后门交给我。"这些也都依照魔灵的话办了。于是爱克托爵士来了，他向国王宣誓，表示要遵照他的吩咐去抚养这个孩子；国王也给了他很优厚的赏赐。后来王后临盆，国王就命令两个骑士和两个宫女捧着婴儿，所用的襁褓都是织金绣锦，又叮嘱他们道："你们把孩子送到城堡的后门口，交给你们在那里所遇到的那个穷汉。"等他们把孩子交给了魔灵，魔灵就把他带给爱克托骑士，在那里请了一位教士为他施洗，取名亚瑟，此后就由爱克托的妻子亲自喂哺抚养。

第四回

尤瑟·潘左干之死。

其后大约经过两年，尤瑟王患一场大病。那时他的敌人又来向他进攻，同他的部下激烈大战，杀死了很多臣民。魔灵便向他说："王上，您不要老是躺在床上休养，即使您躺在马车里，也要到战场上去指挥军事；只有您亲上战场，才能压倒敌人，获得胜利。"于是就照着魔灵的意见，用马车驮着国王，率领大队人马，向敌人冲去，在圣阿尔班地方，国王同来自北方的队伍遭遇了。这天，由飞阿斯和布瑞协斯两个骑士显示出优异的武艺，尤瑟王的部属终于打败了自北方入侵的军队，杀死了很多人，残余的也都逃跑了；国王也就回归伦敦，而对这次胜利极感兴奋。不过他的病情却随着沉重起来，一连有三天三夜不能言语。大臣们都很忧虑，便去请教魔灵。魔灵说道："别无任何良药，只有依靠上帝的意旨。请各位大臣注意，你们明日都到尤瑟王的跟前去。"第二天大家聚齐后。魔灵对尤瑟王大声喊道："大王！在您死后，是否要您的儿子亚瑟来继承您的国土和一切财富而做国王？"尤瑟·潘左干转过脸来，对着到场的全体臣子说道："愿上帝的恩惠和我对上帝的感谢来祝福他；他要为我祈祷；在我死后，他应该正大光明地，而又受人爱戴地取得王位，如若不然，

魔灵把刚出生的亚瑟送人抚养

我就不来为他祝福了。"他话没说完便断了气；于是就按照国王的仪式把尤瑟王安葬了。这时王后茵格英以及各大爵主臣子都极尽哀痛。

第五回

亚瑟怎样被推选为王；他又怎样表演了从石台里拔出宝剑的惊人奇迹。

国王死后，臣子们都尽量扩展势力，争雄夺霸，甚至私图篡谋王位，以致国势每况愈下，危机四伏。这时，魔灵去拜见坎特伯雷教区的主教，向他建议要召集全国的爵主和骑士们，在圣诞节齐到伦敦聚会，凡拒绝出席的人要受神的诅咒，因为耶稣就在这天的夜晚诞生，曾经大显圣恩，显示奇迹，以他自己作为全人类的主宰身份，启示这个国土的臣民，对于由谁来做真正的国王，也定会显示奇迹。这位主教遵从了魔灵的意见，召集全国的爵主和拥有武力的士绅，在圣诞节前夕齐集伦敦。他们接到了通告后，有许多人先自忏悔，期望上帝能够更慈祥地接受他们的祈祷。在破晓时分，所有各等各级的贵族们都早已聚在伦敦一所最大的礼拜堂里开始祈祷了，到底是圣保罗教堂，还是另一个教堂，这点在法国的史书里都不曾载明。他们做完了晨祷和第一台弥撒之后，忽然望见教堂的庭院中有一块四方形的大石块，正靠着高高的祭台，很像大理石的，在这座石台的中央，立着像钢砧模样的东西，约有一英尺高，上面插着一把尖端向上的宝剑，四围镌着金字，写道："凡能从石台砧上拔出此剑者，乃生而即为英格兰全境之真命国王。"众人发觉了这种奇迹,就去禀告主教。主教听后即向他们说道:"现在我命令你们,仍留在教堂里继续祈求上帝,在大礼弥撒未曾结束之前,任何人不得手触这把宝剑。"

当所有的弥撒统统完毕,各爵主才去观看那座石台和宝剑。他们看过镌文,凡是想做国王的人,都想去尝试一下。结果没有一人能够把剑摇动分毫。主教说道:"能够拔宝剑的人还不曾到来,但上帝一定会把他介绍给我们。"他又说:"照我的意见,现在选出名誉顶好的骑士十人看守这把宝剑。"于是又制定一条规则,派人叫报传布:不论何人,凡是想在拔剑上赢得胜利的,都可前来尝试。爵士们还打算在新年时节举行马上比武会和分组比赛会,所有骑士们也都乐意参加这两项竞赛。一切安排妥当,这使得爵主们和平民都能够聚集在一起。主教深信,上帝一定会把这个能拔剑的人让众人认识。

新年到了,祀典完毕,男爵们骑马来到武场,有的参加马上比武,有的参加分组比赛,那位名叫爱克托的伦敦大绅士也骑马进入武场,他的儿子凯骑士骑马跟随,此外还有凯骑士的义弟——年轻的亚瑟,凯骑士是在前一年万圣节才受封的。直到他们进入比武场之后,凯骑士方才发觉忘带佩剑,他把自己的剑忘在父亲的卧室里,他便央求亚瑟骑马赶回去取。亚瑟应允后便奔回取剑,待他赶到家里,方知女主人已偕同全家去看比武了。当时亚瑟不禁光火起来,便自语道:"我索性骑马到教堂的庭院里去,将那把插在石台上的剑拔了下来吧。凯哥哥今天缺少剑可是不行的。"他便奔到教堂的庭院中,跳下马来,将马拴在木栏上,跑进营帐,却找不到一个看守的骑士,他们也都看比武去了。他便握住剑柄，一下就把它从石台上拔了下来，立即骑上马赶到凯哥哥那里，将剑交给他。凯骑士一见此剑，就认出是从石台上拔来的，马上骑马去找他的父亲爱克托骑士，向他说道："爸爸，你看这是石台上的剑呀！那么我一定要做国王了。"爱克托骑士细看了那剑，便转回教堂，三人一齐下马，走进堂内。稍待片刻，他叫他的儿子凯骑士对着《圣经》立誓。要他说明究竟是怎样把这把剑取来的。凯骑士说道："爸爸，这是亚瑟弟弟交给我的。"爱克托又问亚瑟："你是怎样得来这把剑的？"他答道："爸爸，让我告诉您吧。哥哥叫我回家去拿他的剑，恰巧家里一个人也没有，不曾把剑拿到；我又想到凯哥哥今天是不能缺少剑的，便匆匆忙忙跑到这座教堂里，我毫不费力地从石台上拔出了这把剑。"爱克托又问道："你可曾看见在剑的四周有骑士守卫吗？"亚瑟回答道："不曾。"爱克托便对亚瑟说："现在我明白了，你一定要做我们的国王了。"亚瑟问道："我吗，你怎么会知道的呢？"爱克托说："我的王呀！这是上帝的意旨。只有能做本国真命国王的人，才能拔出这把剑，其他的人是永远不可能的。现在，我还要看看你能不能把剑放回原处，而后重新把它拔出来？"亚瑟说："这有何难。"说着就把剑重行插入石台里，先由爱克托试了一下，却不曾拔出来。

第六回

亚瑟怎样拔剑,又连拔出许多次。

爱克托骑士向凯骑士说:"现在你去试试看。"他就用尽全身力气去拔,结果那把剑却一动也不动。爱克托又对亚瑟说:"此刻你去拔吧。"亚瑟答了一声:"好的。"他就毫不费力地拔了出来。这时,爱克托骑士便跪到地上,他的儿子凯骑士也跟着跪下。亚瑟忙道:"啊哟!我亲爱的爸爸和哥哥呀!你们为什么要跪在我的面前?"爱克托说:"不,不!我的亚瑟王上呀!我不是您的爸爸,我同您也没有血统关系,我很明白您是高贵的族裔,甚至比我所想到的还要高贵。"接着爱克托骑士说明了过去的一切,亚瑟是怎样被送到自己家里来抚养,那是谁的命令,以及当时送他来的就是魔灵。

亚瑟一经发现爱克托骑士并不是他的生父,很为伤感。爱克托骑士又向亚瑟说:"王呀,您做了国王以后,还能够始终以天高地厚的恩情对待我们么?"亚瑟说道:"世界上,您是使我受恩最多的一个人,何况,我称做母亲的那位善良的贵妇,便是您的夫人,她抚育我真像待自己的亲生儿子一样,若是我不图报恩,那是要受到谴责。果若照您所说,上帝有意叫我做王,那么凡是您所要求于我的,我都不会使您失望;上帝也不允许我辜负您。"爱克托说道:"王啊,我只求一件事,请您栽培我的儿子,他是您的干哥哥凯骑士,让他去做管理全国的大臣吧。"亚瑟答道:"我一定做到,我还愿以身立誓,在他和我还活在世上的一日,我决不把这个职位封给别人。"说罢,他们就一同去见主教,告诉了他拔剑的经过,以及是什么人拔出的。并且还在主显节那天,叫所有男爵们都到教堂里来拔剑,看谁能够成功。结果在他们面前,也只有亚瑟一人能够拔出。当时有许多爵主们感到气愤,还说让一个出身低贱的孩子来治理国事,简直是全体人员的耻辱。纷纷骂个不休,于是又拖延到圣烛节①,再召集全体爵主来会商,并在宝剑台的上面,搭了一座帐篷,日夜分两班轮流看守,每班五人。待到圣烛节,便有更多的爵主赶来,都想得到这把宝剑,结果没有一人成功。而亚瑟仍同上次圣诞节一样,在圣烛节那天也是轻易地一拔就拔出来了;各男爵们见了,还是一伙儿的大发牢骚,又再拖延到耶稣复活节的圣餐后重来举行。可是亚瑟在复活节所做的依然同以前几次一样迅速顺利,无奈仍有一些爵位较高的人,对亚瑟做国王表示愤慨,因而又把这事推迟到圣灵降临节②。

后来,坎特伯雷的主教受了魔灵的指点,准备召集当时最著名的骑士们,例如尤瑟·潘左干在世时最敬重而又最信任的骑士,像不列颠的包德文骑士、凯骑士、由飞阿斯骑士、布瑞协斯骑士,等等。叫他们连同其他许多人不分昼夜地跟随着亚瑟,一直跟随到圣灵降临节那天。

---

① 为纪念圣母马利亚行洁净礼的基督教节日,日期在每年的2月2日。
② Pentecost在本书中指基督教纪念圣灵降临门徒中间的节日,在复活节后第七个星期日。

第七回

亚瑟王怎样加冕，又怎样指派高级官员。

到圣灵降临节那天，各等人民凡是愿意拔剑的都来尝试，结果在所有到场的爵主和平民当中，只有亚瑟一人能把它拔出，于是平民们顿时欢呼起来："我们欢迎亚瑟做我们的国王，我们请他及早登极，不要再拖延啦。我们亲眼看见这是上帝要他来做国王的，我们要把反对的人统统杀光。"同时，他们不论贫富都跪了下来，齐声呼喊，请求亚瑟宽恕他们的一再拖延；亚瑟宽赦了他们后，就双手捧呈宝剑，献在主教所立的祭坛上，主教即封他做骑士，接着便举行了加冕典礼。他向爵主们和民众们立誓，要做一个真诚的国王，在他今后的一生，他愿意光明正大地去办事。他又命令国内全体爵主进来，举行他们应有的觐礼。这时就有好多人向亚瑟骑士诉苦，说是自从尤瑟王逝世以来，发生了一些违法乱纪的事情，例如有许多原属于公爵们、骑士们、贵妇们和士绅们的土地都丧失了，亚瑟王允许将那些土地依旧归还给他们。

这些事情安排妥当后，国王又把伦敦近畿各郡治理得升平无事，加封凯骑士为英格兰的大臣，不列颠的包德文骑士为保安官；由飞阿斯骑士任御前大臣；布瑞协斯骑士为边疆卫戍司令，防范来自塔兰托以北侵犯国王的敌人。亚瑟执政不到几年，就战胜了整个北面的苏格兰，于是在他们治下的领地，都归顺过来。此外，威尔士的一部分地方，曾抵拒过亚瑟，结果也被征服；其余的地方，经过亚瑟本人和圆桌骑士的威力镇压，也统统听从命令了。

第八回

亚瑟王怎样在圣灵降临节来威尔士举行宴会,有哪些王和爵主们赶来参加。

后来国王巡行到威尔士,就派员"叫报"说,他在卡尔良城加冕以后,要在圣灵降临节那天召集宴会。大会举行时,洛锡安和奥克尼的路特王率领着五百骑士到会。果尔的由岚斯王也率领四百位骑士来了。卡劳特的南特王也领导着七百骑士入场。还有苏格兰王也带领着六百骑士赶来,那位王很年轻。另有一个参与大会的王,别人称他为百骑士王,他和骑士们的装束配备,不论从哪方面看,都是整齐而且完美。此外还来了卡瑞都的王,他带着五百骑士。亚瑟王看见他们赶到,心中喜不自禁,满以为这许多王和骑士们都是爱戴他的,会在大会上向他表示尊敬,所以他非常欣慰,就赐给他们许多珍贵的赏品。哪知其实不然,全体王都拒绝接受,并把去赍送赏品的钦差痛骂一顿,还说:"这个嘴上无毛的娃娃,出身低贱。收受这种人的礼物,是毫不令人愉快的。"又叫钦差带来回话,说他们不要亚瑟王的礼物,却还要敬他一件礼物,这不是别的,而是一把利刃,预备放在他的颈项当中,正是为了这个目的,他们才赶了来;他们又明白地告诉钦差,看见这个乳臭未干的孩子来统治这片锦绣江山,简直是奇耻大辱。钦差带了这些话回转来,一一禀告了亚瑟王。亚瑟王就同他手下的贵族们磋商了一番,便接受他们的意见,率领着五百个心地善良的人进入一座坚固的堡垒中去了。上面所说的那些王就把他团团围困起来,可是亚瑟王早已储备了充分的干粮。双方对峙了十五天,魔灵来到了卡尔良城。所有王都很喜欢魔灵,就向他问道:"为什么叫一个毛孩子亚瑟来做你们的国王呢?"魔灵说:"各位王啊!请听我道来,他是尤瑟·潘左干王的儿子,是他父母正式结婚后所生的,他的生母就是丁答吉耳公爵夫人茵格英。"王们听了一齐说道:"那么,他是个私生子。"魔灵接着说道:"不是的,公爵死后三个多钟头,亚瑟才被怀上,十三天后,尤瑟王和茵格英结婚,因此,我可以证明他不是私生子。既然证明了他不是私生子,他就可称王,并且还将征服他的一切敌人,在他未死之日,他要永为英格兰的国王,并将统治威尔士、爱尔兰和苏格兰,以及我所未曾举出的国度。"有些王听了魔灵这篇谈话,认为他说的很对;但也有些王在讥笑他,路特王就是其中的一个;还有更多的人骂他是个巫师。直到最后他们才都同意了魔灵的建议,让亚瑟王出来亲自向那些王讲几句话,并保证他的来去安全。于是魔灵即来谒见亚瑟王,报告协商的结果,并且劝他无须畏惧,尽可冠冕堂皇地出来同他们一谈,也不必饶赦他们,处处都应拿出国王和领袖的身份来对复他们;最后魔灵又说道:"总之,不管他们乐意不乐意,您一定会把他们完全制服的。"

第九回

亚瑟王第一次交战，他怎样在战场上获得胜利。

亚瑟王走出堡垒，在他穿的大衫里面，佩了两层铁做的铠甲，由坎特伯雷的主教、不列颠的包德文骑士、凯骑士和布瑞协斯骑士陪同走出，这些人是一向受人尊敬的。双方在会谈的时候，各不相让，都是盛气凌人。而亚瑟王则始终回答他们说，在他活着的日子里，一定要他们俯首听命。因此他们都愤怒地离开，亚瑟王就吩咐他们做好准备，他们也叫亚瑟王自去准备。于是国王又回到堡垒，把他自己和骑士们全都武装起来。魔灵便对王们说道："你们想做什么？我看你们还是停手为妙，纵然你们有着十多倍的人马，也并不能取得胜利。"路特王说道："难道我们还怕一个圆梦的人而听从他的劝告吗？"就在此时，魔灵忽然隐身而去，原来他已回到亚瑟王那里，吩咐他狠狠地去打击他们；当时就有三百个善良的人，他们都是国王手下的精锐，拥向亚瑟的身边，表示出他们最热忱的拥护，亚瑟自也不胜欣慰。魔灵便对亚瑟说道："王上，您在开头不必用那把从神迹得来的剑去打击他们，只等到您快被他们打败的时候，再拔出此剑去狠狠地对付他们。"片刻之间，亚瑟王已冲到他们的住处。包德文骑士和凯骑士猛击右翼和左翼的敌人兵马，使他们惊佩不已；而亚瑟王却始终身佩宝剑，高踞马上，显示出卓越的武艺。很多王看到了他的武功和坚毅的性格，都感到万分的兴奋。

忽然，路特王从背后袭来，随着百骑士王、卡瑞都王等也都凶猛地冲向亚瑟王的身后。亚瑟王同他的骑士们立刻回转身来，前后招架，亚瑟王始终冲在大队人马的最前面，直到他的坐骑被敌人打死，倒在他的身下。因此，路特王便把亚瑟王打倒了。这时跟在亚瑟王身旁的四个骑士连忙给了他一匹马骑上。待他拔出那把截钢剑[①]来，就好似三十根火把似的，闪耀在敌人的眼前。他吓退了他们，并杀死了许多人。这时，卡尔良城的平民也揭竿起义，杀死了好多骑士；全体王只好纠集了残余的骑士们，逃之夭夭。魔灵便向亚瑟建议，不要再去追赶他们。

---

① 原文称做Excalibur，意思是Cut Seel，故译上名，参见第二卷第三回。

第十回

魔灵怎样献计亚瑟王派员去谒见班王及卜尔王；以及他们怎样赞成参战的。

亚瑟王在宴会和巡行之后，来到伦敦，依照了魔灵的计划，由他召集各爵主开会，因为魔灵已告诉过他，那六个和国王交战的王，一定会以迅雷不及掩耳之势向他个人和他的国土进行报复。所以国王要征求他们全体的意见，他们都未发表意见，只说已有了足够强大的兵力。亚瑟道："你们说得很对，我感谢你们如此勇敢，可是你们既都爱我，那么是否也愿意同魔灵谈一次呢？谅你们也都知道，他曾为我尽过大力，他的见识很高，如若他来到诸位面前，我希望你们恳切地求教于他。"当时所有的爵主都表示愿意向他求教。于是魔灵被请了来，爵主们都殷切希望能听到他的计策。魔灵便道："我要向诸位明说，并要警告你们，因为你们的敌人极为顽强，多是当代最优秀的武士，最近他们又新得了四个王，还有威望很高的公爵，除非我们的国王亲自出马应战，并向国外罗致比国内武功更高的武士，协力同他们苦战一场，否则，我们的国王就会被他们先后征服，被他们杀死！"爵主们都问道："我们有什么最好的方法去应付呢？"魔灵说："让我把计划告诉诸位，在海外，有两位弟兄，他们都是国王，论武艺都有罕见的奇才。其中的一位是班伟克的班王，另一位是高卢的卜尔王，都在法兰西境内。这两位国王同另一个最勇敢的国王克劳答斯为了争夺一座堡寨而开战，双方正在激战中。那位克劳答斯因为富有财宝，又收罗了一些著名的骑士，所以这两个国王有大部分时间是处于不利的地位；因此我们的计划是这样：请我们掌握大权的国王，选派两个忠诚的骑士去谒见班王和卜尔王，随身带上措辞婉切妥当的国书。若是他们肯来我们朝廷觐见亚瑟王，并表示愿意协助他作战，那么国王也会宣誓参加他们抵抗克劳答斯王的一切战争。"最后，魔灵又追问一句："诸位对这个建议可有什么意见？"当时国王和爵主们都认为这已是尽善尽美了。

于是朝廷急忙发布命令，选派两位骑士送信给两位海外的国王。又遵照亚瑟王的意旨，写了几封措辞婉切妥当的国书。由飞阿斯和布瑞协斯就被膺选担任这桩差使，他们骑上骏马，全副武装，按时下的风尚装束好，渡海奔向班伟克城去了。由飞阿斯和布瑞协斯一到海港的关口，就发觉有八个骑士在注意他们，要把他俩捉进监去，他们一面恳求过关，一面说明他们是亚瑟王派来谒见班王和卜尔王的特使。这时那八名骑士说道："我们都是克劳答斯王的骑士，如今要是不结果你们的性命，就把你们送入监牢。"霎时，其中两个骑士便伸出长矛，由飞阿斯和布瑞协斯也马上准备好自己的长矛，于是双方纠缠在一处，打得天昏地暗。克劳答斯的两个骑士被打得矛杆断成两段，人落马下，那两个特使就乘他们倒在地上，策马前进。其余六个骑士也放马追赶，而在渡口前面遭遇，由飞阿斯和布瑞协斯又击倒其中两个，继续跃马前进。到了第四个关口上，又两个对一双，把他们都打倒在地，那八名骑士无不身负重伤。及至他们赶到班伟克城，恰巧班王和卜尔王两位都在那里。

两位国王一听有特使前来晋谒，马上选派两位骑士上去迎接，一位是巴杨郡的公爵，名叫梁赛斯；另一位法利昂斯骑士，也是位为人敬爱的勋爵。相见之后，便问他们由何处而来，他们回答是奉英格兰的亚瑟王所派；于是大家拥抱在一起，双方都衷心地感到高兴。未待片刻，两位国王知道他们是亚瑟的使节，便不容迟延，立刻谕知他们自己的两个骑士，务必要以最大的热忱去款待他们，并且说道，在举世的国王当中，最受欢迎的就是他们；于是两个骑士先自吻了国书，然后递呈给国王。一待班王和卜尔王明白了信中来意以后，对他们的招待比当初更为隆重。接着就赶忙修了回书，说是愿意依从亚瑟王信中所提的要求；至于由飞阿斯和布瑞协斯愿意在此逗留多久，悉听他们自便。他们住在这里，一定会感到身心舒畅。由飞阿斯和布瑞协斯又把经过关口时遇上那八个骑士的冒险经历禀告国王。班王和卜尔王都不禁笑道："哈哈！这一群好家伙，我倒颇想看看他们，其实应该不让他们逃掉一个！"由飞阿斯和布瑞协斯不仅受到款待，而且还得到许多贵重的礼物，这些礼物他们能够带多少就凭他们拿多少；他们又接到亲笔信和口信，说这两位国王不久就要去回拜亚瑟王。两位使节于是骑马赶回，渡海来到王前，报告他们怎样完成了这桩紧急的任务。亚瑟王听罢欢欣非凡，便问道："你看这两位国王何日能来这里呢？"他们答道："王上！大概在万圣节之前吧。"这时国王便命令部属，准备盛大的宴会，并派"叫报"传布，说要举行隆重的比武节目。就在临近万圣节时光，那两位大王随身带着三百名骑士渡海而来，不论战斗用的装备或是日常服饰都是十分齐全。亚瑟王亲至伦敦城外十里相迎，当时盛况读者自可想象，且不在话下。待至万圣节举行盛大宴会之时，三位国王高坐厅上，由大臣凯骑士担任总招待，科尼阿公爵的儿子卢卡斯骑士担任司酒，此外还有卡杜耳的儿子葛利夫莱骑士，他们三人专事管理服侍三位国王的一切工作。一忽儿，骑士们盥洗完毕，起身来了，都准备参加比武，当时骑马的骑士就有七百名。亚瑟、班、卜尔三位同坎特伯雷大教堂主教以及凯骑士的父亲爱克托骑士，一共五人，同坐一处，上面搭着织金的帐篷，好像一座大厅似的，并有名媛贵妇陪坐在旁，即由他们五位观察各人武艺的高低，加以评判。

第十一回

　　亚瑟王同班王、卜尔王三人举行的盛大比武会，以及这两位国王怎样渡海返回的。

　　亚瑟王和两位法国国王将骑士七百名分作两队，又把班伟克和高卢两处来的骑士三百人另编为一队，他们都手执盾牌，举持长矛出场。第一个和法国拉丁纳交手的骑士是英国葛利夫莱，他俩人的英勇凶猛，出乎观众的意料之外，不仅把各人的盾牌都打得粉碎，竟连人带马也跌到地上；这两位英法的骑士都在地上躺了好久，一时爬不起来，观众们还以为他们已经死了。御厨卢卡斯一见葛利夫莱摔在地上，躺着不动，马上又给他一匹马骑上，于是他们两人又同其他年青武士一起显示出惊人的武艺。这时凯骑士携同埋伏着的五位骑士骤然跃出，他们六个人就把对方的六个人打倒了。那天凯骑士所表演的武功非常出色，几乎无人可以和他媲美。接着又出来了两位法国的骑士，他们就是拉丁纳和哥利西，也打得十分精彩，博得了全场的赞扬。

　　还有一位本领高超的普拉希达骑士也出了场，他同凯骑士比武，竟把凯骑士连人带马一起摔倒。葛利夫莱见了不禁焦急冒火，就狠狠地给了普拉希达一个痛击，把他连人带马打翻在地。这时凯骑士所率领的五个骑士，一见凯骑士倒地，也都气得不能自制，就一个对一个地把对方五个骑士一齐打倒。当时亚瑟王和两位国王发觉两队武士都在激怒之中，便骑上小马，共同下令全部骑士一律退场回营。这三位王上返家后，随即脱卸武装，参加晚祷，一同进了晚餐。饭后他们三人来到花园，分别将各色奖品发给凯骑士、卢卡斯御厨和葛利夫莱骑士等。然后他们就召开军事会议，在座有各文保参加，此人博学多才，是班王和卜尔王的弟兄；还来了由飞阿斯、布瑞协斯和魔灵等人。待会议结束后，才各自上床入睡。翌晨，望过弥撒，吃罢中饭，又继续举行军事会议；关于应采取的战略，大家辩论很多。最后作出结论，决定由魔灵带着班王的一只戒指作为信物，渡海去交给班王和卜尔王的部下；另由班王和卜尔王命令哥利西和普拉希达回去防守堡寨和国境，以御克劳答斯王的进犯。于是他们就奉命，渡海向班伟克城而去。他们的部属一见班王的戒指，又看到哥利西和普拉希达两人，都非常高兴。大家问候了国王们的日常生活起居，而对于两位国王在外所订立的友好协约，自也表示拥护，便遵照国王们的意旨，立时准备了骑兵和步兵一万五千名前往，又按照魔灵的计划，携带了大量粮饷。哥利西和普拉希达留下防守堡寨，也是储粮备械，以御克劳答斯王的进攻。魔灵到了海上，发现水陆双方所需的食粮都极充沛，就将已到达海上的步兵遣回，只带了一万骑兵继续前进，其中大部分当然都是精锐，大家乘船渡海，直向英国驶去。在多佛登岸，依从魔灵的主张，大队向北挺进，因为这是条直达拜底格灵森林的秘密途径，就把这个大队秘密地驻扎在山谷里。

魔灵先骑马去向三位王上报告他迅速赶来的经过，大家都认为这是一个奇迹，世上竟有人能往返得如此迅速。魔灵接着又报告现有一万大军驻在拜底格灵的森林里，所有装备，都很齐全。这里，闲话暂且不提。却说照着亚瑟王的事先准备，先将全部骑兵向前挺进。魔灵带领着两万人日夜赶路，他又发布了一道命令说，任何步兵或马队必须持有亚瑟王的证件，方可越过塔兰托的海边，那么敌人要想来侦察我们的阵地，就不像往日那样可以通行无阻了。

第十二回

十一个国王怎样联合军队共同抵抗亚瑟王。

其后不久,这三位英法国王同到拜底格灵堡,看到部下个个兵强马壮,准备充足,绝不短缺粮饷,心中煞是欣喜。而其所以要在北方集结兵力前去进犯,是因为在卡尔良城里六个王曾受过侮辱和斥责。于是这六个王就想尽心计,联络了其他五个王,并且开始笼络了他们的人民,如今他们共同立誓,结成了牢不可破的同盟,决定不计一切利害得失,务必要消灭亚瑟。先由康班南公爵开始宣誓,他愿意率领勇士五千参加作战,这些人都已骑在马上,准备妥当。第二个宣誓的是斯川果尔的布兰底果利王,他以五千武士骑马参战。第三个是诺森伯兰的柯拉利安王宣誓,他愿意带领三千武士来加入。接着第四个立誓的是百骑士王,这人年轻有为,情愿率领四千骑士参战。第五个立誓的是路特王,一位秉性善良的骑士,也就是高文骑士的父亲,他愿率五千骑马的勇士前来。第六个宣誓的是果尔地方的由岚斯王,他是乌文英骑士的父亲,愿意带领六千名马队参加。第七个是康沃尔的伊德瑞王,愿意率领五千乘马的武士参加。随后第八个立誓的是郭德马王,他愿率五千名骑兵参战。第九位立誓的是爱尔兰的阿规沙斯王,愿意率领五千名骑马的武士参战。第十个是南特王立誓,他愿带领五千名精骑参战。第十一个是卡瑞都王立誓,他愿领五千骑马武士参战。所以全部人马总算起来,计骑马的武士五万名,步兵一万名。很快就准备妥当,即由骑马的先行侦察,这时那十一个王正赶去围困拜底格灵堡,他们直扑亚瑟,只留少数人担任包围堡寨的工作,因为这拜底格灵堡正由亚瑟王驻守,堡里的队伍当然都是属于亚瑟的。

第十三回

百骑士王所做的一个梦。

按照魔灵的计划,先派去了侦察的骑兵,他们掠过了整个乡村的田野,途中正遇着来自北方的先锋队。这些侦察人员便逼迫他们把所采取的路线统统供出,当即将这个情况呈报给亚瑟,经他同班王、卜尔王商议后,便决定将敌人所要经过的地方事先全部烧光,实行焦土抵抗。

却说百骑士王在开战前两天,得了一个奇梦,梦见一阵巨风吹倒了他们许多堡寨和城市,接着洪水泛滥,全境都被冲刷精光。听了这个梦象的人都认为这是大战的预兆。另一方面,根据魔灵的推测,亚瑟王的军队估计出这十一个王当晚所要经过的宿营地,于是便在夜半赶到,偷袭他们所驻扎的帐篷,那些守卫的哨兵都喊叫着:"大王呀,快武装起来,敌人已在面前了!"

第十四回

　　十一个王怎样带着人马抗拒亚瑟王的大军,他们前后交战多次。

　　亚瑟王、班王和卜尔王三人率领着优秀而又忠诚的骑士,猛袭敌人,把他们的帐篷打得在头上乱飞。那十一个王虽也拿出了英雄的武艺,又带领着一支勇敢的队伍,但在这天早晨,还是被亚瑟王等人的部下杀死了一万人;他们面临着另一次大战,而所剩下的只有五万精锐了,时光也快近天明。魔灵问三位国王道:"现在列位大王是否愿意接受愚见?我想请班王和卜尔王亲率一万人埋伏在近处的树林里,叮嘱部下不可泄露行藏,直到天亮,非等到你们的骑士同敌人厮杀很久,您勿要出来应战。一待天明,你们才可跑到敌人面前去交锋,那时敌人看到你们的队伍还不及他们的坚强,又见你们只不过两万人,他们必会起轻敌之心,而愿意同你们会战了。"三位国王和爵主们听得这话有理,齐声赞扬魔灵,就照他的计划行事。早晨到了,双方人马彼此可遥遥相见,北方的队伍暗自欢喜。随将三千人的一队交给由飞阿斯和布瑞协斯带领,他们在战场上打得非常激烈,把左右两翼的敌人杀死了很多,他们的丰功伟绩,自非口舌可形容。

　　当时十一个王感到对方人数如此之少,却又能显示出如此罕见的武功，不禁自愧，遂即奋身冲上前去，将由飞阿斯的坐骑刺死，哪知他即使徒步作战，依然是超群拔萃。康班南的由司太公爵和诺森伯兰的阿拉利安王，都一直在凶狠地对付由飞阿斯。布瑞协斯看见自己的伙伴碰到如此遭遇，便伸出长矛，把那公爵连人带马打倒在地上。阿拉利安王看到这种情形，便向布瑞协斯还击，于是双方恶斗，不分上下，结果双双人马倒地，两人都头昏目眩了好久，连马的膝盖骨也被折断了。大臣凯骑士也带着六位武士进入战场，表现得非常出色。敌方的十一位王也一齐赶到，其中的布兰底果利王、伊德瑞王和阿规沙斯王三人先把葛利夫莱打下马来，马也跌倒在地上；又把御厨卢卡斯连人带马摔倒。这时双方变成混战，煞是艰苦。待至凯骑士一见葛利夫莱正在徒步作战，便冲到南特王面前，用力将他击倒，又把他的马给葛利夫莱骑上。并且，凯骑士先前用长矛给予路特王的那一击，使他受伤很重。百骑士王也出了场，他追上凯骑士，把他打个翻身，夺下他的马来，交给路特王，路特王自然是感激不尽。葛利夫莱骑士发现凯骑士和御厨卢卡斯也在徒步，便抽出一把大而且直的尖矛，猛向武士皮耐冲去，把皮耐连人带马打翻在地，随手夺下他的马交给凯骑士骑上。路特王瞧见南特王也失掉了马，正在徒步行走，便把罗希从马上击落，牵了他的马去交给南特王跨上。这时百骑士王看到伊德瑞王步行着，就把卜劳哀连人带马打倒，将马交给伊德瑞王骑上，同时路特王也击倒了荒林英雄柯拉利安，将他的马交给由司太公爵。这样，他们才把诸王都重行安置在马上。聚到一处，这十一位王一致认为当天损失过于严重，非图报复不可。这时爱克托骑士赶来，一见由飞阿斯和布瑞协斯都是徒步在马蹄之下，窜来窜去，不禁急得他咬牙切齿。

亚瑟突然像一匹雄狮似的，直扑北威尔士的郭德马王，把他左肋刺穿，郭德马王自然是连人带马一齐栽倒地上了，亚瑟便牵起马的缰绳交给由飞阿斯，并且说道："老朋友，快骑上去吧！看你是多么需要马啊！"由飞阿斯连声道谢。接着亚瑟骑士又施展出好多超人的武艺，博得人人喝彩。百骑士王看见郭德马王落马徒步，就奔向爱克托骑士，发起攻击。爱克托是凯骑士的父亲，他原骑着一匹骏马，如今被百骑士王打倒在地，马也跌倒，百骑士王便夺下了马，交给郭德马王骑上。这时亚瑟王遥见郭德马王骑在爱克托骑士的马上，不禁怒从心头起，拔剑猛劈他的头盔，把这盔的四分之一连同盾牌一齐砍落，剑锋一直刺入马的颈部，郭德马王连人带马一同扑倒在地。凯骑士也冲到百骑士王一名叫毛干诺尔的大臣跟前，将其连人带马打倒，便将马夺来交给他的父亲爱克托骑士；爱克托随即纵马扑向一个名叫莱尔丹的骑士，也把他从马上打落，并夺回这马交给布瑞协斯，因他这时正急需坐骑，而且快被人打败了。这时布瑞协斯发现御厨卢卡斯像死人一样躺在马蹄之下，葛利夫莱骑士早想奋力援救，无奈始终有十四个武士纠缠住他，于是布瑞协斯就向十四个武士中的一个打去，一下击中那人的头盔，伤了他的牙齿；接着奔向第二人，一剑砍去，那人的手腕便飞落到遥远的田中去了。紧接着又击中了第三个人的肩膀，那人的整个肩和臂膀遂也飞落到田里；葛利夫莱一见有了前来相援的人，就奋力痛击了一个骑士的鬓角，这人的头颅也就跟着头盔应声落下，他便拉了那人的马，交给卢卡斯骑士，叫他赶快骑马去追那个伤害他的人报仇。同时，布瑞协斯又杀死了一个武士，将马交给葛利夫莱骑了上去。

第十五回

战争仍在继续。

后来卢卡斯遇上了阿规沙斯王,因为这人最近杀死了莫利·德·拉·罗希,于是卢卡斯手持利矛,猛力击去,把他的马打倒在地。这时卢卡斯又发现夫兰德和昆纳两位坚毅的骑士都没有了坐骑,却仍在参加这场战斗,便又杀死了两个后补骑士,将马夺来给他们骑上。双方的战斗比前愈加激烈了,亚瑟王见自己的人都又得到了坐骑而感到高兴;接着全体人马一齐参加战斗,杀声响彻云霄,震撼了附近的森林和江河。这时班王和卜尔王也准备好武装,披戴铠盔,英武非凡,感动得许多骑士心急欲狂。就在这时,卢卡斯、昆纳、白利安特和夫兰德已组成了联合战队,专门抵拒那六个王,就是路特王、南特王、布兰底果利王、伊德瑞王、由岚斯王和阿规沙斯王。又靠着凯骑士和葛利夫莱骑士的支援,都极其勇猛地去对付这六个王,使得他们几乎丧失了抵抗的力量。亚瑟骑士察觉到这场战争一时没法收场,只急得他好像一头疯狂的狮子,纵马驰奔,忽而向左,忽而向右,直到杀死了对方二十个骑士,方才收住马脚。他这一次还击伤了路特王的肩臂,迫得他只好退出战场;凯骑士和葛利夫莱两人跟随着亚瑟王也立下了伟大的功绩。接着,由飞阿斯、布瑞协斯和爱克托骑士三人联合起来对抗由司太公爵、郭德马王、诺森伯兰的柯拉利安王及卡瑞都王；此外他们还抵抗百骑士王。这三个骑士同这一群王的会战结果，逼迫各个王退出了战场。在这次战役中，路特王损失了大部分的物资和人员，因此便向其他十个王说道："除非依照我的计划去做，否则我们会身死刀下，全军覆没的；我想把我们的人马分为两队，让百骑士王、阿规沙斯王、伊德瑞王、康班南公爵和我五人率领一万五千人作为一路；余下的请六位国王率领一万二千人，另组一混合队，先行交锋，等到你们作战相当长的时间，我们再猛冲上去，不然，我们将必败无疑。"路特王又说："我们也只有这个办法了。"于是他们就按照这个计划，奔向前去，其他六个王组成了一支坚强的大队，先去对抗亚瑟，激战了很长的时间。

就在这时，班王和卜尔王的埋伏突然冲出，跟着又来了梁赛斯和法利昂斯的先锋队，这两位骑士遇上伊德瑞王的队伍，大家混战一场，打得矛断剑落，杀死了好多人马，伊德瑞王几乎大败。

因为康班南公爵带来了大队武士，所以就有人看到阿规沙斯王已把梁赛斯和法利昂斯逼迫得濒于死地。这两个骑士的生命已有了危险，正打算跑回，可是他们在这种时候仍能英勇地保护自己和营救他人。卜尔王瞧见这两位骑士被迫折回，不禁心忧如焚，就率领着大队人马，奔腾冲去，好像一团黑云似的。待至路特王察觉到这原是他一向熟悉的卜尔王，不禁祈祷道："耶稣呀！我们在此生死存亡关头，请您保佑我们平安，远离灾难！再说，对方的王是世界上最值得钦佩的人们当中的一个，也是最英武的骑士当中的一名，现在他加入到亚瑟王的队伍中去了。"百骑士王问道:"这人是谁?"路特王答道:"就是高卢地方的卜尔王,我们竟然没有一个人知道他们来到这里。"一个骑士说:"这是出于魔灵的主谋。"卡瑞都插嘴说:"让我去和卜尔王较量一下,请诸位在必要时前来营救我。"大家嚷道:"就上前去吧!我们愿以全力作为后盾。"于是卡瑞都王带领人马,缓步前进,及至离卜尔王仅有一箭之地,各武士方纵马飞奔,往前冲去。卜尔王的义子,名叫布留拜里,原是一位很英武的骑士,他掌握着一面主旗。只听卜尔王喊道:"大家来看看北不列颠军队是怎样在作战的啊!"说罢,卜尔王便冲到一位骑士身前,用矛刺穿了他的身体,骑士立时死在地上;卜尔王又拔出利剑,施展出一手大好武艺,双方的人都大为惊佩;他所率领的武士也都各尽全力,没有一人失败,卡瑞都王却被打得躺在地上。幸亏百骑士王跑来,使尽气力才把卡瑞都王救了出来,这位王也是个著名的骑士,而且还很年轻。

第十六回

战争仍在进行中。

班王像一只猛狮似的冲上战场,身上飘着绿色锈金的带子。路特王就喊道:"哎哟!我们必败无疑了,看那位世界上最英勇的骑士,他是一位世上闻名的人物,他们弟兄两人,班王和卜尔王,在人间真是无独有偶,若是我们还不退出战场,绝无生路;而且我们还得英勇地和巧妙地退出,才能免于一死。"当班王冲进战场的时候,来势汹汹,声震山河,竟连林中的树木和海面的水波也都起了回响;路特王急得哭喊求饶,因为他早就看见有许多本领高强的骑士都已断送了性命。由于班王的威力过大,吓得北方的敌人在两个战场上狼奔豕突,挤成一团;那三位国王带领着骑士们分两路杀去,成千成万的人都在忙着逃命,看来好不悲惨。不过,路特王、百骑士王同毛干诺尔还是英武地收拾了残部,鼓起余勇,苦战了一天。

这时百骑士王看到班王给他们造成的损害太大,便纵马冲去,迎头一击,直落到班王的头盔上面,打得他头昏目眩。于是班王大怒,追上前去,其他的人只见他手举盾牌,脚踢靴刺,一枪刺去,立刻把百骑士王的盾牌击落,并将盾牌击破了一块,接着用剑从他的锁子铠背后,自上而下劈开,并切穿了钢做的马饰,将马腹剖成两片,一直切到地上。百骑士王连忙下马,提剑向班王的马身刺个不休。这时班王也匆忙跳下死马,迅速向百骑士王击去,百骑士王被击中头盔,应声跌倒。班王就在这盛怒之下,又击倒了毛干诺尔,杀死了好多出色的骑士和老百姓。突然,亚瑟王从人群中出现了,他看见班王站在人和马的尸体当中,像一只发疯的狮子,正在徒步应战,无人敢靠近他;但待至跟敌人相距仅咫尺之地,竟中了一击,亚瑟王为他焦急万分。此刻,亚瑟王变得异常残忍,他手拿盾牌,剑上染满了脑浆血迹,几乎已无人能认出他了。亚瑟王向四周一瞧,见到有一骑着骏马的武士,便追赶上去,向他的头盔猛地一击,剑锋击中武士的牙齿,他随即跌下马死去;亚瑟便牵过这人的马,交给班王,说道:"老兄,请您留下此马吧!看来您是很需要的;您为我吃了如此苦头,我万分感激。"班王答道:"有仇,我必会尽速去报,我的运气绝不会如此;他们将来一定要后悔莫及。让我把一切付托上帝吧!"亚瑟说道:"我看,您的本领确实高强,来日在您报仇的时候,恐怕我不一定来了。"

班王骑上马,开始了一次激烈而艰苦的新战斗,又是一次大屠杀。亚瑟王、班王和卜尔王三人费了大力,迫使敌方的骑士们稍微后退一些,但那十一个王和骑士们始终不曾撤回,只把人马越过一条小河,躲藏在附近的小树林里,让他们驻扎在那里休息,以便深夜偷袭。这时十一个王和骑士们圈集成一大团,好像在惊惶中寻求安慰的一群羊羔。他们把四面八方都把守得很是严密,几乎没有一人能够通过,亚瑟对于他们这种战略极为震怒。班王和卜尔王向亚瑟王道:"啊,亚瑟骑士,您也难怪他们,这还不是人之常情吗?"班王接着又说:"照我看来,他们的确很勇敢,骑士们的武艺也顶好，都是我生平见所未见、闻所未闻的，就是那十一个王也是值得佩服的；假使他们都能归顺于您，那么普天之下，也只有您能控制这十一个如此为人尊敬的骑士了。"亚瑟答道："我没法喜欢他们，他们始终是想消灭我的。"班王和卜尔王都说："这一点我们也很清楚，由于以前种种事实，证明他们同您已有了不共戴天之仇，他们今天的所作所为，如此刚愎自用，实也可怜。"

当十一个王聚在一起的时候，路特王又建议道："诸位大王，现在，我们必须改变方针，否则将要遭到更大的损失，请诸位检点一下，我们所损失的是哪一种队伍？又是哪一种兵力？因为我们经常在等待步兵，以致每次为了援救一个步兵，而牺牲马兵十人，所以我要向诸位进一言，此刻已近黑夜，我们应该把步兵避开，我想现在亚瑟王也不会再来对付我们的步兵，就这样让他们避到附近的树林里，去掩护自己吧。等到我们骑兵集合了，再请各位大王发布一道命令，违者即处以死刑。这道命令就是，凡发现有意逃亡的人，立即就地正法；最好先捉出一个惧怕敌人的懦夫，斩首示众；千万不可因姑息一人，而牺牲全军。"路特王说罢，又回首四顾问道："诸位大王的尊意如何？敬求指教。"此时，南特王对路特王所说的话表示拥护；百骑士王也表示赞同；卡瑞都王和由岚斯王也同样发言拥护；伊德瑞王和布兰底果利跟随着完全同意；郭德马王和康班南公爵表示拥护；最后有柯拉利安王和阿规沙斯王发言，自然也是支持的；于是大家立誓，在此生死关头，彼此矢忠不渝，并且规定："凡中途背盟逃脱者，责由自负，一经拿获，格杀勿论。"这时大家整好铠甲，紧持盾牌，把崭新的长矛横在腰间，笔直地立着，活像木雕的武士一般。

第十七回

战争仍在进行中,后来又怎样被魔灵的计策所结束。

当亚瑟王、班王和卜尔王三人见了这一大群骑士,盛赞他们高贵的风采和在作战时的坚强勇猛,说都是平生所见罕闻。当时就有四十个装备齐全的骑士挺身而出,禀明三位大王,自愿冲破敌阵。他们的大名是梁赛斯、法利昂斯、由飞阿斯、布瑞协斯、爱克托、凯、卢卡斯御厨、"神子"葛利夫莱、莫利·德·拉·罗希、卜劳哀、"森林英雄"白利安特、拜劳斯、宫娥寨的莫礼安、贵妇寨的弗兰纳杜斯、卜尔王的义子安乃先斯(这人是一位著名的骑士)、拉丁纳·德·拉·洛士、爱美洛士、高拉斯、哥利西·拉·卡斯林、一个卡斯的卜罗哀、古尔的高圭凡,等等,这些人都骑上骏马,矛枪撑在腰际,脚踩马刺,雄赳赳气昂昂地飞奔向前。对方的十一个王也随带着若干骑士,手执利剑,飞也似的冲将上来,于是双方互不稍让,都施展出惊人的绝技。亚瑟、班和卜尔三人骑着马,冲到人马密集的地方左刺右砍,直杀出一条血路,鲜血溅满了马蹄上的距毛,但那十一个王和大队的人马仍旧紧围在亚瑟的跟前。班王和卜尔王都大吃一惊,认为已杀死了他们这么多人,他们却还在拼命挣扎;可是到了最后,他们终于撤回大队,渡河而去。一会儿,魔灵骑了一匹黑色大马过来,向着亚瑟说道:"您向来杀人,不厌其多!您如今可曾杀够了!今日您把六万人杀到只剩下一万五,也应该停手了吧!上帝对您已经发怒了,您不该这样地杀法呀!那十一个王,这一次不会被您打败的,您如果继续打个不休,那么您的运气就会变得不如他们的了。所以您该退回驻地,及早休息,拿出金银来犒赏骑士,这是他们功所应得;像您的骑士那样英武的人就很少有,而打得像今天这样出力的更不多见;今天您已同世上最英武的战士较量过了,那么人间还有什么财宝不应赏给他们呢?"班王和卜尔王同声说道:"您的话真对呀。"魔灵又说:"您想在哪儿停下都可以,我保证在三年之内,他们都不敢再向您挑衅了;这期间您还可以听到另外的新闻哩。"魔灵接着向亚瑟道:"那十一个王的厄难,比您所想象的还要多得多呢,撒拉逊人就要在他们国境里登陆,人数要有四万多,他们进行烧杀,还要围困文德斯卜鲁堡,大肆破坏;这三年里您还怕什么?还有,王上,您在这次战争中所获得的财宝,可以仔细地盘查一番,凡是您能做主的,应当很大方地送给班王和卜尔王,以便犒赏他们两位的骑士们,这是为您将来需要国外协助的时候先建立一个好感。并且,不论您多么心爱的东西,也应当尽其所能地赏给你的骑士们。"亚瑟道:"您的意见确是珍贵极了,一切照办。"随后亚瑟把大批财物运送给班王和卜尔王,他们两人欣然接受以后,也就随手分赏给骑士们。魔灵这时告别了亚瑟和另两位国王,去拜候他的师傅卜莱斯,这人住在诺森伯兰;及至魔灵拜见之后,那师傅极为欣慰;又听他将亚瑟同两位国王速战速决的经过作了报告,并将参战各王和英武的骑士们的姓名逐一举出。卜莱斯听罢魔灵的报告,就把这次战争的起因、双方参战的人员以及如何停战、何人战败都一一记录下来。亚瑟一生所参与的各次战役，魔灵都请他的师傅卜莱斯做好了记录；甚至亚瑟朝廷中参加历次战役的每一个骑士的事迹，也都写下来了。

事毕后，魔灵便辞别老师，来到拜底格灵堡晤见亚瑟王。拜底格灵堡建筑在瑟武德的森林中，附近还有一些其他的堡寨。魔灵故意乔装改扮，穿着黑羊皮袄和一双大靴，挂着弓箭，又套上土布长外衣，手里拿了几只野鹅，好使亚瑟王认不出他。那天恰是圣烛节的第二天早晨，亚瑟见了他果然不相识了。魔灵便向国王道："大王，您可以赏赐我一件礼物吗？"亚瑟答道："乡下佬，难道我应当赏给你礼物么？"魔灵就说："大王，把您不需要的东西给我一件，总比失掉所有的财宝要好些吧？就在这次大战的战场下，埋藏着很多宝贝哩！"亚瑟问道："乡下佬，这是谁对你说的？"他答道："是魔灵告诉我的。"这时由飞阿斯和布瑞协斯已识破了魔灵的勾当，不禁都大笑起来。这两个骑士说道："王上，他就是魔灵，故意在开您玩笑。"这时亚瑟也认出了魔灵，很感羞愧。班王和卜尔王因而也都在戏谑着他。正在这时，忽然来了一位少女，是位伯爵的女儿；伯爵名叫萨南，小姐叫梁娜丝。她美丽能干，她的父亲在大战得胜之后，遵循惯例，特派她前来致敬。亚瑟王很溺爱地招待了她，她对他也颇有好感，国王和她亲近以后，就生下了一个孩子，取名波利，他日后成年，也是圆桌社的一位英勇骑士。不久传来一个消息，说北威尔士的瑞安士王同卡美拉的寥德宽王开战了，亚瑟得讯大怒，因为瑞安士一向是反对亚瑟的，而亚瑟又很敬爱寥德宽，痛恨瑞安士。亚瑟王和班王及卜尔王三人惟恐克劳答斯王骚扰，就发布一道命令，将法利昂斯、安提穆斯、哥拉威、巴杨的梁赛斯以及其他的军事领袖，先行遣回班伟克，去担任国防的工作。

第十八回

亚瑟王、班王和卜尔王怎样营救寥德宽王，以及其他种种意外事件。

亚瑟王、班王及卜尔王便带了部下约两万人，限在六天内赶到卡美拉国去支援寥德宽王，在那里杀死了瑞安士王的很多人，其数约有一万，且把瑞安士赶跑了。寥德宽王为这三位国王的伟大援助使他打击了他的敌人而表示衷心的感谢，并尽情狂欢；就在这时候，亚瑟第一次瞟见了卡美拉的公主桂乃芬，从此就爱上她了。至于他俩结婚以后的情况，书上已有记载。在此简单扼要地说来，当时因为克劳答斯王严重地破坏了班王和卜尔王的国土，他们两人就告别亚瑟回国了。亚瑟说："让我奉陪两位同行啊。"两王答道："不必劳驾。今当大战之后，贵国百端待举，公务繁重，就此告别。承您赠送的贵重礼物，我们打算用来招聘英勇的武士，以防御克劳答斯王的侵犯。靠了上帝的慈爱，将来需要大王相助的时候，自然会来恳求您的；如果我们有可以再效劳的地方，也务请通知。今愿以身立誓，决不迟延。"魔灵在旁也插嘴道："我想不必再劳两位国王来作战了，我可以清清楚楚地看到，亚瑟王不会同你们分别得太久的，大概在一两年之内，你们一定会很需要他来帮助你们，为了对付合谋报复你们的共同敌人，正如你们这番对他的贡献一样。"其后由于两位骑士的奇谋大略,竟在一天之内,把那十一个王全部消灭(详情容后再述)。这两人一个是荒野的巴令,还有一个是他的弟弟,名叫巴兰,同为当代最杰出的骑士。

现在,让我们回头再来讲那十一个国王的行止。他们离开战场,回到一个名叫苏好特的城里,这城在由岚斯王所管辖的境内。他们一方面尽量休养,一方面请医生治疗创伤,并追悼那些死亡的臣民。就在这时,得到消息,说是突然到了一些无法无天的暴徒,像撒拉逊人那样野蛮,数目有四万之众,沿途放火,逢人便杀,毫无人性,他们竟已围困了文德斯卜鲁堡。这十一个国王喊道:"天呀,我们真是苦上加苦,祸不单行。若是我们这次不同亚瑟打仗,他准会替我们报仇的。就拿寥德宽王来说,他对亚瑟远比我们来得恭敬,再如瑞安士王,他天天和寥德宽惹是生非,现在正围困着寥德宽。"这十一个王共同商议之后,决定严守康沃尔、威尔士,以及北方各处的全部边防。第一,由伊德瑞王驻扎不列颠的奴底斯城,率领兵员四千人,防守水陆两面。又指定卡劳特的南特王驻扎文德桑城,带领四千骑士,防守水陆两面。又派遣军事专员,随带八千余人,充实康沃尔一带要塞的武力。此外又指派多数骑士沿威尔士及苏格兰一带的边疆,各配以强大的武力,务期在三年之内团结一致,并同其他有权势的王、公爵及贵族们结成联盟。后来,北威尔士的瑞安士王对抗过十一个王的集团,瑞安士确是一个英雄好汉,还有尼鲁也出类拔萃。在这期间,那十一个王为武士们养马储械,准备粮饷,以及其他军装物资,统是为了供应将来拜底格灵的报仇战争之用;至于战斗的情况怎样,且待以后分解。

第十九回

亚瑟王怎样骑马来到卡尔良,并且得一个奇梦,又怎样望见狂吠的怪兽。

自从班王和卜尔王告别以后,亚瑟王就骑马来到卡尔良。他在那里正遇上奥克尼的路特王打发他的王后晋谒。王后名义上是一个专使,其实是想探听亚瑟王朝中的动静;她来时打扮得异常华丽,随身带了四个儿子,就是高文、葛汉利、阿规凡和加雷思,此外还有些骑士和贵妇。王后生得十分端庄明艳,国王一见钟情,便要求和她同房共住,那位王后倒也应允了,由此生了个儿子,其名便叫莫俊德;其实从她母亲茵格英那方面说来,王后还是亚瑟异父同母的胞姊。她在那里逗留了一月方才回去。后来国王做了一个怪梦,使他焦虑不安。但在这段时间,亚瑟王并不知道路特王的妻子就是他的胞姊;至于亚瑟王的梦中情景却是这样:他梦到有些鹰头狮和毒蛇来到他的国内,对他的国民进行烧杀,当他同它们相斗的时候,还遭到大损害,且受了重伤,最后才把它们杀死。国王醒后,对梦中情景非常厌恶,为了把梦抛于脑外,他特地邀了许多骑士,出外狩猎。待至走进树林里面,忽地望见有一只鹿迎面跑过。亚瑟王便说:"我去追赶这鹿。"说罢策马急奔,驰骋好久,虽屡次用尽生平力气,但总不能命中;这时只因追得太久，已累得马儿上气不接下气，终于倒地而死。当下有一位农民，另外牵来一匹马，交给国王。

国王见那鹿钻入树丛，马又死了，便在泉边坐下，心乱如麻。正在此间，恍若听到一群狗的狂吠声，其数似有三十只之多。又在此时，望见一只形状怪异的野兽奔来，这是他前所未见未闻的怪象；那兽跑到井边饮水，肚里呱呱作响，好似六十只野狗在那里狂叫；待它喝了好久，它的肚皮里才不做声。但等它起身跑去，声响又是大作，这使得国王惊讶万分。国王这时万念俱集，不禁昏昏入睡。蓦地徒步走来一个骑士，向亚瑟说道："焦心而又疲倦的骑士呀！请你告诉我，可曾见到有只怪兽走过？"亚瑟王答道："我看见了一只，已走过两英里路了。"随又接着问他："你找这兽做什么？"那人答道："骑士，这只兽我已追赶了很久，马都累死了；但愿靠了上帝的慈爱，求您给我一匹马，好让我再去追它。"就在这时，有人带着国王的马来了，那骑士一望见马，就恳求国王把马送给他，还说道："我此前已经追了十二个月，若是不能追到它，便要流出我身上最宝贵的鲜血了。"这位伯林诺是当时的国王，曾追过那怪兽；在他死后，方由巴乐米底继续追赶下去。

亚瑟王的骑士们所追寻的异兽

第二十回

伯林诺王怎样骑着亚瑟王的马去追赶怪兽，魔灵又是怎样遇见亚瑟王的。

国王说："骑士先生，您不要去追，让我追吧，我愿意再追十二个月。"那骑士回答说："啊哟，呆子，您是空想，世上只有我或是我的近亲方能追得着它。"说罢，他就跳上国王的马，骑在鞍上，欣然说道："多谢，这匹马是我的了。"国王答道："好吧！你现在可以用武力把我的马抢去；但是一骑到马身上，就能证实我俩之中，究竟哪个更高强。"那骑士说道："也好，随你什么时候想见我，就请到这口井边来吧。"说罢纵马而去。这时，国王坐下，念头转个不停，并吩咐部下将马尽快送来。忽然间，魔灵变作一个十四岁孩子的模样走到他的面前，先向国王施礼，跟着问他为何愁眉不展。国王答道："我所以在苦思焦虑，是因为遇见了一件最奇怪的事。"魔灵说："这件事，我很明白，我和您一样地清楚，您在想什么我也全知道。但是，只有呆子才这样想，就是想了对您也无益；并且我认识您是谁，谁是您的父亲，您是谁生的；尤瑟·潘左干是您的父亲，他和茵格英生出您的。"亚瑟王道："你说的都是假话，你怎样会知道的呢？看你那小小年纪，哪能知道我的父亲？"魔灵又说："对呀，我比您知道的更清楚，甚至比任何活着的人都清楚。"亚瑟说道："你的话我不相信。"并且对这孩子很是生气。魔灵走后，又化作一个八十岁的老头儿，国王一见了他倒很喜欢，老头儿的样子好像很聪明似的。

这个老头儿问道："你为什么这样苦闷呢？"亚瑟答道："现在有很多问题，使我烦闷不堪。刚才有个小孩子告诉我许多事情，依我看来，他不可能知道，因为他的年纪那样小，怎能认识我的父亲呢？"老头儿说道："是的，那个孩子说的全是真话，假使您让他说下去，他会告诉您更多的事情。最近您做错了一件事，触犯了上帝，就是您同自己的胞姊同床，而生下一个孩子，这足以使您毁灭，也将使您全国的骑士同归于尽。"亚瑟说："你是什么人，敢对我说这些话？"老头儿说："我是魔灵，刚才化作那小孩子的就是我。"亚瑟说："啊呀，你真是一位奇人，你说我要死于战争，我更觉得你的话多么奇怪。"魔灵说道："没有什么可奇怪的，您的肉体要为您的丑恶行为遭受苦难，这乃是上帝的旨意；可是我也很苦恼，我一定是受辱而死，甚至会被人家活埋；您呢，将来一定会光荣地死去。"正在他们谈话之间，有人牵着国王的马走来，于是国王上了马，魔灵也跃上自己的那匹马，同往卡尔良城去了。及至到达之后，国王便把自己怎样出生的问题去请教爱克托和由飞阿斯两人。他们告诉他：尤瑟·潘左干是他的生父，茵格英王后是他的生母。这时国王才回答魔灵道："我要派人去接我的母亲，同她老人家谈谈；若是她自己也这样说，那么我才能信以为真。"不多久，太后就被接来了，她还带着一个名叫美更·拉·费的女儿，生得美丽非凡。于是国王便极其隆重地欢迎了茵格英。

第二十一回

由飞阿斯怎样弹劾亚瑟的母亲茵格英王后是奸细；又怎样来了一个骑士愿拿性命去替主子报仇。

这时来了由飞阿斯，他（指着茵格英）向当天参加宴会的国王和全体大臣公开宣布："你这个世间最下流的女子，你对国王是一个最大的女叛徒。"亚瑟喝道："讲话要当心些！你胡说些什么；简直是信口雌黄。"由飞阿斯说道："我是很当心的，我的话我全部负责。看！这里是我的手套，谁敢反对我的话，就请他来和我比一比吧。①这个茵格英王后，乃是您的大难的祸根，也是大战的罪人。假使当年尤瑟·潘左干大王在世的时候，她明白地说出您的出生，以及怎样受孕的经过，那么您就绝不会有今天这些不共戴天的大敌了；因为今天全国大半的爵主们都不知道您究竟是什么人的儿子，也不知道您由什么人受孕生养的，所以她必须把怀您的经过坦白地告诉国人，不必粉饰；这样她和您都可以得到国人的尊敬，同时整个国家也会受他国的尊重，这就是我要把她欺骗上帝、欺骗您，以及欺骗国人的罪过说出来；任何人凡胆敢说我

---

① 骑士时代的规则，凡向人挑战，就把手套掷到那人的面前，对方如拾起手套，即示应战；对方如不拾起，便是懦夫。

是错的，就叫他把性命拿来作证，同我来比一比。"

茵格英接着说："我是一个女流之辈，怎好去同男人家比武，但又不甘受人家的侮辱，自然只有希望哪一位善良的人代我去应战。"她又说："还有一点，魔灵很清楚，您这位由飞阿斯骑士也很清楚，当初尤瑟王扮作我丈夫的模样，来到丁答吉耳堡和我同床，那时正是我丈夫死后的三小时，当夜我就有了那个孩子在身。过了十三天，尤瑟王同我结了婚，依照他的主张，孩子生下以后交给魔灵去抚育；从此以后，我就没见过孩子一面，也不知道他叫什么名字，直到今朝也还没有丝毫消息。"于是由飞阿斯就向王后说："那么，魔灵比你更要受人指责了。"王后又说："我清清楚楚地替我的丈夫尤瑟王养过一个孩子，但是后来这个孩子怎么样，就不知道了。"当下魔灵拉住国王的手，说道："这位王后就是您的妈妈。"随后爱克托骑士也出来证明，说他也是遵奉尤瑟王的意旨，把亚瑟抚育养大的。这时亚瑟王两臂拥抱着他的母亲茵格英，吻了她，母子俩痛哭了一场。这次，国王为了欢庆母子的团圆，一连举行了八天宴会。

有一天，忽然有位侍从骑马来到朝廷，带着一个因重伤而死的骑士，向国王诉说道："树林里有个骑士，在靠近井边的地方搭起一座帐篷，他杀死了我的主人马衣尔，我的主人本是个善良的骑士；因此特来恳求王上，设法埋葬我的主人，并求您派遣骑士，为我主人报仇。"这骑士死亡的新闻一时在朝廷里传遍了，各自议论纷纷。当时，有一位名叫葛利夫莱的侍从走进朝廷，这人很年轻，约莫和亚瑟王的年龄相仿，因为他已经为国家做过好多事情，所以特来恳求国王加封他做骑士。

第二十二回

葛利夫莱怎样加封做骑士,以及他同另一骑士比武的经过。

亚瑟说道:"你这样小小年纪,就想得到那样高的爵位。"葛利夫莱回答他:"王上,敬恳赏做骑士。"魔灵在旁插嘴说:"大王,像葛利夫莱这样的青年,失之可惜,应当罗致;他将来年长成人,一定优秀非凡,而且他一生对您都能忠心耿耿。今天,假若他要去同泉边的骑士冒险比武,即使能够生还,也是万分危险,因为那人乃世界上最优秀的骑士之一,也是本领最强的一个。"亚瑟王答道:"好啊。"他就依了葛利夫莱的请求,封了他骑士。亚瑟向葛利夫莱说:"我已封你做了骑士,你应当呈献一件礼物。"葛利夫莱禀问:"王上需要什么?"国王说道:"我要你以身立誓,切实做到,你去和泉边那个骑士比武,不论马上或是步下,只要你输了,就立刻回到这里,不许多言争辩。"葛利夫莱回答国王说:"谨遵大王的吩咐,一定切实做到。"于是葛利夫莱急忙备马,整好盾牌,手持长矛,跃上马鞍,策马径往泉边而去。他遥见那里有座富丽的帐篷,帐旁立着一匹骏马,鞍辔齐全,树上挂着五色缤纷的盾牌,还有长矛一杆。当时葛利夫莱便举起矛头,向盾牌猛击,把那块盾牌从树上打落下来。那骑士走出帐外，说道："好一个骑士，你干什么要打下我的盾牌？"葛利夫莱回答道："想和你较量一下呀！"那位骑士说道："最好还是不要较量，你这么年轻，而且还是新近才受封的，你的力气和我相比，真是九牛一毛。"葛利夫莱说："正因如此，我才来同你较量。"那骑士道："我是蛮讨厌的，既然你定要较量一番，那就让我去准备一下。"接着又问："请问你从何处而来？"葛利夫莱答道："我是亚瑟王朝中的一员。"待俩人一交手，葛利夫莱的长矛立被打成几截，同时那骑士又从葛利夫莱的盾牌左边击中他的矛柄，刺进他的身体，把葛利夫莱连人带马打翻在地。

第二十三回

罗马怎样派来十二个骑士要亚瑟纳捐进贡,亚瑟又怎样打击了他们。

那骑士一见葛利夫莱倒在地上,忙跳下马来,内心甚感沉重。他以为已把葛利夫莱刺死了,连忙解下他的头盔,让他透了口气,然后又用矛柄推他上了马背,让他吸了口气,这时他只好把一切都托付给上帝了;并且说:"他的心脏很强,若是能够活下去,将来必定是位英武的骑士。"于是葛利夫莱被马驮着回到朝廷,大家正在为他担心。后经名医诊治,他方才伤愈,保全了性命。恰在这时,突有十二个骑士来朝,他们都是些高龄的长者,奉罗马皇帝之命,来向亚瑟索讨全境的赋税,并且说:如敢抗拒不缴,皇帝便要歼灭亚瑟及其国民。亚瑟听了说道:"好呀!你们都是派来的使臣,自可信口胡言,否则,我早要了你们的性命。我的回话就是这样:我不欠你们皇帝的赋税,我也不向他讨什么,说得公平些,我该回敬他一把利矛,或者献上一把利剑,愿靠我父尤瑟·潘左干大王的在天之灵,不用多久,就可让他看看我的颜色。"使者们愤怒地告辞而去;亚瑟正在为此愤懑不已,恰巧又碰上了恶时辰,因为国王见到葛利夫莱的伤势,心中更是火上浇油。他待至三更半夜,就命宫内便殿的近侍,把他御用的骏马和良甲在明日黎明之前送出城外。次晨，天色尚黑，他的近侍和骏马就已在等候。他就骑上马，执盾持矛，并吩咐近侍留在那里，等他回来。亚瑟信马缓步徐行，及至天明，忽见前面有三个乡下人在追赶魔灵，要把他杀掉。国王连忙纵马追上，喝住那三人道："滚开，乡下佬！"他们一见是位骑士，都很害怕，也就逃跑了。亚瑟便说："唉！魔灵，假使我不来到此地，任你有多大本领，也难免要被他们杀了。"魔灵答道："没有这回事，只要我想救自己，便能救自己；如若上帝不和您做朋友，您会比我死得更早，您已经走上死亡的道路了。"

他二人边走边谈，不久就来到泉边，那顶富丽的帐篷立在近侧。亚瑟王望见一个武装的骑士坐在一把椅子上。他便上前问道："骑士先生，我想，除非有人决意要来同您比武，否则是不会有骑士走上这条路的；您为什么一个人守在这里？我劝您放弃这种常规吧！"那骑士答道："在以往，我尊重这种风俗，现在也依然这样，我不管什么人来非难；有谁敢来反对，请他出来改正好了。"亚瑟说："我就来改正它。"那骑士答道："我不许你乱改！"说话之间，他已持盾上马，手执长矛向前冲来，对方也拼命应战。于是各用盾牌抗御，因之双方的矛头都折断了。一忽儿，亚瑟拔出了利剑。那骑士立即嚷道："不可以，我是不用剑的；为了求得公平合理，让我们拿尖矛再斗一回。"亚瑟叫道："只要我还有矛，我也愿意这样干。"那骑士答道："我有的是矛。"于是来了一个侍从，送上两根好矛，亚瑟伸手挑选一支，余下一根就被那骑士拿去了：这两个人踢着靴刺，上前又战了几个回合，奋力把对方的矛折断了。

这时亚瑟正待伸手拔剑，那骑士又道："不可这样，请再拿出你的好本领吧，你真是我平生最佩服的好对手了，为了顾念骑士应有的高贵品质,请再来比一遭。"亚瑟道:"一切遵命。"接着又有人送上长矛两支,两人各取一根在手,彼此刚一交手较量,亚瑟的矛就被击断了。但见那骑士瞄准亚瑟的盾心,奋力打去,因为这一击过猛,竟把他连人带马击落地上;亚瑟爬起来,不禁气愤,遂拔剑出鞘,大喊道:"马上比赛,算我丢脸了;骑士先生,请让我徒步来比一比吧。"那骑士道:"我情愿骑在马上。"当时亚瑟火冒三丈,挽起盾牌径直冲来,剑也拔出了鞘。那骑士一瞧见他这副样子,也连忙跃下马来。他思忖到一个骑士如若占了人家这样的便宜,品质谈何高贵,怎可自己骑在马上去打击步行的人呢?所以他也跳下马,拾起盾牌来对付亚瑟。几经回合,开始了一场激战,双方各举利剑,凶狠狠地将对方的武器斫得粉碎,掉落在地上;两人的身上都满染鲜血,就是比武的场地上也被血迹飞溅得点点殷红;两人相持很长时间,才退回休息,不多时,又继续下一场,恰像两只公羊一般,你撞我冲,一齐跌在地上;到了最后,两个人纠缠在一起,两把剑也绞在一道。那骑士的剑竟把亚瑟的剑劈成两段,亚瑟因之心中很是担忧。当时那骑士便对亚瑟说:"现在你总该屈服在我的手下了吧?你的死活可由我了,如果你再不承认自己失败懦弱,我便要你的性命。"亚瑟王回答道:"说到死,一旦到了死期我也欢迎它的,但是你不能勉强我承认是懦夫;要知道我是宁死不愿受辱的。"就在这时,国王忽然跳到伯林诺骑士的身前,搂着他的腰,把他摔倒在地上,剥下了他的头盔。这时,那骑士虽不免有些胆寒,但因为他身材魁梧,气力又特别大,因此,一个转身就把亚瑟压在身下,也剥下他的头盔,险些要把他的脑袋砍了下来。

第二十四回

　　魔灵怎样拯救亚瑟的性命，又怎样施一种法术，使得伯林诺王入睡。

　　这时魔灵忽然走过来说道："骑士，放手！若是你杀死这位骑士，那么，这个国家将要遭到旷古未有的浩劫了：他是一位最可敬爱的骑士，其高贵要出乎您的意料之外。"那骑士问道："为什么呢？他姓甚名谁？"魔灵答道："这位就是亚瑟王。"当下，那骑士惟恐亚瑟老羞成怒而要杀他，于是他就举剑去砍亚瑟。魔灵忙对准那骑士施出一道法术，使他感应倒下，昏昏熟睡。魔灵扶起亚瑟，放在那骑士的马上一同离去。在路上，亚瑟道："可怜呀！你做了些什么事情，魔灵？你是不是使用妖术把他害了呀？世上再没有比他更可敬佩的骑士了，我宁愿耗去全国一年的钱粮，只要能换回他的一条活命。"魔灵答道："关您啥事？他比您更安全，他不过在昏睡罢了，三个钟头以后就会醒来的。"他接着又说道："我已经告诉过您，他是怎样一位骑士。今天，如若我不来，您的性命就断送在他手里了；而且，现在世界上没有比他更伟大的骑士了，将来他还会对您效忠尽力，这人名叫伯林诺。以后他生养的两个儿子，都是极其英俊的人物；那时节举世只一个人①比他们的武艺更高,生活也更加美好,其余的人全及不上他们。这两人将被称做威尔士的薄希华和威尔士的拉麦若克;伯林诺还要把您儿子的名字告诉您,这孩子就是您同自己姐姐所生的,②也就为此,您整个的国家都要遭到毁灭。"

---

① 指加拉哈。
② 指路特王的王后玛高丝所生的莫俊德。

第二十五回

亚瑟怎样靠着魔灵的计策,得到湖上仙女的神剑。

这时国王和魔灵离开了此地,同去访晤一位隐士。这人的品格既高,且精于医术。经隐士详细检查了全部创伤以后,给了些上等的药膏;因而国王便留在这里诊治了三天,直等伤口完全愈合,方才上马告辞而去。他们骑在马上的时候,亚瑟忽然提起:"我没有剑啊!"魔灵答道:"没关系,近处有一把剑,如果能拿来,便是您的了。"于是他们继续骑到湖边,湖面广阔,清澄可爱。亚瑟望见在湖心之处,伸出一只手臂,臂膀上穿着白色绸衣,手里举着一把精美的宝剑;魔灵叫道:"看呀!我刚才说过的那把剑,就在那里。"恰在此时,他们又望见一个少女从湖面走来。亚瑟就问:"那女子是谁?"魔灵答道:"她是湖上仙女。在那湖中有一座磐石,上面有一地方,异常美丽,同别处所见的胜地一样;停一会儿,那女子就会来看望您,只要您和蔼婉转地向她请求,她定会把剑送给您的。"不多时,那少女果然来见亚瑟。少女先向他施礼,他也回敬。当下亚瑟开口问道:"小姐,请问在水面上伸手握着的是把什么剑?因为我自己没有了剑,很想求您见赠!"那少女答道:"亚瑟王啊,那是我的宝剑,只要您在我向您要求礼物的时候,也肯随时见赠,您就拿去好了。"亚瑟道:"愿向小姐立誓，您要什么，我一定送您什么。"少女回答道："好吧，请您坐上那只画舫，划到剑旁，连剑带鞘一同拿出；至于我要向您讨的礼物，时辰一到，我再来奉告。"这时亚瑟骑士和魔灵都跳下马，将马分别系在两棵树上，一同上了船，一直摇到那伸手持剑的地方。亚瑟握住剑柄，将剑拔出，随身带回。那只手臂也缩回水里去了。于是他们返回岸上，仍骑马前行。未几，亚瑟骑士又望见一座华丽的帐篷。便问道："那座帐篷是谁的？"魔灵答道："就是那位骑士的帐篷，是上次同您比武的那位伯林诺。他已外出，不在里边。这人刚向您那个名叫艾各兰的骑士找过麻烦，结果他们干了一场，艾各兰大败逃走，否则性命难保；现在他正去追赶艾各兰，已快到达卡尔良城。稍迟一刻，我们在大路上就可遇见这个人了。"亚瑟道："你说得很好，我此刻有了宝剑，大可向他挑战，以图报复了。"魔灵说："王上，我劝您不必再同他计较了。他已经战斗和奔跑了一整天，想来已疲倦不堪，如若您去难为这种人，我认为并不体面；况且，当代在世的骑士当中，没有一人能够轻易比得上他；所以我奉劝您，放他过去好了。在短时间内，他是能够为您效劳的；在他身后，他的儿子们也能矢忠于您。还有一点，不久的将来，您会欣然允许您的姐姐嫁给他。"亚瑟道："我遇见他时，就照你的意思去做吧。"

亚瑟抽出宝剑察看一遍，只觉得极为可爱。魔灵问他说："鞘和剑中，您更喜欢哪一件呢？"亚瑟答道："我更爱剑。"魔灵说："您这看法很不聪明。实则一只鞘要抵上十把剑哩；如果您将鞘佩带在身上，不论您遭到怎样重伤，也永不会流一滴血；所以，这只剑鞘，您应当永远慎重地保存好。"他们骑马径往卡尔良城；在途中果然遇上了伯林诺骑士；这时魔灵便施以魔术，叫他认不出亚瑟。只见他一言不发地走了过去。亚瑟说道："好奇怪，瞧那骑士走过去而不发一言啊。"魔灵说："大王，他并不曾瞧见您呀；倘使他望见了您，您就不容易走开啦。"这时他们已进入卡尔良，各骑士都欢天喜地。待至他们听了国王的种种冒险奇迹，都为他不顾个人安全独自一人到处走动而表示惊讶。因此，所有可尊敬的人们都在说，国王竟能像一班穷苦骑士那样，单身匹马地去冒险，一个人能在这样的领袖手下效劳，可有趣哩。

湖上仙女告诉亚瑟"截钢剑"的来历

第二十六回

瑞安士王击败十二个王的消息怎样传到亚瑟那里；
又瑞安士王怎样来索取亚瑟的胡须去做外套的镶边。

这时忽然来了一个使节，是北威尔士的瑞安士王派来的。原来，瑞安士在当时还是爱尔兰全境以及其他许多领岛的王。那个使节奉命送达的信息是这样，他先向亚瑟王致平安，又说到瑞安士王已经将那十一个王挫败，并且征服，现在各王都愿呈献贡仪，表示臣服。规定的贡品是须髯，即各王都尽量剃光本人的胡须，愈多愈好。因此特派专使，来取亚瑟王的胡须。因为近来瑞安士王缝制了一件新外套，是用各个王的胡须做镶边，这外套上正缺少一段，所以派员来索取亚瑟的胡须。如敢抗拒交纳，瑞安士王便亲自入境，加以烧杀，直到亚瑟的头颅和胡须一并交出为止。亚瑟听后说道："好吧，你送来的信，我已知道了。这是一封最可耻又最恶毒的信，竟敢来交给本王，真是闻所未闻。你可以看看我的胡须，并不多呀，现在还够不上做镶边的用处。你去告诉你的国王说：我不欠他的贡，我的祖先也未欠他什么；且看不久的将来，要他双膝跪着来向我进贡哩，否则他的头颅便要丢掉。我愿以身立誓来说，像这样罕见罕闻的信，真是可耻之至。我已得知你们的王从未见过有才有德的人物。你去告诉他，他没来向我纳贡之前，我先要他的头。"使者遂即回去。

亚瑟当即问左右的人："这里可有认识瑞安士王的人吗？"一个名叫纳鸾的骑士上前答道："大王，我对这人很熟识。他的身体非常魁梧，世上能和他相比的人还不多见，而且他生性极为傲慢；大王，至于他准备用武力和你大战一场，那是毋庸怀疑的了。"亚瑟说："好吧，最近我就准备好同他开战。"

第二十七回

亚瑟王怎样命令全国，凡出生在五月一日的孩子，一律送交政府处理。那时莫俊德怎样逃脱在外而未被送去。

亚瑟王颁布命令，要全国境内由爵主和贵妇们所生养的孩子，凡是生在五月一日的，一律送交朝廷。因为魔灵曾告诉亚瑟王说，将来要毁灭他的那个人，便是出生在五月一日的。因此，亚瑟王要把这天所生的孩子全部集中，如有违者，一律处以死刑；当时有许多是爵主们的儿子，也都一齐送到国王那里。路特王的王后也把莫俊德送来了。于是把这些孩子全部放在船上，向海中开去。这些孩子有的仅仅才生下四个多星期，有的还要小些①。幸好这艘船漂到一座堡寨脚边，船被撞翻了，大多数的孩子遭到了灭顶，莫俊德被浪卷出，经一个好心肠的人救活，并把他抚养到十四岁，才送到朝廷中去。直到亚瑟临死之前，这段故事才传开来。这一次，国内很多显贵和爵主们一听到他们的孩子是这样死法，都表示不满；也有很多人认为魔灵所犯的罪行比亚瑟还要严重；但因为多数人怕惹出横祸，或者出于对国王的热爱，也就缄口不言了。

---

① 按：送去的孩子都是五月一日出生的，那么，怎会有的孩子生下来才四个星期，而有的还要小些？疑原书有错误。

却说瑞安士王的使者回朝，带回了亚瑟王的回话。瑞安士王听了回话，登时震怒万状，立即调派大军；后事如何，且待本书记述到荒野的巴令的时候，再来分解；至于巴令怎样得到宝剑，到那时也接着一同向读者报道。

第一卷完，下接第二卷。

第二卷

卷二

第一回

一个佩剑的少女寻觅一位德行崇高的人，要他由鞘内将剑拔出。

尤瑟·潘左干王逝世之后，就由他的儿子亚瑟执掌国政，因为亚瑟想把整个英格兰的政权都掌握在自己手里，所以他南征北讨，激烈地战斗了一生。那时在英格兰境内，以及在威尔士、苏格兰和康沃尔各地，有很多人割据称王。因此，当亚瑟王驻跸在伦敦期间，有一个骑士跑到他面前，向他报告军情，说北威尔士的瑞安士王招募了数目极大的军队，窜进亚瑟王所辖的境内，对国王的忠实臣民到处烧杀。亚瑟王听了说道："若是实情，则是我的奇耻大辱。非用全力抵抗他不可。"那位骑士回答说："这全是千真万确。他们大队人马，是我亲眼目睹的。"国王便道："好吧，让我发出叫报，命令全体爵士、骑士以及拥有武力的士绅们，一律在这几天内赶到加美乐城，以便在那里举行全国会议和一个场面宏大的比武会。"

国王率领全体官员来到那里，先根据可能的条件解决了住宿问题。这时，忽然来了一位由阿维利昂的黎儿小姐派来的女使，她走进朝廷。她晋谒亚瑟王，说明自己来自什么地方，以及所负的使命是什么。接着她脱下了衬有华丽毛皮的外套，国王就看到她腰际悬着一把珍贵的宝剑，于是问道："小姐，你为什么佩着这样的宝剑呢？这对你似乎很不相称呀。"那女子说："王上，让我来禀告您吧。我腰上的这把剑，对我来讲是一件极大的痛苦和累赘，我自己也无法脱下。只有德艺双全的骑士，从未犯过奸诈、淫秽或叛逆等罪行的人方可一试。我若能访求到有这些才德的骑士，便请他从鞘里把剑拔出来；因为曾有人告诉我，在瑞安士的王朝里有很多德艺兼优的骑士，我就到他那里去了，经过全体骑士的尝试，结果没有一人成功。"亚瑟道："倘使这是真的，乃天下奇事，先让我来亲手试试吧；这并非我自夸为天下最高的骑士，不过我愿先试一下，做个榜样，好让其他爵士每人都来尝试。"说罢，亚瑟就从她腰带上的鞘里用力向外拔剑，但没能把剑拔出。

那女子说道："王上，其实您用不着一半的力气去拔呀，如果有人真能拔出，他只用一点儿劲就够了。"亚瑟道："好的，现在就请我的各位爵士来试吧。但请注意，只有以前不曾犯过奸险、欺诈等罪恶的人，才有资格。"那女子接着又宣称："有恶迹的人是不会成功的，只有一生清白的骑士，不曾做过坏事，而且父母双亲也都清白无疵的才可以。"这时圆桌社大多数的爵士们分队排列，顺序拔剑，结果没有一人拔得出，这使那个女子异常苦闷，她叹息道："哎哎，我总认为在这朝廷里会有高贵的骑士，未曾犯过什么欺诈或叛逆的恶行。"亚瑟道："我认为这里都是人世间高贵的骑士，我也可以立誓保证。然而，他们的美德竟不能对你有所帮助，说来我实在抱歉万分。"

第二回

怎样有一位衣衫褴褛名叫巴令的穷骑士将剑拔出，后来他就死在这把剑上。

当时亚瑟王的朝廷里有一个穷骑士，他因为杀死过一个骑士，被监禁了半年多。那个受害人是亚瑟王的表弟兄。这位穷骑士的名字叫巴令。经过许多爵士的努力斡旋，他才获得了释放。凡和他同处过的人，都认为他过去确是一个好人。他出生在诺森伯兰。这时他刚巧又私自潜入宫内，看见这番拔剑奇迹，心中不禁跃跃欲动，很想跟着其他的骑士们来试一试，只因为自己穷困，褴褛不堪，只好躲在人后，不敢抢先。但是他心里总觉得自己蛮有把握，如果碰着好运气，自然也能同别的骑士一样。正在那女子向亚瑟王和其他爵士告别，准备要走的时候，这个名叫巴令的骑士便向女使请求道："小姐，我恳求您的美意，许我试一试好吗？虽然我衣衫褴褛，可是我内心完全同别人一样，我自认为能够成功。"那女子把这个穷骑士全身上下打量了一番，认为他纵然是一个有希望的人，可是从他那身破烂的装束看来，虽无显著的恶迹，但终非大家所敬重的人。便回答这骑士说："先生，请你不要再麻烦我了，照我看来，既然别人都失败了，想来你也不会成功。"巴令恳求道："啊呀，好小姐，一个人的价值、品质和事业,不能单凭他的外表来决定呀。他的人格和自尊,是藏于内心的,试看有很多值得尊敬的骑士,并不能被一般人所认识;因此,我认为一个人的高贵和刚毅,不可由他的衣着来判断。"那女子听后说道:"我的天呀!你既说得这么有理,就请你试试吧。"巴令伸手到她的腰带上,一下子就把剑从鞘里拉了出来。他细看这剑,爱不忍释。国王和众爵士看到巴令这一奇迹,都目瞪口呆,很多骑士还在嫉妒巴令。那女子说道:"您真是我所访求的高尚骑士了,您必是最受人敬重且不曾犯过叛逆、欺诈和错误的人,您将来一定能做出许多惊人的事业。"她又说:"温良而谦恭的骑士,现在请您把剑还给我吧。"巴令答道:"不,不还给您,我要留着它,您要想讨回,惟有用武力来讨。"那女子就说:"您想从我这里抢去这把剑吗?那会对您很不利的,它会使您杀掉最知己的朋友,也会杀死您世界上最亲爱的人,最后还要毁灭您自己。"巴令说道:"只要是上帝的意旨,任何困难,我愿意承当。但至于这把剑,我立誓不再还给您了。"那女子又说:"我向您索回这剑,其实对您利害较大,而对于我关系倒小;我很替您担心,您若不听从我的劝告,短时间内便要后悔莫及;这把剑对您是具有毁灭性的,您若不信,就太可怜了。"那女子一面忧闷地说着,一面离去。

此后不多时,巴令索取马匹盔甲,打算离开宫廷,遂向亚瑟王辞别。国王说道:"不要走吧,我想你不必如此匆忙地同大家告别;也许你在怪我,因为我亏待过你,请你不要再责备我,因为我是误听人言才错罚了你;现在我已明白你并非那一类骑士,你乃是受人尊敬且有力气的人。只要你肯留在朝廷里,同我的集团多相处一些时候,我愿意照你的希望来提升你的官位。"巴令说道:"愿上帝为您祝福,我想您的恩惠和伟大,即使其中的一半,也很少有人能够体会得到,我此刻必须向您告辞,事出无奈,敬恳俯允。"国王又说:"你果真要离开,我不免会生气。不过,好骑士,我请求你在外面不要逗留得太久,我个人以及爵士们都在欢迎着你;过去所有对不起你的地方,我今后都愿意改正。"巴令又向国王说:"愿上帝祝福您。"说完就准备离去。再说,圆桌社的骑士们大多数都认为,巴令的奇迹并非因为他有能耐,而是依靠他的巫术所使然。

第三回

　　湖上仙女怎样强索这位获得宝剑的骑士的头颅，或是一位少女的头颅。

　　正在这位骑士准备离开朝廷的时候，忽地进来一位贵妇，名叫湖上仙女。她骑在马上，打扮得富丽整齐，向亚瑟王施礼之后，就向他索讨礼物。原来这湖上仙女以前曾送过亚瑟王一把剑，当时亚瑟王也曾应允回敬她一件礼品。因此亚瑟王说："不错，我曾经应允过你一件赠品，可是你给我的那把剑，叫什么名字，我老早忘记了。"这位湖上仙女说道："这剑名叫'爱克斯坎里布尔'，意思就是'截钢剑'。"国王答道："你的话说对了，如今你想得到的东西，只要我的力量所能办到，你也一定可以得到。"这仙女接着说道："大王，适才拔出那宝剑的骑士，现在我向您索讨的就是他的头颅；或者请您把那佩剑女子的脑袋割下给我；您如能同时把两颗头颅都给我，那就更好；因为那个骑士曾杀死了我的同胞——他是一位真正的好武士；那女子也曾断送了我父亲的性命。"国王说道："为了我的尊严，我决不能把人头拿下来当做礼物送给你，你休想得到一个；你如要别的东西，我都可以使你满足。"湖上仙女说道："除了这两颗头颅以外，别的任何东西，我都不要。"巴令这时本已准备离宫外出，忽瞧见湖上仙女来同亚瑟王谈话;原来巴令的母亲就是死在她毒辣的手下,三年以来,巴令时时在图谋报仇,如今又听说她向亚瑟王索求自己的头颅,便奔到她的面前,大声斥道:"你这个要倒霉的女人,休想要我的头,看我先斩下你的脑袋。"话声未绝,他已在亚瑟王的面前,拔出剑来,霍然一闪,便把那湖上仙女的头砍了下来。亚瑟一见巴令斩下湖上仙女的头,勃然大怒,骂道:"啊呀,不要脸的家伙,你怎干出了这种勾当?你不但藐视了我个人,还玷辱了我的朝廷;这是我所尊重的小姐呀,她在我保护之下,你竟敢胡来,我永不会饶恕你这罪行。"巴令向国王答说:"王上,恳求您息怒,容我回禀。她是世界上最无信无义的女人,她利用邪术魔道,不知害死了多少优秀骑士,又由于她的背信叛逆,把我的母亲活活烧死。"亚瑟王听了说道:"不论你找出什么理由来,在我的面前,对女性总应该退让一步;因此,你只有忏悔,用不着多想了,在我的朝廷里,绝不许有这种事情发生,所以,你赶快给我从朝廷里滚出去,愈快愈好。"

于是巴令提着湖上仙女的头,回到自己住宿的旅舍,在那里同侍从相遇。大家相谈之下,对于触怒亚瑟王一点都认为失策,随后便一同骑上马,出城而去。巴令对侍从说道:"现在我们就要分手了。请你把这脑袋带给我的朋友看,把我报仇的经过告诉他们;也请你通知我所有在诺森伯兰的朋友们,说我那个不共戴天的仇人已经死了。另外,还望你把我怎样出狱,以及经过怎样的冒险才得到这把宝剑的情形,告诉他们。"那侍从说道:"你触怒亚瑟王,乃是你的大逆不道,你就只字不提么?"巴令回道:"提起这件事,我想赶快去找瑞安士王,就地把他消灭掉,如果达不到这个目的,我就死在那里;若是我侥幸能够活活地捉住他,那我还可以博得亚瑟王的欢心。"侍从又问:"今后我们在何处相会呢?"巴令答道:"仍然在亚瑟王的朝廷吧。"说罢,两人分手,各自去了。在亚瑟王的朝廷里,所有的人都为了湖上仙女的被杀感到极大的遗憾,并认为这是一件耻辱;国王从厚殡葬了湖上仙女,自然不在话下。

第四回

魔灵怎样讲述这个少女的冒险故事。

这时忽然来了爱尔兰王的儿子，名叫郎希奥。他为人骄傲，自以为是朝廷中最出色的人物；对于巴令的拔剑奇迹，他表示了极端的嫉妒，别人怎么会比他更勇敢、更有气力呢？因此，他就请求亚瑟王允许他乘马去追巴令，对他轻视国王的行为给以惩罚。亚瑟王说道："你尽力去做吧，这巴令实在使我气愤；我盼望他能把轻视我个人和侮蔑朝廷的罪过，痛自悔改。"于是郎希奥返回旅舍，做好了准备。就在这时，魔灵忽然来到亚瑟的王朝，有人就把拔剑的奇迹和湖上仙女被杀的种种经过，都告诉了他。魔灵说："现在我对你们说，刚才站在这里的那个女人，就是身佩一把宝剑来到朝廷的那个女人，我要说明她来的原因。她是世界上最奸诈的女人。"他们都说："不要这样讲她。"魔灵又接着说："她有个同胞哥哥，为人勇敢诚实，是一位高尚的骑士；但这女人爱上另外一个骑士，做了他的姘头，于是她哥哥遇见那个同自己妹妹姘居的骑士，就亲手把他杀死了。等到这个下流的女人发觉自己的姘头被哥哥杀死，便跑去恳求阿维利昂的黎儿小姐帮助她，去报复自己的哥哥。"

第五回

巴令怎样被爱尔兰的郎希奥骑士所追逐,又他怎样同郎希奥比武,而后把他杀死。

魔灵又说:"上面所说的那个佩带宝剑的女子,她所佩的剑就是阿维利昂的黎儿小姐送给她的,并且告诉她,在全国所有高贵的骑士中,只有一个最坚毅而又最有力气的人能从鞘中把它拔出;这人带着这把剑,一定会去杀死她的哥哥。这就是那女人到朝廷里来的原因。我同你们既已了解了内情,但愿上帝不让她再到朝廷里来,因为她从来不曾和高尚的人一道儿做过什么好事,总是干出些害人匪浅的勾当。拿到这把宝剑的骑士,将来一定要死在这宝剑之下。这宝剑象征着极大的灾难。在当代的骑士中,再也没有人比他的魄力更大了。亚瑟王呀,他将来对您一定会很尊敬、很忠心,但最可惜的是他的寿命不长;不过他的气力和毅力,据我所知,是举世无双的。"

且说爱尔兰的骑士全副武装,把盾牌套在臂膀上,跃上了马,手里撑起长矛,放马直奔而去;在靠近一座山脚的地方,望见了巴令的身影,便扬声叫道:"骑士,不管你愿不愿停住,都要停下,要知道你面前的盾牌是没有用处的东西。"巴令听得喊声,猛力勒马,回头一望,便答道:"好骑士呀!你喊我做什么?你想同我比一比武么？"那爱尔兰的骑士说道："好呀，我就是来陪你比一比的。"巴令道："照常情来说，还是把你自己关在家里为妙。有许多人总想去责备敌人，结果是自己受到诽谤。"巴令接着又问道："你是从哪个朝廷里来的？"爱尔兰的骑士回答说："我乃是由亚瑟王的朝廷里来的，为了你今天对亚瑟王的无礼，同时也轻视了朝廷的尊严，我特来向你问罪。"巴令便说："好吧，我只有同你比量一番了，说到我开罪了亚瑟王，对不起朝廷中的官员，我自己已是后悔莫及；至于你跟我的争执倒是很简单；若说那个已死的女人，她曾给了我极大的损害，否则我也同世上其他的骑士一样，是不会去杀戮一个妇女的。"郎希奥骑士看他要停在一片空地上了，便说道："你就准备打过来吧。"于是两人都端起长矛，勒马对冲而来，马奔如飞，爱尔兰的骑士先瞄准巴令的盾牌一击，哪知却把自己的矛杆整个折断了；巴令还击郎希奥一矛，立时刺穿了他的盾牌，破碎了他的锁子铠，并且割开他的身体，一直刺入马的屁股；他又猛然勒马回转，拔出宝剑，那时他还不知道自己早已把对手砍死，待他再对郎希奥瞧瞧，却发现对方已是一具死尸了。

第六回

一个爱郎希奥的少女怎样为爱情而自杀；又巴令怎样与他的弟弟巴兰相遇。

正在这时，忽又望见一个少女骑着一匹快马，奔驰而来。待她发觉郎希奥已被杀死，不由得悲痛万分，呜咽道："巴令呀，你杀害了两个身体和一颗心；这两颗心本就生在一个身体里，两个灵魂都被你毁灭了。"说罢她就从情人僵硬的尸体上取下宝剑，昏倒在地，等到她站立起来，仍是悲不自胜，以致巴令也感到异常苦痛；当下巴令走到女人面前，打算从她手里夺回那剑，不料她两手握得很紧，如果不伤害她，恐怕无法从她手里拿下；骤然间她已把剑柄抵地，自己的肚腹俯向剑尖，猛然扑下，剑就这样洞穿了她的身体。巴令瞧见她这等惨死，心里委实难受；一个美女被他逼得为殉爱而毁灭自己，也使他感到惭愧。巴令叫道："伤心呀，我悔不该杀死这个骑士。"为了这个少女的爱情，为了他俩的真诚相爱，他不忍再看她一眼，便骑马回转到大森林里去了；在那里，他又望见一个骑士，从装束上认出那人就是他自己的弟弟巴兰。及至他们俩人相逢，脱下头盔，接吻为礼，彼此悲喜交集，流下了眼泪。巴兰说："我绝未想到在这里匆遽间会遇见您；您能由忧郁沉闷的监牢里出来，真使我无限欣慰；有人告诉我说，您在四石堡恢复了自由,随后他又在亚瑟王的朝廷里见到您,因此我特地到这些地方来,料想总能有机会碰见您。"停了一刻,巴令骑士就把获得宝剑的奇迹,湖上仙女死亡的情形,以及亚瑟王对他愤怒的原委,都一一地讲给他的弟弟听了。他接着说道:"国王因此派遣一个骑士来追赶我,就是躺在地上的那个死者;但我对于这个女子的死确是感觉难过。"巴兰说:"我也这样想,不过,凡是上帝指定您去冒的险,您就一定要去完成。"巴令道:"说句良心话,我因为触怒了亚瑟大王,精神上委实苦痛;在目前世界上的统治者之中,要算他是最受人敬爱的骑士,我立志要取得他的欢心,否则宁愿把一生放在冒险上面。现在,瑞安士王正在包围台辣贝耳堡,我们尽速赶到那里,先把他打败,以显示我们的光荣和英武。"巴兰答道:"我也认为这样很好,我们就本着同胞手足应当互助的精神去干吧。"

第七回

一个侏儒为郎希奥的被杀怎样责备巴令；又康沃尔王马尔克怎样寻到这两个死者并为他们立碑。

巴令向巴兰说道："继续前进吧，我们现在能晤面实在太好啦。"正在交谈之际，突见从加美乐城那面来了一个侏儒，骑在马上，跑得很快，当他发觉那两具尸体，不禁大为伤感。他哀痛异常，扯下了头发，接着问道："这是哪一个骑士干的勾当？"巴兰回答："你问它做什么？"侏儒就说："因为我要弄清楚这件事。"巴令说道："杀死这骑士的就是我，但我是出于自卫。他向我挑战，我若不杀死他，他便要杀死我了；至于这位妇女，是悲悼她的情人而自戕的，自然我也深疚于心，为了她的缘故，我将辜负世上一切具有真正爱情的女性。"那侏儒道："你杀死了他，反而给了你莫大的灾害，这死去的骑士可算是世间功绩最大者之一。巴令！请你相信他的亲戚是要报仇的，不论你逃到天涯海角，他们都会追来杀死你的。"巴令道："说到这点，我倒全然不怕，只是这骑士的死亡，将使我的国王亚瑟更加发怒，我确实于心不安。"他们正在交谈之际，突然康沃尔的王策马走来，他叫做马尔克王。这时马尔克王也看到了这两具尸体，并且知道了致死的原委，又听到以上两位骑士的对话，因而对于他们俩人的真正爱情表示无限的惋惜,就说道:"我且留在此地,待为他们竖立墓碑之后再走。"于是他就在这里搭起帐篷,遍搜各地的上等石碑,后来在一所教堂里觅得了又精美又华丽的一方,就把这两人合窆一圹,上立一碑,将两人的姓名一同镌在碑面,并刻石志铭——爱尔兰的太子郎希奥如何长眠于此,这是出于他的主动挑战,以致遭害于巴令之手;至于他的情人,名叫古龙美,为了失恋而悲苦忧伤,才用她情人的宝剑剖腹自杀。

第八回

魔灵怎样预言世界上将有两位最优秀的骑士在此地互斗，这两人就是兰斯洛特骑士和特里斯坦骑士。

正当马尔克王忙于埋葬死者和立碑的时候，魔灵来到他跟前，一看到他的动作，就开口说道："就在这个地方，将来还有两个骑士要展开一场空前绝后的大战。这两人都是最最真诚的有情人，不过没有一人会被对方杀死。"魔灵接着就把将要在这里交战的人的姓名，用金字写在碑石上，那便是湖上的兰斯洛特与特里斯坦。这时马尔克王向魔灵说："您倒是一位奇人，能说出一些奇事，不过看样子您是一个粗人，不像是会作这种预言的，请问您的大名？"魔灵答道："此刻不便奉告，等到特里斯坦热恋那个王后的时候，您自然会知道我的名字。不过那时您所听到的许多消息，恐怕都是您所不喜欢的。"随后魔灵又对巴令说："你做了一件对自己最不利的事情。那个妇女自杀时，你竟见死不救；若是你存心去救，她又何至于死呢。"巴令答道："我愿以身立誓，说出真话。因为她突然自杀，事出仓猝，当时我实无法营救。"魔灵说："我很抱歉，因为这个妇女的死，你将发出最悲惨的一击，除开我主基督之外，开天辟地以来，算你这一击最为凶猛，因此将伤害那个最忠诚的骑士，一位人间最足尊敬的人；也由于你这一击，使得三个王国同时陷入极端穷困、愁恼和惨苦之中，他们要忍受十二年之久；同时那个骑士也会受多年无法恢复的创伤。"魔灵说罢，就向巴令等人告辞。巴令急忙回答他说："照你所说，我会做出这么险恶的事情，若是我信以为真，我宁愿杀死自己，使你在我死后，变成一个无以为证的说谎者。"魔灵霎时间影踪全无，隐身而去，巴兰和他的哥哥也告辞了马尔克王。那王说道："首先，你要把你的名字告诉我。"巴兰答道："大王，您可以看到他佩着两把剑，就称他做双剑骑士好了。"后来，马尔克王离开此地，到加美乐城去拜见亚瑟王；巴令则赶到瑞安士王那里。他们骑马一同走去的时候，路上还遇见乔装的魔灵，但是都不曾识破他。那时，魔灵在路上曾问过他们："你们两位到哪里去？"这两个骑士回答说："我们告诉您做啥呢？"巴令跟着也问道："请问您的大名？"魔灵说："我也不告诉您。"这两个骑士说道："粗看您像个坏人，其实倒是一位仁人君子，可您何以不把名字告诉我们呢。"魔灵说："关于这一点，随你怎样乱说吧，可是我要对你说，你所以要循这条路向前走，就因为你想碰见瑞安士王呀；不过，你如不听从我的话，便不会达到目的。"巴令道："啊，您就是魔灵，我们一定遵从您的意见。"魔灵接着说道："听我的，将来你会得到很大的荣耀，但要注意，须做得勇敢，而且还要有极大的魄力。"巴令说道："提到这事，你可不必为我们担心，我们自会依照自己的计划去做。"

第九回

巴令和他的弟弟怎样得到魔灵的指点,擒住了瑞安士王,并带他去见亚瑟王。

魔灵在路旁森林里的树叶下面安排了他们的睡处,同时把马的鞍辔卸下,喂它们吃草,然后跟他们一同躺下休息。一直睡到将近夜半的时光,魔灵便通知他们起身,一切结束停当,因为瑞安士王快走近了。原来瑞安士王这时从大队人马中暗自带出六十名本领出众的骑士,派二十个骑士前行,先去通知德·芳丝小姐,说国王就要到了,因为瑞安士王要在这一夜同她幽会。巴令问道:"哪一个是国王?"魔灵答道:"且慢,在一条狭路上,你就会遇上他的。"同时他向巴令兄弟二人指出那个国王骑马要经过的地方。

不多一刻,巴令兄俩就遇见瑞安士王了。他们一动手便将他摔倒在地上,他看来伤势很重;同时他们又左一剑右一枪,把他的部下杀死了四十多人,余下的都逃奔而散。然后他们又回到瑞安士王躺卧的地方。若不是瑞安士王哀求这两兄弟的恩典,早被他们杀了。瑞安士王当时这样说道:"两位英武无比的骑士,请你们不要杀我。有我活着,你们也可以有胜利;若把我处死,你们就得不到一丝一毫功绩。"两个骑士答道:"你说的有理。"于是把他抬进了马车。转瞬间,魔灵忽又隐身而去,原来他已赶去晋谒亚瑟王，报告他最大的敌人已被擒住，并且已经屈服。亚瑟王问："是谁捉住的？"魔灵道："有两个骑士为了获得您的欢心，才去捉他的，等到明天，您就知道是谁啦。"不多时，果然双剑骑士巴令同他的弟弟巴兰押着北威尔士的瑞安士王来了，他们先将瑞安士王交给守门的警卫人员，叮嘱他们负责看管；两人就在黎明时辰又转回去了。亚瑟王走向瑞安士王，问道："国王阁下，我欢迎您。是什么奇迹把您送到此地的呢？"瑞安士王答道："大王陛下，我来到贵处，是经过了一段艰难困苦的冒险。"亚瑟王又问："是什么人打败了您？"这位国王又答道："大王，一位是双剑骑士，一位是他的胞弟，这两人都是威力过人的骑士。"亚瑟说："我虽不认识他们，但是我很重视他们。"魔灵便向国王道："嗳，让我禀告您吧：一位是上次获得宝剑的巴令，还有一个是他的弟弟巴兰，在当代的骑士中，没有谁比这位优秀的骑士更勇敢、更有力的了，只因为将来他的寿命不长，所以我对他怀着无限的凄怆。"亚瑟说："天呀！如此说来，倒很可怜；我很感激他，但我实在不配接受他这番好意。"魔灵说道："这也不必客气，他还要做出更多矢忠于您的事情，不久您就会明白。可是，大王！瑞安士王有一个名叫尼鲁的同胞，大概明天中午以前，将率领大队人马进犯，您应当早做准备。我就此告辞，请您预备吧。"

第十回

亚瑟王怎样同尼鲁及奥克尼的路特王作战；又路特王怎样受了魔灵的欺骗，以及十二个王怎样被杀。

亚瑟王一共准备了十支队伍，那尼鲁也在台辣贝耳堡前的广场上整编了很多的队伍，计分为十队，论起人数比亚瑟更多。尼鲁又把大多数的人民充作先锋队。这时魔灵便到奥克尼岛的路特王那里大说预言，借以拖住他，免得他去帮助尼鲁而增加他们的实力；直到尼鲁和他的主力军都被消灭了，方才离去。这次国王的大臣凯骑士打得很出色，使他一生一直受人敬重；荷维斯·德·勒佛尔骑士也为亚瑟王立下了惊人的武功；单单亚瑟王本人便杀死对方二十名骑士，还重伤残废了四十个人。同时也来了双剑骑士同他的胞弟巴兰。他们俩打得那么勇敢，使国王同其他骑士们都大为惊异；那些在旁目睹的人一致称赞，说他们是从天而降的安琪儿，也有人说他们是从地狱里冲出来的恶魔；亚瑟王本人就盛赞道，这样优秀的骑士，是他平生向所未见的。他们兄弟俩的武艺，使得全场的人无不惊服，叹为观止。

与此同时，有一个人来见路特王，告诉他说，当他滞留在此地时，尼鲁同他的部下已全被消灭了。路特王听罢，叹了一声说道："我真惭愧呀！这么多的优秀人物被杀，完全是我的罪过；若是我们的军队能够同心协力，则满天下可称威力无比；不料那个骗子尽在此说些什么预言，使我受了愚弄，其实，魔灵有意如此，因为他很明白这一点，倘使路特王率领部下参加了这一场大战，亚瑟势将被杀，他的大军也必惨遭毁灭；魔灵又知道这天必定会死去一个国王，那如蛇如蝎的魔灵就找一个人去送死，而在这两人中，他宁愿牺牲路特王，不肯使亚瑟王受害。当下奥克尼的路特王问道："我们绝大部分的将士已经被杀了，现在我对亚瑟王应该采取讲和的方式呢，还是同他继续作战？究竟怎样才为上策？"一个骑士上前回答说："亚瑟的大军已经鏖战多日，早已疲惫不堪，而我们还是初上疆场的新生力量，所以我认为应该发动起来。"路特王便说："我盼望各位骑士能同我一样，各尽本分。"于是他们大张旗鼓，奋力出击，双方的长矛都打断了；亚瑟的骑士们，得到双剑骑士和他弟弟巴兰的协助，一出阵就把路特王的大军打得落花流水。但是路特王总是身先士卒，他在最前线显出了惊人的武艺，能一手掌握着大队人马，并支持全部的骑士。可惜他的寿命不能长久，委实令人伤感，像他这样武功卓绝的骑士，终至败于人手；他在不久以前才经亚瑟王选做骑士，娶了亚瑟王同母异父的姐姐为后；只因亚瑟王同路特王的王后发生暧昧关系，也就是兄妹乱伦，生下莫俊德那孩子，才使得路特王一直反抗亚瑟。这时有一个名叫怪兽骑士的，他的真名叫伯林诺，是一位力大过人的勇士，他对着路特王发出猛烈的一击，正像他对付所有的敌人一样凶猛；这一击不曾打中，却落在马的头上，将马掀翻，路特王自亦随马跌下。立时伯林诺对他乱砍，头盔破碎了，直砍到眉下。奥克尼的大军望见路特王战死，都奔逃四散。其间，多少母亲所怀念的儿子都在这里惨遭杀害了。路特王之死，自应归咎于伯林诺王；因此高文骑士才替父报仇，在他被封为骑士十年之后，亲手把伯林诺王杀死，这是后话。再说参加尼鲁和路特王方面作战的十二个王，也都在这次战役中被杀，同葬在加美乐城的圣斯蒂芬教堂的公墓内，其他骑士人等，另埋在一块大岩石之下。

第十一回

关于埋葬十二个王的经过，以及魔灵的预言；又巴令怎样发出了那悲惨的一击。

当埋葬死者的时候，路特王的夫人玛高丝带领着四个儿子奔来此地，即高文、阿规凡、葛汉利和加雷思。此外还来了由岚斯王，他是艾文骑士的父亲，以及他的夫人美更·拉·费，她是亚瑟王异父同母的姐姐，都是为祭奠送殡来的。建造这十二个王的坟墓时，亚瑟王吩咐要把路特王的坟砌得特别精致讲究。并且要砌在亚瑟王的生圹近旁。亚瑟王又命令镌造十二王的铜像，要与十二个王相肖，表面镀金，每人各执烛扦，上插蜡烛，日夜点燃；在他们的顶上，矗立着亚瑟王的雕刻铜像，手里握着一把出鞘的宝剑，那十二个铜像的姿态，都表示已经失败的样子。这都是由魔灵的灵巧技艺所造的，他还告诉亚瑟王说："我死之后，蜡烛立时熄灭，再后不久，你们之间追寻圣杯的一切奇迹将要实现。"同时魔灵又告诉亚瑟说，那个受人尊敬的巴令骑士将要发出悲惨的一击，留下很大的灾害。亚瑟王问道："啊呀，巴令、巴兰同伯林诺三人现在哪里？"魔灵回答说："伯林诺很快就要来见您；巴令也不会离开您太久；至于他的弟弟巴兰，却要同您分别，您也不会再看见他了。"亚瑟又说："我相信这是两个惊人的骑士，尤

95

其是巴令,他比我平生所见的任何骑士都更了不起,我应该特别看重他,愿上帝留他跟随着我。"魔灵又叮嘱亚瑟说:"王上!您千万要看好这把'截钢剑'的鞘,如果剑鞘佩带在身,不论您身体遭到怎样多的创伤,也不会流出一滴血。"此后亚瑟就以最大的信任,把剑鞘托付给他的姐姐美更·拉·费保管,不料这个女子已别有所恋,内心里对自己的亲夫由岚斯王和胞弟亚瑟王都已冷淡无情,她想使自己的弟弟被戮,遂用魔法另造了一只剑鞘,将原来的剑鞘送给情人阿古朗骑士,以致亚瑟王后来几乎被杀。且说这事以后,魔灵又向亚瑟指出一桩预言,说在索尔兹伯里附近将发生一场大战,亚瑟王的儿子莫俊德要反抗父亲。还告诉他说,巴斯丹米盖斯是亚瑟的表亲,又是由岚斯王的亲属。

第十二回

一个忧愁的骑士怎样来到亚瑟王的面前,以及巴令怎样款待这个人;又这人怎样被一个隐身的骑士所杀死。

近一两日,亚瑟王感觉像是病了,遂吩咐左右在草地上搭起帐篷,里面安放一张小床,他自己睡在上面,但仍是不能安息。就在这时,只听得一匹马的嘶声,国王向帐外的路口望去,瞧见一个骑士快要来到近旁,面上带着极其忧伤的神情。亚瑟喊道:"停住,好骑士,你为什么这样愁苦?"那骑士答道:"我的苦痛怕您也改变不了。"说着又向美利欧堡的路上走去。隔一会儿,巴令也来了,他一见亚瑟王在此,急忙跳下马来,施礼致敬。亚瑟王说:"巴令骑士,我正想念你呢。我要告诉你一桩事情:刚才从这条路上走过一个骑士,他骑在马上,面上现出无限的苦楚,我不知道是什么原因;因此想劳你的大驾,去把这人追回来;至于你用好言好语去劝他,还是把他硬捉将来,悉听尊便。"巴令答道:"为了大王,再大的事情我也愿意尽力,这点小事,算不上什么。"说罢纵马追去。在一座树林里,他看到那骑士正陪着一位少女,就开口招呼道:"骑士老兄,务必请您跟我去见一见亚瑟王,告诉他,你为什么这么愁闷。"那骑士答道:"我不愿遵命。这样做,对我会有大害,对您也毫无益处。"巴令又说道:"骑士!我求您动身走吧，您一定要随我同去。不然，就是咱俩斗了一场，我还是要逼着你走的；可是这种方式我自然是厌恶的。"那骑士又道："倘使我随您同去，您愿为我保证安全么？"巴令答道："是的，我愿意拿性命作保。"于是骑士就准备好与巴令同去，把少女仍留在此地。他们刚走近亚瑟王的帐篷，突然来了一个肉眼不能看见的人用一根矛把这个骑士的身体刺穿了。那骑士就向巴令说："在您的保护之下，我被那个名叫卡郎的骑士杀死啦；我的马比您的好些，请您骑上我的马去见那位小姐，并且依着我走过的路线去追求奇迹，她一定愿意引路；我死之后，求您在日后遇到机会时，代我报仇。"巴令答道："一定遵命，我愿以骑士的身份立誓。"（说罢那人死去），巴令抱着他悲悼，然后相别而去。亚瑟王从厚埋葬了这位骑士，并在碑铭上为他写上赫尔留士·德·柏尔贝斯被杀的经过，以及那个卡郎骑士所作的暗杀行为。再说这位少女，她从此就将杀死赫尔留士骑士的矛柄留在手里，永作纪念。

第十三回

巴令和一个少女怎样遇见了一个骑士,以后这骑士就被杀了;这少女又怎样为了遵奉堡中的陋规,以致自己流血。

巴令偕同这位少女骑马走向森林,在那里,他遇见一个狩猎的骑士,骑士问巴令为什么这样痛苦。巴令说:"我不愿告诉你。"那骑士便说:"此刻,如果我也像你那样武装着,就非同你斗一场不可。"巴令说:"我不是怕告诉你,实在是没有多大必要,"随后就把一切原委说得一清二白。那骑士叹道:"嗳,都说完了吗?此刻我愿向你以身立誓,只要我活一天,我就一天不离开你。"于是他先赶回旅舍里穿戴武装,然后跟随巴令骑马走出。及至走到一所修道院的旁边,靠近教堂的庭园时,蓦然来了一个肉眼不能看见的卡郎骑士,他骤然将矛一击,又刺穿了这个名叫培令·德·蒙特贝利亚骑士的身体,但听他喊道:"嗳哟,我被那个叛贼骑士杀死了,肉眼却看不见他是骑着马的呀!"巴令也惊慌道:"他对我的侮辱,这已不是第一次了。"当下有一位隐士和巴令一同埋葬了这个骑士,用名贵的石头作墓,又竖立了一方考究的石碑。在第二天早上,他们发现一篇金字,写明高文骑士将要为他父亲路特王之死,向柏林诺王报仇。此后不久,巴令又和这位少女骑马来到一座堡前，巴令下了马，原本打算和少女一同步行进堡，不料巴令刚踏进堡门，铁闸①陡地从他背后放落。这少女身在堡外，立即被好多人包围，几乎被他们杀掉。当下巴令一见这种情况，心中忐忑不安，可是对她又无能为力，立刻计上心头。他先爬上一座高塔，跳入堡壁外面的沟渠里，幸未受伤，随手拔出利剑，便要同他们相斗。可是他们都不想同他相斗，也不肯承认有挑衅的意思，说只不过为了保持堡寨的旧风俗而已，没有其他恶意。然后他们又向他解释说，"因为我们堡寨的女主多年卧病床上，据说很难恢复，惟有服下处女的鲜血一银杯或能有希望，但这个处女必须是一个国王的女儿。因此本堡就传下了一条惯例，凡是少女由此经过，必须刺出鲜血一银杯。"巴令说道："既然如此，就让她尽量流血好了，但是有我活在人间，不许别人伤害她的性命安全。"由于少女自愿流血，所以巴令就任她去做了，但是她的血对那女主人并不能有何功效。他同她在此休息了一夜，尽情狂欢，翌日早晨又上路向前走去。后文将述说"圣杯"的故事，据说薄希华的妹妹也刺了血，虽医好了女主的病，结果她却为这堡寨女主而死。

---

① 中古时代英国的大城或堡寨的大门上，用铁制成格子式的闸，悬吊在城门或寨门之上，遇有敌人侵犯的时候，即将闸放下，以防人内。英文中称之曰portcullis。

第十四回

巴令在宴会上怎样遇见一个名叫卡郎的骑士；以及他怎样杀死卡郎，并用卡郎的血去医治他主人的病。

他们又向前走了三四天之久，未曾发现任何奇迹。在无意中他们往一户人家投宿，这人是一个富翁，生活得颇为优裕自乐。他们同进晚餐的时候，巴令听得身旁一人喋喋不休地发出一些沉痛的怨言。巴令问道："这嘈杂声音为的什么？"那主人说："确是吵闹，让我来告诉您。最近我参加过一次比武会，同我交手的那个骑士是伯兰王的弟兄，被我接连打倒了两次。他说要报复到我最亲爱的人身上，于是他就击伤了我的儿子。除非小儿喝了这骑士的血，伤口便不能痊愈。这人常骑着肉眼看不见的马，可是他叫什么我还不知道。"巴令说道："啊呀，我知道那骑士，他叫卡郎，他用同样的方法已经杀死了我的两名骑士。我宁愿以全国的黄金去换得和他相见一面的机会，因为他曾经侮辱过我。"这主人又说："很好，请你再听我说下去。里斯提尼斯的伯兰王对全国已发出'叫报'，决定在二十天之内举行一次盛大宴会，规定凡欲入场的骑士，必须偕着妻子或情人同来。你在那里准能遇见那个骑士，我们共同的敌人。"巴令说道："我向你担保，一定从他身上取下血来，医治令郎的毛病。"主人说："明天我们就动身吧。"

第二天早晨，他们一同骑马向伯兰的大道上走去，预计要走十五天可以抵达目的地。在他们抵达的当日，大宴会刚巧开始。他们到了目的地，就下马，把马拴在厩里，一同走进堡寨。因为巴令的主人不曾偕有女伴，惟恐不许入内。巴令走进了寨里，受到殷勤招待，又被延入内室，请他卸除武装，由主人送来各色各样的长袍，任他挑选，他们的目的只是希望巴令把所佩的宝剑留下来。巴令表白道："要我把剑放下，那是办不到的。照敝国的风俗，凡属骑士，一律随身佩带武器，所以我也严守这种遗风，如果有所勉强，请许我返回敝国。"这样一说，他们就答应了他随身佩剑。进了内寨，巴令遂和其他尊贵的骑士们一同就座，他的女伴便坐在他的前面。

不多时，巴令向一骑士问道："贵朝廷中可曾有一位名唤卡郎的骑士吗？"那骑士答道："那远远走过来的黑面孔的骑士便是他。在目前的骑士中，以他的武艺最高了，多少优秀的骑士都死在他手里，就因为他在走动的时候，缥缈无踪，令人难以明辨。"

巴令答道："真的？就是他吗？"这时巴令在心中踌躇多时，自己忖度道："若是我把这人在此地斩了，我绝逃脱不了；如果我现在放掉他，怕是永远没有机会再碰到了。况且，让他活命，又会做出多少恶事。"不想巴令在盯着他看的当儿，已被卡郎察觉，卡郎便走上前举起手背，给了巴令一个耳光，并且骂道："骑士，你为什么这样盯着我瞧？你应该晓得难为情，你来是为了吃肉的，就只管吃好了！"巴令回答道："你说得真对，你今天不是第一次侮辱我，就照我来此地的目的惩治你吧。"话声未绝，巴令猛然跃起，但见剑身一晃，就把卡郎的头颅从肩上劈下。巴令忙对女伴说:"请把矛柄交给我,这个武器原是他用来杀死您的情人的。"她向来把这根矛柄带在身边,这时她就随手递给了他。于是巴令就用这矛柄向卡郎身体上戳去,并大声叱道:"是你用这根矛柄杀死了那位优秀的骑士,而今我也把它刺到你的身体里。"同时,巴令又叫那主人走来,向他说道:"为了调治令郎的毛病,您要多少血就取多少吧。"

第十五回

巴令怎样同伯兰王作战,巴令的剑又是怎样折断的;以及后来巴令怎样得到一把长矛,使他发出了悲惨的一击。

刹那间,全体骑士都从席上立起,一齐来对付巴令;伯兰王自己也怫然立起,喊道:"骑士,你杀死了我的弟兄,难道就此算了么?在你离开以前,我要你的性命。"巴令答道:"很好,听你的便吧。"伯兰王又说:"是的,就听我的便。我想除我之外,没有人敢惹你,如今为了手足之情,我要杀死你。"说罢,伯兰王手握一件锋利的武器,凶猛地向巴令击去;巴令的剑正挡在他的头和这一击之间,经不住这一下,剑身立刻被打成碎片。当时,巴令既失去了手中的武器,便急忙向后冲进一间房里,想拿到别的武器,这样寻遍了几间屋子,不曾觅得一件,同时伯兰还在后面紧紧地追赶。跑到最后,巴令冲进了另一个房间,里面陈设得金碧辉煌,床上用具,都是用织金的绸缎做成,华丽得出乎想象之外。在床上,有一个人正自沉睡,床边放着一张纯金制造的小桌,由四根银脚支撑,桌上立着一支长矛,做工精奇无比。巴令一望见这支长矛,立刻抓起来,转身对着伯兰王用力砰然一击,便把伯兰王打得疼痛不堪,昏厥地上;同时把堡寨中所有屋顶墙壁震得四分五裂,砖瓦都哗啦啦地掉了下来,巴令也被震倒了,压在破砖败瓦底下，手脚不能动弹。这样悲惨的一击，便把堡寨的大部分打坍了，伯兰和巴令两人被压在倒坍的堡寨底下，过了三个昼夜。

第十六回

巴令怎样被魔灵由石下拉出，又巴令怎样救了一个因失恋而要自杀的骑士。

随后魔灵来到那里，救出了巴令，又因为巴令的坐骑已死，魔灵特送给他一匹骏马，叮嘱他骑马离开那个国度。巴令说道："我还要带出我的女伴呀。"魔灵答道："你瞧，她已经死在那里了。"另外，伯兰王[①]也那么躺着，受了多年难愈的重伤，除非那高贵王子加拉哈在寻求"圣杯"时来医治他，此外，恐怕再没有痊愈的希望了。因为在那"圣杯"里有我主耶稣基督的血，由亚利马太的约瑟带到此地[②]；约瑟自己就睡在那张极精致舒适的床上。至于那把长矛，乃是当年龙吉阿斯[③]用来刺耶稣的心房的。这个伯兰王就是约瑟的近亲，也是当代最受尊敬的人，他伤得太可怜了，就因遭了这悲惨的一击，他顿时变成悲痛、凄怆而又可怜的一个人。

这时巴令别了魔灵，并说道："在这个世界上，我们将永远分

[①] 伯兰王原文为Pellam，应指佩莱斯王（Pelles）。概原文在流传过程中发生变异。

[②] 见《新约·马太福音》第二十七章第五十七节。

[③] 这个人名Longius，在《旧约》《新约》中均未记载。

别了。"自此以后,他骑行出外,经过了许多美好的国家和城镇,每到一个地方,他随处都发现死亡的人和被杀的人。凡是活着的人都向他喊道:"可怜我们呀,巴令!这些巨大的灾难,都是由你造成的;因为你给了伯兰王那悲惨的一击,竟消灭了三个国家;到了最后那灾难无疑还要落在你自己的头上。"然而巴令走过那些国家之后,反而觉得很得意。

巴令继续走了八天,方才碰到奇迹。最后他走进一座山谷,上面高树成林,旁边有一座谯楼,楼前立着一匹高大的战马,系在一棵树上,还有一个健美的骑士,在树旁地上坐着,愁闷得不可言状,但是看那人,却是落落大方,身材也很匀称。巴令便对这骑士说道:"愿上帝保佑您,您为什么这样苦恼呢?告诉我吧,如果我的能力办得到,我很愿意为您效力。"他答道:"骑士先生,我本来还在痴想,您却给了我无限的烦恼,此刻,您使我更痛苦了。"巴令离开他几步,又去看那人的马。这时巴令听到他说:"哎呀,美丽的小姐,您已经答应在中午时光到此地来见面的,为什么又对我失约呢,我要咒骂您了。这宝剑是您给我的,我就用它杀了我自己吧。"说罢就把剑拔了出来。巴令急忙跑到他面前,抓住他的手。那骑士发怒道:"快把我的手放开,再拉住我,就先杀您。"巴令婉言答道:"杀我是没有必要的,我已经答应帮您去找那位小姐,请把她的地点告诉我好了。"那骑士说:"请问大名?""我叫做荒野的巴令。""啊,久闻大名,您的别号'双剑骑士'是无人不晓,为当今第一位大力士。"巴令问道:"你的大名呢?"他答道:"我叫做高山的葛尼西,出身贫寒,只为有一位公爵赏识我的武功和毅力,封我为骑士,又给我一些田地。这人就是赫默耳公爵,他的千金是我所钟爱的女子,我想她也是很爱我的。"巴令又问道:"这位小姐离此地有多远呢?"那骑士回答:"只有六英里路。"当下他俩同说道:"我们一同骑马去吧。"说罢一齐上马,不久到了一座堡寨,围有垣墙,外绕沟渠,很是坚固整齐。巴令说道:"让我先进寨去找一找,看她是不是在那里。"于是巴令走进堡内,找遍了每间屋子,直找到了她的卧室,也不曾见到她。后来,巴令又找到一处美丽的小花园,才在一株桂树底下发现她正卧在一件绿色绸被上面,紧紧地拥抱着一个骑士,在他们的头上有青草和绿叶遮掩着。巴令一见她同下流无耻的骑士这样躺在一处,而那位小姐确也生得俊秀健美,他就穿过所有房间回到原处,告诉这骑士,说已找到了那位小姐,她正睡得很熟。接着巴令就把他带到那里,果然见她正在熟睡。

第十七回

一个骑士怎样发现他的爱人同另外一个骑士有不贞行为,先把他们两人杀死,随即举剑自戕,巴令又怎样骑马来到一座堡寨,就在那里失掉了性命。

葛尼西见到自己的情人同别人睡在一起,他伤心欲绝,口鼻喷血,当即提起宝剑把那一对男女的头颅砍了下来。后来他苦恼得更加厉害,就说道:"巴令呀,这是您给我的苦痛,假使您不带我来看他们的丑态,我的愁闷早已过去了。"巴令回答说:"我本来的用意,不过是想鼓起您的勇气,让您亲自看见并且认清那个女人的虚伪,好使您从此不再爱她罢了。上帝了解我的用心,因为我希望您将来也能这样对待我,我才这样做的,别无他意。"葛尼西叹道:"我此刻加倍痛苦,恐怕活不下去了。如今我已把平生最爱的女人杀死了。"说罢就拔剑刺腹自杀,仅剩一段剑柄留在肚皮外面。巴令亲眼看到这种情形,就连忙向外走去,以免被人怀疑在此杀害了人命。这样又骑行了三日,他来到一个十字路口,见那里用金字写着:"凡单身骑士不得骑马向此堡前进。"同时,他又望见一位白发老者正从对面走来,开口说道:"巴令呀,你已经越过了界限,快转回头走,对你有好处。"顷刻间,那老者倏地不见了。这时巴令又听到一片吹角的声音①,好像猎得一只被打死的野兽时所吹的那样。巴令自思道:"这角声似是为我而吹的,我虽被看成一只猎获的野兽,可是还没死哩。"就在这当儿,他看见来了一百位贵妇和大队骑士,各人都露出快乐的神色,像是在欢迎他。等到走近之后,他们热烈欢呼,接着把他迎进堡寨,在那里又是歌舞弹唱,应有尽有。没多时,堡寨女主说道:"双剑骑士先生,请您去同守岛的骑士比一比武吧。凡是想走过这条路的人,必须先比武,然后方可通过。"巴令说道:"这真是一种令人不愉快的风俗,一个骑士若是不想比武,就无法通过了!"那女主人道:"您只要同一个骑士交手就够了。"

巴令道:"好,让我准备起来吧,但是出门的人,常常感觉到疲倦,所骑的马也是如此,不过我的马虽然已很吃力,我的心还很轻松,万一我在那里死掉,我也心满意足了。"这时有个骑士对巴令说:"骑士,您的盾牌不中用了,我另借一只大的给您吧。"巴令道了声"谢谢"。于是,他就丢下自己的盾牌,拿起那只陌生的盾牌,骑马径向岛上去了,半途中自己和马又都乘上了一艘大船。及至开到对岸,一登陆便遇见一位少女,她问道:"啊,巴令骑士,您为什么把自己的盾牌丢了,而陷到最危险的境地中去?您自己的盾牌,已为人所共知。论您的武功和毅力,确是当代杰出人物。像您这样的好骑士,遭遇了危险,实在太可惜了。"巴令说道:"我如今悔不该来到这个国度,可是我若贸然折回,又徒惹

---

① 古代欧洲打猎时的风俗,每猎得一只野兽,即吹角一次;这时,野兽均被打得已死或半死了。

耻辱,所以不论是死是活,任何险恶当前,我都要担当。"随后,他将自己的铠甲检查了一番,认为自己的武装还够完备,就悻悻地上马而去。

第十八回

巴令怎样遇到他的弟弟巴兰，他们两人怎样因为互不相识而斗争，最后都受了致命的重伤。

巴令看见前面有一个骑士正从堡寨中乘马出来，全部马饰以及骑士的装束都是红色。这个穿红衣的骑士望见巴令身上佩着两把剑，以为是自己的哥哥来了；但是一见他的盾牌同他向来所使用的不同，又以为不是他了。于是双方挟着长矛，急速地冲在一起，彼此互击在盾牌上。只因他们的矛和马的冲劲都很大，以致连人带马一齐跌倒，两个骑士也都倒地昏迷。巴令因为随着马一同倒下，伤势较重，加以长途跋涉，更是疲倦；巴兰首先从地上站起，把剑拔出来，向巴令砍去；巴令遂爬起来抵拒，可是巴兰已先击中了巴令；巴令也高举自己的盾牌，打穿了巴兰的盾牌，就把巴兰头盔打碎了。随后，巴令擎出那把倒霉的剑连续打去，直把他的弟弟几乎打死，他们在那里互相格斗，直殴到连气都透不过来。这时巴令遥望堡寨那面，只见谯楼顶上立满了一些贵妇小姐。他们遂又继续相斗，当时两人都已伤得可怜，气吁吁地喘个不止，但还在狠斗下去。他们的武场上，到处都溅满了红的鲜血。每人身上都负了七个很大的伤口，而其中最小的伤口，也足够使世间最强的巨人断送性命。

接着,他们又开始了骇人的战斗,因为这场斗争中流血之多,委实令人听了骇怕。他们都把锁甲的扣钉打落了,以致身体全裸露在外边。最后,年轻的弟弟巴兰退下几步,倒在地上。巴令问道:"请问您这位骑士是谁?在今天之前,我还从没遇到过敌手。"那人答道:"我名叫巴兰。乃是著名骑士巴令的胞弟。"巴令惊道:"天呀,我太没有运气了,为什么会遇到今天的情形?"说完就向后一仰,昏倒在地。巴兰急忙手脚并用地爬将过去,把哥哥的面盔脱下,只因剑伤太重,血迹模糊,面目已辨认不出了。等到巴令醒转过来,说道:"巴兰呀,我的弟弟,你杀了我,我也杀了你,将来举世的人,都要把我俩笑话了。"巴兰也说:"天啊,我也绝没想到今天会这样倒霉,我真太不幸了,没把你认出;你那两把剑我虽看出来了,只因你换了一面盾牌,我才把你误认作别的骑士。"巴令又叹道:"哎,这一切都是因为寨里那个失意的骑士,他让我把自己的盾牌丢下,才促成我们两人同遭毁灭。如若我能活下去,为了消灭这个堡的陋规,我要毁掉这座堡寨。"巴兰也说:"这样才好,但我在此既担任守岛的骑士,若是擅自离开,就永远没有面目了。因为从前那个守岛的骑士,是被我杀的,从此我就永不能离开此地。哥哥,您也不能离去,假使您刚才把我杀死了,您还可以保命。"

就在这时,谯楼上的女主人走下来看巴令弟兄,前后有骑士四名、侍女六人和六个乡民随从,她听到这弟兄两人在怨言道:"我俩自同一个坟墓中来,也就是说我们是同一位母亲的肚皮生下的,因此,我们将来也要同睡在一个坑里。"于是,巴兰便恳求这位女主的慈悲,顾念他一向忠心服役,求她把他们两人合葬在原来互斗的地方。那女主也挥泪答应，并愿意给以隆重的仪式，从厚殓葬。这两兄弟又请求她："现在可否请您召一位教士来，容我们领受圣餐以及耶稣基督的恩典？"那女主答道："可以，我就为你们找来。"说罢遂命人召来了一位教士，并给了他们一切应享的权利。然后，巴令又说："等将我们兄弟二人合葬之后，请在碑铭上写明，为什么有兄弟二人互相残杀而死，让将来每一位过路的良善君子或优秀骑士，一读到这碑文，无不为我俩的灵魂祈祷。"当时所有贵妇名媛都不禁为他们悲伤流泪。没有多久，巴兰先死，才过半夜，巴令也死了。女主人合葬了他们两人，又吩咐为巴兰立了碑，上面记载巴兰在该处被他的哥哥亲手杀死，但是她并不知道巴令这个名字。

第十九回

魔灵怎样把他们合葬在一座坟里，再后述说巴令的宝剑。

魔灵在早晨走来，他在巴令的墓碑上写了如下的金字，文曰："荒野的巴令，即世上所称'双剑骑士'，曾发出悲惨的一击，现长眠于此。"同时，魔灵又命人在墓侧做了一张床铺，声言除了疯痴的人以外，其他人绝不许睡在上面，但后来被湖上的兰斯洛特以他的贵族身份把这张床毁坏了。巴令死后，不久，魔灵寻得他的宝剑，将剑柄取下，装在另外一把剑上。当时有一个骑士立在魔灵面前，魔灵吩咐他拿起那把剑，他试了一下，不曾拿起。魔灵大笑起来。那骑士问道："您笑什么？"魔灵说："原因在此，这世界上除了最优秀的骑士，好比兰斯洛特骑士，或是他的儿子加拉哈这样一流的人物，其余的都不配握有这把剑；不过兰斯洛特将用这把剑去杀死他最亲爱的人，那就是高文。"这一切，魔灵也叫人写在剑的柄上。随后，魔灵又命人用钢铁建筑了一道直通岛上的桥梁，桥身宽仅半尺，除非正人君子和高尚骑士，且生平不曾为非作歹、欺诈淫邪的，方能走过这桥，或者有走过去的胆力。再说到巴令的剑鞘，魔灵取来，放置在这岛的对岸，只有加拉哈能够觅着。并且，魔灵又用他自己的机巧，将巴令的剑直插在一方大理石的正中，那石大如磨盘，多少年来始终漂浮在水面上，又出于机缘它顺流而下，到达了加美乐城。这城就是英吉利的温彻斯特城。就在某一天，加拉哈，这位大爵主，正随着亚瑟王同来，加拉哈随身只带着剑鞘，于是插在浮游水面上那块大理石当中的宝剑，便从此被他得到了。他得到剑的日子是圣灵降临节，关于这件事，容我在"圣杯"故事中再来叙述。

待魔灵将这一切做得妥帖以后，方来会见亚瑟王，把巴令对伯兰王所发出的悲惨的一击，还有巴令和巴兰两人所作的空前惊人的互斗，以及他们俩怎样合葬一处，统统说了一遍。亚瑟王听后说道："可怜呀，这两位骑士的故事，真是罕闻的大悲剧，他们两人又是我认为世上无双的骑士。"巴令和巴兰的故事，到此结束，这兄弟两人都生在诺森伯兰，同为优秀的骑士。

下接第三卷。

第三卷

第一回

亚瑟王怎样娶桂乃芬为妻；她是卡美拉地方寥德宽王的女儿，在他那里有一张圆桌。

亚瑟被选为国王，是由于他的冒险以及上帝的恩惠，开始了他一生的事业。当时大部分的爵主们都不知道他是尤瑟·潘左干的儿子，及至魔灵公开宣布之后，大家方才明白。就因为大家不了解他的身份，所以有很多的王侯贵族群起反抗，以致战祸蔓延、生灵涂炭，幸而在亚瑟一生励精图治的时候，得到魔灵的辅佐，因此把反抗叛逆之徒全数予以制服。有一次亚瑟王向魔灵说："治下的爵主们都在噜苏，使我无法宁静，他们都劝我要结婚啊，可是这桩事若不同您磋商，并且得到您的同意，我是不愿随便迎娶的。"魔灵答道："好的，您也应该结婚了，像您这样一位博爱而又伟大的人物，不应当不结婚呀。请问您现在有最中意的人么？"亚瑟王答道："卡美拉地方寥德宽王的女儿桂乃芬，是我所爱的；她的父亲家里收藏了一张圆桌，据您说那是我父亲尤瑟王送给他的。这位小姐最勇敢又最美丽，为我平生所仅见，也许她就是我能找到的最好的一位啦。"魔灵答道："说到她的容貌，确是当代美人之一。倘若您今日不是这般爱她，或者您的心意还未定，我愿意介绍另一位既美丽又贤慧的小姐，她一定会爱您和体贴您的；

但是一个人的心意既已定了,也就不必再有改变。"亚瑟王说道:"您的高见很对。"于是魔灵暗地警告国王,说桂乃芬并非一个健全而可以娶做王后的好女子,他又说明兰斯洛特一定会爱她,她也会爱兰斯洛特。随后魔灵就讲到"圣杯"冒险的故事。

  魔灵希望国王派几个人同他去探询桂乃芬的意旨,国王就把这事拜托了魔灵;因此魔灵来到卡美拉的寥德宽王那里,陈述国王有意向她的女儿桂乃芬求婚。寥德宽王说道:"这事再好不过了,这样一位才高位尊的人,要娶我的女儿为妻,自然是我平生的快事。说到我的疆土,如若他喜欢,我愿意送给他,不过怕他的田地已很多,不再需要了;我还要送给他一件更能使他愉快的礼物,就是以前尤瑟·潘左干所赐给我的一张圆桌,假使全部席位坐满,能够容纳一百五十位骑士。现在我自己已有骑士一百名,尚缺五十人,因为在我当权的时候,好多骑士都已被刺杀。"说罢,寥德宽王便把他的女儿桂乃芬连同圆桌一张和骑士百名都交托了魔灵;他们都精神抖擞地骑马而去,威风凛凛,循着水路和陆路,一直送到靠近伦敦的地方。

第二回

各骑士在圆桌上的座位是怎样受神安排的；又坎特伯雷主教怎样为他们的席位祝福。

国王亚瑟听到桂乃芬已偕同骑士百名，带着圆桌来到境内。对于桂乃芬的抵达，以及那珍贵的礼物，他表示了无上的快乐，曾公开声称："我万分欢迎这位美女跟我结婚，我爱她已经很久了，所以，她是我最亲爱的人了。至于各位骑士和圆桌，我认为比之人间任何宝物更为珍贵。"匆遽之间，国王便发布了结婚和加冕的通告，把所有仪典都计划得极为辉煌豪华。这时亚瑟王向魔灵说："现在我请您遍游全国，选出最有能耐和最受人敬重的骑士五十人。"魔灵在短期之内，只觅得二十八名骑士，没法找出再多的人了。随后，请来坎特伯雷地区的主教，由他依照最伟大的王道和虔诚，来为各骑士的席座祈祷，同时把这二十八个骑士逐一安置在圆桌席位之上。等到大家坐定之后，魔灵说道："各位优秀的骑士们，请全部起立，向亚瑟王致敬；让他今后可以更好地照顾你们。"他们都起立，表示对国王归顺的诚意；以后，待他们离席，魔灵就发现在每个席位上都有金字，写明坐者的姓名。但有虚位两处。一霎时，上来了一位年轻的高文，他向国王索求馈赠。国王说道："你说要什么，我好赏给你。"他答道：

"大王，在您同美女桂乃芬婚典吉日，恳请您赐封我为骑士。"亚瑟王说："我很愿意把一切荣誉给你，因为你是我的外甥，我姐姐的儿子呀。"

第三回

一个穷汉怎样骑着瘦马求见亚瑟王，恳求赐封他的儿子做骑士。

正在这时，忽然有一位穷汉骑着一匹瘦马来到朝廷，随带着一个年约十八岁的清秀少年。这穷人就问所遇见的人道："请问亚瑟王在哪里？"那些骑士答道："国王在对面，请问您找他有事么？"穷人答道："是的，我有些事情。"未经片刻，他就走到王前，施了礼，说道："亚瑟王啊！您是万王之王，您是骑士的精英，我恳求基督保佑您。我听说在您结婚的良辰，凡是人民对您提出的合理要求，您都会赏给他们的。"国王说："不错，我曾发出这样的'叫报'，只要不使国家损失或降低我个人的尊严，我都要履行诺言的。"穷人答道："您的话很慈悲，大王！我不求别的，只恳请您赐封我的儿子做骑士。"国王答道："你要求的乃是一件大事。"国王又问那穷汉道："你叫什么名字？"他答道："我叫'牧牛人'阿瑞斯。"国王又问："这是你的意思，还是出于你儿子的要求？"阿瑞斯答道："大王，这不是我的意见，而是我儿子的希望。我现在把原委禀告给您听：我总共有十三个儿子，我叫他们做什么苦工，他们都欢天喜地地去做；只有这个孩子除外，不论我和我的老婆做啥事，他从不肯动手帮忙，他经常只是射箭和玩弄矛枪刀剑，还喜欢观摩比武，观赏骑士，日日夜夜地要我设法使他做骑士。"国王便问那个青年："你叫什么名字？"他答道："大王，我叫陶尔。"国王这时很快地把他上下打量一番，见他的面貌端正，至于他的身材，按照年岁来说，确也不差。国王便吩咐"牧牛人"阿瑞斯道："把你所有的孩子都带给我看一看。"穷汉奉命之后，就把全部孩子都带来了。他们的相貌，都同穷汉惟妙惟肖，只有陶尔除外，他生得不仅骨骼与父亲不同，就连肤色也与所有弟兄两样，比其他兄弟们都要漂亮。国王便对"牧牛人"说："停一会儿我封他做骑士，但他的剑在哪里呢？"陶尔忙插嘴答道："大王，剑在这里。"国王又说："你把剑拔出来，让我封你做骑士吧。"

于是陶尔跳下马来，将剑抽出，跪在地上，恳求国王赐封他骑士，并且希望能做到圆桌上的骑士。这时国王说道："想做骑士，我就封你。"话才出口，手就将宝剑对着陶尔的颈上一击，接着说道："你要做一个高贵的骑士，我也为你祈求，让你达到目的。只要你的武艺高强，贡献又大，将来你总会成为圆桌骑士的。"亚瑟又问魔灵："你看陶尔将来能否成为一个优秀的骑士？"他回答道："大王，他一定能成功的，因为他同当代优秀的人是一个来源，都是帝王的后裔。"国王问道："先生，这是什么缘故呢？"魔灵说道："让我禀告您，这个名叫'牧牛人'阿瑞斯的穷汉，并不是他的父亲，他同这个青年完全没有血统关系。这少年的生父是伯林诺王。"那"牧牛人"说："不是的，我想不会这样吧。"魔灵就说："把你的妻子召来，她也不会说出一个'不'字的。"不多时，那"牧牛人"又把他的家眷找来了。她是一个很丰润的家庭妇女,很温柔地回答魔灵的问题,当下就奉告国王和魔灵说:"当我还是少女的时候,有一天出外挤牛奶,路上遇到一位严肃可畏的骑士,一半出自他的强迫,我就失身于他了,从此有孕,生下陶尔。当时他还从我手里牵走一条灵猩,作为爱我的纪念。""牧牛人"说道:"哎,这真是我想不到的事,不过我也相信这是真的,因为他丝毫不像我的性格。"陶尔就向魔灵说:"先生,请您不要轻视我的母亲啊!"魔灵答道:"骑士,这不仅不是什么短处,实在是一件光荣;因为你的父亲是一位高贵的人,一国之王,他一定会很好地提携你和你的母亲,就因为她生你的时候,是在她正式结婚之前。"这位主妇说道:"您说的全是事实。""牧牛人"说:"我的气愤也会慢慢消失的。"

第四回

大家怎样认出陶尔骑士是伯林诺王的儿子,又高文怎样被封为骑士。

第二天早上,伯林诺王来到亚瑟王的朝廷上。大家对他表示不胜欢迎,还向他提到陶尔的事情,怎样发现陶尔是他儿子,以及亚瑟王怎样接受"牧牛人"的请求,赐封他的儿子陶尔做骑士。及至伯林诺瞧见陶尔,心中也很是欢喜。于是国王又封高文做骑士。但陶尔是在宴席上所封爵位的第一人。亚瑟王问道:"席上为什么还空着两个座位?"魔灵回答道:"除了最受尊敬的人以外,那是无人配坐的。至于那个'危险座',除了一个人之外,更是别人不配的了。如果有人蛮横无理地强坐上去,就势必遭到杀身的大祸;那位能够坐的人当然是无与伦比的好骑士了。"当下魔灵用手挽了伯林诺王,指着两个虚席和那个"危险座"的邻座,当众宣布说:"这是您的席位,因为您比今日在座的任何人都更值得坐上,现在,请您就位吧。"这时,坐在附近的高文骑士心内大为嫉妒不平,悄悄向他弟弟葛汉利说道:"对面的那个骑士,被人捧得太高了,使我实在难堪;他曾杀死我们的父亲路特王,今日我要报仇。"葛汉利答道:"哥哥,这时候你不可以这样做,何况我此刻还只是个侍从,等到我被封为骑士之后,我会向他报复的。哥哥,你最好忍耐一时,将来我们可以在朝廷之外去干掉他;否则,你今天若是杀了他,便要惊扰了这个盛大的宴会。"高文说道:"好的,就照你的意思办。"

第五回

在亚瑟王同桂乃芬结婚的喜宴上，有一只白牡鹿怎样和三十对猎狗走进大厅，又有一只猎狗怎样去啮牡鹿，后来这只猎狗被人带走了。

随后，盛大的宴会准备妥当了，国王就极其庄严地在加美乐城的圣斯蒂芬教堂同桂乃芬女士举行了合卺大典。观礼的人都按着爵位入席；魔灵陪着全体骑士们坐在圆桌上，吩咐他们各自坐定，不要擅自移动。"因为你们马上会看到一个新奇而又惊人的冒险场面出现。"就在他们坐下的时候，突见一只白鹿跑进了大厅，后面有一只白色小猎狗跟来，再后边又有三十对黑色猎狗，放声狂吠；那白鹿先绕着厅内两旁的台子乱跑一阵，接着又跑到圆桌四周乱转。那白狗追上来一口咬住白鹿的屁股，向外拉出一块东西来，急得那白鹿向上一跃，跌在侧席上面，把一位正坐着的骑士撞翻了。那骑士立即从地上爬起，捉住白狗，一同跑出厅外，他一手抱着白狗，跃上马背，飞奔而去。正当这时，忽来了一个骑白马的贵妇，大声向亚瑟王喊道："大王，请您不要让我吃亏，那只白狗原是我的，现在被那个骑士抱走了。"国王答道："我不愿意管这件闲事。"

这时，来了一个全副武装的骑士，他骑在一匹大马上，把那个吵闹不堪的贵妇强行带走了。可是她不停地喊叫。一直等她走后，国王方才喜欢。当下魔灵对国王说："请您不要这样。这些冒险的事迹，不是轻易可以推掉的；它们随时都会再来，不然就会损害您的威望，或是打扰您的盛会。"国王答道："我愿意一切都依您的意见办理。"魔灵说："请找高文骑士来，叫他务必把白鹿找回来。大王，请您再召陶尔骑士来，叫他去找回白狗和骑士，否则就把他杀死。再叫伯林诺王来，命令他一定要将贵妇和骑士找回，不然也要杀死他。这三个骑士在返回朝廷之前，都会表演出惊人的奇迹。"随后，这三个人都被召来了，国王一一吩咐详如上述。于是他们都接受了任务，各人认真地料理武装去了。因为高文奉命在先，所以我们先来叙述他的故事。

第六回

高文骑士怎样骑马捉回白鹿,又有两弟兄怎样为抢夺这只白鹿而斗争。

高文骑士驰行很快,他的弟弟葛汉利担任侍从,也骑马随行。路上,他们看见两个骑士正在骑马相斗,煞是激烈;高文骑士弟兄俩从他们中间穿过,问他们为何争斗。其中一个骑士回答道:"我们的问题很简单,我俩是同胞兄弟,由一父一母所生。"高文骑士便劝解说:"啊呀,既是同胞兄弟,到底为什么相斗呢?"其中较长的一个答道:"今天由这条路上跑过一只白鹿,又有许多猎狗在后追逐,还有一条白犬随在旁边。我们知道这一定是亚瑟王盛宴上所发生的奇迹,所以我就想追逐,以便获得光荣,可是我的弟弟偏要自己去追,他自认为比我的本领大些。起先我们口头辩论,随后他就动手,要同我比一比高下了。"高文骑士说道:"这是一件很简单的事情,对于粗鲁人要争辩明白,而在同胞兄弟之间,那就不必了。您如果接受我的忠告,就可了事,也就是说,您要是听从我的话,就可以到亚瑟王那里,归顺于他的仁慈之下。"这两位兄弟说:"我们刚愎地斗击,无谓地流血,我们不愿再同您相斗了。"高文骑士说:"那么,你们就照我的盼咐去做吧。"那兄弟俩说:"我们愿意遵从您的指示;可是,到了那里,我们说是什么人派遣去的呢?"高文道:"你们可以说,是追逐白鹿的骑士派来的。"接着,他又说,"请问骑士们大名?"这长兄答道:"我的名字叫做森林的苏路斯。"弟弟回答说:"我叫做森林的布瑞安。"分手以后,他们就到国王的朝廷中去,高文仍然继续追寻白鹿去了。

　　高文循着狗的叫声去追那只白鹿,直追到一条大河前面。白鹿即下河游泳而过。高文正要尾随其后,忽见有一个骑士立定在对岸,冲他喊道:"骑士先生,您不要渡河追鹿;如想去追,须先和我交一次手。"高文骑士答道:"此刻我正追寻我的目的物,您说比武,我怎可不奉陪呢?"说罢就下河游过去。一忽儿,他们都携着长矛,凶猛地向对方奔去。高文先发出一击,把那骑士从马上击翻,又勒马回转,吩咐他立刻屈服。可那骑士答道:"不,我不服,你骑在马上,占了优势。勇敢的骑士!请你下马,同我一样地徒步,大家都拿剑来比量一番呀。"高文骑士问道:"请教大名?"他说:"我叫群岛上的阿拉丁。"随后,双方准备盾牌,就上前相斗了,不意高文骑士的一击过猛,那剑穿过了对方的头盔,直刺入脑壳,那骑士立时倒下死去。高文的弟弟葛汉利在旁道:"好呀!一个年轻的骑士,竟然打出这么惊人的一击啊!"

第七回

怎样把牡鹿追进城堡以后，把它杀死；又高文骑士怎样杀死一个妇女。

高文和葛汉利兄弟二人继续骑马追鹿，马跑得很快，并又放出三对灵猩去追，将白鹿赶进堡寨，那群灵猩就在寨里一个主要地点，把白鹿咬死了。高文骑士和葛汉利还跟随在后面。正在这时，忽有一位骑士从屋里跑出，手持利剑，当着高文骑士的面，杀死两只灵猩，又把其余的灵猩用剑赶出寨门。及至他走转回来，又说道："哇，我的白鹿呀，我对你的丧命真感到心痛和歉疚；自从主妇把你送给我以后，我不曾好好地照应过你，今后在有生之日，我一定要向杀你的那个人索还最大的赔偿和代价。"接着他便走进屋内，武装好自己，雄赳赳地走出来，在室外遇着高文骑士。高文骑士质问他说："你为什么杀死我的两条灵猩呢？猎狗追鹿，这是出于畜牲的秉性；你很可以把怒火发泄在我身上，何必对付不能言语的畜牲呢？"那骑士道："你说的有理，可是我已经向你的猎狗报复过了，在你走开之前，我还要向你这个人报复。"于是高文骑士跃下马，撑起盾牌，使尽全身气力，徒步与那人互斗，彼此都把盾牌砍破了，而且把头盔打碎了，后来又把锁子铠击开了，鲜血如注地从脚上直往下流。

最后，高文对那骑士发出极凶狠的一击，使他应声倒下，哀求怜悯，自愿投降；那人又认为高文是个骑士，是个君子，特地求他饶命。高文骑士回答道："因为你杀了我的猎狗，所以我要你偿命。"那骑士又恳求道："我当尽我力量去改过自新。"但高文骑士不愿宽恕他，遂拉开他的头盔，把剑一晃，预备斩下他的头颅，不料，蓦然间他的妻子由房里跑过来，猛扑在她丈夫的身上，及至那剑落下，竟砍到这女人的颈里，误把这女人的头砍了下来。这时高文的弟弟葛汉利在旁看见，便叫道："哎哟，这是犯罪的羞耻行为，可说丢脸之至。凡是向您乞怜的人，您必须宽恕他们；没有仁慈心肠的骑士，是不配受人们尊敬的。"高文骑士误把这个娟秀的贵妇杀了，自己也不知道怎么会造成这个错误，很是不安，就对那个骑士说："站起来，我愿意宽赦你。"那骑士说："不必了，不必了，现在我还要什么宽赦，你把我在世间最心爱的人杀了。"高文骑士也说："我很抱歉，我原来是想杀你的；现在请你到亚瑟王那里，把你的种种冒险经过告诉他；并且请你向他报告，说有一个追赶白鹿的骑士怎样把你降服的。"那骑士虽说："我对于死活都无所谓了。"但他还是怕死，所以他立誓愿去谒见国王。高文骑士叫他携带两只（死）灵猩放在他的马上，一只在他的前面，一只在他的身后。高文骑士这时问道："在我们分别之前，敢问你大名叫什么？"那骑士答道："我叫做沼地上的亚伯拉姆。"随后这人便启程向加美乐城去了。

第八回

四个骑士怎样抵抗高文及葛汉利,后来这四个骑士怎样把他们制服;又怎样由于四个妇女的请求,才保全了他们的性命。

当下高文骑士走进堡寨,打算在这里歇夜休息,他正要脱下武装,他的弟弟说道:"你做什么?你要在这个国度里卸下武装么?你没想到这里有很多仇敌么?"话刚脱口,突然闯进来四个武装齐备的骑士,猛向高文骑士冲去,还对他骂道:"你这个新封的骑士,你辱没了你那骑士的身份。要知道,没有仁慈心肠的骑士,是下贱的。再说,你杀了那个娟秀的贵妇,你就丢了一生一世的脸;因此,你应当在离开我们以前,毫不犹豫地、恳切地乞求饶恕。"其中有一人对着高文重重的一击,几乎把他打倒;葛汉利在旁也用力地还击,于是双方立刻分成两个阵营,各不相让,高文和葛汉利的性命时时都处在万分危险中;旁边还有敌方一个射箭的能手,他拉足了弓,一箭射穿了高文骑士的臂膀,使他疼痛得难以言喻。就在他们快要弄死高文兄弟二人的时候,突然进来四个娟秀的贵妇,向四个骑士为高文求情;因为她们请求得很诚恳,那四个骑士就饶恕了高文和葛汉利两条性命,不过要这两人自己认输,愿做俘虏。当时高文和葛汉利二人自然都苦痛万状。

高文骑士叹息道:"我的手和肩很痛呀,我怕要残废了。"他就一直在这样悲惨地诉苦。

高文骑士的自怨自艾,那四个贵妇都听到了,其中有一个贵妇在第二天早晨走来见了高文,问道:"骑士先生,您好吗?"他回答说:"不怎么好。"那贵妇又说道:"这是你自己的过失,你杀死了一位贵妇,你就犯了一桩顶顶大的罪行,这也就成了你最大的恶迹了。不过,你是不是亚瑟王的亲戚呢?"高文骑士答道:"我是他的亲戚。"贵妇又问:"你叫什么名字呢?你如想离开此地,必须先向我明说。"他就说了:"我叫高文,奥克尼的路特王是我父亲,我母亲乃是亚瑟王的姐姐。"那贵妇道:"这样说来,噢,你便是亚瑟王的外甥了,好吧,为了我对亚瑟的敬爱,我去为你说情,并且为你索取前往亚瑟王朝的通行证。"于是她就去对四个骑士说:"你们的俘虏里有一个是亚瑟王的外甥,名叫高文骑士,乃是奥克尼地方路特王的儿子。因为他的任务是追寻白鹿,所以应该把那鹿头割下来给他。"然后他们便照这个办法,将高文骑士释放了,即高文必须将所杀死的妇人尸体带去:那尸体的头要挂在高文的颈部,高文骑在马上,把尸体放在他面前的马鬃上。这样安放妥当,即往加美乐城而去,高文抵达之后,魔灵通知亚瑟王,要他监督高文,要他在宣誓之后,把他冒险的经过一一坦白出来,比如怎样杀死一个贵妇,怎样拒绝一个请求饶恕的骑士导致一个女人被害。国王和王后听说高文在外杀死了一个贵妇,都对他极度憎恶。因此,王后发出一道命令,要贵妇们对高文骑士举行一个公审会,由妇女们宣判他:要高文骑士在今后一生中与妇女们共同生活,并为妇女们的利益而斗争;对人要温雅谦让;

对于凡向他求恕的人，永远不可拒绝。她们吩咐高文向《四福音书》立誓：永不对抗各等妇女，只有一个例外，即当高文为甲妇女进行争斗时，他的敌手是为了乙妇女而正在与甲争斗，那么这时的乙，他可以对抗。高文骑士在亚瑟王结婚大典时所表演的冒险，就此结束。心愿如是。

第九回

陶尔骑士怎样骑马追赶一个携带猎狗的骑士，以及他在途中所遇的冒险。

话说陶尔骑士预备妥当，跃身上了马，便去追赶那个骑士和那只小狗，忽然遇到一个侏儒手执长棒，猝然打了马头一下，使他向后退回一长矛之远。当下陶尔喝问："你为什么要打扰我？"那侏儒答道："你要走过这条路，应该先同那面帐篷内的骑士比试一下。"陶尔看到近处果有帐篷两座，篷外露出长矛，旁边树上还悬有两面盾牌。陶尔骑士说道："我正在追赶一个东西，必须紧紧跟随下去；没法耽搁的。"那侏儒说道："那你就别想过去，"说罢，提起号筒便吹。立刻有一个骑着马的武士跑来，他穿戴了全副武装，手挽盾牌，直奔向陶尔，准备向他打击；哪知陶尔刚一动手，便把那人从马上打落了。那骑士随即爬起来向他求恕，又说道："骑士，近处篷里有我一个伙伴，他也愿同您比量一下。"陶尔答道："欢迎他来呀。"隔了片刻，只见另一个骑士已凶猛地冲来，双方做好准备，打得真是惊人；但看那骑士对准陶尔骑士的盾牌中心猛然一击，登时把他自己的长矛震成几段。陶尔骑士接着就从盾下伸出长矛，刚巧刺穿对方的盾牌，又刺入对方的胸肋，幸而未致死命。陶尔忙又跃下了马，又向对方的头盔上一击，那人就自认失败,连声求饶。陶尔骑士说道:"这些我都答应,但你同你的伙伴都要去拜见亚瑟王,向他自认是俘虏。"这两人说道:"我们向亚瑟王说是什么人遣我们来的呢?"陶尔道:"你们只说是一位寻觅武士和猎犬的骑士就行了。"接着他又问:"你们两人叫啥名字?"其中一人答道:"我叫兰杜克的法劳特骑士。"另一人说:"我的名字是温彻西阿的派提巴斯骑士。"陶尔便命令他们说:"现在你们走吧,上帝会帮助你们和我的。"这时,那侏儒向陶尔骑士说:"我求您给我一件礼物。"陶尔骑士应道:"可以,你说吧。"侏儒说:"我不要求别的,只希望能侍奉您,我真不愿再去照料那般胆怯的骑士。"陶尔骑士说:"你去牵马,骑上跟我走吧。"侏儒说道:"我晓得您在追赶一个跟随白猎犬的骑士,我可以领您去找那个骑士。"于是他们骑上马,穿过一座树林,最后望见两顶帐篷,在靠近一个修道院的门前,悬了两只盾牌,一只盾牌漆作白色,另一只是用红漆涂画的。

第十回

陶尔骑士怎样寻得一个妇女带着一只猎狗,又一个骑士怎样为了这猎狗而攻击陶尔。

于是陶尔骑士跳下了马,将自己的剑交给侏儒,走进一座白色帐篷内,看见里面放了一张小床,床上躺着三个少女,都在沉沉熟睡。接着他又走到另一座帐篷,发现里面只有一个贵妇睡在篷内,靠近她的身边,有一只白色小猎狗,一见有人就乱叫;那贵妇立时惊醒,跑出了篷外;她的那些少女们也跟随走出。但是陶尔骑士一见白猎狗,立刻把它抢来交给侏儒。那贵妇道:"你为什么来抢我的白狗?"陶尔骑士答道:"这就是我从亚瑟王的朝廷特来此地要寻找的东西!"那贵妇就说:"骑士,你带着这条狗走不了多远的,你一定会受到阻拦,感到痛苦!"陶尔骑士答道:"靠上帝的恩典,他所给予我的任何冒险,我都愿意承受,并且还想:尽人事以听天命。"于是他骑上马,向通往加美乐城的大路走去;但向前走不多远,天色就黑了。陶尔问道:"你知道有什么可歇宿的地方?"那侏儒答道:"在这附近,只有一位隐士的住所,在里面还可以找到歇夜的地方,别处我就不知道了。"不一刻,他们来到那隐士的住处,就在那里停留过夜;那里有草、大麦、面包,等等,可以喂马;又很快弄了一顿粗粝的晚餐;他们在此安睡了一整夜，直到天明起身，虔敬地望过弥撒，才向隐士告别；陶尔骑士并请求隐士为他祈祷。隐士说，他愿恳求上帝，为他祝福。随后，他们便上马直奔加美乐城而去，在路上走了好久。

后来，他忽听背后有一个骑士大声喝道："骑士，停下，你从我的夫人手里抢去的白狗，要还给我。"陶尔骑士回转身来，发现是一位高贵的骑士，骑着骏马，全副武装都极精致。于是陶尔骑士竖起盾牌，手握长矛，对方也已凶猛地冲上，一击打来，双方人马都跌在地上。一忽儿，两人又都轻快地从地上爬起，各自拔出剑来，都激奋得像狮子一般，面前遮着盾牌，直斗到两面盾牌都被打穿，成条成块地掉将下来。同时，他们的头盔也都被击碎了，以致热血奔流；铠上的厚鳞片也都被剑砍矛穿得裂成片片，热血迸涌，洒得一地；当下双方都已负了重伤，各人更是疲惫万分。可是陶尔骑士察出对方已经昏迷不醒，就很快冲了上去，加倍用力地一击，终于使他侧身跌倒了。这时，陶尔骑士就命令他屈服。那个亚伯利乌斯回答道："只要我还活着，我的灵魂尚未脱离躯壳，除非你把猎狗还给我，要我屈服是不可能的。"陶尔又说："若是你不屈服，我也不答应，因为我这次来，就是为追寻这猎狗和你，或者你们两个，一同让我带回朝廷。"

第十一回

陶尔骑士怎样制服这个骑士，后来由于一个妇女的要求，就把这个骑士的头砍下了。

一个骑马的妇女飞奔而来，大声向陶尔骑士叫喊。陶尔骑士问道："您找我做什么？"那妇女答道："为了亚瑟王对人民的仁爱，我恳求您给我一件礼物；和善的骑士，因为您是一位正人君子，我才来向您请求。"陶尔骑士道："您说吧，您所要的东西，我可以送给您。"那妇女便道："大慈大悲的骑士，我要向您讨的就是这虚伪骑士亚伯利乌斯的头颅，因为他是个暴戾不法的骑士，也是一个最大的谋杀犯。"陶尔说道："我虽答应了您，可那种礼物是我顶厌恶的。至于他对您所犯的罪行，我叫他悔过就算了。"那妇女道："这不是他能弥补的罪恶；他曾经在我面前，亲手杀死了我的哥哥，实则我哥哥的人格比他高尚，倘使他稍有仁爱心肠，便不会杀死他了。那时候，我曾跪在污泥上面，跪在他的面前半个小时，哀求他饶恕我哥哥的性命；说起我的哥哥，对他并无丝毫损害，只不过大家比武争胜而已。我虽尽力求他宽恕，可是他终于砍掉了他的头；如今我尊敬您是一位真正的骑士，因此特来求您这件礼物；若是您不赏给我，我要到亚瑟王的朝廷里使您丢脸了；就因为他是一个最虚伪的骑士，又是一个对高尚骑士的最大毁灭者。"亚伯利乌斯在旁听到这些话以后，当然畏惧起来，随走向陶尔表示屈服，并恳求他饶命。陶尔骑士当下对亚伯利乌斯说道："现在我不肯了，除非是发现我的允诺错了；我要饶恕您的时候，您不来要求，还要讨还那只猎狗；要知道那只狗乃是我所追求的东西。"这时亚伯利乌斯脱下头盔，站起来就逃，陶尔跟在后面便追，伸剑一挥，竟把他的头整个砍下来。

那妇女冲陶尔骑士喊道："骑士，现在天已快夜了。您到舍下去过夜吧，舍间离这里很近。"陶尔答道："多谢厚意，等一刻我就来。"原来他自从离开加美乐城以来，一路上他同他的马匹都吃得很差。这时他就陪同她骑行而去，边走边谈，宾主都很欢乐。那主妇的丈夫是一位老年的高尚骑士，也尽情地款待客人，使客人和他的马都能得到充分的休息。翌晨，陶尔骑士起身，望过弥撒，进了早餐，就向主人夫妇告辞。那主人请问他的姓名，他就说道："我自当奉告，我叫陶尔骑士，新近受封，这番比武，在我还是生平第一次。目的是把从亚瑟王朝廷上逃跑的亚伯利乌斯骑士和他所带走的东西捉将回去。"那主人夫妇同声说道："高贵的骑士啊，将来您再到我们这个偏僻的地方来，务请到寒舍小作勾留，只要您有什么吩咐，无不尽力应命。"陶尔骑士辞别以后，在第三天的中午抵达了加美乐城，国王、王后以及全朝官员都喜形于色，极热烈地欢迎他胜利归来。在他离开朝廷的时候，国王给他的帮助极其微小，就是他的父亲伯林诺王，也只给了他一匹老马，亚瑟王仅给了他一袭铠和一把剑，此外就没有别的东西，而且还是让他一个人独自外出的。他一回来，国王和王后二人就依从魔灵的计划，先要陶尔骑士宣誓，再说出他的冒险经历。待他报告以后，又对每一行为提出证据，均如上文向读者所说的一样；当时国王和王后听了都欣喜异常。但魔灵却说道："不稀奇，不稀奇，这同他将来要做的大事业相比，简直是些笑话；他将来要成为一个武艺卓越的高贵骑士，同当代任何优秀骑士一样，既温良又谦和，具有高贵品质，言行绝对一致，永不会有暴戾不法的行为。"就因为魔灵对他有这样的评价，所以亚瑟王将伯爵应有的土地封给他，而这土地是才退还给宗主的。伯林诺王的儿子陶尔骑士所追寻的冒险，就此结束。

第十二回

伯林诺王怎样骑马追赶一个抢走妇女的骑士；又这妇女怎样要求他的帮助；又他怎样为了这妇女而同两个骑士相斗，其中一个骑士被他一剑杀死。

再说伯林诺王武装结束停当，跃上了马，就去追赶那个骑士以及被他带走的贵妇。他走进一片树林，在山谷里，他看见有个妇女正坐在一口井旁，双手抱着一个受伤的骑士；伯林诺王向她致礼而过。她一看到伯林诺，便大声哀叫道："骑士呀，救救我；伯林诺王呀，为了基督的慈爱来救救我吧。"伯林诺因为急于完成他的追寻任务，而未加注意；虽则她喊叫了不止一百次的救命，他也不曾停留。那贵妇发现伯林诺不愿停下来，就祈祷上帝，愿上帝使他遇到困难，同样地有向人求助的需要，好让他在临死之前了解得不到帮助的苦痛。据历史记载，那位受伤的骑士终于死了；那个妇女也纯因心碎神伤，提起骑士的剑而自杀了。后来伯林诺王骑马来到谷里，正遇着一位贫苦的工人。伯林诺便开口问道："您可看见有个骑士带了一个贵妇走过去么？"那工人回答说："是的，我见过那个骑士，还有一个贵妇样子很愁苦。在那面的山谷中，你可以看到两座帐篷，其中有一个骑士向带着贵妇的骑士挑战，据说这贵妇是帐篷内骑士的表亲，不许他再把贵妇带走,因此他们就由争吵而决斗了。杭兹莱克骑士要用武力抢夺那贵妇,可是篷内骑士一定要依法保护她,就因为他是贵妇的亲戚,还要送她回家去呢。"他们这样争斗着,在那工人走开的时候,他们还在相斗。工人说:"若是您骑马走得快些,还能赶上看他们决斗;至于那个贵妇,却由两个侍从陪伴着留在帐篷里。"伯林诺王向那工人说了声:"多谢您。"就纵马飞奔前去,直到这两座帐篷在望,才看清果有两个骑士正在决斗。不一会儿,他已走到篷前,发现那里面的女子正是他要追寻的贵妇,便说道:"好小姐啊,请你一定要随我到亚瑟王的朝廷里去。"陪伴她的两个侍从说道:"骑士先生,您看那边的两个骑士,他们正为了争夺这位贵妇在决斗,您须拉开他们,得到他们的同意,才可以把她带走。"伯林诺王答道:"你说得很对。"于是他就纵马冲到两人中间,立即把他们分开,并且询问他们为什么相斗。其中一个说道:"骑士先生,请容我说给你听,这位贵妇是我的近亲,是我姑母的女儿,我听到她诉苦不愿跟这人同走,才同这人打起来的。"另一个人也说:"我的名字叫温特兰的杭兹莱克。说到这位女士,她是我使用武艺从亚瑟王的朝廷里得来的。"伯林诺王便道:"胡说,我们正在举行大宴会的时候,你忽然跑来,乘着大家都没有丝毫准备,你就把这个女子抢走了;因此,我才奉了这个寻觅的使命,要把她同你一起捉拿回去;我已答应过亚瑟王,一定要带这个女子回朝,否则我愿拿性命作为代价。所以你们不必再斗下去了,这一次,你们两人都不能得到她一丝一毫,如若你们两人决意要为她而斗,还是来同我斗一斗吧,我情愿保护她的。"当下那两个骑士齐声答道:"好呀,请您准备打吧!我们两人要尽全力来打击你。"

145

这时伯林诺王勒马向后一退,准备上冲,不意杭兹莱克奋力将剑刺入他的马身,并且说道:"现在请你徒步来同我比一比吧。"伯林诺王瞧见自己的马已被刺死,便不慌不忙地跳下马来,拔出宝剑,把盾牌撑在面前,叫道:"骑士,请你把头放正些,你刺杀我的马,我要你受到报应。"说罢,伯林诺王对着杭兹莱克骑士的头盔就是一剑,把他的头颅直从额下砍开,他立刻跌在地上死了。

第十三回

伯林诺王怎样得到这个妇女，带她到加美乐城——亚瑟王朝廷的所在地。

伯林诺王转脸向着另一个已受重伤的骑士。这人一见那个骑士已受到致命的打击，便不敢应战，即跪下向伯林诺王求饶道："请把我的表妹带去吧。我尊敬您是真正的骑士，求您不要使她蒙受羞辱。"伯林诺王说道："说什么，你不想再为她打了吗？"那骑士答道："是的，先生，像您这样武艺高超的人，我自然不敢比量啦。"伯林诺王说："好吧，我是个真正的骑士，我决不难为她的；可是我现在缺少一匹马，我要骑杭兹莱克的那一匹。"这骑士回答道："您不必骑他的马，我会照您所喜欢的，另送一匹给您。此刻，天已快晚，请您住在我的家里如何？"伯林诺王同意，应道："多谢您的好意，我很愿意留宿一夜。"于是，宾主们饮宴尽欢，佳肴美酒，自不待言。饭毕，伯林诺王酣然大睡，过了一宵。第二天一早起身，伯林诺王先望了弥撒，并进早餐，然后那骑士送了他一匹栗色战马，搭上了伯林诺自己的鞍辔。那骑士接着问道："现在，您要追寻的已得到，即将带着我的表妹离开此地，那么我对您应当怎样称呼呢？"他答道："骑士，我是群岛的伯林诺王，乃圆桌社的一个骑士。"那骑士又说："我很快意，因为能得到像您这样高贵的人来做我表妹的保护人。"伯林诺也问他:"请教大名?"他答道:"我叫做罗古尔斯的美利欧特骑士;我这位表妹,名叫怡妙;住在另外那座帐篷里的骑士,他的名字叫岛屿上的布瑞安,武功很高,是我的同盟弟兄,他平生最恨为非作歹的人,最怕与任何人打架;可是如果有人找上门来,对他胡闹,他可不轻易放过的。"伯林诺说:"那好极了,他不会同我打什么交道的。"那人道:"若不是出于请求,他不会同任何人往来的。"伯林诺说:"随便什么时候,您都可以带他到朝廷里来。"那骑士道:"我们会一同去的。"伯林诺王又道:"欢迎您到亚瑟王的朝廷;您若光临,一定会受到热烈的赞扬。"随后,他带着这位贵妇,告别主人,一同向加美乐城去了。

途中经过一个山谷,山路崎岖,贵妇所骑的马忽地失足一蹶,将她由马上摔跌下来,登时膀臂受伤,痛得几至晕厥。这贵妇叫道:"啊哟,好痛呀,我的臂腕脱了臼,我必须歇息一下呀。"伯林诺王答道:"就依你休息吧。"于是就在一棵高大繁茂的树旁下了马,那地方绿草如茵,他便放马吃草,自己躺在树下,一直睡到天色快黑的时候;一觉醒来,便又要上马走去。那贵妇道:"此刻正是黑夜,您很容易把来路当去路乱走哩。"因此,他们只得停下过夜了。伯林诺骑士遂脱下铠甲,呼呼入睡,为时才过半夜,忽听得马蹄声。伯林诺王忙向那贵妇说:"你不要做声,我们就可以听到新的奇迹啦。"

第十四回

深夜，在半途中，伯林诺王睡在山谷里，怎样听到两个骑士述说他们的冒险。

伯林诺王把自己的武装穿戴好了。正巧就在他的面前，有两个骑士，一个是由加美乐城来的，另一个来自北方，彼此施礼为敬。从北方来的骑士先开口问道："加美乐城有什么新闻么？"他答道："真吓死人哩，我在亚瑟王的朝廷里，确实看到他们的团体永不会拆离分散，全世界都落在亚瑟的掌握之中，因为他那里是骑士们精华荟聚之地。所以我要到北方去，把亚瑟王所掌握的坚强组织的情形，说给他们听听。"另一骑士就说："正因为他这样，我才带来一种毒性最烈的药到加美乐城去，我有一个朋友在亚瑟王的跟前，很得他的信任，我打算借此毒死亚瑟王；这位朋友已应允了我们的酋长，等他做成这桩事情，便可以得到大批的赏品。"另一骑士道："当心魔灵呀！凡是魔鬼的伎俩，他样样精通。"这个骑士说："不要说出来呀。"说罢，大家就分手而去。此后不久，伯林诺同他的女伴准备妥当，又骑上马向加美乐城走去。他们走过先前那受伤骑士所卧的井旁，本来那里还有一个贵妇；如今那死去的骑士依然存在，可是那个贵妇却早被狮子或其他野兽吃掉，只剩下一颗头了；因此他大为悲伤，流下了不少热泪，并且说道:"本来我可以救她的性命,只怪我太急于去追寻奇迹,不曾停步。"她的女伴向他问道:"什么使您这么悲痛呢?"伯林诺王答道:"我不知道为什么,只是看她死掉,心里很感难受!她不仅极端秀丽,而且年龄很轻。"那贵妇又说:"您现在愿意照我的意见办么?您把这个骑士埋在隐士的住所中,再把那女子的头带去给亚瑟王。"于是伯林诺王背着那骑士的尸体,走到隐士那里,托他为死者的灵魂祈祷;并向隐士说明,拿死者的铠甲作为埋葬的酬金。隐士答道:"我一定办好,像我对待上帝一样负责。"

第十五回

伯林诺王回到加美乐城之后，怎样向《四福音书》立誓，陈述他寻求这个少女和骑士的确实经过。

他们同隐士告别后，又来到那少女长着金黄色秀发的头颅跟前。伯林诺王一见了她，不禁感到无限沉痛，因为她的面貌打动了他的深情。在中午时光，他们抵达了加美乐城，国王和王后看见伯林诺返回，异常高兴。当时就让他向《四福音书》立誓，将在外追求冒险的经过逐一地向他们报告。桂乃芬王后听后，说道："啊呀，伯林诺骑士！您不去拯救这位女子的性命，应该受到严重的责备。"伯林诺说："王后！如果您有能够拯救自己生命的机会，反而随随便便地不救，那您才真该受谴责哩；而我呢，正当非常迫切地追寻冒险，委实无法停留，所以我内心的歉疚，直到临死之日，也不会宽舒的。"魔灵在旁插嘴说："不错，您应当后悔，因为那位贵妇就是您自己的女儿，为您所管辖的一个妇人所生养的；至于那个已死的骑士，名叫郎滋的迈尔兹，是您女儿的情人，他俩就要结婚。他确是一个正大光明的骑士，年龄很轻，将来也很有希望成为高尚人物，他正在来朝廷的途中，不想突被后面走上来的一个骑士伸矛刺死，这凶手名叫荒野的劳雷英，是一个虚伪的骑士，也是一个懦夫；那贵妇由于悲伤过度，就拔出骑士的剑自杀了，她的名字叫伊兰。就因为您那时不曾停下来营救，所以您今后在最困难的时候还会遇上您最好的朋友对您投井下石；上帝正是对您这种行为给以惩罚，将使您在世间最信任的人对您见死不救。"伯林诺王说："这样的事情，我相信将来我可能遇着；但是希望上帝公正地消除我的这种命运。"

总之，追寻白鹿的奇迹，由高文骑士完成；寻找白狗的奇迹，经伯林诺的儿子陶尔骑士做成功；追逐那个抢走妇女的骑士，终于被伯林诺王完成了。然后，国王确定所有骑士的功绩，凡是田地不多的，都加封土地，并训示他们："永不得暴虐或谋杀；要远离叛逆；绝对不可残忍，凡向您乞怜的人，您要宽恕他。能如此，方可以在亚瑟王的朝廷中得到敬重，取得崇高地位；不然的话，这种特权，立即取消。并且，对于各等妇女，比如贵妇、名媛和大姐们，你们都要帮助她们，否则即处死刑；而且，凡是违背律法，由胡乱叫嚣所引起的战争，或是抢夺民间财富所造成的战争，你们之中绝不许有一人参与。"这些规约都由各骑士在圆桌上立誓公认，不分老幼，一律遵守。在每年圣灵降临节举行的盛大宴会上，他们必须再度宣誓。

亚瑟王结婚典礼，在此结束。下接第四卷。

第四卷

第一回

魔灵怎样痴爱湖上仙女中的一个；又魔灵怎样被压在一块磐石底下，他后来就死在那里。

高文骑士、陶尔骑士和伯林诺王三个人追寻奇迹归来以后，魔灵热恋上一个少女；她是湖上仙女之一，是先前由伯林诺王带到朝廷里来的，名字叫做怡妙。魔灵一直追求着她，几乎不让她有片刻休息的工夫。她实也温柔委婉，使得魔灵感到心满意足，甘愿教她她心里想学的种种本领。魔灵正在迷恋着她，自然更不情愿离开她了。有一次，魔灵告诉亚瑟王，说他自己一定会不久于人世，不管他有多大的技巧，终要被人活埋的。他又告诉国王，说国王将来要遇到很多事情，并始终警告他，必须慎重地看管那把宝剑和剑鞘。他说，会有一天，正是国王最信任的女人把剑和鞘一同偷走。魔灵又向亚瑟王说，有一天国王一定要怀念他的，"那时节，您纵然肯用全部的田地，也无法把我换回了。"国王说："啊呀，你既掌握了全部奇迹，就可准备应付它，运用你的法术，把不幸的事情都消除掉好了。"魔灵答道："不，那是办不到的。"说罢就告辞而去。没有片刻，湖上仙女也来告辞，魔灵便紧随着她，亦步亦趋，寸步不离。有很多时候，魔灵打算运用灵妙的法术，把她送到远处；但是，她当时就叫魔灵立下誓言，他若想达到他的愿望，便永远不可对她施行魔术。于是他立了誓，那湖上仙女就跟随魔灵渡海来到班伟克的国土，那里有班王执掌国事。那时正为抵抗克劳答斯王而激战，因此魔灵和班王的王后晤谈。这人秀雅而有妇德，名叫伊兰；他在那里还看见了小兰斯洛特[①]。王后伊兰对于克劳答斯王长期进犯她丈夫和她的国境，以致经常要拼死斗争，表示出无限的烦恼。魔灵说道："请您不必过于愁苦，这孩子不出二十年，就要为您向克劳答斯王报仇的；到那时他将名震四海，所有的基督国家都要称赞他；这孩子将成为世界上最受敬重的人，他的名字叫加拉哈；我很清楚，你是在举行坚信礼的时候，给这孩子起名为兰斯洛特。"王后道："先生，你说的真对，他的名字是叫加拉哈。"王后又接着说："魔灵呀，我能活到亲眼看见我的儿子那样成功么？"魔灵答道："可以的，王后。他功成以后，我看你还可以再活上好多年；如果我骗人，即遭灭顶！"

不久，湖上仙女和魔灵辞别了班王，一路上显示了好多奇术，抵达了康沃尔。魔灵一直盯住湖上仙女不放，企图得到她的童贞之爱，这使她十分厌烦；虽然很想脱离他的羁绊，可又得把他当做魔鬼的儿子那样畏惧，以致她毫无办法脱身。有一次，魔灵适巧表演"岩底穿行"的伟大奇迹给她看，这是一种魔法的功夫。于是魔灵就走进大块岩石的底下去了，这时，湖上仙女随即用了阴险的手腕，一面促使魔灵走到岩下，演给她看；一面就以其人之道，还治其人之身，把他固定在岩石里面，不论他用什么法术，也不能逃出来了。从此，湖上仙女就脱离魔灵而去了。

[①] 应指兰斯洛特与伊兰的儿子。

魔灵被湖上仙女怡妙压在巨石底下

第二回

怎样有五个王来侵犯亚瑟王的国土；又亚瑟王怎样得到别人的指点，予侵略者以打击。

亚瑟王骑马到了加美乐城，举行盛大宴会，所有人员，无不皆大欢喜。过后不久，他又回到卡尔道耳；亚瑟在那里听到许多新闻，说丹麦的王、爱尔兰的王（同他的兄弟）、发尔的王、索勒斯的王、郎丹斯岛的王等五王，率领着大队人马，已经窜进亚瑟王的国境，遇人便杀，逢寨便烧，以致大小城寨，无一幸免，煞是悲惨。亚瑟说道："从我登极加冕以来，不曾有过一个月的休息，实在辛苦呀！我现在宣布，若是不能在公开的战场上遇上那五个王，我就坚决不休息；即便因为我的过失，我也绝不允许他们来杀戮我的忠实臣民，诸位当中凡愿意去的，请跟我走，不喜欢走的就请留下。"同时国王还下令发信给伯林诺王，恳求他尽速招兵买马，迅速赶来。国王当即就离开此地，有很多爵主虽私自愤懑，但国王无法在此久等，便写信通知不在朝廷的人，吩咐他们尽速随后赶来；因为当国王宣布的时候，他们都不在朝内。然后国王来到桂乃芬王后住处，对她说道："请你准备吧，夫人，你应该跟我一同走，免得将来日子长久失掉联系；不论什么惊险临到我的面前，你都能使我更有勇气；你不跟着我，你是否能没有危险，那我就无从了解了。"她说："王上！一切听从您的吩咐，您几时预备妥当，我也就在那时摒挡好。"到了第二天早晨，国王夫妻带领着所有的成员，动身向北走去，直到汉波邻近的一座树林里方才扎营住下。当时，亚瑟来到汉波树林的消息传到上述五个王的耳朵中，有一个骑士，他是五王中一个王的弟兄，向他们建议说："你们都知道亚瑟拥有全世界的骑士名手，从他单独对付十一个国王的大战中，已经证实了他的地位；所以我们要不分昼夜，尽速赶到他的跟前；你迟延一天，他就庞大一天，我们就衰弱一天，因为他过于胆大。想来他带到战场的人不会很多，所以明早乘天色未亮之前，我们冲上去杀，那么，他的骑士便没有一个能逃脱的。"

第三回

亚瑟王怎样抵抗并制服了他们；他杀死五个王以后，又驱逐他们的残余部队。

这个建议博得了五个王的一致赞同，于是他们领了人马，便从北威尔士赶来，在一个夜里，猛向亚瑟的大队扑来，那时国王同骑士们都在各人帐篷里过夜。亚瑟王已经卸去武装，正和桂乃芬王后一起休息。凯骑士曾喊道："骑士们，请不要脱下武装呀。"高文和葛利夫莱两个骑士正睡在国王邻近的小帐篷内，却回答道："穿上它派什么用处呢？"就在这时，忽听到狂叫的声音："有奸细呀，有奸细呀！"亚瑟王也叫道："我们中了敌人的毒计了！骑士们武装起来。"立刻他们都全身武装了。这时奔进一个负伤的骑士来拜见国王，说道："王上啊，快救您自己和王后吧，我们全部军队都已经被敌人消灭了；被杀死的老百姓也非常多。"因此国王和王后只得连同三个骑士骑马出走，直向汉波奔去，但那里河流湍急，无人敢渡过去。亚瑟王便道："现在，听你们选择吧，你们是否愿意冒着危险留在河的这边？不过，若被敌人捉住，他们一定会杀掉你们的。"王后答道："我宁愿掉在水里淹死，也决不愿落在敌人手里，给他们杀害。"

亚瑟王等五个人还站在河岸上谈话，凯骑士就望见那远远的地方，五个国王骑在马上，手里握着长矛，向他们这个方向奔来。凯骑士便道："看呀，前边来了那五个王，让我们奔上去，同他们拼一拼吧。"高文骑士道："这未免太笨了，我们只有三个，他们是五个人呀。"葛利夫莱在旁插嘴说："你的话有道理。"凯骑士说："无论如何，我要干掉他们中的两个家伙，剩下三个请你们三位去办吧。"话才脱口，凯骑士已放马飞奔而去，对着一个人的盾牌打去，正巧深入肉体，那王随即倒地，变成一具僵尸了。再看高文骑士，凶猛地冲向另一个王，一剑刺穿了对方的身体。在这同时，亚瑟王也奔上前去和另一个王交锋，放矛搠去，也刺穿这王的身体，他应声倒地而死。接着葛利夫莱骑士对准第四个王打去，一击就把他的颈骨折断了。最后凯骑士又跑过去攻打第五个王，一剑砍去，因为用力过猛，直把敌人的头盔和头颅一同从躯干上砍落地下。亚瑟王赞扬道："你们打得真好，你们都郑重地实现了自己的诺言，我活着一天，就重视你们一天。"这时，他们又将王后桂乃芬送到汉波河的船上；王后对凯骑士的功绩称赞不已，并且问他说："你爱的是哪位小姐？如若你爱她而她不爱你的话，那她就千错万错了；在一切贵妇中间，我要宣扬你的美德，因为你的话，说得到就做得到。"王后说完就离开了。

后来，国王偕同三位骑士策马来到一片森林里，希望能打听到自己的逃兵的消息；结果发现大部分人都躲藏在这林里。这时亚瑟王就把如何杀死敌方五个王的经过，告诉了大家。接着国王又说："我们大家必须紧紧聚集在一起，等待天明，他们发觉了自家的首领已全被杀死，一定会极度惊慌，全部瓦解。"国王的这番话，后来完全应验了；当敌人发现自己的五个王都已死去，不胜悲伤，甚至有人因此从马上跌落下来。同时亚瑟王率领着少数人马，左杀右砍，几乎无一人能够逃脱，总共被他歼灭了三万人。等到战争全部结束，国王跪了下来，虔诚地祈祷，感谢上帝恩典。然后又遣人去迎接王后。不久王后转来，她对于这次战争的胜利感到十分快慰。

第四回

战争怎样在伯林诺王未来之前已告结束；又亚瑟王怎样在战争的地点建造一所修道院。

这时候，突然跑来一人求见亚瑟王，告诉他说，伯林诺王已经赶来，他带领大队人马，离此地只有三英里远了。亚瑟向他道："赶快去见他，把我们怎样杀死五个王的经过告诉他。"不多时，伯林诺王率领大队人马赶到了；他先向众人致敬，再对国王施礼，这时双方都欢欣鼓舞。于是国王下令查明在战争中死亡的人数，结果查出被杀的只二百多人；尚有八名圆桌骑士，死在帐篷里面。亚瑟王又命令在战斗的原地建造一座辉煌的修道院，拨给大量的常年开支，并取名美迹修道院。后来有人到那五个王曾经执政的地方，把他们战死的经过告诉那里的人，大家都很悲悼。凡是亚瑟王的敌人，如北威尔士王、北部各国的王等，了解这次战争后，都感到极其苦闷。亚瑟王也急忙回到加美乐城去了。

亚瑟抵达加美乐城以后，即邀请伯林诺王谈话，他说："我们这次损失了八位最好的圆桌骑士，这事您知道得很清楚，现在，根据您的建议，打算从朝廷中再选出八名最优秀的人物来接替。"伯林诺王说："王上，经我深思熟虑之后，我想把我认为最好的意见奉告您：在您的朝廷上，高贵的骑士中老幼都有；依照鄙人见解,您可选老者半数,另一半为青年骑士。"亚瑟王问道:"请教您,那老年的选哪些人呢?"伯林诺王答道:"王上,依我的愚见,那位同令姐美更·拉·费结婚的由岚斯王,其次是莱克的王和荷维斯·德·勒佛尔骑士,后者是一位高贵的骑士;第四位要推卡拉卡尔斯骑士了。"亚瑟王道:"您这样打算,很好。"于是同意照办。接着又问:"那四位年轻的骑士选谁呢?"伯林诺王说:"第一位,我推高文,他是您的外甥,他可以同全国任何优秀的骑士相比美;第二位,我认为"神子"骑士葛利夫莱最合格,他既是一位优越的骑士,又对武艺抱有雄心,将来一定会有绝大的成就;第三位,我认为将您的家宰凯骑士列入圆桌社的一员,最为适宜,他已经多次为您立下大受人民敬仰的功绩,在最近这次战争中,他又完成了手刃两个国王的莫大光荣的事业。"亚瑟道:"要是说假话,您砍我的头。凯骑士确实比您所说的任何人更配做圆桌社的成员,即使今后他不再有更大的武功,也足够啦。"

第五回

陶尔骑士怎样被封做圆桌骑士；又巴吉马伽斯怎样对这件事表示不满。

伯林诺王说："关于第四位，我想推荐两位骑士，让您自己挑选出最有价值的一个，那就是巴吉马伽斯骑士和我的孩子陶尔骑士，只因为陶尔骑士是我的儿子，我不便多说好话；如果他不是我的孩儿，我敢说，照他这个年岁，全国没有及得上他的，而且也没有人比他的性情更好；他既不愿意愚弄别人，也不甘受别人的欺侮。"亚瑟道："说假话，就砍我的头；在你今天所提出的一些骑士中，确是以他最为优秀了。我很清楚，他平日的行为，已足证明他是一个说得少而做得多的人；据我所知，在朝廷中，没有谁像他那样，尽管由母亲生养，却像生长在你身边一样勇敢而有魄力，所以这一次我挑选他。把巴吉马伽斯留待下一次再选拔吧。"他们这样选出的骑士，经过全体爵主同意之后，各位骑士的姓名，如上所述，均载明在席位之上。他们各自入席就坐；惟有巴吉马伽斯骑士因为陶尔骑士擢升到他上头，不禁怒火填膺，立即跑出了宫廷，带领侍从在树林里骑行很久。走到一个十字架跟前，他下了马，虔诚地祈祷一番。在这同时，他的侍从发现十字架上写着这样的字句："巴吉马伽斯必须单独同一圆桌社骑士作斗争,获得胜利,否则不得再返朝廷。"那侍从向他说道:"骑士,我在此地看见一句关于您的文字,因此我劝您仍然回到朝廷去好了。"巴吉马伽斯答道:"等到有一天,别人提到我,都对我很敬仰,认为我很配做圆桌骑士的时候,我才回朝;否则将永远在外流浪。"说罢,他仍然骑马往前走,行至中途,发现一枝圣树,这乃是圣杯的象征;若非一个优秀的人,则任何骑士都遇不到这种兆象的。

因此,巴吉马伽斯骑士在骑行途中遇见过不少奇迹。他来到有一块大岩石的地方,见到被湖上仙女封固在石块底下的魔灵,只听得他在叫苦连天;为了这事,巴吉马伽斯很想帮助他,特地跑到大石块边,可是这石太重,恐怕一百个人也抬不起来。当魔灵知道巴吉马伽斯来到这里,就吩咐他不必费力,费力也是枉然,只有当初把他关进去的那个湖上仙女才可以救他出来;其余任何人都无能为力。因此巴吉马伽斯只得离开此地,随后又表现出很多奇迹,证实他完全是一个优秀的骑士,才返回朝廷,结果被选为圆桌骑士。有一天早晨,我们又得到新的消息,还有别的奇迹发生。

第六回

亚瑟王、由岚斯王及高卢的阿古郎骑士三人怎样追逐一只牡鹿；他们遇到了惊骇的事迹。

其后，亚瑟王偕着许多骑士到大森林中去狩猎，亚瑟王、由岚斯王和高卢的阿古郎骑士同在追赶一只大鹿。他们三人都跨着骏马，纵马奔驰，不久便把同伙都撇在十英里以外了。最后，因为奔驰得太急，以致三匹马都累死在他们身下。三个人只好徒步行走，望见前面的那只鹿也已疲乏不堪，躲到林中去了。亚瑟王道："情形既然这样困难，我们怎么办呢？"由岚斯王答道："大家都靠两只脚走吧，前面总会找到歇夜的地方。"不久，他们瞧见那只大鹿躺在一条大河的岸上，一只猎狗在啮它的喉咙，还有许多小猎犬跟在后面。亚瑟王于是打击猎物，把鹿擦拭干净。

国王抬头眺望了一下周围的景色，只见前面的那条大河里有一艘小船，船上饰满着绸缎，直垂到水面，这船正向着他们驶来，然后停泊在沙滩上。亚瑟走到岸边，向船中窥望，未见有任何世间活的东西。国王喊道："骑士们来呀，看一看这船里有些什么东西。"他们三人一齐下了船，看见到处都悬挂着织锦绣缎，富丽无比。及至天黑，突然间从船的每个角落上出现了一百支火炬，围绕在他们四周，照耀得到处通明；同时又走出来十二个美丽的女郎，跪下来向亚瑟王致敬，并且称呼着他的名字，还说承蒙他上船参观，非常欢迎。在她们的欢迎招待中，尤以亚瑟王所受的奉承最高。国王很感谢她们。同时，她们引导国王和他的两个同伴走进一间精美的舱房，桌上盖着华丽的台布，上面陈设着各色各样的酒肉，可说应有尽有。国王感到无限惊奇，在他一生中，从不曾吃过这样考究的晚餐。当他们从容地边谈边吃的时候，亚瑟王被引入一个房间，房内布置华丽，是他生平所未见的；她们同时也招待了由岚斯王，引他进入第二个房间；又把阿古郎骑士引到第三个房间。内部陈设都极其精致，大家很舒适地上床休息了。不多时，他们一齐进入了梦乡，通宵熟睡，哪知等到第二天清晨，由岚斯王却已在加美乐城，正睡在他夫人美更·拉·费的怀里。待他一觉醒来，觉得奇异万分，明明昨天晚上他距离加美乐还有两天的路程。亚瑟王一觉醒来，方知道自己正蹲在一幢黑漆漆的监牢里，耳边所听到的尽是些受苦受难的骑士们的怨言怨语。

第七回

亚瑟王怎样答应承担斗争的责任，方才使他逃脱幽狱；又怎样拯救在监牢里的其他二十名骑士。

亚瑟王问道："你们为什么这样忧郁愁苦呢？"这些人答道："我们这里二十个骑士全是俘虏，有的已经监禁了七年之久，其余的，刑期多少不等。"亚瑟又问："犯了什么罪呢？"他们又答道："王上，让我们告诉您：这里的寨主名叫大马斯，是当今最下流的一个骑士，为人诡计多端，又最为怯懦；他弟弟名叫杭兹莱克，却是个有本领的高尚骑士。可是忘恩负义的大马斯一点产业都不分给杭兹莱克，他只得靠着一手好武艺和扣留的一部分富裕田产来过活。这杭兹莱克处处受人敬重，所有的人都喜欢他。我们这位寨主大马斯骑士，则到处被人憎恨厌恶，他既无恻隐之心，又是个懦夫，每当他们弟兄两人大战，弟弟总占上风。因为这种斗争只不过是为了生活，所以杭兹莱克要求与他个对个地单打，而大马斯却不愿意自己出场，极想找别的骑士替他出场。尽管他希望有人来代替他，无奈别人都恨他入骨，结果没有一个骑士愿意出面，他便拉拢许多骑士，并假借邀请全国骑士观赏奇迹的名义，想用武力把他们一网打尽，全数送进牢狱。所以当我们骑马进行各种冒险的时候，他把我们分别捉住，以致有很多优秀的骑士囚在狱中，竟至活活饿死，现在已经查明的有十八名之多；我们被囚的人，不论现在或过去，凡是肯为他去打击杭兹莱克的，都可以获得释放；只因大马斯太虚伪又太鬼祟，因此我们宁死也不愿为他效力。我们都已饿得很瘦，甚至两脚都不能站立了。"亚瑟听罢说道："恳求上帝的慈悲，恳求上帝拯救诸位骑士。"

忽然有一个妇女来见亚瑟，请安道："您好么？"他答道："没有什么。"那妇女说："王上，如果您肯代我们寨主作战，您就能得到释放，不然，你将被监禁一生。"亚瑟说："这事很难，当然我宁愿为那位骑士战死，而不甘死在牢里；可是除非我同全体囚犯都能得到开释，我才肯上场。"她答道："那就很好啦。"亚瑟道："只要我有马和铠甲，我就能立刻出发。"她又道："您要什么就有什么。"亚瑟又说："我以前在亚瑟的王朝里，好像见过您。"她答道："我从不曾到过那里，您认错人了！我乃是这里寨主的女儿。"其实这全是谎话，她原是美更·拉·费的一个女侍。

随后这个妇女去见了大马斯骑士，告诉他亚瑟愿替他作战，于是他便召见了亚瑟。亚瑟来的时候，面色丰润，四肢健壮，骑士们望着他，无不寄以同情，都说把这样优秀的骑士囚死在狱里，实在太可怜了。这时大马斯骑士又同他订了契约，内容是：他同意代替大马斯参加战斗，大马斯便恢复全部被囚禁的骑士的自由；为了履行这一约定，大马斯骑士向亚瑟立誓，同时亚瑟也立誓竭尽全力战到最后一息。接着，被囚在黑狱里的那二十名骑士就被人引到大厅中，宣布释放；但他们都留在那里，准备观战。

第八回

阿古郎怎样发觉自己在一口井旁,又怎样同亚瑟尽力交战。

现在让我回头再叙高卢的阿古郎。我们提到他的时候,他已在一口深井的旁边,只差半尺远,便大有淹死的危险。那里有一根银制的水管通进泉内,由管口向高处的一块大理石上喷水。阿古郎骑士一看到这种情况,就为自己祝福,说:"让基督保佑我的亚瑟王和由岚斯王吧;那船里的少女们定是一群魔鬼,想陷害我们,她们绝不是正派女人;倘使我能逃出这个灾难,我要走遍天涯,把这些滥用巫术的女人一一消灭。"恰在此时,忽然走来一个侏儒,阔嘴扁鼻,向阿古郎骑士施礼,说明他是怎样由美更·拉·费王后那里来的。侏儒又说:"她向您致敬,还吩咐您要有勇气,因为明晨六点钟,您要同一个骑士相斗;又因为您爱她,所以她才将亚瑟的截钢剑和剑鞘送到此地,并嘱咐您,必须用全力战斗到底,不要存丝毫怜悯心,要像你们秘密谈话的时候您所应允的那样去做;哪个少女能把同您作战的骑士的头颅带给她,她就封哪个做一位王后。"阿古郎道:"你的意思,我完全明白了。现在我既有了这把截钢剑,以前我应许她的事情,我一定做到。请问你是什么时候看见美更·拉·费王后的呢?"那侏儒回答:"就是最近的事。"于是阿古郎拥抱着那个矮子,说道:"请你向王后为我吹嘘一些;你对她说,凡是我答应她的话,我都要做到,否则我就以死来报答她。"又说,"我想她为这次战斗已准备好各色各样的巧计和魔术了吧?"那侏儒道:"你应当信任她。"正在这时,又来了一个骑士、一个贵妇和六个侍从,同向阿古郎施礼,请他起身,回公馆里休息。于是阿古郎骑上马,由骑士伴同来到修道院邻近的一所幽静的公馆中,在那里宴飨尽欢,极为舒适。

大马斯骑士派人通知他的弟弟杭兹莱克骑士,叫他明晨六点钟准备妥当,到比武场同一位优秀的骑士决斗,这人是他觅得的代表,一个比武的全才。杭兹莱克骑士得到这个消息,精神异常不安,因为不久之前,他参与过一次战斗,他的两股被矛头刺穿,受伤部位现在仍然很痛。就在这时,美更·拉·费用计谋有意将阿古郎安置在杭兹莱克骑士的家里,阿古郎听说要进行这次战斗,而杭兹莱克又负伤未愈,他便自告奋勇,愿意代杭兹莱克前去应战。又由于美更·拉·费已经把截钢剑同剑鞘都交给了他,作为当天战斗之用,因此阿古郎骑士便立刻应战。杭兹莱克骑士喜出望外,诚心诚意地感谢阿古郎骑士给他的帮助。当时杭兹莱克就回信给他哥哥大马斯骑士说,他也寻得一个骑士做代表,准定在上午六点钟赶到场中。

第二天早晨,亚瑟全身武装,跃上骏马,问大马斯骑士道:"我们什么时候进场呢?"大马斯回答说:"你望过弥撒以后再去吧。"于是亚瑟参加了弥撒,等弥撒完毕,即有一个侍从骑着一匹高马走了进来,询问大马斯骑士是否已经准备妥当,并且说:"我方的骑士已经候在场中了。"这时亚瑟骑士便跳上了马。当日全境内的骑士还有一般平民都会集在这里；又根据各方面的意见，从全国选出十二位高尚人士，专来伺候这两位骑士。正当亚瑟骑上马背的时候，一个由美更·拉·费派来的侍女走近亚瑟骑士，送上一把带鞘的剑，从外表看来，酷似截钢剑，侍女说道："美更·拉·费王后命我送来，因为她是很爱您的。"他谢了侍女，当时满以为真是那把宝剑，孰知美更·拉·费这个虚伪奸诈的女人早已把剑和鞘换成了赝品；它是脆的，是假的。

第九回

关于亚瑟王和阿古郎两人的交战。

接着双方就冲进了武场，各各放马拼命前奔，都使着矛头向对方的盾牌中心打去，以致双方人马一齐摔到地上；然后又从地上爬起，各自拔出剑来对击。就在他们这样搏斗的当儿，那位把魔灵封固在石块底下的湖上仙女走进了场；她因为敬爱亚瑟王而来，她已经知道美更·拉·费曾发出命令，今天必须把亚瑟弄死，所以特地来此营救他的性命。他们在激烈搏斗时，双方都发出多少次的重击，而亚瑟的剑总是抵挡不住阿古郎的剑；所以阿古郎每一剑击来，就使亚瑟受很重的伤，虽说还能支持得住，可是鲜血却往外直流。

亚瑟看见自己流血太多，不禁有些胆寒，自己暗暗忖度莫不是有叛徒将他的宝剑掉换了？看看手中的剑，已经不像原来那样可以截钢，总觉得阿古郎手中的那把剑才是截钢剑，因为阿古郎每一剑砍来，亚瑟必定有血流出，想到这里，他深惧自己要死去。又听阿古郎向亚瑟喊道："骑士啊，现在，你就离得远一点吧。"亚瑟没回答，对准他的头盔狠狠一击，直打得他腰向前一弯，几乎扑倒地上。阿古郎赶快退后几步，又举起截钢剑冲上来，对准亚瑟骑士便砍，差一点也把他打倒。这时，两人都很气愤，彼此不停地互殴，只见亚瑟血流如注，但还能两脚直立，坚持忍耐，充分显示了骑士的英雄气概和忍耐疼痛的武士精神。阿古郎并不曾流一滴血，因此感到十分轻松；而亚瑟却深觉软弱无力，自认今日确实要死了，但他仍然尽量地忍耐，丝毫不流露在脸色上。终于阿古郎愈战愈向亚瑟迫近了。又因阿古郎有截钢剑在手，增加了勇气，所以较为出色。可是所有观战的人们都认为：就流血之多来说，亚瑟真是空前未有的战斗能手。无奈那两兄弟未能达成和解，众人对亚瑟仅能寄以同情而已。再看他们纠缠在一起，都像凶狠的骑士，这时，亚瑟稍向后退表示想休息片刻，但阿古郎喊将起来，说道："此刻我是不会让你停下休息的！"说罢，他又猛向亚瑟扑去，亚瑟骑士正为了流血而暴怒，即从高处对准阿古郎的头盔奋力一击，这一下用力极猛，几乎把对方打倒在地上；同时亚瑟手里的剑在剑柄处也折断了，跌落在满渍鲜血的草地上，只剩了剑柄和护手柄还握在手里。亚瑟看到这种情形，便想自己这一次是死定了，但他依然坚执着盾牌，寸步不退，也没露出一丝一毫丧气的样子。

第十回

亚瑟王的剑怎样在战斗中砍断了；又他怎样从阿古郎手中夺回自己的截钢剑，后来怎样制服了他的敌人。

于是阿古郎开始以大言不惭的口吻，向亚瑟王说："骑士，你已经战败，活不长了，手头也没有了武器，又流去那么多的血，我现在绝不愿意杀死你，所以你应当自认是个懦夫，向我投降。"亚瑟答道："胡说八道，这是绝不可能的。我已经表示过，只要一息尚存，我就要斗到最后一滴血。现在我以身立誓，我宁愿光荣而死，不愿蒙辱而生；如果我应当死一百回，也就这么死，绝不会向你屈服一次。此刻我虽缺少了武器，但并没有缺乏自尊心；倘使你要杀死我这个没有武器的骑士，那才是你的奇耻大辱哩！"阿古郎说道："好吧，你说什么奇耻大辱，我也不会饶过你的；快离我远一些，看你马上就成一具死尸了。"话刚说出，阿古郎便发出重重的一击，打得亚瑟险些栽倒地上，那时，他还想迫使亚瑟乞怜求命。可是亚瑟不但毫不示弱，而且还只靠着一面盾牌，向他进迫，手拿剑柄，反击过去，震得阿古郎不禁倒退三步。正在此间，那位湖上仙女瞧到亚瑟这样的英雄气魄，竟被一些玩弄虚诈的叛徒所陷害，以致这位为人敬重的高尚的骑士就要遭到毁灭，她大为伤感。于是当阿古郎骑士发出第二击之际，适巧遇上湖上仙女所施放的魔术，阿古郎手里的截钢剑突然坠落地上。说时迟，那时快，亚瑟轻轻跃奔过去，立刻伸手把它从地上拾起，登时，他便感觉到这正是自己的截钢剑，不禁叹道："剑啊！久违了，久违了！你给了我多大的损伤啊！"他又发觉自己身上所佩的剑鞘也是假的，便冲到阿古郎的身边，将他所带的鞘夺了过来，把自己那只假的用力掷得远远的。亚瑟叫道："啊！骑士呀！你今天用这把剑害得我太苦了，如今该轮到你走上死路了；我不想再说你拿去这剑以后对待我的情形，使我受了多少苦难，流了多少鲜血，如今，你将遭到同样的报应啦！"于是亚瑟奋勇闯上前去，两手拉倒阿古郎，然后揭开他的头盔，对准他头上就是一拳，鲜血立刻从他的两耳和口鼻涌出。亚瑟说道："现在，让我来杀掉你吧！"阿古郎答道："要杀就请便吧。可是您是我平生最佩服的一位人物，我想上帝一定与您同在。我既同意了这场决斗，就该斗至最后，只要生命尚在，决不示弱，所以我永远不会亲口说出'投降'这句话，让上帝去安排我的肉体吧。"这时亚瑟忽然想起，这骑士好像熟识似的。便问他道："告诉我，你是哪个国度的人，由哪个朝廷里来的？不说就杀你。"阿古郎答道："骑士先生，我来自亚瑟王的朝廷，名叫高卢的阿古郎。"亚瑟听了比先前更感惊讶；因为他联想到他的姐姐美更·拉·费，还回忆到在那船上所受的魔法。他又问道："骑士先生，再请求你告诉我，是什么人给你这把剑，是哪个人交给你的？"

第十一回

阿古郎怎样供认亚瑟王的姐姐美更·拉·费的叛逆罪，又她怎样预谋杀害亚瑟王。

于是，阿古郎骑士想了一想，说道："这把倒霉的剑呀，我要为着你送命了。"国王说："你这话是对的。"阿古郎又道："现在我告诉你吧，在过去的一年里，大半时间是由我收藏这把剑的。昨天由岚斯王的夫人美更·拉·费派个侏儒把剑送来，她的用意是要我杀掉她的弟弟亚瑟王。你应当明白，亚瑟在她的亲属血统中最享盛名，而且最为英武，因此就变成她在世界上最妒恨的一人；同时，她又把我当做情人，极其爱我，而我也很爱她。如果运用她的诡计，就可把亚瑟害死，她还要轻易地杀死她的丈夫由岚斯王，然后再安排我来做国王，进行统治，由她来做我的王后；如今我一切都完结了，我是死定了。"亚瑟骑士说："对唷，我已看出你的心迹，你是想做此地的王的。"又说，"可是，若把你的君王果真消灭掉，那么你给这国家的灾害真太大了。"阿古郎道："你说的很对，可是我既已向你吐露真情，那么请问你是从哪里来的？是哪个朝廷的？"

亚瑟王答道："阿古郎，让我来告诉你吧！我就是亚瑟王，你对我的害处委实太大了。"阿古郎一听到他的话，就高声叫道：

"慈悲的国王，亲爱的国王，我实在不知道是您，求求您赦免我的罪啊！"

亚瑟王答道："噢，阿古郎，我可以饶恕你的，因为照刚才我所听到的话，我相信你确实不晓得是我本人。可是再照你的话想一想，我也完全相信你已参与同谋杀死我本人了，所以你是个叛逆犯；不过，我也不能单怪你一人，因为我的姐姐美更·拉·费使用虚伪的伎俩，骗取你的同情，来满足她奸诈的贪欲；只要我不死，我一定要向她报复，使整个基督教的王国都能够家喻户晓；在我所有的亲戚中，我最敬爱的是她，最尊重的也是她，而且我对她的信任，远在对我自己的妻子以及其他亲属之上，这是我要向上帝表白的。"

这时，亚瑟骑士召唤武场的管理人员，向他们说道："各位官员，请你们走过来。我们两个骑士在这里比武，双方都已受到了极大的伤害，我们几乎将对方杀死；如果我们两人中有一个认识对方，也便斗不起来，更没有人会被打了。"阿古郎也高声嚷着，叫全体骑士和平民们都聚拢来，然后对他们这样说道："各位爵主，我对刚才同我决斗的这位高贵骑士表示万分的抱歉；他是世界上最勇敢、最英勇又最受尊重的一个人，这人就是亚瑟王，我们全体人民的君王；我刚才同这位尊敬的国王相斗，完全是出于错误和不幸。"

第十二回

亚瑟怎样调解大马斯两兄弟的矛盾，拯救了二十个骑士；又阿古郎骑士怎样死去。

人们听到阿古郎这番话以后，一齐跪下来请求亚瑟王的宽恕。亚瑟说："我一定饶恕你们。你们在此都看见了，游侠骑士们经常遇到的是何等的冒险；我又怎样和自己的骑士相斗，使得我和他都受了极大的伤害。因为我受了重伤，他也受了重伤，我必须稍稍休息一下。但是，骑士们，你们现在可以明白我对两兄弟的意见。大马斯骑士，我对你说，我为了你才同这位骑士决斗了一场，虽获得了胜利，但我要批评你，大马斯骑士，你可以说是一个骄傲的人，恶迹昭著，你的行为全说不上勇敢，所以我现在要你把公馆的全部产业以及附属物品，一律交给你的弟弟。这样处理后，由杭兹莱克骑士接管全部公馆，按年酬给你一匹小马，供你骑用，那比起你骑着战马更配你的身份。大马斯骑士，我还要命令你做到这件事：凡游侠骑士在此地骑行冒险，你永远不许给他们任何困扰，如敢违反，处你死刑；还有，你曾经长期囚禁过的二十个骑士，现在我命令你，立即恢复他们的自由，交还他们的铠甲，而且要使他们满意。今后如若有人到本朝廷来对你控诉和表示不满，我现在立誓告诉你，我要把你处死。杭兹莱克骑士，我也要对你说，因为大家都称道你是一个高尚的骑士，十分勇敢，行为真诚和善，所以我特命令你，尽速赶来朝廷上见我，做我的骑士；若是你的行为今后能使我满意，靠上帝的恩惠，在短期内，你就可以很舒适地得到像你哥哥大马斯骑士那样的优越生活。"杭兹莱克骑士听后，便向亚瑟王说："感谢您的宽大，感谢您的仁慈，感谢您的博爱，从今以后，我永愿服从您的命令。王上，这也是上帝的主意，最近我被一个冒险的骑士刺穿了两股，很是痛苦，不能作战，否则我一定会同您在武场上相斗。"亚瑟说："但愿上帝的意旨也是这样啊，不然，我也不会像现在这样受了重伤。让我来把原委说给你听：若不是有人用了奸计，偷去我这把剑，我拿着自己的剑去斗，绝不会受到像现在这样的重伤；照他们预定的诡计，是想利用虚伪的叛变和魔术，把我杀死在这里。"杭兹莱克骑士说："啊，真是太残忍了！像您这样功绩显赫、地位崇高的人物，凡有心肝的男女，都不该做出半点叛逆的勾当来反抗您的。"亚瑟说："靠上帝的恩惠，我最近会给他们应得的报应。"他又问道，"告诉我，从此地到加美乐城有多少路程？"他答道："王上，从这里要走两天路程。"亚瑟说："我希望能找一处清静的胜地，容我休息一下。"杭兹莱克骑士回答说："离此地不过三英里的地方，有一座辉煌的尼姑庵，是由长老们所捐建的。"国王听得这话，就向众人告别，骑上了马，偕着阿古郎骑士一同离去。及至庵中，他就差人聘请医生为他和阿古郎两人疗治创伤；不幸阿古郎因为流血过多，无法救治，未出四天就死去了；亚瑟却完全恢复了健康。于是亚瑟王派了六个骑士将阿古郎的尸体装入一辆马车中，载送到加美乐城，吩咐道:"把他送给我的姐姐美更·拉·费,告诉她说这是我的礼物;并且告诉她,我已经拿到了自己的截钢剑和剑鞘。"说罢,他们就载着尸体而去。

第十三回

美更怎样谋害本夫由岚斯骑士，又她的儿子乌文英怎样救了由岚斯的性命。

美更·拉·费这时以为亚瑟王已经死了。这一天，她瞧见由岚斯王在床上熟睡，就召来一个侍女同她磋商，她道："你快去把国王的剑给我拿来，此刻正是杀他的最好机会。"那侍女惊慌地说道："王后，如果您要杀死国王，您永远无法脱逃的。"美更·拉·费回答道："不关你事，我认为现在是千载难逢的良机，你还不赶紧把剑拿来给我。"这侍女去后，看见乌文英骑士恰好睡在另一间房里，她就悄悄走近他的床前，唤醒他以后，告诉他说："快起来，看看你的母亲去吧。此刻你的父亲正在睡着，你母亲要杀死你的父亲，叫我去拿出他的剑呢。"乌文英骑士对这侍女道："好，你就走吧，让我来办。"没一刻儿，侍女颤抖着双手，把宝剑交给美更，只见她很快地接将过来，拔去剑鞘，精神抖擞地走进卧室，仔细地对由岚斯王审察一番，看究竟从哪里下手才砍得最利落。正在她扬剑欲砍的当儿，乌文英骑士蓦然跳到他母亲的身后，就在半空握紧了她的手腕，叫道："哎呀，魔鬼，你在做什么？倘使你不是我的母亲，我就用这把剑砍掉你的脑袋。"他又骂道："人家都说魔灵是恶鬼生的，现在我要说，我是一个地上的魔鬼所养的。"美更说："我的好儿子，乌文英呀，你可怜我吧，我受了一个恶鬼的引诱，所以我求你饶恕我；我从今永不敢这样啦；请你保全我的颜面，也不要张扬出去。"乌文英回答道："在这个条件下，我可以放过你，只是你永远不许再做这种事了。"她说："儿子呀，我永远不这样啦，我愿向你保证。"

第十四回

美更·拉·费王后对阿古郎之死怎样表示悲怆；又她怎样偷去亚瑟的剑鞘。

这时美更·拉·费得到了阿古郎已死的消息，知道他的遗体已送进礼拜堂，亚瑟王又怎样获得了他自己的宝剑。美更王后初听到阿古郎已死的信息，悲痛得几乎心都碎裂了。但是因为她不愿使人知道她的丑行，所以表面力持镇定，面色上也绝不露出哀痛的样子。不过她也很清楚，如若她仍留在加美乐城，等到她的弟弟亚瑟来到这里，就是用黄金也买不回她自己的性命了。

她去看桂乃芬王后，向她告辞，说自己打算乘着马到乡间去。桂乃芬王后说道："你可以稍候一下，等待你的国王弟弟回家后再走吧。"美更·拉·费答道："我得到一些急信，不能再多耽搁了。"桂乃芬就说："好吧，那就听便。"第二天一大早，天色还未破晓，她已上了马，跑了一天一夜，到第三天晌午，才赶到她弟弟亚瑟王寄宿的那座尼姑庵中；她知道亚瑟住在里面，就问明了他所住的地方。侍卫们回答她说，亚瑟正在睡觉，他已有三夜不曾休息了。她便说："你们要听我的盼咐，除了我以外，你们谁也不许唤醒他，"于是她下了马，打算把他的截钢剑偷走，因此，就直向他的卧房走去；一进入房中，便看见亚瑟正在酣睡，那把出鞘的截钢剑恰巧握在他的右手里。她认为要想走近他的身边偷剑，而又不惊醒他，那是非常困难的；而且她也非常清楚做这件事会送掉自己的性命。没奈何，她只好偷了剑鞘立即上马走开。等到国王一觉醒来，发觉剑鞘不在身边，登时大怒，查问有什么人来过，大家回称，他的姐姐美更曾经来过，并且把剑鞘放在她的斗篷下面带走了。亚瑟骂道："可恶极了，你们这些保卫我的人一点也不忠心。"大家齐声说道："王上，是您姐姐的命令，我们怎敢不遵从呢。"国王便说："快选一匹好马送来，"又吩咐杭兹莱克骑士赶快穿上武装。也找一匹骏马，随他一同追去。不多时，国王和杭兹莱克都武装齐整，径去追赶这个贵妇。及至追到一个有十字架的地方，遇见一个放牛的人，就问他可曾看见一个贵妇人从此走过。那个贫寒的牧人答道："先生，适才不久，有个贵妇带着四十匹马，奔到前面树林里去了。"于是两人脚踢着靴刺，放马奔去，不一刻亚瑟已经远远望见了美更·拉·费的踪影，便催马加鞭，向前追去。美更这时发觉了她的弟弟正在追她，也加紧纵马穿过树林，走上一片平原。那时她知道已是无处可逃了，便跑到近旁的湖边说道："不论你怎样追我，决不让我的弟弟得到剑鞘。"说着，便拿起那把剑鞘向最深的水中丢去，使它永沉湖底，因为它是用黄金和美玉做成的，分量原就很重。

随后，她又跑进了一座峡谷，谷中生有很多的大石块，自己觉得快被后面的马追上，便赶忙使出法术，立时连人带马一齐变成了一个大理石块。片刻之间，亚瑟骑士和杭兹莱克骑士已经赶到当地，亚瑟自然能认出他的姐姐，以及她的部属，就是骑士也能分辨得清楚。但国王却说道："哎呀，你可以体会到上帝的报复了,现在这个不幸的事件已经降临了。"接着,他就去找剑鞘,到处都寻不着,只好回到原来住的尼姑庵里。美更·拉·费直等他们离去,才由石头变回原形,向大家说道:"各位骑士,现在我们可以自由地行动啦。"

第十五回

美更·拉·费怎样救出一个将要溺死的骑士,又亚瑟王怎样回到家里。

美更又问众人道:"你们看见了我的弟弟亚瑟么?"跟随她的骑士们答道:"是的,看见了;那时如若我们稍微动弹一下,怕不免要被他发觉的,看了他那凶狠的面孔,真会把我们吓跑的。"美更道:"你们说的对。"他们骑行不久,便遇见一个骑士押着另一个骑士,那人的两手两脚都被捆着,蒙着眼睛,横放在马背上面,预备丢到泉里淹死。她一见这情况,就问他道:"你带着这个骑士干什么呢?"这骑士答道:"夫人,我去把他淹死。"她问:"为了什么事情?"他答道:"我发现他同我的妻子私通,等一会儿我把她也要同样地处置。"美更·拉·费叹道:"那太可怜了。"她又转头问那个要被丢到泉里去的骑士道:"骑士,请你说说,他刚才说你的话可是真的?"那人答道:"确实都是假的;他指责我的事情完全是一派胡言。"美更·拉·费接着问他:"你从哪里来的,是什么国度的人?"那骑士说:"我叫孟纳仙,来自亚瑟的朝廷,是高卢阿古郎骑士的表亲。"她说道:"好吧,为了他的缘故,马上就释放你,并且要用同样的方法处置你的敌人。"因此她就解开了孟纳仙,并把这个骑士捆绑起来。孟纳仙解下这人的武装,把铠甲穿在自己身上，跃上马鞍，把那被捆绑的骑士也放在身前，丢进泉里，将他淹死了。然后他骑马回报美更，并问她有没有什么事情要告诉亚瑟王。她说道："你告诉他，我把你这人救活了，并不是为了他的缘故，而是看在阿古郎的面上；还请告诉他，我毫不怕他，在必要的时候，我同部下会一齐变成石块；再叫他知道，在我认为必要时我还会做出更多的奇迹。"说罢，她就去果尔国，那里招待她的场面很是堂皇，并且为她建造了非常坚固的城寨，可是她一直在惧怕着亚瑟王。

待亚瑟在尼姑庵里休息得精旺神足，方才骑了马回到加美乐，当然，王后和爵主们都热烈欢迎他。他们听了国王这段离奇的冒险之后，都一致认为这全是美更·拉·费在捣鬼；当时便有很多骑士主张用火烧死她。接着孟纳仙也到了朝中，把自己冒险的经过一一报告了国王。国王说："好啊，她虽是我这国王的姐姐；但只要我活下去，我一定要对她报复，好让所有基督国王都认识她。"恰巧第二天早晨，美更派了一个侍女来见国王，并随身带来一件最珍贵的斗篷，确是整个朝廷中人从没见过的宝物，上面所镶的宝石，一颗紧接着一颗，就是国王也不曾见过。那侍女说道："王上，这是令姐送您的斗篷，恳求您收下这件礼物；倘使她有什么开罪于您的地方，请您随便提出，她都愿意改过自新。"国王自从看见了这件衣服，心中非常欢喜，也就不再多说什么话了。

ARTHVR AND THE STRANGE MANTLE

美更派侍女给亚瑟送来一件施了魔法的斗篷

第十六回

那湖上仙女怎样不令亚瑟王披起斗篷，使他免于烧死。

恰在这时，那个湖上仙女忽地走到国王面前，说道："王上，我想同您私下里说几句话。"国王道："你有什么话，请说吧。"那仙女就说："王上，这斗篷万不可骤然披到身上，等会儿，您就会看到有很多怪事出现；除非您叫那个送斗篷来的侍女先穿上，否则不可让它碰到您，也不可碰到随便哪位骑士身上。"亚瑟王说："好的，就照您的意思去办！"随后他向姐姐派来的侍女说："女士，您送来的这件斗篷，请您先穿上让我看看。"这侍女说："王上，国王的衣服我穿上是不相称的。"亚瑟答道："在它披到我背上，或是别人身上之前，你一定得先穿上试试。我若不能使你这样做，就杀我的头。"于是国王就强迫她穿上，不料，这件斗篷刚一触到她的身体，她立刻倒下死去，连一句话都没有说出，浑身烧得变成一团焦炭。这时国王大为震怒，比先前更甚，他对由岚斯王道："我的姐姐，也就是你的妻子，一直在出卖我。可是，我很清楚，不论是你或是你的儿子，就是我的那位外甥，都不曾参与她毒害我的阴谋，阿古郎亲口对我供认过，她还要把你同我一样消灭掉，因此我不追究你；但说到你的儿子乌文英骑士，我认为他是个嫌疑犯，所以我命你把他带出朝廷。"于是乌文英就被驱逐了。他的表兄高文骑士一听到这个信息，就准备陪同乌文英一道出走，他说："驱逐了我的表亲，就等于驱逐了我。"这两个人就离开了朝廷，一同骑马走进一座大森林中，后来到了一座大修道院里，就在此地一同住下。等到国王发现高文骑士也离开了朝廷，大家都很失望。这时高文的弟弟葛汉利说道："现在我们发觉，只因为一人的缘故，竟使我们失去了两个好骑士。"第二天早晨，他们在寺里望了弥撒，遂又骑马走入另外一片大森林中。正走之间，高文骑士忽见迎面一山谷内耸立着一座角塔，塔里住着十二个美丽的少女，另有两个骑着高头骏马的武装骑士；那些少女们在一棵树旁来往不绝。这时高文骑士又见到树上悬挂着一面白色盾牌。少女们每次走过，总不停地向盾牌上吐一口唾沫，甚至有几个人还把烂污泥也丢在上面。

第十七回

高文骑士和乌文英骑士怎样遇到十二个美丽少女；又她们怎样对马汉思骑士口发怨言。

高文和乌文英两位骑士走到这群少女面前，先施了礼，接着就问她们为什么要对这只盾牌加以侮辱。少女们答道："骑士先生，让我们来奉告您。在本地有一个骑士，这面白色盾牌便是他的；论到他的本领，确是一位高手，可是他对各等女人，无不厌恶，因此我们大家特意侮慢他的这面盾牌。"高文骑士说道："请许我向诸位说几句话，大凡一个高尚的骑士，若果藐视各等女性，我想这是错误的；然而他所以怀恨你们，或者不无原因；也许在另外一些地方，他可能会爱上各种女性；何况像你们所说的，他既是一个有威名的人，他就有可能接受女人们的爱。现在，请问他叫什么名字？"她们答道："他叫马汉思，是爱尔兰国王的太子。"乌文英骑士接口说道："啊，原来是他，我同他熟悉，他确是当代一位顶了不起的骑士，记得有一次，许多骑士会集比武，那时没有一个人能够敌得过他，由此可见他真有本领。"高文叹道："诸位小姐，我认为你们错啦，他把盾牌挂在这里，可以猜想他是不会离开这里过久的，等会儿这些骑士们会同他骑马比武；到那时你们来参观比武，不是比乱吐唾沫更来得体面吗？否则，连我也不愿再停留下来眼看着一个骑士的盾牌这样受糟蹋。"说到这里，高文和乌文英两位骑士赶紧向后退了几步，因为他们已注意到马汉思骑士正骑着一匹骏马直向这里奔来。同时这十二个女子望见了马汉思骑士，便像发疯似的跑回角塔，甚至有的奔得太猛，竟在路上跌了一跤。没多久，从角塔里走出一个骑士，手里挽着盾牌，大声喊道："马汉思骑士，你预备来打吧。"于是双方激烈对撞，那角塔骑士的矛碰到马汉思的盾牌上，立即折成两截，马汉思也重重地还了一击，不仅打断了那骑士的颈骨，还打碎了马的背脊骨。角塔里另一骑士看见这种景象，便直对着马汉思冲来，两人凶猛地遭遇在一起，转眼之间，那个角塔的骑士又被打倒，连人带马直挺挺地死了。

第十八回

马汉思骑士怎样同高文和乌文英两个骑士比武；他又怎样打败了他们两人。

随后马汉思骑士回到他原来悬挂盾牌的地方，看见盾牌上面这样龌龊，便说道："对您这种侮辱，我已经报复了一部分了，她为了爱，才把您送给我，我应当戴上您，把我自己的那面盾牌放在您的地方。"说毕，他就把白盾牌套在自己颈项上。然后跨上马直向高文和乌文英两骑士冲来，喝问他们站在那里干什么？他们回答说，他们是由亚瑟王的朝廷来的，目的是观赏奇迹。马汉思骑士道："很好，我这里已经准备好了。凡是一个勇敢的骑士，都可以用奇迹来满足你的要求。"说罢他略向后退，做出应战的姿势。这时乌文英骑士向高文骑士道："让他去吧，他是当今一位高尚的骑士；照我的意思看，我们两人恐怕都不是他的对手。"高文骑士答道："我可不能这样说。无论他的本领多么好，如若不去和他比一比，那才是我们的羞辱呢。"乌文英就说："也好，让我先去同他试一试，因为我气力不及你，假若我被打倒了，你就跟上来报复。"于是这两位骑士一齐向前冲来，乌文英骑士首先挥动长矛，对准马汉思骑士的盾牌奋力击去，只见马汉思把盾牌稍微一抬，乌文英的矛头立即碎裂；这时，马汉思再用力回击，乌文英人马一齐翻倒地上,左半边身子也受了伤。

刹那间,马汉思骑士又勒转马,挺矛直向高文冲去,高文骑士一见他握定手中盾牌已经奔到,只得平挟着长矛接住,双方的马也使足了力气冲到一起,每人的矛又都击中了对方的盾心,结果高文骑士的矛折断了,马汉思的矛仍高举手中,这时,高文连人带马一同震倒在地上。这高文骑士从容地爬起来,将剑拔出,徒步直扑马汉思骑士。马汉思骑士见了,也拔剑出鞘,骑着马开始向高文骑士刺来。高文骑士喊道:"骑士先生,请下马步战吧,不然,我会杀伤你的马的。"马汉思骑士应道:"承指教,多谢您的好意。一个骑士骑在马上去同一个徒步的人比武,本来就不行的。"于是马汉思骑士将矛倚在树旁,自己跃身下马,再把他的马拴在树上,理好盾牌,然后二人互相激斗起来,各使利剑向着对方的盾上乱砍,盾上的铁片被砍得刷刷落下,甚至他们的头盔和铠甲被砍碎,两人也都负了伤。高文骑士从上午九点钟开始斗起,愈斗愈强,到了中午时光,力量增长了三倍之多。这情形被马汉思骑士看出来了,对他的气力为什么逐渐增大表示异常惊奇,因此,双方也就打得更加厉害。打过了中午,又打到快要晚祷的时辰,高文骑士的力量衰减了,逐渐感到疲惫不堪,几乎不能再支持下去,相反,这时的马汉思骑士却精神焕发,愈战愈强。于是马汉思便向高文说道:"骑士先生,当你气力倍增的时候,我深切地感到你是一位真正了不得的骑士,也是我从没见过的一位大力士;其实,我们之间的争执并没什么,果真打伤了你,实在于心不忍,因为我觉得你已经很疲倦了。"高文骑士接口道:"啊,温良的骑士,你说的正是我心坎里的话。"于是大家脱下头盔,互相接吻，又彼此立誓，从此要相亲相爱，好像同胞弟兄一般。马汉思又留高文骑士同住过夜。他们一同骑马，向马汉思骑士的家里走去。行至中途，高文骑士忽然问道："我很诧异，像您这样勇敢优秀的骑士，为什么不爱任何女人。"马汉思骑士答道："她们给我这样的名声是错误的，我很清楚，这都是由于角塔里那些女人的胡说，别处才照样流传了。现在我把厌恶她们的原因告诉您，她们中间，大多是些巫婆妖女，若是一个骑士，他的身份不特别高尚又有气力的话，她们便会爬到他的头上，把他压成一个十足地道的懦汉，这是我厌恶她们的主要原因；至于其他的贵妇名媛以及闺秀们，我还是同任何骑士一样，愿意去服侍她们。"

法文的著作里曾说过，虽然高文能将自己的力量增加三倍，但能胜过他的骑士仍然很多，比如：莱克的兰斯洛特骑士、特里斯坦骑士、甘尼斯的鲍斯骑士、薄希华骑士、伯莱亚斯骑士和马汉思骑士等六人都在高文骑士之上。不多时，已来到了马汉思骑士的居处，在一所小修道院内。下了马，女人们为他们解去武装，急忙给他们治疗伤口，因为他们三人都负了伤。高文兄弟同马汉思骑士三人当晚都得到安适愉快的休息，同时招待的宴席也极为丰盛；及至马汉思听说他们两人同是亚瑟王姐姐的儿子，更加尽情尽意地招待他们。他们在这里勾留了一个星期，等伤养好，方才告辞。马汉思骑士说道："我们何必轻易离别？由我作向导，穿越这森林一游，如何？"说罢他们就骑上马，游了七天，路上也不曾遇到什么奇迹。最后，他们走进了一片森林里，这里的原野和森林统统称做阿罗爱，是个惊奇险迹特多的区域。马汉思骑士说："这一片荒原，自从定名以来，凡是来此地的骑士，没有不发现稀见罕闻的奇迹的。"于是他们骑马继续前行,不一时,到了一个巨岩特多的深谷中,看到里面有一溪滟滢的清水,潺潺流过;溯流而上即为溪源,泉水更是澄洌。在那泉旁正坐着三个女子。这三人策马来到她们面前,互相施礼。那年长的一位,头上束着金冠,约莫六十岁光景,冠下露出雪白的头发。第二个女子,年岁大约三十,头戴金花束。第三个不过十五岁左右,戴着花冠。这三位骑士见过礼后,就问她们为什么坐在这泉水旁边。她们说:"我们所以坐在此地,是因为:倘若逢到游侠骑士,我们可以指示他们奇迹的途径。你们寻觅奇迹的是三位骑士,我们也恰好是三个女人,所以你们每人可以任意挑选我们中的一人;等你们选择已定,我们就指给你们三条大道,再由你们每人任选一条,那时,你们便由各自的女伴随同前往。从今天起一年以后,你们还要重来此地聚首一次,须知上帝给予你们以生命,因此,你们应当坚守着你们的盟誓。"马汉思骑士说道:"诸位的意见很是宝贵。"

第十九回[1]

马汉思、高文和乌文英三个骑士怎样遇见三个妇女；又他们每人怎样各选得了一位。

马汉思骑士又接着说："现在，我们每人该挑选一位女伴啦。"乌文英骑士首先说道："请容我说句话，我在你们两位面前，年岁既轻，气力又弱，所以我想选择最长的一位，好让她能够多照应我些，等我一旦需要照应，她便可以给我最体贴的帮助了，况且，我比你们两位尤其需要别人的帮助。"马汉思骑士说："我要这位三十岁的姑娘，她对我最合适了。"高文骑士说："感谢你们两位的好意，把这位最年轻又最漂亮的小姐留给我，她也最钟情于我哩。"于是三个女子各陪着自己的骑士，手牵马缰分别走上了三条大道。当时每人立下了盟誓，约定在来年的今天，如果大家还活在人间，就在这泉边相会。大家说完接吻而别，然后和自己的女伴一同骑在马上，放在自己的背后。乌文英骑士向西方走，马汉思骑士向南方走，高文骑士向北面走。现在让我们先说高文骑士，他向前走去，一直来到一座华丽的公馆，那里面住着一位年高的骑士，也是一位慈祥的家长，当时，高文骑士向他请教，问他可

---

[1] 原注：卡克斯顿误列为第二十回。

听说近处有什么奇迹。那老骑士答道:"且待至明天,让我举出一些惊奇冒险的事迹来告诉你吧。"于是第二天一早,他们一同骑马到了一处荒原上富有奇迹的森林里,找到一个岔路口,就站在那里等候;不久,忽然走来一位生平罕见的美骑士,气宇轩昂,大有希望,可是,他面上所带的郁郁愤怒之情,也非常见。他瞧见高文骑士,随即上前行礼,并求上帝赐给他荣誉。高文骑士也道:"说到这个,我是万分感谢,我也同样请求上帝将尊敬和光荣赐给您。"但这个骑士却答道:"我要把尊敬和光荣暂且搁在一边,因为我相信,每凡有了尊敬和光荣之后,就要遇到悲愁和耻辱了。"

第二十回

一个骑士和一个侏儒怎样去抢夺一个妇女。

随后，这骑士就到了荒野的对面，高文骑士遥见对面有十个骑士站在那里等候，盾矛齐全，准备对抗那个从高文骑士身旁走过去的骑士。

再看这一位骑士也平挺长矛，向前冲去，和十个骑士中的一人遭遇，这位悲愁的骑士奋力向对方一击，从马尾上把那人打落下来。这个凄凉的骑士，以一对十，只靠一支长矛，把对方一一打败，最轻也是使他们连人带马一同翻倒地上；等那十个人一齐徒步作战，跑近这位骑士面前的时候，竟发现他痴呆呆地立着，像一个石人似的，任凭他们将他从马上拖下，绑起手脚，捆在马肚皮上，牵着走了。高文骑士向他的主人老骑士说："耶稣呀，这是多么悲惨的景象。瞧瞧前面的骑士是什么遭遇啊；看起来他不曾表示一点儿抵抗，好像听任他们摆布似的。"这主人道："你说他不抵抗，这倒是实情，如果他要抵抗的话，这十个人想要捆绑他，还嫌力气太薄弱了哩。"这时高文的女伴向他说道："骑士，我想您如肯帮帮这个可怜的骑士，也是您的光荣；我所见过的最优秀的骑士，他的确可算其中的一个。"高文骑士答道："我本想去帮他一下，不过，看他像并不需要别人帮忙似的。"那女子说：

"怕是您没有帮他的意思吧。"

他们彼此正在交谈，望见遥远的荒原那一头有一个骑士，全副武装，只是头上没戴战盔；同时，在荒野的另一头，又来了一个骑在马上的侏儒，除头部外也全身武装，这人巨嘴扁鼻。等这侏儒走近了，只听他问道："那小姐打算在什么地方同我们见面呢？"就在这时，那小姐从树林里走了出来。他们两人于是开始抢夺这位贵妇，那骑士说这女人应该归他；那矮子却道他一定要得到这女子。争到最后，侏儒建议道："你看这样做可好？那边十字路口，有位骑士，我们把这问题交给他，他认为怎样好，我们就怎样办。"骑士应道："我同意。"于是他们两男一女一齐跑到高文骑士面前，把争吵的原委一一告诉了他。他便答道："很好，两位骑士先生，你们真把这桩事交托我吗？"他们同声回答："是的。"然后高文骑士转脸对那个女子说："小姐，现在我请您站在他们两人中间，您喜欢哪个人，就跟哪个去，就算他得到您了。"于是把她放在两人中间，由她选择。结果她抛弃了骑士，走向矮子，那侏儒陪着她一路歌唱着走了，这骑士则垂头丧气地向自己来时的大道而去。

没有多久，忽又来了两个全副武装的骑士，其中一个高声嚷道："高文骑士，您这亚瑟王朝的骑士，赶快准备起来，和我来比比看。"两人放马相冲，都跌在地上；随即又爬起来徒步交锋，都拔出利剑，斗得煞是活泼。就在这时，另一个骑士走到高文的女伴跟前，问她为什么要俯就于那个骑士，"倘使您愿意跟随我，我也很愿意做您的忠心骑士。"这女子答道："我愿意跟您，因为我跟高文骑士在一处的时候，内心并不属于他；刚才这里有一个骑士，已经打败了十个骑士，但是到最后，他又像懦夫一样地被人牵着走。趁他们正在打的时候，我们两人走开吧。"再说高文骑士同那骑士打了很久，但战到最后，双方却又和好了。而且当夜那骑士还挽留高文骑士在他家里住宿。当他们一路且行且谈的时候，高文骑士乘便问他："在此地有这么一个骑士，曾打倒了十个骑士，可是他在完成了这样英雄的成绩之后，又听任别人把他的手脚都捆绑起来拖走了。你知道这人是谁吗？"那骑士答道："哎唷，你说起的这人真是全世界最优秀的骑士，也是本领最强的人，他被人这样处置已经有十多次啦。他的名字叫伯莱亚斯骑士，就因为他爱上了这里一个顶大的贵妇，那女子名叫艾达娜。当他爱上这个女子的时候，本地方曾经发布一次叫报，说是要举行大比武会三天，邀请全区的骑士以及名媛们出席，谁被公判为最好的骑士，便奖给他上等宝剑一把和黄金发束一顶；获得发束的这位骑士，可以把它赠给到场观赛的女子中最美丽的一位。当日到场的骑士共五百名，到后来一致公认伯莱亚斯骑士最为优秀；凡是和伯莱亚斯骑士交战的英雄好汉，没有一个不被他打倒的，凡是骑着马的，没有一个不被他从马背上打下来的；在三天的比赛中，每天他都打倒二十个骑士，所以他得了奖赏。这时候，他走到贵妇艾达娜面前，将发束献给了她，并且公开向全场的人说明，在到场的美女中，她是最端庄秀丽的一位，如有任何骑士敢于否认的话，他愿意同这人比一比。"

第二十一回

伯莱亚斯王怎样为了见他的意中人一面而自愿被俘；又高文怎样应允帮助他得到那女人的爱。

那骑士接着又说："伯莱亚斯骑士自从挑选了艾达娜小姐做了他的武场女主以后，心中就一直爱怜着她，从没有变过心，然而这女人很骄傲，对他横加藐视，还说即使是伯莱亚斯为她而死，她也永不会爱上这种人的。这时所有妇女都揶揄艾达娜的傲慢，认为比她更美丽的女人还多得很，只要伯莱亚斯骑士肯向她们示爱，那是无人不爱的，不知有多少女子会爱上像他那样有高贵武艺的人。后来，这位骑士为了爱艾达娜，竟自愿跟到她的地方，如果不得到她的心，就决不离开她。于是他来到此地，之后，大部分的时间是在她所住的修道院邻近；可是那贵妇却每星期派些骑士同他搏斗。他先把他们打败，然后就甘愿让他们捆绑起来，捉了去做俘虏；他认为一做了俘虏，就可以见艾达娜一面了。可是艾达娜每次见到他，总是给他以极难堪的侮辱，有时还唆使她的骑士们把他系在马尾上，有时又把他拴在马肚底下；总之，只要他被捉到她的跟前，她就挖空心思地想出最恶毒的方法来处置他。她所以要这样做，原是想使伯莱亚斯骑士离开此地，放弃他的爱情；可结果呢，她纵然用尽了各种方法，仍旧不能使他离开，因为若是真正相打，凭伯莱亚斯一个人足够抵挡十个骑士；徒步如此，就是骑在马上，也没有两样。"高文骑士听后说道："可怜啊，我真同情他，过了今夜之后，我打算明天到树林里去找他；愿尽我的能力所及帮助他。"翌日，高文骑士告别了他的主人卡瑞都骑士，骑马径向树林中来；在那里遇见了伯莱亚斯，见他正在忧心忡忡，郁悒不可言状。彼此互相施礼已毕，高文就问起他为什么痛苦到这步田地。读者们，他的苦处是为了什么，你们在上文里都听过了。当下伯莱亚斯骑士向高文骑士道："我向来是让她的骑士们随意摆布的，正如您昨天看见的那样，我只希望到最后能赢得她的爱；她很清楚，若是我同她的骑士果真战斗到底，没有一个能胜得过我。如若我不是真心诚意地爱她，我宁愿死过一百次，即使我死过这么多次，也比任凭他们侮辱我好得多了，但是我相信到最后她定会怜悯我、同情我。有好多高尚的骑士，为了爱的缘故，情愿受苦，到后来果然达到了他们的愿望，可是，我是最不幸了！"他这时万种愁苦，涌上心头，身在马上几乎都骑坐不稳了。

高文骑士安慰他说："请您不要再伤心了，我愿意以身立誓，向您保证，尽我最大的能耐，帮助您取得这位小姐的爱情，现在就让我们一言为定吧。"伯莱亚斯骑士忽然问道："好朋友，您是哪个朝廷的人？请告诉我吧。"高文骑士答道："我是亚瑟王朝廷中的一员，我是他姐姐的儿子，奥克尼的路特王是我的父亲，我名叫高文骑士。"这人又说："我的名字叫伯莱亚斯骑士，出生在岛国，现在做许多岛屿的王，在今天这不幸的日子以前，我从没爱过任何等级的女人；还有，骑士先生，因为您是亚瑟王的亲外甥，又是一位国王的儿子，因此请您不要欺骗我，要真正帮助我；我除非靠一些高尚的骑士，自己是永远没法和艾达娜接近的；她住在近处一座坚固的堡垒里，离此地大概不到四英里路，在这个大区域内，她就是女主人。我一直没有办法跑近她的面前，只有让那些骑士牵着去，也只有这样做，我才能够见她一面，否则，我早就为想念她而死了；还有一点，我从没听她说过一句好话，我一被人牵到她的面前，她总是拿一副最粗鲁的态度咒骂我，然后将我的马和装具，连同我这个人，一同丢出大门之外，从没留我吃过一餐饭或是喝一口水；我一直在献身甘愿做她的俘虏，她也不愿意接受我，我丝毫没有更多的要求，只有这么一点点，不论我吃多大苦，我都心甘情愿，只求能够每天见她一面。"高文骑士说道："如果您肯依照我的计划做去，一切都可以变好的。请把你的马和铠盔交给我，让我穿上之后，骑到她的寨里，告诉她说，我已经把您杀了，然后再设法接近她，让她去爱我，到那时我再真心诚意地为您尽力，使您在追求她的时候，不再遭到失败。"

第二十二回

高文骑士怎样来到艾达娜小姐那里；又伯莱亚斯骑士怎样发现他们同睡在一张床上。

这时，高文骑士向伯莱亚斯骑士立誓要对他真诚和忠心；伯莱亚斯也对他立了誓。于是他们互换了马匹以及马具，高文骑士便告辞而去。及至来到贵妇艾达娜住的堡寨，正逢她在寨门外的园庭帐篷里。艾达娜一望见高文骑士，就飞奔着跑向寨内去了，于是高文骑士大声喊着，请她停步，说明他不是伯莱亚斯骑士，还说道："我是另外一个骑士，我杀死了伯莱亚斯骑士。"艾达娜说道："请你脱下头盔，让我看看您的面貌。"她看过之后，知道他的确不是伯莱亚斯骑士，才吩咐他下马，引导着他来到她的寨里，又问他是不是真把伯莱亚斯骑士杀了。高文告诉艾达娜说，完全是真的，接着他又介绍了自己，说他名叫高文骑士，隶属亚瑟王的朝廷，又是亚瑟王姐姐的儿子。她说道："真的杀掉了他，倒也怪可怜的。这人在他自己的团体里，确是很孚众望，可是在举世的人中，我最恨他，就因为我被他纠缠得永远不能脱身；如今您既然把他杀了，我就是您的情妇了，凡是可以使您欢心惬意的事情，请您吩咐，我都愿意做到。"说罢，便殷勤地招待着高文骑士。高文骑士遂向她说，他曾爱过一个女人，但无法使这个女人爱他。艾达娜说:"果若她不爱您,她应该受谴责的。像您这样的人,生来高贵,况又武艺过人,真是世间难得有一位女子能配得上您。"高文骑士说:"您肯以身立誓吗,尽您的力量帮助我,使我得到我的情妇对我的爱?"她答道:"骑士,可以的呀,我愿意立誓,我都答应您。"高文骑士便向她说:"现在,我顶爱的这个人就是您呀,请您遵守您的海誓山盟哟。"那妇人艾达娜也说:"我只有遵守我的誓言,我无法挑选了。"于是,她从此就任凭高文骑士为所欲为。

那时恰巧是五月的良辰,她偕同高文骑士来到寨外的一座帐篷里,在此野餐,篷内又搭了床铺,这是高文同艾达娜预备欢度良宵用的;第二个帐篷里,她安放了侍女们,第三座供部分的骑士们使用,因为她对伯莱亚斯骑士已毫无顾忌;在这座帐篷里,高文骑士陪着她睡了两天两夜。到了第三天黎明时分,伯莱亚斯骑士已经穿戴好了武装;他自从和高文骑士分手以后,一直未曾合眼,高文骑士离开的时节,曾立过誓,约定最多在一天一夜之内,就转回到伯莱亚斯骑士的修道院旁那座帐篷中来的。

这一天,伯莱亚斯骑士跳上了马,跑到寨外那些帐篷的地方,在第一个帐篷里,他向内一望,见有三个骑士分睡在三张床上,他们脚头边另睡了三个侍从。他又跑到第二个帐篷,见里面有四张床,睡了四个侍女。接着再跑到第三座帐篷,他突然发现高文骑士同贵妇艾达娜同睡在一张床上,两人交颈搂抱;他一看到这个景象,不由悲从中来,一颗心几乎裂开了,叹道:"天呀,我竟然遇上了这样假仁假义的骑士啊!"他只因为伤感,便不愿久留,立刻上马离去。可是走了不到半英里,重又勒马转回,暗自盘算要把这一对男女杀掉；但当他看到他们还在熟睡，一阵苦痛使他几乎无法在马上坐稳，只得对自己说道："虽然他是个空前未有的假骑士，但是我绝不应当乘他还在熟睡的时候把他杀死；这是骑士制度的最高规则，我绝对不应破坏。"因而他又走开了。这一次，大约又走了不到半英里，他再次折回，想想还是杀掉他们两个，他烦恼得无以复加。于是他又来到帐篷那里，把马拴在树上，拔出剑来，亮晃晃地拿在手里，走近他俩睡着的床边，可是心里总觉得去暗杀两个睡着的人到底是自己的耻辱，最后，他把这把剑放在他俩的颈间，悄然骑马离去。

伯莱亚斯骑士回到自己的帐篷里，便把这一切告诉了他的骑士和侍从们，最后他说道："你们各位过去曾真诚而又忠心地服侍过我，现在，我就要卧床不起，单等死去了，所以我要把我所有的财物都分赠给诸位。待我死后，我托诸位从我的身上将我的心挖出，放在两只银碟当中，送给艾达娜，并且告诉她，我当日曾亲眼看见她和那个花言巧语、鬼话连篇的高文骑士睡在一床。"说罢他解下自己的武装，走上床铺，忧苦悲怆达于极点。

待高文骑士和艾达娜一觉醒来，同时看见脖子底下放着一把出鞘的利剑，艾达娜立刻认出这是伯莱亚斯骑士的武器。于是她向高文骑士说："哎呀，原来你出卖了我和伯莱亚斯骑士两人，你不是向我说过已经把他杀了吗？此刻我才知道这全是骗人，原来他还活着哩！假使伯莱亚斯骑士对你也像你对他那样的手辣，你不早已成为一具死尸了吗？我被你鬼话连篇地欺骗了、出卖了，我希望所有的妇女都拿你我两个引为警惕。"其后，高文骑士便作了准备，走入森林中去了。那时，有一位名叫怡妙的湖上仙女遇见了伯莱亚斯骑士部下的一个骑士,见他愁眉不展地在踯躅,便上前问他苦闷的原因。这个苦恼的骑士向她说出,他的主人怎样受了一个骑士和一个贵妇的愚弄、欺诈,决心卧床不起,单等死去。这位湖上仙女说:"请您带我去瞧瞧他,我可以保证他的生命不会因爱而死。这女人既然令他这么爱慕,那么不久她也会同他一样遭到痛苦;像伯莱亚斯这样勇敢的骑士,艾达娜竟然对他毫无怜悯之心,如此傲慢不逊的女人,也实无乐趣可言。"不多时,那骑士已引导湖上仙女来到了伯莱亚斯的面前。看他躺在床上,湖上仙女一见就认为他是一个有作为的骑士,便对他施展出一道法术,使他呼呼大睡。她就骑马去贵妇艾达娜那里,临走时吩咐大家,在她回来以前,任何人不得唤醒伯莱亚斯。两小时后,她把艾达娜带来了,她们两个看见伯莱亚斯仍在沉睡。这湖上仙女便说道:"看呀,你居然要谋害这样一位骑士,多么可耻啊。"说着,她又伸手施出一道魔术,使得艾达娜立刻从心底里爱起伯莱亚斯骑士,几乎爱得发狂。因此贵妇艾达娜便说:"我主耶稣哦,我现在爱上了我生平最恨的一个人,是怎么一回事呀?"湖上仙女答道:"这正是上帝的正义裁判。"一忽儿,伯莱亚斯骑士醒了,他对艾达娜瞧了一眼,一望就知是谁;那时他已把她当做世界上最最可恨的一个女人,便骂道:"滚开,你这反复无常的女人,我一生都不要再见你的面了。"她听到伯莱亚斯骑士骂了这些话,不觉放声大哭,痛苦万分。

第二十三回

伯莱亚斯骑士怎样得湖上仙女之助抛弃了艾达娜；以后他永远爱上了这个仙女。

湖上仙女说道："伯莱亚斯骑士先生，请上马吧，陪我出去走走，离开这片地方，凡是您要爱的那一位小姐，她也定会爱您。"伯莱亚斯骑士说道："您的意见很对，艾达娜这个女人从前非常鄙视我，且给了我很大的侮辱。"他从头至尾述说了一遍，还有他怎样立意要永远睡着，只等死亡，等等。"如今靠着上帝圣灵的感化，我对她的恨，犹同过去我对她的爱一样深，我主耶稣哦，感谢您！"这湖上仙女笑道："您也应该谢谢我呀。"不多久，伯莱亚斯骑士披好武装，骑上马，吩咐手下的人携带着帐篷和一切家什，听候湖上仙女的指示，运往要去的地点。至于那贵妇艾达娜，她因悲伤悔恨而死；那个湖上仙女使得伯莱亚斯骑士心欢神怡，俩人相亲相爱地白头偕老。

第二十四回

　　马汉思怎样同一女子骑行；他又怎样来到南方边境的公爵那里。

　　现在我们应当叙述马汉思骑士了。他陪着那位三十岁的姑娘一同骑马南行。他们走进了一所葱郁的树林中，草草地过了一夜，然后在泥泞的路上走了很久，最后才来到一户人家的庭园中请求借宿，不想这园主人不答应，简直毫无商量的余地，最后这位园主人说道："若你肯为借宿而冒险，我可以引你找到一个住宿的地方。"马汉思骑士说："为了借宿，要我做什么样的冒险呢？"那位园主人答道："你到了那里就会知道。"马汉思骑士说："先生，任何冒险都可以，求你带我去吧，因为我真累了，我的小姐和我的马也都疲倦啦。"那位园主人听了，就去打开大门，约莫又经过一小时之久，方把他引到了一座华丽整齐的堡寨，即由一个穷汉唤来一个司阍，带他进了寨；那司阍又去报告了寨主，说他怎样领来一位游侠骑士同一个小姐前来借宿。那寨主吩咐道："让他们进来，可是他们借宿此地之后，将会感到后悔的。"

　　马汉思骑士于是跟着火把走了进来，里面有好些年轻人在欢迎他，场面整肃壮观。他的马已有人牵到厩里，他和女伴即被引入大厅，那威严十足的公爵同一些高尚的人士都围上相迎。当下这位寨主问他姓甚名谁，由何处而来，一向同何人同住。他答道："寨主先生，我是亚瑟王朝廷上的骑士，隶属圆桌社，名叫马汉思骑士，出生和居住均在爱尔兰。"公爵向他说："我很抱歉，原因是这样的，我既不喜欢你们的国王，也不喜欢圆桌社的骑士们；今晚请你在此尽情欢乐，等明天我与我的六个孩子同你比武。"马汉思说："难道除了陪您和六位郎君比武以外，就别无商量的余地吗？"那公爵说："没有商量的余地，为了这事，我曾立过誓。先前在一次战斗中，高文骑士曾杀死了我的七个儿子，因此我立了誓，今后绝不许亚瑟王朝的骑士在我家里留宿。除非同我比赛一场，让我为我的儿子们报个仇。"马汉思骑士问道："寨主贵姓大名？如不见疑，敢请赐告。"他答道："你应当知道我便是南马彻斯的公爵。"马汉思骑士说："啊呀，久闻大名，我素知您是我们亚瑟王和骑士们的大对头。"那公爵道："就让你明天见识见识吧。"马汉思骑士又问："明天我也要同您本人比么？"公爵答道："也得比，哪有你选择的道理！今晚请你回房去歇息歇息，你要什么东西，都不必客气。"马汉思于是辞了公爵，由人引入房中安息；那位小姐，也有人引入另一房间去了。第二天早晨，公爵已派人通知马汉思准备应战。他起床之后，穿好武装，望了弥撒，进过早餐，骑上骏马，然后跑到寨内的广场上，来等待比武。同时，公爵也准备定当，武装整齐，他的六个儿子随侍在侧，手中各执长矛，及至双方遭遇，公爵和他两个儿子的长矛刚一使出，立即撞断在马汉思的盾牌上面，再看马汉思骑士的矛杆依然直立在手，还未曾去碰过他们一次呢。

213

第二十五回

马汉思骑士怎样去斗公爵和他的四个儿子,并且使他们屈服。

随后,公爵的四个儿子分作两行一齐冲来,先是前面两人的长矛被打断,接着另外两人的也被打断了。这样斗了好久,马汉思骑士还是不曾碰过他们一下。于是马汉思骑士追上公爵,猛然用矛一击,登时将公爵人马都打倒在地上,接着又击退了他的儿子们;然后马汉思骑士跳下马,吩咐公爵自认失败,否则就把他杀死。公爵的儿子们有的从地上爬起,还想冲上来攻打马汉思骑士;马汉思就吩咐公爵:"快叫你的儿子们停下来,不然我就要你们这群人的性命。"公爵看到自己实已无法逃命,只得喊着他的儿子们,叫他们都向马汉思骑士投降;于是大家一齐跪下,都将剑柄伸给马汉思骑士,请他受降。他们把父亲扶起来,和马汉思骑士达成了共同的谅解,答应从此不再和亚瑟王为仇,又约定了在下一届的圣灵降临节,公爵和他的儿子们都去向亚瑟王致敬。

当天,马汉思骑士告别后,由他的女伴陪着他又走了两天,才来到一处地方,那里正在举行由德·华丝小姐派人发出叫报的大比武会,优胜的骑士可获得金制头冠一顶,价值一千个比桑①。马汉思骑士这次在武场中表现得最为精彩，因而声名大著，他曾一度打倒了四十个骑士，结果这金冠首奖被他夺得了。于是他带着极大的光荣离开了此地，七天之后，他的女伴又送他到了一位伯爵的地方，这人名叫福尔古斯伯爵，后来被列为特里斯坦的骑士，伯爵年纪还轻，最近刚获得他的产业；在这附近，有一个巨人，名唤陶老特，他有一个同胞弟兄，住在康沃尔，名叫陶拉斯，被特里斯坦骑士在神志不清的时候杀了。这位伯爵一见马汉思便向他诉苦，说这个身材巨大的邻人毁坏了他全部的田产，使得他既不敢随便出门，也不敢去捕捉他。马汉思骑士问他："他惯于马斗，还是步战？"公爵答道："当然是步战呀，因为他的身体太大了，没有马能给他骑。"马汉思骑士说："好，我也徒步斗他一斗吧。"第二天早晨，他就请公爵派一个人引他到那巨人的住处，及至走到那里一看，他正坐在一棵鸟不宿树②的下面，四周放了许多铁棍、铁棒和战斧一类的武器。这骑士冲到巨人的面前，手执盾牌护身，向他打去，不料那巨人手里的铁棒还击过来，才一击就把马汉思骑士的盾牌劈成两半。他遇到这个危险，才领会到那巨人真是一个奸诈的战士，不过到了最后，马汉思骑士终于把巨人的手臂从肘弯处砍了下来。那巨人连忙飞奔着逃命，这骑士紧追下来毫不放松，后来追到一条河边，因为巨人身材高大，

---

① 比桑（Besant）亦作 Bezant 或 besaunt，乃拜占庭古时所发行的金币，自六世纪到十五六世纪间，通行欧洲各处，其重量与价值均无定规。拜占庭即在今日的君士坦丁堡，又称伊坦波尔。

② 鸟不宿树，英国的鸟不宿，普通称为 English holly，乃 *Ilex aquifalium*，有时高达十三四公尺，即通常所见的圣诞树，上海俗名猫儿刺。

可以涉水，这骑士则无法蹚过。于是这骑士就命令伯爵的部下搬来一些石块，骑士掷起石块向巨人砸去，最后巨人竟被他砸倒在水中淹死了。然后马汉思骑士进入巨人的堡寨内，从巨人的监狱里释放了二十四个少女，以及十二名骑士；里面积藏的财宝不计其数，足可使他一生都享用不尽。这时他回到伯爵的家里，伯爵自然对他感激涕零，还愿意拨出所有田产的一半作为酬谢，结果这骑士一点都不接受。这一次，马汉思骑士被巨人击伤，因此在伯爵的家里逗留了半年多，直到伤势平复方才告辞。他骑行在半路上，相继遇见了高文和乌文英两位骑士；说到他的冒险奇遇，他碰见了亚瑟王朝廷上的四位骑士，第一个是莎各瑞茂·拉·第色瓦斯骑士，随后还有欧杂那骑士、荒野的杜丁纳斯骑士、里斯定诺斯的法劳特骑士；当时马汉思骑士只带了一支长矛出场，就把这四个骑士打得落花流水，跌倒在地，伤得很重。自此以后，他就离开此地，赶紧去赴预定日期的约会了。

第二十六回

乌文英骑士怎样同一个六十岁的老姑娘骑马同行；
又他怎样在比武会中得奖。

现在转头再来叙述乌文英骑士。那一天，他陪着那位六十岁的姑娘骑马向西而去。这位老小姐领着他到了威尔士的边境，那里正在举行一场比武大会。在比赛中，乌文英骑士连续击倒了三十名骑士，因此获得优胜奖，那是一只鹰和一匹战马，马身披挂着锦绣的装饰。此后乌文英骑士因为得到那位老小姐的帮助，又显示了好多罕见的奇迹；接着那位老小姐又领他去拜见一位名叫洛克的贵妇，洛克款待他们很是殷勤。当时这里住有两个骑士，是一对同胞兄弟，外间的人都呼他们做"危险的骑士"，这二人一个名叫红堡寨的爱德华骑士，一个称做红堡寨的秀伊骑士；这两兄弟曾经用强暴勒索的手段，剥夺了洛克小姐承继男爵领地的权利。此番乌文英骑士住宿在洛克的家里，她就向他吐出了受这两个骑士欺侮的苦水。

乌文英骑士听了之后，说道："洛克小姐呀！这两个人是应该受谴责的，因为他们违犯了骑士的金科玉律，以及他们自己的誓词；如不见弃，我愿意找他们谈谈，因为我是亚瑟王的骑士，我会拿情理来请求他们把土地归还；如果他们不答应，为了保护您的权利,我要同他们决斗一场。"洛克小姐说道:"多谢好意,我没法报答您的高情,只有请上帝安排吧。"第二天的早上,洛克小姐就派人去通知这两个骑士,吩咐他们径去与她面谈。诸位读者一定猜到他们会来的,他们来时还带着一百匹马的马队。洛克小姐看见这样大队的人马,就不肯让乌文英骑士出外同他们交谈,因为她既怕不保险,又怕没有好言语,所以她只允许乌文英骑士从高塔上对他们讲话;最后这两弟兄无法协商,他们回答说,已到手的利益,不愿吐出。乌文英骑士便说:"不要多讲了,请你们两人中走出一位来和我比一比。让我证明你是亏待了这位贵妇啦。"这一对弟兄说:"这个办法我们不能接受,若要相战,就让我们两个人同时打你一个,如果同意,就请你指定时间,我们准时到场。倘使你能打败我们兄弟,我们就把田地归还那个女人。"乌文英骑士答道:"就照你们的意思,请准备好,明日在此地让我为维护这位贵妇的权利比一比吧。"

第二十七回

乌文英骑士怎样同两个骑士战斗,并把他们打败。

双方都尽力做好安全保卫工作,不容许有奸细从中捣鬼;那两个骑士随即回去准备,当夜乌文英骑士受到隆重的招待。

第二天早晨,他起得很早,望过弥撒,进了早餐,然后骑马向寨外平原进发,那两兄弟早在那里等候了。这两人的马,走得很快,爱德华和秀伊两个骑士都使矛打击乌文英,结果两支矛都断了。于是乌文英骑士放矛还击,先把爱德华骑士从马上打下,他的矛却未受损。他又蹬着靴刺,纵马去追秀伊骑士,又把他从马上打翻;等两兄弟苏醒后爬起,便拾起盾牌,拔出利剑,喝令乌文英骑士下马,大家步行比武,以决胜负。乌文英骑士遂跃下马来,面前撑着盾牌,抽出利剑,与对方斗成一团,相互猛击,结果那两弟兄都受了重伤。当时洛克小姐还以为乌文英骑士会被他们打死。哪知他连续打了五个钟头,竟像疯子似的。最后,乌文英骑士一击打在爱德华骑士的头盔上,剑锋直劈到他的锁骨,这时秀伊骑士的勇气也比先前松弛,乌文英骑士乘此冲上去把爱德华杀死。秀伊骑士目睹这种情形,便跪在乌文英骑士面前投降。乌文英骑士温和地接过他的宝剑,并将他亲手扶起,然后陪他一同回到寨内。洛克小姐这时欢喜异常,可是那两兄弟一死一降,生者自然要为死者悲悼万分。其后那贵妇所失去的土地即全部收回。秀伊骑士也奉到指示，要他在下一届的圣灵降临节，去亚瑟王的朝廷，列席宴会。从此乌文英骑士便留宿在这位贵妇的家里，经过了半年之久，因为要把一身的重伤全部养好，是需要这么长时间的。及至约会的日期将近，高文、马汉思和乌文英三位骑士都赶到那岔路口上，他们每人都应履行誓言，所以马汉思和乌文英两骑士都偕着女伴同来，惟有高文骑士已失去了他的女友，这在上文中已经报道过了。

第二十八回

在期满那天，怎样有三个骑士和三个女子同在泉旁相遇。

正是一年约期届满的日子，这三位骑士各自偕同女伴来到泉旁相会，只有高文的女伴对他不很敬重。相会后他们告别了各女士，骑马穿过广漠的森林，恰巧遇到一位亚瑟王所派的使者，他奉命踏遍了英格兰、威尔士和苏格兰各处地方，为期已是十二个月之久，在寻觅高文和乌文英两个骑士；今天一经寻得，自然立即把二人带回朝廷。大家邂逅，喜不自胜，一致请求马汉思骑士和他们一道返回朝中。路上又走了十一二天才到加美乐城，不仅国王见他们转回喜出望外，就是整个朝廷也都如此。于是国王命令他们对《圣书》立誓，照实报告在外这一年来所遇到的奇迹，他们一切都遵命照办了。马汉思骑士的名望特高，凡是同他比过的骑士，无不承认他是当代最著名的骑士之一。

在圣灵降临节举行宴会的当儿，那位湖上仙女陪着伯莱亚斯骑士来了；在这次盛大的宴席上，又举行了一场盛大的骑士比武会，参与比赛的全部骑士中，伯莱亚斯骑士获得首奖，马汉思骑士得第二奖。以伯莱亚斯骑士顶英雄，只有少数的骑士才能耐得住他使用长矛打来的一击，不致从马上跌下。因此，在这一届圣灵降临节的集会上，伯莱亚斯和马汉思均被选为圆桌骑士，因为过去一年内，不幸有两个骑士被杀，以致圆桌上虚悬两个席位，此番亚瑟王对于伯莱亚斯骑士和马汉思骑士极为宠爱，所以得以膺选。伯莱亚斯极不喜欢高文，只为了敬爱亚瑟王的关系，才对他放松了一些；但是在大小的比武场上，伯莱亚斯骑士还不时向高文骑士施行报复，这在法文著作里，曾有记载。过了若干年以后，在一个岛上，特里斯坦骑士同马汉思骑士激烈争斗，实可算得生死相搏，最后马汉思骑士被刺而死，特里斯坦骑士也受了重伤，几乎不能复原，只得在一尼姑庵里休养了半年。至于伯莱亚斯骑士则一向受人敬重，他本是寻得"圣杯"的四人中的一个，加以湖上仙女曾设法不让他和兰斯洛特骑士互相摩擦；凡是兰斯洛特骑士要参加比武的场合，她都不让伯莱亚斯在同日出场，只有当伯莱亚斯和兰斯洛特站在同一方面的战斗中例外。

第四卷终。下接第五卷。

第 五 卷

茉莉集

第一回

罗马怎样派遣了十二个高年的大使，来向亚瑟王索取不列颠的贡仪。

亚瑟王经过长期征战之后，趁正在休养的时候，举行了一次盛大的宴会，凡同盟的君王诸侯，以及圆桌社的高贵骑士，一律被邀请参加。在宴会的大厅上，亚瑟王坐在御座上，忽见有十二个老者走了进来，每人手里执着橄榄枝，作为罗马卢夏诗皇帝所派遣的使者的标志；在当时，卢夏诗皇帝被一般人称做"罗马公众权益的独裁者"。这几位特使走进大厅，晋见亚瑟王，先致了最高敬礼，随后就陈述了来意，说道："最崇高和最威武的卢夏诗皇帝派我们向您不列颠王致敬，同时还命令您承认他是您的皇上，并且您的这片领地要对罗马帝国缴纳贡仪，这是您的父亲和您列祖列宗一向遵守的，他们都曾缴献过，有案可稽。惟有您这叛徒，从不知道他是最高的元首，对于尊贵和伟大的恺撒所钦定的法律、命令，亦从不履行；须知恺撒是罗马的第一位皇帝，也是您不列颠的征服者。倘使您敢于违抗卢夏诗皇帝的意旨和命令，您一定知道他会派遣大军向您个人和这国土进行征战，严厉地惩治您以及您的臣民，永远把您作为典型，用以警诫所有的君王和诸侯们，只要他们敢于拒绝向统治全世界的高贵罗马帝国履行进贡纳税的义务。"随后，他们又列举了牒文中的主旨。于是国王吩咐他们先行退下，告诉他们说，一俟会议有所决定，再作答复。这时，有些青年骑士听到他们的来意，几乎要奔上去，把他们一一杀掉；大家嚷着："这群人向国王说出这样无理的要求，乃是对今天在座的全体骑士的一种侮辱。"当时亚瑟王便传下命令，要全体骑士对罗马使者不得粗言谩骂，或做出别的危害行径，违者处死；一面又命一个骑士招待使者们回到住处，负责供应他们一应需要的物品；一切从优，不得吝惜。亚瑟王说："因为他们都是罗马的高官，虽然我和朝廷的人都不爱听他们的话，可是我必须保持我们的尊严。"

然后，国王便派人招集全体爵主以及全体圆桌骑士们开会商讨，要求各人对这件事发表见解。第一位发言的是康沃尔的卡多尔骑士，他说："大王，我个人认为这个消息很好，我们好久以来都清闲无事，已经变成懒兵怠将了，我希望这次同罗马人掀起一场激战，我们可以毫无疑义地获得光荣。"亚瑟王说："我相信你确是欢迎这件事的，可是你所回答我的话，并不能作为对他们的回复；论起他们这种要求，的确使我烦恼，我个人委实从没有对罗马进过贡仪，因此我请求大家多提供些意见。据我所知，不列颠过去的一些国王，如拜林纳斯和布瑞尼阿斯，他们当政的时候，就曾称过帝国；又如赫兰的太子康斯坦丁，也曾称过帝国，他们也都不曾向罗马纳贡称臣，这都是举世皆知的证据，我既是他们的合法后裔，所以我也有自称帝国的权力。"

第二回

各王公诸侯怎样应允亚瑟王同心合力,以对抗罗马人的侵略企图。

接着是苏格兰的安国心王发言,他说:"王上,您应有超越所有国王的特权,不论从骑士制度,还是您在基督国家中的威严,既没有人及得上您,也没有人配同您并驾齐驱,所以我建议您绝不可向罗马人低头;一旦让他们来管制我们,我们的首领们就要受到种种折磨,所有的土地也要受到横征暴敛、大事搜刮,因此我立誓要向他们报复。为了加强您对他们战争的实力,我愿意供给二万名武士,并承担一切粮秣用度。现在,我和他们都在静候您的命令,随时备战。"接着,小不列颠①的王也表示愿意承担三万大军,亚瑟王对他们一一表示了谢忱。当时列席会议的每个人都赞成作战,并且共同加强了整个的作战实力;还要知道,西威尔士的王答应派三万军队;乌文英骑士,以及他的儿子伊德尔骑士,连同他的堂表亲族们,都应允派遣大军三万名。此外兰斯

---

① 小不列颠(Little Britain)这地名,遍查英国各种辞书,均不获见,或系著者拟托之名,或系 Britannia Minor,即今之法国最西部的 Finistere 及 Cotes-du-Nord 地方。

洛特骑士和其他所有的著名人物，也都同样地愿意贡献力量。

亚瑟王清楚了大家的一片雄心和善意，他衷心地感谢了他们，然后召见罗马的全体使节，来听取对他们的答复。亚瑟王当着全体爵主和骑士的面，向使者们说了这样的话："诸位回到罗马公众权益总裁那里，告诉他，他的要求和命令，完全与我无关。据我所知，我对他既不能俯首称臣，也不应负担贡仪。同时，对于世界上任何君王，不论是基督教的或异教的，我都没有低头进贡的义务。但是，对我这个帝国，我认为我握有统治的全权，这是我列祖列宗赐给我的尊荣，况且他们之中已有人做过这一方的国王；并请你们告诉他，说我已经从长考虑，作出了完善的结论：我要率领坚强威武的军队冲到罗马，依靠上帝的恩惠，征服罗马帝国，要使他们承认自己是叛徒，同时，我还要命令他和罗马人民立刻向我执礼称臣，承认我是他们的皇帝和统治者；如敢违抗，我要随时制定法令，以资惩治。"宣谕已毕，亚瑟王随令司库大臣准备大量贵重礼品，分赐给各罗马代表，并供给他们途中一应用度，又指派卡多尔骑士护送他们离开国境。这些人告别之后，从三维治①登船启泊，中间经过佛兰德斯②、阿尔曼③几座大山，以及意大利全境，最后到了卢夏诗的面前。待他们对皇帝敬过礼后，就把所得的答复禀报皇上，这就是看官们在上面所听到的。

---

① 三维治（Sandwich），英国东南部海港及古城，在多佛港之北。
② 佛兰德斯（Flanders），古欧洲地名，现在荷、比、法的地方。
③ 阿尔曼（Almaine），本卷第九回有 Haut Almaine，疑由法文 Allemagne 而来，即古日耳曼地方。

卢夏诗皇帝一待明白了特使们带来的国书内容,立时勃然大怒,情绪十分激动,他说道:"我原以为亚瑟会听从我的命令,亲自款待你们,好像他招待别国的国王一样。"这时有一位元老院的枢密大臣说道:"啊哟,皇上,不要说这些废话吧,我们想让您清楚,当我和我的同僚们看到亚瑟的威容,无不感到惊畏万分;我怕您要惹祸招灾了,因为他已存心想做我们帝国的君王,若是他来了,那就不用怀疑他是否能够成功。实际上的亚瑟,同您想象中的完全判若两人。他掌握了全世界最显赫的朝廷,他那豪华富庶,也是任何君王诸侯所望尘莫及。元旦那天,我们在他的宫廷中谒见他,陈设的富丽堂皇,便是我平生没有见过的;那时他正在吃饭,有九个王奉侍左右,还有其他的王子、诸侯和骑士陪侍在侧,真可谓世界上最高贵的集团,每个骑士都俨然有王者一般的气概,围着圆桌而坐;至于亚瑟王本人,更是人世间气盖山河的英雄好汉,即令要他去囊括整个的世界,也算不了什么大事情。因此我奉劝您慎重地保卫好自己山地上的边疆和孔道。总之,亚瑟确是一位威风凛凛的君王。"卢夏诗皇帝听了,说道:"好吧,在复活节以前,我准备越过高山,走法兰西那一面,配合热那亚人①,以及托斯卡纳区②和伦巴底③的坚强战士,前去夺取亚瑟的属地。同时我还要准备召集罗马帝国所有同盟国家的臣民,都来给

---

① 热那亚人(Genoese),指热那亚地方的居民。热那亚是意大利西南的省名。
② 托斯卡纳(Tuscany),为意大利西部中央地方,在十一世纪至十九世纪为公爵领地,现为省名。
③ 伦巴底(Lombardy),现在意大利热那亚以北的省名。

我一些助力。"接着，他就挑选了一些年高而有智谋的骑士，派到以下各个国度：先派到安巴吉和阿洛基①，又派到亚力山大里亚，然后是印度，亚美尼亚——此地有一条名叫幼发拉底的河，流入亚洲；更派到非洲及欧洲大陆，到埃尔太②和埃兰米③，派到阿拉伯、埃及，又派到大马士革④，又派到达米伊塔⑤和开埃尔⑥，又派到卡帕多细亚⑦，又派到塔尔苏斯、土耳其、本都⑧、旁非利亚⑨，又派到叙利亚和加拉太⑩。以上都是罗马的属国，还有以下许多地方，如希腊、塞浦路斯⑪、马其顿、卡拉布里亚⑫、卡托兰⑬、葡萄牙，直

---

① 阿洛基（Arrage），译者疑为罗马古代的 Anagni，今意大利的中部，自五世纪即为大主教的驻地。

② 埃尔太（Ertayne），译者疑为 Eritrea，红海西岸地名，近埃塞俄比亚。

③ 埃兰米（Elamye），译者疑为今以色列的一部分。

④ 大马士革（Damascus），世界古城之一，叙利亚南部，见《旧约·创世记》第十五章第二节。

⑤ 达米伊塔（Damietta），在埃及开罗之北，其东北两面皆濒临地中海。

⑥ 开埃尔（Cayer），疑为开罗，原名 El-Kâhira，法文今作 Caire（Le）。

⑦ 卡帕多细亚（Cappadocia），小亚细亚的中间部分，在罗马时代，其东部为亚美尼亚，西面为加拉太，北面为本都。

⑧ 本都（Pontus），小亚细亚的古代区域名，在黑海（Euxine）的东南岸，在古代曾为罗马的一个省。

⑨ 旁非利亚（Pamphylia），小亚细亚南岸的区域名称，此处初为波斯、马其顿及叙利亚等王国的一部分，公元前130年并入罗马。

⑩ 加拉太（Galatia），远古小亚细亚的一部分，原名由 Galatae 或 Gauls 而来，因为在三世纪他们进犯此地，并留居下去。

⑪ 塞浦路斯（Cyprus），地中海东北部的岛名，公元前1450年曾被埃及征服，公元前45年一度落于罗马人手中。

⑫ 卡拉布里亚（Calabria），在意大利的南部的半岛。

⑬ 卡托兰（Cateland），疑为 Catania，乃西西里的一部分。

到只有数千西班牙人的地方。于是这些地方的所有王、公爵，以及水师将军们都奉命聚集到罗马来，当时赶来的王有十六个，大军更是无数。罗马皇帝听到这些人抵达，就把罗马人，以及从罗马到佛兰德斯之间的全体人民，一律准备好了。

此外，他又罗致了五十名好像由魔鬼所生养的巨人，由他们专任皇帝陛下的警卫，以及冲破亚瑟王的前卫防线。他们离开了罗马，走上法兰西的山地，摧毁了从前被亚瑟所征服的区域，又长驱直入来到科伦①，围攻那里的堡垒，并迅速加以占领，派撒拉逊人②也称做异教徒的二百人驻守下来；接着又相继消灭了好多美好的国家，这些都是过去亚瑟王从克劳答斯王手里夺取而来的。卢夏诗便这样率领着大军，战线伸展到六十英里宽，并令所有部属一律在勃艮第③同他会师，企图在那里一举将小不列颠的国家加以摧毁。

---

① 科伦（Cologne），莱茵河西岸的城名，又省名。
② 撒拉逊人（Saracens），见本卷第十回注。
③ 勃艮第（Burgoyne），过去法国省名，法文作Bourgogne，英文今作Burgundy，即今日Côte-d'Or, Haute Marne, Saône-et-Loire及Yonne Hilyra一带地方。中古时代，法英在此争霸。

第三回

亚瑟王怎样在约克举行国会；又他怎样布置在他出征期间对国务的处理。

现在，关于卢夏诗皇帝这方面的事迹，按下不表；我们且来述说亚瑟王的行动。这时，他命令全体侍从，在喜拉立节[①]后的第八天，聚集于约克郡，以便举行巴力门会议，会议决定全国海军仍停泊原处待命，准备在十五天内由三维治出发，在这里他曾指示全军，怎样尽力地去征服罗马帝国，并且宣称他有统治罗马的名分。因此他派定两位大员代他执掌国务，第一位是不列颠的包德文骑士，一应国事由他负责与大臣们进行磋商；第二位是康斯坦丁骑士，乃康沃尔卡多尔骑士的儿子，日后亚瑟王驾崩，即由他继承为王。亚瑟王就在全体爵主的面前辞去王位，连同王后桂乃芬统统付托给新指定的人；这时惟有兰斯洛特骑士颇为愤愤不平，因为国王把特里斯坦骑士依旧留在马尔克王那里，他知道特里斯坦是热恋伊索尔德婉儿的。国事处理完以后，桂乃芬王后一听到国王和另一个人都要远行出征，不禁触动了离愁，顿时神志

---

① 按：喜拉立节（Hilary）为天主教的纪念日，在英国的历书上为每年1月13日，在罗马天主教的日历上为1月14日。

昏迷，只得由侍女把她抬入卧房。国王随带大军出发，把王后和一切国事完全交付给包德文骑士及康斯坦丁两人去统治了。他骑在马上，大声宣谕道："我这次出征，一旦身死异域，我的王位便由康斯坦丁骑士承继，他即加冕为王，作为我朝下一代的血统。"他离开之后，即在三维治登船，随率全军渡海，所乘船只，计有战舰、低身船、小艇和轻捷船舰，等等，同时开向大海，为数之多不可胜数。

第四回

亚瑟王乘船出征,他睡在船舱里,怎样做了一个奇梦,以及关于这梦的解释。

亚瑟王在舰舱里躺着,沉沉入睡,做了一个奇梦:只见有一条形状骇人的怪龙,把他的很多人都溺死了。这龙由西方飞来,头呈珐琅般的天蓝色;它的两肩,灿耀如金;它的肚皮显出龟甲的色泽;它的尾巴,满是鳞片;它的脚上,覆盖着细的貂毛;它的四爪似黄金所造;它的嘴里喷出可怕的烈焰,恍若水陆两面都被这大火布满。接着又好像从东方出来一只形状可怖的雄猪,它在云层里显得浑身漆黑,它的蹄爪好像棍棒那样粗;遍体皱缩,粗糙难看,是我们平生所见到的最丑陋的兽类了;它猖猖咆哮,乱叫不休,那种可怖的声音,听来真令人惊诧悚然。于是,这条可怕的龙,就像一只鹜鹰似的,凌风而起,对准雄猪狠狠地攻打了几下,只见那野猪也用它的长牙回击,使得龙的胸部变做一片血红,它的热血竟使整个的海水都染成红色。跟着,这龙突向高处腾身飞去,在它落下的时候,掀起了一阵霹雳巨响,正好打在这野猪的背脊上;它背脊的长度,由头到尾约有十英尺,它的所有肌肉和骨头都被打得粉碎,漂浮在广阔的海面之上。过一会儿,国王一觉醒来,对于梦中情境很感惶惑。便召来一位富有智慧的哲学家，请他解说这个梦的含义。那哲学家说道："王上，您所梦见的龙，乃是您自己航海来此的征象；龙翼的颜色，显示您已经获得的各个国度；它尾巴上的鳞片代表圆桌上各位崇高的骑士；那被从云层中飞下的龙杀死的野猪，正暗示着虐待人民的暴君，否则就象征着您自己愿意同一些巨人们作战，这自然是可怖而又可憎的，但您一生中都不会再晤见他们的同类；总之，这虽是一个可怕的梦，但对您毫无不利，相反，足以使您自己成为一个征服者。"

其后不久，他们已遥见大陆，继续航行，抵达了佛兰德斯的巴尔佛莱，待到上岸以后，他的一些王公大臣们都早已奉命在这里恭候迎迓了。

第五回

一个农夫怎样把一个巨怪的阴谋告诉亚瑟,又亚瑟怎样同巨怪战斗,终于把他击败。

(亚瑟王到达巴尔佛莱),其后有一个农人前来谒见,将当地的一段实情告诉他说:"离布列塔尼[1]不远,在君士坦丁,住有一个高大的巨人,他杀害并吃掉了那里很多人,专靠吃这里居民的幼孩为生,如此已有七年之久,所以这里的孩子几乎被杀得快要绝种了。最近有位布列塔尼的公爵夫人带着侍从骑马外出,不想也被他捉了去,强迫上山与他同居,遭他奸污蹂躏,到死方休;原来跟随她的人不下五百个,但都束手无策,不能营救,只好任她日夜号咷痛哭。我想这一定是因为他强逼着公爵夫人满足他的兽欲,而欲置之于死地。说起来她还是您表亲豪厄耳骑士的夫人,同您的血缘很近。现在,您是一位顺天应人的真命天子,对这位贵妇自应有所怜悯,何况您又是一位崇高的征服者,因此我特地前来请您为我们除害雪耻。"亚瑟王听了答道:"天呀!这真是人世间的一桩大祸患。我宁愿失去国内最肥沃的疆域,去换得一方靠近这巨人的土地,好便于营救这位贵妇。"亚瑟王又说:"现在,

---

[1] 法国西北部一地区。

伙计们，你们能带我到这巨人的鬼窟里去么？"当时有一位好心肠的人应道："王上，我愿领您去。您看，那边有两大堆篝火，在那里就能找到他；我想这巨人的财宝比起整个法兰西恐怕还要多哩。"国王明白了这件凄惨的案情之后，便回到帐篷里去了。

他当时就传令凯骑士和拜底反尔骑士二人速来，叫他们暗地准备三人的战马和武装，预定在晚祷之后一同去朝拜圣米迦勒山。未待多久，他摒挡就绪，全部武装也都备齐，遂即乘马携盾驰去。他们三人方一启程，便纵马飞驰，其快无比，直奔到山前。于是他们跃下马来，国王吩咐二人暂且留在那里，他一人先独自上山。他单独爬上一座小山，走到大篝火的跟前，恰巧遇到一个形容忧伤，悲痛不堪的寡妇，正坐在一座新坟的旁边，只见她痛苦得双手乱搓乱扭。亚瑟王向这寡妇施了一礼，便问她为何这样痛心，她回答道："骑士先生，讲话请小声些，有一个恶魔正在这对面，若是被他听到您说话的声音，他一定会来杀了您的；我真为您担心。请问，您到这山上来是做什么？我想，即使有五十个人都像您似的，也是没法抵抗得住这一只魔鬼：这里埋着一位死掉的公爵夫人，她原是人世间最温雅最娟秀的一位女子，乃是布列塔尼公爵豪厄耳骑士的夫人，竟被他先奸后杀，这女人的身体被他割破了肚脐。"

国王说道："夫人，我是从高贵的征服者亚瑟王那里来的，目的是为了惩治暴虐君王，抚慰良善人民。"哪知她听了却说道，"呸，惩治有啥用处？不管哪个皇帝，都从不把什么人民放在心上；要是您把亚瑟王的桂乃芬王后带给他，比起您送给他半个法兰西还能使他快乐哩！现在，请您当心，不要靠他太近了，据说他已经消灭过十五个国王,他做的一件外套,上面镶满宝石,还用这许多国王的胡须绣成花边,就因为去年的圣诞节,他不曾吃掉他们的百姓,所以这群国王特意送上自己的胡须,以颂扬他那救世的慈爱。所以,您若是愿意同他讲话,在晚饭辰光到这篝火旁边来,就能会见他了。"亚瑟王说:"好吧,听了你这一大篇怕人的话,我倒一定要完成使命。"说完就跑到山顶上,一眼瞧见那巨人正坐着进晚餐,嘴里在啃着人的一只手臂,他自己那宽大的两股两臂也烤在火上取暖,下身未穿裤子;另有三个妇人手拿铁叉,叉上贯穿着十二个生下不久的婴儿,在火上不停地转来转去,像烤小鸟似的在做"烧人肉"。

亚瑟王望见这一幅可怕的景象,心中油然起了怜悯之情,他的心也痛得快要裂开,于是说道:"掌管世界之主呀,他要缩短你的生命,要你羞耻而死;还要你死后,由魔鬼得到你的灵魂。你为什么要杀害无辜的婴儿,还惨杀公爵夫人呢?立起来准备着吧,你这饕餮纵欲的家伙,你今天就要死在我的手里。"那纵欲的巨人,于是站了起来,拿起一根铁棍,举手一挥,就把国王的冠冕打落在地。国王这时也举剑还他一击,正好砍在他的肚皮上,把他的鸡巴砍掉,同时五脏六腑,连同肠子也都淌出流在地上。这时,那巨人便丢下铁棍,捉住国王,挟在胳膊底下,把他的肋骨压断了好几根。当时有三个妇人连忙跪在地上,祈求基督帮助亚瑟,使他得到安慰。于是亚瑟连滚带爬,一忽儿腾翻到巨人的上面,一忽儿又被压在巨人的身下,他们纠缠在一起,双双滚下山来,跌到海边,就在这滚转之际,亚瑟还不断地用短刀去刺巨人。

后来幸亏两人滚到了那两位骑士正牵着马等候亚瑟的地方,

他们一见国王正被挟在那巨人的臂膀下,便立即上去,把他拉开。于是国王命令凯骑士:"快去斩下巨人的头,挂在矛杆上,送给豪厄耳骑士,通知他我已把他的仇敌杀死,然后再把这首级悬挂在望楼上面示众。你们两人再爬上山顶,拿回我的盾牌、佩剑,以及那根铁棒;至于财宝,你们尽拿好了,那里财宝之多,不计其数;但我只要一件外套和一根铁棍留作纪念,其他一概不要。我一生中所见到的凶恶巨人,除了在阿拉伯山上遇着的那个,便要以这个为最凶最大;就是阿拉伯山上的那个,到底也被我打败了。"不久,这两个骑士取来了铁棒、外套,自己也带来一些财宝,方才返回营帐中去。这件事,很快传遍全境,因此人们都来向国王致谢。这时国王说道:"你们应该感谢上帝,大家再一同去把财宝分了吧。"

此后,亚瑟王又吩咐他的表亲豪厄耳骑士说,他应当命令国人,在那巨人所住的山上,建筑一座教堂,使众人去敬拜圣米迦勒①。这天早上,国王离开此地,要开辟一个大战场。他到达香宾的一座山谷里,搭起帐篷;正当国王进餐的时候,忽进来了两位使者,其中一人是法兰西的元帅,他报告亚瑟王说:"罗马皇帝已经冲进法兰西境内了,大半的地方都遭破坏,而在勃艮第不仅破坏了城市,还杀戮了大量的人民,一些城市和乡镇,也都遭到焚毁;假使您不能赶去援救的话,那么,他们的队伍和物资都势必要落到敌人手里去了。"

---

① 圣米迦勒(St. Michael),见于犹太教、基督教及伊斯兰教的传说,均为天使长。在天主教中,仅次于马利亚的圣者,见《新约·犹大书》第九节,《启示录》第十二章第七节,又《旧约·但以理书》第十章第十三节及第十二章第一节。

第六回

亚瑟王怎样派高文骑士和其他的人去见卢夏诗骑士，又他们怎样受到攻击，并且光荣地脱险。

于是亚瑟王将高文、鲍斯、梁纳耳和拜底反尔四个骑士召来，命令他们"立刻赶去见卢夏诗骑士，对他说，从速把军队撤出我的国境；若执迷不悟，就叫他立刻备战，勿使无辜人民多受骚扰。"这些高贵的骑士们都骑上了马，做好准备，他们来到一座葱郁的树林，但见牧草地上搭满了丝绸的帐篷，在河的近旁，五色缤纷，罗马皇帝的一座耸立在中央，篷顶上蠢有鹫旗，迎风招展。我们的骑士就冲向这个帐篷，又指定高文骑士和鲍斯骑士上前担任传达的使命，梁纳耳和拜底反尔两骑士则埋伏在后面。于是高文和鲍斯两骑士就进去报信道："奉亚瑟王之名，命令卢夏诗立即退出国境，否则在最近期间，即行宣战。"卢夏诗回复道："请你回去通知你的国王，告诉他说，我就要来征服他，并使他的全部疆土都归顺于我。"高文骑士听后大怒，便说道："我宁愿牺牲整个法兰西，也要抵抗你的侵略。"鲍斯骑士也说："我也是这样，宁愿失去全部的布列塔尼或勃艮第也要抵抗敌人。"

这时，罗马皇帝的一个近表亲，名叫盖那斯的骑士，叫道："看呀，不列颠人多么傲慢不逊、大言不惭；他们狂妄得好像整个世界已经放在他们的手掌之上。"高文骑士听到这句话,更加恼怒,便拔出剑来把盖那斯的头颅砍了下来,随即勒转马头回身逃去,时而涉过河流,时而穿越树林,最后来到原先埋伏的地方,梁纳耳和拜底反尔两位骑士正在那里等候。罗马人紧跟在后面追来,有人骑马,有人步行,经过了平原,赶到森林中来。鲍斯骑士回马一望,看见一个罗马骑士已经紧追在背后,他就放出长矛奋力一击,那矛一直刺穿了这骑士的身体,他跌下马就死了;接着又有喀利朋追来,这是巴费亚①一员最强的武士,一连打倒了亚瑟的很多骑士。及至鲍斯骑士知道这人使他们的损失很大,即策马迎上去,挺矛刺穿了他的胸膛,敌人立时倒地气绝。接着又有一个罗马的法耳丹那克骑士,打算为盖那斯向高文复仇,不意被高文骑士识破,就对准他的脑袋,打个不停,直打到他的胸脯上。然后高文骑士回到埋伏的伙伴们那里去,才到那里,又遇上一场大战,伏兵猝然向罗马人出击,对罗马人乱砍乱杀,迫得罗马人飞奔逃命,高贵的骑士们把他们都赶回到自己的帐篷里去了。

　　随后,罗马人麇集得更多了,部队也冲将上来,开辟了新的战场,因此鲍斯和拜瑞耳两个骑士被他们捉去。高文骑士看到这种情形,立即带着一位优秀的伊多斯骑士赶上,声言:如果救不出这两个人,他就无颜再见亚瑟王了。他拔出一支名叫"卡拉丁"的利剑,追向押解这两个骑士的人群,猛击那个押解鲍斯骑士的人,救出鲍斯,交给了自己的伙伴们。另一边伊多斯骑士也用同样的方法救出了拜瑞耳。这时战争的范围蔓延得更大了,我方骑

---

① 巴费亚(Pavie)或为Pavia的另一写法,为意大利伦巴底的一个省名。

士们的处境也愈来愈困难了,所以高文骑士请求亚瑟王速派援军,愈快愈好,他说:"我的伤势很重,我们的俘虏可能要报复我们。"当时有一个使者来见国王,奏报消息。不一会儿,国王集合了大军,但在他尚未出发之前,一些俘虏已被押解回来了,同时高文骑士和他的伙伴们也已在战场上获得胜利,将罗马人赶走了。这一次战罢归来,检点人数,除高文骑士一人重伤外,不曾损失一个重要的人物。当时国王殷切地为高文检视伤口,予以抚慰。这是不列颠人和罗马人在行军途中的第一次交锋,罗马人被杀的已在万人以上,因此亚瑟王的全军将士在当夜狂欢达旦。所有俘虏在第二天由兰斯洛特和卡多尔两骑士担任押解,前往巴黎,还跟随着许多骑士。

第七回

卢夏诗怎样埋伏了侦探人员,来夺回被掳的骑士们,又他们怎样被阻。

我们现在回头来叙述罗马皇帝的情况。当日他察觉到亚瑟俘虏了他的人,并要全数解往巴黎,就派遣一些王公骑士,率领大军六万埋伏起来,以便营救那些被俘去的骑士和爵主们。第二天清早,兰斯洛特、卡多尔两骑士以及其他官员、监督人员押解着俘虏们出发,因为必须经过一处森林,兰斯洛特骑士就指派专责的骑士,前往林中侦察有无敌人隐伏。那骑士侦察以后,果然发觉树林里藏有大量的埋伏,赶回来报告兰斯洛特,说有六万罗马大军,正等候着他们。兰斯洛特骑士就偕同所有的骑士,率领了战士一万人,整队出发,和遭遇的那些敌人奋力战斗,被杀死和被斩碎的罗马人为数很多;至于罗马人和撒拉逊人在另一个阵地作战的,也有好多骑士和海军将领被杀;此外,还有里里王和三个爵主阵亡了,这三个人叫做阿拉叩克、海罗达和海仑达耳。这时兰斯洛特骑士打得非常英勇,几乎没人能经住他伸手一击,无论他奔到哪里,四周的敌人都会被他杀死,他总是表现得那样威武和气力超人,以至罗马人和撒拉逊人遇见他,正如绵羊碰见狼和狮子一般,飞奔逃命,所以凡是活着的敌人,一见兰斯洛特就逃跑了。

他们战斗了好久。消息传到亚瑟王那里，他也准备参加，借此了解手下这些骑士们是怎样打胜的。他拥抱了每一个骑士，并且赞扬道："你们真配得到光荣和尊敬，世间上也只有我才配拥有你们这些高贵的骑士。"卡多尔答道："大王，这一战，我们都很努力，没有一人不肯互助，尤其兰斯洛特骑士，他的威武凶猛几乎不能用言语来形容；他的亲族们在这天的战争中，也表现得出神入化。"卡多尔骑士然后报告了自己一方牺牲的骑士名单，计有拜瑞耳骑士，还有莫利斯和默瑞耳两个骑士。国王听罢，流下热泪，他用手帕揩干了眼泪后，说道："你们的勇气，几乎断送了你们的性命，虽然你们都回来了，也没失掉任何荣誉；可是，在战斗中的骑士，一旦发觉自己已力竭难支，还留在那里不逃跑，我要说他们是愚蠢了。"当时兰斯洛特和其他的人同声答道："也不尽然呀，若是有人屈服过一次，他就永无翻身的机会了。"

第八回

一个议员怎样把他们的败绩告诉卢夏诗骑士,又关于亚瑟王和卢夏诗之间的大战。

关于亚瑟王和他的高贵骑士们在战场上的得胜经过,以及解押俘虏到巴黎去的情形,前已讲过,在此暂告一段落;现在我们且来记述一个罗马元老院的议员在战场上的印象,以及他向卢夏诗皇帝所发表的意见。他说道:"皇帝陛下,我劝您赶快退兵;您留在这里做什么呢?您在这边疆地方,而对方的攻势又极厉害,您除了挨打以外,将一无所得;因为,今天亚瑟的骑士在战场上,一人就足可抵上我们的一百个。"皇帝回答他说:"呸,你这是懦弱的话;听了你这话,比今天在战场上的损失更使我难受哩。"少时,皇帝派人召来一位名叫季欧米骑士的王公,这人拥有庞大军力;皇帝就命他率领大军急进,而皇帝本人则随后赶来。这时亚瑟王早已秘密探得这个情报,随即派人到沙逊,由罗马人手中夺回城镇和堡寨。然后国王又命令卡多尔骑士偕同圆桌社一部分骑士,如兰斯洛特、鲍斯、凯、马汝克以及马汉思等等负责后卫的殿军,保卫国王本人。这样,亚瑟王便把人马分散成许多小组,因此到后来,使得敌人无从逃散。

及至卢夏诗皇帝窜入沙逊的山谷里,只见亚瑟王早已大张旗鼓，严阵以待；卢夏诗方知自己被敌人四面包剿，非战即降，实已无处可逃，他就向罗马人宣称："诸位同胞，我告诫你们，今天必须奋力应战，以尽各人的天职，更应记住罗马人飞黄腾达、称霸世界的光荣，今天绝不能容忍大不列颠人反叛我们。"接着他又吩咐号手吹起带有血腥气息的角声，于是战场登时天崩地裂。

双方的战争在进行，杀声喧天；双方互击，以致倒毙的、受伤的和被杀的，人数众多；当日展开了极其英武勇敢的战斗，若把每人在这期间的显赫战功一一加以记录，势必写成整整一巨册。但是，在此要大书特书的，是亚瑟王骑在马上，激励全体骑士奋力战斗；至于他个人的表现，更是不胜英勇；只见他拔出截钢剑，始终在罗马人最稠密、伤害他的部下最严重的地方，直冲上去，大杀大砍，终于救出了自己的军队；他还杀死了一个身材顶大的巨人，名叫卡拉派斯，这人不仅身材奇高，而且块头大，他从这人的膝盖起截去他的双肢，说道："你现在同我们打交道，比起原来的个子好得多了。"然后才斩下了他的脑袋。高文骑士这时也打得非常出色，在战场上杀了三名水军将领。其他所有圆桌骑士，也都立了功。亚瑟王和卢夏诗之间的战事，便这么拖延了很久。卢夏诗方面，已有很多撒拉逊人遭到杀戮。战争更加激烈了，往往同一方面，忽而得胜，忽而失利，长时相持，最后亚瑟王看准了卢夏诗作战的所在地，想亲自向他奇袭。刹那间，他便骑马出动。两人凶猛地交上手，后来卢夏诗一拳横击在亚瑟的脸颊上，使他受了重伤。亚瑟王一看自己受了伤，立即举起截钢剑回击过去，不想正砍在对方的头上，由头顶一直劈到胸脯。罗马皇帝倒地身死，结束了他的一生。

听得皇帝战死的消息，一霎时所有的罗马人都率领着自己的部队仓皇逃命。这边，亚瑟王就率着全体骑士在后追赶，当然，沿途所经，凡能够消灭的人，绝不曾放走一个。因此亚瑟王大获全胜，而卢夏诗方面被杀死的约计在十万人以上。随后亚瑟王又亲自检查了尸体，凡是自己的侍从，都一一加以掩埋，各人仍依照生前的爵位及品级高下，加以区别。凡受伤的人员，国王都交外科医生检查治疗，并且命令不得吝惜油膏或药品，直至痊愈为止。

亚瑟王乘马赶到卢夏诗皇帝阵亡的地方，发现同死的还有叙利亚的苏丹①，埃及和埃塞俄比亚的王，这是两位高贵的王，另外还有其他的王十七人，又罗马元老院议员六十名，也都是有名的人物。国王一律用大量的上等香胶，为他们的尸体抹油涂胶，并用六十层的香薄绢裹尸，②分盛铅匣，以免擦损，且可保持香气；又在每人的尸体上放置着盾牌、武器及旗帜徽章，以便识别他们的国籍。后来国王发现还有三个活着的元老院议员，便对他们说道："要想保全你们的性命，就替我把这些尸体运回伟大的罗马，代表我交给罗马的总督，再随带我的一封信，告诉他说，我就要亲自赶来罗马。我料想罗马人今后会小心地向我要求纳贡了。你们到了罗马，我命令你们向总督和元老院全体人员说，我现在送上死尸，作为他们索要的贡仪。如若他们认为数目不够，等我亲自来到再行补偿，现在我不亏欠什么贡礼。我也不愿再进献什么

---

① 苏丹（Soudan），亦作 Soldan 或 Soedan，但应作 Sultan，乃伊斯兰教国王的称号，特指土耳其皇帝；自1922年11月1日废。
② 所记为罗马葬仪处理死尸的手续。

247

礼物了。我想大不列颠、爱尔兰，以及全部阿尔曼和日耳曼的贡仪，有这些已足够了。此外，我还命令你们向他们说，今后永远不得向我个人或是我的领土索捐收税，如敢违犯，悉行斩首示惩。"那三个元老带着上述的命令和指示，以及上述的尸体，辞别而去。其中卢夏诗的尸体是用专车装载，车上覆着罗马的国徽；在专车后面的是，每车装载王的尸体两具，再后为元老院议员尸首，驰往罗马。他们作为访问总督和元老的专使，陈述在法兰西战事的经过，以及丧失国土及断送许多性命的情况。同时，忠告他们，永不许采用任何方式，对伟大的征服者亚瑟挑起战争；因为他的神威英武，最使人敬畏，他的部下、各王公诸侯，以及为数众多的圆桌骑士，在世间上真是威风无比。

第九回

亚瑟大胜罗马人之后,他怎样进入了阿尔曼,随后他又怎样进入了意大利。

现在我们再来记述亚瑟王和他高贵的骑士们。在抵抗罗马入侵的战争中大获胜利之后,他们便进入了洛林①、不拉奔②,以及佛兰德斯,由此转回阿尔曼,再登山越岭来到伦巴底,随后再到托斯卡纳。在这里有一座城池,既不投降,也不屈服;亚瑟王亲去讨伐,包围了很久,也围攻了多次,杀人无数,结果城内居民依然英勇抵御。因此有一天,亚瑟王召见佛罗伦斯骑士,告诉他说,此刻他们正缺乏粮食,附近不远有一座大森林,那中间隐藏有很多敌人,他们都带着大量家畜,"你要准备好冲进森林,将牲畜夺来;去时可偕同我的外甥高文骑士、韦士哈特骑士、克莱吉斯骑士、克莱尔曼骑士,以及卡尔底夫队长等人,回来的时候尽量把牲畜带回。"

这许多骑士都准备妥当,便骑马出发,逾越了丘陵山岗,又穿过了森林树丛,来到一片碧油油的绿色草原,这里奇花异草,

---

① 洛林(Lorraine),法国东北部一地区。
② 不拉奔(Brabant),指中古荷兰地方。

不可胜数，大家停留下来，放马吃草，休歇了一宿。翌晨天方黎明，高文骑士独自一人，悄悄地骑马蹓走，去寻求奇迹。走不多时，忽发现一个全身戎装的人，策马沿林边缓缓地走来，一面盾牌缚在肩上，他骑着一匹强壮的战马，身后只跟着一个携带长矛的扈从，别无他人。再看这骑士的盾上，用金子嵌成狮腿鹰口的奇兽三只，底子是发出貂毛光辉似的红宝石色，顶上是银子做的。高文骑士一望见这个光彩耀目的骑士，便竖起长矛，放马冲上，盘诘这人是从哪里来的。这人回答说，他原籍是托斯卡纳；接着又反诘高文骑士："干什么？有啥了不起，你这个骄傲的骑士，竟这样不害臊么？在此地你得不到什么宝贝的；你自己就会明白，在你还没有滚开以前，就要做我的俘虏了。"当时高文也回答道："满口大话，你太骄傲了，带上你的鞍辔去吧，等着，一刻儿有更大的苦头给你吃。"

第十回

关于高文骑士抵抗一个撒拉逊人的一场斗争,以及使他投降,并成为一个基督徒的经过。

随后,高文骑士便和这个来自托斯卡纳的骑士各执长矛,使尽全力向对方冲来,他们撑着盾牌互击,都把盾牌打穿了,各人的矛头又都落在对方的肩上;同时两人又拔出利剑,奋勇相斗,剑口落到头盔上,火星四溅。高文骑士这时心内又羞又气,连忙抽出他那把名叫"卡拉丁"的宝剑,一击便砍穿了对方的盾牌,连厚铁片制成的锁子甲也砍开了,上面镶嵌的那些宝石自然纷纷碎裂;那个骑士浑身重伤,竟使人能够直看见他的肝、肺。不意这个呻吟不已的骑士,猛地冲到高文跟前,给了他可怕的一剑,伤口很大,把血管也砍开了;高文顿时血流如注,伤势严重。这骑士便对高文说:"在你流出的血液还未变色之前,快些扎起你的伤口,因为你的血已流遍了马身,还流在武器上面;恐怕布列塔尼全境的理发匠,①都止不住你的血了。因为凡是这把剑口所砍成的伤,是永远无法止住流血的。"高文骑士答道:"这伤势给我

---

① 理发匠,中古欧洲的外科医生多是理发匠兼任的,所以英文医史上称曰"理发匠外科医生"(barbersurgeon)。

的痛苦很小,你的大话既吓不倒我,也不能挫败我的勇气,可是在我们走开以前,你会遭到灾难的,快告诉我,有什么人能止住我的流血。"那位骑士答道:"若是我想做,我就会止住您的流血;还请您帮助我一件事,就是把我变成信仰上帝的人,我要依靠您的人格成功,因为这件事会使您的心灵得到无上的功德。"高文说道:"我可以答应你,靠着上帝的帮助,达到你的希望,但你应先告诉我,你在此地独自探求些什么?你是哪个国度的人?"那人答道:"我的名字叫普烈玛斯,我的父亲是一位大王,曾为了反叛罗马,糟蹋了他们很多地方。我的父亲是亚力山大的直系亲属,也是赫克托[①]的直传后裔。又约书亚公[②]和玛喀比[③]同我们都是一个祖宗的后代。我乃是亚力山大里亚和非洲,以及海外全部岛屿的合法继承人,我信仰您所信仰的主;您为我所费的劳力,我要重重地酬谢您。我认为没有人可同我相比,也没有人可同我一样,我一直傲慢自大。此番我被派参战,亲率骑士一百四十名,如今同您相遇,造成我平生最激烈的战斗;可是骑士先生,请您告诉我,您是什么人啊?"高文答道:"我不是骑士,多少年来我在亚瑟王的服装室里长大,负责保管他的铠盔戎衣,甚至他私人的短装,也由我负责。去年的耶稣诞节,他才封我做卫士,赏给我马匹和全部武器,以及钱币一百镑;如若时运亨通,我的主君一定会提拔我,给我加官晋阶。"普烈玛斯叹道:"啊唷,如果国王的

---

① 赫克托(Hector),见卡克斯顿的序文,第 xxvii 页注③。
② 约书亚公(Duke of Joshua),见卡克斯顿的序文,第 xxviii 页注①。
③ 玛喀比(Maccabaeus),见卡克斯顿的序文,第 xxviii 页注③。

仆从已是这样凶猛,那么他的骑士更要高明啦。现在看在国王对上帝的爱的分上,我要问明,究竟您是仆役还是骑士,请您将尊姓大名告知。"高文骑士说:"愿向上帝立誓,我保证告诉您真话,我的名字叫高文骑士,在国王的朝廷和宫室里是出名的人物,也是圆桌社的一名骑士,曾被国王亲手加封公爵。如若这个恩典是由于我的幸运,请您不必感觉不平,这是上帝的好意,才使我得到这种力气的。"普烈玛斯说道:"我现在的快乐,胜过您把全普罗旺斯和全巴黎的财宝都送给我。我宁愿受野马分身的苦楚,也不愿意有一个仆役因打败我而受褒扬,或是一个侍从因击伤我而领到奖赏。但是骑士先生,请您当心,近处有洛林公爵率领的军队,还有道尔芬部下最尊贵的人士,伦巴底的各爵主,郭达德的卫戍军,以及南部①的撒拉逊人,总共有武士六万人;所以除非我们快快走开,否则你我两人都会受到大害,现在我们的伤势已很严重,恐怕永难复原;还请注意我的侍从,幸好他不曾吹起号角,若是他一吹动,在近边的一百名骑士,将会聚合到此地,他们全是我身边的卫队,如果您被他们捉住,那就不是用金银所能赎回的了。"

高文骑士骑马渡河逃命,那个骑士也跟随在后,二人一同赶到草场,高文骑士的伙伴们已在那里等候了一整夜了。当时,韦士哈特骑士瞧见高文已经受伤,就奔到他面前来,流着泪,问他

————————

① 南部原名Southland,按指撒拉逊人所住的地方。查Saracens这个名称,乃希腊人或拉丁人对叙利亚沙漠边区居民的称呼;后来欧洲中古的著作家,则用此字泛指曾在欧洲各国作战的穆斯林。今译Southland为南部,因为在欧洲的南部。

是被什么人伤害的；高文回答说，他同一个人大斗之后，双方都受了伤，彼此已经用油膏治疗过对方的伤口；"但是我要向您奉告些消息，就是不久，我们便要遭遇到好多敌人。"

普烈玛斯和高文两个骑士下了马，让马在牧场上吃草木；他们脱下武装，鲜血又从伤口里流了出来。普烈玛斯由侍从手里取得一只小瓶，内盛天堂药水四种，先拿一种特制的香膏涂敷伤口，再用药水洗涤，一小时之后，两个人的伤都痊愈了。随后他们吹出号声，召集大家一同计议，这时普烈玛斯向大家说，不论哪些王侯骑士，都宣过誓一定要来营救他的，他们自然会派几千人来此进攻，所以他劝告大家快些退回去。高文骑士说道："照你所说，要我们退兵不抵抗，我认为这乃是绝大的耻辱；因此，我奉劝大家穿上武装，一齐准备同不信仰上帝的撒拉逊人大战一次，靠着上帝的帮助，我们一定会战胜他们，给我们留下一个辉煌的纪念日。让佛罗伦斯骑士留在这里，像一位豪侠的武士一般，坐镇这指挥站，我们绝不把留在那里的伙伴们轻易放弃。"普烈玛斯又道："现在，请您不要多说吧，我再警告诸位，你们在对面的树林里可以发现很多凶狠的骑士；他们要驱使许多牲畜野兽向你们进攻，数目极众；你们自己仅有七百人，如此众寡不敌，悬殊太多了。"高文骑士答道："无论如何，都得去拼一次命，看他们是怎样的打法，就让最优秀的人得到胜利吧。"

第十一回

好多撒拉逊人怎样从树林里走来救护他们的兽类，以及一场大战的情形。

随后佛罗伦斯骑士召来佛罗利达骑士，叫他率领骑士一百名，将所有进攻的野兽负责逐出。那七百名武士也随着跟来了。这时西班牙的法兰骑士突然乘了一匹骏马由森林里驰跃而出，走到佛罗伦斯面前，问他为什么逃开。佛罗伦斯骑士挟矛放马追将上去，对准他的额部猛然刺来，只一击便把他的颈骨打断。其他的敌人立刻奋勇冲来，都想为已死的法兰复仇，大家混战一团，战情激烈，被杀的和倒下的人为数极多，佛罗伦斯则带领着一百名武士一直坚守着指挥站，战斗得极为英勇。

当普烈玛斯这位优秀的骑士瞧见这战争的激烈，便驰往高文骑士的面前，劝他立刻出动，援救佛罗伦斯等人，因为他们正遭受着敌人的攻击，处境十分困难。但高文骑士答道："先生，请您不必多愁，他们终究要得胜的。现在还不需要我上前去帮助呢，除非我看到他们再也不能支持。目前，他们依然有足够的力量去同敌人周旋。"

这时高文看见爱色耳瓦德伯爵和戴屈曼公爵率领数万人已由树林里冲出，还有普烈玛斯的骑士们，也都贸然参加了战争。可是高文仍是婉言安慰他部下的骑士们，劝他们不必愁眉不展，"因为他们所有的人，将来都会变成我们的。"这些人冲上前去，同敌人相斗，结果双方都有死伤。忽然又冲入了一批圆桌骑士，任何人若是对他们抵抗，立即就被打倒地上，因此被迫退避和逃亡的人很多。高文骑士说道："我愿立誓对上帝说真话，我心里高兴极了，因为我们已把敌方消灭了两万人了。"这时有一个名叫车班士的巨人，也加入了战争，猛战猛杀，我们的很多骑士受到他的威胁，威尔士的骑士葛鸾德就是被他所杀。于是我方的骑士们登时又勇敢起来了，杀死了很多撒拉逊人。接着普烈玛斯高举军旗，率领圆桌骑士乘马而来，战斗极其英勇，奋不顾身，以至敌人死亡更多。这时，普烈玛斯骑士打死了摩易赛斯侯爵，高文骑士同他的部下都奋勇尽责，因而又获全胜，只有彻斯特兰骑士在这次战争中不幸被杀，使人大为伤感，他原来是高文所监护的义子，不过这仇恨很快就报复了。大战到此结束。在战场上，触目皆是伦巴底的王公们，以及撒拉逊人的尸体。

此后，佛罗伦斯骑士同高文骑士安全地保护了他们大队人马，驱赶着大批牲畜，随带无数金银财宝转回，向亚瑟王表功；这时亚瑟王还在包围一个城堡。他们晋谒了国王，先解上俘虏，接着奏报了冒险的情形，最后陈述了击败敌人的经过。

第十二回

高文骑士怎样带着俘虏回到亚瑟王那里，又亚瑟王怎样夺取了一座城，以及他怎样登极做皇帝。

高贵英明的亚瑟王向高文和普烈玛斯两个骑士说道："现在，我们来感谢上帝吧。"因为他不认识普烈玛斯，所以就问高文说："站在你旁边的是什么人？他不像是俘虏呀。"高文就回报道："王上，这是一个武艺高强的人，曾同我比赛过，因为他愿意侍奉上帝，才向我投诚，希望做一个基督徒；我们若是没有他的帮助，恐怕永无返回的一日了。在当代大人物或骑士之中，没有比他更高明或更出色的了。"没经多久，国王便为普烈玛斯施了洗礼，仍取名普烈玛斯，并晋封他为圆桌骑士和公爵。然后国王命令发出"叫报"，进攻已经久围的城堡。于是安放云梯，拆除城墙，填平壕沟，以便他的部下能更容易地进入城内。当时，城内的一位公爵夫人、还有伯爵夫人克莱丽新，带领许许多多的贵妇名媛一齐走出城外，跪在亚瑟王的面前，恳求他体念上帝的慈爱，和平接收全城，不要采用攻陷的方式，以免无辜良民遭殃。国王便拉开头盔的面甲，满带着温和慈祥的面容，说道："诸位夫人，我的全体部下，没有一个人会骚扰你们，也没一个人会妨碍你们；对于你们私人的财物，谁都不会沾染丝毫；只有公爵一人要听候我的审判。"接着国王便传令全体将士，停止进攻；随后由公爵长子捧来城内官署的钥匙，跪呈给亚瑟王，恳求他的恩典；国王当时采纳部下各王公的意见，收复了这座城，逮捕了公爵，押解到不列颠的多佛，判处终身徒刑，此外酌留一定数目的田赋，作为公爵妻室子女的生活费用。

国王派定了治理这片地方的官吏，又颁布各级官吏们应遵行的法规，亦如在本国一样。随后国王前往罗马，并派福禄礼士及佛罗利达两骑士做先行，率领武士五百名先到吴儿必努城设下埋伏，另选出最优异的人，骑马赶到城里；就在这时，忽然涌出了许多敌人，同我们的先遣队伍开始发生小战。立时间，我们埋伏的人马冲了出来，夺取了桥梁，将这城占据，在城墙上插满了亚瑟王的旗帜。等到国王走上一座山岗，望见这城的雉堞上飘遍了国王的旗帜，方才知道这座城已经到手了。他就发布命令：部下所有的男子，均不得侮辱各等妇女。等他入城以后，走过堡寨的地方，凡处境苦难的人们，都予以抚慰，并指派一个本国的骑士，担任此地的甲必丹[①]。

及至米兰[②]的人听到这座城被他们占领，当地人民随即选派了代表，携带大批金钱，恳求亚瑟王做他们的君主，自愿永做他的臣民。为了表示普莱三斯、巴费亚、彼得圣和特剌木卜港各处对国王的忠心和顺服，当国王在世之日，他们每年呈献黄金一百万两。后来国王到了托斯卡纳，又得到了好多城镇堡寨，沿途所经，

---

① 甲必丹（captain），中古代及近代小城邑的领袖，有权管理别人。
② 米兰（Milan），即意大利文的Milano，乃伦巴底的一个城市。

凡是不愿归顺他的人，悉被消灭；他又来到斯波吕特和维太卜，从那里继续前行，到了随处栽满葡萄的味散康山谷，他在那里召见元老院的议员们，看看他们是否拥戴他做君王。因此在星期六那天，凡是活着的元老院议员们，以及居留在罗马的一些尊贵的红衣主教们，都来晋谒亚瑟王，祈求和平，并奉献了厚礼，恳请他来统治，允许他们以六星期的时间来召集所有的罗马人，以便为亚瑟抹膏[①]，加冕他为这伟大国土的皇帝。国王答道："你们所陈奏的各点，我都同意，决定在圣诞节加冕，并且依照我的意见，举行圆桌骑士的聚会。"于是元老们各自准备加冕的典礼。日期一到，像传奇文学上所记述的，亚瑟赶来罗马，由罗马教皇亲手为他加冕晋位皇帝；一切场面，都极尽辉煌富丽之能事，在他停留这里的时间，确定了由罗马到法兰西的一片土地，并分封给他的侍从和骑士们；一律按照他们每个人的官阶，酌量分配，结果不论贫富，皆大欢喜，毫无怨尤之言。普烈玛斯骑士封以洛林的公国；普烈玛斯感谢万状，誓愿终其一生效忠不渝；接着他又封了一些公爵和伯爵，使得每个人都走上富贵尊荣的道路。

然后，所有骑士和爵主们都参加了御前会议，大家一齐说道："愿上帝福佑王上！陛下的战事结束了，您的征服胜利了，自今以后，我们认为永没有比您更伟大或更强的人胆敢跟您作对了；因此我们恳求您准许我们回家，让我们家人夫妇得以团聚，我们离

[①] 抹膏，乃以色列人受神职的一种仪式，见《旧约·出埃及记》第四十章第十三至十五节。又见《列王记上》第一章第三十四节，对皇帝登极时，先抹膏，再吹角，然后称颂万岁。

乡背井都已很久,这次追随您的光荣任务也已完成,所以很想得到休息的机会。"国王答道:"你们的意见很对。一个人触怒上帝是愚笨的,所以我们都准备返回英格兰去吧。"于是各人收拾武器物品,装箱上车。接着,每人取得返家的许可证。国王又颁布下列的命令:"任何人不得抢劫,亦不得强取食物,沿途取用任何零星物品,均须照值付价,如敢违犯,就地正法。"

这一天,国王渡过海,到了三维治登岸,王后桂乃芬亲来迎接。每城每堡的人们都奉呈了珍贵的礼品,对国王的凯旋归来表示了衷心热烈的欢迎。

<blockquote>第五卷叙述亚瑟王抵抗罗马皇帝卢夏诗的侵略战争,就此结束。下接第六卷,记述湖上兰斯洛特骑士。</blockquote>

第六卷

第一回

　　兰斯洛特和梁纳耳两个骑士怎样离开朝廷，又梁纳耳骑士怎样从酣睡着的兰斯洛特骑士那里走开，后来他自己怎样被虏。

　　亚瑟王在征服卢夏诗皇帝之后不久，便由罗马回到英格兰，这时，全体圆桌骑士都会合在国王的面前，举行了盛大的比武会和马上比武会，由此证实有些骑士在武功和威望方面都有了很大的进步，气力和技术比起同伴们都超出一等，还有很多骑士的武技极其优异，其中尤以兰斯洛特骑士，在所有大大小小的比武场上，或是武艺竞赛中，不论是友谊的比赛，还是生死的决斗中，他总是为全军翘楚，除非对方使用魔术或诡诈伎俩，他从没有一次屈居人下。因此兰斯洛特骑士的声誉和荣耀名震一时，深为举国所景仰。自从亚瑟王由罗马返国之后，据法文史书的记载，兰斯洛特已成为全国所称道的第一人了。同时，王后桂乃芬对他的看重，远超过对其他任何骑士，而兰斯洛特之对于王后，也比对其他任何贵妇名媛更为钟情。如此心慕，终身不渝，为了她，兰斯洛特曾参加过无数次的决斗，甚至有一次，他依仗着轻捷高妙的骑术从火刑场里将桂乃芬的性命救出。①

　　兰斯洛特骑士休养了很长一段时间，参加些文娱活动和体力运动。后来他想在可惊可骇的冒险中显自己的本领，因之通知他的兄弟梁纳耳骑士，叫他准备起来，说道："我们两人同去寻求奇迹吧！"于是他们准备好一切武装，骑上马，径向葱郁深邃的树林和辽阔广大的平原而去。有天中午，适逢天气炎热，兰斯洛特骑士瞌睡得很，忽然间梁纳耳骑士瞧见篱笆旁边耸立着一株很大的苹果树，便向兰斯洛特说道："老兄，瞧前面有一大片阴凉，我们停下来，人和马都一同休息休息如何？"兰斯洛特骑士答道："好的，我们可以停一停。老兄，在过去八年里，我从没有像今天这样困倦。"于是他们跳下马，把马系在杂树上，兰斯洛特躺在苹果树荫底下，头盔枕在头下。他睡的时候，梁纳耳骑士看守着他，所以兰斯洛特骑士睡得很是香甜。

　　恰在这时，有三个骑士骑马跑过，马奔如飞，另有一个骑士在后追赶。梁纳耳骑士瞧见后面追来的那人，觉得他真正是从未见过的一个壮大的骑士，不论他的仪表或是装束，从任何方面看来，都无人比得上。瞬息之间，这个强健的人已经追上了一个骑士，对他发出一击，打得他扑倒在冰冷的地上，躺着不能动弹；接着又追上了第二个骑士，也只打上一击，他便人马都一齐跌倒了。那人再鞭着马一直冲向第三个骑士，还在距离一个矛杆远的地方，伸手从马股的后面又打中了他。然后那人跃下了马，牵着嚼铁旁的缰绳；又用那三个骑士的马缰绳把那三个骑士捆起。

---

　　① 按：故事细情，见本书第二十卷第八回。

梁纳耳骑士望见这番情况，心里很想去同这个强健的骑士比量比量，便立刻把自己收拾妥当，又偷偷地牵着马，打算不去惊醒兰斯洛特骑士。于是他骑上马，直向那个强健的骑士追来，一面盼咐他掉马回来；不料那骑士凶猛地对准梁纳耳骑士打来一击，使他连人带马都跌落地上，这人随后又跳下马，把梁纳耳也紧紧地捆绑起来，横放在他自己的马上，连同以前一共四人，一并押解到他自己的堡寨中去。进了寨，他立时迫令他们解除武装；然后剥去他们的衣裳，再用荆条抽打，打完又送进了暗狱，这狱里已收容了好多骑士，都是非常憔悴可怜。

第二回

爱克托骑士怎样追寻兰斯洛特骑士，又他怎样被陶昆骑士俘虏。

爱克托·德·马利斯骑士发觉兰斯洛特骑士由朝廷里出去寻觅奇迹，许久不返，便暗自闷闷不乐，打定主意去找他回来。这一天，他骑马在一片大森林里遇见了一位很像长年林居的人。爱克托骑士上前问道："先生，您可知道贵处附近有什么奇迹么？"那老农答道："骑士，敝处的情况，我自然熟悉，离此地一英里路光景，有一处建筑得很坚固的大公馆，外面围着高堤。在这公馆的左侧，绕着一溪清流，可以饮马；溪流前后立着一棵枝叶茂盛的大树，树上挂了许多制作精巧的盾牌，都是以前有本领的骑士们所使用的；树干上长着一个窟窿，上面挂着一个铜盘，如若有人用矛柄击铜盘三声，准会有新的景象，同时也会有人来与你为难；若不这样，就是你得了莫大的恩典了，因为好多年来，凡是路过这林中的骑士，无不遭到被捕的苦痛。"爱克托骑士道谢后，别了老农，寻到树下，果然看见又精巧又坚实的盾牌挂得很多。在这中间，他又发现了他哥哥梁纳耳骑士的盾，还有许多是圆桌骑士们的，这些都一望而知；这时他心里感到非常难受，立意要为他的哥哥报复。

爱克托骑士便怒气冲冲地敲击铜盘，随后在清溪里饮了马，正在这时，从他背后冲来了一个骑士，命令他沿着溪边走去，准备应战；爱克托骑士飞速转身，平挟着长矛，使足气力，猛然打去，直把那马打得接连转了两个转身。只听那凶猛的骑士喝道："打得好！把我打得很厉害！"说罢，一马冲向爱克托骑士的身上，用力把他挟在右臂底下，提下马鞍，策转坐骑，跑回了自己的大厅，将他摔到当中的地板上。这个骑士名叫陶昆。当下他便对爱克托骑士说："你今天这样对付我，比之过去十二年中任何骑士对我都凶狠，我现在饶你一条命，你就立誓终生做我的俘虏吧。"爱克托骑士答道："这是绝对办不到的，我爱怎样就要怎样。"陶昆骑士说："那就抱歉了。"于是他强迫爱克托脱下武装，赤身露体地被他用荆条抽打了一顿，然后投入暗牢，在这里他碰见很多旧日的伙伴。及至爱克托骑士见了梁纳耳骑士时，彼此极为伤感；又听他叹问道："老兄，你知道我们的哥哥兰斯洛特骑士在哪里吗？"梁纳耳骑士答道："老兄，我离开他的时候，他正在一棵苹果树下睡觉呢，现在怎样，我就说不出了。"他们齐声叹道："哎呀，若没有兰斯洛特骑士的帮助，我们永无出狱之日，只有他才能同我们的对头陶昆相敌的。"

第三回

四个王后怎样发现兰斯洛特在酣睡，又怎样施行魔法将他掳到一座堡寨里去。

现在暂把这群被幽囚的骑士们搁在一边，先来讲一讲那睡在苹果树下的兰斯洛特·杜·莱克骑士，也就是湖上的兰斯洛特。约莫在正午时光，忽然有四个爵位很高的王妃走来。为了避免炎热天气的困扰，在她们四周，由四个骑马的骑士手执长矛，撑着一幅绿色绸绢做成的凉篷，为她们遮着太阳，这四个王妃分乘着四匹白骡。她们正走之间，猛听得一匹雄健的马长声哀嘶，再一望，见那棵苹果树下酣睡着一个武装齐全的骑士；走到近前，瞧他的面孔，原来正是她们久已认识的兰斯洛特。于是她们对这位骑士开始了争风，每一个王妃都声言，应该由她单独得到他的爱情。这时，亚瑟王的姐姐美更·拉·费说道："大家不必争执，让我略施法术，使他在六个时辰内沉睡不醒，再把他移到我的寨里，要他完全落入我的掌握之中，然后解去法术使他醒转，这时可让他从我们当中挑选一个做他的情人。"

接着她就施放一宗魔法到兰斯洛特骑士身上，把他放在盾牌上躺下，由两个骑士将他挟持在马背上，一路送到凯利奥堡，又转入一间阴凉的卧房中，直到晚上，才由一个侍女给他端来晚餐。及至一切魔力消失,这侍女进来,向他施礼,问他安好。这时兰斯洛特骑士回答道:"好小姐,我什么也说不出,我简直不明白我怎样会到这寨里来的,只有中了魔法吧?"那侍女道:"骑士先生,请您鼓起兴致,多吃一些吧。假使您真像她们所说的那样,是一位优秀的骑士,那么,在明早六点钟我要告诉您一桩事。"兰斯洛特骑士说道:"好小姐,多谢您的好意,我只有仰仗您的帮助了。"随后这侍女告别而去。他在这里睡了一夜,并没有一个人前来安慰他。等到天色破晓,这四个王妃一齐来了,都打扮得极其华丽,她们向兰斯洛特道了一声早安,他也回敬了她们。

这四个王妃同声说道:"骑士先生,请认清您自己已经是我们的俘虏了。对您的身份,我们也已查得清楚,您是兰斯洛特·杜·莱克骑士,班王的太子;我们知道您的人格高尚,又是当代最高贵的骑士;我们也明白现在女人中能得到您的爱情的只有一人,那就是桂乃芬王后,可是您从今以后要永远失掉她了,她也同样不能再爱您;所以,您应当从我们四个人中间任选一个去爱吧。我是果尔地方的王妃,名叫美更·拉·费王后,这位是北卡利斯的王后,那位是伊斯特兰的王后,还有一位是外岛的王后。现在就请您挑选吧,您喜欢我们中哪个做您的情妇;倘使您不愿挑选,那就要把您囚禁终生,直到老死。"兰斯洛特骑士答道:"这倒是个难题呀,挑选了你们中的一个就不死,不选便一定要死,那么,我宁愿在监牢里光荣而死,也情愿被你们杀头,却不甘收留你们一个做情人呢。所以,我来回答你们,不论你们是谁,我全不要,你们都是些虚伪的女骗子。说到我的知交桂乃芬夫人,如果我仍像以前那样自由的话,我可以向你们,或您的亲戚朋友们证明，她是对待自己丈夫最最忠心的一位贵妇，凡是对这怀疑的人，不妨和我比试一下。"这些王妃说道："好呀，这就是你的回话么？你胆敢拒绝我们。"兰斯洛特骑士道："我宁死也不让你们来和我亲近。"她们便把他留在这里，转身而去；他孤零零的，痛苦万分。

HOW. FOVR. QVEENS.
FOVND. LAVNCELOT.
SLEEPING.

四个王后发现兰斯洛特骑士在树下酣睡

第四回

一个少女怎样救出兰斯洛特骑士。

挨到中午时光,原先那位侍女又端饭进来了,并向他问了好。兰斯洛特骑士答道:"好姑娘呀,像今天这样倒霉的日子我确实没碰到过。"她答道:"骑士,您若肯听我的话,我可以把您从危难里救出来,也不会丢面子或闯横祸,不过,您要答应我一件事。"兰斯洛特说:"好姑娘,我会依从你,我委实害怕那群女巫王妃,谅必她们已害死了不少优秀的骑士。"那侍女道:"骑士,您的话诚然不错,她们震于您的大名,又爱上了您的宽宏大度,因此都想得到您的欢心;骑士,她们说您是湖上的兰斯洛特,是骑士中的精英,因为她们向您求爱,被您拒绝了,惹得她们怒气冲天。"接着她又说:"骑士,下星期二我父亲要同北卡利斯王比武,我希望到时候您能够去帮助他一次——上星期二,我父亲被亚瑟王朝廷中的三个骑士打败了——如果您在下星期二的早上,肯帮助家父应战,那么明早六点钟,仰赖上帝的保佑,我来放您出去。"兰斯洛特骑士问道:"好小姐,令尊的大名,请告诉我,我才好答复您。"她说:"骑士先生,家父是巴吉马伽斯王,在上次比赛中,他是遭到了严厉的指责的。"兰斯洛特骑士答道:"我对令尊很熟悉,他确是一位高贵的王,又是一位好的骑士,现在我可以发誓答应您，到时候我一定亲自出场，去为令尊和您效劳。"那侍女答道："骑士先生，多谢您的厚意，明天请您按时准备好，等着我。我就是释放您的人；我还要把您的铠甲、马、盾牌和长矛，一齐拿来交给您。请记住，离这里大约十英里路，有一座白僧大修道院，请您候在那里，我会陪着家父来拜望您。"兰斯洛特骑士答道："就这么办吧，我是个真正的骑士，绝不骗人。"

说罢，那侍女告辞而去，第二天大早赶来，看见他已准备妥当了，就把落锁十二重的牢门逐一打开，领他走出，又带他到放置铠甲的地方，让他穿上武装，再把他自己的马牵给他，兰斯洛特轻轻地一跃，上了马鞍，手里执着长矛，向前走去；并且说道："好心肠的小姐，我绝不失约，一切都靠上帝的降福。"他在一片大森林里，兜了一整天，一直找不到出路，暮色渐渐地笼罩在他的身上，忽然远远望见在一处山谷的树荫下面，有一顶红绢的帐篷。兰斯洛特骑士说道："我只有在这里过夜了。"于是他跳下马，把马拴在帐篷上，脱下武装，因为帐内放着一张床，他就卧下，不久便呼呼入睡了。

第五回

一个骑士怎样发现兰斯洛特骑士睡在他爱人的床上，又兰斯洛特骑士怎样同他战斗。

兰斯洛特睡了大约一个时辰，进来了一位骑士。这人正是帐篷的主人，他还以为床上睡的是他夫人，便靠在兰斯洛特骑士的身旁睡了下来，并且把他抱到怀中和他亲嘴。这时兰斯洛特骑士蓦然觉得粗糙的胡须戳在他的脸上，他便赶紧从床上跳开，不想那篷主也跟着他一同跳起，两个人都把剑抓到手里。那篷主急急冲出帐篷外边，兰斯洛特也紧跟在后面，就在一片小谷中，兰斯洛特把他打成重伤，几至于死。打到后来，那骑士只有向兰斯洛特骑士投降，兰斯洛特也答应了，于是他就把怎样到床上睡觉的经过告诉了他。他说："骑士先生，这顶帐篷本是我的，今夜我约好我的夫人同来这里欢聚，不料遭到这样致命的创伤。"兰斯洛特骑士道："使你受伤，我万分抱歉。其实我是深怕又中了恶人的暗算，最近我就受到过一次谲诈，才被迫向你这条路上走来，又跑进了你的帐篷，歇在你的床上。此刻，我想我能够为你止血。"说罢，他们二人走回帐内，没多久，兰斯洛特骑士就止住了他伤口的血。

正在这时，那骑士的夫人进来了，这女人生得身材适中，貌美如花，一眼望见她的丈夫拜赖斯受了重伤，便放声大哭，不胜悲恸。拜赖斯忙向她说道："安静些，我的心肝，你要知道，这位骑士是一个好人，也是一位冒险的骑士。"接着他就把受伤的原委，统统告诉了她，并说："在我向他投诚以后，他待我很诚恳，把伤口流血的部分都给止住了。"这位贵妇转脸问兰斯洛特道："先生，您是哪里的骑士？您的大名叫什么？"他答道："好夫人，我的名字叫湖上的兰斯洛特骑士。"那贵妇说："啊，是的，听到您说话的声音，早就晓得是您了，以前我常常看到您；我认识您，比您所想象的还清楚。如今我同我的丈夫既已受了您的伤害，那么，我很想求您多加栽培，使他成为圆桌骑士，不知您可肯答应；他的武功很好，在外岛是一个拥有大量土地而有实权的王。"

兰斯洛特骑士答道："好夫人，下一次举行大会的时候，请他来朝廷，您也可以陪他同来，我一定尽我的力替他吹嘘。"（他随又转脸向拜赖斯说：）"只要您尽量地表演出拿手武艺，总能达到您的愿望。"他们这样谈谈说说，不知不觉地，夜已很快过去了。这时天将破晓，于是兰斯洛特骑士忙着武装，牵着马，循着他们所指的路径，直向白僧修道院走去；约略走了两个时辰，方才到达那里。

第六回

巴吉马伽斯王的女儿怎样接见兰斯洛特骑士,又兰斯洛特怎样对她的父亲诉苦。

不多时,兰斯洛特骑士进了修道院的庭院,巴吉马伽斯王的女儿已听到他那匹大马踏在石路上的蹄声。她起身跑到窗前向外一看,原来兰斯洛特骑士已经到了。她连忙吩咐下属们快去牵马送到厩里,又命人迎接他本人到一间华丽的房间内,帮他卸去武装;然后差人送来一件长便袍。等一切停当,她才亲自出来招待。接着,她又为兰斯洛特预备了佳肴盛馔,并且说在当代的骑士中,惟有兰斯洛特是最受她欢迎的人。同时,她又急忙派人去迎接她的父亲巴吉马伽斯王。他住的地方离这修道院不到十二英里远,傍晚时光,他率领着大队骑士来了。这位国王一到,立即跃下马,径直向兰斯洛特的住房奔来。他和女儿见过了,随又拥抱着兰斯洛特为礼,大家寒暄了一阵。

这时,兰斯洛特骑士就向国王诉说自己这次遭遇了歹人的陷害,以致同兄弟梁纳耳骑士失散,梁纳耳至今去向不明,幸亏国王的小姐从监狱里把他救出;"因此在我有生之日,对于她的吩咐,以及她所有亲属的吩咐,自当效力,以图报答。"这国王说道:"下星期二的比武会上,一切惟有仰仗大力惠予协助了。"兰斯洛特骑士答道："好的，王上，我绝不失约，我早已应允了令媛。但是，据说跟随北卡利斯王来的骑士们，都是我王亚瑟的部下，您可知道他们是哪些人么？"国王答道："那就是大门上的马杜尔骑士、莫俊德骑士和葛哈兰丁骑士，因为有这三个人，才把我的全部骑士打败了；说到对付这三个人，我同我的骑士们都无能为力。"兰斯洛特骑士说道："王上，我听说比武场离这修道院有三英里路，到时候请您派三位心腹，要注意一律用白色盾牌，我也要白的，盾面不用花纹；当双方交手的时候，我们四个人从附近小树林里一道奔出，直冲到敌人的面前，尽力打击他们；这样出场，他们就认不出我是谁了。"

时已入夜，各自安歇，这天是星期日，国王告辞而去，第二天送来了三位骑士，并带来四只白色盾牌。星期二比武的日子到了，国王先把他们安置在比武场附近一座小小的树林里面。在临时搭造的看台和包厢上，有一些王公贵妇们在观战以及评判给奖。随后北卡利斯王领着一百六十名头戴钢盔的武士入场；接着就是亚瑟的三个骑士。再后进场的是巴吉马伽斯王，他率领八十名骑士，也个个戴着头盔。大家都平挟着长矛，蜂拥上前，才一交手，巴吉马伽斯王方面就死了十二个骑士，北卡利斯王方面也有六个骑士被打死，不过巴吉马伽斯王方面的武力远远落在对方的后面。

第七回

兰斯洛特骑士怎样在比武场中表现奇能，又他怎样遇到陶昆骑士带着葛汉利骑士。

这时兰斯洛特骑士冲上了武场，只见他手执长矛，尽向人马最稠密的地方插去，矛锋一举，便打倒了五个骑士，其中有四个人的脊椎骨都跌断了。在这一大群人里，他又打倒了北卡利斯王；当北卡利斯王倒下时，大腿骨也折断了。兰斯洛特骑士这一连串的武功，都被亚瑟王的三个骑士看在眼里。于是，大门上的马杜尔骑士说道："前面那个机警的客人，也叫他挨一次揍吧。"他们便蜂拥而上，不料兰斯洛特骑士竟把他从马上打落，摔得肩骨也脱了臼。莫俊德骑士说道："马杜尔骑士既已受伤倒下，此刻该轮到我去比啦。"兰斯洛特骑士早注意到他，便拿起一只大矛，向他冲去；莫俊德骑士先对他打来，兰斯洛特骑士随手还出一击，直把那马鞍前面的弓头打得碎裂，莫俊德就由马屁股上滚下，头盔栽进泥土里竟有一英尺多深，颈骨也几乎折断，躺在地上昏迷好久。

这时葛哈兰丁骑士带着长矛冲来了，兰斯洛特也把他迎住，彼此使尽全身气力相斗，结果两人的长矛都被打断，都断在距手不远的矛柄上；于是又都挥起利剑，你来我去，砍个不停，每一次的来势都很可怖。兰斯洛特骑士愤怒异常，觑准了葛哈兰丁骑士的头盔一剑砍去，打得他鲜血由鼻孔外冲，嘴和两耳中也有血液流出，头颈跟着垂下。他赶紧策马逃走，但行不多远便一跤跌下马来。这一次兰斯洛特骑士手里拿的是一只大矛，在它未折断之前，一连击倒过十六个骑士，有的连人带马倒在地上，有的人从马上被打落，总之没一人不被击中；而兰斯洛特本人在这天却没被对方击落一件武器。随后，他又拿起一根新的长矛，一口气又打倒了十二个骑士，其中大多数都是永难恢复元气了。这时，北卡利斯王的骑士们都不敢再比。巴吉马伽斯王自然占了上风。

两方人马，各归原处，兰斯洛特骑士跟随巴吉马伽斯王一同策马径回堡寨，受到巴吉马伽斯王父女两人极其周到的款待；他们赠给他极珍贵的礼物。第二天，兰斯洛特向巴吉马伽斯王告别，说明前次在他沉睡的时候，他的弟弟梁纳耳不辞而别，他此去是要寻觅梁纳耳骑士。兰斯洛特骑士说完上了马，就此告别而去。临走之际，他又向国王的女儿说："不论何时，您有什么事情要我效劳的话，请您随时通知，因为我是一个真诚的骑士，绝不辜负您的托付。"话说兰斯洛特骑士辞别以后，适巧又回到了从前他酣睡的那个林中。半路上忽遇一个骑白马的女子，彼此互施一礼。兰斯洛特骑士先开口问道："好小姐，您可知道此地有什么奇迹吗？"那女子答道："骑士先生，您如敢冒险尝试，那么此处有许多奇迹，尽在身边。"兰斯洛特骑士说："鄙人正为搜寻奇迹来此，哪有不敢尝试的道理？"她说："好吧，瞧您的外貌倒很像一位能干优秀的骑士。如果您真有胆量去同那位有本领的骑士交手，我可以引您去会他一会。那个人确是您平生罕见的伟大人物。先请问您尊姓大名，是哪里的骑士？"他说道："小姐，把贱名奉告于您，本无不可；我的真名是湖上的兰斯洛特骑士。"那女子回答说："骑士，您看起来倒很好，附近就有您可以唾手而得的奇迹。因为这里有一位骑士，据我所知，除了您以外，无人可以同他相比，这人名字叫做陶昆。并且，我还知道，亚瑟王朝有名望的骑士，被他拘禁在牢里的就有六十四名之多，都是他亲自捉来的。不过在您结束了这次旅行之后，我想请您以一个真正骑士的身份，陪我走一遭，因为我和其他妇女们要恳求您的帮助，去对付另一个恶劣骑士的欺凌。"兰斯洛特骑士道："小姐，凡您希望我去做的事情，我一定遵命照办；现在就先请您带我去见见这个骑士吧。"那小姐道："好骑士，我们就动身吧。"于是她引导着他走向那一溪清流的地方，在那里有一棵树，树上悬着一面铜盘。

兰斯洛特骑士先在溪边饮了马，然后举起矛柄向铜盘打去，因为用力过大，竟把盘底都打穿了；过了好久，没见任何动静。他就沿着那所公馆的几个大门边徘徊了半个小时。忽然之间，遥见一个身材高大的骑士，正赶着一匹马，马上横放着一个捆绑结实的武装骑士。他们二人一步一步靠近了，兰斯洛特骑士一看见那个被捆的人，好像认识似的。待他们再向前走，兰斯洛特骑士才看清楚那人原来就是葛汉利，乃高文的弟弟，一位圆桌骑士。兰斯洛特便道："好小姐呀，现在我看到前面来的那个被捆得很牢的骑士是我们的同伙，他是高文骑士的弟弟。当初，我是答应您的，现在，我要依靠上帝的意思去救他了。若是他的主人陶昆在马鞍上坐得更稳一些。我打算把他所拘禁的骑士们全部释放，我相信我的两个弟兄大概也做了他的俘虏了。"这时,他们两人彼此都已看得真切,都把长矛握在手头。兰斯洛特骑士喝道:"前面来的好骑士,现在请您把那受伤的骑士放下马来,让他休息一刻,由我俩来比一比本领吧!有人告诉我,您曾侮辱了好多位圆桌骑士,因此,就请防备好呀。"陶昆答道:"如若您也是圆桌骑士,我就要同您和您那一伙都干到底啊。"兰斯洛特骑士喊道:"你吹得好大呀!"

第八回

兰斯洛特骑士怎样同陶昆骑士相斗。

于是兰斯洛特与陶昆两骑士各自执矛备战,骑马奋力冲来,彼此挥矛对击,每一下都打在对方的盾牌中央,结果连双方坐下的马匹脊骨都被打断,彼此也不禁为之惊骇。这时两人立即跳下马来,先把盾牌撑在面前,拔出利剑,奋勇相斗,猛力向对方连续打去,不论盾牌还是铠甲都抵挡不住。不多时,两人身上都受了可怕的创伤,流血很多。他们就这样战了两个多小时,你冲我撞,二人身上几无一处没遭到打击。

到了最后,这两人都累得喘不过气来,只得倚着剑停一下。那陶昆骑士说道:"朋友,请稍停一会儿,我要问您几句话,请回答我。"兰斯洛特答道:"说吧!"于是陶昆开始说了:"我平生所遇见本领最大的人物,您真算得第一个了;气力也最长最大,但又很像我生平最恨的那个骑士;假如您不是我最恨的那个人,我们是很容易和好的,再为了您的情谊,我愿意将全部俘虏释放,总共是六十四名;因此我要请教您的尊姓大名。只要您同我变成了好朋友,自今而后,我一生都不会亏负您的。"兰斯洛特骑士问道:"果能如此,我能够获得您的友谊,这是很承情的。但您最恨的那个骑士是什么人呢?"陶昆骑士答道:"我老老实实地告诉您，他的名字叫湖上的兰斯洛特骑士，就因为他曾在一个凄凉的阁楼上，杀死了我的哥哥卡瑞都。这人是当日一个优秀的骑士；在所有骑士之中，负有盛名；若是有一天被我遇见，那么我们两人中，必定死去一个，我对这事，已经立过誓了。并且，为了兰斯洛特骑士的缘故，宁肯误杀一百个优秀骑士，也不愿让他漏网；也正为了兰斯洛特的缘故，我宁使最优秀的骑士都终生残废，永不复原，也不愿让他漏网；因此，我宁肯把他们很多人都囚死在狱里，目前已有六十四人了，也不愿意让他一人漏网。现在我情愿把全部在押的骑士都交给您，让您释放他们，只要您肯说出您的姓名，但愿您不是兰斯洛特骑士。"

兰斯洛特答道："现在，我明白了。如若我是那样的人，我就可以同您和平相处，平安无事；假使我是这样的人，那么我们之间，一定要发生不共戴天的战祸。可是，骑士先生，遵照您的要求，我要奉告您，我就是兰斯洛特骑士，班伟克地方班王的太子，一个真正的圆桌骑士。现在就请您准备好吧，使出您最大的力气来打吧。"陶昆答道："啊，好一个兰斯洛特呀，为着你是一个骑士，我还是最欢迎的。我们两个人，（势不两立，）若不打死一个，我们便一直斗到底，绝不甘休。"说罢，两人重新拿起盾牌利剑，恰像两只野牛似的，头撞腹冲，纠缠在一起，各不稍让，有时两个人都是头向着前面，一齐冲倒地上。他们这样斗了两个多时辰，中间从未停过；这陶昆骑士直把兰斯洛特骑士身上打得伤口累累，在他们相斗的场子里，地上满是斑斑滴滴的血痕。

第九回

陶昆骑士怎样被杀,又兰斯洛特骑士怎样吩咐葛汉利骑士去营救所有的俘虏。

战到后来,陶昆骑士的气力逐渐衰竭,稍形退缩,他因为疲倦过度,连盾牌也举不高了。兰斯洛特骑士看到这一点,便凶猛地跃到他的身上,一把抓住他头盔上的半面甲,将他拉倒,直至跪在地上;这当儿他击掉了他的头盔,从颈子上把他的头颅切下。兰斯洛特骑士办完了这桩事情以后,又跑到那少女面前说道:"小姐,您要我往哪里,我就陪您到哪里去;只是我缺少了一匹马。"那小姐答道:"敬爱的骑士,请您骑这个受伤骑士的马,把他送到那座公馆,再叫他放出全部的俘虏。"兰斯洛特骑士就走到葛汉利面前,向他借马,并求他不要吝惜。葛汉利说道:"敬爱的爵主,我怎会拒绝呢,请任意牵了去骑吧,因为您救了我,也救了我的马,今天,我要说您是世界上最最优秀的骑士了。而且我今天又亲眼目睹您杀死那个最凶狠的人;也只有您才是我生平所看到的最英勇的骑士;还有,敬爱的先生,请问您的大名。"他答道:"先生,我的名字是湖上的兰斯洛特骑士,为了亚瑟王的缘故,我固然应当略尽微劳,特别看在我敬爱的爵主高文骑士的面上,他是您亲爱的哥哥,我更应当全力相助。您若走近对面那座公馆，在那里，我确信您可以遇见很多位圆桌骑士，因为我在那棵树上，看见过他们的很多盾牌，其中有凯骑士的，有布兰德耳骑士的，有马汉思骑士的，有卡令特骑士的，有布瑞安·德·李斯提诺瓦骑士的，有阿里杜克骑士的，还有许多人的，此刻我已记不清了；此外还有我两个弟兄的盾牌，那就是爱克托·德·马利斯骑士的和梁纳耳骑士的。因此我请求您代我向他们致意，还请您代为通知，说他们各位有什么需要的物品，随意取用好了。再请告诉我的弟兄们，无论如何，先到朝廷里等候一些时候，我准在圣灵降临节的会期赶来。因为现在我必须陪我的女伴去履行诺言。"

说罢，他向葛汉利辞别而去。再说葛汉利赶到那公馆中，只找到一个农民担任看门的，很多钥匙都在这人手中。葛汉利骑士一碰见他，几下就把他摔倒在地上，拿到了钥匙，急忙打开监狱大门，将所有被俘虏的人放出。这些人互相解开缧绁，除去镣铐。他们一瞧见葛汉利骑士，都向他申谢，感恩戴德，还以为他是为他们受了重伤。葛汉利说道："我不是你们的恩人，那位亲手杀掉陶昆而受人崇拜的，原是兰斯洛特骑士。这是我亲眼目睹的。他向各位致意，祝贺你们平安，还请你们尽快赶回朝廷；其中梁纳耳和爱克托两位骑士，务必请在朝廷里等候着他。"兰斯洛特的弟兄们说道："我们不愿到朝廷坐候，只要出狱不死，现在就去找他。"凯骑士也说："我也要这样，先去见了他，再到朝廷，我是个真正的骑士，说到做到。"

随后，这一大群骑士走进了武装室，各自寻觅本人的武器；等到穿戴齐全，每人又去寻找自己的马，以及原先他们自己的东西。当这一切准备妥当,正好进来了一个林居的人,赶着四匹马,驮着些肥美的鹿肉。凯骑士立即说道:"这一些好肉,足够我们饱餐一顿了,我们都好久没吃过可口的食物啦。"于是他们拿出鹿肉,有的烤,有的烘,还有去煮的。大家吃过晚饭以后,有的人留宿在此;但梁纳耳、爱克托和凯三个骑士决定当夜赶路,打算尽可能地去找到兰斯洛特。

第十回

兰斯洛特骑士怎样随一个少女骑马同行,他杀死一个强攫妇女的骑士,又打死一个霸占渡桥的恶徒。

我们现在回头来说兰斯洛特骑士的情况。他陪同那个少女在宽阔的大路上骑马前进,那妇女向兰斯洛特说:"骑士先生,就在这大道上,常有一个出没不定的骑士,他欺凌贵妇和小姐们,最起码是抢掠或奸淫她们。"兰斯洛特骑士答道:"什么!这是个土匪还是骑士?竟然去强奸妇女!实在是侮辱了骑士制度的规矩了,大大违犯了自己的誓言;这种人还让他活着,真正可叹。亲爱的小姐,请您骑马先走,让我在后面掩护,只要他出来侵犯您或是迫害您,我就出来营救,我要教训他一顿,叫他履行骑士的规矩。"

于是这少女骑了马在前缓步而行,不一刻,果真从林里冲出一个骑马的武士,带着侍从,只见他很快地把少女从马上拉了过去,她放声喊叫。兰斯洛特骑士看到这种情形,立即策马奔到那骑士的跟前,喝道:"喂,你这下贱的骑士,你这骑士中的蟊贼,是什么人教你去迫害太太和小姐们的?"那骑士听见兰斯洛特骑士在责备他,并不回答,暗自里拔出剑,猛地放马冲向兰斯洛特骑士便是一剑,这时兰斯洛特丢掉长矛,也举起利剑对打,恰好一剑落在他的头盔上,竟从头顶劈到咽喉。"你早就应该得到这种报应。"那少女说："这话真对呀，正如那个陶昆一心要消灭骑士一样；而这个骑士呢，他欺凌迫害所有的贵妇和士女，他的名字叫荒林里的巴利骑士。"兰斯洛特骑士随又问道："小姐，还有什么要我效劳的么？"她答道："骑士，现在没有什么事情烦劳您了。但愿您不论骑马、步行，也不论到什么地方，我都祈求万能的耶稣随时保佑您，因为，您是当代最和蔼的一位骑士，也是对所有妇女最谦虚的一位骑士。但是，骑士先生，有一点，我认为美中不足的，就是您没有夫人；您真是不爱任何淑女佳人吗？因为我从没听说您曾爱过什么女人，这确是一件可怜的事。虽是外间谣传，说您爱上了桂乃芬王后，这大概是她对您施了魔术，才使您只能爱她，不让别的贵妇或小姐们同您欢叙。以致此间各等妇女，不论身份高低，都在为您惹起无限感喟。"

兰斯洛特骑士说道："好小姐，外面的人喜欢怎样说，就由他们怎样说吧，我可以不去管它，但是我自己想，我不愿做一个有家室累赘的男子；有了妻室，我必须去陪伴她，这就势必会把练功、比武、战斗以及冒险等事业都撂开了；至于要我收留一批情妇，过着金屋藏娇的生活，为了敬畏上帝的缘故，在原则上，这种生活更是为我所反对；一个人身为骑士，又爱上寻花问柳的骄奢淫逸生活，将来在战斗方面，便不能得到快乐和幸运，将很容易被那些力气远不如你的人所慑服；不然，我们当中有本领的人，怎么会被力气较弱者所伤害，而遭到苦恼和诅咒呢？总之，凡喜欢玩弄女性的人，必将感到精神上的痛苦，而且会被各色各样的痛苦所包围。"

在这一番谈话以后，兰斯洛特就同她分手了。他在森林里骑马走了两天多，其间他所住宿的地方也很狭小。到了第三天，他刚跨过一座长桥，忽然间一个恶劣的乡下佬向他冲了过来，趁他转弯的时候，一击打在兰斯洛特的马鼻子上，并责问他为什么在过桥之前，不先向他请求通行证。兰斯洛特骑士问道："为什么我不可以从这里走过？旁边没有我可以走的路呀。"那乡下佬答道："你就是不能挑这条路走。"话才脱口，他又扬起那带着铁钉的大头棍，对准兰斯洛特打来；兰斯洛特骑士急忙拔剑还击，这下正巧落在他的头上，因为剑锋太利，一直砍到胸膛。在桥的那端，是一所整齐幽美的村落，这时全村的人，不论男男女女，凡是瞧见这件事的，都急得向兰斯洛特骑士乱喊乱叫："您把我们寨里看门的大头目杀了，您做了这件对您大为不利的事呀。"兰斯洛特骑士任他们去自说自话，自管进了寨。他来到寨里，在一片碧绿的草场上，将马拴在墙的铁圈上，一面重新整顿好武装。他认为这地方用作战场，最为适宜了。然后他举目向四面张望了一周，看见所有的人都躲在门洞里和窗户内，只听得他们说："好骑士，您要遭殃了。"

第十一回

　　兰斯洛特骑士怎样杀死两个巨人，又怎样解放一个城堡。

　　隔不多时，来了两个身材高大的巨人，全身武装，只露头部在外，手里各握一根骇人的大头棒。兰斯洛特骑士撑起盾牌，遮住身体，抵挡住那巨人的袭击，并举起利剑直向巨人砍去，只见那巨人的脑袋应声落地。另一巨人见了这种情形，便疯狂地掉头逃命，生怕挨打；不料已有一击打到他的肩上，直把他整个身体劈成两片，一直砍到肚脐。随后，兰斯洛特骑士走进了大厅，这时便有六十个贵妇名媛，挤到他的面前，一齐跪下。她们获得释放，重见自由，一方面感谢上帝的恩典，一方面也拜谢他的恩德；她们说道："骑士先生，在过去七年中，我们一直被他囚禁着，为了免于挨饿，我们做着纺织刺绣的各种苦工。我们都是爵主人家的夫人小姐；骑士先生，我们可以作证，您的降生真是有福，因为您做了骑士们的空前伟绩，永为举世所景仰。现在，恳求您把大名告诉我们，将来我们遇见亲友时，就可告诉他们是谁从监狱里放出我们的。"兰斯洛特骑士说道："好小姐们，我叫做湖上的兰斯洛特骑士。"她们一齐说："哎哟，骑士先生，惟有您，才能做到，别的骑士，我们认为都敌不过这两个巨人；很多优秀的骑士虽来试过,却都在这里送了性命;也有好几次我们希望您来。实在这两个巨人除了怕您以外,不怕任何骑士。"这时兰斯洛特骑士对她们说道:"现在,你们怎样被释,由何人释放,都可以告诉你们的朋友们,同时也代我向他们致意。来日我若是经过你们的地界,会很高兴受到你们的招待;至于这寨里一些财物,我愿意送给你们,作为你们劳苦的酬报;不过这座堡寨,我要叫它的原主来接收,这样才合法。"她们道:"好骑士先生,说起这座寨,原名丁答吉耳,寨主公爵一度同美女茵格英结过婚,后来她又嫁给尤瑟·潘左干大王,他们生养了亚瑟。"兰斯洛特答道:"好极啦,我现在知道寨的原主了。"接着他向大家告别,把一切托付上帝。

兰斯洛特骑马走去,经历了好多惊险的荒野,一路上登山涉水,随处过夜,惟住处不佳。一天,适巧天色已黑,他到了一所美丽的花园,在这园内遇见一位老太太,好心好意地留他住宿,于是他本人在这里吃了一顿丰盛的饭食,马也吃到了好草料。入夜,主人又引他进到一角楼中,这楼正建在大门上面,室内还为他安置了床榻。兰斯洛特骑士这时脱卸了武装,将铠甲武器放在身旁,上床休息,不久就睡熟了。过了没有多时,忽来了一个骑马人,在门上叩击得非常急迫,兰斯洛特一听到门声,便起身从窗户上望出去,只见在月光之下,有三个骑士,正在追赶着一个人。那三人一齐挥剑向这一人打击,这人并不示弱,也在勇敢还击,借以保卫自己。兰斯洛特自言自语道:"我一定要帮助前面这个骑士;看见三个骑士追打一个而不救,可说是'见义不为无勇也';若是他被人杀了,我应当担负一部分使他致死的责任。"于是他拿起武器,爬到窗外,系了一条被单,抓着滑了下来,再轻轻地走到那四个骑士跟前。兰斯洛特骑士大声喝道:"快到我这里来,不许再打那个骑士了!"这三个人便丢开凯骑士,转头一齐来对付兰斯洛特,向着他的全身到处打来。那凯骑士忙着赶来协助兰斯洛特骑士。但是兰斯洛特说:"骑士,请您不必为我忙;我是来帮助您的,让我独自对付他们好了。"凯骑士便依从骑士的兴致,一任兰斯洛特随自己意思做去,他只立在旁边。一会儿兰斯洛特骑士连连发出六击,把那三人打倒地上。

听那三人齐声高叫着说:"骑士先生,您确是一位高贵无比的勇士,我们向您投诚。"兰斯洛特骑士答道:"你们的投诚,恕我不接受。如果你们愿意屈服,就向家宰凯骑士投降;你们照办了,我才保全你们的性命,否则你们就性命难保啦。"他们说道:"敬爱的骑士,这样做法,我们不愿意。提到凯骑士,我们已经把他追到此地,如果您不来,他老早就向我们屈服了;现在叫我们向他投降,实在于理不合。"兰斯洛特答道:"论到这点,倒是不错。但要注意,在你们前面只有两条路,一死一活,听从你们自己选择;假使你们决心低头屈服,就必须向凯骑士投降。"随后他们答道:"敬爱的骑士,我们为了保存性命,惟有遵照您的吩咐去做了。"兰斯洛特骑士又说:"在下一次的圣灵降临节,你们三人都必须赶到朝廷,在那里向桂乃芬王后投诚,恳求王后赏赐恩典;并且告诉她,你们是由凯骑士指定到那里去,作为王后的俘虏。"他们三人齐声答道:"骑士,我们愿意立誓照办,只要我们还活着,一切遵命。"然后他们每人都对着自己的剑立了誓,并宣称永不反悔。兰斯洛特骑士这时才释放他们,任其自去。接着兰斯洛特骑士来到大门前,用手中剑柄敲了几下,主人开门延进,他和凯骑士两人一同进了门。那主人问道："骑士，我满以为你还睡在床上呢。"兰斯洛特骑士答道："我确实在床上，不过是为了帮助一个老伙伴，才起身从窗口爬出来。"等到他们走近灯光，凯骑士方才认出面前的人就是兰斯洛特骑士，立即双膝下跪，向他深深地感谢相助的盛情，因为他自己已经被兰斯洛特从死里救出过两次了。兰斯洛特说："骑士，这些区区小事，本是我应尽的责任，我很乐意为您效力，何足挂齿呢？请您上床休息一刻吧。"

凯骑士于是卸去武装，说是饿了，主人为他端上了菜肴，让他吃了一个大饱。吃罢就各自上床安歇，他二人同睡在一张床上。翌晨，兰斯洛特骑士黎明起身，让凯骑士独自安眠，兰斯洛特便拿了凯骑士的甲胄和盾牌，穿戴起来，又走进马厩，牵出了他的马，方辞别主人，离此而去。及至凯骑士一觉醒来，方知兰斯洛特骑士不辞而别。一会儿，又发现自己的铠甲和马也被他一齐带走了。他说道："据我的推测，我相信亚瑟王朝的骑士一定有人要遭殃了，因为他穿了我的武装走出去，人家都认定他是我，而对他大胆放肆起来，这就会引起他们贸然进犯了。而我呢，穿上他的铠甲，拿起他的盾牌，乘马出外，大可以保证平安无事。"不久，凯骑士向主人申谢了，也辞别而去。

第十二回

兰斯洛特骑士怎样换穿了凯骑士的全副甲胄，乔装成他，骑马走去；又兰斯洛特骑士怎样打倒一个骑士。

现在我们再来述说兰斯洛特骑士的事迹。这一次他在一片葱郁幽邃的森林里，骑行已经很久，走到最后，来到一片地势低洼的原野中，那里河流纵横，茂草铺地，风景幽美。他忽然望见面前横着一道长桥，桥上耸立着用丝绸缝制的帐篷三座，颜色极为艳丽。帐篷外面，有白色盾牌三只，悬在三支长矛的杆上；还有巨大的矛枪，竖立帐外；又在每座帐篷的门前，站着三个青年侍从；当兰斯洛特骑士从附近经过的时候，大家都一言未发。等他走过以后，那三个骑士都说他是性情傲慢的凯，并说："他夜郎自大，自以为所向无敌，实则每战必败，完全相反。"其中有一个骑士名叫岗特，说道："我保证不说大话，但为了他太过骄傲，让我骑马追上去，请你们看我是怎样成功的。"于是，这个岗特骑士把自己武装好，盾牌背在肩上，骑上一匹大马，拿起一支长矛，快步追上兰斯洛特骑士。及至相距很近，这人大声喝道："停下来，你这骄傲的凯骑士，不许你随便通过。"兰斯洛特骑士听得有人在背后叫喊，回头一瞧，原来有人冲来了。双方立即挟着矛枪，用尽全力相斗，不多久，岗特骑士的矛被打断了，兰斯洛特就把他连人带马打翻在地。岗特躺下的时候,他的伙伴们彼此说道:"前面这人并非凯骑士,因为这人的个子要比凯大。"有一个名叫吉耳梅的骑士说:"我敢拿我的头打赌,我认为那人是杀死了凯骑士,抢了他的马和武器,装扮起来的。"这时他们的第三位弟兄,名叫雷诺德的骑士说道:"不论你的推测对与不对,我们大家应当立刻上马去拼死救出岗特兄弟,如若救不出来,就甘愿送命。我们要合力去对付他,看来,如果他不是兰斯洛特骑士,就是特里斯坦骑士,或者是伯莱亚斯骑士,只有这几个人才有这样威武。"

一刻儿,他们武装已毕,骑马奔去,追上了兰斯洛特骑士,那吉耳梅骑士首先挺矛去打兰斯洛特,却被兰斯洛特一击打落马下,昏迷在地,躺着不动。于是雷诺德骑士喊道:"骑士先生,您真英勇,不过您几乎杀死了我的两位弟兄,这使我对您十分愤怒,如果我仍能维持我的尊严,我是不愿同您找麻烦的,可是现在,我一定要同他们一齐对抗您。骑士,请您准备吧。"他们立即各奋全力,拼命相战,双方的矛枪都打断了;接着又拔出利剑,杀成一团。不多时,岗特醒转,爬到吉耳梅骑士的面前,央求他说:"你起来,帮助雷诺德兄弟去。他正在前面同那位英武的骑士舍命力战。"于是他们同跃上马,直向兰斯洛特骑士冲来。

兰斯洛特骑士一眼望见他们追来,便一击打中雷诺德骑士的身上,雷诺德由马上应声翻跌在地;兰斯洛特骑士又对冲来的另外两弟兄打去,才发出两击,便把这两人从马上一一打落。这时,雷诺德骑士抬起血迹模糊的头,径向兰斯洛特骑士走来。兰斯洛特骑士便向他说道:"你走来吧,雷诺德骑士,记得你受封骑士的那天,我站在你旁边不远的地方,我知道你的品质还好,所以我不愿杀死你。"雷诺德骑士道:"多谢您的恩德。本来我和我的弟兄们都不敢说不愿向您投降;现在只想知道您的真名字,我们都认为您不是凯骑士。"(兰斯洛特骑士答道:)"不管怎样,你们都要去向桂乃芬夫人投诚,注意在圣灵降临节那天,你们去拜见她,并且向她自认俘虏,还要表白是由凯骑士命令你们晋谒的。"他们都宣誓一定做到这点。然后兰斯洛特骑士继续前行,他们弟兄们方彼此扶起。

第十三回

兰斯洛特骑士怎样同四个圆桌骑士比武，又怎样打败他们。

兰斯洛特骑士走进一片葱郁的森林，在山谷近旁，看见一棵橡树，底下有亚瑟王朝的四个骑士停在那里，原来，这四人就是莎各瑞茂·拉·第色瓦斯骑士或称"野心家"莎各瑞茂、爱克托·德·马利斯骑士、高文骑士及乌文英骑士。后来这四人也瞧见了兰斯洛特骑士，但是从武装上看，都认为他是凯骑士。这时莎各瑞茂骑士说道："我立誓不说大话，让我去同凯骑士比一比气力吧。"说罢就拿起长矛，向兰斯洛特骑士奔去。同时，兰斯洛特骑士早已留了心，并且看得很清楚，便绰起长矛，一矛打去，只见莎各瑞茂骑士连人带马一齐栽倒地上，这一跤跌得很重。爱克托骑士说道："看啦，弟兄们，那一击打得多么重呀！那人的身材比凯骑士大得多了。现在瞧我怎样去对付他。"于是爱克托骑士拿起长矛，放马冲向兰斯洛特骑士，兰斯洛特骑士又刺穿了他的盾牌，打中了他的肩膀，人马都跌倒在地，可是兰斯洛特的长矛还牢握在手里。

乌文英骑士说道："我也保证不说大话，前面那个高强的骑士，我断定他一定是杀了凯骑士；但看他的气力那么雄壮，实在难与他相比。"于是乌文英骑士举着矛枪，策马奔兰斯洛特骑士而来；兰斯洛特早已认清了来者是谁，等到两下遭遇在一块平原上，就重重地给了他一击，使他大吃一惊，竟昏迷了好半天，连自己在什么地方也不清楚了。高文骑士说道："此刻轮到我了，我一定要同那骑士斗一下。"于是他撑起盾牌，手持长矛。当时兰斯洛特骑士也认出了他是谁；他们都纵马对奔，各放矛枪，打在盾心。结果高文骑士的矛杆折断了，兰斯洛特骑士的一击，正打在他的身上，直把他坐下的马打了个大翻身。高文骑士从马上跳下，觉得身上很痛，这时兰斯洛特骑士朝前走近一步，微笑地说道："我从来没使过这样好的矛，我恳求上帝赐福给这个造矛的人。"

其后，这四位骑士聚在一处，彼此互相安慰了一番。高文骑士先开口道："您看这位客人怎样，他只一根矛竟打倒了我们四个人。"大家一听，都说道："我们把他交给魔鬼吧，这人的力气实在大。"高文骑士说："您说得很对，他真是一个力气强大的人；我敢把头拿来打赌，这人准是兰斯洛特骑士，我可以从他骑马的姿势上看出来。"他又说："随他去吧，将来我们到了朝廷，总会搞清楚到底是不是他。"各人找回自己的马，大家很感懊丧。

第十四回

兰斯洛特骑士怎样追着一条猎狗进入一座城堡,在那里他发现一个骑士的尸体,又后来一个少女怎样要求他去医治她的哥哥。

这里暂时不提。且说兰斯洛特骑士又骑行好久,进入一片森林,在那里,他见到一条黑狗,看样子好像在搜寻一只受伤的鹿,是循着它的脚印来的。当时兰斯洛特骑士便策马追狗,见到地面有一大摊血迹。兰斯洛特骑士仍旧追去。这雌狗回头一看,便窜进一片湿洼的地方,兰斯洛特一直紧追过去,一忽儿,他望见一所古老的公馆,那雌狗直向公馆方向跑去,中间还走过了一座桥。桥身已年久失修,兰斯洛特骑士经过的时候,直觉得摇摇欲坠。等他走进了那大厅,见厅的中央放着一具骑士的尸体,貌相端庄,那条雌狗正伸着舌头,在舐尸体的伤疤。就在这时,出来一个贵妇,拧着两手,号咷痛哭;一面向他喊道:"啊,骑士呀,您给我的痛苦太大了。"兰斯洛特骑士申辩道:"您为什么这样说?我丝毫不曾伤害过这位骑士呀,我是跟着这只狗的血迹来的;所以,敬爱的夫人,请您不要误会我;对您的痛苦我是十分同情的。"这妇人答道:"您说得对,骑士先生,我想您不是杀害我丈夫的人;杀他的人一定也受了重伤,并且我可以保证,他也一定永不会复原了。"兰斯洛特骑士问道:"请问您丈夫的大名?"这妇人答道:"他名叫私生子吉耳柏特骑士,是世间最优秀骑士中的一个,但杀害他的人,我不知道是谁。"兰斯洛特骑士遂向她说道:"愿上帝安慰您。"说罢,又重返树林。在那里,他遇着一个少女,原是旧识,这时她大声喊道:"我的爵主,碰到您真巧呀;我正要恳求您,请您以骑士的精神,去救救我那受重伤的哥哥吧,他正流血不止呢。因为今天我哥哥同私生子吉耳柏特骑士打了一仗,在一次寻常的战斗里把他杀了,我哥哥也受了重伤。幸亏附近堡寨里住着一个贵妇,她是一个巫婆,告诉我说,我哥哥的伤口只有用她的方法才能治愈,否则永远不能复原了。这方法就是,叫我恳求一位骑士到危险教堂中去,在那里觅得一把剑和一块包裹受伤骑士的血布;这把剑和这块布的一小片,便能治疗我哥哥的伤;没有这把剑和这块布,便无法找出他的伤口。"兰斯洛特骑士说:"这真是一件奇事,请问您哥哥的大名?"她答道:"骑士先生,家兄名叫美利欧特·德·罗古尔斯骑士。"兰斯洛特骑士说道:"我很同情您,因为他也是圆桌社的一位同伴,这件事让我尽力去办吧。"少女对他说道:"请您沿着这条大路走去,就可以到危险教堂了。我依靠上帝,在这儿恭候您,祝您成功;我相信只有您这位骑士,才能完成这桩冒险。"

第十五回

兰斯洛特骑士怎样进入一座危险的小礼拜堂,由里面取得包着尸体的一块布和一把剑。

兰斯洛特骑士告别之后,到了危险教堂,跳下了马,把马拴在一个小门框上,自己走进教堂的院中。他抬头一瞧,只见教堂前面,倒放着许多只精巧的盾牌,其中就有好多是兰斯洛特骑士一向熟悉的。同时,他又望见院中有三十个魁梧奇伟的骑士,比之平常所看见的任何人都要高得很多,都在瞪目切齿地对着兰斯洛特骑士。他一看到这些人的面貌,很是惊慌,立时竖起盾牌,拿着宝剑,准备应战;对方所有人一律穿着黑色铠甲,也都撑着盾牌,拔出了利剑。及至兰斯洛特骑士打算从他们中间穿过去的时候,他们立时四散各处,放他走过;兰斯洛特骑士壮起胆子,跑进了教堂,只见里面仅燃着一盏昏暗的油灯,别无光亮;另外他又看见一具死尸,盖在一块绸绢下面。这时,兰斯洛特骑士弯腰蹲下,剪下一小方绸绢,猛觉得地面有些轻微的摇撼,不禁畏惧起来,他在死骑士的身旁发现一把精巧的宝剑,就拿到手里,急忙走出了教堂。

刚刚跑到教堂的庭院,那些高大的骑士们都用一种骇人的声音向他唧唧咕咕,说道:"兰斯洛特骑士啊,请您把剑放下来,不然您会送命的。"兰斯洛特骑士答道:"不论是死是活,也不管你们怎样说大话,我绝不把剑还给你们;你们若想要,就请来打吧。"他刚穿过这些人走到庭院里,忽遇一位娟丽的少妇,她说:"兰斯洛特骑士,请您把剑留下吧,否则您会因它而死的。"兰斯洛特骑士答道:"我不愿放下,无须商量。"她又说:"若是您真不把剑放下,您便永远见不到桂乃芬王后了。"兰斯洛特答道:"要是把剑放下,我就成个笨伯了。"那少妇又说:"善良的骑士,我只要求您同我亲个嘴。"兰斯洛特骑士拒绝她说:"哪里的话,上帝都反对我亲你的嘴。"她又说:"好骑士呀!若是您已经同我接过吻,您老早就活不成了。我是为了您和高文骑士,才建造了这所教堂,如今呢,可怜呀,已是前功尽弃了。前一次,高文骑士来我这里,同那个骑士斗过一场,就是死在教堂里的私生子吉耳柏特骑士;他把吉耳柏特的左手打断了。兰斯洛特骑士,我现在告诉您吧,在过去的七年里,我一直眷念着您,结果,只有桂乃芬王后一个人得到您的爱情。我既然不能和您活着的肉体相亲相爱,那我在这世界上再也找不到其他的快乐,因而只想得到您的尸体了。我可以把它用香料浸渍,妥善地保藏一辈子,我便可以天天抱着您、亲您、吻您,用不着再顾忌那桂乃芬王后了。"兰斯洛特骑士道:"你说得好,可是我求耶稣的保佑,使我脱离你的诡计。"这时他骑上了马,告别而去。根据史书的记载,兰斯洛特辞别之后,这位少妇苦闷不堪,只过了十四夜就死了,她的名字叫巫婆海露丝,原是尼格兰姆斯堡的贵妇。

行不多时,兰斯洛特骑士已由危险教堂转回,又和那个少女,就是美利欧特骑士的妹妹相见。她一望见兰斯洛特,便拍着手掌迎接，直欢喜得流下了泪。他们一同骑马走进寨内，美利欧特骑士正躺在那里等候着。及至相见，兰斯洛特骑士一眼便认出了他，但是他仍流血不止，以致面色苍白。美利欧特骑士一瞧见兰斯洛特骑士来到，立时跪在他的膝前，大声哀求道："哎，我的爵主兰斯洛特骑士啊，请您救命。"兰斯洛特骑士随即拿起吉耳柏特骑士的剑，跳到美利欧特的面前，把剑按在他的伤口上，再取出从前包裹吉耳柏特尸体的血布，敷扎他的创伤。没一刻儿，创口愈合，他顿时变得有生以来不曾有过的健康。彼此间的快乐，自不待言，美利欧特和他的妹妹遂忙着制备酒菜，尽情款待兰斯洛特骑士。第二天早晨兰斯洛特告辞动身，临行前还叮嘱美利欧特骑士："尽快赶到亚瑟王的朝廷，因为圣灵降临节近在眼前，靠上帝的恩典，我们后会有期。"说罢他就走了。

兰斯洛特骑士与女巫

第十六回

一个妇女怎样恳求兰斯洛特骑士把她的鹰捉回，结果兰斯洛特骑士受了她的欺骗。

兰斯洛特骑士骑马前行，周游了好多新奇的国土，踏遍了低洼的湿原和山谷。一天，他适巧来到一座幽雅的堡寨，他经过这堡前的时候，听到两声铃响。随后他才发觉原来有只雌鹰，正从他头顶飞过，落向一棵高大的榆树上，这鹰脚上系着几条长绳，在它落到榆树上的当儿，那绳子把它绊住了；兰斯洛特骑士瞧着它悬挂的样子，又发现它是一只健美的雌鹰，心中不禁起了同情。就在这时，忽然由寨里跑出一个贵妇人来，大声喊着："兰斯洛特呀，兰斯洛特呀，您既是骑士中的精英，就请您为我捉鹰吧；我若是失去了这只鹰，我的丈夫就会整死我的；我是看管这只鹰的，它忽然逃了，若被我的丈夫发觉，他的火性暴躁，一定会把我杀死。"兰斯洛特骑士问道："你的丈夫叫什么名字？"她答道："骑士先生，他叫费老特骑士，乃是受北卡利斯王管辖的骑士。"兰斯洛特说道："好吧，夫人，我这就去捉。你既然知道我是谁，又要我拿出骑士的道义帮你，我自然要尽力为你捉来；可是上帝知道我不善于爬树，何况这树又很高，可以攀缘的枝桠又这么少。"于是兰斯洛特骑士跃下马，把马拴在这棵榆树上，又请那贵妇帮他卸脱武装。等到他的武装都解下了，又脱去衣服，只剩下衬衫和短裤，便用全力去爬树捉鹰，（好容易捉住那鹰，）便把它系在一大段枯枝上，由高处掷下。

当这贵妇捉住这只雌鹰的时候，她丈夫费老特忽然由附近的灌木丛里走了出来，这人全身武装，手里握着利剑，仰面喊道："兰斯洛特骑士呀，你现在这样，正好是我想不到的机会到了。"于是那人站在树旁准备去杀他。兰斯洛特骑士骂道："唉，夫人呀，你为什么用奸计陷害我呢？"费老特骑士答道："她是照我的意思做的。现在没有什么办法补救了。你的死期已经到啦。"兰斯洛特骑士又骂道："你这不要脸的东西，自己穿着武装，却用阴谋诡计来杀害一个几乎赤裸的人。"费老特骑士说道："你不会从我这里得到别的恩典了，看你有什么方法来救自己。"兰斯洛特骑士又骂道："你太无耻了。把我的武装拿去吧；但只要你给我做一件事，把我的宝剑挂在树枝上，让我能够拿到，那么你来杀我好了。"费老特骑士答道："我不肯，我不肯，我了解你，比你自己还清楚，我绝不给你武器，我还要设法不让你得到它哩。"兰斯洛特骑士说道："啊呀，可曾有过没有武器的骑士就死的？"于是他向上面望望，又向下面瞧瞧，忽然看到头顶上有一个大树枝，完全不长叶子，就用身子把它压断。接着他又向下爬了一些，找到正对着他的马所站立的地方，蓦然一跃，正好跳到马的身旁，那骑士就站在马的对面。这时费老特骑士也猛然向他打来，自以为这下准把他打死。但是兰斯洛特骑士忽然扬起手中的大树枝，先抵挡住那打来的一击，再对着他头的侧面，还回一棒，竟把他打得昏倒地上。于是兰斯洛特又从费老特手里抢下了他的剑，把他的头从颈上砍下。那贵妇哭喊起来:"天呀,你为什么杀我的丈夫呀!"兰斯洛特骑士答道:"我不曾惹他,是你先弄诡计要杀害我的;现在,灾祸临到你们两人的身上了。"当时,她就昏倒,几乎死去。在这同时,兰斯洛特骑士尽快地夺回他的所有铠甲,赶忙穿上,怕他别有企图,因为费老特的堡寨就近在咫尺。兰斯洛特骑士匆忙地跨上马,从此走去;他感谢上帝,幸得脱险。

第十七回

兰斯洛特怎样追逐一个谋杀发妻的骑士,兰斯洛特骑士又怎样去警告他。

兰斯洛特骑士策马走过好多荒凉的道路,又穿过边疆地带好多小道。他走入一片山谷的时候,看到一个骑士手拿利剑,正在追逐一个贵妇,打算杀了她。就在骑士要杀那贵妇的当儿,贵妇大声喊着兰斯洛特骑士,乞求救命。兰斯洛特骑士一瞧见这种勾当,随即策马跑到他们两人的当中,说道:"骑士,你真丢脸,为什么要杀死这位夫人呢?你不仅丢脸,还侮辱了所有的骑士。"那骑士答道:"你夹在我们夫妻当中做什么?我一定要杀死她,无论你有什么意见。"兰斯洛特骑士道:"那你是办不到的;除非我们两人先来比试一下!"那骑士又说:"兰斯洛特骑士呀,这事没有您的份儿,这个女人出卖了我呀!"那贵妇忽然插嘴道:"事情并非如此,他讲我的那些话,都是血口喷人。只因我欢喜和同情一位亲戚,他就妒忌我们两个;我现在对您讲话,像答复上帝一样,我们之间绝对清清白白。骑士先生,人人称您为世间最受敬重的骑士,我恳求您以真正骑士的道义,来保护我、救我的命。他无论如何要杀死我,对我毫无恻隐之心。"兰斯洛特说道:"请您放心,他没有权力惩治您。"那骑士又说:"在您的面前,我就照您吩咐的去做好了。"随后兰斯洛特和这个贵妇分别在那骑士的两侧,一同前行;大家才走了一会儿工夫,他忽然招呼兰斯洛特骑士,要他转身向后看看,并且喊道:"骑士,快看,后面有一些穿武装的人追我们来了。"兰斯洛特骑士扭头一看,没想到这是奸计,蓦然之间,那骑士飞跑到贵妇的这一边,挥起一剑,便把她的头砍下了。

及至兰斯洛特骑士见到他杀人行凶,便喝道:"你这叛徒,使得我永远丢脸啦。"说罢,跳下马,拔剑去杀那人,可是那人万分机警,即刻伏在地下,抱着兰斯洛特的腿,恳求饶命。兰斯洛特骂道:"坏东西,不要脸的骑士,你的心肝似铁,爬起来同我比一比武吧。"那骑士回答道:"我不敢同您比呀,您若不饶恕我,我就一直不起来。"兰斯洛特骑士便说:"现在,我提出一个好办法:我脱卸武装,直脱到衬衣,然后让我只穿衬衫裤,只握一把剑,咱俩来比一比本领。如果你能把我杀掉,你就永远脱免了你的罪过。"那骑士答道:"骑士,我不敢比,也永不敢同您较量。"兰斯洛特骑士又说:"也罢,那你就背起你夫人的头和身体,对我的剑立誓,中间绝不停留,一直背着送到桂乃芬王后的面前。"他答道:"骑士先生,我愿意背着送去,绝不违背,自愿立誓。"兰斯洛特说:"你的名字叫什么?此刻告诉我!"他说:"骑士先生,我叫巴底维尔。"兰斯洛特骂道:"你简直是在无耻的时辰里出生的。"

巴底维尔于是背着他妻子的尸体和头启程了,后来在温彻斯特见到桂乃芬王后正陪着亚瑟王,他就把全部经过向她一一坦白。王后听完说道:"骑士先生,你这杀妻的行为太可怕,也太下贱了,同时你使得兰斯洛特骑士也太难堪了;他的名望,在各国虽然还不到家喻户晓的地步，然而你不应当在他保护之下，玩弄诡计杀死你妻子；我教你这样去忏悔吧，但要尽力办好。把你的夫人用马驮到罗马见教皇，求他接受你对犯罪行为的忏悔；你一定要日夜赶路，一宿也不可停留；如若你必须上床休息，就把你的夫人放在身旁。"他立过誓，又带着尸体去了。根据法文著作里的记载，他抵达罗马之后，教皇吩咐他再去晋谒桂乃芬王后；但是他夫人的遗体，遵照教皇的指示，葬在罗马。此事过后，巴底维尔骑士变成了一位鸿儒、一位圣人和一位隐士。

第十八回

兰斯洛特骑士怎样回到亚瑟王的朝廷，又大家怎样详细陈述兰斯洛特的勇敢和伟大事迹。

现在我们回头来讲兰斯洛特。他是在圣灵降临节大宴会的前两天赶回来的，全朝的人，自国王以下，都对他表示了亲切的欢迎。及至高文、乌文英、莎各瑞茂和爱克托四位骑士瞧见兰斯洛特骑士穿着凯骑士的铠甲，方才知道那个只用一根矛打倒过他们四人的骑士就是他。大家都相顾笑谑起来。先前曾经被陶昆骑士禁锢的全部骑士，随后接踵返回，他们都称颂并且敬重兰斯洛特骑士。

葛汉利骑士听到他们一群人说话的声音，说道："这次战斗，我是从头至尾亲自看见的。"他便把当时的实际情形报告了亚瑟王，又谈到陶昆骑士的本领，可以说除了兰斯洛特之外，要算他最强了，有很多骑士，可以证明，其人数达六十名之多。接着，凯骑士也将自己在千钧一发的危险境地中得兰斯洛特营救的经过报告了国王，说道："兰斯洛特骑士不许对方的人向他投诚，反而命令他们对我投降。"这时，对方的那三个骑士也来作证。凯骑士又说："愿求耶稣基督作证，正因为兰斯洛特骑士带去了我的武装，他自己的留下来给我穿上了，我一路上才得平安无事，没有一人敢来打扰我。"

在这同时,又来了三个骑士,他们原来是在长桥上被兰斯洛特打败的,现在都来向凯骑士投诚,但凯骑士不肯承认,说从来不曾同他们比量过。后来,凯骑士说:"为了使你们心里畅快些,我把这事揭穿吧。打败你们的,是对面那位兰斯洛特骑士,不是我。"他们听了都很快慰。接着,美利欧特·德·罗古尔斯骑士回到家来,把上次兰斯洛特骑士如何救他性命的经过也报告给国王。大家都知道了兰斯洛特的功绩;以及怎样有四个巫婆般的王后把他俘虏了去;巴吉马伽斯王的公主又如何把他释放。此外,兰斯洛特骑士还有一些伟大的武功,比如在北卡利斯王和巴吉马伽斯王两人战斗间的所有表现,都由葛哈兰丁骑士说出来了,同时马杜尔骑士和莫俊德骑士也一同参加过这次比武会。其后,又来了一位贵妇人,她在帐篷附近看见兰斯洛特打伤了拜赖斯骑士,从那时才认识了兰斯洛特骑士。在这里,由于兰斯洛特骑士的请求,拜赖斯方被晋封为圆桌骑士。因此,兰斯洛特在举世骑士中,名望最高,各级人民都对他极为恭敬。

湖上兰斯洛特骑士的轶事,如上面第六卷所记,到此结束。至于奥克尼地方加雷思骑士的故事,凯骑士称他做美掌公骑士的,将在下列第七卷中分别叙述。

第七卷

卷十六

第一回

美掌公怎样来到亚瑟王的朝廷,并向国王提出三个要求。

适逢亚瑟王召集圆桌社集会,人数最齐全的时候,他选定的日期是在圣灵降临节那天,宴会的地点是在一处既是堡寨又是城市的地方,当日这地方名叫金克·康拿登,建立在一片碛砂之上,邻近威尔士。原来国王有个惯例,他本人除非听到或看见一件奇闻异事,绝不肯开斋吃肉,特别是在圣灵降临节宴会这天,因为这是每年的第一个盛宴。因此,这一天,不论有哪样新奇冒险,骑士们都来奏报国王亚瑟,大家都知道,他对这个节日的重视甚于其他节日。这一次圣灵降临节,快到中午辰光,高文骑士从窗棂中窥见有三个人骑在马背上,向这里走来,一个侏儒徒步跟在后面。那三人在门前下了马,侏儒在旁伺候看马;这三人中有一人的身材,竟比其余两人高出了一英尺又半。于是高文骑士走到国王面前,说道:"王上,请您开斋吃肉吧,奇迹近在眼前了。"当时国王即邀请其他各位王一同进餐,同时全部圆桌骑士也应邀参加筵宴,缺席的只是一些被俘的,或是在战斗中被杀的人。随后大宴会开始了,向来宴席上一定要坐满一百五十人,因为这圆桌上的总席位就是这些。

正在这时，有两个人走进了大厅，他们的衣衫，看上去华丽整洁，但在这二人的肩头，却凭倚着一个生平罕见的美男子，这人壮而且高，两肩宽厚，面目清秀，双手大而肥美，也是罕见；可是这个人表面看来，好像走不动也站不直，必须靠在另外两个人的肩上才能行动似的。不多时，亚瑟王瞧见他了，所有的人也都屏息注视，顿时一片肃静，并且让出一条路来。只见那二人扶持着他走向宝座，三人都一言不发。然后这个年龄特轻的人把背脊挺直，身子很容易地便站正了，他当下开口说道："亚瑟王呀，愿上帝保佑您，并保佑您那些优良的部下，特别是圆桌社的各位骑士。今天我所以亲来王朝，为的是向您请求三件恩赐，这些并不算非分的要求，对于您也是微乎其微的小事，所以您尽可以慷慨而光荣地赏赐给我。现在，我先只恳求第一桩恩典，其余的两桩，等到来年的今天，举行盛大宴会的时候，我再开口。"国王亚瑟听罢，说道："你说吧。你所要的，我可以给你。"

他答道："大王，在此刻的宴会上，我的请求是这样，今后的一年里，请您充分地赐给我吃的喝的，到了来年的今日，我再要求其余两桩。"

亚瑟说道："我的好孩子，我告诉你，胃口放大些，不要只恳求这么点简陋的东西；我心里很喜欢你，想来你是光荣人家出身，你只有将来成为顶光荣的人，才不会使我对你的希望落空。"他听后躬身答道："大王，既然这样说，我就按我心中所希望的要求您啦。"国王道："好吧，一定够你吃的喝的，在我这里，不论是朋友或是仇敌，我从来不拒绝给别人吃喝。但是你叫什么名字呢？我倒很想知道。"这年轻人回答说："我不能告诉您。"国王诧异道：" 这是怪事，你竟然不知道自己的名字；可是看你的相貌，却又不多见。"随后，国王便命司厨凯骑士负责照料他，指定由凯骑士给他好酒好肉，对他不论什么要求，总要尽量供应；此外对于他的一切费用，也完全供给，全照一个爵爷的公子看待。凯骑士听了不免私下埋怨道："对这种人，让他花费这么多，实在太没意义了；我可以深信，他也不过是个平凡人家出身的孩子，不会有多大的志趣；如果他是来自好家庭，他就会向您要求良马战铠；可是他这样没有出息的人，只能想到那么一点要求。"又因为他还没名字，凯骑士便给他取了个名字叫美掌公，意思是一双可爱的手，也就是美掌公，"我带他到厨房去，每天给他吃最肥的麦乳粉汤，好使他在一年之后能长得同肥猪一样胖。"后来，送他来的那两人告别而去，从此把美掌公留给了凯骑士，凯骑士也就一直轻视他，并且侮慢他。

第二回

兰斯洛特和高文两骑士怎样为了凯骑士戏弄美掌公而表示愤怒；又一个少女来请求一个骑士替一个贵妇去战斗。

（由于凯骑士轻侮这个青年，）所以高文骑士心中就大为不满；兰斯洛特骑士也曾劝诫过凯骑士不要侮慢别人，他曾说过："我敢拿头颅担保，这个青年将来一定会成为一个了不起的大人物。"凯骑士说："你这样说也可以，但我不是没有理由的；他是哪样的人，就有哪样的要求。"兰斯洛特骑士又说："请您注意，以前有一位名叫布诺斯的好骑士，是丁纳丹骑士的同胞，因为你给他起了一个诨号叫'衣着旷荡汉'，他后来一直在怀恨着您。"凯骑士听后一笑说："提到这一点，我想这个人绝不会那样的。布诺斯骑士的要求，是希望受到外界的重视；如今这个孩子只想吃吃喝喝而已。想他大概是在修道院里抚养长大的，不论如何，总是饮食不周，所以他来这里的目的，完全是为了饮食；因此，我敢立誓，假使您能证明我说错了，我就放弃我这条性命。"

当下凯骑士招呼美掌公到一个地方，让他坐下吃肉，于是美掌公就在大厅的门口，同一群孩子们混在一起，凄凄凉凉地吃了起来。及至兰斯洛特骑士饭罢，他就把这个青年召到自己的内室，想给他尽量吃喝个饱。高文骑士也是如此。但是都被他谢绝了；他只肯听凯骑士的吩咐，别人的馈赠，一概不收。提到高文，实际上他是有理由去供给他食和住的，因为他们有血统关系，而且出乎他意想之外的是，他们血缘很近。至于兰斯洛特骑士对待他这么好，则完全是出于他那伟大的慈爱和谦和的天性。

从此以后，这个青年就被凯骑士投进了厨房的杂役中，在夜间也同别的厨僮们一起睡在那里。他就这样忍耐了一年，从来不曾得罪过一个大人或一个孩子，而是一贯地又谦虚又温和。只要有机会能看到骑士们比武，他从不放过。同时，兰斯洛特骑士一直给他衣服穿，送他钱作零用，高文骑士对他也是如此；若什么地方有练习比武的机会，倘使他能够参加，不论是掷竿或是掷石，他总能比别人多出两码。因此，凯骑士有时这样问人："你们看我厨房里的孩子怎么样？"光阴如箭，转眼之间，不觉又到了圣灵降临节的宴辰。国王在卡尔良城举行盛宴，也照往年一样，场面力求堂皇、盛大。当然，国王今天仍然保持着惯例斋戒、茹素，直到听到有奇迹出现，他方肯开荤。正在这时，走来一个侍从向国王启禀："王上，请您吃肉吧，这里来了一个妇女，新奇的冒险就要开始啦。"国王听后才欢天喜地地坐了下来。

没有多久，一位少女走进了大厅，先向国王施礼，接着向他请求援助。国王问道："帮助什么人？有什么奇迹呢？"

这少女回答道："大王，我认识一位深受人尊敬的贵妇，也很著名，她不幸受了一个暴徒的包围，没法逃出寨外。久闻尊处是世上最高贵的骑士们会聚之地，所以特来奉求，赐以协助。"国王问道："您那贵妇叫甚名字？住在哪里？做什么事情？那围攻她的人又叫什么名字？"这少女回答："王上，目前，我还不愿把这贵妇的名字奉告给您，不过我可以向您讲的，是她极度受人敬重，田地很多；至于那个围困她的堡寨、毁灭她田产的暴徒，名叫绯红荒原的红色骑士。"国王说："这个人我不认识。"高文骑士说："大王，我同这人很熟，他确是世上一个最危险的家伙；有人说，他一个人的气力能抵上七个人的大；有一次我被他捉住了，用尽平生的力气，才得脱逃。"国王又说："好小姐，此地虽有好些骑士愿去援救您那贵妇，只由于看您不愿意说出她的姓名和她住的地方，所以他们都遵照我的意旨，不愿意去帮助。"那少女答道："既如此，我就全盘托出吧。"

第三回

美掌公表示愿意战斗；亚瑟王怎样把这个特权赐给他的；又美掌公怎样请求兰斯洛特骑士去封他做骑士。

当那少女还在国王面前说话的时候，美掌公忽然出现在国王的身边，说道："大王，愿上帝赐福给您，我回想自从来到御厨，如今恰好一年了，中间饮食丰盛，真是使我酒足饭饱。现在我想恳求您赏给我另外两桩恩典啦。"国王道："你说吧，我一定允许你。"这年轻人道："大王，我想要求您的两桩事，第一件，请您让我追寻这少女的奇迹，因为这是属于我的。"国王答道："就让给你，我就赐给你呀。"接着他又请求道："王上，我的另一个恳求，就是请您吩咐兰斯洛特亲自封我做骑士，我只想得到他的封号，别人封我，我都不要。待我走出以后，恳求您叫他骑马随在我后面，我什么时候要他封，他就在什么时候来封我。"国王说："就照你的意思好了。"那少女见来的是个毛头孩子，大不乐意，说道："呸，什么话，我怎谁都请不到，只有你这样一个厨房小鬼吗？"她顿时愤怒不堪，上马就走。恰在这时，有人来向美掌公说，外面来了一个人送马和铠甲给他；原来有一个矮人，将各种必需物品送来了，所有物品，件件都极华丽，全朝的人，因为不明白这些东西的来路，都很惊奇。等到美掌公把送来的武装穿戴妥当，真是雄壮整齐，很少人能够同他相比。他这时走进大厅，向亚瑟王、高文骑士及兰斯洛特骑士等人告辞，并请求兰斯洛特尽早动身随后赶来，说完就离别此地，追随那少女去了。

第四回

美掌公怎样离开，又他怎样从凯骑士手中夺到一支长矛和一面盾牌，又美掌公怎样同兰斯洛特骑士比武。

且说美掌公盛装怒马走了出来，便有很多人跟在后面，想看看他的骑术和装备究竟怎么样，但他这时手中既没有盾，又缺少矛。当下凯骑士在大厅里当众说道："我要骑马追我的小厨子去，看他知不知道我的本领比他高明些。"兰斯洛特和高文两个骑士连忙拦阻他说："不要忙呀，在家里多等一会儿吧。"不一刻，凯骑士准备好了武装，执矛上马，径去追赶那厨房中的小鬼去了。正当美掌公追上那个少女的时候，凯骑士也追到了他，大声说道："美掌公，你先生可曾认识我么？"美掌公勒马回头一看，知道来的是凯骑士；凯骑士一向都在挖苦美掌公，甚至于无所不用其极，这些读者已在前面听到的了。于是美掌公说道："是呀，您是朝廷上最粗鲁的一个骑士，就请您尝尝我的味道吧。"凯骑士听了这话，立时手挟长矛，跃马向他冲去；美掌公手握利剑，奋勇策马迎来，他扬剑一挥，就把对方的长矛击落了，再挺剑从身旁刺去，那凯骑士立时由马上跌落，宛如死去一样；美掌公跳下马来，拾起凯骑士的盾牌和长矛，重又骑上自己的马，扬长而去。

这一切的情况，都被兰斯洛特骑士看在眼中，那个少女也看见了。只见美掌公又吩咐那个侏儒去乘上凯骑士的马，侏儒也遵办了。及至兰斯洛特骑士走近，美掌公便建议他俩比试比试；双方都做好准备，然后猛烈地战斗起来。这二人打成一团，结果一齐跌到地上，都被挫伤，很是痛楚。后来，兰斯洛特骑士立起来，设法离开了马。美掌公也丢下盾牌，还要同兰斯洛特骑士徒步比武；于是他们又像一对雄猪似的，横冲直撞，又互相刺斗了一个时辰。兰斯洛特骑士这时深自感到他的气力很大，不胜惊奇，觉得他斗起来并不像一个普通的骑士，却更像一个巨人，以致他在战斗的时候，只觉得美掌公的耐性长而且十分凶狠。因此，兰斯洛特骑士思量着同他比武的时间太久了，生怕失败丢脸，就说道："美掌公啊，不要打得太凶了，我们中间并没有多大的争执，可以停手啦。"美掌公答道："您的话千真万确，但是让我体会到您的气力，这对我也有益处的；不过，我的爵爷，我并不会尽量使出我的力量哩。"

第五回

美掌公怎样把他的姓名告诉了兰斯洛特骑士；又兰斯洛特骑士怎样授给他骑士尊号；后来他又怎样去追赶那个少女。

兰斯洛特骑士说道："遵上帝的名，我愿以身立誓，绝不骗您，为了我自己不在您面前丢脸，我已用尽了最大的气力了。所以，您的本领，无敌于天下，这是无疑的了。"美掌公又问："照您想，我在任何地方都够得上一个有资格的骑士么？"兰斯洛特骑士说："可以的，就按照您刚才那样，我保证您会成功。"美掌公于是恳求道："那么，我请求您封我做骑士吧。"兰斯洛特骑士便问道："请告诉我，您的名字以及您最近的亲属是些什么人。"美掌公答道："骑士先生，如果您不泄露出去，我就可以奉告您。"兰斯洛特骑士说："除非您答应公开，我不会传出去的，我愿以身立誓，绝不食言。"他就说了："骑士，我的名字叫加雷思，同高文乃是同父同母的同胞。"兰斯洛特骑士道："啊唷，我现在比从前更加快乐了，我一向认为您一定是名门后裔，并不是只贪图吃喝而来到朝廷的。"于是兰斯洛特就赐封他做骑士，加雷思得到骑士的封号之后，告辞而去。

兰斯洛特骑士和他分了手，遂又来看凯骑士，因为他被加雷思打成重伤。他们用盾牌抬他回家，经过用心治疗，才保全他的性命；当时所有的人都在轻蔑凯骑士，特别是高文和兰斯洛特两位骑士，他们说到这件事，更认为凯骑士没有资格去侮辱青年人，因为这个青年的来历，他完全不清楚，他为什么来到朝廷，他也不了解。现在让我们丢开凯骑士，再来谈谈美掌公吧。

美掌公赶上了那个少女，她立刻不高兴地问道："你来做什么？瞧你满身都是厨房的臭气，衣服上又沾满了御厨中的龌龊油渍；你别以为打杀了前面那个骑士，我就会看重你！你杀他的时候，那副惊惶胆怯的样子，我真不会看重的。所以还是转回去吧，你这龌龊的厨房小鬼；我了解你已很清楚了。以前凯骑士不是给你取了个绰号叫美掌公吗？你不是拿着铁叉炙肉和洗刷汤勺的懒汉吗？"美掌公庄重地答道："小姐，随您骂吧，无论您怎样骂，我都不会离开您，我已经答应过亚瑟王，愿意跟随您完成冒险的工作，我就一定要追寻奇迹直到最后，否则宁愿一死了之。"她骂道："呸，胡说，你这厨房的小鬼，你配完成我的冒险么？你等一等会遇着的，你吃了这么多的肉汤，怕你还不敢仰起脸来望人一眼哩。"美掌公说道："我要试一试看。"

他们就这样骑在马上，边走边吵地进了一座树林，忽地来了一个人，像飞似的跑得很快。美掌公问他道："你往哪里跑？"那人急忙答道："骑士大人呀，请救命！离这里不远的山谷里，有六个强盗捉去了我的爵爷，已经把他捆绑起来，恐怕就要杀他了。"美掌公答道："带我去看看吧。"于是他们一同骑马赶去，一直走到那骑士被捆的地点。刚走到那六个强盗的跟前，美掌公伸手一击，就打死了一个，接着第二击打死一个；第三击又把第三个强盗打死了；其余三人，拔腿逃命，一溜烟跑了。美掌公纵马随后追赶，这三人只得转头再打，不一时都被美掌公杀死了。然后，他便回到那骑士的地方，把捆绑他的绳索解开。这骑士千恩万谢了美掌公，并恳求他一同回到他的寨里，那寨距离此地很近；他对于美掌公的救命恩情，打算从重酬报。美掌公说道："先生，我不敢接受任何酬敬。我在今天，已承蒙高贵的兰斯洛特骑士封我做了骑士，我已得到上帝的赏赐，所以其他人间的酬谢不愿再接受了。而且我还必须跟随着这位小姐同去的。"

当他走近这个少女的时候，她随即吩咐他走开，说道："你闻不出自己满身都是厨子气味吗？别以为我喜欢你，你做成的一些事情，也不过适逢其会，碰碰运气罢了。果真让你遇上了，那时候，怕你只看一眼便会掉头逃走，而且逃得一定很快。"这时，那个骑士，就是被美掌公从一群强盗手里营救出来的人，骑马跟在这少女后面，特来请她同到他家里过夜。一看天色，确已很晚，这少女便随了他走进寨内，一霎时，排出盛宴，大事款待他们；在筵席上，主人把美掌公安置在少女的上座。不想她怒形于色，急得吵道："得了，得了，骑士东家，您把这个厨房小鬼放在我的上座，太轻视我啦；为他着想，叫他去杀猪也比坐在一位高贵小姐的上席更好些呀。"这主人听过她的话，很觉羞惭，立时把美掌公请出，坐到边席，他自己则陪他同坐，大家饮啖已毕，当夜也都休息得很好。

第六回

美掌公怎样在森林的出口处作战，杀死了两个骑士。

第二天起身，那少女和美掌公向主人辞别，致了谢意，动身离去。他们骑着马一路行来，又走进了一片大的森林。在那出口处有一条大河，只有一条通路，在通路的另一端，立着两个骑士，守着路口不许他们通行。这个少女问道："你说吧，你是去同那几个骑士比武呢，还是逃跑？"美掌公答道："干吗跑呢？就是再多出六个人，我也不会转回头的。"话才脱口，他就跃马冲进水中，大家在水里斗了一阵，都把长矛打断了，那断的地方，正在手的上方；接着又拔出利剑，互相猛击，各不退让。再后，美掌公骑士一剑打在对方的头盔上，震得他头昏眼花，登时跌入河心，就此溺毙。当下他又一蹬靴刺，奔上对岸，在那里等着的另一个骑士向他扑来。他的长矛也断了，两人又都拔剑相斗，混战了好久。最后美掌公骑士猛挥一剑，正打在他的头盔上，竟把他的头直砍到背肩。然后，他才走到那少女的面前，请她继续前进。

她说道："怎么一个厨房小鬼会有消灭两个英武骑士的运气呢！你认为自己很能干咧，实则不然。第一个骑士失足跌倒，是落进河里淹死的，完全不是你的力量。再说第二个骑士，那更凑巧了，是你在他的后面杀他的。"

美掌公骑士说道："小姐，您想怎样说就怎样说吧，不论什么人同我比武，在这人还没离开我以前，我已经信托了上帝，让他指示我怎样去对付他。因此，我不管您怎样说，我总要获得您那女主人的欢心才是。"她开口斥道："屁，屁，污臭的厨房小死鬼，但愿你多遇上几个骑士，就会减少你那傲气啦。"美掌公骑士又说道："好小姐啊，说我几句好话吧，好使我专心对外；要知道，不论是哪样的骑士，都不会使我担心，更说不上畏惧。"她又说："我也是为着你的利害着想罢了。据我看，你不如带着这点光荣转回去，还好得多；你果真跟我再走下去，你只会被人杀掉的。实在说来，看你所完成的那些事，也不过是出于偶然的巧合，并不是由于你手上真有什么威力。"美掌公骑士说道："好吧，小姐，您高兴对我怎样说都随您，可是我总要一直跟定着您。"因此，美掌公便和这个少女一同骑行到了晚祷的时光，在路上她一直在叱骂他，始终没休没歇。后来，他们走到一片黑土地带；那里生长着黑色山楂树，上面悬着黑旗，对面又挂着黑色盾牌，旁边立着又大又长的黑色矛枪，还有一匹黑色骏马站着，身上披着锦绢，近处又有一块黑色石岩。

第七回

美掌公怎样同乌黑荒原骑士战斗，直至那人跌倒而死。

再看那边正坐着一位骑士，全身披挂的武装，也都是黑色的，因此别人便称他做乌黑荒原骑士。当时这少女一瞧见那骑士，就忙吩咐美掌公赶紧避到山谷下面去，因为那人的马还不曾放上鞍子。美掌公向她说道："多谢您，因为您一直要我做个懦夫呀。"及至她走近乌黑骑士，那骑士先开口问道："小姐，这位骑士是您由亚瑟王朝里请来做您的作战代表的吗？"她急忙答道："我的好骑士啊，不是的，他不过是国王厨房里一个吃白食的小司务罢了。"那骑士说道："那么，他为什么这样打扮着来呢？您同他一路做伴，是丢脸的呀。"她说道："骑士，我没法赶他滚呀，别人的意见，他全不理。您把他从我面前赶走，我想上帝都会同意的；如果可能的话，就请您杀掉他，因为这是一个不走好运的小家伙，这一天来，他又净做了些没运气的傻事。在水路上，他碰巧杀死了两个骑士；在这以前，他表现的那点本领，虽很神奇，恐怕还都是凑巧的。"那乌黑骑士说道："噢，这真使我奇怪了，为什么任何有武功的人都肯同他较量呢。"那少女答道："他们不会认识他，只因他陪我同行，别人便以为他是贵人的子弟啦。"乌黑骑士又说道："或许如此；不过，纵使如您所说的他没有武功，然而他相貌堂堂，生得也很像一位有本领的武士。现在，姑且承认您所说的都对吧。我只要一脚踢倒他，把他的马和武装都给我留下来就算了；若是我给他更大的伤害，那么我就觉得亏心啦。"

美掌公在旁听到他这些话，仍是不经意地说道："骑士先生，你对我的马和武器很大方呀。我要使你知道，这些东西，不用付出价钱的；并且，不论你喜欢不喜欢，也不问你的意见是哪样，我都要通过这片乌黑荒原的。不论马还是武装，凡是我的，你不能拿，除非你使本领得去；那么，就让我瞧瞧你的本领吧。"乌黑骑士怒道："你真敢说出这样的大话么？现在把你那贵妇交给我，试想想，凭你这个厨房里的小鬼，绝配不上和贵妇同骑外出的。"美掌公这时也不禁大怒，道："你胡说八道，我出身上等人家，我的家世还高你一等呢！来吧，我们比一比，让你亲身体会一下。"

于是他们愤怒地先骤马分开，再回头疾冲而前，人马相抵，响似晴天霹雳的一震。乌黑骑士手里的长矛登时折断，美掌公的长矛便从敌人的肋部直穿而过，矛尖也折断了，只剩下矛柄在对方的肋部外面。这时乌黑骑士拔出利剑，猛力向对方不停地乱砍一顿，直砍得美掌公受伤很重。两人相打了一个半时辰，那乌黑骑士终于昏迷，翻下马来，不久死去。这美掌公一见他的马匹既壮，武器又精，便跳下自己的马，将他的武装穿戴在身上，又骑上了他的马，随后追上了那位少女。

少女看见美掌公追来，等他走近面前，方厉声说道："厨房里的小厮，你背着风给滚远些，免得衣服上的臭气引我作呕呀。"接着又说："瞧，凭你这样一个小饭司务，竟然靠了运气杀死一位鼎鼎大名的骑士，瞧你的倒霉运就要来了。很快就会有一个人来，向你索取所有的代价哩。所以，我劝告你，还是逃命去吧。"美掌公答道："我被人打、被人杀，或者难免；但是我请您注意，好小姐呀，不管您说什么，我绝不逃走，也决不离开您的身边。他们一直在说要打死我、杀死我，但是无论怎样，我终于逃脱了，而他们呢，还是被我打得躺在地上。所以，请您静一静吧，不要像现在这样整天詈骂我，我说过不愿离开您，我就一定跟住您，一直跟到旅途的终点；除非我被人打败，或遭到杀身之祸，又作别论。因此，请您继续上路走吧，不论在途上遇到什么困难，我决心跟您走下去。"

第八回

那个被杀骑士的弟弟怎样遇着美掌公；这人又同美掌公战斗，直斗到被美掌公制服。

两人就这样走走吵吵的又走过一段路，忽然看见一个全身着了绿色装束的骑士迎面走来，就连他的马和马具也是绿色的；待至这人走近了少女，开口问道："小姐，您是不是和我的兄长乌黑骑士同来的？"她答道："不是呀，不是呀，这个倒霉的厨房小鬼，用了倒霉的法术，把您的兄长给杀死了。"绿骑士一听，便叫道："天哪，真太伤心了！如此高贵的一位骑士，竟这样不幸地结束了生命；何况像您所说的，竟是断送在这种小鬼的手里。"他又转身对美掌公道："可恨得很，你这叛徒！你打死了我的伙伴，应该偿命。他叫做薄卡特骑士，原是一位英雄。"美掌公便回答说："你敢和我比吗？让你知道我是正大光明地杀死他的，绝不是鬼鬼祟祟的。"

附近一棵带刺的树上，悬挂着一只号角，也是绿色的，那绿骑士放马奔去，由树上取下号角，连吹三声急调，忽来了两个少妇，忙着替他穿上武装。然后他又跃上一匹高头骏马，手执绿色盾牌，挟着绿色矛枪。于是双方各使全力，奋马冲在一起，一霎时，两支长矛都在手柄上面一齐折断。二人随又拔出宝剑，彼此对砍，每一击的来势都极其凶恶，因此互被对方砍成重伤。战到最后，在一个逆转的当儿，美掌公连人和马突然冲到绿色骑士坐马的侧面，把他从马上撞翻在地。这时绿色骑士赶快离开了马，步行仗剑而前。美掌公一见这种情形，也立即跳下马来，正如两个英武斗士一样，奋勇搏斗，杀了好长一段时间不曾停手，二人都流了不少鲜血。正在这当儿，那少女走近，大声说道："我的爵爷绿骑士啊，您同这个厨房小司务斗得这样久，不觉得丢脸吗？真是笑话，自从您受封骑士以来，几曾见一个小伙子同骑士比赛，好比野草压倒五谷那样，倒是一种耻辱了。"绿骑士不禁感到十分羞惭，遂使出大劲，挥剑上前，猛一击竟把对方的盾牌砍穿。这边美掌公瞧见自己的盾牌已被砍破，又听到许多刺耳的讥讽，心里不无微怒，便奋起神威，猛向对方的盔上重重打来，随见那人两腿立不住，双膝落地，顿时跌倒。美掌公再赶上前用力向下一按，于是他整个身体扑在地上。这时，绿骑士大声请求恩典，自愿向美掌公骑士投诚，恳求饶命。美掌公答道："别做梦了。真想活命，惟有这位小姐出面代你求情。"话才脱口，美掌公已拉开绿骑士的头盔，做出就要杀掉他的样子。这少女在旁骂道："你胡说，你这虚伪的厨房小鬼，我永不会代他向你求饶，我也永不愿讨你多少恩情。"美掌公一字一句地缓缓说道："就叫他死了吧。"这少女又骂道："不要太大胆啊，你这污秽的小司务，你去杀死他吧。"只急得绿骑士向少女哀声恳求道："莫让我死啊，求求您，只说几句好听的话，就能救转我的命啦。"接着他又恳求美掌公说："敬爱的骑士呀，请您饶命，对我哥哥的被害，我不再追究啦；我愿意受您的领导，我手下的三十名骑士，今后都由您调度。"这少女又气愤愤说："真是奉了魔鬼的命令，这样一个龌龊的厨房小鬼，竟有福气去领导您，并且您的三十名骑士还要去服侍他呢。"

美掌公仍是不急不慢说道："骑士先生啊，你这一番话都是无用的，只要这个小姐为你说一句求饶的话就够了。"话刚说完，他又做出举剑要斫的姿态，这时那少女才急忙说道："让他去吧，你这小司务不要杀他；若果杀了他，你要后悔莫及。"美掌公答道："小姐呀，我最乐于听从您的吩咐呢，现在就遵奉您的命令赦免他；别人的话，我不会听的。"然后又向地下那人说道："你这穿绿色武装的骑士先生，我此刻尊重这位小姐的要求，把你释放了，这全是因为我不愿使她生气，所以她对我怎样吩咐，我怎样办。"于是绿骑士双膝下跪，对他用剑行了顺服礼。这少女当下又不安地说道："绿骑士呀，我对你的损失，以及你的同胞乌黑骑士之死，时时都在懊悔。现在，我深怕通不过这个森林，我急切需要您的帮助呢。"绿骑士答道："何必害怕呢，今晚请在舍间过夜，明天我陪您穿过这树林好了。"说完，大家一齐上了马，走了没多远，已来到了他的公馆。

335

第九回

那个少女怎样斥责美掌公，不让他与自己同桌吃饭，还唤他做小厨役。

这位少女对美掌公一直存着轻视，因此在晚餐的时候，也不许他同桌进食；绿骑士只好安置他在侧席上坐下。这时绿骑士不禁向少女问道："想起来真令我诧异，您对这位高贵的骑士为什么老是藐视轻侮呢？小姐啊，我愿奉告您，他确是一位全能的武士，据我所知，在目前的骑士中，还找不出他的敌手。因此，我认为您对他的藐视是绝大的错误，将来他对您一定会有极大的帮助。而且，无论他来日造诣怎样，您到最后准能证明出他是一位高贵人家出身，且是帝王的宗系。"那少女大有不屑之意地说道："得啦，得啦，你把他说得这么好，不肉麻么？"绿骑士答道："我说的是真话，假使我胡乱说他不是高贵的人，那才是我的耻辱。凭他的武功确实比我高了一等，就足以证实；我一生遇见不知多少骑士，但可以说都不是他的对手。"这一夜，等他们憩息以后，绿骑士私下里安排了三十个骑士用心看护美掌公，以免有人使用诡计对他陷害。

翌晨，大家起身望过弥撒，同进早餐，然后乘马上路。穿过树林时，绿骑士护送着他们。在路上，那绿骑士曾说道："爵爷美掌公啊，我和这三十个骑士均愿听从您的吩咐，不论早晚，也不问什么地方，有招必到，绝不有误。"美掌公答道："你们的盛意我很感谢；可是在我招请你们的时候，请您和您的全体骑士们都去向亚瑟王投诚。"绿骑士答说："既承吩咐，我们准备随时遵办。"那少女在旁不禁插嘴道："呸，胡说，这是奉了魔鬼的命令哩，任何一个优秀骑士都应当听命于厨房小鬼嘛？"又走了一段路，那绿骑士就向少女告别了。这时，少女方向美掌公说道："你这个小厨役，为什么一直盯着我看？挟着你的盾和矛快滚吧；我老实对你讲，要不了多久，前面就是一道关口，那时你喊'天呀！可怜呀'就来不及了；所以我特地劝你赶快走开的好。那关口名叫危险关，即使你能像瓦德或兰斯洛特、特里斯坦，或者是优秀骑士拉麦若克一样勇敢，也是没法过得去的。"美掌公答道："小姐，凡是害怕、胆小的人，让他快走开，我既然随您走了这么久，一旦转回去，岂不招人嘲笑。"这少女抿抿嘴说道："好吧，不管你情愿不情愿，等会儿瞧吧。"

第十回

　　第三个弟兄，名叫红色骑士，怎样同美掌公比武；又美掌公怎样把他打败。

　　行不多时，他们望见一座高塔，色白如雪，四周有凉台突出，外围有壕沟两道。塔门上面，挂着五十只盾牌，颜色各不相同；塔基四周的地面，绿草如茵，真是一个优美的牧场。塔里住着很多骑士和侍从，还有看台和帐篷。这地方本来预定在明日早晨举行盛大的比武会，现在这座塔的主人正凭窗远眺，观赏风景，忽地望见一个妇人、一个侏儒，还有一个武装齐整的骑士，远远而来。那塔主人不禁说道："感谢上帝的恩惠，我看那骑士的行止大似一位游侠武士，我倒很想同他比量一番呢。"于是他急忙穿起戎装，一手牵住马，步出塔外。只见他跃上马身，拿起盾矛，飞奔而去；这一身的披挂都是红色，就连他的马和马饰用具，以及他所用的东西，也都是一团火焰似的红色。待他走近，一见来人的装束，便认为是他的同胞乌黑骑士；当下就情不自禁，大声喊道："哥哥，这片边疆地方您怎样来了？"这少女急答道："不，不是的，这不是乌黑骑士，他是亚瑟王朝廷里豢养的一个小伙子。"那红衣骑士说道："无论如何，在他没离开此地以前，让我同他谈几句话。"这少女又道："天呀，这个小厨子，凯骑士送他一个绰号叫美掌公，您的哥哥是被他杀死的，这匹马连马饰，都是您哥哥乌黑骑士的东西。另外，我还见过您那位绿骑士的哥哥，也是被他亲手击败的。现在他始终逃不脱您的手心啦。您大可向他报复了呀。"

俄顷之间，这两个骑士掉转马头，两下驰开，先兜了一个圈子，然后使尽全力冲到一起，八蹄翻腾，两矛互搠，结果双方都是人翻马仆。接着，这两人又都弃了马，各自撑起盾牌，拔出剑猛力对斫，倏而奔前，忽而退后，往来盘旋不定，一时突起奋击，一时又紧紧追赶，挑、刺，如风、如骤雨，活像两只野猪在苦斗一般，一直苦战了两个钟头。战到后来，这少女高声喊着红衣骑士说："好呀，你这高贵的骑士，请想想是哪一种光荣跟随着你的，何必让这个厨房小司务跟你打得这么久呢？"那红衣骑士一听，勃然暴怒，加倍着力打去，竟把美掌公伤得很重，鲜血流得满地；这一场激烈的战斗，直使得在场看的人为之胆寒心惊。不想到了最后，美掌公终于把红衣骑士打倒在地，几乎要把他杀了，当时他便哀求饶命，说道："高贵的骑士，请您不要杀我，我愿意领着我的六十名骑士向您投诚，甘拜下风，一切都遵从您的命令。同时，对这次的事，我绝不敢记恨在心，您杀我哥哥乌黑骑士的事情也决不再提啦。"美掌公答道："这都是废话，只要我的那位小姐肯代你求情，我就饶你活命。"说着又扬起手中利剑，假装要去砍他的头。这少女说道："让他去吧，你这个美掌公，不要杀他，他也是一位高贵骑士，你不要胆子太大了，留下他的头，放他活命呀。"

随后美掌公吩咐红衣骑士站起来，又叫他去"感谢救你性命的那位小姐"。这时,红衣骑士请求美掌公光临他的堡寨,并在那里过夜。这位少女也接受了邀请,一同在那里受到美酒佳肴的优渥款待。但这位少女对美掌公却一直热嘲冷语,不断地讥讽他,弄得红衣骑士在旁直觉得十分诧异;因此这一通夜,红衣骑士安排好六十名骑士专去保卫美掌公,以免他遭到羞辱和意外事件。第二天早上,大家望了弥撒,吃过早餐,那红衣骑士亲率着六十位骑士来到美掌公的面前,向他重申投诚;说他和他的骑士们,都愿意为他永远效劳。美掌公答道:"我感谢诸位对我的好意,来日我一旦招集你们,希望你们都齐集在我主亚瑟王的面前,作为他的骑士,那时再请你们向他投诚。"红衣骑士答道:"骑士先生,我们立刻准备,随时听候您的吩咐。"说罢,美掌公骑士陪同少女告辞而去,一路上这位少女还是用各种粗俗口吻,不停地对他讥讽。

第十一回

美掌公怎样受到少女的严斥，又他怎样尽力忍受的。

当下，美掌公向这位少女委婉地说道："小姐，您这样骂我，显得太不客气了。我自己认为服侍您已很尽力，然而您总是吓唬我。您说在路上遇见的骑士准会把我打倒，可是您所力夸的那些人，反而一个个都倒在泥土和尘埃里面了。因此，我恳求您，不要再藐视我了；如果您确实看见了我怯懦地被人打倒，或是已经投降，那么，您再吩咐我厚着脸皮离开您也不算迟。如今，我已经明白地表示过决不愿离开您；何况我已陪您走了这么远的路，加以又得了这么多的光荣，我果真和您分手，那真还不如一个笨伯啦。"她说："好，别夸口了。停一会儿在前面准能遇上一位骑士，那时就瞧你的能耐，可能跳得出人家掌心么？须知世界上受人尊敬的人，除开亚瑟王以外，就要轮到那人了。"美掌公答道："您的话真对，我呢，不论谁，愈是高贵，我愈想同他比一比呢。"

又行了一会儿，前面出现了一座城池，看上去富裕而美丽。从这里到城边约有一英里半路，中间尽是一片绿油油的牧草，芊绵繁茂，一碧无际，还显出新刈的样子；这草场的上面，搭着许多辉煌富丽的帐篷，层层排列。少女大声说道："看呀，那边有一个人，正是这一城之主，他有一个习惯，每当天气晴朗的时候，便喜欢到这草场上来比武。经常有五百名骑士和武士,围绕在他的四周;只要有身份的人所能想到的游艺竞技,他都收罗了来,在此表演。"美掌公欣然答道:"真有这样一位兴趣高雅的城主,我倒喜欢拜访他一次。"这位少女道:"你想遇见他,机会可多的是。"于是她骑马前行,找到这城主所住的一座帐篷,便指着向他说道:"注意啊,你看前边那顶全部是天蓝色的帐篷,里面陈列着各色各样的东西,不论男女的服装、马的饰具,以及盾矛,等等,全都是蓝色的;那就是名叫英底的波尔桑骑士的住处,意思就是蓝色波尔桑骑士,乃是你平生所遇见的最高贵的骑士了。"美掌公说道:"您的话也许是对的,我想他也不过是一个最坚强的骑士罢了。我打算停在此地,在盾下和他相识相识呢。"她答道:"哦,一个笨虫,我想你还是赶快逃走的好。"美掌公说道:"为什么要逃呢?如果他真是像您说的那么好的一位骑士,就绝不会让他的全部人马,也就是五百名骑士,一齐冲上来对付我一个人。若是他们一个一个地分批来,只要我还活着,绝不会退缩一步不去同他们周旋一番。"这少女连忙说:"呸呸,一个恶臭熏人的小厨子,不识相,吹这么大的牛皮。"他泰然微笑着说道:"哎,小姐,请您不要这样责备我、詈骂我吧,我宁愿去打五场恶仗,也不愿挨您一次的谩骂;就让他来吧,打得愈凶愈好。"

她又说道:"骑士,我真奇怪你到底是怎样的人,也不知道你的家世和来历如何;你尽吹得很大,打得也鲁莽,这些我都亲眼看过了;不过我劝你,你的性命还是尽量保护好,你的马和你自己都已很辛苦了,在此处停留太久了,对我们确不相宜;况且还要再走七英里路呢。现在我们要经过的所有危险关口,除开面前一处之外，也全通过了；怕的就是你在这里受了伤，所以我希望你就此走开，便不会受到这个坚强骑士的伤害啦。我还想让你知道，这个蓝色波尔桑骑士，他的武功，若是和围困我女主人的那个骑士相比，可说是小巫见大巫，差得远了。"美掌公仍是不经意地说道："论到这一点，你所说的，或许如此。不过我现在既已来到这骑士的身边，如不同他比量一番，就悄悄地避道而去，那未免示弱于人，是要使我惭愧无地的。所以，小姐啊，靠了上帝的恩典，您不必多迟疑了，让我去同这骑士打个交道吧，我想在今日午后的两个小时内，我大概会把他打败。然后，我们仍旧能够乘日落西山之前赶到目的地。"这少女说道："嗯，耶稣啊！您究竟是怎么样的人？我对您这人真是奇怪极了。想来您一定是来自高贵的血统，否则绝不可能有这样好的品质；一个女人对待一个骑士，像我这样狡黠可耻的，可说世间绝无仅有，然而您始终谦逊大度，您若不是出自豪侠高雅的家庭，怎能如此。"

美掌公说道："小姐啊，一个骑士如果不能容忍一位小姐，就毫无出息了，因为不论您批评我什么话，我都不放在心上；而且您的话愈多，愈激奋我，使得我对他们所发泄的敌忾也愈狠。因此，您所有那些诽谤和嘲弄我的话，都在战场上化做对敌人的仇恨，最后都使它表现为英雄的本色了。虽然我曾在亚瑟王的御厨里做过食客，可是我如果到其他的一些地方去，我自信仍然可以得到丰富的饮食；我所以要这样做，为的就是要向朋友们证明，我的一切行动，将来终有一天会大白于世。究竟我是不是由善良人家出身的，亲爱的小姐，这一点让您明白，过去我已对您尽力效劳，如今在我们未分别之前，还愿更好地为您服务，我一定力持君子风度,保持彼此的高洁,不落俗套。"这时,那少女深深地感到惭愧,以请求宽恕的口吻说道:"哎哟,亲爱的美掌公啊,请您原谅我的狂言妄语,以及对您的错误行为。"美掌公笑答道:"我诚心诚意地容恕您,至于您对我的行动,我以为是应该的,于我毫无害处。其实,您所有的恶言恶语,对我来说,倒也很感兴趣,因此,小姐呀,您既然爱说,我也喜欢听;您应该知道,这些都令我听了觉得蛮开心的;并且,这世上所有的骑士,据我自己想,大概我还能够去应付。"

第十二回

美掌公怎样同英底的波尔桑骑士战斗，并且使他屈服。

蓝色波尔桑骑士趁着美掌公和这位少女在郊外稍停的时候，就英武地遣派部下，质问他们的来意，是为了和平而来的呢，还是要大家决斗一场？美掌公说道："请告诉你的爵爷，战呀和呀，我无意见，都照他所希望的去办吧。"于是那部下返回了，据实回报了波尔桑骑士。波尔桑便说道："那么就让我同他拼个你死我活吧。"他随即准备妥当，骑马前去抵抗。美掌公看到他的情况，也立时摒挡齐全，大家都纵马飞驰，相对互击，把矛枪都打成三截；那两匹马因为猛烈对冲，震动过甚，都跌倒气绝；于是他们两人只得急忙丢开战马，撑着盾牌，拔出宝剑，奋力斫个不停；有时两人又纠缠在一起，终于都扑倒地上。他们这样相斗了两个多钟点，两人的盾牌和铠甲都斫碎了，身上也都斫伤好多处。到后来他们爬起来再战，美掌公击伤了波尔桑的肋骨，可是波尔桑依然躲来躲去，勇敢地支持了好久。到最后，他们有些倦怠，美掌公从上面打到波尔桑骑士的头盔，使得他猛扑下来，美掌公又横跃到他的身上，拉开他的头盔，好像要把他杀掉似的。

于是波尔桑骑士投降了，恳求饶命。同时这少女也为他的性命求情。美掌公说道："我一定遵命，杀死这么一个勇敢的骑士确是可惜的。"波尔桑骑士致谢道:"善良的骑士和小姐啊,感谢你们的恩典。我此刻很清楚,在黑山楂树旁杀死我弟兄乌黑骑士的就是您;他是一个极端高贵勇猛的骑士,名叫薄卡特。并且,我也知道,您还打败了绿色骑士,那是我另外一个弟兄,名叫伯突莱浦。此外,您还打倒了我的弟兄红衣骑士,他的名字叫薄利蒙奈斯。因为您得了好多次胜利,所以我要做出这样的贡献:请您接受我的敬意和忠顺,还请收服我的一百名骑士,我们都愿意随时随地听候您的吩咐,您叫我们到哪里,我们就驰骋到哪里。"这时大家都赶到波尔桑骑士的帐篷所在地,饮酒言欢,吃五香点心,随后波尔桑安顿美掌公到床上休息,直至晚餐时间才唤他起来;待晚饭以后,就上床安歇了。当美掌公在床上睡眠的时候,波尔桑骑士有一个女儿,美丽俊俏,年华十八,父亲召她来到面前,仔细向她说明,然后命令她道:为了父亲的福泽,叫她走向美掌公的床头,"陪着他同睡,不要使他有丝毫生疏的感觉,要让他达到五体通泰的快乐;把他挽到你的怀里,去亲他的嘴,嗅他的腮,都要照我所吩咐的做好,我告诉你,惟有这样,才能得到我的疼爱和好意。"波尔桑骑士的女儿立时就依照父亲的意思去做了。她立刻走到美掌公的床上,脱光了衣裳,睡在他的身边,结果把他挤醒了;美掌公就问她是什么人。她答道:"骑士啊,我是波尔桑骑士的女儿,遵循着我父亲的命令而来的。"美掌公又问道:"您是小姐呢,还是已结过婚的太太?"她又答道:"我是一个贞洁的处女。"美掌公道:"上帝不许我做禽兽的行为,假使我玷污了您的童贞,便是侮辱了波尔桑骑士的令名;所以,小姐啊,请您赶快起身走开,不然我就要起床去啦。"她又说:"骑士先生,这并不是我自愿而来的,乃是奉了父亲的命令。"美掌公骑士说道:"假使我做的事情,影响了令尊的声望,我便是一个无耻的骑士。"因此他就吻了吻她,她就起身去见她的父亲波尔桑骑士,把中间的经过,全盘吐出。波尔桑骑士说道:"我说真话,这人无论如何,一定是高贵人家的后裔。"闲话休提,且待下回再作分解。

第十三回

关于波尔桑骑士和美掌公互通友好的消息，又美掌公怎样告诉他自己的名字是加雷思骑士。

第二天早晨，这位少女和美掌公骑士起身以后，望过弥撒，进了早餐，便告辞而去。波尔桑问道："亲爱的小姐，您陪着这位骑士到哪里去呢？"她答道："骑士先生，这位骑士要到危险寨去，因为我姐姐被围困在那里。"波尔桑说道："哎呀，哎，包围令姐的那是绯红荒原的骑士，他为人凶险，世间罕见，这人还毫无恻隐之心，外间传说他有七个人的气力。"波尔桑又对美掌公说道："愿上帝保佑您，使您不要受到红色骑士的伤害。他围困那位贵妇，不仅罪大恶极，而且造成了不少灾难。她乃是世间最贞洁的一个女性，我想您的女主人大概就是这位贵妇的姊妹，请问这位小姐的大名可是林娜德么？"那少女说："是的，骑士先生，我的女主人就是我的姐姐，名叫梁纳斯姑娘。"波尔桑骑士插嘴道："我现在告诉您，这个绯红荒原的红色骑士围困她两年之久了，他如果想要捉到她，好多次都可以达到目的，他所以拖延，为的是想得到同兰斯洛特骑士相斗的机会，或者同特里斯坦骑士相斗，或者同拉麦若克骑士相斗，或者同高文骑士相斗也好，这乃是他长期包围这座寨的用意。"

林娜德小姐说道："我的爵主波尔桑骑士啊，我请求您加封这位先生做骑士，在他未同红色骑士决斗之前就先封他。"波尔桑骑士答道："若是他肯接受像我这样浅薄平易的人的封号，我衷心欢喜。"美掌公说道："波尔桑骑士啊，我谢谢您的好意，我已得到更好的结果了，我已被那高贵骑士兰斯洛特封过骑士了。"波尔桑说："对啊，您找不出比兰斯洛特更高贵的人去封您做骑士啦，因为在所有骑士中，他确是群龙之首。所以全世界的人都说，天下骑士的英名，被三个人平分了，他们是湖上的兰斯洛特，良纳斯的特里斯坦骑士和加里士的拉麦若克骑士。他们都是当今著名的人物。还有其他许多骑士，如撒拉逊人巴乐米底骑士，以及他的同胞沙飞尔骑士；布留拜里骑士，以及他的同胞甘尼斯的卜拉茂骑士；甘尼斯的鲍斯骑士，马利斯的爱克托骑士和加里士的薄希华骑士。这几个人，以及其他许多优秀的骑士，均不能超越上面所举的三位。所以，愿上帝祝您成功，如若您击败了红色骑士，您就算世界著名骑士的第四位。"

美掌公说道："波尔桑骑士啊，若是我得到了好名声和骑士的爵位，自然喜出望外。现在，我愿奉告您，我是上等家庭出身的；我料想家父是一位贵人，这一点，请您保守秘密；还有这位小姐，我要把我的血统关系，奉告你们两位。"他们两人答道："没有得到您的吩咐之前，绝不把您的话随便传出，关于这一点，我恳求上帝向您保证。"他说道："确确实实，我是奥克尼的加雷思，路特王是家父，家慈是亚瑟王的姐姐，她的名字叫玛高丝夫人；高文骑士、阿规凡骑士和葛汉利骑士三个人都是我的哥哥，我在行列中最幼。就是我的舅父亚瑟王和我的哥哥高文骑士，也都对我的底细不明白。"

第十四回

被包围的贵妇怎样获得她妹妹的消息；她的妹妹又怎样带来一个骑士为她作战，又这个骑士过去曾经打过多少次胜仗。

有一本书记载这样一段史实：一个被围困在堡寨里的贵妇，她的妹妹差派一个侏儒送信给她，这个妹妹有一个骑士陪伴，曾通行过全部的危险关口。那贵妇问侏儒道："那位骑士是怎样一个人呢？"他答道："姑娘呀，那人确实是一位高贵的骑士，年龄尚轻，同您所见的其他骑士一样威武。"她又问道："那人是谁呢？他的身世怎样？又是什么人封他做骑士的？"那侏儒又道："姑娘呀，这人是奥克尼王的幼子，只是他的名字我此刻不便奉告；您知道，他是被兰斯洛特封做骑士的，因为他不愿意接受别人的封号；凯骑士给他的诨号叫美掌公。"贵妇又问："他怎样由波尔桑弟兄那里逃出的？"他答道："姑娘，这是一个高贵骑士的本色。首先要指出的是，他通过水路关口的时候，曾打死两个弟兄。"她说道："可怜呀，他们都是武艺很好的骑士，但也是杀人的凶手，其中一人叫卜诺斯的葛鸾德，另一个人的名字是卜诺斯的亚诺耳特骑士。"那侏儒又道："姑娘啊，他同乌黑骑士相斗的时候，是在一个普通场地上杀死他的，因此掳获了他的骏马和铠甲；他击败绿色骑士的战斗,也是在普通的场地;同样他也打败了红衣骑士,最后他同蓝色骑士相战,也是在普通战斗上得胜的。"那个贵妇说道:"他征服了蓝色的波尔桑骑士,这的确证实了他在世界最英雄威武的骑士当中,也算得一个。"那侏儒又接着说:"他打败了四个弟兄,又杀了乌黑骑士;此外,他在以前还有不少的战功:他打倒凯骑士,打得他躺在地上几乎死了;他曾同兰斯洛特骑士很激烈地战过一场,结果两个人平分春色,无分轩轾;随后兰斯洛特才封他做骑士的。"

那贵妇又说:"侏儒先生,我听到这些消息,很是欢喜,附近有我一所精舍,请你去一趟,随身带着我的两个银瓶的酒,大约有两加仑;还有肥鹿肉夹心面包两堆,美味野禽;我要拿一只金杯给你,它很珍贵精致。这一切都送到精舍,交到一位隐士的手里。随后,请你去看我妹妹,向她请安;还请你代我问候那位善良的骑士美掌公,祝他努力加餐,保重身体,并且代我致谢他的高谊美意。他这样辛苦地为我服务;然而我对于他,向来没表示过任何殷勤和照顾。此外,再求他宽大勇敢,为的是在今后不久,他要遇着一个家世煊赫的高贵骑士,这人不惟没有恩情、不知谦虚、毫不端庄,而且一心一意地杀人行凶。正因为如此,所以我无法重视他,或者亲近他。"

侏儒离开此地拜访波尔桑骑士去了,在那里遇见林娜德小姐和美掌公骑士,遂将他听到的全部经过,统统告诉他们;后来在他们离开的时候,由波尔桑骑着一匹骏马担任保镖,到后来就把他们交托上帝了。不多时抵达精舍,他们饮酒,吃鹿肉,还佐以烤野禽。他们吃饱以后,侏儒便携着杯盘器皿返回寨里;在那里遇着绯红荒原的红色骑士,他问侏儒由何处而来,到过哪里。那侏儒回答他说:"红色骑士啊,我奉陪本寨女主的妹妹到了亚瑟的王朝,邀请来一位骑士。"绯红荒原的红色骑士说道:"我认为她是白费气力;即使她把兰斯洛特骑士、特里斯坦骑士、拉麦若克骑士,或是高文骑士都邀请来了,我一个人也足够抵挡他们全体。"

那侏儒又说道:"您的意见很不错,这一位骑士曾通过全部的要塞,在途上杀了乌黑骑士以及另外两个人,还击败了绿色骑士、红衣骑士和蓝色骑士哩。"红色骑士又问道:"这人可是以前我说的那四个骑士当中的一个吗?"侏儒答道:"不是的,这人乃是一位君王的儿子。"那绯红荒原的红色骑士又问道:"这人叫什么名字呢?"侏儒答道:"我不愿告诉您,以前当凯骑士轻侮他的时候,曾经呼他做美掌公。"那个骑士又说:"我不关心这些事,也不管他是什么人,但是我会很快把他捉来交给您。若是我同他比武,他一定会有跟别人同样可耻的下场。"侏儒又道:"可怜呀,您对这些高贵的骑士一直发动无耻的战斗,实在使我诧异。"

第十五回

这少女和美掌公怎样到达被包围的城堡，在一棵大枫树底下，美掌公吹起号角，使绯红荒原骑士出来应战。

红色骑士和侏儒的故事，我们暂且放下，先叙述美掌公；他在精舍里停留一整夜，翌晨起身，同这位少女望过弥撒，吃了早点。随后他们骑上骏马，穿过一片苍翠葱郁的森林，走到一处平原。前面有无数的帐篷，还有一座秀丽的城堡：那里烟雾缭绕，声音嘈杂；及至靠近城边，美掌公仍然骑行，忽然望见许多武装齐整的骑士，脖子悬挂在大树上面。他们的盾牌和宝剑系在颈上，靴跟上还带着马刺。这样吊死的大约有四十人，都穿着精致的武装。对骑士们如此处置，实属羞辱。

忽然美掌公变了面色说道："这是什么意思？"这少女回答他说："亲爱的骑士，您看见这种阴森的景象，切莫消沉了您的勇气，必须抖起您的胆量，否则您会遭到一切的挫折。这许多骑士都是来营救我姐姐梁纳斯的，及至被绯红荒原的红色骑士打败了，就这样惨绝人寰地处死他们，真是可耻的死刑。如若您不能好自应付，将不免遭到同样的下场。"

美掌公说道："恳求耶稣保佑我，不要遭到这种羞辱的斗争和残酷的死亡啊！倘使这样死，还不如在普通战役中英武地阵亡。"

这少女继续说道："当然您宁愿战死的。这种人毫无情义，您不要信任他；所有这些人都被杀死了，或是遭到无耻的谋害，都很悲惨；因为他很勇敢，身体强壮，是一个气力过人的高贵骑士，又是一个拥有很多田地和大批财产的爵爷啊。"美掌公说道："您的话真对，他确是一个很老练的骑士，但他推行这种可耻的陋俗，真是奇怪，他能支持这种恶风陋俗如此长久，我们亚瑟王的骑士们，还没有一人对付过他哩。"

他们骑到了壕沟附近，看见寨堡有军用的围墙，外绕深渠两条；城墙附近，驻扎着许多高位的爵爷。歌声洋溢。这寨一面靠海，波涛激荡着城墙，船只很多，水手"欸乃"互答。附近有大枫树一棵，上面挂一只号角，其大无比，用象骨雕成，乃是绯红荒原的骑士所悬的，如有游侠骑士经过，一吹号角，就促使他准备出来应战。林娜德小姐说道："骑士啊，我求您在中午以前切勿吹角，此刻约莫六点钟，他还在气力增加的时候，外面传说他一个人有七个人的力量。"（美掌公答道：）"这真是胡说八道，请您不要再向我提到他；如若他真有这么威武，我绝不在他气力最大的时候离开他；我若不能在他力气最旺的当儿取得光荣的胜利，宁愿勇敢地死在战场上。"他蹬着马刺，径直跑到大枫树下，急忙把角一吹，响声顿时充溢全寨内外各个角落。帐内的骑士也立时奔跃跑出；至于寨内的民众，都隔着墙，或凭着窗，向外窥看。

这时绯红荒原的红色骑士急忙穿戴了全部武装，由两个男爵为他装上马刺，不论他的铠甲，或是矛枪盾牌，都是血红的颜色。另有一个伯爵为他戴上头盔，还有其他人等，送来红色的长矛和红色的战马。他登上马奔到寨边的小谷上，于是全寨的人都能望见这场战斗的真景了。

第十六回

两个骑士怎样相逢，怎样谈话，又怎样开始战斗。

林娜德小姐向美掌公骑士说道："骑士啊，您的心里要快乐轻松一些啊，那个同您不共戴天的仇敌就在对面；远处的窗户里是我的女主人，她就是我的姐姐梁纳斯小姐。"美掌公问道："在哪里呢？"这少女答道："就在对面。"她一面说，一面用手指点给他看。美掌公道："对呀，我望见啦。从远处看，她真像世间最娴雅的美女；而且我和红色骑士之间，除了为这位贵妇而战斗之外，我找不出其他仇恨；我确信她将来一定会做我的爱人，我正是为她而战的。"他不时喜笑颜开地抬头望着窗口。梁纳斯小姐也不时殷勤地向下望着美掌公，两人都举手示意。

这时，绯红荒原的红色骑士喊着美掌公骑士，说道："我告诉你，不要看她啦，向我看吧；要明白，她是我的爱人，为了她我曾拼过多少次性命。"美掌公答道："如果你真是为她打仗，那也是白费力气，她绝不会爱上你这种人的；你爱上一个不爱你的人，可说是大糊涂蛋啊！如果我知道她不欢迎我来，那么在为她作战之前，我一定要问个明白。但是根据你围困这座堡寨来推测，可知她并不喜欢同你做朋友。所以，眼睛要睁大些，你这个红色骑士，因为我爱她，我必须营救她，如若不能达到目的，我就为她死掉好啦。"红色骑士答道："你说那话有什么用？你看见那些悬在树上的骑士了么，你去体会它的意义吧。"美掌公说道："你不要脸呀，若是你以为应当说恶话做恶事的，那么你就侮辱了自己，也玷污了骑士的声望；并且你也应当了解，世间的贵妇们知道了你那种残酷的习惯，都不会爱你的。现在，你认为吊死骑士的景象能够吓倒我。那是绝对错误的；相反，这种可耻的情景，足以鼓舞我的勇气和毅力来反抗你；倘使你是一个知情知理的骑士，我反抗的情绪还不会这样强哩。"那绯红荒原的红色骑士说道："快准备好，不要多说废话啦。"

随后美掌公骑士吩咐面前的少女离远些。双方立时平挟着长矛，奋勇地来了一个回合，都猛打在对方的盾牌上；霎时间，双方的马胸带，马肚带和马鞦带全都断了，两人都倒在地上，可是缰绳还握在手里，惊惊惶惶地过了好长时间。被包围在寨里的人看见这场决斗，都认为他们的脖子跌断了；当场有很多生疏的人，都说这个新骑士的身体很魁梧，是一个高贵的比武家，因为在今天之前，没有人能同绯红荒原的红色骑士相比的；寨里和寨外的人，当时都这样说。再后，他们急忙跃下马，面前撑着盾牌，手执利剑，斗到一起，正像两只凶猛的狮子，彼此都对着头盔乱击，两人都摇摇摆摆地退后两步，及至他们的力气回复之后，又你斫我击，把彼此的铠甲和盾牌打得粉碎，纷纷地落了满地。

第十七回

双方斗争了很久，美掌公怎样打败了那个骑士，并且几乎把他打死，但因为贵族们的请求，保全了他的生命，并叫他向贵妇投降。

他们就这样打到中午过后，不曾停止，两个人都累得气也透不出；他们立在那里，摇摇晃晃，各自退开，气喘吁吁，流血不止，凡是看见的人，大部分都为他们叹息流泪。他们稍稍休息了一刻，又奔上去战斗了，两人追赶着，撞击着，推拥着，活像两只野猪。有时候，他们奔跑起来，好似两只公羊，纠缠在一起，打得扑倒在地；又有时，他们打得眼花缭乱，甚至你拔出我的剑，我抽出你的刀。

他们一直战到晚祷的时辰，几乎没有人能分辨出他们谁胜谁负；他们的铠甲都斫得破碎不堪，观众可以看见他们露出的身体；其他部分也有裸露在外的，对于这裸出部分他们极力保护。这个红色骑士在战斗中诡谲多端，他的狡黠，正警醒了对方，使美掌公骑士学到了应付的技巧；在他了解对方的战术之前，确实付了很大的代价。

再后来经过双方的同意，他们停战休息，就在战场附近的几座鼹鼠丘上躺下了，都脱下头盔，透一透冷空气；各个小随员紧紧地跟在旁边，随时遵从命令，来替他们脱穿武装。及至美掌公脱去头盔，上望窗牖，瞧见了美女梁纳斯小姐，只见她露出笑容，这使他心花怒放，兴高采烈；于是他又通知绯红荒原的红色骑士重做准备，作最后的决战。红色骑士答道："一切遵命好啦。"两人都戴上头盔，那小随从也离开了。他们举足踏步而前，重行战斗。红色骑士则以退为进，恰巧一剑打在美掌公的手笼上，便把他的剑从手里击落；又一击打着他的头盔，使得他猛扑在地，红色骑士就骑在他身上把他压倒。

林娜德小姐看见这个情况，急得乱喊："啊呀，美掌公骑士啊，您的胆量到哪里去了？嗯，我的女主人——我的姐姐看见您啦，她急得要哭出来了，我的内心也很难受呀。"美掌公听到这番话，先用力爬出，又站立起来，急忙跳到自己的剑旁，把宝剑握在手里，迈步追上红色骑士，又重新斗起来。这时美掌公骑士加了一倍气力去打，打得很猛，把红色骑士的剑由他手里打落，再对他头盔上一击，把他摔倒地上，于是美掌公扑在他身上，拉开他的头盔，准备斩下他的脑袋；红色骑士立时喊着救命，向他投降，并且放开喉咙叫道："高贵的骑士啊，我恳求您的恩典。"

忽然间，美掌公骑士想到这红色骑士曾无耻地吊死了许多骑士，便说道："我不愿意放弃我的光荣而饶恕你这条性命，因为你曾用无耻的方法，害死这么多的好骑士。"那绯红荒原的红色骑士恳求道："骑士先生啊，暂缓杀我呀，让我报告您为什么我要这样无耻地去杀人。"美掌公道："赶快说啊。"他接着报告道："骑士呀，我曾经爱过一个贵妇，是一个美人，她的哥哥被人杀了，据她说是被兰斯洛特骑士杀的，不然，就是高文骑士；因为我热爱她的缘故，她要我立誓依骑士的精神，去为她报复，我每天都要刻苦用武，直到遇见他们中的任何一个；凡是被我打败的人，都被我残酷地处死了；这是我吊死这许多骑士的原因。我曾向她保证去杀害亚瑟王的骑士，我就对这些骑士采取了报复行为。并且，我的骑士先生，我要告诉您，每日，我的气力由早晨到中午一直在增加，经常可以增加到七个人的力量。"

第十八回

这个骑士怎样向美掌公屈服；又美掌公怎样吩咐他到亚瑟王的朝廷，去恳求兰斯洛特骑士予以宽大处理。

这时来了许多伯爵、男爵和著名的骑士，恳求美掌公保留红色骑士的性命，"请把他系押做俘虏好了"，他们都跪在美掌公的面前，为红色骑士恳求恩典。结果美掌公应允保留他的性命；他们又说道："美掌公骑士，您叫他忠顺献勤是比较有利的，叫他把全部田产献出，也比杀死他为好，您不能从他的死上得到实惠，因为他已经犯的罪恶，现在是没法收回的；所以只有让他对全部被害人，负担损失赔偿，我们全体的人都愿听命于您，对您忠顺服从。"美掌公说道："各位善良的骑士们，你们应当明白，我绝不愿杀死他，只因他的行为太过恶劣无耻；我又想到他的罪行，全出于一个女人的指使，不无可以减免的理由。兹为尊重各位的意见，我决定免除他的罪刑，但是他本人必须履行如下的义务：红色骑士应亲自赶到寨里，向梁纳斯小姐谢罪投诚，如果得到她的赦免，我就可饶恕他的性命；随后他必须同意赔偿梁纳斯小姐本人和田地上的全部损失。及至这一切的事情都处理妥帖了，你还要赶到亚瑟王的朝廷，恳求兰斯洛特和高文两位骑士的原谅，因为过去你一直反对他们，要知道这都是罪恶的行为。"绯红荒原的红色骑士答应道:"骑士先生,一切指示,完全听从,我还愿向您提供切实担保以及担保品。"之后,这保证的手续都齐全了,他又表示了臣服,并愿忠顺,其他全部的伯爵和男爵也都一同投降了。

于是林娜德小姐来到美掌公骑士身旁,替美掌公脱去武装,把创口检查了一番,又止住他的流血,然后也同样地照料了红色骑士。他们一同在帐篷里消遣了十天,红色骑士命令他部下的爵主们和家臣们,尽量殷勤地服侍美掌公骑士。不久,红色骑士赶到寨里,听候女主人的恩典。她收到了确实的保证,随后接见他,凡是她所受到的侵害,都可以妥善地复原了。再后,他离开此地,到了亚瑟王的朝廷,红色骑士在那里公开地恳求兰斯洛特和高文两位骑士原谅,并且当众宣布他如何投降,以及被什么人打败的;他又把历次的战役,从起始说到结尾。亚瑟王和高文两人听后,说道:"耶稣呀,我们对于美掌公的家世来历很是诧异,他是一位高贵的骑士啊。"兰斯洛特骑士接着说道:"你们两位无须惊奇,你们就会知道,他是高贵人家的后裔;再说他的力气和毅力,当世的武士,很少有人能同他匹敌,他的武艺也很高明。"亚瑟王便答道:"照你说来,你知道了他的姓名、他的来历,以及他家系的情况啦?"兰斯洛特答道:"我忖度如此,否则我不会随便封他做骑士的;他当时曾嘱托我代守秘密,除非得到他的通知,或是已经公告过,我绝不先说出来的。"

第十九回

美掌公怎样来到贵妇跟前；又当他走到堡寨的门口时，堡内的人怎样闭门对抗；又这个贵妇向他讲了什么话。

现在我们述说美掌公骑士的行止。他要求林娜德带他去拜访她的姐姐，也就是她的女主人。林娜德小姐答道："骑士先生，我欢迎您去看她。"于是美掌公骑士穿上全副的武装，骑上马，挟着矛，跃马直奔寨堡而来。待他到达寨门，发觉门前武装人员很多，他们拉起吊桥，又把寨门关闭起来。

这时，他很诧异：为什么他们不许他进到寨里？他抬头向窗上望望，瞧见那位美丽的梁纳斯正大声喊他说："美掌公骑士，走开吧，此刻我还不愿全心全意爱您，要等到外界尊称您做骑士中的俊杰，那时候再谈吧。您再去诚心诚意地做一年工，等候我的消息好啦。"美掌公答道："亲爱的小姐呀，我没有想到您会把我当做陌路人，我自认可以受到您的欢迎，也值得受到您的美意；总之，我是用尽身体里宝贵的鲜血来换得您的爱情。"梁纳斯小姐说道："高尚谦虚的骑士啊，请您不必失望，也不要急躁；您对我的辛劳和热情是不会落空的，您应当明白；我已考虑到您的辛苦、宽大和殷勤，这许多优点都是我应当尊敬的。所以您尽管奔向前程，千万放心；我不让您进寨，完全出于对您的尊敬，以及为您自己的好处；但愿一年赶快过去，请信任我，亲爱的骑士，我要真心诚意待您好，绝不辜负您；今生只爱您一个，到死不变。"小姐说到这里，离开窗户去了；美掌公也骑马离寨而去，满怀的苦闷、悲怆至于极点。他任马驰骤，踉踉跄跄，几乎不知道自己的去向，一直走到深夜。后来偶然路过一个贫苦人家，就在那里歇脚了。

美掌公骑士通夜不曾交睫，辗转反侧，无非为了思恋寨主这位美女。翌晨起身，又骑马逛到快近中午的时光，走到了一处地方，面临一片汪汪的大河，旁边立着宽敞的旅舍，他就跃下马来，把马交给侏儒，吩咐他在旁通夜守着，他自己枕着盾牌睡了。

现在我们来谈谈寨主梁纳斯小姐。她也在怀念美掌公，忧心如焚，就找到她的哥哥格林卡茂骑士，吐诉她的私情，恳求他尽力协助；格林卡茂为了怜爱妹妹的缘故，愿意骑马去追美掌公。她还向哥哥说道："您追上他以后，请您一直等他入睡，我知道他因为忧伤，一定在一个地方下马休息，躺着睡觉；请您一直等候他，愈秘密愈好，把侏儒抢来；在美掌公骑士还未醒转之前，尽速地带着侏儒跑转回来。因为林娜德妹妹对我说，他能够把美掌公的身世，以及他的真实姓名，统统告诉我们。你走以后，我和妹妹就到您的寨里，等着您把侏儒捉来。待您把他捉来以后，让我亲自审讯。若不把美掌公的真实姓名以及家系身世考问明白，我的心会一直忐忑不安。"格林卡茂骑士答道："妹妹放心好了，让我照你的意见去办吧。"

他整天整夜地追，最后看见美掌公骑士躺在河边，头枕盾牌，正在熟睡。见美掌公睡得很熟，他就偷偷摸摸地走到侏儒背后，

363

一把拉过他,紧紧地挟在臂膀底下,迅速跃到马上,径直向自己的堡寨跑来。这位格林卡茂骑士的装备全是黑色,其他属于他的东西也都是黑的。当他带着侏儒跑向堡寨的时候,这侏儒高声喊着他主人的名字,求他救命。这样就惊醒了美掌公骑士,他急忙起身,遥望格林卡茂骑士正挟着侏儒飞驰而去,一会儿就跑出他的视线之外了。

第二十回

美掌公骑士怎样骑马营救他的侏儒，又进到堡寨找到他。

随后美掌公骑士戴上头盔，拿起盾牌，骑马追去，中间穿过湿地、平原，以及广大的山野，有好多次他的马同他一起陷到泥泞的深沼里，几乎没顶；由于他不识途径，只得循最近的小路走，好多次他都几乎死掉。

最后他恰巧走上一条翠绿蔚然的道路，遇见当地一位寒士，美掌公先向他施礼致敬，又开口问他是否看见一个黑铠骑士，乘着黑马，背后押着一个乱喊苦叫的小侏儒从此走过。这寒士答道："先生，刚才有一个名叫格林卡茂的骑士由我旁边过去，他带着一个侏儒，正如您所说的苦痛不堪；因为这人乃世间最凶险的骑士，所以我奉劝您不必追赶，他就住在离此处仅有两英里的寨里；除非您同这人有私交，我劝您不必追赶这个格林卡茂骑士吧！"

关于美掌公骑士骑往堡寨的事情，暂置不提；让我先把格林卡茂骑士和侏儒的事情，报告读者。一会儿，这侏儒抵达寨里，梁纳斯小姐和她的妹妹林娜德二人就开始盘问他，他的主人究竟是在何处出生的，以及他的家世怎样。梁纳斯小姐向侏儒道："你若不告诉我，我永不放你出寨，一辈子把你关在狱里。"侏儒答道:"关于这个问题,我毫无顾虑,可以把他的真实姓名,以及他的家世履历,一一奉告。您应知道他是一位君王的儿子,他的母亲是亚瑟王的姐姐,他乃著名骑士高文的弟弟,名字叫奥克尼的加雷思骑士。我既把他的真名奉告您,高贵的小姐呀,请许我再回到我的主人那里去,我想他若不重见我的面,绝不会离开原来的地方。若是激起他的愤怒,会闯出很大的祸害,不易收拾,他甚至能把您的全乡化为废墟。"格林卡茂说道:"你这番威胁的话,我可以置之不理;我们一同去吃饭吧。"他们盥洗完毕,同进午餐,大家谈笑风生,均极舒畅,因为这时寨主梁纳斯小姐也在座,更有了无限的快慰。林娜德对她的姐姐说:"阿姐呀,他一定是一位君王的儿子,因为他有无数高贵的优点,为人谦和温良,耐性极大,都是我平生罕见的。我敢说,世上的贵妇对待一个男人,绝少像我待他那样粗暴无礼、开口就骂的;可是他对我,始终温和、殷勤体贴,从不改变。"

就在他们同坐交谈的时候,加雷思骑士忽然来到寨门前,他面目狰狞,手里握着利剑,放声狂啸,全寨都可以听到,他喊道:"格林卡茂骑士,你这叛徒,赶快把侏儒送回,不然,我要依着骑士的金科玉律,让你尝遍各色各样的苦头。"这时,格林卡茂骑士由窗内向他一看,说道:"奥克尼的加雷思骑士呀,不要乱吹大话,莫想要回你的侏儒。"加雷思骑士回口骂道:"你这怯懦的骑士,把侏儒还给我,否则你就出来同我比一比;如果你得胜了,再扣留他。"格林卡茂骑士答道:"你打好了,我愿意比赛,尽管你说大话,还是得不到他。"梁纳斯小姐在旁插嘴道:"我的阿哥,把侏儒交还给他算唎,我不愿使他生气;侏儒已回答我的问话,无须再扣留他。并且,阿哥呀,这骑士曾为我做过很多事,曾经由绯红荒原的红色骑士那里救了我;因此,阿哥呀,在世上的骑士当中,我欠他的情分最多呢。同时,我对他也比对其他骑士们更爱,很想同他谈谈话。但是我不想使他知道我,让他把我当做一个陌生的妇人好了。"

格林卡茂骑士说道:"是的,因为我明白您的意思,就依照他的要求吧。"他立时走到加雷思骑士跟前,说道:"骑士,请您原谅,凡是对不起您的地方,我都愿赔罪。请您下马,驾临敝寨稍住一些时候,我当极力欢迎。"加雷思骑士问道:"我可以收回我的侏儒么?"他答道:"骑士啊,自然可以的,一切均请您随便;刚才您的侏儒把您的姓名、您的家世,以及您在边疆的丰功伟绩,统统告诉了我,请您原谅我向来对您失礼的地方。"加雷思骑士听后跃下马来,侏儒急忙走去牵马。加雷思骑士对他说:"喂,伙计,我为你曾冒了不少的险呀。"这时格林卡茂骑士握着加雷思的手,引他进了大厅,他的夫人正恭候在里面。

第二十一回

加雷思骑士又名美掌公,他怎样来到贵妇的面前,又他们两人怎样由相识而相爱。

于是,梁纳斯小姐盛装走来,打扮得同公主一样,很殷勤地招待加雷思骑士,可说无微不至;加雷思对于她,也是缠绵顺服,一往情深;他们两人的谈话,既婉愉温柔,他们的表情,又胶漆腻合。加雷思骑士一直在想着:"耶稣啊,但愿危险寨的女主也同她一样美丽。"这里有各式的游艺、竞赛、舞蹈和音乐节目。加雷思陪同这位小姐过了一天,真是愈看愈爱;因而爱火如焚,无法自抑,竟而失去了理性。时已近夜,他们同去晚餐,这时加雷思骑士心猿意马,恍恍惚惚,食不下咽。

这一切的情况,都被格林卡茂骑士看见了,到了饭后,他招呼他的妹妹梁纳斯小姐走进他的房里,说道:"妹妹,我看你同这个骑士之间的言语动作,我完全明白你的意向;妹妹呀,我想你知道他是一个真正高贵的骑士,如果你想留他住下,我也愿意尽量地招待他,倘使你能表现比现在好些,你就可以同他心心相印啦。"梁纳斯小姐答道:"阿哥啊,我确实明白这个骑士是优秀的,也是高尚世家的后裔。虽是如此,依然要更仔细地去调查。如今在所有的世人里,我最看重他;而且他为了爱我的缘故,极度辛劳，又多次在危险的旅程中跋涉。"

于是，格林卡茂骑士来拜访加雷思骑士，说道："先生，祝贺您一切如意，您没有什么可顾虑的了，关于舍妹，为了保持她的清白，永远归您，你们彼此都很相爱，希望你们更相敬相爱。"加雷思骑士道："我知道世间再没有比我更愉快的人啦。"格林卡茂骑士又说："君子一言，驷马难追，一言出口，绝不反悔；如果承您不弃，愿意住下，不论多久，我都极欢迎，舍妹将日夜陪您，并且尽情地服侍您。"加雷思答道："这样很好，我曾应允过，在这一年里，住留在附近。并且在这一年里，我认为亚瑟王和其他骑士们，一定会寻找我的下落。若是我还活着，一定会被他们发现。"随后，这个高贵的加雷思骑士去见梁纳斯小姐，相见极爱，一见面就吻她多少次，两人都是尽量的体贴对方。这时，她对加雷思表明心迹，海枯石烂，此心不渝。同时这位闺秀，也得到她哥哥的同意，把她的真实情况，以及她就是上次加雷思替她作战的贵妇，就是危险寨的女主人，凡此种种，都告诉了加雷思；此外，她又说出先前怎样请她哥哥去抢回加雷思的侏儒，"因此，我才得知您的真姓实名，以及您的家世源流。"

第二十二回

在一个夜晚，有个武装骑士怎样来同加雷思骑士相斗；又加雷思的股上受了伤，随后他斩下那个骑士的头。

随后，梁纳斯小姐把林娜德邀到加雷思的面前，这位林娜德小姐曾陪他乘马出外，走了很远的荒僻路程。这时加雷思骑士较前更为愉快。因而他和梁纳斯小姐作了海誓山盟，结为姻缘，永不分离。他们热烈地燃烧着爱火，双方同意私自抑平肉欲。梁纳斯小姐要加雷思骑士住在大厅里。她还私自应允加雷思，在午夜以前她要到他的床上来。

这个私约保守得不很隐秘，露了风声；这对青年，年齿都轻，从没有幽会的经验。不料，林娜德小姐对他俩的企图，表示不满，认为她的姐姐操之微急，为何在结婚之前不抑制自己呢；为了要保全他们的洁白，她就想到要制止他们的野合丑行。于是她运用魔术技巧，拆散他们非礼的勾当，非待正式结婚之后，不让他们随便欢聚。时间就这样过去了。及至晚餐过后，各人离去，每个爵主名媛也都归回安息了。加雷思骑士明白表示愿住在大厅里，不到别的地方，并且说道："惟有这种地方，才便于一个游侠骑士去安憩。"所以他们立时为他安放了床榻，铺上禽绒被褥，请他休息；不多时梁纳斯小姐偷偷走来了，她披着银鼠的斗篷，摸到加雷思骑士的床上，睡在他的身旁。于是他开始吻她。蓦然间，他看见面前立定一位全副武装的骑士，周身冒出火光，手执长柄利斧，面目狰狞地要去斫他。及至加雷思骑士瞧见这人快要走近，猛然由床上跳下，拿起利剑，径直奔到他的跟前。这个骑士望见加雷思凶猛地扑来，就放出一剑，正刺在他的大腿厚肉上，那伤口足足有六英寸宽，把许多筋脉都割开了。加雷思骑士还回一击，打在他的头盔，使他跌倒地上；再跳上他的身体，拉开头盔，把他的头颅斩下了。这时加雷思自己，血流如注，几乎无力站起，他躺到床上，头昏目眩，奄奄一息。

梁纳斯小姐急得乱喊，她的哥哥格林卡茂骑士忙着赶来了。当他发觉加雷思骑士遭到如此不名誉的重伤，极表不满，因而说道："这样一位高尚的骑士受到了如此的尊崇，我真难为情。"他又说："骑士啊，怎么会这样啊？"又对妹妹说："你怎么会来到此地，这位高尚骑士怎么会受伤呢？"梁纳斯道："哥哥，我没法报告您，这不是我做的事情，我全不知情。他是我的意中人，我是属于他的，他就是我的丈夫；我的哥哥啊，您要知道，即使我偷着找他，或是做出不正经的事，我也一点不以为是羞耻的。"格林卡茂骑士又说："妹妹，我想你能明白，加雷思也能了解，这不是我做出的丑行，也不是我指使什么人做的。"同时，他们用尽全力，帮他止血，自然格林卡茂骑士和梁纳斯小姐都很为他着急。

就在这时，林娜德小姐赶来了，她举起那只人头，放到他们两人面前，在颈部剑口地方，涂上一层油膏，又在躯体颈项的刀口上，也如法抹了一层油膏，就把躯干和头颅接在一起，立时便联合为一了。这个骑士骤然站立起来，被林娜德小姐领进自己的房里。这一切情况，格林卡茂和梁纳斯都亲眼望见，加雷思也在场；加雷思当然知道这是林娜德所做的，他们曾一同骑马，出入于危险大道，彼此的了解很深。加雷思骑士说道："唉，小姐啊，我想不到是您，如今却知道是您做的。"林娜德答道："我的爵爷加雷思骑士啊，我所作所为，全部承认，绝不抵赖；但是我的行动，完全是为了您的名誉和光荣，或者说是为了我们大家。"不多时，加雷思骑士的创伤，也几乎痊愈了，变得轻松活泼，又歌又舞，还能竞赛；他同梁纳斯小姐依然热恋得如胶似漆，他们约定在从今以后的第十天夜里，正式同床。因为加雷思上次受了伤害，今后他在床边开始放起铠甲刀剑等武器。

第二十三回

第二天夜里，这个骑士怎样又来到此地，以致被斩；又在圣灵降临节那天的宴会上，凡被加雷思骑士所打败的骑士们怎样都来到亚瑟王面前，表示臣服。

梁纳斯小姐依照所约定的日期来了，她还未上加雷思的床，就望见一个武装的骑士向着床跑来，她立即警告加雷思骑士要当心，并且，出于体贴的心意，迅速地替他穿上武装。两人都怒火冲天，恶毒逼人，在大厅里追逐撞击，纠缠在一起。那人的身体前后，发出耀眼的强光，恍若二十只火把似的；加雷思骑士由于打得过度用力，把旧的伤口全部爆开，血又涌出；只因为他勇猛激昂，不曾觉到；还用尽大力把那个骑士打倒，拉下他的头盔，斫掉他的脑袋。接着他把这脑袋剁成一百块。剁完以后，拾起全部肉块，从窗口丢到寨外的沟里；他丢完了，忽觉得疲惫不堪，由于流血几乎不能站稳。及至他快把武装脱完的时候，昏迷不醒地倒在地板上。梁纳斯小姐心焦喊叫，被格林卡茂听见了；他走来看到加雷思骑士这种情况，极为伤感。他唤醒加雷思，给他一些汤水喝下，他很快恢复了；至于当时梁纳斯小姐的苦痛，简直是口舌所没法形容的；她遭逢了这些困难，苦得要死。

忽然间林娜德小姐来到他们面前，她手里拿着那只头颅的全部肉块,全是加雷思骑士从窗口丢掉的,她依然照上次的方法,涂抹油膏,把头颅和躯体粘在一起。加雷思骑士说道:"好呀,林娜德小姐,您这种种的轻蔑,都不是我应受的啊。"她答道:"骑士先生,我的行为,毫无虚伪,我都愿承认到底;总之,我所以这样做,是为了您的声望,当然对大家都有益处。"加雷思骑士流血的伤口,被他们止住了。不过根据各位医生的意见,只有原来使用魔道的人来医治他的创伤,才能霍然痊愈,其他不论何人,都是毫无效果的。

我们暂将加雷思骑士以及格林卡茂骑士兄妹三人的故事放下,来叙述亚瑟王在又一届圣灵降临节宴会上的情况。这天绿骑士带着五十名骑士赶来,向亚瑟王投诚。接着绿骑士的弟兄红衣骑士来了,也向国王投降,随带着六十名骑士。还有他们的同胞蓝色骑士,偕同一百名骑士,投向亚瑟王。绿骑士的名字叫伯突莱浦,红衣骑士的名字叫薄利蒙奈斯,蓝色骑士叫英底的波尔桑。这兄弟三人一齐报告亚瑟王,说了他们曾被一位骑士偕同一位小姐所慑服的经过,这人名叫美掌公。亚瑟王回答道:"耶稣啊,那是一个什么样的骑士啊?又是哪一个血统的后代呢?在过去一年里,我同他住在一块儿,他很清苦而又很低微地被抚养长大,凯骑士轻侮地叫他做美掌公呀。"国王站在那里同这三兄弟正说着,忽然兰斯洛特骑士来朝,他禀告国王说,来了一个勇敢的爵爷,带着六百名骑士。

这时亚瑟王走出卡尔良城,那里正举行宴会,刚才所说的爵爷到达了,这人一见国王,很恭谨地施礼致敬。亚瑟王开口问道:"您是什么人?您来有什么事?"他奏道:"王上,小臣是绯红荒原的红色骑士,本名叫做铁浒骑士;王上,小臣是被一位骑士派遣来朝,他的名字叫做美掌公,他曾徒手在普通决斗中打败我,三十年来,他是击败我的惟一骑士;现在遵奉他的吩咐,我来向您投诚,恭候您的指示。"国王答道:"我很欢迎您,长期以来,您对于我个人和朝廷都算是绝大的仇敌,如今愿向上帝保证,我恳切地希望您从此以后做我的朋友。"他答道:"王上,我同这五百名骑士①,永远听命于您,竭尽忠诚,为您效命。"亚瑟王答道:"感谢耶稣的恩典,我很看重那个美掌公骑士;他卖命斗争,乃是为着我和朝廷的尊严。说到你,铁浒骑士呀,你就是名叫绯红荒原的红色骑士,又称危险骑士的;若是你肯服从我,便封你做圆桌骑士;只有一点,你必须遵从,就是你永远不得再谋害人的性命。"他答道:"王上啊,关于这点,我已应许了美掌公骑士,今后永不再犯吊人的罪行;过去一切无耻的行为,完全是为了我所爱的一个女人而做的;因此,我必须到兰斯洛特和高文两位骑士那里去,请求他们饶恕我在过去触犯他们的罪行;我所以吊死这许多人,也完全是因为爱兰斯洛特和高文的缘故。"国王就说:"他们现在就在这里,在你跟前,你想要说的话,说给他们听就是啦。"于是他先跪在兰斯洛特骑士的面前,又跪向高文骑士,恳求他们赦免他所做的敌对行为。

---

① 先说六百名,后说五百名,实在同指一个数字,必系原文有误所致。

第二十四回

亚瑟王怎样赦免他们，又询问他们加雷思骑士的下落。

国王和兰斯洛特、高文两个骑士一齐向铁浒骑士大度地说道："上帝饶恕您，我们自然也宽大对您啦，此刻请您先说出到哪里去找美掌公骑士吧。"铁浒骑士答道："诸位爵爷，我说不出，找他实在也不容易；像他这样一个青年骑士，在哪里遇着奇迹，就流连在哪里，永不会住在一个固定的地点。"但是提到绯红荒原的红色骑士以及波尔桑骑士兄弟三人对于美掌公的心折服膺，读者看后会为之神往。亚瑟王听后说道："诸位爵士，要知道为了对美掌公骑士的爱，倘使有一天我能见到他，我将封你们每个人做圆桌骑士呢。"国王转脸向英底骑士说，"说到你，英底的波尔桑骑士呀，你一直被人称做极良善的骑士，你的三位弟兄也得到为人尊重的称呼。可是有一点使我诧异，就是久已听不到你的哥哥乌黑骑士的消息，他也是很高尚的。"绿骑士伯突莱浦在旁说道："大王，乌黑骑士同美掌公骑士相斗的时候，被美掌公打死了，他的名字叫薄卡特。"国王说："那太可怜啦。"别的骑士也都这样怜惜他。亚瑟的王朝里对于黑、蓝、绿、红四个骑士都很熟悉，认为他们优秀，因为他们长期在同圆桌骑士们战斗。那绿骑士伯突莱浦对国王说:"在茂台斯的水路通道上,有两弟兄,他们一向担任保卫工作,都是极度凶猛的骑士,忽同美掌公冲突,美掌公就把那个年长的在水里打死了;原来他先对那人头上打了一击,他便跌落河里,因而溺毙,这人名叫葛鸳德·勒·布诺斯骑士;后来在陆地上,美掌公又把那人的弟弟亚诺尔特·勒·布诺斯骑士打死了。"

第二十五回[1]

奥克尼王后怎样赴圣灵降临节的宴会；又高文骑士兄弟二人来请她代为祈祷。

国王率领着他们进餐，款待极为隆重。当他们都入座之后；忽然来了奥克尼的王后，随带着大批的名媛武士。高文、阿规凡，以及葛汉利三人登时立起，走到这位王后面前，下跪行礼，求她祝福，因为他们同她分别了十五个年头。这位王后大声喊着她弟弟亚瑟王的名字说："我的小儿子加雷思被你放在哪里啦？他住在你这里一年，你把他当做小伙夫使用，你们都不觉得害臊吗？哼，你们把我这心肝宝贝放在哪里去啦？"高文骑士答道："噢，亲爱的妈妈，我当时不认识他。"国王说道："我当时也不认识，十分抱歉；但这几年来，他已成为公认的高贵骑士，我们应当感谢上帝；如果我不找到他，我永远也不会快乐。"

这位王后向亚瑟王、高文骑士和她另外几个儿子说道："你们这群人把我的小儿子放在厨房里，待他像一只可怜的猪猡，竟不知道这是奇耻大辱啊。"亚瑟王答道："亲爱的姐姐呀，您既然清清楚楚地明白我那时不认识他，就是高文的弟兄们也不知情；事

---

[1] 在卡克斯顿的原本上误列为第XXVI回，以下全卷回数皆误。

已如此,他又离开这里跑走了,最要紧的是设法找他回来。姐姐,我以为他初次来朝的时候,您该先通知我;然后,我若有亏待他的地方,您再来责备我。他当初来到朝廷的时候,伏在两个人的肩上移动,像是不会走路似的。随后他向我要求三件事,当天的第一件要求是请我在一年内让他有饭吃;另外的两桩,是在一年之后请求的,他要陪同林娜德出外冒险;第三件事是请兰斯洛特去封他做骑士,日期由他自定,还要随请随封。这些要求,我全都应允了。当时朝廷里有许多人,对他仅请求一年的伙食,表示奇异。那时,我们有好多人都认为他不像是高贵世家的后裔。"

这时,奥克尼的王后回答亚瑟王说:"弟弟啊,您要知道,我遣他来见您的时候,骑的是骏马,穿的是坚甲,全部是精致的武装,威武堂皇,随带着大批金银,供他花用。"国王说道:"这是很可能的,然而我们全都没看见;只有他离开我们的那天,骑士们告诉我,说是忽然走进来一个侏儒,送给他骏马和坚甲,这些都异常地辉煌动人;当时有人对他那些宝贝的来源,表示诧异,又认为他是高贵人家的子弟哩。"王后又说:"弟弟啊,您所说的,我都相信;他自从长大以后,聪颖过人,而且言必行、行必果,尤其是忠诚无比。只有一点,我觉得奇怪,凯骑士竟然一贯地侮慢他,给他一个美掌公的绰号;可是这个凯骑士可能完全没有预料到,他起的这个绰号再合适不过了;我敢说,倘使我的儿子还在人间,他是世界上手掌最坚强的人物,也是最受人欢迎的人物。"亚瑟说:"爵主啊,我们的话到此结束吧,但愿依靠上帝的恩典,在七国之内①,能够把他找到,大家都抱着既往不咎、皆大欢喜的心情就好了,因为他已成为公认的高贵骑士,我也万分地快活。"

---

① 指属于亚瑟王所统治的七国,即下回第四段所举的七处地方。

第二十六回

亚瑟王怎样邀请贵妇梁纳斯；又怎样宣告在她的寨里举行比武会，召请骑士们参加比武。

随后高文骑士和他的兄弟们向亚瑟说道："王上，请允许我们外出，去找我们的小弟。"兰斯洛特骑士在旁插嘴说："唔，我看你们不必出去吧。"同时不列颠的包德文骑士也这样说道："我们的意见是，请国王派遣使者招请梁纳斯小姐来朝，叫她愈快愈好，她一定会来，您可不必顾虑；她来之后，就可以得到他的地址啦。"国王听后赞道："你们的话很对。"于是国王写了封措辞婉转的国书，派遣信差日赶夜奔地赶到了危险堡寨。然后由这里又派人去请梁纳斯小姐，因为她正同加雷思骑士住在她哥哥格林卡茂骑士的寨里。她接到这封信以后，便吩咐信差先转回亚瑟王朝，她随后尽快赶来。然后，她到了她哥哥和加雷思骑士的面前，把亚瑟王邀请她的意思告诉了他们。加雷思骑士便说："这一定是为了我哦。"梁纳斯小姐说道："请您告诉我，我看见国王要说什么话，我的态度要怎样才好呢？"加雷思骑士："我的爱人，我的心啊，请您无论如何不要把我的住址告诉他；我相信我的母亲同哥哥们都在那里，他们都在负责地寻找我，一定是这样的。但是，我的爱人啊，当国王问您的时候，我希望您这样说，而且您还要说，这是您自己的意思，为了国王的面子，您要他叫报通知，举行比武宴会，日期定在下届的圣母升天祭，①那时评定的最优胜的骑士，将有权掌管您本人和您的田地。如果这个最优胜骑士是个已婚的男子，那么他的夫人会封以爵位，更赏给她价值一千金镑的镶宝石的金制花冠一顶，和白色巨鹰一只。"

之后，梁纳斯小姐启程来谒见亚瑟王；在那里，她受到隆重的招待，亚瑟王和奥克尼的王后询问了她许多问题。她对于加雷思骑士的住址问题，未予答复。可是她向亚瑟说了许多话："我希望用叫报宣布，当圣母升天祭那天，在我的寨外，举行一次骑马比武会；叫报的内容，我想是这样：恳求国王您驾临小寨，您的骑士也要出场；我准备让我的骑士们同您的比武；我认为那时一定可以得到加雷思骑士的消息。"亚瑟王答道："您计划得很周到。"对她大加赞美，随后她就告辞而去了。于是国王和她两人对这次大比武会做了详尽的准备。

梁纳斯小姐回到阿维利昂岛，她的哥哥格林卡茂骑士就住在那岛上，她把谒见亚瑟王的经过，以及他所应允的事情，统统告诉了他们。加雷思听罢叹息道："啊唷，自从我来到寨里受过重伤以后，一直觉得不舒服，我怕不能像一个骑士那样参加比赛啦；也可说从受伤至今，从没完全恢复过来。"林娜德小姐说道："愿您康健快乐，我负责在十五天之内把您疗治痊愈，并且使您像从前一样强壮。"随后，她就照自己的意见，为他涂抹了油膏，他就变得又活泼又强健，从来未曾有过的康健。林娜德小姐又说道：

---

① 原文 Assumption of Our Lady，在每年八月十五日，乃天主教的节祭。

"您要去请英底的波尔桑骑士,通知他同他的骑士们,随您按约赶到此地。同时,您再邀请铁浒骑士,那就是绯红荒原的红色骑士,通知他带领全体骑士随您同来,以便与亚瑟王和他的骑士们比武。"这一切都办理妥当了,全部骑士都应邀到了危险堡寨。这时红色骑士回报梁纳斯小姐和加雷思骑士说道:"小姐和我的爵爷请听,我已到过亚瑟的王朝;波尔桑骑士的兄弟,我也曾晋谒过。在那里,我们遵照您的命令称臣致敬。"同时铁浒骑士也报告说:"我已经准备同波尔桑骑士的弟兄们组成一队,将来在比武的时候,去对抗兰斯洛特骑士以及朝廷里其他的各位骑士。这样的安排,完全是为了女主人梁纳斯小姐和您,以及我的爵爷加雷思骑士的意思。"加雷思骑士嘉奖他说:"您布置得很好,但要努力去同世界上最高尚的骑士角斗;我们要到处寻觅最优秀的骑士,放最好的骑士出场。"波尔桑骑士答道:"您的话是宝贵的,也是值得尊敬的。"

叫报发出了,喊叫的地方计有英格兰、威尔士、苏格兰、爱尔兰,以及全部外岛、布列塔尼,还有许多别的国家。内容是在下届圣母升天祭的节日举行比武大会,凡是参与的人,要到阿维利昂岛近旁的危险寨;并且,所有骑士们还要说明自己愿意参加哪一方面,是危险堡寨队呢,还是亚瑟王队。比赛的日期距离现在还有两个月。随后来了许多优秀的骑士,大多数都愿对抗亚瑟王和他的圆桌骑士,就是去参加危险堡寨队。第一个来报到的人,名字叫爱皮诺革利斯骑士,他是诺森伯兰王的儿子;第二个是撒拉逊人巴乐米底骑士,以及他的弟兄;还有沙飞尔骑士及其弟兄,赛瓦瑞底斯骑士及其弟兄,他们都受过基督教的洗礼;又有马耳格林骑士，群岛的布瑞安骑士，这个人的品格是高贵的；又有"双重"顾慕尔骑士，苏格兰籍，武艺优越；更有残酷塔里的卡瑞都骑士，这人人品高贵，还有他的弟兄陶昆骑士；尚有亚诺耳特和岗特两兄弟，都是康沃尔地方的高尚骑士。此外，又来了良纳斯城的特里斯坦骑士，随带着家宰狄纳思骑士和沙多克骑士。当时特里斯坦虽已著名宇内，但还未封做圆桌骑士。这许多高贵骑士们都奉陪着女寨主，还随着绯红荒原的红色骑士；但加雷思骑士并不露头露角，大事招摇，他一直混在普通的骑士里头。

第二十七回

亚瑟王怎样偕骑士们同赴比武会,又那位贵妇怎样恭敬地迎接亚瑟;又骑士们怎样比武。

随后亚瑟王来了,奉陪的人有高文骑士同他的兄弟阿规凡和葛汉利三个人。他的外甥白手乌文英骑士、陶尔骑士、加里士的薄希华骑士和加里士的拉麦若克骑士,也跟随而来。还有兰斯洛特骑士带领着他的弟兄子侄和表亲等人,比如梁纳耳骑士、爱克托骑士、鲍斯爵士、卡力胡丁骑士和卡力哈特骑士,以及兰斯洛特其他亲属;又有丁纳丹骑士、他的弟兄"衣着旷荡汉"骑士,这人武功优秀;还有莎各瑞茂骑士,他的武艺也高;圆桌骑士的大部分都已出席。同时随亚瑟王来的骑士们,还有爱尔兰王、阿规沙斯王、苏格兰王、卡瑞都王、果尔地方的由岚斯王、巴吉马伽斯王,以及他的儿子麦丽阿干斯骑士,还有高贵太子盖拉呵耳特骑士。这许多国王、太子、伯爵、男爵,还有高贵的骑士,如布兰底耳斯骑士、阿弗推的乌文英骑士、凯骑士、拜底反尔骑士、罗格里斯的美利欧特骑士、温彻西阿的派提巴斯骑士、高德莱克骑士,他们都是追随亚瑟王来的;还有许多人士,不及一一记载。

出席比武的国王和骑士的大名,已提要举出,就此告一结束。现在再将寨里寨外双方大规模的准备工作,略加报告。这时梁纳斯小姐号召部下骑士，大力布置，准备各种宿舍，由水陆两道运输山珍海味，足以供应两方人士的需要，做到应有尽有；还准备现金现银，以便奉献亚瑟王，并分赠他的骑士们。这时又来了亚瑟王的行宫备办专员若干人，为国王安置行辕；还有他的王们、公爵们、伯爵们，以及骑士们。这时，加雷思骑士恳求梁纳斯小姐、绯红荒原的红色骑士、波尔桑骑士及其弟兄，以及格林卡茂骑士，等等，无论如何不要暴露他的真实姓名，只把他当做低微的骑士，勿为他招摇；他说道："不论大事小事，自始至终，请替我保守秘密。"梁纳斯小姐回答加雷思骑士说："骑士啊，我愿借给您一只戒指，因为我真心爱您；但恳求您在角斗之后，仍然原物归还；因为这戒指本身的价值不大，但能增加我的风韵，所以对我的用处很大。这戒指的珍贵，在于它可以由绿变红，又能忽而变绿；可以由蓝变白，又可以由白忽而变蓝；总之颜色变幻，不一而足。倘使您把它戴在手上，虽出入战场，终不会因伤流血；因为我一心一意地爱您，特借给您戴上。"加雷思道："多谢您，我的爱人呀，此刻它对我很有用处，我的身材容貌从此可以随时变化，就没有人能认出我的真面目啦。"这时格林卡茂骑士送给加雷思骑士一匹栗色战马，十分骏良，还有坚实的铠甲和一把名剑；这剑乃是格林卡茂的父亲由异教徒的霸主手里得来的。每个骑士这时都为比武做好了准备。亚瑟王在圣母升天祭前两天赶到。还来了形形色色的皇室吟游诗人，麇集一处，各种音乐，汇其大成。同时还来了桂乃芬王后和奥克尼的王后；这位奥克尼王后就是加雷思的母亲。

圣母升天祭的节日到了，大家望过弥撒，做了晨祷，各掌礼官员命令号手,吹起入场号令。首先进场的,是诺森伯兰王太子爱皮诺革利斯骑士,代表寨方与王方的莎各瑞茂骑士决战,交手之后,彼此都把标枪打断了,而且都断在离手不远的地方。接着寨方的巴乐米底骑士走出来,他同高文周旋,彼此激烈战斗,打得很猛,以致这两个优秀的骑士都连人带马跌倒地上。于是双方的人都赶来营救。再后,巴乐米底的两个弟兄,即沙飞尔和赛瓦瑞底斯两个骑士出场了,沙飞尔骑士对抗阿规凡骑士,赛瓦瑞底斯骑士对抗葛汉利骑士。刚一交手,沙飞尔就把阿规凡打翻了,这人乃高文的弟弟;那个赛瓦瑞底斯也把葛汉利打败了,赛瓦瑞底斯原是沙飞尔骑士的同胞。接着又走出了寨方的马耳格林骑士,他同白手乌文英骑士相战,乌文英一击打倒了马耳格林,几乎把他的颈骨打断。

第二十八回

骑士们怎样在比武场上表演武艺。

随后群岛的布瑞安骑士和"双重"顾慕尔骑士代表寨方入场，与阿各娄发和陶尔两骑士对抗，结果"双重"顾慕尔被陶尔打倒了。这时，寨方又出来残酷塔的卡瑞都骑士，还有陶昆骑士，他们同薄希华和拉麦若克两兄弟相战。先是薄希华骑士同卡瑞都骑士相斗，各人都把长矛打断了，断在手柄上面；跟着陶昆又同拉麦若克决斗，双方的马也都跌倒了，于是各方皆派人营救，都另给他们一匹马骑上。随后，寨方又派出亚诺耳特和岗特两个骑士出场，应战的是布兰底耳斯骑士和凯骑士，这四个骑士奋勇相遇，结果四根长矛都在手握的柄上折断了。再后，由寨里来了特里斯坦骑士、沙多克骑士、狄纳思骑士三人；同特里斯坦对抗的是拜底反尔骑士，交手之后，他被特里斯坦打得人仰马翻，摔在地上。沙多克和派提巴斯骑士对击，沙多克吃了败仗。同时乌文英骑士把寨里的管家狄纳思骑士打翻了。随后，寨方奔出的骑士，是英底的波尔桑，他同兰斯洛特·杜·莱克骑士遭遇，被兰斯洛特打得落花流水，人马都躺卧地上。再后，寨方的伯突莱浦骑士走出，他同梁纳耳骑士相斗，伯突莱浦又称绿骑士，他打败了梁纳耳，即兰斯洛特骑士的同胞。以上各战役中的优胜者，他们的姓名，统统由发令官或掌礼官记录在卷。

随后薄利蒙奈斯进入比武场,这人又叫红衣骑士,是波尔桑骑士的同胞,他代表寨方出战,应战的是爱克托骑士;双方战斗激烈,结果都连人带马倒在地上。这时,由寨里奔出绯红荒原的红色骑士,还有加雷思骑士,与鲍斯骑士和布留拜里骑士相对抗;红色骑士和鲍斯骑士两人斗得极凶,不仅双方的长矛折断了,他们的两匹马也扑在地上。及至布留拜里骑士放出长矛,打击加雷思的盾牌,不料竟把他自己摔倒了。卡力胡丁骑士瞧见这种情形,便盼咐加雷思骑士等候,竟被加雷思一击把卡力胡丁打翻了。这时卡力哈特骑士拿起标枪为他哥哥报仇,也被加雷思骑士打倒,还有丁纳丹骑士和他的兄弟、衣着旷荡汉骑士、莎各瑞茂骑士以及杜丁纳斯骑士,无不被他击败。总之,加雷思骑士只用一根长矛,一连打倒了四个人。

爱尔兰的阿规沙斯王发现加雷思骑士在作战的时候,身上的颜色忽而变绿,忽而变蓝,很是惊奇。每次他骑马往来奔驰的时候,都在变色,以致出席的王和骑士,都无从认出他究竟是谁。这时,爱尔兰的王阿规沙斯骑士走出同加雷思对抗,被加雷思一击打下马来,连马鞍和马具都坠落了。苏格兰王卡瑞都骑士奔上同他周旋,也被加雷思打得人落马翻。同时他还把果尔地方的由岚斯王打倒了。巴吉马伽斯骑士冲上去打加雷思骑士,也落得人仰马翻的下场。巴吉马伽斯的儿子,名叫麦丽阿干斯,他英武地打击加雷思骑士,竟把自己的长矛打断了。有一个名叫盖拉呵耳特的骑士,原是一位高贵的太子,大声喊道:"颜色千变万化的骑士呀,您打得真好,现在请您准备好,我要前来请教。"加雷思骑士听后,拿起长矛,打将起来,那太子的矛遂被打断;加雷思打在他头盔的左侧,打得他晕头晕脑地摇摆不定,若不是他的伙伴前来扶持,一定会跌倒。

亚瑟王惊叹道:"喔唷!那个颜色变化无穷的真是个优秀的骑士啊!"于是国王招呼兰斯洛特骑士来到面前,要他去对抗这个骑士,他答道:"王上,现在应该对那人容忍一步,才会使得我们内心平静,这个人今天实在很辛苦;当一个骑士表现得很好,尤其在他已经很吃力的时候,凡是光明正大的骑士团体的成员,都不应当阻碍他成功的道路;或许他的成败就在今天,或许他是今天这位贵妇所最爱的一个人;我明明白白看见他辛苦耐劳地要完成伟大的功业,所以我认为他应当获得人们的尊敬;虽然我有充分力量去打败他,可是我不愿这样做。"

第二十九回

续讲比武会的情况。

矛战结束以后，骑士们便拔出利剑，开始了剧烈的比武斗争。拉麦若克骑士表现了惊人的武艺，在他和铁浒骑士对抗的时候，发生了一场顽强的战斗，这铁浒骑士就是绯红荒原的红色骑士。再有巴乐米底同布留拜里两个骑士交手，也是一场苦战；更有高文骑士同特里斯坦骑士遭遇一处，高文败北，被特里斯坦拉下马来，他只得徒步应战，因而败了。兰斯洛特骑士随后出场，他打击陶昆骑士，陶昆也回击他；忽然陶昆的弟兄卡瑞都骑士走出相帮，以致兄弟二人对抗一个，因为兰斯洛特是世界上最卓越的宿将，他以一对二，和他们搏斗，得到全场的赞扬。再后，走来加雷思骑士，他认出同两位危险骑士相斗的是兰斯洛特骑士。他骑着一匹骏马，像雷轰闪电似的把他们冲散，始终未向兰斯洛特骑士发出一击。兰斯洛特骑士心中暗想，这必是优秀的加雷思骑士无疑！随后加雷思在全场驰骋，左击右打，使得全体观众都可以清清楚楚地看到他的行动。适逢其会，他把自己的哥哥高文打得一败涂地，还拉去了他的头盔；加雷思骑士这样击败了五六个圆桌骑士，大家一致公认他最卖力，也最忠于职守。特里斯坦骑士起初看见他使矛比武，又发现他长于击剑，他出于仰慕的心情，就骑马跑到铁浒骑士和波尔桑骑士的跟前,诚意地问道:"那个善于变色的骑士究竟是什么样的人啊!"特里斯坦骑士又道:"这人一直不曾歇息,我认为他很辛苦。"铁浒骑士问道:"您不认识他是谁么?"特里斯坦骑士说道:"我不认识。"铁浒骑士说:"我告诉您吧,爱慕寨里女主人的就是他,那女主人也爱这个人;当初我包围这堡寨的女主人的时候,他打败了我,同时还打败了波尔桑骑士,以及他的三个弟兄。"特里斯坦骑士又问道:"这人叫啥名字,他的祖上是什么人呢?"铁浒骑士答道:"亚瑟王朝的人称呼他美掌公,他真正的名字叫做奥克尼的加雷思骑士,是高文骑士的弟弟。"特里斯坦骑士又说:"我可以拿我的头颅做赌注,说老实话,他真是一个优秀的骑士,武功卓绝的大人物,如若他的年龄不高,将来一定会成为极高超的武士;如果我说假话,就把头颅输给你。"他们齐声答道:"他还是一个小孩子,是被兰斯洛特骑士封做骑士的。"特里斯坦又说:"这样对他更好了。"说罢,特里斯坦骑士、铁浒骑士、波尔桑骑士及其弟兄,一同乘马走出,想帮助加雷思骑士应战;他们用长矛凶猛地打了好多回合。

随后加雷思骑士骑马从侧面走出比武场,把头盔整理一下;他的侏儒向他说道:"请把戒指给我,不然您在喝水的时候,容易失落的。"他喝水之后,戴上头盔,急忙上马奔向战场,就把戒指留在侏儒的手里;侏儒拿到戒指很快慰,因为这样大家就可以认识他了。当加雷思骑士再下场的时候,观众们能够清晰地看见他浑身呈黄色;他击碎了好多头盔,拖倒了许多骑士,亚瑟王愕然不知他是什么人;后来由于他的头发的颜色,国王才认出他就是以前变色的骑士。

第三十回

传令官们怎样窥见了加雷思骑士；又加雷思骑士怎样由比武场逃走。

先前加雷思骑士显出各种各样的颜色，如今只有一种，那就是黄色。亚瑟王吩咐各传令官道："此刻你们骑马跟随着他，探出他是什么人，我今天问过他那方面的许多骑士，都回答说不认识他。"这时有一个传令官奋力追近加雷思；看见他的头盔上有一行金字，写着："奥克尼加雷思骑士所有之盔。"于是他就疯狂地叫起来，其余的传令官随着呐喊："那穿黄色武装的是奥克尼的加雷思骑士。"因此亚瑟王部下的各个王和骑士都盯着他看，等待他走过来；随后他们都挤着看他，以致各传令官又喊道："这位奥克尼的加雷思骑士是路特王的公子。"加雷思骑士发觉自己的秘密被人揭穿了，就加倍使力打去，把莎各瑞茂骑士和他的哥哥高文骑士都打倒了。高文骑士喊道："弟弟呀，我以为你不会打我的。"

加雷思听到这话以后，急得东冲西撞，终于用尽气力，冲出了人山人海的观众，才碰到侏儒。加雷思喊道："我的小伙子呀，你今天扣留我的戒指，骗得我出丑；一会儿还给我，我好隐蔽自己的身体。"侏儒就把戒指拿还啦。随后大家都看不出加雷思骑士的去向，忽而高文瞧见加雷思的所在，便奋力追赶上去。这事被加雷思骑士发觉了，他便迅速跑入森林，使得高文骑士又不知道他的去向。及至加雷思骑士察出高文骑士已经走远了，才同那侏儒商量出最好的应付办法。侏儒说道："您现在已经逃出了侦察范围，我认为最好的策略就是把那戒指还给梁纳斯小姐。"加雷思骑士答道："你的意见很对；此刻请你把戒指送还她吧；还请你说明，我很感谢她的美意；再通知她说，我得空就回来，我恳求她真心待我，像我对待她那样。"侏儒说道："骑士先生，我一定遵照您的吩咐去办。"他骑马去完成信差的使命。他来到小姐的面前，小姐问道："我的骑士加雷思在哪里呀？"侏儒答道："小姐，他要我告诉您，他不会在外很久的。"这侏儒很快又转回到加雷思骑士那里，很快乐地住下来，因为他实在需要休息了。这时忽然来了一阵急雷暴雨，大雨倾泻如注，天地不分。加雷思骑士疲惫万状，整天里没有得到片刻的歇息，他的马也是从未停蹄。他在森林里骑着马一直走到黑夜。那轰轰的雷声，烁烁的闪电，雷电交加，像疯狂一般。及至最后，加雷思骑士走近一座堡寨，才听到有守卫的人员驻扎在城墙上面。

第三十一回

加雷思骑士怎样进到一座寨里安适地借住一宿,又他同一个骑士比武,怎样把他刺死。

这时加雷思骑士爬上堡寨的门楼,请求守门的人让他进寨。可是竟被司阍人员严词拒绝了,说道:"本寨绝不留你这种人住宿。"加雷思骑士继续央求说:"慈爱的先生,请您不要拒绝我,我乃是亚瑟王部下的骑士,不论是寨主或是他的夫人均请看在亚瑟王的面上,留我借宿一宵。"司阍听了这话,随即回报公爵夫人,说是门外有一个亚瑟王的骑士,恳求借宿。夫人答道:"放他进来,让我看看他是哪一种骑士;看在亚瑟王的面上,不好不让他借宿的。"她就带着火炬走上门楼。

加雷思骑士一瞧见火把的光亮,就放声喊道:"不管您是爵爷还是夫人,也不问您是巨人还是冠军,都恳求您留我度过一夜;如若一定要我比武,让我歇脚之后,明天奉陪;我和我的马都太疲倦啦。"那公爵夫人答道:"骑士先生,您的话很是英雄慷慨,但您应明白本寨寨主向来同亚瑟王不睦,也不同他的朝廷交往,我的丈夫一向和他对抗;因此您能不进寨最好;若是您今夜进寨,必须依照这种方式,即今后不论您在大街小巷,若是遇见我的丈夫,必须向他投诚,自认俘虏。"加雷思骑士问道:"夫人,那位爵爷是怎样的人,他的尊姓大名?"她答道:"外子是洛士地方的公爵。"加雷思骑士说道:"夫人,这样很好,我愿意在遇见您的爵爷的时候,为了他的好意,向他投诚;同时我相信他绝不会害我;倘使他妨害我,我也会用自己的长矛利剑,去解除他对我的侵害。"公爵夫人回答说:"敬聆高论。"随即派人放下吊桥,让他骑马走进大厅;他在那里下马,有人把马牵入马厩;他在厅里脱卸武装,同时还说:"夫人,今晚我绝不走出厅外;到了天明,请将同我比武的人告知,以便准备领教。"说罢,有人端出晚饭,满桌佳肴,不可胜记。加雷思骑士放量大吃,他食量既大,吃得又快。当时有许多美丽的贵妇作陪,她们都认为这个人的才艺优越,乃是骑士翘楚,而且食量吓人。他们都很殷勤地招待他,饭后又为他整理好床榻,他就安适地休息了一通宵。

翌晨起身,望过弥撒,吃了早餐,加雷思便向公爵夫人及其他人辞行;并对她招待留宿,款以盛馔,表示感谢;当时她就询问他的名字。他答道:"夫人,我的真实名字叫奥克尼的加雷思,但有些人叫我美掌公。"这时,她才知道他就是那位代替梁纳斯小姐作战的骑士。加雷思别了此地,驰入深山,遇着一个骑士,名叫本得兰;这人对加雷思骑士说:"若打此处经过,必须同我比武,不然就要向我投降。"加雷思骑士答道:"那咱就比一比好啦。"说罢,双方放马对冲,加雷思伸矛一击,刺穿了他的身体,他急忙逃回自己的寨里;寨就在近旁,刚到家,这个本得兰骑士就毕命了。加雷思骑士想要休息一会儿,就骑马走近本得兰的堡寨。本得兰的骑士和仆役们都认出他是刺杀主人的人。他们就装备了二十个武士,出来对抗加雷思;适巧他没带长矛只带着一把利剑;他就撑起盾牌,遮在身前,他们都把矛打断了,战况十分激烈。加雷思始终显出武士的精神,尽力防御自己。

第三十二回

有一个骑士拘留了三十个妇女,把她们关在寨里,加雷思骑士怎样同他战斗,又怎样杀死他。

及至他们发觉自己无法制服加雷思骑士,便骑马离开了他,一同商量怎样去杀他的马;他们打定了主意,就重来对付加雷思,用长矛把他的马刺死了,然后猛烈地攻击他。这时加雷思弃了马,徒步应战,凡是同他作战的人,都受到严重的打击;受伤的人,永难复原。他一个接一个地把他们砍死,结果只剩下四个人,后来他们都逃开了;加雷思骑士由那些死人的马群里,挑选了一匹骏马,骑上赶路去了。

他放马奔驰,来到一座堡寨,在那里忽然听到贵妇和名媛呜咽哀泣的声音。于是有一个青年小伙子走到他的面前。加雷思骑士开口问道:"我听得寨里哭喊的声音,这是为了什么呢?"那小伙子答道:"骑士先生呀,这寨里有三十个贵夫人,如今都变成了寡妇;原来这里有个骑士,名叫硬心肠的驼色骑士,天天等候在寨旁,乃当世凶险人物,所以,"他接着说,"骑士先生,我奉劝您赶快走开。"加雷思骑士回答他道:"哪里的话,您虽怕他,我可不怕。"那小伙子忽然窥见驼色骑士由一处走来了,急忙指点着向加雷思说:"您看那里呀,他来啦。"加雷思骑士道:"让我去对付他。"这时他们彼此对望,各放马上前,那驼色骑士的长矛打在加雷思的盾牌上,折成了几截;加雷思骑士回他一枪,却刺穿了他的上身,把他摔到地上,登时死亡。于是加雷思骑士就赶进寨里,请求那里的贵妇们照料他去休息。贵妇们都说道:"当心呀,您不可在此地过夜。"但是那小伙子插嘴说:"请你们好好地招待他,这位骑士先生已经把你们的仇人杀死了。"她们听罢,都尽心尽力地服侍加雷思。看官们要明了,她们虽是全心全意地招待他,也端不出什么好菜好饭来,因为她们都是穷困的。

第二天早晨,他去做弥撒,看见这三十个寡妇都跪在各个坟前,俯身下地,恸哭流涕,悲惨万分。加雷思骑士当然知道这些墓中人必是她们的丈夫。加雷思就向她们说道:"敬爱的各位夫人,你们在下届的圣灵降临节,一定要赶到亚瑟王的朝廷,参加宴会;在那里要说明是我叫你们来的,我的名字叫加雷思骑士。"她们齐声答应:"我们一定去的。"加雷思骑士离开此地,适巧到了一处深山,遇见一位骑士,这人对他说道:"骑士,你停步,如要通过,须先比武。"加雷思骑士问道:"你是什么人?"他回答:"我的名字叫洛士的公爵。"加雷思道:"骑士啊,巧极了,您就是前次留我过夜的寨主。当日不曾聆教,我曾应允尊夫人,将来同您晤面的时候向您投诚。"那公爵说道:"哦,你这个张张狂狂的骑士吹嘘着要同我的骑士们作战,就请你准备吧,让我来同你比一比。"

两人都策马冲上,才一使力,加雷思骑士便把公爵打下马来。公爵急忙把马放开,拿起盾牌,拔出宝剑,吩咐加雷思徒步战斗。加雷思骑士跳下马来,双方激烈交手,苦斗一个多小时,都受了重伤。加雷思终于把公爵打翻了,几乎要杀他,公爵才向他投降。这时加雷思骑士向他说:"若是你一定要投诚,请在下届圣灵降临节宴会上亲向我的王上亚瑟致敬,并且说明是我派你来的,我就是奥克尼的加雷思骑士。"那公爵答道:"一切遵命,此外我还率领部下骑士百名,一同为您效命,今后一生,永远听命于您,不论您在何处,随叫随到。"

第三十三回

加雷思骑士怎样同高文交战，又林娜德小姐怎样介绍他们彼此相识。

公爵离开之后，加雷思骑士独自一人站在那里；忽然有一个武装的骑士向他走近。加雷思骑士拿起公爵的盾牌，跃上了马鞍，两人都没打招呼，即放马相冲，像雷击似的，斗在一起。那骑士使矛刺伤了加雷思的肋部。他们又都跳下马，挥剑相击，因为斗得太激烈，鲜血流了满地。一直斗了两个钟点。

最后林娜德小姐赶来了，有人称她做荒野女郎，她骑着一匹缓慢的骡子；大声喊道："高文骑士啊，高文骑士啊，停下来，不要同您的弟弟加雷思骑士再斗啦。"高文听见以后，便抛掉他的盾剑，奔到加雷思跟前，挽着他的膀子，跪下求他原谅。加雷思骑士说道："您是什么人啊，刚才那么坚强，现在竟向我屈服？"他答道："加雷思啊，我是您的哥哥高文骑士啊，正是为了您，我才这么又痛又累的。"于是加雷思拉开头盔，也跪下请他谅解。然后，他们两人都立起，互相紧紧地拥抱，痛哭了好久，方才说出话来；各人都把决斗的胜利，归于对方。两个人相叙离情，语重心长。高文骑士说道："我亲爱的弟弟啊，如果我们不是弟兄，我应当对你表示无上的敬礼；在过去一年中，你为效忠于亚瑟王和他的朝廷，所慑服的武士，以及命令他们向他[①]投诚的人数，比之圆桌社其他六位著名骑士所慑服的还多，只有兰斯洛特骑士例外。"

随后那个诨名叫做荒野女郎的林娜德来了，她曾陪同加雷思骑士做过长途的旅行，又替加雷思和高文两人的伤口止过血。荒野女郎说道："现在，你们要做什么呢？你们两位的情况，我认为顶好是通知亚瑟王，可是你们的马都受伤了，怕是驮不起两位啦。"高文骑士说："亲爱的小姐啊，我求您先骑马到我舅父亚瑟王那里，把我在此地冒险的经过报告他。我猜想他不会滞留很久不来的。"说罢，林娜德就跨上骡子，很快地赶到亚瑟王的面前，因为中间只隔两英里的路程。及至她把高文兄弟的情况说过之后，国王便吩咐部下快为他预备骏马。他上马之后，又吩咐各位爵爷官员以及宫娥贵妇等等随行；不多时，所有王后的马和太子的马都配上了鞍辔，很快备好了。

当国王的大驾抵达他们所在的地点，他看见高文和加雷思两个骑士正坐在一处小山岗上，便跃下马来。及至国王走近加雷思骑士的身边，很想开口说话，但是说不出来，因为他惊喜若狂，陷入了失神的状态。他们都劝慰自己的舅父，请他由欢心而至快乐。读者要知道，国王听了这话，霎时欢喜万分；他也向加雷思骑士诉述别后的离愁，说到伤心的地方，他呜咽呜咽地简直像一个小孩似的。这时加雷思的母亲也来了，她就是奥克尼的王后，又叫做玛高丝夫人，当她看见加雷思骑士的面貌时，本不想流泪，

[①] 按卡克斯顿本作 me，窝尔德氏改作 him，兹从订正本译。

可是久别乍逢，她立时晕厥倒下，躺在地上好久，恍若死人一样。加雷思骑士就千方百计地安慰他的母亲，待她苏醒之后，尽力地服侍她。这时国王命令在他指挥之下的各级骑士，为了欢迎他的外甥，都在现场扎营住下。安排定了，他又吩咐准备宴会，一切肉类，包括豢养的禽畜、野生的鸟兽、种种山珍海味，不得有所遗漏；凡此种种，均用金银买来。随后又采用荒野女郎的方法，治疗高文和加雷思两个骑士的创伤；他们在这里宴游了八天之久。

国王忽然向荒野女郎说道："我没看见你的姐姐梁纳斯来到此地，我的外甥加雷思先前曾为她忙了好久，她竟不来看他，使我觉得诧异。"林娜德小姐答道："大王，关于这一点，恳求您善意地原谅，因为她并不知道我的爵爷加雷思骑士来到这里。"国王随口吩咐道："你去接她来，我们再按照我外甥所喜欢的事情，重新郑重地安排。"那小姐回答说："大王，遵命，遵命。"说完，就上马迎接她姐姐去了。林娜德很快赶到那里，第二天早晨梁纳斯小姐邀她的哥哥格林卡茂骑士同行，还带着四十名骑士。待她抵达之后，招待极盛，国王本人，以及其他各处的王与王后，都参加欢迎。

第三十四回

加雷思骑士同梁纳斯小姐两人怎样向亚瑟王表白他们之间的爱情,又关于他们的婚期的决定。

在所有贵妇当中,梁纳斯小姐最美丽,美得无与伦比。当高文骑士看见她的时候,盯着她望,还说了不少甜言蜜语,使得所有高贵人士看着羡慕。这时,亚瑟王和许多王,以及桂乃芬王后和奥克尼王后来了。国王便问他的外甥加雷思骑士,究竟要梁纳斯小姐做情妇,还是要娶她做夫人。加雷思向国王说:"舅舅,她是我最爱的女子,想来您是知道的。"亚瑟王便问梁纳斯说:"亲爱的小姐,现在您有什么意见呢?"梁纳斯答道:"最高贵的王上,您很明察的。若把加雷思骑士和其他基督王国所有的王或太子来比较,我宁愿要加雷思做我的丈夫;如若不能达到愿望,我将终身不嫁。特地向您表明我的心迹。"她又说:"亚瑟王上呀,您很明白,他是我最初的情人,也是我最末的情人;如果能得到您的恩准,让他自己决定和自由选择,我敢说他一定要娶我的。"加雷思骑士说:"这话很对;若是我得不到她做妻子,任何女子都不能使我快乐了。"国王又向加雷思说:"外甥,到你母亲的房里探听一下风声;你应知道,我宁愿牺牲全国的赋税,也不肯拆散你们的姻缘。你还要明白,你们已是爱得不能再爱啦,我只能促进你们的爱情增长,而不会使你们烦恼的。凡是为我权力所及的,我一定用最大的力量,表示我的爱护和身份。"加雷思骑士的母亲也表示了同样的态度。

随后就忙着做婚礼的筹备了;遵照国王的意旨,选定下届的米迦勒节①举行婚礼,并择定在滨海的金克康拿登举行,因为这里是一个丰裕繁华的地方。同时发出叫报,通告全国各处。加雷思骑士个人又召集在历次战役里向他投诚的骑士和贵妇,叫他们在他结婚的那天,赶到沙滩近旁的金克康拿登。这时,梁纳斯小姐、林娜德小姐和格林卡茂骑士一同回到自己的寨里,选出一只珍贵的戒指送给加雷思骑士;加雷思又回敬梁纳斯一只。亚瑟王所送的礼物,是两串金质的项饰;梁纳斯小姐接受之后,告辞去了;亚瑟王率领着随从前往金克康拿登。加雷思骑士陪着他的情人送了一段路程,又赶回来追随国王走了。天呀!兰斯洛特和加雷思两个骑士彼此快乐得无以复加;加雷思骑士敬爱兰斯洛特骑士的那份热诚,是他对任何人所不曾有的;大部分时间,他一直追随着兰斯洛特骑士的伙伴们;后来他窥破了高文骑士的情形,脱离了这位胞兄的伙伴,因为,高文对人存有报复心,常用谋害的方法去复仇,这是加雷思骑士所恨的。

---

① 原文为michaelmas,天主教祭节,在九月二十九日。

第三十五回

关于加雷思骑士的王族,又在结婚宴会上对部下的加官晋爵,以及宴会时的比武情况。

光阴如箭,很快地要到米迦勒节;危险寨的寨主梁纳斯小姐和她的妹妹林娜德小姐,统由她的哥哥格林卡茂骑士做保镖,护送到金克康拿登。他们遵照亚瑟王的计划,留宿在那里。到了米迦勒节那天,坎特伯雷的主教在庄严的婚仪上为加雷思骑士和梁纳斯小姐证婚。同时,葛汉利和荒野女郎结婚,由亚瑟王证婚,这个荒野女郎又名林娜德小姐;阿规凡骑士同梁纳斯小姐的侄女结婚,也是由亚瑟王证婚的;这个小姐生得很美,名叫兰如。

当结婚典礼完成之后,一个名叫伯突莱浦的绿骑士,率领着三十个骑士赶来,目的是向加雷思骑士行顺服礼,他和他的骑士们都愿为加雷思效命。伯突莱浦骑士还说道:"在大宴会上,我想担任司仪官,倘如合适,请您分派。"加雷思骑士答道:"这很好,如肯屈就,当然请您偏劳。"这时又来了红衣骑士,随带了六十名骑士,向加雷思行了顺服礼节,全部人员都情愿永久归顺于他。红衣骑士名叫薄利蒙奈斯,他恳求加雷思骑士说,他愿意在大会里担任筵席总管。加雷思骑士答道:"这也很好,承蒙负责,再好不过了。"英底的波尔桑骑士领着一百名骑士赶来了,随即行了顺服礼，全班人马都愿效劳，他们所有的田地收入，也愿意供给他使用；波尔桑恳请加雷思骑士，允许他在宴会上担任尝味官。①加雷思骑士答道："很好，您担任这个工作很合适。"随后，来了洛士的公爵，带领了一百名骑士，先向加雷思骑士行顺服礼，又表白所有田产自愿供他运用。他要求加雷思骑士说，在大宴会的时候，他想担任司酒。加雷思骑士答道："这样，很好很好。"最后绯红荒原的红色骑士来了，这人名叫铁浒骑士，率领着三百名骑士前来，及至行了顺服礼之后，都表示愿把田产的收息，供给加雷思骑士。他又要求加雷思骑士，自愿在宴会上担任切肉官。加雷思骑士也应道："好呀，假使您不嫌麻烦。"

有三十个贵妇忽然来到朝廷，看起来都像是孀妇，随带着许多美丽的名媛女士。她们遇见了亚瑟王和加雷思骑士，都下跪施礼；她们把加雷思骑士从残酷塔里营救她们的经过，以及杀死那个硬心肠的驼色骑士的情况，都报告了国王；又说道："因此，我们本人和大家的继承人都愿永久为加雷思骑士效命。"随后，各个王、王后、太子、伯爵、男爵，以及无数的骑士都就席进餐了。读者可以想见，当时的佳肴盛馔，一应俱全；竞赛游艺，美不胜收；弦管声乐，盛极一时。还有比武大会，举行了三天。但是，国王这时因为加雷思才娶了新娘子，不许他下场比赛。据法文著作的记载，当日梁纳斯小姐请求国王的特许，凡是新婚的郎官，都免了在大会上比武。

---

① 原文Sewer-chief，乃中古时代君王朝廷或贵族家庭所雇用的在筵席上服侍和尝味的人，今译作尝味官。

在第一天的比武会上，加里士的拉麦若克骑士打败了六十名骑士，武功极高超；同时亚瑟王加封波尔桑和他的两个弟兄终身荣任圆桌骑士，并赏赐田地无数。第二天比武的结果，特里斯坦骑士为最优秀，他击倒骑士四十名，武功异常惊人。当时亚瑟王赐封铁浒骑士即绯红荒原的红色骑士为圆桌骑士，享受终身荣誉，并赏赐大量土地。

第三天由兰斯洛特骑士下场比武，他打垮了五十个骑士，表演了许多惊人的武艺，博得全体观众的颂扬。国王赐封洛士的公爵为终身的圆桌骑士，加赏大批田产，作为开支之用。当比武结束之后，发现拉麦若克和特里斯坦两个骑士不告而别，行止不明，这使亚瑟王同全朝官员十分不满。随后，在朝廷上又举行了四十天的庆祝，仪式极为庄严。总之，加雷思是一位高贵的骑士，自制力很强，谈吐也十分温文尔雅。

奥克尼的加雷思骑士同危险寨的梁纳斯小姐结婚的故事，在此结束。葛汉利骑士同梁纳斯的妹妹林娜德小姐结婚，这位小姐又名荒野女郎。又，阿规凡骑士同兰如小姐结婚，兰如小姐天生丽质，富有田产，又接受亚瑟王大批馈赠，可以终生享受豪华的生活：吃不完，用不尽。

下列为本书的第八卷，乃叙述良纳斯的特里斯坦生平之第一卷。特里斯坦骑士的父母究竟是什么人，他出世时怎样，他怎样被人抚养长大，以及他怎样被封做骑士，皆由下卷开始向读者交代。

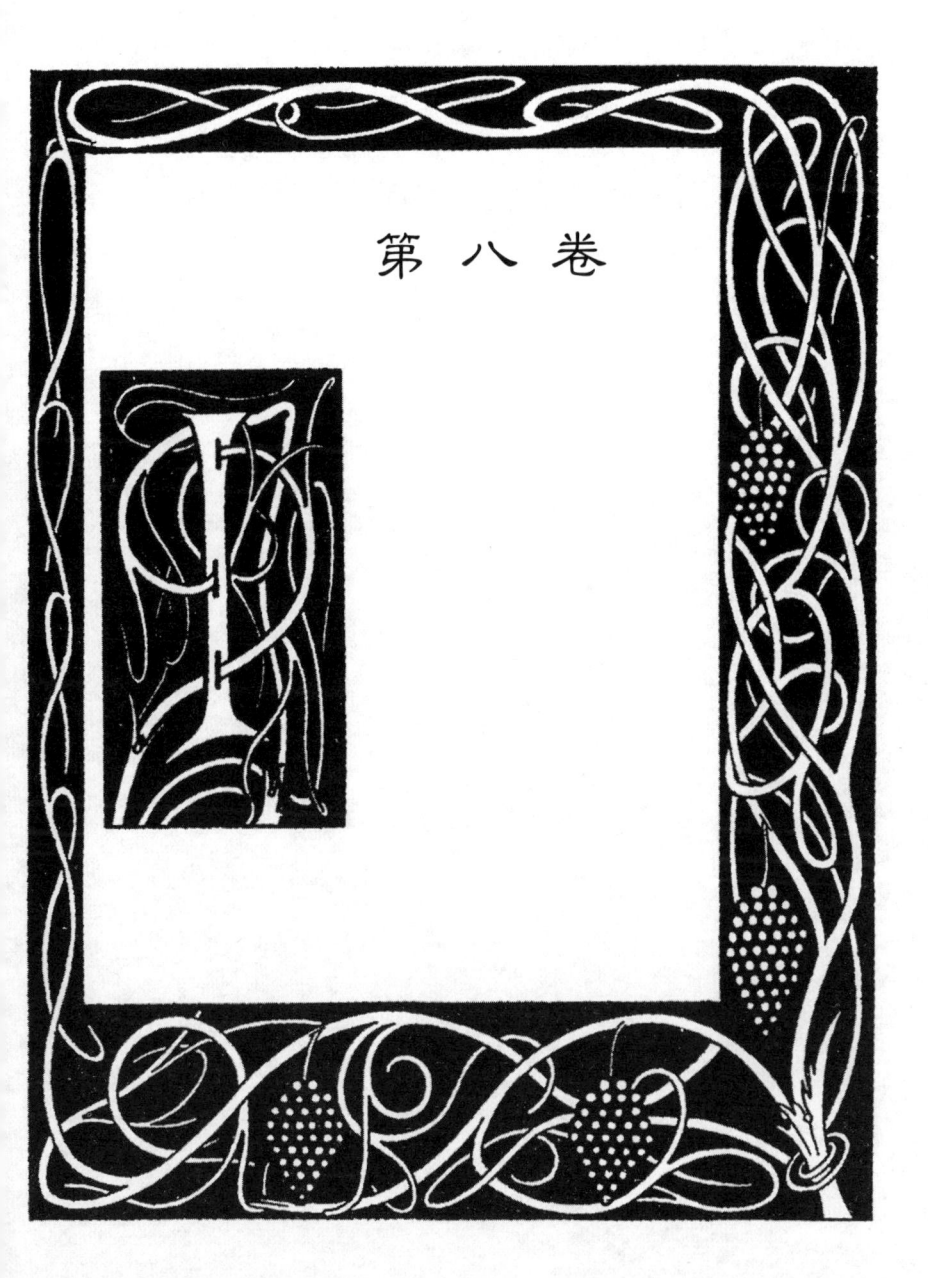

第八卷

第八卷

第一回

良纳斯的特里斯坦骑士是怎样出生的,又因为他的母亲在他落地时就死了,因此才为他取名叫特里斯坦。

过去有一位名叫梅李欧达斯的君王,他是良纳斯地方的领主兼国王,同时又是当代成功的骑士。康沃尔地方马尔克王的妹妹,名叫伊丽莎白,容貌逸丽而又性情温良,一向受外人的称扬;梅李欧达斯王很幸运地同她结了婚。亚瑟王在那时所统治的,除全部的英格兰、威尔士和苏格兰之外,还有其他许许多多的国度,他们的领土统由亚瑟王封给。仔细说来,在威尔士有两个君王,在北部地方也有很多王;在康沃尔及其西部有两位王;在爱尔兰大约有两三位王;以上各人,都服从亚瑟王并受他的节制。就是法兰西王、布列塔尼王,甚至罗乌所有的君主,也莫不如此。

梅李欧达斯王结了婚,过了一个时期,王后就大腹便便地有喜了,她为人十分谦虚温和,很爱她的丈夫,自然她的丈夫也很爱她,一双爱侣,夫唱妇随,生活极为愉快。不料他们的国度里有一位贵妇,对梅李欧达斯王已单相思了很久,可是从来没法得到他的欢心;因为梅李欧达斯王是一位狩猎的能手,她就选定了一天,在他出猎的日子里,事先布置好魔术,叫他独自一人去追逐一只小鹿,等到他跑进了一座古寨,他就从此坠入她的手掌之中,做了爱的俘虏。当时伊丽莎白发现梅李欧达斯王一去不返,因而整日整夜想念得神智昏昏,几失常态,又因为胎儿长得大了,即将足月,于是找得一位仁慈的夫人陪伴着她一同跑进森林去寻找她的丈夫。后来,她在森林里走了很远,触动了胎儿,快要临盆,更加没有力气再向前多走了。一阵阵地痛了好多次,同来的那位夫人用尽方法去照料她,靠了圣母的恩典,就在疼痛中婴儿出生了。但不幸的是,在生产的时候,她因为缺乏护理,又受了风寒,以致陷入死亡的深渊;她知道自己一定要死,要离开这尘世了,再也没有其他可以挽救的方法。

王后伊丽莎白知道自己没法救治,不禁起了万分的伤感、悲痛,当下向那夫人说道:"将来您看见我丈夫梅李欧达斯王的时候,请代我向他问候,并且把我在此地生育时受了些什么苦痛,以及产后失调而致死的经过,都一一告诉他;还恳求您向他说,我将离开这个世界,从此同他永别了,为了他的爱,我是怎样地伤心离去,因此,我求他永做我灵魂上的伴侣。现在,让我看一眼我的孩儿吧,我完全是为了他,才受到这一切的苦难呀。"她一望见婴儿,口中就哼了一声道:"哎,我的儿呀,你害得妈妈死了,所以我想你这么小就能杀人,你将来长大了,一定会成为一个英雄人物的。又因为我是死在生养他的时候,所以,我的好夫人,请您告诉我的丈夫,给这孩子取名叫特里斯坦[①],意思是说我在苦痛中生下他的。"恰在这时,王后绝气了。那位夫人把王后的

[①] 译者原将此名译为"崔思痛",原译更符合文意,现改为中国读者更为熟悉的"特里斯坦"。

遗体移放在树荫下面，自己又紧紧地抱着婴儿，免得他受寒生病。这时，正好来了一些有男爵头衔的人，本来他们是在追寻王后，及至发现王后已死，当下大家私自揣想，认为他们的君王已死于非命，除此之外，还会有别种原因么；因之，其中有几个人就不免心存非分，打算杀死这个才落地的太子，以便篡夺良纳斯国度的王位，各自分立为王。①

---

① 在卡克斯顿原本上，这句属于第二回。

第二回

特里斯坦的后母怎样决定将特里斯坦毒死。

幸而经过那位夫人的婉言善劝,又施了一些小恩小惠,才使得大部分人反对杀死这个婴儿。并且,他们还同意了把已死的王后运回,对她表示颇深的哀悼。

在王后死去的第二天早晨,魔灵已把梅李欧达斯王从幽囚中救了出来。及至这位君王转回家中,大部分的爵爷都显出无限的欢喜。只有君王本人,一想起王后的遽然死去和往日的爱情,内心里真有言语所不能形容的辛酸悲痛。梅李欧达斯王尽量以优厚的礼节葬了王后,又依照王后生前的遗嘱,给孩子取了名字。这名字叫特里斯坦,意思就是在悲惨痛楚中落地的孩子。梅李欧达斯王从此鳏居七年,在这所有的岁月中,对特里斯坦的抚养,异常注意。后来,梅李欧达斯王同布列塔尼王豪厄耳的公主结婚了,不几年她就替梅李欧达斯王生育了好几个孩子;因为想到自己的孩子不能继承良纳斯国家的王位,王后感到愤怒怨恨,便打定了主意要去毒害特里斯坦。在一间住房里,她用一只银制的器皿盛了毒药,那房间原是特里斯坦和她自己生的孩子们经常一同玩耍的地方,这样好让特里斯坦在口渴的时候拿来喝下。不料有一天,王后亲生的儿子恰巧在房里瞧见了那只银杯中的毒药,以为是好喝的饮料,加上这孩子正口渴,就随便取来喝下了;这一来孩子就暴死了。

可以想见,当梅李欧达斯王后发觉自己的儿子已死的时候,她的心境有多么沉重。但那时的君王,却丝毫不知道她的毒计。王后不惟不知悔悟,痛改前非,反而胆子更大,决定将更多的毒药,放到银杯中去。适巧她的丈夫,梅李欧达斯王看见了这杯毒酒,也误以为饮料,又正值口渴,便拿过来想要喝下。就在他举杯近唇的当儿,忽然被王后看见了,她急忙地跑到他的面前,把那只银杯迅速地夺将下来。梅李欧达斯王当时对她这种举动深感诧异,接着想起了孩子被毒害暴死的情形。他就一把抓住她的手,说道:"你这奸诈阴毒的女人,你必须明白说出来,这杯里是什么东西,不然我就杀死你。"同时,他拔出了腰间佩剑,又指天誓日地说,若是她不说出实情,一定要杀死她。这时她说道:"嗳,我的丈夫,我的天呀,求您慈悲,我要统统告诉您真话。"于是她说出所以要毒害特里斯坦的原因,是为了替她自己生养的孩子图谋领地。梅李欧达斯王说道:"好吧,你等待法律裁判吧。"后来,经爵爷们的定谳,都同意用火刑;就用木柴搭起了一座刑台,正要执行的当儿,那年幼的特里斯坦突然跪在父亲面前,向他恳求一桩赏赐。君王答应孩子道:"我可以给你的。"当下这年幼的特里斯坦就说了:"请您把我的继母王后的性命交给我。"梅李欧达斯王说道:"这个要求太不合情理了,你应当恨她,若是她达到了下毒的目的,你早就死啦;我所以要把她处死,也正是为了你啊。"

特里斯坦又说:"爸爸,为了这件事,我求您开恩赦免她的罪行;至于我呢,上帝已饶恕她,所以我也不追究了;我恳求陛下赐给我那桩赏赐,还请您看在上帝面上,说过就算数吧。"君王答道:"既然如此,就把她的性命交给你吧。"他接着又说:"我既把她的性命交给你,你爬到柴架上拉她下来,你想怎样办就怎样办好了。"这时,特里斯坦立刻走上柴架,遵照君王的命令,把她由死里解救出来。从此以后,梅李欧达斯王便同她断绝了夫妇的关系,事无巨细,漠不关心。这个小小的特里斯坦就经常替父亲和继母传递着善意和好心,终于使这对老夫妻受到感动,和好如初。可是那君王却不愿把年幼的特里斯坦再留在朝廷里了。

第三回

特里斯坦骑士怎样被派到法兰西,由高凡耐负责监督,他又怎样学习弹竖琴、放鹰和狩猎。

后来,梅李欧达斯王决定遣派一位学术修养很高的名人,名叫高凡耐的,陪伴着特里斯坦留学法兰西。他带领着年幼的特里斯坦到法兰西学习语文、一般文化教育以及武艺[①]。特里斯坦在法兰西留学七年。及至他学会了一口流利的法国话,又精通法兰西所有的各门学问,然后返回父亲那里。同时,特里斯坦还学会弹竖琴,音律高妙,超出当时学人之上,甚至在各国也难找出敌手,就因为他的竖琴以及其他各色各样乐器的弹奏,是从幼年学起的,所以才臻入化境,人不能及。

自此以后,他的身体发育得更精力饱满,他就开始练习狩猎和鹰猎;我们从没听说过,也从没在书本上读过,有任何一个高

[①] "骑士的封号,须经过多年的训练方能得到,一个贵族子弟,从七岁至十四岁,先在朝廷里或是爵爷的堡寨里做书童,学习宗教原则及豪侠礼貌,等等。到了十四足岁,名叫侍从,开始受严格的训练,学成熟练的骑术,有胆量、有力气;与骑士和贵妇相交往,要文质彬彬,优雅可亲。到二十一岁,训练完成,在隆重仪式之下,封做骑士。这时,再郑重立誓,要忠心、谦虚和勇敢……。"(见 U. Waldo Cutler, *Stories of King Arthur and His Knights* 的序文)。

贵人士受到像他这样完备的教育。据法文书记载，他开始郑重地广征博引，研究狩猎所用的兽类、善于追跑的兽类、各种不同的鹰雕以及在狩猎上和鹰猎上所涉及的一切术语。因此，后来关于研究猎用兽类和鹰类，以及狩猎和鹰猎的著作，都称做"特里斯坦骑士之书"。所以，我认为一切精通古代武功的上等人士，凡是掌握或运用特里斯坦骑士所制定的术语的，都应当永远纪念他的贡献，直到世界的末日；并且一切上等人士都可以由此把缙绅与乡士，乡士与平民区别开来。总之，每一个上等人士都有优秀品质，也自会遵循着那些高贵的上等人士的一言一行和处世的规范，切实做去。

特里斯坦骑士就这样在康沃尔长到十八岁的年纪，身体是又高又壮。因之，梅李欧达斯王很喜欢特里斯坦这个儿子，他的王后也是如此。说起这位王后，自从特里斯坦骑士由火刑台上救出了她的生命，她对他绝不再存丝毫的妒恨，反而一直钟爱着他，时常给他些极珍贵的物品。而在人民中间，任特里斯坦走到哪里，各方面的人们，不论尊卑上下，也都喜欢同他交往。

第四回

马汉思骑士怎样从爱尔兰到康沃尔索贡税，如拒绝缴纳，就要宣战。

爱尔兰的安国心王，这一次派遣了使节来见康沃尔的马尔克王，目的是收取贡仪；因为在以往的时候，康沃尔曾进纳过好多年。直到现在，马尔克王已积欠了七年。这时，马尔克王和爵爷们经过一度磋商，给爱尔兰的使节一个回复，说明他们不愿意再缴；就请使节回报安国心王，说："我们不愿缴纳；还请您奏报他说，如若他还是想向康沃尔收贡，可请他选派最忠诚坚强的骑士来康沃尔，以便用武力来决定他的权利，那时我们会找人出来维护我们的利益。"这个使节团带着这个回话，转回爱尔兰去了。及至安国心王听到这群使节的回报，怒火冲天。他就派人去邀请马汉思骑士；马汉思是武功名手，有口皆碑，又被选为圆桌社的骑士。这位马汉思乃是爱尔兰王后的胞兄。见面之后，安国心王向他说道："马汉思老兄啊，我劳驾您到康沃尔去一趟，为保护我收取贡仪的权利，去打他们一场，因为收税是我们应维护的特权；我们有充分的盘缠，供给您花用，要多少有多少。"马汉思说道："王上，为了保全您的权利，以及您领土的利益，要我去同圆桌社的优秀骑士干一场，那是乐意的，这点您已明白；因为我认识他们，所以大部分人的武功如何，我都清楚；现在为了提升我的武功，增长我的声望，并且保持我们的权益，我当然愿意去作这次的长途旅行。"

他们很仓促地替马汉思骑士作好了准备，凡是他所需要的，无不齐全；于是，在这一天，他别离了爱尔兰，抵达康沃尔，那里紧靠着丁答吉耳寨。当马尔克王听到为爱尔兰作战的骑士已经赶到，又知道这个人就是武艺高超的马汉思，心里极度忐忑不安。同时马尔克王又想到，像这样一个威风凛凛的骑士，恐怕没人敢同他周旋的。在当时，马汉思骑士的声望特大，公认为是最著名的骑士之一。这时马汉思骑士乘的船停在海里，每天派人向马尔克王索取过去七年的积欠，否则就请他选派骑士比武，胜则免缴，败须照付。像这样的信差，马汉思骑士天天派到马尔克王那里来。

康沃尔的人，当时到各处发出号召，任何骑士凡愿为康沃尔免缴贡仪而参加比武的，给以重赏，丰衣足食，终生无忧。马尔克王部下的爵爷们，有一部分人建议派员到亚瑟的王朝，去聘请兰斯洛特骑士来应付，因为他是举世钦仰的骑士。还有一些爵爷们告诉君王说，这样做是劳而无功的，因为马汉思也是圆桌社骑士；哪里有同社的人肯明目张胆地自相残杀呢；即使有自愿来代表作战的骑士，也要伪装，以避免为外面的人所识破。于是君王和各爵爷都认为没法找圆桌社骑士来帮助了。就在这时，外界散布着马汉思骑士停在丁答吉耳堡附近，怎样候着战斗；又说马尔克王怎样找不到任何骑士为他作战，这一类的谣言纷纷传到梅李欧达斯王的耳朵里。年轻的特里斯坦听得这些话，想到康沃尔竟然没有骑士去抵挡爱尔兰的马汉思骑士，他一方面发怒，一方面还认为这确是绝大的耻辱。

第五回

特里斯坦怎样为了康沃尔的贡税而准备决斗,又他怎样被封做骑士。

特里斯坦这时去谒见他的父亲梅李欧达斯王,问他有什么最好的计策可以免除康沃尔的贡税。特里斯坦说:"若是爱尔兰王后的哥哥马汉思骑士来到我们这里,我不出比武的对象,叫他不战而回,我认为这是我们康沃尔的羞耻。"梅李欧达斯王答道:"我的孩子特里斯坦呀,说到这一点,你要明白,因为马汉思是世界上最著名的骑士之一,又隶属于圆桌社,先声夺人;我们这里的骑士,怕是没有人敢同他周旋的啦。"特里斯坦道:"哎唷,可惜我不曾被封做骑士;若是马汉思不战而回爱尔兰,上帝将使我终生得不到光荣啦;如若我得以被封做骑士,我就去同他干一干。"特里斯坦又说:"爸爸,请您允许我到马尔克王那里跑一趟,请他封我做骑士,我想您不会反对吧。"梅李欧达斯王勉励他说:"你的表现,要完全依靠你的毅力。"特里斯坦拜谢了父亲,摒挡好行装,一骑径向康沃尔而去。

就在这时,法兰西弗拉孟王的公主遣人送来一大堆情书给特里斯坦,字里行间,充满了别愁离恨,还写出了一些剪割不断的爱怨恩情;特里斯坦既不喜欢这些信,也不关心她本人。她还带来一只小猎狗给特里斯坦。及至这位公主了解到特里斯坦对她无意，据史书所载，她终于忧郁死去。这个送信的侍从，随后又来拜望过特里斯坦一次，读者以后会听到这种传说。

年轻的特里斯坦启程去见舅父康沃尔的马尔克王，抵达之初，就听说他们找不到骑士去同马汉思作战。因此，特里斯坦就跑到舅父面前，说道："若是王上肯封我做骑士，我愿意同马汉思骑士交手，决斗一次。"君王问道："你是什么人？由哪里来的？"特里斯坦答道："我是由梅李欧达斯王那里来的，他曾同您的妹妹结婚，您知道我乃是高贵人家的子弟。"这时马尔克王把特里斯坦全身打量一番，看出他的年岁很轻，可是长得很结实，很高大。君王问道："年轻的朋友啊，你叫啥名字？家住哪里？"他答道："我的名字叫特里斯坦，乃是良纳斯地方出生的。"君王又说："好吧，倘使你愿意参加决斗，我自然可以封你做骑士。"特里斯坦答道："此番来到贵处，并无别种原因，目的只在参与战斗。"于是马尔克王就赐封他做骑士了。及至封爵仪式举行之后，他派遣专使赍送应战书给马汉思骑士，说明已觅得青年骑士一名，准备决战到底。马汉思骑士回答道："请他来吧，不过请你转奏马尔克王，若非皇族后裔，我是不愿比的；换一句话说，对方必须是国王的儿子，或女王的儿子，不然就是太子或公主的儿子也可以。"

及至马尔克王得到了这个消息，就派人邀请特里斯坦骑士，并且把马汉思骑士的回话告诉他。随后特里斯坦骑士回答马尔克王道："因为他说了那番话，您要让他了解，我同他一样都是由贵族父母所生养的：大王，也请您了解，我是梅李欧达斯王的太子，由您的妹妹伊丽莎白公主所生的，我出生之后，我的母亲就不幸死在树林里。"马尔克王听罢叹道:"耶稣啊!你是我的外甥,我真欢迎你来呀。"这时,君王急忙给特里斯坦选一匹骏马,又用金银买得最精良的武装给他披挂。然后,马尔克王派员通知马汉思骑士,说是有一位身世比他更高贵的人前来应战,这人名叫特里斯坦骑士,他的父亲是梅李欧达斯王,母亲是马尔克王的胞妹。马汉思骑士表示乐意同这种高贵的人士战斗。经马尔克王和马汉思骑士两人同意,决定选择马汉思停泊船只的岛上作比武场;这时特里斯坦骑士牵马登船,还把人马所需的物品,全都搬到船上,开往战场。特里斯坦骑士所携带的物资,极为齐全。当马尔克王和康沃尔的爵爷们瞧见这个年轻的特里斯坦,雄赳赳、气昂昂,为维护康沃尔人民的利益,乘风破浪去进行斗争。当时来送别的贵族阶级的男女,统统了解这个年轻的特里斯坦是为了他们的切身利害而出征的,所以都感动得流下了热泪。

第六回

　　特里斯坦骑士怎样抵达一个岛上，准备同马汉思骑士决斗。

　　闲话少说，话归正传。当特里斯坦骑士快要抵达那作战场的岛屿时，遥望对岸，但见有船六艘，靠近岸旁，抛锚系缆；在岸上被船影所遮的地方，那个爱尔兰的高贵骑士马汉思，兀自守候在那里。这时，特里斯坦骑士命令他的随员高凡耐牵马上岸，并且按照一定规矩替他穿上武装。这样打扮妥帖以后，他跃身上马；当他骑在马鞍上，发觉一切配备都很齐整，所背的盾牌也是妥当的。特里斯坦忽然询问高凡耐说："那个骑士就是要同我战斗的对象吗？"他答道："骑士，您还没望见他么？我以为您老早就看见啦；前面有一个骑马的人，立在船影下面，手执长矛，肩上背着盾牌，正在等候，那人就是。"特里斯坦骑士答道："对呀，我现在望清楚了。"

　　这时，他命令随员高凡耐仍然回到船上，并且说道："请您奉告我的舅父马尔克王说，若是我在战场阵亡了，恳求他把我的遗体，照他的意思从优埋葬；还请您奉告他，我是永不会懦弱地投降的；如若我被人杀死，无法逃走，那么他们也不会因我而损失贡仪；如果我逃走了或怯懦地投诚了，也请奉告我的舅父，请他永远不要依照基督教的仪式去殡葬我。"特里斯坦骑士又吩咐高凡耐说:"请您也拿性命作保证,如若您不是看见我得胜了,或是被人打死了,或者战胜了那个骑士,您不必再靠近这一座岛啦。"说罢他们就洒泪而别。

第七回

特里斯坦骑士怎样同马汉思骑士决斗得胜,又马汉思骑士怎样逃回船上。

马汉思骑士忠告特里斯坦骑士,他这样说道:"年轻的特里斯坦骑士啊,您来做什么?我对您的勇气表示遗憾。您应知道我是久战的老将,这里的名家都同我比过,就是世界上的名手也和我试过,因此我奉劝您老老实实回到船上去吧。"特里斯坦答道:"高尚的骑士啊,百战百胜的骑士啊,在这场争斗上,我不会放您过关,就是为了您,我才请求王上封我做骑士的。也请您认识我是一位国王的太子,由一位王后所生养;我应我舅父的吩咐而来,一切出于我自己的心愿,我要同您激战到底,分出胜负,好使得康沃尔豁免积欠的贡仪。马汉思骑士啊,您还要了解,您激起了我的最大勇气,激发了我同您周旋的最大力量,因为您是世界上最著名的骑士之一,您的英名鼓舞了我对您作战的力量;我一直还没有同超级骑士交手的机会哩;我今天既得了封爵,一出马就碰到像您这样高贵的骑士,我怎能不高兴呢?马汉思骑士呀,请您明白,我决定要从您身上赢得人世间对我的敬重;倘使无法证明,我信托上帝的恩典,将来一定要从您身上博得受人尊敬的实证,好让康沃尔地方永远不再向爱尔兰付出任何的贡税。"

马汉思骑士听过这番话，便领会了对方的动机，他接着又说道："亲爱的骑士啊，因为您已决意要从我的身上获得胜利，我请您明白，若是您能耐得住我的三击，您才不会丢脸哩；同时，我还要请您领教我那高超的武功，那是有口皆碑、有目共睹的，因此亚瑟王才赏我做了圆桌社骑士。"

他们开始平挟着长矛，凶猛地斗到一起，互相打击，双方都被打倒了，人马一起跌在地上。特里斯坦骑士肋部被马汉思骑士放矛打成重伤，他们又都跳下马来，拔出利剑，把盾竖在面前。双方又打成一团，都是疯狂的、勇猛的。他们纠缠的时间很久。后来他们停止了剑击，开始互刺对方的面甲，以及面甲上的呼吸孔；及至他们都觉得难于胜过对方，又像两只公羊似的决斗起来，用力把对方摔倒在地上。这样他们斗了大半天，都受了重伤，鲜血往地上直淌。就在这时，特里斯坦骑士觉得比马汉思骑士的力气新锐强大，呼吸量也又大又猛；他奋起力量，举起宝剑，对着马汉思的头盔上猛然斫击，正中他盔上，斫破了盔上的钢皮，斫进了他的脑壳；又因为斫得很深，特里斯坦一连用力抽了三下，才把这口剑从他的头上拉出来；这时马汉思忽然下跪，他的脑壳上还嵌着特里斯坦剑口的碎片。霎时间，马汉思骑士又俯首站起，抛弃了宝剑和盾牌，奔到船上，开船逃去，特里斯坦骑士就此俘获了他的盾牌同利剑。

当特里斯坦骑士瞧见马汉思跑开的时候，他说道："哎呀，那个圆桌社的骑士老爷啊，您为什么逃开呢？这使得您自己和您的亲族都太丢脸啦；我不过一个年轻的小伙子，从前还没出过马；我想要是我离开您逃跑了，还不如被您剁成几百块哩。"马汉思骑士不回一声，愁眉苦脸地蹿开了。特里斯坦骑士又对他说道："好吧，骑士老爷啊，我要扣留您的剑同盾啦，今后在我出外冒险的时候，不论走遍天涯海角，都随身带着您这盾牌，就是在亚瑟王和一切圆桌社骑士的面前，我也要拿着它们。"

第八回

马汉思骑士怎样受了特里斯坦骑士的致命打击，回到爱尔兰之后就死了，又特里斯坦怎样也受了重伤。

不多时，马汉思骑士和他的同伙们一起动身回到爱尔兰去了。他一到爱尔兰的君王那里——这君王原是他的姐丈，就吩咐人给他检查伤情。在马汉思的头颅里面，查出一块由特里斯坦骑士剑头上折下来的小铁片，这是不论多大本领的外科医生都无法拿出的；因此他就死在特里斯坦骑士的剑下了；待他死后，才把铁片取出；马汉思骑士的姐姐就是王后，把这块剑片永远保存着，决心为他报仇。

现在回头来说特里斯坦骑士，他因为受伤后流血很多，假使再拖长一些时候，一旦他不幸受了感冒，他的四肢将不能动弹了。后来他虚弱地躺在一座小山坡上，好让血流凝固停止。一忽儿，他的部下高凡耐开来一艘船，君王和他的臣子们带着队伍来迎接他。他才登岸，马尔克王把他拥抱在怀里；君王和家宰狄纳思骑士一同引领着特里斯坦骑士走进丁答吉耳寨。他们把他安放在床上，采用最稳妥的方法替他疗治剑伤。马尔克王看见特里斯坦的伤口，痛哭起来，臣子们也跟着哭了。马尔克王说："愿上帝帮助我，我宁愿失掉国土，也要保住我外甥的性命。"特里斯坦骑士因为受了马汉思骑士第一击的矛伤，虽然卧床养息了一个多月，仍不见起色，反而快要死了。根据法国著作的记载，这矛头是带毒的，所以特里斯坦骑士怕是难能复原。马尔克王和臣子们都因为特里斯坦骑士无法治愈，十分忧虑。马尔克王派人到处延聘各样的医师和外科医师，不分男女，一律欢迎，但结果没有一个人能够保住他的生命。后来有一位贵妇，是一位绝顶聪明的女子，她向马尔克王、特里斯坦骑士及全体臣子们明白说出："除非特里斯坦骑士到了制造毒矛的国度里，才会有治愈的希望，不然他就无法恢复了。"那贵妇就是这样同君王说的。

马尔克王知道了这个办法以后，随即为特里斯坦预备一条船，满载着精美的食物，并指派高凡耐担任侍从，随船服侍；特里斯坦骑士自己带了一架竖琴，他上船以后，就从海上开往爱尔兰，很幸运地抵达了目的地；那登岸的地点，恰巧又是在君王和王后所住的城堡附近。他一到这里，就从床上坐起，弹了一首愉快的歌曲，感人至深，乃是过去在爱尔兰从未听见过的。

当君王和王后听人们说，外面有这样一位骑士，又是这样一位好琴手，于是他们把他接进宫里，替他理伤，又问到他的姓名。他回答说："小子是从良纳斯地方来的，名叫"斯坦特里"，在过去曾为了正义，替一个女人打抱不平，因而受了剑伤。"安国心王说："愿上帝帮助我，您可以在此地住下，若需要什么，尽管说出，我为您准备；我要让您知道一件事，就是我在康沃尔遭到了绝大的损失，因为我在那里失去了一位世上最优秀的骑士，这人名叫马汉思，他是很高贵的骑士，也是圆桌团体中的一员。"他把马汉思伤亡的经过告诉了特里斯坦骑士，特里斯坦骑士听了之后，面上佯装忧郁，其实他的心中比这位君王更明白。

第九回

特里斯坦骑士怎样被交托伊索尔德,要她先医好他的伤口。

君王特别优待斯坦特里[①]骑士,就把他交托给自己的女儿去照顾,她就是尊贵的外科医生伊索尔德。她检查他伤口的深处,发现有矛毒存在,不过,不多时就把他医好了;从此斯坦特里就热烈地爱上了伊索尔德,因为她是当时世上最美丽的贵族女郎。斯坦特里教她弹竖琴,她也开始对他产生了美丽的幻想。那时,有一个撒拉逊地方的人,名叫巴乐米底骑士,适巧也在爱尔兰,君王和王后也很喜欢他。巴乐米底骑士每天在追求伊索尔德,送给她许多礼物,很热爱她。这种种都是斯坦特里所看到的,也很明白,因为他知道巴乐米底是一个有势力而又高贵的骑士。伊索尔德告诉斯坦特里说,巴乐米底早已有意于她,并要为她的缘故接受洗礼[②];于是斯坦特里对巴乐米底起了藐视的心情。他们两人之间也产生了绝大的嫉妒。

那时,安国心王发出了"叫报",为了招待由平原来的一位小

---

① 本章及此后几章中所用为特里斯坦的化名"斯坦特里"。
② 因为撒拉逊人乃是当日英国人所称的异教徒,所以要把他变成基督教徒。

伊索尔德为特里斯坦疗伤

姐,特别举行一次盛大的比武会;这位小姐乃是他的近亲。他又说明,谁能在比武中获得优胜,谁就能得到她,那么在三天之后就可以同她结婚,还可以享受她所有的土地产业。这个通告传遍了英格兰、威尔士、苏格兰,法兰西和布列塔尼。有一天,恰巧伊索尔德来到斯坦特里那里,告诉他关于比武会的事件。他回答说:"温良的小姐啊,我是一个身体虚弱的骑士,若不是得到您的调治,早已死了。好小姐,您希望我在这件事上做什么?我的小姐,您知道我是不会去比武的。"伊索尔德回答说:"啊,斯坦特里,您为什么不肯在这比武场里试试呢?我知道巴乐米底也要参加的;因此,斯坦特里啊,我求您一定要加入这次的比武,否则巴乐米底很可能得奖了。"斯坦特里说:"小姐啊,这一点是很可能的,因为他是一位著名的骑士,而我只不过是一个青年,又是在最近才受封骑士的;第一次交手,我就不幸受伤,这一切都是您现在亲眼看见的。但是如若您肯做我的'剑娘'①,那我一定愿意为您去冒险;不过请您为我保守秘密,除您之外,不让任何人知道我要参加,不然巴乐米底骑士就会知道我进场的时间啦。"伊索尔德说:"请您尽力去做吧,我会按照我的打算替您预备盔甲和马的。"斯坦特里说道:"我遵照您的意思,我愿服从您的命令。"

比武的日期到了,巴乐米底骑士拿了一只黑色盾牌出场,打败了许多骑士,观众们都看得惊奇万状。因为他打败了高文骑士、葛汉利骑士、阿规凡、巴吉马伽斯、凯、杜底阿莱·沙发吉、沙贯

---

① 当日骑士制度的习惯,比武优胜者可以偕同"剑娘"出外,也可以同她举行婚礼的。

茂·莱·戴思格、小关美,以及"神子"葛利夫莱等人。巴乐米底骑士在第一天就打倒了这许多骑士。以后每位骑士都对巴乐米底怕得心惊肉颤,称他为黑盾骑士。巴乐米底骑士这次博得了很大的声望。

安国心王走到斯坦特里的近旁,问他为什么不参加比武。斯坦特里说:"王上,最近我受伤新愈,所以不敢冒险。"正在那时,有一位法国君王的公主差了一个侍从来见特里斯坦骑士。他看见特里斯坦就跪在他的面前;这个侍从,就是从前被差遣来过的。伊索尔德见到这侍从对他如此尊敬。特里斯坦骑士赶快走到他的侍从,名叫赫比·来·芮雅斯的前面,求他无论如何不要将他的真实姓名揭穿。赫比说:"爵爷啊,既承吩咐,我一定代您保密。"

第十回

特里斯坦骑士怎样在爱尔兰的比武场里得奖,他又如何强迫巴乐米底骑士一年不许穿盔甲。

特里斯坦骑士询问这个侍从来此地做什么事。那人说:"爵爷啊,我是随着高文骑士同来的,目的是希望能得到骑士头衔;如蒙不弃,我恳求您亲手提拔。"他回答道:"明天你可以在比武场里秘密等候我,我将在场上封你为骑士。"

从那时起,伊索尔德就在猜疑斯坦特里一定是位异常高贵的人,她得到了安慰,而且比以前更爱他了。第二天早晨,巴乐米底骑士准备进场,情况同头一天一样。他那时打败了百骑士王,又击败了苏格兰王。伊索尔德把特里斯坦装扮得很整齐,戴着白色的头盔,骑着白马。她从一个秘密的后门,把特里斯坦送进了比武场;他进场的时候,好像一个光耀夺目的天使似的。不久,那巴乐米底骑士看见斯坦特里,即持矛与他决斗,那时斯坦特里也准备应战。特里斯坦骑士只一击,就把巴乐米底骑士打倒在地上了。观众们就大声轰起;有的人说巴乐米底骑士跌倒了,也有的叫黑盾骑士倒下了。读者可以设想伊索尔德当时是多么快乐呀。高文骑士同其他九个骑士都很诧异,他究竟是怎样的一个骑士,竟把巴乐米底骑士打倒了。不论大小骑士,没有一个人再敢同斯坦特里比武。于是特里斯坦骑士遂封赫比做骑士，并且吩咐他上场去打，那天他的武艺也很好。随后赫比骑士也和特里斯坦较量了一番。

巴乐米底骑士被打败之后，自己觉得惭愧万分，打算偷偷地走出武场。这一切都给特里斯坦看见了，他纵马向前很快追去，吩咐他回来，叫他在离开此地以前，再来比试一下。巴乐米底回过头来，两人取剑对击。特里斯坦第一击就把巴乐米底骑士打倒，并向他当头打去，使他扑倒地上。于是特里斯坦就吩咐他屈服，还教他要遵从他的命令行事，否则就把他杀掉。巴乐米底骑士窥见他的脸色吓人，怕他再打过来，遂答应了他的命令。特里斯坦骑士说："好的，这就是你的责任。第一点，你若要保留性命，一定要放弃我的伊索尔德小姐，而且无论在何处都不可再接近她；再有一点，就是在十二个月零一天当中，你不可披戴盔甲和交战的武装。现在你必须答应我，不然我就要你的性命。"巴乐米底说："啊，我永远丢脸了。"巴乐米底骑士对于特里斯坦骑士所吩咐的话，立誓应允。巴乐米底由于怨恨和愤怒，提刀砍开自己的盔甲，丢在旁边。

后来特里斯坦骑士回到伊索尔德所住的城堡，在半路上遇见一位姑娘；这人问他一些关于兰斯洛特骑士的事情，他在多罗瓦斯战场上荣耀地得胜；又问他是谁。因为她曾听人说道，这人打败过巴乐米底骑士，而巴乐米底又打败过亚瑟王的十个骑士。那位姑娘又恳求特里斯坦告诉她姓甚名谁，是否就是湖上的兰斯洛特骑士，因为她认为世上除兰斯洛特以外，没有任何骑士有如此高强的武艺。特里斯坦骑士便说："好姑娘呀，您要知道我并非兰斯洛特骑士，因为我从未有过他那般高超的武艺，惟有上帝才能把我变成像兰斯洛特那样有本领。"那位姑娘又说："和善的骑士啊，请您把盔上的面甲拉开。"她看见了他的面目，真是她生平从未见过的美男子，也是她从没看过的好骑士。那位姑娘发现他确实不是兰斯洛特，就掉头走了。特里斯坦骑士很秘密地骑马来到王宫的后门口，伊索尔德早已守在那里。伊索尔德殷勤地招待他，又为他的成功而感谢了上帝。一忽儿，君王和王后也知道打倒巴乐米底骑士的就是这位斯坦特里，他们比以前更加厚待他了。

第十一回

王后怎样发觉特里斯坦骑士曾亲手用剑杀死了她的兄弟马汉思,又特里斯坦骑士如何处在危险的境地。

君王、王后以及伊索尔德都十分珍爱斯坦特里。有一天王后和伊索尔德为斯坦特里预备洗浴;当他洗澡的时候,王后与公主伊索尔德在房内往返踱步,高凡耐和赫比两人在旁侍候他;这时,王后忽然看到斯坦特里的宝剑平放在床上。王后无意间拔出剑来一看,看了好久,她们母女两人都认为这是一把好剑;但见距离剑尖不满一英尺半的地方,剑口上已破了一小块。王后发觉那个缺口,忽然又联想到从前由她弟弟马汉思头脑里挖出的那一小块断剑片。王后对她的女儿伊索尔德说:"呀,这个叛逆的骑士,就是杀死我的弟弟,你的舅舅的那个东西!"伊索尔德听到她母亲的话以后,心中惶惧不安,因为她已热爱斯坦特里了;同时她也深知她母亲的秉性很是残酷。

不一会儿,王后回到房里,打开柜子,找到那块保藏已久的剑头残块,就是从她弟弟马汉思死后的头颅中取出的。她拿起这小铁块,很快地走到放剑的床旁边。她把这小块放在缺口上,恰好符合,真好像新断开的一样。王后提起那把剑,凶狠狠地直奔到正在洗浴的斯坦特里的身后,用足平生的气力,猛力刺去;若不是赫比迅速将她抱住，夺去她手里的利剑，那特里斯坦一定会被她刺穿了。

她被人拦阻住，没有做出恶事，就跑到丈夫安国心王的面前，跪下说道："嗳，我的天呀！此刻在您的宫里，我捉到杀死我弟弟马汉思的凶手，您的高贵骑士，就是被这个叛徒害死的。"安国心王问道："他是谁？现在哪里？"王后答说："王上，这人就是我的女儿才医好的那个斯坦特里！"君王说："我非常难过，因为我在比武场中从未见过这么高贵的骑士。"君王吩咐王后道："我告诉您，不要同那个骑士为难，让我来亲自处理好了。"

君王走到房里，看见斯坦特里已回到自己的房间去了，又发现他已武装整齐，准备骑马而去。当君王看见他正在上马的时候，说道："您不要同我比武了，为了大家尊敬我而又珍爱您的缘故，我要做到这一点，就是在我的宫里不会有人杀掉您；只有一件事请您要告诉我，然后您就可以平安地离开此地，那就是：您的父亲叫什么名字？您自己的名字叫什么？您是否曾经杀过我的内弟马汉思？"

第十二回

特里斯坦骑士为了要由爱尔兰到康沃尔去,怎样告别了国王和伊索尔德。

特里斯坦向安国心王说道:"现在请让我把自己的真情奉告您:家父名叫梅李欧达斯骑士,是良纳斯地方的君王,家慈的名字叫伊丽莎白,是康沃尔马尔克王的胞妹;家慈在一片森林里生养我的时候,一病不起,她临死之前,留下遗嘱,要他们为我定名特里斯坦;因为我不愿意贵国人士认出我,特改名叫斯坦特里;至于我为取消康沃尔的贡仪而战,那是出于甥舅的关系,虽然您已征收了好多年,但我为维护康沃尔人的正义而出场。"特里斯坦接着又向君王说道:"王上,您很明白,我为了我舅父马尔克王的关系,也为了康沃尔人的利益,还想抬高自己的声望;是这三点激使我起来应战的。就在同马汉思决斗的当天,我才取得骑士的封号;在这天以前,我从来不曾同任何骑士交过手;结果他活生生地一溜烟逃走,把剑和盾都丢在后面不管了。"

安国心王答道:"天呀,您所行所为,正是出乎骑士的本色,您是掌握着原则而进行斗争的;至于一个骑士想出人头地,高人一等,也是人情之常,我认为您所提的三点,没有可批评的地方;可是在我的国度里,为了我的地位,就没法这么说;否则,便会动摇了全部爵爷、我的王后以及她的亲族的情绪，使得他们都不开心。"特里斯坦又说道："王上，我自从到了贵国之后，亲身受到您的恩泽；并且，您的公主对待我的深情，更是天高地厚；所以您让我活着，我可以图谋报答；如果把我处死，就一无所得了；对英格兰的某些地方，我将来如有机会，为求答谢，一定替您效命。我还愿以真正骑士的身份，向您保证，我甘心情愿去做公主的奴仆和骑士，为了她，不论在任何地方，我会不计是非皂白，只依照她的意图，完成我那骑士的本分，矢志不渝。现在我要向您的公主、各位爵爷、各位骑士告别，请求王上恩准。"君王答道："你就去吧。"

随后特里斯坦骑士走到伊索尔德的面前，向她辞行。同时，他又把自己的经历都告诉她，他本来是什么人，为何怕人认出而改换名字；先前有一位贵妇怎样向他说，非亲到制造毒药的国度，便没法解除身上毒素得到痊愈，"我若不是得到您亲手救治，几乎就死了"。伊索尔德说道："哎，我多情的骑士啊，您走了真会叫我难过死啦，我从没遇见像您这样热情的人呀。"她伤心得痛哭流涕。特里斯坦骑士又向她说："小姐啊，您知道我叫良纳斯的特里斯坦骑士，是梅李欧达斯王和王后所生养的儿子。我赤诚地向您表白，今后终生愿做您的骑士。"伊索尔德向他说道："多谢您，在今后的七年里，我敢向您保证，若不得到您的同意，我决不出嫁；可是只要您同意的话，那么您要我嫁给谁，我就嫁给谁。"

这时特里斯坦骑士取下一只戒指，送她做纪念，她也回赠他一只，辞别而去；留给她的乃是无限烦恼，一片离愁；他由此径直走到安国心的朝廷中，晤见了全体的爵爷，向全体官员，不论爵位高低，职权大小，一一告辞，还公开地对他们说："列位爵爷，我现在要同诸位分手了。在我居留贵国期间，如果有开罪各位的地方，或是各位里面有对我不满的人，我请求在我未离开贵国之前，当面向我提出，好让我尽力改正，设法弥补。如若有人在我的背后，认为我犯了错误，或是说出我的错误，或是挖苦我的，就请他们现在提出来，否则就请他们从此不要再提起了；我本人就在此地，可以划分是非，如果有不同意的人，就一个拼一个好了。"他们都像木鸡似的呆立在那里，也没有人说得出一句话；骑士中即使有部分人是王后同族，以及马汉思同族，也不愿意出来多惹是非。

第十三回

特里斯坦骑士和马尔克王怎样为了争夺一个骑士夫人的爱,而互相伤害。

特里斯坦骑士告别之后,开船航行,一路顺风,平安抵达了康沃尔的丁答吉耳寨;当马尔克王在兴隆昌盛的时候,又得到特里斯坦骑士伤愈平安而返的消息,自然是欢欣鼓舞,各爵爷也都喜形于色;再让他自行决定时间,去拜见他的父亲梅李欧达斯王。在这里,君王和王后都殷勤地款待他,佳肴盛馔,应有尽有。随后梅李欧达斯王和王后把大部分的田产财宝都交给了特里斯坦。

再后,特里斯坦骑士得到父亲的同意,又回到马尔克王的朝廷里,快快乐乐地过了好久;到后来因为特里斯坦和马尔克王两人共同爱上一个贵妇,互相嫉妒,恶感顿深。这个女子是位伯爵夫人,伯爵的名字叫赛瓦瑞底斯骑士。这贵妇很爱特里斯坦。特里斯坦骑士也爱她,因为她生得貌美若仙,特里斯坦就为她倾倒了。同时,马尔克王也正热爱着这个贵妇,又对于他俩的私情很清楚,因此对特里斯坦心怀不满。

有一天,这位贵妇派遣一个侏儒送信给特里斯坦骑士,乃是一封情书,约他第二天晚上到她家里幽会。侏儒传达以后,说道:"太太曾说过,请您来的时候,要佩上全部的武装,因为她的另外一个情人也是个著名的优秀骑士。"特里斯坦骑士回答侏儒说："请您回报我的女朋友，我决不失约，至于她吩咐的事情，我也一定遵办。"那侏儒奉着回话就去了。这时，马尔克王窥破了这个侏儒在特里斯坦和赛瓦瑞底斯夫人当中担任奔走的勾当；马尔克王就召来侏儒，逼他供出为什么替特里斯坦骑士传递消息，那消息从哪里来的。马尔克王最后向他说："不论你到哪里都可以，但是你同我所讲的话，要严守秘密，不然就处你死刑。"侏儒听后辞去了。

　　当天夜里，特里斯坦同赛瓦瑞底斯夫人的约期到了，马尔克穿起武装，准备妥当，随带着两个亲信骑士，事前骑马走出，停在半路，等候特里斯坦骑士从那里走过。及至特里斯坦手里握着长矛，乘马走近，马尔克王同他的两个随员，迅雷不及掩耳地打将上来。那三个人一齐打击他一个，把特里斯坦骑士的胸口打得很痛。特里斯坦无奈，扬起长矛，猛烈地对准舅父马尔克王打还，把他打下马来。马尔克王栽倒地上，直挺挺地昏迷不醒，经过了好长时间，方才醒转过来，挪动身子。特里斯坦又奔到第一个骑士身边打倒他，接着又打倒第二个骑士，那两个人躺在冷冰冰的地上，都直挺挺地不会动弹。随后，特里斯坦骑士带着身上的伤痕，跑去会见他的女友，抵达之后，发觉她在后门口已伫立了好久。

第十四回

特里斯坦骑士怎样和那个贵妇同床；又她的丈夫怎样去与特里斯坦骑士决斗。

这位贵妇欢迎特里斯坦骑士的热烈情绪，自不待言，相见之后，互相搂着脖子走了进去；她先把马安顿好，又替他脱卸了武装。急急忙忙地一同吃过晚饭，就如鱼得水似的上床同睡了；因为他过度兴奋，完全忽略了马尔克王给他留下的新伤。结果，被单上、裤子上、枕头上和头布上，都被特里斯坦骑士的血流污染。不多时，忽有一人走到他们面前，告诉那个贵妇，说她的丈夫就要来到，相隔不过一箭之远。她立时督促特里斯坦骑士起床，替他穿上武装，牵出他的马，让他快走。就在这时，她的丈夫赛瓦瑞底斯进来，发现床上的被单卧具，都已被人拉扯破烂了，就借着蜡烛的光亮，向四周探视，他察出有受伤的骑士在这里睡过。他就骂道："哼，你这养汉子的女人，为什么要出卖我呢？"话刚脱口，又举起利剑，接着骂道："如果你不把真情全部说出，究竟是什么人到过这里，你看看这口剑，就不让你活命。"那贵妇哀求说："可怜呀，我的丈夫，请您慈悲，"同时又举起她的两只手，接着说道，"不要杀我哦，我就告诉您是什么人来过这里。"赛瓦瑞底斯又逼她道："快说呀，要说真话。"她在恐惧中说道："特里斯坦骑士刚才来找我,他在半路上受了重伤。"他又骂道:"哼,你这假情假意的女人,他现在到哪里去了?"她又答道:"丈夫呀,他穿了武装,骑马走了,如今还走不了半英里路。"赛瓦瑞底斯便道:"好吧。"

他迅速地穿起武装,骑了马,径直向前往丁答吉耳堡的路上去追特里斯坦。一忽儿,他赶上了特里斯坦骑士,吩吩他说:"万恶的骑士啊,转回来。"那特里斯坦掉过头来抵抗他。这时赛瓦瑞底斯对准特里斯坦刺去一矛,竟把枪杆捌断了;跟着又舞起宝剑,向他斫去。特里斯坦说道:"骑士先生,请您不必打我,反正我是对您不起,可是我的容忍也有一定的限度啊。"赛瓦瑞底斯答道:"呸,我不答应,一定要斗个你死我活。"

特里斯坦骑士拔出利剑,放马凶猛撞来,一击刺到赛瓦瑞底斯的腰际,赛瓦瑞底斯骑士登时跌倒地上,昏迷不醒。特里斯坦骑士让他躺在这里,兀自走开。他赶到丁答吉耳堡,秘密地睡了一宿,不想使人知道他受过伤。这时赛瓦瑞底斯骑士的部下来寻觅他们的主人,发觉他身受重伤,躺在地上,就用盾牌将他抬回,休养了好久,才长愈伤口,最后终于复原了。就是马尔克王,也不愿意叫人知道自己同特里斯坦黑夜相斗的事情。不过那天夜里的一场恶斗,特里斯坦骑士并不知道对方就是马尔克王。所以当特里斯坦病卧在床的时候,马尔克王偶尔也来慰问他。在这次战斗之后,马尔克王终不再喜欢特里斯坦骑士了;虽是口头上客客气气,心里头却毫无情感可言。他们这样积日累月地过去,中间的嫌隙,都因彼此原谅而冰释了;因为赛瓦瑞底斯骑士对特里斯坦骑士存着顾虑,一则他的武艺高,再说他又是马尔克王的外甥,不敢多惹风波;因此就让他得过且过了;再者,他还认为把私下的怨仇宣扬出来,也是丢脸的。

第十五回

布留拜里骑士怎样向马尔克王的朝廷索要一个最美丽的妇女,又怎样带她走的,以及什么人对他作战。

有一天,一个名叫布留拜里·特·甘尼斯的优秀骑士来到马尔克王的朝廷,向君王要求一件赏赐,他希望向朝廷里要求什么就给他什么。这人是卜拉茂的同胞,也是兰斯洛特骑士的近表。马尔克王听到他的这种要求,很觉诧异,只因为他是圆桌社骑士,又很著名,所以就完全应允了。布留拜里骑士说道:"您朝廷里最美丽的贵妇,请让我任意选一个吧。"马尔克王说道:"我既答应了你,就没法否认了,听你选择好了。"于是布留拜里骑士遂挑选赛瓦瑞底斯骑士的夫人,伸手挽着她,领着她走去;又勉强她上马,跨在一个侍从的背后,上路而去了。

及至赛瓦瑞底斯骑士闻得自己的妻子被一个亚瑟王朝的圆桌骑士挽手而去,便配上武装,跃马追去营救。原来当布留拜里带着这位美女走去的时候,马尔克王和全朝的人都很气愤。一部分贵妇们,原知道她和特里斯坦之间的隐秘,彼此相爱、如胶似漆,而这位太太之钟情特里斯坦,又确在任何骑士之上。就有一位贵妇讥讽特里斯坦的懦弱无能,骂得他淋漓尽致,说他亲眼看见一个贵妇被人由舅父的朝廷上绑架而去,却不加制止,使得他那骑

447

士的身份扫地以尽。她的意思，就是指责他们彼此之间倾心相爱而又坐视不救。但特里斯坦骑士却回答她说："好小姐呀，当时因为她的丈夫在场，我无法参与这桩案件，若是她的丈夫当日不在朝廷，为了维护朝廷的尊严，我或许可以做她的战士；再者，如果赛瓦瑞底斯打得不好，没法营救她，那么，在这个骑士还没走出国境之前，我自然要去同他评一评道理。"

不多时，赛瓦瑞底斯骑士的侍从之一来到朝廷，告诉大家，说是赛瓦瑞底斯骑士追赶布留拜里，去营救他的妻子，被人打下马来，受了重伤，情形严重，危在旦夕。这时，马尔克王和全朝的人都面面相觑，徒增伤感。当特里斯坦骑士得到这个消息的时候，他一方面觉得耻辱，一方面感到苦楚，就立刻披戴武装，跳上马背，他的随员高凡耐又替他拿着长矛盾牌。特里斯坦骑士放马奔去，忽然遇着他的表弟安德烈骑士；这人奉了马尔克王的命令，要在他的势力范围之内，拘拿亚瑟王的两名骑士，因为他们侵犯领土，窜到此地，寻求奇迹。特里斯坦骑士瞧见了安德烈骑士，便问他有什么新闻。安德烈答道："天呀，从来没有这么坏的运气了，我奉了马尔克王的命令，来捉捕亚瑟王朝的两名骑士，结果其中一个人把我打伤了，以致我有辱使命。"特里斯坦骑士说道："亲爱的弟兄啊，您快走吧，倘使我碰见他们，我会替您报仇的。"随后，安德烈骑士赶向康沃尔走去，特里斯坦去追那两个骑士，一个人叫莎各瑞茂·拉·第色瓦斯，另一个叫杜丁纳斯·拉·沙发吉。

第十六回

特里斯坦骑士怎样同两个圆桌社骑士决斗。

此后不久,特里斯坦骑士看见他的面前有两个人,好像是骑士。高凡耐向他的主人说:"骑士老爷啊,我劝您不要同他们多找麻烦,因为他们两个人都是亚瑟王朝里有成就的骑士。"特里斯坦骑士答道:"讲到这一点,请你不必怀疑,我为了抬高我的声望,一定要去同他们周旋一番;自从前一次我表现一点武功以来,到现在已经隔了好多天了。"高凡耐又说:"您想怎样做就怎样做吧。"随后特里斯坦骑士同莎各瑞茂和杜丁纳斯碰见了。特里斯坦骑士问他们由哪里来,到何处去,以及来到这边疆地方的目的是什么。莎各瑞茂骑士抬头把特里斯坦骑士打量一番,傲然不逊地反口问道:"敬爱的先生,你像是康沃尔的骑士呀?"特里斯坦又反问道:"你为什么要问这句话呢?"莎各瑞茂骑士答道:"因为你们康沃尔的骑士,很少有豪勇优异的武功的;在这两个钟点之内,我们遇见你们康沃尔的一个骑士,他大话冲天,可是气力微薄,才一交手,他就躺在地上了。"他接着又说:"因此,照我想来,你也可以得到和他同样的赏赐吧。"特里斯坦骑士说道:"两位敬爱的爵爷啊,我可能比那个人的功夫好一点,因为您打倒的人乃是我的表弟,所以不论您同意与否,我都不放您过关。把您的本领都使出来吧，您要明白，要想过关，除非您在这里表演得好一些；否则，康沃尔的一个骑士会打倒你们两个哩。"

杜丁纳斯骑士听到这一番话，便拿起长矛在手，回答他道："骑士先生，不要胡说。"这两人决意相斗了，于是各自退去，绕了一个回旋，然后猛撞在一起，声响之大，恍如雷击。杜丁纳斯骑士的长矛，就此打成好几截；特里斯坦骑士使出更大的气力，把他从马屁股上打落，几乎把他的颈骨折断了。及至莎各瑞茂瞧见他的伙伴这样跌倒下来，因为不知那个骑士是谁，很是诧异。他就使尽全力，搠矛出去，自然特里斯坦骑士也全力对抗，两人又像雷轰似的撞在一处；这时特里斯坦猛烈地打了莎各瑞茂一击，他立时由马上落下，把大腿骨跌断了。

特里斯坦骑士打到这个分际，方才开口问他们道："敬爱的骑士们，你们挨够了么？亚瑟王朝廷里没有比你们更威武的骑士了么？要知道，你们轻侮我们康沃尔的骑士是下流的，因为你们也许会碰到一个康沃尔的骑士，可以同你们相比啦。"莎各瑞茂骑士说道："您说的很对，现在都证实了；请您把自己的真实姓名告诉我；但请立誓，要严遵骑士的金科玉律，决不欺人。"特里斯坦骑士又说："您给我的命令太重了，因为您既想知道，我就奉告您好了；我的名字叫良纳斯的特里斯坦骑士，是梅李欧达斯王的儿子，马尔克王的外甥。"这两个骑士遇见特里斯坦之后，都感到幸运愉快，想留着他合伙做伴。特里斯坦骑士说道："不能，我一定要同你们的一个骑士比比看，那人就是布留拜里骑士。"莎各瑞茂骑士和杜丁纳斯一同答道："祝您成功。"特里斯坦这时告别他们，上路走了。他看到前面的山谷里，有人骑马走过，一个是布留拜里骑士，一个是赛瓦瑞底斯的夫人；她同侍从共骑一匹马，坐在侍从的背后。

第十七回

特里斯坦骑士怎样为了争夺一个贵妇而同布留拜里骑士战斗，又这位贵妇怎样拣选自己所愿跟随的人。

特里斯坦骑士放马去追布留拜里骑士，终于赶上了。特里斯坦喊道："亚瑟朝廷的骑士，你停下，快把那位贵妇送回去，或是把她送到我这里。"布留拜里答道："那是办不到的啊，康沃尔的骑士要我把她送回去，我真不怕他哩。"特里斯坦骑士又说："怎么，一个康沃尔骑士的功夫，不同别处骑士一样么？今天，在离开此地三英里路的地方，我碰到你朝里的两个骑士，交手之后，他们发觉一个康沃尔骑士可以抵挡他们两个。"布留拜里问道："他们叫什么名字呢？"特里斯坦说道："他们告诉过我，一个名叫莎各瑞茂骑士，一个是杜丁纳斯。"布留拜里骑士说道："哦，您同他们交过手么？天啊，他们两个都是优秀的骑士，武功很强；若是您同他们两个比过，那么您一定是个英武的骑士；如果您曾打败了他们两个，您就不会被我吓坏了；那么，倘使您想得到这位贵妇，就来同我比一比吧。"特里斯坦骑士叱道："你防御好啊。"两人说罢，放马奔走，这一回合，正像晴天霹雳似的，斗在一起，结果两人都被对方打倒了，连人带马都跌在地上。

这时两人都丢开了马,执剑徒步,斗成一团,都鼓起勇气,直追横截,忽左忽右,纠缠了两个多钟点。有时他们又使用暴力猛撞,因为双方用力过猛,以致都扑倒地上。忽然间,布留拜里向后退了几步,说道:"客气的好骑士啊,请您停一下手,让我们谈谈心好么。"特里斯坦答道:"您想说什么就请快说吧,我可以回答您。"布留拜里便道:"爵爷啊,我想知道您从哪里来的?您是什么来历?还有,您叫什么名字?"特里斯坦骑士道:"啊哟,我的姓名是不怕您知道的。您要明白,我本人是梅李欧达斯王的太子,母亲是马尔克王的妹妹,我的名字叫良纳斯的特里斯坦骑士,马尔克王就是我的舅父。"布留拜里应道:"好啊,我正欢迎同您碰面啦,您就是为了康沃尔的贡税,在一个岛上,一个人拼一个人地杀死了马汉思的骑士啊;还有,您在一个岛上,同那个优秀骑士巴乐米底比武,结果把他打败了;此外您打败过高文骑士同他的九个随从。"特里斯坦骑士说道:"天啊!您此刻知道我就是那个人了;我已经把我的姓名奉告给您,请把您的经历告诉我吧。"他回答道:"您知道我就是甘尼斯的布留拜里骑士,我的弟弟名叫甘尼斯的卜拉茂骑士,人家都颂扬他是高尚的人物,我们兄弟都是兰斯洛特骑士的姐姐的儿子;兰斯洛特也是我的爵主,他是世界上最威武的骑士之一。"特里斯坦骑士又说:"好啊,好啊,论到兰斯洛特的谦虚诚恳和骑士道义,可说举世无比;看在他的面上,我诚心诚意地不愿同您再打了;也是为了我对于兰斯洛特骑士衷心的景仰。"布留拜里答道:"说良心话,我也不愿同您再斗了;况且,您既然追到此地,想讨回那个贵妇,为了答谢您的慈祥、谦虚和温厚,我想就按照这个办法来解决我们的悬案。请把这位贵妇放在我俩的当中,让她自由选择,在和平气氛里,随便她选你或选我好了。"特里斯坦道:"我很同意,但照我想来,她要离开您而跟随我的。"布留拜里答道:"请您等一会儿来看吧。"

第十八回

那个贵妇怎样放弃特里斯坦骑士,而愿跟从布留拜里骑士;又她怎样希望回到她丈夫那里去。

当这位贵妇站立在特里斯坦和布留拜里两骑士中间的时候,她向特里斯坦说过这样一段话:"您应该清楚,特里斯坦骑士,在这次事件以前,在这世界上我所敬爱的是您这个人,我最信托的也是您这个人,而我呢,也深信最爱我的是您,但是,自从您眼望着我被一个骑士强劫而去,竟漠然无动于衷,不加援救,忍心让我的丈夫赛瓦瑞底斯单骑来追,直到这时,我才觉得您往日对我的爱是流水行云,早成过去了。因此,我决意离开您的身畔,从此分别,纵然再想爱,也丝毫无从爱起了。"话一说完,便毅然缓步向布留拜里骑士那面去了。

特里斯坦骑士瞧见这位贵妇的性情竟是这样,不禁奇怒,认为再回朝廷是丢脸的。当下布留拜里也心有所感地说道:"特里斯坦骑士,您做错了。适才,听到这位贵妇说的一番话,我知道,在今天以前,她对您的那分信任,是在这世界上所有骑士之上的;可是照她说的,是您骗了她,所以您要明白,此心已去,任谁也拉不转了。我不愿让您对我不快,只要她愿意跟您去的话,我还希望您能得到她。"那贵妇一听赶忙说道:"我的天呀,不必了,我再也不愿跟着他走了；我以为他爱我，我更是爱他，但这已是过去的事了。所以，"说到这里，她顿了一下，接下去又说道："特里斯坦骑士，您怎样来，还请您怎样去吧，这位骑士虽然已被您所慑服，遂了您的心愿；可是，您永不能慑服我随您归去。我打算恳求这位骑士，请他本着骑士道义，以他的侠义心肠将我送到修道院，让我在那里照料我那受伤的丈夫赛瓦瑞底斯骑士，即使不能，在他没出国境以前，让我去看上他一眼也是甘心。"布留拜里听了这话慨然说道："啊，高尚的特里斯坦骑士呀，要请您谅解，因为马尔克王答应我在朝廷里有自由挑选赏品的特权，才使得这位贵妇特别喜欢我——虽然，她已结过婚，有了丈夫，我又完成了追求的任务；但我仍然要送她回到她丈夫那里；特里斯坦骑士啊，这也是为了您的好处；倘使她仍旧愿意跟随您，我也希望您仍旧能得到她。"特里斯坦骑士答道："多谢您的厚意，由于她的爱，使我留心到究竟哪一类的女人才是我将来要爱的，以及我要信托的；若是当日她的丈夫赛瓦瑞底斯骑士不在朝廷里，我自然要首先去追逐您的；只因您拒绝我，愿以真正骑士的身份，使她完全明白，我要爱的和要信托的是哪等人。"随后，他们告别，分途而去。

此后，特里斯坦骑士乘马到了丁答吉耳寨，布留拜里骑士果然抵达了赛瓦瑞底斯骑士所住的修道院。赛瓦瑞底斯那时的伤势很重，睡在寺里，看到布留拜里把夫人送回，夫妇团圆，万分欣慰；他的夫人把特里斯坦同布留拜里大战的情况告诉他，正因为如此，才使得布留拜里送她回来。赛瓦瑞底斯听了很欢喜，然后她又把特里斯坦和布留拜里两人决斗的情况告诉了马尔克王。

第十九回

马尔克王怎样派特里斯坦骑士到爱尔兰去接伊索尔德；又他怎样偶然地到达英格兰。

自从这件事情发生以后，马尔克王心里一直盘算着如何去毁灭特里斯坦骑士。后来他想出一个方法，就是把特里斯坦送到爱尔兰去找伊索尔德。因为特里斯坦向来垂涎于伊索尔德的美貌和温存，同时马尔克王又声言要娶她做王后，所以就请特里斯坦到爱尔兰去磋商这桩婚姻。全部的设计都是想置特里斯坦于死地。虽然这个使命是危险而又困苦的，可是特里斯坦并不推诿，欣然承当下来，目的是要讨舅父的欢心；马尔克王依照最阔绰的办法，替他做好准备。特里斯坦又从朝廷中挑选了最优秀的骑士做随员；又按照最流行和最华丽的时装打扮起来。等一切停当，特里斯坦骑士亲率全部随员乘风破浪去了。开船没多久，他们在海上遭遇上狂风暴雨，把船吹回了英格兰的口岸。不料，那里恰好紧靠着加美乐城，当下大家都欢天喜地上陆去了。

他们登岸之后，特里斯坦骑士在加美乐城的领地上搭起帐篷，并且把他的盾牌挂在帐篷外面。当天便有亚瑟王的两个骑士走来，一人名叫爱克托，还有一个是莫干诺尔。这两人敲起盾牌，呼唤特里斯坦由帐篷里出来比武，看看他是不是肯答应。特里斯坦骑士说道："如果两位愿意等候片刻，我可以应允你们的请求。"及至他准备妥当之后，先一击打倒了爱克托骑士，再一击打倒了莫干诺尔骑士，他只用了一根长矛，就把两人同时打伤。他们躺在地上，请教特里斯坦骑士是什么人，由哪一个国度里来的。特里斯坦骑士答道："两位敬爱的爵爷啊，我是康沃尔的人氏。"爱克托骑士听后叹道："竟有康沃尔的骑士能把我打败，说来令人惭愧。"这时，爱克托骑士烦恼起来，便脱去铠甲，丢开骏马，徒步走开了。

第二十回

爱尔兰的安国心王怎样因为叛变罪行，而被召到亚瑟王的朝廷。

有一次布留拜里和卜拉茂两个骑士兄弟，奉了亚瑟王的命令，到爱尔兰召唤安国心王来朝，如果抗命不来，那么亚瑟王对他的一切优礼，悉行停止。倘使爱尔兰王不能按照国王指定的期限赶到，以前所封给他的土地也要全部收回。后来到了指定的日期，亚瑟王和兰斯洛特骑士却不曾赶来朝廷，亲自审判；那时他们两人正在快乐园的堡寨里。当时亚瑟王委派卡瑞都王和苏格兰的君王担任审判官。各君王抵达加美乐城的时候，爱尔兰的安国心王已在那里，他想知道原告是些什么人。随后卜拉茂骑士也来了，他诉讼爱尔兰王为刑事犯，说他在爱尔兰的朝廷里，曾运用阴谋，杀害了他的表兄。这桩讼案，使得他很是难堪，也是他被亚瑟王传讯的原因；但是在他未到加美乐城以前，完全不知道自己为什么被传的。及至爱尔兰王听得卜拉茂骑士控诉的罪状，他明确地认识到，除了自己英武地走出应战以外，别无任何良法；按照当日的风气，任何人被控为叛逆或谋杀的罪行，只有出来一个对一个地决斗，或是邀请其他的骑士做代表，等到取得胜利之后，才算结案。并且，当时任何谋杀案，都被称做叛逆罪。

及至安国心王明白自己是被人控告了，内心的负担很重；因为他知道卜拉茂是一位高贵的骑士，又是由高贵骑士家庭出身的。安国心王只准备去应战就够了；审判官宽限他到第三天来回话。审判之后，他回到了宿处。就在这时，有一个贵妇走进特里斯坦骑士的帐篷里，她又哭又叫，甚是悲痛。特里斯坦骑士问她道："什么人欺侮您，使您这样伤心呢？"她答道："高尚的骑士啊，若是没有一位能干的骑士来帮忙，我就没法做人了；原来有一位尊贵的太太，送来一个又富有又漂亮的孩儿，叫我带给兰斯洛特骑士，不料在此地遇着一个骑士，他把我从马上打下来，抱着孩儿逃跑了。"特里斯坦骑士说道："好吧，我的小姐，看在我上司兰斯洛特骑士的面上，让我把孩子找回；如果我被他打败了，那么我就不来啦。"这时特里斯坦牵出马来，问清那个骑士所走的方向，径自去了。他放马追去，不久赶上。这时特里斯坦骑士吩咐他转回，把孩子交还。

第二十一回

特里斯坦骑士怎样从一个骑士手中救出一个孩儿；
又高凡耐怎样把安国心王的事情讲给他听。

那个骑士听到特里斯坦骑士的喊叫，就勒马转回，准备相斗。这时特里斯坦使剑猛然一击，把他打落地上。他急忙向特里斯坦骑士投降了。特里斯坦命令他道："忙赶回去，把孩儿交还原主。"于是这人恭顺小心地骑马随着走去，在路上特里斯坦骑士问他的姓名。他答道："小的名叫布诺斯·骚士·庇太。"他把孩儿送还那位贵妇之后，报告道："老爷，我已把孩子好好地送还了。"随后，特里斯坦骑士许他仍回原处，这事令他痛加悔悟；原来这人很恶，是亚瑟王朝好多高尚骑士的大仇人。

特里斯坦骑士正在帐篷里，这时，他的部下高凡耐走进来，说爱尔兰安国心王已来到这里，面色十分苦闷；又述说安国心王被人控告为谋杀犯，已经被传。特里斯坦听后叹道："天呀，这是七年来的第一个好消息啊，爱尔兰王一定会要我帮忙啦；我虽不敢说，这里有没有骑士愿意同亚瑟王的卜拉茂骑士作战；但为了争取爱尔兰王的欢心，我必须代表他应战；高凡耐啊，请介绍我去晋谒那位君王吧。"

高凡耐走到爱尔兰的安国心王面前，行了最高敬礼。君王也表示欢迎，接着又问他希望做什么。高凡耐答道："王上，有一位骑士在此，他想同您谈几句话，他告诉我说，他愿为您效忠尽力。"君王问道："那个骑士是谁呢？"他答道："王上，这人是良纳斯的特里斯坦骑士，从前他在您的国度里，曾得过您的恩惠，现今要在此地报答您。"君王说道："来吧，朋友，等一会儿，你带我去拜访特里斯坦骑士。"于是安国心王命人牵来一匹老马，仅带着随员数人，由高凡耐引导着到特里斯坦骑士的帐篷去了。及至特里斯坦骑士瞧见君王来到，他急忙上前为他扶住鞍镫。可是君王看见他，已迅速地打马上跳下，彼此拥抱，表示欣慰之意。特里斯坦骑士开口道："仁爱的王上，多谢您在边疆上和大陆上的招待和深恩；当时我曾说过，将来如有需要，只要为我的能力所及，一定愿意效命。"君王回答特里斯坦骑士道："高贵的骑士，我此刻是亟待您来帮助；我一生中，从来不曾像此刻这么焦急。"特里斯坦问道："亲爱的王上，为了何事呢？"君王说道："我告诉你听，在我的国度里，有个骑士死了，他是高贵骑士兰斯洛特的亲戚，有人控告是我谋害的，因而传我来到此地；原告卜拉茂骑士，乃布留拜里骑士的同胞，要求同我比武解决这桩案子，我也可以另寻骑士作为代战人。"君王又说："我很清楚，他们都是班王的血统，比如兰斯洛特骑士，等等，武功都很高超，要从当代骑士中找出可以打败他们的人，那是很难很难的。"特里斯坦骑士说："王上，为了报答您在爱尔兰款待我的雅意，以及公主伊索尔德当日殷勤招待我的盛情，我愿意在这种局势下为您赴战；我的条件就是，请您答应我两桩要求：第一，您要立誓，表明您是正大光明的，您绝不曾参与谋害那个骑士；第二，王上啊，当我代您战过之后,若是承蒙上帝的恩典,得到胜利,那么我向您要求的合理赏赐,您要照给的。"君王答道:"啊哟,您要啥,我就给啥吧。"特里斯坦骑士也说:"就这样好了。"

第二十二回

特里斯坦骑士怎样为安国心王作战，打败了他的敌人；又他的敌人怎样永远不愿屈服于他。

特里斯坦骑士继续说道："现在您可以答复他，说您的代战人准备好了；我宁愿为您的争执死在战场，也不肯做一个懦夫。"安国心王说道："我对您丝毫不怀疑的，只是，如果您同兰斯洛特骑士遭遇……"特里斯坦骑士答道："王上，提到兰斯洛特，他是世界上最高贵的骑士，您也知道他亲戚里所有的骑士，都是高贵的人物，并且怕丢面子；再说到布留拜里，他是卜拉茂骑士的弟兄，以前我曾同他交过手，若是尊称他做优秀的骑士，也不丢脸，这是我敢立誓的。"君王又道："外间都传说卜拉茂是一位武艺比较厉害的骑士。"特里斯坦又说道："王上，说他狠就让他狠吧，如若他是最上等的骑士，现在就拿起盾牌或长矛，我也永不会拒绝同他作战的。"

因此安国心王离开此地，去通知卡瑞都王和其他担任审判的王，说自己已觅得了代战人，并做好了准备。遵照各位王的命令，指定卜拉茂和特里斯坦两个骑士前往受审。当他们两人走到审判员的面前，有许多君王和骑士都在注意窥察特里斯坦骑士，因为他以前杀死过著名的骑士马汉思，打败了优秀骑士巴乐米底，大家都对他议论纷纭。他们两人接受命令之后，便退下来各做战斗的准备了。

随后，布留拜里骑士向他的弟弟卜拉茂骑士说："亲爱的弟弟，你想想我们是何人的后裔；兰斯洛特骑士是哪样的人，不远不近都是他兄弟的儿子，我们的亲属中从没有一个在战斗中丢脸的；好弟弟，我们宁死不愿受耻辱呀。"卜拉茂答道："请不要多疑，哥哥，我不会让亲属们失面子的；我虽然深切了解那位骑士是当世最优秀的骑士之一，我也不会向他投降，或是说出一句下贱的话；容或他使尽大力把我打倒，甚至把我杀死，我终不会懦怯投降的。"布留拜里骑士道："愿上帝助你成功；你同他交手之后，就知道他是最坚强的骑士，以前从没遇见的；因为我同他比量过，所以知道。"卜拉茂骑士道："求上帝助我。"说罢，他立时上马跑到战场的一端，特里斯坦骑士便驰到对面的尽头，然后都平挟着长矛，奔向一处，飞跃对击，声响如雷；由于特里斯坦骑士使力极猛，把卜拉茂骑士连人带马都冲倒地上了。一忽儿，卜拉茂弃马步行，拔出宝剑，又竖起盾牌，大喊着要特里斯坦骑士下马："虽然这匹马误了我的事，我相信上帝不会让大地使我失败的。"于是特里斯坦骑士跳下马，两人就徒步相斗了；他们都奋力奔驰、追逐、戳刺和冲突，彼此痛击了不知多少次，但结果都还能忍耐，以致观战的君王和骑士，无不深表惊奇；他们斗得像疯人一般，从不曾见过比他们斗争得更凶猛的骑士；但卜拉茂骑士当时很觉急慌，无法下来休息；整个战场的地下，满是血迹，他们仍然能站立着呼吸，全体观众对此都觉得稀奇。到最后，特里斯坦骑士对准卜拉茂骑士的头盔，猛烈地打了一击，使得他从侧面跌倒了，特里斯坦骑士立在旁边看着他。

第二十三回

卜拉茂骑士怎样要求特里斯坦杀掉他,又特里斯坦骑士怎样赦免他,以及他们怎样订立盟约的。

及至卜拉茂骑士摇摇晃晃地由地上立起,勉强舒了口气能够说话的时候,就听他断续地说道:"良纳斯的特里斯坦骑士,我求您,正因为您是一位高贵的骑士,而且是我平生仅见的了不起的骑士,我才恳求您把我杀死,即使给我做普天之下的王,我也不愿再活下去;我宁愿光荣地死去,绝不肯忍辱偷生。因此,特里斯坦骑士,我求您一定要杀死我;不然的话,我宁死也决不低头说出侮辱自己的话,那么,您在这战场上也就永远得不到胜利了。所以,您若是敢杀我,就杀吧,我求您。"特里斯坦骑士听到他这一番慷慨激昂的话,竟弄得手足失措,不知如何处理他是好。当时他想到了两方面,一方面是他的家族,看在兰斯洛特骑士的情面上,杀死他是下流的;从另一方面来说,他既已败了,便应当俯首投降,毫无选择余地,否则只有死路一条了。

思量了一会,特里斯坦骑士遂转身向担任审判官的那几位君王走来,跪在他们面前,恳求他们仁爱为怀,并且看在亚瑟王和兰斯洛特骑士的面上,请他们亲自裁定这桩案件。接着特里斯坦骑士又说:"各位尊敬的爵爷,躺在前面地上的这位高贵骑士,如果我一定要打死他，可以说是耻辱而残酷的。敢请各位仔细考虑，这位卜拉茂并不曾受到侮辱，我再恳求上帝，让他是永远不要为了我而受到杀害，也永不要为了我而受到侮辱。至于我所代表他参战的那位君王，因为我是真正的代战者，也是真正的骑士，我要请求他以慈祥的心怀，对待这位高尚的骑士。"安国心王听后，说道："恳求上帝恩惠，特里斯坦啊，为了您的情面，一切都照您的意见好了；就因为您是一位真正的骑士，我也赤诚地请求担任审判的各位君王亲自处理。"于是担任审判员的君王们就邀请布留拜里骑士前来，请他发表意见。布留拜里骑士道："各位爵爷们，虽然我的弟弟卜拉茂被打了，而且由于他的武艺差而失败了，可是我敢说特里斯坦骑士仅只打败了他的肉体，他的精神并未受挫哩；我愿感谢上帝，就是他今天不曾蒙受什么耻辱啊；但为了避免他将来一定要受耻辱，我认为还是请特里斯坦骑士把他打死好啦。"这时各位君王都说："话不应这样说，提到卜拉茂的敌方，不论是安国心王，或是他的代战人特里斯坦骑士，都景仰卜拉茂骑士的英雄豪侠，予以怜恤爱护，您有什么可说的呢。"布留拜里答道："各位爵爷，那么你们要怎样办就怎样办好啦。"

于是各君王便邀请爱尔兰的安国心王前来，大家发觉他为人宽宏大度，对事容易磋商。就遵照他们的决定，让特里斯坦和布留拜里两位骑士共同与卜拉茂骑士协商，使得这两个弟兄同安国心王旧嫌冰释，言归于好，彼此接吻为礼，都愿意今后永久做朋友。随后，卜拉茂和特里斯坦两个骑士也彼此拥抱接吻，接着他们两弟兄也都立誓，声言今后永不再同特里斯坦骑士争斗；特里斯坦对他们也发了同样的誓词。通过这次的和平解决，兰斯洛特骑士的全部亲属，都永远地热爱特里斯坦骑士了。

最后，安国心王偕着特里斯坦骑士告别而去，他们兴高采烈地乘船回爱尔兰。到达以后，这位君王便把特里斯坦骑士代表参战的丰功伟绩，原原本本地通告全国。王后和全朝官员，无不尽情表示最大的感谢。这时伊索尔德的愉快心情，不是言语所能形容的，人世间为她所钟情的人，自然只有特里斯坦一个了。

第二十四回

特里斯坦骑士怎样要求安国心王把他的女儿许配给马尔克王为后；又特里斯坦骑士同伊索尔德同饮"爱杯"。

有一天，爱尔兰的安国心王询问特里斯坦骑士，为什么他立了这样伟大的功绩，却不向他要求一桩赏赐呢；假使他开口请求，无论什么，都不会被他拒绝的。特里斯坦骑士说道："王上，现在我就要开口啦。我全意全心要向您请求的，就是求您把公主伊索尔德交给我；不是我想要她，乃是为了我的舅父马尔克王。因为他很希望娶她做王后，我也曾经允过，代他办理这桩事。"安国心王说道："如果您自己要娶她，我真比拥有这全国的田产更快乐。"特里斯坦骑士答道："果真我要这样做，便对舅父撒了谎，那么我永无颜面再见世人了。"他接着又说："因此，我恳求您履行诺言，我的要求是请您让伊索尔德陪我到康沃尔，在那里同我的舅父马尔克王举行婚礼。"安国心王说："好吧，就照您的意思，请您带着伊索尔德去办理好了。我还有一句话，若是您自己想同她结婚，那是我最希望的；倘使您情愿把她嫁给马尔克王，也由您决定吧。"闲言少叙，话归正传，伊索尔德做好准备，伴随特里斯坦骑士而去。当时选了浦雷坤小姐做主管陪嫁娘，还有其他随侍多人。

这时安国心的王后，即伊索尔德的母亲，交给她女儿的陪嫁娘浦雷坤小姐和高凡耐一瓶美酒，吩咐他们共同负责，在马尔克王结婚的那天，要请他干杯，同时马尔克王还要为伊索尔德干杯，这样他们就可以白首偕老了。于是，这瓶美酒交托浦雷坤小姐和高凡耐随员两人。不多时，特里斯坦骑士偕着伊索尔德启程而去，有一天，他们在舱里正巧感到口渴，又适巧面前有一只金脚小瓶，盛着色香俱佳的珍贵美酒。特里斯坦骑士拿起酒瓶，向伊索尔德说道："小姐啊，这是一瓶我生平从没喝过的美酒，是您的女侍浦雷坤和我的侍从高凡耐准备自己享受的。"他们又说又笑地彼此对饮，都认为是向未喝过的、又香甜又可口的美酒。他们把酒咽下喉咙，传到全身，从此就相敬相爱，心心相印，不论祸福得失，他们之间的爱情，永久存在。特里斯坦骑士和伊索尔德这样地一见倾心，爱了终生，不曾变心。

他们坐在船上，继续航行，恰巧靠近哭泪寨，打算上岸休息，找一处歇脚的地方。及至特里斯坦骑士走到寨里，他们便被寨里的人俘虏而去。这寨里有一种风气：凡是偕同贵妇走近这寨的人，必须先同名叫布诺斯的寨主决斗；在战场上，若是布诺斯打胜了过路的骑士，那个过路骑士随同他的贵妇，不论何等身份，情况怎样，一律处死；倘使布诺斯骑士被过路骑士打败，那么布诺斯同他的夫人也要被处死刑。这个陋习已经实行了好多年，因此外人给这个地方取名为哭泪寨。

特里斯坦和伊索尔德同饮爱杯

第二十五回

特里斯坦骑士和伊索尔德怎样进入监狱；又特里斯坦怎样为她的美貌而斗争；又怎样砍下了另外一个贵妇的脑袋。

当特里斯坦骑士和伊索尔德被禁在狱里的时候，适巧有一位骑士带着一位贵妇来安慰他们。特里斯坦向这两位客人说道："我很奇怪，这位寨主把我们关在狱里，是为了什么原因呢？以前我们到过的上等社会，没有一处有这种陋习的：当一个骑士偕着女伴请求借宿的时候，主人先答应他们可以留宿，后来却把这客人设法消灭。"那人说道："骑士先生，这是本寨古老的遗俗。任何一个骑士来到本寨，必须同本寨寨主比武，谁败了，就要失去自己的头颅。及至斗争结束，如果客人所偕的女伴生得不如寨主夫人娟秀，那么她的头就要斫去。倘使证明这位贵妇的容貌比寨主夫人秀丽，那么就要杀下寨主夫人的头哩。"特里斯坦骑士说道："天呀，这个陋俗太无情了。"他又说："但是，我有一点占上风的地方，就是我的女伴极为美丽，生平没见过有人能够比上她，所以我不怕她因为丑陋而死；可是我自己惟恐失去头颅，因而想在一处广阔的战场上，同他决斗一番。骑士先生啊，我请您奉告贵寨的寨主，明早我准备陪同我的女伴前来，参加战斗，倘使贵寨寨主同意，请把我自己的马匹和铠甲交给我。"那个骑士说道："爵爷啊，我一定把您的要求转报敝寨的主人。"随后他回来报道："请您安歇吧，请明天准备妥当，偕同贵女友准时赶到；若是您需要任何东西，望随时告知，当即送上。"说罢他就去了。第二天依照约定时间，他来到特里斯坦的面前，引导他和女伴同行，并将特里斯坦自己的马匹和铠甲点交给他，请他准备进入战场。这时在寨主治下的官员和平民全部赶来观战，并且亲聆评判。

随后那寨主布诺斯进场了，他的夫人头上蒙着披纱，由他挽着走来，同时问特里斯坦骑士的女伴在哪里，还说道："若贵女伴比贱内漂亮，就请您用剑把贱内的头斩去；倘使贱内比贵女伴美丽，那么我就要斩掉她的头颅。再者，如果我打败您了，自然您的贵妇归我，您自己的头将丢掉了。"特里斯坦骑士答道："爵爷呀，这种习俗，不仅无耻，而且令人恐怖；倘使我的女伴必须失去头颅，毋宁失掉我的头颅好了。"布诺斯骑士说道："不是这样的，不是这样的，要先让她们两人出来比较，每个人都要经过大家的评判。"特里斯坦骑士说道："不可以，我不认为这里会有公正的评判。"他接着又说："有一点我不加犹豫，就是我的女伴确比您的夫人更娴静娟丽，倘使您不信，我愿亲自下场比武证实。并且，不论什么人，凡是表示相反意见的，我也愿意同他下场亲手比量去证明。"随后他引导出伊索尔德，他手执一口锋芒晃眼的利剑来保护她，并在大众面前把伊索尔德转三圈。布诺斯骑士瞧见之后，也带出他的夫人同样地转几转给大家品评。当布诺斯骑士看到伊索尔德之后，也认为她的确是他平生罕见的美人，举世无双；他深怕自己妻子的头颅要被砍下来。同时，那些到场的观众都作了评价,公认伊索尔德容貌美丽,身段好看,绝非寨主夫人可比。特里斯坦骑士大声叫道:"怎么样,我想如果寨主夫人的头颅被斩掉,这岂不是很可怜;但是您和这位女人长期推行这种荒唐淫邪的鄙俗,不知道有几多优秀良善的骑士和贵妇死在你们手里,正为了这个缘故,我要来报复;你们两个死有余辜。"布诺斯骑士说道:"天呀,要说良心话,你的女伴比我的老婆美,真使我为难。并且,我听到群众私下议论,都说'我从没见过这样美的女人。'因此,假使你要杀死我的夫人,我就毫不迟疑地杀死你,再把你那个贵妇据为己有。"特里斯坦骑士答道:"要是你想得到她,请你付出一个骑士赢得一个美女的最高代价吧。再说,依照你的评判,若是我的女伴比你的夫人丑的话,那么你一定要处置她了;因为你推行这种万恶滔天的邪风败俗,快把你的夫人交给我。"他的话才脱口,就冲到布诺斯的身边,一把抓住他的夫人,只见他的剑口向侧面一晃,她的头就整个落下了。布诺斯说道:"好一个骑士,现在你这样地轻视我,你上马吧,因为我已失掉了老婆,如若可能,我就要把你的女伴夺来。"

第二十六回

特里斯坦骑士怎样同布诺斯骑士战斗；又布诺斯骑士最后被特里斯坦骑士所斩。

随后他们跃上马，像响雷霹雳似的冲在一起；特里斯坦骑士发出一击，把布诺斯骑士打下马来，布诺斯遂急忙站起；特里斯坦骑士放马冲来，一剑刺穿了布诺斯的马的两肩，那马东摇西摆，过了一刻就跌倒死了。这时，布诺斯追击特里斯坦，打算杀死他，可是特里斯坦又伶俐又活泼地迅速跳下马来。当特里斯坦骑士正在整理盾牌和宝剑的时候，布诺斯一连打来三四击，形势都很凶险。他们又像两只野猪似的斗在一处，看他们凶猛地、灵巧地横冲直撞，又像两位高贵的骑士。因为布诺斯是一位有武功的骑士，由于他的技术高超，曾经杀害了这么多的优秀骑士，长期活着作恶，令人深恶痛绝。

他们这样战斗着，彼此纠缠了近乎两个小时，每个人都受了重伤，到后来布诺斯骑士冲到特里斯坦骑士的身上，一把抓住，两臂相抱，深信自己的气力过人。一般人公认特里斯坦是世界上最坚强、最伟大的骑士；还有人认为他的力量比兰斯洛特还大，不过兰斯洛特比他的耐力较大罢了。忽然间，特里斯坦骑士迅雷不及掩耳地把布诺斯骑士击翻了，拉开他的头盔，竟一剑把他的头斩下了。这时,本寨的全部属民都奔到特里斯坦骑士的面前,表示尊敬和顺服,恳求他在这里过一些时候,彻底把那种万恶滔天的陋俗毁灭。同时,这寨里有位骑士乘马去拜见布诺斯的太子,加拉哈[①]骑士,把他父母所遭遇的不幸报告他。

[①] 加拉哈本为兰斯洛特之子。但原文如此。

第二十七回

加拉哈骑士怎样同特里斯坦骑士战斗；又特里斯坦骑士怎样屈服于他，并应允他加入兰斯洛特骑士的团体。

随后加拉哈骑士来了，有百骑士王随行；加拉哈骑士要同特里斯坦骑士单枪匹马来决战。他们都准备妥当，要以最大的魄力在马上会战。于是他们两个人猛力冲将前来，因为力量过猛，一霎时人仰马翻，都跌在地上。他们爬起来，都像高贵的骑士那样，弃马应战，撑起盾牌，手执利剑，气愤填胸，奋力互斗；你打来，我回击，横冲直撞，也都像高贵的骑士；他们一直打个不停，几乎打了半天，结果都受了重伤。到最后，特里斯坦骑士变得更敏捷、更坚强了，他加倍打击，迫得加拉哈节节后退，忽而退左，忽而退右，几乎要被特里斯坦骑士杀死啦。

这时，忽然来了百骑士王，还带着随员多人，一起猛向特里斯坦骑士冲来。及至特里斯坦骑士望见他们蜂拥而上，深知自己无法抵挡。他就像一位聪明多智的善战骑士一样，对加拉哈说道："先生，您放纵全体部属，同时向我打来，这种表现毫无骑士的修养；我一向景仰您是贵处的高贵骑士，如今您确实是分文不值啦。"这时加拉哈骑士向特里斯坦呵叱道："听着，现在只有一条路给你走，就是向我投降；不然我就杀死你。"他答道："我自然情愿向您投降，不想死；不过这是由于您部下那一大群人的力量，并不是您一个人的武艺使然。"立刻，特里斯坦骑士捏着剑头，把剑柄伸到加拉哈骑士的手里。

同时百骑士王贸然冲上，开始奋勇地打击特里斯坦骑士。加拉哈骑士在旁喊道："请放开他，不要这么狠地打击他呀，因为我已同意保留他的性命啦。"百骑士王答道："您真丢脸呀，您的父母不是被他杀掉的么？"加拉哈说道："说到这桩事，我也不应当怪罪他，因为我的父亲先监禁他，又逼迫他去决斗；而且我的父亲所保持的一种陋俗，更是残酷无情；凡有过路的骑士向他投宿，如若他的女伴容貌比不上我母亲美，就要把她的头砍掉；并且，倘使我的爸爸打败了那个过路的骑士，就要杀死他。对于一个要求借宿的骑士，在应允之后，再推行这种风俗，可说是无耻的呀。正因为他维持这个恶风陋俗，我才一直不接近他。"百骑士王答道："这是一种惨无人道的风气呀。"加拉哈接着说道："确确实实，我也这样想；把这位骑士杀死，我认为是可怜的；我敢向您说，世间的骑士，除了兰斯洛特之外，要推他最为高贵了。"加拉哈骑士又向特里斯坦骑士说："好爵爷啊，现在请问您的大名叫什么，由哪里来，到哪里去。"他答道："爵爷啊，小的名叫良纳斯的特里斯坦骑士，奉了康沃尔马尔克王的命令，送信给爱尔兰的安国心王，叫我迎接安国心王的公主来同马尔克王结婚；现在她正随我到康沃尔，她的名字是伊索尔德。"加拉哈骑士道："特里斯坦骑士啊，在这边疆地方相会，实属不易，因此我要请您去拜访兰斯洛特骑士，加入他的集团，您就可偕着您的女伴，随处通行无阻了；同时我还可答应您，在我有生之日，这寨里一向推行的坏风俗,将永远革除。"特里斯坦骑士说道:"爵爷啊,我要奉告您,靠了上帝的恩典,当我初次同您晤面的时候,我以为您就是兰斯洛特骑士哦,因此,对您颇有畏惧;可是,爵爷啊,我可以应允您,我一见到兰斯洛特骑士,就去加入他的集团,在举世的骑士之中,我最爱做他的部下。"

第二十八回

兰斯洛特骑士怎样遇见带领高文骑士在逃的卡瑞都骑士；又兰斯洛特骑士怎样把高文骑士营救出来。

特里斯坦骑士到了预定开船的时间，便辞行启碇而去了。适在这时，有人传达一个消息给兰斯洛特和特里斯坦两位骑士，说有一个名叫卡瑞都的雄伟君王，身体魁梧，好像一个巨人似的，他与高文骑士交战，把高文打得晕晕沉沉，又抓着高文的领子，把他从马鞍上拖下，伏放在马鞍前面，要押解到他自己的寨里。在他骑马前进的时候，适巧被兰斯洛特骑士碰见了；兰斯洛特发现系押在马上的是高文。兰斯洛特骑士便问高文道："喂，你觉得怎样呢？"高文骑士答道："从来没有这么难受，只有您来救我啊；天呀，我盼望您或是特里斯坦骑士来救我，没有别人啦。"兰斯洛特骑士听到他的话以后，精神上很感苦痛。兰斯洛特骑士吩咐卡瑞都王道："请把那个骑士放下，来同我比量一下。"卡瑞都王答道："你这个傻瓜，我就来同样地处置你啊。"兰斯洛特骑士说道："好吧，你有种就来打呀，我不会饶你的狗命的。"于是卡瑞都王把高文骑士的手脚全都缚起，丢到地上；再从他的侍从手里，拿起长矛，同兰斯洛特骑士各放马跑了一圈。然后，彼此骤马相击，这一个回合，都把长矛打断了；断的地方，适在手柄上面；遂又各拔出利剑,在马上猛烈地斗了一个钟头。最后兰斯洛特骑士猛然一击,适巧中在卡瑞都骑士的头盔上,直刺入了卡瑞都的头盖骨里。兰斯洛特骑士又抓着卡瑞都骑士的领子,把他拉到马脚底下;他急忙跳下马,拉开他的头盔,把他的头斫下了。兰斯洛特骑士又跑到高文骑士的身边,解开他身上的绳索。有人把这个故事告诉了加拉哈和特里斯坦两个骑士——读者们由此可以听到兰斯洛特骑士后来的高贵美德。特里斯坦骑士说道:"我得到这个消息的时候,倘使不是伴随着这位美女,一定要去寻觅兰斯洛特骑士,不找到他决不罢休的。"这时,特里斯坦骑士偕同伊索尔德泛海到了康沃尔,在那里各级爵爷都来迎接他们。

第二十九回

关于马尔克王与伊索尔德的结婚；又关于陪嫁娘浦雷坤和巴乐米底骑士的故事。

不多时，马尔克王和伊索尔德举行了结婚典礼，场面既富丽堂皇，又处处显示着极端的高贵。但据法文著作的记述，特里斯坦骑士和伊索尔德相爱，久而弥笃。随后，举行了大规模的比武会和大规模的马上比武会，爵爷和贵妇莅临观战的，不计其数；当时在所有骑士中，最受观众称扬的，首推特里斯坦。会期拖延很久，及至宴会结束之后，过了不多时候，那伊索尔德王后面前的两个女侍都嫉恨陪嫁娘浦雷坤小姐，打算把她整死；因而吩咐她到树林里去采药草；待她到了郊野，忽遇到了意外，被人缚起手脚，拴在树上，经过了三天三夜。适逢其会，浦雷坤小姐遇见巴乐米底骑士，才得死里逃生；被他送到邻近尼姑庵里，进行休养。王后伊索尔德失去了陪嫁娘以后，读者可以体会，她心里比任何王后都更忧郁烦闷，因为在世间一切妇女里，她最爱这个女性；爱她的缘由，就是因为王后从娘家的国度把她带来的。有一天，王后伊索尔德走进树林，打算散散心，及至走到井旁，十分伤感。忽然间，巴乐米底来到她的面前，他事前曾听到她的怨言怨语，因而问道："伊索尔德王后啊，如果您有赏赐给我，我会把

481

浦雷坤小姐平平安安地送回来。"王后对他的一切要求,毫不思索地立刻答应了。巴乐米底说道:"好吧,王后,我相信您的话,请您在此地等候半点钟,我就把她送给您。"伊索尔德答道:"我就在这儿等你吧。"这时巴乐米底骑士乘马跑到尼姑庵里,迅速陪同浦雷坤小姐赶回;按照她的心意,并不想回来,但是为了王后的缘故,她才冒了生命危险来的。虽然,一半是违背了她自己的意志,她还是陪着巴乐米底骑士同到王后那里去了。王后看见她返来,自然快乐得无以复加。巴乐米底说道:"王后啊,现在我记得您的诺言,我已履行了我的义务。"王后答道:"巴乐米底骑士呀,我不知道你的要求是什么,但是我认为你一定清楚;虽然我已经漫无边际地答应你了,我想绝对没有恶念存在,同时我劝告你,我也不愿做出罪恶的事情啦。"巴乐米底骑士又说:"王后啊,此刻您还不知道我的要求是什么,将来到了您丈夫大王的面前,您就会知道我的要求哩,这是您已经应允我的。"随后,那王后转回到马尔克王的家里,巴乐米底骑士乘马随行。待巴乐米底骑士抵达君王的面前,说道:"王上啊,我尊敬您这位公正宽大的君王,您对我的裁判一定是公正的。"君王答道:"有啥理由就说吧,你会得到公正的裁判的。"

第三十回

巴乐米底怎样强索伊索尔德王后;又蓝白各斯怎样追去营救;又关于伊索尔德的脱逃。

巴乐米底说道:"王上,我曾应允您的王后,把浦雷坤小姐找回;我们双方约定,事后我要向她要求的酬报,她一定赏给我;当时既没有勉强,也不曾协商,她就答应我了。"君王听罢问王后说:"我的夫人,您怎么说的?"王后答道:"就是像他所说的,天呀,把真话说给您听,当我看见浦雷坤的时候,太快乐也太兴奋了,就答应他的要求啦。"君王说:"好吧,我的夫人啊,如果您对他不论什么要求,都曾匆忙地答应过,您要履行诺言的。"巴乐米底说道:"我愿奉告王上,我要求王后陪我出外,不论我想到什么地方,她都要随我同去,还要听从我的吩咐。"君王听了这话,静立着不动,忽然想起了特里斯坦骑士,就认为他可能会来营救她的。于是这君王急忙答应巴乐米底道:"请您带她,想到哪里冒险,就到哪里去吧;但是我认为您不会长期在外享乐的。"巴乐米底答道:"提到这一点,我敢说我愿意对付一切的危险。"闲话少说,话归正传,这时巴乐米底骑士挽着王后的手,说道:"王后呀,我并不是勉强您随我出外,我惟一的要求,就是您要履行诺言。"王后也说:"跟您走到外面,我丝毫不怕,不过您利用了我的话而取得便宜,这是不对的;我认为,将来会有人从您手里救我出来,这是我毫不怀疑的。"巴乐米底骑士又说:"这件事情,就听其自然吧。"于是巴乐米底把伊索尔德王后安放在马鞍后面,一同骑马上路去了。

随后,马尔克王派人去找特里斯坦骑士,因为他正在森林里狩猎,结果无法觅到他。他日常的习惯,若不是习武练艺,便是在山林里,奔走行猎。君王叹道:"我一生丢脸了,我亲自允许人家把我的王后吞噬去了。"这时忽来了一位骑士,名叫蓝白各斯,是特里斯坦的部下。他说道:"王上,因为您信任我的上司特里斯坦骑士,您知道为了他的缘故,我愿上马追赶您的王后,营救她回来,即使受了打击,也无所抱怨。"君王答道:"蓝白各斯骑士啊,多谢您,在我有生之日,我都会感激您的。"于是蓝白各斯骑士武装起来,尽速放马去追。不多时,他赶上了巴乐米底骑士。这时巴乐米底放开了王后,问道:"你是什么人,你就是特里斯坦么?①"他答道:"不是的,我乃是他的部属,名字叫做蓝白各斯骑士。"巴乐米底又道:"抱歉得很,顶好您就是特里斯坦骑士。"蓝白各斯骑士答道:"我相信您有一天碰见特里斯坦骑士的时候,一定要吃一顿苦头的。"话才说罢,大家混战一团,都把长矛打断了;于是各拔出利剑,向头盔和铠甲上直斫。最后巴乐米底骑士把蓝白各斯骑士打伤了,他倒在地上像死人一样。

巴乐米底回头去看伊索尔德,发现她已经走开,不知去向。读者可以忖想,巴乐米底从没有这么沉闷过。那时伊索尔德王后

---

① 因骑士通常戴头盔,不露面部,故有此问。

已走进森林,来到一口井旁,打算投井自杀。真是万幸,恰巧由附近堡寨走来一个骑士,他是这寨的主人,名叫亚特索普。他发觉这位王后如此颠沛流离,就营救了她,带她到自己的寨里。及至亚特索普知道了她的底细,便武装了自己,骑上马,并声言要向巴乐米底报复;当他追上巴乐米底同他遭遇之后,便被巴乐米底打成重伤;又在暴力压迫之下,亚特索普供出了向巴乐米底挑衅作战的原因,以及收容王后到自己寨里的经过。巴乐米底听罢说道:"赶快带我进寨,要是拒绝,我就杀死你。"这时,亚特索普骑士答道:"爵爷啊,我的伤势很重,没法奉陪,请您自己循这条大路走去,即可抵达小寨,王后就住在里面。"随后,巴乐米底一直骑马走去,到了寨前。伊索尔德从窗户上瞧见巴乐米底骑士走近,就吩咐将寨门紧闭。当巴乐米底知道无法进寨的时候,便卸下鞍辔,放马吃草,自己躺在寨门外面,像一个神志恍惚的人,一切都不介意了。

第三十一回

　　特里斯坦骑士怎样奔驰追赶巴乐米底,追到之后,又怎样同他相斗;以及伊索尔德怎样停止这场决斗。

　　现在来讲特里斯坦骑士。当他回到家里,发现伊索尔德已经同巴乐米底走了,读者可以忖想当时他是多么气愤。特里斯坦自叹道:"我今天是丢脸啦。"他又吩咐高凡耐道:"赶快为我准备武装马匹,我想蓝白各斯的气力薄弱,抵不住巴乐米底的打击;可怜我又不曾在场!"一会儿,特里斯坦骑士武装齐全,高凡耐骑马随在后面,一同走进森林;不多时他们找到了蓝白各斯骑士,看他伤势确是很重,几乎快要死了;于是特里斯坦骑士把他送到一位林户家里,请他费心照料。然后他又找到亚特索普骑士,发现他也受重伤;亚特索普告诉他,若不是他自己老早赶到,那么王后久已投井自尽;并且正是为了她的缘故,他同巴乐米底骑士大战了一场。特里斯坦骑士问他说:"我的贵妇在哪里呢?"亚特索普骑士答道:"爵爷啊,倘使她能够维持小寨的安全,一定是在小寨里面。"特里斯坦骑士又说:"多谢您的盛意。"随后,他就赶到寨旁,发觉巴乐米底骑士正睡在寨门外边,他的马在附近啃草。特里斯坦骑士当时命令高凡耐说:"你去把巴乐米底唤醒,叫他赶快准备应战。"于是高凡耐立时驰马到了他的面前,喊道:"巴乐米底骑士啊，站起来，准备你的武装吧。"但他这时还是神志恍惚，并没听清高凡耐说的是什么话。因此高凡耐又赶回报告特里斯坦骑士，说他若不是熟睡难醒，就是不省人事了。特里斯坦骑士又吩咐高凡耐说："再去喊他起来，告诉他我已来了，我是他的仇敌，对他恨入骨髓，不共戴天。"于是高凡耐驰到他的身边，用矛柄捣醒他，说道："巴乐米底啊，快去准备，要知道特里斯坦骑士已候在那里，叫我通告你，他同你不共戴天。"

就在这时，巴乐米底骑士寂然站立起来，一言未发，牵着马，备起鞍辔，迅速跳上马鞍，手执长矛，奋勇上前，同特里斯坦斗成一团；特里斯坦猛力使矛一击，便将巴乐米底从马屁股上打下。于是巴乐米底骑士撑起盾牌，拔出宝剑。双方开始了激烈的战斗，两个骑士都是为了想讨一个贵妇的欢心而争斗，这贵妇一直停在壁上观战，看他们打得多么英勇，彼此都受了重伤；其中以巴乐米底的伤势较重。他们横冲直撞，左刺右斫，经过了两个多小时，伊索尔德极为担心，急得发昏。她说道："特里斯坦这个人，我以前爱他，如今还爱他；至于巴乐米底，我是不爱的，但也不忍看他活活死去；我知道这场战争结束的时候，他是要死的；而一个未受洗的撒拉逊人，死时一定还是不会得救的。"这时，她忽然跑到特里斯坦骑士的跟前，劝他停战。特里斯坦答道："哎，夫人呀，您是什么意思，您要我丢脸么？您要知道我是受您领导的。"伊索尔德说道："我不希望您失去光荣，但请您为了我的缘故，饶恕这个不幸的撒拉逊人巴乐米底。"特里斯坦又说道："夫人啊，为了您的缘故，我决意不战啦。"她又向巴乐米底骑士说："现在我给你一个命令，在我居留这里的时候，你要离开这个国度。"巴乐米底答道："虽然我很不愿意，可是一定遵从您的命令。"伊索尔德说道："你快走到亚瑟王的朝廷，代我问候桂乃芬王后，并把我的话传给她，说在这个国度里有两对情人，这就是兰斯洛特骑士和桂乃芬王后，还有特里斯坦骑士和伊索尔德王后。"

第三十二回

特里斯坦骑士怎样偕同伊索尔德王后回家；又关于马尔克王和特里斯坦骑士的争辩。

巴乐米底骑士听过伊索尔德王后的话以后，便愁眉不展地走开了。特里斯坦骑士便偕同王后返回马尔克王那里；君王和王后能得团圆自然惊喜莫名。这真是：千辛万苦寻伊索尔德，人人珍爱特里斯坦！随后特里斯坦骑士派人由林户家里，把蓝白各斯骑士接回，他休息很久，创伤方始收口，后来终于复原了。他们长期在一起，宴游娱乐，趣味无穷。有一位名叫安德烈骑士的，是特里斯坦骑士的近表，一直在私底下打听特里斯坦和伊索尔德的关系，有意毁谤他们。有一天特里斯坦和伊索尔德二人适巧凭窗谈心，被安德烈所窥见，就此报告马尔克王。马尔克王随即提着一口利剑，赶到特里斯坦面前，连喊着"伪善的叛徒"，就要向他斫来。特里斯坦骑士靠他很近，一闪身便躲到剑下，只一伸手就把剑夺下了。君王急得大声叫道："骑士们哪里去了？我叫你们杀掉这个坏蛋。"可是这时候，没有一个人听从他盼咐的。及至特里斯坦看见没有一个人来对付他，就伸剑指向君王，表示出要打击他的样子。马尔克王拔腿飞逃，特里斯坦在后紧追，用剑面向他的颈上平打了五六击，直至打得他扑倒地上，鼻头朝地。这时，特里斯坦骑士披起武装，带着人马，向森林里飞奔而去。

有一天，特里斯坦和马尔克王部下的两弟兄遭遇，他们都是骑士，结果特里斯坦把一个杀死了，把另一个打伤了；并命令受伤的用头盔盛着死者的头颅，捧给马尔克王；此外特里斯坦骑士又打伤了三十多人。及至那个骑士走到马尔克王那里，作了一番报告，因为他受伤沉重，就在君王和王后的面前死了。那时马尔克王召集各爵主开会，商讨应付特里斯坦骑士的计策，以便采取最好的意见。各个爵主，特别是家宰狄纳思骑士，说："王上，我们的意见是，请您派人去找特里斯坦骑士，如若他处在困难的境地，您知道一定有很多人拥护他。您知道在所有基督王国的骑士里，他是所向无敌的；而且他的气力之大，除了兰斯洛特之外，没有敌手。如果他离开您的朝廷，进入亚瑟的王朝，那么他所结识的朋友，将不是您的恶意所能压制下的。因此王上啊，我奉劝您宽大处理，仍然把他收容下来。"君王应道："您的意见很好，就派人招他回朝，说我们还是朋友。"于是各位爵爷在安全护卫之下，迎他返回。当特里斯坦骑士来谒君王的时候，大受欢迎；闲话不必噜苏，他们都尽情游乐。就连君王和王后出外狩猎，特里斯坦骑士也是陪同他们一起的。

第三十三回

拉麦若克骑士怎样同三十个骑士进行比武；又特里斯坦骑士怎样为了马尔克王的要求，打倒他的马。

马尔克王偕同王后出外狩猎，在河岸的树林里搭起帐篷，每日猎兽比剑。他们准备了三十个骑士，以便同当时外来的全体骑士比赛。适巧这时来了两位骑士，一个名叫拉麦若克·德·加里士，一人名叫朱安特；这第二个骑士在比武时，表演得很精彩，但最后依然被人打倒。所以拉麦若克骑士要求比赛。当他同原有的三十个骑士分别交手的时候，其中没有一个人不是被他打翻的，内中还有一部分人受了重伤。马尔克王诧异道："奇怪呀，这是本领多么好的一个骑士啊。"特里斯坦骑士也道："舅舅，我认识这个人，他的武艺高超，乃是当代几位高贵骑士之一，名叫拉麦若克·德·加里士。"君王答道："若是让这个人得胜而去，你们当中不出来一些人把他打垮，会使我感到无上耻辱。"特里斯坦骑士说："王上，我认为，如果我们动手打倒一个高贵的骑士，也不是光荣的；因为，他比当代一个普通的骑士所能表现的，不知要高出多少倍；因此，我以为，这时如果有人硬去对他乱打，也是耻辱的，罪恶的；试看他本人和他的马，都已疲惫不堪；再说他今天所表演的武功，如果您能好好地考虑一番，就会知道兰斯洛特骑士也不过如此。"马尔克王听罢说道："外甥啊，为得你一向爱我，又爱你舅母伊索尔德王后的缘故，所以我叫你下场去同拉麦若克骑士比量一番。"特里斯坦骑士说："王上，您吩咐我去做的事情，实际上违背了骑士的道义精神，我自信可以打垮他，不过并没什么了不起，因为我的马和我本人，两者都精神饱满；他本人和他的马呢，全不是这样。一个高贵的骑士不应乘人之危，然而我不愿使您不开心，因此接受了您的命令，看我下场吧。"

这时，特里斯坦骑士武装齐全，跃上马鞍，奔将出去，拉麦若克骑士奋勇相冲，一面用尽自己的力气使矛，一面又碰到对方坚强的矛枪，竟使拉麦若克的马扑倒地上，可是他本人还是骑在鞍上。他急忙跳下马鞍，放开了马，把盾牌竖在面前，拔出一口宝剑。他大声呵叱特里斯坦骑士道："你这骑士，有种跳下马来。"特里斯坦骑士答道："不要，我不要同您多麻烦，因为我愈打击您，愈使我丢面子，也愈使您获得光荣。"拉麦若克骑士答道："说到这件事，我也不感谢您，我们已经骑马打厌了，我请求您，如果您是特里斯坦骑士的话，就请徒步同我战斗。"特里斯坦骑士道："我不愿徒步比武，您既知道我是特里斯坦，我也认识您是拉麦若克骑士，说到我来打击您，这并不是出于我的本意，乃是由于别人的要求；但这时您对我的要求，我不愿同您交手，因为，这样决斗会使我丢脸的。"拉麦若克骑士又说："提到耻辱，不论是您是我，那真是求辱得辱，虽然那只母马的儿子对我失职了，可是一个王后的儿子，绝不会负您；因此，如若您还想做一个群众所公认的骑士，就请您下马，同我徒步打。"特里斯坦道："拉麦若克骑士啊,我明白您的心胸伟大,因此我要把真理讲给您听;使我伤心的事,就是一个充分休息后的骑士,去打倒一个万分疲惫的武人,须知世间的骑士或战马,从没有一个可以永久站立的,也没有一个永久耐劳不倦的。"他又接着说:"因此,我不愿同您打,我因刚才的行为,对您很抱歉。"拉麦若克骑士说道:"将来我得到机会,还是要报复的。"

第三十四回

拉麦若克骑士怎样送一只角杯给马尔克王,以侮辱特里斯坦骑士;又特里斯坦骑士怎样被骗入一座小教堂里面。

这时拉麦若克骑士别了特里斯坦骑士,便随朱安特骑士而去,在路上,他们适巧遇到一个骑士,这人是被美更·拉·费派赴亚瑟王那里去的;他有一只美丽的角制杯子,镶着金架,这杯子有一个特点,就是任何贵妇或名媛,若是她对自己的丈夫有不贞的行为,便不能使用它喝酒;淫荡的女人举起这只杯子,酒会全部溢出,无法喝下;忠于丈夫的妇人,就可以平安地用这杯子饮酒。为了桂乃芬王后不贞的缘故,也为了藐视兰斯洛特骑士的缘故,所以美更·拉·费才派那个骑士把角杯送给亚瑟王。这时拉麦若克骑士迫使他说出送杯的原因。拉麦若克道:"你现在把这杯子送给马尔克王,若是不送,处你死刑,送与不送,此刻由你自选;我说得明白一些,送杯子给特里斯坦的舅父马尔克王的目的,在于使特里斯坦骑士丢脸;并且请你告诉他,我还有一个用意,就是去考验他的王后是不是对丈夫守贞操。"这骑士听罢了,便携带美丽的角杯,径向马尔克王而去,及至抵达了目的地,他说明拉麦若克骑士派他来的经过,以及这杯子的特点。马尔克王立时吩咐伊索尔德王后使用角杯饮酒，还命令一百个贵妇陪饮，结果只有四个女人能完完全全喝光杯里的酒。这时，马尔克王叹道："哎，对丈夫不贞的女人真多呀，怎不叫人万分难堪呢，"同时他对天立誓，决心要把这群不守贞操的贵妇全部烧死。

君王震怒之后，爵爷们就聚拢开会了，他们明目张胆地宣称，不同意将那群贵妇付之一炬，所持的理由，是这杯子原来是运用了妖魔鬼怪的方术制造的，又出于当代最虚伪的巫婆之手。这只杯子对人毫无益处，造成不少苦痛和争辩；当这只杯子存在的时候，它一直是人间真正情侣的仇敌。所以有很多骑士立了誓，若是他们遇见了美更·拉·费，就要毫不留情地对待她。还有特里斯坦骑士，他很气愤，因为他明了拉麦若克骑士送角杯给马尔克王的用意，是在侮辱他。因此，特里斯坦打算对拉麦若克施行报复。

特里斯坦骑士总是不分昼夜，一遇机会，便立时去探望伊索尔德王后；他的表亲安德烈骑士也是日夜跟随着他和伊索尔德，打算捉奸。有一个深夜，安德烈骑士探得了特里斯坦骑士访晤伊索尔德的时间。他就布置了十二个骑士，在夜半，秘密而迅速地赶到特里斯坦的近旁，静待着特里斯坦脱去服装，赤裸裸地走到伊索尔德的床上，就在这时，把他捉到，捆起手脚，放到天明。随后，经过马尔克王、安德烈骑士以及许多爵爷们的同意，将特里斯坦骑士解到海岩上一所教堂里，听候审判。因此他由四十名骑士押解而来。当特里斯坦骑士发觉自己除死之外，别无办法的时候，他开口说道："列位亲爱的爵爷，想来诸位还记得我曾为康沃尔所做的事情，为了诸位的福利，我赴汤蹈火，在所不辞；为了豁免康沃尔的苛酷贡税，我曾只身同著名骑士马汉思拼过命；

当时诸位曾许我以重赏；因此我恳求诸位温良宽大的骑士，不要让我蒙辱而死；如果我这样死了，也是全体骑士的耻辱；我敢说，我从来不曾遭遇过同我一样坚强的骑士，更说不上高出于我的骑士啦。"安德烈骑士说："呸，胡说八道，你这个虚伪的叛徒，你夸什么嘴；无论你怎样吹牛，今天都要你的狗命。"特里斯坦骑士喊道："安德烈呀，安德烈，您应当是我的亲戚，不要这样无情无义地待我，倘使此地只有您我两个，您不会看着我死的啊。"安德烈骑士答道："岂有此理！"话才脱口，便拔出宝剑，想要斫他。

特里斯坦骑士窥见那人狰狞的面貌，又看见自己的两只手紧紧地缚在两个骑士的身上，他使尽气力把那两个骑士拖到身边，再用力挣开两手，猛然跳到他表亲安德烈的身上，一把夺下他手里的宝剑；再一击把他摔到地上，特里斯坦打个不停，到最后竟杀死了十个骑士。特里斯坦骑士夺回了小礼拜堂，保守得固若金汤。随后喊声雷动，有很多人紧紧地包围着安德烈，数目在一百之上。及至特里斯坦骑士瞧见群众都向他面前跑来，他霎时想起自己还是赤身露体的，猛然关起了教堂的大门，一手扭开了窗棂，奋身跳到海里一块岩石上面。这时，不论是安德烈骑士，或是他的部下，没有一个人能够捉到他的。

第三十五回

特里斯坦骑士怎样得到部下的帮助；又伊索尔德王后怎样被禁闭在麻风病患者的家里；以及特里斯坦怎样受伤。

当他们分别之后，特里斯坦骑士的部下，如高凡耐、蓝白各斯和桑推耳·德·绿迅骑士都去寻觅他们的上司。及至他们听说特里斯坦骑士已经脱险，都喜形于色；在海里一块岩石上找到他，就放了一棵树干，把他救出。特里斯坦骑士刚一出来，首先询问伊索尔德的下落，他以为伊索尔德已离开安德烈的群众逃了。高凡耐报告他说："有人把伊索尔德王后拘禁在一所麻风病舍里。"特里斯坦骑士说道："哎呀，这样一位娟丽的小姐，放在这样一个污浊难受的地方；倘使我有机会，绝不让她长期留在那里。"他就率领着部下，奔向伊索尔德住的地方，把她抢救出来，送到森林内一所贵族庄园里面，特里斯坦就同她住下了。这位优秀的骑士通知部下们离开他，说道："如今我没有能力再帮助你们啦。"部下们听后都散了，只有高凡耐不肯走去。有一天，特里斯坦骑士跑进森林里游逛，恰巧在那里睡着；这时忽然来了一个人，他的弟兄以前曾被特里斯坦杀死；当他瞧见特里斯坦的时候，急忙发出一箭，打穿了特里斯坦的肩臂，特里斯坦奋勇赶上，一剑把他砺死。在这同时，有人报告马尔克王说，那特里斯坦骑士正和伊索尔德同居在贵族的庄园里，马尔克王就立时亲率很多骑士赶来要杀特里斯坦。及至他赶到之后，发现特里斯坦已经离开此地，便把伊索尔德迎接回家，严加看管，永远不让她同特里斯坦有音信往来，也不许特里斯坦再同她来往。后来，当特里斯坦骑士返回这庄园故居的时候，在路途上看见大群马队的足迹，因而思忖他的情妇必定走了。他精神上顿起了无限的苦痛；又因为他受了毒箭的射伤，还忍耐着肉体上的长期痛苦。

伊索尔德通过浦雷坤小姐的帮助，找到浦雷坤的表妹去传达一些消息给特里斯坦骑士，告诉他的箭伤是无法治愈的。这个贵妇是这样对特里斯坦骑士说的："您的情人伊索尔德没有办法帮助您，她叫您尽速赶到布列塔尼去拜访豪厄耳王，在那里请求他的公主玉手绮秀协助您。"于是特里斯坦骑士偕同高凡耐，准备了船只，开向布列塔尼去了。及至豪厄耳王听说特里斯坦骑士来了，煞是欢喜。特里斯坦说道："王上，小的由远道来到贵邦，目的是想拜见令嫒，据说小的身上所遭的箭伤，只有她才能治愈。"果真，经她亲手治疗之后，特里斯坦不久就痊愈了。

第三十六回

　　特里斯坦骑士怎样为布列塔尼的豪厄耳王而战,并且在战场上杀死了他的敌人。

　　有一个名叫葛利浦的伯爵,尝与豪厄耳王恶战,将豪厄耳王战败,把他围困起来。豪厄耳王的儿子,名叫凯西阿斯骑士,有一次出外,遭受重伤,几濒于死。这时高凡耐走到豪厄耳王跟前,说道:"王上啊,倘使您需要外人的辅助,我建议您同我的上司特里斯坦骑士谈一谈。"君王答道:"你的意见很好,我就同他去谈。"说罢,君王访问了特里斯坦骑士,请求他帮助作战,说道:"现因小儿凯西阿斯骑士不能赴战,劳驾您如何?"特里斯坦骑士答道:"我很愿意亲赴战场,尽力应战的。"于是特里斯坦骑士尽力纠集部属,由城里出发,所建立的武功,受到布列塔尼全体人民的颂扬。到最后,他使尽了最大的气力,终于亲手把葛利浦伯爵杀了,还在当天杀了一百多名骑士。及至凯旋,特里斯坦骑士受到列队欢迎,十分光荣。君王豪厄耳拥抱着他,并且表示:"特里斯坦骑士啊,我愿意把整个国家让给你。"特里斯坦骑士说:"上帝知道,我受到了您的恩惠;我之所以参加战争,完全为了令嫒的缘故。"

　　由于豪厄耳王同他的儿子凯西阿斯大力拉拢,又赠给特里斯坦珍贵的礼品，于是王的女儿玉手绮秀和特里斯坦骑士之间遂产生了极亲密的爱情；那位绮秀小姐，有德有貌，又出自名门贵族的血统。因为特里斯坦骑士获得这样的恭维和财富，以及其他说不尽道不清的快乐享受，几乎把伊索尔德完全置于脑后了。所以，有一天他同意和玉手绮秀小姐结婚。到后来，他俩就结婚了；那婚礼的隆重，自不待言。及至两人合卺入帐的时候，特里斯坦骑士顿然想起了老情人伊索尔德。这个一想，又顿然使他狼狈不堪；他同玉手绮秀除了搂抱和接吻之外，不能做出任何其他举动；至于说到肉体上的乐趣，特里斯坦骑士不仅永不曾想到，更说不上体验了；这是法文著作里所记载的；同时还记载着，玉手绮秀认为一个女人结婚，除开搂抱和接吻之外，并没有其他的乐趣。在这同时，布列塔尼有一个名叫沙平拿贝尔斯的骑士，渡海来到了英吉利，又顺便来到了亚瑟王的朝廷，在那里碰见了兰斯洛特骑士，就把特里斯坦骑士结婚的消息，告诉他了。兰斯洛特骑士听后大怒道："这家伙一文不值，对于他的情妇太不忠心啦，像特里斯坦这样高贵的骑士，竟然对于他的第一个情人，康沃尔王后伊索尔德，那么假情假意呀；请您告诉他，在全世界的骑士里，我一向最爱他，也同他相处得很快乐，这完全由于他有高贵的德行；要让他明白，他和我之间的爱，已告结束；还要警告他，从今以后，我变成了他不共戴天的死对头。"

第三十七回

沙平拿贝尔斯骑士告诉特里斯坦骑士说,他怎样受亚瑟王朝廷上的诽谤;又关于拉麦若克骑士的事件。

随后沙平拿贝尔斯骑士返回布列塔尼,在那里遇见特里斯坦骑士,告诉他说,他曾经晋谒过亚瑟的王朝。特里斯坦骑士询问他:"您听到有人批评过我么?"沙平拿贝尔斯答道:"天呀,我听到兰斯洛特骑士批评您无耻,对于您的情妇毫无情义,还叫我告诉您,今后不论在什么地方,他若是遇见您,都把您当死对头看待。"特里斯坦骑士说:"这太使我难堪了,在所有的骑士当中,我最喜欢做他的部下。"这时特里斯坦骑士很痛心,也很感羞耻,因为他不忠心于他的情妇,那些高贵的骑士们都在藐视他。就在这时,伊索尔德写给桂乃芬王后一封信,诉说特里斯坦骑士的无信无义,以及他怎样同布列塔尼的公主结婚的经过。桂乃芬王后回信给伊索尔德,劝她鼓起兴致,劝她在悲伤之后,要尽情快乐,还说特里斯坦骑士是以高贵著称的,但向来有人运用妖术,使一班高尚人士愿与某些妇女结婚。在信的末尾,桂乃芬王后写着:"将来会改变的,他甚至会恨那个女人,会比从前更爱你的。"

我们对布列塔尼特里斯坦骑士的事迹,现在暂停叙述,让我们来陈述加里士的拉麦若克骑士;他乘船浮海,触在礁上,除他本人和侍从以外，全部遇险，葬身海底；拉麦若克同波浪搏斗，奋力游泳，由荒蛮岛的渔夫救起，他的侍从淹没而死；船夫们营救拉麦若克骑士的生命，煞费气力，照料他也极周到。

再说荒蛮岛的主人，名叫"黑夜"拿邦骑士，是一个绝大巨人。拿邦怀恨亚瑟王的全部骑士，无论如何不愿表示丝毫好感。渔夫们把拿邦的全部情况告诉了拉麦若克；不论亚瑟王的哪一个骑士，凡是来到这里的，都被消灭了。在他最后一次作战的时候，曾杀死小南诺温骑士，当时为了侮辱亚瑟王，拿邦把他分尸处死。拉麦若克骑士听后叹道："一个骑士遭到如此下场，使人伤心，这人是我的表亲，若是我将来的环境容许，我要为这人报仇的。"渔夫们在旁暗示道："安静些，不要做声，您在未离开之前，勿让拿邦骑士知道您来到此地，否则我们会受您的牵累而死的。"拉麦若克说道："倘使我在海上所得的疾病痊愈以后，您可以告诉拿邦骑士说，我乃是亚瑟王的骑士，为替爵主报仇雪恨，我天不怕地不怕。"

第三十八回

特里斯坦骑士和他的妻子怎样到达威尔士;以及在那里遇见了拉麦若克骑士。

现在我们再述说特里斯坦骑士。有一次他乘了一条小船,偕着妻子玉手绮秀和内弟凯西阿斯骑士,同到海岸游览。不料开船之后,远离陆地,被风吹到靠近荒蛮岛的威尔士海岸,这时拉麦若克骑士正在此地。特里斯坦的船既损坏不堪,绮秀夫人也受了伤;他们急忙走到林里休息,却在此遇见赛瓦瑞底斯和一位少妇。彼此都打了招呼。赛瓦瑞底斯说道:"爵爷啊,我认识您是良纳斯的特里斯坦骑士,因为您破坏了我们夫妻间的爱情,您成了世界上我最痛恨的人;但对于这件事,近来我又想到应归咎于女人的轻佻,便永远不再恨您这位高贵的骑士了;我现在恳求您做我的朋友,我愿竭我的全力拥护您;我认为您在山谷里,情况险恶,我们必须同舟共济,才能克服困难。"于是赛瓦瑞底斯骑士介绍特里斯坦骑士拜见一位康沃尔籍的贵妇,她向特里斯坦述说了谷里的危险,凡过路的骑士,不是被杀,就是遭到囚禁。特里斯坦骑士说道:"亲爱的小姐啊,您可曾知道,为了免除爱尔兰向康沃尔收取贡税,我曾杀了马汉思骑士;我又由卜拉茂骑士手里营救了爱尔兰王,打败了巴乐米底骑士;还要请您知道我就是良纳斯的特里斯坦骑士；靠了上帝的恩典，我要去解救这座可恨的荒蛮岛。"随后特里斯坦骑士就心平气和了。

这时，有人报告他说，亚瑟王有一个骑士，乘船在此触礁。特里斯坦骑士问道："那是什么人呢？"渔夫们答道："不认识，但只说是亚瑟王的骑士，他把本岛的伟大主管完全不放在眼里。"特里斯坦骑士又道："如果可能的话，请您把他带到此地来见我，若是亚瑟王的骑士，容或我认识的。"那位贵妇通知渔夫们把那骑士送到她的家里。第二天他们引领他来了，他扮着渔夫的装束；特里斯坦会见之后，笑着欢迎，因为他认识这人，不过那人并不认识特里斯坦骑士。特里斯坦骑士道："敬爱的爵爷，瞧您的气色，好像最近贵体不很爽适似的；而且，我好像以前见过您。"拉麦若克骑士道："以前您既见过我，想来是知道我的。"特里斯坦骑士问道："请教大名？"拉麦若克答道："若要我告诉您，就先请您告诉我：您是不是名叫"黑夜"拿邦的本岛岛主。"特里斯坦骑士急忙说道："我确实不是他，同时也不赞成他，我和您同是他的仇敌；在我未离开这岛之前，他将发现我是他的敌人。"拉麦若克骑士道："您的话真够英雄豪爽，我就把小名奉告吧，我叫加里士的拉麦若克骑士，是伯林诺王的儿子。"特里斯坦骑士又说道："不错。如若您说假话，我就知道您说谎了。"拉麦若克骑士说："您怎么会认识我呢？"他答道："我是良纳斯的特里斯坦骑士。"拉麦若克又说："您还记得以前曾把我打倒过，随后又拒绝跟我步行决斗吗？"特里斯坦骑士道："我当时并不是畏惧您，实在因为您已经很累，我不愿再加重您的负担；但是，拉麦若克骑士呀，当您由美更·拉·费送给马尔克王一只角杯的时候，都认为您的用意在侮辱我；那时我对您的厚道，反而遭到许多贵妇的责难。"拉麦若克道："好吧，若是再有机会，我还是要这样做；因为我宁愿把斗争和争辩的中心，倒在马尔克朝廷的一面，不甘心倒到亚瑟的朝廷，因为他们两朝的声誉并不一样。"特里斯坦骑士答道："这一点，我很明白；您过去的作为都在侮辱我，然而我要感谢上帝，因为您所有的恶计，对我皆无大害。"他又接着说："请您放下对我的仇恨，我也抛弃对您的恶意，我们共同计议，如何对付本岛巨人"黑夜"拿邦，将他消灭，来建树人民对我们的信任。"拉麦若克说道："爵爷啊，我钦佩您的骑士风度，一切人民对您的赞扬，当然不是虚传了，您的宽宏大量、您的高贵品质、您的丰功伟绩，都是举世骑士中无人能相比的；您温厚多情，然而我对您却尖刻无义，如今想来，不禁赧颜。"

第三十九回

特里斯坦骑士怎样同拿邦骑士战斗，将拿邦打败，又加封赛瓦瑞底斯骑士担任岛上的主管。

就在这时，有消息传来，说拿邦骑士已发出叫报，吩咐全岛人民在从今以后的第五天，都赶到他的寨里。拿邦的儿子将在这天接受封爵，特邀请谷里谷外的骑士，聚集比武。罗格里斯全区的骑士，届时将与北威尔士的比赛。到场的骑士共有五百名，他们乡间的人，也为了拥护拉麦若克骑士、特里斯坦骑士、凯西阿斯骑士和赛瓦瑞底斯骑士而来，他们不敢不这样做；随后拿邦骑士又依照拉麦若克的要求，借给他骏马坚甲。及至下场交手之后，拿邦和全体观众都认为他的武功优异，平生罕见；据法文著作记载，他曾同所有出场的人比量，那五百名骑士中的大半，都不能安稳地坐在自己的马鞍上不被他打下。

随后拿邦骑士要求与拉麦若克骑士相比，他说道："我平生从未见过一个骑士，在一天之内打倒这么多人，因此很想领教一番。"拉麦若克骑士答道："我还可以应付，请您来吧，不过我已经很倦，而且肌肉上已受了严重的瘀伤。"这时两人拿起长矛，准备比量，但拿邦并不同拉麦若克骑士相斗，却一击打在马的额上，把马打死；拉麦若克骑士被迫步行，竖起盾牌，拔出宝剑，开始徒步战斗。拉麦若克骑士确是瘀伤很重，呼吸短促，他虽是冲击直逐，却终于退后了。拿邦骑士叫道："敬爱的骑士，我今天看到您的高贵骑士道义，请停一停，以便我向您表示最大的敬意，我以前从来不曾对任何骑士表示过；请您站住，看看您的部下是否还有人要同我相比的。"特里斯坦骑士听到这番话之后，走上前来，说道："拿邦，请您借给我一匹马和一套好甲，让我奉陪比比。"拿邦骑士答道："好吧，伙计，您到前面帐篷里，亲自挑选，需要什么，就拿什么吧；我就来同您大战一场。"特里斯坦骑士道："请您留心呀，不然，我要教您一套新战略。"拿邦骑士答道："您说的很好，我的伙计，请来吧。"特里斯坦骑士武装妥当，拿着盾牌，提着宝剑，徒步跑上前来；因为他知道，拿邦绝不让对方骑马，他会放矛乱击，一心先要把对方的马打死。他边走边说："敬爱的伙伴，拿邦骑士呀，现在请您来吧。"他们进场之后，徒步斗了好久，追逐、直冲、突击、戳刺，从没休息。到最后拿邦骑士请问他的名字。特里斯坦答道："拿邦骑士啊，我的名字叫良纳斯的特里斯坦骑士，乃是康沃尔马尔克王的部下。"拿邦说道："欢迎，欢迎，在所有骑士之中，我最爱的比武对象，只有您和兰斯洛特两位。"

忽然间，他们激烈地斗成一团，特里斯坦骑士先杀了拿邦骑士，又蹦到他儿子面前，斫下了拿邦儿子的头颅；这样一来，举国的人都拥护了特里斯坦骑士。特里斯坦骑士道："我不是为这个目的来的，请不要推举我；此地有一位劳苦功高的骑士，名叫加里士的拉麦若克骑士，我认为他可以做一寨之主，他的武功卓著。"拉麦若克骑士说道："我不想做这里的寨主，我既不配，也不愿接受，所以你想送给谁就送给谁好了。"特里斯坦骑士便道："您和我都不愿做寨主，那就送给一位不很适当的人吧。"赛瓦瑞底斯在旁说："您想让谁就让谁好了，因为您握着这个特权；即使我配做这件事，也没法得到手哦。"随后他们把这个地位赏给赛瓦瑞底斯了，他很感谢他们；待他做了寨主之后，治理得有条不紊，受人称扬。随后赛瓦瑞底斯骑士释放了全部俘虏，改善了对山谷地方的管理制度；他返回康沃尔，将特里斯坦骑士提拔他做荒蛮岛主管的经过，报告马尔克王和伊索尔德两人。于是这两位骑士在外的奇迹，传遍了整个的康沃尔，那真是家喻户晓。及至伊索尔德听到特里斯坦骑士已经同玉手绮秀结了婚，她沉痛得不得了。

第四十回

拉麦若克骑士怎样离开特里斯坦骑士，又怎样遇见福禄儿骑士，后来又怎样遇见兰斯洛特骑士。

我们按下拿邦不提，再回头叙述拉麦若克骑士的事迹。他乘马走向亚瑟王的朝廷；同时特里斯坦和凯西阿斯姐弟两人乘船开往布列塔尼，打算拜见豪厄耳王，特里斯坦在那里很受欢迎。当他们听到这些奇迹，都对特里斯坦惊奇不已。我们现在说到拉麦若克了，他别离了特里斯坦，走出了森林，来到一所偏僻的修道院。有一位修士瞧见他，便问他由何处而来。拉麦若克骑士答道："先生，我从山谷那里来。"那修士很是诧异，说道："骑士啊，这太奇怪了。在过去二十年间，凡由这里过路的骑士，不是被杀，就是受了重伤，再不然就做了可怜的俘虏。"拉麦若克骑士道："这种恶风陋俗已经被打倒了，因为特里斯坦骑士已杀了您的寨主拿邦，同时又杀了他的儿子。"这位修士和他的同道都喜形于色，说在基督教的集团里，从来没有过这样暴虐的主儿。这修士又说："我们谷里和边区地方的人，都来拥护特里斯坦骑士吧。"

第二天，拉麦若克骑士离开此地，当他乘马前行的时候，遇见四个骑士围攻一个人；这人也是一名骑士，起初尚能安全地保卫自己，到最后还是被那四人打倒了。于是拉麦若克骑士跑上前来，立在五个人当中，质问那四个骑士是否想要打死这个人，并且骂他们四对一相斗，存心压人，确是无耻。那四个骑士同声说道："您要知道，这人乃是为非作歹的不法之徒。"拉麦若克骑士答道："这是你们一面之词，等我听见他承认这话以后，才能断定你们是对的。"随后，拉麦若克骑士又转向那人说："哎哟，骑士啊，他们说你是一个为非作歹的不法之徒，你就不去辩护么？"那人答道："爵爷啊，我不仅可以用语言作辩护，还能用我的双手做回答，请你们选出一个最有本领的人，同我一命拼一命地比比吧。"他们都说道："我们不愿意拿身体去同你冒险。"又接着说："即使亚瑟王来到此地，他也没权来救你的性命。"拉麦若克骑士说道："你们休得夸口，世间有很多人在背后滔滔不绝地批评人，当了人的面就没话说了；因为你们爱说大话，应该知道我是亚瑟王朝的小角色；为尊重我的王上亚瑟，请你们尽量对付吧；又为了藐视你们，我特来营救他。"话才脱口，他们一齐向拉麦若克骑士打来，拉麦若克还了两击，很快就打死了他们中的两个，余下两人，飞奔而逃。这时，拉麦若克骑士回头望望那一个骑士，又问他姓甚名谁。他答道："爵爷啊，我的名字叫外岛的福禄儿骑士。"之后，他就跟随拉麦若克骑士走了。

他们正走在路上，遇见一个魁梧的骑士，全身都是白色，骑着马对面而来。福禄儿便道："这个骑士最近同我比过武，曾把我打个大翻身，所以今天我要同他相比。"拉麦若克骑士说道："我劝你先不要打，告诉我：你们争执的是什么，他先要求你比，还是你先要求他呢？"福禄儿骑士道："是我先要求他比的，并不是先出于他呢。"拉麦若克骑士道："先生啊，我劝您不必同他多麻烦,从他的相貌看来,我认为他是一位高尚的骑士,不是嘲弄人的,他或许是圆桌社骑士。"但福禄儿骑士说道:"我不愿意放过他。"接着他向他大喊:"骑士先生呀,请您准备比武。"那白色骑士答道:"不必要吧,我也无心同您比量。"可他一面说话,一面却平放着长矛,那白色骑士才一动手,就摔倒了福禄儿,随后他漫步走去了。这时,拉麦若克骑士追赶上去,请教他的名字;并且说道:"我料想先生您一定是圆桌社的同仁。"他答道:"只有在这种条件之下,我才把名字奉告您,一来您要保守秘密,再则您要把大名告诉我。"他同意之后,说道:"我叫加里士的拉麦若克骑士。"对方随说:"我就是兰斯洛特·杜·莱克骑士。"他们说到这里,都立时把剑插入鞘内,相互拥抱,接吻致敬,大家欢天喜地。拉麦若克骑士说道:"假使您有什么吩咐,我很愿意效劳。"兰斯洛特骑士答道:"像您这样高贵的骑士,要来为我服务,上帝都要从中拦阻的。"兰斯洛特说道:"多谢了,因为还要独自追寻我的目标。"拉麦若克骑士说:"愿上帝助您成功,"大家就此分手了。随后拉麦若克走到福禄儿跟前,给他一匹马骑上。福禄儿骑士问道:"那骑士是什么人啊?"他答道:"骑士呀,您没有知道的必要,我也没有告诉您的义务。"福禄儿骑士说道:"您对我太不客气了,我决意要走啦。"拉麦若克骑士答道:"走就走吧,你跟随我,总算保留了你在花圈上一朵最美丽的花儿呀。"说罢两人就分手了。

第四十一回

拉麦若克骑士怎样杀死福禄儿骑士；又拉麦若克骑士怎样与他的同胞比雷安士骑士进行友谊比武。

大约过了两三天的光景，拉麦若克发现一个骑士睡在一口井旁，他的女伴坐在旁边，已经醒了。就在这时，高文骑士忽然走来，他拉着那个骑士的女伴，要她骑在一个侍从的背后。拉麦若克骑士上马追赶高文骑士，并且喊道："高文骑士啊，请您回转来。"高文随口答道："您找我做什么？我是亚瑟王的外甥呀。"他答道："爵爷啊，正是因为这个缘故，我才放你过去，否则这个贵妇应当跟我；不然就请您同我比一比看。"随后高文骑士转回身来，用矛去打击那贵妇的骑士，可是那个骑士仅仅使用两手的气力就把高文骑士打倒了，抢回了他的女伴。拉麦若克骑士看到这一切的情形，自言自语道："如果我不为我的伙伴复仇，他会到亚瑟王朝去批评我和侮辱我的。"拉麦若克骑士返回，便向那人挑战。他声言："我已准备好了。"这时双方奋起全身气力，斗成一团，拉麦若克骑士将对方两肋刺穿，他就倒在地上，一忽儿死了。

这位贵妇放马跑到那人的哥哥面前，报告他的弟弟被打死了；这人名叫比雷安士·勒·奥鸠拉斯，住在附近。他说道："哎呀，我一定要去报仇。"他把马收拾好，披戴好武装，一忽儿追上了拉麦若克骑士,吩咐他说:"转回来,离开贵妇,让我们两个耍一场新玩意儿;你打死我的弟弟福禄儿骑士,他的品质比你高得多哩。"拉麦若克骑士说道:"他可能比我高超,可是今天在战场上,我竟比他高出一着呢。"他们放马奔到一处,把对方都从马上打落了,两人又都竖起盾牌,拔出宝剑,看他们奋力相斗的情况,活像两个顶高贵的骑士。他们一直互斗了两个小时。然后比雷安士骑士请求对方说出自己的姓名。他答道:"爵爷啊,我的名字叫做加里士的拉麦若克骑士。"比雷安士骑士叹道:"哎呀,你就是世间我最恨的那个人,过去为了保全你的生命,我害死了我的几个儿子;你如今又把我的弟弟福禄儿杀死啦。哎,我怎能同你再和好呢,你注意啊,我就要打死你,我们之间没有任何和解的道路。"拉麦若克骑士道:"天呀,我现在完全知道您啦,您对我的帮助实在太大了。"他说完之后,立时双膝跪下,请求比雷安士骑士赐以恩典。比雷安士骑士叫道:"快立起,再跪着我就要杀死你。"拉麦若克说道:"请您不必这样,我向您投诚好了;可是我并不怕您,也不是因为您的气力大;却因为您的慈爱宽大,才促使我不忍再同您打下去的;恳求您看在上帝面上,尊重骑士的道义,赦免我在过去拒绝您的罪行吧。"比雷安士骑士又道:"立起来,再跪着不起,我真要毫不宽容地杀掉你。"

他们又跑上前来相斗,把对方打成重伤,地上洒满了鲜血;到最后,比雷安士退到一座小山岗上,躺下休息,因为他流血过多,已经不能立起,沉沉昏迷。拉麦若克骑士将盾牌摔到背后,问他身体可好。比雷安士答道:"没有什么。"他又说:"骑士先生,在您觉得不舒适的时候,我要对您表示我的关爱。"拉麦若克骑士说道："比雷安士骑士啊，您是一个呆子，假使在战斗中我有了这样优越的条件，早已杀死您啦；但是您的心胸这么温存，又这么宽大，您一定可以宽恕我对您的罪愆了。"于是拉麦若克骑士又跪在地上，先解下比雷安士的头盔眼帘，再解下自己的，彼此抱着亲吻，满脸热泪，泣不成声。这时，拉麦若克骑士把比雷安士骑士送到附近的一所庵里，陪着他寸步不离，直到比雷安士的剑伤完全愈合。他们共同立誓，两人永不再斗。拉麦若克骑士由此告别，径赴亚瑟王的朝廷去了。

    拉麦若克骑士和特里斯坦骑士两人的轶事，从此结束。
      衣着旷荡汉的故事由此开始。

第 九 卷

第一回

一个青年怎样走进亚瑟王的朝廷；又凯骑士怎样轻蔑这人，呼他做"衣着旷荡汉"。

有一个青年，身材魁梧，相貌端正，走进了亚瑟王的朝廷，请求国王赐封他做骑士，他身上穿的外衣，又肥又宽，旷里旷荡，可是所用料子，全是织金绣锦的。亚瑟王问他说："你叫什么名字？"他答道："王上，小的名字叫做黑夜的布诺斯；一会儿，您就知道我是上等家族出身的。"这时家宰凯骑士在旁插嘴说道："也许是很好的家世，让我开一句玩笑，叫你做拉·克特·梅尔·太耳，意思就是旷里旷荡的外衣。"[①]国王又问道："你要求的事情很了不起，但是你为什么穿着这么富丽堂皇的衣服呢？想来一定有用意，你告诉我吧。"他答道："王上，小的父亲，是一位高贵的骑士，有一天，当他骑马出猎的时候，忽然躺下睡熟了；这时适巧来了一个骑士，这人同我的父亲向有宿怨，看见我的父亲睡得正酣，便用剑把我的父亲斫死了。我所穿的衣服就是我父亲当时所着的，因此我穿在身上，旷里旷荡，很是丑陋。但这件

[①] 原名是法文，叫 La Cote Male Taile。又"旷里旷荡"为徐州方言，表示衣服宽大而不称身的样子。

衣服当时所遭到的打击，我还能感觉到，这对我便成了永远不能补偿的损失。为了纪念父亲的死，我特意穿上他的衣服，此仇一日不雪，我就一天不脱下这衣服；正因为陛下是举世最高贵的君王，我特来恳求您赐封骑士，以便报仇。"这时拉麦若克和葛汉利两个骑士说道："封他做骑士好了，我们认为他的身材和品貌都好，将来可以成为上等人士和优秀骑士的，也一定能成为雄伟非凡的人；王上，您还记得兰斯洛特骑士当初来到朝廷的时候，很少有人知道他的底细；如今他却成了举世闻名而最有功绩的武士；就是陛下的朝廷和陛下的圆桌集团，也是靠了他才受人敬重的，他是当代任何骑士无法匹敌的。"国王说道："你们的意见很对，我愿意根据你的要求，明天封他做骑士。"

第二天，忽然发现一只牡鹿，亚瑟王率领着骑士们放马追逐，打算把它打死。这个被凯骑士称做衣着旷荡汉的青年，留在寨里，陪着桂乃芬王后；事出突然，一只关在石塔里的狮子，突然破门逃出，奔到王后和骑士们的面前，咆哮骚扰，情况十分恐怖。王后一看到狮子跑来，就哭喊着奔驰，向骑士们叫着救命。这时留在宫里的只有十二名骑士，也都相顾失色，飞奔逃命。这个衣着旷荡汉却说道："我看得很清楚，那些怯懦的骑士是不会死的。"话才脱口，他拔出利剑，奔到了狮子跟前。那狮子张开大嘴，举起前面一只脚，恐吓他，好像要把他吞下。他奋起全力，对准狮头正中，猛然一击，把狮头打碎，狮子轰地一声，跌倒死了。这个被凯骑士讥作衣着旷荡汉的青年打死狮子的情形，有人禀告了王后。就在这时，国王返回宫里。王后又告诉他这段故事，国王听后十分愉快，说道："斫我的头也不骗人，他将来一定是个高贵的人士,一个忠心的骑士,一个守信用的人。"立时国王赐封他做了骑士。这个青年骑士说道:"王上,小的现在恳求陛下和全朝的骑士,今后请称我衣着旷荡汉,不要用别的名字;凯骑士这样替我取名,我就这么采用好啦。"国王答道:"我同意。"

第二回

一个少女怎样来到朝廷,请求一个骑士去担任一桩冒险工作,衣着旷荡汉听到之后,应允出马。

就在同一天,有一个少女带着一面黑色大盾牌走进朝里,盾的中央,画了一只白的手腕,握着一口利剑。盾上并无其他花纹。国王瞧见她,便问她来自何处,有什么目的。她就说道:"王上,我带了这面盾牌,奔驰了好多天,走过许多路,来到贵朝,我的目的是这样:这盾牌的主人是个高尚的骑士,他从前立下了伟大的武功,但不幸在一次紧急冒险中,遇着一个坚强的骑士,他们战斗了很长时间,都受了重伤;由于大家都很吃力,没能分出胜负。这盾牌的主人想不出其他的方法,只有死路一条;随后,他就叫我背着盾牌来到陛下的王朝,恳求朝里的优秀骑士能接受他的盾牌,继续完成他的使命。"国王道:"你们对他的使命有什么意见?你们当中有什么人愿意接替他去使用这面盾牌的?"这时没有一个人说话。只有凯骑士走来,拿起盾牌望一望。那少女问道:"骑士先生,贵姓大名?"他答道:"您应知道,我是朝里的家宰,名叫凯骑士,遐迩闻名。"那少女又道:"骑士呀,请您把盾放下,您应知道,您是不配使用的,使用它的人一定要比您伟大得多啦。"凯骑士答道:"您要知道,我拿起这面盾牌,不过想看一看，我并不想留下它；而且无论您到哪里去，我都不愿陪您去的。"

这个少女静立着过了好久，观察了好多骑士。那时，这位叫衣着旷荡汉的骑士说道："亲爱的小姐啊，我愿意拿起这只盾牌，担任这桩冒险的工作，我想知道应当走的路向；今天我才领受到封爵，这桩奇迹是我要担当的。"那少女问道："亲爱的青年，尊姓大名？"他答道："我的名字叫衣着旷荡汉。"那少女又说："人家称呼您做衣着旷荡汉，真是名符其实；倘使您有勇气携着盾牌跟我走，就要注意您的皮肤，免得被人斫得同您的衣服一样。"衣着旷荡汉说道："您所提到的这点，我注意了，即使将来我遭到千刀万剐，也不会向您乞求油膏涂敷的。"就在这时，忽来了两个侍从，送来几匹高大的骏马，还有坚甲长矛，等等；一忽儿他披戴妥当，告辞而去。临走前，国王向衣着旷荡汉说道："您去担任这桩艰巨的冒险，并不是出于我的本意啊。"他回答国王说："这件奇迹是属于我的，以前从没人做过，这是第一次，无论什么遭遇，我都要追求到底。"随后这少女走了，衣着旷荡汉跟随追去。不多时，他就赶上了，可是她却痛骂他，态度极度恶劣。

第三回

衣着旷荡汉怎样打倒了国王的弄臣达冈纳骑士,又他怎样受到这少女的严斥。

亚瑟王部下有一个小丑,名叫达冈纳骑士,凯骑士吩咐他骑上马,披戴着武装,去追赶衣着旷荡汉,同他比武,他遵命照办了;及至追上衣着旷荡汉以后,他就喊着要他准备比量。那衣着旷荡汉回头对准达冈纳一击,就把他从马屁股上打下来了。这时那少女用讥笑的口吻,向衣着旷荡汉说道:"呸,真丢脸,真给亚瑟王的朝廷丢脸呀,他们派一个小丑同你斗,还是你初出茅庐的第一遭,这样得胜了,毫无光彩。"她一面走,一面嘟哝着谩骂。不多时,来了一个高尚的骑士,名叫布留拜里,他看见了衣着旷荡汉即开始战斗,竟把衣着旷荡汉一击打下马来,跌得很重。随后衣着旷荡汉急忙爬起,竖起盾牌,握着利剑,打算战斗到底,因为他实在怒火冲天。可是布留拜里骑士叫道:"我不同意这样作战,这次我也不同你徒步相斗。"那个名叫马耳底莎的少女,态度凶恶,开口便骂:"滚开,你这懦夫。"他答道:"小姐,请您心肠变软些,不要再骂我啦,即使您不再诽谤,我的苦痛已经够多了;那个马仔把我打倒,使我成为一个倒霉的骑士,如今我又被布留拜里骑士打倒,我认为世界上再没有比我更倒霉的了。"

衣着旷荡汉跟随马耳底莎小姐骑行两天；恰巧遇见了巴乐米底骑士，两人斗了一场，也同从前碰见布留拜里似的，他又一次被人打倒了。马耳底莎小姐骂道："你跟随我有什么用处？你在马上也骑不稳，也耐不住人家的一击，只有同达冈纳骑士之流的角色周旋罢了。"他答道："好小姐啊，我被巴乐米底骑士打下马来，也不算什么失败，对于我也不是顶丢脸，因为布留拜里和巴乐米底两个骑士，都不曾同我徒步交过手。"马耳底莎小姐说道："提到这一点，你要晓得，他们哪里肯下马同你这种无知无识的小伙子相战呢。"就在这时，高文的弟弟莫俊德骑士来了，他和马耳底莎小姐结伴同行。不多时，他们抵达了奥鸠拉斯堡，那里有一种怪异的风气，凡是过路的骑士，必须先在寨内比武，否则就要拘做俘虏；再不然，最低限度，他的马匹和武装会被扣留的。忽然间走出两个骑士，对抗衣着旷荡汉和莫俊德骑士两人，莫俊德骑士奋勇相斗，那个寨里的骑士便把莫俊德从马上打翻了。这时，衣着旷荡汉被迫跟另一个人比武，双方战斗起来，你一枪，我一标，人马俱倒，结果都躺在地上。他们失去了自己的马，及至把马再捉到的时候，这两人的马适巧掉错了：这人骑的是那人的马，那人的马被这人骑了。衣着旷荡汉放马追上曾经打倒莫俊德的那个骑士，同他比武。结果，衣着旷荡汉把那人打成重伤，几乎送命。随后衣着旷荡汉转身又去斗第二个人，他便驰向寨里逃命，衣着旷荡汉一直追到奥鸠拉斯堡，把他杀了。

第四回

衣着旷荡汉怎样抵抗一百个骑士，又怎样由于一个贵妇的计策而得脱逃。

一忽儿，来了一百名骑士围住衣着旷荡汉，并且对他打来；这时他看到自己所骑的马快要被人刺死，便急忙跳下，把它放开，同时脱下马勒，把马牵到门外，让它自由行动。他这样处置以后，就冲到人群中间，站在一位贵妇的闺房墙边，背靠着墙；他想到，与其遭受马耳底莎小姐的诟骂，还不如光荣死去。同时，当衣着旷荡汉立定应战的时候，那闺房的女主悄悄地走到后门，在门外发现了衣着旷荡汉的马，急忙牵着缰绳，拴在后门上。她又机敏地跑回房里，窥察那个骑士怎样去抵抗一百个骑士。她看得久了，又走近窗前，从背后看他，并且说道："您这位骑士，虽然打得很好，但结果还是非死不可。如若您能运用超人的武功，跑到我的后门，我已把您的马拴在那里等候您；要知道您必须为获得光荣而斗争，不要只想死去，可是您不去进行一次高贵的和出力的战斗，虽然到了后门，也是没法得胜的。"衣着旷荡汉听了她的话之后，就握着一口宝剑，面前撑着盾牌，穿过了人马最稠密的地方。他赶到后门口，发现已有四个骑士候在那里；他刚发出一击，就有两个骑士应声倒地而死，其余两人，奔着逃命；于是他俘虏了马匹，骑着返回。这一切勇敢的轶事，以及他在奥鸠拉斯寨怎样打死十二个骑士的故事，都传到了亚瑟王的朝廷。随后他继续骑马赶路。

同时马耳底莎小姐告诉莫俊德骑士说："我想这个呆瓜骑士若不是被人杀死，就是被人捉住了。"就在这时，他们忽然看见他骑马走来。衣着旷荡汉来到他们面前，述说自己不顾这许多人的威胁，终于完成了任务，脱险而出，这时，就连其中最大本领的人，也无声无臭了。那个小姐说道："我敢确定，你是在撒谎，他们让你逃出，就证明他们若不是一群呆子，便是一群懦夫。"衣着旷荡汉说："请您证明好啦。"这时，马耳底莎小姐派遣一个走卒，出外采访衣着旷荡汉的实际行动；这人是经常陪她骑行的。他急忙出差，访问衣着旷荡汉究竟是怎样逃出了奥鸠拉斯堡的。他们都骂他是"一个魔鬼，没有人性，因为他曾在这里杀死十二个最优秀的骑士，而且我们认为，即使兰斯洛特和特里斯坦两位骑士在场，也无可奈何。我们虽然有这么多的骑士，结果他还是不顾一切地逃走了。"

这个走卒获得这些情报之后，赶回去见马耳底莎小姐，将衣着旷荡汉逃出奥鸠拉斯堡的全部经过，报告给她。她听后低下头来，不多言语。莫俊德骑士向她说："我敢把头拿来立誓，您一直骂得他体无完肤，我却认为他是一个高尚的骑士，将来一定可以证实的；现在他虽然还不能安稳地骑在马上，可是他通过练习，日久成自然，必能成为一位优良的骑师。提到他的剑术，不但高妙，而且凶狠，以前布留拜里和巴乐米底两位骑士都曾看过，对他大加称扬。人们一致公认这两人都是击剑的名手。但由他骑马的情形，可以断定他是一个青年骑士，他们就决定把他从马上打下，或是狠狠地一击，把他打倒。照一般情形来谈论，经验丰富的老骑士，都不愿下马与青年骑士步行比武，这是因为青年人的力气往往较老年人为强。即以湖上的兰斯洛特骑士而论，当他初封做骑士的时候，每每被人由马上打下，及至他徒步作战，英名立即恢复；经常有些著名的圆桌骑士，不是被他打死，就是被他打败了。因此，很多英武的骑士，一经与兰斯洛特步行相斗，辄遭失利，才使得他们开始注意这一点；我也常常看见许多老手，每每被初出茅庐的小伙子打倒，或是打死。"他们一面骑马前行，一面这样谈论。

第五回

兰斯洛特骑士怎样来到朝廷，听到关于衣着旷荡汉的消息；以及他怎样追逐衣着旷荡汉，又这人怎样被人俘虏的。

我们暂时把衣着旷荡汉的故事按下不提；且谈湖上的兰斯洛特骑士的冒险。[①] 兰斯洛特来到亚瑟王朝之后，听说了这个青年骑士衣着旷荡汉的武功，如单身杀狮、黑盾奇迹，等等，他便向大家宣扬，使大家一致公认这是当日全世界最困难的冒险。兰斯洛特骑士曾对多数部下说："上帝啊，促使一个青年骑士参与毁灭性的冒险工作，乃是全部高贵骑士的耻辱；我现在请你们明了，那个马耳底莎小姐携着一只盾牌，走上好多天，想觅得一位经验最丰富的骑士，不幸这盾牌被布诺斯·骚士·庇太骑士抢去，又经特里斯坦骑士营救，把盾牌夺回，仍然还给马耳底莎小姐；在这以前不久，特里斯坦骑士曾和我的外甥卜拉茂骑士相斗，争执的焦点，乃是他同爱尔兰王之间的纠纷。"衣着旷荡汉参加这次冒险，有许多骑士都为他担心。他又说："真的，我决意去追他。"随后兰斯洛特追了七天，终于赶上了衣着旷荡汉；相见以后，兰斯洛

---

① 此句在卡克斯顿原书上，属第五回最末句。

特便向他同马耳底莎小姐施礼。及至莫俊德骑士看见了兰斯洛特骑士，就离开了他们；兰斯洛特整天骑马跟随着他们，这个小姐一直在诟骂衣着旷荡汉；兰斯洛特骑士代他回了几句话，她不骂衣着旷荡汉，便臭骂兰斯洛特骑士了。

同时，特里斯坦骑士写了一封信给兰斯洛特，差一个少女送达，向他解释自己与玉手绮秀结婚的情形，并以真正骑士的身份，保证从未同她发生过肉体关系，措辞恳切婉转，请求兰斯洛特骑士原谅，希望仍保持过去的友谊，并请他向康沃尔的伊索尔德致候；一俟兰斯洛特骑士与伊索尔德晤面，请他代为解释。据特里斯坦骑士说，靠了上帝的恩典，不多时候他就能够同伊索尔德晤谈了，但他还是焦急。这时，兰斯洛特骑士告别了马耳底莎小姐和衣着旷荡汉骑士，打算回去细读那封信，并且给特里斯坦骑士写回信。

这时，衣着旷荡汉偕同马耳底莎小姐骑马到了一座寨前，这寨名叫潘左干，忽然间遇见六名骑士，立在面前，其中一人要求衣着旷荡汉比武。衣着旷荡汉一击打去，把他从马屁股上打落。那余下的五个骑士，一齐持枪打来，便把衣着旷荡汉连人带马都打倒了。于是他们立刻跳下马来，伸手捉住他，解到寨里，关进监牢。

翌晨，兰斯洛特骑士起身之后，把信交给一位少女，差她送给特里斯坦骑士，随后就上路追赶衣着旷荡汉去了；在途中所经过的一座桥上，有一个骑士吩咐兰斯洛特骑士比武，被兰斯洛特一击打倒；接着又步行比量，双方都是英武激昂；最后那骑士被兰斯洛特骑士打翻了，他就两手和两膝俯在地上，投降了兰斯洛特骑士,兰斯洛特很宽厚地接纳了他。那骑士开口要求道:"爵爷啊,恳求您将大名告诉我,我愿全心全意归顺于您。"兰斯洛特骑士答道:"这是不可以的,你须先把你的姓名报告我,然后我才能告诉你。"那个骑士答道:"好吧,我的名字叫奈罗芬,曾被我的上司兰斯洛特封做骑士。"兰斯洛特骑士说道:"啊哟,里尔的奈罗芬呀,您的武艺这样成功,我看到很欢喜,您要知道我就是湖上的兰斯洛特骑士。"奈罗芬骑士惊叹说:"可恨啊,我真是胡作妄为了。"他把身体平扑在他的脚前,想对他的脚上亲吻;但兰斯洛特不许他这样做;可是他们彼此都很欢迎对方。随后,奈罗芬骑士告诉兰斯洛特骑士,叫他不要到潘左干堡寨去:"因为那里的爵爷是一位坚强的骑士,他部下武士很多。就在今天晚上,我还听说他昨天俘了一个骑士,这人偕同一位少女走过这里,大家传说他是圆桌社的成员。"

第六回

兰斯洛特骑士怎样同六个骑士相斗,随后又怎样同布瑞安骑士决斗;以及他怎样救出所有的俘虏。

兰斯洛特骑士说道:"那个骑士是我的同道,我要去营救他,即使为他丧失了生命,也在所不辞。"这话说完,他驰到潘左干寨;在那里忽然碰见了六个骑士,准备立刻围攻兰斯洛特;于是兰斯洛特挺起长矛,向最前面的一个人猛击,轰然把他的背脊打开了;遭到打击的有三个,未被击中的有三人。这时,兰斯洛特骑士由他们当中通过,急忙转回,举矛一击,正击中一个骑士的胸膛,由背后刺穿,伤口约有四十五英寸,同时把矛杆也搠断了。其余四个骑士又都拔出利剑,对着兰斯洛特骑士冲来。兰斯洛特骑士所发出的每一击,手法各不相同,有四击中在那四个人的身上,迫使他们从马上跳下,各个都受伤很重;然后兰斯洛特骑士就冲向堡寨里去了。

这寨的主人,名叫外岛的布瑞安骑士,是一个高贵的人物,同时也是亚瑟王的最大敌人。一忽儿这人武装齐备,骑马冲来。两人都拿起长矛,猛然斗在一起,都从马上跌下。然后急忙爬起,弃了马,竖起盾牌,握着宝剑,疯狂地斗在一处,一刻儿双方各发出无数击。最后兰斯洛特骑士奋力一击,打得布瑞安骑士双膝跪下；兰斯洛特骑士又奔到他的面前，猛力拉脱他的头盔；及至布瑞安骑士瞧见自己快要被杀，随即投降，并且恳求他开恩赦罪。兰斯洛特骑士迫使他把寨里幽禁的俘虏全部释放；经兰斯洛特骑士查明，计有亚瑟王的骑士三十名，又贵妇四十人；及至这些男男女女全部被他放出以后，他才离开。待衣着旷荡汉获得释放，他的马匹、武装和女伴马耳底莎小姐都还给了他。

同时，有一个奈罗芬骑士，就是不久之前曾同兰斯洛特骑士在桥畔相斗的那个人，派遣一个少妇跟随着兰斯洛特，目的是探听他在潘左干寨得胜的经过。待他们抵达这寨以后，发现布瑞安骑士同他的部下释放了这许多俘虏。对于迫使他们释放俘虏的那个骑士，大家都不知道是何许人。那位少妇说道："您不要觉得稀奇，世间最优秀的骑士就在此地，他由长途旅行回来，您知道这人就是兰斯洛特骑士。"布瑞安骑士极端欢迎，他的夫人以及许多骑士无不欢喜，都认为他应当胜利的。这时马耳底莎小姐同衣着旷荡汉两人，才知道从前共同骑马做伴的，乃是湖上的兰斯洛特骑士；马耳底莎小姐想到从前经常讽刺他，并且骂他做懦夫，这时心中十分不安。

第七回

兰斯洛特骑士怎样遇到一个名叫马耳底莎的少女，又替她取名叫美思姑娘。

衣着旷荡汉和马耳底莎小姐两人骑马，追赶兰斯洛特骑士。大约走了两英里光景才追上，他们先向他致敬，又对他道谢。那少女从前一再骂他，现在开口恳求他宽恕赐恩，并且说道："我此刻才知道，您同特里斯坦两位，平分了天下骑士的英名。上帝能够做见证，我访寻你们两位很久了，多谢上帝，直到今日才碰见您；前次在加美乐城遇见过特里斯坦骑士。那时，我有一面画着白手执剑的黑盾牌，被布诺斯骑士抢去，经特里斯坦夺回的。"兰斯洛特骑士问道："亲爱的小姐，您由什么人口里探出了我的名字？"她答道："骑士先生，从前有一个骑士，曾同您在桥畔相斗，这人的女伴告诉我说，您的大名是湖上兰斯洛特骑士。"兰斯洛特骑士说："不应归咎于她，实在是奈罗芬骑士告诉她的。"他又说："小姐啊，若是您能应许我，今后不再谩骂衣着旷荡汉骑士，我才陪你们同行；他是一个坚强的骑士，将来一定会成功，毫无疑问，我惟恐他在途中受了伤害，特来做伴，打算在患难的时候保护他的。"那个小姐说："耶稣也要致谢您的好心肠，我此刻要对您同他两个人讲话，以前我诟骂他，并不是由于我恨他，而是因为我爱他呢。我向来认为他年轻力薄,不应参与这种艰苦的冒险。为了保护他的生命安全,再说凭他青年骑士的武艺,或许还难完成全部的冒险,我特意制止他的。"兰斯洛特骑士说:"天呀,您的意见真对啊。以前人家称您做马耳底莎小姐,意思是恶念小姐,我现在要改称您美思姑娘了。"

他们骑马前行,走了好长时间,最后到了苏尔露斯区域的边疆,这里有一座村庄,旁邻大桥,恍若堡垒,风景优雅,令人神往。当兰斯洛特骑士同他们走在桥上的时候,忽然来了绅士和平民多人,拦阻他们,并且说道:"两位爵爷请听,我看见你们中间有人携带黑盾,所以不让你们过桥,也不可以过寨;如若想通过这里,只有一个一个地走过;请你们自己选出一个人先走上桥吧。"于是兰斯洛特骑士抢着先走。衣着旷荡汉急忙说道:"爵爷呀,我恳求让我先到那座堡垒里,若是我平安走过,您再跟上去,如果我不幸被杀,你们好作打算。再说,倘使我被他们俘去,您还能来营救。"兰斯洛特骑士道:"我不愿意您先过的。"衣着旷荡汉又道:"爵爷呀,请求您放我去冒这一次险吧。"兰斯洛特骑士才应道:"您想去就去好了,恳求耶稣助您成功。"

衣着旷荡汉走到桥上,同两个弟兄遭遇了,一个名叫战地骑士,另一个叫情场骑士。这两人同衣着旷荡汉交手之后,衣着旷荡汉的第一击就把战地骑士打翻了;接着第二击打倒了情场骑士;这两人由地上爬起,撑着盾牌,拉出宝剑,喊着要衣着旷荡汉下马,他就跳下马来;他们挥剑相斗,又刺又冲,起初衣着旷荡汉十分吃力,以致他的头上、胸部、两肩都受了重伤。及至衣着旷荡汉被赶到他们当中,他打还了几击,也很凶猛。这两弟兄横冲直撞，迫得衣着旷荡汉使用了双手战术，他表现了惊人的大力及威武，把他们困在他的身前。当他感到自己受了多处伤的时候，便加倍气力打还，使得对方两人，都受重伤而跌倒了；他们因为怕死，纷纷向他投诚。就在这时，衣着旷荡汉从三人的马中，挑选一匹最好的骑上，兀自奔向另外一座桥垒去了；在那里遭遇了排行第三的弟弟，名叫普兰诺里斯，这人武艺超群；双方交手之后，都是连人带马跌到地下了。于是他们弃马步行，执盾握剑，互砍不停，你逐我上桥，我赶你下桥；如是他们连续打了两个多小时，未曾停过。兰斯洛特骑士和那位小姐一直在后面观战。美思小姐说道："我的骑士长时战斗，受伤极重。"兰斯洛特骑士道："现在您看吧，想想他的第一次战斗，而且又受了这么重的伤，他真是位高贵的骑士；虽然他受伤如此严重，对抗这样一个优秀的骑士，竟然还能支持这么久的时间。"

第八回

衣着旷荡汉怎样被人俘虏，随后怎样由兰斯洛特骑士营救出来；又兰斯洛特骑士怎样打败了四个弟兄。

衣着旷荡汉骑士由于受了重伤，流血过多，无力支持，立时倒在地上。那个骑士很同情他，说道："亲爱的青年骑士啊，请您不要惊慌，开始战斗的时候，倘若您像我这样精神饱满，我还不能像您似的支持这么久哩；因为您的武艺确实优异，我一定要向您表示宽宏大度，作为答谢。"话犹未毕，那个名叫普兰诺里斯的骑士，把他抱起，扶他走进塔里，又给他药酒喝下，为他验伤，并且设法替他止血。衣着旷荡汉说道："骑士先生，请您离开我，尽速赶回桥上去吧，还有一位和我情况不同的骑士，等待同你比量呢。"普兰诺里斯道："怎么，在你们后面，还有一个武艺非凡的骑士？"衣着旷荡汉答道："是的，那人的本领比我要高许多倍呢。"普兰诺里斯又说："请问那人姓啥名谁？"衣着旷荡汉道："我无权奉告。"那骑士答道："好吧，无论他是谁，我一定要同他比一下。"

随后普兰诺里斯听到一个骑士大喊大叫着说："普兰诺里斯骑士呀，您在哪里啊？您要把领进塔里的俘虏，移交与我，不然就请您来和我比一比。"于是普兰诺里斯骑上了骏马，手执长矛，放

535

步奔向兰斯洛特骑士；这时，他把矛平挟着，两人猛然斗到一处，响声雷动，由于双方用力很大，马都跌在他们的下面。他们又丢开了马，拔出利剑，像两只牡牛似的冲到一处，打个不停；但兰斯洛特骑士一直向前追击，使得普兰诺里斯骑士只好绕在他的四周来应付。兰斯洛特骑士仍然不许他围绕，迫得他接连后退，一直把他逼到塔的门口。这时兰斯洛特骑士开口道："我向来知道您是一位优秀的骑士，但如今我操了您的生杀大权，所以您必须率同您的俘虏向我投降。"普兰诺里斯骑士默不作声，贸然向兰斯洛特骑士的头盔上猛击，敲得兰斯洛特骑士眼冒火花。于是兰斯洛特骑士加倍用力打回，连着不停，打得很凶，迫得对方双膝跪下。这时兰斯洛特跳到他的身边，把他摔倒在地上。随后普兰诺里斯骑士投降兰斯洛特骑士，又同意将自己的塔和俘虏的人等，任凭兰斯洛特骑士处理。

兰斯洛特骑士接受了他的投诚，相信了他的誓言；随后赶到另外一座桥上，那里立着普兰诺里斯的三个弟兄，即皮劳士、伯娄格利和伯兰杜斯；兰斯洛特骑士同他们逐一比量。起初骑马相斗，兰斯洛特骑士把他们都打下来，接着徒步比武，也打得他们个个投降；待他转回到普兰诺里斯的地方，发现这人曾幽禁了苏格兰的卡瑞都王，以及骑士多名，全部都被兰斯洛特骑士释放了。随后衣着旷荡汉骑士晋谒兰斯洛特骑士，兰斯洛特打算把这次战获的桥梁堡垒，悉数赠送给他。可是衣着旷荡汉答道："爵爷啊，我不要，普兰诺里斯骑士维持生活的家私，我不想去霸占它；但是，我的爵爷啊，这样，您可以吩咐他觐见亚瑟王，去做他的部下；还有一点，我的爵爷，恳请您让他们全体兄弟，每个人都能保持着丰衣足食。"兰斯洛特骑士答道："你计划得很周到，叫他们赶到亚瑟王朝，尽忠于亚瑟王；弟兄五个，都当如此。"他接着又说："普兰诺里斯骑士啊，关于你自身的事，我要负责办理，在下届集会的时候，倘使圆桌社骑士有遗缺，我打算设法将你递补。"普兰诺里斯说："爵爷啊，在下届圣灵降临节举行盛会的日期，我要赶到亚瑟王朝致敬，一切都愿遵从亚瑟王跟您的领导和指示。"再后，兰斯洛特和衣着旷荡汉两个骑士住在塔里休息，直等到衣着旷荡汉的剑伤完全收口，他们才离开；在逗留期间，美酒佳肴，游艺娱乐，应有尽有；此外又有名媛美女，陪伴着他们。

第九回

兰斯洛特骑士怎样封衣着旷荡汉做潘左干堡的堡主，又封他做圆桌骑士。

与此同时，来了家宰凯骑士和布兰底耳斯骑士，他们立刻加入了兰斯洛特的伙儿。大约过了十天光景，亚瑟王朝的骑士们才别了这些堡垒。兰斯洛特骑士路经潘左干堡的时候，把外岛的布瑞安骑士赶了出去，因为他向来不拥护亚瑟王；并将潘左干堡的全部，连同全部的土地，交给衣着旷荡汉管理。这时兰斯洛特又派人召回以前曾被他封做骑士的奈罗芬，命令他在衣着旷荡汉指挥之下，治理堡垒和四乡。一切安派妥帖之后，他们就进谒亚瑟王去了。在下一届圣灵降临节盛宴上，普兰诺里斯和衣着旷荡汉两人都被封做圆桌社骑士；国王还赏赐他们一大批田产。衣着旷荡汉应当改称为黑夜的布诺斯骑士，这时同马耳底莎小姐也结了婚。后来，马耳底莎小姐（就是恶念小姐），被人称做快乐姑娘；但大多数的人，依然称她的丈夫衣着旷荡汉。他是一位大家公认的高贵骑士，武功极高；他后半生建功立业，不一而足；至于普兰诺里斯骑士，也是气力大而武艺高。他们两人大部分时间花在兰斯洛特身上；普兰诺里斯的弟兄都做了亚瑟王的部下。据法文著作记载，衣着旷荡汉骑士后来替父亲报了仇。

第十回

伊索尔德怎样派她的女仆浦雷坤送信给特里斯坦骑士；又关于特里斯坦骑士所遇到的种种奇迹。

我们暂且按下衣着旷荡汉不提，且说住在布列塔尼的特里斯坦骑士。当伊索尔德发觉特里斯坦已经结了婚，就写了几封哀怜的信，措辞缠绵悱恻，表达了人间的惨痛，她在收尾时写道，倘使特里斯坦骑士不嫌弃的话，请求他偕同玉手绮秀来朝，她愿意尽力招待他们，做到宾至如归。这些信是交托浦雷坤小姐送达的。

特里斯坦接信以后，即邀约凯西阿斯骑士共同计议，询问他是否愿意秘密同往康沃尔。他回答说，不论在什么时候，他都肯奉陪。于是特里斯坦骑士私底下布置了一条小船，他本人和凯西阿斯、浦雷坤小姐，以及侍从高凡耐四人下舱开行了。这船航行在海面上，遭遇了逆风，被吹到北威尔士的海口，那里靠近危险寨。特里斯坦骑士向他们说道："请诸位在此等候十天，我留下高凡耐来服侍两位。倘使到期我还没转回，只得候到下一次船期去康沃尔了；我曾听说，此处森林里面，多是人世罕见的奇迹，在我们离去以前，我决意冒险去证实一番。期限到了，我会赶来追随各位的。"

随后特里斯坦偕同凯西阿斯告别伙伴，骑马而去。走了一英

伊索尔德给特里斯坦写信

里多路,进入林里;特里斯坦瞧见一个坚强的骑士,披甲佩剑,武装齐全,坐在井旁;一匹高大的骏马系在附近的橡树上,还有一个骑马的仆从,在旁守候,马上驮着很多长矛。那位坐在井边的骑士,从他脸上的表情看,知道他的心事很重。特里斯坦骑士放马走到他的面前,问道:"亲爱的骑士啊,您为什么这样萎靡沮丧呢?照您的装束看来,您好似一位游侠武士,请同我们比一比好么?您想同一个人打,或是两个人斗,都听从您的吩咐。"那骑士听过这话,一言未发,把盾牌扣上颈项,急忙跳上马,飞奔而来。他又由侍从手里取来巨大的长矛一支,离开他的大路约莫八分之一英里光景。凯西阿斯骑士得到特里斯坦骑士的同意,首先参战。特里斯坦骑士还吩咐他说:"要卖力地打他呀。"他们刚一交手,凯西阿斯就被打倒了,乳头上部的胸口部分受了重伤。特里斯坦骑士喊道:"骑士啊,您打得很露脸,请准备同我比吧。"那人答道:"这就来了。"这时,那人手头挟着一根很大的长矛,向特里斯坦骑士打来,他使了极大的力量,一击把特里斯坦从马上打落,跌得很重。特里斯坦骑士心中自然羞惭万分,立时把马放弃,竖起盾牌,遮住一肩,又拔出了利剑。他又督促对方下马,拿出骑士的精神,大家徒步比赛。那骑士应道:"步行比赛也好。"话才脱口,他就跳到地上,放开骏马,将盾竖在肩前,拉出宝剑,奋力应战。两人足足斗了两个钟头。于是特里斯坦骑士叫道:"英武的骑士啊,请您停手;请问您是从哪里来的,尊姓大名?"那骑士答道:"说到这一点,让我想想看;若是您肯将大名见告,小的名字也可以奉知。"

第十一回

特里斯坦骑士怎样遇到了拉麦若克·德·加里士骑士；又他们怎样战斗，随后两人同意永远不再战斗。

他说："亲爱的骑士，我名叫良纳斯的特里斯坦骑士。"对方那骑士接口说："爵爷，我就是加里士的拉麦若克骑士。"特里斯坦骑士一听大为惊异道："哎哟，我们遇得真巧呀。我想起您从前做的那件事：您为了要侮辱我，把那只角杯送给马尔克王的朝廷，打算陷害王后伊索尔德，最低也是使她丢脸。所以，请您明白，今天我们俩必须拼个你死我活不可。"拉麦若克骑士连忙回答道："爵爷，您还记得我俩那一次在蛮荒岛上的情景吗？您已经答应我结成好友。"这时特里斯坦骑士心头火起，不愿多耽搁时间，立向拉麦若克骑士冲来，当下二人大战再起，就这样来往纠缠，相持了好长时候，各不相让，两人都累得不堪。直到后来，特里斯坦方向拉麦若克说道："在我一生所遇的骑士中，还从不曾有像您这样气大力壮的，因此，我认为你我二人，不论哪一个在此遭受伤害，都是一件可惜的事。"拉麦若克骑士欣然说道："爵爷，这次交手，承许奉陪领教，很感荣幸，因此专诚向您投降。"话才出口，他已执着剑尖，将剑柄伸向特里斯坦骑士，表示顺服。特里斯坦骑士也忙答道："不，不敢当，您不应该这样做的，我知道您这样降尊纡贵并不是因为对我有丝毫的畏惧，而正是表现了您谦逊君子的美德。"就在说话之间，特里斯坦骑士也拔出宝剑，向拉麦若克献敬礼，并且说道："骑士先生，请把我看做一个战败骑士，因为您是我平生遇见的最有英雄气魄的人物，特向您投诚，务恳收纳。"拉麦若克骑士欠身答道："哪里的话，我应当顺服您的。我请求与您同立誓，从今以后，大家互相谅解，永不互争。"于是特里斯坦和拉麦若克两位骑士一同立了誓，决心和睦相处，不论是祸是福，彼此永不对抗。

第十二回

巴乐米底骑士怎样追赶一只怪兽,又用一根长矛同时打倒了特里斯坦和拉麦若克两个骑士。

这时忽来了一位优秀骑士,名叫巴乐米底,追着一只怪兽;那兽的形态,十分离奇,头部像蛇,躯体似豹,屁股如狮,四脚若鹿;身体里经常发出一种声音,好像三十对野狗狂吠一样;它走到哪里,这种声音就响到哪里;巴乐米底骑士一直追逐着这只怪兽,所以这就成为他的任务了。正在他追赶怪兽的当儿,怪兽忽然跑到特里斯坦骑士的身边,不多时,巴乐米底也赶到了。长话短说,巴乐米底一望见特里斯坦和拉麦若克两个骑士,只打出一矛,登时,就把他们两个一齐打翻,接着他又追那怪兽去了,那兽当时取名狂响兽。当时特里斯坦和拉麦若克二人认为巴乐米底不曾同他们步行比量,心中郁郁不乐。本书读者能够明白,一个英雄好汉,不是永远不会躺下,碰着厄运,有时竟至败在无名小卒的手下;一个劣等的骑士,有时会打倒一位能手,弄得这位能手到处遭到批评。

特里斯坦和拉麦若克两个骑士把凯西阿斯放在盾牌上,抬到一个林户的家里;吩咐他仔细地照料凯西阿斯,他们还陪着他过了三天。随后,这两位骑士上马启程,十字路口别离而去了。这时特里斯坦骑士向拉麦若克骑士说："倘使您碰巧遇见了巴乐米底骑士，请您告诉他说，他可以到从前的一口井旁，同我会面，让我同他比一比，看看究竟他的本领比我高多少。"说罢，两人各向前程走去，特里斯坦骑士到了靠近凯西阿斯的地方；而拉麦若克骑士却一直走向一座教堂，然后下马放它吃草。不一刻，麦丽阿干斯骑士也来了，他是巴吉马伽斯王的儿子，下马以后，也把马放在地上吃草，并没留心到拉麦若克也在那里。这位麦丽阿干斯骑士，独自一人，不禁想起了自己对桂乃芬王后的私自钟情，感到苦痛，因而喃喃自语，欷歔不已。不料他的一番话，竟全被拉麦若克骑士听到了。拉麦若克第二天骑马走到树林里，邂逅了两个骑士，他们等在浓荫下面。拉麦若克骑士招呼道："两位敬爱的骑士，请问你们在此地等什么？如若你们是游侠骑士，不妨就比比看，我已准备好啦。"他们答道："不是的，骑士先生，不是的，我们不是等待同您比武呀。有一个曾杀死我们弟兄的骑士要从此经过，我们正在等候着他。"他又问道："你们等候的骑士是什么样的人呢？"他们答道："爵爷啊，杀我们弟兄的，乃是兰斯洛特骑士，如果我们碰见他，绝不容他逃脱，一定要打死他。"拉麦若克骑士说："他是一位高贵而著名的骑士，你们的胆量未免太大了。"他们说道："我们丝毫不怀疑，我们没有一个比不过他的。"拉麦若克骑士说："我不敢相信，你们的本领竟有这么大；据我所知，当代的骑士里还没有人能抵得过兰斯洛特的。"

545

第十三回

拉麦若克骑士怎样遇见了麦丽阿干斯骑士；又这两人怎样为着桂乃芬王后的美貌而引起了冲突。

正在他们停步交谈的时候，拉麦若克骑士忽然瞧见兰斯洛特骑在马上，径直向他们奔来；拉麦若克骑士遂向他施礼致敬，他也还礼。当下拉麦若克骑士开口问兰斯洛特骑士，在这边疆地方有否需要他效劳的事情。兰斯洛特骑士答道："我没有什么事情，多谢您，不敢打扰。"说罢，各自告别了。拉麦若克随又上马前行，当地只剩下那两个骑士；不想，行不多远忽发现这两人正躲在绿荫丛中，不敢露面。拉麦若克骑士骂道："呸，丑东西，懦弱的骑士，你们怎么配封做骑士，怎样当得起骑士的高贵身份？真是太可怜，也太无耻了。"

拉麦若克骑士离开他们又走了，不多时，他碰见了麦丽阿干斯骑士。拉麦若克骑士问他为什么那样爱桂乃芬王后，又说："你在教堂近旁诉苦抱怨的时候，我适巧离你不多远。"麦丽阿干斯道："真的么？我就承认好了；我是心爱桂乃芬王后的，关你什么事？我愿意证明给你看，她乃是世间第一位美女，举世无双的美女。"拉麦若克道："我偏说不是，论到美女，我认为奥克尼的玛高丝王后，才是当今天下最美丽的女性，她是高文骑士的母亲。"

麦丽阿干斯骑士答道:"哪里会有这种事情呢?我只有用我的两手对你的性命,来求得证明了。"拉麦若克骑士说:"你真要这样干么?也好,不去打一场,哪里找得到更好的理由呢。"说罢,双方气愤愤地掉转马头分道驰去,然后又相对奔来,及至两马冲到一处,彼此互击,声响如雷震,结果两人都向后仰跌到地上去了。接着各自把马丢开,竖直盾牌,拔出了利剑。他们纠缠一处,活像两只牡牛互斗,紧钉着斗了很长时间。因为,虽然麦丽阿干斯是一个优秀的人物,又有过人的气力,可是拉麦若克骑士的力气比他更大,以致迫得他步步后退,终至双方都受了重伤。

就在他们彼此互斗的时候,恰巧兰斯洛特和布留拜里两个骑士骑马走过。兰斯洛特骑士当即放马跑到他们两人的中间,责问他们为什么这样相斗,并厉声斥道:"你们同是亚瑟王的骑士啊!"

第十四回

麦丽阿干斯骑士怎样说明斗争的原因；又拉麦若克骑士怎样同亚瑟王交手比武。

麦丽阿干斯骑士忙向兰斯洛特骑士解释道："爵爷啊，让我把打仗的缘由讲给您听。我为了尊敬桂乃芬王后，说她是世界上最娟丽的女子，可是拉麦若克骑士表示反对，他偏说天下的美丽妇女，莫过于奥克尼的玛高丝王后。"兰斯洛特骑士道："哎，拉麦若克骑士，您为什么这样说呢？您和我们都是她陛下所统治的百姓，您不应当轻视她呀。"他跳下马，说道："为了解决这场纠纷，请您准备应战吧，我要向您证明：桂乃芬王后确实是天下第一位美女，无人可比，而且为人宽大仁慈。"拉麦若克骑士说："爵爷，我绝不敢为了这件争执，就冒昧地同您比武；可是每个情人的眼里，都有一个西施存在；虽则我称赞我的情人，就因为她是我最爱的人，这时候，您不应当听了就感到愤怒。固然，桂乃芬王后，在您的眼里最为美丽，但您也要承认奥克尼的玛高丝王后，在我的心目中也是顶顶美的。因此，每个骑士都觉得他心爱的女人最漂亮。骑士先生，要知道世界上我最不愿意交手的，只有您同特里斯坦骑士两个人；但是，倘使您一定不放过我，那也只好尽力奉陪了。"布留拜里骑士接着说道："我的爵爷兰斯洛特骑士啊，我想您从来没有现在这么蛮横,拉麦若克骑士说的很有道理的,而且他又是这样英武;现在,我告诉您,我也有一个贵妇,我认为她是世间最美的人。您听了这句话,就因此对我起了最大的憎恶么?您很明白,我结识的人物里,拉麦若克是一位高贵的骑士,他向来对待您同我们都很宽厚,因此,我特恳求您还是做我们的好朋友吧。"兰斯洛特骑士听了二人这一番慷慨陈词,很受感动,当即回答拉麦若克骑士道:"这是我的错误,请您原谅;对您不起的地方,我一定改过。"拉麦若克骑士说:"爵爷啊,我们双方的错处,大家都要尽速纠正的。"这时兰斯洛特骑士和布留拜里骑士向他们告别,同时麦丽阿干斯骑士和拉麦若克骑士也都上了马,各自分手而去。

隔不多时,忽然亚瑟王走来了,正同拉麦若克骑士遭遇一处,两人立即比起武来;只见亚瑟王一使力,便打倒了拉麦若克骑士,还用矛把他打成重伤,然后一言不发,放马驰去;拉麦若克骑士因为不曾同他徒步比量,心下十分不怿,幸而他始终不曾知道这人就是亚瑟王。

第十五回

凯骑士怎样遇到特里斯坦骑士；又几个骑士怎样诽谤康沃尔的骑士们，以及他们怎样比武。

关于亚瑟王比武的经过，暂时不提。且说特里斯坦骑士的情形，当他骑马出外的时候，碰见了朝廷里的家宰凯骑士；凯骑士便开口请问特里斯坦的国籍。他回答凯骑士，说他是康沃尔的人氏。凯骑士说道："很好吗，可是我至今还不曾听说康沃尔出过一个优秀的骑士啊。"特里斯坦答道："这是存心侮辱人啦，倘使您高兴的话，我请您把尊姓大名告诉我，好么？"凯骑士说："爵爷啊，我想您会听说过，我乃是亚瑟王的家宰凯骑士。"特里斯坦骑士又说："您就是那个人吗？哎，人家公认您是世间口舌最恶的一个骑士；虽然您出言不逊，开口伤人，可是有人称赞您的秉性还算忠厚。"他们边说边走，来到一座桥上。在桥顶上立定一个骑士，不让他们通行，照形势看来，非要走出一个人同那人比武不可；于是凯骑士就出来应战，结果竟被那桥上的骑士一击打倒了：那人名叫陶尔骑士，原是拉麦若克骑士同父异母的兄弟。凯骑士赶忙爬起，仍随特里斯坦走到一处寄宿的地方，在那里遇见了布兰底耳斯骑士，但不多时陶尔也赶到了。这四个骑士一同坐下吃晚饭，随便闲谈，其中就有三个在挖苦康沃尔的骑士，说康沃尔的骑士毫无用场。特里斯坦骑士听到他们三人轻侮康沃尔骑士的话很多，他自己很少开口，心里却一直在盘算着，他知道那时他们还没发现他就是康沃尔的特里斯坦哩。

第二天早上，特里斯坦骑士赶忙起身，骑上马先赶了一段路，在中途等待着他们三人走来。起初，布兰底耳斯骑士向特里斯坦骑士挑衅，被特里斯坦骑士打翻，人马都跌倒了。接着"牧牛人"的儿子陶尔骑士前来应战，也被特里斯坦骑士打倒，后来特里斯坦骑马走开，这凯骑士跟随在后面，但被特里斯坦拒绝了，不许他结伴同行。这时布兰底耳斯走近了凯骑士，悄悄地说："我很想知道那个骑士是什么人。"凯骑士答道："您走过来，让我俩一同去请教他。"于是他们放马赶去，跑到他的跟前，看他正坐在井旁，脱下头盔，准备喝水。及至他望见那两个人走近，他又急忙戴上头盔，向他们挑战。布兰底耳斯骑士说道："我们不想再打，刚才已经打够了，我们来，不是这个意思。我们所以来，是想按照骑士的礼节，请问贵姓大名。"他答道："两位敬爱的骑士，为满足您的心愿，自然可以奉告；鄙人名叫良纳斯的特里斯坦骑士，是康沃尔马尔克王的外甥。"布兰底耳斯骑士立时就说："我们渴慕已久，正想拜访，能得相遇，真太巧了；我们都想追随您，倘蒙允许，万分荣幸。阁下可算得世界上著名的骑士，就是圆桌社的高贵骑士们，也都很想罗致您呢。"特里斯坦骑士答道："多谢上帝的保佑，论到圆桌社，每个成员都有伟大的成就，我的能力薄弱，绝对不敢同他们相比；所以至今我也不配参加他们的集团。"凯骑士接口道："倘使您真是良纳斯的特里斯坦骑士，那么，在当代除兰斯洛特骑士之外，自当要首推您的武功了；论到气力、武艺和诚实三点，在基督徒或是异教徒的人物当中，再也找不出其他骑士足以同您相比了。再也没有人敢轻侮您，这一点可以证实。"他们这样闲谈了很久，方才相互告别，各奔前程而去。

第十六回

亚瑟王怎样被一个女人带到"危险森林"里;又特里斯坦骑士怎样去营救他。

亚瑟王受了一个女人的迷惑,来到北威尔士的危险森林里,这段故事的前因后果,让我向听众一一道来。原来有一个名叫安诺娃的贵妇,这一天特地来到加的夫①晋谒亚瑟王,使用媚术和妖法诱惑国王陪她一同乘马进了那座森林。只因她是一个大妖精,而且多时来都在爱慕着亚瑟王,希望亚瑟能陪她同居,这就是她来此地的用意。在国王随这女妖走出的时候,本来有很多骑士陪着同行的,不料走了一会儿,他们便不知不觉地同国王失掉了联系,比如兰斯洛特和布兰底耳斯等等骑士,都找不到国王的踪影了;实际上这时她已带着国王,走进了她那塔内,就计算着诱惑国王同她发生肉体关系;幸而国王想起了自己的王后,虽经她运用法术,也被他婉言谢绝。事后,安诺娃又迫着国王,要他每天带领自己部下的骑士们,驰到这树林中来,明是游逛,暗中却打算乘机把他杀死。原来她当初的计划不过是想和亚瑟王同居,现在自己没法满足欲念,所以便想用法术去消灭亚瑟王了。

---

① 威尔士的主要海港之一。

再说湖上仙女对亚瑟王始终是关怀和爱护的,这次由于她那精微奥妙的感觉,知道亚瑟王的生命已遭到了威胁。所以这位称做怡妙的湖上仙女,特地赶到这座森林中,遍觅兰斯洛特骑士或是特里斯坦骑士,以便援救亚瑟王;因为她已经深切地知道,如若在这一天不能找着这两位骑士中的一位去营救亚瑟王,那么他一定要惨遭杀害。因此,她就骑着马,跑上跑下地遍处寻觅,终于遇见了特里斯坦骑士,她一望见就认识是他,当时她连忙喊道:"噢,我的爵爷特里斯坦骑士呀,遇见您太巧了,这时候能够碰着您,真是幸运得很,就在今天,而且不出两个时辰,就在我们这地方,将要发生一桩空前未有的大事变,您知道吗?"特里斯坦骑士听后大为惊讶,说道:"啊,我可以为您效力吗?亲爱的小姐?"这仙女答道:"请跟我来吧,愈快愈好。世界上最受尊敬的一位骑士,您会看见他遭到困难啦。"于是特里斯坦骑士急忙说道:"真有像这样的一位贵人,我是准备去帮助的。"当时,湖上仙女告诉他:"他不是别人,正是高贵的亚瑟王。"特里斯坦骑士只说了一句:"但愿他不会遭到这种苦难!"话才说罢,大家便纵马飞奔,直来到一座小塔前;恰瞧见在塔前有一位骑士,站在地上,正同两个骑士猛烈战斗;特里斯坦骑士看见了他们,紧奔上来,就在这时,那位骑士已被两人打倒了;其中一人将那位骑士的头盔拉开,打算把他杀死。这时,安诺娃急忙从亚瑟王的手中夺下宝剑,举起来正要斫他的头颈。不料特里斯坦骑士也竭尽全身之力同时奔来,一声大叱道:"坏女人,女叛徒,快滚开。"只见特里斯坦骑士长矛一搠,早把一个骑士的身体刺穿,他应声倒地而死;接着追到另一个骑士的背后,又一矛打去,也把他的背部打开了;

那湖上仙女见已连歼二恶,赶忙向亚瑟王高喊道:"不要让那个坏女人逃走了!"亚瑟王闻言立奔向前,追上那个女妖,就用被夺去的那口宝剑把她的头斩下了;湖上仙女走过去拾起那只头颅,扯开她的头发,系在马鞍上。这时特里斯坦骑士已准备好了一匹马,请亚瑟王骑上,一同前行,但是特里斯坦不让湖上仙女在当场说出他的姓名。

国王骑上这马之后,心里确实感激特里斯坦骑士,可惜和他不认识,一路行来,很想知道他的名字;可是他一直不肯告诉亚瑟王,只说自己是一个穷苦的冒险骑士;并且愿意陪送国王,等到遇见了他的部下,方再离去。行不多时,碰见了爱克托骑士,他既认不出亚瑟王,也不认识特里斯坦骑士,当下声言要同他们中的一人比武。于是特里斯坦骑士驰到爱克托的跟前,一击就把他从马上打落在地。随后,他又奔到国王的面前,说道:"王上,这人正是陛下的一个骑士,可以奉陪您回朝廷;我对您这一点儿效劳,相信上帝会使您明白,将来我还会再效劳的。"亚瑟王赶忙问道:"哎,您是谁呢?请告诉我吧?"特里斯坦骑士道:"还没到时候,请原谅我吧。"说完告辞而去,这里只剩下亚瑟王同爱克托骑士两人了。

第十七回

特里斯坦骑士怎样来到伊索尔德那里；又凯西阿斯怎样开始爱上伊索尔德；以及关于特里斯坦所发现的一封信。

有一天，特里斯坦和拉麦若克两个骑士约定在一口井旁相遇；他们从林户的家里接出凯西阿斯，带他到事先准备好的一条船上，这船由浦雷坤小姐和高凡耐两人看管，打算一同开到康沃尔去。经过浦雷坤小姐的同意，待船抵岸以后，他们都住在家宰狄纳思骑士的家里，这人同特里斯坦本是知交。然后，由浦雷坤小姐陪同狄纳思骑士乘马来马尔克王朝中，将特里斯坦骑士到此地的消息，报告给王后伊索尔德。伊索尔德得到这个消息，惊喜若狂，以至昏倒不省人事；等到慢慢可以说话，方听她说道："温厚的骑士家宰啊，请让我同他谈谈话吧，不然，我的心恐怕要碎了。"于是，狄纳思骑士同浦雷坤小姐暗暗地把特里斯坦和凯西阿斯领进了朝廷，走进伊索尔德所指定的一间密室中。若要著书人表达出特里斯坦和伊索尔德晤面时的那份快乐心情，可惜世上没有这般的巧舌，也没有能够体会得到的这般慧心，更没有能描画得出的这般妙笔。据法兰西著作里的记述，凯西阿斯自从第一次瞧见伊索尔德的那时起，他纯粹由于极度真诚的爱，一缕痴情便始终萦绕在她的身上,永难忘怀了。后来如何,候本书结束时,再向读者交代;但有一点,可先声明,就是凯西阿斯因为迷恋伊索尔德,终于相思而死。在那些日子里,凯西阿斯曾悄悄地写过许多情书,又作了好多抒情的恋歌,寄给伊索尔德,其中文笔瑰丽,情辞缠绵,可说是当日最高的格调。伊索尔德读了之后,也很能体会得出他的苦闷哀愁,因此她情不自禁地写了一封回信,委婉地安慰了他一番。

这期间,特里斯坦骑士一直听从伊索尔德的嘱咐,在塔上那间密室里,不曾露过面;伊索尔德遇有机会,就偷偷来和他相见。想不到有一天,马尔克王正在楼下另一房间里和人凭窗着棋,楼上密室中特里斯坦也正和凯西阿斯两人在谈心,无意间,特里斯坦发现了凯西阿斯从前写给伊索尔德的情书,同时又看到了伊索尔德的回信底稿,不巧,伊索尔德这当儿也在这间房里,当下特里斯坦骑士立即跑到伊索尔德的面前,说道:"夫人,这是人家写给您的情书,还有,这是您给他写的回信。"接下去,又酸辛地说:"天啊,我对您的爱,是一片真诚纯洁的爱;为了您,夫人,我丢掉了我的多少土地和多少财富,一心在爱着您;而您呢,现在怎么对得住我?您这样做,真使我感到痛苦。"然后他又转头向凯西阿斯说:"再说您,凯西阿斯骑士,我从布列塔尼把您带到这里,对您的父亲豪厄耳王,我曾舍命为他的国土赢得胜利,虽然因为令妹玉手绮秀小姐待我很厚,以至我同她结过婚,但是,我是一个真实的骑士,我要您知道,您的妹妹仍旧是个洁白的处女。凯西阿斯,您在背后欺骗我、玩弄我,您这个没有道义的骑士!现在,我决意向您报复。"于是特里斯坦骑士抽出利剑,说道:

"看好你的狗命，凯西阿斯！"伊索尔德看到这种情形，立刻晕倒地上。及至凯西阿斯骑士看见特里斯坦骑士猛然打来，自知无法应付，便纵身跃上凸出的窗口，刚好从正坐在那里着棋的马尔克王的头上跳将下来。马尔克王突然发觉有人从他的头上飞过，惊诧地问道："小伙子，你是谁？为什么要从窗牖上跳出来？"凯西阿斯说道："王上，我适巧在上面窗口睡觉，不知不觉地睡熟了，以致从您的头上掉下来了。"这是凯西阿斯为自己编造的理由。

第十八回

　　特里斯坦骑士怎样离开丁答吉耳堡；又他在森林里为什么悲痛很久，以至神经失常。

　　这时，特里斯坦骑士深恐马尔克王发现他的秘密，不禁惶惧万状；赶忙退到这塔上最严密的地方，一面披起铁甲，武装齐全，准备万一有人来搜索，他可以抵抗。特里斯坦骑士屏息不动，在那里候了一会儿，看见并没有人进来搜查，便忙吩咐高凡耐出去为他牵马取矛，他就大大方方地骑上马走出了丁答吉耳堡寨。才走到堡寨门口，迎面碰见金家麟，高文骑士的儿子；此时金家麟骑士一见他走过，随挺起长矛向他冲来，不想竟把自己的矛杆搠断了；这时特里斯坦手里只有一口宝剑，便对准金家麟的头盔猛力斫去，顿将金家麟从马上击落，那剑锋顺势落到马的颈部，又立把马颈劈开。随后，特里斯坦骑士一马驰入树林内。这一切事情，都被马尔克王亲眼目睹。于是马尔克王派了一个侍从，来看这个受伤的骑士，并命令他赶到自己这里来，等他来了以后，马尔克王知道了他是金家麟骑士，当下欢迎招待，并送给他一匹马，又问他是同什么人交手。金家麟答道："王上，对方是什么人，我并不认识，只知道这人悲伤叹息，像有极大痛苦似的。"

　　此后没有多久，特里斯坦骑士碰见一个自己部下的骑士，名叫福尔古斯的。当福尔古斯看见特里斯坦的那时候,特里斯坦已经因过分的悲伤,神思恍惚以至晕厥,竟从马背上跌落在地。他就在这种悲伤沮丧的心情下,过了三天三夜。后来,特里斯坦便派他到马尔克王朝去,打探可有什么消息。这福尔古斯领了命,正行之间,路上恰和从巴乐米底骑士那里来的一个少女相遇,原来她正到各地寻找和探访特里斯坦骑士的行止。福尔古斯骑士便把特里斯坦骑士差不多已失去神智的情况,告诉了这个少女。她忙惊问道:"啊唷,他在哪里?我能看见他吗?"福尔古斯骑士答道:"就在这附近。"福尔古斯骑士到朝廷后,发觉伊索尔德王后也正卧病在床,瞧她那副哀愁郁怨,沉痛欲绝的情态,在世间女子中绝少看见,真令人不忍目睹。再说那少女一经寻得了特里斯坦骑士,便想尽办法使他宽慰,不料,她愈设法安慰他,他的苦痛愈是加甚,因而使她自己也悲怆得没法自抑。到后来,特里斯坦骑士独自上马,同她告别而去。过了三天,这个少女又找到特里斯坦骑士,她携带着一些美酒肉食,可是他无论如何不肯吃;他再一次离开这个小姐,只身遁去;特里斯坦就这样彷徨天涯,行止莫定地乱跑一阵。这一天适巧走过了他以前同巴乐米底决斗的堡寨,也就是在此地,伊索尔德把他们劝开的。不料,那个少女忽然又和特里斯坦骑士遇见了,发现他仍然是百感交集,无限凄愁;她便以一腔同情去拜访那堡寨的女主,把特里斯坦骑士所遭到的苦难一一告诉了她。那位女寨主问道:"爵爷特里斯坦骑士,此刻在哪里呢?"这少女答道:"就在您这寨的附近。"女寨主欣然说:"机缘好极啦,他离我们这么近;给他送些最可口的酒呀肉的也很方便了。想到以前他送给我的一只竖琴,并且教我弹过,那琴如今依然还在哩；他这位竖琴名手，真可以博得全世界的称扬。"接着那位贵妇和这位少女同给他送来了美酒佳肴，不过他吃得很少很少。在一天夜里，他解开了马，也脱下了头盔，走进野树林中，对着些树枝，乱斫一顿；又有一些时候，他找着女寨主送来的竖琴，默默地一个人弹奏起来，往往是声泪俱下。有时，特里斯坦骑士跑进树林的深处，弄得这位女寨主再也没法寻到他；于是她便坐下来，拿起竖琴，弹奏一番，若是这时被特里斯坦骑士听到了，他也会走回琴旁，偶或他自己也弹上一曲，以泄幽忧。在这林里，特里斯坦骑士就这样过了三个月。再到后来，他的行踪更是无定了，随意走动，以致那位女寨主更加没法追寻他的所在。这时候，他已经赤身露体，瘦骨嶙嶙，终至落入牧牛的人和牧羊的人一伙中去，靠了他们分给他一点点的吃食借以度生。每当他的行为稍有粗暴，这些人便棍棒交加，并用剪羊毛的剪刀剪短他的头发，竟然把他当做一个小丑看待。

第十九回

　　特里斯坦骑士怎样把达冈纳浸入井水里,又巴乐米底怎样派一个少女去寻觅特里斯坦,以及巴乐米底怎样遇到马尔克王。

　　有一天,亚瑟王手下一个弄臣,名叫达冈纳的小丑,随带着两个侍从,来到了康沃尔;在他们穿过这座森林的时候,恰走到特里斯坦骑士经常逗留的那口井旁;这天气候异常炎热,他们下马饮了水,同时放开马缰任其休息。就在这时,特里斯坦骑士向他们走来了,他不问情由,首先把达冈纳浸到井里,接着又把两个侍从也放了下去,使得牧人们一齐望着大笑;特里斯坦骑士又追上了他们的马,把它们一匹一匹地捉了回来;这时他们虽然全身都是湿淋淋的,可是他仍然强迫他们爬上马身,赶着他们上路而去。自此以后,特里斯坦骑士在这里一丝不挂,赤裸着个身体,又过了半年之久,从不曾走进城镇或是乡村。在这同时,巴乐米底骑士派来寻索特里斯坦行踪的那个少女,又赶到巴乐米底骑士那里,把她自己看见特里斯坦所遭遇的一切苦难,讲了出来。巴乐米底骑士听完,长叹了一声道:"天啊,一位如此高贵的骑士,竟然为了爱一个女人,不幸遭到这么多的折磨,真使人听了为之心痛;无论如何,我定要寻着他,尽我的力给他一些安慰。"再说，在这事发生以后不多久，伊索尔德便命令凯西阿斯骑士离开了康沃尔的国境。因此，凯西阿斯就带着一颗凄惶酸楚的心，离此而去，适巧在路上遇着了巴乐米底骑士，于是大家结伴同行；又互相诉说各人怎样热烈地恋着伊索尔德的一片痴情。当下巴乐米底骑士说道："现在，让我们去寻找特里斯坦骑士，他之热爱伊索尔德，正和我们一样，看看我们谁能找到他。"于是二人一同驰进了森林，三日三夜都不曾睡过，一直不停地在追寻着特里斯坦骑士。

恰巧有一次，他们无意之间碰到了马尔克王，他那时离开部下，正独自一人单骑踟蹰。一望见他，巴乐米底骑士就认出了他，但凯西阿斯骑士却不知道他是谁。只听巴乐米底大声斥道："啊哟，伪善的君王，你活着是可憎的；所有受人尊敬的骑士，都要断送在你的手中。由于你的残酷无情，你又把一位最高贵的骑士，良纳斯的特里斯坦给毁了。"巴乐米底骑士越说越愤怒，厉声道："准备自卫吧，今天是你的死期到了。"马尔克王说道："你们两个都披挂着武装，要来打一个手无寸铁的人，那是可耻的。"巴乐米底骑士踌躇了一下，回道："说到这一点，我来想个办法吧，这里跟着我的一个骑士，你把他的武装拿去好了。"马尔克王道："不必了，我没有和您交手的理由呀，所以我无须和您打了。再说特里斯坦骑士，他之所以感觉不舒服，就是因为他发现了一封信；我个人并没有什么对他不起的事情；上帝知道，对他的心病，我是充满了同情和忧伤的。"当国王这样婉转地解释了以后，他们便变成了好友，接着马尔克王又要陪他们同到丁答吉耳堡去；但是巴乐米底骑士不愿意去，他随即转往罗格里斯，但凯西阿斯骑士自称，他要径自回到布列塔尼去了。

现在，我们再来叙述一下达冈纳骑士。当他和两个侍从一同骑上马背的时候，他认为那些牧夫有意指使那个傻瓜去戏弄他们；否则这些人不敢在旁边对他们三人那样嘲笑，因此，这三人就奔向那几个牧人，来攻打他们。特里斯坦骑士一见他们殴击那些牧人，又因为这些人经常送给他吃的喝的，于是他奔到达冈纳面前，一把抓住他的头，竟把他从马上拉将下来，使他受了很重的瘀伤，直挺挺地躺在地上，不能动弹。这时，特里斯坦便夺下达冈纳的宝剑，立刻奔向一个侍从，顺手一挥，早把那人头颅斫下，直骇得另一个侍从飞奔逃命去了。当下特里斯坦骑士手中握着这把剑，不择路地满林中信步乱走，大发疯狂。这达冈纳骑士赶紧骑上马，驰到马尔克王那里，将森林里的遭遇，向他说了一遍。他说："王上，请您当心，千万不要到林中的井旁去，那里有个通身赤裸裸的呆子，我碰着他，几乎被他杀死啦。"马尔克王答道："那人是马吐·勒·布龙骑士，他因为失恋，才变成一个疯人，自从葛汉利骑士打败了马吐骑士以后，得到了他的情人，他就一直神经失常，面目憔悴，形容枯槁，然而他是一个高尚的骑士。"

第二十回

怎样谣传特里斯坦骑士已死，又伊索尔德怎样想自戕。

特里斯坦骑士有一个表弟，名叫安德烈骑士，这人叫他的姘妇造出一个谣言，说在特里斯坦未死之前，是和她在一起的。并且要她把这个谣言，传播到马尔克的王朝中去，又说她已经把特里斯坦的遗体，亲手葬到井旁，还说在他死前，曾留下遗言，恳求马尔克王立安德烈继承良纳斯的王位，以代特里斯坦。安德烈骑士所以要施出这一番诡计，他的用心就在于夺取特里斯坦骑士的领地。马尔克王一听到特里斯坦死亡的消息，他佯作悲伤，涕泪交流。可是这一不幸的谣言，传进了伊索尔德王后的耳中，由于刺激来得太猛，使她深深浸入了悲哀之中，顿时昏绝，神志全失常态。以至有一天，她想将自己杀死，永谢人间，觉着特里斯坦已死，自己活着又有什么生趣。因此，就在那天，伊索尔德悄悄携了一口宝剑，走进宫内的花园，把剑平着刺穿了一棵梅树，一端露出剑尖，一面仅余剑把，高及胸部。她打算把自己的胸膛对准剑尖，用力冲去，好刺穿自己的身体，借此自杀；这一切情形，都被马尔克王看见了。只听她跪下说道："敬爱的主耶稣基督啊，求您大慈大悲。自从良纳斯的特里斯坦骑士逝世之后，我已无心再活下去，因为他是我最初的情人，也将是我最后的情人。"

马尔克王听完了这些话,方走上来,先双手将她拥在怀里,然后拿去了那口剑,再将她送进一座高塔中,吩咐人严密看管,不让她再走出,自此以后,她便缠绵床褥,久病不起,几乎濒于死境。

再说那一些时候,特里斯坦骑士始终赤着身体,日夜在林中乱跑,手里还拿着那口剑不放。这一天,他无意撞进了一座精舍,就在那地方躺下来,不久睡着了;这时,一位修士走来,偷去了特里斯坦的宝剑,但在他的身旁,留下几块肉食。他就这样在此地逗留了十天;到最后,重又返回牧人的住处。原来在那一方住着一个巨人,名叫陶拉斯的,他因为畏惧特里斯坦骑士,以至在过去的七年中,从不敢出门远游;大半的时间,只住在自己的寨里,深居简出;现在,因了马尔克王朝的谣言传来传去,这个陶拉斯也听到了特里斯坦死亡的消息。因此陶拉斯才敢每天不存顾虑地到处漫游。适巧有一天,他满怀游兴地随处观赏,竟自来到了牧人那里,也坐在他们当中休息。与此同时,又来了一位康沃尔的骑士,偕着一位贵妇同行,这人名叫丁南特骑士;那巨人一瞧见他来到,赶忙起身离开了牧人,去躲在一棵大树底下,不久,那骑士走到井旁下马休息。等他刚一跳下了马,那巨人立即奔到那人和他的马当中,牵住他的马,一跃而上。随又放马跑到丁南特骑士的跟前,一伸手抓住他的衣领,把他拖到坐骑的鞍前,打算要斩下那人的头颅。于是,那些牧人大声喊着特里斯坦骑士说:"来救救那位骑士吧。"特里斯坦骑士答道:"你去救他呀。"牧人们又道:"我们不敢去呀。"这时特里斯坦已注意到那骑士的宝剑所放的地方,立即飞快地跑去,拿起这把剑,不几下便把陶拉斯的脑袋斫下了;接着他又大摇大摆地走到牧人那里。

第二十一回

马尔克王怎样找到赤裸裸的特里斯坦骑士；又怎样叫人带他回到丁答吉耳堡，以及一只猎狗怎样认识他的。

丁南特骑士携着那只巨人的头颅，去晋谒马尔克王，同时把在林中所遇见的奇迹，说给他听，又告诉他，有一个裸体的骑士，怎样由凶恶巨人陶拉斯手里把他营救出来。马尔克王问他："这桩奇迹你是在什么地方遇到的？"丁南特骑士道："实不相瞒，就在您那树林中，有一口很好的泉水，时常有些冒险骑士在那里会面，这个疯人就在那里。"马尔克王道："好吧，我想看看这个野人。"没过一两天，这马尔克王果然命令他的骑士和猎手们，准备翌晨出外狩猎，第二天清晨，他走进了树林里。当国王走近那口井旁，果然发现有一个面目清秀的人，赤身裸体正卧在那井边地上，身边还放着一口宝剑。马尔克王遂拿起角来，吹出号声，只见他部下的骑士们立时飞奔而来，国王命令他们道："你们要用柔和的办法，将那个赤身裸体的人带到堡里来。"这些人当下小心谨慎，竭尽温顺和蔼之能事，先给特里斯坦骑士披上斗篷，然后领他进了丁答吉耳；在那里又替他洗了浴，给他温汤喝下，让他慢慢恢复原有的记忆力；但在这期间，没有一个人能认出是特里斯坦，也不知道他是谁。

忽地有这么一天,伊索尔德王后听到有这样一个人,赤裸裸地在树林里四处游荡,以及他怎样被国王带回朝廷。伊索尔德听得这个消息,也觉又好奇又纳闷,当下唤来她的女侍从浦雷坤小姐,向她说道:"请您陪着我,一起去看国王前天从树林里带来的那个人。"于是她们一路走来,遇人便问那病人的住处。不久,遇见了一个侍从,告诉她们说,那人正在花园里,躺着晒太阳呢。当王后瞧见他的时候,也已完全不认识他了;但她又依稀有些面熟,便向浦雷坤小姐说:"这个人,我好像在许多地方见过似的。"可是特里斯坦骑士一望见她,立刻认清楚了是她。不过他故意别转脸去,两眼满是泪痕。

伊索尔德王后经常在身侧带着一只小猎狗,那是她第一次来康沃尔时,特里斯坦送给她的礼物,这狗一直跟随着她,寸步不离,只有当特里斯坦同伊索尔德亲近的时候,方才走开。关于这狗的来历,原是法兰西的公主送给特里斯坦骑士,借以向他表示一片深情的。这一次,这小狗忽地嗅到了特里斯坦骑士的气味,就一下跳到了他的身上,一面尽舐他的两颊和两耳,一面还呜咽有声地哀鸣,接着又去嗅他的两手两脚,他全身凡是它能爬得到的部分,它都去嗅个不停。这时浦雷坤小姐不禁向伊索尔德说道:"哎哟,我的王后,真可怜,真可怜呀,看来他是我自己的爵爷特里斯坦骑士啊。"她看到这种景象,又听到这句话,顿时昏昏迷迷很久不能说话。等待她恢复之后,方听她说道:"特里斯坦骑士,我的爵爷,感谢上帝,你还活在人间。如今,我真怕这只猎狗把您泄露出去,因为它一直不愿离开您呢。而且,我还相信,倘使马尔克王知道是您,他一定要把您赶出康沃尔的国境,否则也会把您毁了的；看在上帝面上，我的爵爷啊，请您听从马尔克王作出的决定，到亚瑟王的朝廷去吧，在那里有人疼爱您，那时我或者可以派人去看您；或者在您乐意看我的时候，也可以来一趟；以后不论是早是晚，我都愿等待您的吩咐，也不论是贵是贱，也不管是王后、是贵妇，我永不变心。"特里斯坦骑士道："嗳，夫人，请您离开我，为了您的缘故，我不知道招了多少恨怒，受了多少危险呢。"

马尔克王在林中发现浑身赤裸的特里斯坦

第二十二回

马尔克王接受枢密院的建议,怎样把特里斯坦骑士逐出康沃尔,期限定为十年。

伊索尔德王后离开特里斯坦骑士以后,那只小猎狗仍不肯走开;它一望见马尔克王走来,便去攻击他,还对着全体的人狂吠。当下安德烈骑士忽然说道:"王上,我根据这只小狗的情况,敢断定那个躺着不动的人就是特里斯坦骑士。"国王道:"我想不是的,没有方法断定是他。"随后,国王要他老老实实地说出自己是什么人,又叫什么名字,他就说了:"上帝,说真话,我就是良纳斯的特里斯坦骑士,您想怎样处置我,就下手吧。"马尔克王道:"嗳,你恢复过来,使我非常懊恼。"这时他召集各爵主集会,把特里斯坦骑士判处死刑。但是,有许多爵主都表示反对,特别是家宰狄纳思骑士,还有福尔古斯骑士两个人。根据他们的判决,将特里斯坦骑士逐出国境十年,要他当场站在国王和爵主们的面前,向《圣经》立誓,表示接受。于是马尔克王迫着他离开了康沃尔的国境,在许多爵主护卫之下,解他上船,这些人有的是他的好友,有的是他的仇人。恰在这时,忽来了亚瑟王的一个骑士,名叫丁纳丹,他来这里的任务,是打探特里斯坦骑士的下落;于是大家指给他看,那个武装齐全走进船舱的就是特里斯坦。丁纳丹骑士说:"尊敬的骑士，您要想通过此地的话，我请您先下来同我比一次武。"特里斯坦骑士答道："只要这些爵主们答应，我自然乐意同您比的。"随后，这许多爵主们都同意了，看他们两人立时斗在一处，不一刻特里斯坦便把丁纳丹打翻了。丁纳丹爬起来，恳求特里斯坦骑士收容他做旅途伴侣。特里斯坦骑士说道："我很欢迎您加入。"

  特里斯坦和丁纳丹两个骑士带着马匹，分乘船只，准备启泊，特里斯坦骑士这时向大众说了如下的话："伟大而高尚的马尔克王，以及我全部的仇敌——请你们转告他们，将来如果我有机会，我一定要返回；请想一想，以前我为你们去杀死马汉思骑士，把你们的国家由奴役中解救出来，你们可曾给我丝毫的酬报？再说，我由爱尔兰迎接伊索尔德王后，冒着万险，再由哭泪寨冒了万险来到祖国，你们对我的千辛万苦，可曾给我丝毫的酬报？我为着营救赛瓦瑞底斯的夫人，而与布留拜里骑士恶战一场，你们可曾酬劳过我？我为了伊索尔德的父亲安国心王，曾同卜拉茂骑士血战，你们可曾给我酬报？由于马尔克王的付托，要我打倒英武的骑士拉麦若克，你们酬谢过我吗？我同百骑士王作战，我同北加里士王作战，他们两人想使得马尔克王的领地遭到蹂躏，可是我使得他们受到谴责，你们可曾对我有丝毫的酬劳？一个名叫陶拉斯的顽强巨人，被我杀死，你们是否酬劳过我？此外，为你们其他的种种效劳，你们酬报过我吗？还请你们告诉马尔克王，圆桌社许多高贵的骑士所以饶恕你们这群爵主，完全是看在我的情面上。再如，我战败了优秀的巴乐米底骑士，救出伊索尔德王后，在那时马尔克王当着各位爵主的面，曾声言要对我重赏，如今可曾有丝毫的酬报？"说到这里，他开船浮海而去。

第二十三回

一个少女怎样寻求外面的骑士，协助兰斯洛特抵抗那埋伏的三十个骑士；又特里斯坦骑士对他们作战的经过。

开船以后，第一次靠岸登陆，紧靠海边还没走多远，特里斯坦和丁纳丹两人就遇见了爱克托骑士同鲍斯骑士；爱克托当下同丁纳丹比了武，他把丁纳丹连人带马一齐打倒了。接着特里斯坦骑士打算再同鲍斯骑士斗一次，可是鲍斯说，他不愿同康沃尔的骑士比量，他认为康沃尔并没有什么了不起的人物，够得上一击；他说的所有这些，还是那次他在一座桥顶上体验到的。就在这时，布留拜里和朱安特两个骑士来了，布留拜里骑士向特里斯坦骑士挑衅。没多时就被特里斯坦骑士击倒了。于是甘尼斯的鲍斯骑士说："一个康沃尔的骑士，有这么英雄、这么勇敢，像今天这个骑士似的，我还从来不曾见过；而且看他的马身上，披着马衣，上面的花纹，统是绣的冠冕。"随后，特里斯坦和丁纳丹两人告别了他们，走进林里，遇见一位小姐，她的任务，是从亚瑟王朝里探寻几个去营救兰斯洛特骑士的人。原来美更·拉·费王后布置了诡计，派了三十个骑士，埋伏在中途，打算杀害兰斯洛特骑士，这个小姐是知情的。因此，她特意来到此地，打算觅得几位能够营救兰斯洛特的骑士。在这天夜里，或者是第二天，兰斯洛特会来到那三十个骑士所在的地方。及至这个少女遇见鲍斯、爱克托和朱安特三个骑士以后,便把美更·拉·费的诡计告诉他们四个人;随后他们都应允这位少女,一定要赶到兰斯洛特同那三十个骑士聚会地点的附近:"倘使他们要对付他,我们一定会尽力去营救他的。"

于是,那少女辞别而去,天巧地巧,这时她忽然碰见了特里斯坦和丁纳丹两位,她就把美更·拉·费对兰斯洛特骑士所布置的阴谋都告诉他俩听了。特里斯坦骑士恳求她道:"亲爱的小姐,请您带我去他们同兰斯洛特见面的那地方吧。"这时,丁纳丹骑士赶忙问道:"您想干什么?是不是要我们两个去打那三十个骑士?您要明白,我是不高兴去的;就算把他们当做普通人,一个骑士去对付他们两个三个,也已经很够了,何况是骑士,更何况是十五个?要是叫我去应付十五个骑士,这个,我生平还从没担当过。"特里斯坦骑士笑骂道:"难为情吧?您的力量够了,您只对付两三个也好,余下的全交给我。"丁纳丹骑士答道:"不是这样说,除非您把自己的盾牌借给我,不然,我是不肯去的。我要的就是您自己用的这只康沃尔的盾牌;因为,一般人向来都认为康沃尔的骑士是懦弱无能的,所以带着您的盾,别人就会饶我的性命了。"特里斯坦骑士道:"别胡说了,这盾牌是一位女人送给我的,正为了这个缘故,我才不能够借给你用。"他又继续说道:"丁纳丹骑士,现在只有一件事,我能够答应你,就是你只去对付一个骑士就行啦;如果你不肯跟我同去,那么我就在这里杀死你。倘使你真个因为胆量小,没法自持,你可以站在我的旁边,看看我怎样打败他们。"丁纳丹骑士答道:"爵爷,这个办法好得很。就让我站在旁边看看吧，同时，我也好找个救自己的办法。其实，照我心里的意思，我希望还是没碰见您更好些。"

一忽儿，那三十个骑士赶到了这四个骑士的附近，双方面的人，彼此都是了解的。这三十个骑士让他们走过了，原因是这样，若是这三十个骑士要去对付兰斯洛特骑士，便不先去惹他们发火；至于那四个骑士，这时也放对方的人马走过，那是要窥探他们怎样去打击兰斯洛特。于是那三十个骑士继续前行，碰到特里斯坦和丁纳丹两个骑士，随后特里斯坦骑士大声喊道："看呀，这里有一位骑士，为着兰斯洛特骑士要来对付你们。"说罢，把矛摔出，立时捌死两个，又挥剑乱斫，被他斩了十人。随后丁纳丹骑士也跟着冲上，打得很好，结果那三十个骑士，只有十个人活着逃命的。这一场血战，甘尼斯的鲍斯骑士以及其他三人，都是亲眼经见的；而且他们也都知道，这个人就是以前在桥上同他们比武的骑士；于是他们一齐驰到特里斯坦骑士的面前，对他的大好武功，表示既赞扬又感激，还一齐邀请特里斯坦骑士访问他们的住处；可是特里斯坦骑士答道："多谢你们，恕不能奉陪。"因为他不愿到任何人的住处去。后来，这四个骑士又请教他的尊姓大名。特里斯坦骑士答道："列位高贵的爵爷们，我的名字，现在也不能奉告。"

第二十四回

特里斯坦骑士和丁纳丹骑士怎样抵达一处寓所，在那里他们必须同两个骑士比武。

随后，特里斯坦和丁纳丹两个骑士继续骑马前行，来到那些牧人的住处，问他们在邻近是否可以觅得歇脚的地方。他们答道："两位先生，那是不难的，附近有一座寨，里面有优雅的住房；但这里有一种风气，凡想寄宿的骑士，必须先同寨里的两个人比武；即使过路的客人仅仅是一个，也要同两个人相比的。倘使您要走进去，一会儿您就要去比的。"丁纳丹骑士道："这是一个什么鬼地方？哪里都好住？我可不要在这儿留宿。"特里斯坦骑士说："真没有出息，您不是圆桌社的一个骑士吗？这样拒绝为借宿而应进行的比武，或许会失去人家对您的尊敬。"那群牧人说道："不是这么说的。而是如果你们被人打败了，就不可以留住在这里；要是你们把他们打败了，才能寄宿的。"丁纳丹骑士在旁插嘴道："哎，他们那两个骑士很有本领呀。"他说话之后，表示无论如何不愿住在那里，最后特里斯坦拿出骑士的道义来激发他，才使得他跟随特里斯坦同行。闲话少叙，书归正传，那时特里斯坦和丁纳丹两个骑士一齐上前，一交手便打翻了对方两人，于是走进寨里，尽情狂欢。

当他们脱卸武装,打算安然休息的时候,巴乐米底和葛汉利两个骑士忽然跑到寨的门前,要他们按照本寨的风俗来比武。丁纳丹骑士叫道:"有什么事情?我要安歇啦。"特里斯坦骑士答道:"不要这样,现在还是要维持这座寨的惯例呀,我们既然已经把寨内的爵爷们打败了,您一定要再准备的。"丁纳丹骑士说道:"跟着您作伙伴,真正倒尽了霉。"一俟他们两人都披挂妥当了;葛汉利骑士对着特里斯坦骑士打来,竟被特里斯坦一击打倒;巴乐米底骑士去打丁纳丹骑士,丁纳丹应声跌下:结果成了一比一的战局。这时,他们一定要步行比量。可是丁纳丹骑士拒绝,不肯再干了,原来他被巴乐米底打倒的时候,身上已受了很重的瘀伤。特里斯坦骑士走来解下丁纳丹骑士的头盔,婉言请求他帮助。丁纳丹骑士答道:"我真办不到啦。不久前,跟了您打仗,我已经被那三十个骑士打成重伤了。"接着,他又向特里斯坦骑士说:"可是您,打得就像个疯子,像一个失去理智的人,完全不管自己的死活;想来我碰见您的那时辰,大概顶凶顶不吉利了。谈到天地间最凶猛的骑士,只有兰斯洛特,还有您,特里斯坦骑士,除您两人以外,那是再找不出第三个了;以前有这么一次,我跟着兰斯洛特骑士,好像如今跟着您一样,兰斯洛特骑士叫我做了一桩事,害得我倒在床上直睡了整整三个月。"然后他又继续说道:"我恳求耶稣的恩典,让我离开这两个人吧,特别是现在要离开您的圈子。"特里斯坦骑士听罢无可奈何,回答他说:"等一等,让我去应付他们两个好了。"话才脱口,特里斯坦骑士盼咐那两人跑出,"看我来打你们两个。"这时巴乐米底和葛汉利两个骑士也很快准备齐全,向他们打来。只见丁纳丹迎住葛汉利骑士,只发出了一两击，当即掉转身，跑到一旁。巴乐米底骑士说道："不对呀，不对呀，我们两个骑士打击一个人，那真太惭愧啦。"于是他就通知葛汉利同对方另外一个骑士，站在旁边，因为那人是无心比武的。试看特里斯坦和巴乐米底两人放马对冲，互相斗了很久的时间，到最后特里斯坦骑士加倍气力斗击，迫得巴乐米底退后三步。这时在葛汉利和丁纳丹协商之下，他们两个骑士跑到他们当中，把他们分开。并且经过特里斯坦骑士的提议，他们要同在一处地方寄宿。但是丁纳丹骑士一直不肯住在那寨里。一面，他仍在咒诅着时辰不利，倒霉地碰到他们，做成一伙，因此，他自顾上了马，带着武装走了。

特里斯坦骑士想向寨内借用一个人，领他到住宿的地方，特恳求寨内各爵爷们的同意，他们借给了他；特里斯坦赶上丁纳丹，在两英里之外的一所修道院里，与一位贤人同住，大家生活得很愉快。这天的夜里，鲍斯骑士、布留拜里骑士、爱克托骑士和朱安特骑士四个人，都住在以前特里斯坦骑士同那群三十个骑士作战的地点；当夜他们会见了兰斯洛特骑士，也允许了高圭凡骑士一同过夜。

第二十五回

特里斯坦骑士怎样同凯骑士和莎各瑞茂·拉·第色瓦斯二人比武,又高文骑士怎样营救特里斯坦骑士脱离了美更·拉·费的奸计。

过了不多时候,那位高贵的骑士兰斯洛特,忽听得康沃尔的盾牌发出声响,他知道一定是特里斯坦骑士同他的敌人在战斗了。随后兰斯洛特骑士颂扬特里斯坦骑士,认为他是举世最应受崇敬的人物。原来在修道院里,有一位名叫伯林诺的骑士,他很想认识特里斯坦这个人,可是无法如愿以偿;当特里斯坦骑士离开修道院的时候,把丁纳丹留在那里,因为他过分疲劳,又受了严重的瘀伤,以致无法骑马。这时,那个名叫伯林诺的骑士向丁纳丹说道:"既然您不愿告诉我那个骑士的名字,我打算赶上去,迫他说出,若是他拒绝,我就把他杀掉。"丁纳丹答道:"当心点,骑士先生,您要追他,恐怕您会后悔的。"可是那个名叫伯林诺的骑士,放马追赶特里斯坦,要求他走出来比武。待他们遭遇之后特里斯坦放出一击,刺穿了伯林诺的肩膀,他伤势很重;特里斯坦依然上路走了。第二天,特里斯坦骑士遇见了几个差人,他们告诉特里斯坦说,这次出外的任务,是沿途发出大比武会的叫报,参加比武的双方,是苏格兰的卡瑞都王和北威尔士王,在美丹堡举行比赛；这群人走遍全国，物色优秀的骑士，他们特别为卡瑞都王探访湖上的兰斯洛特骑士，又为了北加里士王一心在寻觅良纳斯的特里斯坦骑士。当时，特里斯坦骑士想去参与这场比武；适巧他们遇见了家宰凯骑士和莎各瑞茂·拉·第色瓦斯（"野心家"的莎各瑞茂）；凯骑士邀请特里斯坦骑士跟他比武，特里斯坦表示谢绝，因为他不愿在美丹堡的大比武出场之前，遭到伤害或瘀伤，打算事前先去休息一下。但凯骑士一直喊叫道："康沃尔的骑士先生呀，请来同我比一比，不然就向我投降好了。"特里斯坦骑士听到他这番话，就冲上前来，可是凯骑士又拒绝了他，转头走开。特里斯坦骑士答道："我再遇见你，一定要捉你。"于是凯骑士不怀好意地转来准备对付，结果反被特里斯坦打倒。特里斯坦得胜之后，骑马上路去了。

后来，莎各瑞茂骑士放马追赶特里斯坦，勉强他比武；特里斯坦一伸手就把莎各瑞茂从马上打落了，然后特里斯坦骑士又放马驰去。就在这天，特里斯坦骑士遇见一个少女，她说，有一个在全国恶贯满盈的冒险骑士，假若谁能把他打倒，准可以获得举国的拥戴。特里斯坦骑士听到她这番话，很快乐地跟她去赢得这宗光荣了。特里斯坦骑士陪着这个小姐走了六英里路，忽然碰见了高文骑士，高文是认识这个小姐的，她是美更·拉·费王后的侍女。高文知道她要引导那个骑士去做坏事。高文骑士问道："亲爱的骑士呀，您同这个小姐到哪里去呢？"特里斯坦骑士答道："先生，我没有目的地，那位小姐领我到哪里，我就到哪里。"高文骑士道："先生啊，请您不要跟随那个女人，因为她同她的女主人都是坏坯子，永远不会做出好事来的。"高文说了这话，立刻拔出宝剑,又接着说道:"小姐,除非你把带领这个骑士的原因告诉我,不然我要立刻杀死你;我已经知道了你和你主人的妖术诡计。"她说道:"高文骑士,求您的恩典,若是您肯留我一条命,我一定告诉您。"高文骑士答道:"快说吧,留你一条狗命好啦。"她说:"骑士先生,我的女主人美更·拉·费王后曾差出三十个贵妇,探索兰斯洛特骑士和特里斯坦骑士的下落,根据她们的奸谋诡计,凡是首先发现这两个人的,必须设法解到美更·拉·费的堡寨里,要引诱他们去,但要借口说是叫他们去立功;若是把任何一个骑士带来了,就在塔里准备埋伏三十个骑士,伺候着他们。"高文骑士骂道:"放臭屁,从来没听说过一个王后,又是国王的姐姐,还是国王和王后的女儿,会做出这种下贱的勾当。"

第二十六回

　　特里斯坦和高文两个骑士乘马向前,要同那三十名骑士战斗,但他们不敢应战。

　　高文向特里斯坦说:"骑士先生,您愿意同我站在一方么?如果您肯,我们就可以瞧瞧那三十个骑士的恶毒奸计啦。"特里斯坦答道:"骑士先生,倘使您愿意,就请您追上他们,您会知道我不会辜负您的,因为在不久之前,我曾同一位骑士遇到那王后的三十名骑士;靠了上帝的恩惠,我们得到了胜利。"说罢,特里斯坦和高文两个骑士便赶到美更·拉·费所住的堡寨,这时高文骑士猜想那人一定是特里斯坦骑士,因为他最近听说有两个骑士,曾把三十个骑士连杀带打地击败了。及至他们走到靠近堡寨的地方,高文骑士放声喊道:"美更·拉·费王后呀,您把埋伏着等待兰斯洛特和特里斯坦的三十个骑士放出来吧。"他又说:"您的虚伪诡计,我全部明白,我所经过的地方,人们都明了您的诡计;让我来看看,你们有没有胆量跑出来,你们这三十个骑士啊。"随后,王后和三十个骑士同声答道:"高文骑士呀,您的所行所为,我们也完全明白;靠了上帝的恩惠,我们对于您很清楚,不论您怎样说和怎样做,总之,您是靠了一位优秀的骑士才敢盛气凌人的。我们中间有些人,对那个骑士的本领很清楚。高文骑士啊,您一定也明白,我们是因为他,才不敢走出寨外的,并不是怕您。高文骑士呀,您一定也明白,那位操着康沃尔的武器的骑士,我们也认识,并且知道他是什么样的人。"

随后,高文和特里斯坦两个骑士离开此地,乘马驰去,同行了一两天;恰巧碰见了凯骑士和"野心家"莎各瑞茂骑士,他们都欢迎高文骑士,高文也喜欢他们,但是他们不认识那个带着康沃尔盾牌的骑士,只好胡猜一阵,大家又同行了一两天。这时,他们忽看见布诺斯·骚士·庞太骑士追逐一个贵妇,打算杀死她,这人以前还杀死过她的姘夫。高文骑士说道:"停下来,大家都不要动,不要暴露行踪,看我来报复那个虚假的骑士;若是他看见你们,而他自己的骑术很高明,那么他就会逃脱。"于是高文骑士追到布诺斯和那贵妇的当中,说道:"假仁假义的骑士啊,把她放开,有胆同我来斗。"当布诺斯骑士发现那里只有高文一个人,便平挟着长矛,向前打去,高文骑士遂反身对付;布诺斯竟把高文打翻了,又冲到他的身上,在他身上踏过二十次,想把他弄死;忽然间特里斯坦骑士望见他打得这么凶狠,就自告奋勇地跑去打击布诺斯。布诺斯骑士一望到那人手持着康沃尔的盾牌,知道他是特里斯坦骑士,便飞驰而逃了,特里斯坦跟着追去;这时布诺斯骑在马上,稳而且快,累得特里斯坦追了好久,因为他打抱不平很是兴奋。到后来,他追了布诺斯很久,发现了一口好井,便停下休息,把马拴在树干上。

第二十七回

  浦雷坤小姐怎样发现特里斯坦正睡在井旁，又她怎样把伊索尔德的信交给他。

  这时，特里斯坦骑士脱下头盔，洗面洗手，后来就呼呼入睡了。适在这时，来了一个小姐，她在全国各处跑了好多天，走过好多路，目的就在寻找特里斯坦。及至她走到井旁，对他一望，竟然没有认出他就是特里斯坦骑士，可是他的马，她向来是认识的；这马名叫派司·步威儿，跟随特里斯坦已经好多年。当特里斯坦在树林里发狂的时候，福尔古斯骑士曾经收留它。至于这个妇女，名叫浦雷坤，一直在这里守到他醒转。看他醒起，她立即施礼致候，特里斯坦也向她回礼，原来彼此都是旧友；这时，浦雷坤小姐便把长期到各处寻找他的经过，统统告诉他听；又告诉他随身带来王后伊索尔德写给他的一些信。他立时把信读完，里面尽是离别的苦楚；我想这本书的读者，一定能体会特里斯坦读信以后的快乐心境。随后，特里斯坦骑士说道："浦雷坤小姐，请您陪我到美丹堡，及至那里的比武大会闭幕之后，我再写回信，请您带转。"于是特里斯坦骑士上马，去寻觅住处，在此地他遇见一位高年的老者，为人慈祥，特里斯坦骑士恳求在他的家里借宿。适巧高凡耐这时来见特里斯坦，同时对那位贵妇表示欢迎。那位老人叫伯龙诺骑士，他也提及最近要举行的大比武会将在美丹堡开幕。兰斯洛特骑士以及他的亲属中三十二个骑士，都准备了康沃尔型的盾牌。正巧在这时候，有一个人来到伯龙诺骑士那里，说伯龙诺的儿子伯尔莎德·德·卜罗哀骑士已经返家；那人听到自己的儿子回来，就随即举起双手，感谢上帝。伯龙诺骑士还告诉特里斯坦骑士说，他已有两年没看见自己的儿子。特里斯坦骑士答道："我同令郎很熟悉，他实在是一位优秀的骑士。"

于是，有一次，特里斯坦骑士和伯尔莎德骑士同时来到宿舍里，一齐脱卸武装，换了便服。彼此都向对方表示热烈的欢迎。及至伯尔莎德骑士发觉特里斯坦骑士是康沃尔的人氏，就说他自己也曾到过那里，还说："在贵处，我曾经在马尔克王的面前比过武，恰巧我击败了骑士十名，随后竟被良纳斯的特里斯坦骑士把我打倒，因而他夺去了我的剑娘，这是我终生难忘的憾事；倘使我得着机会，一定要向他报复。"特里斯坦骑士答道："哎哟，我此刻知道，您一定是恨特里斯坦骑士的。请您想想，您对他的仇恨，他没有办法应付吗？"伯尔莎德骑士说："不错，我很知道他是一位高贵的骑士，他的本领比我强得多，但是我岂能一直对他表示好感吗？"当他们立在堡上的凸窗前面，彼此交谈的时候，看见一队一队的人马川流不息地走向比武场。忽然间，特里斯坦望见一位威风凛凛的骑士乘着一匹高大的黑马，手里执着一面黑盾向前走过，特里斯坦骑士问道："那个骑黑马，拿黑盾的是什么人？看起来好像是一位优秀的骑士。"伯尔莎德骑士答道："我同他很熟悉，他是当世著名骑士中的一个。"特里斯坦骑士又说："这人就是兰斯洛特骑士吧。"伯尔莎德答道："不是，他的名字叫巴乐米底骑士，还不曾受过洗礼哩。"

第二十八回

特里斯坦骑士怎样被巴乐米底所击倒,又兰斯洛特骑士怎样把两个骑士打败。

后来,他们看到国内的民众都向巴乐米底骑士致敬。过了一刻,有个侍从来到寨里,告诉寨主伯龙诺骑士说道:那个手执黑盾的骑士,曾经打倒了十三个骑士。这时,特里斯坦骑士忽向伯尔莎德骑士道:"亲爱的弟兄啊,我们披上外衣,同去参观比武的表演吧。"伯尔莎德骑士答道:"不要着急哦,穿戴得像平民似的,不好去参与大会啊,我们应当骑着马,打扮得同高尚人物一样,或者同优秀骑士那样,能够对付我们的敌人,才好去哩。"于是他们披挂了甲胄,佩带了宝剑,骑上骏马,握着长矛,才走进骑士们正在预备比武的场子上。一忽儿,巴乐米底骑士望见伯尔莎德骑士走来,随即派了一位侍从向他说了这样的话:"那里有一个手执绿色盾牌的骑士,盾上绘着金狮,您告诉他,我要请他同我比武,还告诉他说,我的名字叫巴乐米底骑士。"及至伯尔莎德骑士知道巴乐米底骑士邀请他比赛,尽速准备妥帖。一忽儿交手相斗,巴乐米底立刻把伯尔莎德打倒了。这时,特里斯坦骑士在旁瞧见这种情况,打算冲上去向巴乐米底报复,不过巴乐米底已经武装齐全,而特里斯坦还没披挂妥当;巴乐米底就利用了这个机会，钻了个空子，急忙使矛，把特里斯坦从马尾上打落，可是那时他还没拿起长矛，准备进攻。特里斯坦骑士急忙从地上跃起，立时翻到马上，怒不可遏，他这样被人打倒，自然羞惭万分。特里斯坦骑士便派高凡耐通知巴乐米底骑士，主动邀请他出来比武。但巴乐米底骑士回答道："敬谢不敏，恕不奉陪，我认识他，比他自己还清楚呢，如若他负气不休，明天请他到美丹堡报复，那时他不仅可以看见我个人，还能晤到其他许多骑士哩。"

就在这时，丁纳丹骑士也走来了，他一望见特里斯坦骑士发怒，也不愿再和他开玩笑了。只听丁纳丹骑士一人自言自语说道："喏，看呀，这里就有一个人可以证明，英雄百战，难免一败；智者千虑，难免一失；那骑马的名手，也难保一次不跌倒的。"特里斯坦骑士听后，大发雷霆，逼向伯尔莎德和丁纳丹两个骑士喊道："看我一定要去报复的。"正当他们立定交谈的时候，忽然有一个威武的骑士，手执一面黑盾，稳重而又严肃地从他的身旁驰过。特里斯坦骑士开口询问伯尔莎德骑士："是什么人走过呢？"他答道："我很熟悉他的，那人叫做北威尔士的白利安特骑士；他经过这里，走到北威尔士的一队骑士里去了。"随后，湖上的兰斯洛特骑士带着康沃尔的盾牌走上，又差派一位侍从去见白利安特骑士，请他出来同兰斯洛特比武。白利安特骑士回答道："既承不弃，邀我比武，无论如何，应当努力奉陪。"兰斯洛特骑士使矛一击，立刻把白利安特从马上打落，跌得很重。特里斯坦骑士在旁看见，很是诧异，不知道那个手执康沃尔型盾牌的究竟是个什么骑士。丁纳丹骑士这时插嘴说道："不论那个人怎样，我保证他是班王的亲属，惟有他们这些骑士，才算是世上了不得的大英雄，在战斗中才称得上旗鼓相当。"接着又走进两个北加里士的骑士，一个名叫秀·德·拉·满堂（高山上的秀骑士），一个叫做马杜克·德·拉·满堂骑士（高山上的马杜克），忙着向兰斯洛特骑士挑衅。兰斯洛特骑士不惟不拒绝，反而促使他们赶快准备下场，结果兰斯洛特摔了一矛，便把他们两个同时从马屁股上打下；兰斯洛特骑士胜利之后，随即上路去了。特里斯坦骑士道："不瞒上帝说，那个拿康沃尔盾牌的，真是一位英武的骑士呀，看他骑马的姿态又活泼又稳重，也是我平生从未见过的。"

随后北加里士王驰到巴乐米底骑士的跟前，热诚地请求他看在他的情面上，出来同那个一向藐视北加里士的骑士去比武。巴乐米底骑士答道："王上，承您抬举，我自然乐意同那人交手，不过有一点要奉告您，就是我明天要参加伟大的比武会；我很想保留一些气力，好明天精神饱满地出场。"北加里士王说道："我看您不必那样客气，我请您此刻就同他比一比吧。"巴乐米底骑士又说道："王上，我愿在您邀约之下，代表您出场，您请他走出和我相比好啦！我经常看到有些骑士自己出面来请求别人比武，结果他自己却被人打翻了。"

第二十九回

兰斯洛特骑士怎样同巴乐米底比武,并且把巴乐米底击败;又随后有十二个骑士来攻击兰斯洛特。

随后,巴乐米底骑士差了一个侍从去拜见兰斯洛特骑士,邀请他共同比武。兰斯洛特骑士答道:"好伙计,请把您上司的姓名告诉我。"那侍从便道:"老爷,我的爵爷叫做巴乐米底骑士,是一位优秀的人物。"兰斯洛特骑士又说:"这是一个很好的机会,因为我在过去七年所遇见的骑士里,算来我最爱同他交手啦。"于是他们每个人都预备了两支长矛。丁纳丹骑士道:"嗯,您可以看见巴乐米底这次一定会打得顶好。"特里斯坦骑士在旁说道:"或许有可能,但是我认为那个带着康沃尔盾牌的人会打倒他。"丁纳丹骑士说:"您这话我不大相信。"说时迟,那时快,他们两人,骑着骏马,蹬着靴刺,奔驰如飞,各人的手里平托着长矛,你打我击,各不示弱;这时巴乐米底骑士把矛擩到兰斯洛特身上,断成几截,兰斯洛特骑士在马上却丝毫不动;兰斯洛特骑士马上还了一击,使得他连人带鞍一齐跌下,盾也打破了,甲胄也打裂了,若不是跌下马来,他一定要被打死了。特里斯坦骑士得意地说道:"您现在可相信我的话了,看他们两个骑马的姿态就明白了,巴乐米底那家伙怎会不被人打败呢。"

这时兰斯洛特骑士骑马走去,来到一口井的旁边,打算歇下来喝水,不料被北加里士的骑士们窥破他的意思;他们就派了十二名骑士尾随后面,计划去谋害他,这样一来,明天在美丹堡举行的大比武会,他就不能获得胜利了。这十二名骑士匆忙赶到兰斯洛特的跟前,几乎逼得他来不及戴盔和骑马,便打将起来;兰斯洛特骑士寻出一支长矛,握在手里,冲破了他们的阵营,当即刺死了一个骑士,把矛头直搠进那人的身体里,这时兰斯洛特骑士又抽出宝剑,左斫右刺,不到一刻工夫,又斩死三个,其余停留在那里的人,也都被他打成重伤。随后,兰斯洛特骑士由北威尔士敌人的队伍中逃脱了,跑到一位朋友的家里,住了一宿;因为这天的比武太劳苦了,他打算不参加大会第一天的节目。大会开幕的那天,他随着亚瑟王,坐在高高的观礼台上,检阅比武人员的胜负。因为他跟随亚瑟王,所以第一天没下场比武。

第三十回

大比武会举行的第一天，特里斯坦骑士的表现怎样；又特里斯坦骑士如何得奖。

我们现在且说良纳斯的特里斯坦骑士，他吩咐随员高凡耐替他取来一面没有花纹的黑盾牌。伯尔莎德和特里斯坦两个骑士向主人伯龙诺骑士告别之后，赶早走进比武场，加入了苏格兰卡瑞都王的集团；一忽儿，骑士们都进了比武场，北加里士王和卡瑞都王两个集团，区划分明。伟大的战局，立即开始。喧嚷搏战，不一而足。霎时间，伯尔莎德骑士和特里斯坦骑士冲进武场，他们运用了高超的武艺和严明的纪律，把北加里士王打退了。跟着又来了布留拜里骑士和葛汉利骑士；还有北加里士的人员，把伯尔莎德骑士打倒了，他几乎被杀死；因为那时有四十匹马从他的身上踏过。布留拜里骑士所表演的武功极高，而且葛汉利骑士一直在帮助他。当特里斯坦骑士瞧见他们，发现他们的武功卓越，诧异万分，但不知道他们是什么人。特里斯坦想起伯尔莎德骑士这样被人打败，内心非常惭愧，他拿起一支长矛在手，驰到葛汉利骑士的身边，把他从马上一击殴下。这样激起了布留拜里骑士的怒火，他握起一根长矛，气愤愤地冲上去打特里斯坦，迫得特里斯坦急忙应付，便把布留拜里骑士由马上打翻了。这时，又激怒了百骑士王，他牵了马给布留拜里和葛汉利两人骑上，双方开始混战一场；特里斯坦骑士打得很紧张；布留拜里对付特里斯坦也是手忙脚乱的；就在这时，丁纳丹骑士也奔来对抗特里斯坦骑士，不想被特里斯坦只一击，那力量之猛，竟打得丁纳丹伏在鞍上晕迷了半晌。停了一会，丁纳丹才走近特里斯坦骑士，向他说道："骑士，我知道您比您自己还清楚哩；可是现在，我发誓，我永不再和您动手打了；也希望您的剑永不要再落到我的头盔上。"

这时，忽来了布留拜里骑士，特里斯坦骑士猛然对他打了一击，使得他倒栽葱地跌到地上，又一把紧紧地抓着他的头盔，将他拖到马的蹄下。亚瑟王叫掌令官员，吹起返营休息号。待特里斯坦骑士返回营帐，丁纳丹骑士跟随他同行；至于伯尔莎德骑士和亚瑟王，以及双方的众王，都对那个手执黑盾的骑士表示惊服，但都不知道他是什么人。有很多人随便乱猜，还有一小部分人知道他是特里斯坦，不过都力持缄默，不发一言。所以在第一天比武结束的时候，亚瑟王偕同各王子、爵主和评判官员，将奖品颁给特里斯坦骑士，这时全场观众，不论认识他和不认识他的，都称他"黑盾骑士"。

第三十一回

因为特里斯坦骑士发现巴乐米底骑士加入了亚瑟王的集团,所以特里斯坦转而对抗亚瑟王的集团。

举行大比武会的第二天早晨,巴乐米底骑士脱离了北加里士王的集团,驰到亚瑟王的一方,在他的集团里有卡瑞都王、爱尔兰王、兰斯洛特骑士的亲属,以及高文骑士的亲属。这时巴乐米底骑士派遣一个少女去访问特里斯坦骑士,以前当特里斯坦精神失常而躲避在树林里的时候,巴乐米底就是派这人去寻觅他的;现在她见到特里斯坦骑士,便问他姓甚名谁。特里斯坦骑士答道:"请告诉巴乐米底骑士,此刻不必追问我的姓名,等我在他的身上打下两枪以后,他自然会知道我是谁了。但是有一点您可以奉告他,我就是昨晚曾被他在比武场上打倒的那个人;还请您通知他,不论他参加哪一个集团,我总是要站在他的敌方。"那个少女说道:"爵爷啊,您知道巴乐米底骑士已经加入亚瑟王的方面,举世的名家都在那里。"特里斯坦骑士说道:"我愿向上帝立誓,正因为巴乐米底在亚瑟王的集团里,所以我决定加入北加里士的一方,否则我是不愿这么做的。"这时,亚瑟王发令开场,那传令官就吹出进场的号声,伟大的战斗又开始了;于是卡瑞都王便同百骑士王比武,一忽儿卡瑞都王倒下来了;接着是一阵横冲直撞,狂叫乱吵,这时走进了亚瑟王的骑士若干人,把北加里士王的骑士们击退了。

随后特里斯坦骑士走进了场里,他一开始就表现得异常鲁莽,狂暴不堪,没有人能够抵抗,他打了好久。到最后,他陷入班王的部下手中,那时鲍斯骑士、爱克托骑士、卜拉茂骑士,以及其他好多武士都来攻击他。他左打右冲,奋不顾身,以致所有在场的爵爷和贵妇,无不称赞他的武功卓绝。到了最后,倘使百骑士王不来襄助特里斯坦骑士,他一定要被人打垮了。百骑士王一方的同伙们赶来营救特里斯坦,把他从一群手执康沃尔型盾牌的骑士当中,拖了出来。这时,特里斯坦又看到还有一大伙对方的骑士包围在他的身边,约有四十个人,由家宰凯骑士担任领导。霎时间,特里斯坦骑士冲进他们的队伍里,丢出一矛,把凯骑士从马上打落,看他那威风凛凛的样子,活像一大群兔子里站着一只猎狗似的。

这时兰斯洛特骑士忽然发现了有一个骑士头上受了重伤,便开口问他说:"骑士啊,什么人把你打得这么厉害?"他答道:"爵爷啊,原来是一个手拿黑盾的骑士,我从来不曾碰着这么凶恶的时辰,那人真够凶恶啦。"兰斯洛特听罢,告别而去,打算去找特里斯坦骑士,他拔出利剑,握在手里,驰去寻觅他了;兰斯洛特看见特里斯坦放马乱冲,跑遍全场,几乎每一击打落一个骑士。国王说道:"啊哟,慈悲的耶稣啊,自从我披挂武器以来,从未见过这样英武的骑士哩。"兰斯洛特也对自己说道:"即使我打败了这个骑士,有什么体面呢?"他说罢,随即把剑归入鞘内。那百骑士王率领着他的一百名骑士,又有北威尔士的一百个骑士,冲向了兰斯洛特的亲属,就是前面所说的二十个骑士;这二十个人团结一致,像一群野猪似的,绝没有一个不赤诚维护团体的。特里斯坦骑士看到这二十个骑士的武功和纪律,无一不好,他们宁死不愿离开战场,因而他表示无上的惊奇。特里斯坦骑士说道:"耶稣啊,像他那样的英武坚强,亲属里又有这样多的高贵骑士,他真配做他们的领导和统帅呢。"他所指的就是兰斯洛特骑士。特里斯坦骑士长时间看着那二百个骑士攻击二十个骑士,自觉惭愧无地。因此,他驰到百骑士王的跟前,向他说道:"王上,请您不要再攻击那二十个骑士啦,你们人多,他们人少,以众敌寡,胜亦无荣;再按他们的士气看来,我知道他们绝不会退出战场;即使杀死他们全体,你们也不光荣。所以,我请你们不要再同他们相斗了,否则我要参加到那二十个人的队伍里,尽我最大的气力,去同你们周旋,这样还可以增加我的光彩哩。"百骑士王答道:"请勿动气,不要这样;您既是如此勇敢和客气,我决定遵照您的意思,撤回全部的骑士,因为天地间好骑士惺惺相惜,物以类聚啊。"

第三十二回

特里斯坦骑士发现巴乐米底骑士停在井旁,便邀他同到一处寓所住下。

随后,百骑士王召回了部下的骑士们。在这段时间里,兰斯洛特骑士始终仔细观察着特里斯坦骑士,他很想与他结交。忽然间,特里斯坦骑士、丁纳丹骑士,以及他的部下高凡耐都向树林里驰去,没有人知道他们的目的地。再后,亚瑟王发布了返营休息的命令,由号手吹角传达全场,同时颁发奖品,给予北加里士王,这是因为特里斯坦骑士站在他那一面作战。兰斯洛特骑士在武场里到处乱冲,急得活像一只饥饿的狮子,因为他找不到特里斯坦骑士,所以就转回到亚瑟王那里。这时全场人声喧噪,好像掀起一阵狂风,几乎在两英里以外都能听到;当时所有的爵爷和贵妇都这样喊着:"黑盾骑士得胜了,黑盾骑士胜利了。"忽然亚瑟王问道:"啊唷,那个骑士到什么地方去啦?你们全场的人放他逃出,好不惭愧;我希望你们能谦恭温顺地把他找回,送到美丹堡,同我相见。"这时,高贵的亚瑟王走到他的骑士们身边,苦口婆心,抚慰他们,说道:"各位同仁:虽是你们今天在武场里失败了,请你们千万不要失望,有好多人受了重伤,也有很多人不曾受伤。各位同仁,你们都要振作起来,明天我要下场,陪同你们向敌方争取报复的胜利。"当夜亚瑟王偕同各骑士安然休息,不在话下。

伊索尔德差派一个少女来到此地瞧看特里斯坦骑士,在大比武会举行期间,她一直跟随着桂乃芬王后;王后曾经一再询问她,为了什么事情而来。她答道:"王后,我的惟一使命,乃是上司伊索尔德叫我向您请安。"关于她要打听特里斯坦骑士的消息,她没向桂乃芬王后吐露一个字。这个名叫浦雷坤的小姐,告别了桂乃芬,追随特里斯坦骑士去了。当她穿过树林的时候,忽听到高声的喊叫,她差了自己的侍从,走进林里试探试探。这个侍从走到一口井的近旁,发现树上缚着一个骑士,在大喊大叫,像疯狂似的;他的战马和盔甲,都放在身边。他一看到这个侍从,立时把绳索挣开,提起宝剑,跑来想杀死那个侍从。那侍从只得跃身上马,飞奔返回,把所遇见的险迹报告给浦雷坤小姐听了。她听后,放马驰到特里斯坦骑士的篷前,将这桩冒险转达给他。特里斯坦骑士惊诧地说道:"天哪,一定又有哪个骑士遭难了。"

随后,特里斯坦骑士带着利剑,跃上骏马,奔上前去,忽听得一个骑士怨声叫道:"我这个多苦多难的巴乐米底骑士呀,实在倒霉,遭到鲍斯和爱克托两个骑士的诡计,受尽了折磨;天呀,为什么我活着不死呢!"他把剑抓在手里,作出了种种的信号和手势;后来他一阵狂怒,竟把剑丢到泉水里。这时巴乐米底骑士又号咷大哭,挥手作势。由于他痛苦至极,跳进了泉里,不料泉水仅能没到肚子,他就去捞取宝剑了。特里斯坦骑士看到这种情形,便跑到巴乐米底跟前,紧紧地抱着他。巴乐米底说道:"您是什么人,这样抱着我呢?"他答道:"我是这树林里的人,对您没有害的。"巴乐米底骑士道："可怜啊,特里斯坦骑士所在的地方,我永不会得到光荣了;若是我到了他住的地方,我不会得到荣誉的;假使大部分的时间他能够离开那里,而且兰斯洛特骑士和拉麦若克骑士也不在场,我才能占上风的。"巴乐米底骑士说道："有一次我在爱尔兰,曾被特里斯坦骑士打倒了;又一次在康沃尔,被他打败;还有在本国的别处,也曾被他打翻过。"特里斯坦骑士道："若是您遇到特里斯坦骑士,那么您怎么办呢?"巴乐米底骑士答道："为得使我心上宽畅一些,一定同他拼命;可是,我要告诉您一句老实话,特里斯坦乃是当代心田最柔的骑士。"特里斯坦骑士又问道："此刻您有何贵干,可以跟我去同住吗?"他答道："对不起,我没法奉陪,此刻我要去见百骑士王哩。他曾从鲍斯和爱克托的手里把我救出,不然我会被他们凶残地杀掉啦。"特里斯坦骑士对巴乐米底骑士好言相劝,终于让巴乐米底跟他回到他的住处。高凡耐走在前面,嘱咐浦雷坤小姐取道岔路,到她自己的宿处去了。"你告诉伯尔莎德骑士,不要同他争吵吧。"他们共同骑行,来到特里斯坦的帐篷,巴乐米底在那里尽情狂欢,彻夜不停。在过去很长一段时间里,巴乐米底完全不知道那位同行的人就是特里斯坦,及至晚餐过后,大家走回安歇,特里斯坦因为昼间太过劳碌,一觉睡到天光。不过这一夜里,巴乐米底骑士由于精神上的苦恼,未曾入眠;翌晨黎明,他便私自骑马去了,先到了葛汉利骑士的地方,又去拜访了"野心家"莎各瑞茂骑士,他们都住在自己的帐篷里;这三个人乃是大比武会开场时的伙伴。这天早晨,亚瑟王命令号手,吹号宣布第三日比赛开始。

第三十三回

　　特里斯坦骑士怎样打倒巴乐米底骑士；又怎样同亚瑟王比武，以及其他种种事迹。

　　北加里士王和百骑士王合为一方，而与卡瑞都王和爱尔兰王两人相遭遇；战斗的结果，百骑士王打倒了卡瑞都王，北加里士王把爱尔兰王打翻了。就在这时，巴乐米底骑士奔进场里，他的武艺卓越，气势凶猛，由于他手里所执的盾牌一面有缺痕，所以观众一望而知。接着亚瑟王也走进场里，他同巴乐米底骑士合作应战，表演了赫赫的武功，把北加里士王和百骑士王一齐打败。这时特里斯坦骑士撑着黑色盾牌进场，立时冲上与巴乐米底骑士比武，因为特里斯坦的气力强大，一击就把巴乐米底从马屁股上打落。亚瑟王大声叱道："手执黑盾的骑士，你来同我比吧。"特里斯坦听到以后，便用同样的战法打击亚瑟王。靠了亚瑟王部下骑士们的勇敢攻势，他和巴乐米底骑士又得到马骑上。这时，亚瑟王的心里万分急躁，他手里握着一支长矛，向特里斯坦的侧面打去，竟把特里斯坦打下马来。巴乐米底骑士急忙追向特里斯坦骑士打去，因为特里斯坦这时已失去自己的马，徒步走着，巴乐米底骑士想骑马从他的身上踏过。特里斯坦望见了巴乐米底，就躲在旁边，气得他怒发冲冠，及至巴乐米底走过，一把抓住他的胳膊，把他拖下马来。随后，巴乐米底急速由地上爬起，于是两人持剑奋力互击；这时有很多王、王后和爵爷，都站立起来观战。到最后，特里斯坦骑士猛力向巴乐米底的头上连打三击，每打一击，他都叫道："我是为着特里斯坦骑士来打你的。"这时巴乐米底骑士被打得扑倒地上。

百骑士王又随着冲进了比武场，他牵给特里斯坦骑士一匹马，让他骑上。这时，巴乐米底骑士也跃上自己的马，平挟着长矛，怒火冲天，向特里斯坦冲来，同他比武，还挥着宝剑乱斫。特里斯坦骑士把身一闪，躲开了他的矛头，伸出两手，抓着巴乐米底的脖子，用力将他从马鞍上拉下，再向外一摔，直摔到十根长矛的距离之外，让他在广大的观众面前，突然跌倒。这时，特里斯坦骑士瞧见亚瑟王手里握着锋利的宝剑，他就挟着长矛，又冲向亚瑟王而来；亚瑟王英武地等在那里，一剑闪出，便把特里斯坦的长矛截成了两段，使得特里斯坦惊惶万状；在他急忙拔出宝剑之前，先后被亚瑟王打中了三四击；及至特里斯坦拔出了宝剑，他同亚瑟王斗得很厉害。这时，大队的比武骑士们赶上前来，把他们分开了。特里斯坦骑士驰骋全场，煞是勇敢，班王亲属里有十个著名的骑士，同时也是兰斯洛特骑士的亲戚，都被特里斯坦一个人所击败，以致出席的全部爵主，都在景仰他的武功，都为黑盾骑士而喝彩。

第三十四回

兰斯洛特骑士怎样击伤特里斯坦骑士；又特里斯坦骑士怎样打倒了巴乐米底骑士。

欢呼的声浪太大了，传到兰斯洛特骑士的耳鼓里。他就拿起一支又长又大的矛，驰向叫嚣的地方而来。兰斯洛特骑士喊道："黑盾骑士啊，请您准备同我比武吧。"及至特里斯坦骑士听到对方向他挑战，遂拿起长矛在手，两人都低着头，放马互冲，那时特里斯坦的长矛，断成几截，兰斯洛特骑士无意间刺到特里斯坦的身上，使他受了重伤，几乎死了；但特里斯坦并未跌下马来，以致把矛杆折断了。特里斯坦骑士受伤之后，抽出宝剑冲向兰斯洛特骑士跟前，对准他的头盔上打了三击，每中一击，即见星光四射，兰斯洛特也把头向马鞍前面低下一次。这时，特里斯坦骑士从比武场上跑开了，他觉得伤势很重，很难再活下去。丁纳丹骑士发现他伤得这样重，随着他走进了森林。之后，兰斯洛特骑士留在比武场里，表演了不少惊人的武艺。

当特里斯坦骑士走到靠近森林的时候，他下了马，脱下甲胄，包扎伤口，丁纳丹骑士认为他要死了。特里斯坦骑士说道："不会的，不会的，丁纳丹！您不要怕呀，我的心是健全的，所以我的伤口不久也会恢复的，一切都靠上帝的恩惠。"这时，忽然丁纳丹骑士发现了巴乐米底正笔直地向他同特里斯坦冲来。特里斯坦骑士也注意到巴乐米底一定是为了想消灭他而来的。所以丁纳丹骑士就警告他说道:"我的爵爷特里斯坦骑士啊,您受伤很重,不要同他相斗,让我去尽力抵抗他吧;倘使我被杀啦,请您为我的灵魂祈祷;同时请您退回,暂时到寨里或林里躲避,他就不会同您遭遇了。"特里斯坦骑士哭着答道:"谢谢您的好心肠,丁纳丹骑士啊,我自信还可以对付他的。"他说罢,急忙披上武装,跃上战马,挟着一支巨大的长矛,向丁纳丹骑士道声"再会",大步向巴乐米底骑士冲去。巴乐米底窥见他冲上,佯作整理他的马匹,为的是等待葛汉利骑士从后面赶来。及至看到他已追上,他就放马驰向特里斯坦。这时,特里斯坦骑士通知巴乐米底骑士,要他比武;若是特里斯坦把巴乐米底打倒,就此中止;倘使巴乐米底打倒了特里斯坦,必须继续相斗,斗到你死我活,决定最后的胜负。他们都同意了。于是他们勇猛相斗,奋不顾身,特里斯坦骑士突然把巴乐米底骑士打倒,看他悲惨地跌在地上,直挺挺地躺着,像死人一样。接着,特里斯坦骑士又冲向了葛汉利骑士,但这人不愿意同他比武;可是特里斯坦不管他愿意与否,冲上去一击,把他从马屁股上打落了;看他僵直地扑在地上,也像死人一般。然后,特里斯坦骑士纵马前行,将伯尔莎德骑士的侍从留在篷里,便同丁纳丹驰到那位老骑士的家里住下。这位老者有五个儿子参加这次大比武会,他很虔诚地祈求上帝,让他们都能平安返家。据法兰西著作里记述,这五位儿子在比武会之后都回来了,不过都被人打伤得很厉害。

及至特里斯坦骑士转回到森林之后,兰斯洛特骑士走入武场,勇敢应战，试看他的神情，怒火填胸，奋不顾身；读者应知道，这时有许多骑士都在抵抗他。这时，亚瑟王看到兰斯洛特骑士所表演的武功，确实惊人，他便披挂起甲胄，携带着武器，跃上了战马，驰入了武场，协助兰斯洛特骑士而战；随后有很多骑士加入了亚瑟王的集团。闲话少说，言归正传，到了大比武会的收场，北加里士王和百骑士王望风披靡，一败涂地；因为兰斯洛特骑士能坚持到最后的关头，所以他获得了冠军的奖品；那时不论是国王、王后或是骑士，都劝他接受奖品，可是兰斯洛特骑士一概不收。于是全场的观众都一齐喊着："今天是兰斯洛特骑士得胜了，今天是兰斯洛特骑士得胜了！"兰斯洛特骑士呢，他却喊着："今天是特里斯坦骑士得胜了，他第一个进场，他又能支持到最后的阶段；而且在第一天，第二天和第三天，都是他胜利的。"

第三十五回

大比武会第三天的奖品怎样颁给兰斯洛特骑士的；
又兰斯洛特骑士怎样把奖品转送给特里斯坦骑士。

兰斯洛特骑士对特里斯坦骑士所表示的推崇，使得全体爵主，不论等级高低、职位大小，无不称颂兰斯洛特骑士的胸怀宽大；并且对于这一点，全体爵主都认为比他打败了五百名骑士还要光荣；正因为他有了这种谦逊的美德，全体的观众，先是各级的贵族，接着是全体的平民，都一齐喊道："不管有谁反对，我们都认为是兰斯洛特骑士胜利了。"随后兰斯洛特骑士感到既愤怒，又羞惭，便驰到亚瑟王的面前。那时，国王说道："啊呀，特里斯坦骑士这样离开我们，太使我们大家失望啦。"他又说："我敢向上帝立誓，决不撒谎，他执矛握剑的姿态就足以证明他是一位最尊贵的骑士；而且在战斗上又是一位谦虚的骑士；"亚瑟王又说："我看他在作战的时候，真是勇敢，看他在巴乐米底骑士的头盔上打了三击，每发一击，都用全力要把他的头盔打扁，同时还喊道：'这是为了特里斯坦骑士而打的'，他这样一连喊了三次哩。"到后来，亚瑟王、兰斯洛特骑士以及杜丁纳斯骑士等等一起乘马去寻索特里斯坦，幸亏伯尔莎德骑士的相助，他告诉国王，说特里斯坦正住在帐篷里；及至他们赶到那里，发觉特里斯坦和丁纳丹两个骑士老早就走了。

亚瑟王和兰斯洛特两个人看不见特里斯坦骑士,心中郁闷不乐,仍然返回了美丹堡;又因为他想到特里斯坦骑士负伤而去,极为伤感。国王说道:"上帝啊,我看不见特里斯坦骑士所起的痛苦,比之我看见全部骑士在战场上所受的创伤还要厉害。"正在这时,葛汉利骑士走来告诉亚瑟说,刚才特里斯坦怎样应巴乐米底的邀请,参加比赛,结果把巴乐米底打翻了。亚瑟王道:"哎,巴乐米底骑士既知道特里斯坦骑士受了重伤,还要求他出来比武,真是丢脸;现在我们所有的君王、骑士以及社会上受敬重的人士,都要承认特里斯坦是一位高贵的骑士;并且,当我在世之日,他是我所见过的最优秀的一个骑士。"他又说:"我想诸位君王和骑士一定都知道,我从来没有见过一个骑士像他在过去三天里所表现得那样英武动人;除开第三天之外,他要算表演时间最久的冠军了。他虽是受了伤,但在两个高贵的骑士里,他还是英武出色的;两个高贵骑士在一起比武,一定要分出胜负,但谁胜谁负,那都是上帝的主意。"兰斯洛特骑士道:"说一句心里的话,倘使当时我知道这人是特里斯坦骑士,即使把我父亲传给我的田产全部丢去,我也不愿让他受伤的;那时我不幸没看见他的盾,竟把他打伤了。如果在那时我望见了他的黑盾,便有很多理由可使我不同他交手;他最近对我的帮助很大,比如他为我对付三十个骑士的著名战争,也只有丁纳丹一个人在场协助他。"兰斯洛特骑士又说道:"我相信巴乐米底骑士将来为了这件事要后悔的,他钉着那个高贵的骑士,恶意相斗,才使我无意间把他打伤的。"兰斯洛特骑士极度推崇特里斯坦骑士,在他的言语里随时流露出来。亚瑟准备盛大宴会，招待将要与会的人。关于亚瑟王的一切，暂按下不提，且把巴乐米底骑士的情形，略说几句；他被特里斯坦骑士打倒以后，因为受了特里斯坦的羞辱，几乎发狂。他就随便到处乱跑了。有一天他走到一条河岸上，晕头晕脑地想放马跃过，失足跌到河里，那时因为他很怕淹死，就放弃了马，游泳渡到对岸，至于马的死活，他便不管了。

第三十六回

巴乐米底骑士怎样来到特里斯坦骑士所住的堡寨里；
又兰斯洛特和其他十个骑士寻觅特里斯坦骑士的经过。

巴乐米底骑士游到对岸之后，走上陆地，脱去武装，坐着喊叫，像疯子似的。就在这时，有一个少女走到他的身边，那人乃是高文兄弟两个差来瞧看莫俊德骑士的；原来莫俊德卧着养病，在一位老骑士那里，适巧与特里斯坦同在一处。根据法文著作里的记载，伯尔莎德骑士在十天之前，曾打伤了莫俊德骑士；若伯尔莎德不看在高文弟兄的情面上，那时一定会把他打死了。这个少女来到巴乐米底骑士的面前，与他言语上发生了冲突，以致双方都感觉不快；那少女骑马走向老骑士的住处，待他们见面之后，她把遇见疯狂骑士的事告诉了老骑士。特里斯坦骑士听后插口问道："你看那人盾上的花纹怎样？"那少妇答道："盾上只有黑白的痕迹。"特里斯坦道："哎，这人是巴乐米底，一位高尚的骑士啊。"他又说："我同他很熟悉，目前他在国内是最优秀的骑士之一。"随后，那位老骑士牵出一匹老马，骑着去找巴乐米底，待他们见面之后，接他到公馆来；特里斯坦骑士对巴乐米底骑士十分熟悉，可是对他谈话不多；那时特里斯坦已能起立步行，而且伤势已大为好转；巴乐米底每次看到特里斯坦骑士，都觉得十分稀奇，他觉得好像从前曾经晤过面似的。巴乐米底骑士向丁纳丹骑士说道："将来如果有机会碰到特里斯坦骑士，一定不让他逃出我的手心。"丁纳丹骑士笑道："真奇怪，您在特里斯坦的背后吹大话。最近他不是在您的手里，您也在他的手里吗？您遇着他，为什么不把他扣留起来呢？我亲自看见两三次，您同特里斯坦骑士一同比武，您却很难占到上风。"巴乐米底骑士听到这话，自觉丢脸。我们就让他们同年老的达赖士骑士留在寨里，暂按不提。

我们且谈亚瑟王，他向兰斯洛特骑士说道："若是你不乱管闲事，我们也不会失去特里斯坦骑士的，在你遇见他之前，他每天来到此地，偏偏碰着恶时辰，你要同他打一架呢。"兰斯洛特骑士道："亚瑟王上啊，您把他离开此地的罪状，放在我的身上，但上帝知道，这不是我心里愿意做的。若是一个人全心全意灌注到武功上面，他常常会把朋友同仇敌一起打伤。"他又说："我的王上呀，您要知道，我是极不甘心对抗特里斯坦骑士的，因为他对待我很殷勤，比我待他要高出好多倍。"随后兰斯洛特骑士差人取来一本《圣书》，他又说道："我希望我们十个骑士都对《圣书》立誓，请大家在今后的一年内，都去寻觅特里斯坦骑士，在没有找到他之前，一夜也不休息。"他又说："我自己呢，我愿对《圣书》立誓，若是我侥幸遇见他，不论是吉是凶，我都愿陪他返回朝廷，否则即使丧失性命，也在所不辞。"参加寻觅特里斯坦骑士的十个人，他们的姓名如次：第一个是兰斯洛特骑士，其他为马利斯的爱克托骑士、甘尼斯的鲍斯骑士、布留拜里、甘尼斯的卜拉茂骑士、朝廷司食官卢坎、乌文英骑士、卡力哈特骑士、梁纳耳和卡力胡丁。这十位高贵的骑士离开了朝廷，一同驰到一个四岔的十字路口，分成四组，各自寻觅特里斯坦骑士去了。

兰斯洛特骑士在无意之间碰见了浦雷坤小姐，她也是到这里侦察特里斯坦骑士的下落的，她放马疾步，奔驰而过，兰斯洛特骑士望见她跑去，问她为什么飞也似的逃开。浦雷坤小姐回答道："啊，亲爱的骑士呀，正为了逃命呢，若是布诺斯·骚士·庇太骑士追上我，会把我杀掉的。"兰斯洛特骑士吩咐道："跟着我走好了。"及至兰斯洛特骑士瞧见布诺斯骑士，便向他喊道："假仁假义的骑士，你这个伤害妇女的东西，现在你的末日到了。"当布诺斯·骚士·庇太骑士望见了兰斯洛特骑士的盾牌，清清楚楚地知道他是什么人，因为他此刻并没有携带康沃尔型的盾；他所拿的乃是他自己的盾牌。布诺斯骑士忙着逃命，兰斯洛特骑士紧跟着追赶。但布诺斯的骑术很高明，他想逃就可以逃开，想停也立刻能停下。随后，兰斯洛特骑士跑回到浦雷坤小姐伫立等候的地方，当然她很感谢兰斯洛特的盛意。

第三十七回

特里斯坦、巴乐米底和丁纳丹三个骑士，怎样被达赖士老骑士关闭在监狱里。

闲话休提，且说朝廷的司食卢坎骑士，恰巧骑马走到特里斯坦骑士的住地，他没有别的企图，只不过想找个歇脚的地方而已。那里有个司阍，问他姓甚名谁。他答道："请禀告你的主人，我的名字叫卢坎骑士，是朝廷里的司食官，同时也是圆桌社的骑士。"那司阍走到寨主达赖士骑士的面前，报告有某某人前来投宿。这时达赖士骑士有个外甥，名叫丹纳木骑士的，代他回答道："不可以，不可以，告诉那人不可以借宿；叫他知道，如果借宿，须同我这位丹纳木骑士比武；我一刻儿就来看他，你叫他准备吧。"一忽儿，丹纳木骑士乘马赶来，彼此执矛斗成一团，结果那个名叫丹纳木的骑士，竟被卢坎骑士一击从马屁股上打落，随即飞快逃去，卢坎骑士跟着紧追，在背后还追问他许多话。

这时，丁纳丹骑士向特里斯坦骑士说道："您看一个爵主的表亲，在此地竟然遭受到侮辱，这是多么丢脸啊。"特里斯坦骑士说道："不要多嘴，我要去报复的。"忽然间，丁纳丹骑马走过来，同司食官卢坎比武，不料卢坎骑士一枪搠来，刺穿了丁纳丹骑士的大腿，随后卢坎乘马而去；特里斯坦看见丁纳丹股上受伤，怒火上冲,跟着追去,打算报仇;不多时,他赶上了卢坎骑士,喊他勒马转回;待他们遭遇一起,特里斯坦骑士钉着打去,把卢坎打成重伤,跌下马来。正在这时,乌文英骑士也赶来了,他为人温文尔雅,一看见卢坎骑士身受重伤,就唤特里斯坦骑士出来比武。特里斯坦骑士说道:"亲爱的骑士先生,请问您的尊姓大名。"他答道:"骑士先生,您应当知道,我的名字叫做乌文英骑士,是由岚斯王的太子。"特里斯坦骑士答道:"好哦,照我的心愿,无论什么时候,我都不想同您交手的。"但是乌文英骑士在旁说道:"您何必如此,有胆就同我相斗。"这时特里斯坦骑士找不出妥协的办法,便策马冲上,一击将乌文英打落,还把他的胁部打成重伤,然后特里斯坦骑士转回宿舍去了。及丁纳丹骑士发觉特里斯坦骑士已把卢坎骑士打得伤势很重,他就想追上卢坎,设法把他打死,不过特里斯坦骑士不允许他乘人之危,落井下石。随后乌文英骑士派了一辆马车,将卢坎骑士迎接到甘尼斯修道院里,附近有一座堡寨名叫甘尼斯堡,布留拜里就是此地的寨主。兰斯洛特招集部下的骑士在这寨里聚集,然后分道去寻索特里斯坦骑士。

当特里斯坦骑士来到这里投宿的时候,适巧也来了一个少女,她告诉达赖士骑士,说达赖士的三个儿子都在大比武场里被人打死了,还有两个儿子,受伤很重,似永难复原。"这一切害人的勾当,都是一个携带黑盾的高贵骑士做出来的,他还获得了奖赏。"一会儿,又有一个人进来告诉达赖士骑士说,那个携带黑盾牌的骑士正在里面。随后,达赖士走进特里斯坦骑士的卧房里,发现了他的盾牌,并且指给那位少女看过。那少女说道:"哎呀,先生,这人正是打死三位令郎的凶手啊。"霎时之间,达赖士骑士毫不犹豫，便把特里斯坦骑士、巴乐米底骑士和丁纳丹骑士三人投入壁垒森严的牢狱里；特里斯坦闷在牢里，害了一场大病，几乎病死；每一天巴乐米底都谴责特里斯坦，原来他们之间，久有宿仇旧恨存在。然而特里斯坦骑士为人忠厚，说话不多，而且温存。但是巴乐米底骑士看到特里斯坦骑士的病势严重，十分为他担心，口头上还是尽量地体贴他和安慰他。据法兰西著作的记载，达赖士招来四十名骑士，都是他的亲属，这些人打算杀害特里斯坦骑士以及他的两个朋友；不过达赖士反对他们这种做法；他个人的意思，只是把他们关在狱里，让他们吃酒吃肉就算啦。特里斯坦骑士住在牢里，忍耐着无限的痛苦，还抱着病，这真是一个囚犯最大的苦楚了。在悠久的岁月里，倘使一个囚犯的身体是健康的，他托庇于上帝的恩典，还可以希望被释放出狱；如若疾病笼罩在这个犯人的身上，他会感到人间的财宝，如过眼的烟云，怎不使他痛哭流涕呢。不幸这时的特里斯坦骑士，正抱病潦倒，他那悲痛惨苦的生活，真要把他苦死了。

第三十八回

　　马尔克王听到特里斯坦骑士的荣耀，怎样后悔起来；
以及亚瑟王的骑士同康沃尔的骑士双方比武的经过。

　　我们现在把特里斯坦、巴乐米底和丁纳丹三个骑士留在狱里，暂按不提，且把探寻特里斯坦骑士的一伙人儿，走遍天涯海角的情况，先向读者道来。那些骑士有的走到康沃尔，亚瑟王的外甥葛汉利骑士，碰巧晋谒马尔克王，受到马尔克王的优渥招待，又与马尔克王同桌进餐。马尔克王问葛汉利骑士道："在罗格里斯那里你可听到什么新闻么？"葛汉利骑士答道："王上，那个君王统治国家，真像一位优秀的骑士，最近在那里举行了一次大比武会，是我在罗格里斯国度里罕见的伟大场面，全部最优秀的骑士都出场比武了。有一个骑士，在三天的会期里轰动了全场，他撑着一顶黑盾牌，在全体的骑士中，我认为他最高明。"马尔克王说道："我想他就是兰斯洛特骑士吧，不然，一定是异教徒巴乐米底骑士。"葛汉利骑士答道："不是的，因为兰斯洛特和巴乐米底两个人，都站在同黑盾骑士对立的一方。"君王又说道："那一定是特里斯坦骑士啦。"葛汉利骑士答道："对呀。"马尔克王听罢，低头踌躇，他很怕特里斯坦骑士在罗格里斯国度里获得光辉的荣誉，而他本人并没有足以应付特里斯坦的能力。随后，葛汉利骑士殷勤鼓舞马尔克王的兴致,那时适逢伊索尔德王后在场,她很欢迎葛汉利骑士这一段报告,因为她深知葛汉利所说的武功和风采,一定是指着特里斯坦骑士而言。这时,马尔克王准备了盛大的宴会,邀请了由岚斯王的太子乌文英骑士参加,又有人称他做白手乌文英。在宴会上,乌文英向全体康沃尔的骑士挑衅。结果没有一个骑士敢对乌文英应战,使得马尔克王羞怒万分。忽然间,马尔克王的外甥安德烈骑士骤然立起,并且说道:"让我去同乌文英骑士周旋吧。"他走出去,佩带了武装,骑在马上,一切都准备得完满妥当。及至乌文英骑士同安德烈骑士遭遇一处,乌文英一击把他打倒,使得安德烈躺在地上昏迷不醒。这时马尔克王找不出人来为他的外甥安德烈骑士复仇,所以他既悲且怒,无以自抑。

随后,马尔克王召来家宰狄纳思骑士会商,央请他与乌文英骑士比武。狄纳思骑士说道:"王上,请原谅,我是向来不愿与任何圆桌社的骑士比量武艺的。"君王劝道:"现在请您看在我的面上,出来同他比一比吧。"因而狄纳思骑士才武装了自己;一忽儿两人都挟着长矛,打成一团了,结果狄纳思被他打败了,连人带马跌在地上。试看,这时除开马尔克王之外,有谁在气愤呢!他喊道:"不好了,我就找不到一个人去对付那一个骑士吗?"葛汉利骑士忽而说道:"王上,我愿意为您去同他比一比。"葛汉利骑士霎时准备好了,他就跃到马上,冲上了战场。乌文英一望见葛汉利的盾牌,便驰上前去,说道:"骑士先生,请您不要打。骑士啊,当您最初封做圆桌骑士的时候,您曾立誓不同相识的伙伴交手;葛汉利骑士啊,如今可千真万确哦,您由我的盾牌,已完全认出我是谁;我由您的盾牌,也认清您是什么人;即使您愿背誓，我却要坚守诺言；我认为此地没有一个人，包括您在内，会认为我在畏惧您，不敢同您交手；可是我俩乃是一对胞姊妹的儿子——亲表兄弟，何必出此一举呢？"葛汉利骑士听罢，内心很是羞愧，随后两个骑士各自散去，乌文英骑士骑马赶往乡村。

这时，马尔克王披挂了武装，翻身上马，手执长矛，随身带了一个侍从，驰到乌文英骑士的前面，在乌文英不曾注意他的时候，放马冲上，一击打去，几乎刺穿了他的身体，一刹那又走开了。不多时，适巧凯骑士路过，发现了乌文英骑士，看到他负伤躺着，就问他受伤的因由。乌文英骑士答道："我不知道为什么受伤的，但我相信一定是遭到歹人的暗算了。在我不经心的当儿，忽然有一个骑士打来，立刻把我打伤啦。"这时安德烈骑士走来寻觅马尔克王。凯骑士望见他，便骂道："你这奸险的骑士，如果我查出这位高贵骑士的伤痕是由你的诡计所作弄的，那么我一定不让你从我的手里逃出活命哩。"安德烈骑士答道："骑士先生，我从没伤害他，让我向他说明好啦。"凯骑士又道："胡说，伪善的东西，你这康沃尔的骑士一文不值。"于是凯骑士就抬起乌文英骑士把他送到黑十字修道院里去医治，就此痊愈了。这时葛汉利骑士告辞了马尔克王，在启行之前曾说道："王上，您的行为，不仅侮辱了自己，还贻害了朝廷；您以前曾把特里斯坦骑士驱逐出境，倘使他还在国内的话，这次在敌人当前的时候，您自然不必顾虑没有骑士来帮助您了。"说罢告辞而去。

第三十九回

关于马尔克王的诡诈行为；以及马尔克王和他的亲
戚安德烈骑士，皆被葛汉利骑士击败的经过。

有一天，亚瑟王朝廷里的家宰凯骑士觐见马尔克王，在表面上，马尔克王对他很亲热优渥。王问道："各位爵士，你们是否愿意到莫尔利斯的森林里完成什么冒险工作？我认为那里若有奇迹，一定是艰巨的。"凯骑士答道："王上，是的，我愿意去完成。"可是葛汉利骑士在旁说道："他要想想看，因为马尔克王一直是诡计多端的。"葛汉利说罢随即骑马上路走去。在凯骑士必须经过的这条路上，葛汉利骑士下马休息，他吩咐了一个侍从守候着凯骑士，还说道："你望见他走来的时候，就立刻通报我。"不多时，凯骑士果然走近了，葛汉利骑士跃身上马，冲到他的跟前，向他说道："凯骑士啊，您奉马尔克王的邀请，骑马走来，并不聪明；要知道他所行所为全是鬼鬼祟祟的。"凯骑士遂说道："我请您陪我去完成一桩冒险，好么？"葛汉利骑士道："既承相约，决不辜负您的心愿。"于是他们一同驰到湖边，当时的人称它做危险湖，下马以后，大家都在灌木林下面歇脚了。

就在这时，马尔克王避开了丁答吉耳堡的全体爵主，只留着几个心腹在他自己的宫室。他唤起他的外甥安德烈骑士，叫他迅速武装整齐,骑马同行,这时正值午夜时分。马尔克王的全部武装,以及马匹,都是黑色;他们两人由秘密的后门,悄悄走出,只有几个侍从陪同他们来到湖边。凯骑士首先望见他,便拿起标枪,向他挑衅。马尔克王骄傲不让,大家拼命相击,煞是激烈,这时月光明亮,恍如白昼。在他们决斗的时候,因为凯骑士所乘的马不如君王的马大,以致跌倒了,使得凯骑士受了严重的瘀伤。葛汉利骑士望见凯骑士跌下,十分恼怒。他便喊道:"骑士啊,你在鞍子上骑得稳些,看我就来替我的伙伴报仇呢。"马尔克王对葛汉利骑士起了畏惧之心,就恶意地冲来,不料葛汉利猛然一击,立刻把君王打翻了。就在这时,葛汉利骑士又冲去打击安德烈骑士,把他从马上打落,他戴着头盔栽到泥里,几乎把颈骨摔断了。然后葛汉利骑士跳下马,扶起了凯骑士,两人步行走到对方的面前,命令他们投降,并说出他们的真实姓名,否则就把他们杀掉。这时安德烈很沉痛地首先说道:"这位是康沃尔的马尔克王,你们要当心,看你们决定怎样办吧;我是他的亲戚,名叫安德烈骑士。"葛汉利骑士骂道:"你们两个坏坯子,奸险的叛徒,你们两个做出奸诈鬼祟的勾当,假仁假义地害我们!让你们再活下去真是太委屈了好人啦。"马尔克王哀求道:"饶命啊,我愿意改过自新;求您原谅我是受膏的君王。[①]"葛汉利骑士道:"说到这里,要是保留您的性命,更是可耻的;您既是受过油膏涂抹的君王,

---

① "受膏"见《旧约·撒母耳记上》第二十四章。本回所记马尔克王自称为受膏的君王(King anointed),目的就在仿效扫罗王,因为扫罗受过抹膏,所以大卫不让跟随他的人去杀害他。马尔克王正想占这个便宜。

您应当同所有的高尚人士为伍，现在甘于下流，更该死了。"他说到这里，一言不发，冲上猛击马尔克王，并且用自己的盾牌，遮盖着自己的身体，好好地保护着他自己。凯骑士又凶猛地打击安德烈骑士，于是马尔克王便向葛汉利骑士投降了。他立刻跪在地上，对着剑的十字柄宣誓，他说在今后有生之日，永不再虐待任何游侠骑士了。他还立誓说，倘使特里斯坦骑士返回康沃尔，自愿对他同好朋友一样。

这时安德烈骑士躺在地上，凯骑士打算把他杀死。葛汉利骑士说道："放他去吧，请您不要杀他。"凯骑士答道："放他活命也可恶，想到他是特里斯坦骑士的近表，而他一直在出卖特里斯坦，并且由于他的缘故，特里斯坦才被放逐出康沃尔，我一定要杀死他。"葛汉利骑士又说道："我既然饶了马尔克王的命，请您也留下他的一条命吧。"因此凯骑士便放他过关了。随后，凯骑士和葛汉利骑士同去拜访了马尔克王的家宰狄纳思骑士，因为他们一向听人说，狄纳思是热爱特里斯坦骑士的。他们在那里休息了一些时候，又驰到罗格里斯的国度。过后不久，他们又遇见了兰斯洛特骑士，浦雷坤小姐陪他同行，因为他希望不久就可以由她而找到特里斯坦骑士。兰斯洛特骑士问他们在康沃尔有什么新闻，以及是否得到特里斯坦骑士的消息。凯骑士和葛汉利骑士一同答道："不曾有过。"他们又把冒险的经历，原原本本地讲给他听。随后兰斯洛特骑士莞尔笑道："生在骨头里面的恶根性，不容易从肉里挖出来的。"他们很快乐地住在一起。

第四十回

特里斯坦、巴乐米底和丁纳丹三个骑士,怎样被达赖士老骑士长期监禁之后,而又一同释放出狱的。

以前种种,在此告一结束;且说狄纳思骑士住在自己的寨里,他的情人爱上了另一个骑士,两人如胶似漆,因而对他冷淡起来。有一天,狄纳思骑士出外狩猎,他的情人就取出一条长巾,系在楼上,攀巾而下,还随带着两只猎狗,奔到她眷爱的一个骑士家里,那骑士也很爱她。及至狄纳思骑士回到家里,发现他的姘妇和猎狗全都走失了,他怀念猎狗的心情,比之情人还浓厚。于是,他便上了马,追上那个引诱情妇出逃的骑士,向他挑战。狄纳思骑士一击把那人打翻,当他跌倒的时候,膀子和大腿都跌断了。这时那姘妇放声哀求狄纳思的恩典,还说道今后她要改变态度,要爱他比以前更甚了。狄纳思骑士答道:"哪里的话,有人一次把我出卖,我就永不再相信他们的话;你既开始偷人,就一直去养汉子吧,我也永不再和你往来了。"他说罢走去,带着两条猎狗,赶回自己寨里。

我们现在再述说兰斯洛特骑士。因为他一直听不到特里斯坦骑士的消息,心里确实沉闷不安,在这样漫长的岁月中,特里斯坦同巴乐米底和丁纳丹两个骑士,仍然蹲在达赖士骑士的牢监里。

这时，浦雷坤小姐告辞而去康沃尔，兰斯洛特骑士、凯骑士和葛汉利骑士三个人就赶到苏尔露斯地方寻索特里斯坦骑士了。

现在我们再说特里斯坦骑士同他的两个伙伴的故事。在监狱里，巴乐米底骑士每天总是恶言恶语地对付特里斯坦骑士。丁纳丹骑士在旁指责他说："巴乐米底骑士啊，我看您真奇怪，特里斯坦同您住在这里，您丝毫也不会伤害他，如同一只狼和一只羊一起蹲在牢狱里，我认为那只狼一定可以维持羊的安全哩。"丁纳丹骑士说道："您明白吧，从这句话您可以领会特里斯坦骑士的沉默了，您应当好好地对待他，让我来看看您的行为有没有改变。"巴乐米底骑士觉得很羞惭，一言不发。特里斯坦骑士这时说道："巴乐米底骑士啊，我听到您对付我的事情太多啦，我心里所以不愿同您多噜苏，正因为我畏惧那个看管我们的寨主；若不是怕他比怕你更厉害，我立刻就会改变态度的。"他们就这样设法和平相处了。这时忽来了一个少女，她说道："各位骑士先生，请你们放心吧，你们的性命绝对安全了，我听到我的上司达赖士骑士说过这样的话了。"这三人每天都认为自己是要被处死，如今却喜出望外了。

此后不久，特里斯坦骑士卧病不起，自以为性命难保；丁纳丹骑士抱头痛哭，巴乐米底骑士同他们都苦痛异常。那少女走进来，看见他们都很伤心。她又走到达赖士骑士的面前，告诉他说，那位握着黑盾牌的勇敢骑士，如今濒于死亡。达赖士骑士说道："他不会死的，我若把向我要求帮助的骑士们困死在监牢里，上帝也是不允许的。"达赖士又向那少女道："请您把那个骑士和他的两名伙伴解到我这里。"一忽儿，达赖士骑士看见了被解来的特里斯坦。他说道："骑士先生啊，您患疾病，我很同情；人家都称颂您是位高贵的骑士,如今我也承认;但请您知道,我达赖士骑士向来不会让别人批评,说我要在监狱里困死一位像您这样高贵的骑士,虽然您曾打死了我的三个儿子,使我无限伤心。现在我释放你们,您同您的伙伴可以带着自己的武装马匹,完全自由了,要到哪里就到哪里;至于你们的武装和马匹,我都叫人保管得很好;但有两点你们要履行,第一要和我那两个活着的儿子做好朋友;第二要把自己的真实姓名告诉我听。"特里斯坦回答道:"骑士先生,我的名字叫良纳斯的特里斯坦骑士,在康沃尔地方出生,是马尔克王的外甥。至于说到三位令郎的死,我一点办法也没有,即使他们是我最近的亲属,我也没有任何办法来保全他们的性命。若是由我运用欺诈诡计陷害的,那么我是应该死的。"达赖士骑士又说:"这一切的事情,经我考虑之后,我认为他们完全是为了骑士的制度而牺牲的,因此我并不怪您,也不把您处死。我知道您就是特里斯坦骑士,一位高尚的人物,我恳切请求您今后做我的好朋友,以及小儿的好朋友。"特里斯坦骑士答道:"在我有生之日,愿对您尽量照顾,特在此立誓。因为您在过去对待我们完全出于一个骑士的本色。"此后,特里斯坦骑士休息到病愈之后,身体胖了、气力壮了,才离开的,他们每个人骑上马,一同走到了一处岔路口上。特里斯坦骑士说:"朋友们,现在大家在此分别,各奔前程吧。"因为丁纳丹骑士首先遇到奇迹,所以我们首先述说他,欲知后事详情如何,且听下回分解。

第四十一回

丁纳丹骑士怎样由布诺斯·骚士·庇太手中救出一个贵妇,又特里斯坦骑士怎样从美更·拉·费的手里获得一面盾牌。

话说丁纳丹骑士乘马前行,忽然在一口井旁瞧见一位贵妇,她愁眉不展,沉痛不堪。丁纳丹骑士问道:"小姐,您为什么这般苦恼呢?"她回道:"骑士先生,我是世间最苦痛的女人,因为这五天里面,来了一个名叫布诺斯·骚士·庇太的骑士,他杀了我的胞兄弟,还蛮横地任意糟蹋我,以至在举世的男人里,我最恨他了;我恳求您按照骑士的义气去为我报仇;那人不会在外逗留过久的,一刻儿就要来了。"丁纳丹骑士道:"等待他来吧,我要为维护全部妇女的贞节,尽力同他干一干。"就在这时,布诺斯骑士赶来了,他一望见有个骑士同那贵妇站在一处,立时怒不可遏。他便喊道:"骑士先生,离远一点,准备打吧。"这两人斗在一起,各不稍让,声响之大,有如雷动,结果布诺斯的肩上被刺成重伤;在丁纳丹骑士转身对付他以前,不料他已经逃跑了。随后这贵妇请求丁纳丹骑士送她到附近的寨里,距离此地约有四英里之遥;丁纳丹抵达以后,因为她的伯父是寨主,招待她很优渥;后来丁纳丹骑士就走开了。

美更王后把一面施了魔法的盾牌交给特里斯坦

现在我们转回述说特里斯坦骑士的故事：有一天，他随随便便走到一个寨里借宿，恰巧美更·拉·费王后住在里面；特里斯坦骑士被寨主留宿之后，他欢天喜地，酒足饭饱，住了通宵。翌晨起身，当他快要启程的时候，那王后向他说道："要知道，您不可以匆忙走开，您是此地的俘虏啦。"特里斯坦骑士长叹道："我恳求耶稣的恩典，我是才从监狱里释放出来哟。"王后道："好骑士，您在此地停留些时候，我要了解您的情况：您是什么人，以及从哪里来的。"王后让特里斯坦骑士在她的一边坐下，又叫她的情人坐在她的另一边。每当美更王后转眼窥看特里斯坦骑士的时候，那个骑士立刻吃醋，很想提起宝剑去刺他，终因怕失体面而中止了。王后向特里斯坦骑士说道："您把名字告诉我，将来您要走的时候，我才放您走。"他答道："就按您的条件奉告于您，我叫良纳斯的特里斯坦骑士。"美更·拉·费道："真错了，倘使我早知道您是特里斯坦，便不会这么快放您走的。我既然履行了我的诺言，所以希望您应许我一件事，我现在给您一面盾牌，您带在身上，前往坚石寨一趟，亚瑟王曾公布在那寨里举行大比武会的日期，请您参加，并且为我去比武，希望您尽量表演您的武功。特里斯坦骑士啊，前次您在美丹堡所表演的武艺，我从未听说有其他的人能表演得这么好。"特里斯坦骑士道："夫人，请您把盾牌先给我看看。"一忽儿有人把盾送来了，它的底子是金的，正面画了一个国王和一个王后，他们身上站着一个骑士，一只脚踏在国王的头上，另一只放在王后的头上。特里斯坦骑士问道："这是一面精美而结实的盾牌哦，但是上面所画的君王和王后，以及他们头上站着一个骑士，究竟表示什么意思呢？"美更·拉·费答道：

"我告诉您，这幅画是代表亚瑟王和桂乃芬王后的，那个骑士正束缚着他们。"特里斯坦骑士又问道："那个骑士是谁呢？"王后答道："我此刻不让您知道。"但据法兰西著作里的记载，美更王后生平最爱兰斯洛特骑士，甚至要同他发生肉体关系，可是他从不爱美更，谢绝了她任何的要求，因此她聚拢了好多骑士，想用武力，把他捉住。又因为美更王后认为兰斯洛特和桂乃芬之间，情投意合、亲昵缠绵，所以美更·拉·费王后才装备了这一面盾牌，目的在侮辱兰斯洛特骑士，使得亚瑟王了解他们两个偷偷摸摸地相爱。特里斯坦骑士同意带着这面盾牌，进入坚石寨的大比武会。起初特里斯坦骑士不了解这幅画是侮辱兰斯洛特骑士的，到后来他才明白。

第四十二回

特里斯坦骑士怎样携带着一面怪盾牌,又他怎样杀死了美更·拉·费的情人。

特里斯坦骑士离开了美更·拉·费王后,携着那只盾牌走了。这时忽来了一个占有美更·拉·费的骑士,名叫何米生,他准备去追击特里斯坦骑士。美更说道:"好骑士啊,您不要追他,你从他身上得不到什么光彩的。"何米生骑士道:"那家伙顶无用,是个懦夫;除非他是良纳斯的特里斯坦,此外我从没看见康沃尔出过第二个好骑士。"她说:"如果他正是特里斯坦骑士呢?"何米生答道:"不会的,不会的,他一直跟着伊索尔德,但这人是个笨家伙。"美更·拉·费王后说道:"不要大意呀,我的好朋友,您若同他交过一次手,便知道他是一位顶高明的骑士,我了解他比您清楚呀。"何米生骑士道:"我愿为了您,去杀掉他。"王后道:"好朋友,那就不好了,我担心您去追他,就不能回来了。"这时何米生骑士上马,气愤不堪,放马追赶特里斯坦,马奔如飞,正如他追逐其他骑士们一样。及至特里斯坦骑士听到背后有人在追,他勒马回转,看见一个骑士追来打他。那人靠近特里斯坦骑士喊道:"骑士先生,您放马准备打吧。"他们走了一个回合,斗将起来,铁甲护盖,声响如雷,何米生骑士的矛,搠到特里斯坦的甲上折断了，因为他的甲胄极其坚固，所以他未曾受伤。特里斯坦骑士重重地一击刺去，刺透了何米生的身体，使得他由马屁股上跌落。特里斯坦骑士一转头，又想拔出宝剑去斫他，不料眼见鲜血直从何米生的身上喷涌出来，看起来他就要死了；特里斯坦骑士离开这人，走到一位老骑士的庄园里，这处庄园，幽雅宜人，特里斯坦骑士就在里面住下了。

第四十三回

美更·拉·费怎样埋葬她的情人;又特里斯坦骑士
怎样称赞兰斯洛特骑士和他的亲戚。

特里斯坦骑士的活动情况,暂按不提,且说那个受伤而濒于死亡的何米生骑士。他的一个仆从,骑马赶来,立刻下马,解下他的头盔,问他的主人是否还活着。何米生骑士回答他的仆从说:"我还活着,但是快要死啦;您扶起我来,抱我到马上,您在我的身后抱紧些,免得我跌下,送我到美更·拉·费王后那里;我觉得快要死了,不能再活下去,我很想在临死以前,同她说句话;如果我死前不能见她一面,死后没法瞑目的。"这时,那仆从费尽辛苦,把他送到美更王后的寨里,何米生骑士一到那里,便溘然长逝了。美更·拉·费亲眼见他死去,呼天抢地,神志昏迷;随后,她解下他的甲胄,身上仅留着衬衫,将他葬下。她在墓碑上写道:"何米生骑士之墓——遭良纳斯之特里斯坦骑士亲手杀害致死。"

现在且说特里斯坦骑士。他住在老骑士的庄园里,问他的主人说,最近是否曾遇见一些冒险的骑士。那骑士道:"先生,昨夜马利斯的爱克托骑士偕着一位少女前来投宿,相陪过夜,那位少女曾告诉我说,这个人便是世界上最优秀的骑士之一。"特里斯坦骑士回答道:"那不尽然,我知道有一个人,他的亲属里有四位比较出色的骑士；为首的就是湖上的兰斯洛特骑士，人家都称他是最优秀的骑士，此外的四个名叫甘尼斯的鲍斯骑士、布留拜里骑士、甘尼斯的卜拉茂骑士和葛汉利骑士。"主人听后辩道："不是的，我看高文骑士比他高明多了。"特里斯坦骑士又说："哪里会呢？因为我同他们两人都交过手，我认为葛汉利骑士高明些；至于拉麦若克骑士，我想除开兰斯洛特骑士之外，同他们每个人是一样好呢。"主人道："您为什么不提特里斯坦骑士呢？我以为他的本领同他们一样高明。"特里斯坦说道："我不认识特里斯坦骑士是什么人。"他们边说边笑，随意闲谈了好久，才去歇息。第二天早晨，特里斯坦骑士告别了主人，骑马直奔罗希杜尔而去，一直赶到寨里，途上未曾遇见任何冒险事，可是在那里，却发现五百个营帐。

第四十四回

特里斯坦骑士怎样在一个比武会上携带着美更·拉·费所送给他的一面盾牌。

苏格兰王和爱尔兰王随后都在对抗亚瑟王的骑士们,大战便开始了。特里斯坦骑士进场之后,表演了卓越动人的武艺,被他击倒了好多骑士。他撑着那面有怪画的盾牌,立在亚瑟王前面。亚瑟王瞧见这面盾牌的时候,不知道绘画的含义,万分诧异;但桂乃芬王后已经明白了,所以她的心里浮起了沉重的负担。这时美更王后有一个侍女,留在亚瑟王的宫室里,她听到国王谈起一面怪盾,就把其中的秘密公开地告诉他听。她说道:"国王啊,要知道这面盾牌是为您而做的,盾上的绘画,暗示了您和王后,目的是来警告你们关于将来要遭到的耻辱。"一忽儿,那个少女不告而去,没有一个人知道她的去向。随后,国王又恼又怒,查问那个妇人是由哪里来的。结果没有一个人认识他,也不知道她往哪里去的。桂乃芬王后召见爱克托骑士,向他诉说道:"我知道那面由美更·拉·费所造的盾牌,专为讥讽我和兰斯洛特两个人,所以我很害怕,他们要很快地消灭我。"国王看见特里斯坦骑士表演了这样优越的武功,而不知道那个骑士是什么人,可是他确实知道那个人不是兰斯洛特骑士。有人告诉他说,特里斯坦骑士正同玉手绮秀小姐住在小不列颠，所以在国王意想中，如果特里斯坦是在罗格里斯的国度里，兰斯洛特骑士本人，或是他的几个部下，一定会在那里寻索特里斯坦骑士；而且在那之前一定能寻到他的。总之，亚瑟王始终不知道那个骑士是谁。可是亚瑟王的眼睛一直瞅在那面盾牌上面。王后一看到这种情况，满心畏惧，忐忑不宁。

这时特里斯坦打击各个骑士，煞是惊人，不论左翼或右翼，都把所有的骑士打得落花流水，几乎没有一个骑士能够抵抗他。就是苏格兰王和爱尔兰王也开始退却了。当亚瑟王看到这一点的时候，他决定不放那个手执怪盾的骑士逃脱。亚瑟王就通知白手乌文英骑士披挂武装，准备齐全。一忽儿亚瑟王同乌文英骑士冲到特里斯坦骑士的面前，逼他说出这面怪盾的来历。特里斯坦骑士说道："这是美更·拉·费王后送给我的，她是亚瑟王异父同母的姐姐。"

  本卷所述故事，在此结束。关于良纳斯的特里斯坦骑士的事迹，这是由法兰西文迻译为英吉利文的第一卷，下接特里斯坦骑士事迹的第二卷。

汉译世界文学名著丛书

亚瑟王之死

下 册

〔英〕托马斯·马洛礼 著

黄素封 译

第十卷

第一回

　　特里斯坦骑士怎样同亚瑟王比武,并且打倒了亚瑟王,因为他不肯向亚瑟王说明他为什么带着那面绘有怪画的盾牌。

　　亚瑟王向特里斯坦骑士说道:"如果您能把盾牌上画的是什么意思解释给我听,您才有佩带这种武器的资格。"特里斯坦骑士回道:"您提到这件事,我就说给您听吧。这面盾牌承蒙美更·拉·费王后的赏赐,并不是我向她讨来的;至于它有什么含义,我解说不出,而且我也不需要怎样解释它;但我希望靠了上帝的恩典,我带着这面盾牌,可以感到光荣。"亚瑟王说:"那自然啦。不过,如果您不明白一件武器的含义是什么,那么您就不应当佩带;现在,姑且请您把大名告诉我吧。"特里斯坦骑士说道:"为什么要奉告您呢?"亚瑟王说:"就是因为我想知道呀。"特里斯坦道:"爵爷啊,现在我就是不想让您知道。"亚瑟王听后答道:"既是这样,就请您同我来斗一场吧。"特里斯坦骑士说:"因为我不把姓名告诉您,您就要同我相斗吗?如果您是一位要面子的人物,您应知道,这太没有道理了;因为您知道我今天是过度的疲劳,只有那些心胸恶毒的骑士,才会乘我疲惫不堪的时候,来向我挑衅;不过,无论如何,我不愿拒绝您,同时您也要知道,我丝毫不怕您；虽是您已经占了我这样大的便宜，我还是耐得住同您斗一斗的。"就在这说话的时候，亚瑟王已竖直盾牌，挟着长矛，冲了出来，特里斯坦骑士赶紧奋起应战，霎时两人斗做一团。战不多时，亚瑟王的长矛掷到特里斯坦的盾牌上，断成了好几截。特里斯坦骑士掣回长矛，打将过去，只见亚瑟王连人带马都摔在地上。这一战亚瑟王的左肋受了重伤，情势很是危险。

这一边乌文英骑士瞧见国王亚瑟身负重伤，倒卧在地，非常焦灼。他撑起盾牌，握着长矛，向特里斯坦骑士大声喊道："骑士，请您准备吧。"话声未绝，两个人已像迅雷急电似的，冲到了一起，乌文英的长矛骤举，猛然打去，正击中特里斯坦的盾牌，只见那矛头和矛杆一齐震断；特里斯坦乘势狠狠地回了一击，乌文英整个身躯便从马鞍上翻将下来，栽落地上。这时特里斯坦骑士转身说道："两位良善的骑士，今天我还有很多事情要做，委实没有必要同你们比武呀。"亚瑟王一听这话，爬了起来，走到乌文英骑士的跟前，向特里斯坦骑士说道："这是我们咎由自取，因为我们太傲慢了，才向您挑战，可是到了现在还不曾领教您的大名呢。"乌文英骑士也说道："我愿意向圣十字立誓，说句真心话，我承认他算得上当代一位强悍的骑士哩。"

特里斯坦骑士离开此地，此后每到一处地方，都要把兰斯洛特骑士的下落查问一番，可是跑遍了天涯海角，也没打听得出他是死是活，特里斯坦心里一直郁郁不乐，苦闷异常。这一天特里斯坦骑士走进一片黑森森的树林里，忽然发现里面有一座建筑得很精美的谯楼，一面靠着潮湿的洼地，一面是细草繁茂的牧场。在那牧场上，正有十个骑士在决斗。及至走近一看，原来是一个骑士正以一当九，奋勇战斗着；再看他往来驱驰，愈战愈强，毫无怯色，武功真是精湛，这使得特里斯坦骑士感到万分惊奇。战不多时，对方已有四五匹马被那骑士打死了，迫得他们只有弃马步战；那些没人骑乘的马便在林里随地乱跑。特里斯坦看着这个骑士战斗多时，气力不减，还在奋勇抗战，心中十分同情；再一看那人的盾牌图案，推测他一定是巴乐米底骑士。这时，他就驰到那群骑士当中，劝他们停战，在他看来，多个骑士同来打击一个骑士，这种事乃是无上的耻辱。率领那九个骑士的，名叫布诺斯·骚士·庇太，乃是当日为人最险恶的骑士，特里斯坦刚说明来意，他就答道："骑士先生，你来管我们的闲事做什么？劝你放聪明一些，赶你的路去吧，我们不会放过他的。"特里斯坦骑士说道："这样一位优秀的骑士，要被你们这一群胆小鬼杀死，那真太残忍了，所以我来警告你们，再不停手，我就尽我的气力来帮助他了。"

第二回

　　特里斯坦骑士怎样救了巴乐米底骑士的性命；以及他们两个人怎样约定在两星期内进行一场决斗。

　　特里斯坦骑士望见对方九个人都在步战，为了避免自己的马被对方刺死，他也跳下马来，把马放在一边，同时竖起盾牌，紧握利剑，猛力地忽左忽右一路砍将过去，几乎每一击都能打倒一个骑士。那几个人眼望着特里斯坦骑士一击连一击地往来冲杀，都跟随布诺斯·骚士·庇太奔进了谯楼，单把特里斯坦骑士关在大门外边。特里斯坦骑士一看到这种情形，便转身回到巴乐米底骑士的跟前，发现他已负了重伤，坐在树下。他不禁叫道："哎哟，亲爱的骑士，我可把您找到了。"巴乐米底骑士答道："多谢您的盛情，我的天呀，您救了我的性命，使得我死里逃生了。"特里斯坦骑士又问道："请问您的尊姓大名？"他答道："小弟名叫巴乐米底骑士。"特里斯坦骑士一听，说："感谢耶稣的恩泽，让我在今天搭救了您，可是您是这世上我最恨的一个人呀；这样吧，现在就请您准备好了，我要来同您决斗一场。"巴乐米底骑士问道："请教老兄尊姓大名？"他答道："我叫特里斯坦骑士，乃是您不共戴天的对头。"巴乐米底骑士说道："斗就斗吧，不过今天蒙您照顾我这样周到，我怎能同您斗呢；而且既承您救了我的性命，您突然来同我决斗,对您也不体面啊;何况我已受了重伤,您是健全无恙的,如果您非要同我斗一场不可,就请您指定一个日期,到时一定奉陪,决不爽约。"特里斯坦骑士道:"一切遵命。到时,请您到加美乐河岸边牧场上来和我相会,那就是从前魔灵建立石碑的地方。"两人都同意了。

随后,特里斯坦追问巴乐米底同这十个骑士相斗的原因。巴乐米底骑士告诉他道:"事情是这样的:我在附近森林里徘徊的当儿,忽然瞧见一个死了的骑士,旁边有一个妇人正在放声痛哭。因为看见她哭得这样沉痛,我就问她是什么人杀死了她的丈夫。她告诉我说:'骑士先生,杀死我丈夫的那个人乃是世界上最残忍的一个骑士,也是一个闻所未闻的坏东西,他叫布诺斯·骚士·庇太。'我因为很同情这个妇人,所以扶她骑上了她的马,并且答应保护她同行,又帮她去埋了她的丈夫。不想,马才跑到这座谯楼附近,布诺斯·骚士·庇太骑士忽然走过来,在我无意间猛然一击,便把我打下马来。在我还不曾跳上马的时候,这个布诺斯骑士又杀了那位妇人。及至我骑到马上,心里又惭愧又难受,因此我们两个就斗将起来;我们战斗的原因就是这样。"特里斯坦骑士道:"好吧,你们为什么战斗,我完全明白了;至于您答应同我决斗的话,请不要忘记了,两个星期后的今天,我们一定要相会啊。"巴乐米底骑士答道:"决不失信。"特里斯坦骑士说了声:"很好,今天由我来保护您,让您脱离敌人的危险,一切说过算数;就是将来,我也决不失信。"

他们同时骑上了马,一起跑进了森林,在这林里正走之间,恰好遇到一泓清泉,泉水澄洌,并时常有水花泛起。特里斯坦骑士说道:"好朋友,您看我有胆量去喝泉水。"于是他们一同跳下马来。忽然,望见前面一棵树上拴着一匹骏马,一直不停地在嘶叫。还有一位身佩武器,躯干雄伟的骑士,睡在树下面,他全身胄甲齐全,只把头盔枕在头底下。特里斯坦骑士说道:"敢向慈祥的上帝立誓,决不撒谎,您看那里睡着的人好像是一个骑士,怎样去对付他才好呢?"巴乐米底骑士道:"叫醒他。"于是特里斯坦骑士伸出矛杆推醒了他。只见那骑士立时站起,戴上头盔,拿起利剑;一言不发,登时冲到特里斯坦骑士跟前,举起手中利剑,只一击就把特里斯坦从马鞍上打落,他的左肋摔伤了,特里斯坦骑士就冒着很大的危险躺在地上。这个人又放马奔驰,兜了一个圈子,又冲向了巴乐米底骑士的身边,一击刺伤了他的身体,使得他也从马上跌下。然后这个面目生疏的骑士便离开了他们,独自一人穿过树林,悠然而逝了。这时,特里斯坦和巴乐米底两人都在步行,他们骑上了马,两个人一路商量:要用什么方法去对付那个人。特里斯坦骑士道:"说假话,杀我的头,那个强悍的骑士这样侮辱了我们,我要追上去拼一拼。"巴乐米底骑士说道:"好吧,靠近这里有一个朋友,我且到他那里住些时日。"这时特里斯坦骑士向巴乐米底骑士说道:"请注意,同我约定的比赛日期,不要忘了,因为照我想来,我比您结实一些,怕您那天不会守约的。"巴乐米底骑士回答道:"说到这一点,可能是这样,但是我绝不畏惧您的,除非事前生了病,或是被人俘虏去了,否则我决不失约;现在您要是去追赶那个强悍的骑士,您可能会被他打死,所以我倒担心您会爽约呢。若是您同他遇着了,纵然能逃得出他的掌心,想来也一定要付出很大的气力的。"特里斯坦骑士和巴乐米底骑士就此告别,各自上路走去。

第三回

　　特里斯坦骑士怎样去寻觅曾经打倒他的那个坚强的骑士；以及特里斯坦又怎样遇见了很多圆桌社的骑士。

　　特里斯坦骑士为着追赶那个坚强的骑士，奔驰了好久。有一天，他在路上看见一个妇人，正横扑在一个骑士的尸体上，特里斯坦骑士就问她道："好夫人呀，是什么人杀了您的伴侣呢？"她答道："骑士先生，本来我们俩正在这里休息，忽然跑来一个骑士，他问我的丈夫从哪里来的，我的丈夫说他是从亚瑟王朝来的。不想那个坚强的骑士说道：'因为我恨亚瑟王朝的全体骑士，所以我要同你决斗。'于是我的丈夫骑上马，便同那个强悍的骑士斗成一团，忽然他发了一矛，竟刺穿了我丈夫的身体，这真使我遭到了天崩地裂的大祸，承受了永远补偿不起的损失。"特里斯坦骑士道："您遇到这样的大灾难，说来我万分同情；倘使没有什么妨碍，可不可以把您丈夫的大名告诉我呢。"她答道："骑士先生，他的名字叫卡雷冬，是一位大家公认的优秀骑士。"说罢，特里斯坦骑士就告别了这位惨痛的贵妇人，当晚草率地住了一宿。第三天，特里斯坦在这借宿地点邻近的一座树林里，又遇见了高文和布留拜里两位骑士，他们都受了重伤。这时特里斯坦骑士询问那两个人，可曾见过一位手里拿着包布盾牌的骑士。他们答道："骑士先生,我们碰到了这个人,并且吃过了他的苦头。起初,我那位伙伴布留拜里被他打倒,并且受了重伤,因为他吩咐我不要同他相斗,说那人的气力比我强多啦。哪知那位强悍的骑士,误认为他的话是在讥讽他。于是他们两人立刻打了起来,我的伙伴被打伤了。我看到这样,如不奋起应战,能不愧死?所以我立时放马,跟他战了一个回合,不想竟被他打下马来,跌在地上。他那时险些把我打死,随后他就跃身上马,飞驰而去;哎,碰着他,才真是个倒霉的时辰呢。"特里斯坦骑士道:"两位好骑士啊,他也曾同我交过手,还有一个名叫巴乐米底的,他只摔出一枪,我们两个就被打倒了,而且都受伤很重。"高文骑士说道:"听我的忠告,放他过去好了,不必再去追他,等到下届圆桌社集会的时候,我敢立誓保证,您一定可以见到他;我若猜错了,请您斫我的头。"特里斯坦骑士说道:"我嘛,一定要追他,一刻抓不到他,我一刻也不会停止。"高文骑士就问他叫什么名字。他答道:"我的名字叫特里斯坦骑士。"他们通了姓名之后,就此分手,特里斯坦骑士重新上路向前走去。

这一天,特里斯坦骑士正走在牧原之上,适巧遇见了家宰凯骑士和丁纳丹骑士两个人。特里斯坦骑士开口先问:"诸位骑士,你们可曾听到有什么新闻吗?"他们回说:"没有什么好消息。"特里斯坦骑士不相信,又问道:"为什么这样说呢?我求你们告诉我,因为我正在寻找一位骑士。"这时凯骑士随口问了声:"你要找的那个骑士有什么特征吗?"特里斯坦骑士答道:"那个人带有一顶盾牌,是用布包裹着的。"凯骑士道:"就是杀我的头,我也不愿骗您啊,我们确曾遇见了这样一个骑士,因为那天夜里,我们住在一位孀妇家里,这个骑士也在那里投宿;及至他知道我们都是亚瑟王朝的骑士,便对国王大肆侮辱,尤其骂得桂乃芬王后体无完肤;到了第二天,我们为了这件事,就同他斗了起来。"凯骑士接着又说:"我们才交手相斗,他就一击把我打下马来,使我受了重伤;我的伙伴丁纳丹骑士看见我跌倒受伤了,他不敢报复,就飞奔而逃;这样那人就走开了。"说完以后,特里斯坦骑士分别请教了他们的姓名,他们把自己的名字都告诉了他。然后特里斯坦骑士向凯骑士告别,又向丁纳丹骑士告别,便骤马狂驰,先跑进一片幽郁的大森林,又穿过一片平原,最后来到了一座修道院里,就此歇息下来;院内住有一位隐者,陪伴他同住了六天。

第四回

特里斯坦骑士怎样打倒了"野心家"莎各瑞茂骑士和荒原上的杜丁纳斯骑士。

特里斯坦骑士寄住在修道院内的时候,曾吩咐仆人高凡耐代他进城去采办新的甲胄之类的武装;因为特里斯坦骑士已经好久不曾添置新装备,他的甲胄都已经破烂不堪,及至高凡耐办来了新的装备,他才辞别那位孀妇,在一个黎明,骑马上路而去。行不多时,特里斯坦骑士忽然和野心家莎各瑞茂骑士,还有荒原上的杜丁纳斯骑士,不期而遇。这两个人一见到特里斯坦骑士,先寒暄了一阵,接着就问他是否愿意比武。特里斯坦骑士答道:"两位高雅的骑士老兄,承蒙不弃,要我比武,自然乐意领教,可惜在不久之前,我曾应允一位强悍的骑士,已经约定了同他比武的日期,深恐今天奉陪两位比武之后,不幸受伤,届期便不能如约前往比赛啦,因此没法遵命。"莎各瑞茂骑士道:"说到这一点,我愿拿脑袋做赌注,非比不可;您要想通过这地方,一定要同我们先比一比。"特里斯坦骑士应道:"好吧,您既来强迫我,我就一定要舍命相陪了。"双方立时都竖直了盾牌,冲在一起,大家怒火冲天,越战越勇。特里斯坦骑士使出全力,只一击便把莎各瑞茂打下马来。特里斯坦又策转马头,向杜丁纳斯骑士冲来,大声喝道:"骑士啊,您准备好吧。"他对准杜丁纳斯发了一击,又把他立刻从马上打落。及至他看到这两个人都躺卧在地上,才勒了勒辔绳,上路走开,由仆人高凡耐陪侍着他同行。

不多时,特里斯坦骑士已走远了,莎各瑞茂和杜丁纳斯两个骑士便急忙骑上了马,去追赶特里斯坦骑士。特里斯坦骑士一看到背后有两个人越追越近,就勒马转向他们奔来,喝问他们究竟做什么打算。特里斯坦骑士说道:"先前,由于你们两位邀请我比武,我把你们打倒;那时我本想避开你们,并不来惊动,可是你们硬不让我通过,现在我认为你们又在挑衅了。"莎各瑞茂和杜丁纳斯两个骑士答道:"不错,我们正要对您的侮辱来一个报复呢。"特里斯坦骑士说道:"两位好骑士,你们不必如此啊,要知道你们所以被我打倒,完全是你们自己惹出来的祸呀;我现在请你们本着骑士的精神,赶快离开我;若是我再同你们相斗,我知道自己或许难免要遭到伤害,可是我认为你们也没法避免受伤哩。这乃是我不愿同你们作战的原因;你想我在最近三天之内,要同一个坚强的骑士去比武,那是一个当代最凶残的人,若是我同你们比武而受了伤,到时候就不能出场同那个人去斗啦。"莎各瑞茂骑士问道:"那个骑士是什么人?您为什么要同他相斗呢?"他答道:"爵爷们,这个优秀的骑士名叫巴乐米底。"莎各瑞茂和杜丁纳斯两人说道:"杀我的头,也不骗人,您应当怕他的,因为您很快就会知道他是一位顶优秀的骑士,而且还是很凶狠的。正因为您要同他相斗,此刻我们特赦免您,不然决不轻易放您过关的。"莎各瑞茂骑士说道:"亲爱的骑士,请您把大名告诉我们吧。"他答道:

"爵爷,鄙人的名字叫良纳斯的特里斯坦骑士。"莎各瑞茂和杜丁纳斯两人同声叫道:"啊呀,久闻大名,素所敬仰,今朝才得识。"说罢,彼此告别,各奔前程而去。

第五回

　　特里斯坦和兰斯洛特两个骑士怎样在墓碑旁边相遇，又他们怎样因为不相识而互斗起来。

　　特里斯坦骑士告辞之后，一直奔向加美乐城，来到魔灵从前所建立的石碑跟前方才停步，这里原是爱尔兰王太子郎希奥骑士被巴令所杀的地方。同时也是美女古龙美殉节的地方，因为古龙美爱上了郎希奥，她看到情人死于非命，就在此饮剑穿胸而死。那时，魔灵使用幻术，将骑士郎希奥和他的情人古龙美合葬在一块巨石下面。同时，魔灵还发表一宗预言，说在这地方，当亚瑟王当权之日，必有两个最优异的骑士在此会战，他们两个也是两位最钟情的情人。及至特里斯坦骑士抵达了郎希奥和古龙美的墓地之后，便四处寻索巴乐米底骑士。一忽儿，他望见了远远有一位矫健的骑士，全身白色，撑着一面用布包裹着的盾牌，径直向他冲来。等到那人跑近，特里斯坦骑士放声叱道："骑士先生，欢迎您来，您是真能遵守约会的日期啊。"说话之间，他们已经顶着盾，挥着矛，放马对冲互斗，彼此奋不顾身，鏖战多时，结果一齐跌倒地上；登时又丢开了马，面前用盾牌遮掩，拔出明晃晃的利剑，像大力士似的，挥剑乱砍，战到最后，两人都受了严重的刀伤，迸涌出的鲜血把遍地野草都染得绯红。这样互斗了四个小时,彼此都不曾交谈过一句话,他们身上的甲胄,许多地方都砍破了。高凡耐立在旁边叹道:"耶稣啊,你看我东家一剑一剑地砍到你主人的身上,那是多么惊人呀。"兰斯洛特骑士的仆从回答道:"骗人就杀我的头,实在您的主人打出的并不多,挨揍倒挺厉害啊。"高凡耐又说道:"哎哟,耶稣啊,不论巴乐米底骑士或是兰斯洛特骑士都太辛苦了,但是这两位优秀的骑士都把对方打出了这么多鲜血,实在太可怜啦。"他们站在旁边,边说边哭,看见两位主人,挥起明晃晃的利剑,砍到对方的身上,剑上渍满了他们的鲜血,都为之悲不自胜。

到了后来,兰斯洛特骑士首先开口说道:"骑士啊,我从来不曾看见有人像您今天打得这样惊人,倘蒙不弃,愿领教您的大名。"特里斯坦骑士应道:"爵爷啊,今天我不愿把自己的名字告诉任何人。"兰斯洛特骑士说道:"好吧,如果有人问到我的姓名,我是很乐意奉告的。"特里斯坦骑士便道:"那便很好了,就让我先请教您的尊姓大名?"他答道:"好骑士,鄙人名唤湖上的兰斯洛特骑士。"特里斯坦骑士说道:"这真是万分不幸了,我可算得不自量力,胡作妄为啦,原来您就是我平生最敬爱的大人物。"兰斯洛特骑士又忙道:"爵爷,请问您的大名?"他答道:"实不相瞒,小弟乃是良纳斯的特里斯坦骑士。"兰斯洛特骑士叹道:"耶稣啊,哎,我干了一桩什么勾当呀。"于是兰斯洛特骑士立时跪倒地上,伸出宝剑,向对方表示顺服。那位特里斯坦骑士也跟着下跪,捧着利剑,向兰斯洛特献诚。他们两人都甘拜下风,互相推让,奉对方是取得最后胜利者。接着,两人都站立起来,走到墓地,坐在石沿上面,脱下头盔,换一口新鲜空气,又彼此拥抱在一起,亲了一百次嘴。然后,大家再拾起头盔，跨上马，前往加美乐城去了。他们进得城来，正遇见高文骑士和葛汉利骑士，这两人先前曾应允过亚瑟王，若是不能在外寻得特里斯坦骑士，便永不再返回朝廷。

第六回

兰斯洛特骑士怎样带领特里斯坦骑士来到朝廷上，以及国王和骑士们怎样为了迎迓特里斯坦骑士而狂欢。

兰斯洛特骑士对高文和葛汉利两人说道："请你们转回朝廷去吧，你们要找的人已经被我寻着了：看，这不就是特里斯坦骑士吗！"高文骑士听了这话，十分欢喜，便对特里斯坦骑士说道："欢迎您回来，您来了，就省下我们天大的气力啦。"高文接着又问特里斯坦说："为什么您要赶回朝廷来呢？"特里斯坦骑士道："好爵爷呀，我为了巴乐米底骑士才到此地来的；我们已经约定了今天在墓地上比武，如今竟然没有听到他的信息，这使我实在诧异。适巧我的爵爷兰斯洛特骑士由这里路过，我们就遇到一起了。"正在这时，亚瑟王走进来，他望见特里斯坦骑士，便急忙跑过来拉住他的手，说道："特里斯坦骑士，本朝廷欢迎您，像欢迎任何到来的骑士一样。"及至听到兰斯洛特骑士曾经同他苦战过一场，而且两人都受了重伤，国王十分焦心。于是特里斯坦骑士便向国王解释，他所以来到墓地，原是想找巴乐米底骑士决斗的。他又禀告国王说，不久之前，巴乐米底同布诺斯·骚士·庇太骑士的九名部下相斗的时候，他曾替他解过围，救出了巴乐米底；以及他怎样发觉了一个卧在泉边的骑士，又说："那个骑士后来把巴乐米底骑士同我都打倒了,这个人所携的盾牌是用布包着的。巴乐米底被打倒以后就爬起来跑开了,我就盯着那个骑士追赶下来,一路上到过很多地方,好些人都在说他杀了很多骑士,并且斗败了好多人。"高文骑士道:"骗人就杀我的头;就是这个骑士,曾经把我同布留拜里骑士都打翻了,我们两个都受了重伤,那时他也带着一面用布包扎的盾牌。"凯骑士这时在旁也插嘴道:"那个骑士也把我打倒的,把我打伤得好厉害呀,要是我能够认识他,才真够欢喜啦,可惜至今还不知道他是谁。"亚瑟王听完,说道:"大慈大爱的耶稣啊,那个携带用布包着的盾牌的骑士究竟是什么人呢?"特里斯坦骑士答道:"我不认识他,当时所有的人也都这样说。"亚瑟王道:"现在我知道了,那人一定是兰斯洛特骑士。"于是所有的人都盯着兰斯洛特骑士,并且说道:"原来是您拿着用布包裹的盾牌做掩护,免得我们识破了您啊。"亚瑟王又说:"这不是第一次了,他一向是隐瞒着自己身份的。"兰斯洛特骑士道:"王上,那个携带布包盾牌的人正是我,您猜得真对啊;为了不让外人认出我是陛下朝廷里的人员,所以我才对您的朝廷出言不逊。"高文骑士、凯骑士、布留拜里骑士一齐赞成地说道:"一点不假。"

这时,亚瑟王挽着特里斯坦骑士的手,一同走到圆桌旁边。桂乃芬王后也在许多贵妇人的陪侍之下,走将过来;大家异口同声地说道:"欢迎您啊,特里斯坦骑士。"还有许多妇女也喊着:"欢迎您呀。"全体骑士们也嚷着:"欢迎,欢迎。"亚瑟说道:"为了您是最优秀的骑士之一,是全世界最善良的人,也是最受人尊重的人,我特地来欢迎您。在各种狩猎技巧上,您曾得过首奖;

由您开创了全部狩猎用兽的处理方法,又首先在打猎上制定了所应用猛禽猎兽的全部术语;对于各种乐器,您的技艺,首屈一指,超群拔萃;因此,谦和的骑士先生,我欢迎您光临敝朝。"亚瑟接着又说道:"此外,我想请求您答应我一个要求。"特里斯坦道:"一切均听从陛下的吩咐。"亚瑟道:"我要求您今后就屈留在我的朝里。"特里斯坦骑士回道:"王上,惟有这件事却难从命,因为我在各国里都有些还不曾做完的事情。"亚瑟又道:"不行,您既然应允我,还有什么反悔呢。"特里斯坦骑士答道:"王上,我就遵从您的意思好啦。"这时,亚瑟走近圆桌的各个座位,一一巡视,看有谁缺席。忽然间,国王看到刻有马汉思名字的座位,改刻着这几个字:"这是高贵骑士特里斯坦的席位。"于是亚瑟就赐封特里斯坦为圆桌社的骑士,并且举行了庄严而又辉煌的宴会,凡是人们所能想到的一切,在这个宏伟盛大的场面里,无不应有尽有。原来那个马汉思骑士,是从前在一座小岛上被特里斯坦打死的,这宗公案,传到当时亚瑟王朝,尽人皆知;因为这位马汉思本是个高尚的骑士,只由于他对待康沃尔王朝的行动太恶劣了,才激起了同特里斯坦的一场恶战。那时他们斗了很久,横冲直撞,一进一退,打了好多个回合,鲜血流了满地;因为双方伤势都很重,流血也太多,两个人几乎都站立不起。后来,特里斯坦骑士侥幸能够复原,但马汉思骑士头部的剑伤太厉害了,终于不治而死。著书人写到这里,暂将特里斯坦的事搁下不提,先来述说一番马尔克王的动态。

第七回

为着怨恨特里斯坦骑士,马尔克王怎样率领两个骑士去到英格兰,他又怎样杀死了其中的一人。

马尔克王听到特里斯坦骑士扬名海外,煞是嫉妒,就把他放逐到康沃尔国境以外。特里斯坦本是马尔克王的外甥,可是马尔克王一向怀疑他同王后伊索尔德之间的关系,总认为他们一往情深,暧昧多端。当特里斯坦骑士离开康沃尔来到英格兰之后,马尔克王听到他在国外建立了武功,享了大名,他自己心里反而十分焦灼苦恼。因此马尔克王就派自己的部下赶到了英格兰,去侦察特里斯坦的行踪。同时,王后伊索尔德也私下里指派了心腹,去国外探听特里斯坦的功绩,因为情有所钟,她便一心萦回在他身上。这些信使返国,将路上所听到的真情一一报告了主人,说他的声望蒸蒸日上,只有兰斯洛特骑士才是他的平手。这些消息,使得马尔克王更加忐忑不宁,可是伊索尔德听了则是别有一番欢喜。马尔克王怀着满肚皮的怨恨,偕同两个精干的骑士和两个侍从,伪装赶到英格兰去,打算把特里斯坦骑士暗暗杀掉。这两个骑士,一个名叫拜索耳斯,另一个叫阿曼特。他们抵达以后,遇见了一位骑士,马尔克王就向那人询问,在什么地方才可以看见亚瑟王呢。那位骑士道:"在加美乐城才可以见到的。"接着他又探问一些关于特里斯坦骑士的事情,问他是否听说这人住在亚瑟王的朝廷里。那个骑士回答说:"您要知道,您一到加美乐城就能够会见这位当代鼎鼎大名的特里斯坦骑士了;在美丹堡的大比武会上,他靠了精湛的武功,获了首奖,那座美丹堡是建筑在坚石屿上面的。他又靠着自己的武艺,打败过三十名骑士,这些骑士全都是当代的红人。最后他又同兰斯洛特骑士苦战一场,树立了空前的伟绩。特里斯坦骑士来到朝廷并不是被兰斯洛特骑士俘虏来的,他进了朝廷,受到国王的极大欢迎,遂封他做圆桌社的骑士;他在圆桌上的席次就是从前著名的马汉思骑士所坐的位子。"马尔克王听到特里斯坦骑士声名赫赫,心中感到烦闷不堪;就同那人告别了。

　　路上马尔克王向他的两个骑士说道:"现在我要把心里的话告诉你们听:你们两人都是我的心腹,我想你们能了解我到此地来的用意,我要不择任何手段,运用一切智谋去消灭特里斯坦骑士;他想要逃开我们的手心,恐也不是一件易事。"拜索耳斯骑士答道:"我的天呀,你是什么意思呢?要是你这样做,那太无心肝了;要知道在我们所认识的骑士中间,特里斯坦是最受人敬重的,所以我坦白地警告你,我绝对不同意你去弄死他的;我现在不愿再服侍你,请你让我走开吧。"马尔克王听他说了这些话以后,立时拔出宝剑,叱道:"噢,你这个叛徒!"举剑直向拜索耳斯的头上砍去,把他的半个脑袋砍了下来,直劈到牙缝。另一个叫阿曼特的骑士,还有两个侍从,看到这种残忍的情形都说这种举动是恶劣的、是犯法的,说道:"我们都不愿再侍奉你啦;你要明白,我们一定要向亚瑟王控诉你的罪行。"这时马尔克王异常愤怒,打算杀死阿曼特，可是阿曼特同两个侍从已团结一致，丝毫不为他的阴谋所动摇。马尔克王发觉自己没法陷害他们三个人，因而用这样的话向阿曼特骑士说道："您要放明白一些，若是你们去控诉我的罪行，我在亚瑟王面前也会为自己辩护的；因此我请你们，不论到什么地方，都不要说出我是马尔克王啊。"阿曼特骑士应允道："这件事，我为你守秘密好了。"说罢，各自别去。阿曼特就同两个侍从抬起拜索耳斯的尸体，在那里埋葬了。

第八回

　　马尔克王怎样来到一溪泉水的近旁，发觉拉麦若克骑士正在那里为了爱路特王的夫人而苦闷不堪。

　　马尔克王驰马来到一溪泉水的近旁，下马休息，他站在那里踌躇着，不知是要到亚瑟王朝去呢，还是返回本国。当他正在泉边休息的当儿，忽见一个戎装整齐的骑士，乘马迎面而来；他到了溪边下马，把马拴起，就地坐下，没精打采地长吁短叹，沉郁凄楚地自怨自艾，说出了内心失恋的苦痛，那真是旷古未闻；在这段时间内，他一直没注意到马尔克王。他悲痛叫苦的郁结，大概如此：他哭喊着说道："美丽的奥克尼王后，路特王的夫人，高文骑士的生母，葛汉利骑士的母亲，还有其他许多孩子的母亲呀，我为了爱您而无限苦痛。"马尔克王听后，站起来走到他的面前说道："亲爱的骑士先生，您的话太可怜啦。"他答道："是呀，我内心的苦楚，一百分里也表达不出一分呀。"马尔克王道："请问您的尊姓大名？"他答道："骑士先生，问到我的姓名，对一位佩带盾牌的骑士，我是不愿隐瞒的，鄙人名唤加里士的拉麦若克骑士。"拉麦若克骑士听到马尔克王说话，由他的口音就判定他是康沃尔籍的骑士。拉麦若克骑士便说道："骑士啊，根据您的口音，我猜您一定是康沃尔的人氏，当今在贵处执政的王，确是个暴虐无耻的家伙,是举世正义骑士的仇敌;他把特里斯坦骑士逐出国外,这就是一件铁证,要知道特里斯坦是当代最受人尊重的一位骑士,所有的骑士都在颂扬他,独有马尔克王因为嫉妒王后和他的情谊,竟然把他赶出国外。"拉麦若克骑士又接着说:"天下事真弄得阴差阳错了,像马尔克王那样一个奸阴狡诈、虚伪怯弱的骑士,竟同温柔多情的美女伊索尔德结成配偶;举世的人,没有不诋毁马尔克的,同时对于王后伊索尔德的风度,又没有人不在赞扬。"马尔克王说:"这桩事与我无关,我不愿对他们发表意见。"拉麦若克答道:"好吧。"马尔克王又说:"骑士,您能告诉我一点新闻吗?"拉麦若克骑士答道:"可以的,让我告诉您听;最近在加美乐城附近的嘉根特堡上,将要举行一次盛大的比武会;据我的猜测,这个会大概是由百骑士王同爱尔兰王所召集的。"

这时,忽然走来一个骑士,名叫丁纳丹,他向马尔克王和拉麦若克两人施礼致敬。及至他发觉马尔克王是一个康沃尔籍的骑士,就为了他们的君王马尔克的缘故,对他破口大骂,言辞毒辣,要比拉麦若克所骂的话凶出一千倍。于是他便向马尔克王挑战了。马尔克王本来不想同这人交锋,可是经过丁纳丹一再的怂恿挑拨,他就同拉麦若克骑士交手了。拉麦若克骑士狠狠地打出一击,眼看马尔克王快要从马尾上翻落,他又急忙伸出矛杆,把他架住。马尔克王登时竖腰坐起,朝着拉麦若克追去。但丁纳丹骑士不愿同拉麦若克骑士比武,因为他把拉麦若克误认作家宰凯骑士,他把这话告诉了马尔克王。马尔克王说道:"您弄错了,这个人比凯骑士要强干多啦。"说罢,吩咐他停住,自己放马追去。拉麦若克骑士在前面掉头问道:"您打算做什么?"他说:"骑士啊,我想同您持剑再斗一次,刚才您用矛打得我多丢脸呀。"蓦然间两骑相近,双方挥剑互击,斗成一团,然而拉麦若克骑士却是处处让过他不加紧逼的。这时马尔克王性情急躁,紧接着一连发出许多击。拉麦若克见他不愿停手,大为震怒,因为他是当代最高贵的骑士之一,便加倍气力打出;每一击都打在马尔克的头盔上,迫得他把头俯伏到了马鞍的弓顶上。及至拉麦若克骑士看见他这样低头,因而说道:"骑士先生,您觉得这样好过么?我认为您斗得很够了,要是叫我再打您,就有点于心不忍啦;因为您是个没大出息的骑士,我就放了您,让您随便走开吧。"马尔克王答道:"多谢,多谢,因为我并不是您的对手啊。"

　　随后丁纳丹骑士讽刺马尔克王说道:"您哪里配同优秀骑士比武呢。"马尔克王说:"起初我同这个骑士比武的时候,您却拒绝了他。"丁纳丹骑士说:"你认为我这样做丢脸么?骑士啊,不是的,我认为大凡一个骑士拒绝他力所不能及的事情,这依然是光荣的;但是为了您的荣誉,前一次您就该学我的样子,应当老早谢绝他的;我现在老老实实地告诉您,拉麦若克一个人足够对付像你我这样的五个哩;你们那种康沃尔的骑士,毫无用场,比不上别处的那么英武。因为你们这些没有本领的人怀恨有武功的人,所以在你的国度里,再也培养不出第二个特里斯坦骑士啦。"

第九回

马尔克王和拉麦若克及丁纳丹怎样进入一座堡寨；
在那里马尔克王是怎样被认出的。

随后马尔克王、拉麦若克骑士和丁纳丹骑士三人并辔偕行，不久来到一座桥上，桥旁有个谯楼耸立，建筑得壮丽辉煌。他们又望见了一位骑士，顶盔披甲，端坐马上，挥着长矛，高声大喝地向他们挑战。丁纳丹骑士就向马尔克王说："你看那里站着两个弟兄，一个名叫阿兰英，另一个是推爱英，他们是准备同过桥的人比武的。"丁纳丹又怂恿着马尔克王说："你一向是个被人一打就躺在地上的家伙，现在你同他们比一比呀。"马尔克王一听这话，羞惭万分，立时平端着长矛，向推爱英骑士冲将过去，二人才一交手，双方的长矛都断成好几截，于是他过了桥。这时推爱英另取了一支长矛送给马尔克王，要他再比一下，可是他无论如何都不肯答应了。这三个骑士过桥以后，一同来到寨门口，请求借宿。那寨里的几位骑士，代表寨主——阿瑞斯的儿子陶尔骑士——答道："欢迎列位留宿敝寨。"大家一起走进了天井，只见那里面的园庭花木，布置得楚楚有致，宾主笑逐颜开，尽情欢乐；不想寨里有一个名叫拜尔劳斯的太守，他认出了康沃尔的马尔克王。拜尔劳斯这时开口说道："骑士先生，您瞒不住我，我认得您很清楚，您就是从前在我眼前杀了我父亲的马尔克王啊，若不是当时我迅速逃进林里，险些也被您杀了；您要知道，此刻我看在寨主的情面上，并不来害您，也不去妨碍您的同伴。不过您要明白，当您离开这寨之后，我若是想害您，是易如反掌的；而且您又为非作歹，杀过我的父亲，对您复仇，更属应该的了。然而我呢，依然看在寨主陶尔骑士以及在这里留宿的贵宾拉麦若克骑士的面上，并不让您住在很坏的地方；按说您完全不配同高贵的骑士们做伴，这真是一件憾事；归根结底，您只是个无恶不作的骑士和君王而已，您消灭了多少优秀的骑士，您除了阴谋险诈之外，还能做点什么呢？"

第十回

拜尔劳斯骑士怎样遇见了马尔克王,又丁纳丹骑士
怎样站在马尔克王一边。

马尔克王听罢,面有愧色,无言以答。这时,拉麦若克和丁纳丹两个骑士发觉了他就是马尔克王,也都表示不想再同他作伴。大家吃过晚饭,各自安歇。翌晨,赶忙起身,马尔克王和丁纳丹骑士偕行;约计走出三英里开外,忽然遇见三个骑士,其中一人是拜尔劳斯,余下两个是他的表亲。拜尔劳斯骑士一望见马尔克王,便大声喊道:"你这个坏蛋,准备来斗吧,要知道我就是拜尔劳斯骑士。"丁纳丹骑士在旁插嘴说道:"骑士先生,这次放他过关吧,他现在要去晋谒亚瑟王;因为我已应允带他去拜见亚瑟王,就不得不站在他的立场上说话;总之,我不喜欢他的行为,也很乐意离开他。"拜尔劳斯骑士说:"丁纳丹啊,您既站在他的一边,我觉得很遗憾,现在请您用力来打吧。"说罢,他猛然向马尔克王打来,一击中到他的盾上,把他从马鞍打落地上。丁纳丹骑士亲眼看到这种情形,扬起长矛,奔到拜尔劳斯骑士一个部下的马前,也一击把他打下了马鞍。接着,丁纳丹骑士又勒马回转,依然放矛击去,又把第三个骑士打下马来;丁纳丹当时是一个骑马比武的能手;大战开始了,拜尔劳斯和部下两人团结一致,坚强地徒

步应付。由于丁纳丹骑士的大力支持,马尔克王把拜尔劳斯打倒了;他的两个部下遂即飞奔而逃;若非丁纳丹为人忠厚,马尔克王会把拜尔劳斯打死的。马尔克王一向是个刽子手,这次是丁纳丹骑士搭救了拜尔劳斯的性命。后来,他们两人上马离开,只把那个受了重伤的拜尔劳斯骑士留在那里。

马尔克王和丁纳丹骑士继续前进,大约走了四英里的路程,来到一座桥上,一个骑马的武士守卫这桥,随时准备比武。这时丁纳丹骑士向马尔克王说道:"您看呀,那里有一个骑士守着桥堍,等待着比武呢,不管什么人,如不同他比一下,便不能通过的。"马尔克王道:"好,这次应该轮到您去斗啦。"丁纳丹知道那人是个本领高强的骑士,很乐意同他交手,但是更希望马尔克王先出来同他比赛,不想马尔克王无论如何不同意。这时丁纳丹便和那人都撑起盾牌,执着长矛,骤马相对冲来,打成一团,结果丁纳丹被那人一击打落马下;他赶紧从地上爬起,跃身上马,要求那人再来同他比剑。只听那人回答说:"好骑士啊,此刻不必再比啦,按照我们过桥的规矩,只须比一次就够了。"丁纳丹骑士因为没法向那人报复,又没法迫使那人报出姓名,怒不可遏,就此离去。不过,丁纳丹骑士看到那人的盾牌,一直认为他就是陶尔骑士。

第十一回

马尔克王怎样嘲笑丁纳丹骑士，以及他们怎样遇见六个圆桌骑士。

他们一路前行，在途中，马尔克王开始讥嘲丁纳丹骑士，他说："我还以为你们这群圆桌社的骑士不会找得出对手呢。"丁纳丹骑士答道："您的话有理；不过，让我拿性命同您打个赌，永远轮不上您去做最优秀的骑士哩；因为您如此轻视我，就请您同我比一比，证明一下我的气力吧。"马尔克王说道："这大可不必了，我无论如何不同您相比；不过我要请求您一件事，因为那里的人都很恨我，所以在您抵达亚瑟王朝之后，请不要把我的姓名暴露出来。"丁纳丹骑士说道："你真丢脸，你做人做得这么恶劣吗；我看你简直是个懦夫、谋害家，像你这样的骑士太无耻了；一个专门谋杀人命的骑士，永远不会被人家所敬重，将来也不会得到敬重；就比如在上次，你靠了我的力量，就想把拜尔劳斯骑士杀掉；要知道他比你能干，将来也比你有造就，而且气力也比你大。"他们这样边谈边走，来到一处风景清幽的地方，那里早站着一个骑士，招呼他俩共同过夜。他们应允了这人的要求，一起歇脚，大家准备了酒肴，过得非常快乐。原来这位骑士是好客的，对各处来的游侠骑士，尤其是亚瑟王朝里的人，没有不竭诚欢迎的。这时丁纳丹骑士询问主人,那个看守桥口的骑士叫什么名字。主人问道:"你问他做什么?"丁纳丹骑士答道:"因为刚才我被他打翻过。"他的主人说:"哎,好骑士啊,这有什么稀奇,他原来就是一位最优秀的骑士,名字叫陶尔,他是牧人阿瑞斯的儿子。"丁纳丹骑士说道:"他就是陶尔骑士吆?我也一直这样想呢。"

当他们站着交谈的时候,忽然望见前边有亚瑟王朝的六名骑士从平原上迎面驰来,武装极其齐备。从他们携带的盾牌上看,丁纳丹骑士是完全认识他们的。第一个名叫乌文英骑士,武功卓越,人品高尚,乃是由岚斯王的太子;第二个是高贵的骑士布兰底耳斯;第三名叫"硬心人"欧杂那骑士;第四个是"冒险家"乌文英骑士;第五个叫阿规凡骑士;第六个是莫俊德骑士,这人是高文骑士的同胞弟兄。丁纳丹骑士看清了这六个骑士之后,随即心生一计,打算怂恿马尔克王同他们中间的一个人去比武。于是他们上了马,追赶那些骑士,走了三英里的路程。马尔克王这时发觉那六个骑士都靠泉旁坐着,正把随身携带的酒肉拿出来吃喝;至于他们的马匹,有的放开散步,有的拴在树上;他们的盾牌,零乱地挂在四周各处。丁纳丹骑士向马尔克王说道:"你看那边的游侠骑士打算来同我俩斗一斗啊。"马尔克王说道:"上帝也不会允许的,他们六个人怎好来斗我们两个呢。"丁纳丹骑士道:"话是这样说,但我们也不应马虎,我就去打最前边的那一个。"说罢他就冲上去了。马尔克王一瞧见丁纳丹忙着动手,风快地冲到他们跟前,马尔克王便带领着侍从从旁偷偷地溜开了。丁纳丹骑士一看见马尔克王逃走了,他便放下了长矛,把盾牌推到背后,飞驰到圆桌社的伙伴们的当中。这时乌文英骑士看出是老友丁纳丹骑士来了,高兴地欢迎他,其余的伙伴们也同样表示了欢迎。

第十二回

六个骑士怎样派遣达冈纳骑士去同马尔克王比武，又马尔克王怎样拒绝他。

乌文英骑士和他的同伴们一起探问丁纳丹的行侠经过，又问他可曾会见过特里斯坦骑士和兰斯洛特骑士。丁纳丹骑士答道："上帝啊，自从我离开加美乐城以来，一次都不曾遇见过。"布兰底耳斯骑士又问道："有个骑士刚才突然离开你，跑进树林里去了，他是什么人啊？"他答道："骑士啊，那人是康沃尔的骑士，在骑马的人里，他是一个最可怕的懦夫。"于是全体的骑士都问道："他叫什么名字呢？"丁纳丹骑士答道："我不晓得。"这时，大家谈谈别的，又休息了一阵，然后上马进寨；寨内住有一位高年的骑士，他招待这群游侠骑士，真是叫人酒足饭饱，宾至如归。就在他们谈话的时候，进来了一位骑士，名字叫做"神子"葛利夫莱，大家都对他表示了一番欢迎；接着又问他是否遇见过特里斯坦骑士和兰斯洛特骑士。他答道："诸位骑士，自从特里斯坦骑士离开加美乐城之后，我就没见过他。"丁纳丹骑士在寨内散步参观的时候，忽然发现马尔克王住在寨内的一间房里，便忍不住对他谩骂起来，还质问他为什么跑开。他答道："因为他们人多，我怎敢停留。"马尔克王反问道："那您是怎样逃开的呢？"丁纳丹骑士说道:"骑士啊,他们都是很好的朋友,不是我所猜想的那样。"君王又问:"这群骑士的首领是什么人?"丁纳丹骑士为着要吓唬他,因而就说是兰斯洛特骑士。君王又问道:"耶稣啊,怎样能叫我根据他的盾牌认出他呢?"丁纳丹说道:"是呀,他的盾上有银色的和黑色的条纹。"这一番话,都是用来吓唬君王的,其实兰斯洛特骑士并不曾在这一群人的里面。马尔克王说道:"请您跟我一道走吧。"丁纳丹骑士答道:"我不愿意跟您搭伙,您上次不是丢开我逃了么?"

丁纳丹骑士话才脱口,便离开了马尔克王走到他自己的伙伴那里去了;他们一起骑上了马,往前赶路,路上一直把那个康沃尔的骑士做话柄,谈谈笑笑,丁纳丹告诉他们说,当他们在寨内投宿的时候,这人也住在里边。葛利夫莱骑士插嘴说:"您的话很有趣,我这次把达冈纳骑士邀来了,他是亚瑟王的弄臣,世上惟一的好好先生,也是一个快乐神仙。"丁纳丹骑士道:"您看好么?我曾经告诉过康沃尔的骑士说,兰斯洛特骑士在这里,那康沃尔骑士又问他带的盾牌是哪样。我就把莫俊德骑士的盾牌的样子告诉了他。"莫俊德骑士道:"我现在受了伤,还不能披甲携盾,因而想把我的甲盾放在达冈纳骑士的身上,让他去对付那个康沃尔的骑士,您看好么?"达冈纳骑士说道:"这太好啦,我愿立誓一定耍好这套把戏。"一忽儿,达冈纳已披戴着莫俊德的甲胄,执着他的盾牌,骑上一匹骏马,还握着一支长矛。达冈纳说道:"现在请指给我看,那人在哪里,我一定把他打下马来。"于是所有的骑士都躲到树林边上,静待马尔克王沿路跑来。他们促着达冈纳骑士上前,只见他放马飞驰,径直向马尔克王冲去。及至他快要靠近马尔克王,他像疯狂一般地喊道:"康沃尔的骑士听啊,你准备好吧,我要来杀掉你。"说时迟,那时快,马尔克王一瞅到那面盾牌,不禁喃喃自语道:"完了,兰斯洛特骑士到了,我就要死了。"立时策马逃命,什么危险都不管了。达冈纳骑士用全力去追马尔克王,像疯人似的,破口大骂,二人一同穿过了一片大森林。乌文英和布兰底耳斯两个骑士望见达冈纳追赶马尔克王,便捧腹狂笑,笑得像发疯似的。随后他们跃上马,都追随达冈纳骑士跑去,目的在欣赏达冈纳的滑稽,同时可以保护他,免得他遭到伤害;因为亚瑟王一向十分喜欢他,并且亲手封了他骑士。在每次举行大比武会的时候,一开始他就能引得亚瑟王狂笑。这时众骑士四面奔驰,喊叫着追赶马尔克王,以致整个森林里搅起一阵嘈杂嚣乱的声音。

第十三回

　　巴乐米底骑士怎样适巧遇见正在逃跑的马尔克王，又他怎样打败了达冈纳和别的骑士们。

　　马尔克王正没命地飞奔，来到一溪泉旁，恰巧路口上有一位游侠武士，甲盾鲜明，武装齐整，手里握着一支巨大的长矛，端坐马上。当他瞧见马尔克王飞奔驰过的时候，他喊道："骑士啊，转回来吧，真丢脸！你站在我跟前，让我来保护你。"马尔克王答道："哎，好骑士啊，快放我过去，因为背后有一个骑士在追我，他是世界上最优秀的骑士，带着黑条纹的盾牌。"那骑士道："你胡说，这人没什么本领的，即使是兰斯洛特骑士或特里斯坦骑士一齐来，我也不怕同他们一对二地斗一场。"马尔克王听到那人说了这一番话，便勒马回转，停在他的跟前。那个威风凛凛的骑士放矛一击，打到达冈纳的身上，立刻把他从马尾上打落，使得他险一些儿把颈骨都跌断啦。这时布兰底耳斯骑士由后面追上，他看见达冈纳跌在马下，十分愤怒，便大声叫道："骑士，您准备好呀！"顷刻之间，他们已矛锋交映，火拼一团了。那骑士又瞄准布兰底耳斯打来，把他连人带马都摔在地上。乌文英骑士也赶到了，他也看到这种情况，说道："耶稣啊，那真是一个强干的骑士呀。"于是他们俩平挟着长矛，相互对冲，那骑士很凶猛把乌文英打翻了。随后,"硬心人"欧杂那骑士冲来了,他也被对方击倒了。葛利夫莱骑士道:"此刻,依照我的意见,要派人去见那个游侠骑士,问问他是不是从亚瑟王朝来的,我认为他一定是加里士的拉麦若克骑士。"因此就派侍从去见那个陌生的骑士,先问了他的姓名,还问他是不是亚瑟王朝的骑士。不想那个强干的骑士对侍从道:"我的名字不愿让他们知道;但是您可以告诉他们,我和他们都是同样的游侠骑士;并且让他们了解,我不是亚瑟王朝的骑士。"这个侍从立即返回,把他的回话报告了他们。阿规凡骑士说道:"讲谎话,杀我的头,那人乃是最坚强的骑士之一,是我平生罕见的,看他一连摔倒了三个大骑士,我们应该同他斗一场,不然就丢脸啦。"阿规凡骑士说到这里,便平挟着长矛,挺上前去,那人也已准备妥当,两人才一交手,阿规凡就被打到马下。又一个回合,"冒险家"乌文英骑士也被打倒了,接着那人又打倒了葛利夫莱骑士。这时因为丁纳丹立在最后面,莫俊德骑士的甲胄已被达冈纳所披戴了,没有着武装,所以除了这两人以外,都逐个被他打得大败。这样一场剧斗打过之后,那个坚强的骑士便缓步上路走去,马尔克王由后面赶来,对他称赞不已;但那人一句不答,只是长吁短叹,悲痛达于极点似的,垂头丧气,对他的话丝毫不加理睬。这样他们走了三个英里的路程,这个骑士召来一个仆从,吩咐他驰到附近一座庄园里,向这家的女主人致敬,并恳求她赏赐点酒肉食品。"倘使她问您我是什么人,请您告诉她,我就是追索怪兽的骑士:英文名称的含义是'叫兽';不论它走到哪里,它的肚皮里一直作声,好像三十对猎犬在狂吠似的。"这个仆从走到了庄园里,先向女主人施礼,并说明了他从哪里来。

669

等到她明了这人乃是从前那个追索怪兽的骑士所差来的,她就说道:"哦,亲爱的耶稣啊,我什么时候才能看到那个高贵的骑士,我的儿子巴乐米底呢?哎,他不愿陪我同住吗?"说罢神志昏迷,痛哭不已,十分悲伤。隔了不多时候,那仆人所要的食物她都交给他了。这个仆人本来是侍奉马尔克的,如今他把带回的酒肉交给巴乐米底骑士了。他一回来就告诉马尔克王说,那个骑士名叫巴乐米底。马尔克王道:"我很喜欢知道的,还要请你严守秘密。"他们跳下马,大家坐着休息。一忽儿马尔克王熟睡了。巴乐米底骑士瞧见他睡熟了,便上马走去,同时向他们说道:"我不愿同这个睡熟的骑士做伴呢。"说完,他缓步走了。

第十四回

马尔克王和丁纳丹骑士怎样听到了巴乐米底骑士为着伊索尔德而忧闷伤感。

我们现在再回头来述说丁纳丹骑士,他发觉了那七位骑士的心情都郁郁不乐。当丁纳丹知道这种情形以后,自也非常沉闷。他说道:"乌文英爵爷啊,我敢拿脑袋做赌注,我认为他就是加里士的拉麦若克骑士,如果他在这个国度里,我敢向诸位担保,我一定能寻得到他。"因此,丁纳丹骑士在骑马追赶他。马尔克王也在寻觅他,竟寻遍了整个森林,一无所得。且说马尔克王正在寻找巴乐米底骑士的时候,忽然听到似有人发出了又怨又苦、如泣如诉的声音。马尔克王壮起胆量,轻捷地跑去,能多么近就多么近地靠拢过去。这时,发觉一个骑士已经弃鞍下马,卸去了头盔,在呼天抢地、狂喊不已,竟是一种失恋的苦痛。这里暂按下不提,且说丁纳丹骑士追索巴乐米底骑士的情形。他追进森林里的时候,忽然看见一个骑士,正在追赶一头牡鹿。丁纳丹向那人问道:"骑士先生,您可曾碰见过一位骑士吗?他的盾牌上是银色底子画了个狮子头。"那人答道:"骑士老兄,不多久,我碰见过这个人,他一直往对面走去了。"丁纳丹骑士道:"多谢您,现在我就依着这马蹄去找他,想来总会找到的。"丁纳丹骑士说着向前寻

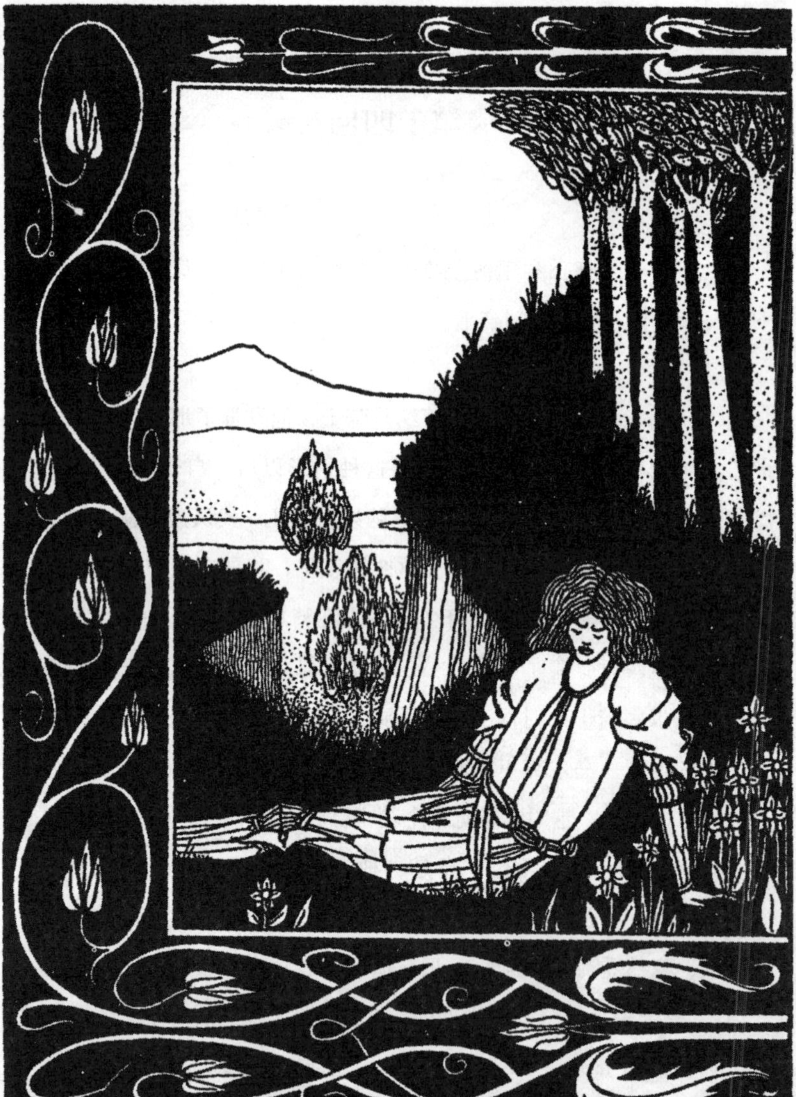

马尔克王和丁纳丹无意中听见巴乐米底在林中倾诉爱的忧伤

去，行行重行行，眼看天色渐渐晚了，蓦地听到有人不停叹息的声音，便循着这长叹的声音走将过去，一直走到靠近声音发出的地方，才下马步行。这时，只见有个骑士立在树下，马匹拴在身边，头盔挂在颈下，不断地自言自语，诉说着失恋的痛苦。细听他所倾诉的恋人，原来就是康沃尔的王后伊索尔德；只听他说道："哎，亲爱的姑娘啊，我为什么爱您呢！就因为您是天生的佳丽，虽然您从来不爱我，也不怜惜我，可是天呀，我一定要爱您。亲爱的姑娘啊，我永不会怨恨您的；是我自己神思昏昏地坠入情网，我爱上了您，正表明我是个呆子；我明知爱您的人乃是世上最优越的骑士，您也是爱他的呀；我知道这人就是良纳斯的特里斯坦骑士。说到您的丈夫，那不过是一个顶虚伪的君王，也是顶爱玩弄诡计的懦夫，这就是您的丈夫马尔克王呀。天呀，这样美丽又这样高贵的姑娘，竟会嫁给那么卑鄙龌龊的骑士和独夫，天道真是无知啊。"巴乐米底骑士的这一番话，正好给立在旁边的马尔克王听去了。但是马尔克王一眼望见了丁纳丹骑士，心里不禁顿起畏惧，惟恐给丁纳丹瞧见他，告诉巴乐米底，说他就是马尔克王；因此马尔克王轻轻向后避开，又赶紧乘上了马，回到他仆从等候的地方。他们一同迅速赶回加美乐城，当日碰见了阿曼特——这个骑士正准备到亚瑟王跟前控诉马尔克王的欺诈罪行；于是国王立刻命令他们俩比武。阿曼特的控诉是正义的。但不幸马尔克王一枪刺穿了阿曼特的身体。马尔克王骑马离开了王宫，因为他害怕丁纳丹骑士把他的情况泄露给特里斯坦和巴乐米底。当时伊索尔德也派来了她的侍女在此，她原来和阿曼特骑士很熟悉的。

第十五回

　　马尔克王怎样在亚瑟王的面前非法地杀死阿曼特骑士；以及兰斯洛特骑士将马尔克王捉回了亚瑟王的朝廷。

　　有两个侍女得到亚瑟王的特许，去见阿曼特骑士，打算同他谈几句话；这时搠进阿曼特骑士身上的那根矛，还没拔出，矛柄露在身外，他忍痛说道："两位亲爱的小姐，瞧我好可怜啊，请您代我向伊索尔德问好，还请您转言，我是为了她和特里斯坦骑士，才被马尔克王刺死的。"接着他又把马尔克王卑怯地杀了他，还杀了他的伙伴拜索耳斯的经过，诉说给那两位侍女听了。他又说："就是因为他的这些卑怯行为，我才控诉他的罪行，我是为了正义的斗争，才被他刺死的；我和拜索耳斯骑士两人致死的主要原因，完全是因为我俩不赞成他谋杀特里斯坦骑士。"这两个侍女听完，走进朝廷，高声喊叫，几乎整个朝廷都能听到："啊，亲爱的我主耶稣呀，您能够洞彻隐微，一个为非作歹的匪徒，去杀戮一位为正义而斗争的真正骑士，您怎能容忍呢？"一忽儿，这消息传遍了全朝，自国王和王后以下的全体爵爷，都知道马尔克王刺杀了阿曼特和拜索耳斯两位骑士；因此才引起一场决斗。这时亚瑟王怒发冲冠，部下各骑士气愤填膺。等到特里斯坦骑士明白了全部底蕴，更是万分伤感，为悼念拜索耳斯和阿曼特的牺牲，不禁流下了悲痛的热泪。

兰斯洛特骑士看见特里斯坦骑士涕泪交流,深受感动,便急忙晋谒亚瑟王,说道:"陛下,恳求您允许我离开宫城,去活捉那个罪恶滔天的骑士和君王。"亚瑟王答道:"我请您把他捉来,但为了我的尊严,您不要杀他。"这时兰斯洛特骑士迅速披挂齐全,跃上骏马,手握长矛,追向马尔克王。由此跑了三英里的路程,兰斯洛特骑士方才追上马尔克王,吩咐他道:"你这懦弱的君王和骑士,不管你愿意不愿意,都要跟随我到亚瑟的王朝。"马尔克王转回身来,抬头望着兰斯洛特骑士说道:"好骑士,请教大名?"他答道:"你应当知道,我就是兰斯洛特骑士,准备来打吧。"及至马尔克王知道他是兰斯洛特骑士,立刻带着长矛跑过来,大声喊道:"尊敬的兰斯洛特骑士,我向您投诚。"但是兰斯洛特骑士并不相信他的话,依然向他冲去。马尔克王看到这点,不加抵抗,立时从马鞍上滚到地上,好像跌下一只布袋似的,直挺挺地扑在地下,哀求兰斯洛特骑士的恩典。兰斯洛特骑士道:"站起来,你这个卑怯的君王和骑士。"马尔克王道:"我不敢同您相斗的,您叫我到哪里,我就跟您到哪里。"兰斯洛特骑士叹道:"可惜,真可惜,你既然趴下来投降,我就没法再去打你了,我竟不能为了特里斯坦骑士和伊索尔德,以及那两位被你谋杀的骑士出一口气,打你一顿。"说罢,他就骑上马,押带着马尔克王晋谒亚瑟王去了;走进宫里,马尔克王随着兰斯洛特骑士下马,把自己的头盔和宝剑都掷在地上,又全身伏在亚瑟王的脚前,恳求他的恩典。亚瑟道:"我向上帝立誓,一方面,我欢迎你;一方面,我不欢迎你。我知道你虽然心里不情愿,还是跑到我面前,这是我喜欢的。"马尔克王道："是的，否则我就不会来了；由于我的爵爷兰斯洛特骑士的威力，把我带来的，我已经向他投降了。"亚瑟王说道："好吧，你当明白，你就应当对我臣服，对我献贡，对我尽忠。这些事情，你从来都不曾履行过，反而一向对抗我，又来消灭我朝的骑士们；如今，你还能推卸得了罪责吗？"马尔克王答："王上，我一定完全遵守陛下的指示，尽我最大的力量，痛改前非。"这人嘴里说得天花乱坠，肚里却是鬼鬼祟祟。为了特里斯坦骑士的快乐，让他们两人有个言归于好的机会，因此国王暂留马尔克王在朝里，使那一天成为他们"破镜重圆"的一日。

第十六回

丁纳丹骑士怎样把兰斯洛特和特里斯坦两个骑士之间的决斗告诉了巴乐米底骑士。

现在我们再来述说巴乐米底骑士,只因为他满腔愁绪,伤感万端,丁纳丹骑士就想尽一切办法,用尽心力去安慰他。巴乐米底骑士问道:"您是谁?"丁纳丹骑士道:"爵爷啊,我和您同是游侠骑士,曾经根据您的盾型,寻您好久了。"巴乐米底骑士道:"这里就是我的盾牌,要知道,如果您敢拼命,我就会来奉陪您的。"丁纳丹骑士道:"请您不要误会,我找您是出于好意的,并没有想斗的意思。"巴乐米底道:"若是您想斗,我立刻就可以出来领教。"丁纳丹骑士道:"爵爷啊,您要从此地到哪里去呢?"巴乐米底骑士道:"说谎话,就杀头,我真是没有目的地,碰运气吧。"丁纳丹骑士问道:"您可曾听过或看见过特里斯坦骑士吗?"他答道:"愿向上帝立誓,决不欺人,提到特里斯坦骑士,我听到过他也看到过他了,虽然他已经从困境里救出了我的性命,不过那时我心里对他还没有好感;后来,在我们两人分手之前,约定了日期,到加美乐城近郊,魔灵从前建造的石墓旁,共同比一次武;不料临时出了事情,我没能守约赶到,心中自然很不快乐,但我是有充分理由的。那时,我做了俘虏,被俘的人很多,特里斯坦骑士知道得很清楚,我不是因为畏惧他才失约。"随后,巴乐米底骑士告诉丁纳丹骑士,说他们应当比试的日子是哪一天。丁纳丹骑士道:"我要向上帝立誓,一定说老实话,在你们约定的那天,兰斯洛特骑士却在约定的石墓上,不幸而与特里斯坦骑士遭遇一起了。这真算得是本地两个骑士之间空前的、最凶险的血战;两人相持达两小时以上。他们都流血很多,观众们对他们的耐性都表示惊奇。到最后,两人英雄惜英雄的,愿结拜做好朋友,还立誓做同盟的弟兄,天长地久、永矢不渝,没法判定出他们谁高谁低。到现在,特里斯坦已被封做圆桌骑士,取得了从前马汉思骑士所坐的席位。"巴乐米底骑士说道:"要是欺骗您,会被人斫头的,我相信特里斯坦骑士比兰斯洛特要高明多啦,而且也强干多啦。"丁纳丹问道:"您同他们交过手么?"巴乐米底骑士答道:"我同特里斯坦骑士比赛过,但是从没和兰斯洛特骑士交过手。"接着他又说:"不过,有这么一次,在兰斯洛特熟睡的泉边,他一击便打倒了特里斯坦和我两个人,那时他们两人还彼此不相识呢。"丁纳丹骑士道:"好骑士啊,说到特里斯坦和兰斯洛特两个人,让他们去吧,不必再多谈了;我相信即使他们当中比较差的,据我所知,在今天也没有哪个骑士可以轻易赶上。"巴乐米底说:"哪里会这样,这样说会遭到上帝反对的;即使他们最强的一个,如若同我起了争执,叫我去打他,也同打您一样的容易。"丁纳丹说道:"爵爷啊,请问大名;我愿意竭尽愚诚,追随后尘,大家一同到加美乐城去;在那里举行的大比武会,阁下如愿参加,必能得到无上的荣誉。而且桂乃芬王后和康沃尔的伊索尔德一定会来观看的。"巴乐米底答道:"您要知道,我正是为了伊索尔德才来的,不是为了别人;我同亚瑟的王朝没有丝毫干系。"丁纳丹骑士道:"爵爷,我愿骑马奉陪,随时侍奉,但恳求您把大名见告。"他答道:"骑士先生,您会知道,鄙人叫巴乐米底骑士,和沙飞尔是同胞,他是一位德艺俱备的骑士。赛瓦瑞底斯和我都出生于撒拉逊人的家族,父母都是撒拉逊人。"丁纳丹骑士道:"爵爷啊,承蒙您将大名见告,多谢厚意。得闻大名,深觉荣幸;还愿以身立誓,对阁下说明,我不仅不敢对阁下有所妨害,还愿对阁下有更多的照顾。今后,我愿意尽最大的能力去替您效劳;君子一言,驷马难追,请勿怀疑。并且,我还愿拿性命作保证,您在亚瑟王的朝廷里,一定可以得到无上的荣耀,而且还会受到他们的欢迎。"于是他们戴上头盔,携着盾牌,跃上骏马,循着大路,直向加美乐城而去。行不多时,就望见一座城堡,竖在他们面前;进得门来,一片繁华富庶的气象,像国内其他城堡一样,真是护卫森严,固若金汤。

第十七回

拉麦若克骑士怎样在美更·拉·费所住的堡寨前同许多骑士比武。

丁纳丹说道:"巴乐米底骑士先生,这寨里的情况我很熟悉,亚瑟王的胞姐美更·拉·费王后就住在寨内;当初,这寨原是亚瑟王的,送给了他的姐姐;后来姐弟不和睦,经常吵嘴、打仗,亚瑟王不止一千次地抱怨后悔,打算收回,虽是想尽方法,总没有成功,因此美更一有力量或遇到机会,总对亚瑟王打一次仗。她率领的那些又奸险又凶暴的骑士,都立意要把亚瑟王心爱的全部骑士消灭掉。所以凡是从这里路过的骑士,若不同她的部下一个、两个或三个去比一下,是过不去的。在比武的时候,若被打败的是亚瑟王的骑士,那么他的马匹甲铠等等,完全没收,至于他本人呢,往往是被俘虏,很难潜逃的。"巴乐米底道:"我向上帝立誓决不骗人,这种风气真是一宗残暴无耻的习惯啊,一个王后用它来对付自己的胞弟,甚至造成战争,怎知这位胞弟就是世人所称赞的骑士之花,并且受了基督徒和异教徒同样的推崇呢;所以现在,我也愿意用尽全力把那宗灭绝人性的习惯从根除掉。而且我更希望举世的人都能明了这一点,大家都不要去为她效劳。如果她真派出骑士同我比武——我想她会派来的,那么我一定要把他们打得落花流水。"丁纳丹骑士答道："我愿意用全力来支持您，决不失信；失了约，雷打火烧。"

当他们还立马在寨外的时候，远远望见有一个携着红盾的骑士跑来了，并带着两个侍从；这人径直跑到巴乐米底骑士面前说道："温良和善的游侠骑士先生，我想您对骑士的道义一定爱护，正因为如此，我才恳求您不必向这寨里的人挑衅啦。"说这话的乃是拉麦若克骑士。他又说道："我就是来寻索这宗奇迹的，那是我的任务；骑士啊，请您让我去干，如果我被他们打败了，再请您代我复仇。"巴乐米底道："愿靠上帝的名，祝您成功，还愿眼见为证。"说话之间，只见从寨里跑出来一个骑士，要求和那个红盾骑士比武。二人才一交手，那手执红色盾牌的骑士，使出了大力，只一击就把寨内的骑士打倒了，看他两脚朝天，扑在地上。停不多久，由寨里又跑出了一个骑士，也被他打得很苦，使得他立刻从马鞍上跌下。接着，又由寨内跑出了第三个骑士，又被红盾骑士打得扑倒地上。这时，巴乐米底骑士走上前来，打算协助红盾骑士比武。他说道："善良的骑士啊，让我出场吧，我也愿意打打呀，即使他们来二十个骑士，我也不惧怕的。"那时堡寨的堞墙上，站立着很多爵爷和贵妇们正在观战，大家喊道："红盾骑士，您打得真好。"及至那个骑士把他们都打倒了，便由他的侍从抢了他们的马匹，脱下鞍鞯，放进森林，好让骑士们再打下去。正在这时，忽然又由寨里跑出来第四个骑士，只见他精神抖擞地指名向红盾骑士索战，那红盾骑士刚一出场，便挺矛奋力击去，打得对方应声落马，以致他的脊骨和颈骨险一些儿都要跌断了。巴乐米底骑士说道："噢，耶稣啊，这前面是一位高强的骑士，从来没见过这样了不得的英雄。"丁纳丹骑士也道："说谎话，杀我的头，这人是可以同兰斯洛特骑士或是特里斯坦骑士媲美啊，他是什么人呢？"

第十八回

　　巴乐米底骑士怎样想替拉麦若克骑士去同寨里其他骑士们比武。

　　这时寨里又冲出来一个骑士，手里拿着黑白条纹的盾牌，说时迟，那时快，这位红盾骑士已经同寨内的骑士交起手了，红盾骑士只猛然一击，竟捌穿了对方的盾牌和身体，最后又把马的背脊打断。巴乐米底骑士在旁插嘴说道："善良的骑士先生，您打得太吃力啦，请您让我去比吧，您应当休息休息了。"红盾骑士答道："为什么呢？老兄。您看我脆弱无能吗？老兄您错了，我还有气力的，叫我这样退下，是丢脸的。我曾向您说过，现在，再告诉您一遍：即使对方来二十个人，我也要对抗的；如若不幸我被他们打败了，或者被杀了，那时您再去代我报复。如果您认为我累了，只要您有兴趣同我比一比，我还有余力来奉陪您的。"巴乐米底道："骑士啊，我所以这样说，是怕您太过疲倦啦，并没有要同您相打的意思。"红盾骑士说道："若您的心真是善良的，就不应让我失面子；倘使您认为我疲倦了，就请您出来比一比，便知道我是不累的。"巴乐米底骑士道："您既然一定要同我比赛，就请您准备好了。"于是两人策马对奔，奋力互斗，红盾骑士使矛打到巴乐米底的盾上，矛头刺伤了他的肋部，情势严重。这时，巴乐米底骑士赶快跳下马来避开。那红盾骑士乘势冲到丁纳丹骑士的面前，丁纳丹一见红盾骑士冲来，吓得连忙狂喊："骑士啊，我哪敢同您比武呢？"但红盾骑士丝毫不加理睬，直奔丁纳丹打来。丁纳丹骑士这时惭惧交加，急遽挺矛相迎，因为他用力过猛了，那矛落到红盾骑士的甲上，震得粉碎。红盾骑士又向丁纳丹骑士凶猛地打来，立刻把他从马鞍上打落了；他不让侍从们阻挠他们的马匹，因为他们都是一些游侠骑士。

随后，这个红盾骑士拉麦若克又雄赳赳地驰到寨边，和寨内的七八个骑士混战起来，只见他们一个个望风披靡，相继败退，往来追杀的结果，这些人全都被他打得扑在地上。在这一场决斗中，寨内冲出的十二个骑士被他打死了四个，他命令余下的八个骑士对着剑柄立誓，把他们寨内立下的穷凶极恶的规则永远放弃。等到他们都宣过誓，才放他们回去。还有那群立在寨墙雉堞上的爵爷和贵妇们，这时都在狂叫着："红盾骑士啊，您打得太够英雄啦，我们平素从没看见过，佩服佩服。"接着，一个卸去武装的骑士从寨内走来说道："红盾骑士呀，您今天给我们带来的灾害真不小，请您回去吧，我们都甘拜下风，不愿再打了；从您一来，我们就很不安，因为您已把这寨多年的老风俗给捣翻了。"说罢，随即转身闭起寨门。那个红盾骑士折转马头，召集侍从，扬长而去。

及至红盾骑士拉麦若克走过之后，巴乐米底才跑到丁纳丹的面前，说道："我还没有遇过一个骑士，像这样叫我丢脸的，所以我必须追上他，我要和他比剑去报复他；骑在马上恐怕我没法得到胜利的。"丁纳丹说道："巴乐米底骑士啊，我劝您不要去乱惹他了，我认为您从他身上是得不到什么便宜的；况且还有一点，您看见他今天这么用力,又是这么吃力的。"巴乐米底说道:"全能的耶稣基督啊,若是我不同他大斗一场,我的心绝不能安逸的。"丁纳丹道:"骑士,请让我瞧瞧吧。"巴乐米底说道:"好吧,看看怎样调整我们的力量。"说着他们就由仆从手里牵马骑上,随后追逐红盾骑士而去,进入泉旁的山谷,遥见红盾骑士正下马在那里休息,并且脱下头盔,准备在泉边饮水。

第十九回

拉麦若克骑士怎样同巴乐米底骑士比武，并使巴乐米底受了重伤。

巴乐米底快马驰行，渐渐地追上了红盾骑士，便扬声说道："骑士，请想想，刚才在寨门口，您逼得我好丢丑，现在特来再领教一下，您准备吧。"这红盾骑士回答巴乐米底道："您从我手中得不到什么面子的，您晓得我今天已经很累了。"巴乐米底说道："提到这一点，我也不放松，您知道，我是一定要报复的。"那骑士道："好吧，我会耐得住的。"说话之间，他已跳上骏马，手握长矛，做好准备。巴乐米底说："不必这样，骑在马上，我不同您斗；我很清楚，马上比武，我是得不到胜利的。"那红盾骑士说："善良的骑士啊，一个骑士是应当骑在马上比武，或者骑马相斗的。"巴乐米底道："您瞧瞧我要做什么。"于是他下马步行，把盾牌竖在身前，拔出了利剑。那红盾骑士也从马上跃下，在面前撑着盾牌，把宝剑从鞘里抽了出来。两人鹤步前行，及至靠近，便奋勇互击，各不相让，约莫一口气斗了一个小时。看他们左冲右突，前拦后击，怒发冲冠，咬牙切齿地朝对方的要害打去；战到后来只是挥剑乱斫，把双方的剑身和铠甲都斫去了一半，以致身体上的肌肉都露在甲胄的外面了。这时巴乐米底骑士看见对方的剑上溅满了他自己的鲜血，顿时心惊胆寒。他们有时向前冲闯，有时又像疯人似的乱击一阵。到了最后，巴乐米底骑士觉得头脑晕眩，原来他在寨前所受的枪伤，还没痊愈，因此很是苦痛。巴乐米底说道："良善的骑士，我俩都把自己的武艺试了好久了，倘蒙不弃，敬恳依照骑士的礼节，将大名见告。"那骑士回答巴乐米底道："您的盼咐，恕难应命；先前您要我战斗，不仅使我难堪，而且也违犯了骑士制度，更使我疲于奔命，因此请您先将大名说出，我才能把名字告诉您。"他就说道："骑士先生，鄙人名叫巴乐米底。"对方接着说："好啊，骑士，您知道我乃是加里士的拉麦若克骑士，我的父亲是一位高尚的骑士兼君王，名叫伯林诺王；还有一位名叫陶尔的高尚骑士，乃是我的同父异母弟兄。"巴乐米底骑士听到这一番话，立时跪下求他宽恕，并且说道："我今天对您的行为，真是荒谬绝伦，大逆不道；我既领教了您的伟大武功，还来烦扰您同我相斗，就这一点，已经是厚颜无耻，违犯了骑士精神了。"拉麦若克骑士道："啊呀，巴乐米底骑士，您言辞谦和，两膝下跪，这样对我太过啦。"一边说着一边伸出两手，把他拥抱起来，说道："巴乐米底啊，您是一位有才能的骑士，在这全国，没有比您更卓越的，也没有比您更高强的，如今我俩拼命相斗，实在遗憾得很。"巴乐米底骑士答道："我也知道彼此恶斗是不应该的，而且我比您受伤更重；不过最近就可以收口的。我已不打算从战争中获得本地最繁荣的堡寨，只想同您缔结友谊，除开我的同胞沙飞尔骑士之外，我只望能和您做好朋友，今生能得如此，于愿已足。"拉麦若克骑士道："我的话也是这样，除开我的弟兄陶尔骑士之外，我最爱您啦。"这时，丁纳丹骑士也走来了，他望见拉麦若克骑士,万分欢喜。于是他们两人的侍从替他们整理盾牌和铠甲,又代他们止血。然后一同来到修道院里,大家安歇了一宵。

第二十回

怎样有人告诉兰斯洛特骑士说达冈纳追逐马尔克王，又有一个骑士怎样打倒了达冈纳和其他的六个骑士。

现在我们再转回到原来的故事上去。当甘尼斯和布兰底耳斯两个骑士率领着他们的部下来到了亚瑟的王朝，便向国王、兰斯洛特骑士和特里斯坦骑士三人述说了以下的故事：第一件，是弄臣达冈纳骑士追赶马尔克王进入森林的情形；第二件，是一个强干的骑士用一支矛打翻了七个骑士。大家听后，都对着马尔克王和达冈纳骑士两人捧腹大笑。当时在场的所有骑士都猜不出搭救马尔克王的那个骑士究竟是谁。他们便问马尔克王是不是认识他，马尔克王答道："那人声言他自己乃是寻搜怪兽的骑士，并且他又叫我的仆从用这个名义到他母亲的住处；他母亲在听仆役说明来意以后，异常地伤感，无意间便把他的名字泄露给我的仆从了，她说道：'天呀，我亲爱的儿子巴乐米底啊，你为什么不来看看我呢？'因此骑士啊，我知道他的名字是巴乐米底，他确是一个高贵的骑士。"这七位骑士这时知道了他的姓名，都觉得很高兴。

按下这边不表，再来就拉麦若克、巴乐米底和丁纳丹三人的情形述说一番。一天早晨，他们都骑上了马，随带着侍从和仆役等人，缓辔前行；正走之间，忽然远远望见前面高山上耸立着一座堡寨，建筑得很是雄伟，寨门紧闭，一行众人便径直地向寨门赶来。叩门而入，才知道寨内住有一位名叫姜拉豪①的寨主，大家受到他的热情招待，大有宾至如归之感。这时拉麦若克骑士问丁纳丹骑士有什么打算。他随口答道："老兄，我打算明日晋谒亚瑟的王朝。"巴乐米底骑士在旁插嘴道："杀我的头，我也要休息三天，因为我受了重伤，流血过多，必须在这里多歇歇脚。"拉麦若克骑士道："我愿意留在这里奉陪您，等您启行的时候，我再动身；如若您停留太久，那么我就没法多陪了。丁纳丹骑士啊，我请您陪我再多住几天同走。"丁纳丹说道："真的，我不能等候您啦，我急于去见特里斯坦骑士，离别他过久是不行的。"巴乐米底骑士道："丁纳丹啊，我明白您喜欢我的死敌，因此我没法相信您。"丁纳丹道："是的，我对于爵爷特里斯坦骑士的敬爱超过对别人的；我愿意服侍他，尊敬他。"拉麦若克骑士道："我也是这样，这一点我也愿意尽力做到。"

第二天，丁纳丹骑士动身回到亚瑟王朝，行至中途，遇见一个游侠骑士，拦住他请求比一次武。丁纳丹说道："何必呢，我并没有同您相斗的心思。"那骑士说道："您如要从这里通过，一定要同我比一场。"丁纳丹问道："您是为了爱而要求比武呢，还是为了恨而要比武来报复呢？"那骑士答道："要知道，大家是为了友谊才比的，并不是有什么仇恨。"丁纳丹骑士道："这样也好，可是您拿了一支利矛同我比武，真可说是爱得残酷呀。"接着他又说："良善的骑士啊，您若一定要同我比武，请您到亚瑟王朝来找

---

① 原名Galahaut，这人与加拉哈（Galahad）或非同一人。

691

我好啦,在那里我准备向您领教。"那个骑士答道:"可以,您既然真不愿意,就请留下大名,好么?"他说道:"骑士先生,鄙人名叫丁纳丹骑士。"那骑士答道:"我完全了解您是一位高尚温良的骑士,我对您是真心真意地爱呢。"丁纳丹说道:"那我俩就不必比武啦。"说完彼此分手。当日丁纳丹抵达加美乐城,亚瑟王就住在里面。他谒见了国王、王后、兰斯洛特骑士和特里斯坦骑士等人,一一施礼致敬。全朝的人一听到他回来的消息,无不表示衷心的欢迎,因为他一向是一位温良、聪明、谦虚而又高尚的骑士。特别是那位勇敢的特里斯坦骑士,他所倾心喜爱的人物,除开兰斯洛特骑士之外,便要首推这位丁纳丹骑士了。

大家寒暄已毕,国王探询丁纳丹骑士这一路来可曾遇见些什么惊险的行侠尚义的事情。丁纳丹道:"王上,我所碰到的惊险真多啦,其中有些是马尔克王知道的,不过并不完全。"这时国王倾听丁纳丹骑士叙述他和巴乐米底骑士怎样来到美更·拉·费的寨前;拉麦若克骑士怎样同他们比武;拉麦若克怎样同十二个骑士恶斗,打死了其中四个;后来又怎样把巴乐米底同他本人都打倒了。国王听了,说道:"这件事我不大相信,因为巴乐米底骑士的武功很高呀。"这时丁纳丹骑士说道:"这确是实情,是我亲眼目睹他们交手的。"接着他就把全部战斗的经过禀告了国王;又说到巴乐米底的气力怎样比较衰弱,受的伤怎样重,流的血又很多,最后加上一句,说:"倘使战斗再拖下去,我想毫无疑义,那巴乐米底一定会被打死的。"亚瑟王说道:"哦,耶稣呀,这使我太惊奇啦。"特里斯坦说道:"王上,您何必惊奇,据我看来,当代的骑士中是没有比他更强的了;我是明白他的气力的。现在我可以肯定，除开兰斯洛特骑士可以同拉麦若克骑士媲美，此外并无别人。"国王说道："愿向上帝立誓，我希望拉麦若克骑士能来到朝廷里。"丁纳丹说道："国王，停一刻他就要到了，巴乐米底骑士也会来的，不过我恐怕巴乐米底这时还不能行动呢。"

第二十一回

亚瑟王怎样派叫报宣布举行比武会,又拉麦若克骑士怎样来参加,并且在会上打败了高文和其他很多骑士。

亚瑟王公布了举行比武会的地点在修道院,会期定为三天。这时有圆桌社的骑士多名,都准备参加比赛,如高文骑士的兄弟们,也各有预备,但是特里斯坦、兰斯洛特和丁纳丹三人都不参加,他们为了国王的关系,只让高文兄弟加入竞赛,这是尽量给他们机会,让他们取得胜利的意思。第二天,大家披甲挂铠,兴高采烈地来到比武场,高文同他的四个弟兄也各自表演了拿手的本领和惊人的武功。爱克托骑士的武艺虽然精湛,但高文更是高人一等;因此亚瑟王同全体骑士们在开场之初,都把胜利的荣誉送给他,并且对着高文骑士喝彩。

这时,国王忽然注意到从林边飞马跑出来一个骑士,带着两个侍从,手里拿着的盾牌上面包裹了一层皮革,显然是掩人耳目的伎俩。这骑士放马奔腾,往来冲突,一忽儿猛然发出了一击,竟有两个圆桌社的骑士被打倒了。后来这人因为左冲右撞,失落了盾外的皮套,国王和其他人才望见这里面原是一面红盾。亚瑟王说道:"耶稣呀,看那个拿着红色盾牌的勇敢骑士多么耀武扬威啊。"这时猛听得场上掀起了一阵欢呼的声音:"请注意,红盾骑士。"原来他已把高文的三个弟兄一个个都打翻在地了。亚瑟王叹道:"我向上帝立誓,说句真话,前面的这个英雄那样英武善战,真是我平生所仅见的。"这时又看见红盾骑士正和高文交手,那红盾骑士使出了绝大的气力,一击打去,高文便连着马鞍子一齐跌落。国王道:"你看高文骑士又跌倒了,若是我能够认识认识那个手执红盾的骑士是什么人,就好啦。"丁纳丹说道:"我同他很熟悉,只是现在不能把他的名字告诉您。"特里斯坦骑士说:"说假话杀我的头,他比巴乐米底骑士斗得精彩,如果您想知道他的名字,我可以让您知道,他叫加里士的拉麦若克骑士。"

当他们站在那里说话的时候,高文骑士又同拉麦若克斗将起来,拉麦若克再一次把高文骑士打下马来,这一次使他受了严重的瘀伤。就这样,在亚瑟王的面前,拉麦若克已连续击倒了二十名骑士,这个数字还没有把高文的兄弟们包括在内。胜利的奖赏自然都归了拉麦若克,因为他是英武无比的骑士。一忽儿,拉麦若克轻捷灵敏地走出了人群,很快地隐入森林。这一切亚瑟王看得一清二楚,因为他的眼睛一直没有离开过他。一见他走开了,亚瑟王、兰斯洛特骑士、特里斯坦骑士和丁纳丹骑士都赶紧上了马,朝着加里士的拉麦若克骑士的方向一齐追去,不久便追上了他。只听国王叫道:"好哦,良善的骑士,我们可追上您啦。"拉麦若克一看国王到了,立即脱下头盔,施礼致敬;等到又一眼看见了特里斯坦骑士,他就立刻下马,打算扶他下来,可是他还未靠近,特里斯坦先自跳下马来,跑上来跟他紧紧拥抱在一起,表示出一种热烈的欢悦之情。国王自然更是兴高采烈,随去的一班骑士也都欢欣鼓舞,只有高文骑士和他的弟兄们却是例外的淡漠。

等知道他就是拉麦若克骑士,他们对他更显出异常的藐视,心里怀着一腔盛怒,因为那天拉麦若克夺去了胜利的奖品,使他们丢了脸。

　　这时高文同他的弟兄们私下商量了一番,又对他们这样说道:"亲爱的弟兄们,请看我们所恨的人,亚瑟王反而爱护;我们所敬爱的人,他又在恨恶。我的好兄弟们呀,你们要知道,这个拉麦若克骑士是永远不会喜欢我们的,因为我们杀了他的父亲伯林诺王,我们的父亲奥克尼王又是伯林诺王杀死的,这个拉麦若克骑士为了要侮辱伯林诺王,就同我们的母亲发生暧昧,①使我们受到绝大的侮辱,这个仇我是一定要报复的。"高文骑士的弟兄们都说:"哥哥,怎样报复,请您决定吧,我们随时听您吩咐。"高文道:"很好,请你们镇定些,让我们相机行事。"

---

① 见第九卷第十三、十四回及本卷第八回。

第二十二回

亚瑟王怎样使马尔克王和特里斯坦骑士和解，又他们两人怎样回到康沃尔。

这里高文骑士的事，已向读者们交代明白，暂时按下不提；且说亚瑟王，有一天他向马尔克道："爵士啊，我求您一桩事情，请您答应我。"马尔克王答道："王上，若是我能力所及的，无不遵命照办。"亚瑟道："好，多谢您的好意。我要说的就是特里斯坦骑士，他是个有伟大荣誉的人物，您要像一位善良的君王那样去照顾他；您要把他带回康沃尔，让他同朋友们聚聚，看在我的面上，您务必要好好照顾他。"马尔克王道："王上，您所吩咐的事情，我愿以身立誓，完全做到；这是我对上帝和对您都要立誓做到的；还有为了您的缘故，凡是我所能尽力，或是有可能做到的，我一定处处尊重他。"亚瑟道："爵士啊，对于您，我一向认为应该严厉惩罚的，现在我一概宽恕您了，您就在我面前向《圣经》立誓吧。"马尔克王道："我愿诚心诚意地接受您的指示。"便在国王和全体骑士的面前向《圣经》立了誓，同时马尔克王还和特里斯坦骑士紧紧地握了手。可惜的是，马尔克王这时的全部思想都是虚假的，因为他们转回康沃尔之后，他就把特里斯坦骑士投入囹圄，还打算用卑怯的手段杀掉他，这到后来就可以一一证实啦。

马尔克王打点好,准备转回康沃尔去,不久特里斯坦骑士也准备好了同马尔克王一起动身。这消息一传出,圆桌社里大多数骑士们,都在为他担着心;特别是兰斯洛特、拉麦若克和丁纳丹三位骑士,更是为他惴惴不安。因为在他们的意念中,知道马尔克王一定不会放过特里斯坦骑士的。这时丁纳丹道:"真惨呀,特里斯坦骑士,我的爵爷,你真就这样遽然离去吗。"特里斯坦骑士离别在即,也感到无限痛苦,一听这话,更加不知所措,黯然神伤。兰斯洛特骑士也向亚瑟王说道:"王上,您错了,您做的什么事情啊,这么受人敬爱的人来到朝廷里,竟被您遗弃啦。"亚瑟答道:"这是出于他的自愿,我也无能为力,我能做到的,只不过是促使他们双方和好而已。"兰斯洛特骑士又抱怨道:"和好,这种和好是应该被诅咒的,您不久就会听到他毒害特里斯坦,或是把特里斯坦投进监牢里,像马尔克王这种骑士,真是世间最卑怯而又最奸险的骑士啊。"

然后,兰斯洛特骑士辞出,来到马尔克王的面前,向他说了这样的话:"君王阁下,您知道那位高尚骑士特里斯坦是要随您同行的。我特地来奉告阁下,若是您用了不管什么方式或者奸险欺诈的手段,亏待了他,我要对上帝许愿,同时也按照骑士的律法立誓,那时我一定要亲手把您杀掉,绝不徇情。"马尔克王说道:"兰斯洛特骑士啊,您说得太过火啦,在大庭广众之中,当着亚瑟王的面,全体骑士都明白地听到的,我曾公开立誓,说过决不去杀他,也不去欺负他呀。若是我立誓毁誓,作法犯法,那简直是加倍的大逆不道了。"兰斯洛特骑士答道:"你很会说话,像你这样一个恶迹昭彰、臭名远扬的人,有谁能够轻易相信你呢?你到这里来的惟一目的,无非是要谋杀特里斯坦骑士,这是人所周知的。"不久,两人一起动身,马尔克王精神极为苦恼,至于特里斯坦随他同路返国,确实是出于他自己的意思,因为他满心里只想看见伊索尔德,看不见她的面,别绪愁肠,煞是难熬啦。

第二十三回

亚瑟王怎样封薄希华为骑士，又有一个哑女怎样开口说话的，并且把他带到圆桌社的席上。

现在再转回叙述拉麦若克骑士，且说他的胞兄陶尔骑士，乃伯林诺王的长子，是伯林诺王和一个名叫阿瑞斯的牧人的妻子在私遇之后所养的，自然是个私生子；阿各娄发骑士，是伯林诺王正式王后所生的长子；至于拉麦若克、道尔纳和薄希华三个人，则都是伯林诺王的合法儿子。话说马尔克王同特里斯坦骑士刚从朝廷走出的时候，一班人都为着特里斯坦的别离依依不舍，国王和骑士们在他离别后的八天里，甚至停止各种娱乐，无心赏玩。过了八天，来了一个骑士，随带着一位青年侍从。这骑士进得朝门，卸脱戎装，换了便服，在国王面前请求赐封他的青年侍从为骑士。亚瑟王问道："他的家世身份怎样呢？"那骑士答道："王上，他是伯林诺王的儿子，以前他曾经为您效过劳。他和高尚的加里士的拉麦若克骑士是同胞弟兄。"国王又问："您一定要我加封他做骑士，那是为着什么原因呢？"那人答道："我主陛下，奉告您知道，这个年轻的侍从是我的弟弟，也是拉麦若克骑士的弟弟；我的名字叫阿各拉发。①"亚瑟王道："阿各拉发骑士啊，我看在拉麦若克骑士和你父亲两人的面上，准备明天封他做骑士。"亚瑟王又问："现在告诉我，他叫什么名字？"那人答道："王上，他的名字是加里士的薄希华。"到了次日，国王就在加美乐城封了他做骑士。但是当时国王和全朝骑士看着这人，都认为他要想成为一个武艺卓越的人物，还必须经过长期的磨炼才成哩。

不久，宴会开始，国王入座之后，各骑士便依着武功的高低分成次第，循序坐下。国王吩咐薄希华坐在一群低级的骑士中间，他也遵命就座了。原来在王后的宫院里有一个侍女，虽然系出望族，但她生来就是一个哑巴，从未说过一句话。这时，她一直进入殿中，来到薄希华骑士跟前，伸手拉着他喊道："薄希华骑士，站起来，你是高贵的骑士，也是上帝的骑士，你来跟着我走。"她说话声音之大，使国王和所有的骑士们都听得真切，只见薄希华听后随着站起来，被她领到危险座的右边，侍女说道："良善的骑士，您坐在这里，这是为您预备的席位，别人是不配坐的。"说罢，这侍女随即离开，去找一位祭司了；及至她忏悔已毕，罪孽获得赦免以后，就自己安然死去。从此，国王和全体骑士对于这位薄希华的来朝，表示了深切的欢迎。

---

① 原名在第一次遇见时作Aglovale，第二次作Aglavale，故译名亦加分别，如上文。

第二十四回

拉麦若克骑士怎样拜访路特王的妻子，又葛汉利骑士怎样杀死自己的母亲。

现在且说拉麦若克骑士，他在这地方很是受到一些人士的称赞和爱护。但是后来，高文骑士弟兄们阴谋策划，派人到加美乐城附近去把他们的母亲迎来了，商议着怎样谋杀掉拉麦若克骑士。奥克尼的王后才来到不久，拉麦若克骑士就知道了，他心里自然十分欢喜。闲言不表，话归正传。拉麦若克一得信立时去会见了她，并且两人约定在一个夜里幽会，到时候拉麦若克骑士必须赶到她的跟前。这个底细被葛汉利骑士得到了。就在他母亲约定幽会的当夜，他事前乘马赶到，静候着拉麦若克骑士，不多时就看见他全副武装飞驰而来。只见拉麦若克骑士下了马，便把马拴在一个隐秘的后门处，然后走进客厅，脱去武装，随即睡到王后的床上；那王后使得他浑身通泰，他也叫她舒畅万分，彼此如鱼得水，如胶似漆。这时葛汉利骑士认为时机已到，便全副武装地冲到他们床前，一手抓着他母亲的发髻，挥起利剑，先把她的头颅斩下。

奥克尼王后的鲜血溅到拉麦若克骑士的身上，还是热的，这是他最心爱的人的血啊；当时面对这个残酷的骑士，他一方面羞赧万分，一方面又是惊惶失措。蓦然间，拉麦若克只穿了一件贴身的衬衫，从床上跳下，神情狼狈，不堪言状，说道："嘿，圆桌骑士葛汉利先生呀，你对我这样凶狠和残酷，真是灭绝天良了。万恶滔天的东西，你为什么把生身的母亲杀死呢？论理，你应当把我杀掉的啊。"葛汉利答道："这是你闯下的无耻罪行，生为一个男子，或难免要发泄兽欲，但是你要明白，不当随便乱搞，使得我们弟兄们都无颜见人；并且你的父亲还杀了我们的父亲；如今你又来睡我们的母亲，真是我们的奇耻大辱：是可忍，孰不可忍！至于说到你的父亲伯林诺王，那是我的哥哥高文骑士同我两个人所杀的。"拉麦若克骑士说道："那么，你对待他更是错啦，因为我的父亲并不曾杀过你的父亲，你的父亲是荒野的巴令杀的，直到今天，我还不曾为我的父亲报仇哩。"葛汉利骑士道："不要多说这种废话了，若是你再说这种恶毒的话，我就要杀死你。因为你是赤身露体，我若把你这没有武器的人杀了是耻辱的。①你要好好地当心，今后我在什么地方捉到你，就在什么地方杀掉你；现在我的母亲是脱离你了；你去收拾你的甲胄，赶快滚蛋吧。"拉麦若克骑士看到这种情况，自知无法应付，便赶紧披甲挂铠，带着苦痛的心情，上马逃去。由于他心里的羞惭和悲痛，也没有返回到亚瑟王的朝廷，另寻别的路径走开了。

及至葛汉利亲手弑母的新闻传遍各处，国王亚瑟大为震怒，便命令他退出朝廷。读者还要知道，高文骑士这时对于葛汉利杀死了母亲而放走了拉麦若克，也是大大不满的。关于这件事，国

---

① 按骑士制度，真正的英雄好汉要去打硬仗，不乘人之危，不袭人于不备，因此当拉麦若克赤身露体的时候，葛汉利才认为杀死他是耻辱的。

王固是十分愤怒，兰斯洛特①和其他许多骑士也是如此。兰斯洛特骑士说道："王上，这真是天大的罪恶所铸成的天大错误，更由于预谋的诡计，致使您的姐姐蒙羞而死。我敢说，这确是阴谋的毒手；我也敢说您要失去一个优良的拉麦若克骑士，说起来真令人心痛。我很清楚，若是特里斯坦骑士知道了这件事，恐怕他永不会再到您的朝廷里来了，那么您和您的骑士们要多么伤心呀！"高贵的亚瑟王说道："上帝是不允许我失掉拉麦若克和特里斯坦两个骑士的，这两个人是骑士的精华，若是失掉他俩，那么圆桌社就要垮台了。"兰斯洛特骑士道："王上，我认为您一定会失去拉麦若克骑士，因为高文骑士的弟兄们会用种种手段去杀害他的；听说他们已经商量妥了，并且还立过誓，一俟时机成熟，便要下手的。"亚瑟道："让我去拦住他们吧。"

---

① 原本作拉麦若克，现所有版本皆如此，仅袍拉特氏（A. W. Pollard）考订本改为兰斯洛特，因此时拉麦若克已去，故知原本实误。

第二十五回

阿规凡和莫俊德两个骑士怎样遇见一个在逃的骑士，他们两人是怎样被人击败，以及关于丁纳丹骑士的情况。

现在且丢开拉麦若克骑士不提，我们再把高文骑士的几位弟兄分别叙述一番，特别要将阿规凡骑士和莫俊德骑士两个人交代明白。当他们四方奔驰、冒险任侠的当儿，忽然看到一个匆匆奔逃的骑士，身上负了重伤，他们问他有没有什么新闻，他答道："良善的骑士们，刚才有个骑士在我身后紧追，打算把我杀掉呢。"说话之间，丁纳丹骑士适巧也乘马走来，但是他不愿管这闲事。阿规凡骑士和莫俊德骑士两人便应许了去帮他的忙。就在这时，那个骑士已经冲到了他们跟前，向他们挑衅比武。眼看着莫俊德纵马冲来，被那人一击从马尾上打落在地。接着阿规凡骑士也径直向那骑士冲去，那骑士仍使出了打击莫俊德的手法，来对付阿规凡；并且向他们说道："骑士们，你们两个都要知道，我乃是布诺斯·骚士·庇太，现在我要把你们两个人都打下来。"随后，他又向阿规凡连连冲击五六次。丁纳丹在一旁窥到了这种情况，自觉非同他较量一下不可，否则就丢脸了。丁纳丹一马当先，便奋不顾身地同他团团围斗，丁纳丹纯粹靠了体力强大，只一击便把那人由马的臀部打将下来。这个人立即飞身上马，狂奔而去。在亚瑟的时代，布诺斯是步行比武的最坚强的骁将之一，许多优秀的骑士大都败在他的手下。

这位丁纳丹骑士放马来到莫俊德骑士和阿规凡骑士两人的跟前。他们一齐说道："骑士先生，您做的事情真不错，您代我们报复的也很好，现在请您把大名告诉我们吧。"他答道："良善的骑士啊，您应该知道我的名字叫做丁纳丹骑士。"他们一知道他就是丁纳丹，便不禁勃然大怒，比刚才打败时更为愤怒，再加上拉麦若克的关系，更使他们火上加油。丁纳丹有一个习惯，凡是既高尚又勇敢的骑士，他一概喜欢爱护；对于谋害高贵骑士的人，他又完全深恶痛绝。因此，对丁纳丹表示憎恶的人，除开这些被人称做凶手的，是不会有别种人的。这时，那个被布诺斯·骚士·庇太追逐并且受了伤的名叫达兰的骑士说道："你如果是丁纳丹，你就是杀死了我父亲的仇人。"丁纳丹道："很可能是这样的，不过那时我同他相斗，是出于他的邀请，我也是为了自卫才把他打死的。"达兰说道："我愿拿脑袋同你打赌，我一定要揍死你。"话才脱口，他便拿起了长矛和盾牌。闲话少说，这两个人你来我往，丁纳丹忽一击将达兰从马上打落，使他的颈骨几乎跌断。接着，丁纳丹又使用同样的枪法，把莫俊德和阿规凡两人也打倒在地。直到后来，在追寻圣杯的时候，莫俊德的弟兄们又用了卑怯和罪恶的手腕，终于杀害了丁纳丹；因为丁纳丹是一位谈笑风生的雅士，又是一位极其高尚的骑士，所以他的死真算是一个无比的损失。

丁纳丹骑士离开这里以后，乘马来到了芭耳－法莱寨。他在寨里遇见了巴乐米底骑士，这时他被拉麦若克所打的伤，尚未收口。于是，丁纳丹就把所有关于特里斯坦骑士的事情，不论耳闻目见，全部都说给了巴乐米底；并且告诉他说，特里斯坦已经随同马尔克王返回了康沃尔，在那里他能够得到他心中的甜蜜。巴乐米底骑士自己也在热恋着伊索尔德，一听到这个消息，便为之大怒。当然，特里斯坦骑士同她有了合欢的机会，这是他心里妒忌万分的事情。

第二十六回

亚瑟王、王后和兰斯洛特怎样收到由康沃尔的来信，以及关于回信的内容。

现在暂将留居在琶耳-法莱寨的巴乐米底和丁纳丹两个骑士按下不提，再来说一说亚瑟王。这时由康沃尔来了一个骑士，名字叫做福尔古斯，也是圆桌社的一个骑士。他见过国王和兰斯洛特骑士之后，便把特里斯坦骑士的得意情况一件件报告出来，还给他们带了一些措辞亲切的信件，据他说，在他离开丁答吉耳堡的时候，特里斯坦骑士仍然留在那里。隔不多日，又来了一位少女，她也从康沃尔带来一些内容婉转的书信，交给亚瑟王和兰斯洛特骑士，于是国王、王后桂乃芬和兰斯洛特三个人分别预备了佳肴盛馔，来款待这个女信使。后来，他们写了回信，措辞都十分诚恳。兰斯洛特骑士一再叮咛特里斯坦骑士，要严防马尔克王的恶计，因为有人说过他的所行所为全是一派欺诈奸险，所以兰斯洛特在信里，总是把马尔克叫做狐狸王。这一点，特里斯坦在心里对兰斯洛特很是感激。这个少女不久又带了国王和兰斯洛特骑士所写的回信，返回伊索尔德的宫中，伊索尔德一见她回来了，欢欣不已。伊索尔德开口问道："我主亚瑟、王后桂乃芬以及高贵骑士兰斯洛特近来都康泰安好么？"她答道："总而言之，最紧要的是，他们默祝您同特里斯坦骑士得到更大的幸福和快乐。"伊索尔德说道："恳求上帝赐福给他们，因为特里斯坦骑士为我受了很多苦难，我也为他遭到了不少麻烦呢。"

那少女告辞出来，又把她带来的信去送给马尔克王。马尔克王读过以后，了解了信里的措辞和含义，便疑心这少女是特里斯坦差去见亚瑟王的，所以便对特里斯坦骑士愤怒万分。同时还认为亚瑟和兰斯洛特写信是来恐吓他的。等到马尔克王看完了这些信，又疑心是特里斯坦骑士在捣鬼。因此他说道："请问小姐，您还要带我的回信去见亚瑟王么？"她答道："君王，我没有意见，一切都听从您的安排好啦。"君王又说："好吧，您就再去一趟吧，明天请您来拿信。"随后她就告辞了，又把马尔克王要她送回信给亚瑟王的消息告诉了伊索尔德和特里斯坦两人。这两人向她说道："我们想请您在取到信后，先来这里一趟，最好能让我们先偷偷地看一看那信。"她说道："夫人，这事我会办得妥妥当当，我跟着特里斯坦骑士做侍女很久了，为了特里斯坦骑士，我也一定遵命办好。"第二天这个少女来到马尔克王宫里取信，以便送给亚瑟王。马尔克王说道："托你送的信，我还不曾写好呢。"其实，他的信已经秘密地差人送给亚瑟王、桂乃芬王后和兰斯洛特骑士去了。那个信差走到威尔士的卡尔良城，就遇见了国王和王后，当他把信呈上去的时候，国王和王后正在教堂中望弥撒。等到弥撒结束，国王和王后两人各自拆开信，细细阅读。在给国王亚瑟的信中，开头文字极其简略，信中劝亚瑟要多多管束他自己和他妻子间的琐屑，以及他的骑士中间的闲事；因为马尔克本人有充分的能耐，足以驾驭他的妻子的。

第二十七回

兰斯洛特骑士怎样对马尔克王的来信发怒,以及关于丁纳丹为马尔克王所作的歌曲。

当亚瑟王明白了信的内容以后,他深思默想了很多问题,又想起了他姐姐美更·拉·费王后的话,她曾说过桂乃芬和兰斯洛特两人之间的关系。对于这桩疑窦,他思索了好久。他想来想去,最后想到他姐姐是他的敌人,她又怀恨桂乃芬和兰斯洛特骑士,于是就把这一些念头一齐驱逐出脑海之外。亚瑟王再拿起马尔克王的信重读一遍,只见在信末有这么一句话,写着马尔克王认为特里斯坦骑士同他有不共戴天的仇恨;言外之意,是想使亚瑟相信他一定要向特里斯坦复仇。因此,亚瑟王对马尔克王感到很愤怒。再说桂乃芬王后读完了马尔克王给她的信,愤怒万状,因为这里面揭露了她同兰斯洛特的丑行。所以,她就在私下里把信给了兰斯洛特。待兰斯洛特看清楚了信的内容和用意,更是怒火中烧,愤恨已极,便倒在床上睡了;丁纳丹由于同所有的高贵骑士们私人友谊素来很深,对这件隐秘,他也多少知道些。于是在兰斯洛特熟睡的时候,丁纳丹便偷偷拿到这封信,私自逐字读了一遍。他也是又悲又忿。等到兰斯洛特一觉醒来,走到窗前,重读来信,他愈读愈是火冒三丈。

丁纳丹道："骑士，您为什么发火呢？把您心坎里的话告诉我吧。您当然知道我一向多承您的照顾，我自己不过是一个贫寒的骑士，我非常愿意为您和其他各位高尚的骑士略供奔走之劳；我自己没有什么身价可言，可是我最爱有身价的人。"兰斯洛特骑士说道："当然，您是一位可以信托的骑士，我们同来商谈一下我心里的秘密，好么？"及至丁纳丹完全明白了这一连串的事情，他说道："这种恐吓，据我的意见，您应该不去理睬它，因为马尔克王太过于卑鄙下流了，他不论对谁，从来不说好话的。现在我有一个办法，就是我要为他写一支歌曲，作成以后，再物色一位琴手，叫他跑到马尔克王的面前，一边弹琴，一边唱出来，这办法您觉得怎样？"丁纳丹走后不久，就把这首歌曲作好了，并且找到一位名叫艾礼鹗的琴手，请他弹唱。艾礼鹗唱熟了，又转教给了好多琴手。后来又经过兰斯洛特骑士和亚瑟王的同意，就把这一大群的琴手护送到威尔士的康沃尔，让他们随处吟咏，奏唱着这支丁纳丹骑士用来侮辱马尔克王的歌曲；这是一支骂人最毒的歌，不论用竖琴或者别种乐器，都可以演奏。

第二十八回

　　特里斯坦骑士怎样受伤,又关于马尔克王的战争,
以及特里斯坦骑士怎样答应去营救他。

　　我们现在再把特里斯坦骑士和马尔克王两人的故事叙述一番。想当年,特里斯坦骑士参加大小比武竞赛,虽是一向获得了胜利的荣誉,可是不幸所受的枪伤和剑伤,也都很严重。为了养伤,他来到康沃尔的一个寨里,寄住在一位高尚骑士的家中休养,这人就是家宰狄纳思。不幸的是,正在这个时候,忽然从沙逊方面闯进来一大批武士,成群结队麇集在丁答吉耳堡的邻近,他们的统领名叫伊莱亚斯,是个一向以英武著称的人。等到马尔克王发觉,他的敌人已经突入了国境,他心中当然是极度的烦闷;这时虽则明知特里斯坦骑士可以杀敌致果,安国家于磐石之上,但到底因为怨恨太深,心里却绝不愿派人去请他前来御侮。

　　他的枢密院赶紧召集了会议,共同磋商用什么策略去应付敌人带来的灾难。他们经过讨论,作出了决定,报告给马尔克王,大意是这样:"君王陛下,您必须邀请优秀骑士特里斯坦前来抵抗,否则将永无制胜的希望。靠了特里斯坦骑士,一定可以把他们击败,不然的话,势必如逆水行舟,困难重重。"马尔克王道:"好呀,我就依照你们的决议办理吧,"但他的心里却是毫不同意,

没奈何也只得忍着性子去邀请特里斯坦了。吩咐尽快把他请来，赶到马尔克王那里。特里斯坦骑士一听得这个消息，立即骑上一匹稳健的小马，来见马尔克王。他们见面之后，君王说道："好外甥特里斯坦啊，从沙逊那里闯来的敌人，就在前面，眼看着我们就要挨打，如不去抵抗，我们国家便要被消灭了；这事情怎么办呢？"特里斯坦骑士道："王上，我听候您的吩咐，一定尽最大的力量去应付他们。不过，我还要报告您，王上，因为我受的伤尚未复原，所以在这八天里面没法披挂武装。八天之后，我就可以行动自如啦。"马尔克王说道："你的意见很对，你暂且去休息养伤吧，让我先用全力去打击那群沙逊的匹夫们一次。"

马尔克王往丁答吉耳堡去，特里斯坦骑士也转回休养去了。君王在堡里招集了人马，分做三队。第一队由家宰狄纳思骑士负责率领，命令安德烈骑士担任第二队首领，亚尔戒斯骑士统率第三队；亚尔戒斯同马尔克王有血统上的关系。这时沙逊人已经挑起过三次大战，其中英武的战士极多。马尔克王依照各骑士的计划，先由丁答吉耳堡中涌出大队人马，直冲向敌方阵地。英勇的狄纳思一马当先，亲手杀死了敌方两个骑士，大战于是开始。只见他们各显威力，彼此巧妙地击断了对方的长矛，打折了对方所挥出的利剑，也杀戮了许多优秀的骑士。在马尔克王方面，这位家宰狄纳思则一直占着不败的崇高地位。可是战争拖延的时间很久，死亡数字也是很大。战到最后，马尔克王和狄纳思因为伤亡过多，都显出极度的郁闷，虽然心里不愿，也只好率领大队退回了丁答吉耳堡；那边沙逊人紧紧地跟踪追来，亏得他们急忙放下寨门的铁闸，敌人被拦在寨内的有十人之多，被闸门压死的就有四个。

于是马尔克王便急忙派遣侍从前去邀请特里斯坦骑士,同时告诉他所有的伤亡情况。待仆役返回时,特里斯坦吩咐道:"请你禀告马尔克王,一等伤口愈合,我立即赶来,但在伤势没有复原以前,我对他是不能有什么帮助的。"这个回话也禀明了马尔克王。就在这时,敌方的伊莱亚斯来了,他劝告马尔克王全寨投降,说道:"谅来您再没有办法可以保得这个寨的安全了。"君王答道:"伊莱亚斯骑士先生啊,如果没有人来搭救我,那时我便将全寨向您投诚。"停不多时,马尔克王又派了专使飞也似的去请特里斯坦骑士赶来营救。恰好特里斯坦骑士的创伤这时已经痊愈,又由亚瑟王那里获得十名优秀的骑士,便率领着他们向丁答吉耳堡急急驰来。等到临近,一眼望去,沙逊的大队人马威势很盛,他不禁异常惊奇,振奋不已。特里斯坦骑士便沿树林和城堡的渠道,尽量地隐蔽着赶将过去,最后抵达了寨门前面。在寨门边上立有一个敌方的骑士,望见特里斯坦要闯进寨去,立即放马冲上,向他打来,特里斯坦只发出一击,那人便应声倒下而死,接着又打死了三个。他所率领的十个骑士,每个人都杀了对方的一个武士。于是特里斯坦骑士长驱直入,走进了丁答吉耳堡。当马尔克王知道特里斯坦骑士已安全进寨,欣喜若狂,其他将士们更是欢欣鼓舞。

第二十九回

　　特里斯坦骑士怎样在这场大战中得胜，又伊莱亚斯怎样要求走出一个人来同他一对一地决斗。

　　第二天，敌方的统领伊莱亚斯又来了，他差人吩咐马尔克王说："请走出来打吧，你还不觉得丢脸么，如今特里斯坦骑士已进到寨里了，你还关着寨门呢。"马尔克王一听到这番话，怒发冲冠，不发一言，只是走到特里斯坦骑士的跟前，向他询问有什么退敌的办法。特里斯坦骑士道："舅舅，您要我给他回话么？"马尔克王答道："好的，就请你回复他吧。"这时特里斯坦骑士便对信使说道："请把君王和我的话奉告贵方的领袖，我们决定明天在这平原上同你们作战。"那信使又问道："请教骑士的尊姓大名？"他答道："你要知道，我就是良纳斯的特里斯坦骑士。"随后这信使告辞而去，便把所听到的话一一转告了他的首领伊莱亚斯。特里斯坦骑士答完了话，转身进来，向着马尔克王说道："我请求您的允许，以便启程，还请您把作战的指挥权交给我吧。"马尔克王道："好，就请你接受这个全权。"于是特里斯坦骑士就根据实际的情况，规划出第二天作战的策略。他把全部人马分成六队，命令家宰狄纳思骑士前行领导，其余骑士分别率领各队人马。当夜，特里斯坦骑士下令焚烧沙逊人的全部船只，把它们在冷的海水里一齐消毁。等到伊莱亚斯发觉,已经迟了,他知道这一定是特里斯坦做出来的,因而说道:"他要困住我们,不许我们逃脱,他要杀死我们所有母亲的儿子。因此,我要请各位记住,明天只有拼命一战,这并不是恐吓你们;要知道任何骑士,即令是世界上最优秀的人物,也不敢轻易同我们所有人来斗的。"

到了约定的时候,他们把战场分成四个部分,将武士们布置得非常整齐。然后寨门开处队伍出发,那寨外的人群也汹涌冲来;这时以狄纳思骑士所表演的武功,最为惊人。但是战到后来,狄纳思和他的部下,还是被人击败了。正在这吃紧关头,忽然特里斯坦骑士飞马而来,只见他举手一击,便把两个骑士打死马下了;接着他左搠右斫,往来冲杀,如入无人之境;他武功的高强,真使得人人惊心落胆。有时候看见他打到离开寨门只有一箭之遥,有时又斗到堡寨的门口。对方那位身任统领的伊莱亚斯也在东冲西撞,这时他对准了马尔克王的头盔上猛烈痛击,直把他从鞍上击落马下。幸亏狄纳思骑士又牵来一匹马让马尔克王骑上。就在这时,那特里斯坦骑士活像一只猛狮似地冲到,同伊莱亚斯一遭遇,便接上了手,他狠狠地对准伊莱亚斯的头盔打去,把他打下了马鞍。就这样,他们一直打到天黑,因为两方面的死伤人数都很惊人,于是收兵,各自退回休息。

马尔克王返回丁答吉耳堡的时候,发现自己部下的骑士短少了一百人,寨外那方则缺少了二百人;双方都忙着检点负伤人数。后来他们再召集会议,读者可以想见,那时双方都不愿意再打了,因为这样每一方面都可以保持自己的光荣。当统领伊莱亚斯晓得了部下死亡的人数这么多,心里异常痛惜,后来听到他们都不愿再去作战，他又勃然大怒，因此伊莱亚斯派人送了个口信给马尔克王，言词中表示极度的轻蔑，他说如果马尔克王选出一个愿意战斗的骑士，他个人就单身匹马一对一地决个生死存亡。若是他能够打死马尔克王的骑士，就由他每年到康沃尔来收取贡税；"如果我的骑士被打死了，我愿永远放弃我的要求。"那信使来到了马尔克王的面前，把统领伊莱亚斯的来意说明了；这就是说，请他选派一个骑士，去同伊莱亚斯比武，要一个比一个地对打。马尔克王听了这信使的一番话，叫他等候答复。这里，马尔克王便召集了全朝廷的爵主们共同商议怎样应付。只听他们全体说道："我们自己再没有这股勇气在战场上斗争了，倘使不是有特里斯坦骑士那样的英雄相助，我们几乎无法逃命；王上啊，因此，我们都认为，最好答应他那英勇的要求，去寻一个骑士单独同他比试吧。"

第三十回

伊莱亚斯和特里斯坦两个骑士怎样为了进贡而互斗，又特里斯坦骑士怎样在战场上杀死伊莱亚斯。

这话说出之后，大家默默无言，竟然找不出一个愿意挺身而出的骑士。停了些时，他们又都说道："君王陛下，这里没有敢同伊莱亚斯相斗的骑士哦。"马尔克王叹道："嗯，除非我的外甥特里斯坦骑士去同他一战，不然的话，我固然要受大辱，恐怕会永被消灭了。"大家又说："请您明了，昨天特里斯坦骑士已经疲劳过度了，既是很吃力，并且受伤也重。"马尔克王问道："他现在在哪里？"他们答道："躺在床上养伤哩。"马尔克王道："真是万幸，若不是我的外甥特里斯坦骑士来帮助我，我要被人完全毁灭啦。"

有一个人跑到特里斯坦骑士养伤的地方，把马尔克王所说的话都传给他听了。他听罢，登时立起，披上长袍，走到君王和各位爵主的面前。他看到君王以下的官员们全都忧心忡忡、惊惶失措，便问他们战争的消息怎样。君王答道："再坏不过了。"接着他就把全部情况和盘托出，又说到伊莱亚斯送来的口信，要他派出一个骑士，为康沃尔的贡仪而战，"但结果我不曾找到人选。"于是君王和各位爵主向特里斯坦骑士说道："一提起您，我们感激万分，昨天幸亏有您舍命相救，我们大家性命才能保住；现在若是再来要您帮助,心里实在惭愧得很。"特里斯坦骑士一听,慨然说道:"君王,您的意思我明白啦,照理,我应当出全力相助,来保全我的荣誉和性命,虽然我满身都是创口和瘀伤。伊莱亚斯骑士口出狂言,要求荒谬,既然要应付他,我就同他斗一斗好了;我若不能解除康沃尔对于贡税的负担,宁愿战死在疆场之上,决不生还。这时我身上的伤口还未长好,七天后疼痛还要更凶。就请召来他的信使,给他回话,叫他通知伊莱亚斯,约定明天好了。"

一忽儿便把信使召到马尔克王的面前。特里斯坦骑士开口说道:"朋友,请您听好,快去告诉您的统领,叫他准备妥当,我们为贡仪而战,我们的王要全力以赴的,再告诉您的统领伊莱亚斯骑士,说我特里斯坦骑士,是亚瑟王的部下,圆桌社骑士,明日由我和他先进行马战,时间久暂,依马的耐力为定;然后,再步战,决定胜负。"那信使对特里斯坦骑士从头到脚打量了一番,才走回去,将特里斯坦骑士回答的话一一报告给他的统领。于是,两方各自准备了人质,尽量做到妥帖周详,以便任何一方得到胜利,即可履行诺言。到了交战时间,双方的人马,来到丁答吉耳寨外,都在战场上列成两个阵势,其中惟有特里斯坦骑士和伊莱亚斯骑士披挂甲胄,全副戎装。

大战一开始,两人先各自放马在场中兜了一圈,然后策马相对冲来,其急如飞,力大无比。等到彼此临近,才将矛奋力互击,以至双方人马,都被猛力一震,跌倒地上。这时二人急忙立起,先把盾牌竖起,系在肩上,再拔出利剑,挥舞起来,好似一道光芒,照耀在身体的四周。如此往来盘旋,横冲直撞,各向对方的盔甲上乱斫,不久彼此盾牌上的附件,已成块的斫掉,同时每个人也都带重伤,热血飞溅,直往地上流个不停。这样一直斗了一个时辰,特里斯坦因为旧创迸裂,流血过多,不禁有些晕眩,以致往后倒退了好几步。伊莱亚斯骑士看到他这个样子,便愈加凶狠地跟踪着特里斯坦冲来,把他身上一连击伤了好多处。特里斯坦骑士始终穷于招架,只有东逃西躲,举着一面盾牌萎靡不振地遮护着自己,这个时候,大概伊莱亚斯发出二十击,特里斯坦才能还回一击。

沙逊方面个个兴高采烈,欢喜若狂;马尔克王这边,人人愁眉不展,悲苦万状。君王说道:"可怜啊,我们蒙辱忍垢,果真要万劫不复,永久沉沦了。"据史书上的记载,特里斯坦除却遭遇兰斯洛特骑士之外,从不曾碰到过这样的打击。这时双方立定,互相遥望,一方在笑,另一方在哭,而特里斯坦骑士的心中,此刻念念不忘的只是他心爱的伊索尔德;蓦地抬头,只见伊索尔德正立在城墙上,一双秀目在注视着他,想到自己可能再也不能回到她的面前。他立时把挂得太低的盾牌拉起来,竖起盾牌,冲到伊莱亚斯的身边,奋起神威,猛地连连打去,多至二十与一之比,只把他打得盾裂铠破,还刺得他热血流了满地。这时,马尔克王和康沃尔方面的人开始笑了,对方的人又在哭了。特里斯坦骑士的两眼紧盯着伊莱亚斯骑士,大喝道:"你投降吧!"

随后特里斯坦骑士看见他蹒跚的立在那里,浑身乱抖,说道:"在我遇着的骑士里,除开兰斯洛特之外,你算是最勇敢的了,所以我十分同情你。"特里斯坦的话才说完,只见伊莱亚斯骑士扑倒地上,顿时气绝了。特里斯坦骑士便对马尔克王说道:"这次战斗结束了,我怎样办呢?"伊莱亚斯方面的人马赶紧退出阵地,马尔克王乘势抢得了大批俘虏，并且取得了对受伤战士的赔偿，又把其余的人员送回，换回了以前的人质。关于特里斯坦骑士的伤情，经过悉心调理以后，不久也复原了。可是马尔克王对于特里斯坦的这番功劳，不但不想报答，反而因为不能够乘机谋害他，快快不乐。但是，在特里斯坦骑士这方面，不论他亲眼看到或者听到马尔克王有什么行为，对他的诡诈伎俩，从来不曾注意过，因为他的整个心念只放在伊索尔德的身上了。

第三十一回

在大宴会上，马尔克王怎样请一位竖琴师来歌唱丁纳丹所作的一支曲子。

且说兰斯洛特和丁纳丹两位骑士派了些琴手到康沃尔去，恰好遇着马尔克王正在大设宴会，庆祝驱逐沙逊入侵的胜利；在宴席上，忽然走进一位名叫艾礼鹗的琴师，他带着丁纳丹作的歌曲，偷偷递给特里斯坦骑士，并且告诉他，是丁纳丹专作来骂马尔克王的。特里斯坦骑士看完歌词，说道："嗯，耶稣啊，丁纳丹创作的这篇乐府和讽刺，真是恰到好处。"艾礼鹗问道："骑士啊，讽刺马尔克王的曲子，我在他面前唱了，没有关系么？"特里斯坦答道："毫无关系，有我担当风险，我来替您保镖好了。"等到端上肉肴的时候，艾礼鹗乐师走上前来，歌唱、奏出丁纳丹所作的曲子，因为他是一位歌唱的名家和奏琴能手，大家听到他把那个奸诈百出、诡计多端的马尔克王只骂得体无完肤、痛快淋漓。

琴师刚刚演奏完毕，马尔克王已经怒火填胸，立即说道："你这个弹琴的家伙，这么大胆，当我的面胡唱一通，真是大逆不道。"艾礼鹗躬身答道："大王，您要晓得我是一个吟游歌手，爵爷们是我的衣食父母，我应该听从他们的吩咐。再说大王啊，您晓得这支歌曲是圆桌社骑士丁纳丹作的，是他叫我到陛下您面前来唱的。"马尔克王道："算啦吧，因为你是吟游歌手，就滚开吧，赶快滚出去，让我眼不见为净。"这琴师离开此地，走到特里斯坦骑士那里，告诉了他演唱的经过。于是特里斯坦骑士写了两封情文并茂的书信，托他分别带给兰斯洛特骑士和丁纳丹骑士。随后又把这位琴师送出境外。再说琴师走后，马尔克王依然震怒万分，他认为那支讽刺他的曲子，胆敢在他的面前演奏，一定是特里斯坦设下的恶计，因此他愈想愈恨，便打定主意，要把特里斯坦杀死；而且凡是对特里斯坦同情的人，也要一网打尽。

第三十二回

马尔克王怎样用奸计杀死胞弟包德文,这个弟弟曾为他忠心服务过。

现在,我们另外述说一段关于马尔克王同他的胞弟包德文亲王的事迹。原来包德文为人很是慈祥,一向受着国人的爱戴。有一天,在沙逊人逃出康沃尔以后不久,忽然来了异教徒撒拉逊人,他们舍舟登陆,大举进攻。包德文是个深得人心的人,他在敌人登岸的地方,秘密而迅速地把全国鼓动起来。在天色还未黎明的时候,暗暗地准备了装满引火物的船只三艘,靠了顺风,扬帆起行,竟将这三只船混入撒拉逊战船的队里。过不多时,这三条船上火种齐发,就把全部敌船引着了,无一幸免。等到破晓的时辰,包德文亲王率领着部下百姓,一齐向岸上的异教徒冲去,呼声震天。这一战役杀死了全部敌人四万,没有一个活命的。

当马尔克王知道自己的同胞兄弟打了大胜仗,在国内的声誉势必更高,便愤怒不已。因为国人对亲王的爱戴甚于对他自己,再加上包德文向来就和特里斯坦友善,因此,马尔克王顿时对包德文萌了杀心。马尔克王丧心病狂,匆忙派人邀请包德文亲王、亲王夫人安葛丽底来朝晋见,还吩咐他们随带着幼子同来,说是很想看看他。马尔克王原是天生辣手,世所罕见,所以这一切安排,也无非是想杀死他们父子两人罢了。按说包德文亲王这样一个秉性慈祥,功勋卓著的人物,竟要遭到国王的谋害,这确是天道无知了。当时他们夫妻俩忙忙赶到,马尔克王虚情假意地装得很亲爱的样子,和大家共同进了午餐。吃完了饭,马尔克王对他的兄弟说道:"兄弟,那些邪教徒进犯的时候,您为何行动如此迅捷?依我想来,你那时应当派人送信给我,我自然要兼程赶去的。这个荣誉照理应该让我得到,您是没有份的。"包德文亲王答道:"王上,我当时若是派人来请您去解决,事机紧迫,时间来不及了,倘不赶快应付,恐怕我们的国家早就被那群邪教徒消灭掉了。"马尔克王怒道:"你这撒谎的叛徒,你一直在想抢我的光荣,使我蒙辱;我怀恨的人,你却偏要爱护他。"话才脱口,他手里握着的尖刃一下刺进了他兄弟的心脏,包德文亲王话没说得一句,便从此一瞑不视了。安葛丽底夫人亲眼看到丈夫被刺的惨景,顿时呼天抢地,以至昏迷不省人事。可是事已至此,她只好脱下丈夫的衣服,运出遗体,埋葬下去。安葛丽底偷偷地把她丈夫的贴身汗衣和衬衫留下,秘密收藏起来。

这时大家痛哭失声,特里斯坦、狄纳思、福尔古斯,以及其他在场的骑士们都很哀痛,因为亲王是一个可爱的人。伊索尔德忙派人通知亲王夫人安葛丽底,劝她快些带领孤子亚力山大一同逃走,迟了不免要遭杀害。她一听这个消息,立时带着幼儿,骑上马逃命去了,另有几个寒士,因为没有什么顾忌,也陪着逃走了。

第三十三回

包德文的妻子安葛丽底怎样带领她的幼子亚力山大·奥尔法林逃走,又他们来到了亚伦代耳堡寨。

马尔克王虽然做下了这样罪大恶极的勾当,但他毒心未已,还想做出更多的罪孽;只见他手执利剑,遍寻各个房间,打算再捉到安葛丽底和她的幼子,斩草除根。等到马尔克王发现亲王的夫人幼子已经失踪,就召来一位名叫沙多克的骑士,命令他快快把那母子两人捉到;如敢违背,同处死刑。因此沙多克奉命骑上马,去追赶安葛丽底了。大约行了十里路,便追上了这位夫人,吩咐她勒马转回,去见马尔克王。这夫人哀求道:"良善的骑士,请您看在上帝面上,怜悯我们母子吧;请问把我们杀了,您能得到什么呢?我的灾难已够大了,我的损失也够多了。"沙多克道:"夫人啊,您的遭遇是够悲痛凄惨的。可是我要问您一声:您是不是打算带着儿子逃出国外,隐藏起来,把他抚养成人,让他为父亲报仇呢?果真有这志愿,我可以放您逃走;但要请您答应我,将来一定代包德文亲王复仇。"那个孀妇答道:"嗯,高贵的骑士啊,多谢耶稣的恩典,若是我的孤子亚力山大能够长大成人,受封骑士,到那时我把他父亲的血衣血衫给他,一定要郑重地嘱咐他,使他在有生之日,决不忘却这杀父的仇恨。"于是沙多克和这母子彼此托庇上帝，互道珍重别去。沙多克回到马尔克王面前，装做很真诚的样子，说他已把安葛丽底和孩子亚力山大投入水里淹死了，马尔克王听后，煞是开心。

再说安葛丽底，她带着孩子慌慌忙忙、不分昼夜地逃出了康沃尔，途中很少停留休息，一直向南方的海岸奔去，最后碰巧抵达了一处名叫马贡斯的寨内，这地方如今称做亚伦代耳，归苏塞克斯管辖。这寨内的治安官对她来此深表欢迎，对她说欢迎她回到她自己的寨里；并特意为她举行了很隆重的欢迎仪式；因为这治安官的夫人原是她很近的表亲，治安官名叫拜兰交耳。他告诉安葛丽底说这座堡寨按世袭惯例应由她继承。安葛丽底在此孀居了许多岁月，才守到亚力山大长大成人，这孩子生就一副坚强高大的身材；在当时的青年中，几乎找不出像他那样坚强有力的，比起武来也没有人在他的面前可以得胜，这是后话。

第三十四回

安葛丽底怎样在她的儿子亚力山大被封为骑士的那天,交给他一件血衣,并且嘱咐他要为父亲报仇。

有一天,这位治安官拜兰交耳来到安葛丽底的面前,说道:"夫人啊,我看到小主人亚力山大已经是一位强壮无比的青年,到了应当加封骑士头衔的年龄了。"她答道:"爵爷,我愿意他做骑士,如果能够成功,我要给我儿子一个责任,那是有罪的母亲[①]所能给儿子的一个最大的责任。"拜兰交耳道:"请您做主好了,若要封他做骑士,我可以随时通知他,假若选定天使报喜节[②]那一天在兰特地方封他做骑士,似乎好些。"安葛丽底说道:"这样很好,一切拜托,就请您筹备起来吧。"治安官又到亚力山大那里,告诉他在天使报喜节那天赶来兰特,准备接受骑士爵位。亚力山大说道:"多谢上帝,这是我平生最大的一桩喜事了。"接着这位治安官邀约了二十个青年,这些人,全都是国内巨绅的儿子,贵

[①] 原文为sinful mother,并非母亲实在犯了罪行,因为基督代人赎罪而死,所以在基督教的国度里,任何凡人对于神都自认是有罪的。

[②] 原文Lady Day,为天使报喜节,谓系天使加百列通告耶稣将由圣母而降生于世,即3月25日,见《新约》的《路加福音》第一章第二十六节。

族后裔，他们也应当在同一天做骑士的。这一天到了，亚力山大同二十个青年都被封做骑士；在举行弥撒献祭的时候，安葛丽底忽然走到她儿子的身边，说道："亲爱的儿子，我在祈祷之中，要托付你一件事，在你接受骑士这高尚头衔的今天，特地来叫你明白我要托付你的是什么事。"她一边说着一边从身上拉出一件血渍斑斑的衬衫，一袭有血染的汗衣；所有血迹，都已年深日久。亚力山大猛然一看，不禁倒退几步，面色顿时变得苍白，说道："亲爱的妈妈，这是什么意思。"于是这位母亲说道："乖乖，听妈妈说吧：这是你父亲的贴身汗衣和衬衫，当日他是穿着它被人谋害的。"接着她又说到亲王当日被害的情况，以及被害的原因，"只因为他有功劳，才被马尔克王亲手握着利刃在我眼前把他刺死的。这就是我要托付你的一件事情。"

第三十五回

怎样有人告诉了马尔克王亚力山大的事情,又马尔克怎样因为沙多克曾救了亚力山大的生命而想杀死沙多克骑士。

这位孀居的母亲又说道:"为了感谢上帝的恩典,为了骑士制度的高贵道义,我要对你责以大义,你应该为你父亲的死,去向马尔克王报仇。"她说罢,就因为激动得太厉害,晕厥过去。亚力山大看见母亲晕倒在地,飞奔到母亲的身边,迅速把她抱起来,说道:"亲爱的妈妈呀!您要我做的这桩大事,我一定照办,我随时准备着,一定向马尔克王报仇;我不但答应您,我还答应了上帝。"这个封爵的宴会结束以后,那治安官早遵照安葛丽底夫人的指示,替亚力山大备好了骏马、坚甲。于是亚力山大便和当日封爵的其他二十个青年逐一比武;闲言少说,那二十个骑士相继地被亚力山大击败了,几乎没有一个能够抵住他的一击。

这里面有一个青年骑士,被打败以后,就奔到马尔克王的面前,把全部经过都说了出来;他说亚力山大怎样受封骑士,他母亲又怎样托付给他那件事,这些本书的读者在前面已听过了。马尔克王一听大骂道:"这混账东西,骗死我了;那个贼羔子,我以为你把他淹死啦。真正混蛋,这还有谁能够信托呢?"他骂完以后，拾起利剑，从这个房间闯到那个房间，每间屋子都闯遍了，只在搜索沙多克骑士，要把他杀死。及至沙多克一瞧见马尔克王挥着宝剑跑来，他立即说道："你当心，马尔克王，不要跑到我身边来；是我保全了亚力山大的性命，我决不后悔；你已经用了你那诡诈卑怯的手段，刺死了他的父亲包德文，现在又无法无天地以怨报德；万能的耶稣，我恳求您，赶快赐威力给亚力山大吧，好让他向你复仇！如今你可不要轻视亚力山大啊，他已经封做骑士啦。"马尔克王怒道："好大胆的叛徒，竟敢在我面前胡说八道。"立刻，有四个马尔克王的骑士各持利剑，一齐奔来要杀沙多克骑士；战不多久，那四人都在马尔克王的眼前，被沙多克杀死了。随后，沙多克骑士走进自己住室，佩好武器，跃上骏马，大大方方地稳步而去。当时特里斯坦骑士、狄纳思骑士和福尔古斯骑士这些人，对沙多克骑士都不愿存有丝毫恶意，所以任他走开。但马尔克王心里却怏怏不乐，时时想着杀死亚力山大骑士和救他性命的沙多克骑士两个人；从此，在举世的人群中，马尔克王最畏惧也最怀恨的人便是亚力山大了。

后来特里斯坦骑士听说亚力山大已经封做骑士，便写了一封信送给他，求他赶快到亚瑟的朝廷，好把他交托给兰斯洛特骑士去指导和保护，请他照顾管教。特里斯坦和亚力山大本是表亲，这封信就送给了亚力山大。亚力山大对特里斯坦的话非常尊重，这是后话。再说马尔克王，召来一个骑士，那人就是给马尔克王带来亚力山大消息的，马尔克王吩咐他，今后他可以留住在康沃尔。那骑士说道："王上，我一定要留在这里，我不敢再回国了。"马尔克王道："请你放心吧，你原来有多少田地，在此地我愿意加倍赏给你。"隔了不多日子，沙多克遇见了这个阴险的小人，便一下把他杀了。这桩事使得马尔克王忿怒万分。于是他派人分头送信给美更·拉·费王后和北加里士王后，请她们暗地里指使一些女妖，在全国各地纵火焚烧，造成混乱；同时串通马耳格林和布诺斯·骚士·庇太一群奸险的骑士，绝不让亚力山大逃脱，务必设法捉住他，或是就地杀死他。马尔克王这道命令，无非是想把亚力山大消灭罢了。

第三十六回

  亚力山大骑士怎样在比武会中得奖；又关于美更·拉·费的情况，以及亚力山大怎样同马耳格林骑士战斗，把他杀死。

  现在我们再来叙说亚力山大骑士。当他和母亲告别的时候，他母亲就把他父亲临死时的血衣交给了他。这血衣他后来一直带在身边，从未离开，直到他自己寿终之日，都在用它来纪念他父亲之死。亚力山大即下定决心，遵照特里斯坦骑士的意见，赶到伦敦去，投在兰斯洛特骑士门下。不料行至途中，迷失方向，反而来到了海边。这时，适巧卡瑞都王正在举行大比武会，亚力山大在会上获得首奖。他连续打倒了卡瑞都王和他部下的二十个骑士，接着又击败了赫赫有名的沙飞尔骑士，这人就是优秀骑士巴乐米底的同胞弟兄。这一次亚力山大表现的武艺，全被一个年轻女郎看得清清楚楚，认为他是平生罕见的一位卓绝人物。看他每打倒一个骑士，即强迫着那人立誓，要他自己许诺在一年零一天之内，不再武装出门。比武的情形和亚力山大的武功，被美更·拉·费听到了，她便说道："这样好的骑士，我很想见见他。"于是她骑上小马，走了很久，来到自己的帐篷里歇下了脚。这时忽然从外面来了四个骑士，两人全副武装，两人身着便服，他们同向美更·拉·费报告了姓名：着武装的两人，第一个是伊莱亚斯·德·冈美瑞，第二个叫卡利·德·冈美瑞；另外穿便服的是卡美拉地方的两个人，都是桂乃芬王后的表亲，一个名盖，另一个叫革朗，这四个人把他们在寨外被一个青年骑士打倒的经过，都详细地告诉美更·拉·费。旁边那位青年女郎接口说："听说这人是新近封做骑士的，年龄还很轻。"据大家推测，著名骑士中除开特里斯坦、兰斯洛特和拉麦若克三位以外，不论谁都耐不住他用矛一击的。美更·拉·费说道："如果他住在那个国度里，我想不久我就会遇见他。"

话说寨内的那个女郎看了孤子亚力山大同那四个骑士比武以后，便着人邀请他来，向他说道："我有一个邻居，一向对我很坏，骑士先生。这人名叫马耳格林，他不让我结婚，我虽然已经挣扎好多次，也有好多骑士帮我努力，可惜都是枉然。请问，对于这样恶劣的骑士，您能代我打这个抱不平吗？"亚力山大答道："小姐，若他来的时候我还在这里，我是高兴代您去打的；为了您，不论我的身体怎样孱弱，我也要对付他一下。"女郎听完便赶去把马耳格林找来，在她的请求下，亚力山大做好了准备。双方遥相对立的时候，已蓄好威势，互逼着对方比武，急于相斗，这时马耳格林长矛一挥，凶狠地向亚力山大打去，亚力山大也猛烈地还回一击，这一下便把马耳格林从马身上打落在地。这个马耳格林立时站起，撑着盾牌，拔出宝剑，喊着要亚力山大下马，说道："在马上比武，虽然您比我好，但是步行比武，您就会看出我同别的骑士不一样了。"亚力山大道："您说得很对。"这时他也跳下马，把马交给仆人。两个人就像野猪似的冲到一起，有时打在盔上，有时刺到盾上，这样斗了好久，大约有三个时辰，还没有人能够判定他们的优劣。

这时美更·拉·费也到这寨内的女郎家里，一同观战，要知道这个马耳格林骑士原是个老坏蛋，如若在马上比武，比他好的角色真不知道有多少人，可是步行比武，他便是世界上最凶险的骑士之一了。马耳格林有意一直守在那里不动，静等着机会杀掉亚力山大，加以亚力山大年轻有勇，缺少经验，虽是奋力进攻，结果依然受了重伤，流血很多。马耳格林，这个奸险恶毒的骑士，以逸待劳地等候着亚力山大，把他打得很凶。有时他俩各执盾牌，猛力纠缠在一起，很像两只野猪或公羊一般，有时两个都互被扑倒在地上。忽然马耳格林说道："现在，骑士啊，停一停，请问您是什么人？"亚力山大答道："照我本来的意思，不愿告诉您；现在，您先把大名告诉我，为什么要霸占这个村寨的？不回答我，我就亲手杀死您。"马耳格林说："您要知道，这全是为了爱这个女人；为了这座寨子，很不幸有十个优秀的骑士被我杀死了；还为了我的蛮横和骄傲，我又杀过十个骑士。"亚力山大道："上帝啊，骗人的雷打火烧，你做得这样下流，真是从来不曾听过，也真不曾听人说过这样无耻的话；如若让你再活下去，那我就太残忍了，也太丢脸了。现在，你尽力准备吧，我是一个真正的骑士，我就一定拼个你死我活，我说到就会做到。"

话声未毕，他们凶猛地斗在一处了，结果亚力山大把马耳格林打倒在地。敲破了他的头盔，又很快地斫下了他的脑袋。然后，把仆人叫到面前，吩咐他把马牵来。这时的亚力山大，自以为身体强健，还有余力可以骑在马上。但那个女郎看他的两脚已不能着地站立；他身上一共有十六处重伤；特别有一处重伤，几乎使他送命。

第三十七回

美更·拉·费怎样迎接亚力山大到她的堡寨内,又她怎样为他医伤。

美更·拉·费王后检查了亚力山大的创伤,并替他敷上一层油膏,本来是想把他毒死的。第二天,当美更来看他的时候,他又是吵闹又是诉苦,弄得美更无奈,只好又为他敷了另外几种油膏,疼痛方才停止。不多久,这寨里的女郎也来了,向美更·拉·费说道:"亚力山大从那恶霸手里亲自把我救出来,所以我想嫁给他,特来求您替我出力。"美更·拉·费道:"你会明白我要去说什么话。"美更·拉·费转身来到亚力山大的面前,假意劝他说:"如若这个少女要求您同她结婚,无论如何您都要拒绝她,因为她配不上您。"一会儿,这个少女果然来向他求婚了。只见那孤子说道:"多谢您的好意,小姐啊,请原谅我,我是没打算在这里结婚哩。"她说道:"骑士啊,因为您从恶霸的手里把我夺回,照理我应归您,您既不愿娶我,那么,请您把我许配给我在这里的一个老朋友,他爱了我好多年啦。"亚力山大说:"您的意见,我满心赞成。"于是就请来那个骑士,他名叫"大头领"吉令。不久,他就做主使他们订了婚,后来又主持他们结了婚。

美更王后这日又来到亚力山大的面前,劝他起身,把他放进马车，并给他喝了一杯浓汁，这样他就连着三天三夜一直昏睡不醒，由她带着一同回到了自己的寨内；在当日，大家都称这座寨为美观寨。美更·拉·费这时间来到亚力山大跟前，问他是不是希望创伤痊愈。他答道："一个受伤的人如果能得到痊愈，为什么愿意患病呢？"美更·拉·费说道："好吧，只要您肯遵守骑士规则，答应在十二个月零一天之内，决不走出本寨以外，我就可以让您尽早地复原。"亚力山大道："我完全答应。"因为他这样应允了美更，所以他的创伤很快就治愈了。等到亚力山大痊愈之后，方才想起在这期间他不能够向马尔克王报复，因此追悔不已。就在这时，又来了一个少女，她是派司伯爵和美更·拉·费的表亲。依照法律的规定，这个少女正是美观寨的合法继承人。这少女来到亚力山大正在养伤的堡寨，发现他睡在床上，辗转反侧，很是苦恼。

第三十八回

一个少女怎样设法将亚力山大由美更·拉·费王后手中救出。

那个少女说道："骑士先生，如果您心里能够愉快起来，我可以告诉您一些好消息。"亚力山大说道："我能够听到好消息，自然愿意；现在，由于我的诺言，我变做俘虏了，我正是作茧自缚啊。"她说道："骑士，您只不过知道自己做了俘虏，实际上您比俘虏还糟糕哩；美更·拉·费王后是个坏女人，她扣留您惟一的目的，是为了她的肉欲需要，想玩弄玩弄您罢了。"亚力山大叹道："耶稣啊，求您把我从这肉欲里救出来吧；我宁愿把两只睾丸割掉，也决不甘心同她做出这种不三不四的勾当。"那少女说道："恳求耶稣帮助，若是您能爱我，又肯受我的约束，我就能让您保全面子逃出去。"亚力山大道："请告诉我，要用什么办法才能使您得到我的爱？"那少女说道："好骑士啊，依照法律，我是这座寨的主人。我有一位伯父，他是一个威武非凡的伯爵，名叫派司伯爵，他平生最恨美更·拉·费；我可以派人去，请他看在我的面上，把这寨子毁掉，因为万恶的淫风在这寨里一向盛行；我想他会来的，只要到处放上引火的，把它一炬了之。那时，我把您从一个秘密的后门引出来，让您拿到您自己的马匹和武器。"亚力山大道:"小姐,您这主意真好。"她接着又说道:"在这十二个月零一天之内,您还可以保留自己的住室,仍旧不会破坏您的诺言。"亚力山大答道:"好小姐啊,一定遵命照办,决不反悔。"说完,他亲了那小姐的香腮;在空暇的时候,这两人彼此亲昵,感到甜蜜愉快。

过了不久,她连写了几封信请她伯父来把这座堡寨焚毁,据史书上记载,若不是这个少女住在寨里,伯爵早就把寨毁灭了。当伯爵接到他侄女的信时,随即回信,约定了日期前来烧寨。到了这一天,她先将隐秘的后门指给亚力山大,让他逃到一所安全的花园中,在这里可以找到他的武装和马匹。同时,派司伯爵率领了四百个骑士赶到,一霎时,火焰腾空,四处蔓延,在火熄灭以前,堡寨大都化成灰烬,已经没有一座完整的建筑物了。在大火焚烧全寨期间,亚力山大一直躲在花园里。等到火熄灭,亚力山大随即发出"叫报",通知一切人等,在一年零一天内,不准擅行闯入这美观寨的原址。

话说这时有一位名叫安西洛斯的公爵,他是兰斯洛特骑士的亲属,他每三年必到耶路撒冷一次。在当时,耶路撒冷是以朝拜圣地著称于世的。因为他把全部时间和精神都用在朝山进香上,所以大家都叫他香客安西洛斯公爵。他有一个女儿,名叫艾丽丝,生得娟秀绝伦;又因为伯爵是一位著名的大香客,于是当时的人又叫她做美丽香客姑娘艾丽丝。这个叫报,恰好被她听到了,她随即赶到亚瑟的王朝,对着许多骑士公开说道:"不论哪位骑士,凡是能打败那个霸占美观寨的人,就有权同我结婚,并且取得我的全部田产。"

圆桌社的骑士们听了她这一番话，一则因为她是天生丽质，再则因为她的产业富裕，因此很多人都跃跃欲试，兴奋万分。这时，她在她自己管辖的城镇里也发布叫报，另一方面，亚力山大每天当然仍在他自己的原地方散发叫报；双方的消息，宛若呼应，从不间断。没有多日，她又带着营帐，奔到亚力山大的住地附近。她在那里住下来不久，忽由亚瑟王朝来了一个骑士，名叫"野心家"莎各瑞茂，直向亚力山大挑战。比武的结果是亚力山大把他从马鞍上打落了。全部经过，都被美丽的艾丽丝小姐看在眼里，见他武艺高强，芳心中十分钦羡。她情不自禁，奔出帐篷，抓住亚力山大的马缰，向他说道："好骑士啊，请您依照骑士的制度，让我看看您的尊容好么。"亚力山大说道："好的，我就让您看一看吧。"他随即脱下自己的头盔，露出面目，那位小姐一看到他的容貌，忍不住惊喜地说道："亲爱的上帝呀，这样的美男子，真是我心爱的，我永不会再爱别人了。"他也说道："能让我也看看您的芳容么？"

第三十九回

亚力山大怎样遇见美丽香客姑娘艾丽丝,他怎样同两个骑士比武;又关于他和莫俊德骑士的关系。

那小姐一听这话,随即解开了面纱。亚力山大蓦然看到她那副花容玉貌,停了半晌才说道:"如今来到这里,才寻到了我心爱的美人。"赶忙又接着说:"好小姐啊,我决意要做您的骑士,这世界上,没有别的人配要我的。"那小姐说道:"温情的骑士,请问尊姓大名?"他答道:"我的名字叫孤子亚力山大。"接着他问:"您的名字能够告诉我么。"她说:"我是美丽香客姑娘艾丽丝。至于您我两人的身世,等我们心里更安舒一些再说吧。"从此以后,他俩就彼此不绝往返,直爱得鹣鹣比比,形影难分了。正在他们这样缱绻绸缪的时候,忽地来了一个名叫赫尔苏的骑士,要求比武。亚力山大奔上前,才放出一击,就见那人已从马屁股上跌落下来。跟着又走来一个名叫修冈的骑士,亚力山大像先前一样,也把他打倒了。于是修冈骑士要求和他步战。亚力山大骑士接连向他发出三击,若不是他连声哀求、投降得快,早已送了性命。比赛完毕,亚力山大迫着这两个骑士立下誓言,答应在一年零一天之内不得佩带武装。

这时,亚力山大骑士径自迅速地跳下马来,休息去了。再说那位原先帮助亚力山大骑士逃出堡寨的小姐,在和艾丽丝闲谈消遣的时候,把亚力山大被俘入美观寨的全部经过,都告诉了艾丽丝,同时又把她自己怎样营救亚力山大出狱的情形,也说了出来。因此在他们会面时,美丽香客姑娘艾丽丝对亚力山大说道:"骑士啊,对于这位小姐,我认为您是很感激她的,是么?"亚力山大骑士答道:"不错。"又隔了一些日子,艾丽丝便把自己的家世告诉了亚力山大。她说道:"骑士,您知道,我是班王的嫡系亲属;班王就是兰斯洛特骑士的父亲。"亚力山大道:"亲爱的小姐,您说的全对,我的妈妈告诉过我说,我的爸爸原是一个君王的同胞弟兄,所以我同特里斯坦骑士应当是很近的表亲。"

在亚力山大的禁区里,这时又来了三个骑士,一个叫汶斯,另一个叫湿原上的哈维,第三个叫做高山上的培令。亚力山大骑士挟着一根长矛,一口气打倒了他们三个,他们跌得很重,都甘拜下风,不敢再同他步行比武。于是,他又迫着他们一同立誓,要在一年零一天之内不带武器。等他们立完誓,分别辞去,亚力山大便一个人骑在马上,立在艾丽丝的帐篷前面,凝望着艾丽丝。他魂销神荡,几乎忘了自己是骑在马上还是步行而来,因为他正专心致志于艾丽丝。

不想背后突然又来了一个诡计多端的莫俊德骑士,他看到亚力山大正在迷恋着一个姑娘,便暗暗上前,牵着亚力山大坐马的缰绳,打算把他牵出这片地面,使他从此丢脸。幸好,那个原来搭救他逃到寨外的少女看到他恍惚踯躅,眼看他就要被引羞辱之地,她便赶紧披挂甲胄,背上盾牌,骑上她的骏马,手执利剑,奋力冲到亚力山大的身边，对准他的头盔打了一击，直打得他眼冒火星。亚力山大挨了这一击，抬起头来望望四周，然后拔出利剑，准备厮杀。莫俊德一看到这种情形，趁机逃进树林，那少妇也兀自逃开，跑回帐篷去了。及至亚力山大明白，当时如若没有那位少妇在场，一定会吃莫俊德的大亏，如今竟让那个虚伪的骑士脱逃了，便不禁对自己愈想愈气，大发雷霆。但是后来亚力山大和艾丽丝两个人经常跟那个少女开玩笑；笑她对他头盔上打过的那凶猛的一击。

从此以后，亚力山大便每天忙着比武竞技，他同亚瑟王朝的许多骑士徒步战斗过好多次，又同许多生疏的骑士比赛过。这一年内，他每天至少要和一个骑士比赛一次，或是两个骑士，甚至多到三个或四个的时候也有，结果从不曾被人打败过。因为要把所有战斗的经过一一说来，会使听的人感到厌腻，所以一言表过，不再另述。一年期满了，他偕同美丽香客姑娘艾丽丝辞别而去。艾丽丝一直跟随着他，从未分离；后来他们到了比诺易，回到自己的国度里，两人比翼连枝，快乐无涯。

第四十回

姜拉豪骑士怎样在苏尔露斯地方发出叫报，召开比武大会，又桂乃芬王后的骑士愿同各地来参与比赛的骑士比武。

根据史书记载，马尔克王蓄意杀害亚力山大的诡计从来没有停止，直到他最终以叛国罪将亚力山大杀害。亚力山大同艾丽丝结了婚并且生了一个孩子，取名拜辣吉劳斯·勒·比斯[①]。他成人之后，由于因缘际会，幸运地进入了亚瑟的朝廷，是大家公认的优秀骑士；后来因特里斯坦骑士和他的父亲亚力山大都遭到马尔克王的残酷谋害，他仗着一身武艺替父亲报了宿仇。可惜他的父亲从没有这样的幸运和机会踏进亚瑟王朝。否则，只要他到过兰斯洛特骑士的面前，结识到当时所有的骑士，一定会成为亚瑟当政时期的红人，到如今也能引起一班人对他的追念了。现在这些话且按下不提，另述其他的故事。

我们现在要谈的是皇太子姜拉豪骑士，他是苏尔露斯国中的一位爵主。这里曾产生过许多优秀的骑士。因姜拉豪太子的武艺

[①] 此处的拜辣吉劳斯·勒·比斯（Bellengerus Le Beuse），在后文中出现有时变异为拜兰交尔（Bellangere Le Beuse）。原文如此，不便妄改。

特别优异，所以罗致了大批武技高强的英雄好汉。这一年，他来觐见亚瑟王朝，亲向国王禀报了他的志愿，还说明他要求在苏尔露斯国度内发出叫报，召集比武大会；苏尔露斯是隶属亚瑟王管辖的区域，必须申请国王的批准，方能发出这次比武大会的叫报。亚瑟王听后说道："我同意您的申请，但是您要知道，到期我恐怕不能亲自参加。"桂乃芬王后在旁插嘴说："王上，请您让我去出席这次的比武大会吧。"亚瑟王说："您想去也好，不过皇太子姜拉豪骑士的意思，是要您去主持的。"姜拉豪说道："王上，我谨遵您的意思办理。请王后驾临，另外，我还想请我最爱的一些骑士们同去。"亚瑟王答道："您认为怎样好就怎样做吧。"于是桂乃芬吩咐兰斯洛特骑士做好准备，把他认为最好的骑士们一同带去。

于是，在全国的各个通都大邑、繁盛堡寨中都发出了叫报，通告大家在苏尔露斯地方，由姜拉豪骑士领导举行比武会，会期八天，届时，皇太子姜拉豪借桂乃芬王后的骑士的支援，将和到会的人物"以武会友"。没有多久，叫报传布得遐迩皆知，就有列位君王、太子、公爵、伯爵、男爵以及各路高贵骑士们都准备着参加比赛，一显身手。比武大会开幕了，丁纳丹骑士伪装出场，表演了不少惊人的武功，这是后话。

第四十一回

兰斯洛特骑士怎样在比武大会中战斗，以及巴乐米底骑士怎样为了一个少女而决斗。

兰斯洛特骑士也接受了桂乃芬王后和巴吉马伽斯王的邀请，为了掩盖真面目，化装入场比武，所以认识他的人只有少数。这一次适好他遭遇了自己的同胞爱克托骑士，两个人先使矛互斗，双方都把长矛打断了，而且折断的地方就在靠近手柄处。两人随即又拿起了新矛。愈斗愈勇，各不相让，斗到后来，兰斯洛特骑士忽地一击，把爱克托骑士打倒在地。这件事被布留拜里骑士望见了，他驰马上前，挺着矛向兰斯洛特骑士的头盔上猛然打了一击，直打得他头昏脑晕，只觉天旋地转，几乎不知自己身在何处。等待他清醒以后，益发气愤填膺，便迎着布留拜里骑士一击还去，矛头敲到对方的头盔上，震得他垂下了头，弯下了腰。接着兰斯洛特又第二击打去，只见他翻身落马，爬不起来；兰斯洛特骑士怒马驰骋，冲进了人骑最稠密的地方。这时北加里士王看见爱克托和布留拜里都躺在地上，顿时怒不可遏，因为他们是对抗苏尔露斯方面的人。所以北加里士王一马飞近兰斯洛特骑士的身边，挥矛痛击，矛杆震得粉碎。接着兰斯洛特又追上了北加里士王，使剑对准他的头盔一阵猛击，迫得他跳下马来；又战了些时候，这个君王才重又骑上了马。不久,巴吉马伽斯王的人马和北加里士王的人马相互交锋,结果,激起了一场混战;若以两方实力而论,那北加里士方面似乎比较强大。

兰斯洛特骑士正往来巡视,一看自己队伍快要失败,他立时挥起利剑,冲入人群最密的地方。只看他左击右斫,好多骑士纷纷倒下,有的被他拉下马来,有的被他击掉了头盔,真可谓人仰马翻,万众披靡。一个骑士竟然显出这么大的武功,在场观众都为之感叹不已。即使巴吉马伽斯王的王子麦丽阿干斯骑士看见兰斯洛特骑士的本领,也大加赞扬。当麦丽阿干斯认清了那人确是兰斯洛特的时候,他料到兰斯洛特一定是因为他才伪装出场的。所以,麦丽阿干斯私下和一个骑士商量怎样打败兰斯洛特,请他不论用剑还是用枪,只要先把他的马刺杀。那时巴吉马伽斯王遇见了一位高尚的骚塞色骑士,就向他说道:"优秀的骚塞色啊,您同小儿麦丽阿干斯比武时,请您狠狠地惩罚他;我希望您重重地打他一顿,好使他离开这里。"后来这两个人交手了,彼此都打倒了对方,不分胜败。接着,二人又步行比武,倘使没有别人帮助,骚塞色一定能胜过麦丽阿干斯。这时皇太子发出命令,吹号休息,两人分别回到帐幕里,解下武装,参加宴会去了。

就在大张筵席的时候,忽有一个少女走到皇太子的面前,控诉一个名叫冈乃利的骑士,霸占了她和她所有的田产。不久,那个骑士也到场了,他把手套往地上一丢,向这个少女以及同情她的人挑衅。那少女环顾一周,竟找不到替她应战的人,便带着幽怨的心情,俯身上前拾起了这只手套。不料旁边一个仆人走到她面前,向她说道:"小姐啊,您肯照我的主意去做吗?"她答道:

747

"自然乐意。"那仆役接着说道:"在那精舍的近旁,躺着一个骑士,他是追索怪兽的人,您走到他的跟前,好好恳求他,我相信这位骑士最后会答应您的。"

这个少女听过这话,立即骑马走出,不多时便寻着那人,原来就是巴乐米底骑士。经过她苦苦恳求以后,巴乐米底披戴了武装,陪她一道来到宴会上,令她谒见皇太子,求他准许他去同那个挑衅的骑士比武。皇太子答道:"这件事我同意。"于是这两个骑士走进战场,各自结束停当,就跨上马对打起来;每个人都是手挟长矛,凶猛地冲在一起,把两根矛杆搠断成好多截。随后宝剑出鞘,挥剑互斗。结果,巴乐米底骑士把冈乃利骑士打得扑在地上。接着,拉开他的头盔,斩下了他的脑袋。胜利的巴乐米底搀扶着少女,一同进了晚餐,那少女把巴乐米底当做情人,表示了心中的情爱;可是据史书所载,他们原来是亲戚。且说巴乐米底把自己伪装起来,在盾牌上绘着怪兽的形状,马衣上也到处绣着一些怪兽。当他这样准备已毕,便派人去求皇太子,准许他出场同别的骑士比武,但是心里却在畏惧着兰斯洛特。皇太子回复他的话,欢迎他的出场,只是不让兰斯洛特骑士同他比试。随后皇太子姜拉豪骑士发出叫报,声言不论什么人,凡能击败巴乐米底骑士的,即可把他的情人据为己有。

第四十二回

姜拉豪和巴乐米底两个骑士怎样互斗,又关于丁纳丹和姜拉豪两骑士的关系。

第二天的比武大会开幕了。顷刻间,巴乐米底骑士飞马驰进,立在武场的一端,皇太子姜拉豪骑士也立在场的对面,两人各执一根巨大尖矛战将起来。他们勇猛地对冲,彼此用力互击,以致两人的长矛都被震断了;因为姜拉豪骑士挥击巴乐米底的时候用力太大了,身体不禁仰向背后,幸而脚底没有失掉他的马镫。于是他们两人又抽出利剑,奋力对砍,各显奇能,竟引得许多正在比武的骑士们停下来观看。战到最后,皇太子姜拉豪骑士奋力向巴乐米底猛然一击,恰巧落在他的头盔上,幸亏头盔坚固,没被宝剑砍裂,可是宝剑顺势而下,却把巴乐米底的马头斩下了。等到皇太子看见那位高尚的骑士跌倒地上,他对于自己刚发出的一击,感到很是惭愧。他立刻跳下马来,把自己坐下的骏马,送给巴乐米底作为礼品,并且请他原谅自己的粗暴行为。巴乐米底道:"您这么客气,多谢您,皇太子啊。一个有地位的人物,永远不肯亏待一个骑士的。"说罢他上了马,皇太子也骑上另外一匹骏马,一路走出场外。皇太子道:"现在,我放弃那个少女,让她归您,因为是您赢得了她。"巴乐米底道:"好呀,这位小姐和我两个人都愿意听从您的吩咐。"

他们分手之后，姜拉豪骑士又表演了一些惊人的武艺。正在这时，丁纳丹走进了战场，向姜拉豪骑士挑战，看他们长矛相接，彼此对冲，矛杆击裂，纷纷坠地，各人手里只剩下了小半段。但丁纳丹自以为皇太子的气力已经衰竭，所以他扬起矛杆向皇太子又连打了好多击，等到发觉自己无法把他打倒的时候，便说道："我的爵爷啊，请您离开我，去找别人比赛吧。"这位皇太子还不认识对方就是丁纳丹，听了这样一套好话，便很客气地放过了他。二人分别不久，旁边走来一个人，向皇太子说，那人就是丁纳丹。皇太子悔道："真的么，这样让他逃脱了，真是叫人不开心；看他那么嬉笑滑稽，我和他是再也算不清楚了。"说着话，姜拉豪放马追来，大声喊道："丁纳丹，看在亚瑟王的情面上，您停下来。"丁纳丹道："哪里的话，我愿向上帝发誓，今天我是决不肯再同您交手啦。"他一蹬坐马，赶紧跑开，这皇太子在愤怒之中，忽地和麦丽阿干斯相遇，他对准麦丽阿干斯的喉咙一击打去，幸亏他跌到地上了，否则他的脖子必定要被打断啦；那时皇太子仍然使用这根长矛，在人丛中继续挥舞，另外一个骑士又被他打倒了。随后，冲进了北加里士王的部下，还有许多生客，这些人同苏尔露斯的集团相斗，差一点击败了苏尔露斯的骑士；姜拉豪一直忙着应付攻击他的人。接着，又走来一个高尚的骑士，名叫"英雄"赛孟特，随带四十名骑士，把他们打退了。这时桂乃芬王后和兰斯洛特骑士发令吹号宣布停止。各位骑士纷纷返回营帐，卸下武装，各自参加晚宴去了。

第四十三回

亚尔奇特骑士怎样控告巴乐米底骑士的叛逆罪行，以及巴乐米底骑士怎样把他杀死。

巴乐米底脱卸了武装，便为自己和爱侣请求两人的宿处。皇太子命人安排一座幕帐，他两人相继走进幕帐，这时忽从外面来了一个名叫亚尔奇特的骑士，这人的哥哥冈乃利就是为了争执这个少妇，被巴乐米底所斩。亚尔奇特大骂巴乐米底骑士叛徒，并且历数他杀死他哥哥的罪行。巴乐米底说道："如果承蒙皇太子的允许，我就对您应战。"这里的纠纷不久被姜拉豪知道了，他便吩咐他们一同进膳："等到你们吃过饭后，就可看见两个骑士都要准备下场啦。"饭罢，他们两人都披戴武装，跳上战马。这时，王后和皇太子以及兰斯洛特骑士三人，也走上高台同来观战了。只见巴乐米底和亚尔奇特二人进得场来，放马飞驰，巴乐米底对准亚尔奇特突然发出一击，打得他从马上应声滚下。巴乐米底立即跳下马来，拔出利剑，可是这时亚尔奇特骑士已经站不起来了，于是巴乐米底拉开亚尔奇特的头盔，竟自把他的头颅砍了下来。战斗已毕，皇太子和桂乃芬王后同进晚餐。在这一方面，巴吉马伽斯王为了麦丽阿干斯嫉恨兰斯洛特，他又不肯让他的儿子与兰斯洛特相遇，因此把他的儿子麦丽阿干斯送走了，但是兰斯洛特并不认识他。

第四十四回

在第三天的比武会上,巴乐米底骑士怎样同拉麦若克骑士比武,以及其他种种。

现在,比武大会的第三天开场了。这天是巴吉马伽斯王准备比武,由他同马西耳王对战。据说马西耳王手里有一座岛屿,还是皇太子姜拉豪骑士以前馈赠他的,这座岛名叫邦米登。及至巴吉马伽斯王和马西耳王交手以后,先是两人放矛互击,斗成一团,后来马西耳王挨到一击,被打得从马屁股上跌将下来。马西耳王部下的一个骑士,急忙赶来为他报复,不幸也被巴吉马伽斯王打翻,连人带马都跌在地上。接着,又走进一个名叫阿洛乌斯的伯爵,还有布诺斯骑士,以及邦米登岛上的一百名骑士,北加里士王也同他们在一起,他们都同苏尔露斯的骑士们作战。大战开始不久,已经有好多骑士被打得跌倒在地,也有被踏在马蹄下面的。在整个战斗中,巴吉马伽斯王表现得最为英武,他是第一个进场的,始终再接再厉,毫无怯色地顽斗到底。高文的弟弟葛汉利也曾在巴吉马伽斯王的面前耀武扬威过,到了最后,还是被巴吉马伽斯王一击打倒,连人带马一起躺在地上。

其间,那个威风凛凛的巴乐米底骑士适巧和卜拉茂骑士遭遇了,这人就是布留拜里骑士的胞弟。他们都摔着长矛,互相斗击,各不稍让,结果二人都人仰马翻,倒在地上。卜拉茂骑士跌得更重,几乎把颈骨震断;鲜血从口鼻和两耳涌出,幸而遇到良医,得以无恙,这是后话。且说克拉兰斯地方的查拉英公爵这时走进来了;在他指挥之下,走进了一个名叫"黑色"艾礼思的骑士。他同巴吉马伽斯王立时斗将起来,艾礼思被打得很苦,从鞍上跌下。查拉英公爵所表演的武功也很惊人;可惜因为他在第三天入场,来得较迟,没能得奖;只有巴吉马伽斯王和巴乐米底骑士二人最为精彩。这天的奖品,就颁给了巴吉马伽斯王。此后,吹号散场,大家卸下武装,参与宴会。适在这时,丁纳丹进来了,他同巴吉马伽斯王诙谐百出地玩笑不已,引得全体骑士捧腹狂笑,因为他诙谐滑稽,所以博得一班高尚骑士对他的亲近。

饭后不久,忽然来了个骑士,背上负了四根长矛,他走到巴乐米底前面,说道:"附近有个骑士,叫我送来四根长矛,请您为女友挑选两支,下一场您就为她和一个陌生的骑士比武。"巴乐米底说道:"您告诉他好啦,我一定来揍他。"及至姜拉豪骑士明白了这种情形,即叮咛巴乐米底仔细准备好。这时,桂乃芬王后、皇太子和兰斯洛特骑士三人登上观台,以便评判两人的武艺。只见场上巴乐米底和另一个生疏的骑士往来奔驰,矛影缭乱,奋力互斗的结果,两支长矛各被对方击断,手里只握残余的一小截。一忽儿,大家又换上一支新的长矛,方斗了不久,又都震得粉碎。接着,大家再换上一根更大的矛,那个生疏的骑士猛一击打倒了巴乐米底,便是他所骑的马,也跟着跌倒了。那个生疏的骑士正待跨过巴乐米底,不料他的马也忽然绊倒,以致扑在巴乐米底的身上。这两人随立起来,各拔出利剑,徒步互斗,摔击刺搠,冲撞斫杀，各显本领，斗个不停。

这时皇太子和兰斯洛特骑士大加赞叹，说两人相斗如此精彩，真是从未见过的场面。一忽儿，只见那生疏的骑士精神陡长，用尽气力打去，巴乐米底只得向后退下。于是皇太子高喊道："停止比赛。"这令一发，双方骑士都放下矛剑，返回宿舍去了。两人脱卸了武装以后，才知道这个生疏的能手原来就是高贵的拉麦若克骑士。兰斯洛特骑士一听说拉麦若克来了，亲自招待，极尽殷勤。据说在当时的骑士里面，除去特里斯坦以外，要算兰斯洛特最爱他了。桂乃芬王后对拉麦若克更是赞不绝口，因而全体优秀的骑士都对他表示热烈的欢迎；表示恨恶的，只有高文弟兄几人。桂乃芬王后对兰斯洛特骑士说："爵爷啊，如果还要上场比武，请不要再同亚瑟王的亲属相斗呀。"兰斯洛特听罢，点头答应。

第四十五回

在第四天比武大会上所表现的许多奇迹。

第四天的比武大会开始了。进入比武场的有百骑士王、北加里士王的全体部下、克拉兰斯地方的查拉英公爵、邦米登岛的马西耳王，等等，还有巴乐米底的弟弟沙飞尔也来了，沙飞尔把母亲的近况告诉了哥哥。"有个被人称做伯爵先生的人，"他走到亚瑟王的面前控诉说："因为他同我们的父母开战，所以我在一个寻常的比赛中，把他杀了。"说罢他们就下场了，有个少女跟随同去；还有参加比武的布留拜里和爱克托两个骑士也到场了。先是巴乐米底骑士对抗布留拜里骑士，交手之后，双方都被打倒了。跟着来的是沙飞尔和爱克托，两人也同样打得跌下了马；于是这两对人物都步行比武。再后，拉麦若克骑士走进武场，即同百骑士王相斗，一个回合，就把百骑士王从马屁股上整个打落。接着拉麦若克运用了同样的手法，打倒北加里士王和马西耳王。在拉麦若克住手之前，经他使矛用剑打倒的，一共是三十个骑士。这时查拉英公爵看到拉麦若克这般矫健，英武非凡，令他自愧弗如，便不敢再去侵犯了，并且通告全体部下和所有骑士，一概不许惊动拉麦若克，违者处死，因为全部骑士中，若有一个高尚的骑士不幸遭到耻辱，其他骑士便不免兔死狐悲，都将随着失去光荣。

这两个君王随后联合一起，共同向拉麦若克骑士打来，但拉麦若克并不气馁，只见他骑马飞腾，驰骋全场，左击右斫，也不知道打碎了几多头盔，因而皇太子和桂乃芬王后同声赞叹，认为他骑在马上能显现这样伟大的武艺，真是他们两人平生难得看见的。兰斯洛特骑士向巴吉马伽斯王说道："您看，我要披戴起武装，帮拉麦若克去啦。"巴吉马伽斯王答道："让我也陪您同去。"话声未已，这两个人已跃身上马，奔到拉麦若克骑士跟前，拉麦若克正立马在三十个骑士的包围中。这些人，有谁胆敢打他一击，他便立即猛力打还过来。蓦然间，在这人马稠密的地方，兰斯洛特骑士一马冲到，忽一击就把司阍马杜尔打倒了。他舞动着长矛的杆子，又连续打倒许多骑士。再看巴吉马伽斯王，他使动长矛，左击右打，无人敢当，煞是出色。不多时，这三个君王都纷纷后退。就在这时，姜拉豪骑士吹号休会，返回宿舍，全体传令官把最高的评价给了拉麦若克骑士。在今天这一战中，以巴乐米底、布留拜里骑士、沙飞尔骑士、爱克托骑士四个人徒步比赛得最久。像他们这样不分高低的，可说从不曾有过。待到散场之后，骑士们各返宿舍，脱去戎装，同赴盛大的宴会去了。

当拉麦若克骑士来到朝廷的时候，桂乃芬皇后热忱地拥抱着他说道："骑士啊，您今天表演得太精彩了。"后来皇太子走进，也殷勤地招待拉麦若克，丁纳丹甚至快乐得流下了眼泪；至于兰斯洛特骑士款待拉麦若克骑士的那种热烈诚恳，几乎没有人能够描述出来。一宿无话，第二天早晨，皇太子命令吹号开幕，大家又都分别走上了比武场。

第四十六回

在第五天，拉麦若克骑士怎样表演他的武艺。

第五天的比武大会开始了。这天早晨轮到巴乐米底骑士进场，向大家要求比试，这时亚瑟王正驻跸在苏尔露斯附近的一座寨里。最先是一位受人敬爱的公爵下场和巴乐米底交手，几个回合就被巴乐米底从马屁股上打落。这位公爵是亚瑟王的舅父。艾礼思骑士的儿子这时驰马飞来，到了巴乐米底的跟前，向他挑衅，结果这个小艾礼思也被他同样地打倒了。乌文英骑士在旁看见，激起怒火，就跃上了马，跟巴乐米底骑士斗将起来；又不多久，被巴乐米底狠狠地打了一击，竟把他连人带马都掀翻在地。闲话少说，一言带过，这时巴乐米底一口气连打倒了高文骑士的弟兄莫俊德、葛汉利和阿规凡三个人。亚瑟不禁勃然大怒，说道："噢，耶稣啊，一个撒拉逊人竟敢连着打倒我的几个亲戚，未免太胆大妄为啦。"亚瑟王一时怒火上冲，吩咐带马整盔，他打算亲自冲上去同他决一胜负。

这时拉麦若克骑士看出亚瑟同他的左右都面露不愉之色，跃跃欲试，就知道国王对巴乐米底已大不乐意；他赶紧自己准备停当，冲入场中，问巴乐米底愿不愿和他比武。巴乐米底答道："我为什么不愿意同您比武呢？"说罢，两人勒紧缰索，放马猛冲，挥矛狂击，一霎时矛杆纷纷震断，矛杆碎裂的声音响彻了全场。

随后，每人又拿起了一支更大的长矛，凶恶地纠缠成一团，直打得难分难解，结果巴乐米底骑士的矛杆断得粉碎，而拉麦若克骑士的仍然很完整地握在手里。正战之间，忽然，巴乐米底的脚镫掉了，颠得他仰面卧在马背上。巴乐米底骑士随即勒转马头，返回来，迎接他的女友和沙飞尔骑士转回他自己的原路上去了。

巴乐米底退出以后，亚瑟王走到拉麦若克骑士面前，向他表示谢忱，并且询问了他的姓名。拉麦若克答道："王上，您知道，我应该对您效忠的，不过这时候四面八方的敌人很多，我不敢在此地多留下去。"亚瑟王道："啊呀，知道了，您就是加里士的拉麦若克骑士呀。哎，拉麦若克，跟我住下好了，我可以对上天立誓，决不会负了您；我想高文弟兄们还不敢这么大胆，随便轻易使您吃亏的。"拉麦若克骑士说道："王上，他已经使我吃了亏，并且也对您不起。"国王道："实在说来，是他们杀死了自己的母亲，也就是杀了我的姐姐，当然使我很是苦闷。当年如果您能同她结了婚，那一定美满多了，您也是君王的儿子，是同他们一样的啊。"高贵的拉麦若克骑士向亚瑟说："噢，耶稣啊，她的死是我永远不能忘记的。我要说到做到，愿向上帝起誓，只要时机成熟，我非为她报仇不可。现在假若不是怕触犯了您的尊严，我就要向高文骑士的弟兄们报复的。"亚瑟道："请让我来替你们和解吧。"拉麦若克答道："王上，这次我急于比赛，还不想跟您同住，兰斯洛特骑士和皇太子姜拉豪骑士正在那边呢？"

话分两头，且说这里有一个少女，她是班底斯王的公主。又有一个撒拉逊的骑士，名叫高沙布伦；这高沙布伦爱上了那个少女，始终不让她同别人结婚，还到处宣称她患了精神病，借以拦阻她的出嫁。

第四十七回

巴乐米底骑士怎样同高沙布伦争夺一个贵妇人,又巴乐米底怎样杀死了高沙布伦。

在无意中,这个少女曾听别人说过,巴乐米底一向为姑娘们打抱不平,做了很多侠义的事情,她便设法送给巴乐米底一面旗帜,求他出面替她去打高沙布伦。倘使能够获胜,他不但可以娶她为妻,并且她由父亲所承袭来的田产也一起归他。接着她又派人去通知高沙布伦,说她已经向另一个异教徒巴乐米底说明了真相,而且送给他一面旗帜,如果高沙布伦能把巴乐米底打败,她也愿意嫁给高沙布伦。高沙布伦一听这话,认为她这种行为是背叛了自己,十分生气;这一日,他放马来到皇太子驻扎的苏尔露斯;不料在这里碰见了巴乐米底,巴乐米底已经结束停当,还有那少女赠给他的旗帜,也带在身旁,高沙布伦心中更为愤怒,于是就在姜拉豪的面前,激起了一场大战。皇太子说道:"很好,今天高贵的骑士们光临比赛,光荣之至,等宴会完毕,我们就来观战。"

比赛的号令发出了,先由丁纳丹进来同吉伦骑士比武。吉伦也是一个有名的骑士,岂知才一交手,便被丁纳丹从马屁股上打落;接着,丁纳丹又接连摔倒了四个骑士。这人武艺素来精湛,今天表演得这样出色,加以平日幽默诙谐,谈笑风生,真可算是当代骑士中一位最饶风趣的人物了。丁纳丹有一种习性,专爱与人品技艺都是上等的骑士交往,当时所有知名的骑士,也大都欢喜同他结交,所以人缘极佳。及至皇太子观赏了丁纳丹的武艺,便派人通知兰斯洛特骑士,请他先将丁纳丹骑士击倒,再把他送到皇太子和高贵的桂乃芬王后面前来。兰斯洛特受到皇太子的盼咐,便依着一一做去。先由拉麦若克和兰斯洛特分别打倒了一些骑士,击碎了他们的头盔,把他们都赶到皇太子和桂乃芬王后的面前,然后兰斯洛特骑士又将丁纳丹打倒,再命令部下剥脱他的武装,把他押送到皇太子和王后的面前。这时大家相见,一副狼狈状态,引得每人都捧腹大笑,笑得几乎站也站不稳了。丁纳丹有意说道:"您说好笑不,我这不算自己丢脸,都是那个老泼妇兰斯洛特把我打成这样啦。"接着宴会开始,所有的人都在拿着丁纳丹穷开心,弄得一片笑声盈耳。

宴会完毕,吹号入场,第一场是观看巴乐米底骑士和高沙布伦二人比试。只见巴乐米底骑士先将旗帜插在武场的中央,然后二人挥矛相击,混战一团,响声之大,如雷震耳;不多时,但见双方骑士被震得各各翻身落马,一齐跌倒。二人从地上爬起,又竖起盾牌,亮出宝剑,一来一往,猛力相搏;只因高沙布伦原是一个最凶险的骑士,现又志在一拼,所以他们都把甲胄打得破碎不堪,几乎连身体都遮盖不住。这时巴乐米底说道:"高沙布伦啊,您愿意把那位小姐同她的旗帜都让给我么?"高沙布伦一听更怒焰万丈,立即恶狠狠地对着巴乐米底拼命进攻,一击打来,使得巴乐米底向前一跤,适巧是双膝跪在地上。巴乐米底蓦然站起,也向对方的头盔上重重一击,那高沙布伦就应声倒下。巴乐米底上前拉开他的头盔,对他说道:"高沙布伦,您向我投降吧,不然我要亲手宰了您。"高沙布伦骂道:"你放屁,要杀就杀吧。"于是他真的一下把高沙布伦的头斩下了。不想因为高沙布伦是一个异教徒,灵魂刚一脱离了躯壳,尸体立刻变得腐臭不堪,全场几乎没有人能够耐住那股臭气。他的尸体随即被人拖到树林里埋葬了。不久,吹号散场,各自返回。巴乐米底也换好了便服。

然后,巴乐米底走去拜谒桂乃芬王后、皇太子和兰斯洛特骑士三人。皇太子说道:"骑士先生,高沙布伦所显示的绝大奇迹,今天您在此地也看见了,一个人的灵魂一旦脱离了肉体,就会留下这么呕人的臭气。因此骑士先生,我想请求您尽快地接受基督教的洗礼,我相信所有的骑士都会待您更加热诚、更加尊重的。"巴乐米底说道:"皇太子啊,我想你们都知道,我到贵处来的目的,无非是想尽力去做一个基督徒;在我的心里,已经受过了洗礼,我也希望受洗礼的。但是,我曾立下这样一个誓言,若是我不先替耶稣打过七次胜仗,我是不愿意随随便便接受洗礼的。我相信上帝会重视我的志愿,因为我的心意是真诚的。"接着,他邀请桂乃芬王后和皇太子同进晚餐。他们应许了,同时请兰斯洛特骑士和拉麦若克骑士作陪,此外尚有许多别的高贵骑士在座。第二天他们望过弥撒之后,吹号开场,进行比赛,骑士们这时都已准备妥当。

第四十八回

关于第六天所发生的事迹。

第六天的比武会开始了。葛汉利骑士首先入场,他同苏尔露斯的欧色士骑士比赛,才一交手,就把他从马背上仰面打落。于是双方武士蜂拥而入,分别找敌手,捉对儿,恶斗起来,混战之间,也不知击断了多少支长矛,还有许多骑士被人踏在脚下,断肢裂胴。这时,忽来了拉麦若克骑士的两个同胞兄弟,道尔纳骑士和阿各娄发骑士,他们同另外两个骑士相遇,一霎时短兵相接,彼此痛击,结果四个骑士连人带马一齐跌倒。拉麦若克骑士一眼瞧见自己两个弟兄被人打倒,不禁心中大怒,随手在地下拾起一支极大的长矛,蓦地向着四个骑士远挑近掀,一阵擂打,只把自己的长矛打得折成了好几截。然后再拔出宝剑,向四面八方挥舞过去,待他们跌倒以后,他才拉下他们的头盔。这一番剧战,使得全场观众没有一人不暗暗惊服他的勇力,其他骑士也都迫得纷纷后退,飞奔逃命而去。这时,拉麦若克牵来了两匹马,让他的弟兄分别骑上,并且说道:"兄弟们,你们从马上跌下,应当觉得丢脸呀!不骑在马上,怎好算做骑士呢?徒步作战的,我都不认为是骑士,大凡步行相斗的骑士,不过是一些强盗坏子。因此,一个骑士不应当步行作战,只有使用诡计的人才会那样,不然就是被人逼迫着徒步应战的。弟兄们,你们要在马上骑得稳,若是不能够这样,就永远不要再在我的面前比武了。"

就在这时,克拉兰斯地方的查拉英公爵和苏尔露斯地方的乌耳巴斯伯爵二人举矛相向,各显威能,斗到后来,这两个人都被对方打倒,就有双方的侍从重整鞍辔,牵来马给他们骑上,爱克托和布留拜里两个骑士也徒步走来,伺候着查拉英公爵。百骑士王也同乌耳巴斯伯爵在一起。隔了不久,又走进了葛汉利,他挺矛直刺百骑士王,百骑士王也凶猛地还击应战。查拉英公爵一见,立即跑来把他们拉开。

那边停战号令已经响起,各骑士都忙着脱解了武器,鱼贯赴宴而去。正在宴会中间,丁纳丹忽然进来了,神情滑稽,直惹得大家哄堂大笑。丁纳丹一眼看到皇太子好像有什么不顺意的事情,在发怒似的,原来他一向不爱吃鱼,今晚的席上,偏偏端上一条鱼,所以他显得很不高兴。丁纳丹望见皇太子不开心,又看见了那一条大头的鱼,他便用两只盘子盛着,自己端上去献给皇太子。亏得丁纳丹寻得出这样的话题来:"姜拉豪骑士啊,我很希望您变做一只狼,据说狼只吃肉,永远不尝鱼的滋味。"① 皇太子听过这话,大笑不已。丁纳丹又对兰斯洛特说:"好了好了,你这个鬼,在本国里能有什么用场,这里恐怕没有一个蹩脚的骑士情愿替你挣面子的。"兰斯洛特道:"丁纳丹骑士啊,我保证不和你斗,你也别用长矛来揍我,那支矛打倒了我,我的屁股或许就再也不能

---

① 译者疑为或与狼鱼(Wolffish)有关,因狼鱼出产欧洲,性极凶猛,自古出名,尽人皆知,丁纳丹特采用作戏谑的资料。

碰到鞍子了。"丁纳丹说道："我要一直看牢你那惯会闯祸的身子，否则我不会适意的。"兰斯洛特说："好的，你一直看牢吧，上帝不许我们再相打，但是如果看见一盘肉，那就靠不住啦。"王后同皇太子听了这番对话，为之哈哈大笑，满座的人更是拍掌捧腹，轩然大笑，像吃醉了似的，坐都坐不定了。大家就这样彻夜狂欢，直达黎明方止。于是全体望了弥撒，号角一声，众武士都结束停当，入场比武。这时桂乃芬王后偕同各级爵主入了座，评判人则甲胄鲜明，分列场内，维持秩序。

第四十九回

关于第七天比武的经过，又兰斯洛特骑士怎样扮做一个闺女，打倒了丁纳丹骑士。

现在第七天的战斗开始了。康本英公爵走进武场，先由他同亚蕊斯丹斯骑士决斗，后者本来算是一个骁勇善战的人物，这两人放马挥矛，各逞奇能，一场鏖战，只打得两个都连人带马翻倒在地。蓝拜耳伯爵立即走进武场，将公爵扶上马鞍，自己再挺矛上前，帮他应战。这时，苏尔露斯方面的欧色士骑士，也一马驰来，接住蓝拜耳伯爵，对准他打出一击，不想打得他应声落马。于是，激起了一场剧战，被打断的长矛不计其数，还有许多骑士被对方摔在地上。不一刻，北加里士王同乌耳巴斯伯爵又战斗起来，双方激烈凶狠，所有评判人都觉得他俩有不共戴天的仇恨似的。这时，桂乃芬王后、皇太子和兰斯洛特骑士三人皆怂恿丁纳丹骑士出马比试。丁纳丹说道："我是愿意驰进战场的，就是怕你们两个里走出一个来同我打。"皇太子说："好吧，您可以看见我们带着盾牌坐在这里做评判的，您还可以看看我们是不是一直坐在这里。"丁纳丹骑士听了这话才肯走出去，跃上自己的马，一路上遭遇了许多人，但都打得很好。在他打算要退场的时候，想不到兰斯洛特骑士拿一套女人的新衣，罩在自己的戎装外面，作为伪装。又请卡力胡丁骑士替他引路,领他走进武场,这时全体观众都不认识这个妇女是谁。及至丁纳丹刚要退出武场,那乔装改扮的兰斯洛特手里拿着卡力胡丁的长矛,追上来照着丁纳丹便打。原先丁纳丹骑士不时地抬头看看观战台上的兰斯洛特,见那位子上确是有人全身戎装,俨然端坐。这时,又看见那个陌生的妇女向他打来,怕她就是伪装的兰斯洛特骑士,心中正在惊疑不定的时候,不料兰斯洛特骑士已迅速冲上,举矛一击,便把他从马屁股上打落,脸上还带着一股揶揄的神情,这女人又把丁纳丹骑士拖到附近的森林里面,脱光他的衣服,只留下贴身一件衬衫,再给他穿上一套女人的服饰,领着他走入武场。幸亏这时天色已晚,吹号休会,大家陆续退回宿舍去了。等各骑士脱卸武装,换了便服,他们便将这位丁纳丹领到各骑士中间。桂乃芬王后瞧出是丁纳丹穿着女子服装,一副尴尬的面目,站在他们中间,忍不住放声大笑,笑得竟至倾跌,其他在场的人也都举座哗然。丁纳丹苦笑着向兰斯洛特说道:"好嘛,你太好恶作剧啦,竟然一直没有让我识破。"这一幕完毕,大家才就这几天的胜负情况作了协议,一致同意把一等奖颁给兰斯洛特骑士,二等奖颁给加里士的拉麦若克骑士;三等奖给巴乐米底骑士;四等奖给巴吉马伽斯王。这四位骑士获得荣誉之后,所有的人都心悦诚服,狂欢祝贺,满朝的人更是欢欣鼓舞,感到无上的荣幸。

第二天,桂乃芬王后偕同兰斯洛特骑士等一行人离开此地,去晋谒亚瑟王,惟有拉麦若克骑士无论如何不愿同去,兰斯洛特向他说道:"如果您肯随我们一道去,我可以担保,亚瑟王一定会命令高文的弟兄们不准和您为难。"拉麦若克骑士黯然答道:"您的一番好意,我当然感激,可是高文骑士这个人,我绝不推心置腹,就是他的兄弟们,我也不敢有丝毫的信任;兰斯洛特骑士您总明白,如果我不是看在亚瑟王的面上,对高文兄弟几个人是毫不畏怯的。要我去信任他们,那是绝不可能的事。因此我想请您代我向亚瑟王,以及圆桌社的爵爷们转致我的敬意。以后无论我到了什么地方,我都愿尽力报效;并且,骑士啊,最近当亚瑟王的亲属被巴乐米底骑士击败的时候,我还曾出面效过绵薄之力呢。"说完,拉麦若克骑士和兰斯洛特骑士两人洒泪相别。

第五十回

　　马尔克王怎样运用诡计来谋杀特里斯坦骑士，带领着特里斯坦骑士参加比武会；又特里斯坦怎样被送进监狱。

　　现在且按下这里不提，我们把特里斯坦骑士再来表白一番。原来这卷书的主题乃是记述他的事迹，所以关于国王、王后、兰斯洛特骑士和拉麦若克骑士这些人，只好搁置一边，来陈述马尔克王怎样诡计多端地陷害特里斯坦骑士的种种勾当。闲言少叙，言归正传。话说康沃尔的沿海一带举行大规模的比武会，完全是由皇太子姜拉豪骑士和巴吉马伽斯国王二人主持，本意是在对付兰斯洛特骑士的，这是因为兰斯洛特骑士武艺高强、声誉日隆，一直占据着人人心服、个个推崇的地位，那太子和君王妒忌在心，所以才发出了叫报，对兰斯洛特比试武艺，最好把他消灭掉，再不然就侮辱他一顿也好。这两人的计策，被马尔克王识破了，他心里煞是欢喜。

　　马尔克王这时也想起一条恶计，即怂恿特里斯坦骑士参加这次比武大会，并且让他乔装改扮，免得被观众认出，目的是想使皇太子把他误认作兰斯洛特骑士。特里斯坦骑士不知是计，因此化了装来比武了。当时兰斯洛特骑士并未到场，一些观众看到武艺如此优越的骑士，都认为这一定是兰斯洛特骑士无疑。加以马尔克王更是有意地在扬言说，那绝对是兰斯洛特骑士。于是许多骑士都奔上去向他一人迎击，其中有巴吉马伽斯王和皇太子两人，还有他们部下的一些骑士。按说特里斯坦骑士受了这许多人的围攻，确是一桩奇事。但是特里斯坦终于忍受了一切苦痛，到底在比武会上取得了最后的胜利，很多骑士被他打得头破血流，还有些是皮青肉肿，造成瘀伤；可是他自己也是浑身青紫，伤势很重。等到比赛全部结束，人们才看出这人原来是良纳斯的特里斯坦骑士，并不是兰斯洛特。这一天，凡是马尔克王的心腹人等，知道了特里斯坦比武受伤，皆大欢喜；除此以外的人们，都对特里斯坦骑士深表同情。因为在英格兰的领土内，大家对于特里斯坦骑士没有像对兰斯洛特骑士那样恨恶的。

这时马尔克王又假惺惺地来看特里斯坦骑士，并且说道："亲爱的外甥，你的伤势使我难受。"特里斯坦骑士答道："多谢舅舅的盛意。"同时马尔克王将特里斯坦放上马车，装作很是爱他的样子，说道："亲爱的好外甥，让我来替你治疗吧。"说着便陪同特里斯坦骑士一道，并骑走出，天还未黑，就赶到丁答吉耳堡。马尔克王先给他吃了一顿饭，接着又给特里斯坦喝了汤水，他喝过以后就熟睡了。到了深夜时分，马尔克王便命人把他暗暗转移到另一座堡寨，关进狱中，并指定了一个男仆和一个女仆替他准备饮食。从此他便在这里被禁锢了好久。

特里斯坦骑士从此失踪了，没有一个人能探听到他的下落。伊索尔德听到他失踪的消息，便私自来找沙多克骑士，请他设法寻特里斯坦的下落。沙多克经过多方的打探，才发现原来他已被马尔克王和马贡士歹徒们迫害而下在狱里。于是沙多克约同他的两个表亲各自披挂了戎装,来到丁答吉耳堡的附近,设计隐伏,伺候着马尔克王从此经过。不久,天巧地巧,马尔克率同四个外甥,以及马贡士的某某叛徒一班人,果然由此过路。沙多克一瞧见他们来到,就令伏兵四起,飞骑突出,挺矛直冲,往来乱击。马尔克王刚一发觉大敌当前,赶紧放马逃命,沙多克骑士奋身追上,一连杀死了他的四个外甥。可是马贡士的叛徒也没有轻易放过他们,一剑砍到沙多克一个表亲的颈上,使他重伤而死;沙多克当时还了一剑,也把那人砍死了。随后沙多克骑士乘马径向良纳斯城而去,一路上对马尔克王的诡谋伎俩,越想越是愤恨。到了城堡,由堡里人陪同沙多克骑士,又一直到达了家宰狄纳思骑士驻扎的亚尔布莱寨,在这里两个人会了面。沙多克当时就把马尔克王全部卑鄙下贱的奸计,一一向狄纳思和盘托出,狄纳思品高艺精,正气凛然,一听这事,不禁勃然大怒,于是下定决心,公开反对这样一个君王,并声言马尔克王所封给他的土地,他完全放弃。自从狄纳思发表这个声言以后,各地骑士群起响应。大家根据他的建议和沙多克的意见,由狄纳思领头发动了各城各寨的人们,把良纳斯全区的辎重粮秣集中起来,同时召集了所有可以参战的人民。

第五十一回

马尔克王怎样伪造教皇的信件,又薄希华骑士怎样营救特里斯坦骑士出狱。

我们回转来再说一说马尔克王。他从沙多克骑士的手里逃脱之后,急急忙忙驰到了丁答吉耳。在这里,他一方面大张旗鼓,广事宣传,动员凡能作战的壮丁,全部武装起来;一方面又派出许多人,搜索他的四个外甥和马贡士叛徒的尸体。由他下令在教堂墓地下葬。然后马尔克王便在全国领土内发播叫报,命令准备武装,因为他知道除了拼死一战,别无其他办法。这时马尔克王很清楚,由于沙多克和狄纳思两人的激发,良纳斯全区人心振奋,群起备战,他自己深恐不敌,便在脑海里想出了许多恶毒的诡谋来。请读者看看他的诡计吧:他先假造了一封书信,说是由教皇那里发来的,说是教皇找到一个陌生人做信使,将这封信送给马尔克王的;信中指示马尔克王迅速准备妥当,率领部下赶赴教皇所在地,以便前往耶路撒冷,协同对撒拉逊人作战,不得违背,否则将受到神的诅弃。

这个信使依照马尔克王的诡计把信送到了,马尔克王接到之后,立即差原人转送给特里斯坦骑士收阅,还吩咐信使向他说道:"若是特里斯坦骑士肯对异教徒作战,君王就愿意放他出狱,并且授给他统帅军队的全权。"特里斯坦骑士看过这信，自己寻思道："可恶的东西，马尔克王啊，你一向鬼鬼祟祟，今后也永远是这样；"接着又向信使道："请您告诉马尔克王，因为使徒教皇是招呼他的，叫他自己去好了；还告诉他，像他这样一个无恶不作的君王，我不愿再听从他的指挥了；如果我能出狱，自己就会走出去的；我平生乐于助人，如今竟得到这样一个好报应吗？"信使返回，向马尔克王复命，把特里斯坦骑士的话都报告了他。马尔克王听完，又生一计说道："好呀，再去骗他一次吧。"说罢，转回房里，又写了一封假信，信的内容明言教皇指定特里斯坦骑士亲自前往，由他负责对异教徒作战。再叫这信使把信送给特里斯坦骑士，特里斯坦反复审视，又识破了这是马尔克王伪造的信件。特里斯坦骑士道："马尔克王，你真是可恶啊，你向来不老老实实，还要欺骗到底呀。"那信使告别了特里斯坦骑士，返到马尔克王那里去了。

　　这时有四个重伤的骑士走进丁答吉耳堡里，其中一人的脖子几乎断开了；另一个人的臂膀也已折断；第三个人的身上，被长矛刺穿；第四个人的牙床被打碎了。他们一同来到马尔克王的面前，大声道："君王啊，全国的人都起来反抗您啦，您为什么还不逃呢？"马尔克王听后愤怒已极。

　　在这同时，加里士的薄希华骑士正巧回到本国来访特里斯坦骑士。忽然听到特里斯坦被关在狱里，顿时激起了骑士的英雄气概，便打定主意，要将他救出牢狱。不久，特里斯坦果然被薄希华搭救出来了，当然特里斯坦很是感激，薄希华也很高兴，两人的交情从此加深了。特里斯坦骑士向薄希华骑士说道："如果您想在这边区逗留些时日,我愿意奉陪同行。"薄希华道:"多谢您,不过我不能在这里多停留,还要赶到威尔士去。"于是薄希华告别了特里斯坦,匹马单矛,径向马尔克王的驻地驰去,将释放特里斯坦的经过,一一说给他听了;同时还补充了一句:"特里斯坦是当代最著名的骑士,你无故把他监禁,对你自己也是很丢脸的。"最后警告他:"请你放明白一些,现在全世界的优秀骑士,都对特里斯坦热忱爱戴;如果他们来同你作战,是没有人肯代你抵抗的。"马尔克王赧然说道:"你的话很对,但是,他爱上了我的王后伊索尔德,我就不能喜欢他。"薄希华哂道:"呸,不怕羞死啦,还有脸说呢?你不是特里斯坦骑士的舅父吗?他不是你的外甥吗?你绝不应当想到,一个像特里斯坦那么高贵的骑士,竟会抢走自己舅父的老婆。但是,王后是这世间最有名的一位美人,可能对他表示过敬爱,那绝不会犯了肉体上的罪恶。"

薄希华骑士说罢,便辞别了马尔克王扬长而去。等到薄希华走后,马尔克王又眉头一皱想出了一条恶计。尽管马尔克王当面应允过薄希华,不再伤害特里斯坦,可是恶人的诺言是没有什么价值的。原来,马尔克的计策,是派人通知家宰狄纳思骑士,说马尔克王曾经立誓自愿亲赴罗马,晋见教皇,对异教徒作战,因此请他将已经发动的人民重行安顿下来。"这样的处置,比动员人民反抗你自己的君王更为得体。"狄纳思骑士一听马尔克王自愿到国外去打击异教徒,便信以为真,就立刻把人民的愤恨情绪竭力平息下来。等到这些响应的人民分别释去戈矛,各自返归家园的时候,马尔克王又看见特里斯坦仍是和伊索尔德出入偕行,朝夕相聚。马尔克王不禁又妒火中烧,便设下一计,再将特里斯坦骑士下到狱里禁锢起来，这件事自然又违背了他原先对薄希华骑士所做的诺言。

伊索尔德王后知道了特里斯坦骑士又被禁闭在监牢里，一颗芳心自是万分伤感，哀痛非常。过了不久，特里斯坦在狱里秘密地差人送出一封信给伊索尔德，求她对狱中故人仍然忠心；并请求她的同意，为他俩预备一艘小船，以便迎接他同往罗格里斯的领土，就是英吉利。伊索尔德读完特里斯坦的书信以后，明白他的意思，随即回了一封信，柔情款款地给了他无限安慰，又答应他准定预备船只，一切遵照他的意思办理妥当。

这时，伊索尔德又派了人去见狄纳思骑士和沙多克两个人，请求他们务必设法捉住马尔克王，先把他关起来，直等她同特里斯坦骑士启程赴罗格里斯以后，方才可以释放。家宰狄纳思骑士听到马尔克王又在玩弄诡计，便立刻应许了，回信中答应一定要把马尔克王捕获下狱。他们商量已毕，就按照计划，分别行事。后来特里斯坦骑士被从狱中救出，便赶紧伴同了伊索尔德王后一道来找他们磋商善后事宜，然后才离开此地而去。在离开以前，本来很想约了狄纳思等人同行，可惜未成。

第五十二回

特里斯坦骑士和伊索尔德怎样来到英格兰,又兰斯洛特骑士怎样带他们到快乐园。

话说伊索尔德和特里斯坦骑士一同上了船,浮海来到此地。他们登岸还不到四天,恰遇亚瑟王发出叫报,公布要在此地举行比武大会。特里斯坦骑士一听得这消息,立即偕同伊索尔德进入武场,为了不使人识破,他把自己乔装起来。特里斯坦骑士进场以后,一看前来参加比武的骑士林林总总,为数太多,他就单骑先驰到武场的一端。说时迟那时快,特里斯坦骑士拿出本领,一路打去,转眼之间,圆桌社的骑士竟被他打倒了一十四名。兰斯洛特骑士当时在场,一眼看到这么多的人纷纷倒地,正打算一马当先,向特里斯坦骑士横矛打去。伊索尔德蓦然看见兰斯洛特骑士怒马冲进了武场,芳心怦怦,急忙着人送去一只戒指,交给兰斯洛特,通知他这位良纳斯的特里斯坦骑士已在场里。兰斯洛特骑士得到这桩消息,心中这一喜真是非同小可,他自己也不愿参加比赛了,当即勒转马头,尾随在特里斯坦骑士的后面,一同走进场内,尾首相接,言笑殷殷,两人都显得极为愉快。接着兰斯洛特骑士便引领了特里斯坦和伊索尔德两人一同转向快乐园而去。这园原来就是兰斯洛特的堡寨,是他从前亲手夺获的一个战利品。

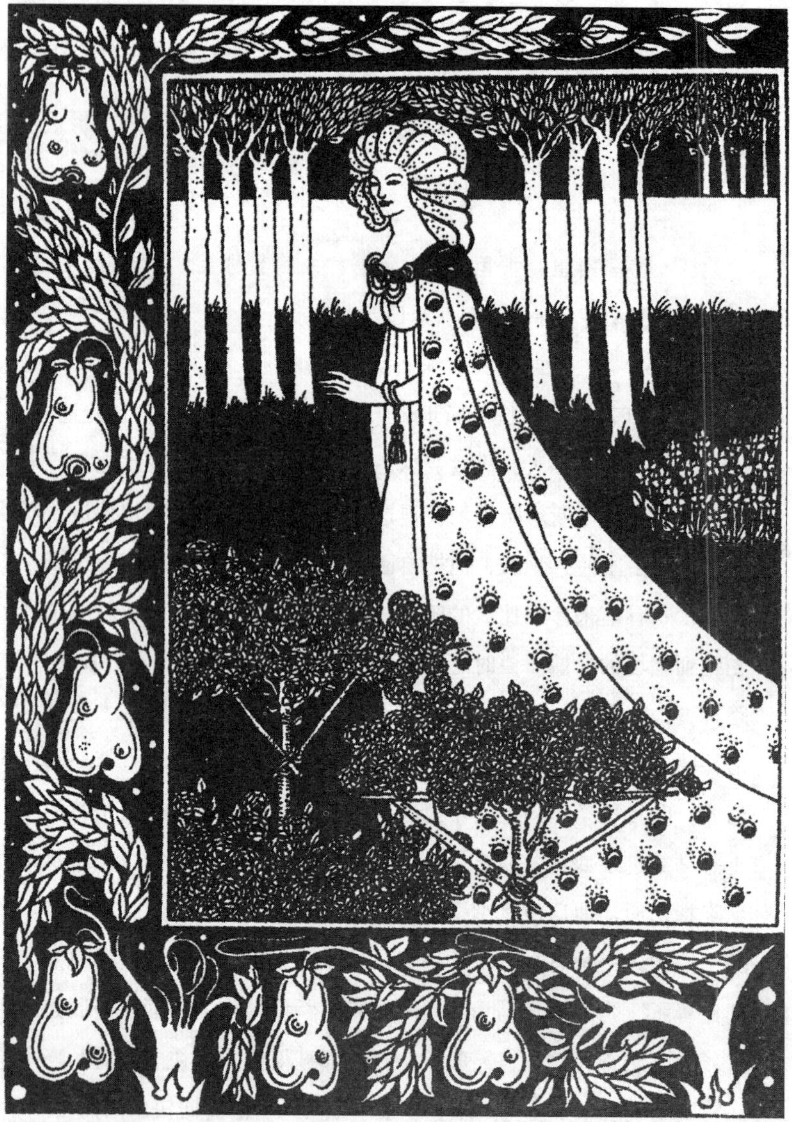

伊索尔德在快乐园里的日子

这时他就把堡寨送给特里斯坦和伊索尔德两人居住,让他们作为自己所拥有的住处。并且命令寨内一切居民,对待这几位贵宾,必须像对他本人似的,同样敬爱。读者应知,这一处园林般的堡寨,经过他大事装修,布置得井井有条,内里设备极其精美雅致,一向成了专供国王和王后来此憩息赏玩的场所。

随后,兰斯洛特骑士动身到亚瑟王那里去了,他告诉桂乃芬王后,说在这次比武大会上,那位表演得最精彩的人就是特里斯坦骑士。他又告诉桂乃芬说,特里斯坦已经偕着伊索尔德一同来了,对马尔克王完全不再理睬他了。她听过这话,又说给亚瑟王听。亚瑟王一晓得特里斯坦骑士离开了马尔克王,并和伊索尔德同来这里,心中无限欢喜。为了欢迎特里斯坦骑士光临本国,亚瑟王特地发出叫报,向大众宣布选定五朔节那天,在快乐园附近的伦拿柴卜寨前举行大比武会。根据亚瑟王的计划,英格兰、康沃尔和北威尔士的骑士,到那时将与爱尔兰、北威尔士以外各处来的骑士们,以及果尔、苏尔露斯、里斯定诺斯和诺森伯兰的英雄们,群贤毕至,展开一场轰轰烈烈的对抗比武。这些地方,都和亚瑟王所管辖的地区遥遥相对,正好位居隔海的一边。这次叫报发布之后,有很多骑士十分欢喜,另有一些人却抑郁不乐。于是兰斯洛特向亚瑟王说道:"王上,我们这群向来奉陪在您四周的人,经您这样一来,不免都要陷入最危险的境地啦。目前有很多骑士万分妒忌我们;到时我们只要一出场,他们准定拼了命地打击我们。"亚瑟王答道:"说到这一点,我并不担心;这正是要考验我们,看看究竟哪一个人能够打胜他们。"亚瑟王举行这次大会的一番用意,兰斯洛特骑士这时明白了;于是依照着伊索尔德的阶级身份，安排她在一个秘密的地方观战。

现在，我们再来述说特里斯坦骑士和伊索尔德两人。从定居以后，他们两情缱绻，恣意欢乐，形影双双，日夜不离。这位特里斯坦骑士每天出外狩猎，大家都称他做世界狩猎冠军，又认为他是吹奏角号的最高能手。据史书所载，狩猎方面的全部术语，都是特里斯坦骑士所亲手订的；并且订出角号音调上的各种符号；此外，他又规定了鹫鹰猎犬等的各种专门名词；又将狩猎所用的鸟兽，作出分类的命名系统，包括猛禽在内；至于当时所使用的全部号声，他也加过一番研究。在这里且先介绍几种，例如命令猎兽自行巡回的号声，催促猎兽搜索的号声，唤回猎兽的号声，命令猎兽追捕的号声，吩咐猎兽咬死猎物的号声，指使咬死猎物的号声，以及各种号声的音调和名称。为了纪念这些久垂不朽的创作，所有的人应该永久记着：当特里斯坦骑士在世之日，要对他尊敬；及至他逝世之后，更要为他的灵魂祝福。

第五十三回

特里斯坦骑士接受了伊索尔德的劝告,怎样武装骑行出外;以及他怎样遇着巴乐米底骑士。

有一天伊索尔德向特里斯坦骑士说:"您自己应该清楚,现在您来到外国啦,我觉得很担心;这里到处布满着凶狠的骑士;况且那个马尔克王诡计多端,您也要认识清楚,若是您这样轻装简从地出外狩猎,难免不遭到暗算,牺牲了自身呀。"特里斯坦答道:"我心爱的人儿,您这么关心我,我再也不便装出门啦。"从此,每次出猎,他果然披甲戴盔,戎装完整的,并且带的随从也是有的挂着盾牌,有的执着长矛。在五月即将来临的一天,特里斯坦骑士望见有只牡鹿,便放马追来,不想赶到了一口泉边。但见泉水清洌,水中泡沫飞溅。特里斯坦骑士跳下马鞍,解去头盔,俯下身来饮水。恰在这时,忽见那只怪兽也跑到泉旁,还听见它的怪声仍在呜呜作响。特里斯坦骑士急忙带上头盔,耳中恍然听到巴乐米底骑士的声音来了,因为他一向在追逐这个怪兽。隔了片刻,只见从那边走来一个武装骑士,骑在一匹剽悍的骏马上,向他躬身施礼,这个骑士原来就是布诺斯·骚士·庇太,两人交谈没多时,那个高贵的巴乐米底骑士也放马跟来,彼此相见,各自施礼致敬。

只听巴乐米底骑士说道:"各位亲爱的骑士请了,我有一个好消息奉告你们。"他们问道:"什么消息呢?"巴乐米底道:"诸位,马尔克王已经被他的部下拘禁起来了。这桩事全是为了特里斯坦骑士的缘故,想来你们是清楚的。听说马尔克王曾经两次监禁特里斯坦,他头一次坐牢,是由薄希华骑士营救出来;最后一次,是伊索尔德将他救出后,又陪他逃到此地;可是今天呢,那个众叛亲离的马尔克王却一直被关在狱里啦。请问,你们相信这是真话吗?我想不久我们就可以听到特里斯坦的消息啦。至于说到我爱上了伊索尔德,把她当做情人,我敢发誓我是诚心诚意地爱她,并且对于她,我要以最大的努力为她服务,胜过对其他一切的女性,并且一生一世。"

正当他们站在那里说话的时候,忽见一个全身武装、跨着骏马的骑士向他们走来,一个侍从背了他的盾,另一个肩着长矛。及至临近,这个骑士便立刻接过盾牌,举起长矛,一马前冲,声势凌人,大有准备比武的意思。特里斯坦安详地说道:"诸位骑士,请看前面这位骑士,我想他大概是由亚瑟王朝来的,要向我们挑衅了,请大家考虑,我们中间由哪一个人去应付他。"巴乐米底骑士说道:"不忙,停会儿就有人去打他的,像我这样追索怪兽的人,不论什么人要来同我打,我都从不拒绝的呀。"布诺斯·骚士·庇太在一旁插嘴道:"我也想追随您之后,同您一道去追索那只怪兽。"巴乐米底道:"好,只要您愿意,同我去斗一场吧。"

于是巴乐米底一拍坐骑,迎着那个骑士冲了上去,原来那人名叫布留拜里,是一位非常高贵的人物,而且和兰斯洛特骑士还是近亲。只见他们双矛立举,各不相让,正斗到难以分解的时候,巴乐米底突被对方一击打倒,连人带马,跌得很重。又见布留拜里骑士回马挺矛大声喝道:"布诺斯·骚士·庇太啊,你这个万恶不赦的家伙,快准备好呀,在你手里伤害了多少善男善女,今天我一定要同你斗个你死我活,消灭了你,才肯甘心。"不想这个无恶不作的庇太听过这番话,一言不发,跳上马紧拉缰绳,掉头飞奔,心里又惊又怕。布留拜里瞧见庇太飞驰逃命,也就放马在后紧追,不论追到天涯海角,纵有天大困难,也决不放过。话说布诺斯狼狈地舍命狂奔,正跑之间,猛然看见前面立有三个骑士,一个是爱克托,一个是薄希华,还有一个叫莱克王之子赫利,原都是圆桌骑士。这赫利为人谦和,又勇敢善战。薄希华在当时被人深信不疑地尊为世界最优秀的骑士之一。布诺斯一见这些骑士,径直奔过来,哀喊救命。爱克托骑士问道:"要我们怎样帮助您呢?"布诺斯骑士答道:"三位好心肠的骑士啊,在我背后追来的那个人,他是最狡诈、最卑怯又是最恶毒的一个骑士,名字叫布诺斯·骚士·庇太①,要是我被他捉住,再也没希望活命了;那是一个没有丝毫怜悯心肠的家伙。"薄希华骑士答道:"好,跟我们来吧,我们保护你。"

话声未落,只见布留拜里骑士已纵马奋勇追到。爱克托骑士一领坐骑,首先迎了上去,准备相斗。布留拜里渐行渐近,一望对方共有四个骑士,自己只有一个,寡不敌众,势力悬殊,心中顿时犹豫起来,是见机转头逃回呢,还是硬起头皮不甘示弱,不禁思忖了一下,他终于慨然说道:"我既是圆桌社的一员骑士,便

---

① 此乃布诺斯佯作另外一人的托词。

不应该愧对誓言,更不可以辱没了亲族们的光荣;不论祸福,只有凭这一身,奋力抵挡吧。"不一刻,爱克托骑士挥着长矛迎面打去,他赶紧上前接住,彼此对战起来,几个回合,他一矛将爱克托掀翻在地。薄希华骑士望见了,立刻放马直冲,对准布留拜里,真是使尽了全力,一矛打落下来,不料薄希华反先挨了一击,又是连人带马一齐跌倒。赫利骑士这时见自己方面的人马接连倒下两个,便独自思量着:"从没想到布诺斯会这样勇敢。"赫利骑士边想边骤马驰来,舞动矛杆,向着布留拜里奋勇打击,这里布留拜里也急架相迎,凶猛回击,两人势均力敌,纠成一团,战够多时,结果双方马倒人落,同扑地上;所不同的,是布留拜里的马昂头长嘶,首先立起。布诺斯看到这里,冷不防冲将上去,用矛杆向躺在地上的布留拜里打个不停,几乎把他打死。莱克王之子赫利骑士看见这种情况,气往上冲,突然跃起,一把抓住布诺斯的缰绳,大骂道:"丢脸啊,已经被打倒在地上的对手,是一个骑士,就永不许再去打他的;况且这个骑士的武功,以一当四,无懈可击,并没打败;现在虽然看他躺在地上,但是他那一番表演,却应该受到恭维的,要知道他已经打败了不少武艺高强的骑士了。"布诺斯骑士道:"因此我不阻止。"赫利骑士答道:"这一次不让您选择。"布诺斯骑士这时看到人家不允许他选择,又不容他照自己的意思去做,没奈何只得用巧言敷衍了过去,好使紧张的空气缓和一下。赫利骑士也不愿再答理他,放他走开。谁知道这布诺斯快马驰去,竟从布留拜里的身上踏过,打算把他践入泥中踩死。赫利骑士望见布诺斯这么凶狠恶毒,不禁大吼一声道:"好一个叛逆的骑士,赶快滚开啊。"及至赫利骑士预备纵马去追,一足才跨上马镫,半身尚未跃上马鞍坐定的时候,布诺斯便觑准了时机,趁势一击,把他连人带马,一齐打倒,这位温良谦和的骑士被这一下几乎打死。薄希华骑士见了这种情况,更是气愤填膺,大声喊道:"万恶的骑士,你想做什么?"这边薄希华策动坐骑,尚未奔到,布诺斯已擂马狂奔,飞驰逃去;薄希华同赫利两人都在后面紧追紧赶,可惜愈向前追,相隔的距离愈远,只有任他逃走了。

薄希华和赫利追了一程,没有追上布诺斯,便回转到爱克托同布留拜里两人待的地方。布留拜里说道:"哎,两位亲爱的骑士,你们为什么要搭救这样一个罪恶滔天的骑士呢?"赫利骑士反问道:"怎么啦,他是什么人呢?现在我明白了,他是一个虚伪的骑士,一个卑怯的骑士,而且还是一个作恶的骑士呢。"布留拜里道:"骑士啊,他是一个最卑怯的骑士,也是一个恶毒的骑士,霸占妇女,杀害善良,无所不为;尤其是很多亚瑟王的骑士惨遭了他的杀戮。"爱克托骑士问道:"您叫什么名字?"他答道:"甘尼斯的布留拜里骑士。"爱克托惊喜道:"对不起,我的表兄,请原谅吧,我乃是马利斯的爱克托骑士。"薄希华和赫利两人这时也和布留拜里重行叙谈,彼此都是喜欢不尽,但是一想起让布诺斯逃脱了,各人心中又都感到不快。

第五十四回

关于巴乐米底骑士的一切,又他怎样遇见布留拜里、爱克托和薄希华三个骑士。

薄希华和赫利几个人站在这里谈笑甚欢的时候,巴乐米底骑士也走来了,他一看见布留拜里的盾牌放在地上,就说道:"请这面盾牌的主人走过来比一场吧,刚才他在那泉边把我打倒,如今我要请他同我徒步比一比。"布留拜里答道:"我准备好啦,谨来应战,请您认清吧,骑士先生,这就是我,鄙人名叫甘尼斯的布留拜里。"巴乐米底道:"今天能得领教,万分荣幸。鄙人是撒拉逊人巴乐米底,也愿奉告。"要知这两人嫌隙很深,彼此怀恨入骨,今天真算是狭路相逢了。爱克托走前一步说道:"巴乐米底骑士啊,您要知道,不管哪一个骑士,凡是伤害了我的亲族的,都要偿命;若是您情愿去打的话,请您去找兰斯洛特骑士或特里斯坦骑士,他们就是你的对手。"巴乐米底道:"这几个人我都曾比量过,不过我从来没得到过便宜。"爱克托道:"从来没有一个骑士做过你的对手么?"巴乐米底说道:"有的,在兰斯洛特和特里斯坦之外,这个人可说是第三名,论他的武功,和那两位不相上下,若论年岁,他在我平生所遇见的骑士里,确属翘楚了;不幸这人已死,倘使能活到今天,武艺一定更精,可以所向无敌啦;这人名叫加里士的拉麦若克。在那次举行大比武会的时候,他只一击就把我摔倒,同时还打翻了三十个骑士,所以他获得了褒奖。可恨的是在他辞别以后,遇到高文骑士的弟兄,以至受害致死,这对全体高尚骑士来说,可算是一个无上的损失。"这时薄希华骑士骤然听到他的哥哥被人陷害而死,抑不住心头惨痛,哀痛欲绝,立时伏在马鬃上面,昏迷不省人事。停了半晌,薄希华骑士才悠悠醒转,在马上仰面长吁,说道:"真正不幸啊,我那良善而高贵的拉麦若克哥哥啊,我们今生永诀了,在这广大的世界里,再也找不出像您这样年轻有为的骑士啦。以前,我那慈父伯林诺王不幸逝去,如今,我这善良的哥哥拉麦若克骑士又撒手人间,使人多么难受啊。"

就在这时,亚瑟王差来的一个侍从通知他们,说最近要在伦拿柴卜举行比武大会,到时候,康沃尔及北加里士的骑士将和各处前来参加的骑士们进行比赛。

第五十五回

特里斯坦骑士怎样遇见了丁纳丹骑士；又关于他们的策略，以及他对于高文骑士的弟兄们所说的话。

现在我们来叙述特里斯坦骑士。他有一次出外狩猎，行至途中，忽然遇见丁纳丹骑士，丁纳丹回到本国的用意，原就是打算访问他的。不期相见以后，丁纳丹把自己的姓名告诉了特里斯坦，可是特里斯坦却不愿将自己的姓名说出来，因而丁纳丹很是恼怒。只见丁纳丹骑士揶揄他说道："最近我看见有个人躺在泉边，就像一个蠢骑士似的，这人貌似熟睡，有时露齿狂笑，又像一个呆子，不能说话，盾牌丢在身旁，马也站在他旁边，我觉得他倒像个痴心妄想的多情汉。"特里斯坦骑士道："可怜呀，您不是一个痴心汉么？"丁纳丹骑士道："哎哟，这才胡闹呢！"特里斯坦骑士道："您骂人太过啦，我认为一个骑士若不能钟情于美人，便永不能成为英雄。"丁纳丹骑士道："您很会说话，您既是一个多情的男子，就请您把大名告诉我吧，否则我就要同您比一场。"特里斯坦骑士故作惊讶地说道："这奇怪呀，我不把自己的名字告诉您，就要同我比武，我觉得这是没有理由的；现在我就是不把我的姓名告诉您。"这句话惹得丁纳丹更是气愤，立即嚷了起来："胡说八道，您是一个骑士，竟然不敢把姓名告诉我么？要是不说，就和我相打一次吧。"特里斯坦骑士又引逗着说道："提起这件事，让我仔细想一想，我不愿意随便打的，除非我愿意打才打。"他又补了一句道："如若我真来同您比武，您是抵挡不住的。"丁纳丹气得不禁骂道："您这懦夫，您敢动手嘛？"

两个人正吵得相持不下的时候，从远处蹄声踏踏地驰来一个跃马横矛的骑士。特里斯坦骑士指着道："看吧，前面来的那个骑士，就要打您。"等到丁纳丹骑士看清楚了这个人，随即喊道："啊哈，这就是那个痴心妄想的骑士呀，我看他躺在泉水的旁边，半睡半醒，糊里糊涂。"特里斯坦骑士道："是了，我认识他的，在他的盾上遮着一块蓝布，他是诺森伯兰王的太子，名叫爱皮诺革利斯；这个人的确是个大痴心汉，迷恋着威尔士王的公主，她确实生得很美丽。"特里斯坦骑士又道："据我的猜想，如若您向他挑战，他一定会来应战的；这样您就可以证实，究竟多情汉是个好骑士呢，还是像您这个光棍汉更好呢？"丁纳丹道："请您瞧瞧我现在怎么办吧。"随又转过身来，向走来的骑士大声叫道："骑士先生，您就准备同我比武吧，按照习惯来说，在游侠骑士之间，彼此总是喜欢比武的。"爱皮诺革利斯说道："骑士啊，请问，你们游侠骑士是否有一宗规定，要勉强一个骑士同人比武的？"丁纳丹道："这件事先不提，请准备好吧，我在此地等候您啦。"这时双方蹬着马刺，只见八足翻腾，二人便猛力相斗起来；没多久，爱皮诺革利斯一击便把丁纳丹骑士打倒了。特里斯坦骑士奔到丁纳丹面前说道："怎么样？我看这多情汉真棒。"丁纳丹道："你这没有胆量的小子，要想做一个坚强的骑士，就应该替我去报一报仇呀。"特里斯坦骑士道："不要，这时我不想比武，请牵着马，我们一同逃跑吧。"丁纳丹骑士道："要我去加入你的一伙，我想就是上帝也会拦阻我的。自从我碰见你就开始倒霉，没成功一件事。"说完了便要分手而去。但听特里斯坦骑士又道："别忙，关于特里斯坦的消息，我想，或许我可以告诉您一些。"丁纳丹道："上帝已不允许我同您搭伙；若是特里斯坦骑士加入了你们一伙，他会失败得更厉害。"说罢，他果真掉头而去。特里斯坦骑士远远喊道："先生，我们在别的地方或许还要碰头的。"

特里斯坦骑士随后回到了快乐园，才一走近，只听得一片叫嚣喧嚷的声音。他便问他们："这里吵闹些什么？"他们齐声答道："骑士先生，我们寨里的一个骑士来这里搭伙已久了，刚才忽然被两个骑士杀死。据我们的骑士说，只因为他扬言兰斯洛特骑士比高文骑士更为高尚，就这一句话，别无其他的原因。"特里斯坦骑士说："一个优秀的骑士，称扬自己首领几句好话，就要被人杀掉，未免太不近情理啦。"那时全寨的人都说："您的话很对，但是我们没有多大帮助呀，如果兰斯洛特骑士能够很快来到这里，他一定会替我们向这群骑士报复的。"

特里斯坦骑士听完了这一番话，便向部下索取了长矛和宝剑，急忙追赶上去，吩咐他们从速转回，向大家改正自己的错误。当时有一位骑士问道："您叫我们改正什么错误呢？"话才脱口，他们都跳上了战马，举起长矛，猛力互斗起来。特里斯坦放出一矛，只见那个骑士从马尾上翻了下来。接着又跑上一个骑士，放马直冲，径向特里斯坦骑士打去，不一会儿也同样被他制服了。这时双方又都猛然跳下了马，各自撑着盾牌，手握利剑，徒步相斗，但听得剑声锵锵，剑光闪闪，煞是惊人。特里斯坦骑士道："诸位,请把你们的身世,还有各人的名字,都告诉我。你们两人想要跳出我的手心,是不大容易的;不过我总希望你们成为一个高尚国家的优秀臣民,应当痛改前非,从头做人。"他们说道:"骑士先生啊,请您知道,我们并不怕把名字告诉您,我叫阿规凡骑士。"另一人在旁插嘴说道:"我的名字叫葛汉利骑士,我们都是高文骑士的同胞,亚瑟王的外甥。"特里斯坦骑士道:"好吧,这次看在亚瑟王的情面上,我放你们过关。"他又说道:"但是,你们应该知道耻辱,那位高文和你,既是高贵门第的后裔,为什么你们几位昆仲都同你一样,在这个国度里被人称做杀害高尚骑士的刽子手呢?前些时,我听人家说过,有位优秀的骑士,就是比你们更矫健、更英勇的加里士的拉麦若克骑士,就断送在高文同你的手里。"特里斯坦骑士道:"拉麦若克骑士临死的时候,我不幸没有在场,这一定也是上帝的意思。"葛汉利骑士道:"那么你也应当同他走一条路。"特里斯坦骑士道:"良善的骑士,要知道,世上的骑士比你们弟兄要多得多啦。"说罢这话,就告别他俩,独自回转快乐园去了。特里斯坦走后,那两人跳上了马,但听其中一人向另一个人说道:"为了对拉麦若克骑士表示憎恨,让我们赶上去,向他复仇。"

第五十六回

特里斯坦骑士怎样打倒了阿规凡和葛汉利两个骑士；
又伊索尔德怎样派人去邀请丁纳丹骑士。

这两人追上特里斯坦骑士，阿规凡骑士大声喊道："你这个坏蛋骑士转回来。"特里斯坦骑士道："你的嘴太臭啦。"话声未绝，已拉出宝剑，直向阿规凡狠狠地斫去，正斫中他的头盔，把他从马上打得滚落下来，震得昏头昏脑，受伤不轻。接着特里斯坦又转到葛汉利的跟前，向着他的宝剑和头盔一阵乱砍，因为用力过猛，也把葛汉利从马上震落。然后特里斯坦跨上马鞍，赶回快乐园，脱卸了武装，下马休息。在休息时，他就把途上见闻经过和遇见的种种奇迹，统统告诉了伊索尔德，这些诸位读者在前面已经看过，不再赘述了。当伊索尔德听到丁纳丹的名字时，心中一动，赶忙问道："爵士啊，这人不就是以前作歌讽刺马尔克王的那位骑士？"特里斯坦骑士应道："不错，就是他，说起这个人，挺滑稽也挺乐天，武艺很高超，确是我的一个最好的朋友，大概所有的骑士都喜欢同他交往。"她嗯一声说道："那么，爵士，您为什么不带他一同来呢？"特里斯坦骑士道："您不用多烦心啦，他来这个国度的用意，就是为了找我，他不找到我是不会走的。"稍停，特里斯坦骑士又告诉伊索尔德，说这位丁纳丹骑士对普天下的多情汉,都一律加以反对。正在这时,进来一个仆役,向特里斯坦报告说,适才有个游侠骑士来到寨里,他的盾牌上有怎样的花色。特里斯坦骑士一听,笑向伊索尔德道:"这人就是丁纳丹,您知道。您要怎样做呢?请您先把他接到寨里来,不要让他看见我,等会儿,您就可以听见那位爱说爱笑的快乐骑士喋喋不休,活像一个疯子。不过我请求您,好好地招待他。"

随后伊索尔德派人进城,迎接丁纳丹骑士到寨里来休息,同时又另自安排了美女,照料作陪。丁纳丹骑士见有人来接,高兴道:"我很愿意去呀。"说着随即骑上骏马,驰近寨旁,下了马,脱去武装,由从人引入园里。伊索尔德走出欢迎,互相施礼已毕,才问起他是由哪里来的。丁纳丹道:"夫人,鄙人来自亚瑟的王朝,原是圆桌社的骑士,名叫丁纳丹骑士。"伊索尔德问道:"您来敝处有何贵干?"他答道:"夫人,鄙人是专诚来寻访特里斯坦骑士的,据闻他现在就寄居贵国。"伊索尔德答道:"这是很可能的,不过我没有注意。"丁纳丹道:"对于特里斯坦骑士和另外几个多情汉,我总感到奇怪,请问夫人,究竟是受了什么魔力的作弄,使他们一直迷恋女人呀?"伊索尔德正色说道:"您这位骑士,为什么做个光棍汉呢?说来真是丢脸。一个骑士,如若不肯替心爱的女人去卖命,那还算得什么高尚勇敢的人物呢?"丁纳丹说道:"肉感的乐趣,为时极暂,但由此所产生的苦恼,有时永无止境;因此,要我为了美女去牺牲一切,我是不去做的。"伊索尔德听完,有意不安地说道:"我听了很难受,请您不要说得这么尖刻吧;再告诉您,附近就有一位名叫布留拜里的高尚骑士,他正为了一个女人要同三个骑士拼命呢,两人都希望在诺森伯兰王的面前,求得那个女人的欢心。"丁纳丹骑士诧异道:"真的吗,这位高尚的骑士确是高贵的,也是名门后裔,他的亲族中都是一些高贵的骑士,有位骑士名叫湖上的兰斯洛特,我就同他很熟悉。"

伊索尔德又假装幽怨不胜地说道:"这里有三个骑士待我很无情义,求您告诉我,为了我的缘故,您是否情愿去和他们战一场呢?因为您是亚瑟王的骑士,所以我想向您请命。"于是丁纳丹骑士面容严肃,慨然说道:"我可以诚挚地奉告,在我平生所见的美女中,您同她们无分轩轾,而且比之桂乃芬王后,更是美艳绝伦。可是总而言之,为了您而去同那三个骑士相斗,我不愿意;即使耶稣在前,他也不会允许我做这种事的。"伊索尔德听了,为之笑不可抑,接着又对他开了一个玩笑。这次伊索尔德招待丁纳丹,真是竭诚尽礼,宾主皆欢;他在这里休息了一夜。第二天早晨,特里斯坦骑士武装齐全,伊索尔德又给他戴上一顶坚实的头盔,动身之前,他应允了伊索尔德一定去同丁纳丹会面;并且同他一道赶到伦拿柴卜去,比武大会就在那里举行。"您想去观战,当然我会先替您安排妥帖的。"说完了话,特里斯坦骑士随带了两个侍从,携着长矛和盾牌而去。这些武器都是特选的巨大家伙。

第五十七回

丁纳丹骑士怎样遇见特里斯坦骑士,以及由于特里斯坦同巴乐米底骑士决斗,才使得丁纳丹认识他。

丁纳丹骑士告辞以后,策动坐马,顺着大路奔驰,一会儿竟赶上了特里斯坦骑士。当丁纳丹赶上特里斯坦的时候,一照面才知道原是熟人。他宁愿跟其他任何人搭伴,也不愿跟他同行。丁纳丹骑士不高兴地向他问道:"嘿,您就是我昨天遇见的那个卑怯的骑士么?来,请您准备好,您若有胆,就卖命来同我打吧。"特里斯坦骑士道:"好的,不过,我没有意思比武。"这时,特里斯坦放马便逃,丁纳丹在后面紧追,跑了一圈,特里斯坦却一直故意左闪右躲,可是丁纳丹挥矛向他身上打了一击,只见那长矛应声震断,接着他又拔出了利剑,仍在后面追赶不舍。特里斯坦骑士回顾道:"何必这样呢?您为什么这样生气?我是不愿同您斗的。"丁纳丹道:"你这懦夫,真个丢脸,所有骑士的脸都被您丢光啦。"特里斯坦骑士道:"您说的那些话,不关我的事;我只求您保护我,我愿意一心一意地侍奉您。像您这么好,一定会答应保护我的。"丁纳丹骑士答道:"只有魔鬼才能叫我离开您;照您的外表看来,倒像是我平生罕见的一位勇士;其实,也是我生平罕见的一个懦夫哦。请问您携带着这么大的长矛有什么用处呢?"

特里斯坦骑士道:"到了比武的时候,我打算送给一位最强的骑士;倘使您能打得出色,我就送给您好了。"他们边走边谈,忽然望见前面来了一个游侠骑士,看样子,这人正准备找人挑战。特里斯坦指着他说道:"看啊,前边那个人大概要来比武啦,您去对付一下吧。"丁纳丹骑士道:"别说啦,您真丢脸。"特里斯坦道:"不是的,不是的,那是个坏蛋。"丁纳丹道:"还是让我去打吧。"说到这里,那人已走到近前,两人更不答话,登时举起盾牌利剑,各显本领,奋勇相战,打得很是凶猛。不料对方狠狠一击,竟把丁纳丹从马上打翻在地。特里斯坦骑士笑道:"您看啊,要是您不去惹他,情形会更好些。"丁纳丹骑士更是大怒,随口骂道:"胡说八道,你这小子。"说着遂由地上爬起,手里握紧宝剑,又来要对方徒步比武。哪知对方的骑士问道:"您是为了爱比呢,还是为着雪恨呢?"丁纳丹骑士道:"我们为着和好,大家做个友谊比赛吧。"那个骑士问道:"先生,请教尊姓大名。"他答道:"鄙人名叫丁纳丹骑士。"那个骑士又道:"丁纳丹啊,我叫加雷思,乃是高文骑士的小弟弟。"大家叙谈起来,倒也显得煞是亲热;按说加雷思在兄弟四个当中,为人最是谦和,论到他的武艺,也算很了不起的。随后他们都上了马,两个人一谈论起特里斯坦来,都认为他是一个懦夫;特里斯坦在旁听到他们这一番话,只觉得他们狂妄而又浅薄,差一点没放出轻侮的笑声。

正走之间,忽然发觉迎面又来了一个骑士,跨着一匹骏马,披着一身坚甲,拦住去路,要求同他们比武。特里斯坦骑士一看这人奔来,便向大家说道:"诸位骑士,你们当中有谁去同那人比一比呢?不过,请你们注意,我是不去同他打交道的。"加雷思骑士道："请让我去打他吧。"说罢，两人对冲，往来迎击，各不相让，没多时加雷思被那个骑士打得从马屁股上跌落下来。特里斯坦骑士便又向丁纳丹骑士说："现在怎么样啦，您准备替加雷思骑士报复吗？"丁纳丹骑士道："得了，我不用去打啦，人家比我的本领大得多，都被他打翻了。"特里斯坦道："哎，丁纳丹骑士呀，您心里这样害怕呀，我看得出，也觉得着。现在，请您瞧瞧我怎样去对付他。"说过这话，只见他双膝一叩马身，直冲到那个骑士身边，一扬手中长矛，立刻把那人从马上掀将下来。丁纳丹骑士看到这种情形，不禁惊奇万分，暗自思忖着面前这个人，觉得他一定是特里斯坦骑士无疑了。

被打倒地上的那个骑士，这时已经爬起，随手拔出明晃晃的宝剑，打算徒步相斗。特里斯坦骑士问道："您先生尊姓大名？"那骑士答道："您应知道，鄙人名叫巴乐米底骑士。"特里斯坦又说："请问您最恨哪个骑士？"他答道："骑士先生，我最恨的是特里斯坦骑士，简直恨之入骨。若是能碰见他，一定同他拼个你死我活，方肯罢休。"特里斯坦骑士道："您的高论很好，我就是良纳斯的特里斯坦骑士，请您放出本领来吧。"巴乐米底骑士听到这几句话后，不觉大为惊骇。只得央告道："特里斯坦骑士啊，我冒犯了您，对您不起的地方，都请您包涵；而且开罪于您的地方，我深自懊悔。从今以后，有生之日，我一定首先报答您的深厚恩情。我委实不知道自己为什么会恼怒您，总认为您是一个伟大崇高的骑士。因此，大凡自命是一个优秀的骑士，都不免要怀恨着您。特里斯坦骑士啊，我一向信口胡言，以致有得罪您的地方，务必求您原谅。"特里斯坦说道："您说得好，巴乐米底骑士啊，我知道您是一位良善的骑士,我也曾亲眼看见您的好本领;听说您做过很多次了不起的大事,并且都顺利地做成了;至于您有对不起我的地方,请您自行改正。现在我已经准备好了,一切听您决定。"巴乐米底大惊道:"我的爵爷,特里斯坦骑士啊,我绝没有同您比武的意思;您有什么吩咐,我愿意依照骑士的礼节来侍奉您。"特里斯坦骑士道:"好,停会儿跟了我一道走。"于是各人上马,连辔而行,他们两人在路上又倾心交谈了很多事情。丁纳丹道:"我的爵爷,特里斯坦骑士啊,您戏弄我真糟透了。我是照着爵爷兰斯洛特骑士的指示,专诚来贵国拜访您的,这一点我可以向上帝表白;但是您的真情实况兰斯洛特骑士不肯告诉我,因此使我没法找到您。"特里斯坦骑士道:"其实,兰斯洛特骑士对于我的行止很清楚,因为我住在他的寨里。"

第五十八回

特里斯坦骑士等人怎样因寻人走进伦拿柴卜寨，又关于拉麦若克骑士致死的悲剧。

话说特里斯坦、丁纳丹和巴乐米底等人且行且谈，走了半晌，最后望见了伦拿柴卜寨，不久又望见为数约四百座的帐篷，分列在郊野各处，星罗棋布的阵容，煞是堂皇。特里斯坦骑士道："我愿向上帝立誓，决不骗人，这里好一幅伟大场面呀，确是我平生第一次见到。"巴乐米底道："骑士先生，以前我在坚石地方的美丹堡上所见的那种辉煌景象，和此处所见的正相仿佛。记得那次我还看见您同三十个骑士比武，因而您获得奖品。"丁纳丹也说道："在苏尔露斯，长岛的姜拉豪主办的那次大比武会，大会连续比试七天，到会的人正同这次一样多，还有各国来宾呢。"特里斯坦问道："那次谁打得最出色呢？"丁纳丹道："兰斯洛特骑士和拉麦若克骑士都是顶顶出色的人物，获得奖品的是兰斯洛特骑士。"特里斯坦骑士说："世上许许多多的骑士都不能打败兰斯洛特骑士，这是我坚信的；兰斯洛特能获得胜利，也是我佩服的。可是，说到拉麦若克骑士的死，真使我伤心极了。按他的年龄，正当盛年，我敢说他是当代武艺最强、气力最旺的一个。在我所认识的骑士中，除开兰斯洛特骑士外，他是数一数二的人物了。"

特里斯坦满怀悲愤地又说:"天呀,拉麦若克死了,这是多么悲哀的事啊!那班凶手,若不是我主亚瑟王的亲戚,我一定要他们偿命;同时凡是赞成杀死拉麦若克的人,我也要追讨他们的命。"最后特里斯坦骑士又说:"就为了这些事,我才怕进入亚瑟王的朝廷里去。"接着,他又侧转头向加雷思说道:"这一点我想您也明白。"

加雷思回道:"我很清楚啊,骑士,说起我的弟兄们,高文骑士、阿规凡、葛汉利和莫俊德,他们几个人的报复心太重了;因此,我并不怪您。"然后又说:"至于我本人,从来就不管他们的闲事,所以他们中间也没有一个对我存有好感的。并且,由于我认清了他们都是一班妒害贤能,残杀骑士的刽子手,因而我才独往独来,不与他们为伍;如果这位优秀的拉麦若克骑士被杀的时候,上帝能容许我在场,那么我就可以和他们拼一拼了。"特里斯坦骑士感触颇深,也说道:"耶稣啊,您是我的救主,加雷思这番意见真好,纵然是这里到罗马遍地铺满了黄金,我也甘愿放弃它们,去换取那时在场来对付这些凶手的机会。"巴乐米底说道:"对啊,不论骑马比武或是步行比武,只要有拉麦若克在场,我不但得不着奖,反而常常被他打败;虽然如此,可是在他遭难的那天,我仍然希望我能够在场的。我清楚地记得,在他遭难的那一天,他表演的武艺是那样英武卓越,简直是我平生未见的。后来他的一个侍从亲口告诉我说,'正当我主亚瑟颁发奖品给他的时候,高文骑士的三个弟兄阿规凡、葛汉利和莫俊德从隐藏的地方,一齐冲向拉麦若克骑士,先把他骑的马刺倒,然后,同他步行斗了三个时辰,他们在前面攻打他,同时也在背后攻击他,莫俊德骑士在他的背后发出一剑,这是他受的致命伤,随后他们众剑齐下，斫在他的身上。'"特里斯坦骑士听完大叫一声："好无耻的奸贼！这种事真痛煞我了。"加雷思道："我也如此，虽然他们是我的弟兄，可是我从来就不爱他们，现在为了这件事，我永不再同他们讲手足情谊了。"

巴乐米底劝说道："拉麦若克既已死去，死者没法复生，现在且谈谈别的事情吧。"丁纳丹说："真是越说越伤心，总之，除了您这位加雷思老兄以外，高文骑士的弟兄们对于圆桌社中一大半的高尚骑士都极端仇视和嫉恨；据我所知，每当他们私自在一起的时候，总想阴谋害人。他们憎恨我的爵主兰斯洛特骑士和他的亲属们，当然对他个人恨得更凶；幸而兰斯洛特骑士也很清楚这里面的底细，所以他亲属中的高尚骑士们也时时提防，保卫着他。"

第五十九回

他们怎样到了汉波岸,又怎样发觉在船舱里面放着赫尔曼思王的尸体。

这时巴乐米底道:"骑士们啊,不要再去谈论这件事了,让我们想想看,在大比武会里,应该怎样应付才好呢。"稍停,他又说道:"依我的意见,让我们四个人联合一起,去对付所有这些来比武的人,如何?"特里斯坦骑士道:"我也有一些话,不敢说是意见,只供诸位参考罢了。大家看他们搭起了这么多的帐篷,近旁不止有四百个骑士,这里面一定有不少武艺高明的人,那是不用怀疑的;一个人不论多么勇敢,多么高强,有时总难免被人慑服。我就亲眼见过有许多好骑士,他们都立过多少次的武功,偶尔下场应战,自以为必能所向无敌,操必胜之算,可是每每一败涂地。可知要做成一件事,若不运用智慧,单靠一股锐气是不能胜人的。"接下去他又说道:"关于这一点,我自己固然要保持清醒的头脑,也希望别人能平心静气地保持常态。"

他们又放马继续前行,渐渐走近汉波岸边,忽听一派沉郁凄惨的喊声远远传来,遥望水波中飘来一艘华艇,上罩红色绸缎的帏幔,驶到靠近他们的岸侧方才停泊。这时,特里斯坦骑士和同行诸人一齐下了马。特里斯坦前行登船,步入舱内,举头一望,只见当中陈设着一张华丽非常的床铺,上面放了一具死尸,全身武装,只露出了头部;再看身上,伤痕遍体,血迹模糊,但照他的仪表看来,像是一个身份极高贵的人。特里斯坦思量一会儿说道:"这样一个骑士怎么会被人杀死呢?"随后,特里斯坦又看见这死去的骑士手里捏了一封书信。他问船上人道:"诸位,这封信是什么意思?"船上的人回答道:"骑士先生,从这封信里,您可以看出他是怎样被杀,为什么被杀,以及这人叫什么名字。"可是他们又接着说:"骑士先生,必须是位高尚的骑士,方才可以拿出这封信来读,也才能够忠心诚意地去代他报仇;否则,便不可以去拆看那封信。"特里斯坦骑士说道:"你应该知道,我们当中也有这样的人,就同你们所说的一样,可以代他报仇雪恨的;倘使能够办到,这不就是你们船员所希望的,他的死仇将报了吗?"于是特里斯坦骑士从那死人的手里取下书信,信中写道:"红城的主人和君王赫尔曼思陛下:兹派遣全体部下骑士,奉请你们列位亚瑟王朝的高贵骑士,在你们中间请出一位骑士为我赴战。原来这里有弟兄二人,经我抚养成人,但一向对我毫无情义,而且对我任意欺压,凌辱备至,使我束手无策,最后他们采用卑鄙的手段致我于死。因此特恳仗义的高尚骑士,代我报复死仇。这位为我复仇的人,将有权承袭我的红城以及全部堡寨。"

船上的人同声哀恳道:"骑士先生,躺在床上的这位君王,也是一个骑士,他一生都受人爱戴,待人也亲切入微,武功煊赫,威震遐迩,他爱护游侠武士更是无微不至。"特里斯坦骑士面现踌躇之色,说道:"敬求上帝助我,对于这样悲惨的事件,我是极端愿意过问的;不过我已经答应了加入比武,现在必须亲赴大比武会，若是不去，不免使我愧死。还有一点，我知道亚瑟王特别为了我，将在本国召开一次大比武会，在那个期间，会有很多著名人物到场，我相信他们要来看我战斗的；因此，这里的事，我不敢贸然担当下来，就是我惟恐赶不上这个大比武会。"巴乐米底说道："骑士先生啊，就请您把这桩报仇的事交给我吧，请看我怎样办成它。人间这样一件大不平的事，我宁死也不愿放弃它。"特里斯坦骑士道："很好，就把它交给您啦，只是您要记住，从今天起再过七夜，您要在大比武会里陪我出场。"巴乐米底道："特里斯坦骑士呀，到那时，只要我不被人打死、打伤，我一定愿意陪伴您的。"

第六十回

特里斯坦骑士和他的伙伴怎样被一个寨主邀进寨里，后来这寨主同特里斯坦骑士决斗；以及其他种种事件。

交代已毕，特里斯坦骑士、加雷思和丁纳丹骑士三人都告辞登岸，只剩下巴乐米底骑士一个人留在船上。特里斯坦等人停在岸上，一直望着水手们将船开出了汉波。等到望不见巴乐米底的踪影，大家才上马，又向四周打量一番，方始驰去。正行之间，他们瞧见对面走来一个骑士，这人除了手里握着一把利剑之外，全身并不曾披挂任何武装。待他走近，施礼致敬，各人也都回礼相答。只听那骑士开口说道："列位良善的骑士请了，因为列位都是游侠人物，敬请驾临敝寨一游，倘有什么需要，任凭尊便，丝毫不要客气，这是我的一点微意，幸勿推辞。"说着便邀请这一干人一同走进他的寨内。及至抵达以后，又邀进客厅，这厅中的布置，十分富丽华美。特里斯坦等人在厅里卸下武装，大家靠桌旁坐定。一经攀谈，才知那个骑士竟同特里斯坦是熟人。这位骑士一听来人是特里斯坦，面色不禁立时大变，气得苍白。特里斯坦一见他满面怒容，也是惊讶不定，说道："骑士主人，您为什么不高兴呢？"这主人答道："您要知道，我遇着您，是对您不利的。良纳斯的特里斯坦骑士啊，就是您，曾杀过我的弟兄，因此我不再警告您啦,只要一有机会,我一定要杀死您。"特里斯坦道:"骑士先生,我从来不曾想到我杀害过您的弟兄,如果您硬说我杀过,我愿尽力改过。"那骑士道:"我不需要您去改过,请赶快离开我。"

于是,特里斯坦骑士等用罢午饭,索回武器,上马离开。大家上路以后,走了不多久,丁纳丹骑士望见后面有一个骑士赶来了,骑着一匹骏马,披带着精锐的武器,只是手里没拿盾牌。丁纳丹骑士叮咛特里斯坦骑士说:"您自个保护好啊,从那边来的,我敢说是您的东道主,他准是来向您挑战的。"特里斯坦骑士回道:"让他来好了,看我去尽力拦阻他吧。"不多时,那个骑士已走近了特里斯坦,高声喊他停住,并叫他准备应战。只见他们两人各舒勇力,斗在一起,不多时,特里斯坦举起长矛,奋力一挥,竟把那人从马屁股上击落了。但见那骑士急忙从地上爬起,跃身上马,气势凶猛地直向特里斯坦的身上冲去,照准他的头盔,使出加倍的气力打将下去。特里斯坦闪开了身体,说道:"骑士先生啊,请您离远些,不要再打我了,倘使您允许我选择,我愿意挑选和解的道路,因为现在我肚子里还带着您给我的酒和肉,说真话,我是不愿意同您多纠缠啦。"可是这个人无论如何不肯离开,于是,特里斯坦向他猛然打了一击,直打得他一个倒栽葱从马上跌下,鲜血从头盔的气孔里向外涌出,直僵僵地躺在地上,好像死人一般。特里斯坦骑士看见这样,心里有些后悔,说道:"我这一击未免太重了,真是抱歉万分,谅不致把他打死吧?"接着大家把这人移开,一起上路而去。

他们一路行来还没走多远,望见那边又有两个容貌异常俊伟的骑士迎面走来，都是坚甲，足跨骏马，并带有仆役随行。这两人，一个叫伯伦·勒·爱卜利，诨名百骑士王；另一个名叫赛瓦瑞底斯，这两人都是有名的高贵骑士。等到他们走近，百骑士王朝着丁纳丹骑士打量一番，看见他肩上挂了特里斯坦骑士的头盔，原来这件武器，他从前在北加里士王后的府中看到过，这位王后乃是百骑士王的情妇。先是，北加里士王后把这顶头盔赠给伊索尔德，伊索尔德王后又把它转送给特里斯坦骑士的。这时伯伦问道："骑士先生，这顶头盔您是从哪里得到的？"丁纳丹骑士反转问他："您注意它做什么呢？"百骑士王怒道："正是为了这头盔的主人，那位姑娘，您准备好，我就向您挑战，怎样？"话声未绝，两个人已经放开马，左右分驰，跑了一圈，然后兜转来互相接住，猛然奋力挺矛对冲，百骑士王对准丁纳丹拦腰一击，霎时间把他连人带马一同打翻在地。这伯伦又吩咐他的仆从："你去把他的头盔拉下，保留起来。"那仆从正待走到丁纳丹的身边解下头盔，忽然特里斯坦骑士大喝一声道："什么头盔？您凭什么要解下来？留在那里，不准动。"百骑士王道："为什么呢？骑士先生，这顶头盔难道同您有什么关系吗？"特里斯坦怒答道："您要明白，不先付出重大的代价，休想要我把它放手！我是不会把它放手的。"于是伯伦骑士回答特里斯坦骑士说："那么您去准备吧。"说话间，蓦然两马直放，双矛对举，斗将起来，几个回合，特里斯坦忽然一击打去，那君王稳身不住，应声从马尾上跌下。只见他挺身一跃，急忙站起，重又飞身上马。他手握矛杆，展开两臂全力，对着特里斯坦身上接连打了无数击，每次都打得很重。等到特里斯坦还过手来，向伯伦的头盔上长矛一挥，又把他从马上打落，那倾跌的情形很是狼狈。丁纳丹在一旁哈哈大笑道："看啊，这只头盔对我们两人都不吉利，我为了它跌过一跤；如今呢？君王陛下呀，您也为它栽倒了。"

这时赛瓦瑞底斯走上前来问道："有人愿同我比比么？"加雷思骑士在旁向丁纳丹说："请您让我去打一场吧。"丁纳丹答道："骑士啊，您喜欢打，就请您代我去打吧。"特里斯坦道："丁纳丹，为什么这样说？本来应该是您去打的。"丁纳丹道："一言以蔽之，我就不去打。"加雷思已经忍耐不住，便纵马向赛瓦瑞底斯打去，赛瓦瑞底斯赶忙接住，尽力周旋，没有片刻，加雷思已连人带马被掀翻在地。特里斯坦骑士便对丁纳丹说："现在请您去同那个骑士比一比吧。"丁纳丹说："我就不去打他了。"特里斯坦骑士道："那只有我去打啦。"他话才脱口，早冲向了赛瓦瑞底斯，只一击便把他扫下马来。于是他们就收了赛瓦瑞底斯和百骑士王的坐骑，放他们徒步而去。特里斯坦等一行数人驰往快乐园，但加雷思坚持不肯接受特里斯坦的邀请，不愿踏进寨门里，特里斯坦也不肯答应他单独走开。因此，他们一同下了马，卸去武装，就在郊野中置酒言欢，尽情畅叙，然后各自分手。后来，丁纳丹走到伊索尔德的面前，他一方面咒骂时辰不吉，厄运当头，戴着特里斯坦的头盔倒了霉，同时又把特里斯坦嘲弄他的话，也告诉了伊索尔德，惹得大家狂笑不止，都来和丁纳丹大开玩笑，以博众人的欢乐，甚至闹得他不知怎样应付才好。

第六十一回

为了报复赫尔曼思王之死,巴乐米底怎样去同两兄弟作战。

住在快乐园里的快乐人儿,且按下不提;我们另来叙说巴乐米底骑士的行踪。那时,巴乐米底由汉波启泊,沿着海岸行驶,船走了不知多远,遥望岸上矗立着一座雄伟富丽的堡寨。这一天清晨,天还没有大亮。船上的水手们走近了巴乐米底的床边,见他还在熟睡未醒。这些人说道:"骑士爵爷,请您快起来吧,靠近这里有一座堡寨,您应当进去看看。"巴乐米底应了一声:"好的。"立时便起来,结束停当,动身前往。他手里拿着一只角筒,登上了岸,便吹起来;这角筒乃是船上的人事先交给他的。寨内的人一听这角筒号声,霎时间聚集了好多骑士,一起爬上了四围的堞墙上,高声喊道:"欢迎啊,敬请贵宾进寨。"当时天朗气爽,万里无云,巴乐米底骑士于是走进了寨门。停不多久,寨内侍从们摆出筵席来尽情款待,也极形恭敬,席上各种肉食,更是备极丰盛。巴乐米底听得四外里哭声震天,好像有无限哀恸似的。他自忖道:"这是为的什么呢?我真不愿意听啦,我很想知道这是为了什么?"就在这时,进来一个名叫艾拜耳的骑士,前来谒见,只听他说道:"骑士先生,这种悲惨哀痛的哭声,每天都能听到的；关于它的原因，请听我奉告吧。不久前，我们这里的一位君王，名叫赫尔曼思，他是红城的王，同时又是一位高贵的骑士，平生挥金如土，爱才如命；在这世界上他最喜爱的，莫过于亚瑟王部下的游侠骑士，所以对于一切比武、竞赛、打围、狩猎，以及各色各样的竞技娱乐无有不好；对待贫苦人民，尤其爱恤体贴，恩惠频施，真算是一位旷古未闻的慈祥君王和骑士啊；正因为他的宽厚和慈爱，使得我们哀悼追念，永不停止。所有的君王和各级爵爷们，都可以由我们这位领袖的遭遇而得到教训，因为他死于非命，咎由自取。倘使他重用自己的亲属，他如今依然会大富大贵地活着哩。所以我诚挚地请求所有的爵爷，你们应当拿我的君王作为警示。"艾拜耳接着又沉痛地加了一句："当心啊，红城君王的死，我们都应当引为前车之鉴啊。"

巴乐米底问道："请告诉我，您的君王是怎样被害的，是被什么人所害的？"艾拜耳骑士答道："爵爷啊，在好多年前，我的君王曾经抚养过两个孩儿以至成人，不料如今他们变做两个既凶狠又残暴的仇人了；我的君王看待他俩一向极其慈爱，他对待自己任何亲属，或是左右的任何部属，从不曾像对这两个人那样慈祥和信任。怎知这两个骑士恩将仇报，反而把我们的君王挟制得俯首就范、服服帖帖，以至他的一切田产都握在他们的手里，这两个人也不容君王所有的亲属过问。还因为他的秉性是自由的、宽大的，而那两个人的行为是虚伪的、奸诈的；所以他们才能把他制服得低声下气；这些事情，我们君王亲属中的爵爷们都看得一清二楚，因而他们相继离开了君王，自谋生计去了。及至这两个叛徒把君王亲属中的全部爵爷都赶走了，还认为控制得不够心满意足，仍旧野心勃勃、贪得无厌，正像一句谚语所说的：'小人当道，得寸进尺，荣华富贵，永难满足。'因为无论什么样的君王，一旦被心术下贱的人所控制，即令他是一位贤者，在他左右的高贵人物，也仍然会被那个心术下贱的人消灭掉。在这里，我谨奉劝各级爵爷和君王们，对你们面前选用的部属，必须随时提防，不可稍有懈怠。您如果是亚瑟王朝的骑士，更应该记牢这悲惨事故的前因后果，现在请再倾听下面的结局呀。记得那一天，我的君王听信了那两个叛徒的话，披挂起全部武装，看来真像一位英武的骑士，接着亲自驰入附近的森林里，据说是去追逐一匹红鹿，后来疲劳流汗，感觉口干，就去到泉旁，等他下了马俯首饮水的当儿，那两个叛徒便照着预定的阴谋，那个名叫海力士的，骤然掫来一矛，刺穿了这位君王的身体，就扔下他，自管跑了。他们跑开以后，恰巧我走到泉边，眼看着我的君王负伤将死。听到他痛苦的呻吟，我就送他到了海边，搬进那只船上，这时他还活着；赫尔曼思王登上了船，才叫我忠心诚意地为他写好一份遗嘱。"

第六十二回

关于赫尔曼思王请人复仇信件的内容，以及巴乐米底骑士怎样争取作战的机会。

兹立委托书，奉请
亚瑟王陛下，暨陛下全体豪侠骑士钧鉴：

我，赫尔曼思王，原任红城君王，不幸惨遭两个奸贼谋害致死，因此致书奉恳，代为复仇雪恨。这两个奸贼，本系下属的骑士，幼年经我抚育，稍长又受了本人的培养，及至成年，又封骑士爵号，如今竟使本人死于非命。本人素对亚瑟王的王朝深怀敬意，受此沉冤，敢恳各位贤明骑士，代为报仇。凡愿为本人仗义而亲冒生命危险、声讨两奸贼，从而报仇者，谨将本人名下全部田产以及税收等项，悉数奉赠，以示感德。

艾拜耳说道："这封遗书乃是遵照我君王的意旨由我代写的；写成，他就被上帝召回了。在他快要离开尘世的时候，吩咐我，不等他的尸体僵冷，就把这封信紧紧地塞在他的手里；接着又命令我，将这只载运他遗体的船（前次开来的船），重行开往汉波，并且叫我通知船上的水手们，一直驶向罗格里斯，中间不得停泊。待船抵达目的地之后，所有高贵的骑士们，都会聚集在那里的。

'他们知道了我遭人谋害,横遭杀戮,这样惨绝人寰的怨艾亘古未有;他们中间一定会有仗义勇为的善良骑士怜悯我的遭遇,来为我报仇雪恨。'以上就是我赫尔曼思王沉痛的申诉。"艾拜耳骑士又说道:"我的君王被人谋害的经过,想来您完全明白了。现在,我们谨以上帝的名义,恳求您同情死者,去为死者报仇,然后就由您掌握他的全部产业。还要奉告您,倘使您能杀死这两个恶汉,这座红城以及城内的子女玉帛,都由您做主人啦。"

巴乐米底骑士听完这篇痛苦的申述,慨然说道:"真的,自从听了您说的这个悲惨故事,我一直非常伤心,再老实告诉您,您所提到的那封遗嘱,我也早已知道了;把遗嘱读给我听的,便是当今一位最著名的骑士,他还吩咐我去为死者报仇;现在,我来了,请您告诉我,到哪里才能找到这两个叛徒呢?我想,一天不把他们捉住,我的心就一天不会安定。"

艾拜耳道:"骑士先生,请您再上船吧,这船会经过红城附近,然后到达喜乐岛,我们要在那城里为您祈祷,恭候您的光临。但愿您能大功告成,这座城就归您管辖执掌了。说起这座城的来历,原来是赫尔曼思王替那两个叛徒建立的;目前,我们当然尽力地保卫它,可是受到的威胁也不小。"巴乐米底骑士道:"对于这座堡寨,您知道怎样应付么?告诉您,不论我的结果如何,请您一定把它守住。我这一去报仇,假若不幸被杀,我相信必有世界上最高强的骑士挺身出来,为我复仇;那人就是良纳斯的特里斯坦骑士,或是湖上的兰斯洛特骑士。"

说完这话,巴乐米底骑士起身向外走去。出得城来,还没走多远,忽然望见从一只船上走出了一位矫健非凡的骑士,武装整齐，肩挎盾牌，手拎宝剑，向他迎面走来。等到这人走近了巴乐米底，便喊道："骑士先生啊，您在此地找什么？报仇这件事，应该由我来办，请您放手吧。在您没来以前，就理应由我办的，这是我责无旁贷的啊。"巴乐米底答道："骑士爵爷，说到这桩报仇的事，在我来以前，可能由您承当，但是在君王刚死、我从他手里取出那封遗嘱的时候，大概还没有一个人肯去为他报仇吧。那时是我首先愿意出面为他复仇的，如今倘使我不去办成，口誓未干，怎不愧死！"那骑士又道："您说得有理，不过，且让我们两人先比一比高低；谁打胜了，谁就去替他报仇，您以为如何？"巴乐米底骑士应了声："好吧。"话声才停，双方便斗将起来。看他们两人各自撑起盾牌，挥动宝剑，奋勇地刺、劈、挑、砍，各倾全力。这一场恶战，相持了一个多时辰，两人仍然互不相让。直到后来，巴乐米底愈战愈勇，气势也愈打愈盛，最后猛然一下，打在那骑士的背上，只见他身向前倾，双膝跪下。这时，那骑士便大声喊道："和善的骑士，请您停手。"巴乐米底听后，随即停下。那骑士站起身来，说道："您的本领比我强，为这位君王复仇的事，由您去办吧；不过，按照骑士的惯例，您能不能将大名见告？"他答道："小弟名叫巴乐米底骑士，乃是亚瑟王的部下，忝列圆桌社的一员，这番来到此地，便是专为了那已死的赫尔曼思王报仇的。"

第六十三回

巴乐米底骑士将与两兄弟作战,这时双方准备作战的情况。

那骑士听罢大喜,随向巴乐米底说道:"今天遇着您,真是幸运,在当代骑士中,除开三个人以外,您是我最钦仰的了。说起那三个人,第一位是兰斯洛特骑士,第二位是特里斯坦骑士,第三位是我的近表加里士的拉麦若克骑士。鄙人名叫何敏德骑士,是已死的赫尔曼思王的同胞。"巴乐米底骑士回答说:"很好,很好,请您等着看我的做法吧;倘使不幸我被杀死,求您立刻通知我的爵爷兰斯洛特骑士,或是特里斯坦骑士,他们一定会来为我报仇;至于拉麦若克骑士,可惜他已离开人间,您将永久不会再和他相见了。"何敏德骑士惊问道:"可怜啊,这究竟是怎么一回事呢?"巴乐米底骑士道:"他被高文的弟兄们杀害了。"何敏德骑士愤然地说:"天呀,这样说来,他便不是在一对一的战斗中被打死的啦。"巴乐米底骑士道:"正是,拉麦若克是被四个凶暴的骑士害死的,这四个恶人就是高文、阿规凡、葛汉利和莫俊德。他们同胞弟兄五人,只有那排行第四的加雷思骑士是一位正人君子,可惜当时他并不在场。"随后巴乐米底又将拉麦若克的被害经过,原原本本地都告诉了何敏德。

二人叙谈完毕，巴乐米底骑士登上船舱，启泊前行，不多时，到了喜乐岛。另一方面，那位君王的同胞何敏德骑士，也来到了红城，把亚瑟王朝派来一位骑士为赫尔曼思王报仇的消息传扬了出去，并加说明："这人名叫巴乐米底骑士，为人任侠勇敢、品德高尚，他的大部分时间，都用来追索一只怪兽。"全城的人听了这番话和很多赞扬巴乐米底武功的话，简直是人人称庆，个个兴奋。随后，由城内的主管们选派使者，向那杀害国王的两兄弟通知，说这里有一位骑士，为了复仇，就要去同他们两人比武，叫他们尽快准备应战。两兄弟正住在距离红城不远的地方，这使者很快地抵达了；见后，便告诉他们，有一个亚瑟王朝的骑士要和他们两人决斗。那两人回道："他来我们欢迎；顺便问一句，这人是不是兰斯洛特骑士，或是他的亲属？请您明白见告。"这使者答道："那人既不是兰斯洛特骑士，也不是他的亲属。"那两兄弟一齐放宽了心，大声说道："既然不是兰斯洛特的亲属，就丝毫不必顾虑了，也不用多同他噜苏什么。"那信使又道："不过这人倒是一位品德武艺都很高贵的人物，听说还没受过基督教的洗礼，名字叫做巴乐米底骑士。"他们更加傲慢地说道："现在这人若是还没受洗，恐怕永远也不会成为基督徒啦。"经过一番会商之后，双方便决定两天内在红城决赛。

当巴乐米底骑士抵达红城这一天，整个城堡内的大小官员、男女老幼，无不欢欣鼓舞，兴奋若狂，对他更是尽情招待，优礼备至。大家看到他那一副俊拔雄伟的躯体，英武的气概，面目秀挺，四肢坚实，论到他的岁数，也正值壮年。因此全城人民对他大加颂扬。他虽然还没接受洗礼，可是已经笃信了教义；而且他有言必行，行必果，言行一致的决心，因此赢得了人人信服，有口皆碑。据说从前他立过一次誓言，说什么时候觅得了怪兽，什么时候接受洗礼。魔灵就曾预言过，说这个怪兽是个奇异的动物，是一个伟大的预兆，根据巴乐米底骑士所立过的誓言，他决定按照自己的意志，非等完成了七次大战，绝不配成为一个完全的基督徒。

到了第三天，那两兄弟赶来红城，他们一个名叫海力士，另一个叫海莱克，都是勇敢善战的人；说起他们的为人，又都是奸诈凶诡，阴险毒辣，无所不用其极；出身低微，但是武艺却极高明。这次他们随身率领骑士四十名之多，认为乘机夺取红城，绰有余力。只见那两弟兄走来的时候，一副傲慢不逊的态度，意在使整个红城感到恐怖、险恶。后来，他们被邀进了武场，巴乐米底骑士走近跟前，面色严肃地说道："你们就是海力士和海莱克两位昆仲吗？久知你们使用诡计，杀害了你们的国君赫尔曼思王，可知道，今天我就是前来代他复仇的？"海力士和海莱克应声答道："您应该知道，诚然，杀死赫尔曼思王的正是我们两个。撒拉逊的巴乐米底骑士啊，您还要明白，我们就要来处置您，使您在还没有离开这里以前，早做了基督徒了。"巴乐米底骑士答道："好，大家走着瞧吧，我自信在我没有做基督徒以前，我一定不会死。总之，我决不畏惧你们这两个人，我向上帝保证，我会死得比你们俩更像基督徒。看看吧，等这一仗打过，在这战场上，不是你死，就是我死，这是我坚信不移的。"

第六十四回

关于巴乐米底骑士和两兄弟的战斗情况,以及这两兄弟怎样被杀死的。

他们答完了话,彼此分开,于是那两兄弟就向巴乐米底骑士进攻;当然,巴乐米底也以全力和他们周旋。但见双方放马飞奔,尽力驰骋,让它们能跑多快就跑多快。忽然间,巴乐米底一矛搠来,正中在海莱克的盾上,这一下,不但刺穿了他的盾牌,因用力太猛,竟一直刺进了他的胸膛,裂开六英尺多长的口子。这时候,海力士只停在一旁,手里始终紧握着那根长矛,带了骄傲自满的神情,神气十足,但没法打着巴乐米底骑士。及至看见他的同胞躺在地上,他也没法从旁相助,便放声对着巴乐米底喊道:"您准备好啊。"话才脱口,马如箭射,平端着长矛,直向巴乐米底的身上冲去,挺矛一击,早把他掀下马来。接着海力士骑士又在巴乐米底的身上来往踏过了两三趟。巴乐米底骑士被打倒后,感到十分羞惭,一伸手,竭尽两臂之力,抓住海力士骑士的马缰,向下一带,马被拉得扬起前面两蹄,全身立起,巴乐米底在后拉紧不放,以致两人都跌倒地上;海力士骑士腾身一跃,站定了,对准巴乐米底的头盔凶猛地重重一击,直把他打得头晕眼花,又直挺挺地双膝跪倒。好个汉子,巴乐米底蓦地站起,仍向前冲,

817

这两个人你来我往奋勇对搠,一连又打了无数回合;他们各倾全力,不稍退让,看他们横冲直撞,有时避开矛尖,略向后退,有时又侧身躲过,偏到两旁,活像两只雄猪在纠缠一般。战到后来,彼此都被打得扑在地上了。

他们像这样舍命相拼一直不曾停止,延续了两个多时辰,没有片刻喘息的机会;终于巴乐米底显得疲惫,海力士骑士反而愈战愈勇,只见他每击打去,一次比一次重,可怜把巴乐米底直赶得从场中央节节退避到场边上去。这时城上的大众看到巴乐米底快要败北,满怀失望,都不禁放声哭喊,悲痛非常;而对方的人,则喜笑颜开,私自庆贺。听那红城的人叹道:"伤心呀,这样一位高贵的骑士,就要为我们的君王牺牲啦。"当这些人又哭又喊的时候,巴乐米底差不多已挨了一百击;说来真叫人奇怪,巴乐米底忽然坚强地站起来了,因为在这最后的一刹那,他用尽气力挣扎着抬起头来,一眼看到那一群平民百姓,一个个伤心落泪地在为他哭喊着;他便对自己说道:"啊哟,真丢脸呀,巴乐米底骑士啊,你为什么把腰弯得这么低呢?"一想到这里,也不知从哪里来的一股勇气,他立刻撑起盾牌,又从头盔的眼孔中望着海力士,对准了他的头盔狠狠地用力一击,接连又打了好多次。他就这样一直打去,每次力量都是很重很猛,打到后来,海力士一跤扑倒在地,再也爬不起来了;于是他又用力脱下了海力士的头盔,使出毕生之力,斫得他身首异地,血肉模糊。城内的人见这景象,顿时欢声震天,如醉如狂。接着,他们又排起了队伍,送巴乐米底回寓,也都甘心俯首做他的臣民。但这时巴乐米底骑士请求全体人民,要他们仍旧保持赫尔曼思王的权威。他说:"诸位善良的爵爷,我是没法在此地久陪的,必须尽快赶到伦拿柴卜寨去晋谒亚瑟王,以便参加比武,这是我应允过王上的,我应当如约前往。"休息了没多久,他就起身离开。这时候人们见挽留不住,心里都依依难舍,极是苦闷。只要他肯住下,大家都愿意把各人所有的资财拿出三分之一,供他使用;可是他无论如何不愿在城里久留。

巴乐米底骑士最后辞别了大家,只身而去;行了一程,来到原先叮嘱艾拜耳骑士负责坚守的那座堡寨。寨里的人一听到巴乐米底这次成就的伟大武功,全都很快乐;随后,巴乐米底离去,径直回到了伦拿柴卜寨内。一到这里,才知道特里斯坦骑士并不住在此地,便又假道汉波再来到快乐园,恰好特里斯坦骑士和伊索尔德正住在里面。特里斯坦骑士吩咐过侍从们,凡有游侠骑士来快乐园,或到城内,必须随时通报。这一次巴乐米底寻来了,就有人禀报特里斯坦骑士,说是城内适才来了一位骑士,这人身材魁梧,面貌端庄。他便问道:"那人的举动怎样?可有什么标志?"那侍从便把这个骑士的特征一一告诉了特里斯坦。丁纳丹在旁听了插嘴道:"这人一定是巴乐米底。"特里斯坦骑士答道:"很像是他。"于是特里斯坦骑士就转向丁纳丹说:"请您去看一看。"丁纳丹走出一看,果然是巴乐米底骑士;两人见面,互诉了别后情况,大家都愉快万状,当夜就一同宿在这里,不在话下。第二天早晨,特里斯坦和加雷思两位骑士赶了来,从床上唤醒了丁纳丹和巴乐米底,等待他们起身之后,一同进了早餐。

第六十五回

特里斯坦和巴乐米底两个骑士怎样遇见了布诺斯；又特里斯坦骑士和伊索尔德怎样来到了伦拿柴卜。

特里斯坦骑士邀约巴乐米底骑士同到附近郊野的深林中去作一次旅行。两人骑上马，跑到荒原以后，都想先在这树林里停下来休息一会儿。各人随心所欲地散步游赏了好久，才又起身到了一座甘泉的所在地；在那里，只见一位武装骑士远远地向他们走来，及至临近，就向他们施礼致敬，他们也答了礼。但听这个武装的人开口向特里斯坦骑士问：那住在快乐园里的是些什么人，特里斯坦骑士答道："对于园里的那些住户，我向来不甚熟悉。"那个武装的人又问："你们不着戎装，看来不像是游侠骑士，请问你们究竟是不是骑士？"特里斯坦骑士道："不论我们是不是骑士，我们的姓名都不想告诉您。"那骑士喊道："你们真敢不把名字说出来？站开一些，准备好吧，看我来打死你们。"话声未落，他已挟起长矛，冲到特里斯坦骑士的跟前，打算一下把他刺穿。巴乐米底见状，就从侧面对着那人举矛一格，打得他连人带马一齐翻倒。巴乐米底随即又跳下了马，拔出利剑，想把他杀掉。可是特里斯坦骑士在旁边叫道："何必杀他，放他一条活命吧，杀了这样一个笨汉，并没有什么光彩。"特里斯坦骑士又盼咐留下他的长矛，放还他的马，叫他快滚。

那个骑士跌了这一大跤，痛不可忍，急忙爬起，牵着自己的马；在他上马转身要走的时候，请求特里斯坦和巴乐米底两位骑士把姓名告诉他。特里斯坦骑士回答道："我是良纳斯的特里斯坦骑士，这一位骑士的名字叫做巴乐米底。"他一听是这两位鼎鼎大名的人物，立刻紧蹬马刺，放马飞驰，快快而去，害怕他们也来追问他的姓名。就在这时，忽见又有一个骑士向着这面飞马而来，一直跑到他们跟前，手执盾牌，上面绘了蓝色的条纹，来的这人名叫爱皮诺革利斯。特里斯坦望见他就问道："您到哪里去呀？"爱皮诺革利斯答道："两位善良的爵爷请了，我是来追赶那个万恶滔天的骑士的，那人手携一面用红布包着的盾牌，请告诉我，你们遇见过他没有？"特里斯坦道："我向上帝立誓，绝不骗您，在一刻钟以前，我确实看见过这个人；您能否告诉我他叫什么名字？"爱皮诺革利斯道："哎呀，您为什么放他逃走呢？这个人一向是全体游侠骑士的大仇敌，名字叫做布诺斯·骚士·庇太。"巴乐米底骑士说道："嘿，坏东西，怎么竟让他逃开我的手心呢，在这世界上，他是我最恨的一个家伙。"大家叙谈了一会，彼此都很快慰，然后爱皮诺革利斯告辞，又追寻那人去了。

分手以后，特里斯坦骑士便偕了三个同伴，径向快乐园而来。一路上大家谈论着巴乐米底这次的战斗，以及他在红城获得的胜利。这桩事情的前因后果，读者们在前面都已听过，不再赘述。这时，特里斯坦骑士赞道："真好啊，您的成功确是值得庆幸的，而您呢，也确实是光荣的。"接着又说道："好哇，我们明天一定要好好地干一番。"于是由他决定了明天战斗的策略;另一方面,特里斯坦骑士又派人先送去两顶帐篷,准备搭在伦拿柴卜寨邻近的泉旁,好让伊索尔德王后住在里面。丁纳丹骑士说道:"这样的布置很好。"巴乐米底骑士听了也深为赞同,虽是他不曾多说什么,可是心里却万分愉快。当他们一起来到快乐园的寨外,巴乐米底骑士不愿进去,特里斯坦骑士便握住他的手,勉强着他一同向寨内走来。巴乐米底骑士迫不得已,随着进到寨里,一眼看见伊索尔德,不禁心旌摇动,兴奋万状,又乐又窘,几乎一句话也说不出。等到酒菜毕呈,华筵初启,一同进餐的时候,虽是佳肴满桌,备极丰盛,巴乐米底却一口也不能下咽。第二天清晨,大家披挂齐整,同向伦拿柴卜进发。

这次特里斯坦骑士随身带了三个侍从,伊索尔德也带着三个侍女,特里斯坦同王后两人的服饰,都富丽齐整,又带了几名仆役,为他们携带矛盾等等武器,此外,没有带其他人。他们一行人马正前进着,猛然间,望见前面有一群骑士,原来这是卡力胡丁骑士率领他的部下二十名骑士,迎面而来。那卡力胡丁向他的下属说道:"诸位亲爱的朋友,看对面来了四个骑士,还有一位美貌端庄的贵妇人;我决意把那位美人夺来。"卡力胡丁的部下一听此言,内中有一人说道:"这个主意并不好,应当先派人去打听一下他们的意见,看他们怎样回话。"于是他们就这样办了,派一个侍从去见特里斯坦骑士,问他是要比赛一场,还是无条件地把那位美人献出来。特里斯坦骑士答道:"哪里的话,快告诉你的主人,叫他派四个人来比量一下,打胜了才可以带她去的。"巴乐米底自告奋勇地说道:"老兄,请您让我去揍他们,我能对付他们四个家伙。"特里斯坦骑士答道:"您若是想去就去吧。"他又对那个侍从说:"你回去报告你的主人卡力胡丁,说这位骑士就去揍他,连他的部下也不放过。"

第六十六回

巴乐米底骑士怎样先同卡力胡丁骑士比武,再和高文骑士比武,把他们两人打倒。

那个侍从转去,把特里斯坦骑士的回话一一告诉了卡力胡丁,卡力胡丁听罢大怒,便拾起盾牌,挟着长矛,冲将过来。巴乐米底骑士也拿起武器迎了上去;只见他挺直了矛杆,对准卡力胡丁狠狠搠下,才一击早把他摔得人仰马翻,一齐跌倒,躺在地上,不能动弹。想来他跌得真够重啦。接着,又冲来了一个骑士,也被巴乐米底使用同样的手法打倒;随后又上来了第三个,第四个,也相继被打倒了,而且都是从马屁股上打跌在地;到了最后,巴乐米底骑士的长矛还毫无损伤。不料卡力胡丁的其余六个骑士并骑齐出,意在群起围攻巴乐米底,以求报复。卡力胡丁骑士看到他们冲来,立时放声喊道:"算了吧,不要任性了,这位骑士确是一位膂力绝大的人物,大家都不许再打扰他了;若是他肯打,你们当中没有一个是他的敌手的。"众人听了这话,方才勒马停住不动。本来巴乐米底骑士已准备好了,要同他们好好地比试一次,后来看到对方没有一个人敢来尝试,便勒转马头驰向特里斯坦骑士去了。喜得特里斯坦骑士连连称扬巴乐米底道:"您打得很好,一个骑士是应该像您这样威风的。"按说这位卡力胡丁原是皇太子姜拉豪的近亲，而且还是苏尔露斯区域内的一个君王。

这时特里斯坦骑士、巴乐米底骑士和伊索尔德王后等人继续上道，缓辔前行，正走之间，忽见前面走来四个骑士，每人手里都握着一支长矛。走在前面的是高文骑士，第二个是乌文英骑士，第三个是"野心家"莎各瑞茂骑士，第四个是荒原上的杜丁纳斯骑士。彼此一照面，巴乐米底骑士便看出那四个人已在那里跃马挺矛，大有比武之势，巴乐米底骑士便向特里斯坦骑士请求，允许他上去和他们周旋一番，他自信在马上应付他们，力量足够。同时，他又向特里斯坦表示："如果我被他们打败了，请您来为我复仇，好吗？"特里斯坦骑士答道："好的，您叫我怎么办，我就怎么办；您这人不顶爱荣誉，但我却愿意尽力来增加您的声誉。"话才说到这里，只见高文骑士已经挥动长矛冲来了，巴乐米底骑士随即扬起手中长矛，毫无怯色，及至两人冲到一起，各显威力，奋勇相搠，巴乐米底骑士才一回合，立把高文骑士打倒了；连他骑的马也一并跌在地上；跟着，巴乐米底又打翻了乌文英、杜丁纳斯和莎各瑞茂三个骑士。为了打倒这四个骑士，巴乐米底一共用了好几支长矛。随后特里斯坦骑士率同诸人径向伦拿柴卜而去。

等到这些人走了以后，卡力胡丁和他率领的十个骑士走到高文骑士跟前，把刚才所遭遇的一切对他说了。高文骑士不住地惊叹道："我真是觉得奇怪，这一群穿绿色服装的，究竟是哪儿来的骑士呢？"卡力胡丁说道："那个骑着白马的骑士，不仅把我打倒，而且，还把我三个部下都给打倒了。"高文也说道："骑白马的那人也曾把我打倒过；我想，他若不是特里斯坦骑士，便是巴乐米底骑士；至于那位娇艳美貌的贵妇人，一定是伊索尔德呀。"

825

他们一面这样猜度着，一面还谈了些其他的事。

再说特里斯坦骑士和他的同伴们走了不多久，便来到一处清澈明净的泉水旁边，那里已经搭起了他的两座帐篷，大家一齐下马，四外一望，早看到重重叠叠耸立着无数的帐篷，还有好些服饰鲜明的大队人马，分散各处。这时特里斯坦骑士别了巴乐米底、加雷思和伊索尔德三个人，陪同丁纳丹骑士一道往伦拿柴卜去打探消息；他走的时候，骑着巴乐米底的白马。两人刚一走进堡寨，丁纳丹骑士猛然听到一阵惊人的号角声，这声号角一响，就集合了许多骑士。特里斯坦问一个骑士道："请问这号声是什么意思？"那个骑士答道："爵爷啊，在这次比武大会上，有一大群骑士将要联合起来，专和亚瑟王的人马相对抗。这些人中第一位是爱尔兰王，第二个是苏尔露斯的君王，还有里斯定诺斯的君王、诺森伯兰的君王，以及威尔士大部分的君王，及其他国家的君王。"他们召集会议，商量采取什么样的管理制度；但是爱尔兰王，那位名叫马尔豪特的，就是以前被特里斯坦骑士杀死的著名骑士马汉思的父亲说的一番话都被特里斯坦骑士听见了。他说道："诸位爵爷和同仁，我们应当检查一下自己，亚瑟王方面一定有很多杰出的骑士，否则他不会只率领这少数人马来对抗我们的；因此，我认为每一位君王必须替自己部下先规定好一个军旗和某一种标志，这样每个骑士才容易结集到自己主人的身边来，同时每位君王和领袖也易于辨识自己的部下，以便及时地去援助他们。"及至特里斯坦骑士听到别人的这一番意见，他就又骑上马，走到亚瑟王那里，以便探听他的意见了。

第六十七回

特里斯坦骑士和他的伙伴们怎样参加伦拿柴卜的比武大会,以及各种比武和事情。

当特里斯坦骑士来到的时候,已经比较晚了,在他到达的同时,高文和卡力胡丁两个骑士已先来晋谒过亚瑟王了,这时特里斯坦骑了白马,接踵而至。拜见之后,他们便指着特里斯坦向国王报告道:"那个骑着白马,身披绿色戎装的骑士,就是他,把我们两人都打倒了;同一天,他还打倒了我们六个同阵的人。"亚瑟说道:"喔。"于是他特地招呼特里斯坦骑士到他面前来,问他姓甚名谁。特里斯坦骑士答道:"陛下,我现在不愿意把名字奉告您,恳求您的海量恕我死罪。"说罢这话,他就告辞而去。亚瑟自思道:"那个骑士为什么不肯把名字告诉我,真是奇怪。"接着他喊了一声:"喂,'神子'葛利夫莱啊,您快追上去,请他回来;说只由我和他两个人谈谈。"葛利夫莱骑士立即放马追去,向他说:"奉亚瑟王之命,请您回来,王上要单独和您谈话。"特里斯坦骑士说道:"我去,您只有保证这位王上不勉强我自报姓名,我才愿意转回去同他交谈。"葛利夫莱骑士答道:"我想他也不一定要知道您的姓名,我就保证好了。"这样,特里斯坦才肯一同回马来晋谒亚瑟王。到了朝里,亚瑟王问道:"善良的骑士,您的尊姓大名为什么不肯告诉我呢？"特里斯坦骑士道："陛下，假若没有原因，我是不会隐姓埋名的。"亚瑟王又问道："比武的时候，您打算加入哪一方面呢？"特里斯坦骑士答道："我的王上，说老实话，究竟加入哪一方面，我现在还没决定哩，等我踏进了武场，那时再凭兴之所好，临时瞧吧；明天您总会知道我加入的是哪一面啦。"说罢，随即辞别，转回到自己的帐里去了。

第二天早上，他们全体都披挂了一色绿的武装，驰进了武场；在那里，先由青年骑士们开始比试，倒也表演了不少惊人的武艺。这时，加雷思就要求特里斯坦骑士允许他下场比赛，因为他思量，一个骑士握着长矛始终不动手，是可羞的事。特里斯坦骑士听得这话，笑着答道："好，请您痛快地去打一场吧。"加雷思于是举起长矛，进场来向人索战。当时适有百骑士王的外甥在旁，这人名叫赛利赛斯，武功异常高明。他看到这种情况，极想一显身手，乐于应战，因此，他奋力冲向了加雷思骑士，加雷思也不稍让，看他们两人互相痛击，你来我往，用力极猛，结果双方一并跌倒，马也都扑倒地上；这两人互相搠击得满身青肿，都带了创伤；可怜两人同躺在地上，挣扎着起不来，直等到百骑士王走来，才把赛利赛斯扶起，特里斯坦和巴乐米底两个骑士把加雷思拉起来。然后他们把加雷思骑士送进他们自己的帐篷里，解下了他的头盔。

伊索尔德看见加雷思满脸都是伤痕，便问他痛不痛。加雷思骑士答道："王后啊，我被人打了一击，痛得要命，幸亏我也打还了一击。可怜啊，那时候，同伙里没有一个人来救救我。"巴乐米底道："照理说，今天我们都不应该比武的，凡是有声望的骑士都不应当在今天去比的，而且您本也无需去比。总是对方瞧见您在挑衅，才派了一个人来应战，照这人的年岁看来，可算得是很英武了；我同他也还熟悉，知道他叫赛利赛斯。今天您同他打得真是不错，两人都不算丢面子，现在您好好休息一下，等到复原了，明天好加入比赛。"加雷思说道："好，只要我能骑马，我一定不会失信。"

第六十八回

特里斯坦骑士和他的伙伴们怎样比武，又关于他们在比武大会中所表演的武功。

特里斯坦向巴乐米底说："明天的比武大会上，我们究竟加入哪一方面是好，现在能作决定吗？"他答道："老兄，您要问我的意见，我认为明天最好去对抗亚瑟王，因为那方面有兰斯洛特骑士和他的亲属们，这些都是武艺特别高明的人物。他们之中有威望的人愈多，我们如果获胜，那么我们的光荣就显得愈大。"特里斯坦骑士高兴地说道："您这话，真是充分地表现了英雄本色，就照您的意思，我们立刻去做好了。"其他的人都一齐说道："靠了上帝的名，我们就这样干吧。"当夜大家及早安歇，养息精力，不在话下。第二天黎明时光，他们已披挂整齐，所有的马饰、盾牌和长矛等等，一律是绿色；便是伊索尔德和她的三个侍女，也都采用绿色的服饰。于是，这四位骑士一同走进武场，沿着场的四面跑了一周。伊索尔德偕同侍女也走了进来，坐在凸出的窗前，这里对全场的比赛，可以一目了然；为了不被观众识破，她一直戴着面纱。再看那三个①骑士进场以后，毫不迟疑地径向苏格兰王

---

① 上文说四个骑士，此处又说三个骑士，概原文有误。

的旗帜下走去，参加了他的集团。

亚瑟王看见他们之后，遥指着问兰斯洛特骑士，那三个骑士和王后是些什么人。兰斯洛特骑士答道："王上，我很难猜得出他们是谁，可是倘使特里斯坦骑士或巴乐米底骑士住在我国的话，那一定是他们同伊索尔德了。"于是亚瑟王就召唤凯骑士前来，吩咐他："快去查问一下，看看圆桌骑士有多少缺席的；赶紧查一查圆桌上的席次，您就知道了。"凯骑士奉了命，根据圆桌座位的姓名，查出有十位骑士不曾到场。这些缺席者的姓氏是：特里斯坦骑士、巴乐米底骑士、薄希华骑士、葛汉利骑士、爱皮诺革利斯骑士、莫俊德骑士、丁纳丹骑士、衣着旷荡汉骑士，以及高贵的佩莱亚斯骑士。亚瑟道："今天，我想总有些人要来对抗我们了。"

这时忽来了两位兄弟，都是武功精湛的人物，一人名叫爱德华，另一个名叫沙多克，和高文骑士是亲属；他们向亚瑟王说，因为他们来自奥克尼，要求先行比赛。亚瑟回答："我同意。"爱德华骑士得了允许，当即入场同苏格兰王作战，苏格兰王这方面还拥有特里斯坦骑士和巴乐米底骑士。这场大战，爱德华一击就把苏格兰王从马上打落，那一边沙多克骑士也把北威尔士王打翻；而且使他跌得很重，因此亚瑟王方面的观众欢呼鼎沸，以示祝贺，不想惹恼了巴乐米底骑士，他顿时怒不可遏，当即拿起盾牌和长矛，向前冲去，鼓起全力，对着奥克尼的爱德华一矛搠来，因为来势过猛，以至爱德华无法招架，翻身跌倒；巴乐米底随又挥动矛杆转向沙多克骑士击来，又把他从马屁股上击下。亚瑟王叹道："耶稣啊，那位绿衣骑士是什么人啊？他打得实在好极了。"高文骑士说道："您会认识他的；只要他还没离开武场，陛下一定会赏识到他的真本领。"又说："还有一个着绿衣服的人，停会儿就可以看到，比这个更高明；刚才他打倒了陛下的四位亲属；两天前把我打翻过；至于打翻了我的七个部下的，也是那个人。"

正当他们站着交谈的时候，特里斯坦骑士忽然乘着黑马走进场里，原来在他驱马这里以前，已经用一根长矛打倒了四个奥克尼的精干骑士，这些人都是高文的亲属；另外，加雷思和丁纳丹两骑士，每人也都打倒过一个强壮的骑士。亚瑟一见特里斯坦英姿焕发、凛凛有威的风度，不禁感叹道："耶稣啊，那边乘着黑马的骑士，你瞧他那副气度，真够威武，真够强悍呀。"高文骑士道："别着急，那个乘黑马的骑士还没动手呢。"再说苏格兰和北威尔士两位君王，先后被爱德华和沙多克打下马来，随由特里斯坦骑士命人送马过来，请他们骑坐。他一方面自己拔出宝剑，怒马狂驰，径向人马最稠密的地方冲去，奥克尼的骑士们纷纷迎住，特里斯坦骑士不仅把他们一个个打倒在地，而且拉开了他们的头盔，又拉掉他们的盾牌，真是人仰马翻，势不可当，就此打击了许多骑士。看到他这样威震全场的气势，亚瑟王和他的部下没有一个不对他的武功表示无上的敬佩和倾服。同时，巴乐米底骑士对于敌方，也毫不示弱，明知大敌当前，仍然迎头痛击，也博得全场观众的不绝赞许。据说，当时亚瑟王曾将乘黑马的特里斯坦骑士比作一只怒狮，将乘白马的巴乐米底骑士比作一只怒豹，又把加雷思骑士和丁纳丹骑士比作两只暴躁的豺狼。但据当时演武场上的风气，各个君王不得彼此助战，可是他们的部属，不论隶属哪一等官阶，彼此都可尽力相助。不料这天因为目击了特里斯坦骑士气势赫赫，所向无敌，奥克尼的骑士不禁为之气馁，只有相继退出武场，各自赶回伦拿柴卜去了。

第六十九回

兰斯洛特骑士怎样把特里斯坦骑士由马上打下，又特里斯坦骑士将亚瑟王击倒。

武场内登时泛起一片嘈杂喧哗，那些传令官和来自各方的平民们都异口同声地赞叹着："惟有绿衣骑士打败了奥克尼的全体骑士，他的本领应该是最大的了。"各个传令官又特意把这位乘黑马的特里斯坦运用长矛利剑所打倒的骑士逐个数了一数，一共有三十名；被巴乐米底骑士打倒的是二十名。原来这五十人中，大多数都是亚瑟王的部下，而且是平素为一般人所公认的武艺出众的优秀骑士。因此，亚瑟向兰斯洛特骑士道："决不骗您，我看见只那四个人便打倒了我们这样多的骑士，说句良心话，确是令人万分的难堪；所以我想请您准备起来，咱俩去打他们一顿。"兰斯洛特说道："王上，这是因为有两位武功超绝的骑士在内，才打得这么好；如果我们不去同他们较量，他们一定能得到更高的光荣。可是今天，他们已经万分疲惫了，假若我们此时去同他们打，纵然胜了，又怎能算是光荣呢？"亚瑟王答道："不管怎样，我都要去报复一下。现在就请您偕同布留拜里和爱克托两位骑士先去，我算是第四名好了。"兰斯洛特道："既这样说，王上，我这就准备妥当了，我的弟弟爱克托骑士和我的表亲布留拜里骑士,他们都会来的。"等到他们都骑上马预备出发的时候,亚瑟又向兰斯洛特骑士说道:"请您把对手分配一下,您打算先同哪个人交手呢?"兰斯洛特道:"我想先去找那个乘黑马的绿衣骑士交手,王上,这人就是特里斯坦骑士;我的表亲布留拜里找那个骑白马的绿骑士,那是巴乐米底骑士;我的弟弟爱克托骑士则去应付另外一个骑白马的绿骑士,这人名叫加雷思骑士。"亚瑟骑士说道:"好,那个骑白马的绿衣骑士,我知道这人是丁纳丹,由我来打发他。"兰斯洛特骑士说了一声:"现在,大家注意好各人的对手呀。"话声未绝,早一马当先,驰进了武场,径向特里斯坦的马前冲来,其余二人也相继追到。话说兰斯洛特和特里斯坦一经照面,便见兰斯洛特挺着长矛对准特里斯坦的盾牌,施展两臂之力,狠狠地打上一击,特里斯坦猝不及防,竟被打得个人马一同滚翻在地。兰斯洛特当时还认为对方是巴乐米底,遂一言未发,仍旧向前驰去。另一面,布留拜里骑士已同巴乐米底骑士战在一起了,这布留拜里使动全力猛然向巴乐米底的盾上打去,不想落在他的白马身上,直听得唿喇一声,白马四蹄扑伏。这时,爱克托骑士也把加雷思骑士所乘的马打倒,当然用的气力也非同小可。最后,高贵的亚瑟王出场了,他只举手一挥,就把丁纳丹骑士的身躯从马鞍上打飞开来,掷得好远。全场观众,一看到这些绿骑士都倒身在地,接着便欢声沸腾,经久不止。

当特里斯坦骑士被打跌下来的时候,北加里士王瞧见了,便心里想着,这位英雄适才的武功声势是多么煊赫,现在竟无人应援。那时他虽是准备了好多骑士,可是按照当日习惯和当场宣布的规定,任何骑士如若被人打倒,坐骑应让得胜的一方没收作胜利品，他的同伴不可以再供给他坐骑；除非他自己夺回马匹才可乘坐。因此，北加里士王亲自赶入场来，径直驰向特里斯坦骑士，来到临近，急忙跳下了马，手执辔头，让特里斯坦骑上，并且说道："高贵的骑士啊，您是从哪个国度来的，我不知道，因为您今天表演的武艺委实是太惊人，太令人佩服了，所以特把我的马送给您骑上，让我来尽力应付他们吧；但求耶稣的帮助，我的马给您骑，比我去骑它价值要大得多啦。"特里斯坦骑士答道："您的盛情，多谢了，只要是我的能力所及，一定设法报答您。啊，瞧那儿，离我们不远的地方有匹马，您候着，我要抢来送给您。"说着话，特里斯坦骑士已跨上了北加里士王的马，赶过去迎着亚瑟王，便斗将起来，几个回合，他一挥利剑猛地敲在亚瑟的头盔上，震得他摇摇晃晃，在马鞍上没法稳定下来。特里斯坦骑士立即上前一挽缰绳，便将亚瑟王的马夺来，交给北加里士王骑上。于是亚瑟王方面顿时蜂拥出大批人马，宛如掀起了排山倒海似的力量，一齐攻来，打算另送一匹马给他骑，但是巴乐米底横矛仗剑在旁，百般拦阻，不许亚瑟王骑上去，只见他左击右斫，一种英勇凶猛的气概，真像一位英武的天神般高贵的骑士。同时，特里斯坦骑士又冲进了人马最稠密的地方，不顾左右两面骑士们的迎击，只是使力一路猛打痛击，好些人的头盔都被他打碎裂了，直冲开一条大路，径直跑回了自己的帐篷中去，然后又改乘了一匹赤色的马，通身也换成了赤色的装扮，马匹武器都是一色赤的。可是这时，巴乐米底骑士依然徒步留在后面，不曾跟了出来。

第七十回

特里斯坦骑士怎样改变装束,穿着红色的武装以及他怎样发挥力量;又巴乐米底骑士怎样刺死了兰斯洛特的马。

先前,特里斯坦骑士失去了自己的马,被迫步行应战,那时候王后伊索尔德因为找不到他的去向,急得珠泪交流,芳心如捣。等到特里斯坦扮装妥帖,第二次迅速冲进武场的时候,伊索尔德立刻就看见了,不禁衷心款款;再一看他用一支巨大的矛枪,一刻不停地连打倒了五个骑士,威力是那么惊人,更是欣喜。当时兰斯洛特骑士也看出了这样勇猛的一个人,想来定是特里斯坦骑士,刚才把他打倒,自己心里总觉忐忑不安;于是兰斯洛特骑士暂时退出场外,休息片刻,方才返身入场。再说特里斯坦骑士这时冲到人马丛集的地方,使尽全力帮助巴乐米底上了马,接着又扶了加雷思和丁纳丹两人也骑在马上,于是这三个人在场中又开始了一场恶战。不过巴乐米底和这两个伙伴对扶他们上马的是什么人,全不认识。虽然特里斯坦这样靠近他们,而且协助了他们,他们竟然都不能认出他来,因为特里斯坦已经改换了赤色装束;尤其因为在这期间,兰斯洛特骑士一直不在场,所以无从发觉。

如今且说伊索尔德,当她发现特里斯坦又骑在马上来了,喜得心花怒放，破涕为欢，一霎时不自禁地笑逐颜开。适在这时，巴乐米底骑士抬头望见了伊索尔德妙目笑靥，凭倚窗前观战，认为伊索尔德一缕春情，属意于己，立即鼓起勇气，挥矛舞剑，一路上远搠近挑，逢人便打，因此把交手的人打得倒的倒，翻的翻；他更不时地偷望着伊索尔德那副喜滋滋的颜色，直爱得他心猿意马，无法矜持；他不知从何处来的那股气力，愈战愈勇，此时即使是特里斯坦和兰斯洛特两人合力向他攻击，料想也难战胜他；据史书所载，为了伊索尔德的缘故，巴乐米底在心里极想趁这最光荣的时候，在观众的面前同特里斯坦来搏斗一次，决个胜负。在这以后，巴乐米底的气力更形倍加，往来冲击，勇迈绝伦，引得全场观众一片赞扬欢呼，可是他全不在意，只是一心偷觑伊索尔德的容貌。看到伊索尔德对他的武功似乎很是欣赏，因而显得更是起劲，简直像一只怒狮般震慑全场，几乎没有一人敢于招架。这时特里斯坦骑士望见巴乐米底如此强韧善战，便向丁纳丹骑士道："说老实话，决不骗人，看见巴乐米底今天的威武气概和耐战能力，委实令人钦佩不已；他这种本领，在这一天之内，竟能击败这样多的能手，不仅以前从没看他表演过，也从不曾听人提起过。"丁纳丹道："当然啰，今天是他出风头的日子呀。"说完这句话，别转头去，也不向特里斯坦多说了；可是他却自己寻思着："特里斯坦一旦发觉巴乐米底是为了谁才有这样气吞山河的威势，就难免要立刻气馁了。"只听特里斯坦骑士又惋叹道："巴乐米底，可惜了，还没有接受基督徒的洗礼。"这种想法，亚瑟王也有，其他所有到场的人也都有如此的惋惜。由于巴乐米底骑士今天表演得特别精彩，大家感到他的武艺已超越了兰斯洛特骑士，也超越了特里斯坦骑士，因此观众们一致主张将奖品颁发给他。当时丁纳丹又自言自语地说道："可不是吗，今天巴乐米底所以能够获得胜利，是应当感谢伊索尔德王后的，亏了她在精神上的鼓舞；倘使她今天不来参观，我想巴乐米底不会得到奖品的。"

就在这时，兰斯洛特骑士驰进了比武场，听得四周观众齐声欢呼着巴乐米底的胜利，不觉心中一动，随即一夹坐骑，径直冲向了巴乐米底，使开那根又长又大的尖矛，打算一下把他搠下马来。巴乐米底看见他骤马挺矛，来势汹汹，也就赶紧准备好，以迅雷不及掩耳的速度，挥剑相应；不想兰斯洛特的长矛一击恰好落在巴乐米底的剑口上，登时被斫成几截。这巴乐米底乘势冲近兰斯洛特的身旁，想让他丢脸，便握起一剑，刺中了他的马颈；那马受了伤，翻身栽倒，兰斯洛特骑士也就随着被掀在地上。一霎时全场雷动，呼声震天："请看啊，这位撒拉逊人巴乐米底骑士把兰斯洛特骑士的马打翻啦。"巴乐米底的这一番举动，登时触动了好多骑士的气愤，他们认为巴乐米底刺伤了兰斯洛特的坐骑是出于故意，在大比武会里有如此行为，实在有失骑士的风度；惟有个人决斗，一命拼一命的当儿，才可以这样做的。因此对于这人，大家都表示愤怒不平，愿意一致起来，联合攻击他。

第七十一回

兰斯洛特骑士怎样同巴乐米底骑士交谈，又当日的奖品怎样颁给了巴乐米底。

再说兰斯洛特骑士的那位弟弟名叫爱克托骑士，眼看着他哥哥所骑的马被巴乐米底刺伤，以致被迫弃马步行作战，认为受了奇耻大辱，愤怒之下，立即举矛飞步向前，一下冲到巴乐米底面前，二人并不答话，便斗将起来，战了多时，爱克托凶猛地摔出一矛，只见巴乐米底翻身落马。这时特里斯坦骑士已全身披挂着赤色的战衣，正立马近旁，静静地欣赏了这场恶战，看见爱克托这样英勇，他忍不住迎上去挥矛一击，竟把爱克托打下马来。另一方面，兰斯洛特骑士自被掀下马后，撑起盾牌，手握利剑，大踏步地直向巴乐米底骑士冲来，边走边厉声喝道："您今天这样的行径，真是极端无礼，要知道在比武会上那是任何体面的骑士都不敢做的；现在，就请您准备好吧，看我立刻来向您报复。"巴乐米底骑士答道："请您息怒，宽恕我的罪过吧。高贵的骑士，您再打我，我委实耐受不住了，像今天这样的吃力，我平生没有过，将来也不会有的；最高贵的骑士啊，只求您今天饶恕我，从今以后，我愿供您驱策，永做您的部下。若是您现在把我获得的光荣破坏了，也就是对我生平最大胜利的毁灭了；这种光荣，今生再也没有机会获得啦。"兰斯洛特骑士笑答道:"好啊,我明白的,让我说句真心话吧,您在今天表演的武艺确实高明,我也知道您是为着谁才这么卖力的,您是为了那位伟大的女性的爱吧。告诉您,倘使我心爱的美人也到了场——可惜她今天没来观战——那么就不会让您得到胜利啦。不过,今天您那心爱的人儿还不曾被人发觉;如果不幸被特里斯坦骑士窥破了,恐怕要使您追悔莫及啊。至于我们两个人,因为我不会争风吃醋,今天我就听您去成功好啦;还有,想到您今天这样疲惫不堪,我更不愿意同您争一时的短长了。"说罢,兰斯洛特骑士就放过了巴乐米底骑士,让他自如地离开了。

于是,兰斯洛特步战多时,虽陷在大约二十名骑士的截击中,终于突破了他们的拦阻,奋力抢回自己的那匹马,腾身而上,接着又表演了不少声势惊人的武艺。同时特里斯坦和巴乐米底两个骑士,也表演得非常精彩卓绝。在这期间,兰斯洛特骑士施展开手中一根长矛,首先将丁纳丹骑士打倒,又连续地打倒了苏格兰王、威尔士王、诺森伯兰王和里斯定诺斯王四个人。总计这一战中,被兰斯洛特以及他的同伴们所打倒的骑士,共有四十个之多。忽然间爱尔兰王和边疆王骤马赶来,接应特里斯坦骑士和巴乐米底骑士。他们一到,就开始了一场混战,剑光矛影,翻腾如飞,双方被打倒的人都很多;但兰斯洛特同特里斯坦两位骑士却彼此暗存了照顾对方的惺惺相惜的心思。惟有巴乐米底骑士怀了不肯向兰斯洛特骑士寻隙启衅的念头,只是忽东忽西地避开了乱跑。当时亚瑟王曾经派出了很多圆桌骑士,巴乐米底骑士对这些人则始终坚守在最前线上,多方拦击,毫不退让;特里斯坦骑士当然也是大显奇能，威震全场，使得国王和其他在旁观战的人们无不交口称赞，钦佩不已。到后来，亚瑟王下令停战，休息的号声响彻了全场。由于巴乐米底骑士第一个入场应战，从未退出休息，而且不论马战步战，始终压倒群雄；加以战斗的时间最久，因此亚瑟王和其他各位君王一致商定，今天的胜利，应归于巴乐米底骑士独享。

散场以后，特里斯坦骑士请求丁纳丹骑士护送王后伊索尔德先自返回泉旁的帐篷。等到他陪同伊索尔德离去了，巴乐米底骑士方才发觉那个披挂赤色戎装的人就是特里斯坦，他还乘着赤色的马；读者可以想象巴乐米底这时是何等的快乐；同时加雷思和丁纳丹更是何等的高兴。原来这些人都认为特里斯坦早已被俘去了。所有骑士回到宿舍，亚瑟王随就当天的战况，和左右诸人谈论起这一群骑士，都认为巴乐米底骑士战功最高，主张奖品应该发给他；其余那些参战的骑士们也一致公推巴乐米底的武艺最为精湛，当时兰斯洛特骑士向亚瑟王说道："王上，提到绿衣骑士巴乐米底，我敢说他的确配接受今天的首奖，他从没离场休息，也不曾更换戎装；入场最早，战斗的时间也最长。"停了一会儿，又说道："再有一点，我很清楚，今天在场的，还有一位本领比他更高强的，我可以保证，在我们这次比试结束之前，这位骑士一定会出来显示他的绝技。"双方就这样谈着话；丁纳丹骑士却在嘲骂着特里斯坦骑士道："今天附在你身上的是什么鬼？你看看巴乐米底的气力，今天从没减弱过，反而愈打愈强啦。"

第七十二回

丁纳丹骑士怎样刺激特里斯坦骑士，使他努力冲进武场作战。

丁纳丹骑士又说道："特里斯坦骑士啊，看你今天的一些作为，好像在酣睡似的，所以我叫你做懦夫。"特里斯坦骑士答道："好啦，丁纳丹，在今天以前，世上还从没有一个人叫我做懦夫的；骑士，你要知道，虽然我这次被兰斯洛特骑士打得跌过一跤，可是我绝不自认懦弱；在所有骑士中，能把我打倒的，也只有他一个人罢了。丁纳丹啊，你不必怀疑，即使兰斯洛特骑士有正大光明的理由和人冲突，在当代的骑士中，他还是好得不得了的人。他还有忍耐、谦虚、和蔼、温良的风度，所以我称他做举世无双的骑士。"特里斯坦骑士说完这话，心中大不乐意，因而便对丁纳丹骑士板起面孔来了。其实，丁纳丹骑士所以要那样说，无非是想借此激起特里斯坦骑士的怒气勃发，刺得他真正发起怒来，因为丁纳丹十分明了，只有特里斯坦骑士确实发了怒，在明天的比武大会上，巴乐米底骑士才不会再得到胜利。正为了这个目的，丁纳丹才运用各式各样的讥讽嘲笑，来刺激特里斯坦骑士。巴乐米底骑士也这样说道："让我来说几句良心话，对于兰斯洛特骑士，我们论到他那高贵的骑士品质，比如和善、勇猛和谦虚，这都是其他骑士所缺少的；再说到今天的比武，我对待兰斯洛特骑士，完全是粗暴无礼，甚至完全失掉了骑士的风度；可是他呢，对待我却始终诚恳，充分表现着骑士的高贵本色，假使他采取的是'以其人之道，还治其人之身'的办法来对待我，今天我便得不到胜利啦。因此，今后我甘愿做兰斯洛特骑士的部下，为他效力，一直到我生命的末日。"这一番话，在君王们的庐舍里传播开了。于是当日各君王、爵爷和骑士，每每在论到骑士们应有的健全人格、武功，或者论到他们的行侠尚义、宽怀大度的时候，都一致推崇兰斯洛特和特里斯坦两位骑士为亚瑟时代的精英，认为他们应当获得最大荣誉。据说在亚瑟的时代，没有一个骑士所完成的武功能赶上他们的一半；而且，按史书所载，当日十个骑士所建立的功绩，也比不上他们两人的一半，兰斯洛特和特里斯坦两位，终其一生，在任何竞赛比武方面，凡是受别的骑士请求的，他们都一一如约完成，并且从没有一次是失败的。

第七十三回

亚瑟王和兰斯洛特骑士怎样去访问伊索尔德,又巴乐米底怎样打倒了亚瑟王。

第二天,兰斯洛特骑士及早地出发了;另一方面,特里斯坦骑士也准备妥当,由伊索尔德、巴乐米底和加雷思两个骑士陪同走出。他们都披挂着鲜艳夺目的绿色服饰,一同驰往森林中。特里斯坦骑士一行人走后,帐幕中只留下丁纳丹一人睡在床上。正当他们骑马前进的时候,恰巧亚瑟王和兰斯洛特站在窗前,眺望景色,一时看见特里斯坦和伊索尔德二人,并辔偕行。兰斯洛特指着说道:"王上,您看前面那位美艳绝伦的小姐,我想世上除了您的桂乃芬王后以外,再没有更秀丽的人了。"亚瑟骑士问道:"这小姐是什么人?"他答道:"她是伊索尔德王后,王上,我想除了陛下的王后,是无人比得上她的。"亚瑟道:"请您牵过马来,还要像我一样披挂整齐,我告诉您,我要去看看她。"不多久,两人身佩武装,跃身上马,手执长矛,一齐向森林里奔来。行至途中,兰斯洛特提醒道:"王上,我觉得您不能靠他们太近了,要知道这是当代最有名的两个骑士。倘使我们急忙赶去,难免会引起那些骑士的不满。因此,我恳求王上稍稍慎重些。"亚瑟道:"我只不过想去看一看她,纵然因此得罪了别人,我也在所不惜的。"

兰斯洛特又劝阻道："王上，如果这样，就要自讨苦吃啦。"国王又说："那么我们就去冒一次险好了。"两队人渐行渐近，这时国王迫不及待地一马驰到伊索尔德的跟前，向她施礼，并且说道："恳求上帝保佑您。"伊索尔德答道："骑士先生，欢迎大驾。"于是国王面对面地看得逼真，只见她花容玉貌，丰姿嫣然，不禁惊喜若狂。

这时，巴乐米底骑士忽地走到亚瑟的面前，向他大声道："你这粗鲁的骑士，来到这里找什么？在一位贵妇人的面前这样冒昧，真是荒谬无赖啊，快些给我滚开。"对巴乐米底骑士说的这番话，亚瑟骑士毫不理会，依然把全副的精神贯注在伊索尔德的身上。巴乐米底骑士眼看这种情况，止不住怒火中烧，便挟起长矛，向亚瑟王猝然打来，挥出一击，就把他打翻在地。兰斯洛特骑士在一旁看到巴乐米底的态度如此轻佻侮慢，便独自寻思道："必须教训一下那骑士才好，这不单是为了他自己，乃是为了特里斯坦的缘故。不过，有一点，我看得很清楚，如果我打败了巴乐米底，一定还要同特里斯坦骑士打交道，那么，我一个人就要对付两个骑士，而且这两个人都很英武，我就难免太吃力啦。可是，不管是死是活，我必须为国王报仇；不论什么困难临到我的头上，也一定要去报复。"想到这里，兰斯洛特骑士向巴乐米底骑士厉声叱道："你滚远些，准备打吧。"话声方落，他们两人各挺武器，登时斗将起来，挥舞长矛，相对猛击，彼此纠缠一处，难解难分，正鏖战间，兰斯洛特骑士忽地搠出一击，因为使力过猛，立刻把巴乐米底骑士掀下马鞍，只见他很痛楚地扑在地上，不能站起。这边特里斯坦骑士一见巴乐米底倒下了，随即赶上前来，向兰斯洛特骑士说道："骑士先生，请您准备好，我一定要同您比一场。"兰斯洛特骑士回答道："您既想同我比量，我当然不会放过您，我又怎会怕了您呢；不过我自己如果有权决定的话，我是不愿同您打交道的；我那位至尊的爵主，被人轻侮无礼地打下马来，我就应当为他报仇，关于这一点，我想您也一定能理解的。总之，他被人打倒，我当然要代他报复，因为他待我一向都像朋友似的亲密，我决不能看着他丢脸而袖手不管。所以，您也大可不必为了这件事烦恼。"

听了这一番辞令婉转而含蓄的话以后，特里斯坦骑士再看这人的仪表和非凡气概，便暗自断定他是湖上的兰斯洛特骑士，那位被巴乐米底骑士所打倒的，当然是亚瑟王了。于是他默默无言地收拾起长矛，又扶着巴乐米底上了马。那面兰斯洛特骑士也侍候亚瑟王骑到马上，各自分头走开。且说特里斯坦骑士在路中对巴乐米底说道："瞧您冒冒失失地打倒了那位骑士，我愿向上帝立誓，绝不欺人，真是太没有体统啦。要知道，那几位骑士谦恭有礼地来拜候一位贵妇，也是一般高尚骑士的人之常情，何况英雄美人，向来为人所敬爱，为什么您要给人家一个绝大的侮辱呢？并且，在我的主妇面前，您也不应当这样耀武扬威！特别是您要明白，这次您做了一件足以使我生气的事。因为您打倒的这个人是亚瑟王，另一个是兰斯洛特。因为我不会忘记兰斯洛特称呼那位骑士做至尊的爵主，因此我联想到那位骑士便是亚瑟王。再说，依兰斯洛特骑士的性格，纵然五百个骑士当前，他也会从容应付，绝不回避，但是今天对我个人，他却尽力地避免同我周旋。就这一点，更证实了他是兰斯洛特骑士。想起他对待我真算得虚怀大度,爱护关切,无微不至。所以在所有骑士中,不管世间的人怎样议论叫嚣,我总毫无例外地认定兰斯洛特骑士是骑士之花,此外任何人对他的意见,我都不管了。若说有一个人极端愤怒,甘愿战斗到底,一息尚存,不肯稍懈,而且又毫不徇情,像这样的人,若有人想在马战或步战当中把他打败,我想除却兰斯洛特骑士以外,真不知道还有什么人啦。"巴乐米底说道:"亚瑟王,他这样微服出行,看上去恰像一个穷苦的游侠武士,确实出人意想之外,难能可贵。"特里斯坦骑士道:"真的呀,您还不了解亚瑟王的天性啊,我想世界上所有的骑士都应当以他作榜样——去做一个骑士。"隔了少顷,他又向巴乐米底说:"您对待这样一位高贵伟大的人物,竟做下那么卑劣的行为,应当知道可羞。"巴乐米底赧颜说道:"怎奈木已成舟,无法挽回了。"二人边走边谈,前面来到一个修道院,特里斯坦骑士便伴送伊索尔德王后进来,歇了脚,然后顺便参观比武大会。

第七十四回

第二天巴乐米底怎样脱离特里斯坦骑士，而到对方的集团去反抗特里斯坦。

开场的角号吹响以后，所有当日参战的骑士都闻声入了场，大家仍依第一天的情形开始了。正如爱德华骑士和沙多克骑士两兄弟在第一天比武那样，这第二天由由岚斯王的太子乌文英骑士偕同卢坎奈尔·德·卜特莱尔骑士首先出场作战。双方战锋甫交，乌文英骑士便把苏格兰王的太子打倒；同时卢坎奈尔骑士冲向了威尔士王，两人挥矛乱打，矛杆都搠断了，因彼此来势都太猛烈，以至同时被对方击得跌落马下。当时就有奥克尼的骑士另行送来一匹马给卢坎奈尔骑士。接着，这面的特里斯坦骑士，马尾直扬，驰进了武场，立将乌文英和卢坎奈尔两个骑士相继打落；另外，巴乐米底打倒了其他两个骑士，加雷思也照样得胜两次。这时亚瑟骑士转向兰斯洛特骑士道："您看，那边三个骑士厮杀得真够惊心动魄呀，特别是最先出场比赛的那一位。"兰斯洛特骑士回答道："王上啊，那边一个骑士还没开始交手呢，他那一身绝顶的本领，停一忽儿，您就可以看到了。"不多久，奥克尼公爵的公子下场了，开始表演了不少出色的武功。

等到特里斯坦骑士看见一班骑士已经开始比试，他便向巴乐米底问道："您感觉怎么样？今天能不能打得同昨天一样好？"巴乐米底随口答道："怕是不会了，我只觉得很疲倦，况且昨天的剧战已使我受了严重的瘀伤，今天恐怕没有昨天那样的耐力啦。"特里斯坦骑士道："这样说来，今天少了您的帮助，真令我有些胆寒了。"巴乐米底骑士说道："请不要指望我，今天确实不能像昨天那样了。"其实巴乐米底说的这一些全是假话，意在蒙蔽特里斯坦骑士。特里斯坦骑士信以为真，便又对加雷思骑士说："老兄，我一定要依赖您了，请不要离开太远，我吃紧的当儿，请务必接应一下。"加雷思骑士立即应允道："可以，在您需要的时候，我一定尽力协助，绝不辜负尊意。"二人正在这里交谈，不想巴乐米底骑士对特里斯坦骑士掉头不顾，匹马单矛独自驰入奥克尼人马的重围中，他在那里施展了震动全场的惊人武艺，竟至没有人能够经得住他的一击。

特里斯坦骑士一见巴乐米底骑士如此英勇，心中大为吃惊，半响，才向自己说道："原来厌烦了我们一伙啊。"特里斯坦对他看了多时，自己却一动不动，观众的喝彩欢呼响彻全场，更使得特里斯坦几乎没法明白，那巴乐米底的气力究竟是从哪里来的。加雷思骑士遂向特里斯坦骑士说道："老兄，请您想想，昨天丁纳丹骑士对您说的那句话吧，他称您做懦夫！老兄，说真的，他的话绝没有丝毫恶意，因为您是他在这世界上最敬爱的一个人，他这一番话，正是为了促使您成功。"接着加雷思又向他说道："请告诉我，您今天怎样打算？对巴乐米底呢，似不必过分惊奇；据我看，他也不过想尽量从您身上夺取到一些荣誉罢了。"特里斯坦骑士答道："您这话确是有理。"不久他又接着说："自从我明了他的恶意和嫉妒以后,您可以看见,只要我加把劲,那么现在全场对他的欢呼便会立时停止。"

话刚说完,特里斯坦骑士蓦地放马直奔,卷入那人山人海战云密布的比武场里,近者剑挑,远者矛击,汹涌而前,冲破敌群,其气势的威武,使全场为之震撼,四周所有观众一致盛赞特里斯坦骑士这时的气力,比起以往的巴乐米底骑士要高出不止一倍。因之满场的欢呼声,已不是对巴乐米底喝彩,而是称颂特里斯坦骑士了,只听大家喊道:"哦,耶稣啊,请看特里斯坦骑士那支长矛,竟然打倒了这么多的骑士。"又听他们喊道:"看呀,他使用的那口剑,斫倒了多少个骑士。"还有人喊:"请看他打碎了几多个头盔和盾牌?"他面前的那些奥克尼人马都败下来了。这时,兰斯洛特骑士向亚瑟王道:"现在您看怎样,我不是奉告过您吗,今天定会有一个骑士表演得比巴乐米底更加出色。您看那边往来驰骋的那个骑士,他战斗得多么威风,他的气魄和胆量又有多么大!"亚瑟回答兰斯洛特说:"诚然,您的话千真万确,我说句老实话,那个人的本领比巴乐米底骑士真要高得多啦;像这么高明的人物,我从没见过。"兰斯洛特说:"王上,您说得真对,至于这个人,除了高贵的特里斯坦骑士,我想不会是别人。"亚瑟道:"我完全相信。"

这时候,巴乐米底骑士瞧见众人都不对他欢呼了,便跑开一段路,离远些,好对特里斯坦骑士仔细观察一番,及至看见特里斯坦骑士奋勇鏖战,力抗众敌,驰骋全场,毫无惧色,巴乐米底自知他在这天已没有获胜的希望了,恼恨得泪落如雨;他自己也很清楚,这次特里斯坦骑士是在他表现坚强刚毅的时候,发挥出了全部力量。他能够得胜的机会是不会多了。

第七十五回

特里斯坦骑士怎样离开了比武场，又唤醒丁纳丹骑士，并且把自己乔装成黑色。

随后，亚瑟王走进了武场，北加里士王和湖上的兰斯洛特骑士也相继跟来；随在兰斯洛特后面的，是布留拜里、鲍斯和爱克托三个骑士，他们一同走进武场。先由兰斯洛特骑士偕同三个亲属，分别表演了极精湛的武艺，博得全场的大声喝彩。然后跟威尔士王和苏格兰王两人相打，迫得他们退出了武场，而这时特里斯坦和加雷思两个骑士仍旧留在场里，始终屹立不动，承受着来自四面八方的打击，使得所有在场的观众都惊讶：他们怎么能承受得了那么多的打击。惟有兰斯洛特骑士本人以及他的三个亲属，事先都受过兰斯洛特骑士的叮嘱，容让了特里斯坦骑士，不与他抗争。亚瑟伫马观战多时，忽问道："那个很会抵御的骑士就是巴乐米底吗？"兰斯洛特骑士答道："不是的，您知道，他乃是高尚的特里斯坦骑士啊；停在那边观望的人，才是巴乐米底呢，瞧他几乎不动手了。还有一点，王上啊，您将来会明白，特里斯坦骑士打算在今天把我们都赶出场外。"少顷继续说道："我个人是不愿打败特里斯坦的，至于别人，谁愿意打，就让他打去。"说到这里，他又向亚瑟道："王上，为什么巴乐米底等候在那里，像做梦似的，您能瞧得出吗？他对于特里斯坦高明的武艺正感到心事重重呢。"亚瑟道："他这样子，真成了一个呆瓜了；按说巴乐米底这个人，不论在过去，或是在将来，都是不会有像特里斯坦骑士那样的威风的。如若巴乐米底心里果真嫉妒特里斯坦骑士，却仍然站在他的方面对付敌人，那他就是一个虚伪的骑士了。"国王同兰斯洛特骑士正在愉快交谈的时候，特里斯坦骑士已悄悄地退出了人群，扬长而去。场中除了伊索尔德同巴乐米底骑士望见以外，竟没有人发觉，因为这两个人始终是目不转睛地盯牢特里斯坦的。及至特里斯坦骑士赶回自己的帐篷，一见丁纳丹骑士还睡在他的床上，好梦正酣。特里斯坦立喊道："快起来，别的骑士都忙着在比武场里竞赛，您却躲在这里睡觉，岂不惭愧。"丁纳丹骑士闻听此言，急忙爬起来说道："您认为我要怎样才好呢？"特里斯坦骑士道："您应当赶快准备好，骑上马陪我一同进场。"于是丁纳丹骑士顶盔挂甲，收拾妥当，然后举目向特里斯坦骑士的头盔和盾牌仔细端详了一下，发现这两种武器上面伤痕累累，被打中过好多击，因而说道："我睡得那样沉，正交着好运道呢；如果真跟您跑进了场里，那一定要丢脸啦。在我看来，个人武功事小，丢脸的事却大了。现在从您头盔盾牌上这么多枪疤看来，我要是参加，一定会败得同昨天一样了。"特里斯坦骑士道："停下您的笑话吧，跑出去，我们还是要进场的。"丁纳丹骑士（故作惊奇）道："怎么？您有胆吗？想起昨天那样的战斗，您真像睡着了做梦似的。"在两人谈笑之间，特里斯坦骑士已经披挂好一身黑色的戎装准备出场了。丁纳丹忽面容端肃，说道："哦，耶稣呀，今天您觉得怎样？确实，我看您的精神，真是昨日今朝大不同了。"特里斯坦听罢,不禁笑了一声,随向丁纳丹叮嘱道:"请您好好地看定了我,跟牢我,看在上帝的分上,随时准备好接应我。"说完,特里斯坦和丁纳丹两个骑士一同上马走了过来。关于他们两人怎样走出,又怎样走进,巴乐米底骑士都看在眼中,伊索尔德也都一目了然;对于特里斯坦骑士的用意,她自然比任何人都清楚。

第七十六回

巴乐米底骑士怎样改换他的盾牌和盔甲去伤害特里斯坦骑士；又兰斯洛特骑士怎样对付特里斯坦骑士。

这时巴乐米底骑士瞧见特里斯坦骑士乔装改扮，重新入场，心里便暗暗想着怎样才能把他糟蹋一顿。忽然间，他望见一个骑士因受伤很重退出了场外，远远坐在泉水旁边休憩。巴乐米底骑士立即放马奔到这人的面前，向他说道："骑士先生，您的铠甲和盾牌借给我用一用可以么？因为我这一身装束，全场的人已经都认识了，这对我的害处很大，我打算把我的武装放在您手里，要知道这些东西同您的一样坚固耐用。"那骑士说道："我可以答应，我的铠甲和盾牌如果对您有用处，就请拿去好啦。"于是巴乐米底把那骑士的甲盾急忙披带起来，一转身直奔武场，看他的那面盾牌，明光闪闪，耀眼夺目，宛似水晶或银子做成一般。当时全场中不论是特里斯坦本人，或是亚瑟王方面的骑士，没有一个人认得出他就是巴乐米底骑士。在巴乐米底骑士突然冲进场里的时候，特里斯坦恰好就在他的面前，一连打倒了三个骑士。巴乐米底趁此时机，立即一马冲来，逼近了特里斯坦的跟前，只见他们各自探出长矛，凶猛对击，不一刻两只长矛都齐在手柄上面裂得粉碎。接着又各拔出利剑，奋其全力，互相对斫，双方纠缠多时，尚不能分出胜负，特里斯坦骑士心里不免大为诧异，对方为什么能够打得这样勇武有力？思索着，这是什么人呢？他觉得只有巴乐米底才这样强悍，也知道巴乐米底的气力过人，但总不会是他吧？特里斯坦骑士想到这里，顿觉烦躁不堪。他认为今天可能遇到了劲敌，棋逢对手，以至特里斯坦没有余力再去应付其他的骑士了。这时他们两个，各不稍让，愈打愈激烈，彼此都发出了无数击，每一击都打得对方很重很惨，因而全场观众都在惊奇地猜疑不定，想知道那个同黑衣骑士特里斯坦相斗的究竟是什么人。可是伊索尔德的心里却一清二楚，她知道这是巴乐米底和特里斯坦两个骑士在拼命相斗。原来巴乐米底和那个受伤的骑士在交换武装的时候，她适巧站在窗口，所有的情形都被她看得清清楚楚。由于巴乐米底骑士轻侮特里斯坦骑士，她不禁流下了又痛恨又怜惜的热泪，到后来竟急得晕厥过去，不省人事。

再说二人战够多时，还在纠缠不已，只见兰斯洛特率领着一大群的奥克尼骑士入场了。对方的武士们看到兰斯洛特骑士，于是喊道："回来吧，大家都回来，湖上的兰斯洛特骑士亲自来了。"又过来一些骑士叫道："兰斯洛特骑士啊，不论怎样，我们求您去和那个黑色骑士（特里斯坦骑士）对抗一下；您瞧，这位拿银盾的高尚骑士（巴乐米底骑士）几乎被他打翻了。"兰斯洛特骑士听了这话，随即放马奔到他们两人中间，开口向巴乐米底骑士说道："骑士先生，您应当休息一下了，请让我来同他比一场吧！"

巴乐米底骑士对兰斯洛特骑士本很熟悉，特里斯坦骑士也是认识他的，都知道兰斯洛特骑士的本领比巴乐米底骑士更高，因此巴乐米底觉得很是轻松愉快，自己退在一旁，让兰斯洛特去同特里斯坦对打。在巴乐米底的心里，他深信兰斯洛特骑士这时候决不知道对方就是特里斯坦骑士，极希望兰斯洛特骑士狠狠地把特里斯坦骑士打败，或是侮辱他一顿，所以暗自里幸灾乐祸，高兴非常。在兰斯洛特骑士这面，因为确实不知道对方竟然是特里斯坦骑士，因此毫不留情地向着对方一连猛击了好多次，可是特里斯坦骑士却知道那打他的人乃是兰斯洛特骑士，但又不能说明。二人就在这样明暗不分的情况中，一进一退，各显威力，双方相持了很久，可怜伊索尔德这时眼看着生死相搏的厮杀，一颗芳心焦急得几乎发疯了。

丁纳丹骑士本来一直跟在后面照应的，一看眼前的情况，便告诉加雷思骑士，那个穿黑色武装的人是特里斯坦骑士，又说："同他交手的那人是兰斯洛特骑士，今天特里斯坦骑士已经很累了，恐怕他必败无疑。"加雷思骑士赶紧答道："那么我们就把兰斯洛特打倒好啦。"丁纳丹骑士说道："好，我们把兰斯洛特打败，比特里斯坦失败受辱总要好些；不过提防那个拿银盾的骑士，一到紧急关头，他又会出来攻击特里斯坦骑士。"二人说到这里，加雷思立举长矛蓦然冲向了兰斯洛特骑士，出其不意地对准他的头盔重重一击，直打得他头昏目眩，摇摇不稳。接着丁纳丹骑士也挟着长矛驰进武场，向着兰斯洛特骑士乘势搠来，竟把他连人带马一齐推倒地上。这时，特里斯坦骑士又急又气，对着加雷思和丁纳丹两人埋怨道："哎呀，耶稣啊，说来真丢脸，在我们正斗的时候，你们为什么把这样一位高尚的骑士打倒呢？这是你们的耻辱，他没有丢什么面子，虽是您两位来帮助我，其实我仍有相当力量来抵住他的。"

这里，大家正在感到不安，忽然间巴乐米底骑士还是以前的乔装跑进了武场，猝地举矛一搠，立时把丁纳丹骑士打下马来。这时，兰斯洛特骑士为了刚才无意间被丁纳丹骑士打落，满怀愤怒，心想乘此把丁纳丹痛打一顿，以图报复，但丁纳丹骑士也悍然对抗，面无惧色。特里斯坦骑士当然很明白，丁纳丹骑士绝非兰斯洛特骑士的敌手，却又不便相助，因此心中正自怏怏不乐。不料巴乐米底骑士又卷土重来，径直冲向特里斯坦骑士打去。特里斯坦一看见巴乐米底快要冲近，又想要协助丁纳丹，因为丁纳丹现在正受着兰斯洛特骑士的节节进逼，情况很是严重，于是特里斯坦决定先把巴乐米底给打发了。主意已定，他随即转身向着巴乐米底骑士迎上去，举矛很重地打了一击，然后抓住巴乐米底摔到他自己的身下。想不到特里斯坦骑士也被他用力拖着，两人一同倒下了；可是特里斯坦骑士一翻身就很快地跳起来，只留巴乐米底仍扑在地上，接着特里斯坦又立刻步行跑到兰斯洛特和丁纳丹两人当中，协助丁纳丹开始了一场鏖战。

这时，丁纳丹给特里斯坦送上了一匹马，并且故意大声喊让兰斯洛特也可以听到："我的爵爷，特里斯坦骑士啊，您上马呀。"那兰斯洛特骑士突然听到人家叫那人做特里斯坦骑士，不觉面现惊愕之色，说道："啊，耶稣呀，我做了些什么事呢？我真丢脸。"兰斯洛特抱愧地说："我的爵爷特里斯坦啊，您为什么要乔装改扮呢？今天您已经陷在极危险的境地，事前我若知道是您，决不会同您打的，如今事已至此，只有请求您多多原谅了。"特里斯坦骑士欠身答道："爵爷，屡次承情，这已不是第一次啦。"二人说罢，各各上马别去。

兰斯洛特骑士那方面的所有观众，都主张把这次的光荣和胜利归于兰斯洛特；特里斯坦骑士方面的全部观众，则认为今天的荣誉和封号应当属于特里斯坦，两边议论纷纷，各不相让；但是兰斯洛特却对大众宣称道："这种荣誉我是不配接受的，我愿向全体骑士们声明，特里斯坦骑士在战场里停留的时间最长，比武时间更久，而且被他击败的骑士也比我为多。因此大家对我的盛情和赞扬，我应当转赠给特里斯坦骑士。现在我请求全体爵爷和同仁接受我的意见。"话声甫毕，全场所有的公爵、男爵以及骑士们一齐欢声雷动，大家都说："今天的比武要推特里斯坦骑士最优秀啦。"

第七十七回

特里斯坦骑士和伊索尔德两人怎样分开的；又巴乐米底怎样跟随他们并借口原谅自己。

通告大家返回宿舍休息的号令发布以后，伊索尔德王后由人引导着回到了帐篷。读者应当明了，她把巴乐米底用尽心机、层出不穷的种种诡计，全部都看穿了之后，对这个骑士便从心底感到厌恶万分。但在这期间，不仅特里斯坦骑士、加雷思骑士，甚至丁纳丹骑士都不曾看破巴乐米底的诡诈伎俩。到后来，读者就会听到特里斯坦和巴乐米底两个骑士之间所发生的争执了。

待比武大会结束，特里斯坦骑士、加雷思和丁纳丹等人都随在伊索尔德的后面，相继乘马赶回帐篷的所在地。他们正行之间，不想巴乐米底骑士也紧紧跟随他们结伴而行，可是他依然是刚才那副乔装，并未恢复本来面目。特里斯坦骑士一回头，看到那个手执银盾的骑士，曾在武场上很坚强地牵制过他的，现在正跟在身边；于是特里斯坦就向他说道："您要知道，骑士先生，我们这里并不需要您做伴，请您赶快离开吧。"巴乐米底骑士摆出一种绝不认识特里斯坦骑士的样子，半响冷冷说道："骑士先生，我想奉告您，无论如何我不愿离开你们，因为世上最优秀的骑士中有一个人曾吩咐过我，叫我跟随着诸位，他一天不叫我脱离你们，我便一天不自行退出。"特里斯坦骑士一听那人说话的声音,才知道原来是巴乐米底骑士。这位高贵的骑士特里斯坦不觉呀了一声,怫然说道:"哎呀,巴乐米底骑士啊,您竟是这样一位骑士么?可惜您的声名传错啦,人家一向称颂您是一位谦恭温顺的骑士,实则您今天对待我的情形,真是阴险极了;您几乎把我陷到万劫不复的境地。如果早知是您,我想我应当施展点更好的武力,可是兰斯洛特骑士同您一起就太厉害啦。在当代的骑士中,如果兰斯洛特骑士愿意应战到底的话,那么,任谁也无法抵得住他,这一点我顶清楚了。"巴乐米底骑士狡猾地说:"真奇怪呀,您就是我的爵爷特里斯坦骑士吗?"他回答道:"是呀,骑士先生,您明明知道的呀。"巴乐米底道:"凭骑士的道义说吧,我直到现在才认清是您呀;我起初总以为您是爱尔兰王,就因为您披挂着他们的装束,所以才有这样的误会。"特里斯坦骑士道:"诚然,我穿着他们的武装,那是我承认的。谈起这套武装,倒有一段来历。有一次在战场上,我从一位最高贵的骑士手里得来的,这人名叫马汉思骑士,那次我吃尽了千辛万苦把他打败;除了他,再没有别的人生还。马汉思骑士后来死在庸医的手里,可是他从来不曾向我屈服过。"巴乐米底道:"骑士啊,我原先以为您已加入了兰斯洛特骑士的集团,因此我也要转变了。"特里斯坦骑士信以为真,说道:"您这话很对,那么,好吧,我愿意接纳您,也原谅您。"

他们一行数人,骑马向自己的帐篷转来,抵达以后,下了马,换好衣,盥洗完毕,各就席次坐定,准备进餐。伊索尔德刚来入座,举目一见巴乐米底,面色不禁忽然大变,气得半晌说不出一句话来。特里斯坦骑士瞧到她这副不怿的神情,开口问道:"我们今天确是太累了,夫人,您为了什么事,对我们这样不开心呢?"伊索尔德答道:"我亲爱的爵爷,我实在没有法子不生气,看在上帝的面上,您不要对我不乐意呀;您今天受了小人的摆布,连您的性命都几乎断送了。千真万确的,爵爷,他那一步步的阴谋,前因后果,来龙去脉,我全看清了;因此爵爷啊,在您的面前,我怎样耐得住这个叛徒和恶人巴乐米底呢;就连他怎样留心窥探您走出武场,也是我亲眼目睹的。他一直骑在马上,守您转回来。后来,我又看见他跑到了一位受伤的骑士面前,同他掉换了武装,等到披挂好了,再匆匆赶到武场里面。他找到您的时候,便紧钉着您打将起来。总之,我可以证明,巴乐米底骑士同您作战完全是存了心的。爵爷啊,说到他呢,我倒并不怎样害怕,但我却是很怕兰斯洛特,因为那时兰斯洛特并不知道是您啊。"巴乐米底听完,只得支吾着说道:"夫人,您想怎样说,就怎样说吧,我不愿意回驳您;不过,谨以骑士的道德作证,那时我绝不知道对方就是特里斯坦骑士。"特里斯坦骑士说:"巴乐米底骑士,我接受您这理由,但是我自己很明白,您并没有什么照顾我的地方。虽然如此,我还是可以宽恕您的。"在这次会餐中间,伊索尔德始终沉默地低垂着头,不曾启齿说过一言半语。

第七十八回

亚瑟王和兰斯洛特骑士怎样同到特里斯坦的帐篷,共进晚餐,又关于巴乐米底骑士的种种。

正在这时,忽有两位骑士全副武装向帐幕款款而来,在帐前下了马,态度轩昂,不同凡俗。特里斯坦骑士问道:"良善的骑士们,我们正在吃饭,像你们这样全副武装地驾临见教,真个令人大惑不解;倘使我们同在比武场里,为了解决一些纠纷,以求你们的心安理得,那又当别论啦。"只听其中一个骑士说道:"不是这样的,特里斯坦骑士,我们前来造访,并没有别的打算,务要请您谅解,我们是以朋友的身份来看您的。"那骑士接着又向特里斯坦道:"我来的目的,是专程拜望老兄,(转脸又指同来的那人说)他来的意思,是想看望看望伊索尔德。"于是特里斯坦骑士谦和地答道:"那么,请两位卸下头盔,大家认识认识。"来的这两个骑士同时应道:"一定遵命。"及至他们把头盔解下,特里斯坦骑士端相着这两人,觉得面熟,好像认识他们似的。

于是,丁纳丹骑士暗地向特里斯坦骑士悄悄说道:"爵爷啊,这第一个对您说话的人是湖上的兰斯洛特骑士,另外一位是我们的王上亚瑟王呀。"特里斯坦骑士立即进来向伊索尔德说道:"好夫人,快些起身吧,我们的亚瑟王来了。"少时,国王和伊索尔德见了面，互相接吻为礼，兰斯洛特同特里斯坦两位骑士也相互拥抱了一阵，彼此都是意兴遄飞，愉快非常，又经过伊索尔德的请求，亚瑟王和兰斯洛特骑士两人卸去铠甲，毫无拘束，宽舒而又愉快地交谈。这时，亚瑟王道："夫人，我早知您一向极端受人赞扬，不想直到今天才能如愿正式相见，我敢说在我所见的美人中您是最美的了，并且特里斯坦也是我平生仅见的一位德艺兼优的骑士；因此，我认为你们真是英雄美人，天作之合。"高贵的特里斯坦骑士和伊索尔德一齐谦逊地答道："王上，感谢您。论到您的慈祥仁爱，天下归心，在所有圣主中，也是空前绝后的呀。"就这样，大家谈论了一些上下古今，也述说些历次比武的经过。忽然亚瑟王提到："请问，特里斯坦骑士啊，您为什么一直同我们作对呢？您既是圆桌社的一位骑士，照理应当同我们一起才是。"特里斯坦骑士答道："王上，丁纳丹在此，还有陛下的外甥加雷思骑士，他们惹得我去对抗您的。"加雷思辩解道："舅舅，我可以担当这个罪名，但是特里斯坦骑士自己也有应当负责的地方。"丁纳丹也说道："我也正在懊悔呢，这个倒霉的特里斯坦骑士，是他把我们领到武场里，才使我们都挨了一顿毒打。"国王和兰斯洛特听到这番话，只笑得前仰后合，坐也坐不住。

亚瑟又问道："那个手拿银色盾牌、很狡黠地挡住了您的人，到底是怎样一个骑士呢？"特里斯坦骑士说道："王上，坐在桌旁的就是他。"亚瑟道："什么，就是巴乐米底骑士吗？"伊索尔德说道："您不知道，正是他啊。"亚瑟显得不快，说道："愿向上帝立誓，决不骗人，您对待这样一位优秀骑士竟会那么冷酷无情？可是，我以前曾听到好多人称赞您谦逊温和呀！"巴乐米底道："王上，因为特里斯坦骑士乔装入场，所以我没认出他。"兰斯洛特也说道："我也向上帝立誓，骗了人雷打火烧，您的话或许是对的，我当时也认不出是特里斯坦骑士；但是我很奇怪，您为什么要参加我们这一边呢？"巴乐米底道："这还是由于同样的原因啊。"特里斯坦骑士插嘴道："关于这一点，我已经原谅他了，我不愿意同他断绝交情，因为我很喜欢同他结伴呀！"不久，他们把这件事丢开了，又谈到别的问题上去了。

一直谈到晚间，亚瑟王和兰斯洛特骑士才返回行宫。读者应知，这一夜，巴乐米底骑士躺在床上，妒火中烧，越想越不是滋味，通宵不曾交睫，弄得呜咽伤感，苦闷不堪。第二天一大早，特里斯坦骑士、加雷思和丁纳丹三人起身同到巴乐米底的卧室，见他仍在沉沉酣睡，再看他的两颊上，泪痕犹在，知道他通夜未眠，一定哭了很久。特里斯坦骑士道："不要再说啦，我知道总因我和伊索尔德责备了他，致使他又气愤又苦恼啊。"

第七十九回

第二天特里斯坦和巴乐米底两骑士怎样表现他们的武艺，又亚瑟王怎样被从马上打下来。

特里斯坦骑士隔了些时候，再派人去请巴乐米底骑士，要他尽速准备，因为已到了比武的时间了。随后，大家披挂齐全，准备停当，一行人马，包括伊索尔德在内，一律都是红色，簇拥着伊索尔德各自精神抖擞地穿过武场，来到她所居住的小修道院中。不多久，听到一连三次的角号声，于是每一位君王和他率领的骑士们，列好队形，分别入场。首先参加比武的是巴乐米底骑士对抗开纳斯·勒·斯村戒骑士，开纳斯也是圆桌社的一员大将。等到二人互相遭遇，巴乐米底挥动长矛猛力打去，这一击来得很重，直把开纳斯整个儿由马屁股上摔下。接着，巴乐米底又把另一个骑士打倒，并且把自己的长矛打成几截，然后两人迅速地拔出宝剑，剑光上下翻飞，英勇地斗了一阵。霎时间，满场观众向巴乐米底骑士热烈地喝起彩来。亚瑟王说道："看呀，那骑士开始了他的精彩表演啦。"亚瑟王又说："愿向上帝立誓，不说假话，这人确是一位武功极高的骑士呀。"正当他们立在那里说话的时候，特里斯坦骑士一匹马却像迅雷急电似的飞进了武场，恰好同家宰凯骑士碰到一处，双矛立举，引起一场剧战，竟把凯骑士打得从马

865

上翻落。他接连着用这根长矛又一气打倒了三个骑士,中间还抽出利剑,短兵相接,这几阵打下来真算得山摇地动,人人心惊。这时全场的呼声就由巴乐米底骑士转移到特里斯坦骑士的身上,一片声地高喊道:"好啊,特里斯坦;好啊,特里斯坦。"没多久,大家都把巴乐米底骑士忘在九霄云外了。

兰斯洛特指着向亚瑟王说道:"您瞧呀,那边骑红马的骑士,正在表演着他的精彩武艺啦。"亚瑟也告诉兰斯洛特说:"不骗您,停一会儿瞧吧,那两个骑士今天一定会轰轰烈烈地表演一番。"兰斯洛特心中大不谓然,说道:"王上,一个堂堂的骑士窥伺着另一个骑士,他只是加重了嫉妒心,立意要胜过高贵的特里斯坦骑士罢了;可惜特里斯坦并不知道巴乐米底骑士私底下这样嫉妒他。况且特里斯坦骑士所行所为,又完全出于光明正大的骑士精神。巴乐米底更是不应该了。"不一刻,加雷思骑士和丁纳丹二人在场中也各自表演了一些拿手的武艺,功夫娴熟,精神饱满,真够得上两位高贵的骑士;因而亚瑟王对他们也倍加称赞;特里斯坦这方面的一些君王和骑士们团结得很紧,互相助阵,各人都有建树,所以武功彪耀,冠于全场;亚瑟骑士和兰斯洛特骑士见此情况,便一齐放马,直向他们冲来,挤到人马最稠密的地方。这当儿,由于特里斯坦骑士并没认出亚瑟王,蓦地对他发出一矛,不想竟把他从马上打落在地;兰斯洛特骑士在旁一见,正打算赶去营救,忽然从四面来了一大队人马,围着兰斯洛特乱搠乱打,众寡不敌,结果他被他们拖下马来。爱尔兰王和苏格兰王率领着部下的一班骑士,费尽了九牛二虎之力,总算大获全胜了,还一心想把亚瑟王和兰斯洛特骑士一齐俘虏回去。兰斯洛特骑士猛听得他们有这样的计划,不禁大怒,便像只饥饿的狮子似的,往来冲荡,奋力反攻,以至所有骑士纷纷退避,没有一个敢上前来和他接战。

同时,爱克托骑士握紧手中长矛,正和巴乐米底骑士对抗,彼此苦斗很久,才忽地一击落在巴乐米底的身上,爱克托的长矛被震成好几截。爱克托骑士抛去矛柄,赶紧又拔出宝剑,重行赶上,对准巴乐米底的头盔斫去,迫得他把头俯下,弯到了马鞍的弓头。爱克托骑士这时乘势一舒手臂,便把巴乐米底骑士拖到脚下;于是爱克托骑士把夺来的这匹马替兰斯洛特骑士牵去,请他骑坐;不料巴乐米底突然跳到面前,拉住这马的缰绳,一跃而上。兰斯洛特坦然说道:"愿向上帝立誓,不说假话,这匹马您实在比我更配骑它。"不多时,爱克托骑士又给兰斯洛特骑士抢了一匹马来,这时兰斯洛特很是感动,就对他的兄弟说道:"多谢您啦。"待上马之后,但见他仅用一根长矛,一连打倒了四个骑士。从这四个骑士留下的四匹马中,兰斯洛特挑选了一匹最好的献给了亚瑟王。然后兰斯洛特骑士和亚瑟王以及兰斯洛特的几个亲属中的骑士们,都表演了非常优越精湛的武艺。据史书记载,那一次,被兰斯洛特骑士打倒的和拖下马的一共有三十名骑士之多。虽说对方是坚强地团结一致,可是亚瑟王同他的部下依然胜过了他们。这种情形都给特里斯坦骑士看在眼里,比如亚瑟王及其部下那样的艰苦鏖战,不屈不挠,特别是兰斯洛特骑士亲身完成的伟大功绩,直使他感到无限惊奇钦服。

第八十回

特里斯坦骑士怎样加入亚瑟王的集团，又巴乐米底怎样不肯参加。

这一天，特里斯坦骑士约了巴乐米底、加雷思和丁纳丹三个骑士聚在一起，对他们这样说道："诸位良善的先生，你们要知道，我志愿加入亚瑟王的集体了。他们以这样少的骑士，竟然完成了这样大的功绩，我从来没见过。何况我们作为圆桌社的骑士，亲眼看到自己的领袖被人打倒，而且高贵的兰斯洛特骑士也被人打下马来，真是奇耻大辱。"加雷思和丁纳丹两个骑士一同答道："您决定这样做是很好的。"但巴乐米底却说道："您要加入亚瑟方面，就听便吧，可是我不愿意脱离最初出场时所隶属的团体。"特里斯坦骑士道："这是为了我的缘故，您才离开我们，好吧，愿上帝助您成功。"于是巴乐米底骑士离开他们，告辞而去。特里斯坦骑士、加雷思和丁纳丹三个人从此都转到兰斯洛特骑士的一方面去了。于是，在武场中，兰斯洛特骑士把爱尔兰王从马上打落；接着，他又打倒了苏格兰王和威尔士王；然后亚瑟骑士放马冲近了巴乐米底，一击把他从马上打下；至于特里斯坦骑士，凡是和他遭遇的人，全被他逐一打翻；而加雷思和丁纳丹所表演的武艺，也不失为一个高贵骑士应有的成就。所以战到后来，其他集团的人渐渐逃出了场。巴乐米底叹道:"伤心啊,我竟然落到了今天这样的地步!想起一生赢得的光荣,如今都付之东流。"巴乐米底一路上想到悲痛处,边哭边走,直退到泉水近旁,才将马解开,卸去铠甲,看他泪眼模糊,宛如一个疯人似的。在另一面,有许多骑士主张把奖给特里斯坦,也有很多人主张把奖给兰斯洛特。当时特里斯坦骑士说道:"良善的爵爷们,你们将光荣归于我,对你们的盛情我衷心地感谢,但是我诚恳地请求你们,向兰斯洛特骑士喝彩,我个人也应该对他欢呼的。"群众所给的荣誉,只因兰斯洛特骑士坚持不肯接受,于是那份奖品便由他们两人平均分了。

大会结束以后,所有人员,各返寓所,布留拜里和爱克托两个骑士随了特里斯坦骑士及伊索尔德一同来到他们的帐篷里。这时,巴乐米底骑士独自一人留在泉水旁边,依然心酸泪落,悲不自胜;适逢其会,威尔士王和苏格兰王正由这里经过,望见巴乐米底骑士在那里长吁短叹,哀痛欲绝的样子,便走近问道:"这样一位高贵的骑士,为什么竟然苦恼到这种地步啊?"当时由这两位君王将巴乐米底骑士的马拉来,又请他着好武装,一同并骑而归;此时,他虽则陪了两位君王同行,可是心中还在凄惶酸楚,无法释去。后来巴乐米底随着他们渐渐走近了特里斯坦骑士和伊索尔德同住的帐篷,他就请求两位君王下了马,在附近稍稍逗留一会儿,好让他去访问特里斯坦骑士一次。当他走到特里斯坦骑士的帐门前面,立即大声喊道:"良纳斯的特里斯坦骑士,请问您在里面吗?"丁纳丹在帐篷里一听,即向特里斯坦骑士说道:"爵爷啊,这是巴乐米底呀。"特里斯坦亲自迎出来望着他说道:"怎么,巴乐米底骑士啊,您是要来参加我们的团体么?"巴乐米底道：'你这叛徒，简直胡说八道。现在幸亏是夜里，若在白天，我一定要亲手杀死你。"接着又说道："如果我能够捉住你，也要叫你为今天的罪行抵命。"特里斯坦骑士答道："巴乐米底骑士啊，您怨恨我便错了，如果您能依我的意见去做，您也照样会得到胜利。现在，您既然给了我这样大的警告，我自当好好地小心提防了。"巴乐米底说道："呸！你这叛徒，我们就此分手吧。"说罢，驰马而去。

第二天早晨，特里斯坦骑士、布留拜里以及爱克托、加雷思和丁纳丹等五个骑士一同陪着伊索尔德，有时乘船，有时骑马陆行，不一日抵达快乐园，休息了七夜。大家在这时纵情畅叙，举凡佳肴美馔，田畋娱乐，应有尽有，不再具述。亚瑟王率领着部下专程赶赴加美乐城；巴乐米底骑士则跟随那两位君王去了，一路上神思恹恹，那种极度悲痛的程度，几乎超出了任何人的想象之外，这中间的原因，不仅是由于离开了伊索尔德，恋恋难舍，还因为他脱离了特里斯坦骑士的集团；特里斯坦骑士对待他那么真诚温煦，肝胆照人，因此巴乐米底骑士一想到这些，便永不会再有愉快啦。

第八十一回

布留拜里和爱克托两个骑士怎样将伊索尔德的美貌告诉了桂乃芬王后。

一转眼，七天过去了，布留拜里骑士和爱克托骑士两人告别了特里斯坦骑士和伊索尔德王后。这两位高尚骑士临行的时候，还得到他们馈赠的很多贵重礼物；至于加雷思和丁纳丹两人，则还要留些时日，以便陪伴特里斯坦骑士。再说布留拜里和爱克托两个骑士这一日抵达了桂乃芬王后的住处，那是坐落在靠近海滨的一座堡寨。到的那天，适逢王后久病新瘥，自当感谢上帝的恩惠。王后初看到这两个骑士，便问他们从何处而来。他们据实回答了，说是从特里斯坦骑士和伊索尔德王后那里来的。王后又问道："特里斯坦骑士同伊索尔德王后近来好吗？"那两个骑士答道："都好。他真是一位了不起的高贵骑士，本领高强极了；至于王后伊索尔德呢，也算得举世无双。说到她的姿容、仁爱、风度，以及其他等等的美德，纵是走遍天下，也难找出她的对手。"桂乃芬王后喜道："真是奇怪！据我所知，凡是见过她的人，以及同她交往过的人，竟没有一个不是这样说的。但愿上帝保佑我，让我也有像她那样的运气。这次大比武会举行期间，我不幸得了病，以致错过。像这样会聚天下的贵妇佳丽、骑士英杰于一处的比试，规模壮大,令人羡煞。似此机缘,谅今生不易多得了。"

随后,骑士们又向桂乃芬王后说到,巴乐米底在第一天比武大会里怎样同最高贵的人们战斗、大获全胜的经过;第二天又怎样被特里斯坦骑士夺到了锦标;以及兰斯洛特骑士在第三天大胜的情况。桂乃芬王后听毕说道:"那么,在这三天当中,究竟以哪一个最出色呢?"他们答道:"愿向上帝立誓,说真话,兰斯洛特和特里斯坦两位骑士还要稍逊一筹呢。要知道,那时巴乐米底骑士的武艺,确实够得上勇敢而又精湛;可惜他到后来和他原来隶属的团体对抗啦,致使他失去了大部分的光荣;这一点,也足以证明他的心胸不免过分狭隘了。"桂乃芬王后道:"这样说来,他永远得不到胜利啦。大凡一个气度狭窄的人,一旦获得了荣誉,必至遭到两倍的苦厄。所以世上一切成功的人,对那些气量狭小的都很憎恶,随处提防,避之惟恐不及;同时,凡是和蔼大方、热诚温顺的人,一定能处处受人欢迎,这是一个千古不磨的至理呀。"

第八十二回

爱皮诺革利斯怎样在泉旁诉苦,又巴乐米底骑士怎样寻见他;以及这两个人的哀情。

现在且按下这里不提,让我们再来述说巴乐米底骑士。自从那日,他随着两位君王同行同宿,因为他自己怀着无限的怅惘和悲伤,也弄得大家心里都不愉快。不久,爱尔兰王派遣一个部下去见巴乐米底骑士,送他一匹骏马;同时苏格兰王也赠给他许多礼物,他们都希望巴乐米底骑士能陪他们住下,可是他无论如何不肯留下来;最后只有让他告辞而去。但见他漫无目的,信步所之,一任内心猎奇冒险的情绪驱使,跑到将近中午时分,尚未停止。后来,巴乐米底骑士走进森林中一座泉旁,忽然看见一个受伤的骑士躺在那里,马匹就在附近放牧。那个骑士时而唉声叹气,时而涕泪纵横,大有悲怆至极,痛不欲生之状。巴乐米底骑士这时放马来到他的面前,向他施礼致敬,并且婉转说道:"良善的骑士,您为什么感到这样难受呢?让我也躺下来陪您痛快地哭一场吧,其实,我的痛苦比您更深更大;说真的,我的痛苦要比您大出百倍。我们既是同病相怜,何妨把各人的心事彼此倾谈一下?"那负伤的骑士答道:"很好,可是请您把尊姓大名先告诉我,如果您不是圆桌社的人,那么,我的名字恕不奉告,而且无论你有怎样的遭遇,我也不会关心的。"巴乐米底说道:"善良的骑士,不论好歹,正忝为一个圆桌骑士,鄙人名叫巴乐米底骑士,乃阿斯赖卜王的太子和继承人;我有两个同胞,一个名叫沙飞尔骑士,一个叫赛瓦瑞底斯骑士;我自己呢,还未领过洗礼,但是我的两个同胞都是真正的基督徒。"那骑士道:"哦,尊贵的骑士先生啊,能得相逢,万分庆幸。小弟名叫爱皮诺革利斯,乃是诺森伯兰王的太子。"接着又说道:"请坐,请坐,我们两人且把内心的痛苦互诉一诉吧。"

先由巴乐米底骑士开口述说。他说道:"让我先告诉您,我遭到的是哪样的悲哀呀。原来我爱上了一位绝代美丽的王后,名叫伊索尔德,是康沃尔马尔克王的夫人。"爱皮诺革利斯惊奇道:"谁要去爱王后伊索尔德,真是个大呆瓜!谁不知道她的情人便是著名骑士之一,名叫良纳斯的特里斯坦骑士呢?"巴乐米底道:"说老实话,对这件事,世上没有人比我更清楚的了。这一月来,我就同特里斯坦骑士搭过伙,也一直同伊索尔德在一处;可是,说来真伤心,我简直是一个可怜虫;现在我已经同他永远断绝了往来,也永远失掉伊索尔德的爱了。自今而后,我永不愿再看见她,我和特里斯坦两人也从此结下不共戴天的仇恨了。"爱皮诺革利斯说道:"好吧,您既是热爱伊索尔德的,那么您可能想起或知道有什么事情足以表明她也爱您吗?或者您同她有某种快感吗?"巴乐米底道:"我以骑士的良心来说,那是没有的;我从没感到她爱过我,当然,更没有任何肉体的快感可言;相反,她昨天还给了我一次最大的侮辱,这是永不能从我的内心里消灭掉的。其实,论起这场侮辱,我也咎由自取,就因为我不够光明正大;正是为了伊索尔德的缘故,我自己曾经努力显示了好几次武功,使它成为获得光荣的动力。可是,因此我却永远失掉了她的爱,也失掉了特里斯坦的友情了。"他停顿了一会儿,又说:"可怜啊,过去所得的光荣,如今都已付之东流,便是我同特里斯坦骑士结伴时的威望,也永不复再见了。"

第八十三回

巴乐米底骑士怎样将爱皮诺革利斯骑士的情侣带给他;又巴乐米底骑士和沙飞尔骑士怎样决斗。

爱皮诺革利斯说道:"我不是这样的,完全不是这样的,您的苦痛若同我的相比,简直可以当做一个笑话。我呢,是亲手得到我的情人,也享受过一番乐趣,如今又失之交臂了;说到分手的那一天,真够伤心呀!"停了一下,又说:"我当初得到她的时候,她是一位公爵的女儿,她父亲以公爵的身份,领了两个骑士参加伦拿柴卜的比武大会;为了争取她的欢心,我才同这位公爵以及他那两个骑士决斗的,我的情人自然也在场;不想那时天巧地巧,我打死了那个公爵,还打死一个骑士,另一个骑士飞奔逃去,当夜,我就和这位小姐同圆好梦了。第二天早晨,我俩正在泉边休息,忽地来了一个游侠武士,名叫"武侠"海礼鹗骑士,那是一个莽撞的家伙,他为了强夺我的情人,就向我挑衅起来。于是我们先骑马互斗,然后步行作战;到了最后,这家伙把我打伤了,认为我死啦,便把我的情妇拖跑了。由于我已经同她有了肉体的关系,您同伊索尔德是没有的呀,可知我的苦痛比您更深。"巴乐米底道:"这是实情。现在,我因为内心的裂痕永无弥补的一天,所以我愿意代您复仇,只要我能遇见他,一定讨回您的情妇,如果办不到,就让他来揍我一顿。"

二人说完,巴乐米底骑士劝爱皮诺革利斯骑士上了马,送他回转,二人驰到一所精舍,爱皮诺革利斯就在那里安歇下来。巴乐米底骑士却一人悄悄地跑进树林里,躺下来休息,隔了不久,忽然发现近旁来了一个手执盾牌的骑士,向他奔来;再看那盾牌型式,很像爱克托骑士从前使的那种;在他后面,还跟随着十个骑士,这十人大概因为怕热,都奔到这树荫底下来乘风凉。停了一忽儿,又走来一个骑士,手中撑着绿色盾牌,牌上绘了一只白狮,另有一位贵妇,骑着马随在后面。先到的那个骑士(即使用爱克托的盾牌的骑士),看上去好像那十个骑士的首领,正在凶猛地追赶(使用绿色盾牌)的海礼鹗骑士,就是打伤爱皮诺革利斯骑士的那人。及至他追近了海礼鹗骑士,便大喝一声:"当心,保护好那位贵妇!"说着就要来夺取她了。海礼鹗也厉声答道:"你来吧,我自要全力保卫她的。"说时迟,那时快,只见二人气势汹汹,放马对奔,互冲多时,双方人马都一齐跌倒;两人又急忙爬起,高撑着盾牌,拔出利剑,施全力奋勇互斫,各不相让,又相持了一个多时辰。在这么长的时间里,巴乐米底骑士始终在旁观战,没动一步,一直到了后来,那使用爱克托盾牌的骑士显得气力比较大些,就在最后的一刹那,他终于把海礼鹗骑士打倒了,又走近拉开他的头盔,正打算斫下他的头颅。急得海礼鹗一连声喊恩典啊,恳求饶命,甘愿放弃那妇人,请他带走。这时巴乐米底骑士也已披挂齐全了,他知道这位贵妇一定是爱皮诺革利斯的情侣,他应允过爱皮诺革利斯,愿意尽力去把她找回。

巴乐米底骑士自觉料得不差,便径直赶到这位贵妇的面前,一伸手搂住她,问她是否认识一个名叫爱皮诺革利斯的骑士。她答道:"说来叫人伤心。他认识我,我也认识他;为了他的缘故,我才弄得身败名裂,到如今他是生是死,全不知道,令我好不怀念,苦痛万分。"巴乐米底道:"您不必这样,小姐。跟我去找他吧,爱皮诺革利斯就住在这座精舍里。"那贵妇又惊又喜道:"哎,他还活着,我的运气真好啊。"那个撑着爱克托盾牌的骑士一见就嚷道:"喂,您要同这妇人到哪里去呢?"巴乐米底骑士故作狡狯地道:"我打算照我的意思,同去欢聚一番。"那骑士听罢大怒道:"你要知道,这真是大言不惭!虽然你看到我刚才同人家打过一仗,气力差了,好像你占了优势;可是,骑士先生,你想从我手中夺走那位小姐,竟会轻而易举么?不要做梦了,那是绝不可能的;即使你有兰斯洛特骑士、特里斯坦或是巴乐米底骑士那样的本领,要想得到她,也要请你付出比我更大的代价才行哩。"说完这话,二人就徒步交锋,斗成一团,一会儿拳脚往来,骤如风雨,一会儿又矛剑交施,重若雷霆,因而双方都受了重伤,互斗了一个多时辰,还难分出高下。

这时巴乐米底骑士看到对方一直这样坚韧耐战,不觉又惊奇又诧异,于是开口问道:"骑士,请问尊姓大名。"那人答道:"您要知道,我虽愿意告诉您,最好您的大名也告诉我。"巴乐米底说道:"可以,我愿遵办。"那人抢先说道:"实不相瞒,鄙人名叫沙飞尔,乃阿斯赖卜王的儿子,巴乐米底和赛瓦瑞底斯两位骑士都是我的弟兄。"巴乐米底一听心中大喜,赶忙答道:"您要知道,我就是巴乐米底骑士呀。"沙飞尔骑士听了这话,立时双膝下跪,请求原谅，彼此脱下了头盔，挥泪接吻。弟兄正在畅叙离情之际，爱皮诺革利斯骑士突然来到，原来他已经听到外面决斗的响声，急忙从床上爬起，披挂好了武装，准备来协助巴乐米底骑士作战。

第八十四回

巴乐米底和沙飞尔两个骑士怎样护送爱皮诺革利斯骑士到他的堡寨,又关于其他冒险事迹。

爱皮诺革利斯骑士一来,巴乐米底骑士便挽着那位贵妇的手,送到他的跟前,一对情侣,劫后重逢,只快乐得神思恍惚,几乎昏倒。当他们拥抱倾谈的时候,沙飞尔说道:"善良的骑士和小姐啊,你们俩的别离太不幸啦,愿耶稣赐给你们快乐。"爱皮诺革利斯答道:"慈爱的骑士,多谢您的盛意;更感谢我的爵爷巴乐米底骑士,正是靠了他的威声,才得夺回了我的爱侣。"这时爱皮诺革利斯骑士诚挚地邀请巴乐米底和沙飞尔弟兄二人一道返回,同到他的堡寨内做客,并且便于沿途护卫。巴乐米底说:"爵爷啊,您已经负了重伤,我们也准备送您回去。"于是让爱皮诺革利斯骑上马,他的情人骑了一匹安静些的马,跟在他的马后,缓缓而行。一行数人抵达了爱皮诺革利斯的堡寨,巴乐米底和沙飞尔两位骑士受到主人的殷勤招待,珍肴美酒,备极欢娱,全都是他们平生从未享受过的。

第二天清晨,沙飞尔骑士和巴乐米底骑士向主人告辞了。二人漫步天涯,一任命运的驱使,奔波竟日,直到傍晚时分,才来到一处地方。耳中听得一片异常沉痛悲怆的号咷哭声,从那边一座庄园里面传出。这时沙飞尔说道:"哥哥,我们去瞧瞧那是什么声音?"巴乐米底答道:"好哦,我们同去好了。"说着,兄弟俩一齐赶去,直走近那所堡寨似的庄园门口,见门前坐着一个老年人,手捏念珠,不绝声地在祈祷。这两人下了马,把辔头放开,一同走进大门,只见屋里面许许多多的男女老幼,健男勇士,都在哀哀哭泣。巴乐米底问道:"诸位先生,你们为什么这样悲伤痛哭呢?"不料寨内恰好有一个骑士像是面熟,他一看见了巴乐米底骑士,立即跑到他的同伴们面前,轻悄悄地说道:"诸位亲爱的朋友,你们要知道,以前在伦拿柴卜地方杀死我们寨主的那个骑士,现在到我们寨里来了,这人就是巴乐米底骑士。"大家听罢,急忙穿好武装,披挂齐整,包括骑马和徒步的两部分,数达六十名之多。等准备妥帖之后,大家无不满怀创痛,精神振旺,分别冲向巴乐米底和沙飞尔两个骑士打去,连声厮杀,惊心动魄,还有人这样嚷着:"巴乐米底骑士,你这家伙,你被人认出来了,准备应战吧,按照情理,你应该死了。那日你打死了我们的寨主,所以今天我们一定也要杀死你,你准备着吧!"

　　巴乐米底和沙飞尔一见众人似潮水般涌来,便背对背互相倚赖着对众人应战,两人凶狠地发出了无数次挞击,同时也挨了无数次凶狠的打击,打来打去,前后支持了两个时辰,对方一共有二十名骑士和四十个士绅及平民。到了最后,巴乐米底和沙飞尔两人因寡不敌众,精疲力竭,终于无可奈何被迫投降。他们把两人囚入深监,在三天内,就经过了十二个骑士的审讯,结果判定巴乐米底对于寨主致死负有罪行,沙飞尔无罪开释。当沙飞尔骑士被释放的时候,兄弟两人生离死别,备感依依不舍,心中更是伤感万状;他在离开监牢前向巴乐米底告别时的话中那种悲哀沉痛,任何人都无法传达出十分之一。但巴乐米底却显出一副视死如归的英雄气概,昂然答道:"亲爱的弟弟,不必这么伤心,快些走开吧。若是我命定要受耻辱而死,但愿这样死去;不过,如果我早知道我将这样死法,我便永不会向他们投降。"沙飞尔骑士听罢,低垂了头悄然走出,那时他怀着说不出的苦楚,忧郁之深,可说是令人为之心裂。

待到第二天一早,寨里派遣十二名骑士押着巴乐米底,用绳把他两腿捆牢在一匹老马的肚皮下面,解往以前被巴乐米底所杀的那个骑士父亲那里。这是一座靠近海边的堡寨,名叫伯乐尼斯,他们把巴乐米底骑士解来,好在这里审判定谳。当时的计划虽是这样订的,但他们这次去的路上,必须从快乐园的附近经过。正在他们一行人马走过快乐园的时候,忽地从园里跑出来一个骑士,这人同巴乐米底素来相识。他看到巴乐米底被捆在一匹瘦瘠蹒跚的老马身上,便问巴乐米底为什么受到这样的处置。巴乐米底赶急说道:"亲爱的骑士老友啊,说来实在可叹,最近在伦拿柴卜的大比武会上我打死了一个骑士,如今就要拿我去偿命了;如果以前我不离开爵爷特里斯坦骑士,今天一定会有人搭救,我万不该离开他啊;骑士先生,恳求您向我的爵爷特里斯坦骑士,以及伊索尔德王后代为问候;还请您说明,倘使我有什么开罪的地方,也请求他们原谅。另外,再恳求您代向亚瑟王叩安,还问候圆桌社的全体同仁们。"那个骑士听罢,不禁为巴乐米底骑士流下了同情的热泪;同时转身放马奔回快乐园去了。一到园中,他立刻下马见了特里斯坦骑士,便将读者在前面所看到的,逐一报告出来,只见他一面述说,一面痛哭,像个痴子似的。

第八十五回

特里斯坦骑士怎样营救巴乐米底骑士，但在他未到之前，兰斯洛特骑士已经将他营救出来。

特里斯坦骑士一听见巴乐米底骑士被送去处死的消息，心中也忍不住感到难受，毅然说道："不管我怎样厌恶巴乐米底骑士，总不忍心看到他蒙羞而死；何况他也确是位高贵的骑士呢。"话才脱口，特里斯坦骑士便去披挂武装，跃身上马，随带着两个侍从，径向巴乐米底骑士即将被处死的伯乐尼斯堡驰去。再说那十二个骑士押着巴乐米底骑士，刚走近一道溪流的旁边，适巧兰斯洛特骑士乘马走来，因为他正口渴，便在这里下了马，把马拴在近侧的树上，脱下头盔，准备饮水；不想一眼望见来了一大群人马，自己急忙戴上头盔，一面让路给他们走过。这时，他在人群中忽然发现了巴乐米底骑士被捆在马肚上，送去处死。兰斯洛特想："耶稣啊，他犯了什么罪呢？就要这样去处死吗？"他又想："真的，让这样一个高贵的骑士走向死路，我却见死不救，也是我的耻辱。因此，我应当冒险搭救，才是道理，纵然为他断送了性命，也在所不惜。"想到这里，兰斯洛特骑士一飞身跳上了马，握紧手里长矛，直向押送巴乐米底的十二个骑士追将过去。一边大声喊道："善良的骑士们，你们押着那个骑士到哪里去？你们这样捆着,不是使他太痛苦吗?"那十二个骑士立刻勒转马头,齐向兰斯洛特答道:"骑士先生,我们告诉你,请你不要多管他的闲事,这个骑士是杀人抵命,罪有应得,并且已经被判处死刑了。"兰斯洛特铿然说道:"我很抱歉,采用公正的手段替他赎命,我虽是没法想,但也不愿眼看这样一个高尚骑士蒙羞而死呀!"随着他怒喝一声说道:"我一定要救他的性命,就请你们尽量准备吧,我决心要拿性命同你们拼个胜负。"

这十二个骑士闻听此言,便一齐挺起长矛,纵马冲将上来。兰斯洛特骑士单骑迎住,才发出一击,早把最前面的一个连人带马打翻在地。他仍旧用这根长矛,一口气打倒了三个;这时矛杆折断,他只得拔出利剑,不停地左击右斫;转眼之间,只见对方十二个骑士,没一个不跌在地上,直挺挺躺着不动,而且大部分都受了重伤。兰斯洛特骑士又从他们的马中挑出一匹骏壮的,解开巴乐米底骑士,扶他上了这匹马,两人一齐折向快乐园而来;行至半路,巴乐米底远远望见特里斯坦骑士骤马赶到。兰斯洛特认出来人是特里斯坦骑士,但因为兰斯洛特的肩上挂着一面金色的盾牌,特里斯坦骑士却不知道他是谁了。因此,兰斯洛特骑士准备同特里斯坦骑士比武,使特里斯坦想不到这人就是兰斯洛特骑士。于是巴乐米底骑士急忙高声叫着特里斯坦骑士道:"喂喂,我的爵爷,请你不要同这位骑士相斗,我的性命就是他救的。"及至特里斯坦骑士听清这句话,才勒住缰绳慢慢地向他们走近。巴乐米底骑士趋前说道:"我的爵爷特里斯坦骑士啊,您那大恩大德,我早已深深体会了,想起过去我屡次兴风作浪,给您造出很大的困难,真是个万死不足蔽其辜的小人,现在竟又劳动您的大驾亲来搭救,使我怎样感激呢。"他又说:"而且,我在这里又万幸遇见这位高贵的骑士,多蒙他义侠胸襟,慷慨地把十二个骑士纷纷打倒,有的还受了重伤,才从他们手中把我解救出来。"

第八十六回

特里斯坦和兰斯洛特两个骑士偕巴乐米底同到快乐园；以及巴乐米底和特里斯坦骑士的关系。

特里斯坦骑士赶紧很谦虚地向兰斯洛特骑士问道："良善的骑士，您从哪里来的？"兰斯洛特骑士已知道来人是谁，却有意诙谐地答道："鄙人是一个游侠武士，目前出外游荡，也不过想做点猎奇选胜的事情罢了。"特里斯坦骑士又问道："敢问骑士大名？"他答道："骑士先生，关于鄙人的姓氏，此刻恕不奉告。"大家谈到这里，兰斯洛特骑士便向特里斯坦和巴乐米底两个骑士说道："现在你们两位既然相遇，我可以就此告辞了。"特里斯坦骑士见他要走，急忙挽留道："何必如此呢，我愿以骑士的道义，请求您驾临敝寨，小住几天，现在我就陪您同去。"兰斯洛特骑士又假意推辞道："要知道，此刻我在别处还有很多事情要做，因此不便逗留太久。无法奉陪，敬请原谅。"特里斯坦骑士显得很是失望，说道："哦，慈爱的耶稣，我恳求您这位真正的骑士，本着骑士的友爱精神，只陪我们欢聚一宵，好么？"于是，特里斯坦骑士得到兰斯洛特骑士的允诺，心中不胜欢喜；其实，这一次纵然特里斯坦不邀请他同去快乐园，兰斯洛特骑士也会一同乘马跟了他们去的；否则，停一刻儿，他仍会追随后面同去。本来兰斯洛特骑士来到这里的惟一目的，便是探访特里斯坦骑士。及至他们走进快乐园，一齐下马，将马拴在厩里；大家分别卸下了武装。待兰斯洛特骑士把头盔脱掉，特里斯坦和巴乐米底两个骑士不禁恍然大悟，原来竟是老朋友到了！想起适才一幕，又不禁相视而笑。当下，特里斯坦抢上前紧紧拥抱着兰斯洛特骑士，伊索尔德也同样去拥抱了他；只有巴乐米底双膝跪在兰斯洛特骑士的面前，对他表示感激的敬意。兰斯洛特骑士一见巴乐米底跪下，连忙把他拉起，说道："一件小事，这算得什么呢？巴乐米底骑士呀，您是知道的，在这个国土之内，我同任何骑士的态度都是一样，看见像您这样名震全国的高贵骑士遭到困难，为了表示敬仰，应当极度郑重地出来营救呀。"这时大家良朋欢聚，言笑殷殷，过得非常欢乐。但巴乐米底骑士越是经常地瞧到伊索尔德，自己那副抑郁辛酸的心情越是一天比一天沉重。

兰斯洛特骑士在这里共住了三四天就告辞了，陪他同去的有爱克托骑士；留在这里陪伴特里斯坦骑士的，是丁纳丹和巴乐米底两个人。他们又同住了大约两个多月。可是巴乐米底骑士始终是精神委顿、郁郁不欢，看他面目日渐憔悴，形容枯槁，所有的人都弄不明白这是为什么。有一天，太阳初升，方在黎明时辰，巴乐米底骑士独自一人跑进了森林，发现那边有一溪清流，明澈如镜，便低下头向水面瞧了一瞧，蓦然看见自己的容色，不禁十分惊异，当年的丰采，何处去了？倜傥的风度，为什么一去无踪？自己受尽折磨，竟消瘦到这步田地吗？他独自思忖了好久，然后自言自语地问道："这是为了什么呢？可怜的巴乐米底，可怜的巴乐米底呀，为什么你这样憔悴不堪呢？在这世界上风流倜伥的漂亮骑士里，你还算一个么？我纵然有勇气活下去，我所爱的人儿也永不会到手了。"向自己说罢了这番话，他就随身躺在溪边，一时感触很深，情不自禁地为伊索尔德和他自己赋了一首诗，以诉他沉重的心情。

适巧就在同一天，特里斯坦骑士也乘马奔进林里，追逐一只肥鹿。为了提防布诺斯·骚士·庇太骑士的暗算，他近来从不赤手空拳地出外狩猎。当时他在丛林中随处驰骋，忽听到那面歌声嘹亮，音调很是激昂哀怨，原来是躺在溪旁的巴乐米底骑士唱出来的。特里斯坦骑士随即任马缓步走了过去，他还以为一定有什么游侠骑士在溪旁高歌自娱了。待到临近，跃下了马，将马拴在一株树上，再步行走近那人的跟前，方才发觉在溪边曼声长吟的人却是巴乐米底骑士；听他歌中反复赞颂咏叹的对象，一直是那位绝代美人，名叫伊索尔德的高贵王后，那辞句非常瑰玮清丽，命意更是惆怅凄婉。全部歌词，从头至尾，都被这位特里斯坦骑士听去了，他听后顿起了无限的恼愤。

到后来，特里斯坦骑士听完了巴乐米底所诉说的失恋苦痛，立时感到怒不可遏，极想走去把那个躺在地上的人一下杀掉。这时他又忽然想起那人并不曾披挂武装，再一想到巴乐米底骑士的英名以及他自己的声誉，只得勉强把一腔怒火抑制下去，然后轻轻地走到巴乐米底的面前，向他说道："巴乐米底骑士啊，我已经听到您所申诉的痛苦了。您长时间地使用诡计来玩弄我，因此，你要明白，我不会放你活命的；若不是想到骑士的道义，现在也决不让你过关；现在我很明白，你一定又在玩弄什么诡计来对付我啦。"稍停，他又缓和了口气，说："您告诉我，您愿意洗心革面,向我交代吗?"巴乐米底道:"骑士啊,我向您交代吧。说到伊索尔德,她是我在这世上最最心爱的惟一女性;我自己很清楚,我为了爱她所遭到的厄运,不下于那位高贵的凯西阿斯骑士,他便是因为爱伊索尔德而牺牲的。现在,特里斯坦骑士啊,我想您也知道,我爱伊索尔德为时已经很久了,她是我一切成功的策动力;假若没有她,我在这世界上也不过是个极其平庸的人罢了。我受了她那伟大的女性感染,正是为了她的缘故,我才得建树了以往的功绩;不论我在什么地方比武,只要一想到了伊索尔德,胜利一多半总会属之于我;虽然在我一生中,从没享受过她那爱的酬答和滋润,可是我已经做了对她单相思的毫无代价的骑士了。您想想看,特里斯坦骑士啊,我决不会怕死的,我觉得活着还不如死了更爽快。如若我像您那样披挂着武装,我一定立刻同您决一死活。"特里斯坦道:"您这些话,充分地表示出您的诡诈啦。"巴乐米底道:"我对您从没有什么鬼祟,爱情对于任何人都是自由的,虽则我爱上了您的情妇,但她在您我两人的心坎中是完全一样的;所不同的是,您和她有肉体关系,对她也有情欲的要求;我呢,不论过去和现在,那是完全没有的;如果说这中间有什么罪过,那就都让我负担好了。但是从今以后,直到我临死那天,我仍会同您一样永远热爱着她!"

第八十七回

特里斯坦同巴乐米底两骑士怎样决定了决斗的日期；
又特里斯坦骑士是怎样受伤的。

特里斯坦骑士听完以后，答道："照此说来，我愿意同您痛痛快快地决一胜负，您以为怎样？"巴乐米底慨然答道："好极啦！我同意这样办，为了这件争执能够同您一战，真是再好不过的事了。而且，死在您这位举世闻名的骑士手里，那是死得其所啦。我明知道，终我一生，永不会得到伊索尔德的爱，我既生而无欢，那么生和死，对我是没有什么分别的。"特里斯坦骑士道："既是这样，请您决定一个日期吧，我们就在那天决斗好了。"巴乐米底道："从今天起，再过十五天，我们准在快乐园附近的草原上相见。"特里斯坦骑士道："真丢脸呀，您定了这样远的日期吗？我想明天就比一比，如何？"巴乐米底随即申辩道："不是我不答应，都因我为了伊索尔德，害了这么久的相思病，身体还很虚弱，必须休养一段时间，方能恢复过来。"于是，特里斯坦和巴乐米底彼此约定十五天后同来这泉旁作一决斗，绝不失信。临分手之际，特里斯坦骑士又向巴乐米底重申一句道："那一天，我从布诺斯·骚士·庇太以及九个骑士的手里救出您的时候，您就一度爽约；那时您约我在加美乐城附近的墓地上比武，累我久候大驾，可见您是不守信用的！"巴乐米底微笑回答特里斯坦骑士道："要知道，那天我被关在牢里，没法守约呀。"特里斯坦骑士也笑道："愿向上帝立誓，不说谎话，倘使您在上次果然守约，我们两个人必定有一个被打死了，今天又怎能在此地再碰面呢。"

二人说罢，各自分别而去。这里巴乐米底骑士披挂起甲胄，跃身上马，径向亚瑟王朝而来；待抵达之后，找到了四个骑士和四个警卫，都是愿意随行协助的人，一同返回了快乐园。再说，特里斯坦骑士在这期间，仍旧逐日猎取各种野兽，以资娱乐；不想正当比武日期的前三天，为了追逐一只牡鹿，忽然被一个不知名的箭客一箭射来，这支流箭，非常劲急有力，恰好射中特里斯坦骑士股上，坐骑竟被射杀，他本人也遭到箭伤。特里斯坦骑士受了伤，血流如注，当时心急如焚，不暇追索暗箭伤他的人，匆匆另选了一匹马骑上，怀着一副焦急苦痛的心情，赶回了快乐园。读者应知，使他焦灼的主要原因，乃是同巴乐米底的比武会只剩得三天期限，至于他自己的伤痛，还在其次。本来，这种出人意料的不幸事，任何人在任何场合遇到了都不会愉快。特里斯坦更是徒呼负负，无可奈何；纵使有伊索尔德王后身临战场，亲加激励，也无济于事；因此他便始终认定这一次受伤乃是出于巴乐米底骑士有意的打击，阴谋使他不能在约定日期出场作战。

第八十八回

巴乐米底骑士怎样守约赴战，但特里斯坦骑士没能出场；以及其他种种事项。

特里斯坦骑士心中虽是这样揣测，但他四周的骑士，简直没有一个人轻于置信巴乐米底暗放冷箭射伤特里斯坦这件事，认为不论是他亲自下手，或者由别人得他的授意这样做，都令人难以置信。等待十五天的约期到了，巴乐米底随带着亚瑟王朝的四个骑士和三个警卫赶到泉旁，静候应战。他这次偕着骑士和警卫来的用心，不过是想请他们把决斗的经过当场记录下来，别无他意。当时便由一个警卫送上一顶头盔，另一个送来了一支长矛，第三个递过来一口宝剑。巴乐米底骑士一一佩带齐全，进入战场，专等决战；不想等候了两个时辰，一直不见对方到来，就吩咐一个侍从去求见特里斯坦骑士，请他如约赶来战场。

这个侍从衔命到了快乐园的堡寨里，特里斯坦骑士听到了，立即传他走近病榻前面谈话。巴乐米底的侍从首先开口问道："爵爷特里斯坦骑士啊，我的爵爷巴乐米底已在约定地点恭候好久了，他想知道您能不能赶去应战。"特里斯坦骑士显得痛楚地答道："哎，亲爱的弟兄，我听了这消息，好不难受呀，请您代我奉告巴乐米底骑士说，我若不是身带重创，怎肯躺在床上？只要我能够骑马或是步行，也不必劳他再派人来催促了；您一定要说明我绝不是一个撒谎的人（特里斯坦骑士一面说，一面伸出腿来，指给他看那一条深达六英寸的伤口）。现在您既然看清楚了我的伤势，就请报告您的爵爷说，我并不是装病；还请您向他说，我渴望痊愈的心比什么都急，假若有人要我从亚瑟王全国的黄金和我的伤口立愈二者中选择一个，我宁愿放弃黄金，挑选后者；此外，再请您告诉巴乐米底，一俟我的伤完全收口，我立可走遍天涯，寻访他的踪迹，我愿以真正骑士的身份，向他保证；来日幸而相遇，一定同他痛痛快快地作一了结。"侍从带了这些话告辞出来。当巴乐米底听得特里斯坦负伤卧床的消息，心中禁不住欣喜无限，带点庆幸的意味说道："果真打起来，我知道不免要吃他的苦头，甚至还可能被他打败。想到在当代骑士中，除却兰斯洛特骑士，自要推他最是坚强的劲敌了。现在既然不打了，那我往日盛名，今天颜面，都幸得保全啦。"巴乐米底骑士离开这里以后，信步走去，并没有一定目的，一任意兴所至，浪迹天涯，大概又有一个月的光景。特里斯坦骑士腿部伤口完全愈合了，对巴乐米底会战的事，一直耿耿在心，未曾去怀。这时他便乘伤愈的机会，骑马出游，随处留连，所到之处，虽也曾干过几件出奇制胜的义侠行径和惊人的冒险工作，可是心念中总忘不了和巴乐米底骑士的约会，一路上不断探询他的下落，但夏季一个月的时间已过去了，还没有遇着巴乐米底。话说特里斯坦骑士为了探访巴乐米底的行踪，不惜走遍各处地方。就在这寻觅期间，沿途走来，又陆续打胜了好多次的比试；因此，每到一处总有无数人为特里斯坦骑士喝彩，甚至听不见有人再欢呼兰斯洛特骑士了。那兰斯洛特骑士的一班弟兄和亲属们见了这般情景，觉得特里斯坦的声望日隆，心下大为不平，打算把他杀了，以绝众望。这些人的心思和行径，渐渐被兰斯洛特骑士发觉了，于是公开向他们说道："大家都要明白，若是你们为了一时的气愤，竟然对特里斯坦爵爷做出任何的伤害、侮辱或妨碍，我愿以真正骑士的身份通知你们，到了那时，即使这人是最优秀的分子，我都要把他亲手杀掉。"告诫了以后，还说道："像特里斯坦这样的高贵骑士，要使用诡计来陷害他，那是耶稣基督所不许的。"由于他的这番话，特里斯坦骑士的英名，从此传遍了康沃尔一带，在良纳斯地方更成了家喻户晓无人不知的人物；那里的人只要一提到特里斯坦，便深感无限的愉快、荣誉和骄傲，发出快乐的呼声。所有良纳斯的人民对他献出祝贺的信件，还有人馈赠他珍贵的礼物，并且供给特里斯坦骑士一切用度。在这悠长的岁月当中，特里斯坦骑士不时来到快乐园访问，花晨月夕，与伊索尔德俪影双双，享受人间的艳福；伊索尔德对他的爱，正像爱她自己的生命似的，蜜意深情，极尽缱绻。

本书第十卷记述特里斯坦骑士的事迹，就此结束；
以下接第十一卷，开始述说兰斯洛特骑士。

第十一卷

第十五卷

第一回

兰斯洛特骑士怎样骑行寻觅奇迹，怎样帮助一位凄惨的妇人解除痛苦；以及他怎样同一条喷火的恶龙搏斗。

关于良纳斯的特里斯坦骑士行侠尚义的种种事迹，已说过了不少，暂置不提；现在单说湖上的兰斯洛特骑士怎样生育了一个贵子，长大成人，取名叫加拉哈骑士；且把这一段详细因缘，根据法兰西文著作的记载，再来转述一番。据说，在加拉哈还没投胎出生之前，有一年亚瑟王在圣灵降临节这天召集了骑士们举行圆桌宴会，这时忽然从墀下走来一位修士。那修士举目一瞧，只见圆桌的危险座上还无人就座，便向国王和全体骑士们问这是什么原因。当时亚瑟骑士和他的部下齐声答道："这是留给还没来到的某一位骑士坐的，这位骑士必须是一个无敌于天下、不怕毁灭的好汉，因此在目前还没人敢轻易就座。"那修士又问道："你们知道将来要坐在那里的是什么人么？"亚瑟和他的骑士们回答："将来究竟有谁敢坐在那里，我们还不知道。"修士这时慢声说道："说起这人，我却知道，不过现时这人还没投胎罢了，料想在今年总会来到人间；到得那日，他自能坐上这个危险席位，而且那只圣杯将来也会由他获得。"这位修士在朝廷上说过这番预言以后，立时告别，飘然而去。

等到宴席结束，各自分散。且说兰斯洛特骑士只身匹马迤逦行去，又开始了他的侠义行径，一心只在寻觅奇迹，以广见闻；这一天他走过了科尔宾桥，但见桥头矗立着一座高塔，塔身耸立，建筑得异常精致，仔细观赏了一番，认为确是平生所仅见的一座高塔，在塔边接着就是一座很富庶的城市，人烟也很稠密。兰斯洛特才来到城前，不想城内居民，不论男女老幼，拥将上来，对他说道："湖上的兰斯洛特骑士啊，我们欢迎您；就为了您是今世的骑士之花，所以我们希望靠了您的援助，能够脱离这次危险。"兰斯洛特骑士不禁惊异地问道："这是什么意思？有什么事要向我求救吗？"只听他们齐声答道："哎，是的，仁爱的骑士先生，就在这塔里住着一位情况悲惨的贵妇人，算起来已经好几年了，老是烫在开水里，不能离去；最近虽有高文骑士来过一次，也没法救她出来，直到今天，她还浸在水里受苦受难。"兰斯洛特骑士道："这样说来，我也只能像高文骑士那样仍旧留她在这里受苦吧。"众人见他推辞不允，更加同声恳求，一面又道："这样不好。我们大家都深信惟有兰斯洛特骑士方能够救她脱离苦难。"于是兰斯洛特骑士慨然应允："好吧，就请你们领我去看一看，让我想想有什么办法救她出来。"

一些人前拥后护地领着兰斯洛特骑士走上了高塔，随又引他走近了这贵妇所住的卧室，恰好那时卧室的铁门并未加锁。兰斯洛特骑士迈步推门而入，顿时觉得满屋热雾腾腾，如在蒸笼中一般。稍停片刻，他才看清一位少女通体赤裸，一丝未挂，浸在热水池内。兰斯洛特骑士走上前一把握住这贵妇人的手，向上一提，这少女应手而起，只见她明眸皓齿，神情更是楚楚可怜，真是一位貌艳如花、向所未见的秀丽女性。原来这位贵妇在当日是全国知名的美女,只因容颜过人,便招来了美更·拉·费王后和北加里士王后两人的嫉妒,终于不幸惨遭她两人所施的魔法,才来到塔里受这大苦;直到今天,也就是这位举世尊崇的优秀骑士握住她的手以前,算起来已经挨了五个年头的莫大苦痛了。在这悠长的岁月中,从没一人有这力量帮助她解脱出来。这时已有侍女送来了她的衣裳。待到她穿戴打扮齐整,兰斯洛特骑士一眼看去,便感到面前亭立着的这一位绝代女郎,除了桂乃芬王后以外,世上再也寻不出比她更艳丽的女人了。

这位贵妇深深感受到自己已得到兰斯洛特骑士的善意救护和青睐,便向他说道:"骑士先生,倘使幸而得您同意,一道去附近的礼拜堂里,敬拜上帝,感谢他的大恩,不知尊意怎样?"兰斯洛特骑士应声答道:"跟我来吧,小姐,我们同去做礼拜好啦。"不多时他俩走进了教堂,一起虔心向上帝祈祷礼拜;当时全城居民、长幼男女同在教堂中,先拜谢了上帝的恩泽,然后对兰斯洛特骑士致谢了一番,方才向他说道:"骑士先生,这地方有个旧坟,藏有一条毒蛇,每每出来害人;您既然救了这位可怜的贵妇,也恳求您把它除去,免得我们再受它的祸害。"兰斯洛特骑士听了这话,随即取过那面盾牌护在胸前,招呼他们道:"来吧,请你们带我到那坟地上去;我愿意顺从上帝的意旨和你们的要求,尽我的力量去做。"待兰斯洛特骑士赶到了那坟墓旁边,只见墓石上刻了几行金字,上面写着:"此地将有皇族之豹来临,斩死毒蛇;该豹还将在国外产一雄狮,这雄狮之猛,应凌驾举世骑士之上。"兰斯洛特骑士读完墓碑,奋力掀开了墓顶石板,不意随墓石起处,由里面忽地跳出一条生有四只脚的龙，形状十分凶恶，并从嘴里喷出一道火焰，熠熠有光。兰斯洛特骑士早已拔出了那口巨剑，凝神屏气，径向那喷火恶龙的身上猛力斫去，一连斫了好久，费尽气力，才把它斩成数段。正在这时，那高贵慈祥的佩莱斯王赶来了，一见兰斯洛特骑士，便施礼致谢，兰斯洛特也躬身还答。彼此礼毕，佩莱斯王开口问道："良善的骑士先生，可否请按骑士的礼节把大名见示？"

第二回

兰斯洛特骑士怎样来到佩莱斯王这里，关于见到圣杯的经过，以及佩莱斯王的伊兰公主的故事。

兰斯洛特骑士欠身回道："承蒙垂询，敢不奉告？贱名是湖上的兰斯洛特骑士。"那王又说："我的名字叫佩莱斯，乃是这地方一位君王，同亚利马太的约瑟算是很近的亲属。"他们两人彼此叙谈，颇是投机，心意也很融洽，因而佩莱斯王邀请兰斯洛特并辔回到他的堡内，一同进了晚餐，准备安歇。正在这当儿，不知从什么地方忽然飞来了一只羽翮修洁的鸽子，停立在窗口，凝然不动，再看它的口中，好像衔着一只金制的小香炉。一霎时，清香弥漫，氤氲满室，恍若整个世界的幽香清芬都荟集在这里了。再一回顾餐台上，一些不知名的佳肴美酒，奇珍异馔，也陈列得满满的。同时在室中又现出了一位既美丽又庄严的年轻女子，双手捧着一只金杯，缓步走到了佩莱斯王的面前，这佩莱斯王立即容态端肃地跪下，虔诚地作着祈祷，其他在场的人，也随着一起跪倒。等到这景象消逝以后，兰斯洛特骑士才敢启口："啊，耶稣呀，这是怎么一回事呢？"君王答道："您要问吗？这就是您在此地已经看见过的那只圣杯；您必须认清，这乃是人世间最最宝贵的宝物。有一天圣杯若是出现了，那张圆桌就注定要销毁。"接着君王和兰斯洛特骑士又在这里叙谈了好久。在佩莱斯王的心愿中，深盼有一个撮合的人，使得他的女儿伊兰公主能够和兰斯洛特骑士结成良姻，他就心满意足了。因为他像有一种预感似的，觉得兰斯洛特骑士一旦同他的公主合欢之后，应该有一个外孙出世，这孩子取名加拉哈，长大成年，便是一位最优秀的骑士，凭了他的威力足能挽救整个外邦脱离危境，并且靠了他，还能寻得那只圣杯。

君王正在冥想垂思的时候，从外面进来了一位侍女，她名叫卜瑞仙，悄悄向君王说道："启禀王上，兰斯洛特骑士在这世界上所钟情的女人只有一个，那就是桂乃芬王后，此外什么女人都不在他的眼里，这您是明白的；所以我倒有一个方法可以奉献，只要设法使他认作是同桂乃芬王后团圆合欢，觉不出是同公主同房，这事便大功告成了。"那君王一听，心中欢喜地问道："卜瑞仙小姐，您真是一位足智多谋的姑娘啊，这桩事情您想能做得成功么？"听她回道："王上，我愿意拿性命向您立誓，一定可以做成；不成，您可以杀我。"原来这妇人卜瑞仙乃是当日国中一个法术最高明的巫婆，所以她敢这样立誓。于是卜瑞仙便找来了一个同兰斯洛特骑士最相熟的人，叫他去见兰斯洛特，并带着桂乃芬王后的一只戒指给兰斯洛特骑士，做得恰像从她那里来的样子；这戒指一向是戴在桂乃芬王后的手指上，作为一种定情时传达爱情的象征的。因此兰斯洛特骑士一看见这只戒指，那种神思飞荡、乐不自胜的情态，也就可想而知了。兰斯洛特骑士由那人手里一收到这只戒指，便立刻问道："我那心爱的人儿在什么地方？"这来的人回说："她现在住在卡斯堡里，离此地也不过五英里路。"

当下兰斯洛特骑士满心兴奋,决定在当夜赶到那里跟她共度良宵。另一方面,这卜瑞仙小姐也遵照着佩莱斯王的吩咐匆忙布置,派遣了二十五名骑士陪同伊兰公主先行赶到了卡斯堡。且说兰斯洛特骑士骑上骏马,趁夜急驰,一口气赶到那里,只见堡中居民那样仪式隆重地接待,在他看来,总认作是桂乃芬王后事先秘密布置好的,因此也不放在心上。

兰斯洛特骑士进得堡内,才一下马,便忙向侍从们询问王后现在哪里。随有卜瑞仙迎上前来答道:"她已经上床休息了。"好容易等得欢迎的群众分别退出,兰斯洛特骑士迫不及待地匆匆向公主的卧室走去。好个卜瑞仙一路跟了过来,两手擎着一杯美酒,向兰斯洛特骑士献上,兰斯洛特接过来,一饮而尽,不想才一下咽,顿觉春情冲荡,情思恍惚,不克自持,更不愿再耽搁一时半刻的好时光,急急忙忙解衣宽带,钻入床帏,就在这种为情欲所颠倒的朦胧中,竟然把伊兰公主错认作是意念中的爱宠桂乃芬王后了。在这里,读者可以想象得出,兰斯洛特骑士当时的快乐是怎样的;同时伊兰公主不惜千方百计,终于把兰斯洛特骑士诱到了自己怀抱中,那种如愿以偿的心情又是怎样的。伊兰心里当然很明白,就在今晚她同兰斯洛特合欢之后,那加拉哈的珠胎便能从此种下,这是一位将来的人中豪杰,世上无双的骑士。整个良宵,他们便这样如胶似漆地欢度过去。因为卧室的全部窗户和洞孔都早被卜瑞仙关闭堵塞了,所以东方的日头虽已普照大地,屋内还是沉沉深夜。后来兰斯洛特骑士一觉醒来,穿衣下床,走近了窗前。

903

第三回

兰斯洛特骑士发觉自己和伊兰公主同房有喜，心中很不乐意，以及她后来怎样生下了加拉哈。

等到兰斯洛特骑士一打开窗户，卜瑞仙所使的巫术随即隐然消失，不再存在了。那时他已明白自己触犯了一次罪行。他不禁悔恨交加，自言自语地说道："天呀，我一个在世上活了这么久的男子汉，而今竟做下这样的事，真使我羞辱不堪。"想到这里，随即拎起身旁那口利剑，对着伊兰公主怒声叱道："你这巫婆，为什么同我睡了一夜呢？现在我一定要亲手把你杀死，以了却心中大恨。"伊兰小姐听过这话，大惊失色，顾不得一身赤裸，倏地从床上跳下，跪倒在兰斯洛特骑士的面前，哀声婉转地说道："为了您是王族的后裔，温良仁厚的骑士啊，我恳求您饶我一命；又为了您是世界上最著名的高贵骑士，现在更求您不要杀死我，因为在我身上已由您结成了一个珠胎，待孩子出世之后，一定也是举世最高贵的骑士。"兰斯洛特骑士回答说："你这可恶的坏东西，虚伪的巫婆，你为什么要玩弄我呢？快快告诉我，你究竟是谁？"她仍旧战战兢兢地说道："骑士爵爷，我叫伊兰，是佩莱斯王的女儿。"兰斯洛特骑士这会儿方才释然，说道："算了，算了，就算原谅了您吧。"说完，他一伸手把她扶起，再拉到自己的怀里，仔细端详了一番，只见她庄重而温柔，闪着青春的光艳，宛似一朵初开的花，更有一服聪明伶俐的智慧，蕴藏在里面，此时他忍不住又吻了吻她，向她慊然求恕道："我愿向上帝立誓，这是我们两人的事情，不能单单来责备你呀；不过，那个卜瑞仙妖妇，在我身上施展邪术，致使您同我发生了肉欲关系，只要我能捉到她，一定要斩下她的脑袋，以作惩罚。您想，世上还有别的骑士会受到像我昨夜里所受的欺骗么。"这话说完，兰斯洛特骑士穿好衣服，然后情深意长地向着这玉人似的伊兰公主告辞，径自走出堡外。公主随在后面，以恳求的口吻说道："我挚爱的兰斯洛特骑士，我求您，一定时常来看看我，父亲告诉我的那桩预言，我是要尊重到底的。由于他的命令，也为了应验这个预言，我愿献出我那最宝贵的财富，我已经献出了我最美丽的花朵，那就是我青春的童贞已完全被您享受，从此永不回复了。因此，多情的骑士啊，您是欠了我一份情债了。"

兰斯洛特骑士披挂了铠甲，一次再次地向伊兰小姐辞了行，才步出堡外，上马前行，径向科尔宾堡而去，伊兰公主的父亲佩莱斯王就住在里面。又经过了一段时间，伊兰公主临盆了，果然生下了一个肥硕健美的男孩子，取名为加拉哈。读者要知道，这个孩子在他外祖父和母亲的抚养下，是被怎样关心，怎样钟爱，丰衣足食，自不必多说了；至于取名叫加拉哈的原因，这是因为以前他的父亲兰斯洛特骑士在泉边地方所叫的名字；后来又经湖上仙女证实他就是湖上的兰斯洛特骑士。[①]

---

① 见第四卷第一回。

伊兰公主自从生过孩子以后，又隔了些时候方才走进教堂。不料正在礼拜之际，忽然来了一个名叫卜罗美耳·拉·普来琪的骑士，这人本是一位权位相当高的爵爷，好久前就爱上了伊兰，很想娶她为妻，伊兰对他的要求一直无法拒绝，直到今天二人遇着了，她才向卜罗美耳骑士吐出底蕴，她说："骑士先生，请您明白我的情况，赐以谅解吧，我是没法再爱您啦，因为我的爱已经寄托在另一位最高贵的骑士身上了。"卜罗美耳骑士赶忙问她："那是什么人呢？"她回说："骑士，我惟一的爱人就是湖上的兰斯洛特，请您斩断旧情丝，另觅良缘，不要再转我的念头啦。"那个卜罗美耳骑士颇觉懊丧地说道："您说得很好，虽然您告诉了我那么多，可是我想，您从兰斯洛特骑士那里所得到的快慰总不会有多少吧。目下大家走着瞧吧，无论到哪里，只要碰着面，我一定把他杀掉。"伊兰公主一听这话，大为吃惊，遂哀求道："骑士先生，请您不要对他使用奸计呀。"卜罗美耳恨恨地道："为了兰斯洛特骑士，我的小姐，您要知道，我决定在这一年内把守住这道科尔宾桥，决不许他走来走去同您会面，他若硬想通过，只有先决一胜负。现在请您看我，言出必行，绝无反悔，说到就要做到的。"

第四回

鲍斯骑士怎样来到伊兰公主这里和加拉哈相遇,以及他怎样用圣杯进圣餐。

话说兰斯洛特骑士有一个侄子名字叫做甘尼斯的鲍斯骑士,这一天他适巧来到这里,打算从科尔宾桥经过,不想一言不合,跟卜罗美耳两人立时斗将起来,哪知鲍斯骑士猛然一击,正打中了卜罗美耳骑士,竟打得他从马尾上仰翻下来,跌落在地。这位卜罗美耳骑士原是个坚毅不屈的好汉,这番被人打得落马,心中冒火,遂拔出利剑,撑起盾牌,奔向鲍斯骑士。鲍斯一见对方挺剑赶到,气势凶恶,便也跳下马,将马放在一边,自己迎将上去立时接住。彼此挥剑互击,刺斫挑搠,都很凶狠,双方打了无数回合,拼了好久,到最后卜罗美耳又被打倒了。鲍斯骑士遂冲到他的跟前,拉开头盔,打算斫下他的头颅。正在这时,卜罗美耳苦口哀求鲍斯饶他一命,并且甘愿投诚归顺,鲍斯骑士答道:"在下届圣灵降临节的吉期,你必须赶到兰斯洛特骑士那里,亲自向他投降致敬。只有这样,我才放你活命。"卜罗美耳骑士立刻慌不迭地答应:"我愿意的。"一面说着,一面又对着剑柄立了誓。鲍斯骑士方才让他立起,自己上了马向科尔宾堡走去,那时佩莱斯王正住在里面。

当佩莱斯王和他的女儿伊兰知道了来到堡里的客人原来就是兰斯洛特骑士的侄子，便以上宾之礼招待他。在叙谈之间，伊兰小姐向客人说道："我们很诧异也很关心兰斯洛特骑士现在在哪里，因为他只到过这里一次。"鲍斯骑士答道："这用不着奇怪，在这半年里，他一直是被美更·拉·费王后幽囚着的，所以不能自由行动；那美更王后，想来你们总知道，她就是亚瑟王的姐姐。"伊兰公主听后，神色黯淡地说道："哎呀，听到这消息令人多么难受！"鲍斯骑士这时瞧见伊兰怀里抱着一个男孩，生的一副面庞，愈看愈像兰斯洛特骑士，便目不转睛地瞧个不住。伊兰说道："您看他活像兰斯洛特骑士吗？这就是他同我生的。"鲍斯骑士听到这话，从心里感到快乐，直喜得淌下两行眼泪，一面又忙着向上帝默祝，希望他长大成人，也能够同他的父亲一样成为一个高尚的骑士。大家正在畅叙家常，忽然间一只白鸽，从不可知的地方飞进室内，它嘴里还衔有一座小小的金制香炉，华光四射；同时餐台上也排满了酒肴之类，真是说不尽的丰盛；另外还有一位仪态庄肃的女郎，双手高擎着那只圣杯，但听她声音清朗地向大众传示："鲍斯骑士，您要知道这个婴儿就是加拉哈；将来成年之后，他可以坐上圆桌的危险席位，并且由他寻得圣杯；所以，若是把他同他的父亲湖上的兰斯洛特骑士相比，真是有过之而无不及。"大家见此景象，立即一齐跪倒，俯首恭听，以示虔诚；在这同时，更有一缕缕的香烟缭绕，从炉中发出，满室馨芬，通体舒畅，每个人都觉得这不独是一种香，而是集了遍天下的各种香于一室。传示已毕，那只白鸽仍衔了香炉鼓翅飞去，那位女郎连同圣杯也随了一片霞光，飘然而逝，莫知究竟。

事后，鲍斯骑士向佩莱斯王建议道："王上，这个堡既充分显示了玄妙难测的奇迹，不如就叫它奇迹堡，如何？"君王答道："很好，这地方就以奇迹名之，确也恰当；并且，来此地的骑士，能胜利离去的，寥寥无几；一个人要想知道自己多么高强尊贵，不妨到这里来证实一下；但是高文骑士，虽以高尚出名的，最近也不曾在这里得到胜利。"佩莱斯王接着又说："我还想奉告您，来到此地的骑士，如若不是自己珍重自己的，律己谨严，侍奉上帝而又敬畏上帝，不管他的本领多么大，绝不可能获得丝毫的光荣。"鲍斯骑士听后，说道："这真是件奇妙的事情。"然后转向主人问道："您这番话真把我搅迷糊了，为什么贵国中有这么多的怪事呢？您的意思我真不明白了。请问，可不可以在贵堡借宿一宵，让我看个究竟，好开阔一下眼界。"佩莱斯王答道："我很想奉劝您不要住在这里，就恐怕你免不了要遭到一场耻辱。"鲍斯骑士接口答道："不论多大困难临头，我都不怕。"君王见他意志坚决，只得又说道："那么我再劝告您，先要彻底忏悔一番。"鲍斯骑士说道："至于悔罪，我很愿意的。"然后，鲍斯骑士就开始忏悔，他说在这世界上，他除了爱一个女人之外，始终保持着他的贞操，绝未胡作非为，那个女人就是布兰底果尔王的女儿，他曾同她生过一个女儿，名叫爱兰。总之，除了那一个女人之外，鲍斯骑士可算是生平不二色的。

忏悔完毕，鲍斯骑士被人引进一间宽敞的卧房，那房的四面门窗都紧紧地关闭着。看了这些门窗，再一离开这屋中所有的人，他知道自己是一个人孤独地住在这里了，所以他无论如何不想卸去甲胄，便仍旧武装齐全地躺上了床。正一个人闭目假寐的时候，猛然间一道火光直向着他渐逼渐近，另外还有一根巨大的长矛也对准了他搠将上来，那只矛尖又大又亮，明晃晃的，恰像一支锥子似的。鲍斯骑士还不曾看清，那支矛头似电闪似的已经刺进了他的臂膀，顿时裂开一条像手面那样宽的深口子，直痛得他坐立不定。到底疼痛太厉害了，只得又躺了下来；不一刻，又出现了一个盛装的骑士，肩头上背了盾牌，手里握着利剑，指定鲍斯骑士叱道："快起来，骑士先生，咱们来打一场吧。"鲍斯忍住痛楚答道："现在我已经受了重伤，但是，我不怕你的。"他一面说着话，一面从床上爬起，顺手拾起盾牌，冲上前去。两人就这样展开了一场剧战，双方猛烈地乱击，互斗了很长的时间，最后鲍斯把那个骑士打到卧房的门口，又逼他走进了卧房，两人在那里休息。经过了许久的休息，各人的精神都恢复了，那骑士就重挥利剑，又开始同鲍斯骑士凶狠、顽强地斗将起来了。

第五回

鲍斯骑士怎样迫使巴底维尔骑士向他屈服；鲍斯骑士又怎样获得了奥妙的奇迹，以及获得的经过。

这次，鲍斯骑士决定不再让那人回到房间去获得喘息机会，便抖擞起精神抢上前去，横挡在那骑士同这扇房门的当中，使出自己的拿手武艺，果然把那人打倒地上，鲍斯骑士随即迫着他投降。先问他叫什么名字。那骑士答道："回禀爵爷，小的名字叫边区地带的巴底维尔。"鲍斯骑士听罢又问他可愿投降，然后吩咐他要立誓遵守下面的条件，那就是在下一届圣灵降临节的日子，要亲自赶到亚瑟王的朝廷，以鲍斯骑士的俘虏的身份，向国王投诚，不得有所违抗。等到边区地带的巴底维尔骑士一一应允，方才许他走开。这时鲍斯骑士也躺下来歇息了，他正在蒙眬入睡之际，忽又听得这卧房内簌簌的声音连续不断，接着便看见有一种东西射了进来；即使仔细地看，也分辨不出是从窗棂中还是从门里进来的，只望见一簇簇的密箭直向房里射来，已经有好多枝箭射中他的身上，竟把露在外面的手脸部分都刺伤了，这种情况，煞是令人惊骇万状。

过了还没多久，鲍斯骑士又觉得来了一只狮子，气息咻咻，声势凶恶；他赶紧爬起来，冲上去乱打一阵，结果他手里的盾牌被狮子抓落，迫得鲍斯骑士只有拔出宝剑，满房挥舞，好不容易才把狮子的头斫落下来。蓦然间，鲍斯发觉从庭院又跑进一条龙来，形状极其令人恐怖，额上好像还现出一行金字；鲍斯骑士心里暗想，这一定是亚瑟王的象征了。这时光很短，不旋踵间，忽又从外面窜进了一只怕人的大豹，样子颇老，一跑进便同那条龙斗将起来，它们凶恶地斗了很久，当然这是一场恶战。不想战到最后，突地那条龙的口鼻里烈焰直喷，火舌乱迸，宛如从里面飞出了一百只小龙，忽然间情景猛又一变，这群小龙纷纷进攻这只老龙，把它打死以后，再把老龙的尸体裂开，撕得粉碎。

正在这时，外面大厅上走进了一位老者，俨然端坐在一张宽大精致的太师椅上，他的脖子上好像绕了两条小毒蛇，手中拿着一具竖琴，一个人轻捻慢弄，自吟自唱，后来又唱起亚利马太的约瑟当初怎样来到此地的故事了。直等一阕奏完，这老者方招呼鲍斯骑士，吩咐他离开此地。他说："您已经获得了无上的光荣，今后您还能有很大的成就；离开吧，在这里，您再也寻不着什么奇迹了。"话声甫毕，景象全非，鲍斯骑士好像又看到了那只色白如雪的灵鸽飞翔而来，它口里仍然衔着那只小小的金香炉。先前所听到的那些种种奇异的暴风雨声，这时忽然停歇，已成过去了，满室中立刻篆烟袅袅，香气缤纷，整个庭院都笼罩在芬芳的气息中，令人心畅神怡。再一转眼，鲍斯骑士又看见走来四个垂发幼童，各自端着一座精美绝伦的烛台，走在他们中间的是一位皓眉长须的老人，一只手拿着一只香炉，另一只手拿着一根矛，这就是世人所称的"复仇矛"。

第六回

鲍斯骑士怎样离开此地，以及桂乃芬王后怎样嗔责兰斯洛特骑士用情不专，当时兰斯洛特骑士怎样向她求恕。

当时这位老人向鲍斯骑士说道："此刻，您可以走了，去访问您的表亲兰斯洛特骑士，把这次奇迹讲给他听，在世间所有的骑士中，他本是最容易完成这种奇迹的；因为他犯了色戒，罪孽太重，已无力完成神圣的任务；倘使他不曾犯过这种奸淫的罪行，他的地位一定会在当代所有骑士之上的。不过，还请您告诉兰斯洛特骑士，论起人世间的建功立业和冒险，他的品质和威力依然高出一般骑士；至于讲到圣灵方面的事情，那比他优越的人物可太多啦。"说着，老人昂身走去，随后鲍斯骑士又瞧见四位态度极为端肃宁静的少女走过自己的身边，每人身上都散射着一种圣洁的光辉；看她们才走进另一间房里，便跟随着出现了一片光芒，宛如长夏的白昼；这四位少女走到圣台前面一齐跪下，在那圣台的旁边耸立着四根银柱，好像还有一位主教也跪在银制圣台的前面似的。鲍斯骑士抬眼从他的头上望过去，发现了一柄银剑；那剑未带剑鞘，正停立在他的头上，及至剑身射出的银白色光芒刚一触到他的眼睑，鲍斯两眼便立刻什么也看不见了；只能听得有一个声音叫道："您这个鲍斯骑士，快走开吧，您还不配在这里啊。"听罢这话，他赶紧倒退几步，恰好躺在床上，一直等待到了天明。第二天，佩莱斯王看见鲍斯骑士平安无恙，很是欣慰，其他的人也都快乐异常；分手以后，他便放马径向加美乐城驰去，先晤见了兰斯洛特骑士，把他在科尔宾堡佩莱斯王那里亲目所睹的一切奇迹，向他叙述了一遍。

再说，在亚瑟王的朝廷中，这些日子里到处传扬着兰斯洛特骑士的那件故事，说他怎样同佩莱斯王的伊兰公主生养了一个孩子，闲言闲语，嚣嚷不堪。不久这话传到桂乃芬王后的耳朵里，王后不禁心怀妒意，时常冷嘲热笑地讽刺兰斯洛特，甚至说他只配做个虚伪的骑士，逼得兰斯洛特骑士不得不将当日事情发生的经过，向她全部坦率直陈了；他说其间有一个巫婆对他施了法术，并把那女子变同王后一模一样，以致同他错订鸳鸯谱。王后明白了这事的真相，方才转嗔为喜，方才饶恕了兰斯洛特骑士。据史书的记载，亚瑟王曾到过法兰西，并和威势煊赫的克劳答斯王恶战过一场，而且收服了他的许多地方；及至凯旋，特意传谕全国，宣布举行大规模的庆功宴会，凡英格兰地区的全部爵主、贵妇，一律出席参加，只有一部分的叛徒，不许入场。

第七回

加拉哈的母亲伊兰公主怎样带着大队人马走进了加美乐城,以及兰斯洛特骑士在这时怎样去应付这种环境。

举行盛大集会的消息这时被佩莱斯王的伊兰公主听到了,她便来到父亲的面前,请求允许她前往参加。她父亲回答说:"你想去,我很同意,不过无论如何,你既爱我,应顾到我的体面;服饰必须整齐大方,取得人家的重视;随时留意,千万不要吝啬;你想要什么东西,尽管向我说好啦。"叮嘱已毕,然后照着侍女卜瑞仙的意思,把伊兰公主装扮得像鲜花一朵,从不曾见过有比她更艳丽的贵妇人了。动身之时,公主随带着二十名骑士,十位名媛闺秀,上上下下一共走出来一百匹坐骑。这一天,她们抵达了加美乐城,亚瑟王和桂乃芬王后以及全部的骑士们看见了伊兰公主,对她那仙人般的玉貌花容,无不交口称赞不置,都说朝廷上出现了旷古未见的美人。隔不多时,亚瑟王知道她已来到朝里,为了表示主人的礼貌,特地去同她会见一次,而圆桌社的所有骑士们也都各尽骑士礼节前去一申敬意,连特里斯坦骑士、布留拜里骑士、高文骑士,等等,也都没有一个不曾这样表示过;为节省篇幅,著书人不再一一赘述。可是,其间惟有兰斯洛特骑士一人看到伊兰公主到来,早已羞赧得面红耳赤,他还记得当年他们俩人洞房花烛的翌晨,兰斯洛特曾拔剑相向,逼她自白的那副情景,所以今天同在一地见面相逢的当儿,他既没法趋前施礼,也不能说出一言半语来表白自己;只好遥看着伊兰公主袅娜多姿,丰韵绝世的仪态,为自己享受过而从没看见过的美人,感到心旌摇摇而已。

这时伊兰公主虽已瞧见了兰斯洛特骑士,但不见他来同她交谈,忍不住芳心碎裂,愁绪万缕,不能自持。读者想必知道,伊兰公主之爱兰斯洛特骑士,确是出于至诚真性,永无变异。处在今天这种境地,自不得不感到苦恼,于是悄悄地向她的侍女卜瑞仙说道:"兰斯洛特骑士的无情无义,令我没法再活下去了。"卜瑞仙答道:"您要镇静一些啊,小姑娘。只要您能镇定下来,今天夜里,我准能设法叫他同您鸾凤双栖,睡在一起。"伊兰急忙欣然应道:"果能做到这样,就是叫我放弃全世界的财宝也心甘情愿。"卜瑞仙听了一笑,方才说道:"既如此,您就让我去料理吧。"当天,伊兰公主专程拜谒了桂乃芬王后,她们会晤的时候,表面上彼此都是和颜悦色地互相致候,但内心里却都是一腔冷气。全朝的男女老幼都尽在谈论伊兰公主怎样美貌,她的服装又怎样华丽入时。

到了傍晚,桂乃芬王后已经代伊兰公主安排了歇夜的地方,把她的卧房就布置在王后自己寝室的隔壁,同在一个屋顶的下面;这一切全是照着王后的意思,安顿妥当的。同时,王后又派人去通知兰斯洛特骑士,叫他当夜来陪伴王后同眠,并且对他说:"如若您不来和我同床,那您一定是要去陪伴加拉哈的母亲伊兰睡啦。"兰斯洛特骑士情急地回答王后说:"哎,夫人,请您再也不要这样说了,我同伊兰的勾当并不是出于我的心愿呀。"王后又说:"瞧着吧,我叫了你,看你来不来就是了。"兰斯洛特骑士答道:"夫人,我决不会失约的,您叫我,我就一定会来的。"他们这样商量了一阵,就决定好了;怎知这个消息被卜瑞仙略使了一点巫术,竟完全探明,随又原原本本告诉了她的主人伊兰公主。伊兰一听更加发起急来,说道:"哎哟,我怎么办呢?"卜瑞仙安慰她道:"您不用发愁,让我去安排吧;我准能亲手把他送到您的床上,那时也有办法令他相信我就是桂乃芬王后派去的使女。"伊兰说道:"这么说,我的心就定下啦,要知道,在整个世界上,我爱的只有兰斯洛特一个啊。"

第八回

卜瑞仙怎样使用了巫术将兰斯洛特骑士送到伊兰公主的床上,以及事后桂乃芬王后怎样讽刺他。

到了夜深人静,大家都已上床安息,这卜瑞仙轻悄悄地走近了兰斯洛特骑士的床边,向他说道:"兰斯洛特骑士,您还没安歇吗?王后桂乃芬已经上床了,她正等待着您去休息呢!"兰斯洛特立即翻身而起,"噢"了一声,又说,"我的小姐,我正在等待您来领着我同去啊。"于是兰斯洛特骑士急急忙忙披上了长袍,手提宝剑;那卜瑞仙还拉着他的手,一直把他送到伊兰的床边;然后卜瑞仙慢慢退出,由他两人同圆好梦了。读者可以想到伊兰公主这时枝成连理竟是何等愉快,兰斯洛特骑士也是有同样的快乐,因为他总认为在他怀抱之中的正是桂乃芬呀。

他俩鱼水和谐的愉快生活,我们暂且按下不提;且说桂乃芬王后孤灯只影,独自在床上等候多时,还不见他赶来,便又派个侍女走到兰斯洛特骑士的房中去催促;哪知赶去一看,方发现人去床空,被窝冰冷;这侍女立刻转回来,将实情一一禀告了;王后听罢,长叹了一声道:"哎哟,你这个骗人的死东西,又跑到哪里去啦?"这一声长叹中包含了无数的哀怨和愤恨,情侣负心,以至王后气恼得几乎昏厥,妒意和情欲迫得她辗转反侧,一连四五个时辰都在痴心怅望,不曾交睫。原来兰斯洛特骑士每在熟睡沉酣之际,经常要乱说梦话,而在呓语中又时常会提到桂乃芬王后。这一次,兰斯洛特骑士在先曾醒了相当长的时间,随后又不知不觉地睡意渐浓,更加深沉。伊兰公主自也倦极,随入梦乡。不料就在这熟睡之中,兰斯洛特骑士忽然大声说起了梦话,声音响亮,活像一只松鸦在枝头狂鸣一般,听他所道出的又恰是他同王后平素之间的私情密语,不可告人的一些话。因为声音太高了,竟使得隔室中那位辗转不寐、独守空房的桂乃芬王后声声入耳;等到她听清兰斯洛特在呓语里所提到的事情,直气得几乎要发昏,当时她又是愤怒又是苦痛,简直不知道该怎样应付才好。为了打断这一难堪的处境,桂乃芬王后就有意大声咳嗽了几下,果然竟把兰斯洛特惊醒了;他一分辨出这咳声乃是桂乃芬发出的,于是恍然大悟,才知道同枕而眠的人并不是王后,自己登时又羞又恼,神情像疯人似的,蓦地从床上跳下,身上只穿着一件贴身的衬衣,站在地板上。恰在这时候,王后也赶了过来,看到这副情态,心中更气,便指着向他骂道:"你这个忘恩负义的坏东西,再也不许留在我的朝廷里了,你竟敢这样胆大妄为,给我滚出去;你这个虚伪不堪的骑士,从今以后永不许再走到我的面前来!"兰斯洛特一听这话,只喊得一声:"天呀!"那内心像寸裂似的无限痛苦,竟仆倒在地板上昏了过去。那桂乃芬王后反冷笑一声,理也不理地撤身走开。等到兰斯洛特骑士苏醒过来,便立起身来径直地从凸出的窗口跳进了花园,一路上跌跌撞撞,碰在树枝石子上,以至脸面和身上的皮肤都被刺伤刮破了好多处,衬衣也撕裂了;神志昏迷的他只知向前面跑去,但已不知自己跑到了哪里,就这样一口气东跑西奔,流浪了两个年头,始终没有一个人能够认出他是谁;可见他急火攻心的痴癫状态已陷入了很深的程度。

第九回

这位伊兰公主怎样被桂乃芬王后赶出了朝廷,以及兰斯洛特骑士怎样因气愤而变痴。

再说桂乃芬王后和美丽的伊兰公主两人的事情。当伊兰公主听到王后叱骂兰斯洛特骑士的时候,又亲眼见他神志颓丧、精神萎靡的样子,又看到他从阳台的窗上跳进花园的那种狼狈,心中非常痛苦,只恨无法可以分担。因而公主义正辞严地向王后桂乃芬说道:"王后啊,您对待兰斯洛特骑士这等苛刻,我不免要责怪您了。我看到他的神色,听到他的说话,知道他永远要变成痴呆了;若不幸真是那样,天呀,您不就失掉他了吗?我的王后,您犯了罪了,您深深地辱没了您自己,您是有丈夫的女人,因此,您有爱您丈夫的义务;而且,在当今的世界上,也没有第二个女人会像您有这样好的国王丈夫。如若您不是现在这种样子,那么我就可以得到兰斯洛特骑士的爱,做他名正言顺的夫人,并且我有充分的理由爱他,因为我的童贞已然完全交给了他,已经和他生了一个孩子,这便是取名叫加拉哈、将来会成为世上最英武的骑士的孩子!"王后听罢,勃然大怒,说道:"伊兰小姐,等待天亮了,我请您赶快离开我的朝廷。并且,为了您爱兰斯洛特骑士的缘故,千万不要把他的秘密泄露出去,如果您要讲出去,那么请当心,他的那条性命一定保不住的。"伊兰听了这话,倍觉凄酸,只有抑制了悲愤,委婉答道:"提到这一点,我接受;刚才也只为您大发雷霆之怒,才弄得他永远要把自己糟蹋了,不论是您或是我,也都永远得不到他的爱情了;单看他从窗户跳下去的时候那种苦恼的样子,真是从不曾见过,怎不叫人心酸呢!"说到这里,公主接着又叹了一口气,喃喃自语地说道:"天呀,我多可怜呀!"那时王后桂乃芬也情不自禁地叹道:"天啊,我想我们两个人从此都永远失掉他了。"

第二天清晨,伊兰极早起身,告辞而去,她当然不会愿意在这朝廷里逗留片刻了。关于这一夜的种种经过,幸喜亚瑟王并不知情,因此当他听到伊兰辞别,动身回转,还特意率领了一百多个骑士,大队人马浩浩荡荡地远远伴送着她穿过一片森林而去了。再说伊兰行在中途,便把前天夜里的经过,从头到尾都告诉了鲍斯骑士,最后说到兰斯洛特骑士怎样跳楼,以及他后来神志迷惘的情形,不觉心酸泪落。鲍斯骑士赶紧问道:"听了这些事,我心里也难受,那么这位爵爷现在怎样了呢?"伊兰带着一副愁闷的神情,愀然答道:"骑士先生,兰斯洛特骑士现在究竟怎样,我也是完全不知道呀。"鲍斯骑士发起急来,又说道:"说来真是痛心的事,只在你们两个女人中间,便把一位英武盖世的骑士给毁掉啦。"伊兰听了又羞又愧又恨又急地说:"是我吗?我从不曾说过一句话,也从不曾做过一件事伤害了他,使他不开心的。都只为桂乃芬王后侮辱了他,他才昏倒地上;以后他苏醒过来,便提起宝剑,穿着一件衬衣,满脸愁苦地从窗口跳走了。这从来没听说过的惨痛景象,我是永远记得清楚,忘不了的。"鲍斯骑士忽然想出一法，对伊兰说道："伊兰小姐，再会啦，请您去陪着亚瑟王，讲一个长故事给他听，愈长愈好，能把他留住多久就留多久。我打算赶回去见桂乃芬王后，同她讲几句话；还有，您若重视我的情谊的话，我请求您，一定要多多注意，或许还可以遇得见兰斯洛特骑士。"这位美丽的伊兰答道："您吩咐的这件事，我自然愿意尽力去做好，如果能够知道他现在的情况，我还有不高兴的吗？骑士先生，我想，您和他的亲属，甚至桂乃芬王后，都一定有这同样的心愿。而且，我很明白，我同这些人一样，也有充分的权利和理由去关心他。"接着，这可爱的伊兰又愁绪万端地向鲍斯骑士说道："您要知道，我宁愿为他牺牲性命，也不愿意他身上受到丝毫的伤痛；可恨，我已决定永远不见他了，最大的原因是为了桂乃芬王后。"说到这里，那个施展巫术的卜瑞仙在旁听了，接口说道："小姐，我诚挚地恳求您，快让鲍斯骑士走吧，请他快快去打听兰斯洛特骑士的下落。我认为他已经完全昏迷了；将来只有使用奇法，才能把他救转的。"

这时，伊兰小姐哀怨不胜，泪下如雨，甘尼斯的鲍斯骑士也唉声叹气，为她伤心不已。彼此分手以后，鲍斯骑士便径直奔向桂乃芬王后那里去了。及至鲍斯骑士会见了王后，看她也正在涕泪交流，神志颠倒。鲍斯骑士心怀愤意，遂冷然向她说道："女人只是会哭，我劝您不必哭啦，除非丝毫没有办法才哭哩。"接着他又说道："总之，真糟透了，兰斯洛特骑士的亲属们都早已看清你们两人的行为啦，您把我们亲族里这样一位杰出的骑士给断送了；他是我们的头脑，也是我们的救星，我敢说所有君王，不论他是基督徒或者是异教徒，想访求一位具有兰斯洛特的长处的骑士，比如他的和蔼温存,他的矫健英武,那真是没法寻得到的。"最后他又叹息地说:"天呀,我们忝为他的亲族,能有什么办法可想呢?"这时,爱克托骑士在旁听过,也叹道:"可怜得很呀。"那位梁纳耳更同声喊着:"委实大大不幸!"

第十回

桂乃芬王后怎样为了兰斯洛特骑士而愁闷忧郁；又兰斯洛特骑士的亲属们怎样在各处遍寻他的下落。

这王后已是愁肠万转，深悔自己的孟浪，又听了那三个骑士的长吁短叹，纷纷责难，更加急得无可奈何。蓦然间晕迷过去，不省人事。鲍斯骑士赶忙把她扶住，帮她缓缓苏醒过来；这王后醒转之后，姗姗走到那三个骑士面前，双膝跪倒，高举着两手，吁求他们去寻觅兰斯洛特骑士回来。王后说道："我认为他一定是神志糊涂了，只要能把他找到，不要吝惜财物。"当时鲍斯、爱克托和梁纳耳三个骑士也都伤心得不愿再停留片刻，于是一起告辞而去。王后命人送来一些金银，作为路上使用，大家上了马，带着铠甲武器，分别离去。他们三个人各自在路上从这一国度寻到另一国度，无论山陬海岛，荒原深林，足迹都一一踏遍；不仅访问了各处地方，还留心各式各样的人，逢人打听，遇着别人交谈也从不放过，一心只盼望能找到那个赤裸着身体，只穿一件衬衣，手中提着一口宝剑的人。光阴荏苒，三个月过去了，他们像这样来去奔波，跑遍东西南北，经历了无数地方，不管是深山老泽，也不管是穷乡僻壤、荒野高原，经常是栉风沐雨，忍饿耐渴，从未停歇。这几人虽是吃尽了苦头，费尽了气力，结果是消息杳然，从没遇着人提到过他。读者试想,这三个骑士为了兰斯洛特是多么心焦啊。

有一天,鲍斯骑士带着他的部下在路上遇见了一位骑士,这人名叫鞑靼人梅李昂。鲍斯上前问道:"善良的骑士先生,请问尊驾往哪里去?"等彼此一照面,原来都是旧友。这梅李昂道:"爵爷,我进城到亚瑟王朝廷去。"鲍斯骑士因而顺便请托他:"到了朝廷以后,奉告国王、王后桂乃芬和圆桌社全体骑士们,说我们想尽了方法,但还没找到兰斯洛特骑士的下落。"梅李昂点头应允,一定照办,决不误事。等他一到了朝廷,立将鲍斯骑士托带的口信,一一转达给了亚瑟王、王后以及全体圆桌社的骑士们。当时高文骑士、乌文英骑士、莎各瑞茂骑士、阿各娄发骑士、薄希华骑士五个人,一听这信息,全都自愿亲赴英格兰、威尔士和苏格兰,不辞劳苦,遍访这三处地方的通都大邑,以至穷乡僻壤,为国王和王后负责追寻兰斯洛特骑士的行踪,各人随带的部下,至少有十八名之多。这些人中,期待得最殷切的,当然首推桂乃芬。他们那一伙儿共有二十三个骑士,携带的川资很是富裕,开支的顾虑,自也用不着担心了。

至于说到兰斯洛特骑士,这几个月中的遭遇,他受的那份灾难苦痛,真也一言难尽。他自个痴痴癫癫、昏昏迷迷,一路上不知道挨了几多饥饿,耐了几多寒冷,又忍过几多焦渴。再说那一群寻觅兰斯洛特的骑士们,经过商量,大家同意分作几组,每一组二人、三人、四人或五人不等,分头寻访,又约定了会合的地点,以便接头交换信息。彼此商量已定,阿各娄发和薄希华两人便先同路去省问母亲一次,这老人在当日也是一位王后。两人到家,见了母亲,直欢喜得她滴下了眼泪。听她说道:"我的两个孩子,你们来了。看见你们好不容易呀;当年在你们爸爸被害的时候,你们弟兄一共四个,到现在又被人害了两个。自从我的心肝拉麦若克骑士被害之后,我心里就从没畅快过一次。"她老人家说罢这话,便走来跪在阿各娄发和薄希华两个儿子面前,攀住他们的腿,求他俩从今住在家里,跟随母亲一同过活。薄希华听了,忍住心中的悲酸,慨然向母亲说道:"亲爱的妈妈,我俩不能住在家里呀,妈妈呀,我们理应上马披甲去做任侠尚义的事情,因为我们的父母双方都是王亲贵族啊。"母亲又说道:"我的心肝,我的孩子呀,为了你们,我的面容消瘦了,人生乐趣也消失了;我已成了风前之烛,耐不住几多的风霜了。可是想起你们父亲伯林诺王死得那么悲惨,他是被高文和葛汉利两弟兄亲手杀害的;他们不是靠着真正的本领,而是靠着魍魉伎俩。可怜啊,我亲爱的儿子,这就是你们父亲死后的悲哀,也就是拉麦若克死后的苦痛,像他们父子两人的骑士风度,在这世界上能有几人呢?我亲爱的儿子们啊,这种仇恨,应当永远记在心里!"等到母子们分别时候,这府邸中扬起了一阵哭泣的声音,这位做母亲的竟在一大群人中伤心得昏迷过去,不省人事。

第十一回

阿各娄发骑士的仆人怎样被杀,以及他同薄希华骑士兄弟两人怎样为他报复。

这位母亲神志清醒以后,立派了一个侍从,带着一些金银去追赶她的两个儿子,交给他们在路上使用,并叫他沿路服侍他们,慈母一心怕儿子受窘。这个侍从追上了他们,可是他们不让这侍从跟了去,劝他快些赶回,去安慰他们的母亲,并请求她为他们祝福。当天,这侍从只好奉命回转,一人走到日落西山的辰光,找投宿的地方,不幸他适巧找到了一个男爵的寨里。进了寨,那寨主便问他从什么地方来?主人是谁?这侍从答道:"奉告爵爷,小的主人名叫阿各娄发,乃是一位高尚的骑士。"按说这人是服侍阿各娄发的母亲的,现在借口说是服侍阿各娄发骑士,只为借重阿各娄发的地位,抬高自己身价。不料那寨主突然变色说道:"我的朋友,你来得很好,要知道,正是为了阿各娄发骑士的缘故,我没法招待你住下来;以前阿各娄发曾经杀了我的弟兄,现在,就请你代偿一命吧!"说完这话,那寨主就吩咐自己的部下把这侍从拉到寨外,立即处死。一声令下,这侍从便在不容分说的情况下被拉到外面,身首异处了。

第二天一清早,在教堂墓地上聚集着一群男男女女,正忙乱地掩埋那个被杀的侍从；真是意想不到，阿各娄发和薄希华两个骑士适巧也从这里路过，远远地瞧见了。阿各娄发骑士好奇地首先问道："你们这样紧紧地拥在一起有什么事情？"当中有个性情爽直的人走了出来答道："良善的骑士先生，这是一个侍从，昨夜被人无情地杀害了。"阿各娄发又问道："他是怎样被杀的呢，亲爱的朋友？"那人又答道："亲爱的骑士先生，听说这里的寨主昨夜里留他借宿，只因为他说是阿各娄发骑士的仆人，而阿各娄发又是亚瑟王部下的名将，因此那寨主就叫人把他杀死了。"阿各娄发骑士听罢大怒，遂说道："多谢您，朋友，我就是阿各娄发骑士，这个侍从是为了我的缘故才惨遭杀害的。看我这就去代他报仇。"

阿各娄发骑士随即把薄希华喊过来，吩咐他赶快下马，自己也跳下了坐骑，一起交给随从，二人一同大踏步地奔过去。行不多时，早来到那寨门口，阿各娄发骑士便大声吩咐守门人说道："快去告诉你的寨主老爷，说我就是阿各娄发骑士，昨夜为了我的原因，他把我的侍从杀了，现在特来拜访。"守门人立即进去禀报了那叫古德温的寨主。古德温一听这个消息，登时披挂齐全，走进天井，向来的众人问道："哪一个是阿各娄发骑士？"阿各娄发应声答道："就是我。我要问你，昨夜为什么杀了我母亲的侍从？"古德温骑士说："正因为你，我才把他杀死的。你不是杀过我的弟兄高德邻骑士吗？"阿各娄发骑士说道："提到高德邻，不错，是我杀死的；可是他的为人鬼鬼祟祟，不知多少高尚的骑士和贵妇都被害在他的手中，我也不过是除去一害罢了。今天，为了我的侍从，我就要你去偿他一命。"古德温骑士答道："有胆量，请你来吧，"语声才落，这两人已斗做一团，气势凶猛，好像一对恶狮相搏一般；那位薄希华骑士也同寨内的人打了起来。在这一场恶战中，凡是出面抵挡薄希华骑士的人，都被他打得落花流水、死于非命，因为他的力气太大，打击过猛，没有人可以抵敌得住。战够多时，阿各娄发终于把古德温打倒地上，随即拉开他的头盔，斫下他的脑袋。然后，众人上马，阿各娄发又命令部下带着被害侍从的尸体来在一处修道院，就此掩葬。

第十二回

薄希华骑士怎样偷偷地离开他哥哥，不别而去；他又怎样解救了一个被锁链绑住的骑士，以及其他种种事迹。

他们把那个侍从埋葬已毕，便开始四面八方打听兰斯洛特骑士的下落，一连经历了好多国家，所到之处，无时不在询问消息，可惜结果一无所获。有一天，他们来到一座堡寨，这寨名叫卡尔提堪，薄希华同阿各娄发两弟兄就在此歇了下来。睡到半夜时分，薄希华一个人轻轻地爬起来，偷偷跑到阿各娄发的一个侍从那里，低声说道："你快起来，把衣服穿好，不要出声，跟我一道走吧。"那侍从答道："爵爷，我很不愿意跟了您逃。虽说不管带我到哪里，我都喜欢去，不过，若是被我的东家（您的哥哥）捉到了，我便没有活命啦。"薄希华安慰他道："有我在旁，你怕什么呢，我给你保镖好啦。"

于是薄希华骑士便带领着这个侍从一路飞驰，直奔到下午时辰，正走到一座石桥，忽然发现桥旁一根石柱子上，锁着一个骑士，看那链条系得很紧，委实无法逃脱。当时，这被铁链铐住的骑士看见有人走过，立即哀声求救，说："好心的骑士啊，求您把我松开了吧。"薄希华骑士反问道："您是什么人？为了什么被人锁上呢？"这人便把以往的经过说了出来，他说："爵爷啊，让我向您奉告。我名叫伯尔莎德,是圆桌社的骑士,这一次出来行侠觅奇,路过此地,适在桥头的寨里歇脚,不意邂逅了一个强悍的泼妇,她勾勾搭搭地叫我下来和她姘居,遭我严词拒绝,她就命部下群起围攻,我还来不及拾起武器,便被他们捉住捆起了。今天若遇不着仁人君子解救,我这条命一定活不成了。"薄希华骑士听后哈哈大笑说:"您我都是圆桌骑士,我愿向上帝立誓,一定帮您恢复自由。"说时迟,那时快,薄希华拔出利剑,便向铁链上奋力斫去,剑头甫落,铁链应声一断为二,还把伯尔莎德的铠甲斫裂,以至身上也受了一点小伤。伯尔莎德骑士惊喜地喊道:"噢,耶稣呀,我平生从没受过这么重的一击,如若外面不连着一根粗链,简直会把我斫死了。"

就在这时,伯尔莎德望见从寨里跑出一个骑士,看样子是要冲来挑战。伯尔莎德骑士急忙向薄希华喊道:"当心呀,爵爷,前边跑来的那个骑士要来同您拼命哩。"薄希华骑士答道:"让我来好了。"一边说,一边向桥上冲去,二人一照面立即斗将起来,薄希华举矛对准了来人狠狠地打出一击,只见他翻身落马,跌到桥下去了,若不是桥下正好停了一只小船,那人一定会淹死在水里了。于是薄希华骑士抢得那骑士的坐马,搀扶着伯尔莎德骑士,一同进寨,四处遍索那个淫荡的女主,命令她赶快放了伯尔莎德的仆从,不然的话,逢人便杀,决不宽恕。这女子虽是强悍淫佚,但事到如今,毕竟畏惧起来,就把扣住的人一起开释。这时,薄希华骑士一抬头,忽然望见前面谯楼上立着一位贵妇,容貌尚是不俗,便屏住怒气,正颜责问道:"哎,小姐!您身为贵妇,却偏偏去勾引高贵的骑士,强做姘头!不能如愿以偿,便要横加迫害,请问这是什么风俗？对一个妇女来说，这简直是一种寡廉鲜耻、伤风败俗的行为，此刻若不是我身边另有重要的事情，我发誓定把这种万恶的习俗消除尽净。"

这边事了以后，伯尔莎德骑士邀请薄希华骑士同到他自己的堡中，大设席宴，彻夜欢聚。第二天早晨，薄希华骑士望过了弥撒，进过了早餐，嘱托伯尔莎德驰赴亚瑟王朝："请您向国王报告，说明您同我相遇的经过，也请转告家兄阿各娄发骑士关于我解救您的情形。因为我此刻正急于探听兰斯洛特骑士的下落，请他不必出外找我；即使他要出来，恐怕也不容易会到面；再请您向他表白，在我不曾找到兰斯洛特骑士之前，我不但不打算见他，也决不返回朝廷。除此以外，您会见家宰凯骑士同莫俊德骑士的时候，请代为转达，我要默祷耶稣，保佑我能够像他们一样功德圆满；并且请您向他们两位说，好久以前，在我被封为骑士的那一天，曾经招到他们的讽刺讥笑，这两点，终我一生也不会忘记。最后，还请您向他们致意，举世人士将来对我的重视如果不在他们之上，我便永远不再进入朝廷。"伯尔莎德骑士听清了这一番话，便和薄希华骑士分手，自去拜谒亚瑟王了。进京之后，随将薄希华骑士所嘱托的口信，一一传达。及至阿各娄发骑士听到他胞弟所传来的这番口信，只能无可奈何地说了一句："他偷偷地走了，这太不近人情了。"

第十三回

薄希华骑士怎样遇见爱克托骑士，又他们两人怎样鏖战多时，以致几乎都牺牲了性命。

伯尔莎德骑士接口说道："阿各娄发骑士，我愿立誓保证，令弟的武功确实高明，将来准能成为当代的高贵骑士。"随后，伯尔莎德也会见了凯骑士和莫俊德骑士，便告诉他们说："两位尊敬的爵爷，薄希华骑士嘱咐我代他向你们两位问安，并且托我带来口信，他说要仰托上帝的慈爱，一俟各方面人士对他的评价不下于您两位的时候，他才会再回到朝廷里来。"凯骑士和莫俊德骑士听了这话，不禁有点难堪，回答说："他讲的话，可能是对的；可是当初他被封做骑士的时候，倒看不出他有什么出息来。"亚瑟王在旁以一种纠正的语气说道："说到这点，我倒很不以为然，他父亲和弟兄们都是些武艺很高的人，家学渊源深厚，我认为他将来也必定会成为一个矫健英勇的骑士。"这里的情形，暂且按下不表。

薄希华骑士在这段时间放马天涯，四处遨游，算来为时已久，其间也有不少惊心动魄的事，我们就来把他的行踪述说一番吧。且说这一日，薄希华行在一片深林之内，看远处来了一位骑士，盾牌和头盔都已破烂，形状颇是狼狈。两人渐行渐近，一碰面，不知怎的意见不合，登时斗将起来，两人放马狂冲，奋力对击，战到后来，薄希华骑士竟被那人一下从马上击落在地。这薄希华急忙跳起，猛将盾牌摔到背后，拔出了利剑，指着对方骑士道："下马来！有胆同我拼到底吗？"那骑士傲然问道："你还余力未尽么？"话才脱口，他已跳下了马，把马放到远处，只见两人侧身稳步，挥剑前行，等到身临切近，剑光飞舞，时而举剑相持，纠结一团，时而伸剑猛逼，引身退避，似此一来一往，倏分倏合，彼此势均力敌，以致双方都受了重伤。他们就这样又继续斗了好久，只是稍稍停止片刻，从未休息，每人的身上都不止十五处伤口，鲜血淋漓，流了很多；而两个人都还能挣扎着直立起来，殊使对方感到惊奇。实际上，若把这两人的战绩加以比较的话，薄希华是年轻强悍，有勇无谋；那对方的骑士足智多谋，堪称经验丰富。

到后来，还是薄希华骑士首先开口说道："骑士先生，请暂停片刻，我们不过为了一点小事，已经斗了好久，望您把大名见示，以前我从未遇见像您这样的敌手哩。"那骑士也说道："愿向上帝立誓，说句真话，虽是身经百战，可是还从不曾有一个骑士像您这样把我打成了重伤。如今，说给您知道，我是圆桌骑士，我的名字叫做马利斯的爱克托骑士，那位名震遐迩的兰斯洛特骑士就是我的兄长。"听了对方通名，薄希华顿觉大喜，接口说道："听了您的话，我太兴奋啦，小子名叫加里士的薄希华骑士，这次正是在外打听兰斯洛特骑士的行踪，可惜受了您的打击，几乎送命，令我深感这个任务永不能完成了。"爱克托身上疼痛，心中不安地说道："您说错了，我才要被您打死啦，我没力量再活下去啦。"然后爱克托又转脸向薄希华骑士神色迫切地说道："请您快些到附近的修道院去走一趟,接一位修士来,因为我自信不能活了,我要请他为我施行临终的仪式。"接下去他又诚恳地说:"还有,您将来回到亚瑟王朝廷的时候,千万不可对家兄兰斯洛特骑士说我是被您打死的;要不然,他会把您看做不共戴天的仇敌了;只能骗他说,我在寻找他的时候受伤而死的。"薄希华骑士显得同样又痛又衰弱无力,只得答道:"哎哟,天呀,您的希望,要永远落空了,我因为血流得过多,几乎要昏迷了,浑身没有丝毫气力,怎能再骑马远行去找人呢?"

第十四回

依靠着圣杯的奇迹，爱克托和薄希华两个骑士的伤痕各各霍然痊愈。

爱克托骑士听完薄希华骑士的话，两人互相倚靠在地上，面面相觑，一筹莫展，心中却都悲痛异常。薄希华忽然说道："徒自伤心有什么用呢？"说罢了这话，便立刻端肃面容，澄清思虑，双膝下跪，敬向全能的耶稣虔诚祈祷。据说他是当时最勇武的骑士之一，而且对基督的信心也最为坚强。适在这时，从遥远的晴空中忽然飞来了那只圣杯，高悬天际；顿时上下四方充满了芬芳馥郁的香气，但他们两人却一时看不见是由什么人捧持着的，后来还是薄希华骑士隐隐约约地望出由一位童贞的少女捧着这只圣杯，因为他是一个纯洁的童男。就在这一刹那间，两人全身的皮肤以及四肢上的伤痕完全愈合，比之平日，没有丝毫的差异。自然他们都是心平气和地感谢上帝。薄希华骑士心中大大感动，说道："耶稣基督啊，我们两个都在垂死的当儿，为什么这伤势都好了，这是怎么一回事呢？"爱克托骑士正容说道："究竟是什么原因，我很清楚；那里有一只圣杯，由一个贞女捧着，杯里盛着耶稣基督的宝血，但愿他能够得福。"爱克托骑士又道："这尊圣杯是不能看见的，据说只有完全无缺点的人方能瞻望得见。"薄希华骑士欢喜地说道:"愿向上帝立誓,决不骗人,我好像看到一位少女,全身穿着白色衣服,双手捧着圣杯。一经看见这景象,全身的伤随即都长平了。"

他们说到这里,便去牵来了马,收拾甲胄,又把铠甲上破碎的部分修好,方才上了马,一同谈笑着走去。在路上,爱克托又告诉薄希华说,他已经寻觅了兰斯洛特骑士好久,可是还不曾得到他的丝毫消息,后来,他又说:"为了寻找我的哥哥,我经历了许多惊人的冒险。"因而薄希华骑士也把自己的遭遇向爱克托骑士逐一说了出来。

第十一卷终,下接第十二卷正文。

第十二卷

第二十章

第一回

兰斯洛特骑士在神经失常的时候，怎样握着一口剑同一个骑士相斗；又怎样跳到一张床上。

现在我们暂按下爱克托和薄希华两骑士的经历不提，且说兰斯洛特骑士的行径。他栉风沐雨，在荒郊老林中一处又一处地奔走，靠着他所能够采得的野果充饥，就地取水解渴，如是活了两年；至于说到他身上穿的衣服，除了一身单裤短衫而外，别无长物。兰斯洛特骑士就这样随处流荡乱闯，这一日来到一片碧绿的牧原之上，发现有一座帐篷；旁边一棵树上，挂着一面白色盾牌，还挂着两把宝剑，另外又有两根长矛，靠在第二棵树上。兰斯洛特骑士一瞧见这两口利剑，立刻向前奔来，举手摘下一把，脱鞘拔出，然后对准盾牌敲了一击，牧原上登时声彻云霄，这响声好像有十个猛将正放马大战一般。

跟着，跑上了一个侏儒，直奔到兰斯洛特骑士的面前，气呼呼的，大有夺下他手中宝剑的样子。这时兰斯洛特骑士伸手抓住他的两肩，把他头朝地倒举起来向地上摔去，这一下几乎把他的脖子扭断了，直把那侏儒痛得大喊救命。这时忽又跑来了一个容貌和善的骑士，披着一件绛红色外氅，上面吊了白鼬皮。等他走近一看兰斯洛特骑士，方知道这是一个神经失常、不克自持的

941

人。当下就和颜悦色地对兰斯洛特说道:"良善的君子啊,快把剑放下,我认为你更需要充分的睡眠,暖和的衣服,何必玩弄宝剑呢?"兰斯洛特骑士回答道:"闲话少说,跑开些,不许离我太近,要不听我的吩咐,就斫下你的脑袋。"

这位由帐篷走出的骑士一看这副形象,就转回帐篷里去了。随后,侏儒急忙帮他武装好了,那骑士便打算使用武力从兰斯洛特骑士手里将剑夺回,于是由帐篷里又跑了出来;这时兰斯洛特骑士看到那人武装齐全,手握利剑,来势凶猛,赶紧举着手中宝剑,飞步迎了上去,等身临切近,用全力猛然一击,对准那人头盔打去,正击中了他的头脑,同时他自己手里的剑也断成了三截。那骑士受了这一下,恰像死人一样倒在地下,鲜血直从口鼻两耳汨汨渗出。兰斯洛特骑士又跑进那人的帐篷,直冲到暖和和的床上,随身一躺,不料被窝里还睡着一个妇人,她骇得急忙穿起衬衣,奔出帐外。当这美貌的妇人一眼看到自己的丈夫躺卧地上,状如死人,登时悲从中来,俯下身去像疯人一般地痛哭狂喊。那晕倒的骑士竟被她的哭声唤醒了,只见他少气无力地微微睁开两眼,然后又问她,刚才给他一击的那个疯子到哪里去了,还说:"像这么重的一击,我还从来没挨过呢。"那侏儒在旁说道:"老爷,那人已经神经错乱了,伤害了他是不体面的;据我猜想他从前一定很威武的,一定是遭到了什么太凶的折磨,才弄得这样疯疯癫癫的;我看他那副神情仪表很像兰斯洛特骑士,记得从前在伦拿柴卜举行的那次大比武会上,我仿佛看见过他。"那骑士回答道:"当然的,若伤害了他,耶稣也不应许的,像兰斯洛特这么高贵的骑士,怎么会到这步田地呢;但无论如何,我决不会伤害他。"说这话的就是卜利安。他接着又向侏儒说:"你骑上马,赶到卜朗克堡,快去把我的哥哥赛礼芳骑士请来,并且把我的这段冒险经历也告诉他,叫他带一顶马轿来,好把这位骑士抬进我的寨里去。"

第二回

他们怎样用马轿迎接兰斯洛特骑士；又兰斯洛特骑士怎样搭救寨主卜利安骑士。

那侏儒奉了卜利安的命令，忙忙赶到卜朗克堡，接来了赛礼芳骑士，另外六个人带着一顶马轿也到了。当下他们把兰斯洛特骑士放在鹅绒被窝里，连同马轿一起奔向卜朗克堡而来。一路上，他始终酣睡沉沉，从没醒过，直等进了堡内方才苏醒。寨里的人提防他乱打乱闹，事先把他的两手两脚绑缚起来，再把美酒好肉供给他享受，让他慢慢恢复往日的英姿和矫健的身手；但他的意识仍是没有返回，甚至连他自己也不认识了。兰斯洛特骑士就在这里过了一年又半，面貌丰腴了，经过主人的悉心调理，衣服也整洁了。

有一天，寨主卜利安骑士本人披挂着武装，坐上骏马，手执利剑，独自行侠去了。当他来到一片大森林里，遇见两个冒险的骑士，一个名叫布诺斯·骚士·庇太，还有一个是他的弟弟，名叫拜尔特劳骑士；这两个人一见卜利安便齐冲到他的面前，对着他猛打一阵，直把两根矛杆都震断了。然后又拔出利剑，斗将起来，双方凶狠地斗了很久。但到后来，卜利安负了重伤，已觉神志迷糊，勉强爬上马背，向自己堡内奔来；这两人随在后面紧紧追赶，及至临近赛前,适巧兰斯洛特骑士这时正临窗而卧,见有两个骑士手持利剑双斗卜利安一人。兰斯洛特一看到这种情形,虽则他的神志依然不清,但侠义本色仍旧存在,对自己居停主人的受辱,不由心中大忿。于是兰斯洛特骑士立起身来,挣断手上和脚上的铁链,以致两只手都受了重伤;等到解脱了绑缚,就立即从后门奔出,正遇上那两个骑士在追打着卜利安骑士;这兰斯洛特骑士跳过来凭着一双赤手空拳,从马上便把拜尔特劳拉将下来,又夺下了他的宝剑;接着再跳到布诺斯骑士跟前,对准他的脑袋猛力一击,只打得他向后一仰,由马的臀部翻身跌落。这时拜尔特劳骑士看到自己哥哥被人打下了马,便挺着长矛,恨不得一矛搠来将兰斯洛特骑士的身体刺穿。这种情况恰被卜利安骑士看见了,他随即举剑一挥,这拜尔特劳骑士的一只手立被斫断。当下布诺斯和拜尔特劳兄弟两人看到情势不好,遂赶忙跳上马,相继飞逸而去。

  等到赛礼芳骑士奔来,见自己的弟弟得到兰斯洛特骑士的解救,并没遭到伤害,便立刻向上帝深深感谢,他弟弟也随着顶礼膜拜,从此他们兄弟对待兰斯洛特比以前更加优礼恭敬。当卜利安骑士看见兰斯洛特骑士的两手为了挣断铁链,刮得皮破血流,想起以前用铁链捆缚他的事,心中不住地惶悚不安。赛礼芳骑士吩咐手下人道:"他已经是懂事的快乐人了,以后不许再用铁链捆缚他了。"于是侍从们就不再捆兰斯洛特骑士,而且大家都在尽力逗趣,引他欢乐愉快,并热忱地留他住在此地,又将养了半年多。后来,在一个明朗的清晨,兰斯洛特骑士起身很早,忽地发现有一只躯体巨大的野猪奔到此地,在它的四周围着许多猎狗。因为这只野猪太大了，没有一只猎狗敢靠近它；另有一群猎人，有的乘马，有的步行，也吹着号角在它后面紧紧地追了过来；这时其中有一个人跃身下马，把马拴在树上，把矛倚着树竖立在那里，这些都被兰斯洛特骑士看在眼中。

第三回

兰斯洛特骑士怎样打击一只野猪，把它杀死；他本人怎样受伤，以致被人护送到一所精舍里。

兰斯洛特骑士当时看见有人将马缰系上树身，把长矛靠在树上，鞍下挂着一把宝剑；于是他奔到马前，一跃而上，提起长矛，放马径向野猪追去；追了一些时候，兰斯洛特骑士看见那只野猪奔到一所精舍近旁，掉转头把屁股顶在一棵树身上。兰斯洛特骑士立即挺起矛杆，连人带马直向野猪冲去，不料那野猪一头冲向马的肚子，它的几颗巨牙嵌进了马肚子，又突地回身一转，竟把马的肺都一齐拖出来了，兰斯洛特也因而摔倒地上；在兰斯洛特骑士还没跳离马背的当儿，那野猪已冲到他的腿边，一口咬住他大腿的肌肉，直撕到腿骨。当下兰斯洛特骑士怒如火发，勉强站立起来，拔出利剑，猛一使力，才把那野猪的头斩下。就在这时，一位修士走来，看到兰斯洛特的伤势严重，这隐士走到兰斯洛特骑士的身边，尽力抚慰一番，还想接他到精舍里敷药调治；想不到兰斯洛特听了隐者这番好意，由于精神失常，加上恼恨自己受的伤情，反而奔到隐士的跟前，打算把他杀掉，迫得这隐士只好远远地跑开逃走。兰斯洛特骑士追他不上，便恨恨地把手中剑向隐者背后遥掷过去，实际上兰斯洛特也因为流血过多，已无力再追了;这时,隐士又转回头来,问他究竟怎样受了这伤。兰斯洛特骑士气愤愤地答道:"好朋友,这只野猪把我咬伤的。"这隐士又说:"您走过来,让我替您治治看。"兰斯洛特骑士只觉着不耐烦:"滚开些,不要来管我的事。"

这隐者无法,只好径自去了。没走多远,路上恰好迎面来了一位面貌长厚的骑士,并随带着好多人马。这隐士当下向来的骑士说道:"爵爷啊,离此不远,有一个人身材魁梧,人品端庄,是我平生不多见的,可惜他被野猪咬成重伤,后来他还是把那野猪给斫死了。"接着他又说:"据我看,这人怕没有活的希望了,伤势过重,必死无疑,实在太可怜了。"骑士受了隐士的嘱托,命人觅来一辆车子;那骑士把死猪先搬上了车,又把兰斯洛特骑士放在车上,因为兰斯洛特负伤太重,身体很弱,所以这时听任他们摆布,很容易就办妥了;车子拉到精舍,这隐士就忙着为他诊治伤口。但苦于不易为兰斯洛特骑士找到滋养的食品,以致他的身体日趋憔悴,精神也渐渐萎靡;又由于缺乏合口的饮食,精神比从前更加失常了。

有一天,兰斯洛特骑士独自一人在森林中乱跑一阵,正巧撞上一条便道,径直到了科尔宾城里。这时伊兰公主正在里面,兰斯洛特骑士的儿子加拉哈,就是在这里生的。他进了城以后,又穿街过巷,来到堡前,当下满城的年轻人尽跟在他的背后,对他冷嘲热笑,甚至有人向他投掷垃圾污物,砸得很重。这些人中有的碰到兰斯洛特骑士的身边,就立刻被他抓住向地上乱摔,因而有人跌断了手臂和腿骨,都不敢再靠近他,有的就躲进堡里去了。这时正有几个骑士和侍从走了出来,遂代兰斯洛特驱散了这些年轻人。及至他们走近了兰斯洛特骑士，再仔细看他的仪表风度，大家都觉得从来不曾见过像他这么好的人。后来又看到他身上满是伤痕，因而推想他一定是一位英雄人物。于是大家拿出衣服给他穿上，又给他一间小屋，铺上一层干草，让他睡下。每天有人远远地抛给他成块的肉，给他饮料，但是极少有人敢把肉送到他的手上。

第四回

兰斯洛特骑士怎样被伊兰公主认出，引他进入一间卧室，运用了圣杯来治愈他的疾病。

且说佩莱斯王有个外甥，名唤卡斯达；这天卡斯达在佩莱斯王的面前，恳求他舅舅赐封他做骑士；佩莱斯王当下应许了卡斯达的请求，就择定圣烛节的宴会上封他。在卡斯达被封骑士的当天，他送出好多件长袍作为礼品。卡斯达骑士又派人送了一件给那呆子——兰斯洛特骑士。兰斯洛特骑士来到卡斯达骑士面前的时候，卡斯达便拿了一袭赤色长袍，还有其他衣着赏给了兰斯洛特。兰斯洛特骑士穿起新的衣服，霎时间神采奕奕，变成了全朝中出类拔萃的人物，几乎无人能同他媲美。后来他趁机悄悄走进宫廷后面的花园里散步，又在近泉水的地方躺下休息，不料竟呼呼入睡了。直到下午，伊兰公主带了几个侍女进来游逛，正在她们漫步观赏的当儿，其中一个宫女突然察觉泉旁睡着个男人，看他雄伟端正，英气朗爽，随即跑来指给伊兰公主。伊兰公主悄声说道："安静一些，不要说话。"这时她已引导着公主走到那人的跟前。当时伊兰公主一眼看去，觉得好生面善，仿佛是旧识，连忙审视，果然认出了他原来就是兰斯洛特骑士；她止不住泪珠频倾，放声痛哭，几乎跌倒在地上；她这样哭泣了好久，方才站起身来，招呼侍女们说她病了。

公主一走出花园，径直来见她的父亲，她挽住父亲的手，父女两个走到另一个无人的地方，然后开口说道："父亲，现在求您一件事情，倘使您不答应我，不论多么好的日子，我也不愿再过下去了。"佩莱斯王说道："孩子，你说的是什么事情呢？"她答道："父亲啊，事情是这样的：我走到您的花园中游玩，在那里的泉旁，我看到湖上的兰斯洛特骑士正在沉睡。"佩莱斯王惊异地说道："真是他吗？我有点不大相信。"她又发急地说："爸爸，不会错呀，真是他啊；不过，看上去他的神志已经失常了。"君王道："你等一会儿，不要动，让我亲自去看看。"他这时召来了四个人，都是他最亲信的，连同伊兰小姐，大家一同走到泉水旁边，见兰斯洛特骑士仍在熟睡，没多时，侍女卜瑞仙就认出他是兰斯洛特骑士。卜瑞仙接着说道："王上啊，因为这位骑士的神志已不正常，我们对待他必须要镇静，若是我们粗率地把他唤醒，说不定会闹出什么祸来，那是没法预测的；请诸位稍等一下，让我先使个法术，叫他酣睡一个时辰。"说罢，她就施了法术。

此后没过多久，君王下令所有随行人员一律离开，并且在君王经过的路上，概不许有人逗留。这命令发出之后，那四个侍从和宫女一起伸手托在兰斯洛特骑士的身下，将他抬进塔内，再送进那间收藏圣杯的房间里，岂知无意中恰好就把他安置在靠近圣杯的地方。恍惚间进来了一位圣者，只见他掀开了圣杯的盖子，借着圣迹，又靠着圣杯的力量，兰斯洛特骑士的病症竟霍然痊愈了。等到他酣睡醒来，又呻吟又叹气，一个劲地抱怨说浑身都很痛。

951

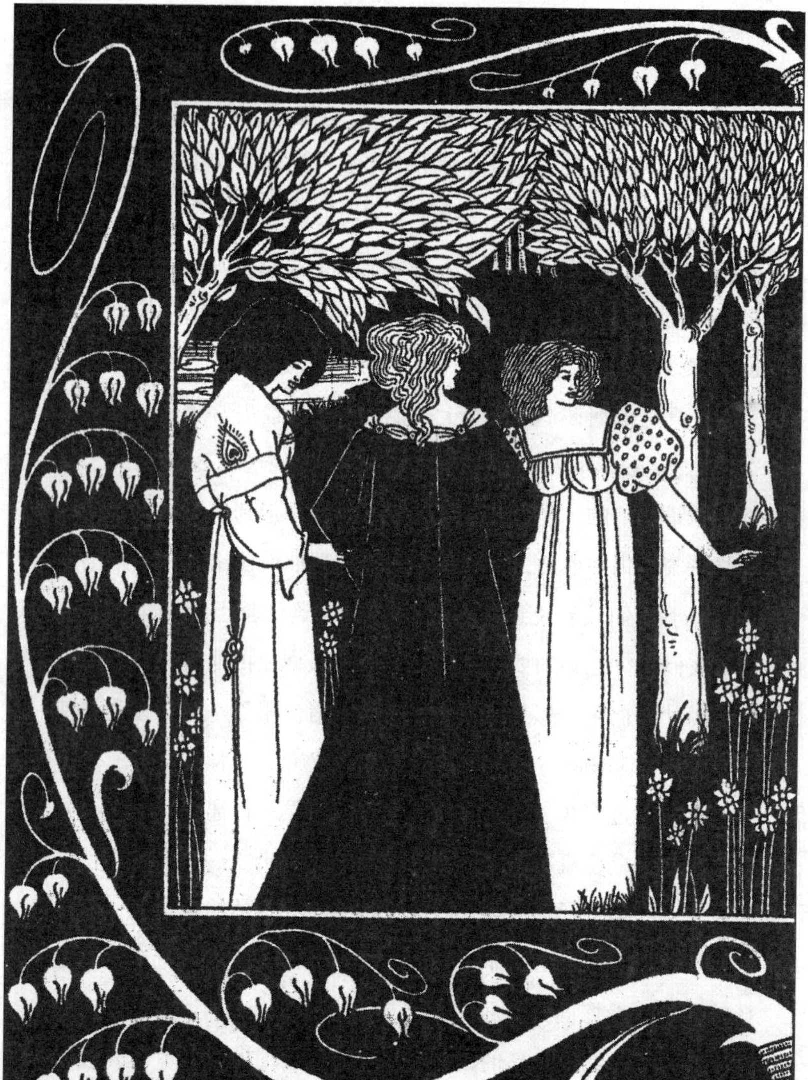

伊兰小姐在她的花园里认出痴狂后的兰斯洛特

第五回

兰斯洛特骑士的疾病痊愈之后，他的理智也恢复正常了，他这时怎样反而感到惭愧；伊兰公主又怎样甘愿送给他一座堡寨。

兰斯洛特骑士一望见佩莱斯王和伊兰公主，顿时惭恶起来，吞吞吐吐地说道："我主耶稣啊，我怎样来到这里的呢？君王啊，请您为了上帝的光荣，让我知道我是怎样到了这里的？"伊兰公主答道："爵爷啊，您初来本国的时候，完全神志迷惘，不省人事，活像一个疯人，因而他们把您当做一个呆子收留下来；此地没有一人能识破您的底细，直等到您睡在泉旁，适巧我的一个侍女看见了您，招呼我去看一看，才把您确认出来呀。随后，我告诉了父亲，又把您抬到圣杯近边，这样才治好您的病痛。"兰斯洛特骑士听罢，立即说道："耶稣啊，求您慈悲，如果这是真话，那么有多少人已经知道了我发痴呢！"伊兰公主说道："求上帝为我作证！那时只有我的父亲、我和卜瑞仙三人在场，没有别人。"兰斯洛特骑士央求道："现在，请您为着耶稣基督的光荣，代我保守秘密，不要给世上的任何人知道；当时我如此糊涂，事后想来，惭愧万分。我曾被人永远逐出罗格里斯的国境，也就是说永远赶出英格兰了。"

兰斯洛特骑士一连休养了半个多月。由于浑身酸痛，行动不便。因此，有一天他向伊兰公主说道："伊兰小姐啊，为着你，我吃了多少苦头，到处提心吊胆，受到多少惨痛，都不必向你再噜苏了，你已经都知道了。记得那次夜里，我俩同宿到了天明，我拔出宝剑，打算把你杀掉，现在我已深深明白，那种胡作妄为的举动太辜负你了。这全是因为你和卜瑞仙两人不管我的意见如何，勉强我和你同床合欢。事后听你说道，当夜你有喜成孕，怀了你的孩子加拉哈，是吗？"伊兰公主答道："一点也不错。"兰斯洛特骑士又道："现在请你看在我的面上，去见尊大人，求他给以栖身之地，你看如何？我决心永不再到亚瑟王朝去了。"伊兰小姐答道："为了您，爵爷，只为了您，不论我活着或死去，我都甘愿随了您，天老地荒永不相离。假若我的生命不幸对您无益，而我的死对您有利的话，那么为了您，我甘心为您愉快而死。我这就去见我父亲，我自信凡是我向他请求的事，不论是什么，他没有一件不答应的。我的爵爷，不论您在哪里，我的兰斯洛特啊，您都用不着丝毫犹豫，我是下了决心来伴随您的，尽我一生的心力服侍您、侍候您。"这番话一说完，伊兰便跑到她父亲面前，说道："父亲，我的兰斯洛特骑士希望能在您的任何堡寨里靠着您住下。"那君王答道："好吧，孩子，要是他愿意留在边疆地方，就让他住在卜利安堡，在那里，你可要陪着他，我另派二十个最好的宫女来，她们都是高贵家族出身的；此外，再派十名骑士；孩子，你要知道，由于兰斯洛特骑士的家世，我们会感到无上的光耀。"

第六回

兰斯洛特骑士怎样来到快乐屿，在此取名拉·西伐耳·马耳·法特——意即厄运武士。

然后，伊兰公主又赶回兰斯洛特骑士面前，把父亲为她本人和兰斯洛特作的打算，统统告诉他了。这时，佩莱斯王的外甥卡斯达骑士走进来了，一见兰斯洛特骑士，便问起他的尊姓大名。兰斯洛特骑士随口应道："爵爷，鄙人名叫厄运武士。"卡斯达骑士又说："骑士先生，能够这样，也是好的；不过据我想来，您是湖上的兰斯洛特骑士，不久之前，我好像在某地方见过您啦。"兰斯洛特心里发急，只得说道："骑士先生，您真不像一个恢廓大度的骑士，我故意隐避兰斯洛特这个名字，而且，我也希望别人不给我露出来。我的苦衷，若是您肯为我保守，并没什么为难，又无损于您呀，何苦揭穿呢？如今，请您认清楚，只要我一朝权在手，一定不放过您；我这人，说得到，就做得到。"卡斯达骑士听了这话，骇得跪了下来，恳求兰斯洛特骑士的饶恕，并说道："从今以后您住在这里，不论您的情况怎样，我决不敢再信口乱说了。"于是兰斯洛特骑士就宽恕了他。

几天以后，佩莱斯王亲自率领十名骑士，偕同伊兰公主，还带着宫女二十人，都骑着骏马，浩浩荡荡直奔卜利安堡而来。这堡建在一座岛上，堡外回绕着铁栏杆，再外面还围着一道又宽又深的护城河。待这群人马抵达之后，兰斯洛特骑士特为这岛定名为快乐屿，大家称他本人叫厄运武士。这时兰斯洛特骑士又吩咐下属制了盾牌一面，盾身黑色，中间绘画一个女子，头戴皇冠，面前跪着一个骑士，皆系银色。他住在堡里，不论宫女们怎样尽心竭力地服侍他，他终是面向着罗格里斯的国境遥望，每天至少一次，因为亚瑟王和桂乃芬王后都在那方的天涯。他仰起头怅望一忽儿，随又低头痛哭一番，不尽其肠断心碎之情。

有一天，兰斯洛特骑士听到附近将举行比武大会的消息，地点离堡约有三英里。他便唤来一个侏儒，吩咐他到那会场处去："等大会结束，在那些骑士们还没离开会场以前，你找个机会，发出叫报，使全部骑士都能听到，您说在快乐屿上一座卜利安堡里，有个名叫厄运武士的，要求同所有参加竞赛的骑士们比武。凡是能够打败他的骑士，便可以得到美女一名，雄鹰一只。"

第七回

在快乐屿上举行的大比武会，薄希华和爱克托两个骑士怎样到达该岛，又薄希华和兰斯洛特的比赛。

那侏儒把兰斯洛特骑士所指示的叫报发布以后，便有五百多名骑士赶到了快乐屿上。请读者们听好，在亚瑟王当权的日子里，从不曾看见过一个骑士像兰斯洛特那样在三天内表演了这么伟大精湛的武功。据史书上确实可靠的记载，这次他一连击败了五百名前来挑战的骑士，而不曾伤害他们中任何一人。比试之后，兰斯洛特骑士设宴招待了他们，仪式极为隆重。

就在这个时候，加里士的薄希华骑士以及马利斯的爱克托骑士偶然来到这唤作快乐屿的堡下面。他们向这座富丽雄伟的堡寨遥望着，很想进城一游，不幸这里的护城河凿得很宽，上面又没架起桥梁，没法通过。隔着这河，远远地望见一个服饰华丽的女子，臂上架着一只鹰正在散步，薄希华骑士便向她大声地问，是什么人住在这堡里。只听她答道："良善的骑士先生，在这里住的，是这地方一位最优雅娴静的贵妇人，名字叫做伊兰公主。还有一位品质高贵，武功卓绝的骑士，这人自称厄运武士。"薄希华骑士接着说道："敢问这位骑士怎样来到这辽远的边区的？"那位小姐又说道："不瞒您说，这位骑士当初到科尔宾城的时候，好像一个疯人，不论他走到哪里，都有成群的孩子和野狗跟在后面，到后来受了圣杯的力量，才把他的神志恢复正常；平素他不愿意同任何骑士交手，只有在早晨或中午时分偶尔小试一下。如蒙光临，小作勾留，请您骑马绕到对面，那里有船停着，您和您的马都能摆渡过来。"两人于是辞别，寻船去了。薄希华骑士走到船边，跳下马，向爱克托骑士说道："请您在此等候，让我先进去看看那骑士究竟是谁；现在我们两个，他只一个人，倘使动手比起武来，我们双战人家一人，便未免有失体面。"爱克托骑士道了一声："一切悉听尊便，我就在这里静候您的好消息吧。"

薄希华骑士遂摆渡过河，赶到城门下面，便向守门人说明："请您报告您那高贵的爵爷，说是寨外来了一个游侠武士，要求同他比武哩。"那守门人答道："骑士老爷，请您骑马进城，去寻那个专为比武用的公共武场，好使寨里的爵爷们和夫人小姐们都能在场上看到您的武艺。"没多久，兰斯洛特骑士得到了通知，随即准备停当，飞马而出，于是薄希华和兰斯洛特两人相遇，各使全力大斗起来，双方的长矛都打得极为凶恶猛烈，以致两人都跌下马来。然后他们两人又都弃马步战，挥剑相向，斗个不停，各把对方的盾牌斫得片片落下，正像两只雄猪在斗似的，这时各把对方打成重伤。斗了有两个多时辰，到了最后，薄希华首先开口说话了。他说道："良善的骑士，您的武艺，平生罕见，令我钦佩之至，可否敬求将大名见告？"兰斯洛特骑士答道："骑士先生，我名叫厄运武士。"他又接着说道："温良的骑士，请问大名，也求告知。"当下薄希华骑士接口说道："可以的，鄙人名叫加里士的薄希华骑士，是高贵骑士拉麦若克的同胞，家父就是伯林诺王，

959

阿各娄发骑士是我的哥哥。"兰斯洛特骑士听罢一声长叹:"天啊,我干了什么了,我怎么竟同一位圆桌社的骑士交手呢,这不是你旧日的老伙伴吗?"

第八回

他们两人怎样相识,又彼此怎样都相待以礼;又兰斯洛特骑士的弟弟爱克托怎样来到哥哥的面前,以及他们之间的快乐情趣。

兰斯洛特向薄希华说完了那一番话,赶快抛下了自己的盾牌和手中宝剑,走近前来双膝跪倒。薄希华骑士一见这种情景,早体会到他心中的意思了,因而谦和有礼地说道:"骑士先生,不论您是怎样,总想求您依照骑士的道义礼节,把您的真实名姓告诉我。"这时,他才不再踌躇,开口说道:"敢向上帝立誓,一定说老实话,鄙人名叫兰斯洛特骑士,原是比诺易地方班王的儿子。"薄希华骑士也不禁慨然叹息道:"天呀,真太作孽,我干了什么事呢?王后派我去找您,我找了几乎两个年头了,陪我做伴的还有令弟爱克托骑士,他还在河的对岸等候我呢。"他又继续说道:"现在为了上帝的光荣,我对待您的粗暴举动,请您原谅吧。"兰斯洛特骑士答道:"这点小事很快就会忘记了。"

于是薄希华骑士赶去请来了爱克托骑士,等到兰斯洛特见到他的面,紧跑上去,伸开两臂,一把将他抱住;爱克托立时跪在地上,两弟兄抱头痛哭了一场,四周的人看着这番情景,也各自不禁伤感。伊兰公主闻讯也跟着来了,这时她大开盛筵,尽情招待，无一样不是竭尽心力做到尽善尽美；同时，她又告诉爱克托和薄希华两个骑士，说兰斯洛特骑士当初怎样来的，怎样一副病状，又是怎样治好的；此外，还说到兰斯洛特骑士怎样同卜利安和赛礼芳两位相处很久，他怎样和他们初次相遇，受了野猪的伤害，又怎样和他们分开；还说到一位修士怎样治愈了兰斯洛特骑士的重伤，以及他怎样来到科尔宾城，逐一说了一遍。

第九回

鲍斯和梁纳耳两个骑士怎样来到布兰底果尔王那里，又鲍斯骑士怎样带他的儿子赫灵·拉·卜拉克来到朝廷；以及兰斯洛特骑士的情况。

兰斯洛特和伊兰公主同住在快乐屿的情况，以及爱克托和薄希华他们在此的赏心乐事，暂时按下不提；且说鲍斯和梁纳耳两位骑士的行踪。他们两人为了寻访兰斯洛特的下落，用了两年的光阴，到处奔走，结果竟一无所闻。当他们驰骋天涯的时候，有一日，无意间走到了布兰底果尔的王室。远在十五年之前，鲍斯曾在这里和布兰底果尔王的公主生过一个孩子，取名赫灵·拉·卜拉克，因此鲍斯的名字，传得家喻户晓。这一次，鲍斯骑士看到了这个孩子的容貌举止酷肖他自己。当下这两位骑士都受到布兰底果尔王的热情招待。有一天早晨，鲍斯骑士来到布兰底果尔王的面前说道："这个赫灵·拉·卜拉克，人家都说是我的儿子，这是实情；我特来向您禀明，我愿意带他到亚瑟王的朝廷里去。"君王答道："鲍斯骑士，您可以带他同去的，不过他的年纪还太小了些。"鲍斯答道："您的话也很对，但是我所以想带他同去，是想让他到世界上最伟大的人物家里见见世面。"他领着卜拉克走的时候，大家对这孩子都恋恋不舍，挥泪送别。鲍斯和梁纳耳两人拜辞了布兰底果尔王以后，不多日抵达了加美乐城，亚瑟王正驻跸城内。亚瑟王听到鲍斯领着他的儿子卜拉克来了，而鲍斯这时便是布兰底果尔王的女婿，因而打算封卜拉克为圆桌社的骑士，让他有机会证明自己确是一位高尚的骑士，也是一位勇于冒险的骑士。

现在我们再转来一叙书中的主人公兰斯洛特骑士。有一天，爱克托和薄希华两人见了兰斯洛特，特意问起他打算做些什么，又问他愿不愿陪他们一同回亚瑟王的朝廷中去。兰斯洛特骑士不经意地随口答道："我没有这个意思，无论如何我不愿再去，想起朝廷待我那么刻薄，我决心永不再去了。"爱克托骑士接着说道："哥哥，我是您的弟弟，这世界上您是我最亲爱的人了，假若我明知道什么会损害您的光荣，我会劝您去吃亏吗？自从您离开以来，在朝廷里，亚瑟王和全体的骑士，尤其是桂乃芬王后，都在日夜想念您，忧心如焚，以至使得看见和听到的人无不感觉诧异。而且，您必须注意自己的伟大声望，在当代勇士之中，您是最为人称道的一位；今日能同您齐名的，仅有特里斯坦骑士一人，此外便没有人配同您相提并论的了。"说到这里，他略停顿了一下，见他的面色有点和转，接着又说："因此，哥哥啊，请您准备陪我们返回朝廷吧，我敢说朝廷里对您的热烈欢迎一定在任何人之上；我认为一切情况都会好转的，单为着寻找您，我们的王后已经花费了两万镑的金钱啦。"兰斯洛特骑士听后说道："好吧，弟弟，就照你的意思，我跟了你去吧。"

随后，他们备妥了马匹，捯挡行装，告别了佩莱斯王和伊兰公主。在兰斯洛特骑士行意已决和伊兰公主临别之际，她柔肠百转，哀怨不胜。伊兰公主当时说道："我的爵爷，兰斯洛特骑士啊,在圣灵降临节大宴会上我们的儿子加拉哈将荣膺骑士的封号,他的年龄已是十五足岁了。"兰斯洛特答道:"一切都由你做主吧,我们恳求上帝的恩典,好让儿子成为一个优秀的骑士。"伊兰公主答道:"说到这一点,我深信在亲族中,除你之外,他大有希望成为一个了不起的人物。"兰斯洛特骑士欣慰地说:"希望他成为一个十足的高尚人物。"

第十回

兰斯洛特、薄希华和爱克托三个骑士怎样来到朝廷里，又全朝的人怎样兴奋地欢迎兰斯洛特骑士。

兰斯洛特一行人马在别离之后，经过五天的路程来到了加美乐城，在英吉利人的口中，则称做温彻斯特。兰斯洛特骑士重新回到旧日人群中间，转回朝廷各位官员的中间，亚瑟王以及全体骑士们都对他怀了莫大快慰，致以热烈的欢迎。接着薄希华和爱克托两位骑士开始向大家说出这次行程中的冒险经过。关于兰斯洛特骑士，他们说道：在兰斯洛特骑士离此地之初，他的神志已经迷惘不清，他自己怎样称做厄运勇士；后来在三天之内，兰斯洛特单骑击败了五百名骑士。在爱克托和薄希华述说兰斯洛特的时候，桂乃芬王后玉容惨淡，哭泣得几至欲绝。后来，王后备了极丰盛的筵宴，来招待他们。当时，亚瑟王说："哎，耶稣呀，我真不明白您这位兰斯洛特骑士为什么弄得那样神志恍惚。我和别的许多人，总以为您是为了那可爱的伊兰小姐的爱情呢，他们在您背后都议论您同佩莱斯王的公主生过一个孩子，名字叫做加拉哈，一些人都在说这孩子将来会有惊人的成就。"兰斯洛特骑士答道："王上，如果我犯了任何过失，那全是我自找的烦恼呀。"王上听罢，也就不再多说什么了。但兰斯洛特骑士所有的亲属都知道他究竟是为了谁才发痴的。等到盛大的宴会开始了，顿时显出一片狂欢景象，所有参加盛会的爵主们和贵妇们，听到兰斯洛特骑士重返朝廷，无不心花怒放，含笑欢迎。

第十一回

伊索尔德怎样劝告特里斯坦骑士先赶到朝廷,再参加圣灵降临节的大宴会。

这一面的事,现在我们暂时按下不表,且将特里斯坦骑士和巴乐米底(也就是那位撒拉逊的异教徒)的事迹再来叙述一番。

从特里斯坦骑士出外行侠,到他返回快乐园的一段时间,大约两年有余,也正是兰斯洛特骑士的下落始终打探不出的期间,因此特里斯坦骑士的声誉威望,独自震撼了整个罗格里斯的国境,其间不知道有几多次惊心动魄的险恶斗争,都经他的威名武艺,获得了胜利。这一次特里斯坦返回家乡,伊索尔德便告诉他说在下届圣灵降临节将要举行盛大的宴会,同时又告诉他兰斯洛特骑士已经失踪了两年,在这悠长的时间里他一直心神迷糊,幸而得到圣杯的治疗,才得恢复。特里斯坦骑士听后又惊又喜,说道:"这太可怜了,想来他同桂乃芬王后之间大概在闹什么闲气吧?"伊索尔德小姐答道:"爵爷,这件事的底细我知道些,因为桂乃芬王后写过一封信来,把全部的经过都告诉了我,并且还请您去寻访他的下落呢。而今,靠了上帝的保佑,他已恢复了健康,也回到朝廷来了。"

特里斯坦骑士高兴地道:"这个消息真令我兴奋呀,我们俩赶快准备起来，好同去参加圣灵降临节的宴会。"伊索尔德说道："若是您不怪我的固执，爵爷，我想还是我不到场的好；试想，我出场之后，便有很多优秀的骑士要注意您啦；那时，您为了我，也会增加许多不可避免的麻烦。"特里斯坦接着说道："既如此，我就不参加了，除非您也能到场。"伊索尔德又劝说道："这是上帝所不许的，若这么办了，那么各国王后，各方面的名媛贵妇，都会无情地议论我了；何况，您是世界上最高贵的骑士之一，又是圆桌社的一员，怎可以不出席这样重要的盛会呢？请想想，所有的骑士们要说什么话？你们看呀，特里斯坦骑士只管猎鹰呀、捉兽呀，却放弃了他的荣誉，去享受金屋藏娇的艳福啦。甚至于，天呀，还会有人要批评说，瞧他真没有出息啊，担当了空名的骑士太无耻了，他怎样配得到一位贵妇的恋爱呢！再说，那些王后们和太太小姐们不是要狠辣毒骂我吗？我若是看守着一位高贵的骑士而让他抛弃了荣誉，要我去过那种日子，无乃太可怜了。"特里斯坦骑士听过这一番话，便向伊索尔德赞扬道："您说的这些话，真太好了，而且见解确实高明；现在您爱我之深，我才真正体会到了；这是我的良心话，确实这样，从今以后，您劝我怎样做我就怎样做。但是这里既没有男子也没有孩子足以和我做伴，我就独自一人去好了。姑且决定下礼拜二动身，这次除开我的长矛、宝剑之外，不打算再多带别的武器。"

第十二回

特里斯坦骑士怎样不带武装赶赴朝廷,在途中遇见了巴乐米底;他们两人怎样互斗起来;巴乐米底骑士怎样容忍了他。

到了礼拜二这天,特里斯坦骑士向伊索尔德告别,当下伊索尔德派了四名骑士随行服侍,不过走了半英里路,特里斯坦骑士便吩咐他们转回去;又向前走了不到一英里路,特里斯坦骑士远远望见巴乐米底正在他前面将一名骑士打倒,看来那骑士伤势很重,性命岌岌难保。特里斯坦骑士当时想到自己不曾武装,心中很是忐忑不安,便停住了不向前走。不料,巴乐米底已经认出了特里斯坦,遂大声喊道:"特里斯坦骑士,今天我们遇见了,在我们没分手之前,可以算一算旧账吧。"特里斯坦骑士答道:"说到这一点,请问您可曾听说过有哪个基督教徒敢于大言不惭,说我看见他便逃之夭夭的?巴乐米底骑士啊,请您认清楚,您这个异教徒,想来不至于夸口,说我特里斯坦一望见您就闻风而逃吧。"说时迟,那时快,特里斯坦飞马向前,使尽全身气力,猛劲直朝巴乐米底身上冲来,奋力一击打去,只见自己的长矛纷纷震断成上百截。一转瞬,特里斯坦已拔出了利剑,勒转马头,对准了巴乐米底的头盔猛砍了六下;但巴乐米底骑士一动不动,只是看着特里斯坦骑士,深深惊异自己是那么疯狂、愚蠢。这时,巴乐米底自言自语地说道:"如若特里斯坦骑士着了武装的话，很难止住他不打了，但是，倘使我再转身来把他杀死，岂不是走到天涯海角也要招到别人耻笑吗。"

特里斯坦骑士傲然一笑地回答他说："你这胆小如鼠的骑士，您到底决定怎样做，为什么不来同我斗一斗呢？您一定知道，我是不怕您诡计多端的。"巴乐米底说道："哈，特里斯坦骑士呀，您明明白白地知道，我是为了怕丢脸才不肯同您相斗的。您没着武装，我却披挂得齐齐整整，果然我把您杀掉，胜之不武，我还配称做英雄吗！"接着他又向他说道："我认为您一定知道，而且我亦知道，您的英勇有力，您的坚毅耐战，是足够应付一位高尚骑士的。"特里斯坦骑士点了点头，很同意地说道："这句话倒也有理，不过，我知道您也很勇敢。"巴乐米底道："您的话很对，现在有一个问题，先请您回答我，我再告诉您。"特里斯坦问道："什么问题，您说吧。我立誓向您说真话。"巴乐米底便说道："倘使您披挂了全部的装束，和我同样完整；而我像您一样，并未披戴武装；那么您依真正骑士的道义，究竟要怎样对待我呢？"特里斯坦骑士说道："哎，巴乐米底骑士啊，现在我完全懂得您的意思啦，您是要我说出我自己的意见来，希望上帝祝福我，我将要讲的话，是为了惧怕你而说的，人家不会批评我的。一言以蔽之，巴乐米底骑士，您要知道，这一次您大可心安理得，离我而去，我不打算同您相斗呀。"巴乐米底道："我也不想同您再打了，您就请骑马上路去吧。"特里斯坦骑士又道："要停要走，那是我的事情，我会决定的。"他接着又说："可是巴乐米底骑士啊，有一点使我惊奇，您果然是一位真正优秀的骑士，不过您还不曾接受过洗礼；而您的兄弟沙飞尔骑士在好久以前就受过洗礼了。"

第十三回

特里斯坦骑士怎样从一个受伤骑士的手里，获得了武装和全套的马具；以及他怎样打败了巴乐米底骑士。

巴乐米底骑士答道："在许多年前我立过一个誓，只有实现了这个誓言，我方才受洗，所以不论我内心里怎样信仰耶稣基督和圣母马利亚，我总还要去打一次仗；这仗打过，我才能心安理得地去受洗礼。"特里斯坦道："我愿意拿脑袋同您打个赌，您这一仗，劝您不必再去找了。"他又接着说："若是由于我的错误，而使您还要做一个异教徒，上帝也不答应啊。"沉思了一会，他又说："这样办吧，巴乐米底骑士，那面有一个骑士，他是被您打伤又跌倒的。现在，请您帮帮忙，让我去穿上他的甲胄，便立刻可以完成您的誓言了。"巴乐米底说："悉听尊意，就这样办好了。"

那个受伤的骑士这时正坐在河岸上休息，他们两人跨上马同来到他的面前，特里斯坦骑士先向他施过礼，这骑士也虚弱无力地答了礼。特里斯坦又开口问："骑士先生，请教尊姓大名？"他说："先生，我乃圆桌社骑士，名叫高尔威的葛雷荣骑士。"特里斯坦骑士道："我愿立誓，决不骗人，您的伤实在使我担心。我有一件事想同您商量，打算向您借那全部武装用一用。您看我身上没有武装，然而我又想去同这位骑士斗一场。"那受伤的骑士答道："先生，您要用，无有不可，可是我要忠告您一句，那人确是个顽强的骑士。"葛雷荣又接着说道："骑士，可否请将大名告知，并且打我的那位骑士，我也想知道他的姓名。"他随口答道："先生，鄙人叫做良纳斯的特里斯坦骑士，把您打伤的那位骑士名叫巴乐米底骑士，是著名的沙飞尔骑士的老兄，而今还是个异教徒。"葛雷荣骑士说道："啊，这太可惜了，像这样优秀的骑士，一身的好本领，那是应当受洗礼的。"特里斯坦骑士又道："骗了人，雷打火烧，这次我们两人在分手前，若是他不能把我杀死，我便一定要把他变成基督徒。"葛雷荣骑士说道："我的爵爷特里斯坦啊，您的威望，声震遐迩，多少国家都闻名已久，上帝保佑您，今天一定不让您吃亏的。"

随后，特里斯坦脱下了葛雷荣的武装；葛雷荣原是个高贵的骑士，以前曾经多次施展过惊人的武功，这人身材高大，肌肉丰满。于是，他解下了武装，看他的背上，满是被长矛打成的瘀伤，尽管他两脚不能直立，还勉强帮助特里斯坦披上武装，确是一条硬汉。然后，特里斯坦跳上自己的马，手里拿着葛雷荣的长矛；同时，巴乐米底也已准备齐全。等到他们两人放马冲在一起，挥动长矛，尽力向对方击去，都击中了彼此的盾牌；这时，巴乐米底立刻跃身下马，竖起盾牌，拔出宝剑，毫不示弱。这情形被特里斯坦骑士看见了，他也很迅速地下了马，把马拴在一棵树干上。

第十四回

特里斯坦和巴乐米底两个骑士怎样长久地互相搏斗，以后这两个人又"言归于好"；以及特里斯坦骑士怎样感化巴乐米底受洗而为基督徒。

巴乐米底和特里斯坦两骑士重又冲在一起，那冲势凶猛，恰像一对野猪一般，接着左挡右逼，剑光往来缭乱，看战斗的激烈，又似高贵的勇士常用于战场上的那般战法，但巴乐米底却时时顾忌到特里斯坦的气力不足，因而有时让他喘息一下。他们就这样恶战了两个多时辰，其间往往是特里斯坦打击巴乐米底的次数多些，甚至迫得他跪在地上；而巴乐米底则挥剑乱劈，直把特里斯坦的盾牌砍下了好多块；后来巴乐米底终于打伤了特里斯坦，由此可知巴乐米底确是一位骁勇高强的战将了。当下特里斯坦盛怒如狂，倾全身之力，径向巴乐米底身上冲来，猛地发出一击，打得他直挺挺地仆倒地上；紧接着他又急忙挺身一跃，立即从地上站起，于是特里斯坦又对准了巴乐米底一剑搠来，正刺穿了他的肩膀。这时，尽管特里斯坦骑士始终打得那么凶猛，但巴乐米底也毫不示弱，因之特里斯坦也挨了无数击。战到最后，特里斯坦一击连一击，打击的次数加紧了，无意之间，竟把巴乐米底手中的宝剑打落；当时，倘使巴乐米底弯腰拾取这口剑，难免就要被特里斯坦杀掉。

因此，巴乐米底停身不动，双眼直瞅着自己的宝剑，急得五内如焚。这时特里斯坦向巴乐米底说道："现在怎样了，今天都是您更有理，可是此刻我却比您更站在有利的地位了；从今以后，不论在朝廷内，或是在各位优秀的骑士中，我想绝不会再有人议论特里斯坦要杀死一个不带武装的骑士了吧；现在就请您拾起宝剑，让我们再打出个分晓来。"巴乐米底骑士断然说道："这场战争，我想就这样结束好了，因为我已经没有胃口再打下去了。"巴乐米底又说："说起这一点，我自信开罪于您的地方并不多，也还不至于使我们不能言归于好。我所以对您有了嫌隙，从过去到现在，归根结底，也不过因为爱上伊索尔德而已。说到她，那样一个美人，真是天生丽质，举世无双；并且我对她，也从来没有怀过什么不尊敬的意思，我只是将她放在我的心底，因为惟有得到这一点温存，才能使我有勇气得到我所应享有的光荣。对她本人，我丝毫没有触犯过她，更不愿稍存芥蒂。对于您呢，我是触犯了，而且我攻击的就是您自己；也就是为了这个愤慨，今天一天您已经打了我许多击，每一击都很厉害，可是我呢也打还过您啦；现在，我敢说，凭了您恁高的本领，恁大的气力，确实再没人及得上您，除开兰斯洛特骑士之外，您可说天下无敌手了；因此，我的爵爷，我愿以至诚，恳求您对我以往的过失和一切失礼的地方赐以宽恕。今天我就要到前面的教堂里，先让我彻底忏悔，然后请您看着我去诚心诚意地受洗。受洗以后，再请您陪我到亚瑟王朝，参加宴会盛典，好么？"特里斯坦骑士满心喜悦地答道："请您快去牵马，一切全照您的意思。至于您的错失，已蒙上帝饶恕了，我自然也是愿意的。离开此地，不到一英里路的卡莱尔有位副主教，他会为您施行洗礼的。"

说完，这两个骑士跨上坐骑，葛雷荣骑士亦乘马同行，等到他们一同拜见过副主教，由特里斯坦说明来意。当下那副主教预备了一大盆圣水，在他虔诚礼拜之后，巴乐米底就开始作了彻底的忏悔，特里斯坦和葛雷荣担任了他的教父。待洗礼完毕，大家又继续前进，一直抵达加美乐城——这城中住着亚瑟王和桂乃芬王后；此外，圆桌社的大部分骑士也住在这里，国王和全朝的人听到巴乐米底已接受了洗礼，无不表示庆贺欢祝之意。而且在这次宴会上，加拉哈也赶来参加，并坐在危险席上，俟宴会完毕，所有圆桌社的骑士方才纷纷散去，特里斯坦重又返回快乐园，巴乐米底骑士则依然追寻他那怪兽去了。

> 特里斯坦骑士的轶事，由法兰西文迻译为英吉利文的第二卷，在此告终。至本书的第三卷，不再向读者缕述了。以下接述圣杯的故事，这乃是我主耶稣基督的宝血的象征，高贵无比，由亚利马太的约瑟携入英格兰。对世上一切犯罪的人，主啊，请您怜悯他们吧。第十二卷终，下接第十三卷。

第十三卷

第一回

在圣灵降临节盛宴举行的前夕,有一位少女怎样进入大厅,走到亚瑟王的面前,要求兰斯洛特骑士去赐封一位骑士,又兰斯洛特怎样陪她同去的。

圣灵降临节的前夕,当全体圆桌社成员聚集在加美乐城的宫中聆听讲道,然后安排好桌椅,正准备就餐之际,有一位容颜非常端丽的贵妇人骑在马背上,径直地走了进来;因为这马跑得太急,马身满是汗水。她在大厅前下了马,来到国王面前,躬身施礼;国王说:"小姐,愿上帝祝福您。"这女子启口问道:"王上,为了上帝的缘故,请告诉我兰斯洛特骑士在哪里?"国王用手一指说:"他就在那面,您可以看见他的。"她立刻走到兰斯洛特骑士面前说:"兰斯洛特骑士,我謹以佩莱斯王的名义向您致敬。在这附近有片森林,我请求您陪我一起去。"兰斯洛特骑士便问她和谁同在一处,她说和佩莱斯王住在一处。兰斯洛特又问她:"您要我做什么?"她说:"您到那里就知道了。"当下,他答应道:"我很愿意同您一道去。"于是兰斯洛特骑士盼咐他的侍从备好马匹,并将武器拿来;那侍从就尽快地照他的盼咐办理去了。

这时王后走来向兰斯洛特说道:"您真打算在这么重要的宴会上就这么离开我们么?"那贵妇人说:"王后,您知道,在明天中饭辰光,他就能同您相会了。"王后说:"如果我知道明天他仍不能和我们相聚的话,我就不让他跟您走了。"于是,兰斯洛特骑士告别了,陪着那贵妇一同上马,直向森林里走去;后来到一个很深的幽谷中,在那里他看见有一座女修道院;修道院前立着一个侍从,等候开门,他们进入女修道院内下了坐骑。这时又进来一大群态度和蔼的人,围绕着兰斯洛特骑士,大家都热忱地欢迎他,并且都因他的到来而高兴。然后,大家领着他走进了主持的室内,解去武器,当时他看见睡在那张床上的正是他的两个亲戚:一个是鲍斯骑士,另一个是梁纳耳骑士。他走去唤醒了他们,彼此相见都感到极大的欢愉。那鲍斯骑士向兰斯洛特骑士说:"是什么冒险事把您送到这里来的?我原以为明天我们可以在加美乐宫相见呢。"兰斯洛特骑士说:"靠了上帝的帮助,是一位贵妇带我来的,可是我还不知道为的什么事情呢?"

正在他站着谈话之际,忽有十二个修女陪着加拉哈走过来了。这位加拉哈生得非常俊美,身体更是健壮,这世界上足以和他相比的人确实不易见到了。这些人进来以后,只见那群贵妇们都快乐得流出泪来,又听她们同声说道:"骑士呀,我们抚养的这个孩子,现在带来了,我们恳求您封他做一个骑士;说到加封他的爵位,我们认为除您以外,再找不出比您更适当的人了。"兰斯洛特骑士当下对他面前的年轻后生上下打量了一番,觉得他活泼坚实、纯洁凝重,真像一只鸽子,仪表上各方面的优美都具备了,兰斯洛特认为这么英武俊秀的男子是世上绝无仅有的。于是兰斯洛特骑士问:"这是他自己的要求吗?"这孩子和众人异口同声地回答:"是的。"兰斯洛特骑士又说:"等到明天清晨,怀着对宫廷盛宴的敬意，他将按骑士制度的最高法典接受赐封。"当夜兰斯洛特骑士享受了一次极丰美的欢宴。第二天早晨，依照加拉哈的愿望，兰斯洛特骑士就赐封他做了骑士；并说道："愿上帝指点他去做一个善良的人，因为世上没有人像他这样秀美聪明的。"

第二回

在危险座上怎样找到镌刻的字句;又石上宝剑的奇妙冒险是怎样一回事。

兰斯洛特骑士说道:"好骑士,你愿意跟随我去觐见亚瑟王的朝廷吗?"他说:"对不起,这一次我不能跟您去。"兰斯洛特骑士遂同两个表弟兄离开他们,在圣灵降临节的九点钟到达加美乐。那时国王和王后正在教堂里听道。国王和王后都为鲍斯和梁纳耳两位骑士的光临感到十分高兴,所有的圆桌社同伴们也都同样欢喜。等国王和全体骑士们听道回来,这些爵爷们看见圆桌四围的席位上都写着金字:这座留给某某,某某应坐这个座位。很多席位就像这样安排好了,最后轮到危险座,他们发现上面有新写不久的金字:"我们的主耶稣基督受难之后,经过了四百五十四年,这个座位才得以应验。"这些人看过以后,不胜惊异,都说:"这是一件多么神奇玄妙而富有冒险性的事啊。"兰斯洛特骑士走来说道:"奉了上帝的名,"当时他就计算出从主诞生直到今天一共有多长时间。兰斯洛特骑士又说:"照我看来,今天这个座位应当应验了;因为今天正是四百五十四年后的圣灵降临节,如果大家都同意的话,我建议让我们等待那位来应验这个奇迹的人。在他未来以前,我想这些金字不能让任何一个人看见。"于是他们就令侍从取来一方丝绸盖在危险座上,将金字遮住。

国王盼咐快些开饭。家宰凯骑士说:"王上,您如果现在就吃饭,朝廷里的老规矩便被破坏了。以前在这一天,您向来是不遇到奇迹就不坐下吃饭的。"国王答道:"你说的是真话,可是我因为看见兰斯洛特骑士同他的亲戚们回到朝廷,大家团圆而且健康,竟快乐得顾不到那老规矩了。"他们正站着谈话,有一个侍从进来对国王禀报:"王上,我给陛下带来了一个奇妙的消息。"国王问:"是什么消息?""王上,我看见河底下,有一块绝大的石头从水面上漂过来了,我又看见石头上面插着一把宝剑。"国王立刻说:"我要去看看这件奇迹。"全体骑士都好奇地跟随着国王,一同来到河边,果然发现那块漂在水面上的大石头,很像红色的大理石,上面插了一把精美绝伦的宝剑,柄上嵌满了宝石,还镌刻着清晰的金字。一些爵爷读过了金字,那词句如下:"无人能令我走动,取我者即佩我在身侧之人,此人乃天下最优秀之骑士。"国王看过了这字句,就对兰斯洛特骑士说:"好骑士,这把剑应当是您的,因为我认定您是这世界上最优秀的骑士。"兰斯洛特骑士赶忙以异常严肃的态度回答说:"王上,这把剑绝不是我的;而且,王上,您知道我也没有这样的胆量敢把手放上去;何况它并不希望系在我的身旁。还有,凡是妄想拿起这把宝剑而又失败的人,因这剑所受的创痛必将长时间不能痊愈。同时,我又要奉告诸位,圣杯的奇迹,就在今天开始显示了。"

第三回

　　高文骑士怎样试将宝剑抽出；又有一老人怎样把加拉哈引来。

　　国王又转脸跟高文骑士说："好外甥，现在，为了我的缘故，你去试一次。"他说："王上，除非是为了您的好意，不然我是不愿干的。"国王说："骑士，依照我的命令去把宝剑拿出来。"高文无可奈何地说道："王上，您的命令，我应当听从。"说着，走近前面，伸手握住剑柄，虽是用尽气力，可是剑身屹立，丝毫不动。国王只有对高文骑士说声："我谢谢你。"兰斯洛特骑士便向高文骑士说："我的爵爷高文骑士，现在您要明白，若是被这剑碰到了，您便会疼痛不堪；所以纵然把国内最好的堡寨送给您，您也永不可再去碰它。"高文骑士说："骑士，我不能违抗我舅父的旨意和命令呀。"国王听到这些话，心里很是懊悔，遂又向薄希华骑士请求为了他的缘故去取这剑。薄希华骑士说："我很高兴陪高文骑士试一下。"他将手放在这剑柄上，用力向外拉，但剑身依然未动分毫；以后再也没有人胆敢放手去尝试了。这时，凯骑士对国王禀道："你们已经看见奇迹，现在可以去吃饭了。"于是国王率领众人回朝，每一位骑士都认定了自己的座位，一起坐定，另由青年骑士们来侍奉他们。

当下众人享受了殷勤的招待，除去危险座以外，所有座位都已坐满；不一会儿，最令人惊异的奇迹就发生了。这时宫中所有门户和窗棂都无人动手而突然自己关闭起来。虽然如此，大厅里并不显得太暗，只是大家总觉得有点心慌，面面相觑。亚瑟王首先开口说道："请上帝为证，诸位好朋友和爵爷，我今天已见到奇迹了，我猜想到了晚间，我们将要看见更伟大的奇迹。"

正在这当儿，一位面容和善的长者，皓发长须，年事很高，全身衣冠皆作白色，走进了大厅，满厅中没有一个骑士知道他是从什么地方进来，以及由何处而来。这老人还带着一位青年骑士；这青年骑士身穿着红色甲胄，既未佩剑，也无盾牌，只有一支剑鞘，悬在腰际；两人都是徒步走进。只听老人说了这样的话："好爵爷们，愿你们平安。"然后那老人便对亚瑟王说："我领来了这位青年骑士，乃是一国之王的直系，又是亚利马太的约瑟的亲属。从此这朝廷内，以及异邦中种种奇迹，都将要圆满地一一显现了。"

第四回

这位老者怎样带加拉哈坐上危险座,又全体骑士们怎样表示惊奇。

国王听了他这些话极为高兴,因而对这位和善的老人说道:"老人家,我非常欢迎您,还有和您一道的这位青年骑士。"于是老者吩咐这青年人卸下武装,只见他身穿一件红绸外衣,另在肩头上披了一件银鼠镶边的外套。又见这老骑士对青年骑士说了声:"跟我来。"不一刻,老人已领着他到了危险座侧,兰斯洛特骑士正坐在这旁边;这和善的老人一手揭去了遮在危险座上面的丝绸,随又发现了写着这样的字句:"此乃高贵太子加拉哈之座位。"老骑士说:"你应当知道,这地方是你的。"当下,老者就请他在这位上坐定。少停,这青年人对老人说:"先生,您吩咐要做的事情都已经做好,现在您可以去了;请您问候我的外祖父佩莱斯王,以及我的爵爷白巧利;还请您当面禀明,待我得空,就尽快亲来请安。"说完,这位和善的老人走出去,另有二十个贵族侍从在旁侍候,一同乘马上路而去。

如此年轻的加拉哈敢于坐上危险座,这时,所有圆桌骑士们都为之惊奇不置,因为他的来历只有上帝知道,此外任何人都一无所知。各人纷纷揣测,有的说,是他将要得到圣杯;又有人说,那席位只有他配坐，其他的人坐上会受到伤害的。兰斯洛特骑士这次看见自己的儿子，对他不尽地喜欢。更有鲍斯告诉他的同伴说："我敢拿性命打赌，这位青年骑士将来一定能为众人所热烈爱戴。"像这样的欢声雷动，响彻了整个朝廷，也传到了王后的耳中。什么样的骑士竟敢贸然坐在危险座上，她对于这件事也不禁表示出万分惊异。当时有许多人对王后说，这年轻人的相貌举止，酷似兰斯洛特骑士。王后略有不快之色，说道："我可以猜想到兰斯洛特骑士是受了妖术才生下他，也就使他投胎到佩莱斯王的女儿身上生下来的，他的名字叫加拉哈，这大概是不会错的。"接着，王后又说："我倒也愿意看看他，想来他一定是个贵人了，因为他的父亲是一个贵人呀；这件事，我定要报告给所有圆桌社成员们听听。"

宴会已毕，国王率领众人立起身来，走到危险座前，揭开那幅绸幔，便看到加拉哈的名字写在那里；于是国王指给高文骑士看过，并说道："好外甥，现在我们当中有了加拉哈骑士，我们全体都要受到尊敬了；我敢拿性命作证，将来他一定能得到圣杯，就像兰斯洛特骑士适才讲的那样，我们完全相信。"然后，亚瑟王又向加拉哈走来，边走边说道："骑士，由于您能感动许多良善的骑士去寻找圣杯，也由于别的骑士不能完成的事业将由您做成，所以您是受大众欢迎的。"当下，国王携着加拉哈的手，由宫中一同下到河边，给他看那石头的奇迹。

第五回

亚瑟王怎样把显示在水面上的石头,指给加拉哈看,又加拉哈怎样从石头上拔下这把宝剑。

关于这桩奇迹,王后也已听见了,因此带领着好多宫女赶来观看那浮现在水面上的石块。这时,国王对加拉哈骑士说:"骑士,此地有一件不可思议的奇迹,是我平生绝未见过的,您瞧那水面浮着的一块巨石上插着一口宝剑,以前有些高尚的骑士们都试图将剑拔出,可是都失败了。"加拉哈说:"王上,那没有什么稀奇。这件事不关他们,而是我要做的。我虽是没带着剑来,瞧,我身边却挂着一支剑鞘,这就可以稳住这口剑了。"随后,他伸手按在剑上只一提,便很轻快地把剑从石块里拔了出来,接着把剑收入鞘里,又向国王说道:"如今是比以前好了。"国王心中大喜,说道:"骑士,上帝会再赐给您一面盾牌。"加拉哈说道:"我现在得到的这把剑,原来有一个期间乃是荒野的巴令用的,那是一位非常了不起的骑士,武功极高;只为他用这把剑杀死了他的弟弟巴兰——那也是一位优秀骑士,所以令人感到莫大的沉痛;当年他们弟兄斗得十分残酷,每个人都给了对方悲惨的一击,以致双方同归于尽,巴令还击伤了我的外祖父佩莱斯王,伤口至今不愈,须等我去为他医治,否则是不会收口的。"

正当国王和众人在这里交谈的时候，沿着河岸来了一匹白马，上坐一位贵妇，直向他们走来。那贵妇一见国王和王后，便顶礼致敬，然后又问兰斯洛特骑士是不是也在此地，兰斯洛特在旁回答说："我在这里，好小姐，您有什么事吗？"那女子转身向着他且哭且说："从今天早晨起，您的大本领哪里去了，怎么改变了呢！"兰斯洛特骑士问道："小姐，您这么讲是什么意思？"那女子答道："讲实在话，世界上最高明的骑士，原来是您，但是今天，还有谁能这样说呢？现在已另有了一位能手，比您更高，谁再那样说，他便是讲谎话了；由于那口剑的奇迹，您甚至都不敢把手放上去，这就足以证明了。因此，您那往日的英名，从此改变，也从此一去不返了。我要请您记住，从这时起，世界上最优秀的骑士已不再是您啦。"兰斯洛特怃然有间，方才说道："提到最优秀那一点，我很清楚，我从来是配不上的。"那女子接口道："不，您以前是，现在也还是的，不过只是在罪人中算是最好的罢了。"又转脸向国王道："王上，南显修士叫我带口信给您，说您还会享受更大的尊荣、威望，超乎历代的不列颠君王之上，因此我相信，今天这圣杯将在您家里显现，并且还要以圣餐赐给您以及圆桌社的全体同伴们。"说完这话，她仍循着原路，驰马而去。

第六回

亚瑟王在各骑士星散之前，怎样在加美乐宫旁草场上聚合他们全体，举行了比武大会。

亚瑟王对众人说道："现在，圆桌社的骑士们，我确实相信你们都一心在寻找圣杯，不久以后，大家就要分道扬镳，各奔天涯了。我同你们全体团聚一堂的机缘，确信也永不会再有了；所以请大家到加美乐宫草场上来举行一次比武大会，让我再看一次诸位欢聚的盛况，并使后世的人在你们死后都会提及，某年某月某日，有一群英勇骑士，在此聚会。也可留下一个佳话。"大家对这意见以及国王的要求，都极表赞同；于是大家披挂好武装，都等着入场比赛。其实，国王举行这次大会的用意，原是要看看加拉哈的真正本领如何；因为国王想到加拉哈这次离开后，不会很快返回朝廷中来，所以他们才在草场上聚会一次，并不计较人多人少。当下，加拉哈骑士接受了国王和王后的请求，披起金贵的盔甲，又戴上头盔；但国王再请他拿起盾牌时，他却坚持不肯要了。又经高文骑士和其他骑士的请求，他才拿起一支长矛。这时，王后偕同众宫女，登上高塔观战。加拉哈骑士在草场中将自己披戴好，入场一开始，便一口气打断了对方许多根长矛；一霎时震惊了全场的观众。在这里，他已显然是高出于所有的骑士之上了，短短的时间中，除了兰斯洛特和薄希华两骑士以外，圆桌社大多数的优秀骑士都败在他的手中。

第七回

王后怎样想见加拉哈；各骑士怎样由圣杯中得到满足之后，都为了找它而发下心愿。

后来，国王依了王后的请求，叫加拉哈骑士下了坐骑，解下头盔，好让她仔细看一看加拉哈的面貌。等她看过以后，方才说道："说他是兰斯洛特骑士所生的儿子，我完全相信了。否则两人的相貌绝不会相像到这种地步，所以他有一身大好武艺，也就不足稀奇了。"这时，有一位贵妇站在王后旁边插嘴问道："王后，为了上帝的缘故，他真应该有这权利成为一位如此高尚的骑士吗？"王后说："是的，当然应该，因为在一切世系中，他是出自世上最优秀的骑士，也出自最崇高的世族；兰斯洛特骑士出自我主耶稣基督后第八世，加拉哈则出自我主耶稣基督的第九世；因此我敢说，他们是这世上最伟大的人物了。"

国王和爵爷们转回加美乐的宫中，然后又到大教堂做晚祷；晚祷完毕，大家同赴晚餐，每位骑士都按照以前的秩序走到自己的席位上坐定；没多久，他们忽听得雷声大作，响彻天地，大家都以为这地方势将尽成废墟了。不料在这霹雳声中，忽有一线阳光，从阴暗中透将出来，立时使满厅中大放光明，照得纤毫毕现，比之白昼太阳的光亮还更清晰七倍，于是大家各自思忖必有圣灵恩赐降下。当时每个骑士互相顾盼,都觉得每人的神色从未有过这样的丰满可爱。经过了很久时间,没有一个骑士敢悄悄地吐出一字,每个人只是面面相觑,沉默得有若哑巴一般。正在这时,只见半空中一只圣杯,冉冉地进入大厅,上面用白色绸遮盖着,但是没有人能够看见它,更不知道由什么人捧持着它。片刻之间,满厅中充溢了一种非兰非麝的香气,同时每一个骑士都得到佳馔美酒,那种味道有胜于他们平日在人世间所最喜爱的酒肉。这圣杯在大厅中周行了一遍,方才突然隐去,也不知道飞到哪里去了;大家到此时才敢喘一口气,说出几句话来。国王于是虔诚地感谢上帝赐给他们的恩典。他说:"我们今天应当深深地感谢主耶稣基督,因为他在这圣灵降临节的圣日里,将这至宝显示给我们看了。"

高文骑士当下立起来接着说道:"我们希望的美酒佳肴,如今都吃过了;但有一个遗憾,就是这尊圣杯遮盖得过于周密,没能看到。所以我现在要立誓做到,从明天起,不再耽搁,用一年零一天的工夫,努力去寻觅这只圣杯。若是日子必须更多些,我亦愿意;我要清清楚楚地瞻仰它一番;如若还不及在这里看到的,我决不再返回朝廷,我下了决心,不达到我的愿望不再转回;这样做不至违反主耶稣基督的旨意吧。"

当圆桌社全体骑士听到了高文骑士这一番话,大半的人都一起站起来,同高文骑士一样发下了心愿。当下亚瑟王一听,心中怏怏不乐,觉得大家不应当这样立誓。亚瑟王便对高文骑士说道:"天啊,你这样立誓发愿,真是把我害苦了;在全世界不论哪一国家,你能找到像这样强的团体吗?这样一个真正的骑士组织吗?

不能，我确实知道，他们一旦离开此地，今后在寻找圣杯的时候，不免要有伤亡；那么大家便永远不能再相见了。正因为这一点，我更有点感触。我爱他们这些骑士向来同爱我自己的性命一样，如今一旦和他们别离，我怎能不十分伤感、十分心痛。我和他们相处已久，相知已深，团聚的生活，在我已经成了老习惯。"

第八回

国王、王后和宫内贵妇怎样为了各骑士的别离而感到悲伤，以及他们怎样离去。

国王这时眼中满是泪水，接着他又说道："高文啊，高文，你真使我陷进极大的悲伤之中。我非常害怕，我们真诚无间的同伴会永远不能在此相会了。"兰斯洛特骑士心中也很难受，只得安慰他说："哎，您自己宽心吧，为追寻圣杯而死，这件事对我们来讲，是无限的荣耀，若我们不幸死在别的事情上，那比不上这件事重要光荣，因为我们迟早总要死的。"国王答道："唉，兰斯洛特啊，尽我之一生，我无时无刻不在以真正的友爱看待你们，因此才说出这些伤心话；世界上从没有一个基督徒的君王，他的左右围绕着像我今天在这圆桌上这么多品质高贵的人，那就是我所以悲伤的原因。"

当王后、宫女和贵妇们听到了这些消息，她们那种悲伤烦郁，那种痛苦的心情，更是不能用言语形容，因为那些骑士对待她们全是又敬重又爱护，各人情愫都是很深。而在这些人中间，尤以桂乃芬王后的忧伤最为沉重。她独自寻思道："我很奇怪，我的王上怎肯让他们都离开呢？"当时满朝中的人无一不为这些骑士们的离别而依依不舍，都在感到痛苦。更有很多的宫女们爱上了骑士，愿意伴随着他们的情人一路同行，而且她们都真心诚意要这样做了；若不是一位身穿教士礼服的老年骑士从众人中挺身而出，向这些人高声地说了一番话，便无法制止。他说："诸位爵爷，南显修士传给诸位一句话，凡是立过誓要去寻找圣杯的人，凡是自愿献身于这样高贵使命的人，都不可以随身携带宫女或贵妇同行，我明白地警告你们，不能过洁净生活的罪人，一定不能看到主耶稣基督的奥秘。"因此，他们便只有抛下宫女和贵妇们了。

后来，王后走到加拉哈身边，问他是从哪里来的，又问他是什么国度的人。他告诉了她，说了自己是从哪里来的。接着，她又问起他是不是兰斯洛特的儿子。关于这一点，他既不承认，也不否认。王后见他默然不答，于是说："愿向上帝立誓，决不说谎，对你来说，决不可认为你的父亲辱没了你；因为他本人确是一位顶了不起的骑士，坚毅、勇敢，又出身于世界上最上等的世族，各方的亲属都是王室；因此，你在行为上，理应成为一个最优秀最高尚的人。"她又说："确实，你和他实在太相像了。"加拉哈骑士听了这些话，显出有点难为情的样子，说道："王后，您既然知道了我的底细，又何必再来问我呢？因为在适当的时候，我会公开地告诉大家谁是我的父亲的。"少停，各人分别安睡去了，为了对品质高贵的加拉哈表示优礼有加，他被特地引到亚瑟王的卧房，请他睡在国王床上。

再说国王这一夜怀着无限的愁烦惜别情绪，以致整夜不能成眠，不久天亮了，国王起身，亲自走来看高文和兰斯洛特两位骑士，恰好他们也已起身，正打算望弥撒去。国王一见面就说道："哎，高文啊，高文，你出卖了我啦，由于你，我的朝廷从此再不能恢复旧观了；而你呢，对我的关切，也永不会像我对你那样呀。"说这话时，一行热泪已从脸颊上流了下来。接着国王又带着恳求的口吻说道："啊，兰斯洛特爵爷呀，我们商议一下，若是能够的话，我希望您把追寻圣杯的事停止了吧。"兰斯洛特骑士答道："王上，您在昨天已经看见了，那么多品德高超的骑士都立了誓，我想无论如何他们是不会放弃的。"国王又忧愁地说道："说到那一点，我很明白，可是他们一旦走了，我一定会举目寡欢、愁闷欲死，恐怕再没有什么办法重新快乐了。"说毕，国王和王后同往教堂去了。一会儿，兰斯洛特和高文两人吩咐侍从取来武器，除盾牌和头盔外，其他都穿戴齐全；他们又去找了同伴，看他们也披挂好武装，方才一起来到教堂里听道。

礼拜完了，国王想知道有多少人已经许愿去寻找圣杯，也为了计算数目，好专为他们祈祷。数过以后，方知他们共是一百五十名，都是圆桌骑士。这些骑士戴上头盔，遂即启行，所有人都来向桂乃芬王后致敬，于是瞬时之间，充满了一片悲伤和哭泣的声音，说不尽的依依惜别。随后，王后回到房内，独自留在那里，为的是不让别人瞧见她在伤心流泪。当下兰斯洛特骑士发现王后不见了，他就急忙忙地赶到她的房内；王后一看他来了，立即高声嚷道："啊，兰斯洛特骑士呀，你这样离开我的国王，就是背弃我，害死我了。"兰斯洛特骑士走近一步说道："啊，王后，我恳求你不要伤感了，用不着多久，我一得到成功，就尽早赶回来。"又听她凄然说道："天可怜我，我会再见到你吗，但愿为众人死在十字架上的神引导你和保佑你，以及你们全体人员。"兰斯洛特骑士即刻动身了，他的同伴们都在等候着他。于是大家一同上马，行经加美乐城的街市；一路上看见城内的居民们，不论贫富贵贱，无不在流泪；国王本人，更是转过了脸，哭得不能成声了。不一刻，他们到了一座城，又进入一处名叫法岗的堡内。大家走进这堡，堡主的名字也叫做法岗，他是一位老者，人品很高，也很有名；当时他听见有客人来了，便开门延宾，尽情招待。第二天一大早，他们一致同意从这里各自分路而行；因此这天早晨，大家挥泪相别，每一位骑士都循了自己最喜欢的路走去了。

第九回

加拉哈怎样取得一面盾牌。

这次，加拉哈骑士未带盾牌，已经骑马驰行了四天，也不曾遇到任何奇迹。第四天，在晚祷之后，方才行到了一座白色的修道院；他走进来，那院中的人都很恭敬地迎接；并且领他进房，卸下武装。这时，他发觉圆桌社的两个骑士，一个是巴吉马伽斯王，另一个是乌文英骑士，也在这里。当他们看见他的时候，一起走上前来，畅叙一番，彼此都感到大为快慰，然后同去吃晚饭。加拉哈骑士向他们问道："是什么惊人的事情把你们两位送到这里来的？"二人答道："骑士，有人告诉我们，在此地附近有一面盾牌，无论什么人都不可以戴在脖子上；否则三天以内这人一定不是死伤，便是终生残废。"巴吉马伽斯王又说："啊，骑士，明天我要去戴它试试，究竟有没有这样奇怪的事情。"加拉哈骑士神情肃然地说："奉上帝的名。"稍停，巴吉马伽斯王说："骑士，这个盾的奇迹，若我做不成，你应该去试试；我敢断定你不会失败的。"加拉哈说："骑士，我很赞同这意见，因为我身边还没有盾牌呢。"翌晨，他们起身以后，都望过了弥撒。巴吉马伽斯王便问那件奇怪的盾牌在哪里。不多时，来了一位修道士，那修道士领着他们到了一座祭坛的后面，在那里挂着一面像雪一样白的盾牌，正中有一个红色十字。只听那修道士说道:"骑士先生,只有全世界品德最高的骑士,方才配把这面盾牌挂在脖子上,一般的骑士是不能戴的,所以我告诉你们要特别当心。"巴吉马伽斯王回答说:"好的,我自己也知道我不是世上最优秀的骑士,但是我想试戴一下。"于是,请修道士答应他把盾牌拿出修道院去。接着他又对加拉哈骑士说:"您如果高兴,请求您就在此地看看我能不能成功。"加拉哈答应:"我就在这里等候您吧。"当下,巴吉马伽斯王背着盾驰行而去,并带了一个侍从,好叫他把成功的消息传给加拉哈骑士。

他们驰马行来,约莫两英里路远,到了一所风景清幽的山谷中,在那里又有一幢精舍,远远望去只见那精舍前面有一位容貌英俊的骑士,身披白色盔甲,坐下的马也是白的,这人手挺长矛,放马疾奔,正面飞驰而来;巴吉马伽斯王赶忙挺起长矛迎住敌人,才一交手,他的矛杆已在白骑士的盾上打成两段。接着,对方打来一击,力量十分沉重,因为他的盾牌在这时并不曾遮护好,以致他被从马背打落地上。立时那白骑士也跳下马来,从他手中取过白色盾牌,说道:"骑士,您做了一件蠢事。要知道,这面盾牌只有所向无敌的人物才配使用哩。"随又走到巴吉马伽斯王的侍从那边吩咐他:"您把这面盾牌带给高尚骑士加拉哈,他就住在你们借宿的修道院里,好好地替我伺候他。"侍从说道:"骑士先生,敢问尊姓大名?"骑士答道:"不必管我的姓名,别说是您,世上恁谁也不知道我是谁。"那侍从又问道:"善良的骑士先生,为了敬拜耶稣基督的缘故,现在我求您说明,为什么凡是使用这面盾牌的人都要受害呢?"那骑士说:"现在您既求我,就告诉您吧,这盾牌应当归还给加拉哈，和别人无关。"这侍从走到巴吉马伽斯王面前，问他是不是受了重伤？他说："是的，确实受了伤，我怕很难活下去了。"当下侍从把他的马牵来，只见他带着极大的痛楚，由侍从照应着返回修道院里。抵达以后，侍从又急忙抱扶着他缓缓地下了马背，代他卸去武装，再把他放在床上，小心地照料他的枪伤。据史书上记载，他在那里睡了很久，方才逃过生命的危险。

第十回

加拉哈怎样拿了盾牌走出的,又艾佛莱克王怎样收到了亚利马太约瑟的盾牌。

然后,那侍从捧着盾牌向加拉哈骑士说道:"加拉哈骑士,那位打伤巴吉马伽斯王的骑士向您问候,并且说这面盾牌一定请您携带,有了它您才可以做出许多惊天动地的伟大奇迹。"加拉哈说:"但愿上帝赐福并且赐给好运。"说完,就叫人取来武器,骑上了马,把这面白色盾牌悬在自己脖子上,把一切托付上帝,离此向那谷中驰去。彼时,乌文英骑士说如若加拉哈喜欢的话,他情愿陪他同行。但加拉哈骑士谢了他并说道:"骑士先生,这不行,除了这个侍从以外,我只能一个人去。"因此,乌文英就走开了。

不一刻,加拉哈到了谷中,早看见那位白衣骑士等候在精舍旁边,二人见了面,彼此施礼问候。先由加拉哈开口问道:"骑士先生,这盾牌想来已显示了不少的奇迹吧?"那骑士答道:"骑士,自从耶稣基督受难后三十二年,那位仁慈的骑士亚利马太——从十字架上取下耶稣的圣体,带领一大群和他有亲属关系的人离开了耶路撒冷。他们一路上勤苦地做工,一直走到一座名叫沙拉斯的城里。当约瑟到达沙拉斯的同时,有一个名叫艾佛莱克的君王,正在和撒拉逊人交战;同他作对的是一个撒拉逊人,他是艾佛莱克王的表亲,名叫陶来穆·拉·凡滋,这人是附近一个财多权大的君王。有一天这两人碰了面,就此大战起来。亚利马太的约瑟的儿子小约瑟曾对艾佛莱克王说过,除非艾佛莱克屏弃这里所遵守的旧律法,而信奉新的律法,否则就会被人打败,被杀死。当时他向艾佛莱克指明,信奉神圣三位一体的人才是对的;艾佛莱克对于这一点全心全意地接受了;那时奉了死在十字架上的基督的圣名,而为艾佛莱克专做了这面盾牌。因为有了虔诚的信仰心,所以他战胜了陶来穆王。艾佛莱克平常交战的时候,那盾牌上总是蒙上一块布,只到最危险的当儿,他才将这布拉去,从前死在十字架上的那个人的形象这时就显现在盾牌上,敌人一见,立即败退。那时艾佛莱克王的部下中曾有一个人的手被砍断了,另一只手就拿着这只被砍下的手。约瑟看见这种情形,就吩咐那人虔心诚意地去碰一碰盾牌上的十字架。他碰过之后,那断下的手立刻恢复了从前的样子。在这以后不久,又有一桩极为惊奇的事情发生了,就是那盾牌上的十字架忽然隐去不见了,也没有一人能够知道它往哪里去了。随后,艾佛莱克王就同全城中大半的百姓接受了洗礼。又过了不久,约瑟离开此地,不管他同意还是不同意,艾佛莱克王一直跟随了约瑟同行。恰巧他们来到此地,这里在当时称做大不列颠;在这里他们遇到一个大恶的外邦人,那人把约瑟关进了监狱。这个消息恰巧让一位名叫孟强斯的大人物知道了,他因为早已听到约瑟的名声,就聚集了他的百姓赶到大不列颠,将那个险恶的外邦人消灭,又剥夺了那些人的继承权,于是将约瑟从牢里搭救出来。从此以后,大家就信仰了基督教。"

第十一回

约瑟怎样用他自己的血在白色盾牌上绘成一个十字架；又加拉哈怎样被一个修道士送进墓里。

此后不多久，约瑟躺在床上，病重垂危。艾佛莱克王看到这种情况，心中极为忧伤，因而说道："我一心为了您的爱抛下了我的祖国，到处追随您。现在我看您将要和这个世界告别了，所以求您留给我一点东西作为纪念，好使我能够时时想念着您。"约瑟答道："好的，我满心喜悦地这样做，您从前同陶来穆王决战的时候，我给您的那只盾牌，现在请您给我拿过来。"待约瑟将盾牌接到手里，他就把自己的鼻子刺伤，让血流不止以表示他意志坚定。接着他用自己的血，在盾牌上画了一个十字架。然后说道："现在您可以看见，这就是我爱您的纪念标志。您每次望见这面盾牌，您就会想起我来，而且它永远是新鲜的，永远和现在一样新鲜。不论什么人，绝不要把这面盾牌戴在脖子上，否则一定会后悔莫及；到时候自有一个名叫加拉哈的善良骑士，也只有他才配戴上；这人是最后一代的子孙，他靠了这面盾牌，会做出很多出类拔萃的事业。"艾佛莱克王又问道："我应当把这面盾牌放在什么地方，方能使那高贵的骑士取得？""您可以放在修士南显那里，等他死后会再安排一个地方；直到那位善良骑士在他接受骑士爵位后的第十五天方到达那地方；在那同一天，他将在修士南显放置尸体的礼拜堂里，惟有这时候，他才能得到这面盾牌。"那白衣骑士说到这里，倏然不见，踪影皆无。

当下那侍从在旁听完了这些话，立即跳下小马，跪在加拉哈的脚前，请求许他跟随同行，并且恳求赐封他做骑士。加拉哈说："好吧，我不会拒绝您。"这侍从又说："那么，您肯封我做骑士吗？靠了上帝的恩典，我愿尽力做好。"加拉哈骑士自然也答应了他；然后二人再转回到原来住的教堂中来，这时教堂里已有许多人，他们都以极大的热忱欢迎加拉哈。等加拉哈下了马，就有一个修道士上前引导，向教堂墓地内一座古墓走去，在那地方只听见一种凄厉的吼声，那声音可怕得足以令任何人听了都能发狂，或是精力虚脱。当下众人都说："骑士，我们想这一定是魔鬼在里面作祟。"

第十二回

　　加拉哈骑士从坟墓里所听到和所看见的怪事；又他怎样封麦烈斯为骑士。

　　加拉哈说："领我到那里去吧。"他们就领他去了，加拉哈这时全身武装，只是不曾戴头盔。走到当地，那虔诚的人说道："现在，您到坟地去，把墓打开。"他照着这话才做完，忽然间听到一个极大的声音，悲惨惨地在说话；声响之大，使所有在场的人都能听到。那声音这样说："加拉哈骑士啊，您这耶稣基督的仆人，快不要靠近我，不然的话，您就又要逼迫我回我的老家去了。"但加拉哈毫不惧怯，伸手掀起了那块石盖，蓦地一阵浓浊污秽的黑烟从里面袅袅而出，跟着还看见一个污浊不堪、略似人形的虚影缥缥缈缈地跳了出来；加拉哈忙替自己画了一个十字，用以避邪；他知道那出来的显然是一个魔鬼。立时他又听见有声音说道："加拉哈呀，我看您的周围有许多天使在保护着您，我的力量不够触犯您了。"正在这时，加拉哈又看见一个尸体睡在那古墓里，穿着全副武装，身旁还放了一口剑。加拉哈大声嚷道："好弟兄，现在让我们把这尸体搬开吧。他是一个伪基督徒，不配睡在这教堂墓地里。"于是他们一起离开了墓地，来到教堂里。加拉哈卸下武装还没多久，来了一个虔诚的人靠近他坐下，并对他说道："骑士先生，我要告诉您，您在坟墓里所看见的那一切象征着什么；那遮盖着的身体乃是象征世上的困难和大罪孽，也就是基督在世上所发现的。因为那时世上有这样的悲惨痛苦，甚至父不爱其子，子不孝其父；又因为那时我们的罪孽很大，几乎充满了邪恶。为此，基督化成了血肉的身体，由童贞女怀胎出世。"加拉哈说："确实，您这些话我完全相信。"

加拉哈骑士就在那里住了一夜，第二天早上，他封他的侍从做了骑士，问过他的姓名，又问了他的祖上来历。那侍从答道："骑士先生，我是丹麦王的儿子，人家称我做麦烈斯·得·礼耳。"加拉哈骑士回答他说："善良的骑士，您既是国王和王后的后代，您理应得到骑士的爵位；可是您还应当去做所有武士的一面镜子。"麦烈斯说："骑士先生，您说的对，不过骑士先生，您既然封了我做骑士，您就有权答应我第一个合情合理的要求。"加拉哈骑士说："把您的愿望说给我听听吧。"麦烈斯说道："那么，您能允许我随您一同去寻求圣杯吗？倘非穷凶极恶的险境，决不分离。"加拉哈骑士道："我答应您。"

当下便有人将盔甲、长矛和马匹等等都带给了麦烈斯。于是他们一同骑行而去，路上走了一个星期，并不曾碰到什么奇闻轶事。又是一个星期一，那天早晨，他们辞别出来，从一个教堂行到一个岔路，瞧那路口上竖了一个十字架，由此路分两条，在十字架上写了这几句话："尔等游侠骑士，如存心寻求奇迹，务要注意两条大路，一条阻止尔等前进，一旦踏上将无法走出，惟有虔诚的人及正直骑士例外；倘若走上左边那条路，便不能轻易获得成功，因为在这条路上你将要很快遭到试探。"当下，麦烈斯对加拉哈说："倘使您愿意让我走左边的那条路,我就可以明白我的力量有多大了。"加拉哈说:"我想您还是不要走那条路吧,我要避免危险比您容易些。"麦烈斯恳求道:"我的爵爷,请您让我冒这险吧!"加拉哈说:"奉上帝的名,就照您的意思做好了。"

第十三回

麦烈斯参与的冒险,加拉哈怎样为他复仇,以及麦烈斯怎样被带入教堂。

话说麦烈斯一马行来,进入了一座古林,沿途又走了两天多,方才到了一片芊绵的草原,一幢用树枝编成的茅舍,亭亭地立在那里,颇是精致。近前一看,在屋内放了一把椅子,上面放置着一顶精工制成的金冠。地上铺着布,布上陈列着许多精巧可口的肉食。麦烈斯骑士当时见到这种奇迹,觉得很是惊异,只因尚不饥饿,就只注意那顶金冠了;于是他停下来,弯腰拿起了金冠,便一径放马循路而去。麦烈斯走了不一会儿,发觉从后面追来了一个骑士,只听他边追边喊道:"骑士,那不是你的金冠,快请放下来。同时准备好,瞧我来了。"麦烈斯骑士这时一面在额上画了一个十字,一面祈祷:"天上的主,请求您帮助我,救救我这新封的骑士。"两人身临切近,两匹马奋力前冲,不料那追来的骑士一矛搠来,早打破了麦烈斯的铠甲,那矛尖也从他的左肋刺进去了;麦烈斯随即倒下,伤重得差不多快要死去。再看那人已拿起金冠扬长走了,只剩麦烈斯骑士一人躺在当地,气息微微,已没了动弹的气力。

恰在这时,加拉哈来了,一见麦烈斯危在旦夕,随向他问道:"麦烈斯啊,是谁将你打伤的?我想你要是走另外那条路就好了。"

麦烈斯骑士听清了他讲话的声音,便勉强挣扎着说道:"骑士,请看在上帝面上,不要让我死在这树林里,求您带我到附近教堂里,好让我认罪,使我求得安慰。"加拉哈骑士说:"这个好办。但是,那打伤你的人在哪里呢?"话才说完,加拉哈忽听见那边树叶丛中有声音在叫道:"骑士,小心着我吧。"麦烈斯赶紧说道:"啊,骑士,请留心,那就是杀我的人呀。"加拉哈扬声答道:"骑士先生,只要您不怕死,就来好了。"两人随即放马相对奔来,冲在一起,加拉哈手起一矛刺入那骑士的肩头,只见那人应声栽倒,加拉哈的矛也因此折断了。

立时,忽又有一骑士从树林内冲将出来,在加拉哈还没掉身之时,他已放出一矛,不想正击在加拉哈的盾牌上,矛顿时裂成两段。加拉哈随手拔出宝剑,将他一只左臂砍落在地。这人一受伤,慌忙转头就逃,加拉哈骑士从后面紧追了一阵,然后又回到麦烈斯骑士躺着的地方下了马,将麦烈斯轻轻抱上马背,因为那支矛柄还在他身体里不曾拉出;加拉哈骑士便坐在他后面,伸出两只臂膀搂着他,一同走到一个教堂,为他卸下了武装,又把他放在一间房里睡下。麦烈斯随即恳求救主。等礼节完毕,他对加拉哈说:"骑士,让死神来好了,我一点也不怕了。"说完了这话,他握紧矛柄奋力地从身上拔出,血如泉涌,随即昏倒了。

这时,恰好从外面进来一个老修道士,他以前也是一位骑士,一见麦烈斯的情况,立时替他仔细地检查了伤口,并且向加拉哈骑士说:"靠上帝的恩典,我可以在七个星期内把他的矛伤医好。"加拉哈骑士听了这话,十分欣喜,便也卸下武装,说要在那里停留三天。后来他问麦烈斯骑士感觉怎样,麦烈斯说他感谢上帝,因为他已得到急救了。

第十四回

加拉哈骑士怎样离开的，以及他怎样奉命到了美丹堡去消灭那里的恶俗。

三天已过，加拉哈骑士对那老修道士说："现在我要离开了，因为我还有很多事要做，为了追寻那只圣杯，多少高尚的骑士们都在忙着，我和这骑士也正为的这事呀。"那位善良的人说道："骑士先生，因为他有罪，所以他才受了伤。"他又转向麦烈斯说："是什么道理使你这样幸运，我很奇怪，你并不曾认过罪，何以就得了骑士的爵位？因为如此，你才遭到这次的重伤。那两条路，右面的一条是代表我主基督的道路，专给真诚良善的人走的。另一条路是给罪人和不信仰基督的人走的。当魔鬼看见你因寻求圣杯而趾高气扬的时候，就把你打倒了；惟有恪守道德的人，方能追求得到。再说，十字架上写的字，是天上功绩的一种显示，也是骑士为上帝工作的事迹，并非骑士在人间的功业。万恶傲为首，就因为骄傲才使得这位骑士①离开了加拉哈。而且在你拿金冠的那一瞬间，你就已犯了贪婪和偷盗的罪行了；所有这些，全不是骑士应有的行为。和这位有圣者之德的加拉哈相打的两个骑士，就

---

① 指麦烈斯。下文的话是接着对他说的。

是代表这位麦烈斯身上的两种罪孽。"接着那位虔诚的人又面向着加拉哈道："正因为您没有那两种致命的罪孽,所以那两个罪恶的勇士才没法敌得住您哩。"

现在加拉哈将一切交托在上帝手里,然后走开。分手时,麦烈斯骑士恳求道："我的加拉哈爵爷啊,一待我能骑得上马,即去寻您。"加拉哈说："愿上帝保佑你健康。"说罢骑马而去。自此单骑天涯,也不知经过了多少地方,往来无拘束地一任着侠义心肠的驱策。最后,他从一个地方出来,那座堡名叫阿白拉苏堡,在离开那堡以前,还不曾先去望过弥撒。依照他的习惯,每当离开一个地方或城堡的时候,他总要望一次弥撒的。因此加拉哈骑士向一座山旁走去,在那里,寻到一所已经荒废又老又破的小教堂。他走进里面,不见一人,于是跪在祭台前面,恳求上帝指点他的方向。正在祈祷之际,只听见一个声音说道："你这个喜欢冒险的骑士,现在快到美丹堡去吧,去把那里的万恶风俗扫除掉。"

第十五回

加拉哈骑士怎样与堡内的骑士决斗，又怎样毁掉堡内的恶风俗。

当加拉哈骑士听到这些话以后，随即感谢了上帝，骑马而去，走了不到半英里路程，来到一个山谷前面，看见谷中有一座建筑得很坚固的城堡，四周围绕着深沟，旁边有一条河流过，那河名叫塞汶河；他在路上遇见一位年岁很大的老人，彼此相互施礼，加拉哈便问那老人这堡的名字。老人说道："好骑士，这乃是美丹堡。"加拉哈骑士接口说道："原来这就是那座受诅咒的城堡呀，听说接近了它的人，都毫无怜恤的心肠，也都是些险诈恶毒、毫无情意的人。"老人说道："我劝你转回去吧。"加拉哈骑士说："先生，您知道我既来了，是不愿再转回去的。"当下加拉哈骑士把自己的武器检查一番，然后拿起盾牌，遮在自己前面，仍向前走去。没走多远就遇着了七位少女，她们开口向他问道："骑士先生，您骑着马到此地来，真是一件顶大的傻事，您瞧前面那条河怎样渡得过去呢？"加拉哈说："我为什么不能渡过那条河呢？"说着，加拉哈骑士离开了这几位少女，再向前走，接着又碰见一个侍从；这人对他说："骑士先生，您不能再往前走了，除非您把来这里的用意明明白白地告诉他们，否则那城内的骑士就会向您挑战的。"加拉哈骑士答道:"好先生,我来的本意就是要把这城里的坏风俗改变一下。"侍从说:"骑士,您真要照您的主见行事,便会惹上足够的麻烦。"加拉哈说:"现在去您的吧!把我要做的事快去告诉他们。"

那侍从立即转回城里去了。隔不多时,果然从城里冲出了七个骑士,都是一伙的。他们一见加拉哈,同声大喝道:"你那骑士,站住。我们算定了你别无他路,只有死路一条了。"加拉哈说道:"什么,你们打算七个人一齐同我打吗?"他们说:"当然的,请你就认做真的吧。"加拉哈听罢,将矛伸出,向前摔出,第一个人应声跌倒地上,只差一点把头颈骨折断了。同时对方其余的人奋力打来,正撞在加拉哈的盾上,因为用力太猛,结果两支矛一齐折断。这时加拉哈骑士拔出剑,冲上去向其他几个人刺去,由于他的武艺精湛,变化莫测,令人目眩神迷,叹为观止;又因力量奇大,只逼得那些人纷纷后退,逃出了武场。加拉哈纵马随后追来,直把他们赶进城内,自己赶忙从另外一道城门飞马而入。

刚追到城门时,加拉哈骑士见有一位老者披着宗教法衣,当门而立,口中说道:"骑士先生,奉上这城门的钥匙。"加拉哈骑士接过来打开了城门,进去一看,但见街道上的百姓往来如织,多得数不胜数,这些人见了他都齐声说:"先生,我们热烈欢迎您,我们在这里已等待太久了,等候有人来营救我们。"随后,又有一个和善的妇人走来向他说道:"那几个骑士现在已逃跑了。但是今天晚上,他们还要回来再搞那种万恶的勾当。"加拉哈骑士就问:"我能帮你们做点什么呢?"那和善的妇人说:"先生,请您把占领本城各地的几个骑士叫来,命令他们立誓,恢复本地古时候所流行的风俗习惯。"加拉哈骑士说:"好吧,我高兴这样做。"那妇人于是拿出来一只象牙制的号筒,四面镶金,精美异常,说道:"先生,请您吹吧,您一吹,离开这城两英里远的那些地方都能听到。"当加拉哈骑士吹了以后,便坐在一张床上。

不一时,一个祭司走近加拉哈告诉他说:"先生,七年之前,这七个一伙的人来到这城里,先藏匿在这城主家里,城主名字叫李安农公爵,也是这一国的首领。这七个人看见公爵的女儿貌美如花,都在垂涎,就施出一些阴谋诡计,彼此间勾心斗角,后来公爵想远离他们,不幸他和他的长子就被这七人杀死。而且这七个人还玷污了公爵的女儿,又抢掠了全城的财宝。此外他们又用强力迫令全城的骑士服从他们,侍奉他们,就连平民的衣物也被他们抢劫一空。有一天,那公爵的女儿向他们说道:'你们迫害得我太厉害了,你们杀了我的父兄,占领了我的土地,'她说,'可是,你们不能永远占据这座城堡,到多少年后,自有一位骑士到来,到那时由他来收拾你们吧。'这是她七年前的预言。当时那七个骑士说:'好的,只要他们不顾性命,或是不怕死,我们就把这城让给他好啦。'因此这座城特取名叫美丹堡,因为他们已糟蹋了许多年轻女子。"加拉哈骑士问道:"这城因之而失去的那个女人,现在还在此地么?"这位祭司说:"不在了,自从受他们强迫之后,过了三夜就死了,于是他们又抓住比她年轻的妹妹,她的妹妹和其他少女们都受尽了极大的痛苦。"

角声响后,本地全体骑士都来了,加拉哈叫他们一起对君王的公主表示敬意与忠诚,并使他们宽心,不必怕那些恶人。第二天早晨,来了一个人告诉加拉哈说:"那七个同伙的骑士已被高文、加雷思和乌文英三人杀死了。"加拉哈骑士说:"我想这样很好。"说完,拿起盔甲,乘马告别而去。

第十六回

高文骑士怎样为追赶加拉哈而来到一所修道院之内,以及他怎样使一个修士忏悔。

这个故事说:高文骑士自从离去以后,他一人乘马旅行,往来无定,已走过了不少路程。最后,他才来到一所修道院,这地方就是加拉哈骑士先前获得白色盾牌的所在,他在此地得到了追寻加拉哈骑士的线索。原来高文进了修道院,发现麦烈斯因伤重正卧病未起,麦烈斯骑士这时便把加拉哈所经历的一些英武冒险故事都讲给高文听了。高文骑士听了兴奋地说道:"的确,很可惜我没有走他走的那条路,如果我能遇得着他,决不肯再轻易地和他分离,为的是他经历了这许多冒险和奇迹。"修道士中有一位当下接口说道:"骑士,他并不要同你做旅伴呀。"高文骑士问道:"为什么呢?"那修道士说:"骑士,你是作了恶又犯了罪的,他是一切有福的。"正当他们站着讲话之际,加雷思骑士下马进来,彼此相见,各各感到欣喜。第二天清早,望过弥撒,二人告别而去。在路上,他们又遇见了乌文英骑士,他告诉高文骑士说,自从离开亚瑟王朝以来,从没碰到过任何奇迹。高文骑士答道:"我们也是如此。"于是他们三人商量一番,觉得彼此都是为了追求圣杯,大可不必分离,若真时运不济,那时再作别论。

他们商量已定，便离开那地方，一同来到美丹堡，恰好被这里七个作恶的同伙窥见了，知道他们三个人一道，便计议道："那个加拉哈骑士把我们从这寨里逐出来，为了他的缘故，我们若能先打败这三个人，然后把亚瑟王朝的全部骑士斩尽杀绝，就可出这口气了。"说着话，那七个骑士就和这三个骑士大战起来，幸而运气好，高文骑士不费力就把这七个中的一个杀死了。高文骑士的同伴又杀了另外两个，余下的也都一一杀了。当时，他们走的是堡寨下面的一条路，因此和加拉哈所走的那条路失之交臂，此处他们三人又彼此分开了。先说高文骑士乘马而行，到了一个修士的住所，在这里找到一个善人，善人正在对圣母晚祷。高文骑士就向他请求住宿一夜，那善人欣然答应了。

后来，那善人问他是什么人，高文骑士告诉他说："先生，我是亚瑟王朝部下一名骑士，为追求圣杯而来的，我的名字叫做高文骑士。"那善人又问他说："骑士先生，您和上帝之间的关系怎样，我想知道一二。"高文骑士道："先生，我非常乐意将我的生平奉告您。"于是他就告诉这个修士说："那修道院里有一位修道士，曾经说我是一个罪恶的骑士。"那修士听后说道："他这样叫你是很可以的。在你刚封做骑士以后，你就理当做些骑士的事业，并且过道德严肃的生活，可是你的行为恰好相反，多少年来，你都在放浪形骸，生活丑恶；而加拉哈骑士呢，却是一个保持童贞的人，他永不犯罪，为了这个缘故，所以不论到了什么地方，他都能够功德圆满；但你，却绝不会得到像这样的成就；而且你的同伴们中也没有一个人能够成功，因为你们所过的生活，据我所知，乃是一种最虚伪的生活。倘使你们不像现在这样的恶，那么那七个骑士，就永远不会被你和你那两个同伴所杀掉。因为，在前一天，加拉哈骑士单人独马，已经打败了这七个人，但是他一生从不像这样随便杀一人的。同时，我可以告诉你，美丹堡象征耶稣化身以前，一些善良的灵魂被囚禁的地方。而那七个骑士就象征了七种滔天的罪孽统治着当时的整个世界；我也可以说那纯洁良善的加拉哈则象征上帝的儿子，降入童贞女身内，把所有的人从奴隶身份里释放出来，正如加拉哈骑士从悲惨的城堡中救出一切妇女所做的一样。"

接着，虔诚的人又说："高文骑士呀，对你的罪过，你必须痛加忏悔。"高文答道："我应当怎样悔改呢？"那虔诚的人说："只要你肯依照我的话。"高文骑士说："不，我不要悔改，因为我们冒险的骑士时常要遭到无限的悲哀与困苦。"于是虔诚的人只说了一句："好吧。"自此他就不再开口了。第二天清晨，高文告别了那隐士。在途中，适巧和阿各娄发骑士及葛利夫莱骑士不期而遇，这两位也是圆桌社员，原来他们二人已经骑马走了四日，都没有碰到什么奇事；及至到了第五天，大家方才分手。当下每人听任着自己的运气，各奔前程。这里，我们暂将高文骑士和他的同伴的故事按下不提，下面且说加拉哈骑士的事情。

第十七回

　　加拉哈骑士怎样遇到兰斯洛特骑士和薄希华骑士，
等到把他们打倒之后，又怎样离开了他们。

　　加拉哈骑士自从离开了美丹堡，骑马一路行来，这一天到了一个荒凉枯败的树林里面，碰巧兰斯洛特骑士同薄希华骑士也在这里，因为加拉哈已换了新装，所以他们都不认识他了。他的父亲兰斯洛特骑士一见他走来，立即摆动长矛径对着他打去，才一击那支矛柄就立时断在加拉哈骑士的身上；紧跟着加拉哈还了一击，直打得兰斯洛特骑士连人带马一齐翻倒地上。加拉哈又拔剑出鞘，对准薄希华骑士一剑刺来，直穿进了他的钢盔；若不是剑身偏了一些，这一下真把薄希华刺死了，但经过这么陡地一震摆，他也就从马鞍上跌了下来。他们这次比武的地点，正巧在一座修女院的门口。当时有一个修女看见加拉哈骑在马上，便向他说道："愿上帝与您同在，您真是世界上了不起的骑士呀。"因为她这一大声说话，声音嘹亮，都被兰斯洛特和薄希华听到了，只听她又说道："啊！当然啰，前面那两位骑士若认识您，也同我一样熟悉您，他们决计不会同您打了。"加拉哈骑士听她如此一说，生怕被别人认出，就赶忙用马刺猛踢了一下马，让马大踏步地飞奔向前，离开了他们一段路。可是他们两人这时都已看出来他就是加拉哈，便也跨上马，快步追上去；追了一会儿，他早走得看不见了。这两人见赶不上，闷闷不乐，只得再行转回。薄希华骑士提议道："我们去问一声前面这位修女，看看可有什么新闻。"兰斯洛特骑士无可奈何地答道："随您的便吧。"

当薄希华骑士向那修女走来的时候，那修女原来对他非常了解，而且也认识兰斯洛特骑士。但是兰斯洛特骑士掉转头，投入对面一片荒凉的树林中去了，岂知杂树丛生，竟找不出一条路来，当下他便漫无目的地任着一片野趣豪情，迤逦而去。行到最后，来到一个石镌的十字架旁边，由此分开了两条路途，通向一片荒地里。在十字架旁边，又有一块大理石做的东西，但因夜深天黑，兰斯洛特已看不清楚这是什么。兰斯洛特骑士举目对四周仔细分辨了一下，方才看出还有一个古老的小教堂，他想在那里一定能够找得着人，于是将他的马拴在树上，又放下盾牌，也挂在树上，这才走到那教堂门前，只见那教堂房屋早已塌倒，荒芜不堪。走进门来，不意这里面竟有一座极好的祭台，装修得非常富丽，上面悬有绸制的帘幕，台上立着一枝又精致又洁净的银蜡台，点燃着六支蜡烛。当下兰斯洛特一瞧见这烛光，就满心高兴地想走进里面看看，可是总也找不到进去的路径，心中不免引起了很大的沉闷和惊恐。这时，他便又回到拴马的地方，解下了马的嚼铁，放它吃草，他自己也脱下了头盔，把剑放下，躺在他的盾牌上，就在十字架旁边睡了下来。

第十八回

兰斯洛特骑士怎样在半睡半醒之中看见了一个病人睡在担架上，竟被圣杯治愈了。

兰斯洛特骑士就这样睡下了，在他半醒半睡之际，只见来了两匹白马，马上驮着担架，上面睡着一个有病的骑士，当这病人走近十字架的近旁，即时停了下来。这时，兰斯洛特骑士并没真的睡熟，因此那一切的事都被他看得一清二楚；他听到那骑士喃喃地祷告说："噢，亲爱的主，这个愁闷什么时候才能离开我呢？您的圣杯在什么时候才能来到我这里呢？我什么时候才能得到您的保佑呢？只因为犯了一点小的罪过，我已经受了很久的苦难了。"那个骑士这样一直在诉着苦，兰斯洛特都听到了。适在这时，兰斯洛特骑士忽见那枝点燃着六根蜡烛的烛台，冉冉来到了十字架的前面，但不曾看见有什么人捧着它，同时又显现出一座银制的台子，上面还供奉着一只圣杯，就是兰斯洛特从前在伯奇王①的家中所看见的。瞬息之间，那病倒的骑士坐了起来，举起双手，颤声说道："亲爱的主，这圣杯中的圣灵，求您施恩给我，让我的病获得痊愈。"这话才说完，只见他匍匐着伸出双手，跪着向

---

① 原文为Pescheour，疑为佩莱斯王。

前爬去，及至碰到了圣杯，刚把嘴凑过去吻了一下；一霎时，这骑士就同健康人一样，听他又说道："上帝，我感谢您，因为我的病都医好了。"

圣杯停在这里，又过了许久，方才连同那烛台以及光明冉冉地进入小教堂里，倏然不见；自此兰斯洛特就再也不知道它到哪里去了；只因为他已是沉沦在罪恶中，不能自拔，以致在圣杯面前连站起的力量都没有了；所以后来许多人说到他这件事，都认为是令人羞愧的，但他从此以后，不断忏悔。当时，那个病愈了的骑士，穿上衣服，立起来，又吻了十字架一次；他的侍从随即给他拿来了武装，并问他感到怎样。听那骑士说："当然啦，我十分感激上帝，因为靠了圣杯，我的病才得治好。但是，使我奇怪的是，当那圣杯捧来这里的时候，那睡着的骑士竟然没有醒转的力量。"又听那侍从说道："我敢说，他一定是沉陷到滔天的罪恶中去了，他一定从没忏悔过。"那骑士答道："其实，不论他是什么人，他一定不会快乐。据我想他大概是圆桌社的社员，也大概已参加了寻求圣杯的队伍。"侍从说道："先生，您所有的武器，除了您的头盔和剑以外，我都带来了，现在我劝您不妨拿这骑士的头盔和剑用一用。"于是，他就照样做了。他在披挂武装妥当以后，看见兰斯洛特的那匹马比自己的马好，便又骑上了他的马，离开了十字架，扬马而去。

第十九回

有一个声音怎样对兰斯洛特解说,以及他发现自己的头盔与马匹都已失掉,到后来他步行去了。

不久,兰斯洛特骑士完全醒转了,翻身坐起,心里只是寻思着看见的事情究竟是真的还是梦呢。正在思忖的当儿,他突然听到有一个声音对他说道:"兰斯洛特骑士啊,你比石头更硬,比苦艾还苦,比无花果树叶还赤裸,因此您必须离开此地,从这圣地上滚出去!"当兰斯洛特听到这声音以后,心中更加沉闷,怏怏不乐,自己不知道怎样是好,只好独自痛哭了一场起身走开,一面尽抱怨着自己生不逢时,不吉不利。他又想着,从此他不配再受到别人的尊敬了。而且,这几句话,真说到了他内心深处,现在他也明白了这样的话给了他一些启发。后来兰斯洛特走到十字架的旁边,发觉他的头盔、宝剑以及马匹都被那人拿走了。当下,他只有叫自己是一只可怜虫,是全体骑士中间最不幸的一个人,接着又沉思了一会,方才黯然说道:"我的罪孽和我的恶迹给我带来了多么巨大的耻辱,就因为我在争夺这浊世的荣华、人间的欲念,以至在污浊的尘世中逞奇显能、勾心斗角,不论是非善恶,我总是每次获得成功获得胜利,从未受过任何挫折。如今呢,为了要追寻神圣的宝物,我应不辞劳瘁,冒险天涯;在今天,我看清了而且认识到我旧日的罪孽会阻挠我的成功,甚至叫我遭到耻辱。终至于当这圣血[①]显示在我面前的时候,竟会使我毫无力量,不敢动一动,不能讲出一句话来。"像这样的悲伤懊丧,使他熬了通宵不曾合眼,直到曙光渐露,听见鸟在枝头歌唱,他才似乎得到一点安慰。这时兰斯洛特遍寻不到他的马和马具,因而他更坚信上帝对他已是不喜欢了。

随后他离开这座十字架,徒步走进了树林,大约到早晨九点钟,方在山麓上找到了一所精舍,这里面住着的一位修士正在望弥撒。兰斯洛特一望见,立即远远地跪了下来,大声哀求救主赐予怜悯,宽恕他的一切恶迹。及至弥撒告毕,兰斯洛特又向那位修士喊叫,恳求他大发慈悲,静听他一生所行所为的事情。那位善心的人说道:"您有了善念了,您有了善念了,"又接着说,"骑士,您是不是亚瑟王朝的,您是不是圆桌社员?"兰斯洛特恭谨地答道:"确实是的,鄙人名叫湖上的兰斯洛特骑士,这名字一向是受人称道的,可是现在呢,不幸得很,我的命运变了,我已经成为世上一个最可怜的人了。"那隐士听后,不禁对他打量一番,觉得非常奇异,为什么他会这样颓丧不堪。于是,那隐士说道:"骑士,你比其他骑士更应当感谢上帝,因为上帝已经使你得到尘世人的尊敬,远过于其他在世的骑士。只是因为你的自大,才令你在上帝的面前,也就是主的血和主的肉的所在地,犯了不可饶恕的罪。用这浊世的眼光,你一定看不见主的;而且,上帝绝不会在这种地方显现,好让罪大恶极的人也能看见;但是,假若他显示给这种人看了,就会使他遭受到更大的痛苦和更大的羞耻。

---

① 传说圣杯中盛着耶稣的血。

说到目前活着的骑士中,没有一个人比你更应当以绝大的感谢之忱献给上帝,因为他赐给你的健美、大方、骁勇,全都高出其他一切骑士之上,所以你应当比别人更敬仰上帝,你要爱主、敬畏主。上帝果真要反对你,不论你有多么大的能力与刚毅,也是枉然的。"

第二十回

兰斯洛特骑士怎样忏悔与忧伤，又有什么样的鉴戒显给他看。

这时兰斯洛特骑士神志颓废，悲泣不已，哭丧着脸说道："现在我知道您讲的全是真话。"那位善人说："骑士，往日任何罪过，你都不要隐瞒，请让我知道。"兰斯洛特骑士答道："说真话，我实在怕全盘坦白出来。因为在这十四年里，我的所行所为从没暴露过一件，惟恐一旦坦白了，会增加我的羞耻与灾难。"接着，他就把自己一生中所做的事毫无掩饰地告诉了那位善人。于是，他说出他怎样爱上了一位王后，爱得有不可估量的那般深，而且爱得那么久。他说："我做的所有伟大的战绩和武功，绝大部分都是为了这位王后而做的；为了她，不管是非曲直；我打了多少次战争，从没有一次仗专是为了上帝而打的，只不过为了获得尊荣和赢得她更多的爱而已，以至我很少，甚至不曾感激过上帝。"兰斯洛特骑士又说："我恳请您指引我。"那修士道："我是愿意引导你的，只要你能向我保证，从今天起，永远不再同那位王后交往，你必须尽量地忍耐一切。"兰斯洛特骑士随即以身立誓，应许他这样去做。那善人又说："要察看你的心和你的口是否一致，我才可以保证你以后能否比以前得到更大的尊敬。"

兰斯洛特骑士登时跪下来大声地说:"圣洁的父啊,听了那声音向我讲的那些奇妙的话,我真是惊奇,就是我刚才告诉您的那些话。"善人又说道:"你不必稀奇,看来上帝是喜欢你的,因为世上的人都知道石头是硬的东西,还有一种比石头更硬的,兰斯洛特骑士啊,你也应当明白,无论上帝赏赐你怎样好的东西,你总不肯脱离罪孽,所以你比任何的石头还要硬,无论用水或火,都不能把你变为柔软的东西,因此那圣灵便没法进入你的体内了。现在你要注意,在一切尘世的人中,你受上帝所赐的恩典比之任何人都要多,因为主已赐给你美好的仪表,主已赐给你智慧,并且还有辨别善恶的能力,主已赏赐你勇敢与刚毅,无论你到了什么地方,在一切的日子里,总给你做那么多的工作;现在,我们的主不再让你这样下去,不管你情愿与否,一定要去认识主的。为什么那声音昭告你比苦艾还苦呢?因为如果一个地方有了太多的罪孽,那个地方的甜蜜也就太少了,所以把你比作一棵老而腐朽的树。"

"如今我已指给你看过,你为什么比石头还硬,比苦艾还苦。现在,我还要指给你看,你为什么要比无花果树更赤裸,因为有一次,我们的主在棕枝主日①那天,来到耶路撒冷讲道,发现那里的百姓心肠都是狠毒的,全城的人没有一个愿意款留他。主即走到城外,在半途中看见一棵长满了茂盛叶子的无花果树,但是树上没有一只果子;我主即开始诅咒那树,为了它不结果子;那无

---

① 又叫棕枝全日,是复活节前的星期日。

花果树象征着耶路撒冷，正因为它有叶而无果。所以你，兰斯洛特骑士啊，当圣杯来到你面前的时候，主发现你没有果子、没有好的思想、没有善意，而且被淫荡所玷污了。"兰斯洛特骑士说："的确，您说的都是真的，从今以后，我要靠上帝的恩典，将过去的罪孽洗净，要遵循骑士身份做出英勇的事业。"

于是那善人立时吩咐兰斯洛特如何悔改，如何追求骑士的精神，才能得到赦免；他叫兰斯洛特骑士整天和他在一起，不可离开。兰斯洛特骑士答应道："我一切遵命，可是我没有头盔、马匹，又没有宝剑啊。"那善人说："关于这些事，在明天傍晚，凡是你的东西，比如马和武装，我都可以给你预备好的。"这时兰斯洛特骑士对自己的罪孽，真有说不尽的自怨自艾。

兰斯洛特骑士的事迹，在此告一段落。
薄希华骑士的事迹从此开始；下接第十四卷。

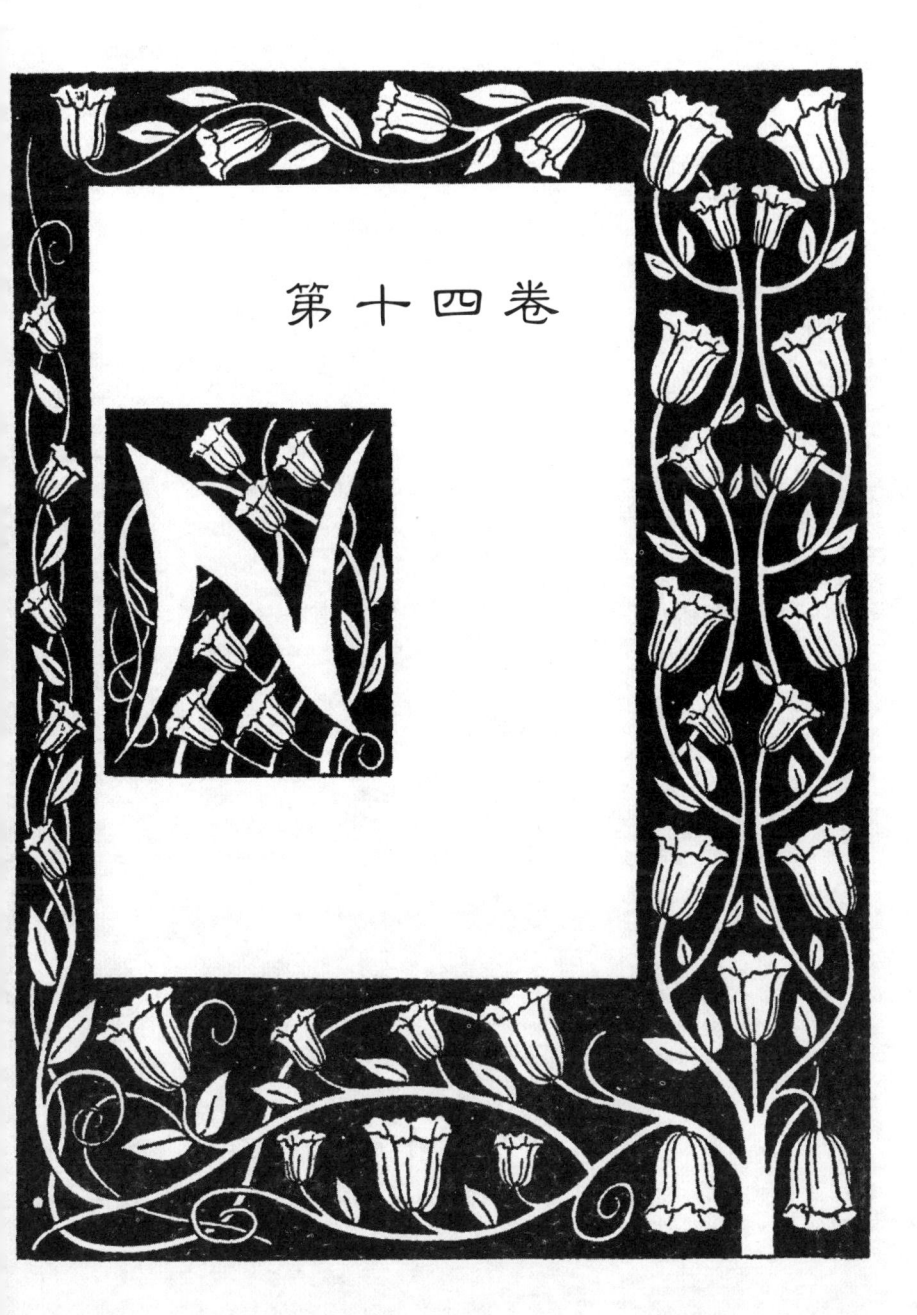

第十四卷

第一回

薄希华骑士怎样请求一位女修士来指导他；这位女修士怎样告诉薄希华说，她本人就是薄希华的姨母。

故事讲到，兰斯洛特骑士乘马追赶加拉哈骑士，那全部的冒险经过，正如上文所述。再说薄希华骑士追了一阵不曾追到，便又转回到那女修士这里来，想从她的口里得到一些兰斯洛特所追寻的那位骑士的消息。他到了那里，便走来对着她的窗棂跪下，房内的女修士当下打开窗门问薄希华骑士要她做什么。薄希华道："女士，我是亚瑟王朝廷中的骑士，名叫薄希华·德·加里士骑士。"那女修士一听他说出自己的姓名，不禁对他显出十分亲昵，原来她是这位骑士的姨母；因此她只觉得自己爱护他的心远超过爱护其他任何一个骑士。于是，她吩咐打开大门，请他进来；又命令自己的人罄其所有地款待他，让薄希华尽量好好地享受一番。

次日早晨，薄希华骑士走到女修士身边，问她是否认识那个携带白色盾牌的骑士。那女修士问道："骑士，你为什么一定要知道呢？"薄希华答道："我想知道他是哪方面的骑士，以便找到他，同他交一次手。不然，我是决不会安心的。说实在话，我受过他的侮辱，我决不肯轻易放过他。"那女修士说道："啊哟，薄希华哟，你想同他决斗么？我看得很清楚，要是你决意这样做，

1033

一定会被人家杀死,那么,你就同你父亲一样的结局啦。"薄希华骑士又惊异地问道:"女士,照您的话来说,好像您是认识我的。"这时,她换了慈爱的声音答道:"是的,我应当认识您,我是您的姨母呀。我现在虽然住在修道院里,可是从前我曾被人称做'荒地女王',也有人说我是世界上最富的女王。不过那时的富有,还不如现在的贫困使得我感到快乐哩。"等到薄希华晓得她就是自己的姨母,便悲痛地哭泣起来。接着那女修士又说:"好外甥,你母亲的消息,你在什么时候得到的?"薄希华听了心中极为不安,像回忆似的回答说:"我不曾听过我母亲的消息,我只是常在梦里想念着她,所以我至今并不知道她老人家是死是活。"那女修士愀然说道:"好外甥,你的母亲已经死了,你一离开了她,她就因为忧愁过度,在忏悔之后就一瞑不视了。"薄希华骑士登时流下泪来,深自懊悔地跪下来说道:"恳求上帝祝福她的灵魂,我真懊悔离开了她,我这终天之恨啊。不过,我们每个人的生活,总是要有变化的。"稍停了一会,他又向姨母问道:"好姨母呀!现在请您告诉我那位骑士究竟是谁?我猜想,大概是在圣灵降临节着红盔甲的那个人。"那女修士说:"不错,您想知道的那人就是他,不然的话,还有谁会配得上着红盔甲?而且,这骑士是没人能够同他相比的;他的作为全是机智百出,可说无敌于天下;他的战术使人捉摸不定,世上的一般武士,绝不是他的对手。"

第二回

魔灵怎样将圆桌比作世界,又追寻圣杯的骑士们怎样都应当成名。

"况且当年魔灵曾把圆桌比拟做地球的圆形,就因为圆桌是表示了世界的正义,也表示了整个世界,不论基督徒或是异教徒,都能够同样地走上这圆桌。他们一旦被选为圆桌社员,他们便自以为比得到半个世界更幸运,也更受敬重。因此,有人宁愿抛弃了他们的父亲,他们的母亲,以及他们所有的亲戚;又有人远离了他们的妻室和他们的儿女,只为了做你的一个伙伴。你自己总该明白了,自从你离开了你的母亲,再也不能看见她了,你已经在圆桌上寻得伙伴了。当魔灵建立圆桌制度的时候,他曾这样说过,凡参加圆桌社的人,应该深切了解圣杯的真理。那时有些人就问魔灵说,'我们怎样才能知道谁能够成功地求得圣杯呢?'他回答说,'要有三只白牡牛,其中有两只是童贞的,第三只是纯洁的;这三只中有一只的气力和刚毅还要胜过它的父亲,好像狮子能胜过豹子那样。'

"那些听过魔灵说话的人,就对他说:'既然将有这样一位骑士,何妨使用您的法术专设一个座位,好让骑士中最杰出的那个坐上去。'魔灵当时回答说,'我愿意这样做。'后来,他果然设了危险座,这位子在去年圣灵降临节的那天,才被加拉哈坐上。"

薄希华骑士听完这一段故事之后,说道:"女士,听了您这么多的善意劝告,现在,我决不想再去和加拉哈骑士交手了,我要改变我的心意,同他和蔼地交往。靠上帝的慈爱,好姨母呀,您能指点我在什么地方可以找到他呢?我急切希望能和他结成同伴。"她说:"好外甥,依我的话,今天骑上马赶到一个名叫峨特宫的地方,加拉哈有一位表兄住在那宫里,今夜你可以在那里借宿。如果他肯告诉你加拉哈往什么地方去了,那么你就尽快地赶上去;如若他对加拉哈的消息没有什么可以告诉你的,你就一直向卡邦耐克宫赶去,那里有一个残废的国王躺在床上,这个人会告诉你加拉哈的确切行踪的。"

第三回

薄希华骑士怎样走进一座修道院，找到一位年老的艾佛莱克王。

薄希华骑士在向他姨母辞别的时候，两人都各有一番伤感。再说薄希华一马行来，直走到晚祷时分，只听钟声正在敲响，举目一看，见有一幢围着坚固墙垣的房屋，墙外绕有深沟；他走上前在门上敲了几下，当被引进，下了马，又被引入一间房内，他急忙卸下了武装。在这里，他度过了极为愉快的一夜。第二天清晨，他来望弥撒了，正在这时，他发觉一位祭司早在祭台旁边等候。他看见祭台的右面有一个特殊的座席，外用铁栏杆围绕；祭台后面，放了一张陈设富丽的床铺，上面铺着金银线绣成的床毯。

薄希华骑士当下向里面窥探了一下，望见床上正睡着一个人；因为脸面被遮没了，分辨不出是男是女；于是他就移开视线，专心去静望弥撒了。等到进圣餐的时候，睡在隔栏里的那人已经起身，露出了头脸，原来是一位年岁很高的老者，他头上戴着一顶金冠，但从肩到脐，完全裸露。薄希华再看这位老者身上，只见他遍体鳞伤，两肩两臂以及整个颜面，都布满了很重的伤口；又见他伸出了两只手向着耶稣的像高呼道："亲爱的好父亲基督耶稣，求您不要忘记我啊！"随后他又睡下了，可是口中还喃喃不住地在祈祷；看上去，他大约有三百岁了。做完弥撒以后，祭司就捧着耶稣的圣像走来，立在那位有病的王面前。一切应有的仪式都做完了，他才脱下金冠，吩咐放在祭台之上。

薄希华骑士问一位弟兄①那人是谁。这位善人答道："骑士，您总听说过亚利马太的约瑟这个名字的。当年耶稣基督曾差遣他到这一方来劝导信仰神圣的基督教，因此基督的仇敌们时常迫害他，可是在一座名叫沙拉斯的城里，他感化了一位名叫艾佛莱克的国王。这位王就跟随约瑟到了本地，为的是好紧随这只圣杯。不想有一次，他靠得太近了，以致惹起基督对他的不快，可是他依然越跟越近，终于触怒了上帝，几乎把他的眼睛都打瞎了。后来这王哀求怜悯，高声恳求道：'慈爱的主啊！等到我亲血统的第九代骑士来了，让我亲眼见他追求到圣杯，吻抱过了他，然后再求您处我死刑吧！'"

---

① 基督徒彼此之间称呼"弟兄姊妹"。

第四回

薄希华骑士怎样看到一批武装的人抬了一个骑士的尸体，以及他怎样同那批人交战。

"那位君王作完了祈祷以后，忽然听到有个声音在说：'您所祷告的，能够如愿。在那骑士未来吻抱您以前，您是不会死的。等到那个骑士来到以后，您的眼睛也会分外明亮，重新看见一切东西；而且，那些伤口也可以痊愈。但在他还没来之前，伤口就难望愈合了。'这位艾佛莱克王以他圣洁的生命，就这样一直活了三百年之久。有人说，能治疗他的那位骑士已经来到某宫廷中了。"因此，那善人问道："骑士，求您告诉我，您是哪一派的骑士，您是不是亚瑟王朝的，是不是圆桌社的？"他回答说："是的，小的名字叫做加里士的薄希华骑士。"及至那善人明白了他的名字和来历以后，立即对他表示十分欢迎。

后来，薄希华骑士告辞了，马行多时，已到中午，这时他走到一片山谷中，迎面来了二十几个着武装的人，又抬着一个被杀骑士的尸体。这些人一见薄希华骑士，便问他来自什么地方。薄希华回答道："我从亚瑟王朝廷来的。"不想他们所有的人立刻发一声喊："杀掉他。"薄希华骑士赶紧挺矛迎住，只一击便把领头奔来的那人从马上打落，再放开马在这人身上践踏而过。紧接着对面又有七个骑士一齐奔上，同向他的盾牌上击来，其余的人则专杀他的坐骑，因此薄希华就被掀翻在地。幸亏那位披挂红盔甲的加拉哈骑士恰在这时赶来，不然薄希华骑士势必被他们刺死；就是不死，也要被他们俘去。当时加拉哈远远望见一大群骑士同打一个骑士，不禁怒声喝道："饶了那骑士的性命吧。"说话之间，一匹马已尽力狂奔而来，猛地冲入那二十个武装的人群中，挥舞手中长矛，先将临近的九人，连人带马一起打倒。不多时，加拉哈的矛被打断了，他随即伸手抽取宝剑，一路左劈右砍，势如狂风骤雨，煞是惊人，看他剑锋到处，不是有人立被砍死，就是有人受伤倒下，几乎无人能够还手；所有剩下的人，都慌忙逃进了森林里，这加拉哈骑士在后面跟踪追去。

当下薄希华骑士一见加拉哈追赶他们去了，心内忍不住十分懊恼，再看自己的马，也已逃得不见了。原来他已经看清楚了这位着红盔甲的骑士一定是加拉哈骑士，于是他就放声大喊道："喂，好骑士，等我一下，让我来谢谢您呀，您帮助我做的事情太多啦。"但加拉哈骑士的马越奔越快，到后来已经看不见踪影了。薄希华骑士还是随在后面飞步直奔，一面追赶，一面大声喊叫。赶了好一阵，他才遇到一个老百姓，骑了一匹又老又瘦的马，手里另牵了一匹骏马，那毛色比黑熊还黑。薄希华骑士忙问这人道："好朋友，请把这匹黑马借给我吧，好让我去追赶前面那位骑士，可以吗？只要您肯借，我将来一定重重报答您；您不论什么时候用到我，我一定做您的第一个忠心骑士。"这老百姓说道："骑士先生，这是别人家的马，请您原谅，我实在没法遵命；如果马主有一天发觉我把马随便借给了人，我想他会杀掉我的。"薄希华着急万分道："天呀，若是我把前面的那位骑士放过了，那真是我平生一件极大的恨事。"这人又答道："骑士先生，我确实替您难过。这匹骏马我知道很配您骑的，我既然没法随便借给您，就算是您自己抢去的好了。"薄希华骑士说："我不愿意那样做。"他们说了一阵，各自分手。薄希华骑士这时无可奈何地独自坐在一棵树下，心中说不尽的悔恨、懊丧。隔了不多一刻，只见一个全身武装的骑士，骑着一匹骏马，向这面走来，那马正是刚才那老百姓牵了走过去的。

第五回

这个平民怎样希望能够再得到一匹骏马,薄希华骑士的瘦马怎样被人杀了。

又一会儿,那个老百姓也飞马赶来,一见面就问薄希华骑士可曾看见有一个骑士乘马走过。薄希华骑士答道:"是的,不错,但是您问这干什么呢?"这人哭丧着脸说道:"先生,您不知道,我主人的马被那人硬抢走了,我失掉这匹马,不论逃到什么地方,我主人一寻着我,准会把我杀掉。"薄希华骑士立起身来说道:"您瞧,我能做什么呢?我现在是用脚走路,只要我有一匹好马,我立刻可以把他捉将回来。"那老百姓说:"骑士先生,我给您这匹瘦马,请您尽力去追赶,我在后面步行跟着您,看您怎样成功。"于是薄希华骑士跨上那瘦马,用力追去,赶到后来,看见那骑士了,便高声喊道:"骑士,转回来。"不料那人转头一瞅,把手里拿的长矛,对准瘦马肚下刺去,那马应声倒地而死;薄希华从马上滚下,那个骑士乘机跑掉了。薄希华骑士当下怒火上冲,厉声骂道:"你这万恶的骑士,停下来;你这胆小鬼、坏心肠的骑士,转回来,不用马同我来打一场吧。"那人听了,并不回声,仍旧往前奔去。

薄希华看见这人并不回头,登时气得脱下头盔、佩剑,掷在一旁,沉痛地说道:"现在我真是个不幸的骑士啊,该受诅咒的,我在天下骑士中，真算是一个最不愉快的人了。"他这样苦闷了一整天，直到傍晚，倦极入睡，等到夜半醒来，忽然看见面前立着一位妇人，向他问道："薄希华骑士，您在这里做什么？"薄希华答道："我既不曾做出什么好事情，也不曾有过大的恶迹。"那妇人说："倘使我要您做什么，您能完全依着我的意思做到，那么我可以借给您一匹马，随便您要带到哪里都可以。"薄希华听到这话，喜出望外，连忙答应保证满足她的愿望。那妇人便说："您在这里等候着我，我去将马牵过来。"不一会儿，她带了一匹墨黑的马来了。薄希华一看到那匹马，非常惊异，只见马身高大俊伟，鞍辔华丽。他毫不费力地跨了上去，那马也像不曾感觉到有人骑到它身上似的。薄希华上马以后，两足一蹬马刺，立即沿着树林跑去，当时月明如昼，他跑了不到一个时辰，已走了四天的步行路程，后来他到了一处波浪滔天的水边，那马几乎冲到水里。

第六回

薄希华骑士放马跑到极危险的地带,碰见一条毒蛇正同狮子搏斗。

薄希华骑士走到了水边,但见波浪汹涌,狂涛怒卷,自己不敢贸然涉过。他便举手在额上画了一个十字。怎知他的坐骑正是恶魔幻化了而来,因为经不起薄希华用十字架这一震击的力量,就立将薄希华从身上颠下来,自己慌张地跳进水里,悒丧万状地狂吼乱叫,那一片水面也被它掀弄得似沸腾了一样。薄希华骑士现在方才看出,原来这乃是出于一个恶魔的诡计,打算使他因此遭到沉沦。想到这里,他立时就把自己交托在上帝的手里,祈祷主基督能够保护他脱离这些试探。他就这样虔诚地继续祈祷,直到破晓时分,天色已亮,方始发现自己是在一座荒凉的山顶上,四周紧紧绕着一片汪洋大海,怎么样也看不见一块陆地可以让他逃出去,他的耳目所接触的,惟有一些野兽而已。

四面瞻望一番,无计可施,后来他走进一所山谷,猛见那谷中正有一条毒蛇咬住一只小狮子的头颈,从薄希华骑士的身旁走过,还有一只大狮子,跟在蛇的后面,一面追一面吼叫。薄希华骑士蓦一发现这种事情,登时惊骇不已,便也急忙追上去想看个仔细,只见那狮子已追上了毒蛇,正在同它搏斗。当下薄希华骑士暗自思忖，这两样野物，还是狮子比较有天性些，遂打定主意，上前帮它一下；于是他拔出利剑，拿起盾牌，遮在自己身前，对准了毒蛇，猛力一剑刺去，那蛇立即受了致死的重伤。那狮子在旁看见这情形，一点没有要同薄希华作对的样子，反而现出一个畜牲对于人类所能表示的亲昵神色。薄希华体会出了这狮子的意思，方才放心地把那个被蛇撞破了的盾牌丢开，又脱下头盔，深深地透了一口气，使自己和蛇搏斗时那紧张心情松弛一下；不想那狮子慢慢靠近了他的身旁，像一条叭儿狗那样驯服地亲近着他。薄希华伸手抚摸着狮子的头颈肩背，感谢上帝给他这种人畜之间的友爱。相伴到中午时光，那大狮子才将小狮子驮到背上背了回去。

这时只剩下薄希华孤零零的一个人了，没有任何生灵和他做伴。依照原来的故事所说，这时薄希华在世人中间，是信仰救主耶稣基督最虔诚的一个人，因为在那个时代，很少有人诚笃得全心全意信仰上帝。当时的人，做儿子的不肯爱护父亲，一般人对待自己的父亲，简直同陌生的路人一般。薄希华因为信奉基督，得到了安慰；祈求上帝，相信上帝一定能够免除试探；他愿意耐心地永远为保卫上帝的一切而做一个忠诚的卫士。正在薄希华骑士祈祷的时候，那只狮子又来了，伏在他的脚边，通宵陪同他睡在一起；再说，薄希华在睡意正酣中，忽地做了一个怪梦，望见两个贵妇人，一个坐在狮子身上，一个坐在蛇的身上；这两人一个年轻，另一个年纪已老，那年轻女子对薄希华骑士说："我的主人向您问候，还要我带个消息给您，希望您好好准备，因为明天早上，有一个世上最坚强的骑士，要和您决斗。万一您被那骑士打败了，您纵然失去一手一足，也不足以了事，而是一直到世界的末日,仍然为人所不齿。"他问谁是她的主人。那少女说:"他是全世界最伟大的主宰。"这话说完,转瞬间她已倏然不见,竟不知道她走向哪里去了。

第七回

薄希华骑士所看见的异象；以及这异象同狮子所含的意义。

另外还有一位坐在毒蛇身上的贵妇，这时也走来说道："薄希华骑士啊，我不曾得罪过您，为什么您待我这样毒辣呢？现在，我要控诉您的罪行。"薄希华骑士惶恐地答道："夫人，我实在从来不曾得罪过您，就是别的贵妇们，我也从不曾开罪过呀。"那妇人说道："您说得好，让我把这件事的原委告诉您听吧。我在此地养了一条蛇很久了，多年以来，它都忠心地侍候我；不想昨天在它刚捉到一只狮子时，您就不论情由，把它杀了，请您告诉我，那只狮子也并不是您的呀，您为什么杀死我的蛇？"薄希华骑士答道："夫人，我知道那只狮子不是我的，但我所以这样做，是因为我觉得狮子的本性比蛇要和善些，因此我就把蛇杀了，绝没有对付您的意思。"他又说："夫人，您要我怎样做呢？"那妇人说："我要您赔偿我，我要您代替我的蛇来服侍我。"他回答说："这是我没法同意的。"那妇人又说："不错，自从您敬拜主耶稣基督以后，您就永远不是我的仆人了。所以，我向您保证，不论您在什么地方总逃不脱，我都可以寻到您、驱使您，正像我以前打发那条蛇一样。"说完，她就离开了，留下薄希华一人睡在那里；这个异兆，使薄希华感到十分疲惫。翌晨，薄希华骑士起身，仍然觉得十分吃力。

那时薄希华骑士发觉自己已处在汪洋大海之中，又见一艘船正向他驶来；薄希华骑士连忙跳上这船，举目一看，只见那舱里舱外完全用白色的绣锦遮没。船板上立着一位老者，身穿白色法衣，装束仿佛祭司似的。薄希华骑士对他喊着："老伯伯，欢迎您。"那位老者答道："愿上帝保佑您。"接着又问："骑士，您是从什么地方来的？"薄希华骑士心怀忧虑地答道："老伯伯，我是亚瑟王朝廷中的，也是圆桌社的一个骑士，只为寻觅圣杯，来到此地；不想遭到了这样的大难，看起来我是绝逃不出这片荒野了。"那位老者安慰他说："您不必多疑，只要您果然能依照骑士的制度和规矩，做一个真正的骑士，而且您的内心也能做到这样，那么还有哪个仇敌可以杀害您呢？这绝不用疑虑的。"薄希华骑士略放宽了心，便又问他："您到底是什么人呢？"那老者一笑答道："骑士，我来自一个不可知之乡，此来的目的只在安慰您罢了。"

薄希华骑士说道："老伯伯，昨晚我做了一个梦，您看这梦有什么意思吗？"于是老者就那梦中情节做了一番解释："我认为那坐在狮身上的女人，代表了圣教会的新律法，就是要使人了解，具有信心、希望、信仰以及愿受洗礼的意义。再说到两个女人的年龄，一个人看来比另一个年纪轻些，这一点也有很大意义，因为她是在主耶稣基督受难和复活中生下的。她是带着极深厚的爱心来警告您，那是同您将来要去参加的一场大战有关的。"薄希华骑士赶忙问道："那么，我同谁去交战呢？"老者说："您要同世界上无敌的能手决斗，依照这位贵妇所说的，倘使您不能尽心竭力,不是您失掉一腿一臂就算了事,而是您蒙受的耻辱会流传到世界末日。那骑在蛇上的女人,代表旧的律法,那条蛇代表一个魔鬼。至于她为什么责备您杀死了她的仆人,倒没有什么意义;还有,被您杀死的那条蛇,就代表被您骑着走到石岗上来的那个恶魔。当您在额上画十字的时候,您就把他杀了,并且也把他的威力消解了。在那女人要您去做她的仆人以作赔偿的时候,您说过不肯,这就说明了她要强迫您信任她,而不要重视您的洗礼。"那老者话已说完,随吩咐薄希华骑士离开,等他刚一跳出船外,转眼之间,一切都归杳然,全不知道去向了。当下,薄希华骑士仍走回那块石岗上,寻到那只同他相伴已久的狮子,抚摸着它的背脊,自己倒也异常快乐。

第八回

薄希华骑士怎样看见一艘船向他开来,船上的一位美女怎样向他诉说自己失去继承权的情形。

话说薄希华骑士守在那里,无路可走,一直待到中午时光,才望见一艘帆船,远远从海面上顺风飘来,其行之速,好像普天下的大风,都吹在这帆上似的,不一刻,那船快要冲到他站立的这块石岗跟前了。薄希华一见那船驶来,急忙迎了上去,只见船上遮满了黑色绸子,颜色真比黑熊的毛还黑,这时船面上立了一位贵妇,国色天香,俊丽无比,身上穿戴亦是华艳异常,向不经见。这少女一见薄希华骑士就问:"是谁带您到这片荒地上来的?这是一条绝路,您永别想逃得出了,迟早不是饿死便要愁死。"薄希华骑士一听这话,泰然地答道:"小姐,我侍奉着一位世界上最善良的人,这位真正的善人,不论谁来叩他的门,他一概开门延入,凡是向他开口恳求的,他都使人满意而去;也不管什么人求见他,他从不隐避。就因为我侍奉他,我相信他决不会让我死去的。"不料那女子听了这话,竟又问道:"您知道我是什么人吗?"薄希华骑士这时有所会意般,恭谨地回答道:"是的,我知道的。"那少女又问:"谁告诉您我的名字?"薄希华骑士说:"我想这出乎您的意料吧?"那少女又说:"适才我从那荒僻的树林中出来,在那里我遇见了手持白盾的红衣骑士。"薄希华说:"啊呀,小姐,那位红衣骑士如果遇见了我,我要多么高兴咧。"那少女接口说:"骑士先生,如果您能够保证,您对骑士制度是敬重的,也就是说在我几时需要您,叫您怎样你便怎样,一点不许为难;只要您答应我,我就可以领我去找那位骑士。"这时他满心欢喜地答道:"好的,就这么办,您要我怎样,我定一切照着您的意思。"那少女说了声:"好吧,现在我就告诉您。那次我看见他,是在一片树林里,他正把两个骑士赶进河里去,那河叫茂台斯;原来那两人因为怕死,才被他赶到河里去的,后来这两个骑士泅水走了,红衣骑士仍在后面追,他的马身全湿透了,白费了一身大气力,到底还给他们逃脱了。"她这样说了一遍,薄希华听得津津有味,兴奋异常。

接着那位少女又问薄希华近来可曾吃过肉没有。薄希华回道:"没有,小姐,三天没吃过肉了。但是,最近幸亏遇见一位善心的人,他留着我谈了次话,让我饱餐了一顿嘉言懿训,使我的心神又大大振作起来了。"只见那位少女略现惊色说道:"啊呀,骑士先生,说起那老头子,他是个施妖术的人,说的全是一篇荒诞无稽的废话。您要是相信他,您就一直被他骗了,而且会饿死在这岩石上,最后还要被野兽吃了。您是一个青年人,又是一个有为的好骑士,如果您愿意,让我来设法帮帮您。"当下薄希华骑士很感激地问道:"您待我的恩德这么深厚,您究竟是什么人呢?"那少女说道:"我吗,在从前我是一个富甲天下的女子;现在我是一个被剥夺了继承权的妇人。"薄希华骑士连忙问道:"小姐,我对您的不幸太同情了,请问您的继承权是谁剥夺的?"那小姐回答说:"骑士先生,从前,我和一位全世界最伟大的人物住在一起,他让我觉得,在世上没有什么人可以比得上我,因此我常常以为自己最美而对人傲慢。再加上他把我变得太美丽、太聪明了,以至任谁都及不上我。正因为我有了那样了不起的美,才使得我稍稍有点骄傲,渐渐地我便习以为常,傲慢成性了,我又说过一句使他不愉快的话;因此,他就不再允许我继续留在他的团体中;把我从我的住处赶出来,并且剥夺了我的继承权;他再也不怜恤我,也不再听我的意见了,更不许我有权有势了。骑士先生,从此以后,我就这样生活下去;我把他的一些人拉过来,做了我的部下;这些投奔我的人,虽是从不向我索讨什么,然而我给他们的总是格外多些。由于这种原因,我的部属们和我就更加不分昼夜地在反抗他。现在,凡是我所知道的英雄好汉以及高尚骑士,只要我能设法,就拉到我这方面来。我早知道您是一位英勇的骑士,所以我特来求您帮助我,尤其您是一位圆桌社中的人,我想您决不会辜负一个高贵妇女对您的恳求吧,何况我还是一个遭遇了被剥夺继承权的女人呢。"

第九回

薄希华骑士怎样应允去帮助一位妇女；后来他怎样向这位妇女求爱，又薄希华怎样从魔鬼手里被营救出来。

当下薄希华骑士听了这一番楚楚可怜的申诉，便答应那少女，愿出全力相助，同时她对薄希华也深深地道了感谢之意。恰好那天天气酷热，这少女遂召来一个华服的妇人，吩咐她搭起帐篷，那妇人就遵照吩咐把帐篷在乱石子的路上搭好。于是这少女便对薄希华骑士说："在这样热的天气里，骑士先生，现在您休息一下吧。"薄希华骑士道谢以后，她帮着把他的头盔和盾牌取下，使薄希华沉沉酣睡了很长一段时间。及至醒来，他就问她是不是有肉吃，她回答说："有的，而且够您大吃一顿。"不多时，那少女把肉陈列出来，只见桌面上满满地放着各色各样的肉类，凡是他能够想到的，样样都有，真使他惊异极了。并且，他又喝了从没尝过的最浓的美酒，更使他兴奋万分。就在这佳肴烈酒的诱惑之下，他心志荡逸，逐渐地不克自持了，眼看着面前的这位少女，原来是美艳绝伦，这时更认做天仙化作人世间罕见的美女。薄希华骑士终于情不自禁地走近前向她求爱，希望能如愿以偿；可是竟遭到她严词的拒绝，她认为薄希华追求她的情绪应当更加热烈，后来瞧他果然是继续不断地追求着她的爱。这时候那少女看出他是真正热爱她了，方才对薄希华说道："如果您对我立誓，永远做我忠心的仆人，也就是我吩咐您的每一件事情，您都一定能做好，我才肯答应您的要求。您既然是一位真正的骑士，您能不能向我保证呢？"他急忙忙回答道："好小姐啊，我愿以身立誓，听您的吩咐。"那少女见他立了誓，才说："好吧，现在，依了您了，您喜欢怎样就怎样吧。要知道，在全世界的骑士中，您是我最中意的一个啦。"

于是她吩咐两个侍从在帐篷中间安放了一张床。不多一会儿，她已脱光了衣服，睡上床去。薄希华骑士也忙忙脱去衣服，赤裸着身子，躺在她的身旁。恰在这一刹那，由于上帝赐予的恩典，他突然看见自己的宝剑躺在地上，业已出鞘，而且剑柄上有一个红色十字架，这使他想起骑士的规矩，并且在不久前他还应许过一位善人的话，心中蓦地一震，随即在自己额上画了一个十字，就在这时，那帐篷忽然向上掀起又落将下来，整个翻倒，接着幻作一缕轻烟，好像一朵黑云似的，飘荡而去，直吓得他大声狂叫起来。

第十回

薄希华骑士因为烦恼，在自己的腿上刺了一刀，随后又怎样发觉那美女原来是个恶魔。

薄希华痛苦地喊道："我亲爱的父亲，耶稣基督啊！请您不要让我受到人间的侮辱呀，若不是有您的恩典，我早已毁灭了。"他这时抬起头向船舱里望去，只见那个女人已走进船中，又转身面对薄希华骑士说道："您把我出卖了。"说后，她连同那只船随着狂吼的风暴，如飞逝去，就好似沸腾了的水也跟在她的后面一齐卷走。再说薄希华骑士当下忧伤悲恸，对自己愤恨已极，于是一手拔出了佩剑，向自己责道："既然肉体做了我的主人，我就要惩罚它。"才说完，便举起宝剑对着自己的腿上，猛地搠将下来，登时鲜血流了满身；只听他又说道："敬爱的主耶稣基督啊，请您接受我的忏悔吧，因为我已经得罪了您。"等心中稍平静了些，他便穿上衣服，武装起来，一面还在自责，说他自己是一个极不幸的人；一面又暗自庆幸地说道："好险呀，差一点失去了我的童贞，这是绝不能失去的呀；一旦失去，那便永远不能复得了。"接着他从衬衫上撕下一块布，裹住还在流血的伤口。

正在他痛苦不堪的当儿，昨天由东方开来的那只船，现在又停在面前了，那位善心的老人还在船上，顿时使这位高尚的骑士感到万分羞愧，自觉无脸见人，禁不住一时气厥，昏倒地上。待他醒来，直觉得软弱无力，勉强走去向老者请安。一见面，那老者笑眯眯地问薄希华骑士道："自从我离开您以后，您做了些什么事情？"薄希华骑士心头又愧又痛，只得答道："老伯伯，这里有个女人，她领着我堕入了万劫不复的罪孽中了。"接着他把一切的经过都讲给那老者听了。这善心的老人随即面容严肃地说道："您认识那个妇人么？"薄希华答道："不认识的，老伯伯，但是我知道她是魔鬼差来的，存心要我受辱罢了。"老者点了点头，然后郑重地说道："哎，好骑士，您真是一个呆子，说起那妇人，她是地狱里恶魔的首领，她的权力驾于一切魔鬼之上，也就是您在幻想中的那个骑蛇女人。"随后，这老者就将这女人的身世扼要告诉了薄希华骑士，他说："主耶稣基督为了她的罪孽怎样从天上赶她下来，本来她是天上一个最明亮的天使，因此她就失去了继承权。"停了片刻，又说道："上次说有一个勇猛的骑士将要和您决战的那骑士就是她，若不是上帝的恩典，您早已被她打败了。如今薄希华骑士呀，您还要当心，应当把这桩事当做一个教训。"说罢，这位善心的老者忽然不见，一身化归乌有。薄希华骑士于是拿起武器，走进了船，离开这荒岛而去。

记述薄希华骑士之第十四卷，在此告终。
以下续述兰斯洛特，列为本书第十五卷。

第十五卷

第一回

兰斯洛特骑士来到一座小教堂里,发现一位穿白衬衫、年龄一百岁的教士已死。

且说那位善心的修士收留兰斯洛特骑士住了三天以后,就将一匹马、一顶头盔和一把宝剑,送给了他。约在中午辰光,兰斯洛特离开了那里。一路行来,只见远处有一幢小小的房屋。待他走近一看,乃是一所小教堂,旁边站着一位白衣老者,穿得华贵异常。兰斯洛特骑士趋前说道:"愿上帝保佑您。"这位面目慈祥的老人回答:"上帝保护您,愿他培养您做个好骑士。"这时兰斯洛特骑士下了马,走进教堂,看见那里面又有一位老人,穿了一件很考究的白色衬衣,但已死去。

原先站在门口的这位老人当下指着那死者向兰斯洛特说:"骑士,您瞧,这种样子的衣服,这个死去的人是不应该穿的,他当了一百多年的教士,竟然破坏了教会的誓约。"接着,这老者和兰斯洛特骑士一同走进教堂,老者便戴上一条圣领,取来一本书,面对着书念出了咒语;随着喃喃声,猛地出现了一个可怕的鬼魅形象,不论心多么硬或是胆多么大的人,见了无有不胆战心惊的。但听那鬼灵说道:"您折磨得我太厉害了。现在您告诉我,究竟要我做什么呢?"那老者答道:"我希望您告诉我,我那同伴是怎样死的,到底他是得救呢,还是定罪的?"于是那鬼灵发出一种恐怖的声音,说道:"他并不曾灭亡,而是得救了。"这老者又问:"怎么会呢?照我看来,他生前的行为不太好,比如他穿了不应该穿的衬衣,这是不合教规的,凡是违犯教规的人,大都行为不端。"那鬼灵答道:"不是这样的,躺在此地的这个死者,出身于一个大族。有一个名叫发尔伯爵的贵族,曾经同这死者的侄儿大战过,他侄儿的名字叫阿古拉斯。阿古拉斯看到伯爵的势力比他强大,就来同自己的伯父,就是躺在这里的死者商量。这死者便由精舍里请假出来,去协助他的侄儿抵抗那有权势的伯爵。结果靠了这死者的智慧和刚毅,把伯爵擒住了,另有伯爵部下的三个贵族,也是由于死者的力量被捉到的。"

第二回

为什么有许多人要捣碎死者的尸体，但不曾达到目的；又兰斯洛特骑士怎样取得死者的头发。

那只鬼灵接着说道："从此以后，伯爵同阿古拉斯两人和好了。伯爵保证不再同阿古拉斯交战，这死者方又回到精舍。后来，伯爵派了他的两个侄子来向这死者报仇。有一天，他们来了，发现这死者正在弥撒的圣餐上，他们便等着他，直到弥撒完毕。于是那两人冲到他的面前，拔剑刺去；不想就像刺在钢上一般，没有一把剑能刺得进，这是因为他侍奉了基督，上帝在保佑他呢。随后，他们又烧起一把大火，剥光了他的衣服，割下他披在肩后的头发。这死去的修士就问他们：'你们打算烧死我吗？但是你们没有力量毁灭我的，你们连我身上的一根毫毛都毁灭不了的。'那两个人中的一个回答说：'谁说不能？让我们来试试瞧吧。'说着话，他们就剥光了他，只给他穿上这件衬衫，丢他到火里去，他就这样躺在火里烧了一整夜；等到天亮他还没烧死。待早晨我来的时候，才发现他死了；但在他身上看不出有一块皮肤或者有一根毫毛起皱或者烧焦；我当时怕极了，就把他从火中拉出来，放在此地，就是您如今亲眼看见的这样子。现在我已把真情实况统统告诉您了，您可以让我走了吧。"话声甫毕，只见他随着一阵狂风不知去向。

这老人同兰斯洛特骑士听那鬼灵讲完其中因果，心中都觉得比适才快乐多了。当夜，兰斯洛特就住在这位慈祥老人的地方。老人问他："您是不是湖上的兰斯洛特骑士？"他回答说："是的先生。"老者又问："您来此地，有何贵干呢？"兰斯洛特骑士答道："先生，我是来追寻一只圣杯的。"老者闻听，大加赞叹地说了一声："好啊。"接着又说："这件事情是好的，但是虽则圣杯在此，可惜您无能力看见，正如一个瞎子看不见一把光耀夺目的宝剑似的，就因为您浸在罪孽中太深太久了；不然的话，您比一切众生都更容易看得见它。"兰斯洛特骑士听了这话，不禁恸哭起来。后来，这老者又问他："自从您开始追求圣杯以来，可曾忏悔过吗？"兰斯洛特拭了泪答道："是的，先生，我已经忏悔过了。"一宿易过，第二天清早，老者做过了弥撒，他们两人就把那个死人埋葬下去。这时兰斯洛特恳求他的启示，问道："父啊，我自己怎样办呢？"这老者沉思有顷，方才答道："现在，听我的话，去把这位圣洁的人的头发剪下来，藏在贴近您皮肤的地方，它对您将会有很大的用处。"兰斯洛特连忙答应："先生，我愿遵照您的指点这样做。"老者又叮咛他说："还有，我奉告您，在追求圣杯的时期，您不可吃荤、不可喝酒，只要做得到，每天要望弥撒。"于是兰斯洛特拿起头发，郑重地放在身上，趁着黄昏晚祷辰光辞别而去。

话说他骑在马上，行行重行行，不一时走进了一片树林，半途上遇见了一位骑着白马的贵妇。那贵妇问他："骑士先生，请问您骑着马往哪里去？"兰斯洛特答道："小姐，说实话，我并没有一定地方去，不过信步所之，听凭命运引导罢了。"这个贵妇又说："哎，兰斯洛特骑士，您在寻求什么，我是知道的。可是论距离，您此刻比以前更远了，虽则您目前看到的比以往更清楚更开朗些，可是从前比现在还近些呢。这一点，您不久便会明白了。幸而现在您比以前看得更清楚。"兰斯洛特骑士便问那贵妇，今夜他在什么地方住宿更为妥当。那贵妇对他说："这一天一夜，您都找不到宿处，只有到了明天，您才可以找到好的歇脚地方；那时，您的疑虑大可减轻一下了。"兰斯洛特当下把这位贵妇付托给上帝，告别走了；他骑在马上，直走到一座十字架的近侧，方才停下，于是依傍着十字架奉做宿主在这里过夜了。

第三回

兰斯洛特骑士看到了异象,他把这事告诉了一位修士,请求他指教。

兰斯洛特骑士放马吃草之后,自己也卸了头盔和盾牌,走到十字架的前面祷告一番,对那永劫不复的罪孽,决不敢再堕入了。然后他躺下来就睡了。正在他沉沉渐入睡境的当儿,猛见一个异象显现在自己面前,原来有一个人站在他的身旁,这人全身上下缀满了明光灿耀的星座,头戴金冠,率领着七个国王和两个骑士作为伴随。这些人都是崇奉十字架的,他们面对着十字架两膝跪下,伸出双手,掌心向天托着。只听他们一齐祷告道:"亲爱的天父呀,请您降临,看看我们,还请您给我们每人所应得的赏赐。"

兰斯洛特抬头向天上望去,遥见天空云层忽然分开,从当中走出了一位老人,后面随了一大队天使,缓缓地下降到他们的中间,给他们每个人祝福,并且称呼他们为仆人,又叫他们是良善的勇士,真诚的骑士。当老人说完了这些话以后,便走到一个骑士的跟前,说道:"我对你的信任完全失掉了,你像一个粗犷武夫似的,专门和我作对;你单为了世上的虚荣而滥事杀伐,你对于博取人间的享受,甚于对我的敬爱。所以你这个可憎恶的人是不能得到我的财宝的。"这就是兰斯洛特骑士在十字架前所看到的全部异象。

第二天早晨,兰斯洛特骑士上了马又往前走,直行到日中,见来了一个骑士,料想不到竟和前几天窃去他的马匹、头盔和利剑的那个骑士,不期而遇,当时兰斯洛特骑士正在一个十字架旁熟睡,窥见了圣杯出现。当下,兰斯洛特一看见他,很不客气地高声喊道:"骑士,准备好,您对我太无礼貌啦!"于是他们两人伸出长矛,兰斯洛特骑士凶猛冲上,将他连人带马一齐摔倒地上,差一点把那人的头颈都跌断了。兰斯洛特骑士认识那人骑的马原是他自己的,便跳下来,骑上自己的那匹马,另把现在骑的那马拴在树上,让那骑士醒来也有一匹马可骑。这时兰斯洛特骑士放马重行上路,行至天色已晚,四顾无人,正自彷徨之际,恰巧遇见一位修士,彼此施礼致敬;当晚就在修士家里过夜,又找到一点仅有的草料喂了马。这位慈祥谦和的老先生问兰斯洛特道:"您从什么地方来的?"他答道:"老先生,我是从亚瑟王朝来的;鄙人名叫湖上的兰斯洛特骑士,此来只是为了追求圣杯;昨夜我在一座十字架旁见到一个异象,现在想恳求您解释给我听听。"于是他就把所见的一切都向这位老者说了。

第四回

　　这位修士把兰斯洛特骑士所见的异象作了解释，并且又告诉他说，加拉哈骑士原是兰斯洛特的儿子。

　　这位老人说："瞧，兰斯洛特骑士啊，您的出身确是高贵的，您所见的异象也证明了这一点。耶稣基督受难四十年以后，亚利马太的约瑟宣讲艾佛莱克王的胜利，述说他怎样击败他的敌人。关于那七位国王和两个骑士，第一位名纳巴斯，他是一个圣洁的人；第二位名叫南显，这是为了纪念他的祖父，并且使主耶稣基督常在他的心里；第三位名海丽亚斯；第四位名李沙司；第五位名郁纳斯，他离开本国来到威尔士，迎娶曼纽尔的女儿为妻，获得了高卢地方，后来就卜居这个国土了。他生了兰斯洛特王，就是您的祖父，你的祖父娶了爱尔兰王的公主，他和您同样的高贵；他生了班王，您的父亲，在我听说的七个君王中，班王是最末的一位。天使还说过，关于您，兰斯洛特骑士啊，在这七个王中没有您的份。最后一位就是那第九个骑士，他用狮子作代表，凌驾于世上所有骑士之上；他名叫加拉哈骑士，也就是您同佩莱斯王的公主所生的孩子。说起来，您感谢上帝应当比世上任何人都要深，因为作为尘世中的罪人，您在一切骑士中既无人可以和您匹敌，而且永没人比得上您。上帝赐给您这么多的美德，您可说是得天独厚了，可是您一点也不感激上帝。"兰斯洛特骑士沉思了片刻，接着问道："先生，您所说的那个骑士，就是我的儿子吗？"这老者答道："您应该顶明白了，您和佩莱斯的公主有了肉体关系，由她生下加拉哈的事，世上没有人比您更清楚的，上次在圣灵降临节的宴会上，那位坐在危险座上的骑士就是加拉哈。所以，您可以公开告诉大家，他是您同佩莱斯王的公主所生养的儿子，等待您公开之后，您和您的亲属都会得到尊敬以及光荣。同时，我也劝告您，无论在哪里，切要防止对加拉哈动手。"兰斯洛特听后说道："好的，不过照我想，那个好骑士也应该代我向至高无上的父去祈祷，今后不要让我再度犯罪了。"那老者说道："您要确实相信，他为您祈祷得已很多了，要使您做得更好；但儿子不能担当父亲的罪，父亲也不能担当儿子的罪，每人的罪孽，各自担当。因此，您惟有乞求上帝，您想要什么，他都会赐给您的。"大家说完，兰斯洛特骑士便随了老人一同进晚餐，然后独自休息去了，虽是贴近他肉体的头发刺在他的皮肤上，令他十分疼痛，但他还是很谦卑地忍受着。第二天黎明即起，他望过弥撒，遂携着武器告别而去。

第五回

兰斯洛特骑士怎样同多数骑士交战，又终于怎样被俘。

兰斯洛特跃上了他的骏马，直向森林中走去，那里面并没有大路。又走了些时候，遥向前面望去，只见一片细草可爱的平原，在那旁边立着一座气象庄严的巨堡，在它前方，张着许多五色缤纷的锦绸帐篷，星罗棋布。有好些骑士，看上去约有五百个之多，一律高踞在马背上，分成两大队。属于这堡的一队，不但马是黑色，而且所有配备也都是黑的；另外一队所骑的是白马，配备也全是白色。这两队人马，各自奋勇激战，往来冲杀，使得兰斯洛特骑士看了觉得惊异不置。到了最后，兰斯洛特想这个堡的将士将要败北。

兰斯洛特骑士当下激起一股义愤不平之气，自思应当帮助那较弱的一面；于是兰斯洛特骑士一马冲来，加入了本堡的这队，猛举一矛竟将对方一个骑士连人带马击倒在地。这时但见兰斯洛特骑士满场飞驰，时而东时而西地冲荡不已，显出他那英勇无敌的武功。后来他又拔出了剑，将好多骑士打得落花流水，相继仆地，引得所有人都为之震惊，没见过有人有这样的本领，能打倒那么多的武士。但是那班白衣白马的骑士们始终围绕在兰斯洛特骑士的四周，紧盯住他，绝不放松，直打得他筋疲力尽。可是到了后来，一个人的精力实在是支持不下去了，兰斯洛特只觉得万分疲乏，终于打得连手臂也几乎抬不起来，连举手打还别人一击都办不到，以致对自己这样的作战和奔跑也感到非常厌烦，甚至想从此永不再携带武器了；最后他们一拥而上俘住了他，把他带到树林里，迫着他下了马休息。这时城堡队的全体将士，因为兰斯洛特的被捕而遭到了失败。只听那班人同向着兰斯洛特骑士说道："感谢上帝，把您送到我们团体中来，因为我们要把您拘禁到监狱中去。"只说了这几句话，他们便离开他走了。当时兰斯洛特骑士愈想愈感到忧愁，自己思忖着，我在每次大比武会中总是得胜的，但这次竟可耻地失败了。然后他又接着自言自语道："现在，我确实知道我犯的罪比以前更大了。"

他带着无限的悲伤骑上了马，整整半天都在失望沮丧之中，后来他走进了一座深峻的山谷中。及至兰斯洛特骑士觉得自己委实无力上山去了，便在一棵苹果树的旁边下了马，卸下头盔，丢下盾牌，放马吃草。他自己也躺下来昏睡了一阵。当下自己仿佛看见一位年迈的人走到他的面前，向他说道："啊，您这缺少信心和虔诚的兰斯洛特呀，您的意志为什么这么轻易地就转向了滔天的罪恶呢？"他这话刚一说完，人便蓦然消失，兰斯洛特也不知道他到底往哪里去了。随后，兰斯洛特披上武装，骑马前行，路过一座小教堂，里面住着一个修女，堂前有一扇窗户，他从这窗中可以望见祭台。那修女看兰斯洛特很像一个游侠武士，就高声叫他，问他是什么人，从什么地方来，以及他来到此地的目的何在。

第六回

兰斯洛特怎样把自己所见的异象告诉了这位修女，这位修女又怎样解释给他听。

兰斯洛特骑士于是把最近在比武场里所经过的真情实况，一字一句地都告诉了那位修女。然后他又告诉她在前天夜里梦中所见的异象，请她解释，因为他毫不明了这梦的意义。那修女听完了，才说道："啊呀，兰斯洛特呀！您在尘世间活着一天，就在世上多做一天最出色而又最冒险的骑士。"停了停，她又说："现在既把您放在上天的骑士队中比武，在那种大会上，您得不到胜利，并没有什么可惊异的，因为昨天的比武大会，乃是我们的主的一个暗示。在那地方，绝没有丝毫妖术，只因为这次参加比武的人全是些尘世间的勇士。所以这比武乃是一个标志，使得世人能够认识佩莱斯王的儿子爱里亚沙，以及赫龙王的儿子阿古斯达，究竟哪一方面的骑士多些。爱里亚沙的武士们都穿白衣，阿古斯达的皆着黑色，穿黑色的都被打败了。

"这一切的象征意义，我会告诉您的。以前在圣灵降临节那天，当亚瑟王登朝的时候，世间的君王和骑士们一同比武，用意是在寻求圣杯。那尘世间的骑士们都着黑色的服装和配备，这表现着他们对罪孽还未悔改。而那些着白色的人，却表示着童贞，而且又表明他们在选择纯洁。就这样,他们开始了对圣杯的追求。您看到了罪人与善士,您又看到了罪恶的骑士被征服了,而您去帮助他们,您已是倾向了世间虚妄和骄傲的那一面去了;可是这种种,在寻求圣杯中,也必不可少,因为在这次追求圣杯时,您会得到许多战友,并且都是比您更好的人。对于罪恶的信念和虔敬的信仰,在您是没有能力去分别的,因此便容易使您被他们捉住,而且会被他们捉到森林中去。后来不久,那圣杯便显在白衣勇士们的眼前,但因为您缺少信心与虔诚,您不肯静候在那里,敬聆那位伟大的善人所给的教训,反而趋向罪人一边,以致您遭到了灾祸。所以您必须辨别善与恶的划分,以及世上虚假的光荣,这世上虚荣是不值一文的。并且,由于过分骄傲,遂使您过度忧苦,也就令您无法对白衣骑士们取得胜利;这白色是表示了童贞与纯洁。所以上帝才对您大为愤怒,因为在这次追求圣杯的时候,上帝是不欢喜有这种行为的。总之,这种异象,正是证明给您看,您是个有恶念而无信心的人,您若是不当心,就会使您跌入地狱的深渊中去。现在,我正告您,说到您的虚荣与您的骄傲,您已经犯了多少次的错误,开罪了造物之主。您要谨防最末一次的痛苦,在世间所有的骑士中,我最怜悯的是您,因为我知道在世间的罪人里,没有一个犯的罪更大似您的。"

随后,这位修女就吩咐兰斯洛特骑士来吃中饭。饭后,兰斯洛特告别了修女,一马又来到一个深谷中间,在那里有潺潺流水,两旁是高山。再往前走,必须横渡过这条河,但这条河水势湍急,涉水而过又非常可怕;于是他奉了上帝的名,竟毫无险阻地渡了过去,心里很觉泰然。他过河以后,随见有一骑士,穿的是黑衣,骑着黑马，一切都比熊还黑；只见他一言不发，走上前去，一举手便把兰斯洛特连人带马都打倒地上；打完，又默然急驰而去，竟不知道他从何处来，又到何处去了。这时，兰斯洛特取下头盔和盾牌，对这次的经历，心中深深地感谢上帝。

兰斯洛特骑士的故事在此告一段落，下接第十六卷，我们将叙述高文的轶事。

第十六卷

第二十六卷

第一回

高文骑士怎样对于追寻圣杯感觉厌倦,以及他的一个奇梦。

高文骑士自从离开他的伙伴之后,骑行了许久,都没遇见任何冒险事迹。同往常的经历相比,竟抵不过平常所遇见的十分之一。高文自从圣灵降临节出发以来,一直到秋节(九月二十九日)为止,还没碰见过一桩使他欢喜的事情。有一天,高文骑士适巧遇见了爱克托骑士,彼此愉快的情绪简直无法用语言形容,可是他们两个都因为找不到惊险事迹,相对诉了一番苦闷心情。当时高文对爱克托说:"我为了追求圣杯到处奔波,如今实在厌倦了,也不想再到陌生的国度里为它跋涉了。"爱克托骑士说道:"有一件使我诧异的事,就是我遇到了二十个同伙,听他们说的遭遇,也同我们一样。"高文骑士道:"我也觉得奇怪,请问令兄兰斯洛特骑士现在在哪里呢?"爱克托道:"他的消息,我实在没得到一点,也没听见过加拉哈、薄希华和鲍斯的音信。"高文骑士道:"这也没有什么关系,这四个人的武艺很高,到处没有敌手。可惜兰斯洛特骑士有个缺点,不然在全世界真是没有一个人能比上他啦;但现在他同我们一样,不过比我们更努力罢了。如若他们四个人联在一起,真会所向无敌,倘使这四个人没法觅得圣杯,那么其余的人都是枉费心力了。"

爱克托和高文一同骑马又走了八天,在星期六那天,他们发现了一座小教堂,因为无人修葺,久已荒废。他们在这里下马,把矛放在门口,进堂祷告;祈祷了好久,然后就坐在堂内休息了。不料他们谈了片刻的闲话,就倦得酣睡了。在梦中,他们看到许多奇妙的异象。在高文骑士的梦中,他仿佛到了一处花草繁茂的草原,又看见成群雄牛,共有一百五十只之多:其中除了两只白的和一只黑斑点的白牛之外,其余都是全黑的;至于那两只白的,真是色白如雪,美好无比。这三只白毛雄牛,被用两根粗绳缚着。其余的牛彼此说道:"我们另外寻找一片更好的牧场去吧。"它们说完,有的出外去寻,有的寻后回来;但是看遍了所有的雄牛,全是骨瘦如柴,站立不稳;那三只白牛中有一只回来了,其余的没有返回。当这只白牛回到黑牛群里的时候,它们放声喊叫,只因瘦弱无力,都喊不出声来;结果一只一只地分散开去。这就是高文在那天夜里所得的异梦。

第二回

关于爱克托骑士的异梦，以及高文怎样同结盟弟兄乌文英骑士比武。

同时爱克托也得到了一个异梦，内容恰巧相反。爱克托梦见，他好像同他的哥哥兰斯洛特骑士从一只凳子跳到两匹马上，哥俩中的一个对另一个说道："我们要去找我们所找不到的东西。"他又看到好像有一个人把兰斯洛特骑士打倒了，剥去了他的衣服，又替他换上了另一套，不过这衣服上满是百衲补丁，后来又把他放在一只驴子背上，让驴子走到泉边；那里风景幽雅，从未见过；兰斯洛特骑士忽然从驴背跳下，打算到泉边喝水。当他俯身喝水的时候，即见水面下落，没法喝到嘴里。他发现了这种情况，遂抬起头来，返回原处。他一路前进，一面揣度这件事情，不知不觉便同爱克托骑士走进了一位富人家里，那家正在举办喜事。兰斯洛特在这里遇见一个君王，他对兰斯洛特说道："骑士先生，这里不是你们逗留的地方。"他说完了这话，又转身回到他原来的座位上去了。

隔了不久，高文和爱克托两个骑士都醒来了，各人分说在梦中见到的异象，彼此都觉得异常奇怪。爱克托骑士心中很闷，愀然说道："我若是得不到兰斯洛特哥哥的消息，永世也不会快乐了。"在他们谈话的时候,忽然看见了一只手臂,由指到肘,伸向面前,上面盖了一幅红绸,上头还挂着一根普通的马勒;手里捧着一枝点燃的光焰灼灼的蜡烛,从他们面前走过,又走进教堂里面去了;一忽儿景象变幻,渺无痕迹。又过了不久,忽听得一个声音说道:"你们这些恶迹昭彰而又缺乏信仰的骑士,就这两个缺点,已足使你们失败了,哪里还能完成追求圣杯的伟业呢?"

高文首先开口说道:"爱克托啊,您可曾听到那几句话吗?"爱克托骑士答道:"是的,我听见过了。"爱克托又说道:"让我们一同拜望一位修士,请他把梦中异象解释给我们听听好吗?看起来,我们追求圣杯的工作,好像要白费力气似的。"后来,他们起身离开,来到了一片山谷里面,在那里遇见了一个骑瘦马的侍从,相见之后,彼此躬身施礼。高文便问道:"先生,附近可有修士吗,请您告诉我们?"那人回答道:"离开此地不远,在一座小山顶上,住着一位修士,只因路面崎岖,骑马没法走上去,仅可徒步爬上;在那边一所简陋的房屋里,你可以找着一位名叫南显的修士,他是这区里最圣洁的人物。"说罢,他们离开那里寻找修士去了。

等他们走进了山谷,远远望见一个全身武装的骑士,这人向他们挑战,要求比武。高文骑士说道:"我自从离开加美乐城以来,迎面遇贸然要我同他比武的勇士,这还是第一次哩。"爱克托说道:"骑士先生,让我去同他比试比试吧。"高文答道:"不可以,不可以,待我被他打败之后,您再出来应付他,这样我就不会后悔了。"那时两人拍马冲上,打将起来,把盾牌和盔甲都击破了,情况十分激烈;两人各不相让;结果高文的左肋受伤了,另一个骑士的胸部被矛刺穿，枪头从前胸刺进，由后背穿出，以致两人同时从马上跌下，他们手里所握的矛都折断了。

一忽儿，高文站立起来，一手执剑，一手在前面撑起盾牌。他这时所作的准备都无用了，那个骑士已经没有气力站起来应付。高文吩咐他说："你现在必须向我投降，自认失败，不然我一定杀掉你。"那骑士答道："骑士先生，我就要死了，为了上帝的缘故，以及您的善心，请您送我到一个教堂里；在那里为我举行离世的祈祷。"高文说道："骑士，我不知道附近有什么修道院呀。"那个骑士说："骑士先生，请您把我放在马上，我可以指给您看。"高文随即把他放在马鞍上，他自己坐在他的后面，将他扶住，他们稳步向前，抵达了一座修道院，在那里受到院主的优渥款待；不多时，他们替那人脱卸了武装，为他施行了离世的仪式。于是，他恳求高文将他身上的矛拔出。高文因为不认识那人，便询问他到底是谁。那人便说道："我由亚瑟王朝来的，乃是圆桌社的成员，大家本是结义的弟兄；现在，高文骑士啊，您已经把我打死了；我的名字叫乌文英，乃由岚斯王的儿子，曾经追求过圣杯。凡是结义兄弟因内讧而自相残杀，是永远要被世人提起的，现在但求上帝饶恕您啊。"

第三回

　　高文与爱克托两个骑士怎样走到精舍里去忏悔,以及他们怎样把所得的异象告诉了修士。

　　高文说道:"啊呀,为什么我遇着这样不幸的事情呢。"乌文英也说:"请您不要放在心上,我既然死了,能死在一位受人尊敬的勇士手里,也算死得其所;您将来回到朝廷的时候,请代我向亚瑟王请安,还问候所有的骑士们好,希望老盟友们都会记念着我。"高文听了这话,开始痛哭起来,爱克托也跟着哭了。乌文英自己和高文一齐动手,遂将矛拔出。不多时,乌文英的灵魂就离开躯壳去了。高文骑士和爱克托骑士依照王太子的殡仪将他安葬,同时又将他的名字,以及被什么人打死的经过,勒碑载明,以留后世。

　　高文和爱克托两位骑士离开那里的时候,为了这件不幸事件,煞是忧伤;他们驰到一座道路崎岖的山旁,将马拴在山麓,徒步登山,走到那位修士的住所。他们爬上山顶,看见一所简陋的房屋,靠在小教堂旁边,有一个菜圃,南显修士正在里面采摘蔬菜,他已好久不尝任何肉类了。当他看见了那两位游侠骑士,连忙接迎,施礼致敬,他们也都回了礼。修士说道:"善良的爵爷们,你们跟着什么奇迹来到这里的呢?"高文道:"先生,我们特到贵处,请求忏悔的。"那修士又说:"骑士,我已准备好了,请您说吧。"他们便把许多事情都告诉了他,使他明白他们是什么人。他想若是这两个骑士要他指导,他很愿意帮助他们。

随后,高文首先告诉他在小教堂里梦见的异象,接着爱克托也把上面述说的异象告诉他了。那修士便对高文说:"骑士先生,那片肥美的草场和羊群,应当释做圆桌,至于牧场可理解为谦顺和忍耐,代表了青春与活力,因为人类永远不能战胜谦顺和忍耐,所以圆桌社就建立在它的上面;再如骑士制度一向是建筑在友爱之上的,因而也没法挫败,所以圆桌这团体,也可说是建立在谦顺和忍耐上面的。又一百五十只雄牛,都不在牧场上吃草,这象征着骄傲的态度,不知忍耐与谦顺,其中只有三只牛是例外。那雄牛象征着圆桌的集团,因为他们犯了罪过,所以变成了黑色。黑的意思,就是不道德的行为。又如三只白色雄牛,其中两只全白、一只生有黑斑的意义,我认为那两只白的牛代表加拉哈骑士和薄希华骑士,因为他们贞洁而无污点;至于第三只带有斑点的白雄牛,是指鲍斯骑士而言,由于他失过一次童贞,但从此以后他还能保持着纯洁的生活,所以他的罪终于被神所饶恕了。为什么要把它们三个用绳子缚着颈子呢?就表示这三个骑士都贞洁,而且也没有骄傲的态度。那成群的黑牛忽然说道:'让我们另外寻找一片更好的牧场去吧。'这一句话表示在圣灵降临节的大宴会上,那些不曾忏悔而径自追求圣杯的一群人,因此便没法进入谦恭和忍耐的牧场了。以后他们又返回荒废的地方,正指明他们趋向死亡,因为他们中间有许多人是要死亡的;并且他们因为有了罪孽而自相残杀,即使有些能逃出死亡的人,也变得骨瘦如柴,令人诧异。那三只没有污点的雄牛,一只是要回来的,另外两只永远不再返回了。"

第四回

修士怎样解释他们梦中的异象。

南显修士又对爱克托说道："兰斯洛特骑士和您两人从一只凳子上跳下，那凳子正表示你们两人是从同一个统治和政权下产生的。"修士又接着说道："你们两人去寻求一件你们两位永远觅不到的东西，这就是指圣杯而言；因为圣杯是我主耶稣基督的一件秘宝。又如，兰斯洛特骑士从马上跌下来，这是什么意思呢？我想这正表示他抛弃了骄傲，从今知道虚心谦卑；又因为他已经十分懊悔自己的罪孽，所以才大声疾呼，恳求主的怜悯，使得我主给他穿上一件满是补衲的衣服，那就象征着兰斯洛特骑士每天带在身上的头发[①]。再说他骑的那只驴子，乃是一只谦逊的动物，因为上帝绝不会骑着骏马和良骥的，在他的训言里告诉我们说，驴子代表谦卑，那驴子就是您在梦中看见兰斯洛特所骑的。再说泉水，当他想喝的时候，水面下降，无从喝到，因而他返回原处，放弃不喝了；那泉水象征着上帝的恩典，大概人类的私欲，与时俱增，永无止境。当他靠近圣杯的时候，自觉不配偎得太近，因为在最近几年来他被那滔天的罪孽所玷污，开始泛起了自卑的心

---

① 见本书第十五卷第二回。

理;可是当他跪下打算从泉面喝水的当儿,又看到这圣杯负有伟大的天意。又由于他侍奉魔鬼,充任魔鬼的仆役已有二十四年之久,所以要他受到二十四天的惩罚。过不多时,他离开了这里,仍然返回到加美乐城,在那里他要把耳濡目染的事情讲出来一部分。"

"现在再让我解释那只握着蜡烛和马勒的手是什么意思。我认为那只手代表了圣灵,是永远仁爱的;至于马勒呢,是暗示着节制。马勒将圣灵和基督徒紧紧地联系在一起,使他们不致跌入万恶的渊薮。蜡烛代表光明,照耀着耶稣基督所指示的人生正轨。"在他临走的时候,又说:"缺少信心而又充满了恶念的骑士们,因为你们缺乏了仁爱、节制和真理,以致失败到底,没法完成追寻圣杯的伟大任务。"

第五回

关于修士所给他们的有益劝导。

高文说道:"您所讲的都是真理,我也看得很明白。现在,父呀,请您告诉我,为什么我们不能遇到从前那样多的奇迹,也都不惊奇呢?"那位善人说道:"我很高兴地告诉你们,您同许多人追求圣杯,结果没有一个人能够寻到,这是什么缘故呢?我认为这只圣杯向来不会显示给罪人看见的。所以您同其他的人虽然多次失败,但也不必觉得惊奇。因为您并不是一个真正的骑士,而且还是一个刽子手;其他的人虽不是杀人犯,究竟也犯有别种罪孽。我还可以告诉您,兰斯洛特骑士虽然犯罪,不过自从他参加追求圣杯的事业以后,他从没害过一个人;而且他还自愿放弃罪孽,直至返回加美乐城,他保证今后不再枉杀一个人。倘若他能坚持不再犯罪,那么在追求圣杯的事业上,除开他的儿子加拉哈占据第一位之外,他本人可能列为第二,不过他的思想仍然难免要回到罪恶里去。上帝知道他不是一个有思想而又稳定的人,可是到了他临死的时候,他必是一个圣洁的人;无疑,世上还没有别的罪人能够比得上他哩。"高文说道:"先生,照您的意见看来,因为我们有了罪孽,即使我们四处游历追寻圣杯,结果都是徒然的了。"那善人又说:"这是真的,像您这样具有同等热忱的人虽有一百个，他们非但觅不到圣杯，反而还要遭到羞辱呢。"他们听了这几句话之后，就同修士施礼告别了。

那善人对高文说："自从您被封为骑士以来，为时已经很久，但您从来不曾侍奉过您的创造者（主宰），现在您已经长成一棵老树了，在您的躯体里面，既没有生命，也没结果子；您所给予上帝的，不过是个空的躯壳，您的枝叶和果实，都被魔鬼拿去了。"高文答道："假使我有空暇，我一定再陪您多谈一会儿话，只因我的同伴爱克托已先走了，他正在那座山麓上等候我，不能奉陪，请您原谅。"那位善人便说："好吧，您会得到更好的忠告哦。"这时高文告辞走了，到爱克托那里去了。他们骑马前行，到了住在山林里的一户人家，向他们投宿，得到他们优渥的招待，很是安适。第二天早晨，他们别了宿主，骑马前行，经过许久，也没有遇到任何的奇迹。

第六回

鲍斯骑士遇到修士之后,怎样向他忏悔,以及这修士叮嘱他悔过的情形。

当鲍斯离开加美乐城的时候,曾遇见一位修行人骑着一只驴子,鲍斯骑士便对他施礼致敬。不多时,那位善人便发觉他是一个追求圣杯的游侠骑士。那善人说道:"请问您是谁?"他答道:"先生,我是个骑士,正在追求圣杯,因为任何人若能获得圣杯,他就可以得到世人的无上尊崇。"那善人又说:"的确是这样,因为这个人将来会成为全世界最优秀的骑士,在团体里也会成为出类拔萃的人物。但是您要知道,如果他没有贞洁,又不知道真正忏悔,是不会成功的!"

他们两人一同走去,来到一位修士的精舍里。抵达之后,那修士就坚留鲍斯过夜。他下了马,卸去铠甲,请求修士接受他的忏悔,于是他们一同进入教堂,在那里他彻底忏悔一番,随后才一同去吃面包喝水的。那善人说道:"在您还没坐在圣杯出现的桌边以前,除了面包和水以外,请您不要再吃别种东西。"他答道:"先生,我愿意遵命,但是您怎么知道我将坐在圣杯出现的桌边呢?"那善人说道:"是的,我知道;但在您的伙伴里,只有极少数的人会陪您同座的。"鲍斯骑士说道:"凡是上帝所赐给的,我都欢迎。"那善人便说："我要求您做一件事情，就是要用一件上衣代替您的衬衣，因为上衣是惩罚的符号，所以您要脱下全部的衣服，就是衬衫也要脱下。"鲍斯依照他的吩咐做了。随后他给他穿上一件红色上衣，来替代原来的衬衫，他一直穿在身上，直到获得了圣杯，他才脱下；这时，那个善人发现鲍斯过去的生活很坚定，而且很难多见，同时还觉得诧异的，乃是他并无私欲，仅仅同人苟合了一次，生下了一孩子，名字叫做伊利安·拉·卜拉克[①]。

后来他才披挂了武装，告辞而去。走了不远，他抬头远瞩，忽看见一只大鸟，站在一棵老树顶上，那时天气干旱，树叶尽枯，以致那大鸟随同几只小鸟站在上面，无食可寻，几至饿死。那只大鸟忽然抬起又尖又长的喙，啄击自己。结果，它把自己啄得皮破血流，最后死在一群小鸟当中。那些小鸟喝完了这只大鸟的血液，得以活命。鲍斯看到这件事以后，认为对他是一个重大的启示。他看到那只大鸟终于不再站起了，方才骑马走去。约莫到了晚祷时光，恰巧抵达一座坚固高大的塔旁，他就在那里歇息了一夜，自己高兴万分。

[①] 鲍斯骑士只有一个私生子，在十二卷第九回里名叫赫灵·拉·卜拉克（Helin Le Blank），此处为伊利安·拉·卜拉克（Elian Le Blank），应为一人。概文本在流传过程中有变异。

第七回

鲍斯骑士怎样投宿在一位贵妇家里,以及他为了保护贵妇的田产怎样自愿同一个斗士比武。

鲍斯骑士在塔里卸下武装以后,塔内的人引导他攀登高塔,在那里他忽然遇见了一个年轻美貌而风骚宜人的贵妇。那妇人对他尽情接待,同他偎近一起坐下,请他吃肉,还有其他精美可口的食品。当鲍斯骑士看到了那些食品之后,想到自己要去忏悔,就吩咐一个侍从替他拿些水来。等到这人为他拿来之后,他就把面包撕成小块,泡些汤水吃下了。那贵妇说道:"哦,我想您是不喜欢吃我所预备的肉呀。"鲍斯骑士答道:"小姐啊,上帝为我们感谢您,今天我是不可以吃肉的。"那个贵妇因为怕开罪了他,所以不敢再多讲什么话。待吃过晚饭,大家随意闲谈。

这时有一个侍从来说:"小姐啊,您要准备好一位代战人,以便明天去对付令姐的代战人黑夜的普利丹,不然您的堡寨和土地,都会被她抢去的。"她听了之后,愁眉不展地说道:"哎,上帝啊!您为什么赐给我这许多土地呢?现在又无缘无故地遭人暗算,想来夺去我的继承权呢?"鲍斯骑士听到她这样诉说之后,便贸然答道:"我来帮助您好么?"那贵妇答道:"让我来告诉您听,这里本来有一个君王,名字叫做安尼奥斯,他管辖这里全部的土地。适巧他爱上一个年纪比我大得多的妇女，就把自己所有土地和侍从都交给她去管理了，不料那个妇人向来溃染了恶劣的习惯，杀死了君王的多数亲戚。及至君王发觉了她的这些恶迹，就把她赶走了；随后这位君王信托了我，就把所有的土地并到了我的田园里面。过了不久，这位君王忽然死了，那个妇人遂来与我作战，消灭了我很多的部下；又发动一些人反抗我，把我打得几乎全军覆没；现在我个人除了这座高塔之外，没有任何东西留下了。如今，她就连这座塔也不愿留给我咧，倘使我找不到一个骑士能够代表我去打败她，我只有束手奉献，别无任何路途可走。"

鲍斯骑士说道："现在请您告诉我，那个黑夜的普利丹究竟是怎样的一个人呢？"她答道："这里的人最怕他。"鲍斯骑士道："现在您可以通知她，您已找到了一个骑士，为了上帝和您的争吵，他愿同黑夜的普利丹作战。"那个贵妇很快乐地通知了对方，说她自己已准备好了。当天晚上，鲍斯受到热诚的款待；饭罢，他一直不肯上床，一个人蜷伏在地板上睡觉，因为他表示过，在他未寻得圣杯之前，他是不愿意睡在床上的。

第八回

关于鲍斯骑士在那天晚上所得的异梦,以及他怎样同他的仇敌作战而得胜的。

他睡熟之后,在梦里得了一个异象:有两只鸟飞来,一只白如天鹅,另一只色泽奇黑,但不若白的身体巨大,形状好像乌鸦似的。那只白鸟走来,对他说道:"倘使您能给我一些肉吃,待我殷勤一些,我愿意把世间所有的财宝都送给您;而且还要把您变得像我一样的白。"那白鸟离开之后,黑鸟又走近对他说:"倘使您愿意从明天开始服侍我,不因为我的黑而轻视我,那么我这个黑色的鸟,对您要比白色的更有用处。"这乌鸦随后也飞去了。

鲍斯骑士接着又做了一个梦,他好像到了一处很宽大的地方,像是一座教堂,发现在左面有一只椅子,已经被虫蛀得快要破碎了。椅子右面放了两朵花,形态像百合花似的,其中的一朵似要夺取另一朵的白色;有个善人从中间拦阻,使它们没法靠近。每朵花心里面,又生出许多小花和果实。鲍斯觉得那善人似这样对他说:"为了救活一棵腐朽的老树,不让它倒在地下,因而才使这两朵鲜花零落的,这岂不是做了一件极笨的事情吗?"他说道:"先生,照我看来,那棵树已经没有用了。"那善人又说:"现在您要小心，永远不要让这种奇迹临到您的身上呀。"他醒转之后，连忙在自己的额上画了一个十字，随即起身，穿上衣服。那时本塔中的贵妇走来，向他敬礼，他回敬以后，便同她走向教堂望弥撒去了。忽然又来了一队骑士，他们是应了贵妇的邀请，带领着鲍斯作战去的。鲍斯向他们要求自己的武器。等到他把武装披挂完整之后，那贵妇请他吃一点食物。他说道："多谢小姐，我不能吃的，靠了上帝的恩典，等我把仗打完之后才好来吃。"于是他跳上了马，带着骑士和部下一同离去。不多时，这两个妇人见面了，那个约请鲍斯为她作战的贵妇向对方贵妇抱怨道："夫人，您真对不起我啦，您夺取了安尼奥斯王给我的土地，我实在不愿意同您决斗的。"那个妇人答道："您有什么资格来选择呢，如果您不同意，您把自己的骑士撤退算啦。"

这时叫报发出了，说明有两个骑士要举行比武，将来战胜的一方，有权获得这位贵妇的全部土地。战斗开始了，那两个骑士相对分立。看他们全力拼命互冲，都把对方的盾牌和铠甲撞裂了，就是他们手里的长矛，也断做无数块，结果那两个武士都受了重伤。接着又各上前冲了一次，双方一同跌倒地上，都是把马挟在大腿当中而倒下的。不多时，那两个人又都站立起来，各自拔出利剑，彼此对准了对方的头部打去，结果两个人都受了重伤，身上溅出了很多鲜血。鲍斯骑士发现对方的抵抗力很大，超出了他的想象之外。普利丹是一个武艺高超的骑士，他打得鲍斯受了重伤。鲍斯也回击得很重，但普利丹也同鲍斯一样努力，想获得这次的大胜。鲍斯看出他的意思，所以让他坚持下去；等到对方渐渐支持不下了，他更加紧地打去。普利丹因为怕死，想退后，就在他倒退的时候，跌倒地上了；鲍斯趁着这个机会，掀开他的头盔，猛力打去；因为用力过猛，把他的头盔全部拉下，随即扬起宝剑，奋力打击他的面部，叫他屈服，不然便要把他斫死。普利丹恳求怜恤，并且说道："善良的骑士先生，请看在上帝的面上，不要杀掉我吧；我向您保证，我非但永远不敢再对您的贵妇作战，而且我还愿意去拥护她。"鲍斯听罢这话，饶了他的性命，同时那个年老的贵妇便偕同手下的骑士都逃跑了。

第九回

那贵妇怎样因鲍斯骑士的作战而收复了她的土地；以及鲍斯怎样走开的；又他怎样遇见被捆和被打的梁纳耳骑士；此外一个少女怎样避免了不幸的事件。

后来，鲍斯来到那贵妇田地的管理人那里，对他们说道，倘若他们不肯将田地归还，去侍奉这位贵妇，他便要把他们全部消灭。他们听了这些话，便去对贵妇行礼进献贡物，凡是不愿顶礼奉献的，就把他们从田地上赶出。因为甘尼斯的鲍斯骑士这么勇猛，所以那年轻的贵妇才能追回她的产业。及至这里的一切秩序恢复太平之后，鲍斯骑士方才离开。当时，那位贵妇非常感激鲍斯，打算赠送他珍贵财宝，结果都被他谢绝了。

他骑马走了一天，一直到了傍晚，才遇见一个熟识的妇人，鲍斯向她借宿，得到了殷勤的接待。次日天明，鲍斯骑马奔进树林，到了中午时辰，他碰见了一桩惊人的奇迹。他走在岔路口上，遇见两个骑士，把他的哥哥梁纳耳赤身露体地捆在瘦马背上，又把他的两只手缚在胸前。那两个骑士的手里，各拿了用荆棘做成的鞭子，对他边走边打；因为打得很厉害，他皮绽血流，浑身上下，约有伤口一百处，以致身体前后都被血迹涂满了；由于他的天性刚强，任人鞭打，他都忍耐着终不做声。

就在鲍斯想去营救他的哥哥的时候,他看到对面有个骑士领着一位贵妇走来,要把她放到丛林最密的地方,好使别人无法寻找。那贵妇在无可奈何之中,高声喊叫:"圣母马利亚啊,救救您的女儿吧。"忽然间她看到鲍斯骑士乘马走过来。当他靠近她的时候,她心想这人一定是圆桌社的骑士,因而希望得到他的帮助;便向他恳求道:"我想您一定是亚瑟王的骑士,我为了尊崇武士的高贵制度,又敬拜高贵的亚瑟王,所以恳求您来救我,让我摆脱这个骑士的束缚,免得我今天夜里遭受他的污辱啊。"鲍斯一听她这样诉苦之后,心中愁闷得不知怎样是好。他心里想:"倘使让我的哥哥这样下去,他一定会被人杀死的,无论如何我是不肯的。若是我不去帮助那个小姐吧,她受了歹人糟蹋之后,失去贞操,便永世不能补偿啦。"他想到这里,瞪开两眼,边哭边说:"亲爱的主耶稣基督呀,我是您的家臣,求您保护我的哥哥梁纳耳,莫让那两个骑士杀死他;为了您的怜恤和马利亚的慈悲,我想我要去帮助那位小姐的。"

第十回

鲍斯骑士怎样不去营救他的哥哥，而去搭救那个少女的，以及别人怎样告诉他说梁纳耳已经死了。

鲍斯骑士对那个拖着贵妇的骑士说道："骑士先生，快放开这位小姐，若不听从，我就要打死你。"那个骑士随手把少女放下，但他身上却披挂着全部的武装，独缺长矛在手。他拔出了宝剑，对他刺去；鲍斯挥矛迎接，竟把他的盾牌戳穿；同时还刺进他遮着短铠的左肩。他使尽大力把他打倒在地，及至鲍斯将矛拔出，那个骑士早已昏厥不醒了。于是鲍斯走到那位小姐面前说道："我从那个骑士的手里救您出来，请问您还有什么要求吗？"那小姐回答道："骑士先生，现在请您领我到那个骑士刚才带走我的地方。"他便说："我很高兴带您去的。"他说罢这话，遂牵拖着那受伤骑士的马，把这小姐扶到马上，依从她的要求，带她到她所要去的地方。那个小姐又说："骑士先生，您对我的帮助太大了，实在出乎您的想象之外，倘使我失去了贞操，便会有五百个人要失掉性命。"鲍斯向她说道："那个要抓您到树林里的骑士究竟是谁呢？"那个小姐说道："他是我表兄。我不知他使用什么诡计，也不知道是什么魔鬼在作祟，使得他昨天从父亲手里私下把我抢走；因为家父的部下没有一个信任他的，倘使他把我玷污了，他一定要为罪孽而死的,他的肉体将永远要遭受耻辱啦。"正当她站着同鲍斯讲话的时候,忽然来了十二个骑士追寻她,她便把鲍斯营救她的经过,告诉他们听,这些人都很高兴,并且坚持要邀请鲍斯去会见他们的伟大爵主,还要郑重地对他表示欢迎。鲍斯说:"请诸位不必这么客气,此刻我还要在国内追求一个伟大的奇迹,确实不能奉陪。"于是他就同他们告别了。

鲍斯依着他哥哥梁纳耳的马蹄印迹,向前寻找,找了许久。后来他遇到一个穿着修道士服装的人,骑着一匹强壮的黑马,毛色比黑莓还黑。他向鲍斯问道:"骑士先生,您在寻找什么呢?"鲍斯答道:"此刻我正在寻找家兄梁纳耳,不久以前,我看见有两个骑士在打他哩。"那人又说:"啊,鲍斯,您不要忧愁,也不必失望,让我告诉您实在的消息吧:您的哥哥已经死了。"他说过这话,就指着灌木树下躺着的尸体给他看,样子像刚被杀的;鲍斯一看,发觉那正是自己的哥哥梁纳耳的遗体,立时悲不自胜,昏倒地下,好久不醒。待他醒来,才说道:"好哥哥,我与您既已分离,我心中将永远不会快乐了;我现在已尊奉耶稣基督做我的主人,就求他帮助我吧。"他急忙将尸体搂在怀里,放在马鞍上面。鲍斯对那人说:"请您告诉我附近有没有教堂可以找到埋葬我哥哥的地方呢?"他答道:"再往前走不远,就有一个小教堂。"他们向前行走,见到一座高塔,塔前有一所古老的建筑,摇摇欲坠,那就是教堂。他们抵达之后,跃身下马,将他的哥哥葬在一处大理石的墓里。

第十一回

鲍斯骑士把他的梦幻告诉了一个祭司，以及这祭司怎样对他解释。

那善人说道："我们今天把他葬在这里，然后去找一处寄宿的地方，等到明天再来为他做丧事礼拜吧。"鲍斯问他道："先生，您是一位祭司吗？"那善人答道："是的，我是个祭司。"他接着又问："我恳求您代我解释昨夜的梦，好吗？"他答道："您说给我听吧。"于是他开始给他讲林中的那只大鸟；讲他如何又看见两只鸟，一白一黑；还有朽败的枝桠，另有白色的鲜花，等等。那善人解释道："骑士，我现在先告诉您一部分，其余的一部分等到明天再同您谈吧。原来，那白鸟代表一位貌美富裕的贵妇，她一心一意爱您很久了，倘使您不怜悯她，甚而拒绝她，怕不久之后，她会死的。这只大鸟是一个标志，它要使您拒绝那贵妇的爱情。现在您不必畏惧人间诽谤，也不必惧畏上帝，总之您不要拒绝她；您也不要为了保持童贞或是想要赢得世界的颂扬和虚荣，因而不愿这样去做的；可是倘使您拒绝她，便会有灾祸降到您的身上，那就是您的堂兄兰斯洛特骑士会为此而丧失生命。自此以后，世人将称您做杀人凶手，因为您杀了您的哥哥梁纳耳和您的堂兄兰斯洛特骑士，当时如果您去营救他们，真是易如反掌，然而您不去营救他们,却忙着去搭救那一个毫不相识的女人。您想一想,究竟是您哥哥的性命重要呢,还是那女人的贞操重要呢?"那善人又问他说:"关于您在梦中看见的景象,我所解释的话,您听后明白了没有?"鲍斯骑士道:"是的,您给我的解释和譬喻,我很明白。"那个穿黑衣的人又说:"倘使您的堂兄兰斯洛特骑士死了,那么这是您的罪过啊。"鲍斯骑士说:"假如兰斯洛特骑士为着我的罪过而死亡,这会是我一生中最不快乐的事情哩。"那善人又说:"现在您可挑选一条途径去做啦。"

随后他领着鲍斯骑士走进了高塔,发现里面有好多骑士和妇女。那些妇女都表示欢迎他,并且帮助他脱卸武装。等到铠甲脱除以后,只剩了一件紧身上衣,她们就拿来一件银鼠的斗篷给他披上;她们使他尽情地欢乐,忘却了一切的忧愁与烦恼,完全沉醉在享乐之中;同时,再也不想念他的哥哥梁纳耳和堂兄兰斯洛特骑士了。隔了不久,忽然从房内走出一个貌美如花的女子,衣服的华丽,远胜于以前所见过的桂乃芬王后,或是其他的贵族女子。那些人都说道:"请看啊,鲍斯骑士,这里有一位贵妇,是我们所侍奉的,我们认为她是世上最美丽而且最富庶的女子;她全心全意地只爱您一个人,她只要您而不要别的骑士呢。"待他了解这话的含义以后,觉得忐忑不安。这时,那贵妇先向他施礼,鲍斯也对她回敬;然后两人坐在一起,谈了种种事情;在谈话中,那贵妇向他献媚求爱;表白在全世界的人中,她最爱鲍斯,并且还要把他变成当代最大的富豪。等到鲍斯明白了她的心情,十分局促不安,他内心里无论如何不愿破坏自己的童贞,所以他也不知怎样回答她才好。

第十二回

一个乔装女人的魔鬼怎样去引诱鲍斯骑士，以及他怎样靠了上帝的恩典而得逃避的。

那个贵妇叹气说道："鲍斯啊，您到底答应我的要求吗？"鲍斯回说："小姐呀，在整个世界上，没有任何人可以叫我去做这件事的；您看我的哥哥刚才被人杀死，我怎好和您同床呢！"那女人又说道："哎，鲍斯啊，自从我发现您是人间的美男子，又听到您有出众的武功，我就全心全意地爱上您了，所以我恳求您今晚一定要与我同床哦。"鲍斯说道："这件事，我是无论如何办不到的。"那女人听过这话立时显出无限的悲伤，好像要死去一样。那女人又说道："鲍斯呀，现在您把我弄到这种地步，真到了我的末日了。"说完这话，她就拉住鲍斯的手，要求鲍斯抬头看她一眼。同时还说道："请您看看我怎样为了爱您而死去的啊。"鲍斯说道："哎，这是我永远不愿意看见的事情啊。"

随后，那妇人率领着十二个女人爬到城墙上面，当她们站在墙顶的时候，其中有个女人高喊着说道："喂，鲍斯爵爷，您这位谦让的骑士，求您哀怜我们吧，让我们的女主人能得满足她的愿望；假若您真个不答应这一件小事，我们都情愿从塔上跳下跌死的；这样一来，我想所有的贵妇都要看轻您啦。"鲍斯这时抬

How a devil in Woman's likeness would have tempted Sir Bors

魔鬼化成一群美女来引诱并试探鲍斯骑士

头往墙上看,只见上面排列着很多的高贵妇女,服饰都很精细华丽。他非常同情她们,但他已经深思熟虑过,他宁愿让她们全体丧失了生命,也不肯轻易失掉自己的灵魂;他正在这样思考的时候,不料她们忽然一齐都从高处跳下了。他亲眼看见这件惨案发生,内心里涌起了说不出的惊惶,同时也起了无上的诧异。随后,他在自己身上和脸上画了一个十字(表示恳求上帝帮助他脱离这个恶魔)。一会儿,忽听得一阵大喊大叫,好像地狱里所有恶魔都在他的周围似的;那时一切的东西,如高塔、小姐、贵妇们、小教堂——这就是埋葬他哥哥的地方,完全都不见了。他双手向上伸着,高指着蓝天,并且说道:"亲爱的父,上帝啊,我好不容易逃避啊!"他说罢,就拿起武器,骑着骏马走开了。

后来,他听得右边有一只钟在敲,走近一看,原来那右侧有一所修道院,四周绕着高墙,他就走进去了。寺内的执事们认出他是追求圣杯的人,便邀请他到房间里休息;并且代他卸下武装。鲍斯骑士说:"先生,此地有没有圣洁的教士,我很想同他谈一谈?"这时,寺内的一个人就引导他去拜见修道院长,他适巧在教堂里。相见之后,鲍斯骑士即向他施礼致敬,并且说道:"先生,我是个游侠骑士。"同时便把他所遇见的冒险事迹都讲给他听了。那修道院长说道:"骑士先生,我虽然不知道您的贵姓大名,但我可以说,照您的貌相看来,我从没见过像您这样年轻的骑士,在主耶稣基督的恩典上,能够有这么坚强的心愿的。现在您去休息吧,因为今天已经很晚了,明天我再来同您细谈吧。"

第十三回

修道院长怎样给鲍斯骑士圣餐吃，以及怎样去开导他。

当天晚上，鲍斯骑士受到了这座修道院很优渥的款待。第二天早晨，他望了弥撒之后，那修道院长便前来看他，两人互道了早安。鲍斯告诉院长，说他是追求圣杯的一员，因为受到一位祭司的启发，所以能够单靠着吃面包和喝水来过活。那位修道院院长说道："我们的主耶稣基督曾经用圣杯作象征，显现给您看，他是一个为我们受苦的灵魂，被钉在十字架上，替世界的人类流出他的心血，正如那只大鸟因拯救小鸟而流血一样。那棵干枯的树，象征着世界，若非耶稣降临，这个世界便完全是空虚的，而且毫无果实的。还有您为她作战的那个小姐，以及做了本地爵爷的安尼奥斯王，他象征着基督耶稣乃是这个世界的君王。您替那个贵妇去作战，象征着：当您为她作战的时候，您会明白基督耶稣的新律法和神圣教会的新律法；至于另外一个妇人，会使您了解旧的律法和恶魔的律法，他们整天同新的神圣教会对抗，所以这一次您的战争是正义的。因此可以说，您是基督的骑士，神圣教会的护卫者。提到那只黑鸟，会使您理解到神圣教会，就是他所说的：'我是黑的，他是白的。'而且我告诉您，那只白鸟会使您认识它是一个恶魔；有如天鹅的外表是白的，但内部却是黑的：那些假冒伪善的，外面呈黄色，或是灰色；粗看起来，好像他们都是基督耶稣的仆人，实则他们的里面充满着污秽和可怕的罪孽，目的在蛊惑这犯罪的世界。同时，那恶魔扮做了宗教人物，显给您看，还责备您不去营救自己的哥哥，反而去搭救一个不相识的女人，使得您好像觉得自己的哥哥死了，实则他至今还活在世上。这一切都是叫您走上邪路，把您变作失望和淫荡之徒。他知道您是一个多情心软的人，才设法使您不能担当追求圣杯的任务。第三只鸟呢，代表与那些由魔鬼化身的妖魅女人的激烈斗争。再如那棵干枯的树和白的百合花：那干枯的树象征您的哥哥梁纳耳，他是一个无德无行的人，所以外人应当称他做一棵腐败而为虫蛀蚀的树；他是一个杀人犯，他所做的事都是违犯骑士道义的。又如两朵白花，乃象征两个童贞：一个是前天受伤的骑士，一个就是您所搭救的贵妇；为什么一朵花要靠近另一朵呢？就是那个骑士想要去玷污女人，同时也糟蹋了他自己。鲍斯骑士啊，若是您看着两朵花死去，而去搭救那棵朽腐的树，那么您要变做一个大笨伯并且使自己处于极大的危险中；因为如果那两朵花一同犯了罪行，他们会双双受到诅咒的；因为现在您已经搭救了这两个人，所以世上的人将要称您做基督耶稣的真正骑士或真正仆人。"

第十四回

鲍斯骑士怎样遇到他哥哥梁纳耳,以及梁纳耳怎样要杀死鲍斯骑士。

鲍斯骑士向修道院院长告别以后,随即离去。他骑行了一天,当晚向一个老妪家里投宿。第二天早上,他骑马走进山谷,来到一座堡里,遇见了一个乡士,鲍斯看见他急忙忙地往树林里去。鲍斯骑士开口问道:"请您告诉我这里有没有奇迹可寻?"他答道:"骑士先生,在这个堡上,将要举行大规模的比武会哩。"鲍斯骑士又说道:"哪些人物来比武呢?"那人答道:"参加比武的人物,一方面是普拉斯伯爵,另一方面是这堡女主的侄儿荷尔凤的集团。"鲍斯听后想到,在这里他或许可以碰见他哥哥梁纳耳,也或许能遇见追寻圣杯的其他各个骑士。随后,他便向树林入口处的一座精舍里走去了。

当他走到那里的时候,看见他的哥哥梁纳耳骑士正披挂着全部武装,等候在教堂的入口,准备天明到武场里去比武。鲍斯骑士看见他之后,快活得无言可喻,立刻跳下马来问道:"亲爱的哥哥,您什么时候到此地来的呢?"梁纳耳定睛向他看了一看,便说:"鲍斯啊!你不必再说大话,因为你见死不救,我险些被人杀死啦;当你看见我被两个骑士鞭打的时候,你不来营救我,让我冒着性命的危险，反而你去营救一个毫不相关的女人，我们在世上从来不曾见过像你这样的弟弟，对待自己的哥哥如此残酷！正因为你犯了这个过失，我认为你只有以死抵罪，死有余辜；现在你赶快准备吧，等我准备齐全，你就知道我不会放你活命的。"及至鲍斯骑士明了他的哥哥确实是愤怒了，他立时跪在地上，高举两手，大声恳请哥哥饶赦他的罪过。梁纳耳说道："真正岂有此理，我永远不会宽赦你的，我对上帝立誓，若是我占了上风，一定把你杀死，像你这种人，活下去也太丢脸啦。"

梁纳耳说罢立时走进房里，拿出马具，准备齐全，跃身上马，赶到鲍斯的面前，对他说道："鲍斯你离开一些，我把你当做一个叛徒或恶人看待；你是高贵世家的后裔，不能承袭我们父亲甘尼斯的鲍斯王的美德，却变成一个最虚伪的东西。现在我先让你一步，给你占个优势。假若你立定在这里，等我骑马冲来，如果把你撞伤了，当然我觉得惭愧；可是我宁愿遭到外人的谴责，也一定要这样去做的。"

当鲍斯骑士认为除了同自己的哥哥去决斗之外，便是死路一条的时候，他也不知道要怎么去应付他才好，不过他心中却不愿这样去做，因为无论如何梁纳耳是他的哥哥，对他总要表示敬重的；所以鲍斯一直跪在梁纳耳的马蹄前面，还说道："亲爱的哥哥，请您哀怜我，不要杀我，我们两个人之间应有手足之爱啊。"鲍斯骑士对他说了这许多话，他根本无动于衷，因为魔鬼坚定了他的杀气，使得他打定主意要杀死自己的弟弟。梁纳耳看见他的弟弟不肯与他相斗，便放马冲上，撞倒了鲍斯，跌得他跷脚朝天，因为他受伤过重，昏死过去；鲍斯这时觉得自己已来不及忏悔，便要死去了。梁纳耳拉住鲍斯的头盔,想把它从头上拉下。正在那时,忽然奔上来一位年老而又慈祥的修士,他听见了这弟兄俩在吵嘴,他就扑在鲍斯骑士的身上。

第十五回

高圭凡骑士怎样为着营救鲍斯骑士而同梁纳耳骑士决斗,以及一个修士为什么被杀。

那位修士对梁纳耳说道:"善良的骑士啊,求您哀怜我和您的弟弟吧,若是杀了他,您非但触犯死罪,而且由于他是世界上最高贵的骑士之一,又是最合道德条件的人物,将来定会使人对他哀悼的。"梁纳耳答道:"真的么,祭司先生,您若从他身边逃开,我会杀死您,他迟早也要被我杀掉。"那善人又说道:"这是真话,我宁愿您来把我杀掉,因为您杀死我,所遭受的损害较小,只抵得杀死他一半呀。"梁纳耳又说:"好的,我成全你。"他说罢这话,随手举起剑来,猛然一击,只看见那个修士的脑袋直向后滚去。他这样杀了修士,还不能抑住他的恶念,再伸手去拉鲍斯的头盔,等到他拉开头盔之后,又准备毫无阻挡地去把鲍斯的头颅砍下。说时迟,那时快,正在这个时候,忽然来了一个圆桌骑士,名字叫高圭凡,他是我主耶稣所派来的。高圭凡看到那位善人被杀了,觉得十分惊奇;又看见梁纳耳将要杀死鲍斯骑士,因为他认识鲍斯骑士,而且很爱他,所以他立刻跳下马来,抓住梁纳耳的肩膀,猛力从鲍斯跟前拉开他,并且说道:"梁纳耳,您为什么要杀您的弟弟呢?他是世界上最勇敢骑士当中的一个,没有哪一个善良的人允许您这样做的。"梁纳耳答道:"为什么不让我杀死他呢?你若要阻挡我,那么我就先杀死你,再去杀他。"高圭凡问他说:"你真的一定要杀死他吗?"梁纳耳答道:"是的,我一定要杀他的,谁说我不杀他呢?他以前对抗我,现在死也是应该的。"这话说完,他便冲到鲍斯的身上,打算要截下鲍斯的头颅。正当这时,高圭凡骑士忽然跑到他们两人中间,说道:"你如此的蛮横,那么我们两人只好斗一斗啦。"

梁纳耳明了他的意思之后,便举起盾牌,遮着自己,向他问道:"你是谁呀?"高圭凡骑士便表白了自己的姓名,并且说明自己是他的一个同伙。梁纳耳起来抵抗,猛然一击,打在高圭凡骑士的头盔上。高圭凡立时拔剑防御,他本来是一个武艺卓绝的骑士。在这两人凶斗的时候,鲍斯忽然清醒,站立起来,很是忧伤,看到那一位优秀的高圭凡骑士,正为了他的缘故,而同他的哥哥在决斗,使得他内心焦灼难安;同时他还盘算着,若是高圭凡杀死了他的哥哥,他将永远不会快乐;倘使他的哥哥杀了高圭凡骑士,那么他便永远抬不起头来。他急忙爬起,想离开他们逃去,但是两只脚无法直立;鲍斯等了好久,直至高圭凡败北。原来梁纳耳不惟武功卓绝,而且异常勇敢;他打碎了高圭凡的铠甲和头盔,迫得他只有在那里等死,并且流血很多,已经没法站稳了。他看见鲍斯骑士坐在那里,便对他说道:"鲍斯啊,您为什么不来救我呢?我为了您差不多快要死啦。"梁纳耳道:"说句真话,你们两个,都没用处,看你们谁能保护谁呢;结果,还不是都要死在我的手里。"鲍斯听到这话以后,勉强站起,把头盔戴在头上,方才发觉那位修士已经死在他的身旁,自然心中悲伤万分。

第十六回

梁纳耳骑士怎样杀掉高圭凡,以及后来又怎样打算杀死鲍斯骑士。

到后来高圭凡一直在喊着鲍斯骑士的名字说道:"您为什么要我为您死在这里呢?您若是喜欢我这样为您而死,若是我死了能救出一个高尚的人物,也是我感到很高兴的事情。"他说完这话,梁纳耳就从他的头上把头盔打掉了。高圭凡看到这点,他自知无法逃脱,遂说道:"亲爱的主基督啊,请您怜悯我的灵魂,我因为爱做善事才使我的心灵遭到悲痛的,我错了,但我的意思是要做好的,因此求您应允我最后的忏悔,来拯救我的灵魂。"这话说完,梁纳耳对他用力打了一击,他就倒地死了。他这样杀死了高圭凡之后,就像恶魔一般冲到鲍斯的面前,一击把他打得弯下腰来。同时,鲍斯还带着极度谦恭的面容,请求梁纳耳看在上帝的情面上,不要再交锋了,还说道:"不论你杀死我,或是我杀了你,彼此都是犯了死罪的。"梁纳耳说道:"我将永久不会要上帝的帮助,倘若我占了上风,还要哀怜你吗?"鲍斯拔出宝剑,哭哭啼啼地说道:"亲爱的哥哥呀,上帝知道我的心意。亲爱的哥哥,今天你的恶事做够了,你杀了这样一位圣洁无辜的祭司,又杀掉我们伙伴里一个良善的骑士。你明明知道我毫不怕你,乃是畏惧上帝的愤怒,而且这又不是一次正义的战争,所以才恳求上帝显示他的神迹,让我俩看看。现在恳求上帝的哀怜,我所以反抗我的哥哥,那是出于自卫。"说完这话,鲍斯便举手想打击他的哥哥。

第十七回

有一个声音怎样吩咐鲍斯不要打击他的哥哥，同时有一朵云隔在他们两人的中间。

鲍斯忽然听到有一个声音说道："鲍斯啊，你逃开吧；不要碰到你的哥哥，不然你会把梁纳耳打死的。"正在那时，骤然有一朵云彩从天降下，停留在他俩的当中，像一团烈火般的，万分奇怪，顿时把两面盾牌燃烧起来了。他们两个这时都吓得晕倒地上，过了半天还没有清醒。等到他们又聚在一处的时候，鲍斯看到他哥哥并没有受到伤害，他这时高举起两手，深怕上帝来惩治他的哥哥。那时他又听到另一个声音在说："鲍斯，你赶快离开这里，不要再同你哥哥在一起啦。你应当尽速地赶到海边去，薄希华骑士正在那里等你哩。"他听到这话，连忙向他哥哥说道："亲爱的哥哥啊，我得罪您的地方，请您为着上帝的缘故，求您饶赦我吧。"梁纳耳答道："既然上帝原谅了你，自然我也很乐意饶恕你的。"

于是鲍斯离开了他的哥哥，骑马向海滨而去。到后来，他适巧在海边上找到一所修道院。当天晚上，他在那里歇脚；在酣睡中，又听到一个声音，叮嘱他快赶到海边去。他立时惊醒起来，在额上画了一个十字，拿出马具，预备妥当，跃身上马，从墙的缺口跑出，径直驰到海边。在海边上他发现了一只船，遮着白色绸篷,他下了马,把一切都托付了耶稣基督。他走进船里,船即随波往海中飘去,速度极快,像飞似的;到了夜晚,天色漆黑,辨不清面前的人,他便一觉睡到天亮。他醒来以后,看到船的中央睡着一个骑士,全身武装,只缺头盔。他向他细看,发现原来就是威尔士的薄希华骑士,不禁欣喜欲狂;但那人看见了鲍斯,反而起了窘态,问他是谁。鲍斯道:"善良的骑士,您不认识我吗?"他回答说:"真的,我很稀奇,若不是主耶稣带您来的,我真不知道您怎样会来到此地!"鲍斯笑着把他的头盔脱掉了。待薄希华看到他的面貌,大家快乐得无以言喻。鲍斯告诉他是谁劝他停止争斗,叫他走上这只船的;彼此倾诉了自己的遭遇和所受到的诱惑与试探,这些话都是我们以前所听过的。他们一人坐在船头,一人坐在船尾,一同航行,共同祷告,互相安慰。薄希华骑士说:"我们一切圆满,只缺少一位优秀骑士加拉哈陪着同行。"

　　本书第十六卷。略记高文骑士、马利斯的爱克托、甘尼斯的鲍斯骑士以及薄希华骑士诸人的事迹,全文在此结束,下接第十七卷,专叙加拉哈的武功。

第十七卷

第一回

加拉哈骑士怎样在一个大比武会中比武；他又怎样被高文骑士和爱克托骑士认出。

现在要向读者叙述加拉哈的故事了。加拉哈骑士从二十个勇士中搭救出薄希华骑士之后，又经过了漫长的旅程，来到一个荒芜的树林中，其间他遇到过许多冒险的事迹，都经他圆满完成，不过每桩事的详情，在这故事里并不曾提起。有一天，他要赶到海边去，中途经过一座城堡，那里正在举行比武大会：参加的人员分堡内和堡外两组，就当时形势看来，堡外组将获得胜利，可是堡内的一组中也有几位武艺高强的人。加拉哈看见堡内组的情况很是危险，又看到堡门口上已有人被杀，他便立刻冲杀到城里，打算帮助堡内一组的人，才挥起长矛，发出一击，便把堡外一组第一个冲进来的人打倒了，而他自己的长矛也断成无数截。他忙又拔出宝剑，向人最多的地方打去，武艺的高妙，使观众惊奇不置。这时适巧高文骑士和爱克托骑士正加入堡外组比武。等到他们看见了一面绘着红十字的白盾牌，便相互说道："那人是一位高贵的太子，一位优秀的骑士，名字叫加拉哈。若是有人想同他比武，真是个笨伯了。"恰巧加拉哈靠近了高文，不想高文被他猛然一击，头盔给打得紧贴在脑壳上，以致盔上的铁片刺进头内，迫得他从马上骤然跌下，因为那一击过猛，剑身从高文的身上滑下，正落到马肩上，因而把马肩也斫成两半。

爱克托看到高文跌在马下，就将他拖往一边，再按事理去想了一想，觉得自己没有必要等在那里同加拉哈交手，因为他们是叔侄的关系，还有骨肉之情。当下加拉哈使了全身气力，把堡外的全部骑士都打退了。于是堡内的骑士才敢跑出来，向四面八方追赶堡外的骑士去了。加拉哈看见已没人再来同他比武，方悄悄地一人走得不知去向。高文对爱克托说："我敢拿我的头颅来起誓，既然加拉哈能够从石隙里把剑拔出①，已经证实了他的气力之大，还有谁能够忍受他的一击呢？即使挨他一击之后，可以换得一座最坚固的城堡，我也不愿意忍受的。现在我了解这实在是实情，而且我一生也从没受过这样厉害的一击。"爱克托说道："骑士，您好像已经完成了寻求圣杯的工作，所以我不必再去寻求啦。"这话说后，他们就把高文抬进堡内，卸去他的武装，放在一张设备考究的床上，延聘外科医师为他治疗，据说他是不会死的，只须花费一个月的时间就能恢复健康了。因此高文就随爱克托留住在堡里，爱克托一直不愿离开他，一直候到高文真正复原。

那位优秀的加拉哈骑士骑马走了好久，一个晚上，他到达了卡邦耐克城，在一个修士的精舍里下榻了。那位善良的修士看见他是一个游侠骑士，很是高兴。等到他们上床休息之后，忽然来

---

① 原文为"那湖上的兰斯洛特能够……"与上文不衔接，且与第十三卷第五回所记载的事实不符，故在译文中加以改正。

了一个贵妇敲门,喊叫加拉哈的名字,那修士走到门口,问她有什么事。这贵妇便向修士说道:"由尔凤骑士啊,我是个女流之辈,特来同您的客人谈话的。"那善良修士遂唤醒加拉哈,告诉他说:"请您起来,外面来了一位贵妇,她急切地要拜望您哦。"加拉哈立时起床,晤会那个贵妇,问她有何贵干。这贵妇说道:"加拉哈啊,请您赶快武装起来,陪我走,我要在三天之内,将平常罕见的伟大事迹指给您看。"一会儿,加拉哈就武装整齐了。他告别了修士,牵着骏马,吩咐贵妇领带他动身去了。

第二回

加拉哈怎样与一个少女同骑外出,走到薄希华和鲍斯两个骑士所乘的一只船里。

那位贵妇驰行很速,后来到达了科丽波的海边。当晚他们走到山谷里面一座堡寨的前面,堡外绕着高大坚固的城墙,还有护城河围在外面;这位妇人陪着加拉哈步入堡内,受到女堡主极殷勤的招待,她原是那个妇人的女主。及至那妇人替他脱卸了武装之后,便问她的女主说道:"小姐啊,我们这一整天都要住在这里么?"那女主人答道:"不,先让他吃些点心,再睡一会儿吧。"于是他们让加拉哈吃了点心,并且休息了一会儿,一直等到那个陪他同来的妇女把他叫醒,他才起来;待他起身以后,大家点着火炬,替他武装。到了那位妇女陪同加拉哈上马临行的时候,方知女堡主招待加拉哈无微不至,恍若把他当做孩儿看待似的。那两人离开堡寨,同到海滨,在那儿发现了鲍斯和薄希华两个骑士乘船而来,听他们在船头上喊道:"加拉哈骑士啊,我们在这里等候好久了,欢迎您走上船来。"加拉哈听到他们的叫声,便问他们是谁。那个妇女随口答道:"骑士先生,请把您的马放在这里,我的马也留在这里。"他们便拿着马鞍和马勒,并在额上画了一个十字,然后一同上船。住在船里的那两个骑士,原来都是旧识,相见之后，自然热烈欢迎；忽然间，海风飘起，很快把船吹到一处优雅的地方。过不多时，天色就亮了。

加拉哈脱去头盔，放下宝剑，便问他的两位伙伴道："这只船是从哪里来的？"鲍斯和薄希华同声答道："您同我们都是一样的，大家都靠着上帝的恩典哦。"接着，他们彼此述说了艰苦的遭遇，以及各种骇人听闻的试探。加拉哈听后便说道："你们能逃出这样大的危险和试探，实在都出于上帝的恩典；假若不是那位贵妇的引领，我也绝不会在这外国地方遇见你们的。"鲍斯说道："加拉哈啊，假使您父亲兰斯洛特骑士也来到这里，那么我们就更加快乐，自然一切都满足了。"加拉哈说："那倒未必，不过如果这样做能使上帝满意。"

这艘船离开了罗格里斯，适巧航进了悬崖绝壁的山峡当中，前面浮泛着一片汪洋的大海，他们没法上岸；而且原来的船太小，不适于在大海里行驶，除非能另外觅得一艘大船，才不致遭到危险。那妇女说道："这是主的意思，我们再往前走，就会遇到奇迹啦。"他们再向前航行一阵，忽然发现一只美丽的大船，上面没有一个人。他们看见船艄上写着两句话，令人读后顿起惊惶诧异，这两句话大意是这样的：你们这些想要进到船里的人，必须要有坚定的信仰；我就是信心，所以在进船时要当心，若是没有坚强的信仰，我便没法帮助你们。那妇人又说："薄希华啊，你可知道我是谁吗？"他回答说："我实在不认识您。"那位妇人又道："我乃是伯林诺王的女儿，也就是您的妹妹，因此您是我世上最亲爱的同胞骨肉；倘若您对耶稣基督没有坚定的信心，您就无论如何不要走进船里，不然您就会死在船上；因为它本身是完美无瑕的，它不容许一个罪人留在里面。"当薄希华明了他妹妹的劝告以后,心中煞是快乐,说道:"亲爱的妹妹,我要进到船里去了,倘若我是个坏人,或者是个虚伪的骑士,我自愿死在船上。"

第三回

加拉哈怎样走进那船里,看见里面有一张精美的床铺,以及许多奇异的东西,还有一把宝剑。

加拉哈在自己身上画了一个十字以后,走进船里,随后那个妇女也上船来了;最后薄希华同鲍斯骑士也一同上船。他们进来之后,发觉那只船异常富丽,很是奇异;而且在船的中间,安放着一张精致的床铺,上面还放了一顶绸制的冠冕。在床脚边上,放着一把名贵的宝剑,剑口离开剑鞘约有一英尺多;这口剑是由各种珍贵材料制成的,柄上嵌着宝石,五色缤纷,光耀夺目,而且每种颜色都有它的特点;柄把上嵌了怪兽的两根肋骨,一种动物是生在卡利登地方的魔蛇,该处的人都知道这种魔蛇骨有一个特点,凡是用手拿过它的人,就永远不会感到疲倦,更不会在战场上受伤了。另一种动物是一种鱼类,身体不大,名叫"埃尔塔那克斯",常出没于幼发拉底河里,任何人如拿过这种鱼骨,将不再回想过去一切的烦恼和快乐,只知坚决地获得眼前的东西。至于这把剑,除了一个人之外,便没有其他的人能拿得动,这人是超乎众人之上的。薄希华说道:"愿奉上帝的名,让我来试试吧。"他就去拿这口剑了。但是他握不住这把剑。他说道:"哎,如今我知道我是失败了。"鲍斯也伸手去拿,结果也失败了。

加拉哈看见那把剑上写着像血一般的字句，文曰："请看有谁能够把我从鞘内拔出；谁能拔出我，谁就一定比其他人更勇敢；你们要知道，这个人将永远不会失败，也不会因受伤而致死了。"加拉哈读了这行文字以后，遂即说道："我想去试试，不过深恐干犯太大，还是不去试吧。"那个贵妇便道："诸位骑士，除你们之外，对于所有想拔剑的人，这都是一个警告啊。"那贵妇接着说道："这船从前曾到过罗格里斯国，当时有一位残废的君王，他的父亲名叫莱波王；莱波王同撒拉逊的荷蓝模王不睦，两人正在死战。荷蓝模王新近接受洗礼，变成了基督徒，后来的人都尊奉他是一位圣贤。有一天，莱波王同荷蓝模王正在海岸上聚集了许多人马作战，那时候恰巧这只船来到岸边。不料荷蓝模王忽然溃败，所有部下均被对方杀死，他自己因为怕死，逃到船上，在舱里发现了那口剑；他就拔剑出鞘，握着那剑跑出去找莱波王；那时的莱波王，在所有基督教王国里，是对上帝信心最坚的一个基督徒。及至荷蓝模王寻到了莱波王之后，便猛力斫去，才斫了第一剑，就斫在莱波王的头盔上，把他人马都劈倒地上。罗格里斯国内遭遇这件事以后，发生了极凶恶的瘟疫，人民遭遇了严重的灾害。从此以后，五谷不生，野草不长，更是没有果实了；就是在河水里，鱼也绝种。这两国正因为这悲惨的一击，顿时变得一片荒凉，因此人们称它做'荒废之地'。荷蓝模王看到那口剑上的花纹，雕刻精美，因而返回船上，去寻觅剑鞘；及至他觅得之后，又把这口剑仍然插进鞘里。不料他这样做了之后，立时倒在床前死了。由此证明，凡是拔剑的人若不死亡，即变成残废。他的尸体一直躺在那里，后来有一个妇人上船，才把他的尸首丢掉；因为世上没有像他那样大胆的人，敢于跑上船来寻求自卫。"

第四回

关于剑和剑鞘的奇事。

他们看见了那只剑鞘，就表面来看，好像是用蛇皮做成的；鞘的上面，还有用金银做成的文句。只因腰带并不相称，似不能系住这口宝剑。剑上的文句是这样的："凡是能使用我的人，假使他真知道怎样使用我，他一定是世上最勇敢的人。这个应当佩带我的人，把我带在他的身上，他一天用得着这腰带，我也就一天挂在他腰上；从此，他无论走到哪里，都不会受耻辱，而且别人无论如何坚强，也不能够夺取我；只有一个童贞的少女，能够把这条腰带拉下来。她是国王和王后的女儿，她的愿望和行为必须是一致的，她一生还要证实是遵守童贞的，倘使她自己失了节，便会死于非命，比任何人都死得惨。"薄希华说道："骑士先生，请您把这剑翻转过来，看看另一面还有什么文字吗？"他翻过来一看，原来在血红的剑身上面，现出了煤黑的文字，这样写着："给我最高赞美的人会发现，在他最需要我的时候，我最应受责备；我对之最殷勤的人，有一天我会对他最残忍。"

那个贵妇对薄希华说道："亲爱的哥哥，在耶稣基督受难四十年之后，发生了这样一件事：莫尔答英斯王的内兄南显，先到了一个城镇，离开本国有十四天以上的路程，这乃是主耶稣基督所差遣的，然后他又飘到一座岛屿的西部，那岛名叫土南斯。从这里，他忽然望见海口的山峡旁边泊着一只船，舱里放着一把剑和一张床。这是我们以前曾经听说过的。他没有拔剑的勇气，便在船上住了八天八夜；到了第九天，突然刮起一阵暴风，把船吹到一个岛上；他飘到一片磐石上面，看见了一个巨人，身体硕大前所未见。不料那个可怕的巨人想来杀他，他向四周瞧了瞧，找不出可以逃避的地方，同时也无法自卫。这时他又奔到剑旁，看见那剑没带鞘子，便称赞了一番，又伸手去摇摇，不料那剑的中央忽然折断了。南显说道：'啊，这个最受我称扬的东西，我反而要受到它最大的谴责了。'当下他拾起碎块，丢在床上。后来他跳出船外，去同巨人决斗，那巨人终于被他杀掉了。

"不多时，他又回到船里，暴风忽起，把他吹过海面，恰巧经过莫尔答英斯王的船边；这时莫尔答英斯王正受到魔鬼的恶毒试探，靠近危险岩的港口里。他们相会的时候，彼此非常快乐，于是各自叙述别后的经历，南显便提到，在他最紧要的关头，那剑怎样出了岔子。莫尔答英斯看见了剑以后，极口称赞它的锋利，说道：'那剑所以断了，并非它本身不好，是因为您自己有罪，才使它这样的。'他说完这句话，就把剑的断片放在剑上，立时粘在一起，恢复了旧观；他又把这剑插进鞘内，还到床上。忽然间，他们又听到一个声音说：'离开这只船，你们快到另外一只船上去，不然，你们会陷到万劫不复的罪薮里；如若你们有了死罪，一定没法避免灭亡。'所以他们即刻离开这船，而进到另一艘船里去了。正当南显要离开这只船的时候，那剑忽然自动地把他的右脚斫了一击，他登时仆倒甲板上说道：'上帝啊，我受伤很重呀。'

接着又有一个声音说道:'按照剑上所写明的文句,你是无论如何也不配去拿它的,可惜你没有自知之明,竟然不自量力去拿了它。这次你挨了一下,便是你的报应啊。'加拉哈说:'奉上帝的名,您这工作做得很聪明哩。'"

第五回

佩莱斯王为了拔剑，怎样使得两条大腿都受了伤，以及其他惊奇的历史。

那个妇女说道："骑士先生，从前有一个残废的君王，名叫佩莱斯，当他身体健壮能够骑马的时候，他是基督王国和圣教会的维护人。有一天他带着猎狗和部下到林里打猎，林的面积很广，伸展到海滨地方，到了最后猎狗都失踪了，就是他部下的骑士也只剩了一个在他身旁；他陪着这个骑士一直走到爱尔兰的地方，才寻得原来的那条船。他看过这船上的文句以后，自认为一生中十分完美无缺，便走进船里，不过他的骑士没有勇气进去；他上船之后，看到那口剑，立时将剑拔出一半，正像您现在看见的那样。不料忽然飞来了一根长矛，把他的两条大腿都刺伤了，从此一直没法治愈，他也不像以前我们看见过的样子了。"那妇人又说道："您的祖父佩莱斯王是不是因为勇敢而残废的呢？"加拉哈答道："奉上帝的名，您说得很对哩。"

他们两人走到床边，向周围看了一看，在头顶上，他发现有两把剑挂在那里。他们又看见三个纺锤，①白的像雪一般，红的像

---

① 查《旧约》《新约》中均无此项记载。

血似的,又有绿的同翡翠一样的,这些颜色都是天然的,并非人工的油漆。那位妇女说道:"这些纺锤是和犯罪的夏娃有关系,因为她在伊甸园采摘果子,她同亚当都被赶出了乐园;她在临走的时候,随身带着一条树枝,枝上结了一个苹果。随后,她看到这美丽艳绿的椏枝,联想到她所遭受的损失。所以她想保存着这根椏枝,愈久愈好。因为她没有箱笼来收存,便把它埋在地下了。依了上帝的意旨,那椏枝便立刻日长夜大,变成一棵雪白的大树;而且它的椏枝和叶子,也都像雪一般;这是由童贞女性种植的树枝所产生的一个标志。上帝吩咐亚当依照他的天性去同妻子结合。他便和妻子夏娃在那棵树下同居了。不多时,那棵白树就变成同野草一样的绿色,其他一切树叶也随着变成绿色了;同时,当他们在一起生出了亚伯的时候,那树就永远成为绿色。等了好多天以后,仍然是在那棵树下,该隐杀死了亚伯,①出现了很多奇事。当亚伯死在树下的时候,那棵绿树忽然变成红色了,这乃是血的符号。又过了不久,在那里的全部植物都死了,只留下那棵绿树长得更大更美,使人观赏之后,感到心旷神怡;由亚伯在下面被杀的那棵大树长出的那些树也都死了。原来的一棵大树,一直活到大卫王的儿子所罗门继承父亲做王的时代。所罗门秉性聪明,他熟悉各种树木和玉石的特点;又熟悉天上星座运行的轨道,以及其他种种事物的变幻。所罗门有一个万恶多端的妻子,②使得

---

① 原文Caym,疑即英王雅各本《圣经》的Cain,故译作该隐,参见《创世记》第四章。

② 据《旧约·列王记上》第十一章第三节所记,所罗门有妻妾一千人,译者没发现经文上写过有一个是万恶多端的。

他认为世上没有一个善良的女人,所以他在著作中经常轻视妇女。有一次,一个声音回答他说:'所罗门啊,将来从你的支裔中会生出一个女性,她给予人的快愉胜过女人给您的忧虑一百倍;所以,若有女人使男子痛苦,您不必去管它。'所罗门听到这句话之后,觉得自己变成了一个笨伯;但是从古代的著作里,他却找到了真理。圣灵又显示给他看,将来会出现一位荣耀的童贞女马利亚。他问那声音说:'这人是不是从他的血统传下来的呢?'那声音答道:'不是的,将来有一个人,他一生将谨守童贞的,乃是您血统里最后一人,他会成为一个优秀的骑士,品格之高,要同您的姊丈公爵约书亚①一样。'"

---

① 原文作 Josua,但在本书第五卷第十回作 Joshua。按《圣经》记载的所罗门和约书亚的生存时代相距数百年之久。

第六回

所罗门怎样受了妻子的劝告,拿走他父亲大卫的剑,以及其他种种奥妙事迹。

"现在我已把你所疑惑的地方解释给你听了。所罗门知道在他的后裔里将要出现这样一个伟大人物,很觉愉快。他一直考虑这人做什么事情,同时还研究他叫什么名字。他的妻子看见他研究这些问题,便等待机会要查出他到底在研究什么事情;同时她认为到了一定的时候,她的丈夫必定会告诉她的;后来终于在一个时候,所罗门把一切关于那声音的事情都告诉她了。他的妻子说道:'我要采用最上等而又最耐久的木料制造一只船。'于是所罗门寻得了国内所有手艺最优秀的木匠。等到木匠们把船造成之后,他的妻子对他说:'陛下,那个爵爷既然在武艺上胜过了其前其后的全班骑士,那么我特来告诉您,您应当到主的圣殿里,从那里拿到您父亲大卫王的宝剑,这是一把锋利奥妙的宝物,是向来的骑士们所没有的,所以我叫您拿它来,将它的柄头拉掉,换上一只用宝石做成的柄头,但必须装配精巧,令人看不出是重新镶配的;再做一个精细的柄,也要让人完全看不出是新装的;然后再做一个鞘。等到您把这些事情都预备妥当了,我再做一副完全使我称心合意的腰带。'

"所罗门王完全依照他妻子的设计，把船连同这许多事情都办妥了。等到船造成之后下水航行的时候，他的妻子又准备了一张精美无比的床铺，放在船里；在床头上盖满了绸缎，将剑放在床脚边上；这时所罗门看见腰带是用大麻纤维做的，因而怒火冲天。他的妻子向他解释道：'陛下，您要知道，要挂这把宝剑的，没有比用大麻做材料来编织腰带更合适的了。将有一个妇女领带许多骑士到这里来，但我不知道是什么时候。'随后她叫人采用质地结实的绸缎去缝制船篷，必须能耐得住雨打风吹。那个妇人又命令一个木匠来到亚伯被杀的树下。她说道：'请你从树身上砍下一个纺锤的材料，给我做成一个纺锤。'那木匠说道：'王后啊，这是我们的始祖夏娃所种的树哦。'那女人答道：'你一定要依从我的意思去做，不然我会杀死你的。'随后当木匠开始工作的时候，忽然从木头上流下成滴的血；他本来想放弃不再做了，不过那个女人不放松他，他只好继续取下一块足够做纺锤的材料；接着她又逼他从绿树上和白树上各取下相应大小的材料作纺锤。等到这三个纺锤都做成了，她就把它们系在床顶上。所罗门看见之后，对他的妻子说道：'您做得真好，我想除了主基督之外，世上没有任何人能够计划得比您更好啦；您现在虽已做好，您可知道这象征什么吗？'那女人说道：'不要管它，您马上就要得到消息啦，那些消息来得比您的想象还快啊。'现在您马上就能听到所罗门王和他妻子的奥妙故事了。"

第七回

关于所罗门王和他妻子的奥妙故事。

"那天晚上,所罗门王睡在船的前面,只有少数人侍奉他。他睡熟以后,梦见了一大群天使降到船上,其中有一个天使从一只银杯里取水,洒在整个船上。后来,他又走到宝剑旁边,在剑柄上刻了几个字。再后,他又走到甲板上,写了下列几个字:'你们这些人想要进入我的里面,必须要有充分信心,因为我就是信心和信仰,其他并无别种东西。'所罗门看到这些字,自觉惭愧,不敢进入,还倒退了几步;这时那船猛然冲进海里,霎时就望不见踪影了。有一个小的声音说道:'所罗门啊,您最后一代做骑士的那个子孙,要睡在这张床上。'随后所罗门王去叫醒他妻子,把这只船的奇闻讲给她听。"

根据历史的记载,这三个人曾经对那张床和三个纺锤都看了很久。他们确凿认识那三个纺锤都是天然的颜色,并非人工油漆而成的。他们从地上掀起一块布,发现下面掩盖着一只美丽的钱袋。薄希华拾起来看看,看到上面有一段文字,他阅读一遍,乃是记述纺锤和船制造的经过,比如所用材料的来源,以及制造者的姓名。加拉哈说道:"现在我们到什么地方去找个贵妇,为这口宝剑编制一根新腰带呢?"薄希华的妹妹说道:"好骑士啊,您如能得到上帝的允许,我早想替您编制一条配得上那口宝剑的好腰带。"于是她打开一只箱子,拿出一根金丝编成的腰带,镶满了宝石,中间还有一个金扣子。她又说道:"各位爵爷,你们看啊!这根腰带是很配挂剑的。要知道,这根腰带的大部分,是用了我的头发编成的;当我住在浊世的时候,我很爱我的头发,等到我了解上天命定的任务以后,我奉了上帝的名,剪下头发,做成了这根腰带。"鲍斯骑士说道:"遇到您确实很好,您告诉了我们许多消息,不然我们要受许多艰难哩。"

那贵妇随后把腰带拴在剑上,悬挂起来。这三个人同声说道:"这剑的名字是什么,我们喊它什么呢?"那妇人道:"它的名字可以叫做'奇异腰带剑';至于那只鞘,可以称做'流血鞘',因为凡是有血的人,都不能看见这鞘的任何部分;这鞘原来是用'生命树'制造而成的。"她接着又对加拉哈说:"求您奉上帝的名,戴上腰带和剑吧,这也是罗格里斯国里人人所盼望的。"加拉哈又说:"让我来握一握那剑,它可以给你们一些勇气,不过你们要知道,这口剑既不是我的,也不是属于你们的。"他说罢这话,伸手握了它很久,然后那位少女才把它系在他的腰上。加拉哈又说:"我即使是死了,也不在乎,因我现在握到世上一个最好的少女的手,就由她产生了世界上最高尚的骑士。"加拉哈又说道:"小姐啊,您为我做了这许多事情,我今后的一生,愿做您的骑士哩。"

他们几个人这时离开了那只船,走到另外一只船里。不多时,忽然刮起一阵海风,很快地把他们吹上一片汪洋的海面,但船中没有可吃的食物;到了第二天早上,他们抵达了一座城堡,人家称它做卡太路易斯,地点是在苏格兰低湿地区。当他们经过海口的时候,那妇女说道:"两位爵爷啊,本地人如果认出你们是从亚瑟王朝来的骑士,一定要攻击你们的。"加拉哈说道:"小姐,您放心,主既然从磐石里把我们放出,那么他也会由这班人手里来营救我们的。"

第八回

加拉哈和他的伙伴们怎样到达一座堡寨,以及他们怎样在此地战斗,又怎样杀死他们的敌人,及其他种种。

在他们谈笑的时候,来了一个侍从,问他们是从哪里来的;他们就告诉他,说是从亚瑟王朝廷上而来。侍从又说:"真的吗?我敢立誓奉告,决不欺人,你们的阵容太薄弱啦。"他说了这话,随即回到峭壁上的一个堡垒里去了。不多时,他们听见号角的声音。一个贵妇走来,问他们是从哪里来的,他们把实情都告诉了她。那妇人说道:"良善的爵爷们,请为着上帝的缘故,作出决定吧。若是你们愿意回去,最好不过了,不然你们会惹起杀身之祸。"他们回答说:"不回去,我们是不想回去的,因为我们所奉的主,一定会帮助我们的。"当他们站着讲话的时候,忽有几个武装的骑士走来,吩咐他们顺服,否则就等于自取灭亡。他们答道:"顺服了会使你们遭殃的。"话才脱口,他们放马直冲。薄希华骑士立时冲向第一个奔来的人,把他打倒地上,把他的马抢来骑上;加拉哈也这样对付了一番。鲍斯采用同样战术,打败了对方第三个人,因为他们上船的时候都放走了自己的马,所以这时就没有马骑了。等到他们觅得了马骑上,立刻冲击敌方;看到敌方逃进堡垒,他们三人便都追踪而入,进了堡里,他们跳下马来,挥剑乱杀，直迫进了大厅才止。

后来，他们看到周围地上躺着许多尸体，都是被他们杀死的，才恍然觉悟到自己变成了万恶滔天的罪人。鲍斯说道："真的，上帝若是爱护他们，我们绝没有力量把他们杀死的。他们做了许多反对上帝的事情，所以我们的主才不要他们再管理这块地方啦。"加拉哈说道："你们不要这样说，倘使他们得罪了上帝，也不会由我们去复仇的；世间的一切，都应属于我们有权力的主。"

这时，忽然从房里出来一个善良的祭司，他托了一个杯子，里面盛着上帝的肉体。当他看见大厅里满卧着死尸，顿时很是惶悚，当下加拉哈随即脱下头盔，跪在地上，其余两人亦跟着跪下了。他们说道："先生，你不必畏惧，我们是从亚瑟王朝来的。"那善良的祭司问他们，为什么忽然间杀死这许多人；他们就把经过告诉他了。那善良的祭司又说："你们做了这样一件大好事，将会随着世界一同存在下去了。"加拉哈答道："先生，我很懊悔把他们杀了，因为他们都是受过洗礼的人啊。"祭司回复说："他们并没有受过洗礼，你们不必懊悔，让我把这城堡里的事情告诉你们吧。这里有一个伯爵，名叫荷诺斯爵爷，他有三个儿子，都是武艺高超的骑士；还有一个女儿，在当时都公认为是一个娟秀的美女。一年前，这三个骑士爱上他们的妹妹，爱得火焰般的热烈，结果他们三人都不顾一切地同她发生了肉体关系。又因为她请求父亲来营救，他们就把她杀死了；这三个人又捉到他们的父亲，关在狱里，打得半死，幸亏那少女的一个表兄把她的父亲救出。后来，他们又做出一件虚伪无耻的事情：他们杀死了祭司和执事，拆毁了教堂，不让外人去做侍奉主的工作。当天，那少女的父亲邀我去忏悔和吃圣餐,他认为像三兄弟这样的荒唐行为,是从来不曾见过的耻辱;然而那位伯爵劝我要忍耐,他说这种人作孽太大,将为天地所不容;不久,要有主的三个仆人前来消灭他们;现在这件事,已经应验,也已经结束了。从这一点,你们可以看出,上帝对于你们的行为有什么不喜欢呢?"加拉哈说道:"的确,如果我们的上帝不喜欢这样,我们绝不会在短短时间内把他们都杀死的。"

他们这时把荷诺斯伯爵从狱内解放出来,迎入大厅。一忽儿,他就知道了加拉哈是谁,他们从前虽未见过面,但是主显现给他知道的。

第九回

三个骑士同薄希华的妹妹怎样走进一片荒林之中；此外关于一只牡鹿、四只狮子，以及其他种种的故事。

荷诺斯伯爵惨痛地哭泣着说道："我在此地等待您好久了，为了上帝的缘故，请您快把我抱在怀里，我能在您这样高尚人物的怀里，让灵魂离开肉体，乃是我极大的安慰啊。"加拉哈答道："这是我很乐意做的。"于是那伯爵高声说话，使所有的人都听到了，他说："加拉哈啊，您杀死了上帝的仇敌，同时也替我复仇了，您做得很好。现在您应当赶到那个残废君王那里，愈快愈好，他已等候您很久，您将会使他恢复健康啊。"他这话说完，灵魂便脱离他的肉体而去了。加拉哈就依照他的身份和礼节，埋葬了他。

于是，那三个骑士陪同薄希华的妹妹离开了那个地方。他们走到一所荒凉的树林里，忽然看到他们的前面，有四只狮子领着一只牡鹿在行走。他们想知道狮子和牡鹿走到哪里去，便跟着它们跑。他们放马追逐，一直追到山谷里面一座精舍的跟前，那里本来住了一位善人，这时牡鹿同狮子都跑进去了。他们看到这种情形，就回转到教堂里，教堂里有个穿着法衣，披挂了我主的铠甲的人，正歌唱着圣灵的弥撒，他们便走进一同望弥撒去了。当进入弥撒的神秘阶段时，他们又发现那只牡鹿变成了人形，坐在祭台上一个堂皇的座位之上，使得他们万分惊奇；至于那四只狮子也变化了，一只变做了人形，第二只仍然是狮子，第三只变做老鹰，第四个变成了一头牛。他们都走到牡鹿所坐的位置旁边坐下，一忽儿他们都从玻璃窗走出去，但没损坏一件东西，他们只听得一个声音说道："上帝的儿子进入童贞女马利亚的子宫里面啦，她的童贞依然完整，不会受到破坏或损伤的。"他们听到这几句话之后，都非常惊异，便伏在地上，同时也了解了以上事件的意义。

等到他们的神志恢复以后，大家走到那位善人跟前，请求他为他们讲解真理。这位善人就问他们说："你们看到一些什么事情呢？"他们遂把自己所经历的事情一一告诉他听了。那善人便道："诸位爵爷，欢迎你们光临，我知道你们都是优秀的骑士，寻求圣杯的工作快要由你们完成了，我们的主将对你们几个人显示伟大的奥秘。用一只牡鹿来象征我们的主是很合适的，因为牡鹿到了老年，它的白色毛皮仍然可以变得年轻。正和我们的主从死里复活一样，他失掉了肉体，因为肉身乃是死的血肉，也是他从童贞女马利亚子宫里带出来的血肉；所以我们的主遂幻作一只毫无污点的牡鹿，显示在我们的眼前。至于跟随他的四只狮子，乃是代表《四福音书》的作者，他们把耶稣在世时与人相处的事迹，写下了一部分，想来你们都会知道的，但向来没有一个骑士能够明了真理的，因此我们的主经常用牡鹿作象征，显示给善人和骑士看，作为教训；可是它从今以后，将不会再显示给你们看了。"他们停在那里一整天，欢天喜地，快乐异常。第二天早晨，他们望了弥撒以后，就告辞而去。他们经过了一座城堡，不曾走进。有一个武装骑士跟在他们后面，向他们说道："爵爷们请听，我要对你们讲几句话。"

第十回

他们怎样被迫遵行一种奇怪的习惯，由于他们不肯接受，以致发生战斗，并杀死了许多骑士。

那人问道："您所领的这个贵妇，是不是一个处女呢？"这少女在旁答道："先生，我是处女啊。"随后他就拉住她的马勒说道："让我向圣十字立誓，我一定要服从这堡内的习俗，不然我决不放您走开。"薄希华说道："放她去吧，您不要这样愚笨，要知道无论从哪里来的童贞女，都是来往自由的。"就在那时，忽然从城堡内走来大约十个到十二个武装的骑士，还有几个贵妇托着一个银盘跟随在后，他们说道："我们一定要叫这个小姐服从这堡里的习俗。"有个骑士说："爵爷啊，无论哪个妇女，凡是要经过此地的，一定要从她的右臂上刺出血来，盛满了这只银盘，我们才可以放她走过。"加拉哈说道："你们奉行这样的规矩，一定会受到谴责的；但愿上帝救我，若是我能活下去，你们无论如何不能取到这位小姐右臂上的血呀。"薄希华也说："不错，我宁愿被你们杀死，也反对到底。"鲍斯骑士同时也说道："我也准备这样。"对方的骑士说道："好吧，你们都要死的，虽然你们是世上最坚强的骑士，也不能永远挡住我们。"

后来他们双方开始冲杀，那三个人抵抗着十个人，他们挥起宝剑，把那些人杀得净光。那时从城堡里忽然冲出来六十个骑士，全部武装。原来的三个伙伴说道："善良的爵爷们，怜恤你们自己吧，不要再同我们敌对了。"但城堡内的骑士扬言道："不行，不行，请各位爵爷快退下去，你们是世界上最有威望的骑士，然而你们所作的孽够多了，现在可以不再作啦。你们已做了这样多的坏事，我们必须要你们服从这种习俗，才放你们走过。"加拉哈说道："你简直是放屁。"他们答道："你们是在找死吗？"加拉哈说："我们还没想到过这一点哩。"随后，他们又冲将上来，纠缠不已。加拉哈便从奇异的腰带上拔出剑来，左砍右杀，凡是碰到那口宝剑的，无一幸免。他这样的动作，使得人人惊奇，都以为他不是人间的武夫，乃是天生的妖怪。至于他的两个同伴，更是彼此照应，大家小心地迈步前进，每一寸土地都不轻易放过，一直战到晚上，他们才勉强停手。

这时由堡内又走来一个高尚的骑士，对他们三个人说道："我们欢迎三位进城休息，愿以身立誓，我们皆是真正的骑士，决不妨碍三位，我们愿保证你们到了明天还是同以前一样的安全，绝无欺诈的行为。当你们明了这里的风气之后，我想你们一定会同意的。"薄希华的妹妹说道："为了上帝的缘故，我们还是进去吧，不要过分为我担忧啦。"加拉哈说："我们都进去好了。"于是他们一齐走进了教堂。当他们下马的时候，堡内的人热诚欢迎，煞是快乐。不多时，这三个骑士请教他们，为什么这堡内要有这种习俗的。他们答道："您要想知道真实的来由，我们就老老实实告诉你们。"

第十一回

薄希华的妹妹怎样为了治疗一个贵妇的病，她自己流了一满盆的血，因而致死，以及怎样把她的遗体送到船里。

原来在堡内住着一位贵妇，她是一堡之主，同时也是那地方众人的东家。许多年以前，这位女主人忽然得了重病，她卧在床上好久，后来变成麻疹，所有的医师都已束手。最后才有一位老者说道，照她的情形看来，她只有得到一个君王的公主，但那位公主必须确实从自己的意志和行为上证明自己是个真正的童贞女，从她的右臂上刺出来一满盆的血，涂抹在女主人的全身，方能把她的病完全治愈，恢复健康；为了这事，才立下了这样一个风俗。薄希华的妹妹听后说道："善良的骑士啊，这样说来，如果没有人愿意为她刺血，这位女主一定要死了。"加拉哈说道："如若你流出这么多的血，你也会死掉啦。"因而她答道："这太好啦，我若是因为救了她而死，那么我的灵魂将得到颂扬，也大大地为人所尊敬，我的种族也会受到外人的推崇；还有一点，损失我一个人，总比损失我们两个为好。所以你们不必再去打仗了，明天早上我就依照你们的规矩办吧。"这时，全堡的人听到了这个消息，无不欢欣鼓舞，额手称庆，因为明天可以避免一场死战；这位小

1143

姐呢，不管别人答应与否，她自己的意志已坚定了。

当夜，这三个同伴自觉轻松愉快。到了第二天早晨，他们望过了弥撒，薄希华的妹妹便吩咐堡中的人们将卧病的女主抬出来。她就这样出来了，不过她对这事觉得心不安，说道："谁来施血给我呢？"于是那少女走出，替那女主放血，鲜血涌出很多，盛满了一盆。那少女举起一只手来，为自己画了一个十字；还对那堡内的女主人说道："夫人啊，为了使你恢复健康，我要死了，请看在上帝的面上，求您替我祈祷。"她说完这话，遂即昏迷不醒。加拉哈同他两个伙伴走来，把她抱起，为她止血，但是她的血流出太多，不能再活了。等到她苏醒的时候，又说道："亲爱的哥哥薄希华啊，我是为了救活这位贵妇而死的，请您不要把我葬在这个国度里，我死之后，求您带我回到下一个港口的地方，放在船上，随船漂流，听从自然的驱使好了；及至你们三个到了一处名叫沙拉斯的城里，你们将在那里追寻到圣杯；那里有一座高塔，你们在那塔脚上可以遇见我，请您就在塔边找个属灵的地方，把我葬下；我的话够多了，还要告诉你们，加拉哈将来死了，要葬在那个地方，就是您自己，也要在那里埋葬的。"

薄希华明白了那一番话之后，就一面哭泣，一面答应下来。这时忽有一个声音说道："爵爷们和同伴们，明天早晨六点钟，你们三个都要启程离开了，要随着冒险的历程，走到一个残废君王那里。"接着那女主人就替薄希华的妹妹作了死前礼拜，等到礼拜完毕，那灵魂就离开她的身体了。就在当天，那个久病的女主被用血液抹膏之后，病立时痊愈。薄希华骑士把他妹妹这番舍身救人的奇迹，统统记载下来，并把记录置在死者的右手中，又放进一艘用黑绸遮盖的船上；船趁着一阵海风，从岸边飘然而去，所有骑士都在岸边送别，不多时，这船的踪影已看不见了。后来他们才返回城堡，忽然间又来了一阵狂风暴雨，闪光灼烁，雷电交加，好像整个地球快要破裂一般。这时，半个城堡都倾倒了。到了晚祷时辰，那场暴风雨方才停止。

他们看见面前站着一个武装骑士，身体与头部受了重伤，他说道："上帝啊，我真需要您的帮助，请来救我吧。"在那骑士后面，又来了一个骑士和一个侏儒，在离开很远的地方，向他喊道："停下来，不让你逃走。"那个受伤的骑士立时把手向天举起，恳求上帝不要让他在这种艰苦的情况下死掉。加拉哈说道："因为他赤诚地求主，所以我去帮助他。"鲍斯就说："骑士啊，让我去吧，您不必去了，对方是一个人，我足够抵挡他的。"加拉哈说道："好呀，您就快去吧。"于是鲍斯骑士就与他们告别，骑马奔去，前往营救那个受伤的骑士。现在且让我们转回来叙述其余两个骑士。

第十二回

加拉哈与薄希华怎样在寨上发现许多坟墓，墓内葬的童贞少女们都是为那个贵妇流血而死的。

根据故事所说的，加拉哈和薄希华两人通夜留在教堂里祈祷，恳求上帝救护鲍斯。到了第二天早上，他们武装妥当，走进堡内，去观看里面发生了什么事情。当他们达到那里，见到男男女女都受到了上帝的惩罚，没有一个不死掉的。同时，他们听到一个声音说道："那都是为着流血而死的许多童贞女复仇的。"他们又在教堂后面的一片墓地上，发现六十个精工建筑的坟墓，一切都安然无恙，好像没遭到暴风雨的摧残；那些童贞女都是为了这个生病的女主人流血而牺牲的。她们每一个人的名字，以及身世血统，都写得清清楚楚，她们全是王族的后裔，其中有十二人是君王的公主。他们离开那里以后，又走入树林之中。薄希华向加拉哈说道："此刻我们必须分手，但恳求主的恩典，让我们不久即可再见。"他们彼此脱去头盔，一面接吻，一面哭泣着分别了。

第十三回

兰斯洛特骑士怎样走进一艘船里，那里陈放着薄希华的妹妹的尸体，以及他怎样遇到了自己的儿子加拉哈骑士。

据历史的记载，当兰斯洛特骑士到了茂台斯河的岸上时，正像以前所提及的，他已陷入了危险的境地，便躺下熟睡了，不论上帝领他到什么惊险的地方，他都乐于服从。可是当他熟睡的时候，忽有一个异象对他说道："兰斯洛特骑士啊，您起来，拿上您的铠甲，走进您可以找得到的第一条船里。"听到那几句话之后，他立时起来，转身向四周看看，到处都是一片清晰开朗的气象。他便举起双手，为自己画了一个十字，然后拿起武器，做好准备，当他走到河边的时候，正遇见一条船，船既没有帆，也没有桨。他一进到那艘船里，登时有一种香甜气息，沁人心腑，使人生一切欲望都一时满足，这是从未有过的。他说道："亲爱的主耶稣基督啊，我真不知道为什么这样愉快，这真是我平生从没享受过的快乐呀。"在那种快活的情绪下，他躺在甲板上呼呼入睡，一觉醒来，已是天明。他醒来之后，发现船里放了一张精美的床铺，上边放着一个贵妇的尸体，这就是薄希华的妹妹。兰斯洛特对她打量一番，看见她的右手里握了一张纸条，阅读之后，读者们在前面看过的事情,比如关于她冒险的一切,以及她的身世血统,他完全明白了。兰斯洛特同那个少女在一条船里过了一个多月的共同生活。假若您要问这些日子他是怎样生活的?那就是在他每天祈祷的时候,有圣灵的恩赐支持他,正如以色列人在荒野里,上帝用玛哪①喂他们一样。

有一个晚上,兰斯洛特骑士对那船厌倦了,就在河边游玩。他听到有人骑马走来,当那人走近的时候,兰斯洛特看他好像是一个骑士。他放那人走过之后,只见那人骑行到船边下马,拿了马鞍和马勒,放去那马,进到船里。兰斯洛特随冲上去,对他说道:"欢迎您。"只听他回了话,跟着又施过礼,并且请教兰斯洛特说:"请问您的大名,我的心已非常倾慕您了。"兰斯洛特说道:"好吧,我名叫湖上的兰斯洛特。"那人又说:"骑士先生,您是我在这世界上生命的开始②,所以我爱慕您。"兰斯洛特忙问说:"啊,你是加拉哈吗?"他答道:"是的,不错。"话才脱口,加拉哈马上跪下,恳求为他祝福,同时又脱下头盔,同他接吻。当下他们两个之间真有用言语所不能形容的快乐;总之,这两个人所说的亲爱话语,共享的天伦之乐,在此不必向看书人再多噜苏了。父子两个各把离开朝廷以来所经历的险迹叙述一番,全都是一些惊心动魄的事情。

一会儿,加拉哈看到床上的死者,他很了解她,就把她的伟

---

① 见《旧约·出埃及记》第十六章第三十一节:"这食物以色列人叫玛哪(manna),样子像芫荽子,颜色是白的,滋味如同搀蜜的薄饼。"

② 意即"我是你所生的"。

大人格,她在世界上童贞的卓越地位,都告诉了他的父亲,可惜她死了。当兰斯洛特听说那口奥妙宝剑的来历,以及由什么人经手制造的,还有从前关于它的奇闻,他一面看,一面对剑的把、柄和鞘接吻。兰斯洛特道:"我从不知道有这样高贵的奇迹发生,又是这么动人。"此后,兰斯洛特与加拉哈在船里住了半年,日日夜夜尽力侍奉上帝;他们父子经常走到一些渺无人迹而为野兽所占据的荒岛上,经历了无数次神出鬼没、出死入生的险迹,如今都一一结束了;但那些关于野兽牲畜的冒险,完全与寻求圣杯无涉,所以本书里一概从略,不加叙述,免得冗长琐屑,多劳读者。

第十四回

一个骑士怎样带给加拉哈一匹马,并吩咐他离开他的父亲兰斯洛特。

后来在星期一那天,他们走到松林边上一座十字架的前面,忽然看见一个披挂着白色铠甲的骑士,他的坐骑,配备堂皇,右手里还牵着一匹白马。当那个骑士走到船边的时候,为着上帝的缘故,便对兰斯洛特父子施礼,同时说道:"加拉哈啊,您随着令尊住了很久了,请您离开,再骑马进行追求圣杯的冒险工作去吧。"他听罢这话,便走到父亲身边,同他接了一个甜蜜的吻,说道:"亲爱的父亲,我不知道什么时候能够看到耶稣基督的宝躯,也不知道以后还能不能再看见您。"兰斯洛特说:"我希望你代我向天上的父祈求,恳求他让我永久地侍奉他。"随后加拉哈跃上了坐骑。两人忽听得一个声音说道:"要准备好啊,在可怕的判罪日以前,你们彼此都不会再见面了。"兰斯洛特说道:"加拉哈,我的儿子,我们即将分别了,而且不能再见了,我求天上的父保护我们两人。"加拉哈说道:"父亲,从来没有别人的祈祷能够比您的祈祷更有效力的。"他们说完这话,加拉哈就进树林里去了。

一阵狂风吹起,把兰斯洛特的船刮得在大海里漂浮了一个多月;那时候他睡得很少,经常祈祷上帝,希望得到关于圣杯的一些消息。在一个深夜,约莫半夜时光,他到了一座堡寨的背后,看到所有的建筑都很雄伟壮丽,堡的后门直对着海面,门外没设警卫,只留下两只狮子在门前;那时月明如昼,可数毫发。不多时,兰斯洛特听到一个声音说道:"兰斯洛特啊,快从船里出来,您若进到这座堡里,您所希望的东西大部分都会看见啦。"这时,他急忙走到放置武器的地方,披挂齐全,奔到堡的后门,看见了两只狮子,他立时伸手拔出宝剑来。不料有一个侏儒奔来,对准他的臂上猛力打了一击,把他手里的宝剑打了下来。他听到一个声音说:"哎,没有信仰和缺乏信心的人啊,你为什么会认为自己的铠甲比世界的创造者更坚强呢?你既已决定去侍奉创造者,那么你为什么不相信他的权力,反而更重视自己的铠甲呢?"兰斯洛特说道:"亲爱的主耶稣基督啊,我感谢您的大恩典,您指出我的错误,并且责备我荒唐,现在我明白了,您是把我当做您的仆人看待的。"他这时把剑拾起,纳入鞘内;在额上画了一个十字,走到狮子的跟前。那狮子张牙舞爪,像要伤害他的样子。他从狮子面前走过,一点也没受到它们的伤害;随后他进到堡内主垒的上面,看到守卫人员全在休息。兰斯洛特带着全部武装走进,发现所有大栅小门全都洞开。最后他寻到一个紧闭的房间,伸手推门,没法推开。

第十五回

兰斯洛特怎样在那间收藏圣杯的房子门前。

兰斯洛特用力去打开那扇门。他听见一个甜蜜的声音,是世间从不曾听过的;他听那声音这样说道:"喜乐和尊敬都归于天上的父。"兰斯洛特听了这话,便对门跪下,他这时确已知道房里面正放着一只圣杯。兰斯洛特又说:"亲爱的父,基督耶稣啊,若是我的行为能使您喜悦,求您宽恕我过去所犯的罪过,恳求您把我所追求的圣杯显给我看。"立时,那门开了,他很清楚地看到那个房间里发出光亮,好像举世的火炬都集中在这里一样。

他走到门口,想要进去。忽然有一个声音对他说道:"兰斯洛特呀,您走吧,不要进去,您不应该进去的。假若您要进去,您一定要懊悔的。"他听了之后,就很烦闷地退回去了。他向这房的当中张望一下,看见一张银桌,上面放着圣杯,用红缎遮着,四周有天使围着,有一个天使捧着一支燃灼的烛炬,另外一个拿着十字架,还有的捧着祭台上的装饰。在圣杯的前面,他看见一位穿祭司礼服的善人。照形式看来,他正在举行弥撒圣别式。在兰斯洛特看来,好像祭司的手掌上有三个人,两旁的人似乎把那个最幼的人放在祭司的两手之间,因此他把那人举得高高的,给那些人看。兰斯洛特十分诧异,他看见那人把像举得那样高,似快要跌到地下。他又看见祭司身边并没有别人来帮忙,便大步跑到门旁,婉言说道:"亲爱的主基督耶稣,这位善人急需别人的帮助,我此刻愿意尽力协助他,求您允许,不要归罪于我啊!"

他马上走进房间,到了银桌边上,这时候,他感到一阵烈火似的气息喷在他的脸上,像要把他的脸皮烧焦一样;他不自觉地昏倒地上,没有力气再站立起来;他已失掉了全身的气力,连视觉与听觉也不灵敏了。他又感到身体周围伸来许多只手,把他抬出房外,放他在那里,一切都是模糊的感觉,但在旁人看来,好像他已经死了。

第二天早晨,天气晴朗,本堡人们醒转之后,发现兰斯洛特躺在房门外面。大家都诧异为什么他会来到这里。再看一看他,把一把他的脉搏,看他是不是还活着;随后他们发现他仍有活气,不过四肢没法动弹,当然也站不起来了。他们搬头抬脚,将他放在房内的床上,让他远离人群,睡了四天。这个人说他还是活的,另一个人说他不会活了。这时,有一位老者说道:"奉上帝的名,让我真诚地对你们说吧,这个人并不曾死,他还像你们中间最有力气的人一样很有活力呢,所以我劝诸位要好好照顾他,等到上帝来让他恢复。"

第十六回

兰斯洛特骑士怎样好像死人一样睡了二十四个昼夜，以及其他种种的事变。

他们这样侍奉兰斯洛特骑士二十四个日夜，等到第二十五天的中午，才看见他睁开眼睛。当他看到别人走到他面前的时候，显出了很憔悴的神色，并且说道："你们诸位为什么叫醒我呢？其实我昏死过去比现在愁闷地活着要舒服多啦。耶稣基督啊！谁有若大的福气能亲眼看见您那奇妙和伟大的奥秘！我想世上没有一个罪人能够达到这种境地的。"周围的人问他说："您到底看到了什么呢？"他答道："我所看到的许多奥妙神秘，真超出了言语所能形容的；假若我的儿子住在此地，我一定还能看得更多啊。"

他们告诉他说，他已经睡了二十四个整天整夜。他想，这是一种刑罚，因为他做了二十四年的罪人，所以主耶稣要他忏悔二十四个日夜。兰斯洛特寻找他藏在身上的头发，他带在身上几乎一年了，他非常懊悔，因为他没有遵守从前对一个修士所立的誓言。他们又问他的身体如何。他说道："感谢我的主，我的身体已经完全恢复了；诸位先生，请你们为了上帝的缘故，告诉我此刻我究竟是在什么地方，好么？"他们告诉他，说他在卡邦耐克堡里。

就在这时，有一个贵妇进来，给他一件细麻布衬衫；他并不先穿衣服，却先把那头发拿回去。他们说："骑士啊，关于您要追求的圣杯，在您的内心已成功了，您不会再看见圣杯的显现啦。"兰斯洛特说道："我感谢上帝给我的大恩典，使我已经看见了它，我很满足了，我想世上没有其他的人会生活得比我更美好，更成功了。"他说完这话，方拿起头发，把衣服穿在身上，又穿上那件麻布衬衫，最后套上一件鲜艳的红色外袍。他这样穿好之后，大家才很诧异地发觉他就是高贵骑士兰斯洛特。他们都说道："啊，您就是兰斯洛特骑士吗？"他答道："不错，我确实是。"

这消息传给了佩莱斯王，说以前那个像死人一样在这里睡了二十四个昼夜的，原来就是兰斯洛特骑士。佩莱斯王听后非常快乐，立时亲自走来看他。兰斯洛特看他走来，连忙躬身施礼致敬，君王感到高兴万分。君王告诉他，说自己的女儿已经死了。兰斯洛特听了无限伤感，便说："陛下，听到令嫒谢世，我很懊丧，令嫒年轻活泼，美丽可人，如今竟死了。我知道，除上帝之外，在世界上，她生的儿子算是最优秀的骑士啦。"佩莱斯王留他住了四天，在第五天的早上，兰斯洛特拜辞了佩莱斯王和他的部下，还感谢了他们的招待。

当宾主正在大厅里举行宴会的时候，那圣杯忽然显示神迹，立刻之间，凡是我们料想得到的山珍海味，荤鲜肉类，全都出现在餐台之上。他们坐在那里，看见门窗霎时关闭，但并不是人手所关的，使得大家都手足无措地惊异起来。

这时忽然来了一个骑士，走到正门前面，敲门喊道："开门呀！"可是他们都不肯去开。他继续喊着开门，但是他们仍然拒绝。到最后,因为君王觉得吵扰过甚,便亲自走到临近窗口,向那个喊叫的骑士说道:"骑士先生,此刻正当圣杯显现的时候,你不能进来;你可以到另外一间屋里,因为你确实不是一个追求圣杯的骑士啦,你已经不再侍奉我们的主,而是侍奉恶魔去了。"那人听过,十分愤怒。这君王又说道:"骑士先生,你既然热切地要求进来,那么请你告诉我,你是从哪一个国度来的呢?"他答道:"陛下,我是从罗格里斯国来的,小的名叫马利斯的爱克托骑士,乃是兰斯洛特骑士的胞弟。"君王说道:"奉上帝的名,我刚才所说的失礼了,抱歉得很,现在兰斯洛特骑士就在此地。"当爱克托骑士听说世界上这位最可敬畏的哥哥就在里面,他立时说道:"上帝啊,我真加倍地愁闷和惭愧啦。那位住在山上的善人向我和高文所解释的梦,如今看来,完全应验了。"他霎时骑马走出朝廷,很快地离开了这座堡。

第十七回

兰斯洛特怎样回到罗格里斯，以及他在途中所遇见的一切奇迹。

佩莱斯王回到兰斯洛特那里，把他弟弟的消息告诉他听，使得他十分忧愁，不知怎样是好。兰斯洛特便拿起武器，离开他们，说他要回到罗格里斯去看看，为的是在过去的十二个月当中，他一趟也不曾回去过。他辞别了佩莱斯王，经过了好多国度。到最后他抵达一个白色修道院，当时受到寺内人们的热诚款待；次日早起，他先参加了弥撒。在祭台前面，他发现了一个新坟墓，砌得华丽无比，又看见碑上有金字写道："果尔国巴吉马伽斯王之墓，巴王为亚瑟王的外甥高文骑士所杀。"因为他向来十分敬慕死者，所以他看过之后，内心顿时忧痛如焚，倘使凶手是高文，那么他一定不放他活命的。兰斯洛特对自己说："上帝啊，失掉这样一个人物，乃是亚瑟王的大损失。"他说罢告辞而去，随后走到一座修道院，那里也有一片墓地，以前加拉哈曾在此地参与过一番冒险的斗争，因而获得了一面绘着红十字的白色盾牌。当夜兰斯洛特受到全修道院人员热烈欢迎，不在话下。

第二天早上，他回到加美乐城，拜见了亚瑟王和王后。这时，圆桌社骑士当中，被杀和被消灭的已超过半数之上。高文、爱克托和梁纳耳三个骑士已经返回,其余的人不必再多说了。兰斯洛特骑士返回本国,全朝上下,咸表欢迎。国王问过他许多话,大约都是关于加拉哈的消息。兰斯洛特便把他自己离开朝廷以来,任侠行义的冒险工作,都作了报告。他也把加拉哈、薄希华和鲍斯三个人的冒险情况报告了一番;这些消息乃是兰斯洛特从加拉哈的谈话中听来的,或是从那位死亡的少女手里拿的纸条上看见的。国王听后说道:"愿上帝把这三个人都召回此地来吧。"兰斯洛特道:"这是不可能的,其中只有一个人可以回来,其余两个人您永远不会再见到了。"这事暂按不表,再说加拉哈的故事。

第十八回

加拉哈怎样到了莫尔答英斯王的地方，以及其他的冒险故事。

现在根据流传的故事，我们知道加拉哈骑马行了几日几夜的路程，不曾遇见一点新奇的事物。最后他到了莫尔答英斯王的一座修道院里；当初，他并不知道这是他的修道院，及至他发觉以后，很想多逗留一些时候，以便拜谒。第二天早上，望了弥撒之后，加拉哈便拜谒莫尔答英斯王。原来这君王久已失明，睡在床上，此刻忽然能够看见了。他招呼来宾，并且说道："我主耶稣基督的仆人加拉哈啊，我等候您好久了。现在请您拥抱我一下，让我靠在您的胸前，伏在您的两臂中间：因为您的童贞，正同百合花一般的洁白无瑕；您的热诚，又像玫瑰花一样的艳红如火；还因为圣灵的火焰，在您的内心里面，所以我那老死的肉体，会因您而返老还童。"加拉哈听完了他的这一番话，便拥抱住他的全身。这位君王说道："亲爱的主耶稣基督，现在我已达到了我的愿望啦。现在我恳求您在这种境况下，来探望我一趟。"不多时，主就答应了他的祷告，于是他的灵魂就离开他的躯壳而去了。

加拉哈这时遵照国王的礼节，把他殡葬，然后离开了此地，来到一片深密的老林里。在那里，他发现了一溪泉水，其中波浪滔天，有如沸腾，以前曾向读者提过这地方。这时加拉哈伸手放到泉面，立刻止住了泉水的沸腾，热气也消失了。水的沸腾，在当时通常用作淫荡的记号。但是那热气抵不住这纯洁的童贞，这件事情，本国的人都看做一种奇谈。从此以后，大家都称这泉叫"加拉哈泉"。

加拉哈后来恰巧到了果尔国度里，又走进以前兰斯洛特骑士所住过的那所修道院，发现了巴吉马伽斯王的坟墓；因为巴王是这修道院的创办人，也就是亚利马太的约瑟的儿子；还有兰斯洛特先前不曾发现的西米思的坟墓。他看到修道院下面园地上一座坟墓，正在燃烧着，很是奇怪。他便问修道院内的人，那是什么东西。他们答道："骑士先生，这是一件奇异的冒险，只有受了比同伴更多的恩典，并且必须是圆桌社骑士的人，才能完成这桩奇迹。"加拉哈说道："我希望你们领我到那里去。"他们说："我们很高兴这样做的。"他们便带领他向一个山洞走去。他跨着阶石，逐步向前，走进了墓地。于是燃烧了好多日夜的火焰渐渐变弱，终于熄灭了。有一个声音忽然说道："您应当感激我们的主，因为您有这样的好时辰，使得那些灵魂脱离了人间的痛苦，去享受天堂里的快乐。我是您的亲属，我已经在这火焰里度过了三百五十四年，要我去洗清以前得罪亚利马太的约瑟的罪孽。"加拉哈就抱起那个尸体，走到修道院里去。当天晚上，加拉哈在修道院里过夜。翌晨，加拉哈为他做了礼拜，又把他葬在祭台的前面。

第十九回

薄希华骑士与鲍斯骑士怎样遇到加拉哈骑士，又他们怎样走到卡邦耐克堡寨，以及其他事迹。

加拉哈告辞了修道院人等，自行去了；他驰行五天，才到达那位残废君王那里。薄希华在后面追赶了五天，到处探问加拉哈的消息；有一个人把罗格里斯国度里已经成功的奇迹告诉他听。他终于赶上了加拉哈骑士。有一天，他们走进一大片树林，在横路上，遇见鲍斯骑士独自骑马前行，至于他们三人相遇时的快乐情形，在这里用不着多描写了；鲍斯见了他们，首先施礼，他们各把自己的遭遇，以及怎样受外人的尊敬，彼此叙述了一遍。鲍斯说道："在过去一年半的时间里，至少有十次以上，我睡在没有人烟的荒野树林和山上，在那里只有上帝永远给我安慰。"

他们骑马走了好久，最后到达卡邦耐克堡。进到堡里，佩莱斯王非常欢喜，因为他们已经知道，此番他们返回堡里，那追求圣杯的事就已经完成了。佩莱斯王的儿子伊利亚沙尔拿出一把断剑，这乃是从前刺在约瑟大腿上所折断的。鲍斯将这剑拿在手里，打算把断的地方接合起来，但终于没法接上。他又拿到薄希华的面前，他也同鲍斯一样，也没有法子。薄希华对加拉哈说道："倘使一个有肉体的人能把这剑接起，那么这个人只能是您啦。"加拉哈随后把剑的碎块放在一处,便看见它马上接合,恍如新铸成的一般。看着那接剑的奇迹完成之后,他们便把剑送给鲍斯,因为他是一个高贵的好骑士,他最适合佩带这把剑了。

刚才的那把剑,十分奇特,充满热力,甚至吓倒了许多人。有一个声音在他们中间说道:"凡是不应坐在耶稣基督桌上的人都要起来,现在每个骑士要进圣餐。"然后各人应声起立而去,惟有佩莱斯王和太子伊利亚沙尔,以及他的侄女三个人留在那里不动,前两个是圣哲。留在室里的有加拉哈和他的伙伴三人,还有佩莱斯王他们三个,此外并没有别人。不多时,他们看见有几个骑士带着武器,走到大厅门前,在那里卸下了头盔和武器,然后再上前向加拉哈说道:"骑士,我们急忙来到这里,希望陪您同进圣餐。"加拉哈说道:"我很欢迎,请问你们是从哪里来的?"有三个人说,他们是从高卢地方来的;另有三人说是从爱尔兰来的;再有三个人说是从丹麦来的。他们坐下的时候,忽有四个贵妇抬着一张用树木做成的床,床上面睡了一个生病的善人,那善人头上戴着金冠,她们把这人抬到大厅的中间放下,然后又走出去了。那个病人抬头说道:"加拉哈骑士啊,我真欢迎您,我已经盼望您好久了,我在身心极度苦痛中,受了这么长久的痛苦。现在我托付上帝,时候已到,我的痛苦就要停止,我也就要离开这个世界,这是主久已应许我的呢。"那时忽有一个声音说道:"你们中间有两个人并不是追求圣杯的,所以你们一定要走开。"

第二十回

加拉哈和伙伴们怎样领受圣杯的饮食,我们的主又怎样显现的;以及其他的种种事迹。

佩莱斯王和他的儿子离开了大厅。同时,他们好像看见一个人走来,他穿着主教衣服,手中拿了一个十字架,随着他的是四个天使,都是从天上降下来的;那四个天使把主教抬在一把椅子上,放在一张银台的前面,那只圣杯就放在银台之上;主教的额上写着这几个字:"你们可以看见这乃是基督教国度的第一个主教,名叫约瑟,他在沙拉斯城一个属灵的地方,受过我们主的救济。"那些骑士们十分惊奇,因为这位主教已经死了三百多年了。主教说道:"喔,骑士们,不要惊奇呀,因为我从前曾做过尘世的人呢。"后来他们听到大厅的门都洞开了,遂又看见了许多天使,其中有两位举着点燃的蜡烛,第三位拿了一条手巾,第四个拿了一支长矛,矛上有血在流。令人惊异的是,这时矛上流下三滴血,滴到一只盒子里,那只盒子就捏在那第四位天使的另一只手上。他们先把蜡烛放在台上,第三位把手巾盖在圣杯上面,第四位将圣矛笔直地插在圣杯之中。那位主教好像在望弥撒的时候分发圣餐的样子。他拿起一块像面包的圣饼。他一拿起这饼,忽然显示了一个像孩子那样的相貌,面色赤红,明亮如火,猛然跳到圣饼当中；在他们看来，这圣饼好像肉身做成的；他把这圣饼放进圣杯里，正如祭司在弥撒时所做的一般。随后，他走到加拉哈身边，与他接吻；并且吩咐他照样与他的同伴们接吻，加拉哈依照他的意思做了。他说道："你们各位耶稣基督的仆人，现在要在圣台前面领受香甜的肉类，那是其他的骑士们所享受不到的。"他说完这话，便化得影踪不见了。于是他们立时都坐在祭台前面诚心虔意地一直做着祈祷。

他们看见有一个人从圣杯里走出来，依照他身上所有的现象看来，他正是受难的耶稣基督，鲜血正从他的伤口里涌出。他说道："我的仆人们，我的骑士们，我真实的孩子们，你们已从肉体变成灵体的生命，我就不再对你们隐避了；以前我所藏匿的一部分，现在都显给你们看看，而且你们可以领受渴望已久的圣餐。"他随即拿起圣杯，给加拉哈吃；加拉哈跪下接受了，随后其他各人轮流领受；他们认为那滋味的香甜是用言语形容不出的。他对加拉哈说："儿子，你能知道我两只手里抱的是什么东西么？"加拉哈说："您不告诉我，我怎能知道呢？"他便说道："那就是我在圣礼拜四吃羔羊肉时所用的圣盘。现在你们最盼望的东西已看到了，不过你们还没有完全看清楚；你们可以到沙拉斯一个属灵的地方去看清楚。所以你们必须带着这只圣杯走到那里去。从今天晚上起，这圣杯将永远离开罗格里斯；在这里你们以后便不会再看见它了。你们可知这是什么缘故吗？因为在这个国度里，人们的生活腐化，没有人严肃地尊敬圣杯和侍奉圣杯，所以从前畀予它的尊敬，现在向它索回。因此，你们三个人明天到海边去，在那里有一只船候着，你们要随身携带着奇异腰带和剑；此

加拉哈求得圣杯

外，只让薄希华和鲍斯两个骑士偕行，再也不要带领其他的人了。你要使用这矛上的血去抹膏残废国王的腿和全身，他便能恢复健康。"加拉哈说道："主啊，为什么其他的同伴不能陪我们同行呢？"他回答说："因为这个缘故：正如我派遣我的使徒们往各处传道一样，所以我才这样分派你们；你们中的两个人将要为我服务到死；一个人要回来通报信息。"为他们祝福之后，他就失去了形迹，不知去向了。"

第二十一回

加拉哈怎样将矛上的血来抹膏残废的王，以及其他种种冒险事迹。

加拉哈走到祭台上面的长矛近旁，伸出手指，去蘸矛上滴下来的血液，涂抹在残废国王的腿上。国王便穿着衣服，从床上起来，完全同健康的人一样；他感谢主耶稣基督恢复了他的健康。但他并不想到俗世去，不多时他到了一群白色的修士中间谋得一个宗教位置，成为一个完全圣洁的人。当晚的半夜里，有一个声音对他们说道："我的儿子们，以及并非我主要的儿子，我的朋友，并非我的战士，请你们依照我的吩咐，一直走到你们最希望到达的地方去感谢您这位主吧，请照顾您的罪人吧，恳求您赐给我们大恩典。现在可以证明，我们还没失去侍奉您的劳力。"顷刻之间，他们急忙拿起马具走开了。从高卢来的三个骑士，其中一个叫柯路丁的，乃是克劳答斯王的太子，另外两个，身份也很高贵。这时，加拉哈要求他们倘使到了亚瑟王的朝廷上，就烦劳问候他的父亲兰斯洛特，以及圆桌社的全体同道；若是到了离开朝廷不远的地方，恳求他们也不要忘了向这些人问安。

加拉哈带了薄希华和鲍斯，一共三人，离开此处，驰行了三日，才到达一条河岸上；他们在那里又发现了一只船，就是以前所谈过的。当他们到了船上,即发现在船的中央有一张银台,就是他们留在残废王那里的那一张;同时,那只圣杯是用了红绸遮盖着的,他们自然都很乐意在他们之间有这件宝物;他们走进船里,对圣杯做了最恭敬的祈祷;加拉哈祷告好久,恳求主让他脱离这个世界。他祈祷得很恳切,直至听得有个声音对他说话,那声音说:"加拉哈啊,你要达到目的了;你恳求解脱肉体,那么你一定能够得到灵魂的生命啦。"薄希华在旁听了那番话,就以他们两人间的密切友谊,请求他说出为什么要这样去恳求。加拉哈答道:"我可以告诉你,前天当我看见圣杯的一部分奇迹的时候,我内心里的愉快是所有尘世的人所享受不到的。因此,我知道,当我的肉体死后,我的灵魂将享受极大的快乐,每天会看见幸福的三位一体,以及我主耶稣基督的尊容。"

他们在船里等待了许久,便对加拉哈说道:"依照《圣经》的记载,您应该睡在那张床上。"他便上床睡了好久,及至醒来,他又看见沙拉斯城出现在他的面前。他们正要上岸的时候,望见了薄希华放他妹妹的那只船。薄希华说道:"奉上帝的名,我的妹妹对我们是守约的。"他们从船里取出银台,薄希华同鲍斯走在前面,加拉哈随行在后。他们进了城,在城门外遇到一个伛偻的老人,加拉哈呼唤他走来,请他帮助搬运这件笨重的银台。那老人说道:"我撑着拐杖走路已十年了,请原谅我吧。"加拉哈说道:"您不要介意,只要您站立起来,就能够显出您的善意啦。"等到慢慢站起的时候,老人觉得他自己已经完全恢复了。他就走到银台前面,帮助加拉哈各抬一端。不多时,城内的人听说一个奇妙的骑士走进城里,医好一位跛脚老人;这件事哄动了全城。

后来那三个骑士走到河边,将薄希华的妹妹搬进宫里,按照公主的礼节,举行葬仪。这时城内的君王爱斯陶伦士看见了他们,问起他们的来历,以及那张银台上所放的是什么东西。他们告诉了他,说明了圣杯的真理,以及上帝在它里面所放的大能。那个君王秉性残忍,乃是异教徒的后裔,他下令把他们捉来,关在一个深深的洞内。

第二十二回

他们在监狱里怎样领受圣杯,以及加拉哈怎样被选为王。

他们被关进牢里以后,我们的主随即差人将圣杯送到监内,靠了圣杯的恩典,他们所需要的东西不曾缺少一件。在一年之后,爱斯陶伦士王病了,觉得自己在世不久了。他便派人邀请那三位骑士。这三人到了他的面前,他恳求他们对他的行为以及开罪于他们的地方,予以怜恤饶赦,他们都很宽大地赦免了他,随后他立时死去。君王死后,全城的人诚惶诚恐,不知道谁要来做他们的君王。他们正在磋商的时候,忽有一个声音在他们中间吩咐道:"你们从这三个骑士里,挑选一位最年轻的做王吧,因为他能保护你们与你们的一切财宝。"从此,全城的人都赞成加拉哈做君王,并愿杀死全部反对他的人。当加拉哈来到这城里执政的时候,他做了一只嵌满宝石的金盒子罩在银祭台的圣杯上面。每天黎明时辰,三个骑士先到它的前面做祷告。

一年过去了,就在加拉哈就位的周年纪念日上,早晨起身后,他偕同两位伙伴来到王宫,看见圣杯前面,有一个像主教的人跪在那里,四周绕着一群天使,好像耶稣基督显现一样;主教就开始起立,对马利亚做弥撒。在圣餐完毕之后,那个主教对加拉哈说："耶稣基督的仆人，你来，你就会看到你急切想看见的东西。"当加拉哈已死的肉体看到了属灵的东西，他战栗不止。他向天举起了双手，说道："主啊，我感谢您，现在我已经看见那么多年来我所盼望的东西了。现在我的主啊，假若您喜欢的话，我不愿再活下去啦。"那善人就用两手捧起主的像交给加拉哈，加拉哈愉快万分，谦卑地接受了。那善人又说："你知道我是谁吗？"加拉哈答道："我不知道。"他说道："我就是亚利马太的约瑟，我们的主差遣我来到这里，随您做伴的；您要知道，他为什么不差遣别人而要选派我吗？这是因为您有两件事，同我相像，第一件是您看到了圣杯的奥妙事迹；还有一件，就是您生活洁净，迄今仍然是一个童贞的肉体，这同我在过去和现在都一样的。"

当善人说完了这一番话，加拉哈就去与薄希华接吻辞别，又到鲍斯那里，与他接吻告别，同时还说："亲爱的爵爷啊，您将来见到家父兰斯洛特骑士的时候，请代我问安；并且告诉他，要记住这世界是不安定的。"他说完这话，便跪在祭台边上做祷告，他的灵魂便被一群天使迎接到天上耶稣基督那里去了。那两个同伴都看得很清楚，他们还看见了由天上降下来的一只手，不过看不见他的身体罢了。那一只手忽然伸到圣台上，将圣杯连同杯里的长矛拖到天上。从此以后，没有一个人敢大胆说他重见过圣杯了。

第二十三回

加拉哈之死怎样使薄希华与鲍斯忧愁,以及关于薄希华之死,还有其他种种事变。

当薄希华与鲍斯看到加拉哈已死,两人悲伤万分,这是在往日从未有过的。假若他们不是天性虔诚的人,必定会完全失望了。国人以及全城百姓都对他表示了无限的哀悼。他们埋葬了加拉哈之后,薄希华换上宗教服饰,走进城外的精舍,过着修士的生活。鲍斯跟随薄希华同住。但他仍穿着俗服,这是因为他还想回到罗格里斯国度去。他们这样同住了一年又两个月,薄希华一直严肃地过着圣洁的生活,后来弃世死去。鲍斯把薄希华也葬在他妹妹和加拉哈长眠的灵地上。

鲍斯感到自己飘泊在巴比伦地方,远离祖国,便武装妥当,离开了沙拉斯城,走到海滨,乘船启泊,很幸运地到达了罗格里斯国;及至登岸,再换马飞驰,到了加美乐城,亚瑟王适巧住在城里。全朝的人听他返回,都欢欣鼓舞,热烈迎迓;因为他离开本国时间太久,他们都认为他已经死了。宴会结束之后,国王即指定大史官觐见,命令他将各位骑士所遭遇的惊奇事迹,原原本本地记录下来,以垂永久。当时鲍斯还讲述了他和他的三个伙伴寻觅圣杯的经过,以及他们遇到圣杯的情形,这三人就是兰斯洛特、薄希华和加拉哈；此外兰斯洛特本人也讲述了他亲眼目睹的圣杯，关于这一点，也请史官记载，然后著成一本大书，放在索尔兹伯里的书橱里。一会儿，鲍斯骑士对兰斯洛特说："令郎加拉哈要我向您请安，并且向亚瑟王以及全朝人士问好。薄希华骑士也同样托我致候，他们两位都是我亲手葬在沙拉斯城的。还有一点，兰斯洛特骑士啊，加拉哈恳求您要牢记这世界是不安定的，你们两人同住了半年，您应许过他要记牢的。"兰斯洛特骑士说："这是真的，现在我把一切付托上帝，他的祈祷一定对我有效力的。"

兰斯洛特拥抱着鲍斯骑士说道："温良的表弟①啊，我非常欢迎您，倘使我可以为您个人以及您的亲属去服务，当灵魂在我那个可怜的身体里面的时候，我一定准备好随时为您服务；这一点，我一定忠心守约，永不反悔。您要知道，善良的表弟鲍斯骑士啊，若我同您两个人能活在世上，愿永远不再分离。"鲍斯答道："骑士，我也愿意照您的意旨做去啊。"

关于圣杯的历史，在此告终。全部记录，根据法兰西文著作摘要，迻为英文，但所记事实，皆是世间最可信赖，而且是无上神圣的历史，兹列为本书的第十七卷。下接第十八卷正文。

---

① 在第十一卷第四回中说鲍斯为兰斯洛特之侄（nephew），此处及前文中又说是其表弟（cousin）。概文本在流传中发生变异。

第十八卷

第一回

亚瑟王同王后两人对于寻得圣杯的快愉，以及兰斯洛特骑士怎样旧情复萌。

在圣杯被觅得以后，所有能保全生命的骑士又回到圆桌的跟前，据记载圣杯的书上说，当时朝廷里欢声雷动，惊喜若狂，特别是亚瑟王和王后两人。对于返朝的剩余骑士，尤其是对兰斯洛特和鲍斯两位长期在外追求圣杯，历尽艰险的骑士，一旦归来，深为庆幸。

但史籍又记载，兰斯洛特回来之后，又开始同桂乃芬王后暧昧起来，把追求圣杯的时候要保持身心纯洁的誓言，置诸脑后。所以史籍上也说道，如果兰斯洛特骑士不是两面派，内心里爱得王后如火如荼，外表上尊敬上帝惟诚惟谨，那么追求圣杯的工作，便不会有人能超越他，不料他一心只想念着王后，甚至比以往更热烈万分，两人私下里幽会，惹得全朝上下闲言碎语，侧目相向，尤其是高文骑士的同胞阿规凡骑士，整天里翻着两片嘴唇，喋喋不休。

当时，兰斯洛特骑士结识了很多名媛闺秀，她们要求兰斯洛特代表她们出战，为了行侠取义，维护公理，而获得耶稣基督的欢心。他每天都在外面忙着应付。同时，还想解脱各方面对他的热嘲冷笑，所以他也极力避免和桂乃芬王后接触的机会，不想王后不了解兰斯洛特的苦心，反而对他愤怒起来了。有一天她喊兰斯洛特到自己的房里，对他骂道："兰斯洛特骑士啊，就我每天亲眼目睹和亲身体会的来说，您对于我的爱情已经开始冷淡了，整天跑出朝廷以外，感不到两人在一起的快乐，现在您同一些女人打交道，完全不像您以前的样子啦。"

兰斯洛特答道："夫人哟，在这一点上，由于种种原因，我必须请您宽恕。第一，我是新近参加圣杯的追求工作，感谢上帝对我的大恩大德，这不是我自己的功绩，我所看到的，既是一般罪人所能发现的，也是一般人曾经向我说过的。如果我不是像现在这样的经常私下里恢复对您的爱情，那么我所发掘的奇迹，绝不至于比不上我的儿子加拉哈，或是薄希华，甚至也不会比不上鲍斯骑士的；而且，夫人啊，我还是最近才加入寻觅的工作呢。再说，夫人呀，您要知道，我究竟为了谁的神圣责任，最近才做了这么努力的工作，您也不该很快忘掉的。还有夫人啊，您要明白，很多人在我俩背后，说长道短，市虎杯蛇，应当留心；而且阿规凡和莫俊德两个骑士，时时刻刻等候捉奸；所以夫人啊，我深怕您闯了祸，我自己是毫无畏惧的，不论遭到任何危急，我可以逃之夭夭，若是临到您的身上，您只有硬着头皮去担当。如果您粗枝大叶，明知故犯而陷入了危境，那么除开我本人同我的亲属以外，不会有其他的人来营救您了。夫人啊，我认为我俩如果大胆妄为，不仅招致流言批评，还易于受到侮辱；我是绝不愿意您被人轻视的。这就是我在目前为什么比以前更爱同外面的女人打交道，为的要使一般人都知道，我的兴趣和爱好是要为一般妇女们贡献我的力量。"

第二回

王后怎样驱逐兰斯洛特骑士离开朝廷,以及他的悲痛心境。

桂乃芬王后在那里停立了很久,让兰斯洛特骑士尽情地吐诉苦衷。及至他陈述完毕,王后号啕大哭,呜咽不息,经过了好长时间。等到她能够说话的时候,她说道:"兰斯洛特呀,我此刻识破了你是个虚伪胆怯的骑士,也是个市井平凡的色鬼,专门引诱其他妇女;照我看来,你是该被人侮辱和咒骂的。"她又说:"要知道,我已认识你是一个无赖,所以从今以后,我不会再爱你啦。从此以后,永远不准你厚着脸皮跑到我面前。我立刻就要赶你滚出朝廷,永远不准再来,禁止你加入我的团体,无论如何不会让你再见我。"兰斯洛特骑士听罢这话,抑愁带恨地走出朝廷,真到了悲不自胜的地步。

随后,兰斯洛特找到了鲍斯骑士、马利斯的爱克托骑士和梁纳耳骑士三个人,便把王后不许他留在朝廷的经过说了一遍,还表明他自愿返回故乡。于是甘尼斯的鲍斯骑士说道:"高贵的爵爷啊,照我看来,您是不必回国的。您还当明了,您已是知名的人物,是世界上一位最高贵的骑士,有许许多多的阅历。女人们急急忙忙决定事情,每每会在事后埋怨自己,后悔莫及;所以我劝您还是骑上马,到文都尔附近的精舍里去休息吧,那地方有一位名叫布瑞协斯的骑士,为人高尚,请您住在舍里等候,我自有好的消息送来。"兰斯洛特骑士答道:"老兄,你要明白,我极不愿离开这个国度,但是那王后声色俱厉地赶我滚,想来她不会再像以前那样爱护我啦。"鲍斯骑士答道:"不要这样的噜苏吧,以前她不是已有好多次向您发怒么,可是到了事后,她又是首先表示懊悔的。"兰斯洛特又说道:"您的意见很正确,我就遵照您的吩咐去办吧。我佩带妥帖,便骑马去拜望那位名叫布瑞协斯骑士的隐者,我一定住在那里恭候您的好消息,可是,我的老兄,如果可能的话,务求您设法使桂乃芬王后继续爱我。"鲍斯骑士答道:"爵爷啊,您不必再向我提醒这事啦,凡是我能够尽力的地方,没有不乐意去做的。"

这一位名震遐迩的兰斯洛特骑士立时愁眉苦脸地骑马走去,世上的人除了鲍斯以外,没有一个人知道他的下落。至于朝廷里面,当兰斯洛特骑士走后,王后力持镇静,不论对于兰斯洛特的亲属,或是其他人,均不露丝毫声色,免得招人讪笑。

但是读者们要知道,据史书上的记载,这时王后的内心千思万虑,焦急如焚,不过她的脸上假装傲慢自负,好像不曾遭到任何意外的样子。

第三回

桂乃芬王后设筵招待骑士，怎样有一个骑士当场中毒身死；马杜尔骑士怎样将放毒的责任归在王后的身上。

后来，桂乃芬王后在伦敦私自布置宴席，款待圆桌社各位骑士。她的目的是想表示对圆桌社所有骑士均与兰斯洛特一视同仁，毫无轩轾。当时参加宴会的骑士，计有高文骑士，以及他的同胞阿规凡骑士、葛汉利骑士、加雷思骑士三人，还有莫俊德骑士。此外，尚有甘尼斯的鲍斯骑士、甘尼斯的卜拉茂骑士、甘尼斯的布留拜里骑士、卡力哈特骑士、卡力胡丁骑士、爱克托骑士、梁纳耳骑士、巴乐米底骑士，以及他的胞弟沙飞尔、衣着旷荡汉骑士、波尔桑骑士、铁浒骑士、布兰底耳斯骑士、家宰凯骑士、马杜尔骑士、爱尔兰的骑士巴推斯、阿里杜克、阿斯多摩骑士、荒野的皮耐骑士，这人乃是拉麦若克骑士的表亲，拉麦若克为人忠侠，前此曾被高文以及他的弟兄所谋害。以上被王后邀请的共有二十四位骑士，地点秘密，礼仪隆重，肴菜丰富。

高文骑士有一个习惯，每天不论中饭晚饭，总是爱吃各色各样的水果，对于苹果和生梨，尤其爱好。因此，不论什么人宴请高文，都为他预备了上等的水果。今天的主人为着投合他的胃口，也不曾例外。王后为高文所备办的水果很多，大家也都知道他的脾性很急躁。席间有一位叫皮耐的,因为他的表亲拉麦若克曾经被高文所谋害,所以他怀恨在心,便把毒药放在苹果里,打算谋害高文,借以报复。待酒足肉饱之后,不料一位秉性高雅、名叫巴推斯的骑士,他是马杜尔骑士的表亲,信手拈来一只有毒的苹果。及至他吃下以后,肚皮暴胀破裂,巴推斯就在大庭广众之中倒下而死。

突然间,各个骑士由座上跃起,怒不可遏,几乎气得发昏。大家都急得说不出话来。因为桂乃芬王后设筵待客,因而都对她怀疑起来。高文说道:"我的王后夫人啊,您很明白,今天的筵席是为我而备办的,全体的人都知道我最爱吃水果,我险些要被您毒害啦;总之,王后啊,我认为您真丢脸。"这时,王后像木鸡一样立在一边,彷徨不知所措,也不知道怎样回答才对。看门将马杜尔骑士插嘴说道:"我的亲族里一位英武的健将现在无缘无由地把命送掉了,那是我不能轻易放过的;我对这个耻辱非彻底报复不可。"于是马杜尔便为了巴推斯被人谋害致死一案,公开对王后提出控诉。这时,全部骑士站在一起,其中没有一个人对马杜尔骑士的话表示异议的,因为那天由王后设宴待客,自然都对她怀疑万分。王后呢,也极度惊惶失措,不知如何是好,只是放声大哭,一忽儿急得不省人事了。正在她哭号嚣嚷的当儿,亚瑟王忽然走进来,及至他探明了底细,也是愤怒异常。

第四回

马杜尔骑士怎样告发王后犯了暗杀罪，又当时没有一个骑士肯为她雪耻而去战斗的。

这时马杜尔骑士一直沉静地立在亚瑟王面前，滔滔不绝地控诉王后犯了谋害的罪行。按照当时的习惯，凡是不明不白的死亡，都称做谋害。国王亚瑟说道："列位高尚的爵主，我对今天所发生的意外深致哀悼，可是我个人不便参与这桩案件，只能做一个公正的判官；因此，我很痛心不能出来为我的夫人作战，虽是我认为这件事绝不是她所做出的。据我想来，她也不至于遭受耻辱，将来一定会有仁侠的骑士，冒着血肉的危险，出来为她应战，免得她遭受冤屈，遭到焚身的横祸。因此，马杜尔骑士啊，请你不要急躁，她或许不至于没有朋友来帮助吧；请你选出一个作战的日期，届时她自会邀请武艺高尚的骑士出场奉陪，若是不然，那么我个人和整个朝廷都要丢脸咧。"

马杜尔骑士答道："宽大的国王啊，恳求您原谅我，在名分上您虽是我们的国王，然而大家同是骑士，所以您同我们一样，按照骑士的规矩立过誓；我恳求您注意，当时被请参加宴会的二十四个骑士，没有一个不在怀疑王后的。"他说后，又转头向全体骑士说道："诸位爵爷，请问你们的意见如何？"大家都说对王后是没法原谅的，她为什么请客吃饭，若不是她亲手下毒，那毒物就是由她的仆从们放进的。王后在旁听后叹道："天啊，我设宴请客，原是出于好意，丝毫没有坏的心肠；万能的上帝啊，您是主持正义的，我愿向您作证，我绝没有任何恶念呀。"

马杜尔骑士说道："我的国王啊，您既是一个公正的国王，我请求您指定一个日子，我希望在那天可以获得公道。"国王答道："好呀，我就指定从今日算起的第十五天吧，在那天请你骑马来到威斯敏斯特教堂近旁的草场上，但要武装齐全。若是有人出来同你相比，请你勇敢应战好啦，上帝自然是支持正义的。倘使那天没有任何骑士前来同你相战，那么，我的王后一定要被烧死，就让她等着受裁判吧。"马杜尔骑士答道："我所要求的，已蒙允了。"接着，每个骑士都分散了。

等到剩下国王和王后在一起的时候，国王质问她那件事的内容究竟是哪样。王后答道："我保证说真话，绝不骗您，我真不知道内中的底细呢。"亚瑟王说道："兰斯洛特骑士此刻在哪里？如果他在，我想他一定会为你出战啦。"王后答道："我不知道他目前在什么地方，他的弟兄和亲戚们都认为他已经回到他本国去了。"国王说道："真不巧啊，使我难以安心。倘若他在这里，这番争执刹那就可结束了。"国王对鲍斯骑士说："我来告诉你，你可以出来替兰斯洛特骑士去代她应战啊。"说罢，又转头向王后说："我想他不至于拒绝你啊。我看得很清楚，你邀宴的那二十四个骑士，没有一个人肯为你决斗的，并且也没有一个人说你好话的，朝廷里都在尖锐地诽谤你。"王后道："真个不幸啊，还有什么办法呢，现在因为兰斯洛特骑士不在这里，觉得很不方便，如果他在场，自然心安理得了。"国王道："你怎么啦，为什么不能把兰斯洛特留在你这边呢？"又叹道："要知道，同兰斯洛特骑士在一起，便等于掌握了天下的英杰。"他又向王后说道："快去吧，快去请求鲍斯骑士代表兰斯洛特出场为你应战吧。"

第五回

王后怎样要求鲍斯骑士为她应战,他怎样在应允时提出了条件,以及他怎样通知兰斯洛特骑士。

王后告别了国王以后,便派人邀请鲍斯骑士来到她的住室相会。他抵达之后,王后随即向他求助。他答道:"王后啊,您喊我来做什么?为着我的身份,我没法参与这件事情,我既在宴会时同席,自然怕其他的骑士们把我当做嫌疑犯。"他还说:"夫人啊,您现在失去了兰斯洛特骑士而觉不便,因为您遇到了危险。他决不至使您失望;早有证明,您需要他的时候,他依然会不问青红皂白来营救您。如今您把他赶到国外了,您和我们全体的人所以能够受到外人的敬重,还不是由于他以前的功绩吗;因此,王后啊,我很奇怪,您既然把他驱逐到你们的国家以外,还来找我为您工作,竟没想到我们今天的地位身份完全因他而来。岂不令人惭愧!"王后说道:"啊呀,敬爱的骑士,我完全依靠您的恩典,我过去所犯的过失,愿遵照您的意思去改正呀。"话才脱口,她便双膝下跪,恳求鲍斯骑士的开恩照顾,说道:"若是得不到您的帮助,我纵然没触犯法规,也仍然要无辜受辱而死呢。"

这时亚瑟王忽然走来了,发觉王后正跪在鲍斯骑士的面前;鲍斯急忙挽她立起,说道:"王后啊,您太使我丢脸咧。"国王插嘴说道："啊哟，良善的骑士呀，请您多多照顾王后；温和的骑士啊，我现在的确明白，她受人诽谤是冤屈的。"国王又说："良善的骑士啊，我希望您替代兰斯洛特骑士，去为她应战吧。"鲍斯骑士答道："国王啊，您要我去做的事情，乃是世间最大的难题；您要知道，若是我允许王后去应战，恐怕圆桌社的许多同事都要同我翻脸啦。"他又说："提到这一点，现在我愿意答应国王的要求，为了兰斯洛特骑士的缘故，也完全看在您的情面上，我就准在规定的日期赶来吧，倘使没有比我更坚强的骑士出场，我一定走出应战，决不有误。"国王说道："你真正答应我，不再反悔吗？"鲍斯骑士答道："是的，我不会对您失信，也不会使王后失望。如果那天没有一个比我更优秀的骑士赶来比武，我一定为她战斗到底。"国王和王后听过这话，十分愉快，离别而去，他们对于鲍斯自然是很感激的。

有一天，鲍斯骑士秘密地离开这里，私自跑到隐士布瑞协斯那里去见兰斯洛特，把最近的遭遇统统告诉他。兰斯洛特骑士听后说道："耶稣基督啊，能够这样，我已心满意足，但求您筹备出战，不过要请求您尽量等候，一直等我赶到场上。我对马杜尔的脾气很清楚，他受到刺激之后，易于变得急躁，因此您使他等得愈久，他愈急着要战斗。"鲍斯又说："让我去对付他，我想您的想法都能够办到，这是不必怀疑的。"随后，他返回了朝廷。这时，在朝廷的每个角落里，都在传说鲍斯将为王后决斗的消息，为了这桩事情，当然有很多骑士对他表示不满；在整个朝廷里，除了极少数的骑士之外，大都认为王后犯了谋杀罪。

鲍斯骑士回答圆桌社各个同伴道："诸位爵爷，要知道，我们让这位世间最高贵的王后受到公开的裁判,乃是我们全体骑士的奇耻大辱,我们必须想到她的丈夫是我们的国王,她是世界上最可尊敬的人物,也是一个最理想的基督徒;同时不论在什么地方,她一直很重视我们。"还有很多人回答他说:"提到我们最高贵的亚瑟王,那我们是和您同样拥戴他和尊敬他的,不过对于桂乃芬王后,因为她曾经消灭了一些武功优越的骑士,所以我们对她毫无情感。"鲍斯骑士又说道:"各位高尚的爵爷,我认为你们不应当这样乱说,因为我平生从不曾看见,也从没听别人说过她是个专门毁灭优秀骑士的泼妇啊。但是据我所知的,恰恰相反,不论在什么时候,她一直是维护各个优秀骑士的;对待全体英武的骑士们,她一向宽怀大度,从不吝惜财物;若就她平日赠给他们的礼物和对他们的恩惠来说,真是一位顶温存慈祥的贵妇,为我所罕见罕闻。如今,若是我们看见一位高贵国王的夫人遭受意外的耻辱,视死不救,那便是我们全体的耻辱啦。"他又说:"要请诸位注意,诬陷好人,那是我所不许的;现在我敢说,王后不能担负巴推斯骑士被害的罪行,她对巴推斯从没有任何恶意;她邀请二十四个骑士赴宴,也没有丝毫的罪过,我敢保证她设宴待客是善意的,并没有陷害任何人的阴谋,我保证这一点将来就会证明出来给你们看的,而且这种诬害好人的勾当,一定是我们当中的歹徒所干的。"有的人听完这话以后,便向鲍斯骑士答道:"您的话有理。"这正表明,有些人拥护鲍斯,还有些人是反对他的。

第六回

鲍斯骑士怎样在约定的日期准备为王后作战,又当赴战时,怎样又有一个骑士赶来代他战斗。

光阴如箭,不知不觉到了指定作战日期的前夕。王后派人召请鲍斯骑士,当面问他对于代战的意见怎样。他说:"王后在上,骑士一言,驷马难追,当场若有一个比我更坚强的人走出,愿代夫人赴战,我自愿退避;否则,哪可到期失约呢,请您放心。"王后又说:"我可以把您的话告诉国王么?"他答道:"听便听便。"于是王后遂去拜见了国王,把鲍斯的话说给他听了。国王还向她说:"您对鲍斯骑士不必疑惑,我认为他是世界上最勇敢的骑士之一,也是一个最有用的人物。"时间像流水一般地飞过,竟到了战日的早晨,这时国王、王后,以及全体骑士各色人等,都麇集在威斯敏斯特教堂附近的广场上面,准备观战。当国王偕同王后和圆桌社许多骑士涌进之后,便把王后拘在保安官的看守室里,近旁一根铁柱周围搭起火架,烈焰熊熊发光,倘若这看门将马杜尔在战场上获得了胜利,就必须把王后投入火中,付之一炬。这乃是当日习俗,不论谁的至亲密友,都要遵守这宗正义的裁判,也不管你是君王、骑士,或是王后、贫妇,都一视同仁,没有例外。

不多时,马杜尔骑士走进来,在国王面前宣誓,说明他有一个表亲，名叫巴推斯骑士，遭王后谋害，特来复仇，凡不承认是王后谋害巴推斯的，可以走出来同他亲自决赛，以一个对一个，争个分晓。这话说罢，甘尼斯的鲍斯骑士遂即走出，大声喊道："提到桂乃芬王后，她完全是正义的，为了证明她同巴推斯的谋害案完全无干，我特来亲身参加决斗。"马杜尔答道："请您预备下场，看看我和你两人究竟哪个是对的。"鲍斯又说："马杜尔骑士啊，您知道我一向钦佩您是个优秀的骑士。我向来并不畏惧您，如今我信托上帝，我认为一定能够打消您的恶念头。我已经应允过亚瑟王和王后，我甘愿为这件事情同您决斗到底，倘使有一位比我更坚强的人愿意出场代我应战，我自当退出战场，否则决不示弱。"马杜尔答道："您的话已经说完了吗？如果您敢反对我的话，就赶快下场同我比量一下。"鲍斯骑士也说："您骑马跑来好了，我想等一会儿，您就会尝到滋味咧。"

这时，两人都回到帐幕里面，各按照自己的理想，尽量准备武装，然后走出幕外，跃上马鞍。一忽儿，马杜尔骑士跑进战场，肩上荷着盾牌，手里握着长矛，放马奔驰一周，便向亚瑟王喊道："请吩咐您的武士出来，看他有种没有。"于是鲍斯骑士羞羞惭惭地放马跑向武场的一端。骤然间，树林里有个武装齐整的骑士，骑着白马，一身新奇的武器，就连那盾牌的花纹也是从前没有见过的。马奔如飞，直冲鲍斯而来，还这样喊道："高贵的骑士，请勿见怪，如今必须有一个比您更强的人应战，特冒昧赶来效劳，请您让我上前吧。而且，我今天由遥远的路途赶来，也应当让我参加；记得上次您开口向我请求代战的时候，我曾经一口应许，您的好意，我衷心感激。"接着，鲍斯又跑到亚瑟王的跟前，禀明此刻有一个骑士赶来,他愿意为王后代战。国王问道:"他是什么人呢?"鲍斯报道:"这事不便泄露,我前次曾同这人约定请他今天必须赶到。"他又说:"回报王上,小的现在退场啦。"

第七回

兰斯洛特骑士怎样为了王后同马杜尔骑士作战,又当赴战时,他怎样打败了马杜尔骑士而解脱了王后的罪行。

国王这时把那个代战的骑士召到面前,问他是否情愿代王后决斗。他随口回答国王说:"王上,这就是我今天赶到战场的目的呀,您不要多耽搁我的时间,我不愿多等啊。待我战斗完了,就要立刻告辞,因为别处的事情还多,必须亲自去料理呢。"他又说:"王上,您是很明白的,要我们亲眼看见这位高贵而宽厚的桂乃芬王后,在广大人群中间遭受那个骑士的糟蹋,这无异于使您全体圆桌社的骑士蒙受耻辱呀。"当时全场的观众都在惊讶,究竟是什么人来参加决斗的。实在说来,只有鲍斯一个人明白底细,其余的人全不知情。

这时,马杜尔骑士向国王扬声喊道:"请您说明,究竟我的对手是哪个人呢。"不多时,他们两人各自奔驰到武场的一端,都挟着长矛,尽力互冲,那个骑士一矛搠出,震得马杜尔的矛杆粉碎,他却依然把矛杆紧紧地抓在手里,直逼得马杜尔节节后退,终于扑通跌倒在地。他又凶猛而迅速地跃下马来,竖起盾牌,手挥利剑,喝令对方放马步战。对方应声急忙下马,精神抖擞,英勇万状,立时撑起盾牌,操着宝剑,开始斗争起来。只见剑光闪耀,击砍刺杀,各不稍让,好像一对野猪。他们足足斗了一个时辰;马杜尔原来是一名猛将,久经风雨,曾参与好多次激烈的斗争。可是到了最后,那个骑士竟把马杜尔打得扑在地上,这还不算,那人又奔到他的跟前,拉起他仰天摔倒;不一刻马杜尔连忙爬起,搠了一剑,刺穿了那个骑士的大腿:遥见血流如注,煞是惊人。这时,他觉到自身的伤势很重,看到血迹模糊,他就让马杜尔站立起来。等到马杜尔刚刚立起,那骑士又对准他的头盔猛然一击。打得他又扑倒地上,便跑到他的跟前,打算拉开他的头盔,斩下他的脑袋。马杜尔骑士自知无法抵拒,恳求那位骑士饶命,并且自愿投降,不再同王后争执。那骑士答道:"只要你愿意无条件地永远不再打扰王后,并且在巴推斯骑士的墓碑上,不提及桂乃芬王后有谋害的行为,那么我就可以放你活命。"马杜尔骑士答道:"我完全接受您的条件,永远不再同王后胡闹了。"战场两端,本来立着一些纠察人员,这时他们牵着马杜尔骑士的马,送他回到自己的帐篷里;那位得胜的骑士,径直走到亚瑟王的宝座阶下;这时候王后也走到国王跟前了,他俩热烈地拥抱着接吻。及至国王看到这位代战骑士走近身边,就屈身向他道谢,同时王后也对他致谢;国王方才吩咐他卸去头盔,休息一会儿,给他一杯美酒喝下。当他解开头盔喝酒的当儿,大家才认出那人原来就是湖上的兰斯洛特骑士。等到国王认清楚那人就是兰斯洛特,遂挽着王后的手,走近他的身边,说道:"骑士啊,您今天这般为我和王后辛苦应战,实在感激万分。"兰斯洛特骑士答道:"王上,对于您的争执,或是王后的纠纷,我应当出来应战;您是封我做骑士的恩人,那天我从王后那里得到了荣誉,不然我会遭到耻辱的,记得承您封爵的那天,由于我忙乱慌张,失落了一把宝剑,当时由王后拾去,裹在她的衣裙里面,等我需用的时候,她又归还给我,否则我就要在那伙骑士中间丢脸啦;王上呀,自从那时起,我应允王后一件事,将来不论是非曲直,我情愿去做她的代战骑士。"

国王答道:"此番您远道赶来,多谢,多谢;今后一定要报答您的厚谊。"

在他们交谈的时候,王后一直望着兰斯洛特骑士,自己呜咽地流泪,想起兰斯洛特待她热情体贴,而她对待兰斯洛特刻薄无情,她悲痛得几乎要滚到地上了。随后兰斯洛特亲属中所有的骑士都拥到他的面前,大家久别重逢,都表示了无上的快慰。就是圆桌社的全部骑士,这时也蜂拥而至,都在欢迎他。再说马杜尔骑士的创伤,已得医生治疗,兰斯洛特骑士也在养伤,朝廷里面,到处充溢着狂欢的声音。

第八回

湖上仙女怎样明白了个中真相,以及其他各种事情。

适在这时,湖上仙女来到朝廷。这人原名怡妙,嫁给一位名叫伯莱亚斯的高尚骑士为妻,因为她精于巫术,一向效忠于国王,并且对他的骑士贡献很大。所以当她听说王后因遭巴推斯案件的诬陷而惹起众怒之后,便公开说明王后毫无罪过,还宣布了谋害者的姓名,指出这个人就是皮耐骑士;至于他进行谋害的原因,她也公开揭露了;因此王后遂被宣告无罪;那个犯罪的皮耐就要逃亡到本国去了。为使大家个个了解,皮耐在宴会上把他放毒到苹果里的目的宣布了,他说他本想毒死高文,因为皮耐有个名叫拉麦若克的表亲曾被高文骑士以及他的弟兄所谋害,他打算就此报复。后来,巴推斯骑士的遗体葬在威斯敏斯特教堂的墓园,树立石碑,上面有铭文,文曰:"爱尔兰巴推斯骑士长眠于此,为荒野的皮耐骑士谋害致死。皮耐放毒于苹果中,本欲毒死高文骑士,不意巴推斯误啖染毒苹果一只,即时暴毙。"此外,又在墓碑上说明,一个名叫看门将军马杜尔的骑士控诉桂乃芬王后谋害巴推斯骑士致死;又记述了兰斯洛特骑士代表王后应战,在一次普通比武中击败马杜尔,才使王后得救。据说把巴推斯骑士这样记在墓碑之上,目的在表白王后的无辜受诬。事后,马杜尔骑士无时无刻不在默祝恳祷,渴望得到王后的恩惠;后来由于兰斯洛特从中说合,才使马杜尔得到王后的提拔和赏赐;至于过去的种种,自然都忘掉了。

光阴过得很快,转瞬间过了天使报喜节,到了圣母升天节。距离节日十五天之前,国王发出叫报,指定节日那天,在加美乐地方举行大比武会。加美乐又名温彻斯特;国王这时又命令人员颁布叫报,届时他将陪同苏格兰王出席比赛,准备迎接任何人向他们挑衅。待叫报发布以后,涌来了很多骑士。其中有北卡利斯王、爱尔兰的安国心王、百骑士王、大太子姜拉豪,以及诺森伯兰王,此外还有各国高贵的公爵和伯爵,等等。这时,亚瑟王准备离宫赴战,希望偕同王后随行,但是王后不拟同行做伴,她说自己近来患病,不便骑马。国王向她劝说道:"您若不能同去,那使我太过寂寞了,在已往七年里,除开圣灵降临节当加拉哈离开朝廷那天所举行的那次大会以后,从不曾集合这样大批高贵骑士,不曾有像今天这样伟大的场面。"王后立即回答道:"我确实不能奉陪,您必须特别原谅,我内心里也很抱歉。"当时很多人认为王后为着兰斯洛特而不愿陪国王赴会,原来兰斯洛特受了马杜尔刺伤之后,尚未痊愈,不能跟随国王骑马而行;国王心里自然极不愉快。他无可奈何,便邀约上下随从人等向温彻斯特出发了,中途经过阿斯托拉脱城的时候,曾留宿在那里,现在英文里此地通称吉尔福特,国王就住在堡里。

国王启程以后,王后便召兰斯洛特骑士来到她的跟前,这样说道:"兰斯洛特啊,您一定要受到谴责。您为什么留下来,不跟他同去呢。您想想吧,我俩的仇敌们,不是要尖锐地批评和揣测我们吗？他们不是要这样说吗：你瞧瞧兰斯洛特骑士不跟从国王一同去，王后又留在后面，他们干什么事，还不是私下里幽会吗？"王后又接着说："他们会这样乱说的，您想是不是呢？"

第九回

兰斯洛特骑士怎样骑马走到阿斯托拉脱城，他又应一个少女的请求，接受了她的一条袖巾，放在自己的头盔上面。

兰斯洛特骑士向王后说道："王后啊，我认为您是聪明的，可惜您这聪明来得太慢了。现在我还愿听从您的意见，打算今晚好好休息，准备在明天到温彻斯特去。"他又说："在现场比武的时候，我打算参加国王的敌方，同他所有的同僚对抗。"王后接着答道："您随便好了，可是按照我的意思，您不必同国王和他的部下去对峙。您的亲属里，有很多勇猛的武士来参加，我想都是您所熟悉的，不必再述说他们的姓氏了。"兰斯洛特骑士答道："王后啊，求您不要见怪，我要遵循上帝的意旨去冒一冒险呀。"

第二天黎明，兰斯洛特骑士望了弥撒，进过早餐，便告辞王后而去。走过一段漫长的路程，他抵达了阿斯托拉脱，此处又称做吉尔福特；适当晚祷时辰，他走进了一位老年男爵的家里，这人名叫阿斯托拉脱城的本拿特骑士。当兰斯洛特骑士进卧房的时候，亚瑟王恰巧在寨旁花园里散步，他望见兰斯洛特进到宿舍，看得很清楚。亚瑟王便对在寨旁花园中随他散步的骑士们说道："好呀，我看见了一个骑士，他要赶到我们所去的地方参加比武啦,我相信他一定会表演得很好。"追随国王的骑士们都同声说道:"请国王告诉我们,这人是谁呢?"国王答道:"现在还不可以让你们知道哩。"随后,他笑了一笑,径自走去憩息了。

及至兰斯洛特骑士进了宿舍,在卧房里解下武装,那位已往是男爵而现在做修士的老者,便走来问好,并且尽情地表示欢迎。但是这位老骑士不知道他就是兰斯洛特骑士。兰斯洛特骑士一看见主人便问:"敬爱的爵爷,我个人的盾牌是人人认识的,不便使用,您可有大家都没看见过的盾牌,借给我一用好吗?"那主人答道:"我是有的,倘使合用,请随便去拿好了;我看您的举止,像世间英雄里面的人物,我愿意同您交个朋友。骑士先生,我有两个小儿,最近才封做骑士,大的名叫太尔骑士,在受封的当天受了外伤,至今还不能骑马,我想他的盾牌是您可以使用的;这只盾牌,除开本地的人认识以外,对别处的人,都是陌生的。我还有个最小的孩子,名叫拉文,如果蒙您不弃,请您随身带他到武场;照他的年岁看来,长得还算结实;我满心里都认为您是一位极高贵的骑士,可否请将大名告知?"这都是本拿特骑士所说的话。兰斯洛特答道:"提到鄙人的姓氏,今番务请原谅,不便公开,但恳上帝保佑,容我比武胜利返回,再行奉告吧。"他又说:"请勿客气,我很愿陪着令郎拉文骑士同行,他哥哥的盾牌,也请借给我一用。"本拿特骑士连声应道:"好呀,一切遵命。"

这位老者还有一个千金,当时的人称她做"阿斯托拉脱的美女"。她遇见了兰斯洛特骑士,便目不转睛地盯着他。据史书所载,她一度爱上了兰斯洛特,情意坚定,至死不渝;这位美女,原名爱莲①。她燃着炽热的情火，不停地踱来踱去，又蹀躞向前，走来请求兰斯洛特骑士，要他在比武的时候佩戴着她的纪念品。兰斯洛特骑士回答说："高贵的小姐呀，若是我同意这件事，您要说我在女人之中最看重您啦。"他又想起了化装入场比武的计划。又因为他从来没有戴过妇女的任何标志，所以他这次也想戴上爱莲的纪念品，用做掩护，免得亲属把他认出，便说道："亲爱的小姐，我愿意在头盔上戴起您的纪念品；究竟是件什么东西，拿来我看看。"她答道："骑士先生，这是我的红袖巾，颜色是猩红的，还嵌了许多珠宝在上面。"她一边说，一边交给兰斯洛特，兰斯洛特接来，随口又说："我从来不曾为小姐们这样做过啊。"随后，兰斯洛特骑士便把自己的盾牌交给这位美女代管，说明返回之后来取。当晚兰斯洛特接受了盛大招待，安适地休息了一个通宵，爱莲小姐在旁服侍，备极体贴。

---

① 本卷几章中的"Elaine"与前文中加拉哈的生母并非一人，而是单恋兰斯洛特的阿城少女，因而改译"爱莲"。

第十回

温彻斯特的比武大会怎样开始，参加比武的有哪几个骑士，以及其他事项的记载。

有一天早晨，亚瑟王偕同全部骑士准备启行，因为国王在那里已经等候三天了。及至国王上马以后，兰斯洛特和拉文也预备骑马跟随，他们都撑着白色盾牌，那条红袖巾也被兰斯洛特带走了。大家都向老修士本拿特告别，还辞别了他的爱女爱莲小姐，当时的人称她做阿斯托拉脱城的美女。他们走了很远的路程，最后到了加美乐，当时的人称做温彻斯特。在这里已会集了许多国王、公爵、伯爵和男爵，还有很多高贵的骑士。兰斯洛特抵达以后，经拉文骑士的安排布置，借宿在一位富庶市民的家里，行动秘密，无人认识。这两人平心静养，不露锋芒，直到圣母升天节的当日，才从容出场，去参加这伟大的盛会。开幕的号声响了，亚瑟王升上宝座，观看比武。据法兰西著作的记载，亚瑟王不让高文骑士离开他的身边，因为他看得很清楚，不论在什么地方，倘使有兰斯洛特在场，高文便不能占得上风，而且兰斯洛特很多次乔装入场，都曾把高文打败了。

有很多位国王，比如爱尔兰的安国心王和苏格兰王，他们两人都加入了亚瑟王的集团。同他们敌对的集团，计包括北卡利斯王、百骑士王、诺森伯兰王，以及大太子姜拉豪，等等。这三个王和一个公爵的联合力量，若是来对付亚瑟王，还嫌薄弱，因为加入亚瑟王一方面的，尽是世间著名的人物。现在每个集团都紧紧地团结一起，每个人也都养精蓄锐，准备通力制胜。

　　兰斯洛特骑士也在准备了，他把红色袖巾挂在头上，系得很紧，他陪同拉文向温彻斯特的大道秘密走去，一直赶到对抗亚瑟王的集团背后一片小树林里，静静地停下，直等到双方交锋之后，再寻机会冲出。亚瑟王方面的爱尔兰王和苏格兰王蓦然赶来，对方的诺森伯兰王和百骑士王便赶上应战；诺森伯兰王首先被打倒了，百骑士王把安国心王打倒了。巴乐米底骑士加入在亚瑟王的方面，他同姜拉豪遭遇一起，两人都被对方打倒地上；同伙的人把他们拖到马上。双方又激烈地战斗了好久。随后，赶来了许多人，其中有布兰底耳斯骑士、"野心家"莎各瑞茂骑士、荒野的杜丁纳斯骑士、家宰凯骑士、"神子"葛利夫莱骑士、莫俊德骑士、美利欧特的罗古尔斯骑士、狠心肠的欧杂那骑士、沙飞尔骑士、爱皮诺革利斯骑士、高尔威的葛雷荣骑士。这十五人都是圆桌社的骑士。此外，还有其他的人跟随而来，因而打退了诺森伯兰王和北卡利斯王的人马。兰斯洛特骑士本来躲在小树林里，他看见这种情形，便对拉文骑士说道："您看那里一队坚强的骑士，好像团结一致的一群野猪被一群野狗惹得发怒似的。"拉文骑士答道："您说得不错。"

第十一回

兰斯洛特和拉文两个骑士怎样进入了比武场，去对抗亚瑟王的集团；又兰斯洛特骑士在战场上受伤的经过。

兰斯洛特骑士向拉文骑士说道："现在，如果您肯帮我一下，便可以看见那边有一群武士，正追逐我们方面的一些人呢；他们退却的速度，正同冲锋时候一样快。"拉文骑士开口说道："爵爷啊，不要放过他们，我要尽力去抵御。"话才脱口，兰斯洛特和拉文两个立时冲上人马最稠的地方，兰斯洛特使着一根长矛，连续打翻了布兰底耳斯、莎各瑞茂、杜丁纳斯骑士、凯骑士和葛利夫莱五个人；拉文骑士呢，把卢坎和拜底反尔两个打倒了。骤然间，兰斯洛特骑士又拾起一支利矛，顺手挥去，又打倒了阿规凡、葛汉利、莫俊德、罗格里斯的埃利奥特四个；同时拉文骑士也把欧杂那骑士打倒了。于是兰斯洛特骑士又拔出了宝剑，左砍右刺，声势逼人，竟把沙飞尔、爱皮诺革利斯和葛雷荣三个骑士从马上击落；那圆桌社各个骑士，便跃上马鞍，尽量退到后面了。高文骑士喊道："啊哟，慈爱的基督呀，那边战场上斗得那么勇敢的那个骑士究竟是什么人呢？"亚瑟王答道："我认识他，但是此刻不愿把他的名字告诉你。"高文骑士又说道："王上，照那人骑马的姿态，以及打击的手法来看，我猜他一定是兰斯洛特；若就他头上顶着一块红巾来说,又不像是他了,因为兰斯洛特骑士平生在比武的场合,从不佩戴任何女人的纪念品。"亚瑟王又说:"让他去吧,在他退场之前,他一定斗得很出色,一定会被人大大称赞的。"

对抗亚瑟王的那个集团,现在都心满意足,大家团结一气,不像先前那样受尽人家的轻视了。随后鲍斯、爱克托和梁纳耳三个骑士召集了他们的亲属,如卜拉茂骑士、布留拜里骑士、阿里杜克骑士、卡力哈特骑士、卡力胡丁骑士和拜兰交尔·勒·比斯[①]骑士等人,聚拢一起。兰斯洛特的这九位亲戚骤然猛力冲来,因为他们都是武功高超的骑士;起先他们不认识他是兰斯洛特,也不知道另一个是拉文,一度表示对他的恨恶和轻视;所以他们踊跃赶来,把北卡利斯和诺森伯兰的骑士一连打倒很多。兰斯洛特骑士看到这种情况,便挥着长矛冲出,这时竟同鲍斯、爱克托和梁纳耳三个骑士遭遇一起,以一当三地斗将起来,那三根矛直对他一个人的身上搠来。他们三人的合力,把兰斯洛特的马摔倒地上;恰巧鲍斯飞来一枪,刺穿了兰斯洛特的盾牌,刺入他的腰窝,枪柄断了,那枪头正插在肉里。

当拉文骑士看到他的爵爷扑倒在地,便跃近苏格兰王的跟前,把他打倒,再使尽气力,夺下他的坐骑,交给了兰斯洛特,不顾许多敌手的围攻,终于把他拖到马上。兰斯洛特得到坐骑,使了一根长矛,打得鲍斯连人带马跌倒在地。还使了同样的手法,接连打倒了爱克托和梁纳耳两人;拉文在场里,又把甘尼斯的布留

[①] 即为前文中的拜辣吉劳斯。原文有异,故有此译。

拜里骑士打倒了。这时候兰斯洛特又拔出宝剑，但是忽觉得伤口太痛，无法支持，好像魂魄已脱离了躯壳似的。他还挣扎着，对准布留拜里的头盔上打了一击，打得他应声昏倒。紧接着，他又打中了阿里杜克骑士和卡力哈特骑士，拉文骑士也打倒了拜兰交尔骑士，这人乃是孤子亚力山大的儿子。

这时候，鲍斯跳上了马，同爱克托和梁纳耳一起奔来，他们三人都挥起宝剑，向兰斯洛特的头盔上乱砍。他挨了这许多击，觉得受伤部位疼痛万分；当他还能忍耐的当儿，仍打算着怎样应付。突然间，他对准鲍斯骑士打了一击，打得他弯腰低头，低到半身；又拉开他的头盔，好像要打死他；这样把他打倒了，接着又打倒了爱克托和梁纳耳两个骑士。据史书的记载，他本可以打死他们。不过等他看见他们的面色憔悴，顿起了恻隐之心，便把他们放了。后来他又冲到人马最稠密的地方，表演了一番惊心动魄的武功，都是世人闻所未闻，见所未见的；至于那个威武的拉文骑士，一直跟在他的身边。在这一段时间里，兰斯洛特使宝剑所打倒的，以及被他摔倒的骑士，据法兰西著作的记载，共有三十余人，其中多数是圆桌社的成员；拉文在这天，一共打败了圆桌社的骑士十名。

第十二回

　　兰斯洛特和拉文两个骑士怎样离开了比武场；又兰斯洛特的生命受到了什么危险。

　　高文骑士向国王说道："我的基督啊，那位头上挂着红袖巾的英武骑士究竟是什么人呢？"亚瑟王答道："骑士呀，我想在他离开武场之前，一定会认出他的。"霎时间国王吩咐吹号散场，回营休息，又通知传令官员将奖赏颁给撑白盾带红巾的骑士。随后百骑士王、北加里士王、诺森伯兰王及大太子姜拉豪骑士四人，齐声向兰斯洛特说道："英武的骑士，上帝保佑您，今天您为着我们太辛苦啦，您应该得到荣誉和奖赏，就请您加入我们的集团同我们一路去吧。"兰斯洛特骑士答道："诸位亲爱的爵爷，若是我今天有资格得到你们的抬举，说来我实在也付了很大的代价；同时我也很懊悔，怕我没法从死里逃生；因此，亲爱的骑士们，请你们让我自由退场休息，我的伤势实在太重了。我此刻无心于什么荣誉，只想休息，若是你们问我：世界上王位和休息哪个好，那我还是要休息哩。"他呻吟得很可怜，遂即放马驰去，马奔如飞，一直奔到森林的边上。

　　他看见已离开武场有一英里的路程，认为别人不会看见他，便放声喊道："亲爱的拉文骑士，请您把我腰窝里的枪头拔出来，我快要痛煞了。"他急忙答道："哎，爵爷啊，我任何事情都愿意做，但是我深怕拔出了枪头，您更危险啦。"兰斯洛特骑士吩咐道："这是我的命令，您既爱我，就拔出它吧。"他的主意既定，便落下马来，拉文也随之下马，立时，从他的身上拔出枪头，他尖声大叫，痛不可当，鲜血几乎流出半升；最后他蹲下屁股，坐在地上，面色苍白，晕眩得仿佛死人一般。拉文骑士叹道："天呀，我怎么办呢？"他一面叹息，一面让兰斯洛特透气，兰斯洛特躺在那里约莫半个时辰，一直同死人一样。

最后兰斯洛特睁开眼睛，望着拉文骑士说道："拉文啊，请您把我放在马上，离开此地两英里光景，住着一位善良的修士，过去原是个英武高贵的骑士，产业十分富裕。可是这人心田太厚，把大批的田产分给穷人，自愿度着清贫的生活，这人名叫布列塔尼的包德文骑士，同时也是一位内外两科兼长的医生。现在，请您扶我上马，我坚信，我不会死在我亲属的手下。"随后，拉文骑士费了很大气力，拖他上马。他们一路驰去，只见兰斯洛特骑士的鲜血向地上滴个不停；不多时，抵达了包德文的精舍，四周高树遮天，傍邻峻壁，山下一溪流水，绕舍而过。拉文立在舍门外面，扬起矛柄敲门，并且急忙喊道："请求基督的恩典，让我们进来休息一会儿。"

从里面走出一个童子，问明了他们的来意。拉文骑士说道："好孩子，请您回去问问修士，这里有个重伤的骑士，为着上帝的慈爱，让我们到他府上休息一刻好吗？再说，这人在今天所表演的武艺，十分拿手，真是我平生从没听过或看过的。"那童子听后急忙转回，一会儿引来了修士，原来是一位非常善良的长者。拉

1207

文一瞧见这位老人,便恳求他帮助治疗。修士问道:"他是什么人呀?他是不是亚瑟王的家属?"拉文骑士答道:"要问到他做什么,姓甚名谁,小的全不清楚;我只看见他今天所表演的武艺,真使人惊讶极了。"那修士又问道:"这人是属于哪一方面的?"拉文答道:"在比武场上,他今天对抗亚瑟王,可是他今天获得全体圆桌骑士的首奖。"这老者答道:"我也曾见过这种场面,因为他参加在亚瑟王的敌方,所以我不甚喜欢他;原来我也是圆桌社的成员,感谢上帝,我现在无意于功名,思想完全改变啦。此刻他在哪里?让我看一看吧。"拉文骑士便陪着修士同去了。

第十三回

怎样把兰斯洛特送到一位修士的家里，请求修士为他医伤；以及其他种种事情。

修士看见兰斯洛特依靠在马鞍弓头上面，血流不已，殊为可怜，他一直想这人好像面熟；不过因为兰斯洛特这时流血过多，面呈土色，又一时想不起他是什么人了。修士便开口问道："请问贵姓大名？原籍哪里？"兰斯洛特骑士答道："敬爱的爵爷，小的出生外邦，一个游侠武士，周游列国，到处比武，目的在于取得胜利。"修士这时仔细对兰斯洛特打量一番，看到他脸上的疤痕，才认出他是兰斯洛特骑士。便说道："啊哟，骑士呀，您为什么瞒着我，不把姓名告诉我呢？我应该认识您，原来是世界上鼎鼎大名的人物，您就是兰斯洛特骑士啊。"兰斯洛特这时恳求说："爵爷，您既认识我，请救我一命。上帝啊，不问死活都好，只要我能立刻解除痛苦。"修士答道："何必胡思乱想，伤好了还能做大事业哩。"于是这位老者招来两个仆从，一起把他抬进精舍，很快脱下了武装，放在床上卧下。不多时，这修士便把血止住了，还给他喝下一杯醇酒；兰斯洛特骑士就此清醒而有生气了。因为古代的修士，同今天的两样，那些修士身份既高，武功也精，同时家世豪富，通常随时周济穷苦的人。

我们现在再回头来叙述亚瑟王，暂让兰斯洛特骑士留居精舍里养伤。当比武结束之后，双方的国王聚在一处，参加了一场辉煌盛大的宴会。亚瑟王便问北加里士王和随员们道："那位带红袖巾的骑士呢；请引他上来，他应当接受这次的褒奖、荣誉和赏品。"大太子姜拉豪骑士和百骑士王共同说道："我们想永远不会再看见那个受伤的骑士了，这是我们平生最伤心的事情。"亚瑟王又问："哎，他的伤势真是这样重么？他叫什么名字？"他们一齐答道："真的，我们都不知道他的姓氏；就连他从哪里来，现在到哪去了，也不知道。"国王又说："哎，这是七年以来一件最不幸的消息，我宁愿丢掉江山，也不愿意让这个英武的骑士死去啊。"大家又问道："王上，您认识他吗？"亚瑟答道："不管我是否认识他，你们都没法从我口里知道他是什么人；但愿万能的基督把他的好消息送给我们。"大家都是这样想。高文骑士说道："不瞒大家，如果这位高贵的骑士真正受了重伤，那便是我国一件极大的损失，因为不论玩矛使剑，他都是全国杰出的一个人才，若是他还在人间，我愿意亲自找他回来，我想他离开这城不会很远啊。"亚瑟王说道："倘使能寻到他，你负责去找吧，除非他已经不省人事，就没法可想了。"高文骑士又说道："基督不许他死的，若是我寻着他，就知道他怎样了。"

商议既定，高文骑士立时偕同一个侍从，分骑两匹骏马，径向加美乐城而去，在城周六七英里的地方，到处打听，结果他们找不到丝毫的线索，又返回了。过了两天，亚瑟王偕同全部随员返归伦敦。高文骑士在途中经过阿斯托拉脱，投宿在本拿特骑士的家里，以前兰斯洛特也曾经在这里住过。高文走进房内休息的时候，主人本拿特偕同女儿爱莲小姐前来问好，她一面招待客人，一面打探消息，问在温彻斯特大比武会上，究竟由谁得到了锦标。高文骑士答道："骗人就遭上帝的处罚，我要告诉您真话：场上有两位撑着白盾的骑士，其中带红袖巾的一个最为出色，他在战场上的武艺，是我平生罕见的。"他又接着说道："我相信，这个带红巾的骑士一共打倒了圆桌骑士四十名；他随带的侍从，也表演得精彩万分。"本拿特骑士的女儿，外面的人都称她做阿斯托拉脱的美女，听后说道："感谢上帝的保佑，那位骑士真太英武了，他是我在世界上最初爱上的人，也是我最后心爱的人，天长地久，永不变心。"高文骑士说道："敢问小姐，这位骑士是您的爱人吗？"她答道："骑士先生，是的，他是我的爱人。"高文又问道："您知道他的姓名吗？"那小姐又答道："不知道，也不知道他是哪里的人，不过我实在爱他，我向上帝和您保证，我爱他。"高文又问道："您当初怎样认识他的呢？"

第十四回

高文骑士怎样在阿斯托拉脱的寨主家里借宿,并且他在此处听说那个戴红袖巾的骑士就是兰斯洛特。

爱莲小姐听到高文骑士的问话以后,就把读者以前所看到的,比如老修士怎样带着她的小哥哥去侍奉这位客人,以及她的父亲又怎样把她大哥哥的盾牌借给那人使用,种种经过,统统告诉高文了;还说道:"他自己的盾牌,现在仍然留在我的手里呢。"高文骑士又问道:"他为什么这样信托您?"这小姐答道:"为的是,他的盾牌太过著名,所有的高贵骑士都认识它。"高文又问道:"好小姐,您可以让我看一看这面盾牌么?"她答道:"骑士先生,好啊,我把它放在自己的房里,用套子盖着,要想看,请来好了。"本拿特老骑士在旁插嘴道:"不必劳驾啦,派人去拿来让他看吧。"

不久,仆从便把那盾送来,高文骑士打开外套,才一望,便知是兰斯洛特骑士的盾牌,上面有他的徽号。他叹息道:"基督啊,如今使得我的心比以前更沉重了。"爱莲诧异道:"您为什么这样呢?"高文骑士答道:"我有充足的理由呀。"他接着又问道:"这个盾牌的主人是您的情人吗?"她立即答道:"是呀,一点不错,他是我的情人,但愿上帝允许我做他的爱人。"高文骑士也说道:"愿上帝成全您的心愿,小姐,您是有权利爱他的,若是他做了您的情人,您真爱上了世间最高贵的骑士,也是爱上了最为人敬仰的大人物。"那位小姐答道:"我也一直这样想,这是我从来不曾遇见过的一个骑士,也是我从前不曾爱过的人呀。"高文骑士又说:"但愿上帝让你们彼此相爱,不过太冒险啦。"他又说道:"不错,你真幸运,我虽已认识他二十四个年头了,却和其他的骑士们从不曾听到或是看见他在大小比武场上戴过任何妇女——不论贵族的或平民的——所给他的纪念品。"他又接着说:"因此,小姐啊,他真重视您,应当多谢他呢。"他又说:"我要告诉您,您怕是在这世界上永远不会再看见他了,这是世间骑士最大的遗恨!"爱莲小姐惊异道:"怎么,难道他被人杀死了吗?"高文道:"不是这样,您要知道,他受了重伤;由于种种的情况,以及各人的表情,暗示他不像活着,更像已经死了;此刻由于您这面盾牌,我判定他是著名的兰斯洛特骑士。"这时阿斯托拉脱的美女更惊慌地问道:"天呀,怎么样,他受了什么伤呀?"高文答道:"是的,他被一个最亲近的亲戚打伤的;若是那个人知道他是兰斯洛特骑士,一定万分悔恨,心痛不已。"

爱莲小姐这时又向她的父亲道:"请您让我骑马去找他,不然我会闷得发疯的,我一天见不到他和拉文哥哥,我就一天不停下来。"她父亲说道:"你去吧,我听说他受了伤,心里也难受呀。"不多时,这位小姐准备妥当,看她在高文骑士的面前,悲痛得无以形容。

第二天早晨,高文骑士去拜谒亚瑟王,把自己在阿斯托拉脱的美女家里看到兰斯洛特的盾牌这件事,和盘托出。亚瑟王说道:

1213

"我在事前就明白了,所以不许你下场比武;有一个晚上,他来到阿斯托拉脱城投宿的时候,我已经看见过他。"他又说:"我很奇怪,他从来不佩戴任何女人的标志;在这次以前,我既不曾见他佩戴过任何妇女的纪念品,也不曾听到过。"高文骑士在旁说道:"骗人,就杀我的头,那位美女真爱兰斯洛特啊;我不知道为什么,她正在骑马找他哩。"随后,国王偕同全部官员来到伦敦,高文便在朝廷里公开宣布兰斯洛特骑士获得了比武的锦标。

第十五回

鲍斯听到兰斯洛特受伤的消息，怎样地忧愁烦闷；又王后听到兰斯洛特戴红袖巾的消息之后，怎样地暴躁发怒。

鲍斯骑士得到了兰斯洛特骑士获胜的消息，读者要知道他很伤感，同时兰斯洛特所有的亲属们也是这样。及至桂乃芬王后听到兰斯洛特骑士佩戴着阿城女郎的红袖巾出场比武，顿时怒火高腾，无法遏制。她立时派人召来鲍斯骑士。待鲍斯来到她的面前，她愕然问道："鲍斯骑士啊，您听到了兰斯洛特那样对我忘恩负义的行为吗？"他答道："我恐怕他把他自己和我们一起都出卖了。"王后又骂道："尽管他自己受了重伤，他还是个狼心狗肺的骑士。"鲍斯又说道："王后啊，请您息怒，我可是不愿听人这样批判他。"王后又骂道："您还这样说，他在温彻斯特的比武场里，头上竟然挂着什么女人的红袖巾，我为什么不可骂他狼心狗肺呢？"鲍斯骑士答道："王后呀，我对他戴红袖巾一事，很是遗憾，但他的本意却不错，我想他是利用这块红袖巾，去遮掩亲属们的耳目，免得亲戚们识破他。在这次以前，我们中间确实没有任何人曾见过他佩戴任何妇女的标志或纪念品。"王后又怒道："呸，不要脸！不管他是怎样大胆骄傲，如今您总占了他的上风哩。"鲍斯骑士辩道:"王后,请您永远不要这样说吧,他已经打败了我,我的伙伴也被他打败,我认为若是他想打死我们,我们便不会有一个能够活命的。"王后又说道:"这个死东西,高文曾在国王的面前报告,说他同那阿城女郎顶相爱哩。"鲍斯又说道:"我不能禁止高文去信口雌黄,但我可以表白兰斯洛特骑士一向从未爱过任何妇女,他对待任何女人并无轩轾之分。"他又说:"王后呀,不论您怎样咒骂他,我总要赶紧去找他,愿上帝使我能得到他的好消息。"读者们,我们把他们的谈话暂时停下,且把兰斯洛特骑士的危险情况,向诸位道来。

且说美女爱莲抵达温彻斯特之后,到处探寻兰斯洛特的下落,适巧遇见她的哥哥拉文骑马漫游,借以训练马的步法。看见自己的同胞,自然是认识的,她便放声喊叫,拉文听到妹妹的声音,也就回马迎接;可是爱莲一遇见哥哥,开口便问兰斯洛特骑士的情况怎样。拉文很是惊讶,说道:"妹妹,什么人告诉你,我爵主的名字叫兰斯洛特呢?"接着,她就把高文怎样从兰斯洛特的盾牌上猜出的经过说给他听。兄妹两人便一起驰回精舍,一齐下了马。

拉文骑士带她走进去看兰斯洛特骑士;她一望见兰斯洛特卧在床上,病得面色苍白,急得立时晕厥,不知人事,很长时间,不曾醒转。等到她复苏之后,才发出轻微而尖锐的声音问道:"兰斯洛特骑士呀,您怎样到了这步田地呢?"说罢又急得人事恍惚了。兰斯洛特便央求拉文快把她扶起,并且说道:"请您扶她到我的身边。"等她醒转之后,兰斯洛特就抱着她亲嘴。接着又向爱莲说道:"亲爱的小姐,您怎的这么伤心呢?岂不使我更难过吗?您不必这样伤感呀,您赶来探望我,我自然是欢迎的;我想靠了上帝的恩典，这一点小伤，很快就能恢复的。"他又接着说："但是，我很诧异，是什么人把我的名字告诉您的呢？"这位小姐便把高文投宿到她父亲家里的经过，述说了一遍："就是由于您的盾牌，他才发现了您的姓氏。"兰斯洛特骑士惊叹道："啊哟，不好了，我不愿意外人知道我的姓名；人家晓得了，一定要闹出是非的。"在兰斯洛特的脑海里，盘旋着一些难题，如果高文把他佩戴红袖巾的事情告诉了桂乃芬王后，那不是又要闯出滔天大祸么。

这位美丽的爱莲一直不愿离开兰斯洛特的身边，夜以继日地服侍他。据法兰西著作的记载，从没有一个女人服侍男子，像她这样体贴入微的。后来，兰斯洛特请拉文到温彻斯特去侦察鲍斯的行踪，并说可以从他额上的一个伤疤上认出他。还说道："我想鲍斯一定要寻觅我的下落，他就是打伤我的人呀！"

第十六回

　　鲍斯骑士怎样寻找兰斯洛特骑士，随后在一个修士
所住的地方见到他；又这两个人抱头痛哭的情形。

　　现在我们叙述那个寻觅兰斯洛特的鲍斯，他又称甘尼斯的鲍斯骑士。抵达了温彻斯特不多时，他就被拉文的埋伏发觉了，拉文骑士由此获得了情报；及至拉文到了温彻斯特找着了鲍斯，便说出了自己的身份，同伙的是谁，还暴露了自己的姓名。鲍斯骑士听了之后，说道："好爵爷，求您快领我去拜望兰斯洛特骑士吧。"拉文骑士答道："先生，请您上马，大概再过一个时辰，就会看见他了。"他们启行不久，就来到了精舍。

　　鲍斯一瞧见兰斯洛特卧在床上，满面病容，憔悴苍白，他自己的脸色也全变了；更由于悲痛和同情，急得话也说不出，惟有一滴一滴的热泪落个不停。及至能发出声音，才这样说道："啊呀，我的爵爷兰斯洛特骑士，恳求上帝恩典，使您快些复原吧；我的罪过和厄运，使得我的心里实在难受；我可算是一个不幸的人啊。您是我们全体骑士的领袖，也是我们的光荣的根源，我竟恬不知耻地伤害了您，触犯了上帝的愤怒，我真算不幸啦。而且，我这个卑鄙不堪的骑士，乱用了气力，伤害了您这么一位最高贵的骑士。我无耻地去与您斗，又把您打伤了；然而您本有打死我

的力量，反而保了我的活命；如今不只是我一个人，我还联合您的亲戚，把您打得要死。"他又说："兰斯洛特骑士啊，我愿意去铭心和滴血，但恳求您能宽恕我。"兰斯洛特骑士回答道："亲爱的表弟，欢迎你来看我，可是你的话太过客气，真是不敢当，请你知道，我还不是一样地在争名夺利吗？因为我自高自大，才想打败你们一伙儿；如今竟由于我的傲慢，在到达武场之后，不先去暗示诸位我已入场，以致几乎被你们打死。我自己的错误，咎由自取，与你何涉。倘使我不曾受伤，要请你听一句古谚：'至亲好友，走进战场，性命攸关，岂能留情。'"他又接着说："亲爱的表弟，请你不要多噜苏，凡是上帝的主意，我们都当欢迎；这话可以告一结束，让我们谈谈轻松愉快的问题；往事已矣，一去不返；但愿能够觅得良药，赶快把我医好吧。"

随后鲍斯靠在兰斯洛特的床上，告诉他说，因为他在战场上顶着一条红袖巾，气得王后怒火冲天；此外又告诉他说，高文是怎样把他发觉的，还说道："就是由于您放在阿城女郎手里的那面盾牌啊。"兰斯洛特骑士道："怎样会使得王后发火呢？我不让群众认出而出场应战，这也咎由自取，使得我内心里很难受。"鲍斯骑士又说道："我想尽理由来原谅您，那有什么用处呢，王后本来骂您的话很多，我只告诉您几句罢了。"他又问兰斯洛特说："外面传说的一位阿斯托拉脱的美女，就是那位忙着服侍您的小姐吗？"他回答说："就是她噢，我无法把她撇开呢。"鲍斯骑士又说："这么温柔多情的小姐，天生的美貌，又受过高尚的教育，您怎么可以遗弃她啊？可是，亲爱的表哥，上帝一定同意您爱她，不过我不敢为您做主张，也不能为您做主张呀。"他又说："照我看来，她这么殷勤地侍奉您，真是全心全意地爱上您了。"兰斯洛特答道："这更使我心神不安咧。"鲍斯骑士接着又说道："爵爷啊，若是您不爱她，她已经不是第一个对您空费精神的女人啦，说来也令人伤感。"随后他们又谈论了好些事情。兰斯洛特骑士继续休养了三四天，看他逐渐健康，也胖得多了。

第十七回

兰斯洛特骑士怎样去试穿武装，来验证他自己的身体是否已经恢复了健康；以及他的伤口怎样又破裂的。

鲍斯骑士又告诉兰斯洛特骑士说，亚瑟王和北加里士王双方选定在万圣节的佳期，在温彻斯特附近举行大比武会。兰斯洛特兴奋地问道："这消息是真的么？请您陪我多过些日子，等待我复原，我现在觉得比以前更壮也更胖了。"鲍斯答道："多谢上帝的恩典。"他们共同过了将近一个月，那位爱莲小姐不分昼夜地忙着服侍兰斯洛特，任何女儿侍候父亲，或是任何妻子照料丈夫，都没有像她这样温柔而周到的。鲍斯骑士亲眼目睹这种情况，十分赞扬。

有一天，兰斯洛特、鲍斯和拉文三个骑士会商议定，打发一个修士到林里采药草，等到采来之后，兰斯洛特吩咐爱莲小姐拿去煎汤，供作沐浴。同时，兰斯洛特骑士准备了全部武装，打算披挂起来练一练枪剑，看看自己身上还痛不痛。他跃上了马，使劲蹬着马刺，那马已经休养了一月，自然精神饱满，奔腾如飞。兰斯洛特将长矛平挟在腰窝上，放马直冲。那马挨了马刺，拼命跳跃；这匹坐骑，可说是全世界最出色的马了；那马上的骑者，用力猛而且稳，他平托着长矛，随时蓦然把缰绳收紧，为了使那马前冲，有时使劲过猛，不料这样竟将腰窝里的新创疤里外一齐爆裂，霎时鲜血涌出，他感到全身软弱，无法支持，骑也骑不稳定。兰斯洛特遭到这个意外，放声向鲍斯呐喊道："唉，鲍斯骑士和拉文骑士啊，救命啊，我活不下去了。"话才脱口，他就变成了死尸一样，只听扑通一声，他从侧面跌倒地上了。这时鲍斯和拉文急忙赶到他跟前，悲伤万分。爱莲小姐恰巧听到了悲痛的喊声，也跑出来了；她在出事的现场看到兰斯洛特披挂着全部武装，气得又哭又喊；她偎近兰斯洛特的脸上亲了一口，打算尽力把他唤醒。她又开口大骂她的哥哥和鲍斯，叫他们"万恶的骑士"，还责备他们不应该让他起床；她一面乱哭，一面还说若是兰斯洛特死了，她一定要对他们进行控诉。

　　正在这时，走来了一位慕道的修士，名叫布列塔尼的包德文骑士，他看到兰斯洛特的情况严重，并未多发表什么意见，读者们想来都明白，他是在发怒。他随即吩咐他们说："快把这人抬进精舍里。"他们遵命把兰斯洛特抬了进去，脱去武装，放在床上；看他的鲜血还是流个不停，四肢都不能动弹。那位修道的骑士在兰斯洛特的鼻孔里撒了一些药粉，又在他的嘴里灌入一些水。不多时，兰斯洛特醒转了；那位修道者又替他止血。及至兰斯洛特能够发出声音，修道士才问他为什么这样去冒着生命的危险。兰斯洛特骑士答道："骑士先生，我觉得自己已经强壮啦，又听到鲍斯说，亚瑟王和北加里士王定在万圣节举行大比武会，我很想预先试一试，看看能不能去参加呢。"那修士道："唉，您一生总是胆大心高，欢喜得胜，不甘屈居人下，但现在您必须遵从我的意见去休息哦。让鲍斯骑士单独去参加，任意去打好啦。"他又接着对鲍斯骑士说:"靠了上帝的恩典,等到比武会闭幕,您返回此地的时候,在这期间,只要兰斯洛特骑士肯服从我的约束,我想他会同您一样健壮的。"

第十八回

鲍斯骑士转回以后，怎样报告了兰斯洛特骑士的消息、比武会的情况，以及得奖者的姓名。

这时鲍斯骑士告别了兰斯洛特骑士，兰斯洛特开口说道："亲爱的表弟，有些我应当问候的人物，您如果遇见了，请您代替我请安啊。还希望您加劲比武，为我去夺得锦标。靠着上帝的恩典，我在这里等待您回来。"鲍斯随即离开这里，径往亚瑟王的朝廷，抵达之后，他把兰斯洛特骑士所留住的地方告诉了大家。国王听了叹道："我很替他担心，如果他还能起死回生，我们都要感谢上帝的恩典。"后来，鲍斯骑士又把兰斯洛特冒险试马的惨状，向王后报告了一番。他说道："王后啊，他所以要这样去做，为的是要参加这次的比武会，他完全是为您着想的。"王后骂道："那个该死的东西，没出息的骑士，您要明白，倘使他还活下去，我心里顶不舒服哩。"鲍斯骑士为他解释道："他一定会活下去的，王后啊，除您之外，有谁会这样想呢，我们这群亲戚们都不希望他短命哩。"他又接着说："可是王后啊，您时常对兰斯洛特爵爷发生误会，每每到了事后，又没有一次不证实他是一位正大光明的骑士。"说罢，告辞而去。

随后，圆桌社的各个骑士都集合一起，准备参加万圣节的比武大会；还有从各国赶来的骑士，络绎不绝。及至万圣节快要到了，北加里士王、百骑士王、苏尔露斯的大太子姜拉豪骑士、爱尔兰的安国心王，以及苏格兰王都先后赶到了。这几位君王都加入亚瑟王的方面。开场以后，高文骑士首先应战，表演了惊动全场的好武艺。据传令官的报告，他一共打倒了二十名骑士。至于甘尼斯的鲍斯骑士，在同一个时间里，也击败了骑士二十人；因为他们两个最初入场，战斗的时间最久，所以合得了当天的锦标。关于加雷思骑士，据史书的记载，他当天也表演了煊赫的武功，被他打倒和扯倒的骑士一共有三十个。不过他得胜之后，随即离开武场，没有久留，因而失掉领奖的机会。巴乐米底骑士在这天的武功也很惊人，他打倒了二十个骑士，急忙退场而去，人们猜测他大概同加雷思两人另有冒险工作。

大比武会方才结束，鲍斯骑士便赶回兰斯洛特骑士的住处，两人相见之后，鲍斯知道他已能步行，自然很是高兴；同时鲍斯便把这次比武的经过，统统说给兰斯洛特听了，这都是读者在上文里看过的。兰斯洛特骑士道："我很奇怪，加雷思骑士击败敌手以后，为什么急急忙忙地走开，不愿多等一刻呢？"鲍斯骑士答道："我们也这样想哦，同时也觉得诧异；世上只有您，或是特里斯坦骑士，或是拉麦若克骑士，才会在短短的时间里完成像加雷思那么伟大的武功，此外并没有任何人可以同他媲美了。加雷思决赛完毕，立时离场，我们不知道他的去向。"兰斯洛特骑士听罢这话，兴奋地说道："我愿意拿脑袋同您赌，看看有谁敢说我是错的；我相信他是一个杰出的骑士，气吞山河，力盖群伦；若是他去比武，我认为世界上没有他的敌手；而且他天性温和，待人客气、忠厚至诚，宽大慈爱，谦逊为怀，从没有丝毫害人的诡计。总而言之，他是一位恬淡、忠实而又纯正的人物。"

这时他们两人准备向修士告别了。有一天早晨，鲍斯和兰斯洛特两人，还有爱莲小姐一起乘马走出，来到了阿斯托拉脱城，投宿在爱莲的家里；她父亲本拿特骑士设宴欢迎，长兄太尔骑士亲自招待，宾至如归，热闹异常。翌日黎明，当兰斯洛特骑士预备启程的时候，爱莲小姐陪着父亲和两个哥哥来看他，向他说了这样一番话，欲知内容如何，且待下回分解。

第十九回

当兰斯洛特骑士准备离开阿斯托拉脱城的时候,那里有个美丽娟秀的少女极度悲伤;她怎样为爱上了兰斯洛特而忧郁致死。

爱莲小姐说道:"我的爵爷兰斯洛特啊,现在我看您快要启程啦,求您这位宽怀大度的骑士,怜悯我的处境,勿让我为您死。"兰斯洛特骑士道:"请问您要我做什么呢?"爱莲天真地答道:"我要您做我的丈夫。"兰斯洛特又说:"小姐啊,我感谢您的好意,只不过我已决定了终生不做有家室的人。"爱莲随口说道:"好骑士啊,那么请您做我的情人好了。"兰斯洛特又道:"您的父兄,待我天高地厚,我怎么能以怨报恩,若是我同您乱妍,耶稣基督也要禁止我的。"她说道:"哎哟,我只好为您而死啦。"兰斯洛特骑士又说:"您何必轻易就死呢,敬爱的小姐,您要知道,如果我想结婚,随时可以,可是我从不想做个结婚的人;敬爱的小姐,您说过您是爱我的,为了答谢您的盛情,如有任何人为您所爱而能跟您结为夫妇的,我愿意赠送你们——包括您的继承人,每年一千金镑,作为微敬;此外,只要我活在世上一天,就做一天您的骑士。"那位小姐答道:"您说的这些事情,都是我不想要的,我只想请您娶我为妻,最低限度,也要做我的情人;兰斯洛特骑士呀，您要知道，我的好日子已经过去了。"兰斯洛特骑士答道："敬爱的小姐，您提起的两件事，不幸我没法办到，只得求您原谅了。"

她苦痛地哼了几声，顿时晕倒地上；近旁的侍女抬她送进卧房，听她哀声怨气，半响不停；这时兰斯洛特骑士告辞而去，临行前还问拉文骑士想做什么事情。拉文说道："提到我应当做什么，我想，若是您不驱逐我，或是不命令我离开，我自然愿意奉陪您的。"正在对答之间，忽然老骑士本拿特来了，他对兰斯洛特说道："我真不懂，小女爱莲就要为您去死啰！"兰斯洛特骑士答道："我也没有办法，实在抱歉万分，但是可以向您报告的，就是我已为她作了妥善的安排，她真心爱我，我万分荣幸；可是我从没引诱过她，关于这一点，我已向令嫒全部表白，自从认识令嫒到今天，我从不曾有任何要求或应诺；我个人呢，严守骑士的金科玉律，尊重女性的贞操，不论在行为上或意念上，我都保持着令嫒的洁白。如今我对于她的痛苦，极为同情；她确是一位高贵、温柔、有良好家教的女性。"拉文骑士在旁插嘴道："父亲，我敢担保兰斯洛特骑士的话不错，妹妹还是一个童贞；她同我一样，自从初次遇见兰斯洛特的时候起，就不愿再离开他；而且自今以后，如果有缘追随他，也不想离开他的。"

随后，兰斯洛特骑士辞行而去，大家在此分手，他赶到了温彻斯特。国王亚瑟看见兰斯洛特枪伤痊愈，精神抖擞，返回朝廷，十分兴奋；就是高文和圆桌社全体骑士，也无不喜形于色，独有阿规凡和莫俊德两人怏怏不乐。此外，还有桂乃芬王后对兰斯洛特恨之入骨，离他愈远愈好，不愿同他交谈；兰斯洛特虽是尽量殷勤，也没能得到她的好感。

阿城女郎留在家里，日夜哭泣，辗转反侧，寝食俱废，即使汤水亦不下咽，口口声声地怀念着兰斯洛特骑士。她缠绵床笫，已经过了十天，瘦弱萧条，奄奄一息，即将脱离人间，最后她对神父忏悔，也接受了死前的宗教仪式。一说到伤心的话，她总是提到兰斯洛特骑士。神父劝她抛开这些念头，爱莲回答说："怎能抛开红尘呢？我不是尘世里一个弱女子吗？我一刻不死，就一刻怨恨自己；我虽是爱上了人世间的一个男人，可是我认为这不曾侵犯过任何人呀；而且我恳求上帝为我见证！除开兰斯洛特之外，我从不曾爱过任何人，将来也不会再爱什么人，愿意对兰斯洛特和世界保持一生的洁白；若是因为我爱上一位高尚的骑士，上帝就要处我死刑，我恳求在天的父，垂怜我的灵魂，垂怜我那饱受苦痛的肉体，早日把我召去，减少我一部分的罪孽。"她继续祈祷着："最亲爱的耶稣基督啊，求您为我作见证，我是从来不敢违犯您那神圣的律法的；至于我全心全意地去爱兰斯洛特骑士，我的主啊，我自己也不能再忍受这种单相思了，因此我只好死去。"

爱莲随后恳求父亲和太尔哥哥，完全按照她的意思替她写成一封信。她的父亲满口答应了。这信里的一字一句，都根据了她的意思，及至写成之后，她又恳求父亲守在她的身边，看她死去。她还说道："父亲，在我的身上还有余热的时候，请您把信放在我的右手里，要我拿紧，一直等到我全身冰冷；还请您把我放在一张华丽的床上，将我所有华丽的服装，都放在我的身旁，然后连床带衣，搬到车上，再运到泰晤士河的附近；在那里，请您再搬我上船，移进舱里，交给您所信托的一个人，把我带走；但是船上要用黑色绸缎遮掩，愈密愈好。父亲，求您替我办啊。"父亲答应以后，事无巨细，完全按照女儿的心愿一一办妥了。爱莲死后，父兄的悲恸，自不待言。她的遗体连同床铺，都运往泰晤士河近岸，另请一人驶至威斯敏斯特，在还没有行人注意到它之前，这船夫已经前前后后地划行了。

第二十回

阿斯托拉脱的这个女尸怎样运到亚瑟王的面前，又关于埋葬的情况，以及兰斯洛特骑士怎样在望弥撒的时候为死者捐献。

有一天，亚瑟王和桂乃芬王后凭窗远眺，私自谈心，无意间望见泰晤士河上驶着一艘黑船，不禁愕然。国王便召来凯骑士，伸手指给他看。凯骑士回报道："王上，这真有新闻发生啦。"国王吩咐他说："您就去打探打探，带着布兰底耳斯骑士和阿规凡同行，若有消息，迅速奏上。"这四个骑士连忙赶到河边，走进船里，看见一个美女的尸体，躺在床上，船头上蹲着个贫穷的舵手，一言不发。这四人看到这种情形，急忙转回，据实回报了国王。国王说道："这个美女的尸体，我要亲自看看啊。"于是，国王和王后便手挽着手，一同前去了。

国王命令抛锚停船，紧靠岸边，又指定了几名骑士，陪同国王和王后上船。他们走进舱里，便发现一个美女死挺挺地睡在床上，床既华美，上半身满堆了美丽的绣金服装，面带笑容，不像死者。忽然间，王后看见她右手里紧捏着一封信，便告诉了国王。国王伸手拿来那信，向大家说道："我相信这信里一定写着她的身世，还有为什么要把她运到这里。"国王和王后离开这船，又命令一个人上船侍候。

国王返回朝廷以后,召集大小官员多人觐见,他说要当众拆信,了解真相。待国王将信拆开,随交秘书宣读,内容如下:

> 最高贵的骑士兰斯洛特先生,我为了您的缘故,现在同您生死诀别了。我是您的情人,我的名字叫阿城美女;我愿向举世的名媛闺秀们诉说我的悲哀,请您为我祈祷,并且将我安葬,当举行丧葬弥撒的时候,还望您为我捐献若干;这就是我最后的恳求。此外,我恳求上帝为我作证,我是一个纯洁的处女。兰斯洛特骑士啊,您是举世无敌的能手,还请您为我的灵魂祝福。

这就是信的内容。

这信读完后,不论国王和王后,还是其他骑士人等,无不感到字字凄怆,句句沉痛,都禁不住流下泪来。国王立时派人召见兰斯洛特。他来到了,国王又命人读给他听。

兰斯洛特骑士一字一句听讫以后,说道:"亚瑟王上啊,我得到这位少女的噩耗,内心痛苦万状。可是上帝知道,我在身心两方面,都不曾造成她死亡的因素;关于这一点,我要向她的哥哥解释明白。(说时指着拉文骑士)就是这一位,他的名字叫拉文骑士。死者是一个品貌兼全的女性,我从来不曾否认,我同她相处,她对我爱护体贴,无以复加。"王后在旁插口道:"您应当对她表示一些温存,她就不至于走上绝路了。"兰斯洛特骑士答道:"王后呀,她只要我应允两件事,第一是娶她为妻,不然就留她做情妇,别无商量的余地;这两点都是我没法同意的。我曾说过,为了感激她的美意,只要她同任何一个骑士结婚,我决定按年拿出一千金镑,赠给她和她的承继人作为谢仪。"他又说:"王后啊,我认为爱情不是勉强的,要它由心里自然地萌芽长出,不可勉强的。"国王说道:"这是至理名言,许多骑士的爱情都是自由的,永远不受丝毫的约束,一旦受了约束,他就失掉自己了。"

国王又指示兰斯洛特骑士道:"为了您的身份,您应当郑重地去料理爱莲小姐的后事。"兰斯洛特骑士答道:"我愿意尽心尽力地去照料她。"这时有好多骑士赶来瞻仰爱莲的遗体。第二天早晨,将她郑重安葬,兰斯洛特奉献了一笔赙仪,作为殡葬时的费用,当时在朝的圆桌社全部骑士均行到场,并捐献。待爱莲下葬之后,那位穷舵手便乘原船驶回。王后派人召请兰斯洛特骑士谈话,说明这次无缘无故地责备他,请他多多原谅。兰斯洛特骑士说道:"您毫无理由地乱骂我,这已不是第一次了;我每次受了冤屈,都不放在心上,总是认为应当忍耐的。"他把整个冬季都消磨在狩猎和鹰猎上面,还经常陪着王侯爵爷们使武斗剑。在各种场合,拉文骑士都受人表扬,获得胜利;因此在圆桌社的集团里,个个都知道了他的名字。

第二十一回

圣诞节大比武会的情况,又关于亚瑟王颁布命令布置大比武会;以及当时兰斯洛特的情况。

光阴如箭,日月如梭,不知不觉到了圣诞节。在这时以前,每日举行小型比武会,规定用金刚石做奖品,奖给胜利的骑士。兰斯洛特只参加那些由叫报所通告的大比武会,他对于小型比武,向不与会。但拉文骑士在圣诞节期间,经常在武会中比赛,武艺精湛,很少有敌手,极得观众的称扬。因此在场的各级骑士,都认为在下届圣灵降临节的盛会上,拉文一定会被封做圆桌骑士的。圣诞节之后,亚瑟王召集各骑士大会聚,到者很多,他当廷吩咐定期举行大小比武会。北加里士王回报国王说道,他将同爱尔兰的安国心王、百骑士王和诺森伯兰王,以及大太子姜拉豪骑士五人结成一队。这四个王和一个伯爵均来对抗亚瑟王和他的圆桌社骑士们。大家决定之后,即派人发出叫报,通告在圣诞节举行比武大会,地点定在威斯敏斯特的附近;各骑士得到消息,均感兴奋,准备鼓起勇气,下场应战。

桂乃芬王后这时派人去邀请兰斯洛特骑士来朝,向他说道:"您今后若是骑马出外,或是参与大小比武会,应当让您所有的亲属完全认识您的面目。而且,在这次的武会上,您要佩戴我的绣金袖巾；希望您为着我而下场，博得观众的称赞；如果您想得到我的爱，您还要通知您的亲属，说明在那天您要在自己的头盔上，佩上了我的袖巾。"兰斯洛特骑士答道："夫人，照您的吩咐好了。"说罢，两人都满心快乐。比赛的日期愈来愈近，兰斯洛特告辞了鲍斯，说他将偕同拉文径往文都尔森林，去访问一位高尚的修士，这人名叫布瑞协斯骑士；兰斯洛特的目的，是想在他家里得到充分的休息，以便上场的那天，精力充沛一些。

兰斯洛特骑士偕同拉文骑士起身以后，除了他的亲近要人之外，任何人都不知道他的去向，可是读者应知道。他抵达了精舍，布瑞协斯对他热烈欢迎，盛馔款待。兰斯洛特住在这里，每天到精舍邻近的泉旁，有时躺在泉边地上，赏玩起伏的水花，有时竟入了睡乡。这时，树林里住了一位贵妇，她是一个了不起的射手，每日出猎，随身携带着弓箭；同行者从没有一个男人，都是女流，而且都长于射箭；不论骑马，或是站立地上，都能轻而易举地射中一只野鹿。她们每天携弓带箭，还拿着吹角和木刀；另有驯服的猎犬，专供奔逐和追捕猎物，也跟随着她们。适当这位女射手把一只猎狗安定下来，再对准一只瘦鹿发箭，不想那鹿即刻奔进一片树林和篱笆去了。她便偕同一部分女伴追踪向前，打算循着狗的吠声寻出那鹿的去向，竟在一条溪边把它找到了；蓦然间，那牝鹿又逃到了兰斯洛特正在打盹的那眼泉边。因为它跑得太热，伸头到泉里喝水，停留了半晌；猎狗也随在后面追了上来，不过由于跑得太急，竟迷失了这只鹿的脚印。就在这时，女射手也飞奔赶来，依照猎狗的示意，发觉了正在泉边喝水的牝鹿；她急忙选出一支宽箭，瞄准牝鹿，拉满大弓，发射出去，不意那箭从篱边鹿旁飞过,竟射在了兰斯洛特的屁股上。他受了这一箭,疼痛非常,气得破口大骂;待他抬头一看,原来是个女郎射来的。他望见这个女郎,便骂道:"你是什么女人,你在拉弓的时辰遇到了鬼,魔鬼教你乱射的。"

第二十二回

兰斯洛特骑士受伤以后，怎样来到一位修士的住所，以及其他事项。

那位女郎听到兰斯洛特骑士在骂她，便上前求恕道："高贵的爵爷，请您原谅，我本是良家闺秀，经常在林里打猎，我发箭射鹿，完全没有看见您躺在地上休息，上帝可为我作证；本来有一只牝鹿在泉边喝水，我拉弓射它，没想我的手滑了一下……"兰斯洛特骑士答道："天啊，您可把我射伤了。"那女射手听后匆匆地离去，兰斯洛特骑士也就想法把箭拔出，无奈箭头留在股肉里面，待他慢步忍痛转回了精舍，愈走流血愈多。及至拉文骑士和另外一位修士发现他受了重伤，自然忧心如焚，不过拉文还不明白他究竟是怎样受伤的，更不知道是被谁射伤的。但他们两人确实气愤不堪。

这位修士费尽气力，把箭头从兰斯洛特的屁股里取出，鲜血流出很多，伤口痛不可当；又因为伤在臀部，自然无法骑马，所以对他是一件倒霉的事情。兰斯洛特骑士叹道："耶稣啊，恳求您的恩典，我真个太不幸啦，本来我可以参与比武，又有获得荣誉的希望，今天竟遭到天外的横祸。"他又哀恳道："慈爱的耶稣啊，只有上帝才是万能的，求您让我在圣烛节那天能够登场比武，我不怕任何困难的。"兰斯洛特骑士这时用尽方法，治疗他的创伤。

比武会的日期到了，兰斯洛特骑士设计了自己的装束，偕同拉文跃上坐骑，看上去好像两个异教徒撒拉逊人似的，便离开住处走进了武场。在那里，北加里士王随带着骑士百名，诺森伯兰王带领优秀骑士百名，爱尔兰的安国心王也率着骑士百人，准备应战；大太子姜拉豪骑士也领了百名勇士，至于百骑士王所带能手，数目也同他们一样，群英会聚，各显身手，煞是威严。一霎时，亚瑟王的健将入场了；随着而来的，有苏格兰王的百名骑士，果尔地方由岚斯王的骑士百名，布列塔尼的豪厄耳王率领的骑士百人，克拉兰斯的查拉英也随带了一百名骑士，亚瑟王亲率入场的骑士二百名，而且大半是圆桌社的人物，又都曾建树过赫赫武功；一辈年高德重的骑士，登上了观望台的宝座，随同王后观战，以便评定优劣，颁发奖品。

第二十三回

在比武会上兰斯洛特骑士怎样表演他的武艺；其他各人都怎样表演了他们的技能。

比赛的号令在场里发出了，登时北加里士王和苏格兰王遭遇，经过一个回合，那苏格兰王败退了；紧接着爱尔兰王又把由岚斯王打倒；立刻间，诺森伯兰王击败了豪厄耳王；随后姜拉豪大太子又把克拉兰斯的查拉英打倒在地上。亚瑟王火冒三丈的样子奔进战场，一股劲冲向了百骑士王，打得他应声倒下；亚瑟王还使了那根长矛，继续向前打去，结果又打倒了三个骑士。到后来，亚瑟王的矛杆虽是折断了，可是他的武艺却震撼了全场；蓦然间又奔出来高文、葛汉利、阿规凡和莫俊德四个骑士，奋勇应战，各奏奇功，计经高文击倒了四个骑士；随后又开始了激烈的混战，赶来了兰斯洛特的亲属许多人，加雷思和巴乐米底两个骑士也在其内，自然也有许多圆桌社的骑士，把那四个王和一个太子打得狼狈不堪；同时因为姜拉豪公爵的膂力过人，武艺精湛，也把圆桌骑士们逼得走投无路。

兰斯洛特骑士亲眼看见这种激烈的斗争，再也忍不住了，狂风暴雨般冲进了武场。一霎时，鲍斯和他的亲属们窥见了兰斯洛特骑士的英勇气概，便向全体说道："请你们留心那个头上顶着金花袖巾的人，他便是湖上的兰斯洛特骑士。"同时，鲍斯为了表示友好，也告诉了加雷思骑士，加雷思骑士答道："能让我认出他，这是件好事。"大家又问道："跟在兰斯洛特的马后，打扮得同他一样的是什么人呀？"鲍斯骑士答道："他叫拉文，一位天性和蔼，又有武功的骑士。"于是兰斯洛特同高文打将起来，兰斯洛特把高文连人带马打翻在地，接着又打倒了阿规凡和葛汉利两人，最后又将莫俊德击落马下，他自始至终只使了一根矛枪。这时，拉文和巴乐米底两人遭遇了，会合之际，勇猛无比，以致他们两个连同坐骑跌倒地上。待他们一同爬起之后，又都跃身上马，忽然兰斯洛特对着巴乐米底打来，竟把巴乐米底猛然打倒；于是兰斯洛特急忙转身拾起了长矛，向一群骑士搠去，他用了一根又一根长矛，一共打翻了三十个骑士，而且大都是圆桌社的成员；这时他的亲属们都远远避开，转移到其他方向应战，也就是兰斯洛特骑士本人打不到的地方。

　　亚瑟王看到兰斯洛特以破竹之势压迫他的部下，不禁怒火冲天，便召唤高文、莫俊德、家宰凯、葛利夫莱、司厨卢坎、拜底反尔、巴乐米底、沙飞尔以及他的弟弟一齐前来；国王率领这九个骑士，准备对着兰斯洛特和拉文两人打去。这种情形被鲍斯和加雷思两个骑士望见了。鲍斯便喊道："真使我心惊肉跳，怕是兰斯洛特爵爷没法应付这场苦战呀。"加雷思骑士答道，"斫我的头也不管，我一定要赶到兰斯洛特的跟前，替他助威，即使他被人打败了我也不怕，总之我是经他封做骑士的。"鲍斯骑士又说道："哪里可以这样乱来？应当听从我的意见，只有伪装出场才可以。"加雷思骑士答道："那么，我就化装下场吧。"说时迟，那时快，加雷思望见近边有一个威尔士的骑士，因为受到了高文的重击，被迫躺下休息；加雷思奔到他的面前，商量借他的盾牌使用，保证对他没有妨害。那威尔士的骑士答道："这有什么不可以呢？"加雷思骑士借得的盾牌，据史书记载，颜色是绿的，盾的正面画着一幅女像。

这时，加雷思骑士风驰电掣般向兰斯洛特骑士冲来，还喊道："爵爷啊，赶快准备好，您在哪边呀，亚瑟王带着九个骑士就要赶到，他们一定要打垮您，我特奔来做您的帮手，为了您从前待我太厚啦。"兰斯洛特应了一声："多谢盛情。"加雷思骑士又重申他的战略道："爵爷啊，请您去对付高文，让我来打巴乐米底；以便拉文骑士可以全力去同亚瑟王周旋。及至我们把那三人赶开了，再联合一气去打击其余的骑士。"忽然间，亚瑟王亲率着九个骑士冲到了面前，兰斯洛特勇猛地应付高文，一击打去，正打在他的马鞍弓上，马鞍裂开，把高文翻到马下。加雷思骑士和巴乐米底斗将起来，加雷思猛然一击，也把他人马都翻到地上。至于亚瑟王和拉文两位骑士，才一交手，都被对方打落马下，马也翻了身，半晌爬不动。随后兰斯洛特去对付其余的人，结果一个一个地，把阿规凡、葛汉利和莫俊德三个骑士打倒；至于加雷思呢，他又把凯骑士、沙飞尔骑士和葛利夫莱骑士打倒。随后拉文又夺来一匹马骑上，他打倒了司厨卢坎骑士和拜底反尔骑士；这里便成了英雄大聚会。

兰斯洛特骑士放马奔驰，骚动了全场，拉开了好多头盔；任何人骑在马上若是挨了他的一枪，或是被他敲了一剑，都没法在鞍上骑稳。加雷思所表演的武功，大大惊动了全场观众；只看见那个撑绿色盾牌的,在这天一共打倒和拖倒了三十多个骑士,可是都不认识他是谁。据法兰西文著作的记载,兰斯洛特看到了加雷思的武功,深表惊讶,因为他也不知道这人是谁;兰斯洛特不知道他是加雷思骑士,倘使特里斯坦和拉麦若克还在人间,他会认为必定是二者之一了。拉文骑士在这次战役里,一共打倒和拖倒的计二十人。在激战当儿,兰斯洛特骑士、加雷思骑士和拉文骑士集结在武场一边;另一方面仍是鲍斯、爱克托、梁纳耳、拉麦若克①、布留拜里、卡力哈特、卡力胡丁、伯莱亚斯,以及班王亲族的骑士们,他们正在对付站在战场近处的百骑士王和诺森伯兰王两人。

---

① 译者按:一死一活,前后不符。

第二十四回

亚瑟王对比武的成绩怎样表示惊讶,又怎样骑马寻得兰斯洛特骑士。

这次比武所占的时间很长,各位圆桌骑士到了黄昏时辰方才停下角斗,集拢在亚瑟王的身边;只因国王本人和直属部下当天不曾得胜,心中异常恼怒。高文骑士趋前向国王说道:"整天看不见鲍斯骑士和兰斯洛特骑士的亲属们,他们都不曾到您跟前来过,究竟到哪里去了,我觉得十分诧异,想来必有原因呀。"家宰凯骑士接着道:"不瞒您说,骗人杀我的头,鲍斯骑士不是整天都在战场的右翼吗?他同一伙亲戚干劲十足,真比我们顽强多啦。"高文骑士又道:"可能打得不错,不过我一直怕他们包藏着奸诈的阴谋。"他还说道:"我死也不骗您,这个戴金花袖巾的就是兰斯洛特骑士,我可以从骑马的姿态和使剑的手法上认识他;至于另外一位穿着同样颜色装束的,是个武艺高强的青年,名叫拉文骑士。还有一位携带绿色盾牌的,那是我的加雷思弟弟,他也伪装进场,因为他本来是经兰斯洛特封做骑士的,所以没有人能够使他对抗兰斯洛特。"亚瑟王听了这话,便回答高文说:"外甥,你这话有理,当然我会相信你,那么,你的办法呢?"高文骑士答道:"舅舅,承您下问,外甥认为现在就吹号散场吧,如果那三个人真是兰斯洛特、我的胞弟加雷思和青年拉文的话，我想如果要去打击他们，对付他们一个人，我们必须派出十个到十二个骑士才可以，而且不仅没有得胜的把握，甚至会被他们打败。"国王道："你的话有理，并且，我们派遣许多人去对付人家一个，也不成体统；你要明白，在那三个坚强的骑士里，属戴金花袖巾的最为勇猛。"

这时，他们吹了散场的号令；亚瑟随即召来那四个君王和一个公爵，通知他们不要让戴金花袖巾的骑士走开，因为，国王想要同他交谈。亚瑟王立时下马，解脱武装，换了一匹小马，直向兰斯洛特那面驰去，他早已派人监视着兰斯洛特。等到国王看见兰斯洛特同四个王和一个公爵聚在一起，便邀约他们同进晚餐，那五个人齐声答谢应允了。大家在脱卸武装之后，亚瑟王才识破他们是兰斯洛特骑士、拉文骑士和加雷思骑士。亚瑟王还说道："哦，兰斯洛特骑士呀，您今天刺激我们太深啦。"

后来他们一齐返回亚瑟王的行宫，在那里举行一次盛大的宴会，同时还颁发给兰斯洛特奖品。根据传令官的报告，计经兰斯洛特骑士击倒的骑士有五十名，由加雷思骑士所打败的三十五人，被拉文骑士所打败的二十四人。这时兰斯洛特将自己在文都尔森林里中箭的经过，向国王和王后述说了一番，他说最近遭到一个女箭手的射击，正中在屁股上面，因为箭头很宽，以致造成六英寸长六英寸深的伤口。亚瑟王为了加雷思抛弃自己的集团不管，而去追随兰斯洛特，对他责备了一顿。加雷思骑士听后辩道："王上，他是封我做骑士的爵主，我看他受了严重的打击，内心感到有帮助他的责任，并且很多武艺高强的骑士来围攻他一个人，也使得他太过吃力啦；我发现他正是兰斯洛特骑士的时候，正是许多骑士在打击他一个人，我认为太不合情理啰。"国王回答加雷思骑士道："不错，你的话很对，你出来对付他们是应该的，这正表示你见义勇为；今后在我活在世上的日子里，我一定要爱护你，也会更信任你。"亚瑟王又接着说道："任何骑士发现同伙遭遇了意外的困难，都应当全力相助，所以一个受尊敬的人看到别人的危急，都不愿袖手旁观；反之，若是一个人看见别人遭到危险，从不寄以同情，或表示怜悯，还及时深藏远避，那就算不得是个有义气的人，因为只有懦夫才没有恻隐之心；一个心地善良的人，必能待人如己，永不改变。"当晚在招待臣子和公爵的欢宴上，各种娱乐杂技，应有尽有。那时候，与朋友相处谦逊真诚、忠厚宽和的人，是大家所推崇的。

第二十五回

夏日象征着真正的爱情。

光阴过得很快，圣烛节才过，又到了耶稣复活节，及至五月，青年男女春情激荡，心花怒放，爱的果实就要结出了；正如五月里草木花卉一样，随了飘浮的春风，都萌芽含苞，开花结果。那时人的爱情配合了大自然的变化，也产生了几多风流韵事，至于大自然又鼓动了所有情人的勇气，在这万物骚动的五月里，由于种种外力的激荡，促使了他们爱情的勃发，使之比在其他任何月份里更加活跃。这时全部花草树木欣欣向荣，暗示着男男女女将已经忽略或忘记的情感恢复起来，养精蓄锐，重整旗鼓，去迎接往日的情人，重温旧梦。因为正像严冬的肃杀把艳丽的夏日损伤了，那时男女间的爱情也是不稳定的。也由于很多人秉性多变，我们经常看到，遭了严冬一些摧残，我们就把真的爱情剥蚀殆尽，以致贻害无穷；这等人既不聪明，也不稳健，反而露出了天性的愚蠢和极度的卑劣。总而言之，这草木繁茂，花朵丰盛的五月田园，应当诱起世上每个人的心怀，首先趋向上帝，再专心一意于他所钟情的对象；而且不论男女，惟有能爱护对象超过了对象爱他的人，才值得受人敬重；再者，凡是尊重武功的人，将永远不会遭到失败，不过这种武功，首先要为着保全上帝的光荣，其次才轮到为心爱的女人去斗争；这种爱，我称做纯洁的真爱。

在现代，男人谈爱，难能爱上七夜而不发生一切肉欲的冲动，这样的爱便没受到理性的节制，所以每每一时炽如烈火，一霎时又冷若冰霜。再说到今天的爱情，更是忽热忽冷，变幻无常。古人的爱，与今不同；男女互爱，七年如一日，彼此之间，绝无猥亵，然后才能说到爱情，真心贞一；在亚瑟王的时代，爱情就是如此，可是目前的爱情，我可以采用冬夏做象征，把夏季代表爱的高潮，冬季代表爱的冷落，今人谈爱，大概都是这样。在此，愿天下的有情人都回想到每年的五月，像桂乃芬记得五月一样，终生做个真心的情妇，因而她可以得到善终，这是我要向诸位读者指出的。

　　　　本书第十八卷终，下接第十九卷。

第十九卷

第一回

桂乃芬王后怎样带领若干圆桌骑士,骑马作五朔节①的郊游,当时全班人马都穿着绿色服装。

在五月里,有一天桂乃芬王后忽然邀集圆桌骑士们来到她的面前,通知他们,第二天早上要驰往威斯敏斯特附近的树林里踏青。她吩咐说:"请诸位都把马匹配备齐整,不得稍有疏忽,大家都穿上绿色衣服,材料不论丝棉皆可;届时我要偕带侍女十人同行,在每位骑士的背后,可安置一位闺秀,此外还可携带侍从一个和平民二人;我希望你们都能威武地骑在马上。"他们接到这道命令,无不切实准备。当日被召集的骑士,计有:家宰凯骑士、阿规凡骑士、布兰底耳斯骑士、"野心家"莎各瑞茂骑士、杜丁纳斯骑士、"硬心人"欧杂那骑士、荒野森林里的拉丁纳骑士、英底的波尔桑骑士、铁浒骑士,即一般人所称的绯红荒原骑士,还有伯莱亚斯骑士,外号情人;就是这十名骑士,他们所乘的马,全部佩戴得华丽齐整,准备跟随王后出游。第二天早晨,出发的时辰到了,大家奉陪着王后上马,直奔威斯敏斯特森林和

---

① 欧洲传统节日之一,时间在五月一日,也可称"迎春节"。在那天,立五朔柱,选五朔后,围柱跳舞。

How Queen Guenever rode on Maying.

桂乃芬王后骑马作五朔节郊游

牧场而去，兴高采烈，无以复加；同时王后还和亚瑟王约定，最迟要在十点钟到目的地相会，这是她的时限。

那时有一个名叫麦丽阿干斯的骑士，他是巴吉马伽斯王的儿子。这位骑士有一座堡寨，地点约距威斯敏斯特七英里，原来是由亚瑟王赏赐他的。哪知这个麦丽阿干斯一心想念着桂乃芬王后，情火炽热，已经多年。据史书的记载，麦丽阿干斯常在路上埋伏，打算绑架王后，只因畏惧兰斯洛特的武功优越，压制了自己；当兰斯洛特骑士同王后在一起的时候，固然他不敢动手，就是兰斯洛特停留在附近的地方，麦丽阿干斯也放不开胆来。按当日的风气，王后出行总有大批武士拱卫，其中有不少著名的骑士，但大多数乃是极有前途的青年；外界的人叫他们做"王后的武士"；在所有大小比武的场合，他们从不携带绘有特殊徽志的盾牌，都是一面纯白的素盾，撑在手里，因此外人都称他们是"王后的武士"。这些青年之中，如果有人立了惊人的武功，便在下届举行圣灵降临节圣宴的时候，倘使发现有圆桌社骑士因伤或因病而死，即由他们中间挑选补缺，其实哪一年都有一些骑士死亡。他们当初都是从王后面前发迹的，后来成为名重当代的人物，试查兰斯洛特骑士和其他各人的履历，便可明白。

这个麦丽阿干斯骑士对王后的情况和此次出外的目的，察探了一番，才知道兰斯洛特骑士并没随行；同时还看见除了几个着绿色便装的随员之外，没有武装随从保卫，这时他匆忙准备了二十个骑士和一百名射手，预备扑灭王后和她的武士，他认为要活捉王后，这是千载难逢的好机会了。

第二回

麦丽阿干斯骑士怎样捉到桂乃芬王后和她的骑士，他们在搏斗中怎样都受了重伤。

当王后随带着各个骑士乘马前行的时候，身上缀满了花卉野草。忽然间麦丽阿干斯骑士从树林里奔了出来，随带八十个披甲挂胄的骑士，全部戎装，喝令王后和全体人等站住，不得有一人违背。桂乃芬王后看出这人是谁，便破口大骂，"你这贼人，怎敢拦阻？你不知道怎样叫丢脸啊？我想你也不懂得做臣子的规矩，也不知道什么是圆桌骑士的身份，你要去侮辱那位封你做骑士的高贵国王，并玷污全部骑士和你自己；我呢，你应当明白，你永远不能侮辱到我，因为我宁愿拔剑自刎，把喉咙管割成两截，也不肯受你的糟蹋啊。"麦丽阿干斯骑士答道："您这一番大道理，让您随便去说吧，可是王后呀，请您仔细想想，我爱您这么多年，从没有现在这样可以得到您的机会，所以若是能得到您，我决不放过您。"

于是跟随王后的全部武士齐声喊道："麦丽阿干斯骑士啊，你现在放弃了光明大道，要冒险走上绝途，还想趁着我们没有武装，向我们进攻。你埋伏起来，打算占我们的便宜，那是妄想；要知道王后和我们全体人员，宁肯丢掉性命，也不会屈服；倘使屈服,将要遗臭万年。"麦丽阿干斯骑士答道:"请你们准备保护王后吧!"跟随王后的十个骑士听了他的这句话以后,都一齐拔出宝剑扑上,对方便舞动着长矛冲来,这十个骑士勇猛上前,制止住敌人,把他们手里的长矛打落在地,自己都不曾遭到矛的伤害。接着对方更舞起了宝剑,不多时,只打得凯骑士、莎各瑞茂骑士、阿规凡骑士、杜丁纳斯骑士、拉丁纳骑士和欧杂那骑士六个人纷纷跌倒,受伤很重。于是布兰底耳斯、波尔桑、铁浒和伯莱亚斯四个骑士赶上前去,斗了好久,最后全都受了重伤,可是在十个骑士尚未完全倒地之前,敌方的强汉竟被他们杀戮了四十多个。

当王后发觉自己的十个部属惨遭重伤,最后恐怕还会有生命危险的时候,因为太过伤感,便对麦丽阿干斯骑士喊叫起来,她说:"你不得杀害我的高贵骑士们,如果你肯接受我的条件,我可以跟你去,那就是你必须留下他们的性命,不得再继续伤害他们;你愿意这样做,我就可以叫他们一同陪我跟你去;如若你不让他们留在我的身边,我宁愿自杀也不会跟你走的。"麦丽阿干斯骑士答道:"王后啊,就照你的话,让他们陪您一同到我的寨里吧,从此你要听从我的吩咐,跟我上马一同行走。"这时,王后便吩咐部下四个骑士停止斗争,还说明她自己不愿同他们分开。伯莱亚斯骑士带头答道:"王后,我们都愿服从您,一切听从您的命令,是死是活,全不在乎。"据史书的记载,这时伯莱亚斯骑士发了一击,力量之大,几乎没有人能够吃得消的。

第三回

桂乃芬王后被掳以后，兰斯洛特骑士怎样得到了这个消息；又麦丽阿干斯骑士怎样布置埋伏准备捉拿兰斯洛特。

这些骑士都听从王后的吩咐，停止角斗，更有人抬着负伤的骑士上马，有的还可坐定，有的只能横着躺在马的背上，看起来令人心寒。随后麦丽阿干斯骑士通告王后和全部骑士，要他们一起向前，不得个别行动；因为他深怕走露机密，使得兰斯洛特骑士赶来报复。这些都被王后看穿了，她私下里找到了她卧室内的一个侍童，原是个骑马能手，向他说明："你趁这机会，快把我的这只戒指送给兰斯洛特骑士，请他顾念我俩的情分，如果他还想得到我的欢心的话，务必亲来见我一面，救我一命；至于你在中途，不论跋山涉水，都不要爱惜马力。"说罢，让他飞马奔去。这个小侍童趁好机会，准备了快马，随带着长矛，飞驶而去。及至麦丽阿干斯骑士发现他已经逃逸，知道必是受了王后的指使，向兰斯洛特骑士传送口信的，于是麦丽阿干斯就派出了一批骑马能手，随后追赶，还发箭射击，结果这个小鬼还是逃脱了。麦丽阿干斯骑士遂向王后说道："王后，您像是在背叛我啊，我要发出命令，不让兰斯洛特骑士轻易跑到您的跟前。"他一面说，一面跟着王后和她的部下走，打算尽快驰回他的寨里。在半途中，麦丽阿干斯骑士选出了全国最著名的箭手三十名，埋伏在路的两旁，伺等着兰斯洛特骑士，还说明了他的身材容貌，将乘白马，循着这条大路跑来，要他们对准白马射击，务必把马立时打死，但不可同他本人遭遇一起，因为他是所向无敌的人物。

这样布置妥当了，他们一群人马径向堡寨驰去，但王后决不许十个骑士和十个侍女之中的任何一人离开她的身边。据史书的记载，麦丽阿干斯骑士深怕兰斯洛特骑士会赶来报仇，以致没法占到便宜，而且他一直认为兰斯洛特曾经得到了密信。

再说那个小侍童逃脱了麦丽阿干斯部下的压力之后，一会儿就赶到了威斯敏斯特地方，很快就会见了兰斯洛特骑士。这时那个小侍童把口信一一转达，还交给他那只戒指，兰斯洛特骑士随口答道："真不幸啊，只有赶快把这位贵妇营救出来，不让她遭到侮辱，我今后才能够抬头见人。"他这时一面叫侍从出去拿甲胄，一面倾听这个小鬼述说十名骑士战斗的经过，还有伯莱亚斯、铁浒、布兰底耳斯和波尔桑四人的英勇拒抗，特别是伯莱亚斯真可说所向无敌；还听说大家斗到后来，都跌在地上；最后，又听说王后决定跟随麦丽阿干斯同去寨里，不过她要求必须保全部下们的生命。

兰斯洛特骑士听过叹道："哎，这还成个什么体统，一位高贵的夫人，怎好受到这种侮辱呢；倘使我披着盔甲在场，我宁愿丢掉整个法兰西的山河，也不肯让她受委屈呀。"等到兰斯洛特披挂齐全，便跃马而去，临行的时候，还请那个为王后收拾卧房的小鬼代他通知拉文骑士，说明他为什么匆忙离开此地的。"同时还请求拉文看在我的情面上，立刻赶到麦丽阿干斯驻扎的堡寨，若是我还活在世上，他自然可以听到我的消息，我要到那里营救麦丽阿干斯所绑架的王后同十名骑士，如果他和他的部下胆敢无理取闹，我立誓要摘下他们这群人的脑袋。"

第四回

兰斯洛特骑士的马怎样被人射死,又兰斯洛特骑士怎样乘了战车去营救桂乃芬王后。

兰斯洛特骑士放马飞奔,据史书记载,他跑过了威斯敏斯特大桥以后,还骑在马上,渡过了泰晤士河,又到达了朗伯斯区。随后不久,他又到了先前那十个骑士同麦丽阿干斯交战的地方。兰斯洛特骑士循着前面那些人的脚印,走进树林,那里有一条直路,两旁埋伏了三十个箭手,他们望见了兰斯洛特,便喝令他回原路,不可跟随脚印向前。兰斯洛特骑士骂道:"你们是些什么东西,不让我圆桌骑士沿着正路前进,究竟是什么意思?"他们答道:"你一定要离开这条路,不然你只好徒步走了;我们就要打死你骑的马,现在你应当明白啊。"兰斯洛特说道:"想打死我的马,那是小事情,可是,要想对付我本人,即便马被打死以后,冲上五百人,也不会有用场。"蓦然间,他们对着兰斯洛特的马发射乱箭,击中了好多支,迫得兰斯洛特弃马步行;因为陆上设了许多壕沟和篱栏,隔阻在他同敌人中间,以致双方无法交战。兰斯洛特骑士这时叹道:"一个骑士无缘无故地被另外一个骑士欺侮,这太可耻啦;有一句古话:君子相交,平淡无事,遇着小人,危险上身。"兰斯洛特骑士向前走了一个时辰;忽然觉得所携带的甲胄长矛,盾牌宝刀累赘万分。读者要知道,兰斯洛特对于这些武器很厌恶,但为了防避麦丽阿干斯的陷害,又不敢随便抛弃。

忽然间有一辆搬运木材的战车从近旁走过。兰斯洛特骑士喊道:"车夫噢,你告诉我,要是把我拉到两英里路外的寨里去,需要多少钱?"车夫道:"您不好上去的,这是麦丽阿干斯骑士装运木头的专车呀。"兰斯洛特随口说道:"我正想同他谈谈啦。"车夫答道:"您哪能同我一道去呢?"兰斯洛特骑士不分皂白,奔到那人身边,猛然一击,立时把那车夫打死在地上。另外一个车夫,原是死者的同伴,看到这种情况,惊惶不堪,深怕也被打死,便放声喊道:"我的爵爷,请留小的狗命,您要到哪里去,我就送您到哪里,好么?"这时,兰斯洛特骑士说道:"我告诉你,用车把我一直送到麦丽阿干斯的门口!"那车夫答道:"请爵爷上车吧,您一刻儿就会到啦。"于是车夫赶马拖车,放步前行,兰斯洛特骑士的马在车后跟随,可怜那马的身上中了四十枝又宽又大的箭头。

大约跑了一个半钟点,桂乃芬王后和一班女侍从正立在凸窗口前,等候音信,忽然望见了一位武装的骑士。这时有一位贵妇向王后说道:"夫人,请您看呀,车上装着一个武装齐整的骑士;我想是要被送上绞台受刑的。"王后匆忙问道:"那个人在哪里?"这时王后对那人的盾牌仔细打量了一下,方知他正是湖上的兰斯洛特骑士。一忽儿,她又看到车后跟随着一匹白马,也是他的,那马的肚肠挂在身外,连胃囊也露在外面,一起踩在它的蹄下。王后叹道:"一个人有了可以信托的朋友,是多么愉快啊,如今我自己不仅亲身经历,还被证明了。"接着,她又喊道:"哈,哈,您这位最尊贵的骑士啊,当您立在车上的时候,我知道您一定遭到意外的困难了。"随后她又去责备那个女侍从,因她说过这位乘车的兰斯洛特骑士好像是要送上绞台的。她又愤愤地骂道:"你这些屁话,乱做比方,世间还有把一位最高贵的骑士送去绞死的吗?上帝啊,请您保佑他,莫让他遭到任何不幸的意外啊。"正在这时,兰斯洛特骑士赶到寨门外边,他跳下战车,大声一喊,全寨的人都如雷贯耳,骂道:"麦丽阿干斯,你这奸贼在哪里?你还配做圆桌骑士么?你这奸贼,赶快同你的狐群狗党都滚出来;我就是湖上的兰斯洛特骑士,等在这里,要来同你拼命。"话才脱口,就一拳打开了寨门,不想正冲到司阍的身上,他又举起戴着铁笼的手,掴他一记耳光,竟把司阍的颈骨打断了。

第五回

麦丽阿干斯骑士怎样恳求桂乃芬王后饶赦他，以及桂乃芬王后怎样平息了兰斯洛特骑士的嗔怒；以及其他等等事项。

麦丽阿干斯骑士听到兰斯洛特骑士已经赶来，急得连忙跑到桂乃芬王后的身边，双膝下跪，哀求道："王后啊，恳请您原谅，我此刻跪在这里，听您处置。"桂乃芬王后答道："怎么啦？虽然亚瑟王还不知道你所耍的花招，我知道一定有哪个优秀的骑士来为我复仇哩。"麦丽阿干斯骑士说道："王后呀，我所犯的一切错误，都愿意遵照您的意旨去纠正，无论您怎样处罚，我都完全接受。"王后道："你希望我做些什么？"麦丽阿干斯答道："我不要求什么，只希望您把权抓在自己的手里，管好兰斯洛特骑士；让我在小寨里准备些酒菜，在您两位明天返回威斯敏斯特以前，表示欢迎；至于我本人，以及寨内一切人等，均请您随便吩咐好了。"王后又说："你的意见很对，战争总比不上和平共处，而且谣言流传，足以损害我的声名。"

然后王后偕同各个侍女下楼看望兰斯洛特骑士，这时他留在内厅，怒火冲天，准备与麦丽阿干斯决斗，还一直喃喃地说道："你这个坏蛋，有种来打啊。"这时王后走到他的身边，叫道："兰斯洛特骑士,您为什么这么激动呢?"他答道:"啊,王后呀,您怎么来问我这话呢?我想,您是直接受害人,一定比我更气愤;要知道,我呢,损失不大,仅仅害了一匹马驹子;然而他对我的轻侮,却比受伤还难过。"王后又说:"对啊,您的话真对;我对您冒险赶到这里,衷心表示感谢;但是要请您为我和平解决,如今因为全权操在我的手里,任何错误都可以尽量纠正、改好,至于那个骑士的胡作妄为,他已经完全悔过啦。"兰斯洛特骑士答道:"夫人,这样说来,您已经同他妥协了,我何必再来兴风作浪呢?但麦丽阿干斯骑士对待我本人,先是盛气凌人,后来又变得这么懦弱。"他又说:"夫人,早知道您这么容易和解,我就不必急忙赶来啰。"王后道:"您怎好这样说呢?难道您为自己的好心肠抱冤屈吗?"她又接着说:"您要明白,我所以要同他取得谅解,并不是我和他之间有什么恩爱,只是怕他信口开河,市虎杯蛇,影响我自己的洁白。"兰斯洛特骑士这时说道:"王后,您是很了解我的,我一向不让闲言碎语流传在外;在全世界的国王、王后和骑士之中,只有亚瑟王和您两位,能够管束住我,不然,今天在我离开这里之前,一定要把麦丽阿干斯的心挖出来去做冻肉的。"王后道:"既然您使我明白了,您还想什么呢?"兰斯洛特说:"您既有全权处理,就请您怎样欢喜就怎样办吧。"还说道:"王后,只要您乐意,我根本不在意,至于我这方面,您一下子就可使我满意。"

这时兰斯洛特骑士脱去了手上的铁笼,一只手露在外面,王后便挽着他的这只手,一同走进了卧房,王后还叫他脱卸身上的甲胄。兰斯洛特骑士想到了十名受伤的骑士,便问王后他们住在什么地方，王后引导着他去探望他们。大家相见之后，各个伤员自然都表示了无限的快乐，可是兰斯洛特看见他们负了重伤，煞是心痛。随后，兰斯洛特骑士向他们述说了麦丽阿干斯埋伏箭手，运用奸诈伎俩，杀死了他的坐骑，事后他又怎样乘到一辆战车，也很满意。他们彼此交谈了好久，吐出各人遭遇的苦难，他们很想为了仇恨而报复；最后又因为王后的关系，都采取了和平政策。据说，在法兰西文著作里记载，兰斯洛特骑士此番曾冒了危险建立奇功，因而外人喊他做"战车骑士"，一直喊了好久。现在暂将战车骑士搁下不提，继续述说我们的故事。

兰斯洛特骑士在此遇见了王后，如鱼得水，约定当夜在花园里从窗口爬进王后房里幽会；窗外原来装着铁栏，那约定的时间，就在全部人员入睡之后。不料在这深夜里，拉文骑士忽然赶到堡寨门口，大声喊着："我的爵爷兰斯洛特骑士在寨里么？"他们马上就去找他，当拉文骑士望见了兰斯洛特，便问候道："我的爵爷，您真是受了委屈，我望见您的马，已经被他们用箭射死了。"兰斯洛特骑士答道："算了吧，请您谈谈别的事情，让这件事情过去吧；将来我们有机会再去纠正它。"

第六回

一个晚上,兰斯洛特骑士怎样走进桂乃芬王后的卧室,又麦丽阿干斯骑士怎样告发王后犯了淫乱叛逆罪。

话说先前受伤的十个骑士在诊治以后,创口上敷了一些软膏,到了晚饭时辰,王后伴着他们谈笑共宴,霎时趣味横生。宴会完毕,夜已深了,各人返回卧房,但王后不让伤员们离开她太远,就待在近边而便于照顾她的地方,使他们依榻凭枕躺下,他们都不缺少任何东西。

兰斯洛特骑士一人在房里守到约定的时间,他找到拉文骑士,向他说明今夜必须拜晤王后桂乃芬,有事商谈。拉文骑士要求道:"爵爷,我因为深怕您遭到麦丽阿干斯的谋害,让我陪同您去拜谒王后好么?"兰斯洛特骑士答道:"谢谢,不必劳驾,我一个人去好了。"于是兰斯洛特骑士拾起宝剑,秘密来到预先放置一架扶梯的地方,他一手挟着扶梯,走进花园,将梯子靠王后的楼窗立着,凭梯爬上,王后等候已久了,他俩隔着窗子谈心,叙述了别后的惊险遭遇,可是兰斯洛特骑士很想走进房里。王后说道:"要知道,我也这样想,你最好能进来。"兰斯洛特骑士又问道:"真是想要我进去么?您有这样的心情,我怎可以辜负您呢!"王后答道:"好啊。"兰斯洛特便道:"请您瞧瞧我的本领吧,一定要报答您的恩爱呀。"他一面说,一面伸手拔去窗外的铁栏,才一使力,就把它们从壁石的洞眼里拉出,不想有一根铁杆刺穿了他的手掌,碰到骨头;可是他终于跳进了王后的卧房。王后低声道:"千万不要做声,那群受伤的骑士都睡在我跟前。"看官们请听,且说兰斯洛特骑士急忙跳到王后床上一同睡去,竟忘却有一只受了重伤的手掌,只贪纵情欢乐,直到东方大白方止;还有一点,为得提防,所以他也不敢入睡;及至天明,便急忙跳到窗外,将栏杆恢复旧观,径自返回他自己的卧室;在这里他遇见了拉文骑士,就把昨夜受伤的经过告诉他听。忙得拉文一面为他包扎,一面为他止血;还为他套上一只手套,免得被人发觉;再说王后一直睡到九点钟光景,方才起床。

这时麦丽阿干斯骑士跑进了王后的卧室,看见侍女们正在穿衣,麦丽阿干斯说道:"天呀,怎么啦,为什么睡了这么久?"他拉开王后的床帐,向王后一瞧,看她还在瞌睡,满枕满席都沾着兰斯洛特骑士手上所流下的血渍。麦丽阿干斯一看到这许多血,认为当夜必有受伤的骑士同她交往,她一定对国王有失贞的行为。他便喊道:"嘿,王后哟,如今我发觉你是亚瑟王的淫妇,因为我现在可以证明,昨夜里你留下那些伤员在你的卧房不是没有理由的吧,所以我要在亚瑟王的面前,揭发你与人通奸。王后,现在我就要证实你这种丢脸的事,这群受伤的骑士昨夜同你发生关系的,究竟是全体,还是一部分呢。"王后道:"这是胡说,让我去告诉他们。"这十位骑士听到麦丽阿干斯的话,都对他齐声答道:"这是无中生有,胡说八道,你硬诬陷我们,我们都要来洗刷清楚;等待我们的伤势痊愈了,你来洗吧,我们每个人都同你决斗的。"麦丽阿干斯骑士道："何必大话连天,我想算了吧;你们大家去看看,昨夜里总有一个伤员同王后睡过啦。"等到大家看到王后床上的血渍,都觉得羞惭,可是麦丽阿干斯却十分喜欢,他认为,可以利用这个机会,去掩盖自己的罪行。这谣言传到了兰斯洛特骑士的耳边,他发现大家都在骚动了。

第七回

兰斯洛特骑士怎样为了桂乃芬王后而接受了挑战，对麦丽阿干斯骑士决斗，兰斯洛特骑士又怎样堕在陷阱之中。

兰斯洛特骑士问道："这里有什么事情发生啦？"

当时麦丽阿干斯骑士引导他们走到王后床前，指着床上的血渍给他们看，又把经过告诉了他们一番。兰斯洛特骑士遂向他说道："那时王后在床上熟睡，床帐还未拉开，你走到她的床边，这是很没有礼貌的行为，也不是一个骑士应该做的；照我想来，当王后上床之后，若是她不邀请国王同床，我们的亚瑟王也不会随便掀开她的床帐去东张西望的；因此我断定你的行为是粗野的，也是无耻的。"麦丽阿干斯辩道："我不懂你这话是什么意思，总之，昨夜里王后同一个受伤骑士睡在一床，这是我敢断言的。因此我可证明她对亚瑟王是不贞的，有谁敢否认这话，我就同谁决战到底。"兰斯洛特道："如果你这样说，也这样做，总有人接受你的挑衅的，请你当心呀。"

麦丽阿干斯骑士又道："兰斯洛特爵爷啊，您所为所行，太失检点，我奉劝您当心；您虽然是个杰出的骑士，名闻世界，但不可以死咬着歪理去打抱不平啊，上帝究竟要为正义去加一把劲

1269

的。"兰斯洛特骑士说道:"提到这一点,自然大家都要敬畏上帝的;可是我不是已经明明白白地说过了吗,那十个伤员,当晚没有一个曾同王后睡过的,而你偏来胡说,所以我要亲自下手来扑灭你这一番瞎话咧。"麦丽阿干斯骑士道:"等一等吧,这里就是我的手套,我认为她不忠心于亚瑟国王,那夜里一定有个伤员睡过她。"兰斯洛特骑士答道:"我接受你的挑衅。"于是双方打了手印,送给那十名骑士。兰斯洛特骑士又答道:"在哪一天决战呢?"麦丽阿干斯骑士说道:"从今天算起的第八天,地点就是威斯敏斯特附近比武场上,好吗?"兰斯洛特骑士答道:"我完全同意。"麦丽阿干斯骑士又说:"现在,一言为定。您是一位高贵的骑士,恳求您不要采取什么诡计来害我,同时也不用阴谋,我也不会指使别人去暗算你的。"兰斯洛特骑士道:"是啊,我一生光明磊落,人所周知,我通告所有认识的骑士们,我自己既不耍花招,也不喜欢任何人弄诡计。"麦丽阿干斯骑士听了道:"请你一同用便饭好么?饭后还请您陪同王后返回威斯敏斯特去,如何?"兰斯洛特骑士道:"多谢您,好吧。"

晚饭以后,麦丽阿干斯骑士问兰斯洛特骑士道:"您可有功夫请到小寨的厅房去逛逛?"兰斯洛特骑士答道:"多谢盛意。"于是他们两人起身前行,遂入室参观,兰斯洛特骑士不曾有丝毫警惕。原来一个有德有才的人,不论置身什么地方,很少提防外来的横祸,因为他虚怀若谷,光明正大,看待任何人都和自己一样。可是一个诡计多端的小人,随时随地惯于布置陷阱,制造灾害。请看这位不怕横祸的兰斯洛特骑士,他正同麦丽阿干斯说长道短,信步前行的时候,一脚踏上了陷阱的活盖,直跌进一个六十英尺深的洞底,洞里面满盛着柴草。麦丽阿干斯徜徉向前,不露声色,好像不知道兰斯洛特骑士的下落似的。

自从兰斯洛特骑士同大家失去联系之后,都不知道他究竟在什么地方;王后和许多骑士们都以为他突然不告而别,因为他一向来去无常,行踪不定,麦丽阿干斯骑士又急忙藏起拉文的坐骑,使得大家好去联想到兰斯洛特或许是骑着他的马而去的。这样拖延到午饭之后,拉文骑士为着准备马车,搬运伤员,忙个不停,然后便偕同王后、侍女和骑士等,浩浩荡荡赶回威斯敏斯特去了。及至回到宫里,各骑士向国王亚瑟奏禀他们在外的经过,比如麦丽阿干斯控诉王后不贞,他掷下手套挑衅,兰斯洛特骑士表示接受比武;他们约定了八天之后,在陛下的面前决战。亚瑟王听后说道:"我想麦丽阿干斯骑士抓到了一个难题目,可是……"他接着问道:"兰斯洛特骑士此刻在哪里啊?"他们齐声答道:"王上,我们不知道呀,他或许乘马行侠去了;他经常是行踪不定,此番骑了拉文的马去的。"国王又说:"让他去吧,如若不是遭到歹人的暗算,我们会找到他的。"

第八回

　　一个贵妇怎样搭救了兰斯洛特骑士出狱,又兰斯洛特骑士怎样选定了一匹白马,遵着预定作战的日期,赶到了目的地。

　　我们且不管兰斯洛特骑士蹲在陷阱里的苦痛多么沉重;每天都有一个宫女送他饮食,还不时地同他嬲戏,要求发生肉体关系,可是他一本正经,严词拒绝。她说道:"兰斯洛特骑士呀,您太笨啦,如今您落在我的手里,若是我不来帮助,您可能逃出这个牢狱吗?并且,在决斗的那天,倘使您不能如约赶到战场,那么您所心爱的桂乃芬王后,还不是因为您失了约,将要被活活地烧死吗?"兰斯洛特骑士说道:"若是因为我失约,使得她烧死,我想上帝也不会允许的;如果我届期真的不能到场,她因此而死,那么国王和王后两人,以及全国著名人物,将都会了解,我不是死了,就是病倒,或是被人关在牢里了,这不是很明白的么?总之,若是我当日不能赶到,所有的人都会推测我遭了意外;那时必有我的亲属,或是一向爱护我的人,代表我出场应战;因此,您何必代我畏惧呢?再说到我对于您的要求,即使全世界除您之外,没有第二个女人存在,我也不愿同您发生肉体关系的。"那宫女听后骂道:"那么你只好失败了,永远遭到毁灭啦!"兰斯洛特骑士这时自言自语道："为了维护人间的廉耻，恳求上帝保佑我；至于我个人的遭遇，不论是祸是福，我完全听从上帝的安排。"

到了约定决战的日子，那位宫女又来到他的跟前，向他说道："兰斯洛特骑士啊，你的心肠好硬呀，现在你如果愿意同我亲嘴，我就可放你走出，把你的甲胄还给你；此外，我还愿从麦丽阿干斯骑士的马厩，拣一匹骏马给你骑。"兰斯洛特骑士答道："只是亲一亲嘴，这并不损失我的尊严；倘使我认为同你接吻是失身份的，那么我也是不肯去做的。"说罢这话，他起身轻轻吻了吻那位宫娥的面孔；这样以后，她立时拿出甲胄剑枪，一一交还兰斯洛特了。及至他武装妥帖，她又引他走进马厩；那里有十二匹骏马，这宫娥让他自己选择。最后，兰斯洛特骑士挑出一匹白马，是他最爱的；他又吩咐养马的人员，备好最适于作战的鞍辔，他们也都一一照办了。他便拾起长矛，挂上腰剑，告别了这位宫女，并说道："小姐，多谢您的好意，今后凡是我所能够做到的事情，都愿为您效劳啊！"

第九回

　　兰斯洛特骑士怎样准时到达了麦丽阿干斯骑士所等候的决斗场地。

　　话说兰斯洛特骑士跃上骏马，迈步疾行，打算晤到王后；而王后呢，这时已被送上了火刑台，准备焚烧。在麦丽阿干斯骑士的心里，他认为确有把握，兰斯洛特一定不会赶来应战，所以他一直喊叫着，恳求亚瑟王主持正义，将桂乃芬付之一炬，否则就叫兰斯洛特骑士出来比赛。这时国王和全朝人士都因为兰斯洛特失约，而局促不安，相顾哑然，只好让王后走向火坑了。忽然间，拉文骑士奏道："亚瑟国王啊，说到小的爵主兰斯洛特骑士，您或许不甚明了他的情形，若是他活在世上，而不是生病或被俘虏的话，他一定会赶到此地，他一生为着决战而立下的诺言，从来不曾爽约过一次。因此，恳求王上给小的一个机会，准许小的来代表我的爵主兰斯洛特骑士作战，去挽回王后的厄运，敬候吩咐。"亚瑟王立时答道："良善的拉文骑士，多谢您的好意，我敢说麦丽阿干斯骑士的控诉，难免对王后抱了成见，故意陷害呀；我也曾经问过那十名骑士，他们都一致向我表示，等到将来伤势痊愈而能作战的时候，都愿亲自与麦丽阿干斯决斗，借以证实麦丽阿干斯是在制造谎言，存心侮辱王后的。"拉文骑士应声答道："如果今天能得王上的准许，我为了维护兰斯洛特骑士，愿意立刻下场应战。"亚瑟王便说："我答应你，就下场好了，至于兰斯洛特骑士，我想他或许遭到小人的暗算了。"

不一刻，拉文骑士整顿了他的坐骑，从战场一端迅速奔出，参加决斗；忽然传令官喊着："准备好，开始！"不料这时兰斯洛特骑士奋起全力冲进了战场。亚瑟王望见他跑来，便喝一声："停住。"只见兰斯洛特骑士勒马站在国王前面，当众向国王奏报，把麦丽阿干斯欺侮他的情形，从头至尾报告一番。当时国王和王后，以及其他高官贵人听到麦丽阿干斯的种种无耻行为，都对他表示不满。又因为王后的代战人赶到了战场，于是国王召王后来到身边，自然对她是万分信任的。闲话休提，言归正传，兰斯洛特和麦丽阿干斯两个骑士手里握着长矛，奋马互斗，丁零当啷，声响如雷，兰斯洛特刚刚动手，便把对方从马尾股上击落在地。于是兰斯洛特跳下马来，撑起盾牌，拔出利剑斫去，麦丽阿干斯也回剑抵挡，大家对斫了许多剑；到了最后，兰斯洛特一剑猛然斫到对方的头盔，迫得他侧身跌倒在地。紧接着，他放声喊道："最英武的骑士兰斯洛特啊，请留下我这条小命，我投降您好了；为着您是圆桌骑士，恳求您饶我一命，我投降好了；我把生命交在国王和您的手里，是死是活，完全由您做主。"

这时兰斯洛特骑士不知如何是好，他为了要报复麦丽阿干斯的仇恨，就是失去了全世界的荣华富贵也情愿。他抬头瞧着王后的面色，想看出她的意思究竟是哪样。王后微点了一点头，好像是对兰斯洛特暗示"杀掉他"。兰斯洛特骑士从王后点头的表情，认为她不要麦丽阿干斯活命了；于是吩咐麦丽阿干斯爬起来，必须斗到最后的关头。可是麦丽阿干斯死也不敢爬起,只是求道:"除非请您把我当做一名败将,我永远也不敢爬起来啦。"兰斯洛特骑士又说道:"我可以让你占个大便宜。就是说,我光着头,裸起左半个身子,你再把我的左手缚在背后,然后同你斗一场。"麦丽阿干斯听了这话,便弯着双腿从地上爬将起来,大声说道:"亚瑟王呀,请注意他的建议,若是依照他的意思,脱去武装,又缚起手臂,再去决斗,我是愿意接受的。"国王转向兰斯洛特骑士道:"你说什么,你可愿意这样再战吗?"兰斯洛特骑士答道:"王上,君子一言,驷马难追,我说得出,就做得到。"

在武场里担任值班的骑士们听了这话,就上前脱下兰斯洛特骑士头上的钢盔,又解去他左面的甲胄,再把他的左手缚在背后,不让他拿盾牌和别种武器,放开他们去决斗。看官们,请你们想想,这时在场的贵妇们和骑士们,对兰斯洛特这种情形是多么提心吊胆啊。随后麦丽阿干斯骑士高举着宝剑跑来了;兰斯洛特光着头,袒出左臂冲上来;麦丽阿干斯本想一击斫在他的光头上,哪知他灵活万分,刹那闪开了左腿和左肩,竟伸出右臂去拦住对方的宝剑,更运用了敏捷的技巧和外人看不出的手法,终于对那人的头盔上猛然击去,竟把那人的脑袋劈作两半,大家惊得目瞪口呆,无话可说,便把麦丽阿干斯的尸体拖出场外了。这时,国王接受了各圆桌骑士的请求,将麦丽阿干斯收殓殡葬,并将他致死的原因,被何人所击毙,宣告全国周知。此后国王和王后两位对兰斯洛特骑士的爱护,比以前更周到了。

第十回

尤瑞骑士怎样为了求人医伤，来到亚瑟王的朝廷，又亚瑟王怎样开始用手抚摸他。

根据法兰西著作的记载，在匈牙利地方有一位优秀的骑士，名叫尤瑞，任侠行义，漫游四方，不论他听到什么地方有武艺表演，总赶去出场。据说有一次在西班牙，一个伯爵的儿子名叫阿耳法格斯的，在比武大会上同匈牙利的尤瑞遭遇在一起；因为这两人的武功不相上下，结了深仇，两人就不共戴天斗将起来。说也凑巧，这个匈牙利的尤瑞把西班牙伯爵的儿子阿耳法格斯骑士打死了，在死之前，那人身上负了七处重伤，三处在头，四处在躯干和左手上面。再说这个阿耳法格斯的母亲，原是个著名的巫婆，精于法术。她为着儿子的惨死，施了一道魔法，使得尤瑞骑士受伤之后，永难复原；以致伤口上有时化脓，有时流血；若是觅不到世界上最著名的骑士为他治疗，将永没有痊愈的希望。所以她到处宣传，扬言尤瑞骑士的创伤总没有收口的一天了。

后来尤瑞的母亲预备了一乘马轿，把儿子放在轿里，套上两匹骏马拖着，还带着尤瑞的妹妹同行；他的妹妹生得貌美端庄，名叫华莱罗丽；此外还带着一个侍从，以便途上照料马匹，于是遍游各国，寻觅名医。据法兰西史书上的记载，他们跋涉了七年，走遍了各个基督王国，结果不曾觅得一个能够治愈她儿子的骑士。后来她到了苏格兰和英吉利许多地方，在那里适逢亚瑟王准备在朝廷里举行圣灵降临节的大宴会，地点在卡莱尔堡①。这位母亲抵达此地之后，便公开说明了她的目的，是为了求医治疗她儿子的毛病。

亚瑟王得到了这个消息，即行召见，询问她携带受伤的儿子到这里来做什么。这位贵妇即奏道："高贵的陛下，我带着受伤的小儿奉谒贵国，是想寻求名医为他治病，在过去七年里，一直不曾治愈。"接着她又把他受伤的经过，以及被什么人打伤的，都报告了国王。她说原来有一个做母亲的，善于使用魔法，伤害了她的儿子，据说只有世界上最著名的骑士才能治愈。她又说："为着求医，各处的基督王国都被我走遍了，只剩下贵国，未曾到过，所以特地赶来，若是在贵国不得痊愈，我就不再奔波啦；不过，那对于我倒是一件伤心的事情，因为我的儿子为人忠厚，武功也很高强。"

亚瑟问道："令郎叫什么名字？"她答道："仁爱宽大的王上啊，小儿叫做高山的尤瑞骑士。"国王又说："在国泰民安的时候，你来到我的国度，自然是很欢迎的，若是任何一个基督徒真能治疗他的伤口，我想他在这里一定能够痊愈。为得鼓励此地的名人替他治疗，所以我要先去试试，那样其他在场的各位公爵伯爵才会跟着下手；随后我再吩咐他们的时候，想来他们都会遵从我的命令了。"国王又向尤瑞的妹妹说："您要知道，我所以要领头用

---

① 英格兰西北部城市，坎布里亚郡首府。

力气为他治疗,并不是表示我真有治愈的本领,而是暗示其他要人,希望他们跟着我去医治他。"及至大宴会举行了,亚瑟王便命令所有君王、公爵和伯爵,以及全部圆桌骑士们,都齐集在卡莱尔牧场之上。总计当日到场的骑士是一百一十名,缺席的四十名;在这里将由亚瑟王开始为尤瑞治疗,因为在当代的基督王国里,他是最为人爱戴的一位伟人。

第十一回

亚瑟王抚摸尤瑞骑士的创伤,随后圆桌社各骑士轮流抚摸,予以治疗。

随后,国王亚瑟向尤瑞骑士上下打量了一番,认为他的伤势痊愈之后,一定是一位英武的干才,遂命令部下把他抬出马轿,放在地上,同时还在他的跟前,放下一块绣金的垫子,以便国王跪下替他治疗。这位高贵的亚瑟王向他说道:"亲爱的骑士,我很同情你的创伤,为得鼓励其他高贵的骑士们,请你稍稍忍耐,让我抚摸一下你的伤口。"尤瑞答道:"我愿意听从您的命令,请您随便抚摸好了。"于是亚瑟轻轻地抚摸他的伤口,立时鲜血流出,随后,诺森伯兰的克拉兰斯王前来为他治疗,没能奏效。又有阿坡利基的拜岚王医治他,虽医而无效,这位王就是世人所称的百骑士王。果尔地方的由岚斯王治过了,也无效应。爱尔兰的安国心王治疗之后,没有效验;卡劳特的南特王也对他没有功效;苏格兰的卡瑞都王看过了,同样无效;大太子姜拉豪也医治过,丝毫不见起色;康沃尔地方卡瑞都王的太子名叫康斯坦丁的也轮到了,经他医治之后,没有两样。此外,克拉兰斯的查拉英公爵医治之后,又有乌耳巴斯伯爵、蓝拜耳伯爵和亚蕊斯丹斯伯爵三人逐一治疗,结果均没有效应。

随后高文骑士偕同他的三个儿子来了，就是金家麟骑士、夫罗安斯骑士和罗佛耳骑士，那后面的两个乃是布兰底耳斯的妹妹所养的，虽然经过这父子四人治过，也没能痊愈。接着又来了阿规凡骑士、葛汉利骑士、莫俊德骑士，以及优秀骑士加雷思，等等，都为他治疗，都没有功效——在这弟兄四个之中，要推加雷思的秉性最温良，堪称标准骑士。后来又来了兰斯洛特骑士的亲属多人；因为当日兰斯洛特出外游侠，不在朝廷，没能前来。他的亲属，如梁纳耳骑士、马利斯的爱克托骑士、甘尼斯的鲍斯骑士、甘尼斯的卜拉茂骑士、甘尼斯的布留拜里骑士、葛哈兰丁骑士、卡力胡丁骑士、门纳杜克骑士、猛将维里哀骑士、闻人西比斯骑士，等等。这一列兰斯洛特的亲属都替尤瑞骑士治疗过，完全无效。又来了"野心家"莎各瑞茂骑士、荒原武人杜丁纳斯骑士、丁纳丹骑士、黑色的博英骑士——这人就是凯骑士所称的衣着旷荡汉、家宰凯骑士、异乡人凯骑士、罗格里斯的美利欧特骑士、温彻西阿的派提巴斯骑士、高尔威的葛雷荣骑士、高山的梅李昂骑士、卡尔杜克骑士、阿弗推的乌文英骑士，以及"硬心人"欧杂那骑士，等等。这些人也都参加了治疗工作，都没用处。

随后又来了阿斯多摩骑士、顾慕尔的儿子古谋尔骑士、格罗赛木骑士和布诺斯的色尔凡斯骑士。色尔凡斯力大无比，据史书上的记载，湖上仙女曾经设宴款待过他和兰斯洛特，而且宴会过好多次，目的是想向他们两人要一件纪念品。这两位骑士便赠给她了。她又请求色尔凡斯骑士的同意，今后永不再同兰斯洛特骑士相战，同时又请求兰斯洛特骑士，也请他亲自表示永不和色尔凡斯决斗，结果这两人都答应她了。在法兰西著作里曾经写明，色尔凡斯骑士胆小如鼠，向来不敢同任何骑士争执，只会应付巨人、龙和野兽之类而已。在大宴会上，为了响应国王的号召，全体出席的圆桌骑士依次为尤瑞治疗一番，我们曾在上面一一分别介绍。国王所以这样做，为的是想发掘出来究竟哪一个骑士是最高贵的。

随后又来了阿各娄发骑士、屠奴尔骑士和陶尔骑士三人。陶尔的生母原是一个牧牛人的妻子，在她还不曾同阿瑞斯结婚之前，曾和伯林诺王发生关系，生养了陶尔骑士；伯林诺王的儿子除陶尔之外，还有阿各娄发骑士、屠奴尔骑士和拉麦若克骑士；在亚瑟王时代，全世界最英武的骑士，首推拉麦若克；再说薄希华骑士的武功，在追求圣迹方面，当时除了加拉哈骑士之外，真是所向无敌，但他们都在追寻圣杯的时候牺牲了。跟在后面而来的，还有"神子"葛利夫莱骑士、厨司卢坎骑士、卢坎的同胞拜底反尔骑士、布兰底耳斯骑士、康斯坦丁骑士——这人是康沃尔卡多尔骑士的儿子，亚瑟王逝世之后，他接位做王；还有克莱吉斯骑士、沙多克骑士、康沃尔地方的家宰狄纳思骑士、福尔古斯骑士、朱安特骑士、蓝白各斯骑士、克莱尔曼的柯拉罗斯骑士、克劳答斯骑士、海格提米骑士、卡纳芳的爱德华骑士、丁纳丹骑士、普烈玛斯骑士——这人是由名骑士特里斯坦为他施行洗礼的；他们三个，本是同胞弟兄；还有鲍斯骑士的儿子名叫卜拉克的海拉英骑士（他的生母乃是布兰底果尔王的女儿），以及李斯提诺瓦的布瑞安骑士；还有岗特骑士、雷诺德骑士和吉耳梅骑士，这三个是同胞兄弟，有一次在一座桥旁与兰斯洛特冲突了，被兰斯洛特使用着凯骑士的武器，把他们全部打垮。还有古雅德骑士和拜兰交尔·勒·比斯骑士，后者乃是著名的孤子亚力山大骑士的儿子，他的命送在马尔克王的阴谋里。这个无恶不作的君王还杀害了伟大的骑士特里斯坦,当他坐在伊索尔德面前弹琴的时候,马尔克王从背后猛劈了一刀,使他立时殒命,这乃是亚瑟王时代惊动了举世骑士的惨事;说到特里斯坦和拉麦若克两个骑士之死,确是再残忍不过的事情,杀害特里斯坦骑士的是马尔克王,谋害拉麦若克骑士的乃是高文和他的兄弟。这位拜兰交尔骑士曾替他父亲亚力山大复了仇,并且替特里斯坦骑士杀死了马尔克王。后来伊索尔德伏在特里斯坦的尸体上,终于沉痛昏迷死去,造成人间一大惨案。凡是赞成马尔克王残害特里斯坦骑士的人也都一个一个地被杀了,比如安德烈骑士等人,就是例子。

随后又来了西比斯骑士、莫干诺尔骑士、桑骑士、沙平拿贝尔斯骑士、拜兰交尔骑士——这人曾与拉麦若克对打,获得胜利;还有奈罗芬骑士和普兰诺里斯骑士,这两人曾被兰斯洛特骑士所击败;还有达赖士莱克王的儿子赫利骑士和爱尔米狄骑士三人:爱尔米狄是赫尔曼思王的同胞,以前巴乐米底骑士曾在红城同这兄弟两人作过战;此外还有悲惨塔里的赛利赛斯骑士、奥克尼的爱德华骑士、铁浒骑士——外人称他做绯红荒原的英武骑士,以前加雷思骑士曾为着梁纳斯小姐而把他打败过,还有阿汝柯·德·葛利芳骑士、第格兰·骚士、维浪骑士——这个人曾同黑岗的巨人相战,爱皮诺革利斯骑士——他是诺森伯兰的王太子。此外,还有伯莱亚斯骑士,他曾钟情过艾达娜小姐,几乎为情而死,幸而有一个名叫怡妙的女郎嫁他为妻,不然难免殉情;这人品才俱高,可算一位优秀的骑士;还有加的夫的拉密耳骑士,以爱情丰富著称,外号"大爱人"。还有战地骑士、里尔的美莱思骑

1283

士、硬心人波巴特骑士——这人是亚瑟王的儿子，司阍马杜尔骑士、高圭凡骑士、荒林里的荷维斯骑士、马汝克骑士——这人与妻子不睦，以致遭了妻子的法术，变做一只豺狼，过了七年之久。此外又来了兄弟三人，那就是波尔桑骑士、伯突莱浦骑士和薄利蒙奈斯骑士；其中第二个，外号是绿骑士，第三个的别号叫红色骑士；红色骑士曾败在加雷思骑士的手里；加雷思讳名美掌公，意思是"美掌将军"，以上共一百一十名骑士，都遵了亚瑟国王的命令，为尤瑞骑士疗治创伤。欲知后事如何，且听下回分解。

第十二回

亚瑟王怎样吩咐兰斯洛特骑士伸手抚摸尤瑞的伤口，不多时尤瑞完全痊愈了，又他们怎样去感谢上帝。

亚瑟王忽然叹道："慈爱的耶稣基督啊，兰斯洛特骑士今天不曾到场，他究竟到哪里去了？"那时站在左右的人很多，都在随便闲谈，骤然望见兰斯洛特骑士飞马奔近，大家就报告国王了。国王便道："大家安静一些，不要多话，等到兰斯洛特骑士赶来再说吧。"兰斯洛特骑士望见了亚瑟王，随即下马，步行趋前，对国王和各位官爵致了敬礼。过后不久，尤瑞骑士的妹妹忽然瞧见了兰斯洛特骑士，登时到马轿前面，向哥哥说道："哥哥啊，前面跑来了一位骑士，我一看到他的风采，那整个的一颗心就跟他去啦。"尤瑞骑士答道："亲爱的妹妹，我也有这种感觉，也觉得心花在开呢；我确实会有痊愈的希望；他对我的感应，比之以往任何为我治伤的骑士更明显哩。"

这时亚瑟王向兰斯洛特骑士说道："请你仿照我们的样子，来为他治一治吧。"说罢便将他们医疗的经过，一一告诉了兰斯洛特骑士；并且又指给兰斯洛特骑士看他们全部人员都看过的尤瑞的伤。兰斯洛特骑士道："敬爱的耶稣，我本来不敢冒昧地去为他治伤，因为现在已有许多君王和骑士替尤瑞治过，结果医不好，这

1285

许多爵爷们既然失败了,我怎能有效验呢?"亚瑟王又道:"请您不要犹豫,我们都试过了,您就照我的意思去做吧。"兰斯洛特骑士答道:"尊敬的王上啊,我怎敢不服从您的命令,我当然是听命的,不过我在抚摸伤口的时候,我并没有意思要表示我比别的骑士高明,倘使我骄傲自满,恳求耶稣来制止我这种胆大妄为的行为吧。"亚瑟王听后说道:"您这样看问题是错误的,固然您不当骄傲从事,但是您应当陪我去做,您是圆桌社的一个成员呀。"他接着又说,"要知道,倘使您试过之后,还不能把他治愈,然后我才敢说,在我们国内没有任何骑士能够医好他啦;所以我请您赶快照我们的方法去治治他吧。"

这时在场的君王和骑士们大部分都商请兰斯洛特来为尤瑞治疗,同时那个软弱无力的尤瑞也立起身来,诚心诚意地恳求兰斯洛特,并且说道:"好心肠的骑士,我奉了上帝的名,求您为我治伤,我觉得自从您来到之后,疼痛已经减轻啦。"兰斯洛特便开口向尤瑞说道:"哦,骑士啊,我愿照耶稣的意思,来帮助您,可是我很怕犯了错误而受到斥责呢,我向来就认为自己不配做这桩大事的。"在大家督促之下,兰斯洛特骑士终于双膝跪在伤者的跟前,说道:"亚瑟王上,虽然我心里认为绝不敢承当的,可我现在一定服从您的命令去做。"于是他举起双手,两眼望着东方,喃喃地嗫嚅道:"您这被人敬拜的圣父、圣子和圣灵啊,我恳求您的恩典,使我这简单的愚诚能够实现,您是被人敬拜的三位一体,靠了您的大德和慈惠,恳求您赐给我威力,来把这个痛苦的骑士治愈,我认为只有上帝能治好他,我个人是无能为力的。"随后兰斯洛特骑士便去医治尤瑞的头部,他虔诚地跪下来,揭开了他的三个伤口，分别抚摸，起初流出一点血水，不多时就完全愈合了，好像已经愈合了七年的样子。接着又为他治疗身上的三处伤，真是手到病除；最后又医治了他手上的创伤，那伤口也立时痊愈了。

亚瑟王和全体在场的君王骑士看见这种奇迹，悉行跪下，感谢上帝和圣母的慈爱。兰斯洛特骑士感动得两眼热泪，好像一个才挨过打的孩子似的。亚瑟王便命令各祭司和教士列队护送尤瑞骑士进城（卡莱尔），阵容要严整，态度要虔肃，还要沿途唱歌，以表扬上帝的慈爱。及至来到卡莱尔之后，国王赏给他最华丽的服饰，在全朝之中，尤瑞骑士顿时变成了数一数二的人物，他自然飞黄腾达，出人头地。国王问他的健康怎样，尤瑞骑士回答国王说："王上，我现在是平生中最强壮的时期。"亚瑟王又说道："您愿意比武吧？"他答道："倘使我有武装，当然愿意去试一试啊。"

第十三回

由一百名骑士所组织的队伍怎样去对抗另一百名骑士的一队；以及其他种种事情。

亚瑟国王听得尤瑞骑士愿意比武，便准备了一百骑士对一百骑士的比赛会。到了第二天早晨，比赛会开始了，他规定赏给优胜者金刚钻一枚，但不让危害生命的骑士参加。闲话少叙，话归正传，且说比赛开场之后，在总结的时候，查得当日尤瑞和拉文两人各击倒骑士三十名，算是最出色的。通过所有在场骑士的同意，亚瑟王赐封了这两人做圆桌社的骑士。这天拉文骑士遇见了华莱罗丽小姐，两人一见倾心，便结为夫妻，亚瑟王很尊重他们的姻缘，赏给他们每人以男爵的领地。从此以后，尤瑞一直跟随着兰斯洛特骑士，他又和拉文两个一同服侍着兰斯洛特骑士；这三个人均成为全朝的优秀武士，干劲十足；他们虽然建立了无数次的赫赫战功，依然是游侠任义，自强不息。

在整个朝廷里面，大家欢度了一个很长的时期。那时，高文的同胞阿规凡骑士怀了恶意，日日夜夜，埋伏暗线，侦察兰斯洛特和桂乃芬的行动，打算捉奸，借此侮辱他们。兰斯洛特骑士在这个时间的伟大武功，也就是外人称他做"战车骑士"那段时期的功劳，不论各本伟大著作里对他如何称颂，我们一概暂按不提。

但是法兰西文著作上所记载的,要向读者交代一下。那时有些骑士和贵妇们看见兰斯洛特曾乘过战车,就骂他乘了战车上断头台;因为当时凡是犯法或被掳的骑士,每每放在战车上送去处死,可是他完全不顾外间讪笑,乘了一年的战车,直到王后对麦丽阿干斯骑士复仇之后才停止;总之,他在杀死麦丽阿干斯以前的一年里,很少骑过马。而且法兰西文的著作里还写着,他在这一年内曾参与过战役四十多次。著书人既然失落了"战车骑士"的许多史迹,所以就把兰斯洛特的一生在此结束,下面开讲"亚瑟王之死";他的死,是同阿规凡骑士有关的。

本书第十九卷告终。以下专讲"亚瑟王之死",
这是人间最悲惨的史实,列为本书第二十卷。

第二十卷

第一回

阿规凡和莫俊德两骑士怎样忙着督促高文骑士,暴露兰斯洛特骑士和桂乃芬王后两人间的恋爱。

五月天里的人心,正同五月天里的花草一样,都在勃发萌动,所以多情的男男女女,欢欣鼓舞,期望着百花盛开的炎夏,因为烈风奇寒的严冬,已把青春的男女变得萎靡不振,蜷缩在火炉旁边了。春天到了,正是阳历的五月,由于两个倒霉的骑士,掀起了极大的骚动,惹了横祸,没法制止,弄得所谓人间"骑士之花"都遭到了灭亡。这两人,一个是阿规凡,一个叫莫俊德,都是高文骑士的同胞弟兄。这两弟兄一向对王后桂乃芬和骑士兰斯洛特二人恨之切骨,所以不论昼夜,他们一直注意兰斯洛特的行动,吹毛求疵,制造是非。真个不幸,有一天,高文骑士和他所有的弟兄们恰巧都聚在亚瑟王的房间里,阿规凡事先并未征得任何兄弟的同意,忽然公开揭发一桩事情,使得在场的很多骑士都听见了。他说:"兰斯洛特骑士同王后日日夜夜睡在一处,这是共见共闻的事情,两人都恬不为耻,真丢尽了我们的面子,弄得高贵的亚瑟王蒙了污垢,我们何以自解。"

高文骑士立时说道:"阿规凡弟弟,在我面前,我希望你,也就是命令你,不要再说这样的坏话啦!要知道,我不赞成这些话。"葛汉利和加雷思两个骑士说道:"阿规凡哥哥啊,真的,我们不愿听到你说的这桩事情。"莫俊德骑士插嘴说:"但是,我愿意。"高文争着说道:"莫俊德弟弟啊,我一直认为凡是要惹祸招灾的事情,您总是赞成的;我请您不要多管闲事吧,何必多事呢,我知道你不会有好下场的。"阿规凡骑士答道:"横祸让我去闯吧,我一定要向国王揭发她。"高文骑士继续解释道:"我的意见,与你不同,果真我们同兰斯洛特骑士发生摩擦,斗将起来,我劝你要明白,那时将有许多君王和武士站在兰斯洛特方面呀。"他又说:"阿规凡弟弟,你应当记得,过去凡是当国王和王后遭遇危险的时候,都是经兰斯洛特解围救出的。而且我们这许多人,每当紧急关头,也是靠着他才得平安无事,否则心根子的肉早已冰冷了。总之,他的确一马当先,所向无敌。"高文又道:"再说我自己,永不会有一天去反对兰斯洛特,他在险恶塔从卡瑞都王手里救我出险,把卡瑞都王打死,保全了我的性命。"他又说:"阿规凡弟弟和莫俊德弟弟啊,兰斯洛特骑士曾由陶昆骑士手里救出你们两人,还有六十二个骑士也是他救的呢。我认为,你们要把他的这种善意,永远记在心头。"阿规凡骑士答道:"你要怎样就怎样吧,可是我对他的秘密不愿意再隐瞒下去了。"他们正在谈论这话的时候,忽然亚瑟王来到他们的面前。高文骑士便劝告大家说:"弟兄们,安静些,不要瞎说啦。"但阿规凡和莫俊德两个骑士回答道:"我们偏要说。"高文骑士说道:"你们真这样固执吗?要是顽固的话,那么我既不要多听,也不愿多管你们的闲事。"葛汉利和加雷思同声说道:"我也是这样想,我们不应当讲他的坏话。"加雷思又说:"因为兰斯洛特爵爷曾封过我做骑士,我无论如何不去说他一句坏话的。"然后他们兄弟三人，各自分手，临别的时候都感到无限凄凉。这时，高文和加雷思两人说道："很不幸啊，国家里到处都很糟糕，圆桌社的各位名将就要瓦解了。"他们一面说，一面离开了。

第二回

　　阿规凡骑士怎样对亚瑟王暴露兰斯洛特和桂乃芬间的秘密通奸；又亚瑟王怎样给他们下逮捕令，命令他们捉拿兰斯洛特骑士。

　　亚瑟王听得大家议论纷纷，就问他们讨论什么。阿规凡首先应道："王上，我不愿意再隐瞒您，现在报告给您听。刚才我在这里，听见我的弟弟莫俊德向高文、葛汉利和加雷思三个弟兄泄露了一宗消息，我们现在知道了，兰斯洛特骑士霸占了王后，两人通奸已久。因为我们都是您的外甥，无法继续忍耐下去，而且您的地位又比兰斯洛特骑士为高，您是国王，曾封他做骑士，所以我们要显一显身手，证明他对您本人是不忠实的。"

　　亚瑟王说："如果真是这样，你们应当明白，他不是一个普通的人呀，在证据还没抓在我的手里以前，我也不愿先兴风作浪啊。兰斯洛特骑士是一个硬骨头，也是我们中间最杰出的人才；除非把奸捉住了，否则他拼死抵抗，将会闹得满城风雨；要拿武功来说，我想没有人能够比得过他。总之，即使你所说的是实情，我认为还是能够当场捉奸更好。"据法兰西文著作讲，兰斯洛特和桂乃芬的事情，国王很不愿宣扬出去；或许国王已经知情，只是充耳不闻，不愿追究；也由于兰斯洛特曾多次为国王和王后卖力应战，国王非常爱他。阿规凡骑士说道："舅舅，您明天如果骑马出外打猎，我敢保证兰斯洛特一定不愿陪您同去。到了将近傍晚的时候，您可以送信给王后，说是当夜不再返回，再传司厨到您那里去，我敢保证，兰斯洛特骑士一定要同王后幽会哩；倘使我们去捉奸，不管死的或活的都可以，我们一定能够交上来。"国王答道："好吧，我允许你们这样去做，不过人手要完全可靠啊。"阿规凡说道："舅父，我打算叫莫俊德弟弟跟着，随身率领十二名圆桌骑士同去。"亚瑟王又吩咐道："要当心些呀，你们就会觉得他是不容易对付的。"那时阿规凡和莫俊德两个骑士答应道："我们会对付他的。"

第二天早晨，亚瑟王出外狩猎，到了晚上，差人送信给王后，说他当夜留宿在外，不回宫里。那时阿规凡和莫俊德两人亲率十二名骑士赶到卡莱尔堡寨，躲在王后的住室四周，这十二个人就是：高圭凡[①]骑士、司阍马杜尔骑士、金家麟骑士、罗古尔斯的美利欧特骑士、温彻西阿的派提巴斯骑士、高尔威的葛雷荣骑士、高山上的梅李昂骑士、阿斯多摩骑士、顾慕尔·索迷尔·由尔骑士、丘赛朗骑士、夫罗安斯骑士和罗佛耳骑士。这十二名骑士全是苏格兰人，有的是高文的亲属，有的同他的兄弟们很友善，都是跟随着莫俊德和阿规凡两个骑士而来的。

夜已深了，兰斯洛特骑士忽然向鲍斯骑士说他当夜要去找王后谈心。鲍斯劝他说："爵爷，您要听从我的话，今天夜里不要乱

---

① 在第十六卷十六回中，高圭凡被梁纳耳所杀，此处又出现，概因文本章回的编写整理非按时间顺序。

跑啦。"兰斯洛特骑士问他:"为什么呢?"鲍斯骑士解释道:"爵爷,我一直怕阿规凡骑士对付您,他每天等着机会,很想找个题目把我们大家侮辱一顿呢。关于您同王后的往来,我一向不放心,要是您今晚去看她,我内心里反对的情绪从来没有这么强烈;今天国王忽然离开王后去打猎,我怎敢相信他呢,或许是他布置了暗线,来侦察您和王后的行动,所以我很怕您中了他的计谋。"兰斯洛特骑士说:"你何必怕呢,我速去速回,决不多耽搁啊。"鲍斯骑士道:"爵爷,我很担心,你今夜走去之后,怕是我们都要闯大祸啊。"兰斯洛特骑士答道:"亲爱的侄子,您为什么说这样的话呢,那是王后来邀约我的啊;您可知道我并不是个懦夫,而且她又是很了解我的。"鲍斯骑士道:"既是如此,我惟有祝福上帝保佑您平安回来。"

第三回

有人怎样发现兰斯洛特骑士在桂乃芬王后的卧室，又阿规凡和莫俊德两个骑士怎样带领十二个骑士暗杀兰斯洛特。

说过这话，兰斯洛特骑士随即起立，挟着宝剑，披着大氅，这位高贵的骑士便冒了极大的危险走出；他走了一段路程，靠近王后的住宅，踏进了她的卧室。据法兰西文著作记述，兰斯洛特骑士这时如鱼得水，与王后共同偕欢。究竟他俩是同床共枕，还是别样的淫乐，著书人不愿多加描画，因为那时候男女间谈情说爱，是与今天不同的。不想正在他俩一同欢合的当儿，蓦然间阿规凡和莫俊德率领着十二个圆桌骑士赶来，他们一齐放声喊道："湖上的兰斯洛特骑士，你这奸贼，现在捉到你啦。"因为喊叫的声音很高，几乎整个朝廷都能听得清晰；这十四个骑士披甲带剑，武装齐全，如同走上战场一样。桂乃芬眼看这个情势，自己叹道："哎哟，不好了，我们两人都要送命啦。"兰斯洛特骑士开口问道："夫人，我光着身子，您房里可有铠甲，拿给我来遮掩一下？如果您有赶快给我；靠了上帝的保佑，我会制止他们的阴谋啊。"王后应道："不论甲胄盾牌，或是宝剑长枪，这里一概没有；怕是我俩长久的爱情，要在今晚悲惨地收场了；照外面的声音听来,好像骑士的数目很多;我想他们的配备一定很齐全,您哪能抵抗他们呢。照我看来,您会被他们打死,我呢,也要送去火烧呀。"她又说:"如果您能够逃脱,我相信不论在多么危难的场合,您都会冒险来营救我的。"兰斯洛特骑士又说:"天啊,这真是我生平最大的难关,我真要因为缺少铠甲而送命啦。"

那时,阿规凡和莫俊德两人一直在外面高喊着:"你这个乱臣贼子,你快从王后的寝室里滚出来,要知道你是没法逃脱的。"兰斯洛特骑士这时说道:"哎,恳求耶稣的恩典啊,我怎能忍耐他们的谩骂呢,宁死也不愿再忍耐这种苦痛啦。"他说过这话,便把王后搂在怀里,紧紧地亲了一次嘴,还说道:"我最高贵的基督徒王后啊,您做了我的知心女友,在过去我尽力地做了您的骑士,自从亚瑟王封我做骑士以来,不管是非曲直,我一向对您忠心到底,遇到任何困难,不曾失约;如今果真我要被人杀死,请您务必为我的灵魂祈祷;此外,我的侄子鲍斯骑士,以及亲属中所留下的骑士们,比如拉文和尤瑞两人,在听见您要遭到焚烧的时候,一定会走来救您;因此我的好友,请您放心,不论我遭到什么意外,我想鲍斯和尤瑞一些骑士必能尽心尽力地帮助您,让您今后在我的领地里活下去。"王后说道:"兰斯洛特啊,我也不想活了,没有您的日子怎能活下去呢;倘使您死了,我会像别的基督王后一样,为了耶稣基督而死,那么死得愈惨愈好呀。"兰斯洛特答道:"夫人,好吧,我们爱的末日到了,我要把性命卖个大价钱;我对您的担心比对我自己的生命要甚一千倍。若是有一套好铠甲,就是叫我放弃举世基督王国的领袖地位也可以,今天只好把皮肉做铠甲了,看我在临死之前还要让人来称赞我的本领呢。"王后道:"如果是上帝的意思,我求他放您逃走,让我去死好了。"兰斯洛特骑士又说:"这是不可以的,上帝保佑我,免得我受人侮辱呀,恳求耶稣来做我的铠甲和盾牌吧。"

第四回

兰斯洛特骑士怎样杀死了高圭凡骑士，披挂着高圭凡的武装，此后又杀了阿规凡和他所带领的十二名骑士。

随后兰斯洛特骑士将他的大氅紧紧地裹在手臂上，就在这时，外面的骑士从大厅上搬来一只长板凳，用来顶在门上。兰斯洛特叫道："列位骑士，你们不要乱喊乱冲啦，我就去把门打开，你们随便来处置我好了。"他们答道："滚出来，瞧瞧看，你一个人反抗我们是没有用的；快让我们进到房里去；你要亲自去拜望亚瑟王，我们才放你活命。"兰斯洛特骑士听过这话，将闩打开，伸出左手，放开一线门缝，只让他们一个一个地挤进去。有一个举动英武的骑士踱着大步跨进了，这人个子魁梧，名叫古尔的高圭凡骑士，他一进来就猛力向兰斯洛特身上砍了一刀；不想兰斯洛特立时挡住，将他的力量破了，又陡然对准那人头盔上还了一击，打得他两脚朝天，死在门口。这时兰斯洛特又奋起勇气将死尸拖进房里，由王后和各个宫娥帮忙，脱下了高圭凡的铠甲，套在他自己的身上。

阿规凡和莫俊德两人在门口狂喊不已，叫着："你这个叛逆的骑士，有胆快从王后的房里滚出来。"兰斯洛特答应阿规凡说："喊什么呀，阿规凡啊，你要明白，今天夜里你是困不住我的；如果你肯尊重我的意见,就赶快离开房门,既不必这样乱喊,也不要随便诬陷我才是;按着我的骑士身份来说,若是你们愿意离开,而且不再乱喊乱叫,我明天可以到国王面前,看看要控诉我的只是哪几个人,还是全体的人都要控诉;那时好让我拿出骑士的身份来回答你们;至于我现在来拜望王后,完全没有什么坏意;如果你们不同意这一点,我愿意亲身下场,大家比量一下,把你们的错误完全纠正过来。"阿规凡和莫俊德两个骑士听后骂道:"放你的屁,你这个坏蛋,不管你多么强,我们今天都要捉到你,你的性命全操在我们的手里了;现在告诉你吧,我们已得到了亚瑟王的命令,对你掌有了生杀之权。"兰斯洛特骑士答道:"诸位爵爷,你们没有别的办法么?请你们就准备吧。"

兰斯洛特说罢这话,将门全部打开,凶勇顽强地站在他们中间,才一动手,便把阿规凡一击打死了。至于他后面的十二名骑士,不多时,一个一个地都被他打死在地上,这些人没有一个能够抵得住他的一拳,因而都冷冰冰地躺在那里。兰斯洛特还将莫俊德打成重伤,于是莫俊德带着重伤飞奔逃开了。这时兰斯洛特走回王后的卧房,向她说道:"夫人,现在我俩的真正爱情从此结束了,亚瑟王已变成我们的仇敌;所以我如果能把您带走,就可以使您脱离一切的危险。"王后答道:"这并不是顶好的办法,我想您惹的横祸太大啦,暂时等一等再看好了。如果您明天发现他们要把我处死,您可以采取最妥当的办法来营救我。"兰斯洛特骑士便说:"我一定要营救您,那是毫无疑义的,若是我还活着,自然要营救您。"于是他搂着王后,亲了亲,彼此还交换了一只戒指,他放开王后,独自往住处走去了。

第五回

兰斯洛特骑士怎样来到鲍斯骑士的地方,把自己的成功告诉了鲍斯,以及他经历过什么冒险,又怎样逃跑的。

及至鲍斯骑士望见兰斯洛特回到家里,真是喜出望外,莫可言喻。兰斯洛特先问他说:"哎哟,你们为什么都武装起来了呢?这是什么意思?"鲍斯答道:"骑士啊,自从您走开之后,我们这些人,不论您的亲属,还是朋友,都没法安眠,有的赤身从床上跳起,有的人在梦里还握着宝剑;都认为您大难当头,也以为您被他们陷害了,所以大家准备齐全,随时为您效命。"

兰斯洛特回答鲍斯骑士道:"侄子啊,你知道全部的经过么?今夜里我碰到的难关真是平生没想到的,结果我逃出了这条性命。"他接着把遭遇的危险,一一地告诉他听,那就是读者在上面已看过的。兰斯洛特骑士又说:"列位亲朋好友,你们对我的立场向来善意地大力支持,如今有人向我们全体开战,我恳求你们帮忙。"鲍斯答道:"骑士啊,凡是上帝的意思,我们都极表欢迎;而且我们因为您的关系,久已享到了功名富贵,所以今天应该与您同甘共苦呀。"他们一齐答道(其中有好多优秀人物):"不必担心啊,天底下没有哪一群骑士是我们不能对付的,我们会以牙还牙,以眼还眼。所以,无论如何,您无须焦虑,我们要去团结我们所爱的人,并且要聚集所有爱我们的人在一起,凡是您要我们做的事情,我们尽力去干好了。"他们又说:"兰斯洛特骑士呀,我们都愿意与您同甘共苦。"兰斯洛特骑士道:"在我这最困苦的当儿,多谢你们的好意;侄子啊,你对我的情谊太厚,我要多多依靠你啦。我的侄子,你赶快进行吧,切莫放过机会,请注意国王附近所住的人员,看看哪些人拥护我,哪些人敌视我,好让我把敌友都划分得清清楚楚。"鲍斯骑士答道:"爵爷啊,我一定拼命去做,在七点钟之前,一定按照您的意思做好,把拥护您的人剔出来。"

然后鲍斯骑士招来梁纳耳骑士、爱克托骑士、甘尼斯的卜拉茂骑士、葛哈兰丁骑士、卡力胡丁骑士、卡力哈特骑士、门纳杜克骑士、猛将维里哀骑士、西比斯骑士、拉文骑士、匈牙利的尤瑞骑士、奈罗芬骑士和普兰诺里斯骑士。最后两名系由兰斯洛特所封,其中一人曾在桥上作战获胜,故知他们两人永久不会反抗兰斯洛特。此外还有莱克王之子赫利骑士、险恶塔的赛利赛斯骑士、礼耳的麦烈斯骑士、拜兰交尔骑士——这人乃是孤子亚力山大骑士的儿子,他的母亲名叫艾丽丝,与兰斯洛特有亲戚关系,拜兰交尔和兰斯洛特团结一致。随后又来了巴乐米底骑士,以及他的同胞沙飞尔骑士,还有沙多克的莱吉斯骑士、狄纳思骑士和克莱尔曼的柯拉罗斯骑士等等,都与兰斯洛特为同一战线。这二十二名骑士密切合作,披挂了武装,骑着骏马,尽力为兰斯洛特迎战。还有加入他们队伍的,如北威尔士和康沃尔的骑士们,都为了拉麦若克和特里斯坦两个骑士的情面,加入了他们的队伍作战,总数达八十人。

兰斯洛特骑士望见了大队人马，便说道："各位爵爷想来都对我的情况很明白，自从我来到这个国度之后，我对于国王亚瑟和王后桂乃芬始终忠心耿耿，努力到底；今天夜里王后约我谈话，我推测我所遇到的意外，不外是预谋的诡计，这自然与王后无关，我个人几乎被他们打死，幸而依靠了耶稣的恩典，逃脱出来，仅免于死。"随后兰斯洛特骑士又将自己在王后卧室所遭到的狼狈情形，以及挣扎脱险的经过，告诉了他们。他又说道："各位要知道，我个人和诸位亲友们处在这种情况之下，只有迎接他们的战争了；又因为今夜里，我打死了高文的同胞阿规凡，还杀死他的十二名骑士，造成了不共戴天的祸根，那些骑士们都是亚瑟王派遣来陷害我的。同时国王在盛怒之下，对王后也要判处焚刑；果真为我而将她处死，我怎能忍耐下去；若是他们合法地审判和逮捕我，我可以为王后作证，说明她忠于国王，由我挺身应战；但在国王发怒的时候，我怕他就不按照法规的程序，便胡乱对我加以逮捕了。"

第六回

兰斯洛特骑士及其朋友们用来营救桂乃芬王后的办法。

鲍斯骑士说道："我的爵爷兰斯洛特骑士啊，照我的意见看来，不论是祸是福，你都要耐心应付，要感谢上帝的恩典。而且事情既已糟到这步田地，我劝您多多慎重，若是您能够保持清醒，那么就不会有一个基督徒的骑士亏待您。还有一点，我要奉告您，如果桂乃芬王后遭了灾难，那完全是为了您的缘故，所以您应该大胆地去营救她；倘使您见死不救，那么全世间的人将永久地诅咒您，一直把您骂到世界的末日。您既然和她一同被捉，不论是非曲直，您是应当保护她的，使她不至被杀，或是遭到痛苦而死，总之她若是死了，所有的恶名都要由您负担的。"兰斯洛特骑士说道："我恳求耶稣不要让我受侮辱啊，还要保佑我的王后不要遭到耻辱而死啊，也不要让她因为我的错处遭到杀身之祸啊。所以我恳求所有可爱的爵爷们，亲戚们和朋友们，请问你们要怎么去应付？"于是他们一齐答道："我们都愿意照着您的意思去做。"兰斯洛特骑士又说："我很尊重诸位的意见，不过，倘使明天亚瑟王在盛怒之下，要把王后执行焚烧的话，现在就要请求诸位替我想个最妥当的对付办法啦。"他们好像一个人似的同声答道："爵爷啊，我们认为最妥善的办法就是，您要勇敢地把王后救出，因为她是为了您，才会遭受火刑的；据我们料想，假定他们捉到您的话，就要把您一同处死，或许会死得更惨酷。并且爵爷啊，您为了别人的争端，已经救过她好多次，这一次她完全是为了您的缘故，才惹起这个横祸，所以照我们看来，您更有责任去营救她呢。"

兰斯洛特骑士听了这话，顿时站立起来，说道："列位敬爱的爵爷，你们都是了解我的，凡是使你们，或是亲属们丢面子的事情，我当然不愿意去做；而且你们也知道，要是让王后遭受耻辱的死刑，当然是我所难以忍受的；现在承蒙诸位的指示，劝我在发生这种事情的当口，设法救出王后；可是我在营救她以前，怕要造成严重的损失；甚至我最好的朋友难免在无意间被我打死，真是于心不安；或许还有一些人，如果能够转变成为我的战友，脱离国王亚瑟，而来加入我这方面，我当然不愿伤害他们。届时，如果我把王后营救出来，请问我要把她安置在哪里呢？"鲍斯骑士答道："那是轻而易举的事情啊。请想想以前，优秀的特里斯坦骑士靠着您的善意是怎样处理的？他不是把伊索尔德安置在快乐园过了三年么？这些事情，全部都出于您的主意，而且快乐园也是您的领土；同时倘使国王要判她火刑，还可以按照您的意思，将王后赶快带走啊；您把她留在快乐园里，待国王息怒之后再送她回去就是了。到那时，您把王后送到国王的面前，他自然会感激万分；或许在王后返家之后，国王会对您深表谢意，以后对您更加爱护；这件事如果发生在别人身上，将要受到国王的恨恶了。"

兰斯洛特骑士说道："这是一桩难事啊，由于特里斯坦骑士的经历,我得了一个教训,那就是当时所定的协约:特里斯坦依约将伊索尔德由快乐园送给马尔克王之后,您看看结局好了,那个残酷无耻的马尔克王趁着特里斯坦坐在伊索尔德面前弹琴的时候,躲在特里斯坦的背后,扬起一把利剑,将特里斯坦从背后刺到心房。"他接着又说:"一提到特里斯坦骑士之死,我就悲怆万分,而今举世也没有他这样优秀的骑士了。"鲍斯听罢说道:"这完全是真情实况,但有一点可以鼓舞我们大家的,就是亚瑟王和马尔克王两人的情况完全不同,因为至今还没有一个人能发现亚瑟王的言行不一致的。"

闲言少叙,话归正传,这一些骑士都主张把这事做好,听天由命,若是明早果真要把王后送去烧死,他们立时赶来营救。于是大家都采纳兰斯洛特骑士的建议,准备在靠近卡莱尔堡的地方,愈近愈好,全部人马埋伏在森林里面,不作丝毫声张,静候国王的行动。

第七回

莫俊德骑士怎样急忙驰到亚瑟王的面前,报告战斗情况,以及阿规凡和其他骑士死亡的经过。

现在我们再述说莫俊德骑士的故事。

自从他在王后的门口,逃脱了英武的兰斯洛特骑士的打击以后,便觅得一马,飞驰来到亚瑟王的面前,看他身受重伤,鲜血流满全身。他看见国王,首先报告了他的一切遭遇,又把独自逃出的情形说了一遍。国王听后便道:"耶稣啊,怎样会糟到这个地步呢?你在王后的卧房内捉到他了么?"莫俊德骑士答道:"是啊,说来真个不幸,我们在门口看见他身着便服,哪料到他一拳打死高圭凡,便解下他的甲胄,披到自己身上。"接着他把全部经过,自头至尾说了一遍。国王又道:"慈爱的耶稣啊,真个出类拔萃的英雄好汉呀。"又说道:"哎,真正叫我伤心,怎能让兰斯洛特对抗我呢!如今圆桌社的高贵集团确实要瓦解了,一定有许多优秀的人物拥护兰斯洛特骑士。现在大势已去,还有什么尊严可说呢,所以我一定要把王后判处死刑。"于是他发出命令把王后判处死刑。试考当日的法律,倘使一个人犯了罪行,不问那人的产业多大和地位多高,都要判处死刑,毫不通融;可是此次捉奸的人在未获证据之前,便匆促地作了判决。这时,忽然宣布了莫俊德骑士为了捉拿王后，负伤逃命，同时有十三名骑士当场死亡。根据这个理由，亚瑟王判决了桂乃芬王后火刑处死。

这时高文骑士开口说道："奏请王上，请您不要操之过急，您的判决可暂缓执行；您对王后的裁判，应从多方面进行考虑。第一点，虽是在王后的卧房里，有人发现兰斯洛特骑士的踪迹，然而不能断定他有通奸的行为；再说，在每次决斗之中，当全朝骑士拒绝参加的时候，兰斯洛特无不立时应战，保全王后的性命，以致王后对待兰斯洛特一向在其他骑士之上，这也是您所明了的；因此王后召见兰斯洛特骑士，或许是对他往日历次相帮的盛意，表示正大光明的感谢，并没有蝇营狗苟的丑事。王后邀请兰斯洛特骑士的目的，或许是这样的，她认为秘密地表示谢意，看来最为妥当，还可以避免外界的谗言诽谤；我们做的许多事情，不是经常在计划中想得妥帖万分，而结果适得其反？"他又道："因此我敢说，王后对待您既忠贞又真诚；同时兰斯洛特骑士呢，我敢说对于要诬陷他的任何骑士，他一定拼死应付，而且对于危害王后生命安全的人，也一定不会放松的。"

国王亚瑟答道："我认为您的话有理，可是我不愿意用这种方法对付兰斯洛特骑士；他过于看重自己的本领，高傲自满，目中无人；我要叫王后以身伏法，免得兰斯洛特骑士继续为她作战。倘使能把兰斯洛特骑士擒来，我也处他死刑哩。"高文骑士说道："耶稣啊，我永远不希望看到您这样做啊。"亚瑟王答道："您为什么这样说呢？你真没有理由再爱护兰斯洛特骑士，他昨天夜里打死了你的弟弟阿规凡，一个优秀的骑士就此断送了性命；同时，他险些打死了你的莫俊德弟弟，此外他还打死了十三名骑士；

高文骑士啊,你也记得他把你的两个儿子——夫罗安斯骑士和罗佛耳骑士——都打死啦。"高文骑士说道:"王上,关于这些事情,我全都明白,至于他们死了,我心里也很难受;不过,事先我曾警告过我的弟兄和儿子们,如果不自量力,必遭失败,可是他们都不听从我的规劝,所以对于他们的横祸,我既不愿事前干预,也不想报复;为的是我已向他们说明过,'得罪了兰斯洛特骑士,那是没法收场的。'如今,我的兄弟、孩儿们死了,我内心虽然悲痛,但他们都是咎由自取;我曾屡次劝告阿规凡,他今天的收场就是当日我所料到的啊。"

第八回

兰斯洛特骑士和他的亲戚们怎样营救桂乃芬王后脱离火刑，又他怎样杀死很多骑士。

国王亚瑟听过之后，回答高文骑士说道："外甥，我请您去找葛汉利和加雷思两人，大家预备好武装，快把王后送到火场，我要判她死罪，就地执行。"高文骑士答道："我的最高贵的爵主呀，这是绝对不可以的，要是这么处理一位高贵的王后，残忍地结束她的性命，那么我是不会到场的。要知道，我的良心不许我袖手旁观，看她死去；还请您今后不要在外宣扬，说我同意你把她处死的。"

这时，国王向高文骑士道："请让你的兄弟葛汉利骑士和加雷思骑士两人到场啊。"高文随声应道："王上，恐怕他们不肯到吧，危险太多啦，在烧死王后的时候，难免发生意外，因为他们年轻，不敢当面谢绝。"不料葛汉利骑士，以及英武的加雷思骑士忽然冲上，向国王说道："王上，虽然您可以命令我们到场观刑，但我们内心里却异常反对；我们只是为了尊重您的命令才到场的，否则请您尽量包涵我们吧；我们将以和平姿态出场，身上也不披戴任何武装。"国王答道："奉上帝的名，请你们赶快进场，因为处置王后的时间就要到了。"高文骑士说道："哎哟，我怎能忍心看到

1313

这样悲惨的日子呢。"他说罢，转身痛哭，径自回到寝室；同时，王后被人解到卡莱尔的寨外，把她的服饰都剥光了，仅留下贴身的衬衣。还把教父接到火场，由他为王后的罪孽忏悔。待各种仪式举行以后，多数在场的爵爷和闺秀，霎时摆手顿脚，放声号咷，备极凄惨；至于披戴武装而到场监刑的人，数目极少。

当时有一个人是兰斯洛特骑士派来侦探王后处刑时间的；这人蓦然间看到王后身上的服饰剥得只剩下了内衣，她正忏悔祈祷，便立刻通报了兰斯洛特骑士。他得信以后，立时偕同各个战友，飞马赶到火场。凡是抗拒他们的，全被打死。因为兰斯洛特的武功特高，所向无敌，所有披戴武装的优秀骑士，一经交锋，当时送命。在这次战役中死亡的，计有奥鸠拉斯的比雷安士骑士、莎各瑞茂骑士、葛利夫莱骑士、布兰底耳斯骑士、阿各娄发骑士、陶尔骑士、高德尔骑士、吉李梅尔骑士、雷诺特骑士的三位兄弟，大马斯骑士、普烈玛斯骑士、异乡人凯骑士、朱安特骑士、蓝白各斯骑士、何敏德骑士、伯突莱浦骑士和薄利蒙奈斯骑士，最后两个，一名绿骑士，一名红骑士。当大家奔驰混战的时候，兰斯洛特四处冲击，葛汉利和加雷思微服旁观，无意间竟被兰斯洛特失手打死。据法兰西文著作上记载，兰斯洛特骑士失手打碎了葛汉利和加雷思的脑盖，因而他们一同死在战场上；不过兰斯洛特在当时确确实实不曾看到他们两个，事后在人马稠密的地方才发现了他们的尸体。

兰斯洛特骑士经过这个阶段以后，凡是抵抗他的人，杀的杀了，逃的逃了，他便冲到桂乃芬王后的跟前，用一件外衣把她包着，抱到马上，放在背后，还劝她宽心，免得受吓。这时，王后能得死里逃生,她的快乐情趣,读者可想而知。随后她一再感谢上帝和兰斯洛特骑士,他们两个便同骑而去。据法兰西文著作所记,后来抵达了快乐园,兰斯洛特安顿桂乃芬住在这里,殷勤招待,尽了英雄爱护美人的责任;那时,几多英武的爵爷和一些君王都派遣武士来襄助兰斯洛特,还有许多优秀的骑士自愿参加兰斯洛特的集团来助战。从此亚瑟王和兰斯洛特骑士互相敌对的消息,四处传播,有许多骑士欢迎他们决裂,也有很多人对他们的争斗是表示担心的。

第九回

亚瑟王为了外甥们和其他高尚骑士们的死亡而悲哀；又为了他的妻子桂乃芬王后而引起的愁闷。

现在我们再来叙述亚瑟王的故事。

当王后被执行火刑的时候，法场上的刑犯忽被兰斯洛特骑士劫去了，还被他打死了许多优秀的骑士，其中特别要提出的就是葛汉利和加雷思两人，及至这消息传到亚瑟王的耳鼓，他立时气得昏迷不醒。待他苏醒过来，他说道："真是倒霉，戴了这个王冠在我头上！现在我已失掉拥护基督教君王的最优秀的骑士集团啦！哎，这么优秀的骑士都被打死了；两天里就死去四十个，而且兰斯洛特骑士和他的亲属们也离开我了，我永远不能再统率他们，自然威风扫地了。哎，这次的战争是怎样打起来的呀！"他又道："各位同道，高文骑士的弟兄两人死了，你们不要把这消息告诉他，若是他听到加雷思死了，他会急昏的。"国王又说："慈爱的耶稣啊，他为什么把加雷思和葛汉利打杀呢，我敢说世界上没有任何人比加雷思更爱兰斯洛特的啦。"有些骑士随口答道："这是实情，然而当兰斯洛特骑士横冲直撞的时候，在人马稠密的地方误把他俩打死的；适巧这两人都没武装，又不曾看出，以致造成这宗惨案。"国王说道："他们的死，将惹起永无止境的剧战；

我认为高文听到加雷思惨死的消息，他永远不会让我罢休，我若不去把兰斯洛特本人和他的亲戚打死或是让他们把我杀掉，我怎样活下去呢！"他又接着说："我心里从来没有像现在这么难受；我失掉这些优秀的骑士比失掉了王后更沉痛；说到王后，我想要多少就会有多少，但高贵的骑士们死亡四散之后，便永没有再聚拢的机会了。我敢说，作为基督徒的君王而能荟集这么多的英雄好汉，我可算空前绝后，真是可惜，我同兰斯洛特骑士竟会争斗起来。"国王又叹道："阿规凡啊，阿规凡啊，你的坏主意，你和莫俊德硬要对付兰斯洛特，才惹起了一连串的横祸啊，恳求耶稣饶恕你的灵魂。"国王一面诉苦，一面痛哭，终于不省人事了。

随后来了一个拜晤高文的人，他说捆在法场上的王后已经被兰斯洛特骑士劫去了，同时大约有二十四名骑士也被他打死。高文听了叹道："哎呀，我求耶稣来保佑我的兄弟们，我确确实实看到了这一点，那就是兰斯洛特一定要豁出性命来营救王后的，不然他宁愿被人打死在疆场之上；再说一句老实话，这一天倘使他不来救王后，便不配做个英雄，那样王后一定为了他的缘故而被烧死了。结果，他任侠仗义，挺身而出，若是我处在他的地位，也要这样去做。可是我的弟兄们哪里去了？我为什么听不到他们的信息呢。"

那人回答高文道："根据确实的信息，加雷思和葛汉利两个骑士已经被人打死了。"高文骑士叹道："耶稣啊，我宁愿失去这个天下，也不愿丢掉他们，特别是我的加雷思弟弟呀。"那个人又说道："骑士啊，他已被人打死啦，这真是一件悲惨的事。"高文骑士问道："什么人把他打死的呢？"那人回答说："骑士先生，他们弟兄两人都是被兰斯洛特打死的。"高文又道:"若说他把加雷思打死啦,我几乎不敢相信这桩事,因为加雷思一向敬爱兰斯洛特,加雷思同他的感情远远地超出了他对于我个人,对于我的兄弟们,甚至对于国王之上呢。我认为,如果兰斯洛特骑士盼咐加雷思来抵抗国王,或来抵抗我们全体,他都会立时同意,所以若说他把加雷思打死,我是永远不能信以为真的。"那人答道:"爵爷呀,外界的人都嚷着说是他打死的呢。"

第十回

　　亚瑟王怎样听从高文骑士的要求，结果对兰斯洛特骑士发动了战争；又亚瑟王围困他的一座名叫快乐园的堡寨。

　　高文骑士叹道："天呀，现在我们完蛋啦！"这话刚才脱口，立时晕倒地上，躺了好长时间，一直像死去似的。及至他醒觉立起，大声哀喊着："好苦呀。"同时，高文骑士又跑到国王跟前，哭着喊道："王上啊，舅舅啊，我的弟弟加雷思骑士已经被人打死了，那葛汉利弟弟也一同死了，这是一对英雄豪杰啊。"国王听罢，也随着哭泣，高文骑士也跟着流泪，两人一同晕厥了。待两人的精神恢复以后，高文骑士首先说道："王上，我想去看一看加雷思，好么？"国王回答道："你不必去看啦，我已经把他葬了，葛汉利的遗体也一同被我埋了；为的怕你看过之后更伤心，尤其你看见了加雷思，会加倍地难受。"高文骑士说道："王上，我心里好痛苦呀，兰斯洛特怎么会把我的弟弟加雷思打死的呢？舅舅啊，请您说给我听听。"国王立时答道："好吧，我就把所听见的告诉你：兰斯洛特骑士把他和葛汉利两个人都打死了。"

　　高文骑士说道："真是可怜，他们两人都不曾披挂着武装去反抗兰斯洛特啊。"国王道："实在情形，并不清楚，只听说在人马拥挤的地方，兰斯洛特出于无意，误把他们打死的；然而我们总要想出一个办法去报复呀。"

高文骑士道："王上啊，我的舅舅，我奉告您，现在我要向您立下决心，从今起就同兰斯洛特势不两立，不拼个你死我活，决不甘休。王上啊，我一定要对兰斯洛特报仇，请您准备打一仗吧；因为我敬爱您和侍奉您，特来催请您赶到前面，去侦察一下，究竟有哪一些人愿做您的部下。我向上帝做保证，要为已死的加雷思弟弟去复仇，愿意走遍七个国王的领土，觅到兰斯洛特骑士这个人，决心同他拼个死活；若是我不能打死他，就让他把我打死好啦。"国王劝道："你何必跑这样远的地方去找他呢，据我所听到的消息，兰斯洛特骑士正在快乐园里等候我们两个哩；我还听说，为他效命的人很不少。"高文回答说："这或许也是实情；不过，王上啊，请您发动您的部下，试试有多少人愿意效命的，同时我也探一探朋友们的意思。"国王又说："就这样去做吧，我认为从他堡上的一座大塔里把他活捉出来，还是绰有余力呢。"于是国王缮写了诏书，分发到英格兰全境，集合全部骑士。当时有很多骑士、公爵、伯爵应召来归，数目很大。及至大队人马赶来，国王亚瑟便把兰斯洛特骑士劫走王后的经过宣布了。大家听罢，遂同国王一齐出发，前往包围快乐园，攻打园内的兰斯洛特去了。兰斯洛特骑士得到这个消息，立时聚集了英武的骑士多人，准备对付。有人帮助兰斯洛特，有的是为王后而战。双方人马，粮秣充沛，武备齐全。不过就实力而论，亚瑟国王方面似乎远在兰斯洛特之上，因而兰斯洛特不愿在疆场交战，他就把各个骑士安顿在寨里，囤积粮饷，凭寨相持。亚瑟国王带了高文骑士，率领着大队，驻扎在快乐园以外，布置战线，准备进攻兰斯洛特的城堡，于是双方的大战便迫在眉睫了。结果兰斯洛特骑士坚守寨内，按兵不动，长时间不出寨门一步；同时他也不许部下任何骑士攻出城寨堡园，这样足足相持了十五个星期。

第十一回

亚瑟王和兰斯洛特骑士彼此互通消息，又亚瑟王怎样责备他。

有一天，到了收割庄稼的时候了，兰斯洛特骑士走上城堡的围墙，大声向亚瑟王和高文骑士喊道："两位爵爷请听，你们这样设防围困，毫无用处，不仅得不到胜利，实在是一桩丢面子的事情；若是我同我的优秀骑士们愿意亲自出寨，我可以很快结束这场战争。"亚瑟便回答兰斯洛特道："你走出来呀，看你有种没有，我愿意站在战场的当中来等候你。"兰斯洛特骑士又道："慈爱的上帝呀，我怎可以同一位亲手封我做骑士而且又是一位最高贵的国王相斗呢？"国王骂道："你放出这样好听的屁话做什么，你应当明白，一直到我死的那天，我还是你的死敌；你打死我多少优秀的骑士啊，他们都是我们高贵的王族，以后永远不能再找得到啦。而且你还睡了我的王后，现在又霸占她多少年，你这个狼心狗肺的东西，用暴力夺去她噢！"

兰斯洛特骑士恳求道："我最敬爱的王上啊，因为您已经知道我不愿意同您相斗，所以您可以随意发表意见；至于您提到我曾打死您的优秀骑士们，这是实情，我已承认，真是抱歉万分；但那时我是被迫使然，如果我不先打死他们，我的性命就难保了。

若说到桂乃芬王后的问题，那么在苍天之下，除了王上本人和高文骑士以外，我敢说没有任何人敢来告发我说我对您是一个叛徒，同时还敢和我打交道，自己却抱着得胜的希望。现在您信口开河地说我霸占王后，几年不肯放手，让我大胆地答复您吧，我认为王后对您本人很忠贞，她同其余的高贵夫人一样洁白。普天之下，除您和高文骑士两位以外，如果还有人敢否认这句话，就请他亲自下场，同我决个胜负。虽然承蒙王后的好意，对我特别照顾，可是这也是我对她竭尽愚诚而份所应得的酬报；比如您屡次在盛怒之下，要把她投入火里烧死，而我在没离开那群诽谤她的恶魔之前，冒着万险为她应战，他们已经否认了自己的谎言，证明她确实没有罪过，使她得到光荣的谅解。在这些时候，亚瑟王上啊，当我由火刑里救出她来时，您总是对我爱护备至，表示感谢，并且要永远做我的宠主；如今照我看来，您却以怨报德了。再者，王上啊，若是我容忍您把王后桂乃芬烧死，即使她应该为着我的缘故而被焚，那么我这骑士的光荣身份便丧失殆尽了。为了王后同别人的纠纷，与我个人毫无关涉，我尚且屡次赶去应战；而今为着正义的斗争，我更有为她战斗的责任啊。因此慈爱的王上啊，我认为她是一位才德品貌兼备的王后，请您善意地带着她去吧。"

高文骑士在旁听后骂道："你这万恶的骑士，真正胡说八道，我叫你认识清楚我的舅舅是什么人，不管你们怎样巴结他，他都会抓破你两人的脸皮，杀掉你们两个东西。"兰斯洛特骑士答道："高文骑士啊，请您试试看吧，若是我想出寨打一仗，您要想打败我和王后也很不容易哩。"高文骑士道："你还在吹什么牛皮，我认为王后是没有丝毫罪过的。但是你这个万恶的东西，你为什么打死我的弟弟加雷思呢？他岂不是对你比对其他一切的亲属更忠心么？而且你亲手封他做骑士，为什么又把这位最尊重你的一个好骑士打死呢？"兰斯洛特骑士又说道："如果我来请求您原谅，真是没法自解，但是耶稣啊，让我对崇高的骑士金科玉律去立誓，我打死加雷思和葛汉利兄弟两人，完全出于误会，毫无恶意，我那时可能误把我的侄子甘尼斯的鲍斯骑士打死，我也有同样的善意呢。我内心真是万分难受啊，当时我没有看见加雷思和葛汉利呀。"

高文骑士骂道："你这无耻的东西在骗人，你为了看不起我，才打死他吧，所以我一天活在世上，就一天不放过你。"兰斯洛特骑士便说："您的话使我太不安啦，高文骑士啊，您既存心要战，我怎能求得和解呢？如果您不是这样固执，我想我一定还可以得到亚瑟王的宠爱。"高文骑士道："你这个万恶的东西，跋扈横行，欺压善良，到如今已经很久了，此外你还杀害了好多优秀的骑士。"兰斯洛特骑士道："听您随便去说吧，可是我对于优秀骑士，从不曾设计陷害一个人，这事有口皆碑，众所公认，可惜您就不像我这样了；我不曾蓄意打死任何人，我只出于自卫，为了保全性命，无意间伤害了别人。"高文骑士又骂道："你这个虚伪的家伙，暗指着拉麦若克骑士奚落我，你知道我打死了他。"兰斯洛特骑士辩白道："您自己一个人打不死他的，并且您也没有打死他的本领①，他是当代优秀骑士当中的一员，而今不幸死了。"

---

① 暗指由高文弟兄等谋害的。

第十二回

兰斯洛特骑士的表弟兄们和亲戚们怎样激励他作战，又他们怎样准备战斗。

高文骑士向兰斯洛特说道："好吧，你现在举出拉麦若克骑士的事情来骂我，我决不让你逃开我的手心，一定对你不放松。"兰斯洛特骑士答道："我也很明白您的性格，倘使您能捉到我，那就很难饶恕我啦。"据法兰西文著作的记载，亚瑟王本想接回王后，而同兰斯洛特和解了事，言归于好，不过高文从中作梗，绝不同意。那时高文骑士召集好多部下，手持号筒，隔着号筒向兰斯洛特喊嚷，都骂他是万恶无耻的骑士。

及至甘尼斯的鲍斯、马利斯的爱克托和梁纳耳三位骑士听得这样咒骂的声音，就聚集了沙飞尔的弟兄巴乐米底骑士、拉文骑士，还有其他亲族多人，一同跑到兰斯洛特骑士的跟前，向他建议道："亲爱的兰斯洛特爵爷，我们听见高文骂您的那些话，都认为是绝大的羞耻，无比的侮辱，所以我们特来请求您，也可以说是通知您，您既然希望我们跟随您；请您不要再让我们困守寨里，应该去对付他们一下；简捷了当地说来，我们一定要放马打出去啊；您何必做出怕东怕西的样子，而且您那些巴结他的话，也是毫无用处的。总之，高文骑士不会让亚瑟王同您和好的。所以，如果您有胆量的话，应该为您的性命而战，为您的权利而战啊。"兰斯洛特骑士答道："哎哟，要我跑出寨外，同他们开仗，那是我最厌恶的事情。"后来，兰斯洛特骑士高声向国王和高文两人喊道："两位爵爷请听，这里有人劝我到战场上去，但是我恳求亚瑟王和高文骑士都不要去啊。"高文骑士争先说道："这样说来，我们怎么办呢？国王和你之间的纠纷难道不要对你采取战争来解决吗？同时你打死了我的弟弟加雷思，这是我们之间的问题，怎能叫我不去打你兰斯洛特呢？"兰斯洛特骑士答道："要是我一定没法避免战争，但请王上和高文骑士原谅，我同你们周旋起来，就不要后悔啊。"双方谈罢，各自分手，约定在第二天早上交锋。当日双方都尽力准备，很是充实。高文骑士安排了很多骑士，布下埋伏，打算活捉兰斯洛特，然后再把他杀掉。第二天早晨，亚瑟王亲率三路大队人马，赶到战场。兰斯洛特骑士的部下，由三处寨门涌出，服饰鲜艳美丽。梁纳耳骑士走在战场的最前面，兰斯洛特骑士居中，鲍斯骑士从第三个门走出。他们阵容严整，循序前进，异常威武，当时兰斯洛特骑士一直向全体骑士发布命令，叫他们无论如何不可伤害亚瑟王和高文骑士的性命。

第十三回

高文骑士怎样同梁纳耳骑士比武，将梁纳耳打倒，又兰斯洛特骑士怎样送给亚瑟王一匹马。

蓦然间高文骑士由国王的大队人马中冲来了，自然他是来比武的。梁纳耳骑士一向凶猛过人，这时与高文斗将起来；高文骤然丢出一矛，梁纳耳不及躲避，直刺穿了他的身体，攮得他像死人一样跌落在地；爱克托骑士看到这个情景，急忙招呼其他同僚，把他抬进寨里。凶险的恶战从此开始了，但见死亡的人马，遍野都是。兰斯洛特骑士在战场之上，无时不是想尽方法，维护亚瑟王方面人员的安全，免得伤亡过重，但巴乐米底、鲍斯和沙飞尔三个猛将则不然，他们把对方看做死敌，因而击倒很多。此外还有卜拉茂、布留拜里和拜兰交尔三位骑士也加入作战。以上这六个战士都奋勇向前，打击敌方极重。亚瑟王老是打算窜到兰斯洛特的身旁，企图杀死他，可是兰斯洛特始终忍耐着，终不还手。不想鲍斯骑士和亚瑟王遭遇一起，鲍斯搠出一枪，把国王打倒了；这时鲍斯急忙拔出宝剑，大声向兰斯洛特喊道："现在我可以结束这场战争么？"——实则，他在请示要不要把亚瑟王杀掉。兰斯洛特骑士答道："不要这么凶狠呀；现在要听从我的命令，快把国王放开，我不愿意看到一位亲手封我做骑士的国王被人打死，或是被人打败啊；这是我的命令，不得违背。"兰斯洛特骑士说了这话，立刻跳下马来，扶着国王骑上另外一匹骏马，并且向他说道："敬爱的王上，为着上帝的缘故，现在停战吧；如果我一直战下去，您怎能不输给我呢；我一直对您容让，然而您同您的部下不曾表示对我宽恕；王上啊，请您想一想，我在许多地方总是体贴您，您呢，总是以怨报德呀。"

等到亚瑟王骑到马上，他抬头望着兰斯洛特骑士，两眼里热泪直流，内心默念着兰斯洛特的忠心耿耿，待我这人实在忠诚，任何人都比不过他。这马向前走去，愈走愈远，远到回头看不见兰斯洛特的时候，他独自叹道："天呀，怎么会酿起这次的战争啊！"这时双方都从战场撤回人马，各自休息，同时医治伤员，涂敷油膏，所有死者，悉行埋葬，再静养了一个通夜，到了天亮。及至早晨九时至十二时之间，双方都准备齐全，又赶去作战了。这时鲍斯骑士一马当先，向前进发。

高文骑士也在早晨赶到，看他手握长矛，凶猛得像一头野猪。当鲍斯瞧见了高文的时候，便认为他在前一天藐视梁纳耳骑士太甚，打算对他报复。这两人各挟着长矛，鼓足了全力，放马对冲，以致他们两人的身体都被矛头刺穿了，一同从马上滚下。大战接着开始了，结果双方死伤都很惨重。随后兰斯洛特骑士救回了鲍斯，送他回寨休息。在这次战争里，高文和鲍斯虽负了重伤，均经治愈，得以不死。再后，拉文和尤瑞恳求兰斯洛特骑士用劲去打，应该同他们一样使力，他们说道："我两个看您到处让人，使得自己受到的害处很大，所以我请您同敌人一样，不可随意放松。"兰斯洛特骑士答道："哎呀，我不忍心去打击亚瑟王啊；虽然我应该打击他一顿,可是我不忍下手呢。"巴乐米底骑士向兰斯洛特说道:"您整天里饶恕他们,他们可曾感激您么?我想如果他们捉到您,哪里会有您的活命!"兰斯洛特骑士认为他们的劝告确实是至理名言,又因为他的侄子鲍斯这时遭到重伤,便竭尽余力,猛烈反攻。过不多时,大约到了晚祷时辰,兰斯洛特和他的部下都能稳步向前,确保胜利了,不过疆场上死亡枕藉,马蹄踏着血迹驰骋,距毛上渍透了鲜血。兰斯洛特骑士看到这种凄惨的情况,按兵不动,好让亚瑟王的人马逃出阵地。然后兰斯洛特骑士才率领他的部下返回堡寨。双方收拾残尸,掘穴掩埋,对于负伤的人,则敷药医疗。

当时高文骑士也受到重伤,所以亚瑟王方面的人员都不像战前那样的嚣张傲慢了。这次战争的消息,传遍了整个基督教王国,弄得家喻户晓;到了最后,就连教皇也听见了。因为当时的亚瑟王和兰斯洛特两人名震遐迩,一向受人颂扬,公认为世界上最英武的骑士,所以教皇便打发御前一名高官衔命处理,法兰西文著作上记载这人名叫罗彻斯特主教。教皇颁了一宗加盖玉玺的训谕,命令"英格兰国王亚瑟将王后桂乃芬接回宫里,共同偕老,同时亚瑟王与兰斯洛特骑士两人,应和平共处,相安无隙,着即凛遵,倘敢故违,即撤除国王本职。"

第十四回

  教皇怎样颁下训谕，吩咐他们双方媾和，又兰斯洛特骑士怎样带着桂乃芬王后来到亚瑟王的面前。

  这位罗彻斯特主教捧着教皇的圣旨，来到卡莱尔，递给国王亚瑟。在亚瑟王揭开拜读之后，不知道怎样办理才对；自然他欢喜同兰斯洛特骑士恢复旧交，言归于好，但高文骑士却完全不以为然；至于说到王后桂乃芬，他也同意接回宫里，相偕共处。

  实际上，高文骑士无论如何不让国王同兰斯洛特和好；但对于处理王后的办法，他表示满意。主教这时要求国王缮写保证书，说明他是受膏的君王，担保兰斯洛特骑士行动安全，同时国王以及其他人等不得再提起王后往日的行为，还要国王在保证书上加盖玉玺，以昭郑重。及至这一切办理妥当之后，罗彻斯特主教打算把它送给兰斯洛特骑士阅读一遍。

  当主教来到快乐园以后，先将教皇颁给亚瑟王和兰斯洛特本人的训谕递交给他，并且说明倘使他继续霸占王后不放，定要招引大祸，自取殒灭。兰斯洛特骑士随口答道："主教啊，我从来没霸占王后不让亚瑟王接她回宫的妄想；不过她为着我而闯了横祸，所以保护她的安全，不让她死于非命，却是我应尽的责任；等到情况好转之后，当然放她回宫的。"他又说："现在感谢上帝的恩典,教皇已经把战争化作太平了;上帝能体会我内心的快乐,如今我能安然护送王后回宫,自然比我当时带走她更好,怎能不使我千百倍地兴奋呢?而且我自己可以随意往来,得到保障,王后也恢复了往日的自由。还有一件是从前不曾料到的事情,就是王后从此以后再也不会遭到危险了。"他接着又说道:"若是不然,即使冒着比从前更大的危险,我还要继续留她住在寨里。"罗彻斯特主教又道:"您不必再这样焦急啦。要知道教皇的圣旨,必须遵从;那么为着教皇的尊严和本主教的愚诚,如今我们出面处理,您就毋须再顾虑王后,担心有什么危险,或是计较得失了。"他一面解释,一面把教皇的训谕,以及亚瑟王的保证书指给兰斯洛特看。兰斯洛特读完以后惊喜不已,随口说道:"我完全相信这是国王的亲笔,加盖了他的玉玺,凡是他所应允的事情,向来不再反悔。"兰斯洛特骑士又回答主教说:"请您先赶到亚瑟王那里去,代我问安,并请您通知国王,我准定在从今日算起之第八天,将靠着上帝的保佑,亲自护送桂乃芬王后去见他。还请您向这位最尊严的王上解释,说我是很敬重王后的,此外,说到我个人,平生仅仅敬畏两个人,那就是国王和高文骑士,别无畏惧;而且这两个人中,主要还是为着国王的缘故。"

随后,罗彻斯特主教告别了兰斯洛特,来到卡莱尔堡晤见了国王,将兰斯洛特的答复作了回报。不料国王聆听之后,两眼满是热泪。这时兰斯洛特骑士准备了一百名骑士,都穿着绿绒装束,马身上披了绣甲,直垂到马膝;每名骑士手里,捏着一束橄榄的枝叶,那是和平的象征;王后偕同二十四个闺秀,服饰也很考究。兰斯洛特后面,跟随了十二匹骏马,马上骑着年轻的选民,全身也是绿绒的衣裳,腰间系着一根金色肚带;至于马的披甲,完全和前面相同,也垂至马膝,马甲上镶嵌着珍珠宝石,耀眼夺目,数以千计。再看兰斯洛特骑士和桂乃芬王后所着的服装,乃是白色金纱裁成的。他俩并骑着骏马,由快乐园前往卡莱尔堡,法兰西文著作中所记载的,正同读者在前文所看到的一样。兰斯洛特骑士抵达了卡莱尔,也像在快乐园似的,所有街市,都走过一趟,使得全体居民能够同他相见;凡是看见他的,多是两眼热泪。待他来到宫前,骑士随即下马,扶着王后,走到亚瑟王的宝座前面,这时高文骑士和文武百官,均在两旁。兰斯洛特望见了国王和高文,又扶着王后一同下跪。亚瑟王面前一些强悍的武士看见他们,恍似久别重逢的骨肉,无不涕泪交流。兰斯洛特感人之深,读者可以想见。待国王坐定以后,一句话都说不出口。兰斯洛特看到国王的这时的表情,便扶起王后一齐站在前面,开始了他那口若悬河的长篇大论。

第十五回

关于兰斯洛特骑士将桂乃芬王后送交亚瑟王；又高文骑士对兰斯洛特骑士所讲的话。

"最威严的国王陛下，请您细听，我最近奉到教皇和陛下的诏书，特护送王后返回朝廷，这是受了正义的驱使。如今除开陛下以外，倘有任何骑士，不论级位高低，敢指控说王后行为不贞，不忠心于您，那么，我湖上的兰斯洛特骑士愿意单身匹马，走出应战，拿胜败来判断是非曲直，求得最后的分晓，（他转脸向四周一看）请问有谁敢来比试？不幸，您妄听了小人的谰言，造成了我们两人之间的摩擦。在已往，每当我代替王后参加决斗以后，您对我慰勉有加；王上啊，您很明白，在这次以前，她已好多次受冤屈，您还奖励我去营救她；这一次她是为着我而被判处火刑的，所以我更有责任去营救她啦；高贵的王上啊，请您多多考虑这一点。那些在您面前制造谰言的人，如今都自食其果了，若不是上帝对我特别器重，我怎能抵抗他们十四个骑士的打击；而且他们事先订了同盟，披挂着武装，我呢，一袭便服，毫无准备。再说，当王后约我谈话的时候，我事前对此并不知情；及至我才踏进她的房门，便听得阿规凡和莫俊德两人骂我是无耻的叛徒，又说我是卑怯的骑士……"他说到这里，忽然高文插嘴道："他们骂得很对……他们骂得很对啊。"兰斯洛特骑士听了这话，反口问道："敬爱的爵爷高文骑士啊，如果他们是正义的，为什么他们都死在我的手下呢？"国王也插嘴说道："兰斯洛特骑士啊，好了，好了，我过去对待您本人和您的亲属们，可说比任何骑士都宽厚，而您对待我为什么这么无情呢！"

兰斯洛特骑士向他解释道："敬爱的王上啊，请您息怒，我认为在许多场合，我同我的亲属一向喜欢为您效劳，所做的工作比其他一切骑士都多，您可以明白我吧。不论您在任何地方遭到围困，我总是挺身而出，解脱您的危险；凡是我的能力所可办到的事情，没有一次不替您和高文骑士去做的。不论大比武或是小战争，也不问骑马或步行，我都是尽先把您和高文骑士营救出来，而且在许多地方还救出来您大批的部属。"他又说："让我现在说一句大话，不管多么凶狠的骑士，如若我愿意战斗到底，都能一个一个地把他们打垮，感谢上帝，这也要请您完全了解。就是在我应付最英武的骑士的时候，比如特里斯坦和拉麦若克两人，我同他们交手以后，始终爱护他们并且尊重他们的本领。"兰斯洛特骑士又说道："我恳求上帝作见证，当我发现任何骑士努力挣扎而想取得武功的时候，我总是对他退让一步，成人之美；而且不论马上作战或是徒步斗争，凡是能同我周旋的，我也不要打败他们；比如在险恶塔对付卡瑞都骑士，敬爱的高文骑士啊，您知道他是很有本领的。这人应当受我们尊敬，他那时不过抬一抬手，就把您拉下马来，然后又把您捆在他的马鞍前面，让您直挺挺地躺着；亲爱的高文骑士啊，我那时救下了您，又在您的面前把他打死。还有，我从这人的弟弟陶昆骑士的手里，救下了您的弟弟葛汉利骑士,那时陶昆捆绑着葛汉利,也同您自己一样,我也打死了陶昆,救出了葛汉利,同时还从牢监里释放了亚瑟王的六十四名骑士。"①他接着说道:"我敢说,像卡瑞都和陶昆两人,是我平生碰着的最坚强的对手,在同我决战的时候,都被我消灭了。因此照我想来,您应当把这桩事牢牢地记在心头;为的是,如若我能得到您的好感,那么靠了上帝的恩典,我就可以得到亚瑟王的青睐了。"

---

① 详见本书第六卷第八回。

第十六回

关于高文和兰斯洛特两个骑士的通牒,还有其他很多对话。

高文骑士说道:"国王要怎样做就怎样好啦,可是你要明白,我同你是永世不能和解的,你打死了我的三个兄弟,而且其中两个是由你施用了诡计谋害的,据说他们死得很惨;他们当时既没披挂着武装去对抗你,我想他们根本不愿武装起来去对抗你的。"兰斯洛特骑士答道:"我但愿上帝在事前让他们披戴着武装,这样便不会遭到这次的意外,那么他们至今仍然活在人间啦。再说,高文骑士啊,如若您提到加雷思骑士,您应当明白他是我心爱的一位武士,我看待他比任何亲属还知己,我活着一天,便悼念他一天;这并不只是由于我敬畏您才这样说,实在有很多原因使我伤感。第一点,我亲手封他做骑士;第二点,他爱戴我在任何亲属之上;第三点,他秉性高洁,真诚,谦恭,温雅,而且武功高超;第四,我一听到他的噩耗,便知道您今后不会再同我和好,必然战祸连绵,永无宁日;最后,我认为您一定会促使亚瑟王同我发生争执,浸渐而成了不共戴天的敌人。"他接着又叹道:"天呀,我丝毫没有打死加雷思和葛汉利两个骑士的意思,哪里能想到在这个倒霉的日子,他们竟然不曾披挂武装呢。"他又说:"倘使我有缘可得到国王和您的恩惠，我很想竭尽愚诚，做一点功德；那时，我愿意只穿上一件破衫，跣足苦修，先从英国三维治地方出发，每行十英里即建造修道院一座，至于应当尊奉的教派，完全可由您指定。所建立的全部修道院，包括诵经唱诗，日夜祈祷，要把超度加雷思和葛汉利两位幽灵做主题。我想每天供给由三维治到卡莱尔之间所建立的修道院充足的生活费用。我自己在基督教国内一天有生计，就要使得全部修道院都圆满，没有生活上的顾虑。任何宗教场所，都是足衣足食，其他一切，凡是一个圣地上应有的设施，无不齐备。这是我的心愿，我要说到就做到。高文骑士啊，我认为这样去做，使得他们的灵魂更平安、更圣洁、更舒适，比之国王同您两人向我挑衅备战好得多了；其实一旦发动了战争，您也不会占了我的上风啊。"

所有在场的骑士闺秀听到这一番辞令，感动得啜泣不停，亚瑟王的眼泪也流满两颊。高文骑士信口答道："兰斯洛特骑士，你的演说，以及你的宏伟奉献，我全都听见了。至于国王本人要做什么打算，那完全由他做主，可是我的同胞三人都死在你的手中，特别是加雷思骑士，我是丝毫不愿饶恕你的。倘若我的舅父亚瑟王同你和好，我就脱离他的部属，我总认为你对于国王和我两人是个叛徒。"兰斯洛特骑士也随口应道："高文骑士啊，没有一个有生命的人能证实你这句话；如果您，高文骑士控告我这样一件大罪，我要请您原谅，我必须用武力答复您。"高文骑士道："话不是这样说法，已往的事情，既经教皇调解，他命令我的舅父接回王后，又要同你和好，使得你在今天可以往来无阻，获得安全。但是我要命令你：在这里只许你居留十五天，这是在你抵达以前，我同国王共同决定的，你不得超过限期。否则根本不会容许你来到这里的，除非你冒着生命的危险。"高文骑士又说："假使我们还没奉到教皇的训谕，我要一命抵一命，在你身上证明你是个出卖国王和我的叛徒，今后即使你离开了，不论你走到哪里，我也不会放过你啊。"

第十七回

兰斯洛特骑士怎样离开国王和快乐园走向海边,以及陪他同行的骑士们。

兰斯洛特骑士听过这话,长叹一声,热泪滴满颊上说道:"真苦恼呀,我对这个基督教的国度,本来比任何地方都更喜欢,我在这里建立了平生大部分的事业,也荣膺了无上的光荣,到如今只得落泊地逃去了。回想当年初来的时候,怎能料到今天无缘无故地遭人遗弃,像充军似的受到意外的侮辱呢?总之,世事变幻,命运叵测,车行轮转,永无定态,历史记载,足以印证。比如爱克托、楚伊赖斯和亚力山大以及其他人等,当其威震四方的时候,叱咤风云;及至势落权堕,就要遭人唾弃。我今天何尝不是如此,当我在本朝得到荣誉的时候,由于我个人和亲族们的南征北伐,圆桌社的全部同仁无不飞黄腾达,蒸蒸日上,这当然由于我和我的亲属们努力独多之故。将来返回祖国,当然我的生活不会落在此地任何骑士之下啊。那时候,倘使高贵的亚瑟王和您两人攻进我的国土,我当然努力抵御,给你们一个严厉的回击。高文骑士啊,果真您要来进攻我的国土,请您不要再控诉我犯了重罪,您如敢再来控我,我必不再让步了。"高文骑士说道:"请你把本领都使光吧;你滚去以后,好好地躲藏起来;等待我们赶来之后,一定要把你最坚强的堡寨毁掉,让它倒在你头上。"兰斯洛特骑士听罢从容地答道:"何必这样穷凶极恶呢,可是,如果我也同您一样地爱吹法螺,我就站在这个战场的中央,打您一顿。"高文道:"你不必再多噜苏了,快把王后放下,给我赶快滚出去。"兰斯洛特骑士又说:"好了好了,如果我想到有这个不利条件,当我启程来此以前,应当一再考虑过;果真我同王后的关系,像您所谣传的那么亲密,我敢说,在天底下没有哪个骑士能够从我的手里把她抢回去。"

这时,兰斯洛特骑士当着国王和大众的面,又向桂乃芬发表一篇谈话,他说:"尊敬的王后,我现在要同您和所有的高贵官员们永久分别了,因此,我请您为我祈祷,并且给我善意的批评;今后如果有人对您恶言诽谤,望您随时通知;届时若有任何骑士为您应战,将您救出,那就是我所做的。"他说了这话,拥抱着桂乃芬,行了一个吻礼,接着他又公开地说道:"现在,我想看看哪个人敢说王后对于亚瑟王上不守贞操,有胆说这话的人就请他开口。"然后他扶着王后送给国王,遂即告别而去。这时,全朝的人,不论国王、公爵、伯爵、男爵、骑士,或是闺秀、名媛,无不忧愁悲伤,涕泪交流;只有高文骑士一个人怀着仇恨,与众不同。这位多才多艺的兰斯洛特骑士,坐上骏马,驶出卡莱尔堡,那时全城的人无不郁结凄楚,呜咽啜泣,因为失掉了这样一位无比的骑士哩!最后他返回了快乐园。这处地方,后人改名凄凉园。兰斯洛特骑士从此便永久离开了亚瑟王的朝廷。

及至兰斯洛特骑士抵达快乐园,便召集部下,会商今后应采取的步骤。大家齐声回答都愿意服从他的意见,作为行动的准则,那声音好像从一个人口里发出似的。兰斯洛特骑士于是说道："列位亲爱的同道，我不得不离开这处锦绣的河山，说来怎不心痛，一个被驱逐出境的人，永远得不到群众的尊敬，在我身后一些编著史书的作家，怕把我写成一个被朝廷放逐的罪人，这使我太难堪了。而且，还有一点，要请各位爵爷了解，倘使我不怕羞辱的话，桂乃芬王后同我永远不会离别的。"

随后有许多杰出的骑士，如巴乐米底、他的同胞沙飞尔、拜兰交尔·勒·比斯、尤瑞和拉文等等，都在场讲了话，总结他们的意见，大意如下："兰斯洛特骑士，倘使您要继续留居此地，我们决心效忠，永矢不渝；若是您想离开此地，我们全部追随，决无二意。我们所以要如此，有种种原因。第一，我们中间所有您的非亲属，将不会受到朝廷的欢迎。第二，在这个国度里，我们既能团结一致，分担您的困难，将来跟您到了别的国度，我们依然乐意追从，为您效忠。"兰斯洛特骑士当即答道："各位亲爱的爵爷，我很了解你们的好意，我一定要竭尽绵薄，报答诸位；但请诸位注意我的计划，我生来所继承的产业，照下列办法分配给诸位。我打算把全部的动产和不动产（指土地）无条件地分给你们，我自己应同诸位一样，也分得一小部分，只求足敷开支，不计华丽的服饰。我信奉上帝，保证你们住在我的田园里得到优越的生活，好像别国里骑士们所享受的一样。"随后，所有骑士齐声答道："只有无心肝的人才会离开您呢；我们认为这里将要大乱，难得太平，而且圆桌社的组织也就要崩溃了。以前由于圆桌社的努力征战，成就了亚瑟王的丰功伟绩，又由于圆桌骑士们的声威，巩固了全国的安全；这些事归根结底，都是由您的武功而来的。"

第十八回

兰斯洛特骑士怎样渡海，又怎样加封各随从的骑士以爵位。

兰斯洛特骑士听后说道："你们这番好话，确实应当感谢，但是据我想来，此地能得国泰民安，并非完全出于我个人的功劳，我只不过尽了一小部分的责任。在当时，此地确曾发生许多次暴动，都是由我戡平的；至于镇压变乱的情形，我们在不久的将来就要听到，但这也是我很忧虑的。我一向认为莫俊德骑士嫉妒成性，搬弄是非，容易闯祸，我对他有所顾忌。"因此，骑士们都愿随同兰斯洛特骑士，移到他的国内住下。闲言少叙，话归正传，待主意打定之后，大家摒挡了行囊，清理了一些债务，准备启程。这时检点随从，共计百人，全部部下都立誓效忠，不论祸福，决不脱离兰斯洛特骑士。

他们一班人马，由加的夫启泊，直向班伟克行驶；班伟克又称做拜扬，亦称拜英，以出产拜英美酒著名。按事实来说，兰斯洛特骑士和甥侄一辈，统治着整个法兰西国土，还有所辖的领地。大家分任王爷，都靠着兰斯洛特的声威而享安乐。兰斯洛特骑士住在这里，囤粮备械，将所有的通都要塞，都充实起来。这时各处居民，无远弗届，闻风景从，一齐拥护。及至各个国家得到安定以后，在短期间曾召开了一次议会，在会议上兰斯洛特骑士立梁纳耳骑士为法兰西国王；立鲍斯骑士为克劳答斯王国全境之王；又立爱克托骑士（兰斯洛特的季弟）为班伟克王，兼充兰斯洛特直辖的全部吉耶纳地方之王。兰斯洛特并指定爱克托为公国之主，一切安顿妥当，方才离去。

部属里各个重要骑士，兰斯洛特骑士全部擢升，首先提拔的是他的亲属，比如封卜拉茂为吉耶纳地方里莫生公爵；封布留拜里骑士为包克提尔公爵；封葛哈兰丁骑士为规纳地方的公爵；封卡力胡丁骑士为散唐公爵；封卡力哈特骑士为薄利高的伯爵；封门纳杜克骑士为儒尔吉伯爵；封维里哀骑士为本英伯爵；封西比斯·勒·蕊诺美斯骑士为古满吉伯爵；封拉文骑士为亚米拿克伯爵；封尤瑞骑士为埃斯团克伯爵；封尼鲁来诺斯骑士为彭第亚克伯爵；封普兰诺里斯骑士为弗欧斯伯爵；封危险塔里的赛利赛斯骑士为马帚克伯爵；封麦烈斯·得·礼耳骑士为陶苏克伯爵；封拜兰交尔骑士为郎滋伯爵；封巴乐米底骑士为普罗旺斯公爵；封沙飞尔骑士为兰杜克公爵；赏给莱吉斯骑士以爱简特伯爵领地；赏给沙多克骑士以苏尔拉特伯爵领地；封家宰狄纳思骑士为安由公爵；又封柯拉罗斯骑士为诺曼底的公爵。兰斯洛特骑士对各个部下加官晋爵，不一而足，著书人为着节约篇幅，不再缕述了。

第十九回

亚瑟王和高文骑士怎样准备大队人马渡海，以便对兰斯洛特骑士进行战斗。

兰斯洛特骑士亲率部属返回了本国，种种设施，暂置不提。且说亚瑟王和高文骑士两人纠合人马，组成大军，数达六万之众，浩浩荡荡，聚集在加的夫海口，粮秣齐全，准备渡海远征。这时亚瑟王委派莫俊德骑士担任英格兰总督，指定桂乃芬听命于他，这个莫俊德骑士原来是亚瑟王亲生的儿子，所以把国土和王后都交给他管理。待亚瑟王渡过大海，抵达兰斯洛特骑士的领土以后，高文骑士便恣意报复，纵火焚烧，所有园舍多成废墟。

及至兰斯洛特得到亚瑟王和高文攻进本国的消息，听说自从他们登陆以来，杀人放火，大事破坏。鲍斯骑士向他说道："兰斯洛特爵爷啊，我们怎能让这些人横行全国，蹂躏地方呢？要知道，不论您怎样容让他们，一旦您被他们捉住，他们绝不会优待您啊。"随后，梁纳耳骑士小心翼翼地说道："敬爱的兰斯洛特骑士啊，我认为要这样去应付，我们坚守着各个堡寨，让他们在郊野里忍饿受寒，自取灭亡；然后我们鼓起勇气，像赶羊截毛似的把他们驱到荒野，使得踏上我国土地的异邦外人，永久引为警惕，不敢再来糟蹋我们。"

同时，巴吉马伽斯国王向兰斯洛特骑士说道："爵爷啊，若让他们在我们的国土上任意扫荡，而我们畏缩躲避，必至全国化成废墟，了无孑遗。那么，您的谦逊，使得我们蒙到耻辱；您的宽厚，造成了我们的悲哀。"接着卡力哈特骑士也向兰斯洛特骑士说道："爵爷啊，我们这里的骑士都是君王的族裔，岂能长期萎靡不振，窝伏在堡里呢？我们身为武士，应当效命疆场，请您放我们出寨，好去杀死他们，使他们知道潜入了我们的国境，就有遭到毁灭的一天。"

北威尔士地方有七个弟兄，都是优秀的骑士，也向兰斯洛特发表了意见。这七个人真是罕见的英杰，怕要跑遍了七个国家才能觅到呢。他们齐声说道："兰斯洛特骑士啊，请您怀着耶稣基督的心肠，放我们随同卡力哈特骑士出寨，我们真不愿畏缩在寨里死守了。"

兰斯洛特骑士做了他们全部骑士的总裁和领袖，他答道："各位亲爱的骑士，我坚决反对率领诸位出寨作战，去乱洒基督徒的鲜血，同时我们的国家迭经克劳答斯王、我父班王、舅父鲍斯王掀起大战，耗费大量金钱物资，现在已到了民穷财尽的地步，哪里还能供养大军呢？因此我目前认为应坚守堡寨，不去发动战争，我要派遣使者去谒见亚瑟王，商订条约，因为和平总比连年战争好得多！"

随后兰斯洛特骑士派了一位贵妇晋谒亚瑟王，由一个侏儒作陪，要求国王停止战争，磋商和平条件。她便乘着骏马出发，那侏儒徒步随行。待贵妇来到亚瑟王的幕前，即行下马晤见了膳司卢坎骑士。那人天性温良、态度文雅，相遇之后，开口问道：

"小姐,您是兰斯洛特骑士那里来的吗?"她答道:"爵爷,是的,我是专诚来拜望国王的。"卢坎骑士说道:"哎哟,小姐,不好了,我想国王还是怀念兰斯洛特的,只有高文骑士不许国王这样做呢。"他接着又说:"小姐啊,我恳求上帝,祝福您成功;我们在国王四周的骑士,也都希望兰斯洛特骑士出人头地。"

随后,卢坎引着贵妇晋见亚瑟王,适巧高文骑士坐在那里,听取她的意见。待她把要求逐条禀明以后,国王的眼帘里已含满了热泪,当时在场的官员爵爷,除开高文一人之外,无不謇愕直言,劝国王与兰斯洛特和好的。可是高文说道:"王上,舅舅,您打算怎么办?难道您长途跋涉来到这里,就想空空回去吗?果真这样,天下的人都要骂您是个昏君啦。"亚瑟王急忙答道:"不是,不是,高文啊,让我照你的意见去办吧;可是,照我想来,那个女人所提的条件也是太好了,拒绝了真可惜啊;但是我已从远方来到这里,怎好拒人于千里之外,还是由你代表我回答,实在她所提的条件,内容很是宽大,我内心里真是不忍不回答她呢。"

第二十回

高文骑士给兰斯洛特骑士通牒的内容，又亚瑟王围困班伟克城以及其他等等事项。

这时高文骑士向那位女使者说道："小姐啊，请您回去告诉兰斯洛特骑士，他向我舅父所提出的那些甜言蜜语，完全是白费气力，毫无用处；请您对他说，若是他想求和，应当在我们来到此地以前就努力，现在太迟了；并且告诉他说，是我高文骑士的意见，我愿向上帝和骑士的金科玉律去立誓，我准备同他拼命，若不拼个他死我活，永不罢休。"那位女使者听了这话，满眼是泪；同时在场的也有很多人在流泪；卢坎骑士便把她扶上坐骑，看她走去。随后这使者返回兰斯洛特骑士的面前，适巧他正同许多骑士坐在一起会商。当兰斯洛特骑士听了使者的回报以后，止不住地热泪直流，滴满两颊。有些骑士在兰斯洛特的四周踌躇不定，同时问道："您为什么这么伤感，请看看您是何等的人物，我们又是哪样的人；快放出我们这群不怕死的骑士，到战场当中去干一干吧。"兰斯洛特骑士答道："拼命是一件事，但轻率作战，却是我所不乐意的。因此，我请求诸位亲爱的同道，你们要是爱我，就要听从我的命令，这位曾经封我做骑士的国王要同我作战，我一向是设法逃避的。果若把我陷入了绝境，我应当为了自卫而战；能够避免同向来为我们大家所侍奉的一位国王的战争,自然比同他交手更要受人敬重。"大家谈话,到此中止,当晚留此安歇,不在话下。

第二天黎明时分,骑士们抬头遥望,发现班伟克城遭到严重的围困。他们在城墙竖起梯子,向城外的敌人挑战,从城垣上给以猛烈的打击。这时高文骑士忽然奔出来,骑着骏马,武装堂皇,勒马停在堡寨的正门前,手里抓着一根长矛,放声喊道:"兰斯洛特骑士,你在哪里?你那里可有不怕死的骑士敢来同我拼几枪?"不料鲍斯骑士已经准备齐全,从城里跑出,到了城门,就同高文骑士短兵相接。高文一使气力,立将鲍斯打下马来,几乎把他跌死;城内武士急忙赶来营救,才把鲍斯抬进城里。鲍斯有个弟弟,名叫梁纳耳骑士,忽然跑来助战,企图报复;高文哪肯稍让,两人相互丢出长矛,斗成一团,战况激烈万分。结果高文打倒了梁纳耳,占了上风,那梁纳耳身受重伤,得到城内骑士跑来解围,才被他们抬进城里。随后,高文骑士每天赶来堡寨门前作战,而且每天总有一两名骑士被他打倒,他本人从没吃过败仗。

这样的斗争,支持了半年,双方死伤都重。忽然一天,高文着了全部武装,坐在高大的战马上,手里握着巨矛,跑到这寨的每一寨门前面,扬起喉咙喊道:"兰斯洛特骑士,你这个叛徒,现在蹲在哪里?你为什么伏在洞里像一个懦夫似的?你当心点儿呀,你这无耻的骑士,你打死了我三个弟兄,现在就要向你报复啦。"这些粗话,兰斯洛特骑士把每一个字都听得一清二楚。他的亲属和部下围在他的四周,向他表示拥护,并且齐声说道:"兰斯洛特骑士啊,您应该拿出英雄的气概,保护自己,否则难免遗臭万年了。如今,人家骂您是叛逆,侮辱您行为鬼祟,而您久静不动,一直容忍,不想利用时机快快抵抗。"兰斯洛特骑士道："真难受啊,高文的话太使我难受啊,他硬拿大的罪名控诉我,其实大家都明白,我一定要保卫自己,否则便成为败将啦。"

随后,兰斯洛特骑士吩咐下属为他预备一匹骏马,再取出武装,一齐送到塔门那里。然后兰斯洛特骑士大声喊着亚瑟王,说道："王上,您是封我做骑士的国王,如今竟这样对我控诉,使我十分难堪;但是,如果我打算报复,很容易逼着你们走到战场,把您那些夜郎自大的骑士们打得落花流水。如今,我已容忍了半年,使得您同高文两人为所欲为。此刻我不愿再忍受下去,一定要保卫自己,因为高文已控诉我是一个叛徒。他迫得我不得不来对付您那亲属,这也是我内心所不愿意做的事情。现在我已迫得像一只负隅顽抗的野兽,不得不同他们周旋了。"

这时高文骑士说道："兰斯洛特骑士啊,有种快打好啦,走出来何必多说,让大家的心里舒服些。"然后兰斯洛特骑士急忙武装自己,跃身上马,所有部下骑士手里都挟着巨矛。那城外的骑士数目极众,都沉默地立着。及至亚瑟王看见城内的人马麇集,不禁大吃一惊,自言自语道："错了,我不该促使兰斯洛特骑士反抗我,现在才知道他始终在容让我啊。"兰斯洛特和高文这时订了协约,每一方面都不许外人靠近他们,或是协助他们作战,必须打到他们两人之中,有一个人不是投降,就是被打死,方才罢休。

第二十一回

高文和兰斯洛特两个骑士怎样互斗,又高文骑士怎样被打受伤。

高文和兰斯洛特两个骑士既订妥了协议,霎时分驰到战场的两端,再放马使尽全力互冲,搠出长矛对击,各把对方的盾牌击中了;而且,因为他们两人都很顽强,使用的长枪也很粗大,以致身下的坐骑耐不住猛烈的冲击,结果就跌在地上。这两人便弃马相斗,面前撑着盾牌,徒步作战。看他们立在那里,凶暴地对峙着,全身到处受了打击,到处都流着鲜血。原来高文骑士曾得到一位法师传授了一套本领,每天从早晨到正午期间,约有三个小时,力气可以陡增三倍,终年如此;这是他与人遭遇,每建奇功的原因。正因为如此,所以亚瑟王颁布一道圣旨,指定任何在国王面前举行的战争,时间必须从上午辰时开始,这完全是为了照顾高文骑士而订立的,因为如果高文骑士参加了某一方面的战争,就安排在他力气最旺的三个时辰里出场,好使得他获得优势。高文骑士可以取得优势的这种秘密,当代人士中知道底细的极少,亚瑟王当然是明了的。

兰斯洛特和高文两人继续作战,及至兰斯洛特发觉高文的力气越战越旺,起初表示惊奇,随后便深怕自己会要失败。据法兰西著作记载的，当兰斯洛特骑士发觉高文骑士的力气增加一倍的时候，把他看成一个人间的恶魔。因此兰斯洛特只好用前进退后和侧面比剑的手法对付他，总是用盾牌掩好自身，保留自己的力量和敏捷的动作，四处回避，以便使自己挨过这三个小时。其间，他挨了高文许多击，每击都很凶猛。兰斯洛特骑士忍痛支持，也出乎观众们的意料之外。但很少的人能够明白：为什么兰斯洛特要忍受高文给他的这么多辛苦的真正缘由。到了正午时分，高文的气力逐渐衰减，只剩下了他原有的力量。兰斯洛特骑士觉得高文的气力跌下来了，就抖抖两肩，把身体伸伸直，立在他的跟前，向他说道："高文爵爷啊，我此刻知道你的力量用完了；爵爷啊，你今天打得我这么苦，此刻轮到我来揍你啦。"

这时兰斯洛特骑士鼓足一倍的力气，猛然向高文骑士的头盔上打来，打得他从侧面跌倒地上，可是兰斯洛特骑士却从他的身旁避开了。高文骑士随即骂道："你这个家伙怎么退缩啦？坏东西，快转回来杀掉我是了；要是留下我，一旦我伤势复原，还是要来揍你的。"兰斯洛特骑士从容答道："骑士啊，我靠了上帝的恩典，自然会再一次忍受你的攻击，可是高文啊，凡已经倒下来的骑士，我从来不去杀死他，我是不打落水狗的。"他说了这话，即时返回城里，当时有人把高文骑士抬进亚瑟王的帐篷，交由医生为他治疗，敷了一些软药膏。然后兰斯洛特骑士说道："王上啊，现在同您再见吧，您要知道，您不会从我这城里得到胜利的；如果我把部下的骑士都放出来打您，那么您伤亡的人数应当更多哩。因此，王上啊，我请您还要回想往日的情谊，无论我运气怎样，愿耶稣在每处地方都领导您啊。"

第二十二回

关于亚瑟王对战事所发出的哀叹,以及在另一场战斗中,高文骑士受挫的情况。

国王听罢叹道:"真不幸呀,这么残酷的战争怎么可以打起来呢?兰斯洛特骑士在许多地方一直对我让步,就是对我的亲属们也是那样谦虚,这都是我的外甥高文骑士所亲眼目睹的。"亚瑟王看到高文受了重伤,忧愁得患起病来。国王的人马包围寨外,战争不多,寨内的人,采取守势,若非必要,不向外攻。高文因伤在幕里睡了三个星期,延医敷药,不在话下。不多时,他伤愈能骑马了,又佩起全部武装,挟着长矛,骑着骏马,在班伟克城的主门外面出现了,那时他大声高喊:"兰斯洛特骑士,你在哪里?你这个无耻的懦夫,快滚出来,我高文此刻就在这里,特来同你比量比量。"

这些话都被兰斯洛特骑士听见了,他便答道:"高文骑士啊,你那些肮脏的臭话,我听过太难受啦,你还要说个不停么?你要知道,高文骑士啊,我知道你的本领多么大,也知道你能做什么;可是高文骑士啊,你要知道,你却没法把我打成重伤呢。"高文随口答道:"你这个叛徒,快从城墙上滚下来,如果你不承认是个叛徒,就来亲手比比看;要知道,在前一次战争里,我不幸伤在你手上,现在我就要打伤你;上次你把我压得那么低,我现在也要把你压得更低些。"兰斯洛特骑士听了说道:"天呀,假使我落到你的手里时所遭遇的危险同你以前落在我的手里的时候一样,那我的性命就完结了。"他又接着说:"可是高文骑士啊,你不要认为我拖延不敢出来,现在你既然这样骂我做叛徒,等一会我来了,你就要手忙脚乱,吃不消我的几击啦。"随后兰斯洛特披挂齐全,跃上骏马,手握长矛,走出了寨门。那时双方人马都已云集,分为寨内和寨外两个集团,雄赳赳地排列成队。双方又都奉到了"静候勿动"的命令,以便观看这两个骑士的决斗。他们在腰窝里平端着长矛,风驰电掣地互冲在一起,高文的矛杆击在兰斯洛特的身上,断做百十截,直断到握在手中的矛柄;但兰斯洛特打他的一击比他的力量还猛,打得高文的坐骑应声跌倒,四脚朝天,自然人马都倒了。这时高文骑士急忙弃马步行,将盾牌遮在面前,又猛然拔出宝剑,向兰斯洛特喝道:"快下马来,你这叛徒,那只马驹子误了我的事,可是我这位王太子不会输给你的。"

兰斯洛特骑士随即跳下马来,也竖起了盾牌,拔出宝剑。两人对立,残酷地打了好多击,双方的观众都为之大吃一惊。当兰斯洛特感觉高文的力量猛然增长的时候,他就收缩他的胆量,抑下他的气力,做了一些涵蓄的功夫;同时把身体遮在盾牌后面,忽东忽西地躲躲闪闪,借以击破高文的攻势或魄力;高文自然还在鼓起余勇,打算把兰斯洛特消灭。据法兰西文著作所载,每当高文骑士增加力量的时候,他的胆量也大了,同时他的恶念头也毒了。今天高文使得兰斯洛特吃了三个小时的苦头,就连保卫自己也十分吃力。

三个小时过了,兰斯洛特骑士觉得高文骑士的气力返回了常态,兰斯洛特便向他说道:"现在我已两次证明了,知道你是一个十足地道的恶汉,力气很大,平生也建树了好多次武功,当你的力气在增长的时候,曾经欺骗了很多优秀的骑士,如今你的功夫已完了,请你瞧瞧我的功夫吧。"于是兰斯洛特伺近高文的跟前,加倍力气打去,自然高文也奋力抵御,但兰斯洛特仍是猛力一击落在高文的头盔上,正打着他脑盖上的旧伤,高文因而倒地晕去。及至他苏醒回转,虽是躺在地上,还摆弄手势,又把剑对着兰斯洛特刺去,说道:"你这个叛徒,要知道我现在还不曾死掉,有胆请过来打到底吧。"兰斯洛特骑士答道:"打倒你,就够了,何必打死你呢;我看你站在地上的时候,我就下马同你徒步作战,如今你既躺下来,要我去打死一个伏下的伤者,还有什么体面呢?"说罢,扬长而去,返回寨里。但是高文一直骂他是叛徒,并且说道:"兰斯洛特骑士,你要明白,待我伤势复原,还要再来打你;只有你我死掉一个,方才罢休。"这次,高文躺下养伤,大约经过了一个月,兰斯洛特的寨还是被人围困着。后来,高文复原了,在他约定同兰斯洛特骑士开战的三天内,忽然亚瑟王接到由英格兰送来的消息,因而率领大队人马,撤回本国。

下接第二十一卷。

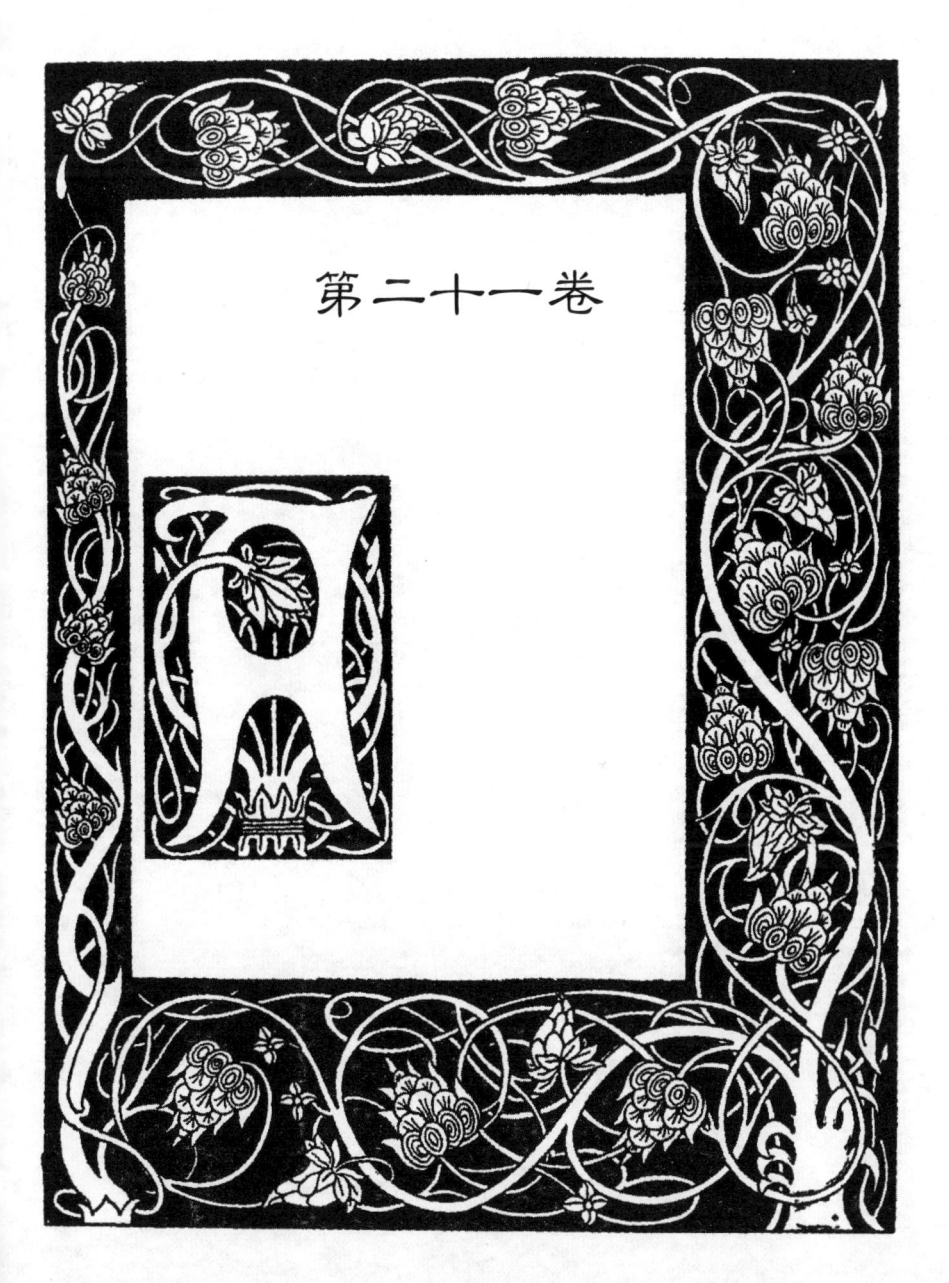

第二十一卷

第二十一號

第一回

莫俊德骑士怎样胆敢自立为英格兰的君王，而且妄想同生父的夫人——桂乃芬王后结婚。

莫俊德骑士奉了亚瑟王的命令出任英格兰总督期间，曾经伪造了一封假信，冒充由海外寄来，特地通知他的，信上说亚瑟王已经在战场上被兰斯洛特骑士打死了。因此莫俊德骑士便召集国会，荟聚了一些爵爷，勉强他们选举他自己做王，于是他就在坎特伯雷登基，当时还举行了十五天的欢宴；盛会之后，他又赶到温彻斯特去笼络桂乃芬王后，明目张胆地要娶自己的舅母，同时又是他父亲的夫人为妻。宴会准备了，他也预先决定了举行婚礼的日期；桂乃芬王后却万分彷徨。可是桂乃芬丝毫不敢声张，只装着笑脸，表示完全赞同莫俊德骑士的意思。她趁着机会请求莫俊德骑士，说她想要到伦敦去，以便亲自购办全部的嫁妆。莫俊德骑士受了她一番甜口蜜舌的迷惑，信以为真，就放她去了。及至抵达了伦敦，她便立时占据了伦敦塔，急忙募集勇士，储粮备械，从事防守。

后来莫俊德骑士发觉自己受了桂乃芬的欺骗，气愤不已。我们为了节约读者的时间，扼要来说。那时他率领人马，重重地包围了伦敦塔，猛烈进攻，使用了很多大型武器，发射了不少大枪

1357

弹。结果，莫俊德骑士不论怎样施加压力，终是无法得逞，而桂乃芬王后也立定主意，不管是甜言蜜语，也不管恶词厉声，终不愿再落到他的手掌之中。

　　这时忽来了一位坎特伯雷的主教。这主教为人高尚，担任圣职，他向莫俊德骑士说道："骑士先生，您在做什么啊？您是不是想先侵犯了上帝，再轻蔑自己，还要侮辱全体的骑士呢？您想，亚瑟王不是您的舅父么，他是您生母的弟弟，也是他和您的母亲一同养下您的，您如今怎可同生父的夫人去结婚呢？"那主教又接着说道："骑士，请您打消这种念头吧，不然我要燃灼圣烛，敲起寺钟，把手按在《圣经》上诅咒您呀。"莫俊德骑士答道："您就用最凶恶的办法惩罚我好了，要知道，我终会反抗您的。"这位主教又说："骑士先生，我凭着良心做事，无所畏惧。看您到处散布誓言，乱说亚瑟王已经被人打死，而您竟大胆地在这里为非作歹，实则您的话全是假话啊。"莫俊德骑士又说："你这伪善的牧师，赶快把嘴闭起，如敢再来刺激我，我一定要砍下你那脑袋。"主教无可奈何，便离开此地，采取了最严厉的办法，诅咒了莫俊德一顿。同时莫俊德骑士也在搜索这位坎特伯雷的主教，想把他抓来处死。这主教看到情势危急，便携带了一部分财物，私下逃到格拉斯登堡附近的地方。他一方面充当一个隐居的教士，过着贫穷的生活；另一方面参与神圣的祈祷工作，他知道一场残酷的战争已迫在眼前了。

　　随后莫俊德骑士为了笼络桂乃芬王后，写给她不少函件，也传递了一些口信，威迫利诱，样样俱全。他的目的，不外劝她放弃伦敦塔；然而她始终毫不动摇，分别作了简短的、公开的或秘密的答复；总而言之，她宁愿自刎，也不甘于嫁给他为妻。正当这时，莫俊德骑士忽然接到了关于亚瑟王的消息，说他已解除了对兰斯洛特骑士的包围，率领着大队人马回国，打算向莫俊德骑士报复。这事迫着莫俊德骑士颁布了圣旨，通告全国诸侯，号召民众，一致拥护他。当时全国人民一致认为亚瑟王干戈扰攘，无时停息；而相反，莫俊德骑士的政策，着重于人民的幸福和快乐。大家都轻视亚瑟骑士，还臭骂他一顿。就连那些被亚瑟王所提拔的人，当时他们平地一声雷似的占据了高位，封了土地，如今却不说他一句好话。你们那些英吉利人呀，可曾看到这里就要发生灾难呢！亚瑟王原来是世界上最高的君王和骑士，就连人民所最敬爱的骑士集团，也是受他的支持而建立的；你们这班英吉利人有了这样一位慈蔼的国王，岂不心满意足！然而，试看这是本国陈腐的恶风陋习，人们已在批判，可我们仍然不肯抛掉。哎呀，这就是我们英吉利人绝大的缺点，我们一向没有原则，见利思迁。再说，这时人们都表示欢迎莫俊德骑士，而拒绝亚瑟王；并且，大多数都在拥护莫俊德骑士，还愿意陪着他同甘共苦，追随到底。因此，他收罗了大队人马，直向多佛港进发。他在这里得了亚瑟王将要登岸的消息，便打算向他的生父迎头痛击，将他逐出国境；这时英格兰的大部分民众都趋向了莫俊德骑士，充分表现出了喜新厌旧的劣根性。

第二回

亚瑟王得到这个消息之后,怎样回到了多佛,莫俊德骑士遇到他,怎样阻止他登陆,又关于高文骑士的死亡。

当莫俊德骑士统率大军驻扎多佛港的时候,亚瑟王忽然亲自率领着大批海军,渡海攻来,战舰之中,夹杂着巨型游艇和圆式战船。莫俊德等待亚瑟王登岸,打算迎头痛击,决不许他这位生父卷土重来。大小船只上面载着不少名将,及至船只驶近了,双方一经遭遇,便喋血相向,结果不仅战死了许多豪侠的骑士,还有许多骁健的爵爷也被打死了。这时亚瑟王英勇无比,一马当先,万众跟随,没人敢出来阻遏他登岸;莫俊德方面,望风披靡,他带领着部下,向后逃窜而去了。

大战结束之后,亚瑟王命令掩埋死亡将士。在一艘大船上,这时有人发现高贵的高文骑士睡着了,他受了重伤,已经半死。亚瑟王一看到高文这么萎靡,便跑近他的身边,立时把他抱在怀里,心痛不已,一连昏厥了三次。及至国王苏醒了,他说道:"哎,高文骑士,我的外甥啊,我最喜欢的人儿,你快要离开人间了,如今我的快乐都粉碎了,外甥啊,现在我要把心坎里的话说给你听:我一向最爱兰斯洛特和你两个人,同时也最信任你们,如今失掉了同你俩欢聚的生活,人世间所有的愉快都一去不返了。"

高文骑士答道:"舅舅在上,您听啊,我死亡的日子到了,这都由于我个性急躁,刚愎自用;以前被兰斯洛特骑士打过的旧伤痕上,现在又挨了一次,真所谓'自作孽不可活';倘使兰斯洛特骑士同您和平相处,像往日似的,这次残酷的战争便无从打起;兰斯洛特和他的亲属们个个气魄过人,能够镇压着您那奸险的仇敌,使得他们服从管辖和领导,而我偏偏拨弄是非,所以我真是惟一的罪人。"他接着又说,"您从此会怀念兰斯洛特骑士的。可惜,我一向不愿同他和解;亲爱的舅舅,现在我要求和解了,请您拿出纸笔和墨水,我要亲笔给他写一封信。"

国王端出文具,高文骑士偎在他身边呻吟着写开去,这正当举行忏悔仪式之前不久;至于信的内容,据法兰西文著作的记载,大致如下:

鄙人,奥克尼路特王的太子,亚瑟王的姐姐亲生的儿子,名叫高文骑士,敬致书

兰斯洛特骑士阁下,在鄙人有生之日,就见闻所及,您实在是所有高贵骑士里的花朵,今特向您问安。同时,我要报告您听,以前您在班伟克城打在我头上的伤疤,这次在五月十日的决斗上,又被人打了一击,伤上加伤,使得我不能再活下去了。我愿向世界宣告,鄙人名叫高文骑士,圆桌社的成员,在此自取灭亡,与您无涉,一切遭遇,均由我自己负责;但有一件事相托,我求您将来返回此地,看看我的坟墓,为我的灵魂祈祷几句。在我执笔写这封信的当日,我被人打了一击,适巧

落到您以前打过的伤痕上面，势在必死；因此我想，能死在您这位兰斯洛特骑士的手里，真可说死得其所，死得最称意不过了。

再者，兰斯洛特骑士，请您顾念我俩已往的友谊，迅速偕同其他优秀骑士，渡海赶到此地，将那位曾经封您做骑士的亚瑟国王营救出来；此刻他被一个叛徒所包围，处境困难，包围他的人，就是我同母异父的弟弟名叫莫俊德骑士的；这人不仅已经自立为王，还要迎娶他生父的夫人桂乃芬王后为妻；如果不是她设法逃到伦敦塔里，早已被迫下嫁了。因此，亚瑟王在五月十日那天，率领大队人马，在多佛登陆，将叛徒莫俊德驱逐而去。不想我真个万分不幸，当场竟又挨了一击。我亲笔书写这封信的日子，正当我死前两小时半的时候，我用心血签名为证。

最后，我恳求您这位世界最高尚的骑士，务必来到我的坟墓看我一趟啊！

高文署。

高文搁笔之后，泣不成声，亚瑟王也流泪不已，都昏厥不醒了。及至他们苏醒以后，国王便为高文骑士作了死亡祈祷。他在奄奄一息的当儿，还请求国王速速召回兰斯洛特骑士，对他多加珍爱，待他要在其他骑士之上。

到了正午时分，高文骑士断气了，国王命令下属把他葬在多佛堡的教堂里。直到今天，凡是往来多佛的游客，都能看到高文的顶骨上面斑斑的痕迹，那就是被兰斯洛特在战场上打伤的。过后不久，有人奏报国王，说在拜兰姆丘原上面，莫俊德骑士正在布置新的阵地。翌日早晨，亚瑟王前往进攻，酿起了大战，双方伤亡惨重。到了最后，亚瑟王的阵势稳固了，莫俊德率领人马逃往坎特伯雷去了。

第三回

　　随后高文的幽灵怎样显现给亚瑟王,并警告他在约定的那天不可作战。

　　亚瑟王驻在拜兰姆丘原,派员分赴各个城镇,侦察伤亡骑士,叫他们掩埋死者,对伤者敷以软膏,进行治疗。这时归向亚瑟王的人很多,都认为莫俊德举兵进攻亚瑟王是犯罪的行为。亚瑟王率领大批人马,沿着海边,直趋索尔兹伯里而去,并选定了一天,对莫俊德骑士交锋,地点定在索尔兹伯里附近的丘原上面,距离海滨不远;日期就定在圣三主日①以后的第一个礼拜一。亚瑟王这时煞是快乐,因为他一定要向莫俊德骑士复仇。莫俊德骑士对他也不示弱,遂鼓动了伦敦一带的民众,使得肯特、南萨克斯、萨立、厄色克斯、南福克和北福克六处的人民大部分拥护他。还有许多著名的骑士,有的趋附莫俊德,也有人支持国王;不过凡是一向拥戴兰斯洛特骑士的,如今都倒到莫俊德方面去了。

　　到了圣三主日的前夕,亚瑟王忽然得了一个怪梦,梦情是这样:他觉得自己正坐在观礼台的椅子上,椅下系了一只轮子,他身穿着盘金绣花的礼服,可是他认为椅子底下有个无底深渊,汪

---

①　为复活节后的第八个星期日。

洋的黑水，流得很远。渊里满是虫蛇野兽，种类奇多，煞是惊人。陡然间，国王又觉得椅轮翻转了，跌到一群毒蛇中间，每个野兽都伸出脚爪去抓他。在惊惶之中，他就在梦中大喊"救命"。等待近处的骑士和随从们唤他醒转，在睡眼蒙眬中，他还不知道自己身在何处；一忽儿，又阖着眼皮了，好像半睡半醒似的。又一忽儿，在恍惚之中，他好像看见高文骑士陪着无数的美女走来。两人相遇之后，亚瑟王首先问道："外甥啊，我欢迎你，本来我认为你已经死了，如今看见你还活着，真感谢万能的耶稣基督！亲爱的外甥呀，跟你同来的那一群美女是什么人呢？"高文骑士答道："王上，当我活在人世间的时候，我经常为美女们作战，她们就是曾经请我代战的人呀，而且她们所争执的焦点都是正义的；因为我曾代表她们出战，所以上帝应允了她们的要求，让她们护送我来拜访您。这本是出于上帝的特许，顺便也让我通知您的死期快到了。倘使您在明天依约去同莫俊德骑士交战，您一定会被他打死，而且你们双方的人马也要死去大半哩。您应当体念万能的耶稣基督对您的宏恩大德，以及他对您的怜悯；果真出战，会有无数的优秀人物遭到杀戮。上帝特差我来到这里，给您一个郑重的忠告，叫您在明天万万不可出战。你们应当订立新约，延期一个月举行；同时，您要给他一个绝对有利的条件，那样才能把明天的约期拖延下去。再说，到了一个月之后，兰斯洛特骑士将率领全部优秀骑士赶来，必能为您大大撑腰，去把莫俊德骑士打死；就是向来拥护莫俊德的人，也难逃出这次的浩劫。"说完这话，高文骑士和一群美女都化归乌有了。

过了不多时候，国王便唤来骑士、随从和仆役多人，命令他们迅速把几位高级的爵爷和聪明的主教接来。等他们赶到,国王便把梦的预兆,以及高文骑士的警言——劝他在明天不可同莫俊德骑士交战,否则要死在他的手里——统统告诉了他们。这时国王又吩咐厨司卢坎骑士,以及他的同胞拜底反尔骑士,还有主教两人,要他们共同访晤莫俊德骑士:"负责磋商,将战期延缓一个月,务必达成协议;如果你们认为必要,即使割地赔款,亦不必吝惜。"他们奉了命令,赶到莫俊德骑士面前;他正集合了十万大军。他们一直恳求莫俊德骑士延期,最后他提出了两个条件,那就是:当亚瑟王在世之日,先割康沃尔和肯特两处地方;及至他逝世之后,再割让英格兰全境。果能如此,自然可以把战期延缓一个月。

第四回

由于一条毒蛇惹的祸,怎样使战事复起,莫俊德死在那里,亚瑟王受到了致命的创伤。

双方在折冲樽俎之中,都是谦虚的,一致认为亚瑟王和莫俊德骑士应当在两方面的大军监视之下,进行一次晤谈。这时各人可以随带侍从官员十四名;等待双方决议以后,亚瑟王的代表们就把这宗决定带给亚瑟了。他听罢说道:"你们达成这宗协议,我很满意。"他个人立即准备到战场里晤见对方。他动身的时候,曾传谕全军,应当留心察看有没有刀剑拔出,倘使发现这种情形:"你们必须凶猛赶上前去,把那个叛徒莫俊德杀掉,因为我毫不相信他的诺言。"同时,莫俊德骑士也警告部下说:"若是你们发现了有任何刀剑挥动,就要急忙奋勇冲上,杀尽面前所站立的官兵;至于双方所订立的那宗条约,我是完全不相信的,因为我的生父一定要来报复呀。"

他们按照约定的日期晤了面,对于预先商定的条款,都表示完全同意,于是取酒畅饮。正当这时,忽然从石楠树丛里跑出一条毒蛇,张口便咬在一个骑士的脚上。这人低头下望,看见腿边有一条毒蛇在咬,急忙拔剑砍去,绝没想到会引起什么意外。不料双方人员瞧见一把挥动的宝剑,顿时角号齐鸣,响彻云霄。双方的人马都奋勇地冲到一处了。这时，亚瑟王跳到马上，自言自语了一句："今天真倒霉啊。"就奔向自己的集团。莫俊德骑士也是如此。在所有基督教的国土上，从没见过这样残酷的战争。看他们奔驰冲撞，枪矛对击，还喊着可怖的毒词恶声，互相对骂；更搠出了不少次矛枪，猛击对方。亚瑟王一直在敌方阵地上奔驰，往返已经多次，充分表现了雄赳赳气昂昂的君王风度，毫没显出疲惫的样子；至于莫俊德骑士，虽是聚精会神地挣扎了一整天，依然危险万分。他们这样鏖战终日，未曾停止，以致很多优秀的骑士躺在冰冷的地上。战到黄昏时辰，那丘原上面，约计阵亡了十万人。亚瑟王亲眼看到自己部下伤亡这么惨重，直急得不知如何是好。

国王放眼向四面看了一周，发觉全部官员和优秀骑士都已死亡，只剩下厨司卢坎和他的同胞拜底反尔两人活着，然而都已受了重伤。国王叹道："慈悲的耶稣基督啊，我的骑士们都往哪里去啦！我怎么会碰到这么悲惨的一天呢！而今，我的末日要到了。恳求上帝的恩典，您可能让我知道那个叛逆的莫俊德停留在哪里？是他闯下了这个大祸呀！"随后不久，亚瑟王在死人堆里发现莫俊德骑士正靠着他的剑柄，站在场上。亚瑟王一望见他，便吩咐卢坎骑士："我看到了那个叛徒，他制造了这一切的灾难，快把我的长矛拿来，让我打死他啊。"卢坎骑士答道："王上啊，放他去吧，他也遭到了苦难呢；您过了今天，还有机会对他复仇呢！我的王上，请您记着昨夜的梦兆，还有高文的幽灵所给您的忠告；要明白，上帝的盛德是在保全您的生命。为了上帝，请您放过他吧；现在我们这方面还留下三个活人，而莫俊德方面呢，全都死了。我们既已得到战场上的胜利，自然要感谢上帝的恩典。如果您肯饶他，这个倒霉的日子也就过去了。"国王答道："还管什么死活呢，现在他独自站在那里，怎好放他逃命？要想杀他，这是最难得的机会了。"拜底反尔骑士道："王上，那么我祝您成功。"

这时，国王两只手握着一支长枪，对准莫俊德骑士搠去，还高喊着："你这叛徒，现在你的末日可到了。"及至莫俊德听到亚瑟王的咆哮，便拔出宝剑，直奔到他的跟前。亚瑟王看他来势凶猛，就将矛杆对着莫俊德的盾牌下面搠去，正刺在了莫俊德的身上，戳穿了六英寸宽的口子。这时莫俊德感到自己遭受了必死的枪伤，便使尽全力将亚瑟王的枪柄向下一按，登时双手扬起宝剑，对着他生父亚瑟王的头顶砍去，竟劈开了他的头盔和脑盖；亚瑟王受伤倒下，当场昏厥，许久没醒；莫俊德呢，跌下就死了。卢坎和拜底反尔两个骑士忙了好久，才扶起亚瑟王。这两个人又架着他，走到海滨附近的教堂。国王来到这里，觉得精神松快多了。

这三个人忽然听得战场上发出一阵喊声。国王便说："卢坎骑士啊，那里喊叫什么？你快去看看，再快来告诉我。"卢坎虽是奉命走去了，可怜他遍体鳞伤，真痛到极点。他一面行走，一面靠着皎洁的月光去侦察了一番，原来有大批强盗出现在战场之上，他们从那些高贵骑士的身上来偷窃别针、串珠、戒指，以及珍宝，等等；有些受伤还没死的骑士走出抵抗，可是匪徒们为了强夺他们的武器和财宝，终于把他们都杀了。卢坎发现了这种情况，急忙转回，将所见所闻据实报告了国王。他还说道："照我看来，最好送您到附近城里去休养。"国王答道："这样也好。"

第五回

亚瑟王怎样吩咐别人把他的截钢剑丢在水里,他又是怎样被交给船上的贵妇们的。

国王又说道:"我此刻站不起来,头晕得很。"他又叹息道:"兰斯洛特骑士啊,今日真想念你。哎,我在过去一直对付你,可怜现在我快要死了,高文骑士曾经托梦告诉过我呀。"这时,卢坎和拜底反尔分别架着国王的上身和下身,抬他行走,可是他被人抬起之后,又昏迷不醒了。卢坎骑士由于抬得吃力,也晕眩得跌了一跤,不料他肚子上的伤口受到冲击,竟把肠子挤了出来,因此这位优秀骑士的心脏也破碎了。及至国王醒来,看见卢坎,忽然发觉他口里吐出白沫,肠子拖到脚上。国王叹道:"哎哟,天呀,这确是人间万分惨痛的景象。一位高贵的公爵,为我死了。按理他比我更需要人来照拂,而他竟来照料我。天呀,他对我没有丝毫怨言,一心一意地服侍我。慈悲的耶稣呀,求您保佑他的灵魂啊!"拜底反尔看见他的同胞卢坎死了,放声痛哭。国王说道:"不要再哀恸多哭啦,哭也无济于事,倘使我能活下去,我会一直追悼他;不过我留在世上的时间不多了。"他又接着对拜底反尔骑士说道:"请你快去拿出我的截钢剑,这是我的宝贝,请你走到对面的河边,及至抵达之后,将剑丢进水里,然后把你所看到的情形，回来报告我听。"拜底反尔骑士答道："王上，我一定遵命去办，随后赶来向您报告。"

拜底反尔骑士衔命走出之后，在途中看到这剑把上面嵌满了珍贵的宝石，不忍释手；还自言自语道："把这柄珍贵的宝剑丢到水里，有何意义，不过造成一个损失而已。"说罢，他就将剑藏在林里。随即赶快返回，奏报国王，说他已经到了河边，并且把剑也丢下水了。国王问道："你在那里看见了什么？"他答道："王上，只见风浪，没有别样东西。"国王答道："你说的是假话，赶快再去，照我的吩咐去做吧。你曾经说过，你很爱我，何必吝惜这把剑呢，就把它丢在水里好啦。"于是拜底反尔骑士又回到河边，把剑握在手里，依然觉得丢了这件宝物，实在可惜，同时也是一个罪过，因而又把它藏匿起来，又转到国王面前，说是确实遵命丢掉了。国王又问："你在那里看到什么呢？"他答道："王上，我只看见河里波浪起伏，其他没有什么异样。"这时国王亚瑟怒道："哎，你欺骗我两次了，也成了个叛徒啦！有谁会想到，你这个口口声声敬爱我的人也背叛我呢？你这个著名的骑士，竟贪图剑上的珠宝而欺骗我呀！你赶快再去一趟，耽延久了，会使我感受风寒，遭到意外危险哦；赶快照我的命令去办吧，不然，若是只看重我的宝剑，置我于死地，那么我将来看见你，一定要亲手打死你。"

随后，拜底反尔骑士径自前去，来到从前放剑的地方，慌忙拾起剑，走到河边，将腰带系在剑柄上面，用力向河里一掷，水面上登时伸出一只臂膀，张手把剑接住，握得很紧，还挥动了三次，忽然连手带剑，缩进水里，化归乌有了。这时，拜底反尔骑士重行返回国王跟前,将亲身经历报告他听,国王答道:"哎,快把我送到那里,我在此地怕是候得太久了。"拜底反尔于是背起国王,走到河边。抵达之后,立见靠岸的地方泊着一叶小艇,舱里挤满美女,其中有一位王后,但都顶着黑色头巾;她们一看见亚瑟王走近,便哭喊哀号。国王说道:"请把我放到船上吧。"她们轻轻地抬他上船;有三位王后出来迎接,状极哀恸。各位王后坐定以后,亚瑟王便把头枕在一位王后的大腿上。她开口招呼道:"亲爱的弟弟,你为什么离开我这么久呢?哎,你头上的伤口受的风寒太久了。"说过这话,大家摇桨开船。拜底反尔看见所有的美女都离开他走了。他放声喊道:"亚瑟王呀,你们都走开了,留下我孤单单的一个跟着敌人,怎么办呢?"国王说道:"你可以尽量克服困难,多多安慰自己。专门依赖我,有什么用呢?我打算到阿维利昂的山谷里去医伤;若是你今后听不到我的消息,就请你为我的灵魂祈祷吧。"随后王后和贵妇们就号咷痛哭,惨不忍闻。及至拜底反尔骑士的视线中消失了船的踪影,他一面痛哭,一面跑向林里;跑了一宵,第二天早晨,终于在两片古林中间,发现了一所教堂和一所精舍。

水里伸出一只手接住了亚瑟王的截钢剑

第六回

第二天,拜底反尔骑士怎样发现亚瑟王已经死在一所精舍里;他又怎样和修士一同住下。

这时,拜底反尔骑士的心里很是欢喜,便向前跑去,待他走进教堂,望见了一位修士,四肢着地,伏在一座新墓的跟前。那修士望着拜底反尔骑士,骑士觉得面熟。原来不久之前,他还做坎特伯雷的主教,因为受到莫俊德骑士的威胁,才逃到这里。拜底反尔道:"修士先生,请问里面埋的是什么人,您祈祷的时候为什么偎得这么近呢?"修士答道:"好孩子,我不清楚,只好猜测。昨天夜里,在半夜时辰,忽然来了一群贵妇,抬着一具死尸,求我代葬;她们献给我一百支蜡烛,还有金币一百比桑。"拜底反尔骑士道:"天啊,您说的就是亚瑟王,他就葬在这教堂里呀。"说罢,随即昏得不知人事;待他苏醒之后,便恳求修士许他住在堂里,从事禁食祈祷。他还说道:"我愿意永远不再离开此地,余生专替亚瑟王祈祷。"修士答道:"欢迎,欢迎,你不会想到我对您是怎样了解啦。您就是勇敢的拜底反尔,那位高贵的公爵卢坎骑士就是令兄。"拜底反尔把读者们上面所看到的经过,统统告诉了修士。然后他便随同修士住下,拜底反尔换上袈裟,很谦逊地服侍修士,在这里禁食祈祷。这位修士原来是坎特伯雷的主教。

关于亚瑟王的事迹,我从没见过有正史记载;至于亚瑟王之死,我也从没读过绝对可靠的史实。只知道他曾经跟随三位王后,乘船走去。这三位王后,一位是亚瑟王的姐姐美更·拉·费,第二位是北卡利斯的王后,第三位就是荒地女王。此外,还有怡妙,她是湖上仙女的领袖,曾同著名骑士伯莱亚斯结为夫妇;怡妙效忠亚瑟王,又从不许佩莱斯骑士冒险赴战,所以他们夫妇两人消闲安逸,享受一生。总之,关于亚瑟王之死,只见到这群贵妇送葬的记载,除此以外,我再也找不出更多的资料。这里所葬的一个人,根据当日在场的修士的意见,也没法证实确是亚瑟王的遗体;那位修士过去曾担任过坎特伯雷的主教。这段史迹,乃圆桌骑士拜底反尔所留下的记录。

第七回

多数人对于亚瑟王死亡的意见,又桂乃芬王后怎样到奥姆斯伯里修道院做修女。

亚瑟王逝世以后,在英格兰的许多地方,有些人说他并没去世,怀疑他遵照耶稣基督的意思,迁到别处去了;还有许多人相信他不久就要返回,一定能够获得那座神圣的十字架。可是,依照我这个著书人的意见来说,那些说法都是不可靠的。我认为,他在这个世界上,已把生命改变了。此外,又有许多人走过他的坟墓,看到这样的诗句:

> 亚瑟之遗体,
> 长眠在此乡;
> 称王终一世,
> 转来仍为王。

关于拜底反尔骑士留在精舍的情形,我们暂置不论。那位修士当时住在格拉斯登堡附近的教堂里,他的精舍也在那里。他们两个虔诚修行,诵经祈祷,禁食礼拜,更实行完全斋戒生活。后来,桂乃芬王后听说亚瑟王已经逝世,其他著名骑士都已死亡,而且莫俊德骑士和其余的人也都死了。这个消息促使她弃绝红尘,随带五个侍女,暗地到了奥姆斯伯里。在那里她出家做了修女,身上只穿戴着黑白两色的装束,苦修忏悔,一若普通悔罪修行的妇女,世上再没有任何人可以促动她的欲念。她只知禁欲、祈祷和布施等等善事;全国人民发觉她彻底悟改,无不刮目相待。桂乃芬王后住在奥姆斯伯里,仅是一个披戴黑白装束的普通修女,若是依照她的出身说来,理应充任修道院的院长,或是修行斋长。关于她的生活,我现在不再多说;下面专叙湖上的兰斯洛特骑士的情况。

桂乃芬王后出家做了修女

第八回

兰斯洛特骑士听到亚瑟王和高文骑士的噩耗，怎样回到了英格兰。

兰斯洛特骑士住在自己的国内，听到莫俊德骑士已在英格兰自立为王，招募人马，防御海口，准备攻打他的父亲亚瑟王，不让他返国登陆；同时还有人告诉兰斯洛特骑士，说莫俊德有意迎娶父亲的夫人为妻，由于这位王后不肯改嫁，逃进伦敦塔里，他还派遣大军在塔外围困。这些消息气得兰斯洛特半死，迫得他向亲族们说道："真可恶极了，那个双料的畜牲莫俊德骑士啊，他这样侮辱我们的国王，我真懊悔以前把他放出我的手心；而且我读到高文骑士写来的信，一方面我恳求耶稣安慰他的灵魂，另一方面我了解亚瑟王处境困难。"他又叹道："哎呀，我怎能让这位封我做骑士的高贵君王听任他国内的人民去推翻他呢？并且高文骑士在死前写给我一封信，希望我亲自到他的墓上一趟，措辞凄凉哀恸，读过之后，永难忘怀。他真是一位世间罕见的奇才，不幸，我生在一个倒霉的时辰，后来又做出一连串倒霉的事情，比如先打死了高文骑士、高尚骑士葛汉利，还有我的好友加雷思，他也是一位最优秀的骑士。"他又说道："我想我真是倒霉，为什么我所做的事情都是倒霉的呢！到今天，我还没有机会把这个叛徒莫俊德打死呀！"

鲍斯骑士听后说道："您不必多发怨言，快去替高文骑士报仇吧，然后再到他的墓上走一趟；第二，还请您替亚瑟王和桂乃芬王后去报复。"兰斯洛特骑士答道："多谢您的指教，您总希望我成功哟。"

随后，他们尽速做好一切准备，大小船只，都已妥当，由兰斯洛特骑士率领人马径向英格兰驶去。他们渡过大海，抵达了多佛海口，同时还有其他七位王随行，人马之多，确实惊人。兰斯洛特骑士登岸之后，便向多佛居民打听亚瑟王的下落。他们当时便把亚瑟王的被害，莫俊德和十万大军同时死在战场，亚瑟王在登岸后的初次大战中，高文骑士即受伤死去，隔天的早晨，莫俊德同国王在拜兰姆丘原上一战，国王把他打败等等情况都告诉他了。兰斯洛特骑士听后叹道："啊呀，这消息太使人沉闷啦。"他随即又询问其他骑士："诸位先生，高文的坟墓在哪里？请领我去看看。"这时，城内有些人带他来到多佛寨，走到高文的墓前。兰斯洛特骑士双膝下跪，哭了一场，又虔诚地为他的灵魂祈祷。当天晚上，因为要替高文祝福，兰斯洛特举行了布施大会，凡是参与祭祀的人，一律款待鱼肉美酒；并且不分男女，每人另给十二便士，作为周济。兰斯洛特身着丧服，亲手分配银钱，不时泪流满面，恳求到场的人替高文的灵魂祈祷。翌日早晨，凡是近处的牧师和教士，都被邀请到了，由他们为死者做安魂弥撒。兰斯洛特骑士带头捐献了一百金镑；另有国王七位，各捐献四十金镑；其他骑士千名，每人一镑。捐献人员，由晨到夜，络绎不绝。兰斯洛特在墓上守灵两天，他时而哭泣，时而祈祷。

第三天，兰斯洛特骑士邀请各位国王、公爵、伯爵、男爵和骑士们前来相见，向他们说道："诸位爵爷，你们陪我来到英格兰的国境，我很感谢，只因来得太迟，未及看到亚瑟王，使我遗恨终生。不过，举世的人，没有一个能够反叛死亡的。"他又说："就因为如此，我打算去访问桂乃芬王后，听说现在她的精神很苦痛，同时还在生病；还有人说她已经逃到西方去了。请诸位在这里候我，如果我在十五天内尚未返回，就请诸位先行乘船返回祖国。我所说的话，你们都照办好了。"

第九回

兰斯洛特骑士怎样到各处去寻桂乃芬王后,又他怎样在奥姆斯伯里修道院里找到她。

后来,甘尼斯的鲍斯骑士来了,他向兰斯洛特骑士说道:"您长驱直入来到这个国家,可有什么打算么?不过您要明白,您在这里的朋友太少了。"兰斯洛特骑士答道:"算了吧,请您守在此地,我独自前进,不必再带领官员和侍从。"即使同他争辩也无用,他还是向西走去,一共探访了七八天,最后兰斯洛特骑士遇到了一座修道院,桂乃芬王后瞧到兰斯洛特走进了修道院里。她一望见兰斯洛特,立时晕迷了三次;众妇女急忙把她扶起。及至她复苏醒转,恢复了说话的能力,便向大家解释说:"诸位名媛小姐,你们看见我晕迷,一定诧异,实在因为我望见了对面站立的一个骑士,请你们招呼他快到我跟前来。"

他们把兰斯洛特骑士招到她的面前,桂乃芬王后开口向全体贵妇们说道:"这人为我酿起了一场战祸,使得世间最优秀的骑士全部死了,还为了我俩之间的爱情,以致我的丈夫——最高贵的国王也被害而去世了。(她转头向着兰斯洛特)兰斯洛特骑士呀,您要明白,现在我决心来调治我灵魂的痛苦;我请求上帝的恩典,在我死后,允许我看见耶稣的慈祥面色;并且在末日审判那天,让我坐在耶稣的右首,因为天上的众圣在往日也像我一样曾经犯罪作恶,然而此刻他们可以留在天上呢。兰斯洛特骑士啊,我真诚地求您明了,正由于我俩过去的恩爱,今后您永远不要再看我了;靠了上帝的恩典,我嘱咐您不要再同我做伴,您尽速回国,将国家治理太平,切勿轻易用兵,招致战乱和破坏;又因为我在往日爱过您,所以内心里便不愿再看见您,何况您我两人,曾把王国之中的杰出人才,以及骑士里面的花朵,都消灭了呢。因此,兰斯洛特骑士呀,我奉劝您返归祖国,娶妻成家,共享快乐圆满的生活;我热诚地恳求您为我祈祷,以消除我过去的罪孽。"兰斯洛特骑士答道:"亲爱的夫人,您如今真是要我回国去结婚么?夫人,我永远不愿结婚,我永远不愿意,我怎能把应允您的话全部违背了呢;我一定要遵循您的道路,为了争取耶稣的欢心,您做了修女,我就要去做教士;将来我要一心为您祈祷了。"王后说道:"如果您有心侍奉上帝,就照您的话去做吧,不过我还在怀疑,怕您不久又做人世的打算了。"他又说道:"王后,好吧,听您随便批判吧。我从不自食诺言;如果我的信心不坚,重新返回红尘,上帝也不允许我呢!再说到以前追寻圣杯的时候,若不是为了您的缘故,我那时就抛弃了这空虚的尘世了。如果当时我把尘世抛弃了,全心全意去追寻圣杯,那么,除了我的儿子加拉哈骑士以外,恐怕没有任何人可以同我的成绩相比呢。夫人,您修行到了圆满的境界,我也应当做到圆满。上帝可以为我作证,我同您已享尽了人间的愉快。但是早知今日,我应当老早迎接您到我的国里。"

第十回

兰斯洛特骑士怎样来到修士的住处,就是坎特伯雷主教所在地,以及他穿戴修士的服装。

兰斯洛特骑士接着说道:"我现在看到您将心交给主,我愿向您保证,今后我要一心修行了,若果我能找到一位愿意收留我的修士,我愿把余下的岁月用于祈祷。夫人啊,请您最后同我亲一次吻吧。"王后答道:"不可以,不可以,您永远不要这样想了。"说罢大家就离别了。他们这一幅悲惨的景象,即使一个心肠最硬的人,也要为他们洒下同情的热泪;他们内心的沉痛,好像被长矛刺穿似的;他们晕厥了好多次,侍女们把王后抬进了卧室。

兰斯洛特骑士醒转之后,上马骑行,整天整夜在森林里奔驰,同时哭泣不停。最后在两面悬崖的当中,他发现了一座教堂和一所精舍,他听到催人弥撒的钟声,便走近堂前,下了马,把马拴起,自去弥撒。领导诵诗祈祷的原是坎特伯雷的主教。这时主教和拜底反尔骑士两人都认出了兰斯洛特骑士,所以在弥撒之后,大家便坐下谈心。拜底反尔将已往的事情全部告诉了兰斯洛特,不料他听过之后,心痛如割,便张开两臂,这样说道:"天呀,什么人还相信这个空虚的世界呢?"说罢,双膝下跪,请求主教垂听他忏悔,使他的罪孽得到赦免。并且他还恳求主教收留他做弟子。主教连声道："好，好，好。"随即取来一袭法衣，披在兰斯洛特骑士的身上。兰斯洛特从此敬拜上帝，不分昼夜，都是祈祷和禁食。

那时，兰斯洛特骑士的大队人马驻扎多佛港口。梁纳耳骑士从这里率领十五个爵爷赶到伦敦，探访兰斯洛特骑士的下落，不想他来到那里遭人杀害，还有好多爵爷同时罹难。后来，甘尼斯的鲍斯骑士吩咐大队人马返回本国；他同爱克托骑士、卜拉茂骑士、布留拜里骑士，以及兰斯洛特的亲族多人，来到英格兰地方，更走遍全国，打听兰斯洛特骑士的下落。有一天，鲍斯骑士无意间来到兰斯洛特所住的一座教堂，因为听到弥撒的钟声，他便下马望了一望。礼拜过后，那位主教偕同兰斯洛特和拜底反尔同来拜候鲍斯骑士。这时，鲍斯骑士看见兰斯洛特披着法衣，便恳求主教赐他一件。结果，主教就给他一袭，鲍斯也住在此地，随着大众祈祷禁食。他在此住了半年，其间卡力哈特、卡力胡丁、卜拉茂、布留拜里、维里哀、柯拉罗斯和葛哈兰丁七个骑士都先后接踵而来。这七个优秀的骑士都住在这里。他们一发现兰斯洛特骑士修行到功德圆满的境界，都不想离开，同时都要求换上法衣，和兰斯洛特一样装束。

大家在这里虔心苦修了六年，兰斯洛特骑士升到主教的职位，要担任唱诵弥撒一年。其他各个骑士，在此研读经文，协助弥撒，打钟，还从事其余各种体力劳动。他们所有的马已变成自由散漫的野马；他们各人对世间的富贵，都看成过眼的烟云。及至他们看到兰斯洛特骑士绝食祈祷，艰苦修行，认真锻炼，现已骨瘦如柴，他们便不顾自身所遭受的苦痛，一心一意向那位世间优秀的骑士看齐了。有一夜，兰斯洛特骑士在梦里得到一个异象，上帝命令他，为了赦免自己的罪孽，迅速赶到奥姆斯伯里："你到了那里，便知桂乃芬王后已经死了。你可以带着同伴们随行，预备一辆马轿，将她的遗体运回，以便同她丈夫亚瑟王合葬。"这个异象，在兰斯洛特的梦境里一夜共显现了三次。

第十一回

兰斯洛特骑士和他的七个同伴怎样来到奥姆斯伯里修道院；又发现桂乃芬王后已死，他们就把她运送到格拉斯登堡。

兰斯洛特骑士黎明即起，将梦中的异象奉告了修士，那修士回答道："您快预备启程，这样做是很对的，切不可不重视这个异象啊。"兰斯洛特骑士便带着七个同伴，由格拉斯登堡步行来到奥姆斯伯里，中间约计三十余英里。因为他们的身体都很虚弱，所以这短短的路程，就走了两天。待兰斯洛特骑士来到奥姆斯伯里的修道院，才知道桂乃芬王后已在半小时之前气绝而死。修道院里的妇女们看见了兰斯洛特骑士，就把王后死前的情况全部告诉他听。那时，她曾公开向大家说过："兰斯洛特骑士已做过一年的教士，这时他正急忙赶来，打算替我搬运尸体；然后，他要把我葬在我丈夫亚瑟王的旁边。"她还公开向大家说："我恳求万能的上帝，不要让我再用肉眼看见兰斯洛特骑士啊。"她这样祈祷了两天，才辞别世界的。这时，兰斯洛特骑士望见了桂乃芬的遗容，内心悲痛，欲哭无泪，惟有叹息。他独自办理了全部的追悼仪典，比如唱镇魂歌、做晨间弥撒，等等。他们把遗体装入马轿，燃起了一百把火炬，围绕在尸体的四周，同时兰斯洛特骑士的七个同伴，跟随轿后步行，朗诵着或歌唱着多种祈祷诗词。在尸体上面，还燃着乳香。兰斯洛特骑士和他的七个同伴一直由奥姆斯伯里徒步走到了格拉斯登堡。

他们一行人等来到了教堂和精舍的内部，这时一位修士开始为桂乃芬王后举行隆重的殡葬祈祷。翌日早晨，有一位修士做了安魂祈祷，态度极为虔诚；这位修士曾充任过坎特伯雷的主教。兰斯洛特骑士在此首先奉献，其他七人，依次轮流。随后，采用累因斯出产的蜡布包裹尸体，由头至脚共缠三十层，先放入铅丝所制的网里，再移到大理石的棺内。兰斯洛特骑士看见这口棺材埋进土里，立时晕厥，许久不曾醒转；待那修士促他醒来，又向他说道："您这样悲痛地去追悼她，不惟上帝不会喜悦，还要遭到他的谴责。"兰斯洛特骑士答道："是的，上帝了解我的心愿，我绝不会触犯他！我的悲哀，不论过去和现在，完全不是为着罪恶的享受，而是为了她的美丽和高贵。我的悲哀将永不会停止。所以我每想到她的美貌，或是她的高贵，就会联想到国王同她当日的威严；如今再看到他们这两具尸体放在眼前，使得我身心交瘁，无法支持。还有一点，我想到是我的猖狂和傲慢使得他们落到今天的下场；可是他们活在世上的时候，乃是基督徒中最高贵的人物。"兰斯洛特骑士接着又说："我想，这些遭遇都是由于他们过于宽厚，而我过于刻薄啊。如今我愈回想愈是痛心，几乎使我迷离恍惚，不能支持了。"以上种种，都是法兰西文著作中所记载的。

第十二回

　　兰斯洛特骑士怎样开始患病，随后死了，他们把他的尸体运到快乐园，并埋葬在那里。

　　从此兰斯洛特骑士谢绝饮食，有时虽吃一点，但分量很少，一直到死，不愿多吃。当他患病的时候，病况逐日加重，终于枯萎而死。那时，主教和同伴们也没法劝他进食，他只靠一点清水维持，以致身体缩瘦了十八英寸，很多熟人几乎都不认识他了。他经常日夜祈祷，倦极了，间歇地瞌睡一刻，时间也是不久；还不时伏在亚瑟王和桂乃芬王后的墓上，伤心哀悼。不论主教，或是鲍斯骑士，或是他的伙伴们，都没法安慰他；即使苦口劝导，也没效力。他这样愁闷焦虑了六个星期，便卧床不起了。他派人把那位曾经做过主教的修士请来，还召来那一群肝胆相照的同伴。兰斯洛特骑士伤心地颤抖着向他们说道："主教先生，请您按照基督教的惯例，为我举行各种仪式啊。"主教和他的同伴们齐声回答说："您何必着急，哪里需要准备后事呢？只不过是您的血不流畅罢了！靠着上帝的恩典，明天就会大大好转啦。"兰斯洛特骑士又道："各位亲爱的爵爷，我这只多苦多难的臭皮囊，现在应当埋进土里了；我得到的预兆，要比我告诉你们的多得多，就请你们替我举行丧礼吧。"当大家为他举行临终膏礼的时候，一切均遵照

1389

基督教的仪式办理，他还恳求主教一件事，就是转请他的同伴们要把遗体送回快乐园埋葬。但是有些人认为快乐园是在阿耳韦克，还有人说是在班布鲁。兰斯洛特骑士说道："我在往日曾经许过愿，盼望死后能够葬在快乐园里。如今我怕这个愿望落了空，所以恳求在场的列位同道，快送我到那里去。"说罢，他与同伴们握手痛哭了一场。

到了深夜，大家拥挤在一间屋里，上床睡了。刚过半夜，那位主教在床上正睡得很熟，忽然放声大笑。这样一笑，惊醒了全体的同伴，使得他们统统爬起来问他出了什么事情。主教答道："天呀，你们为什么喊醒我呢？我一生从没有觉得这样安乐过啊。"鲍斯骑士接着问他说："您为什么这样安乐呢？"那主教答道："我和兰斯洛特骑士在此地看见了很多天使，比我在画里所看见的人还多。成群的天使托起兰斯洛特到天上，天门洞开，表示欢迎。"鲍斯骑士道："主教正在做噩梦哩，不过兰斯洛特骑士平生乐于为善，那是毫无疑义的。"主教答道："您的意见很对，请您走到他的床前，看看他究竟怎样吧。"这时鲍斯骑士随着其他各位同伴走到兰斯洛特的床边，发现他老早变成僵尸了，只是面带笑容，还散出一缕香气。

大家看到这个情景，陡然摆手痛哭，煞是凄凉。第二天早晨，由主教领导做安灵弥撒，再由他率同九位骑士，将兰斯洛特的遗体移进马轿——在不久以前，就是这辆马轿送了桂乃芬到墓地的。主教于是随着其余人等，步行好几天，护送着兰斯洛特骑士的遗体到快乐园去安葬；还有一百把火炬围绕在遗体四周。及抵达之后，他们把遗体放置在教堂唱诗班的地方，在遗体的上面及四周，唱诗诵经，为他祈祷。兰斯洛特骑士的面部，未曾遮盖，显露在外，以便广大群众瞻仰遗容。考据当日的风俗习惯，凡名人入殓，遗体面部，向例露出。正当他们忙着举行葬仪，马利斯的爱克托骑士忽然走进来了，他在过去七年间，走遍了英格兰、苏格兰和威尔士各地探访兰斯洛特的下落，他们原来是同胞的兄弟呢。

第十三回

　　爱克托骑士怎样发现他的哥哥兰斯洛特骑士已经死亡，又康斯坦丁继承亚瑟的王位，去统治这处地方；本书结束。

　　爱克托骑士听到了快乐园唱诗班地方的歌声，又望见了那里辉煌的灯光，便下马步行，径向那里走去；当他走近了唱诗班，便看见有的人恸哭，有的人哀唱。这里的人都认识爱克托，不过他不认识这些人。鲍斯骑士一看见爱克托，急忙走近他的跟前，将他哥哥兰斯洛特死的情形告诉他听；他听了之后，就把盾牌盔剑都丢下了，登时跑到哥哥的灵前望望，就晕厥在地上。待他醒转，痛哭失声，凄惨万分；痛苦之状，难于描绘。他说道："兰斯洛特哥哥啊，您是全部基督徒骑士的领袖，如今却长眠此地。您确实是无比的能手。在撑盾牌的骑士里，您是最文雅的一位。而且在跨马武士中间，您又是一位谈情说爱最真心的人。就一般人对女人所表示的情感来说，您是最诚挚的。在佩带宝剑的人里，您的性格最仁慈。并且，在成群成伙的骑士里，您的天性最良善。在厅堂上陪着贵妇宴会的时候，您的态度最谦虚和蔼。应付不共戴天的仇敌，看您握着长矛在手，又是一位威风凛凛的骑士。"随后，大家对他表示了无限的哀恸。

他们围着兰斯洛特骑士的遗体守了十五天，方才隆重而庄严地葬在地下。然后，他们全体又奉陪着坎特伯雷的主教慢慢地一同回到精舍，在这里大家共同住了一个多月。当时，在英格兰地方，民众公选康斯坦丁骑士担任国王；这人原是康沃尔卡多尔王的太子。他不仅是一位多才多艺的优秀骑士，而且在即位以后，国泰民安，统治得人人心悦口服。他探得了坎特伯雷主教所住的地方，便派人通知他离开精舍，恢复他的主教本职。拜底反尔骑士留在精舍，做了一辈子的修士。后来甘尼斯的鲍斯骑士、马利斯的爱克托骑士、葛哈兰丁骑士、卡力哈特骑士、卡力胡丁骑士、卜拉茂骑士、布留拜里骑士、维里哀骑士以及克莱尔曼的柯拉罗斯骑士等九人，都返回故乡去了。事前虽经康斯坦丁王诚意挽留，也没能打断他们回国的本意。他们回到故乡，都仍然担任圣职。在英吉利文的著作里，有几本书记载，他们自从兰斯洛特骑士逝世之后，便不曾离开英格兰的国境。我想这乃是著者们的偏见，而与事实不符。至于法兰西文，在一些公认的权威著作里，都说鲍斯、爱克托、卜拉茂和布留拜里四位骑士后来到了耶稣基督生死所在的圣地，各自慢慢地建立了他们的国土。那部书还记载，当兰斯洛特骑士尚未离开人间的时候，就命令他们四人这样去做。所以这四位骑士曾进攻异教徒和土耳其人，鏖战了许多次。后来为了上帝的缘故，他们都在耶稣受难日死在那里了。

本书旨在记述亚瑟王及其圆桌社各位高贵骑士的生平，当各骑士全体会聚一起的时候，总数达一百四十名，所有记载，在此结束。同时，亚瑟王本人的一生事迹，也在此结束。各位读者先生们，以及各位读者太太小姐们，当你们从头到尾读完了记述亚瑟王以及他的各位骑士的这部著作以后，我恳求你们为我祈祷，要在我活在人间的时候，请上帝赐我善良的指示；将来在我死后，还恳求诸位为我的灵魂祝福。这部书原是托马斯·马洛礼骑士编写的，在英皇爱德华四世即位第九年脱稿；马洛礼日夜侍奉耶稣基督，做了他的仆人，所以基督赐给他无上的勇敢毅力，让他完成了这部著作。

这一部高贵而且愉快的读物，取名《亚瑟王之死》，也在这里结束。这部书中叙述了亚瑟王的诞生、履历和事业，并记载了他的圆桌社各位高贵骑士的仁侠行为，以及他们怎样完成了寻求圣杯的任务；到了最后，全部骑士遭了残酷的殒灭，都离开了这个世界。本书原系托马斯·马洛礼由外文译成为英吉利的语言，我在前面已经屡次提到。书成以后，又经鄙人分作二十一卷，再别为若干回，假伦敦威斯敏斯特教堂内排版印刷，出版之日，时当我主纪元一千四百八十五年七月三十一日。

校印人卡克斯顿恭记如上。

汉译文学名著

第二辑书目（30种）

枕草子	〔日〕清少纳言著	周作人译
尼伯龙人之歌	佚名著	安书祉译
萨迦选集		石琴娥等译
亚瑟王之死	〔英〕托马斯·马洛礼著	黄素封译
呆厮国志	〔英〕亚历山大·蒲柏著	李家真译注
波斯人信札	〔法〕孟德斯鸠著	梁守锵译
东方来信——蒙太古夫人书信集	〔英〕蒙太古夫人著	冯环译
忏悔录	〔法〕卢梭著	李平沤译
阴谋与爱情	〔德〕席勒著	杨武能译
雪莱抒情诗选	〔英〕雪莱著	杨熙龄译
幻灭	〔法〕巴尔扎克著	傅雷译
雨果诗选	〔法〕雨果著	程曾厚译
爱伦·坡短篇小说全集	〔美〕爱伦·坡著	曹明伦译
名利场	〔英〕萨克雷著	杨必译
游美札记	〔英〕查尔斯·狄更斯著	张谷若译
巴黎的忧郁	〔法〕夏尔·波德莱尔著	郭宏安译
卡拉马佐夫兄弟	〔俄〕陀思妥耶夫斯基著	徐振亚、冯增义译
安娜·卡列尼娜	〔俄〕列夫·托尔斯泰著	力冈译
还乡	〔英〕托马斯·哈代著	张谷若译
无名的裘德	〔英〕托马斯·哈代著	张谷若译
快乐王子——王尔德童话全集	〔英〕奥斯卡·王尔德著	李家真译
理想丈夫	〔英〕奥斯卡·王尔德著	许渊冲译
莎乐美 文德美夫人的扇子	〔英〕奥斯卡·王尔德著	许渊冲译
原来如此的故事	〔英〕吉卜林著	曹明伦译
缎子鞋	〔法〕保尔·克洛岱尔著	余中先译
昨日世界：一个欧洲人的回忆	〔奥〕斯蒂芬·茨威格著	史行果译
先知 沙与沫	〔黎巴嫩〕纪伯伦著	李唯中译
诉讼	〔奥〕弗兰茨·卡夫卡著	章国锋译
老人与海	〔美〕欧内斯特·海明威著	吴钧燮译
烦恼的冬天	〔美〕约翰·斯坦贝克著	吴钧燮译

图书在版编目（CIP）数据

亚瑟王之死/（英）托马斯·马洛礼著；黄素封译.—北京：商务印书馆，2022
（汉译世界文学名著丛书）
ISBN 978-7-100-20608-2

Ⅰ.①亚… Ⅱ.①托…②黄… Ⅲ.①长篇小说—英国—中世纪 Ⅳ.①I561.43

中国版本图书馆 CIP 数据核字（2022）第 011671 号

权利保留，侵权必究。

汉译世界文学名著丛书
亚瑟王之死
（上下册）
〔英〕托马斯·马洛礼 著
黄素封 译

商 务 印 书 馆 出 版
（北京王府井大街36号 邮政编码100710）
商 务 印 书 馆 发 行
北京新华印刷有限公司印刷
ISBN 978 - 7 - 100 - 20608 - 2

2022年3月第1版	开本 850×1168 1/32
2022年3月北京第1次印刷	印张 46 3/8

定价：212.00 元